KB166313

을 유 세 계 문 학 전 집 · 5 1

# 신사 트리스트럼 섄디의
# 인생과 생각 이야기

을유세계문학전집 · 51

# 신사 트리스트럼 섄디의 인생과 생각 이야기

THE LIFE AND OPINIONS OF TRISTRAM SHANDY, GENTLEMAN

로렌스 스턴 지음 · 김정희 옮김

◈ 을유문화사

**옮긴이 김정희**

서울대학교 영어영문학과를 졸업하고, 미국 앤아버의 미시간대학교에서 석사, 영국 런던대학교 버크벡 칼리지에서 『로렌스 스턴과 즐거움의 윤리학』이라는 논문으로 박사 학위를 받았다. 동화통신사 기자, 가톨릭대학교 교수, 근대영미소설학회 회장, 18세기 학회 회장 등을 지냈다. 공저로 『18세기 영국 소설 강의』, 『영국 소설 명장면 모음집』이 있고, 18세기 소설과 관련한 다수의 논문을 발표했다.

**을유세계문학전집 51**

## 신사 트리스트럼 섄디의 인생과 생각 이야기

발행일·2012년 4월 25일 초판 1쇄 | 2023년 10월 15일 초판 4쇄
지은이·로렌스 스턴 | 옮긴이·김정희
펴낸이·정무영, 정상준 | 펴낸곳·(주)을유문화사
창립일·1945년 12월 1일 | 주소·서울시 마포구 서교동 469-48
전화·02-733-8153 | FAX·02-732-9154 | 홈페이지·www.eulyoo.co.kr
ISBN 978-89-324-0381-6 04840  978-89-324-0330-4(세트)

• 값은 뒤표지에 표시되어 있습니다.
• 옮긴이와의 협의하에 인지를 붙이지 않습니다.

# 차례

일러두기

이 책의 저자 로렌스 스턴은 전통적 소설 형식에서는 볼 수 없는 파격적인 작품을 보여 준 작가입니다. 이 책은 원서에 있는 저자의 의도적인 장치 — 제24장(377~386쪽)을 그대로 건너 띄고 쪽수를 매기거나 본문 중간에 여백 또는 빈 페이지가 있는 등 — 를 그대로 살렸습니다.

# 제1권

사람을 괴롭히는 것은 사물 자체가 아니라
사물에 대한 사람들의 생각이다.*

# 존경하는
## 피트 장관님* 귀하

선생님.

헌사를 쓴 딱한 친구들 중에서 저처럼 헌사를 통해 얻으려는 바가 적은 사람도 없을 것입니다. 이 헌사는 우리 왕국의 한 귀퉁이 한적한 초가에서 작성한 것이고, 저는 그곳에서 병약한 몸 때문에 생긴 질병과 그 밖에 여러 인생사의 괴로움을 유쾌한 웃음을 통해 떨쳐 내려고 노력하는 사람일 뿐입니다.* 저는 우리가 웃을 때마다, 크게 웃을 때는 더욱더, 그 웃음이 이 파편화된 삶에 무언가를 보태 준다고 굳게 믿고 있습니다.

제가 공손히 청하고자 하는 것은, 선생님, 당신께서 시골에 쉬러 가실 때 이 책을 가지고 가 주십사 하는 것입니다. (이 책을 보호해 달라고 청하는 것은 전혀 아닙니다. 이 책 스스로 자신을 보호할 수 있어야지요.) 그곳에서 이 책이 선생님을 웃음 짓게 만들었다거나 한순간이라도 고통을 잊게 만들었다는 소리를 듣는다면 저는 한 나라의 국무장관 못지않게 행복하다고 생각할 것입니다. 어쩌면 제가 글을 통해서나 풍문을 통해 알고 있는 어느 장관보다 (단 한 분만 빼고) 훨씬 더 행복할 것입니다.

*위대하신 선생님,*
*(귀하게 더욱 명예로운 호칭을 쓰자면) 좋은 분이신 선생님,*
*선생님의 안녕을 비는, 보잘것없는 동료 백성,*
**저자 드림***

## 제1장

　내가 잉태되던 순간에, 아버지든 어머니든, 아니 사실상 이 일에는 두 분이 똑같이 책임이 있으니, 두 분 모두 그때 하시던 일에 제대로 마음을 쓰셨더라면 얼마나 좋았을까 싶다. 당신들께서 그때 하시던 일이 얼마나 중요한 일이고, 얼마나 많은 것들이 그 일에 달려 있는지 충분히 생각해 보셨어야 했다는 말이다. ─ 거기에는 이성적 인간을 생산하는 일뿐만 아니라, 그 인간의 신체 구성과 기질, 어쩌면 정신적 틀과 능력의 형성까지도 달려 있을 수 있다. ─ 더욱이 두 분은 혹시 다르게 알고 계셨을지도 모르지만, 그 순간에 가장 활발했던 체액과 기질에 따라 집안 전체의 명운까지도 달라질 수 있다. ── 이런 점을 숙고하고 따져 본 다음 그 중요성에 걸맞게 그 일을 진행하셨어야 하는 게 아닌가. ─ 만약 그랬더라면 나는 독자 여러분이 지금 만나고 있는 현재의 나와는 아주 다른 인물로 세상을 살았을 것이라고 확신한다. ─ 선량하신 분들이여, 제 말을 믿으십시오, 여러분 대다수가 흔히 생각하듯 이 일이 그처럼 별것 아닌 게 절대 아닙니다. ─ 감히 말씀드리건대 여러분 모두 생동적 기(氣)*에 대해서 들어 보았을 것입니다. 그리고 그 생동적 기가 어떻게 아버지로부터 아들에게로, 그리고 다시 그의 자손에게로 전달되는지 등등 — 그런 맥락의 이야기를 수도 없이 들어 봤을 것입니다. — 그런데 지금부터 내가 하는 말은 믿어도 좋습니다. 한 인간의 분별력이나 황당함, 그리고 세상에서 이루는 성공이나 실패의 90퍼센트는 바로 이 생동적 기의 운동과 활약에 의해, 그리고 이 기를 어떤 기차에 태워 어떤 궤도로 인도하느냐에 따라 결정된다는 것입니다. 이 생동적 기란 것은 일단 어떤 진로에 들어서게 되면 그 길이 바른길이건 잘못된 길이건 상관없이 — 마치 흥분한 말처럼 정신없이 마구 달려가게 마련입니다. 게다가 같은 방향으로 계속 달리다 보면 정원 산책로처럼 평평하고 매끈한 길이 생기게 되고, 일단 그 길에 익숙해진 생동적 기는 악마가 직접 나서도 그 길에서 쫓아낼 수가 없게 된다는 말씀입니다.

아 참, 여보, 어머니가 느닷없이 말했다. 당신 시계 밥 주는 거 잊어버린 거 아니에요? —— 하—님 맙소사! 아버지가 놀라서 비명을 지르고 목소리를 가다듬으려 애를 쓰면서 소리쳤다 —— *천지 창조 이래로 이런 바보 같은 질문으로 남자 정신을 흩뜨려 놓는 여자가 도대체 어디에 또 있었을까?* 한데 말입니다, 당신 아버지가 대체 무슨 말을 하고 있던 겁니까? —— 아무것도 아닙니다.


## 제2장


—— 그렇다면 내가 보기에는 말이지요, 당신 어머니의 그 질문은 뭐 좋은 것도 나쁜 것도 아닌 게 분명한데요. —— 그럼 선생,

내 말 좀 들어 보세요. 그것은 최소한 아주 시기적절하지 못한 질문이었거든요. ── 왜냐하면 그 질문이 아버지의 생동적 기를 놀래켜서 혼비백산하게 만들었으니까요. **극미인***의 손을 잡고 안내해서 본래 예정된 목적지까지 안전하게 데려다 줄 책임을 맡고 있는 그 생동적 기를 말입니다.

극미인이란, 선생, 그게 이 부박한 시대의 어리석고 편견에 찬 사람들 눈에는 아무리 하찮고 우스꽝스럽게 보인다 할지라도 ── 과학을 탐구하는 이성의 눈으로 보면 ── 온갖 권리로 둘러싸여 보호받고 있는 엄연한 피조물입니다. ── 아주 미세한 것을 연구하는 사람일수록 사실상 가장 확장된 이해력을 가진 사람들이기도 합니다. (인간 영혼의 크기는 연구하는 대상의 크기에 반비례하니까요.) 그들은 극미인이 우리를 창조하신 바로 그분에 의해 만들어진 것이고, ── 우리를 만드시는 바로 그 과정에 따라 생성되었고, ── 우리와 똑같은 활동력과 기능을 부여받은 존재라는 사실을 논란의 여지 없이 증명해 보이고 있지요. ── 즉 극미인이란 우리처럼 피부와 머리카락, 지방, 살, 혈관, 동맥, 인대, 신경, 연골, 뼈, 골수, 뇌, 분비선(腺), 생식기, 체액, 관절 등으로 구성되어 있다는 겁니다. 따라서 우리와 똑같은 활동을 하는 생명이고, 어떤 의미에서 보건 간에 영국 대법관과 마찬가지로 진정 우리의 동료 피조물이란 거지요. ── 극미인도 혜택을 받을 수 있고 ── 상처 입을 수도 있고 ── 배상받을 수도 있고, ── 한마디로 하자면, 그역시 인간의 모든 권리와 자격, 즉 툴리나 푸펜도르프 또는 최고의 윤리 학자들이 인간이라는 상태와 인간 간의 관계 속에서 생성될 수 있다고 주장하는 온갖 권리와 자격을 갖추고 있다는 말입니다.

그러니 친애하는 선생님, 이 극미인이 홀로 가던 여정에서 무슨 사고라도 당한다면 어떻게 되겠습니까? —— 또는 그렇게 어린 여행객이라면 분명 그럴 수밖에 없듯이 나의 작은 신사가 사고에 대한 두려움에 시달리다 형편없이 지쳐 빠진 몸으로 여행 목적지에 도달한다면, —— 그의 근력과 장부의 기개는 너덜너덜 쇠진해지고 — 그 자신의 생동적 기는 이루 말할 수 없이 뒤엉켜 버릴 것이고 — 그의 신경망은 이처럼 애처롭게 혼란에 빠진 상태에서 갑작스러운 경기나 일련의 우울증의 제물이 되어 아홉 달이란 길고 긴 세월을 견뎌야 했을 테니 —— 내 육신과 정신이 공히 수천 가지 병약함에 시달릴 수밖에 없는 토대가 마련되고도 남았을 것이고, 그 생각을 하면 온몸이 떨립니다. 이런 병약함은 나중에 의사나 철학자의 아무리 뛰어난 능력으로도 결코 바로잡을 길이 없는 성질의 것이지요.

## 제3장

앞서 소개한 일화는 나의 삼촌 토비 덕에 알게 된 것이다. 뛰어난 자연 과학자이고 아주 작은 일에 대해서도 면밀한 추론에 빠지는 아버지는 삼촌에게 이 손상에 대해 종종 심각한 얼굴로 불평을 털어놓았다고 한다. 토비 삼촌의 기억에 의하면, 한번은 아버지가 팽이를 돌리는 내 모습을 보다가, 그 방법이나 그 방법을 정당화하는 내 논리에서 (아버지 표현에 의하면) 도저히 이해할 수 없는 어떤 뻐딱한 기이함을 발견하고서 — 고개를 절레절레 흔들며 비난보다는 슬픔을 담은 어조로 이렇게 말씀하셨다고 한다. — 심정적으로 늘 예견해 왔던 사태가 이 일에서는 물론 그동안 이 아이에게서 관찰해 왔던 수백 가지 다른 일에서도 실증이 되고 있으니, 이 녀석이 다른 아이들처럼 생각하거나 행동하는 일은 결코 기대할 수 없게 생겼다네. —— *아, 애재라!* 아버지는 다시 한 번 고개를 저으며 동시에 뺨을 타고 흘러내리는 눈물을 닦으면서 탄식했다고 한다. *우리 트리스트럼의 불행은 그 아이가 이 세상에 들어서기 9개월 전부터 시작된 것일세.*

—— 마침 옆에 앉아 계시던 어머니는 고개를 들어 올려다보았지만 사람이 자신의 뒷모양을 볼 수 없듯이 아버지가 무슨 말을 하는지 알지 못했다. — 하지만 이 일에 대해 자주 이야기를 들어 왔던 삼촌은 — 아버지의 심중을 십분 이해할 수 있었다.


## 제4장


세상에는 독서가들도 있지만, 독서가가 아닌 좋은 사람들 역시 수없이 많다는 것을 안다. — 이런 사람들은 당신에 대해 무엇이든, 처음부터 끝까지 모든 비밀에 전적으로 가담시켜 주지 않으면 매우 심기가 불편해진다.

내가 이렇게 세세한 이야기를 늘어놓고 있는 것은 이런 사람들의 기분을 제대로 맞춰 주고 싶은 순수한 선의와, 또 살아 있는 그 어느 누구도 실망시키기를 꺼리는 내 천성 때문이다. 사실상 나의 인생과 생각 이야기가 세상에 제법 파장을 일으킬 것 같은 데다, 내 추측이 맞다면 모든 계층과 직업, 종파의 사람들을 다 독자로 끌어들일 것이고, — 『천로 역정』 못지않게 널리 읽힐 것이고 — 게다가 마침내는 몽테뉴가 자신의 수필집이 그렇게 될까 두려워했던 바로 그대로, 즉 거실 창문 앞에 놓이는 책이 될 것이 분명해 보이니 — 내가 모든 사람들이 제각각 원하는 바를 어느 정도 신경을 써 주어야 할 필요가 있을 것이 아닌가. 그러니 내가 지금까지 했던 방식을 조금 더 고수하더라도 양해해 주기 바란다. 이런 명분을 고려할 때 내가 이 같은 방식으로 나 개인의 역사를 서술하기 시작했다는 사실이 참 다행스럽다. 내 인생의 온갖 이야기를 호라티우스가 말하듯이 *ab Ovo**로 낱낱이 추적할 수 있을 테니까 말이다.

호라티우스가 이런 방법을 추천했던 것이 전혀 아니라는 사실은 나도 알고 있다.* 그렇지만 그 신사분은 서사시인지 비극인지에 대해 — (어느 쪽이었는지는 잊어버렸다) — 말한 것이고 — 혹시 내가 틀렸다면 호라티우스 선생의 양해를 구하는 바다 — 내가 시작한 이 글쓰기에서는 호라티우스의 원칙뿐 아니라 이 세상에 존재했던 어느 누구의 원칙에도 얽매일 생각이 없다.

하지만 그렇게 멀리 잉태 순간까지 거슬러 올라가는 것을 원치 않는 사람에게는 이 장의 나머지 부분을 건너뛰라고 충고할 수밖에 없다. 미리 단언해 두건대, 이 부분은 호기심 많고 캐묻기 좋아하는 사람을 위해 쓰는 것이다.

———————— 그 문 닫으시지요 ————————

나는 일천칠백십팔 년도 3월 첫째 일요일과 월요일 사이의 한밤중에 잉태되었다. 이 점은 내가 확신을 갖고 말할 수 있다. — 태어나기도 전에 일어난 일에 대해서 그렇게 세세한 부분까지 확신할 수 있는 이유는 우리 집안 내에서만 알려진 작은 일화 때문인데, 이 문제에 대한 의심을 불식시키기 위해 지금 세상에 그것을 공개하려 한다.

여러분이 꼭 알아 두어야 할 사항은 아버지가 사업에서건 재미 삼아 하는 일에서건 더할 수 없이 규칙적인 분이었다는 사실이다. 본래 터키 무역상*이었던 아버지는 사업을 접은 뒤 고향에서 여생을 보낼 작정을 하셨는데, 그 당시에 벌써 몇 년째 _____ 군에 있는 고향 농토로 돌아와 은퇴 생활을 하시던 중이었다. 사실상 아버지는 극단적 정확성의 노예였다고 할 수 있는데, 그 특징의 한 표본을 제시해 보겠다. — 아버지는 몇 년 동안이나 매달 첫째 일요일 밤이면 영락없이, — 그 일요일 밤이 어김없이 찾아오는 것만큼이나 틀림없이, — 집 안 뒤편의 층계 꼭대기에 세워져 있는 커다란 시계의 태엽을 당신 손으로 직접 감아 주는 것을 하나의 원칙으로 삼고 있었다. — 아버지는 그 당시에 이미 예순을 향해 가는 연배였기에 — 점차 그 밖의 잡다한 집안일도 같은 날에 처리하게 되었는데, 아버지가 토비 삼촌에게 종종 말씀하셨듯이, 소소한 일을 한꺼번에 다 처리해 버림으로써 그달의 나머지 날들에는 더 이상 시달리거나 괴롭힘을 당하고 싶지 않아서였다고 한다.

이 습관으로 인해 생긴 불행은 단 한 가지인데, 그게 하필 나한테 엄청난 무게로 떨어졌고 나는 아무래도 그 결과를 무덤까지 지니고 가게 될 것 같다. 설명하자면, 이 불행은 그 본성상 아무 상관관계가 없는 개념이 엉뚱하게 연상 작용을 일으키는 현상 때문에 야기된 것이다. 어머니는 바로 이 연상 작용으로 인해 시계태엽 감는 소리를 들으면 — 다른 어떤 일이 저절로 머리에 떠오르게 되었고 — 그 반대도 마찬가지였다 — 이런 작용을 누구보다 훤히 꿰뚫고 있던 저 현명하신 로크 선생은 이와 같은 개념 간의 이상한 조합 현상이 세상에 존재하는 다른 온갖 편견의 원인보다 더 많이 고약한 사건을 만들어 냈다고 단언하고 있다.

그건 그렇다 치기로 하고.

지금 책상 위에 놓여 있는 아버지의 수첩에 의할 것 같으면, 아버지는 "내가 잉태된 것으로 추정되는 바로 그달 25일인 성모 마리아의 날*에 — 나의 형 보비를 웨스트민스터 학교에 입학시키느라 런던으로 떠났고", 바로 같은 자료에 의거해서 보건대 "그 뒤 5월의 둘째 주까지는 아내와 가족에게 돌아가지 않았던 것"으로 보인다. — 이를 보아도 내 추정은 거의 틀림없는 것이지만, 다음 장의 서두에 나오는 내용은 이에 대해 어떤 의심의 여지도 남겨 주지 않는다.

——— 한데, 선생, 당신 아버지께서 *12*월, —*1*월 그리고 *2*월에는 뭘 하고 계셨던 거죠? —— 아, 부인, — 아버진 그 기간 내내 좌골 신경통에 시달리고 계셨답니다.

## 제5장

1718년 11월 다섯 번째 날은 어떤 남편이라도 합리적으로 기대하는 9개월에 가장 가까운 날이었고 — 바로 그날 나 트리스트럼 샌디라는 신사가 이 너절하고 비참한 우리 세상에 태어났다. — 차라리 달이나 다른 어떤 혹성에서 태어났더라면 좋았을 것이다 (단 목성과 토성은 제외하겠다, 난 추운 날씨는 도저히 참지 못하니까). 다른 어떤 별에서도(금성에 대해서는 단언할 수 없지만) 이 야비하고 더러운 우리 혹성에서보다 형편이 더 나쁠 수야 없을 테니까 말이다. — 양심에 손을 얹고 경건하게 말씀드리건대, 우리 혹성은 다른 별들을 만들고 남은 자투리와 찌꺼기로 만들어졌다고 본다. — 우리 혹성이 이만하면 괜찮은 곳이라고 보는 사람도 있을 것이다. 누구든 대단한 칭호 또는 커다란 영지를 갖고 태어나거나 어떻게든 재주를 부려 공직에 나가거나 권력 혹은 권위가 있는 직책을 얻을 수 있게 된 경우라면 그런 생각이 들 수도 있을 것이다. ─ 한데 내 경우는 그렇지가 않고, ─ 누구든 장터에 대해 이야기할 때는 자기 점포가 있었던 그 장터에 비추어 이야기하게 마련이지 않은가. ─ 따라서 우리가 살고 있는 이 별은 우주에 있는 별들 중에서도 가장 고약한 별이라고 다시 한 번 단언하는 바다. ─ 왜냐하면 내가 처음으로 숨을 쉬기 시작한 그 순간부터, 플랑드르에서 바람에 맞서 스케이트를 타다가 걸린 천식 때문에 거의 숨을 쉴 수도 없는 이 순간까지, ─ 나는 세상이 운명이라 부르는 존재의 끊임없는 노리갯감이었으니까. 운명이 나를 무슨 대단하거나 중대한 불행의 무게에 짓눌리게 했다는 것은 아니다. 그렇게 운명 여사를 모함할 생각은 없다. ─ 하지만 이 세상의 선한 심성을 최대한 동원해서 말하더라도, 이 운명이란 무뚝뚝한 공작 부인께서는 내 인생의 고비마다, 손을 뻗칠 수 있는 곳이면 어디서든, 작은 **영웅**이 견뎌 낼 수 있는 한껏 애처로운 재난과 짓궂은 사고들을 계속해서 나에게 던져 주었다는 것은 부정할 수 없는 사실이다.

## 제6장

내가 정확히 *언제* 태어났는지는 앞 장 첫머리에서 이미 알려 드렸지요, ─ 그러나 *어떻게는* 아직 당신께 말씀드리지 않았습니다. 아니, 사실 그 부분은 독자적으로 한 장을 따로 할애해서 이야기하려고 아껴 두었습니다. ─ 게다가 선생님, 당신과 나로 말하자면 전혀 낯선 사이인데, 나와 관련된 상황을 한꺼번에 너무 많이 알려 주는 것은 합당치 않은 일이 아니겠습니까. ─ 좀 참을성을 가져 주십시오. 당신도 아시다시피 지금 나는 내 인생만이 아니라 내 생각도 기록하는 작업을 하고 있으며, 내 특징에 대한 당신의 지식과 내가 어떤 인간인지에 대한 당신의 지식이 상호 작용을 하면서 한쪽의 지식이 다른 한쪽의 지식을 더욱 잘 음미할 수 있게 도와줄 것이라 기대하고 또 희망하고 있습니다. 당신이 계속 나와 함께 길을 가다 보면 지금 우리 사이에서 막 시작된 가벼운 친분이 친숙함으로 발전하게 될 것이고, 더욱이 우리 둘 중 한 사람이 될 크게 잘못하지만 않는다면 친구가 되는 데까지 이를 수도 있겠지요. —— *O diem Præclarum!** —— 그렇게만 된다면 나와 관련된 어떤 내용도 그 성격상 시시하다거나 듣기에 지루하다는 생각은 들지 않겠지요. 그러니 친애하는 친구이자 길동무여, 혹시 내가 처음 출발하는 시점에서 이야기를 조금 아낀다는 생각이 들더라도 — 참고 봐주십시오. — 내가 나의 방식으로 내 이야기를 진행하게 내버려 두십시오. —— 혹시 내가 때때로 노상에서 시시한 일로 지체하는 것처럼 보이거나 —— 또는 함께 길을 가는 중에 내가 잠깐씩 딸랑이가 달린 광대 모자를 써야 할 일이 생길 때도 — 놀라 달아나지는 마십시오, — 내가 겉으로 보이는 것보다는 조금 더 지혜로운 사람일 거라고 친절한 마음으로 믿어 주셔야 합니다. — 우리가 그렇게 길을 가는 동안 나랑 함께 웃거나 나를 웃음거리로 삼거나, 간단히 말해, 뭐든 내키는 대로 하십시오, —— 다만 성질만 내지 말아 주시지요.


## 제7장


아버지와 어머니가 살던 그 마을에는 여위고, 반듯하며, 어머니스럽고, 주목할 만하고, 좋은 노인인 산파 한 사람이 살고 있었다.

이 부인은 약간의 상식적 분별력과 수년간 산파 일에 집중적으로 종사해 온 경험 덕분에, 사실 그녀는 그동안 내내 자신의 노력보다는 많은 부분 자연 여사의 힘에 의존해 이 일을 해낸 것이긴 하지만 — 그녀 나름대로는 이 세상에서 적지 않은 명성을 얻고 있었다. — 내가 *세상*이란 어휘로 의미하는 바를 잠깐 각하게 설명할 필요가 있겠다. 내가 여기서 세상이라 함은 커다란 세상이라는 원 속에서 이 산파가 살고 있는 오두막을 중심점으로 잡았을 때 그 주위로 직경 4마일 정도에 달하는 작은 원을 일컫는 것일 뿐이다. —— 그녀는 형편이 매우 곤궁했던 데다 서너 명의 자녀까지 딸린 상황에서 마흔일곱의 나이에 과부가 되었던 것으로 보인다. 당시 그녀는 행동거지가 점잖고, — 품행도 진중한 데다, — 말수도 적었기에 더욱더 연민의 대상이 되었다. 그녀가 처한 곤경도 그렇지만 아무 말 없이 곤경을 견뎌 내는 그 태도가 더욱더 큰 소리로 우정 어린 도움을 청하고 있는 셈이어서, 이 교구의 목사 부인도 동정심이 발동되었다. 이 마을에서는 아무리 상황이 급박하다 하더라도 6, 7마일 정도 말을 타고 달려가지 않으면 어떤 종류건 수준이건 산파를 찾을 수 없는 형편이었고, 목사 부인은 이 때문에 남편 교구의 신도들이 얼마나 심한 불편을 겪는지 딱하게 생각해 오던 터였다. 게다가 이 일대는 깊은 진흙탕 길로만 되어 있어서 캄캄한 밤중에 달리는 험한 길 7마일은 14마일에 쉬 맞먹을 만한 거리이고, 사실상 인근에 산파가 전혀 없는 것이나 진배없었다. 따라서 목사 부인은 이 과부에게 산파 일의 기본기를 가르쳐서 산파로 자리 잡게 만들면 이 과부에게는 물론 교구민에게도 안성맞춤으로 좋은 일을 하게 되는 것이라고 생각하게 되었다. 목사 부인은 자신이 생각해 낸 이 사업을 추진하는 데 자기만 한 적임자가 없다는 판단하에 매우 자애롭게도 이 일을 직접 떠맡았고,

교구 여성들 사이에서 상당한 영향력을 갖고 있었기에 별 어려움 없이 원하는 대로 일을 추진해 나갔다. 사실상 목사도 아내를 도와 이 일에 힘을 보탰는데, 자기 아내가 관례에 따라 이 과부가 산파 일을 할 수 있도록 제반 상황을 만들어 주었다면, ─ 그는 이 일을 제대로 처리해서 법적 권리를 갖고 산파업을 시작할 수 있도록 18실링 4펜스의 산파 면허 수수료를 기꺼이 지불해 준 것이다. 따라서 이 과부는 목사 부부 두 사람의 도움에 힘입어 조산원 직의 실제적이며 실체적인 소유권을 갖게 되었고, 거기에 따르는 모든 *권리*와 *부속 권리*, 종물(從物) 역시 모두 손에 넣게 되었다.

위에 쓴 여러 단어들은 이런 일을 하는 여성들에게 발급되는 자격증이나 허가증, 위임장 등의 양식에서 원래 일반적으로 사용되는 말이 아니라는 것을 당신도 알 것이다. 그것은 디디우스*가 직접 맵시 있게 고안해 낸 양식에 따른 것이다. 그는 모든 것을 분해한 뒤 자기 방식에 따라 재조합하기를 즐기는 사람이어서 이런 까다로운 수정 조항을 만들어 냈을 뿐만 아니라 근처에 사는, 이미 면허증을 소지한 여인네들을 꾀어서 자기가 만든 이런 기묘한 어구들이 첨가된 면허증을 새로 발급받도록 설득하기도 했다.

디디우스의 이런 변덕을 내가 부러워해 본 적이 없었다는 것은 인정한다. ─ 하지만 누구나 나름대로의 취향이 있게 마련이다. ─ 저 위대한 의사 쿠나스트로키우스* 선생은 한가할 때 당나귀 꼬리털을 빗질하는 데서 이루 말할 수 없는 즐거움을 느끼지 않았는가? 그것도 호주머니에 족집게가 언제나 준비되어 있는데도 불구하고 이빨로 죽은 털을 뽑아 주면서 말이다. 그런 이야기를 하려고 들면, 온 시대에 걸쳐 가장 뛰어난 현자들도, 솔로몬도 물론 거기서 제외될 수 없고, ─ 모두 나름대로 자신만의 **죽마**를 ─ 즉 구보용 말이나 ─ 동전, 조가비, 북이나 트럼펫, 깽깽이, 팔레트,

—— 구더기와 나비* 같은 것을 즐기지 않았는가? —— 누군가 대로 상에서 자기의 **죽마**를 조용히 그리고 평화롭게 타고 가면서, 당신이나 나한테 뒤에 타라고 강요하지만 않는다면, —— 선생, 그 일이 도대체 우리랑 무슨 상관이 있겠습니까?

## 제8장

— *De gustibus non est disputandum*.* — 다시 말해 **죽마**에 대해서는 반론을 펼칠 수 없는 법이다. 그리고 나만 하더라도 그런 일은 거의 하지 않는다. 비록 어떤 죽마에 대해 내 마음 저 깊은 곳에서 적대감이 있다 하더라도, 거리낌 없이 반론을 펼칠 입장이 못 된다. 왜냐하면 나 자신도 달님의 모습이 변해 가는 데 따라, 가끔씩은 내 변덕이 발동하는 대로, 깽깽이를 켜기도 하고 그림을 그리기도 하니 말이다. — 당신도 알아 두어야 할 것이, 나 역시 말을 두어 마리 가지고 있고(누가 알든 말든 개의치 않고) 그것을 번갈아 가며 타고 나가 바람을 쐬는 일이 자주 있는데 — 부끄러움을 무릅쓰고 말씀드리자면 때때로 현명한 분들이 보기에 괜찮다고 생각되는 정도보다 제법 더 긴 여행에 빠져들기도 한다. — 그러나 진실을 말하자면, — 나는 현명한 사람이 아니다. —— 게다가 세상에서 너무나 별 볼일 없는 인간이기 때문에 내가 뭘 하건 별로 문제 될 게 없다. 따라서 그런 일로 열을 내거나 안달하는 경우는 거의 없다. 또한 예를 들어 A, B, C, D, E, F, G, H, I, K, L, M, N, O, P, Q 등등의 위대한 각하들이나 지체 높은 나리들이 각각 다른 말을 타고 열을 지어 지나가는 것을 보았다고 해서 내 휴식이 방해받는 일도 없다. — 어떤 이들은 안장에 커다란 발걸

이가 달린 말을 타고 보다 엄숙하고 침착한 행보로 지나가고 ─ 또 어떤 이들은 그와 반대로 턱이 파묻힐 정도로 고개를 숙이고 채찍을 입에 문 채 마치 얼룩덜룩한 작은 악마 무리처럼 정신없이 내달리는 것을 볼 때면, ── 개중에는 마치 목을 부러뜨리기로 작심이라도 한 것처럼 보이는 이들도 있다. ─ 그럼 더 잘됐지 뭐 ─ 라고 나는 혼잣말을 한다. ─ 설사 최악의 사태가 발생한다 해도, 세상은 그들 없이도 아주 훌륭히 굴러갈 테니까 말이다. ─ 그 밖의 사람들에 대해서는, ─ 글쎄, ─ 하느님의 은총을 빌 뿐만 아니라, ─ 나한테선 아무 저항도 받지 않고 계속 달리도록 내버려 두겠다. 왜냐하면 혹여 이 나리들을 오늘 밤 그 말에서 내리게 만든다 하더라도 ── 그들 대다수는 십중팔구 내일 아침도 되기 전에 더 고약한 말에 올라타 있게 될 터이니까.

따라서 이런 사례들 중 어느 하나도 내 휴식을 방해한다고는 말할 수 없다. ─ 그러나 나의 이런 제어 장치가 해제되는 경우도 있다. 즉 위대한 일을 하도록 태어난 사람, 특히 더 명예스럽게도 본성에 의해 언제나 좋은 일을 하고 싶어 하는 사람이 이런 말을 타고 있는 모습을 보게 된다면, ── 각하, 당신처럼 원칙과 행동이 혈통에 못지않게 자비롭고 고귀한 분이, 이 부패한 세상이 한순간도 당신 없이 운영될 수 없는 그런 분이 죽마에 올라탄 모습을 보게 된다면, ─ 내 애국심이 그에게 허용할 수 있는 시간, 그의 영광을 희구하는 내 열의가 기대하는 시간보다 1분이라도 더 오래 타는 광경을 보게 된다면, ─ 그런 때는 각하, 내가 철학자이기를 멈추는 때가 됩니다. 그런 때 나는 충직한 안타까움이 치솟아 **죽마** 와 그 패거리들이 모조리 지옥에 떨어져 버리길 소망하게 됩니다.

각하.

"이 글이 내용과 형식, 위치라는 헌사의 3대 핵심 요소 면에서 매우 특이함에도 불구하고, 저는 이것이 분명히 헌사라고 주장합니다. 청하건대, 각하, 이것을 헌사라 여기시고, 제가 누구보다 공경스럽고 겸허한 마음으로 당신 발 앞에 바치도록 허락해 주십시오. — 혹 당신께서 그것을 택하신다면 — 그것은 물론 마음이 내키실 때 하셔야겠지만, — 말하자면, 각하, 그게 쓸모 있을 때, 덧붙여 말씀드리자면 그것도 최상의 목적에 소용이 될 때 말이지요, 저는 영광스럽게도,

각하,

당신의 가장 순종적이고,

가장 헌신적이며,

그리고 가장 겸손한 하인,

트리스트럼 샌디가 될 것입니다."

## 제9장

나는 전 인류를 향해 엄숙하게 선언하는 바다. 위의 헌사는 어느 특정한 군주나 고위 성직자, 교황 또는 세도가를 위한 것도 아니고, — 이 왕국이나 어느 다른 기독교 국가의 공작, 후작, 백작, 자작, 남작 한 사람을 위한 것도 아니다. —— 또한 신분이 높든 낮든 간에 어떤 한 인물이나 명사에게 공개적으로건 사적으로건, 직접적이건 간접적이건 흥정을 붙여 보거나 바쳐 본 적이 없는, 그야말로 정직하게 말해서 진정한 처녀 헌사다.

이 점을 힘들여 소상히 밝히는 것은 내가 이 헌사를 통해 최상의

이득을 끌어내기 위해 사용하는 방법, — 즉 이것을 공평하게 공매에 부치는 과정에서 야기될 수도 있는 불쾌감이나 거부감을 사전에 제거하기 위해서다. 그리고 나는 바로 지금 공매를 선언하는 바다.

　—— 어떤 작가든 모두 소기의 목적을 달성하기 위한 그 나름의 방법을 갖고 있다. 나로 말하자면 단 몇 기니를 놓고 어두운 출입구에서 흥정하거나 옥신각신하는 것을 혐오하는 사람이고 — 여러 지체 높으신 분들과 처음부터 공명정대하게 거래하겠노라 마음을 굳혔기 때문에 차라리 이 방법이 내게 더 유리한 건지 아닌지 한번 시험해 보려 한다.

　따라서 혹시 이 왕국의 공작이나 후작, 백작, 자작 또는 남자 중에 간결하면서도 점잖은 헌사를 필요로 하는 분이 계시다면, 그리고 그분께 이 헌사가 어울릴 만하다면(사실 어느 정도라도 어울리는 분이 아니라면 이것을 내놓을 생각이 없다), — 50기니에 기꺼이 이 헌사를 바칠 것이다. —— 이 액수는 재능 있는 분이라면 누구나 부담할 수 있는 금액보다 20기니는 더 싼 값이라고 확신한다.

　각하, 다시 한 번 잘 검토해 보시면 이것은 조야하게 끼적거린 다른 헌사들과는 거리가 멀다는 것을 아실 겁니다. 각하께서도 보시는 것처럼 디자인도 좋고 색채 또한 투명하며 — 그림 솜씨도 모자람이 없습니다. — 또는 과학을 아는 사람답게 말씀드리자면 — 20등급으로 나뉘는 화가의 척도로 내 작품을 평가해 볼 때, — 각하, 제가 보기에 윤곽은 12등급, — 구성은 9등급, — 색채는 6등급, — 표현은 13등급 반 정도 될 것이고, — 디자인은, 각하, 제가 제 디자인을 제대로 이해하고 있다고 상정해 주시고, 완벽한 완성도를 갖춘 디자인을 20등급이라 할 때, — 적어도 19등급 이하로 크게 떨어지지는 않을 것이라 생각합니다. 이런 점들 외에 — 조화를 이룬다는 장점이 있고 더욱이 **죽마**라는 어두운 획들도 있어(그것은 조연급 인물로서 작품 전체의 배경 역할을 하는데요) 각하의 모습 속에 있는 빛나는 요소를 멋지게 부각시키고 더욱 돋보이게 합니다. —— 게다가 *Tout ensemble*\*로 볼 때 독창적인 분위기가 넘쳐 납니다.

친절하신 각하, 이 저자를 위해 앞서 말씀드린 금액을 도즐리 씨\* 앞으로 송금해 주시기 바랍니다. 그러면 재판 발간 때 이 장을 삭제하고 각하의 호칭과 탁월한 업적, 가문의 문장 그리고 선행들을 그 앞 장 첫머리에 집어넣겠습니다. 그리고 *De gustibus non est disputandum*이라는 말부터 시작해서 그 밖에 죽마와 관련된 부분은 무엇이든, 모두 각하께 헌정할 것입니다. — 그 나머지 부분은 달님에게 헌정하는 바입니다. 달님은 내가 생각해 낼 수 있는 어떤 후견인이나 후견녀보다 더욱 강력한 힘을 발휘하여 내 책이 앞으로 나아가도록 밀어 주고, 또한 온 세상이 내 책에 반해서 미친 듯이 쫓아다니게 만들어 줄 여신이니까요.

*환히 빛나는 여신이시여.*

혹시 캉디드와 큐네공드 양\*의 일로 너무 바쁘신 게 아니라면 — 트리스트럼 샌디의 일도 당신의 보호 아래 거둬 주옵소서.


# 제10장

이 산파를 도와준 선행이 어느 정도까지 칭송받을 일인지, 또 그 공로가 누구에게 정당하게 돌아가야 하는지는 — 일견 이 작품에서 그리 중요한 문제가 아닌 것처럼 보일 수도 있다. — 어찌 됐건 당시에는 목사님 부인이 그 공로를 모조리 차지하고 넘어갔다. 하지만 진심으로 말하건대, 비록 그 일을 먼저 생각해 낸 행운은 목

사님 것이 아니었지만 — 그래도 그 계획이 나오자마자 충심으로
지지를 보냈을뿐더러 기꺼이 돈을 내놓아 그 계획이 실현되도록
도왔으니 목사님도 그 일에서 파생되는 명예의 절반까지는 아니
더라도 — 최소한 그 일부는 차지할 권리가 있다고 생각한다.

하지만 당시 세상은 전혀 다른 반응을 보여 주었다.

책을 내려놓으시지요. 반나절의 시간을 드릴 테니 왜 그랬을지
그 근본 원인을 한번 그럴듯하게 추측해 보시지요.

자, 그럼 제가 말씀드리겠습니다. 이미 그 정황을 자세히 설명
해 드렸던 산파의 면허증 사건이 있었던 날로부터 약 5년 전에 —
지금 우리가 거론 중인 그 목사님은 자기 자신과 자신의 신분 그
리고 자신의 직업에 어울리지 않게 모든 격식을 깨뜨리는 파격적
인 행동으로 온 마을의 구설수에 올랐다. —— 설명하자면, 이 목
사님은 1파운드 15실링의 값어치밖에 나가지 않는 비쩍 마르고
초라하기 짝이 없는 말을 타고 세상 앞에 나서곤 했다는 것이다.
그 말에 대한 묘사를 간단히 하자면 모양새가 닮았다는 점에서는
돈키호테가 타던 말 로시난테와 영락없는 형제간이라고 할 수 있
을 것이다. 즉 로시난테에 대한 묘사와 털끝 하나까지도 모든 점
에서 완전히 일치한다는 것이다. — 참, 로시난테가 천식에 걸렸
다는 말은 어디서도 들어 본 적이 없으니 그 점은 다르겠다. 게다
가 통통하건 말랐건 스페인 말들은 대체로 수말 구실을 하는 복을
누린다고 하니까, — 로시난테 역시 틀림없이 모든 점에서 제대로
된 수말이었다는 점이 다를 것이다.

그 **영웅**의 말은 품행이 아주 정숙했다는 사실은 나도 잘 알고 있
다. 그 사실이 위에서 제시한 수말 구실을 한다는 주장에 반대 의
견을 제시할 근거가 될지도 모르지만, 실상 로시난테의 금욕은
(양구아스의 짐수레 일화에서도 잘 알 수 있듯이*) 어떤 신체적

결함이나 원인에서 나온 것이 아니라 절제심과 차분한 혈류의 흐름에 기인한 것이다. ─ 그러니 부인, 세상에는 아무리 칭찬해도 부족한 매우 훌륭한 순결의 예가 얼마든지 있음을 말씀드리고 싶습니다

어쨌거나 난 이 극적인 작품의 무대에 등장하는 인물은 누구든 간에 엄밀하게 정당한 대우를 해 주는 것을 목표로 삼고 있는 만큼 ─ 돈키호테의 말이 갖고 있는 이 훌륭한 차이점을 모른 체할 수가 없었다. ── 그 밖의 다른 모든 점에서는 목사님의 말이 바로 그 말이었다 해도 틀린 말은 아닐 것이다. ── 그 말은 겸손의 여신이 직접 타고 다녀도 좋을 정도로 비쩍 마르고 길쭉하기만 해서 처량하기 짝이 없는 몰골을 한 노쇠한 말이었다.

어디에나 있게 마련인 판단력이 부족한 사람들은 목사님이 이 말의 모양새를 얼마든지 개선할 능력이 있다고 생각했다. ─ 사실, 그는 끝 부분이 솟아오른 대단히 멋진 안장을 가지고 있었으니 말이다. 이 안장으로 말하자면, 앉는 자리는 녹색 비로드로 누비고, 가장자리엔 은으로 된 징을 두 줄로 박아 치장했으며, 번쩍이는 놋쇠로 만든 최상품 발걸이까지 갖추고 있었다. 게다가 거기에 꼭 어울리는 극미사의 회색 천으로 된 마의도 있었는데 검은 레이스로 테두리를 장식했을 뿐 아니라 금가루가 뿌려진 짙은 검은색 실크 술 장식까지 달려 있는 물건이었다. ─ 목사님은 자긍심이 넘치던 전성기 시절, 요소요소에 화려한 양각 조각을 곁들인 고삐와 함께 이 모든 것을 구입했다. ── 하지만 그는 자신의 짐승을 조롱하는 것을 원치 않았기 때문에 이것들은 모두 서재 문 뒤에 걸어 두고, ─ 대신 그 말의 모양새와 값어치에 걸맞은 안장과 고삐를 새로 갖춰서 사용하고 있었다.

목사님이 이런 모습으로 교구를 돌아보러 나가거나 인근에 사

는 신사 양반들 집을 방문하러 나가는 일이 있을 때면 —— 그의 철학이 녹슬어 버릴 겨를이 없을 정도로 얼마나 많은 것을 보고 들어야 했을지 당신도 쉬 짐작할 수 있을 것이다. 사실을 말하자면, 그가 마을에 들어서기만 하면 늙은이건 젊은이건 모든 사람의 관심이 그에게 집중되었다. — 그가 지나가면 일하던 사람은 일손을 멈추었고, — 물 퍼 올리던 두레박은 우물 한가운데 매달린 채 멈춰 있었고, —— 베 짜던 물레도 돌기를 잊었으며, —— 하물며 동전 던지기 게임이나 모자 속에 동전 섞기 게임 같은 것들마저 중단되어 그가 시야에서 사라질 때까지 게임 도구들이 입을 떡 벌리고 멈춰 서 있기가 예사였다. 그의 행보가 결코 빠른 게 아니어서 그가 이런 모습을 관찰할 시간은 충분했다, — 진지한 사람들은 신음 소리를 냈고 —— 가벼운 사람들은 웃음을 터뜨렸지만 — 그는 이 모든 것을 탁월한 평정심으로 견뎌 냈다. — 그의 성품을 말할라치면, —— 그는 진심으로 농담을 즐기는 사람이었고, — 스스로도 자신이 우스꽝스럽다고 생각했기 때문에, 자기와 똑같은 시선으로 자신을 바라보는 다른 사람들에게 결코 화를 낼 수 없노라 말하곤 했다. 그의 기벽이 돈을 아껴서가 아니라는 것을 알고 있어 더욱더 망설임 없이 그의 과도한 기행을 조롱하던 친구들에게도 — 그는 진짜 이유를 밝히기보다는 — 자신을 대상으로 한 그들의 웃음에 동참하는 편을 택했다. 더욱이 그는 타고 다니는 짐승만치나 말라빠져서 뼈대 위에 살점이라곤 1온스도 붙어 본 적이 없는 사람이다 보니, — 때때로 그 말이야말로 자기에게 썩 잘 어울리는 짐승이라고 고집을 피우면서 — 말과 말 타는 사람이 켄타우로스*처럼 — 한 몸을 이룬다고 주장하기도 했다. 또 가끔 기분이 달라져 거짓 위트를 부리고 싶은 유혹에서 벗어나는 때는, — 자신이 아무래도 폐병 때문에 아주 빠른 속도로 세상을 떠나게 될 것 같다고 전제한 뒤, 짐짓 아주 엄숙한 표정을 지어 보이며, 자기는 살찐 말을 보면 의기소침해질 뿐만 아니라 눈에 띄게 맥박이 변하기 때문에, 평정심을 유지하고 사기를 진작하기 위해서라도 이 여윈 말을 선택하는 것이라고 설명했다. 그는 기운 넘치는 말보다는 해수병을 앓는 이 온순하고 힘없는 말을 선호하는 데 대해 그때그때 기분에 따라 수십 가지의 익살맞고도 상반되는 이유를 제시했다 — 그런 말 위에서는 별로 애를 쓰지 않고도 앉아 있을 수 있으니, 죽음의 상징, 해골이 바로 눈앞에 있는 것 같은 혜택을 누리면서 *de vanitate mundi et fugâ sœculi*\*에 대해 즐거이 명상에 빠질 수도 있고, — 천천히 말을 타고 가는 중에도 — 서재에 있는 것과 진배없이, 여러 가지 일을 하면서 시간을 활용할 수 있기 때문에 —— 서재에서 하듯 차분하게 설교에 쓸 내용을 엮을 수도 있고 — 바지에 난 구멍을 엮어 꿰맬 수도 있다는 것이다. — 날쌘 속보와 느릿느릿 진행되는 논증은 마치 기지와 판단력처럼 서로 어울리지 않는 움직임이지만 — 그 느린 말 위에서는 모든 것을 통합하고 조화를 이룰 수 있으니 — 설교문을 만들 수도 있고, — 기침이 가라앉게 만들 수도 있고, —— 혹여 자연의 부름이 그렇게 이끈다면, 스스로를 잠들게 만들 수도 있다는 것이다. — 간단히 말해서, 목사님은 진짜 이유를 제외한 온갖 다른 이유를 상황에 따라 갖다 붙였는데, — 그가 진짜 이유를 밝히기를 꺼린 것은 섬세한 결벽성 때문이었고, 그는 그게 명예로운 일이라고 생각했다.

이야기의 진짜 내막은 다음과 같다. 이 신사 양반의 삶의 초창기, 즉 최상의 안장과 채찍을 구입했던 당시에는 — 그는 정반대의 극단으로 가고 있었는데, 이를 그의 생활 방식이라 부르건 허영이라 부르건 또는 그 밖에 어떤 이름으로 부르건 상관없다. —

그가 살고 있던 마을 사람들의 표현에 따르면, 그는 좋은 말을 사랑하는 사람이었기 때문에 그의 마구간에는 그 교구 전체에서 가장 훌륭한 말 한 마리가 언제라도 안장을 얹을 준비가 되어 있었다. 이미 말했듯이 7마일 이내에는 산파가 없었던 관계로 — 그것도 길의 상태가 무척 고약한 이 동네에서 말이다 — 그는 일주일에 한 번이라도 말을 빌려 달라는 요청을 받지 않고 넘어가는 적이 없었다. 그는 냉정하지 못한 사람이었고, 매번 지난번보다 더 위급하고 절박한 상황에서 오는 요청이었기에 — 비록 자기 말을 무척 사랑했음에도 불구하고 도저히 거절이라는 것을 할 수 없었다. 그 결과는 대체로 다음과 같다. 즉 그의 말은 다리에 부종이 생기거나, 관절에 종양이 생기거나, 수자병(水疵病)에 걸리거나, — 또는 발바닥에 화농성 종양이 생기거나, 폐기종에 걸리거나, 아무튼 몸에 살이 남아 있을 수 없게 만드는 이런저런 일들이 생겨서, — 9, 10개월마다 한 번씩은 수중에 있는 불량한 말을 폐기처분하고 — 좋은 말을 새로 사야 하는 입장에 처했다.

이런 상황의 대차 대조표가 연평균 얼마의 손실을 가져올지에 대해서는 같은 일을 겪어 본 사람들로 구성된 특별 배심원단의 결정에 맡기겠다. — 그 손실이 얼마가 되었든 간에 이 정직한 신사는 수년 동안을 불평 한마디 없이 견뎌 냈지만 이런 사고가 거듭 반복되면서 마침내 그도 이 문제에 대해 심사숙고하게 되었다. 전체적으로 저울질을 해 보고 셈을 따져 본 결과, 그는 이 비용이 다른 지출에 비해 균형이 맞지 않을뿐더러 그 자체로서도 너무 무거운 부담이라 교구 내에서 다른 자선을 베푸는 일을 불가능하게 만들고 있다는 것을 깨닫게 되었다. 게다가 그렇게 날려 보내는 돈의 절반만 가지고도 다른 선행을 열 배나 더 많이 할 수 있으리라는 생각이 들었다. —— 다른 어떤 것보다 더 중요하게 떠오른 것은 이 일이 그의 선행을 한 가지 특정 영역으로만 제한시킨다는 점이었다. 그것도 그의 생각에는 이 교구에서 가장 자선이 덜 필요한 분야, 즉 아이를 갖고 출산하는 일에 집중되는 반면, 성 불능자나 — 노인들, — 그리고 그가 매 시간 방문하는 아무 위안거리도 없는 집들, 즉 가난이나 질병, 고통이 머물고 있는 집들을 위해서는 아무것도 해 줄 수 없다는 것이다.

이런 이유로 해서 그는 그 지출을 중단하기로 결심했다. 이 골칫거리로부터 벗어나기 위해 택할 수 있는 방법은 두 가지밖에 없었다. — 어떤 요청이 있어도 결코 말을 빌려 주지 않든가, — 또는 마을 사람들이 빌려 타서 병들고 쇠약해진 불쌍한 말을 그 녀석의 통증과 질병을 참아 내면서 마지막 순간까지 타고 다니는 것이다.

첫 번째 방법은 일관성을 지켜 낼 자신이 없었으므로 —— 그는 기꺼이 두 번째 방법을 택했다. 이미 말했듯이 그 내막을 설명함으로써 얼마든지 자신의 명예를 지킬 수 있음에도 불구하고, — 바로 그렇기 때문에 그는 차마 그럴 수가 없었다. 자화자찬처럼 보일 이야기를 털어놓는 고통보다는 오히려 적들로부터 오는 경멸과 친구들이 터뜨리는 웃음을 참아 내는 쪽을 택한 것이었다.

나는 그의 성품의 이 한 가지 특성만 보더라도 이 성직자 신사분의 영적이고 세련된 감성을 매우 높이 사는 바다. 사실 그의 성품은 라만차의 기사*의 비길 데 없이 순수하고 정직한 품격에 필적할 만하다. 말이 나왔으니 말이지만, 나는 이 기사의 온갖 우행에도 불구하고 그를 고전에 나오는 어떤 위대한 영웅들보다 더 사랑하고 그를 만나기 위해서라면 아무리 먼 길도 마다하지 않을 것이다.

그러나 이것이 내 이야기의 교훈은 아니다. 내가 의도하는 것은 이 일에서 드러나는 세상 인심을 보여 주는 것이다. — 당신이 알아 둬야 할 것은, 이 내막이 분명 목사님의 신망을 높여 줄 만한 것임에도 불구하고, ― 누구도 그것을 알아차릴 수 없었다는 사실이다. ― 그의 적들은 굳이 알려 하지 않았고, 그의 친구들은 알 수가 없었던 것이라 생각한다. ―― 그러나 목사님이 산파를 도와주는 일에 발 벗고 나서서 산파 면허증 비용을 지불하자마자, ― 그의 비밀이 백일하에 드러났다. 마을 사람들은 그가 그동안 잃어버린 모든 말들은 물론, 실제보다 두 마리 더 보태기까지 해서, 그 말들이 병들고 망가지게 된 모든 부대 상황들까지 생생하게 기억해 내고 입에 올리게 되었다. ― 그 이야기는 마치 거친 불길처럼 퍼져 나갔다. ― "목사님한테 다시 자만심의 열병이 도졌나 봐. 이제 또 한 번 멋진 말을 타고 다닐 심산인 게지. 만약 그렇다면 1년 안에 면허증 비용의 열 배는 챙길 수 있다는 게 정오의 태양만치나 명명백백하지 않겠어. ―― 그러니 목사님이 이 자선 행위를 통해 뭘 노리고 있는지는 각자의 판단에 맡겨야겠지."

이 일에서 그리고 그가 살면서 행했던 모든 일에서 자신이 노리는 게 과연 무엇이었을까, ― 아니 그보단 오히려 그 점에 대해 다른 사람들의 머릿속에 떠다니는 생각은 무엇일까 하는 고민이 푹 잠들어 있어야 할 시간에 그의 머릿속을 너무 많이 떠돌아다니고 있었으니, 목사님은 도무지 휴식을 취할 수가 없었다.

그러나 약 10년 전에 목사님은 이런 고민으로부터 완전히 해방되는 행운을 얻었다. ―― 바로 그 무렵에 이 교구와 ―― 이 세상을 한꺼번에 하직하게 되어, ― 그분의 판단에 대해서는 전혀 불평할 이유가 없는 바로 그분 앞에서만 해명하면 되는 입장이 된 것이다.

어떤 사람의 행동에는 숙명적 불운이 따르는 경우가 있다. 아무리 애를 써서 제대로 해 보려고 노력하더라도 어떤 매개체를 거쳐 가는 중에 마구 꼬이고 뒤틀려 본래 가야 할 방향에서 벗어나기 때문에. —— 올곧고 강직한 마음을 가진 사람에게서 칭찬받을 만한 일을 했고 얼마든지 칭찬받을 자격을 갖추었다 할지라도, 정작 그 사람 자신은 전혀 그것을 누려 보지 못하고 살다가 죽게 마련인 경우가 허다하다.

이 신사분이 바로 이런 진리의 고통스러운 표본이었다. — 그러나 어떤 경위로 이런 일이 생겼는지 알기 위해서는, — 그리고 그 지식을 당신에게 유용한 것으로 만들기 위해서는 다음에 나오는 두 챕터를 꼭 읽어 보시라고 강권하는 바다. 거기에는 그의 인생과 교우 관계에 대한 스케치가 거기에서 파생되는 교훈과 더불어 제시되어 있다. — 그 일이 끝나면, 또 우리의 갈 길을 막는 것이 아무것도 없다면, 그땐 산파 이야기를 계속하기로 하겠다.


## 제11장


이 목사님 이름은 요릭*이었다. 이 이름에서 특히 주목할 만한 점은 (질긴 양피지를 사용하여 완벽한 상태로 보존된 이 집안의 아주 오래된 기록에 의하면) 이 이름의 철자법이 거의 — 아, 9백 년 동안이라고 말할 뻔했다. —— 하지만 아무리 논란의 여지가 없는 정보일지라도 있을 수 없는 일 같은 진실을 이야기해서 내 신뢰도를 흔들어 놓는 일은 하지 않는 게 좋겠다. —— 그러니 다음과 같이 말하기로 하겠다. — 얼마나 오래전부터였는지 내가 알 수 없는 기간 동안 그 이름의 철자법은 어떤 변화도 없이, 단한 글자의 자리 이동도 없이 그대로 유지되어 왔다는 사실이다. 정말 대단한 일이 아닌가. 이 나라에서 최상으로 치는 성씨들 중 절반 이상은 그런 주장을 펼칠 형편이 아니고, 주인이 바뀔 때마다 난도질당하거나 변화를 거쳐 왔다는 사실을 생각해 볼 때 말이다. — 이런 변화는 그 성의 소유주들의 자만심 때문일까, 아니면 수치심 때문일까? — 정직하게 말하자면, 이는 각자가 당시에 느꼈던 충동에 따라 때로는 전자 때문에 때로는 후자 때문에 그랬을 것이라고 생각한다. 하지만 그것은 사악한 일인 것이, 언젠가는 이름이 완전히 뒤섞여 혼란을 야기하게 되고 "우리 증조할아버지는 이런저런 일을 하신 바로 그분이었다"라고 장담할 수 있는 사람이 아무도 없는 지경이 될 것이다.

요릭의 집안은 미리 신중한 조치를 취하여 이런 폐단을 사전에 충분히 방지해 두었다. 내가 인용하고 있는 이 집안의 가족사는 종교적으로 잘 보존된 기록으로서 거기에 많은 정보가 담겨 있다. 즉 이 집안은 본래 덴마크 혈통인데 그 옛날 덴마크 왕 호르웬딜루스의 통치 기간 중에 영국으로 이주해 왔다고 한다. 요릭 씨의 직계 조상은 이 왕의 궁정에서 죽는 날까지 꽤 중요한 직책을 맡았던 것으로 보인다. 그 대단한 자리가 어떤 성격의 것이었는지는 기록에 나타나지 않지만. — 다만 이 직책이 거의 2백 년 전부터 덴마크 궁정뿐만 아니라 기독교 세계의 다른 모든 궁정에서도 전혀 필요 없는 것으로 간주되어 완전히 폐지되었다는 사실만 전해지고 있다.

나는 이 직책이 왕의 수석 광대였으리라는 생각을 종종 한다. —『햄릿』의 요릭이 바로 그분이었을 것 같으니까 말이다. — 여러분도 알다시피 셰익스피어의 극에는 입증된 사실에만 근거한 실제 이야기가 많지 않은가.

이 추측을 확인하자고 내가 삭소 그라마티쿠스의 덴마크 역사책을 뒤져 볼 시간은 없다. — 하지만 혹시 독자께서 여가 시간이 있다면 이 책은 쉽게 구할 수 있으니 얼마든지 확인해 보아도 좋다.

그러나 1741년에 내가 노디* 씨 장남의 가정 교사였던 시절, 그를 데리고 엄청 빠른 속도로 유럽 전역을 여행하며 지나갔는데, 그때에도 나는 덴마크에서 그저 다음과 같은 사실을 확인할 시간밖에 없었다. 사실 우리 두 사람이 수행했던 이 독창적 여행에 대해서는 앞으로 이 작품이 진행되는 과정에서 아주 맛깔스러운 서사를 제공할 생각이지만, 아무튼 이 나라에서 오래 체류했던 사람이 내놓은 다음과 같은 의견이 맞는 말이라는 것을 확인할 시간밖에 없었다. ― 즉, "자연의 여신은 이 나라 거주자에게 재능이나 능력을 선물하는 데 있어 너무 후하지도 너무 인색하지도 않았으며, ― 마치 사려 깊은 부모처럼 그들 모두에게 적절히 친절을 베풀었다. 그녀가 얼마나 균등하게 혜택을 베풀었는지 재능에 있어서는 모두가 서로 거의 비슷한 수준이라 탁월한 재능을 가진 경우는 거의 찾아볼 수 없고 모든 계층의 사람들이 상당한 정도의 평범한 이해력을 고루고루 나눠 갖고 있다." 나는 이것이 정말 맞는 말이라고 생각한다.

당신도 알다시피, 우리나라의 경우는 아주 다르다. ― 우리는 이 점에서 편차가 대단히 심하다 . ― 당신은 대단한 천재거나, ― 혹 그게 아니라면, 선생, 당신은 십중팔구 대단한 멍청이거나 바보다. ― 중간 단계의 경우가 전혀 없다는 것은 아니다. ― 아니, ― 우리가 그 정도로 변칙적인 것은 아니다. ― 하지만 이 불안정한 섬나라에선 자연의 여신이 선물을 주거나 이런 종류의 분배를 하는 중에 종잡을 수 없을 만큼 한껏 변덕을 부렸고 따라서 양극화가 그만큼 더 흔하고 그 정도도 보다 심하다고 할 수 있다. 운명의 여신이 물건이나 재산을 나눠 주는 방법도 자연의 여신보다 더 변덕스럽다곤 말할 수 없을 정도다.

바로 이 점이 요릭의 혈통에 대한 내 믿음을 비틀거리게 만드는 요소다. 요릭은 내가 기억하는 바나 들었던 바에 의하면, 그의 체질 속에 덴마크인의 피는 단 한 방울도 섞이지 않은 것처럼 보인다. 지난 9백 년의 세월 동안 그 특질이 모두 소진되어 버린 건지도 모르겠다, —— 그러나 이 문제를 갖고 한순간이라도 당신과 철학적 논의를 펼칠 생각은 없다. 어쩌다 그렇게 되었는지는 모르지만, 아무튼 그것은 엄연한 사실이니 말이다. — 그는 그쪽 혈통의 사람에게서 볼 수 있는 냉담함이나 감각과 기질상의 정확한 규칙성 대신에 — 그와는 정반대로 한없이 가변적이고 승화된 물질의 조합으로 만들어졌고 — 행동 역시 변칙적이어서 정형에서 벗어나거나 예외적인 경우가 허다했으며, —— 그의 활기와 변덕, 쾌활한 정신은 가장 온화한 기후가 조합하여 만들어 낸 것 같았다. 그러나 딱하게도 요릭 씨는 이렇듯 수많은 돛을 달고 있으면서 바닥짐이라곤 1온스도 갖추고 있지 않았고, 세상 물정에는 캄캄해서 스물여섯 살의 나이에도 아무 의심 없이 천방지축으로 뛰어다니는 열세 살 소녀처럼 세상을 항해해 가고 있었다. 그러니 그가 처음으로 세상에 입문하는 길에 나섰을 때 휘몰아치는 바람 같은 그의 기백 때문에 하루에도 열 몇 번씩은 누군가와 충돌해 넘어졌으리라는 것은 쉬 짐작할 수 있을 것이다. 특히 근엄하게, 보다 느릿느릿 항해하는 배가 그의 길을 자주 가로막았을 것이며, —— 바로 그런 배와 뒤엉키게 되는 불운이 늘 그를 따라다녔다는 것도 쉬 상상해 볼 수 있을 것이다. 내가 알기로는 이런 충돌 사고의 근저에는 거의 언제나 그의 시의적절하지 못한 재치가 문제가 되었다. — 그는 근엄함에 대해서는 본성상 어찌할 수 없는 혐오감과 적대심을 갖고 있었기 때문이다. — 근엄함 자체에 대해 적대적이라는 것은 아니다. —— 근엄함이 요청되는 곳에서는 그도

며칠이건 몇 주건 가장 엄숙하고 진지한 사람이 될 수 있었다. — 하지만 그는 가식적 위엄의 적이었고, 그것이 무지나 어리석음을 숨기기 위한 외투라는 것을 알아보게 되면 그 근엄함을 향해 공개적으로 전쟁을 선포했다. 그리고 그런 경우마다, 그게 얼마나 잘 방어되어 있는지 또 어떤 비호를 받고 있는지 가리지 않고 거의 언제나 자비를 베푸는 법이 없었다.

때로 그는 특유의 거침없는 말투로 근엄함이란 정도(正道)를 벗어난 무뢰한이라고 선언한다, — 그것도 가장 위험한 유형이라고 덧붙이는데 —— 그게 간교한 놈이기 때문이란다. 그는 또 정직한 시민이 이것 때문에 1년 열두 달 사이에 돈이나 물건을 털리는 경우가 7년 동안 소매치기나 들치기한테 털리는 경우보다 더 많다고 믿는다고 주장하기도 한다. 쾌활한 마음이 드러내는 솔직한 기질은 — 자기 자신에게는 해가 될 수 있지만, — 다른 사람에게는 위험한 것이 아닌 데 반해, — 근엄함의 본질은 음모이고, 따라서 결과적으로 속임수라는 것이다. — 그것은 사람들이 자기가 실제 갖춘 것보다 더 많은 분별력과 지식을 가진 것처럼 세상에서 인정받기 위해 의도적으로 습득한 계략으로서, 어떤 식으로 겉치레를 하건 간에 — 한 프랑스 재사가 오래전에 내렸던 정의, — 즉, *정신의 결함을 감추기 위해 신체에 입히는 신비로운 거동*에 다름 아니고, 아니, 오히려 더 고약한 경우가 많다고 주장한다. — 요릭은 나아가 무모하게도 근엄함에 대한 이러한 정의를 황금 글씨로 새겨 둘 가치가 있다고까지 말했다.

쉽게 말해 그는 닳아빠진 데가 없이 세상 물정에 어두운 사람이었고, 흔히 정략적 절제가 요구되는 주제의 담화에서도 전혀 분별 없이 바보처럼 굴었다. 요릭이 받아들이는 인상은 딱 한 가지뿐이었으니, 그것은 화제가 되고 있는 행위의 본질에서 나오는 인상이고, 그는 그 인상을 어떤 완곡어법도 없이 그대로 평이한 영어로 번역했으며 —— 너무나 자주 인물이나 장소, 시간에 대한 구별을 무시했다. — 따라서 참으로 한심하거나 옹졸한 행동거지에 대해 언급할 기회가 오면, 그는 그 일의 장본인이 누구인지, — 그가 어떤 지위의 인물인지, — 앞으로 자기에게 피해를 줄 힘이 있는 인물은 아닌지, 그런 것을 따져 볼 겨를도 없이 — 그게 더러운 행동이었으면, — 아무 망설임 없이 그냥 —— 그 사람 더러운 친구야라고 선언하는, — 뭐 그런 식이었다. — 게다가 그의 논평은 흔히 명구로 끝나거나 표현상의 유머나 익살로 생기를 얻게 되는 불운까지 겹쳐서 요릭의 경솔함에 날개를 달아 주었다. 한마디로 표현하자면, 마음에 가장 먼저 떠오르는 생각을 아무런 격식 없이 내뱉을 계기를 그가 찾아다니진 않았지만, 그렇다고 피하지도 않았기 때문에, — 자신의 재치와 유머 — 조롱과 익살을 주변에 퍼뜨릴 유혹과 끊임없이 맞닥뜨리게 되었고, —— 스스로 모으지 않아도 기회는 얼마든지 찾아왔다.

그 결과가 무엇이었는지, 그 때문에 요릭이 어떤 재앙을 당했는지는 다음 장에서 읽게 될 것이다.

## 제12장

채무자와 채권자의 다른 점은 지갑의 길이에서도 드러나지만 농담하는 사람과 농담의 대상이 되는 사람의 경우처럼 기억의 길이에서 그 차이가 더욱 두드러진다. 이것은 고전학자들의 표현을 빌리자면 네 발이 다 맞아떨어지는 비유여서 호메로스의 비유 중 가장 뛰어난 것보다도 하나 혹은 두 개의 다리가 더 맞아떨어지는 셈이다. — 설명하자면 하나는 당신을 제물로 삼아 돈을 끌어내는 경우고 다른 하나는 웃음을 끌어내는 경우인데, 둘 다 일단 일이 끝나면 그에 대해 더 이상 생각하지 않는다는 데서 닮았다. 하지만 두 경우 모두 이자는 계속 늘어 가고 있다. — 정기적으로 또는 어쩌다 가끔 이자를 지불함으로써 그 기억이 간신히 유지되다가, 마침내 어떤 불길한 시간에 — 채권자가 들이닥쳐서 그날까지의 이자는 물론 원금까지 다 그 자리에서 당장 갚으라고 닦달하면, 그제야 둘 다 그들의 빚이 얼마나 커졌는지 제대로 깨닫게 된다.

독자야 인간 본성에 대해 철저한 지식을 갖고 있으니까(난 당신들이 쓰는 가정법은 싫어한다), 당연히 나의 주인공도 살아가면서 이런 우발적 깨달음의 순간을 가볍게라도 경험할 수밖에 없었으리라는 것을 길게 설명할 필요는 없을 것이다. 진실을 말하자면 그는 이런 성격의 장부상 부채를 함부로 만드는 일을 수도 없이 저질렀고, 유지니어스*의 잦은 충고에도 불구하고, 이런 채무를 너무나 가볍게 무시했다. 그로서는 단 한 번도 어떤 악의에서 이런 일을 저지른 적이 없기 때문에 — 아니, 반대로 단지 정직한 정신과 유쾌한 기질에서 나온 일이기 때문에 시간이 가면 모두 지워질 것이라 생각했던 것이다.

유지니어스는 그런 요행을 결코 인정하지 않았으며, 언젠가는 한번 단단히 값을 치러야 할 것이라고 종종 경고했다. 그는 또 슬픔에 찬 우려의 목소리로 덧붙이기도 했다. — 그것도 마지막 한 푼까지 철저히 말이야. 이런 말을 들으면 요릭은 늘 그러듯 가벼운 마음으로 흥! 하고 코웃음으로 대꾸하며, — 혹시 들판에서 이런 이야기가 나왔을 때는 — 그 대꾸 뒤에 팔짝 뛰기, 껑충거리기, 높이 뛰어오르기를 가미했다. 그러나 만약 이 죄수가 탁자와 안락의자들의 방책에 둘러싸인 채 난롯가에 갇혀 옆으로 쉬 빠져나갈 여지가 없는 상황일 때에는, — 유지니어스는 신중함에 대한 강의를 대충 다음과 같은 내용으로 늘어놓았다. 사실, 그의 표현은 이보다는 더 잘 구성된 것이긴 하지만.

여보게, 요릭, 내 말을 믿게. 자네의 그 신중치 못한 농담들이 조만간 자넬 대단한 곤경에 빠뜨릴 걸세. 뒤늦게 아무리 지혜를 발휘한다 해도 자넬 그 곤경에서 꺼내 줄 순 없을 거야. —— 자네의 공격적인 익살로 웃음거리가 된 사람들은 스스로를 피해자로 생각하기 마련이고 그런 상황이 주는 온갖 권리를 주장하게 되지. 자네도 그 사람을 그런 시각으로 보게 될 때는 그의 친구, 가족, 친척, 동지 들은 물론, — 공동의 위기의식으로 그 사람 밑에 모여든 수많은 지원병까지 함께 계산에 넣어야 하네. — 자네의 농담 열 건당 — 백 명의 적이 생긴다 해도 지나친 산술은 아닐 걸세. 계속 그런 식으로 수많은 벌 떼들이 자네 귓전에 모여들게 만들다가는, 언젠가 벌 떼에 쏘여 반쯤 죽을 지경이 될 텐데, 그때 가서야 자넨 내 말이 실감 나겠지.

자넨 내가 존경하는 사람인데, 악의에 찬 의도나 심술의 자극을 받아 이런 농담을 한다고 의심하는 건 절대 아닐세. —— 그게 진정으로 정직한 마음에서, 장난기에서 나온다는 걸 나도 알고 있고 또 믿고 있네. — 하지만 이 철없는 친구야, 바보는 그 진심을 알아볼 수 없고, 악당은 굳이 알려 하지 않는다는 걸 생각해야지. 바보를 도발하거나 악당을 데리고 장난치는 게 얼마나 무서운 일인지 자넨 모른다니까. — 상호 방어를 도모하여 힘을 합치기라도 하면, 그들이 일으키는 전쟁은 자네를 진저리 치게 만들고, 살아 있다는 것 자체가 지겹게 만들고도 남을 거란 말일세.

그런 악의에 찬 집단의 은밀한 **보복**은 자네에 대한 온갖 불명예스러운 이야기를 만들어 낼 게고, 아무리 순수한 마음도, 아무리 올바른 행실도 그것을 바로잡지 못할 걸세. —— 자네 집안의 운세는 비틀거리게 될 거고, — 운세를 이끌고 가는 자네의 평판도 만신창이로 피를 흘릴 걸세. — 자네 신앙심도 의심을 받게 될 거고, — 자네가 하는 일은 모함을 받을 거고, — 자네의 기지는 잊힐 거고, — 자네의 학식은 짓밟힐 거란 말이네. 자네 비극의 마지막 장을 꾸밀 장면을 한번 그려 보면, **악의**가 고용한 **잔인성**과 **비겁함**이라는 쌍둥이 악당이 어둠 속에서 작업을 개시해, 자네의 온갖 약점과 실수에 집중 공격을 퍼붓게 된다는 거야. — 이 친구야, 이런 경우에는 아무리 훌륭한 사람도 속수무책이 되네. — 내 말을 믿게, — 내 말을 믿게, 요릭. 누구라도 사적 욕망을 채우기 위해 천진하고 무력한 생명을 제물로 삼겠다고 일단 마음을 먹으면, 그 제물이 헤매고 다니는 어떤 숲에서든 그것을 구워서 공양을 바치는 데 필요한 불쏘시개 장작은 얼마든지 구할 수 있단 말일세.

자기 운명에 대한 이런 예언의 말을 들을 때면, 요릭은 자신도 모르는 사이에 눈물이 그렁그렁해지면서 뭔가 약속을 하는 표정을 짓고서, 앞으로는 자신의 조랑말을 좀 더 진중하게 탈 결심을 굳혔다. — 하지만 애재라, 너무 늦었다! — 이 예언이 처음 입 밖에 나오기도 전에 *****씨와 *****씨를 필두로 한 거대한 동맹군이 결성되어 있었다. —— 유지니어스가 우려한 대로 그들의 전면적인 공격은 즉각 실천에 옮겨졌으니. —— 연합군 측에서는 눈곱만큼의 자비심도 없었고, — 요릭은 자신을 겨냥해 어떤 일이 진행되고 있는지 전혀 의심조차 하지 않았으니, — 아, 이 착하고 태평스러운 친구가 자신의 승진 가능성이 무르익어 가고 있음을 믿고 있던 바로 그때에, — 그들은 그의 뿌리에 일격을 가했고, 그는 이전에 수많은 훌륭한 사람들이 당했던 것처럼 그렇게 쓰러지고 말았다.

그러나 요릭은 얼마 동안은 상상할 수 있는 온갖 용맹심을 동원하여 맞서 싸웠다. 하지만 워낙 수적으로 밀렸고, 이 전쟁이 야기한 재난으로 인해 기진맥진해서, —— 실은 그 전쟁이 진행되는 야비한 방법 때문에 더욱더 지쳐서, — 그는 마침내 칼을 던지고 말았다. 비록 겉으로는 마지막 순간까지 기백을 유지했지만, —— 아무튼 그는 대부분의 사람들이 생각한 것처럼, 완전히 상심하여 마음이 무너져 내린 채 죽음을 맞았다.

유지니어스 역시 같은 생각을 하게 된 것은 다음과 같은 일화 때문이었다.

요릭이 마지막 숨을 거두기 몇 분 전에 유지니어스는 친구의 마지막 모습을 보고 마지막 작별 인사도 나누기 위해 그의 방으로 들어섰다. 그가 커튼을 쳐 주면서 좀 어떠냐고 묻자, 요릭은 그의 손을 잡고 얼굴을 올려다보며, — 그동안 베풀어 준 우정의 수많은 증표들에 감사를 표하고, 혹시 내세에서 다시 만나는 운명이 허락되면 — 두고두고 감사할 것이라고 말했다. — 그는 또 이제 몇 시간이면 적들을 영원히 따돌리고 도망칠 수 있을 것이라고도 했다. — 유지니어스는 그래선 안 되지라고 눈물을 줄줄 흘리면서, 세상 어느 누구보다 다정한 어조로 말했다. — 여보게, 제발 그래선 안 되네, 요릭, 하며 그는 되뇌었고, — 요릭은 위를 올려다보며 유지니어스의 손을 부드럽게 꼭 쥐여 주는 것으로 답을 대신했다. — 그러나 그 무언의 대답은 유지니어스의 가슴을 찢어질 듯 아리게 했다. — 자, 자, 요릭. 유지니어스는 눈물을 훔치며, 남자다운 모습을 보이려고 애쓰면서 말했다, —— 이 친구야, 마음을 편하게 가져야지. — 자네의 기백과 꿋꿋한 정신이 꼭 필요한 이런 위기에서 그걸 포기하진 말아야 할 것 아닌가. —— 무슨 좋은 일이 기다릴지 누가 알겠어, 하느님의 권능이 자넬 위해 뭔가

해 주실지도 모르잖아? —— 요릭은 가슴에 손을 얹고, 부드럽게 머리를 가로저었다. — 요릭, 난 자네랑 어떻게 작별을 해야 할지 모르겠단 말야,라고 유지니어스는 쓰디쓰게 울면서 말을 이었다. —— 그리고 다시금 목소리에 생기를 불어넣으며 그는 덧붙였다. 아직도 자네는 주교가 될 여지가 있고 — 난 그날을 보게 될 거라고 — 희망을 부채질하고 싶단 말이네. —— 제발 부탁하건대, 유지니어스, 요릭은 오른손은 유지니어스의 손을 잡고 있는 관계로, 왼손으로 간신히 취침용 모자를 벗으면서 말했다. —— 제발 내 머리를 한번 보게나. — 뭐, 머리에 고통을 줄 만한 것은 아무것도 보이지 않는 걸, 하고 유지니어스가 대답했다. 아, 슬프도다! 친구여, 그래, 그럼 내가 이야기해 주지. *****과 ***** 그리고 몇몇 사람들이 어둠 속에서 가한 타격 때문에 내 머리가 얼마나 심하게 멍들고 망가졌는지, 설사 회복된다 하더라도 난 아마 산초 판차가 했던 말을 하게 될 걸세, "하늘에서 수많은 주교관이 우박처럼 마구 쏟아져 내려오는 일이 생긴다 하더라도 어느 것 하나 내 머리에 맞지 않을 거야"라고 말일세. —— 요릭이 이 말을 했을 때 그의 마지막 숨결은 막 떠날 채비를 마친 채 입술에 매달려 있었다. — 그럼에도 그는 뭔가 세르반테스를 닮은 어투로 이 말을 했고, — 유지니어스는 잠시 그의 눈에서 반짝이는 불길이 섬광처럼 지나가는 것을 감지할 수 있었다. — (셰익스피어가 그의 조상에 대해 말했듯이) 좌중을 웃음바다로 만들었던 그의 불꽃같은 기백의 희미한 그림자 같은 것을 말이다!

이 장면을 함께한 유지니어스는 친구의 마음이 상심과 비탄에 빠졌다는 것을 확신했다. 그는 친구의 손을 꽉 쥐어 주었고, —— 그런 다음 눈물을 흘리며 조용히 방에서 걸어 나갔다. 요릭의 눈길은 문까지 친구를 좇았고, — 그런 다음 그는 눈을 감았다. —

그리고 그 눈을 다시는 뜨지 못했다.

그는 —— 교구에 있는 교회 마당 모퉁이에 묻혀 있다. 유지니어스가 유언 집행인의 허락을 받아 그곳에 세운 단순한 대리석 판에는 묘비명이면서 애가도 되는 단 세 마디의 단어가 새겨져 있다.

> 오호 애재라, 가여운 **요릭**!*

요릭의 영령은 하루에도 여남은 번씩 지나가는 사람들이 연민과 존중을 담고 다양하게 애절한 목소리로 이 묘비명을 읽어 주는 소리를 들으며 위안을 받는다. —— 교회 마당의 묘지를 가로지르는 보행로가 바로 그의 무덤 옆에 있어서, — 그 무덤 앞에 잠시 멈춰 서서 눈길 한 번 주지 않고 그냥 지나치는 사람은 없었다. 그리고 그들은 모두 다시 발길을 옮길 때는 —— 한숨 쉬듯이 묘비명을 읊으며 지나간다.

오호 애재라, 가여운 **요릭**!

# 제13장

이 광상곡풍의 작품*을 읽고 있는 독자가 산파와 작별한 지도 꽤 오래되었으니, 이제 그런 사람이 아직 세상에 살고 있다는 사실을 상기시키기 위해서라도 그녀를 다시 언급할 때가 되었다. 현재 내 계획에 따라 최상의 판단을 해 볼 때, ─ 내가 독자에게 그녀를 소개하는 것은 이번이 마지막이 될 것이다. 하지만 독자와 나 사이에 새로운 문제가 떠오르거나, 전혀 예기치 않은 일이 생겨서 그녀를 다시 불러들여야 할 필요가 있을지도 모르니, ── 이 가여운 여인이 그동안 영영 사라져 버리지 않게끔 배려하는 것이 옳을 것이다. ─ 그녀가 필요할 때 그녀 없이 이야기를 진행하는 일은 불가능할 테니까 말이다.

이 선한 여인이 우리 마을과 읍내 전체에 걸쳐 적잖은 명성과 중요성을 가진 사람이란 것은 이미 당신에게 말한 듯싶다. ─ 그녀의 평판이 그녀를 중심으로 한 원의 가장자리 경계선, 즉 원둘레에까지 뻗쳐 있다는 사실 말이다. 그런데 이런 한 개인의 중요성이 미치는 경계를 나타내는 원은 누구든 살아 있는 사람은, 그 사람이 등에 셔츠를 걸친 사람이건 헐벗은 사람이건 상관없이, ─ 모두 자기를 중심으로 하나씩 갖고 있게 마련이다, ─ 따라서 누군가 *세상*에서 대단한 무게와 중요성을 갖는 사람이라고 했을 때는 그 세상의 원의 크기를 ── 당신 앞에 제시된 그 사람의 신분, 직업, 지식, 능력, 높이와 깊이(쌍방향으로 재어 보아서) 등을 혼합한 비율에 따라 듣고 계신 분의 상상력 속에서 더 확대하거나 축소해 주기 바란다.

지금 이 경우에는 내가 기억하기로 직경 4마일에서 5마일로 규정했던 것 같은데, 이는 교구 전체를 포함할 뿐만 아니라 옆 교구의 변두리 지역에 있는 이웃 마을 두셋까지 뻗치는 크기다. 그러니 상당한 크기 아닌가. 그리고 덧붙여 말해야 할 것이 그녀 집의 굴뚝 연기로부터 2, 3마일 내에 있는 농가들과 시골 저택 하나 그리고 몇몇 외딴집들에서는 그녀를 매우 높이 평가하고 있다는 사실이다. — 그러나 여기서 미리 알려 둘 것이 있는데, 이 모든 정보는 지금 목판공의 손에서 제작되고 있는 지도에서 좀 더 정확히 묘사되고 설명될 것이라는 사실이다. 이 목판공은 지도 외에도 작품의 진행 과정에서 필요한 여러 가지 부록들을 제작할 것이고, 모두 이 작품의 제20권 말미에 첨부할 것이다. — 작품의 부피를 부풀리기 위해서 그러는 것은 아니다, — 난 그런 것을 아주 싫어한다, — 그보다는 온 *세상*이(이 단어의 의미를 잊지 않기 바란다) 내 인생과 생각을 다 읽은 다음에, 어떤 구절이나 사건, 암시가 그 의미가 애매하고 불확실하거나 너무 사적인 해석인 것 같다고 생각할 경우에 대비해서, —— 그에 대한 논평, 주석, 예시, 단서 등을 제공하기 위해서 하는 일이다. — 당신에게만, 그리고 대영 제국의 모든 신사 비평가들의 의견을 무릅쓰면서, 또한 높으신 양반들께서 내놓을 부정적 예측에도 불구하고 말씀드리건대, — 나는 정녕 온 세상이 내 작품을 읽게 만들겠노라 결심하고 있다. — 이것은 비밀로 하는 말이라는 것을 어르신께 말씀드릴 필요는 없겠지요.


## 제14장

어머니의 결혼 약정서를 들여다보다가, 이것은 이 이야기를 더 진행하기 전에 나나 독자를 위해 꼭 확인해 둘 사항이 있어 시작한 일인데, — 하루 반을 꼬박 읽고 나서 내가 원하던 바로 그 부분과 맞닥뜨리는 행운을 만났다. — 한 달도 걸릴 수 있는 일이었는데 말이다. — 이것을 보면 사람이 역사를 쓰는 작업에 착수했을 때, — 그게 그저 잭 히카스리프트의 역사나 엄지손가락 톰의 역사*에 불과할지라도, 가는 길에 어떤 장애물이나 방해물을 만나게 될지, 어떤 모험을 만나게 될지, — 어떤 춤에 휩쓸리게 될지, 작업이 끝나기 전까진 자기 발뒤꿈치를 못 보는 것만큼이나 모를 일이란 것을 알 수 있다. 노새 몰이꾼이 노새를 몰고 가듯이 역사가가 — 똑바로 앞만 보고 — 이야기를 이끌어 갈 수 있다면, 예를 들어 그 역사가가 로마에서 로레토까지 왼쪽이건 오른쪽이건 고개 한 번 돌리지 않고 똑바로 갈 수만 있다면, — 목적지에 언제 도착할지 한 시간도 틀리지 않게 예측할 수 있을지도 모른다. —— 하지만 도덕적으로 말해서 그런 일은 있을 수 없다. 왜냐하면 약간이라도 기백 있는 사람이라면, 가는 길에 이런저런 사람들과 어울리느라 직선에서 벗어나 옆길로 새게 되는 상황을 50번도 넘게 만날 것이고, 이런 일은 아무리 애를 써도 결코 피할 수 없을 것이다. 그는 끊임없이 자기의 눈길을 끄는 정경이나 경치를 만날 것이고, 그가 걸음을 멈춰 그것을 구경할 수밖에 없다는 것은 그가 날아다닐 수 없다는 것만큼이나 확실한 일이다. 더구나 그는 여러 가지

처리해야 할 계산,

주워 모아야 할 일화,

판독해야 할 비문,

짜 넣어야 할 이야기,

걸러서 골라야 할 전해 오는 이야기,

방문해야 할 사람들도 있을 것이고,

이 대문에는 칭송의 글을,

저 대문에는 풍자문을 갖다 붙여야 할 일도 있을 것이다. — 노새나 노새 몰이꾼은 이런 일을 면제받고 있는 것이다. 다시 정리해서 말하자면, 가는 길목마다 들여다보아야 할 문서 보관소가 있고, 공문서에다, 기록에다, 서류들에다, 끝없는 계보가 기다리고 있어서, 정의로운 정신을 가진 역사가라면 머물러 읽고 넘어가지 않을 수 없다는 말이다. — 간단히 말해서, 그런 일이 끝도 없게 마련이다. —— 나의 경우만 해도 지난 6주 동안 속력을 내느라 힘껏 노력하면서 그 일에 매진해 왔다. — 그런데 난 아직 태어나지도 못했다. — 겨우 해낸 것이 언제 그 일이 일어났는가이고 어떻게는 건드리지도 못했다. — 그러니 당신도 보다시피 그 일이 완성되려면 아직 갈 길이 멀고도 멀다.

이처럼 뜻밖에 길을 멈추게 하는 사태를 내가 처음 출발했을 때는 전혀 예측조차 못했음을 인정한다. — 그런데 지금은 길을 나아가는 중에 이런 일이 줄어들기보다는 늘어날 것이라는 확신이 든다, — 그러다 보니 한 가지 지침이 떠올랐고 난 그것을 따를 생각인데, — 그게 뭐냐 하면 — 서두르지 말고, — 한유롭게 천천히 길을 가며, 1년에 두 권씩 내 인생 이야기를 써서 출판하기로 하고, —— 그렇게 조용히 내 길을 가는 게 허용된다면, 또 출판사와 괜찮은 흥정을 할 수 있다면, 그 일을 살아 있는 한 계속한다는 것이다.

## 제15장

내가 고생고생해서 찾았다고 했던 어머니의 결혼 약정서의 그 조항을 이제 독자 앞에 내놓을 때가 된 것 같다. 그런데 그 약정서가 — 내가 할 수 있는 것보다 훨씬 더 충실히 그 내용을 기술해 놓고 있기 때문에 변호사의 손에서 그것을 뺏는다는 것은 야만스러운 일이 될 듯싶다. — 그 내용을 그대로 전하자면 다음과 같다.

**"이 약정서는 나아가 다음과 같은 내용을 확인하는 바다.** 당사자인 상인 월터 샌디와 상술한 엘리자베스 몰리노 간의 결혼이 신의 가호 아래, 온전하고 진정으로 엄숙한 식을 통해 완성되도록 하기 위해, 그리고 그가 특히 결혼하고 싶도록 만드는 그 밖의 다양한, 중요한 사항을 고려하여, — 위에 지명한 신탁인 존 딕슨 씨와 제임스 터너 씨에게 다음의 사항들을 허락하고, 서약하고, 베풀고, 합의하고, 결론짓고, 흥정하고, 그리고 동의하는 바다. — **즉,** — 만약에 앞으로 상술한 엘리자베스 몰리노가 자연의 순리에 따라 또는 다른 어떤 이유로 임신하거나 출산하는 일을 멈추는 시기가 되기 전에 상술한 상인 월터 샌디가 사업을 그만두게 되는 일이 — 어쩌다, 우연히, 뜻밖에, 아무튼 생기게 되면, — 그리고 상술한 월터 샌디가 사업을 그만두는 결과로, 상술한 엘리자베스 몰리노의 자유 의지나 동의, 선호에 반하거나 거역해서 — 런던 시를 떠나게 되고 —— 마을에 있는 샌디홀로 은퇴하여 거주하게 되거나, 또는 지금 매수했거나 앞으로 매수할 다른 시골 저택이나 성, 대저택, 장원, 영지, 농원 저택 중 그 어느 한 곳이나 한 구획에서 거주할 경우에, — 그곳에서 상술한 엘리자베스 몰리노가 아내로서의 법적 신분을 유지하는 동안 합법적으로 임신했거나 하게 되는 일이 생기면, —— 상술한 월터 샌디는 상술한 엘리자베스 몰리노의 해산일 또는 가정되거나 계산된 출산 예정일로부터 합리적으로 적합한 기간 내에, 즉 여기서 합의하는 바대로 6주 이내에 자신의 지출과 부담으로, 즉 자기 소유의 돈에서, — 120파운드라는 법적으로 유효하고 하자 없는 돈을, 존 딕슨 씨와 제임스 터너 씨에게나 다른 수탁인에게 신탁금으로 직접 지불하거나 지불되도록 만들어서, — 다음의 용도와 용도들, 의도와 목적에 사용되게 한다. — 말하자면 — 상술한 120파운드는 수탁인들에 의해 상술한 엘리자베스 몰리노의 손에 지불되거나, 또는 상술한 엘리자베스 몰리노의 육신과 그 당시 수태 중이거나 임신 중인 아이나 아이들을 — 런던 시로 수송하고 옮겨 가기 위해 충분히 유능한 말들과 마차 한 대를 제대로 틀림없이 임대하는 비용으로 지불되고, 나아가 그녀가 상술한 도시나 그 근교에 머무는 동안 — 그녀가 의도하는 출산 혹은 해산과 관련된 온갖 비용, 대금, 지출 등 무엇이든 간에 부담하고 값을 치르는 데 쓰일 것이다. 그리고 상술한 엘리자베스 몰리노는 때때로, 그리고 여기 계약하고 합의한 그런 상황 아래에서는 언제든지, — 평화롭고 조용히 상술한 마차와 말을 빌려 이 증서의 취지, 진정한 의도, 의미에 따라 어떤 훼방이나 소송, 골칫거리, 방해, 간섭, 방출, 장애, 몰수, 퇴출, 괴롭힘, 중단, 부담도 없이 여행하는 동안 내내 그 마차 안팎으로 자유로이 들어가고 나가고 복귀하는 권리를 가진다. — 그리고 상술한 엘리자베스 몰리노는 때때로, 그녀의 상술한 임신이 여기서 지정하고 합의한 시점까지 제대로 틀림없이 진행되는 경우에는 얼마든지 자주, — 그녀가 의도하거나 원하는 대로, 현재 형성되어 있는 유부녀의 신분에도 불구하고 마치 결혼하지 않은 독신녀인 것처럼, — 자기가 좋다고 생각하는 대로 — 상술한 도시 런던 내에 있는 친척이나 친구, 그 밖의 누구든 간에, 그 사람 집에서 살고 거주하는 합법적 권리를 갖는다. — 이 약정서는 또한 증명한다. 상술한 계약을 보다 효과적으로 집행하기 위해, 상술한 상인 월터 샌디는 상술한 존 딕슨 씨와 제임스 터너 씨 또는 그들의 상속인이나 그들의 집행인이나 수탁인에게 1년간의 매매 및 매도권을 소유하게끔 지금 허용하고 거래하고 매도하고 양도하고 확인하는 바다. 이 권리는 상술한 상인 월터 샌디가 상술한 존 딕슨과 제임스 터너 변호사에게 1년 기한부 매매와 매도권을 주는 계약서에 의해 효력을 갖는다. 이 1년 기한부 매매와 매도권은 이 약정서 작성일 하루 전 날짜로 발효하며 사용권을 소유권으로 이전하는 법령에 의해, —— **모든** 재산, 즉 —— 읍에 있는 샌디 저택과 영지, 그에 부속된 모든 권리와 부속 권리, 종속물들 그리고 건물, 집, 빌딩, 헛간, 마구간, 과수원, 정원, 뒤뜰, 대지, 부속 농장, 안뜰, 오두막집, 땅, 들판, 목초지, 방목장, 늪지, 공유지, 숲, 덤불, 배수로, 양어장, 수자원, 수로 들을 모두 망라하며, — 게다가 모든 소작료, 복귀 재산, 용역권, 연금, 임대 지대, 기사 봉지, 심사 품목, 국가 귀속 토지, 탕감 세금, 광산, 채석장, 범죄자나 도망자의 동산과 소유 물품, 범죄자 자신들은 물론, 긴급한 상황에서는, 신에게 헌납된 재산, 야생 조수 사육지, 그 밖의 모든 특허권 사용료와 영주의 사법적 관할 영역 그리고 여타 권리나 사법권, 특권과 세습권도 포함된다. —— 그리고 **또한** 앞에 언급한 샌디 지역의 교구 목사관이나 사제관의 임의 처분권, 헌정, 기부권, 성직 추천권과 모든 십일조와 10분의 1 교구세, 교회 부속 경작지까지 해서" — 세 마디 말로 줄이자면, — "어머니는 (본인이 원할 경우) 런던에서 해산하게 되어 있다"는 것이다.

그러나 어머니 측에서 어떤 불공정한 행위를 할 경우에 대비해서, 사실 이런 성격의 결혼 계약 항목은 너무 명백하게 그런 관행에 문을 열어 주고 있지만, 아무도 그런 위험을 생각지도 못하던 차에 토비 삼촌이 마침 생각해 낸 덕분에, — 아버지의 권익을 보호하는 항목이 하나 추가되었다. — 즉 "어머니가 거짓 임신 증상을 내세워 아버지에게 런던 여행의 경비와 수고를 부담시킬 경우에는 언제라도 이 약정서가 그녀에게 준 모든 권리와 자격을 박탈한다. —— 단, 이는 그 다음번 임신에 한정해서만 적용된다. —— 그리고 그런 일이 있을 때마다 이 권리 박탈 조항은 반복적으로 유효하며, 마치 이런 약정이 그들 사이에 만들어진 적이 없는 것 같은 효과를 가질 것이다." — 이 조건은 사실상 합리적인 것으로 보인다. — 하지만 그게 아무리 합리적이라 할지라도, 그 짐의 무게 전체가 전적으로 나한테만 떨어진 까닭에 나는 늘 그게 너무 가혹한 조항이라고 생각해 왔다.

하지만 나는 불행해지게끔 잉태되고 태어난 사람이다. — 나의 불쌍한 어머니는 배에 공기가 찼든지, 물이 찼든지, 또는 두 가지의 복합물이 찼든지, — 또는 둘 다 아니든지, —— 또는 단지 상상과 공상이 부풀어 올랐기 때문인지, — 그도 아니면 임신에 대한 너무 강한 소망과 기대가 어머니의 오판을 초래했는지, — 아무튼 어머니가 속은 것인지, 속인 것인지, 나로서는 전혀 결정할 수 없는 문제이지만, 사실만 말하자면, 내가 태어나기 바로 전해인 1717년 9월 말경에 어머니는 잘못된 판단으로 아버지를 런던까지 데려갔고, — 아버지는 단호하게 이 항목을 실행할 것을 요구했다. —— 그래서 나는 마치 운명이 나를 코 없이 만들기로 작정이라도 한 것처럼 코가 납작하게 짓눌려 탄생하도록 결혼 약정서에 의해 저주를 받은 것이다.

어떻게 이런 일이 생겼는지, — 그리고 이 단 한 가지 신체 기관의 상실, 아니 압착으로 인해 내 인생의 이런저런 단계에서 어떤 약 오르는 실망이 줄줄이 따라다녔는지에 대해서는 — 때가 되면 독자에게 모두 펼쳐 보일 것이다.

# 제16장

누구든지 당연히 상상할 수 있듯이 아버지는 상당히 약이 오른 기분으로 어머니와 함께 시골로 돌아왔다. 아버지는 첫 20~25마일 동안은 그 빌어먹을 비용의 한 푼 한 푼이 모두 절약될 수도 있었는데라고 툴툴거리면서, 스스로에게, 그리고 어머니에게, 신경질을 내고 짜증 내는 일 말고는 전혀 아무 일도 하지 않았다. ── 무엇보다 아버지를 더욱더 약 오르게 한 것은 바로 그 일이 일어난 시기가 아주 고약한 때라는 것이다. ── 이미 말했듯이 그것은 9월 말경이었고, 그때는 담장 위의 열매들이, 특히 아버지가 무척 관심을 갖고 있는 자두가 잘 익어서 따는 손을 기다리던 시기였다. ── "1년 중 이때만 빼고 다른 어느 때에 그런 바보같이 헛수고하는 일로 런던에 끌려갔더라면 그는 그 일에 대해 세 마디도 하지 않았을 것이다."

하지만 그 뒤 두 차례 역마차를 교체하는 구간 동안에는 마음속에서 믿고 기대했던 아들을 잃게 된 크나큰 타격 외에는 다른 어떤 이야기도 나오지 않았다. 아버지는 혹시 보비가 기대를 저버리게 되면 이 아이를 노년에 쓸 두 번째 지팡이로 지목하여 이미 수첩에 등록시켜 놓은 참이었다. "현자에게는 이런 실망이 여행에 들었던 비용과 손해 등등을 다 합친 것보다 열 배는 더 큰 것이라고. ── 120파운드 그까짓 게 뭐야, ── 그런 것은 아무래도 좋아"라고 아버지는 말했다.

스틸턴에서 그랜섬까지 가는 동안에는, 귀향 후 첫 일요일에 교회에 갔을 때 자기들이 얼마나 우스꽝스럽게 보일지, 친구들의 위로가 얼마나 곤혹스러울지 하는 문제가 그를 가장 괴롭혔다. ── 그는 속상한 마음 때문에 자신의 풍자적 위력이 더욱 날이 선 상

태에서 앞으로 겪을 일을 여러 가지 재미있고 자극적인 모습으로
묘사해 냈는데 — 자기 자신과 자신의 갈비뼈*가 얼마나 고통스
럽고 무참한 모습으로 모든 신도들을 마주하게 될지 매우 다양한
시각에서 제시해 주었기 때문에, — 어머니는 지난 두 역마차 구
간의 무대가 너무나 희비극적이어서 자신은 웃고 우는 일을 동시
에 하는 것 말고는 아무것도 한 일이 없다고 선언했다.

　그랜섬을 출발하여 트렌트 강을 건널 때까지의 구간 동안 아버
지는 어머니가 자신을 대상으로 고약한 속임수와 기만행위를 저
질렀다고 상상하면서 속이 부글부글 끓어올라 도저히 참을 수 없
어 하는 상태였다. — 아버지는 혼잣말로 몇 번이고 중얼거렸다.
"정말이지, 이 여자가 어떻게 모를 수 있단 말인가. —— 만약 그
녀도 속은 것이라면, —— 이 얼마나 대단한 약점인가!" —— 아,
이 고통스러운 단어! 이 단어는 그의 상상력을 가시밭길 무도장
으로 이끌었고, 무도회가 다 끝나기도 전에 아버지는 만신창이가
되었다. —— 약점이란 단어가 입 밖에 나오자마자 그것은 즉각
그의 뇌리를 공격해서 — 세상에는 얼마나 많은 종류의 약점이 있
는지 분류하고 따져 보는 일에 몰두하게 만들었는데, —— 신체적
약점이란 것도 있고, —— 정신적 약점이란 것 역시 존재하고, —
게다가 이 짜증스러운 약점의 원인을 따져 볼 때 어디까지가 그
자신에게서 비롯된 것이고 어디까지는 그렇지 않은 것인지, 아버
지는 한두 개의 역마차 구간 동안 내내 그 문제에 대한 추론에만
몰두해서 다른 생각은 떠올리지도 않았다.

　간단히 말해, 아버지는 한 가지 사건에서 사람을 불편하게 만드
는 수많은 소주제들을 끌어내는 사람이어서 그 주제들이 연속적
으로 하나하나 떠오를 때마다 애를 태웠고, 어머니는 상경할 때의
여행이 어떠했건 간에 돌아오는 여정은 지극히 불편할 수밖에 없

었다. ── 한마디로 하자면, 어머니가 토비 삼촌에게 불평했듯이, 아버지는 어떤 살아 있는 육신의 참을성도 바닥을 내는 사람이었다.


## 제17장

집으로 돌아오는 여행길에서 아버지의 심기가 전혀 편치 못했다는 것은 이미 말했던 바다. ─ 그러나 그는 내려오는 길 내내 쳇, 홍을 달고 있긴 했지만, ─ 이 이야기의 가장 안 좋은 요소는 혼자 마음속에 담아 두는 싹싹함을 보여 주었다. ─ 즉 토비 삼촌이 결혼 약정서에 추가한 항목에 의해 갖게 된 권리를 행사해서 스스로 정의를 실현하겠다고 결심했다는 사실 말이다. 그로부터 13개월* 후 내가 잉태되던 그날 밤까지도 어머니는 아버지의 심중에 있는 그 계획에 대해 어떤 암시도 받지 못했다. ─ 여러분도 기억하듯이 아버지는 그날 밤 약도 좀 오르고 속도 상했기 때문에 ── 일이 끝나고 잠자리에서 엄숙하게 이야기를 나누는 기회가 왔을 때, 앞으로 어떤 일이 기다리고 있는지를 밝힌 것이다. ── 즉 결혼 약정서에서 그들 사이에 체결된 거래에 따라 그대로 집행하는 것을 받아들여야 한다는 것, 말하자면 지난해의 여행을 상쇄하기 위해 다음 아기는 시골에서 해산해야 한다는 결정을 알린 것이다.

아버지는 많은 덕성을 가진 신사였다. ─ 하지만 그의 기질 속에는 매우 강력한 향신료가 들어 있기도 했는데 그것은 덕성에 포함될 수도 있고 아닐 수도 있다. ─ 그것은 좋은 명분 앞에서는 끈기라 불리고, ─ 나쁜 일에서는 고집불통이라고 불린다. 어머니는 이 특성을 너무 많이 경험해 보아서 어떤 항변도 소용없다는 것을 잘 알고 있었다. — 그래서 어머니는 조용히 앉아 자신이 처한 상황에서 최선의 길을 찾아보기로 결심하게 되었다.

## 제18장

어머니가 나를 출산할 때는 시골에서 몸을 풀기로 그날 밤 합의 가, 아니 결정이 되었기 때문에, 그녀는 그에 따라 조치를 취했다. 임신이 되고 3일이나 그쯤 되었을 때 어머니는 내가 여러 번 언급했던 그 산파를 주목하기 시작했고, 이왕지사 저명한 의사 매닝엄* 을 쓸 수 없는 상황이라면 그녀를 쓰겠다고 그 첫 주가 채 끝나기도 전에 최종적으로 결심을 굳혔다. —— 사실 8마일 정도의 거리에 과학적 전문의가 있고, 그는 더욱이 산파 기술에 관한 5실링짜리 책도 썼으며, 그 책에서 여성 산파들의 실수를 폭로했을 뿐만 아니라 —— 난산의 경우나 우리가 이 세상에 나오는 과정에서 생길 수 있는 그 밖의 여러 가지 위험 요소에 대비해 태아를 보다 빨리 끌어내는 데 사용할 수 있는 다양한 흥미로운 개선책을 밝혀놓은 사람인데도 말이다. 이런 모든 정황에도 불구하고 어머니는 자신의 생명과 나의 생명을 이 나이 든 여자 산파 외에 다른 어떤 사람에게도 맡기지 않겠다고 절대적으로 결심을 굳혔다는 사실을 밝혀 둔다. — 나도 그런 것을 좋아한다, — 우리가 원하는 바로 그것을 얻을 수 없을 때는 —— 질적으로 그다음 좋은 것을 택해서는 절대 안 된다. — 아니, 그것은 말할 수 없이 처량한 일이다. — 내가 세상에 교훈을 주기 위해 이 책을 쓰고 있는 오늘, — 즉 1759년 3월 9일로부터 바로 일주일 전만 해도 —— 나의 사랑하는 제니가 1야드에 25실링짜리 비단 값을 흥정하다가 내 표정이 조금 심각해 보이는 것을 주목하고는, ― 포목상에게 괜히 수고를 끼쳐 미안하다고 말한 뒤 ― 즉각 나가서 1야드에 10펜스짜리 옷 감을 사는 것을 보았다. ― 그것은 어머니의 심리와 판박이 심리 이고 똑같은 정신적 위대성을 보여 주는 일이다. 그러나 어머니의 경우에는 다소 명예가 경감되는 측면이 있었는데, 어머니는 그런 때 자기가 원하는 만큼 격렬하고 위험한 극단으로까지 가는 영웅 적 행동을 택할 수 없었다는 점이다. 왜냐하면 이 노산파는 그동 안의 성공을 통해 ― 그런대로 꽤 믿음직한 신뢰도를 갖고 있었 고, 이 교구에서 거의 20년간 산파 일을 하는 동안 그녀의 책임으 로 돌릴 만한 실수나 사고 없이 모든 어머니의 아들들을 세상에 나오게 만든 사람이었으니 말이다.

이런 사실이 비록 나름대로 중요한 것이긴 해도 아버지가 어머 니의 선택에 대해 마음에 걸려하는 몇 가지 망설임이나 불안을 잠 재울 수는 없었다. ― 자애심과 정의감의 자연스러운 작용이나, ― 아버지로서 그리고 남편으로서 갖는 사랑의 열망 같은 것이 이 런 경우에 위험 요소를 가능한 한 극소화하도록 촉구하기도 했지 만, 이런 것들은 차치하고라도, ―― 아버지는 이번 경우에는 특 히 모든 일이 제대로 진행되도록 만들어야 한다는 각별한 부담감 을 느끼고 있었다. ― 만약 샌디홀에서 해산을 하다가 아내와 아 이에게 무슨 나쁜 일이 생기기라도 하면 그가 짊어지게 될 겹겹의 슬픔도 문제지만, ―― 결과만 보고 판단을 내리는 세상 사람들이 이 일의 책임을 모조리 그에게 떠넘겨 그의 고통을 배가하리라는 것을 그는 알고 있었다. ―― "참 딱하기도 하지! ― 만약 불쌍한 샌디 부인이 해산차 상경했다가 다시 내려오겠다던 소망을 들어 주기만 했더라면, ― 그녀가 맨무릎으로 그렇게 빌고 간청했건만, ―― 그녀가 시집올 때 가져온 재산을 고려하면 내 생각에는 ―

들어주지 못할 정도로 그렇게 대단한 요청도 아닌데 말야, 만약 그러기만 했더라면 부인과 아기가 모두 지금 이 시간에도 살아 있었을 거 아냐."

아버지는 이런 외침에 대해 답할 말이 없다는 것을 알고 있었다. — 하지만 아버지가 단지 자신을 보호하려고 그러는 것은 아니었다. — 그렇다고 아버지가 이 문제에 그처럼 지극히 신경을 쓰는 것이 자기 자손과 아내의 안위를 걱정해서만도 아니었다. — 아버지는 상당히 거시적 관점을 가진 사람이었고 —— 이 일에 공공선의 문제가 깊이 연루되어 있다고 보았다. 하나의 불운한 사례가 나쁜 관행을 퍼뜨릴 수 있다는 우려 때문에 말이다.

아버지는 엘리자베스 여왕 재위 기간부터 지금 그의 시대에 이르기까지 모든 정치 저술가들이 만장일치로 합의하고 비탄해 마지않는 현상이 바로 이런저런 시시한 용건을 핑계 삼아 사람과 돈의 흐름이 온통 수도로 향하는 경향이라는 것을 잘 알고 있었고, — 이 흐름이 너무나 강하게 정착되고 있어서 우리의 시민권에 위협이 될 정도라고 믿고 있었다. — 사실 말이 나왔으니 말이지만 —— 흐름이란 그가 썩 즐기는 이미지가 아니었고, — 하나의 질병이라는 말이 그가 좋아하는 비유였다. 아버지는 국가의 몸체와 인간의 몸에 똑같이 적용되는 완벽한 비유담을 만들어 냈는데, 즉 혈류와 기력이 아래로 흘러가는 것보다 더 빠르게 위로 흐를 경우 —— 순환 장애가 일어나고, 그렇게 되면 국가든 인간이든 둘 다 죽을 수밖에 없다는 것이다.

나아가 그는 프랑스의 정치 활동이나 침략으로 인해 우리가 자유를 빼앗길 위험은 거의 없다고 주장한다. —— 그렇다고 우리나라의 몸체가 체질 속의 부패 물질이나 궤양성 체액 때문에 파괴되는 일이 생길까 봐 크게 걱정하는 것도 아니다. — 그는 그 체질이 흔히 상상하듯이 그렇게 나쁜 상태는 아닐 거라고 낙관적 기대를 하는 사람이다. ─ 하지만 그가 정말 두려워하는 것은 어쩌다 피가 한꺼번에 격렬히 밀어닥쳐 일종의 국가 뇌졸중이 일어나면서 끝장나지나 않을까 하는 가능성이다. ─ 그런 주장을 펴고 나면 아버지는 *하느님, 우리 모두에게 자비를 베푸소서*라고 기도를 덧붙인다.

아버지가 이 질병 이야기를 하면서 ─ 그 치유책도 함께 언급하지 않고 넘어가는 경우는 거의 없다.

"내가 만약 절대 군주라면," 아버지는 안락의자에서 몸을 일으키고 양손으로 바지를 추어올리면서 말했다. "나는 수도의 모든 거리에 유능한 판사를 파견해서 수도에 들어오는 모든 바보들의 용무를 점검하게 하고, ─ 공명정대한 심리를 통해 *그가 고향 집을 떠나, 가방과 짐에다 아내와 아이들, 농사꾼의 아들들, 기타 등등까지 등 뒤에 거느리고 수도로 들어올 만큼 충분히 중요한 용무가 없다고 판단될 경우, 그들 모두를 부랑자처럼, 사실상 그렇기도 하니 말이지만, 치안관을 대동시켜 그들의 적법한 주거지로 돌려보내도록 조치를 취할 걸세.* 이런 방법을 통해 우리 수도가 그 자체의 무게 때문에 비틀거리는 일이 없도록 미리 방지하자는 거지, ─ 그렇게 되면 몸에 비해 머리가 지나치게 커지는 일도 없을 것이고, ─ 지금은 여위고 초췌한 몰골인 몸의 변방 지역들이 제 몫의 자양분을 제대로 공급받아 본래의 활력과 아름다움을 회복하게 되지 않겠나. ─ 또한 내 영토 내의 들판과 농지가 웃고 노래할 수 있게 만들고, ─ 즐거운 환호성과 후한 인심이 다시 한 번 넘쳐흐를 수 있도록 뭔가 효과적 조치를 취할 생각이라고. ─ 나아가, 내 왕국의 시골 지주들에게 상당한 무게와 영향력을 실어 줌으로써 그들이 지금 귀족들에게 빼앗기고 있는 영향력을 회복하여 귀족들과 균형을 이루도록 만들어야 한단 말일세.

"프랑스의 아름다운 시골 지방들을 통틀어 보더라도," 아버지는 다소 흥분하여 방 안을 왔다 갔다 하면서 말을 잇는다. "궁전이나 신사의 대저택 수가 왜 그렇게 적은 걸까? 어찌하여 몇몇 남아 있는 성들도 무너져 가고 있으며, ── 그렇게 헐벗고, 그렇게 황폐하고 황량한 상태로 버려져 있는 것일까? ── 왜냐하면, 선생," (아버지는 말을 계속한다.) "그 나라에선 시골 땅을 통해 이득을 보는 사람이 아무도 없기 때문 아니겠소. ── 프랑스에서는 조금이라도 이해관계가 걸린 일이 있다면, 그것은 모조리 궁정이나 대군주*의 표정에 달려 있고, 그의 얼굴이 쾌청한가 또는 먹구름이 끼었는가에 따라 프랑스 사람은 누구든 죽을 수도 있고 살수도 있다는 말이외다."

어머니가 시골에서 해산하는 중에 어떤 사소한 사고도 일어나지 않도록 아버지가 그처럼 강력히 경계하는 데는 또 다른 정치적인 이유가 있다. 그것은 ── 그런 종류의 사고가 발생할 경우, 그게 자신의 집안이든 또는 보다 높은 신분의 집안이든 간에, 그 신사 집안의 힘의 균형이, 이미 그쪽으로 크게 힘이 쏠리고 있는 여성들, 즉 보다 연약하다고 알려진 아내들에게 더욱더 쏠리게 마련이기 때문이다. ── 여성들이 매 시간 남성들로부터 빼앗아 확보해 가고 있는 여러 가지 권리를 생각하면, 이런 식으로 균형이 더욱 기울 때는 ── 하느님께서 최초로 천지 창조를 하셨을 때 확립해 두셨던 가정 내의 군주 체제가 결국 치명적인 손상을 입을 수밖에 없다는 것이다.

아버지는 이 문제에 있어 로버트 필머 경*의 의견에 전적으로 공감한다. 즉 동방 국가들에서 볼 수 있는 가장 위대한 왕정 체제나 구조는 본래 가정과 가부장 체제의 훌륭한 양식과 원형에서 훔쳐 온 것이라는 주장이다. — 한데 지난 1세기 남짓한 기간 동안 이 제도가 점진적으로 타락해서 혼합 통치 체제로 바뀌어 버렸다고 그는 말한다. —— 이 체제는 여러 종의 사람이 섞여 있는 상태에서는 바람직할지 몰라도 —— 작은 단위에서는 대단히 골치 아픈 것이고 — 슬픔과 혼란을 야기하는 것 외에는 어떤 생산적인 일도 해낼 수 없다는 것이 그의 생각이었다.

이런 사적이고 공적인 모든 이유로 해서, — 아버지는 기필코 남자 의사를 써야 한다는 입장이었고, — 어머니는 절대 안 된다는 입장이었다. 아버지는 이 일에서만은 어머니가 여성의 특권을 양보하여 어머니 대신 자기가 선택하게 해 달라고 간청했고, — 어머니는 반대로, 이 문제에서만큼은 스스로 선택하는 특권을 지키겠다고 고집하면서, — 이 늙은 산파 말고는 다른 어떤 사람의 도움도 받지 않겠노라며 밀고 나갔다. — 그러니 아버지가 할 수 있는 일이 뭐가 있었겠나? 어찌할 바를 모르는 채 궁지에 몰린 아버지는, —— 온갖 분위기에서 어머니와 대화를 시도했고 — 온갖 각도에서 논거를 제시하며 — 기독교도로서, — 이교도로서, — 남편으로서 — 아버지로서, — 애국자로서, — 남자로서 논쟁을 펼쳤다. — 어머니는 이 다양한 접근에 대해 단지 여자로서만 대응해야 했으니, 이것은 어머니에게 약간 가혹한 일이긴 했다. — 어머니는 그렇게 다양한 입장을 취하여 싸울 수 없었으니, — 그것은 공정하지 못한 싸움이었다. — 7대 1이었으니 — 어머니가 어찌할 수 있었겠는가? —— 어머니를 끝까지 버티게 해 준 한 가지 이점이 있었다면(그것마저 없었다면 어머니는 분명 제압당했을 것이다) 그것은 마음 밑바닥에 자리 잡은 억울함이라는 응원군이었다. 그 덕분에 어머니는 아버지와 아주 대등하게 논쟁을 진행할 수 있었고, —— 결국 양측이 다 *Te Deum*\*을 노래하게 되었다. 간단히 설명하자면, 어머니는 늙은 여자 산파를 쓰기로 하고, — 남자 의사는 뒤 거실에서 아버지와 나의 삼촌 토비 샌디와 함께 와인 한 병을 마시며 대기하도록 허락받았다는 것이다. — 의사는 그 대가로 5기니를 받도록 결정되었다.

이 장을 끝내기 전에 나는 여성 독자에게 경고의 말을 한마디 덧붙이도록 양해를 구해야겠다. — 다름이 아니라, —— 내가 이 장에서 무심코 흘린 한두 마디를 갖고 나에 대해 어떤 가정을 해선 안 된다는 것이다. —— 즉 '내가 기혼자'라는 가정 말이다. — 내가 나의 소중하고도 소중한 제니라는 다정한 호칭을 썼고, — 여기저기 결혼 생활에 대한 지식을 섞어 넣었으니, 세상에서 가장 공평한 판관이라도 그런 오판을 하는 것은 지극히 당연한 일일 것이다. — 부인, 제가 청하는 것은 단지 저를 위해서나 당신 자신을 위해서나 엄정한 정의감에 입각해서 판단을 내리시고, — 지금 내놓을 수 있는 것보다 더 확실한 증거를 손에 넣기 전까지는 저에 대해 그런 인상을 받거나 선입견을 갖지 말아 달라는 겁니다. — 그렇다고 부인, 나의 소중하고 소중한 제니가 나의 정부라고 생각해 주길 바랄 만큼 제가 허영심 많고 비합리적인 사람은 아닙니다. — 아니죠. — 그것은 정반대의 극단으로 제 성격을 치켜세우는 일일뿐더러, 제가 전혀 가질 권리가 없는 자유로운 기질을 제 성격에 보태 주시는 일입니다. 제가 강조하고 싶은 것은, 당신은 물론 지구 상에서 가장 뛰어난 통찰력을 가진 사람도 이 책을 몇 권 더 읽기 전에는 그 문제를 제대로 아는 것이 불가능하다는 겁니다. — 나의 소중하고 소중한 제니! 라는 호칭이 아무리 다정하다 해도, 그녀가 나의 아이라는 가설이 불가능한 것은 아니지요. —— 생각해 보십시오, — 제가 1718년에 태어난 사람 아닙니까. — 나의 소중한 제니가 내 친구라는 가정 역시 그렇게 부자연스럽거나 터무니없는 것은 아니지요. —— 친구라! — 내 친구라. —
부인, 이성 사이에 우정이 존재하고, 그 관계가 유지되는 것 역시
가능하지 않습니까? —— 는 없이 말입니다. 아니, 이런! 샌디
씨, 무슨 말을 하시는 거예요! — 남녀 간 성의 차이가 있을 경우,
부인, 우정 속에 섞여 드는 다정하고 달콤한 감정 외에는 다른 아
무것도 없이라는 말을 하는 건데요, 프랑스의 뛰어난 로맨스 작품
속에 나오는 순수하고 감성적인 대목을 한번 꼼꼼히 읽어 보실 것
을 부탁드리고 싶습니다. —— 정말이지 부인, 제가 지금 말씀드
리고 있는 그 달콤한 감정이 그 작품들 속에서 얼마나 순결한 표
현법으로 치장되고 있는지, 그 다양성을 보시면 부인께서도 놀라
실 겁니다.

## 제19장

　아버지처럼 대단히 분별력 있는 신사가, —— 독자들도 이미 아
시다시피, 철학적 지식도 풍부하고, 탐구심도 많은 분이, — 정치
적 논리에서도 현명하고, — 논객으로서도 (앞으로 보면 알겠지
만) 전혀 부족함 없는 분이 — 어떻게 해서 그처럼 상식적인 궤도
를 벗어나는 생각을 머릿속에 키울 수 있는 건지, 그것을 설명하
겠다고 나서느니 차라리 가장 어려운 기하학 문제를 풀겠다고 나
서는 게 더 쉬울 것이다. — 그 생각이 뭔지 내가 말씀드리게 되
면, 독자 양반이 조금이라도 담즙질의 성마른 기질을 가진 사람일
경우, 즉시 이 책을 팽개쳐 버릴 것이고, 만약 수성의 영향을 받는
쾌활하고 변덕스러운 기질이라면 기분 좋게 실컷 웃을 것이고, —
혹시 토성의 영향을 받는 엄숙하고 무뚝뚝한 유형이라면 그것은

완전히 황당하고 터무니없는 일이라고 단번에 단죄할 것이다. 그것은 세례명을 선택하고 결정짓는 일에 관한 것인데, 아버지는 피상적인 사고방식을 가진 사람들이 상상할 수 있는 것보다 훨씬 많은 중대사가 그 이름에 달려 있다고 생각하는 분이다.

즉, 아버지가 규정하는 소위 좋은 이름이나 나쁜 이름이 아주 기묘한 마법적 편견을 각인하는 불가항력적 힘을 지니고 있어, 우리의 성격이나 행동 양식에 그대로 반영된다는 것이다.

세르반테스의 주인공도 마법사의 힘이 자기 행동을 불명예스럽게 만든다거나, **둘시네아**\*의 이름이 자기 활동에 광휘를 뿌려 준다고 주장하기도 하지만, 아버지가 한편으로는 **트리스메기스토스**\*나 **아르키메데스**\* 같은 이름에, ─ 다른 한편으로는 **니키**와 **심킨**\* 같은 이름에 대해 말할 때처럼 ─ 그렇게 심각하게, ─ 그렇게 깊은 신념을 갖고, ─ 그렇게 수많은 주장을 펼치지는 않았다. 아버지는 얼마나 많은 **카이사르**와 **폼페이우스**\*들이 단지 이름이 주는 영감 때문에 이름값을 하게 되었는지, 또한 이름 때문에 성품과 기백이 완전히 짓눌리고 **니고데모화**\*되지 않았더라면 세상에서 극히 잘나갈 수도 있었던 사람들 역시 얼마나 많은지 모른다고 주장한다.

당신 표정을 보아하니, 선생, ─ 내 의견에 선뜻 동조하지 않는다는 것을 똑똑히 알겠소라는 식으로(또는 그때그때 상황에 맞춰) 아버지는 이야기를 이어 간다. ─ 한데 이 문제를 바닥까지 면밀히 조사해 보지 않은 사람한테는 ─ 내 이야기가 확고한 논리에 근거했다기보다는 다소 황당하게 들릴 수 있다는 점은 인정하지요. ─ 하지만 친애하는 선생, 내가 아는 선생의 품성으로 보면, ─ 선생을 논쟁 상대가 아니라 ─ 심판관으로 보면서, 그리고 선생의 올바른 식견과 공정한 논리력에 호소하면서 감히 한 가지 사례를 들어 보아도 괜찮을 거란 확신이 드는군요. ─── 당신은 보통 사람들과는 달리 교육이 주는 여러 가지 옹졸한 편견에서 자유로운 사람이고, — 당신을 좀 더 꿰뚫어 볼라치면, — 단지 동조하는 사람이 없다고 해서 어떤 의견을 묵살하지는 않는 대범한 이해력을 갖춘 사람이지요. 예를 들어, 당신 아들! — 당신의 소중한 아들, — 보드랍고 온갖 가능성이 보이는 그 아이의 자질 앞에서 당신이 많은 기대를 걸게 되는, — 바로 그 당신의 빌리를, 선생! — 과연 **유다**라고 부를 수 있겠습니까? 누가 온 세상을 다 준다고 해도 말입니다. — 아버지는 가슴에 손을 올리면서, 아주 품격 있는 어조로, *argumentum ad hominem*\*에서 절대적으로 필요한 그 부드럽고 저항할 수 없는 *피아노*\* 목소리로 말을 잇는다. — 선생, 혹시 당신 아이의 대부가 되어 줄 *유대인*이 돈주머니와 함께 그런 이름을 제안한다 해서, 아드님에 대한 그런 모독에 동의할 수 있겠습니까? — 오, 하느님! 아버지는 하늘을 올려다보며 말한다. 내가 당신 성품을 제대로 아는 거라면, 선생, — 당신은 절대 그럴 수 없지요. —— 그 제안을 발로 짓밟고, — 혐오감에 가득 차서 그 유혹을 유혹자의 머리에 되던졌을 겁니다.

이 일을 처리하는 과정에서 드러나는, 돈을 경멸하는 당신의 초연함도 그렇지만 내가 찬탄해 마지않는 당신의 위대한 정신 역시 참으로 고결합니다. — 그러나 당신을 더욱더 고결하게 만드는 것은 그 결정에서 작용한 당신의 원칙입니다. — 즉 당신의 부성애의 원칙을 말하는데, 만약 당신 아들이 유다라고 불릴 경우, — 그 이름과 불가분의 관계에 있는 비열한 배반자의 개념이 평생 그림자처럼 따라다닐 것이고, 결국은, 선생, 당신이라는 훌륭한 본보기에도 불구하고 당신 아들이 형편없는 악당이나 돈만 밝히는 수전노가 되고 말 것이라는, 바로 이 가설의 진실성을 당신의 부성애가 확신하고 있다는 말입니다.

이런 논증에 반론을 펼 수 있는 사람은 보지 못했다. —— 그러나 사실, 아버지에 대해 있는 그대로 말하자면, — 언변과 논쟁 능력 둘 다에 있어 그와 대적할 만한 사람은 아무도 없었다. — 그는 ΘεοδιδαχٮΘ* 타고난 웅변가였고 — 그의 입술 가득 설득력이 넘쳐 나고 있을 뿐만 아니라, 논리학과 수사학의 원리들이 속속들이 녹아들어 있는 데다, — 상대방의 약점과 열정을 얼마나 명민하게 추측해 내는지, — 자연의 여신도 벌떡 일어나, — "이 사람 정말 뛰어난 언변가다"라고 말했을 것이다. 간단히 말해서, 아버지가 어떤 논쟁의 약자 편에 있든 강자 편에 있든 간에, 아버지를 공격하는 쪽은 위험에 처하게 마련이었다. — 그러나 한 가지 이상한 점은 아버지가 키케로나 수사가 퀸틸리아누스, 이소크라테스, 아리스토텔레스 또는 롱기누스 같은 고대 사람들이나 —— 보시우스나 스키오피우스, 라무스, 파나비* 같은 현대인들의 글을 한 번도 읽은 적이 없다는 사실이다. — 더 놀라운 것은 아버지가 크래켄소프나 부르헤르스다이크, 또는 무슨 네덜란드 논리학자나 논평가에 대한 강의를 통해 미묘한 논리 전개의 비법을 접해 본 적이 평생 동안 단 한 번도 없었다는 사실이다. — 그는 *ad ignorantian** 논쟁법과 *ad hominem** 논쟁법 사이에 어떤 차이가 있는지조차 알지 못했다. 아버지가 나를 입학시키느라 ****에 있는 지저스 칼리지*에 갔을 때 — 나의 훌륭하신 지도 교수와 그 학식 높은 집단의 연구원들은 아버지를 보고 참으로 경이로워했던 기억이 있다. — 자기가 사용하는 연장의 이름조차 모르는 아버지가 그 연장들을 그토록 뛰어나게 사용할 수 있다는 사실 때문에 말이다.

하지만 아버지는 그 연장들을 가지고 가능한 한 최상의 작업을 해내야 하는 일에 끊임없이 직면해 있었다. —— 아버지는 희극적이고 뭔가 미심쩍은 생각들을 천 가지도 넘게 거느리고 있었고, 그것들을 모두 옹호해야 했다. —— 내가 알기로는 그런 생각이 아버지 휘하에 들어오게 된 것은 대부분 단지 변덕스러운 기상(奇想)의 자격으로, 그리고 *vive la Bagatelle*\* 정신을 업고 그의 머리에 처음 소개되면서 시작된다. 일단 그렇게 시작되고 나면 아버지는 30분 남짓 그것을 가지고 놀면서 즐기고, 자신의 기지를 연마한 다음, 다음 기회가 있을 때까지 밀쳐 두었다.

내가 이런 이야기를 하는 것은 아버지의 수많은 해괴한 생각들이 어떻게 시작해서 발전하고 정착되는지에 대한 가설과 추론을 제시하기 위해서이기도 하지만 — 또한 학식 높은 독자들에게 일종의 경고를 주기 위해서다. 즉 이상한 손님들을 아무 견제 없이 마음대로 머릿속에 드나들게 내버려 두면, 몇 년 뒤에는 결국 그들이 — 일종의 붙박이 자격을 요구하게 된다는 말이다. —— 그것들은 때때로 효모처럼 작용하기도 하지만 — 좀 더 일반적으로는 연정처럼 작용해서, 처음에는 농담처럼 시작된 것이, — 나중에는 철저히 진지한 것으로 바뀌게 된다는 사실을 기억하기 바란다.

이것이 아버지 생각의 기발성의 문제인지, — 또는 그의 판단력이 마침내 그의 기지의 하수인이 된 경우인지, — 또는 그의 생각들이 비록 이상하긴 해도 절대적 기준에서 보면 얼마나 올바른 것인지, —— 독자께서는 그 생각들을 만날 때마다 그때그때 직접 판단하기 바란다. 내가 여기서 주장하는 바는 이 세례명의 영향력에 대한 생각이 어떤 경로로 아버지 속에 들어왔든 간에 아버지가 그것에 대해 진지했다는 사실이다. — 그는 초지일관했고, — 체계적이었다. 그리고 모든 체계적 논리가 그렇듯이, 그는 자신의 가설을 지지하기 위해서라면 하늘과 땅도 움직이고, 자연 속의 모든 것을 비틀고 고문하는 사람이었다. 한마디로 하자면, 다시 한번 반복하건대, — 그는 진지했다, — 그리고 그 결과로, 아버지는 사람들이, 특히 앞뒤를 가릴 줄 알아야 하는 지체 있는 사람들이, —— 자기 아이 이름을 지으면서, 강아지 이름을 폰토나 큐피드로 지을 때처럼, — 아니, 오히려 더 무심하거나 조심성 없게 결정하는 것을 보면 참을성을 잃곤 했다.

이건 잘못된 일이지요라고 아버지는 말한다. — 더구나 이 경우에 더욱 심각한 문제점은 일단 고약한 이름을 분별없이 잘못 짓고 나면 다시 고칠 수가 없다는 사실입니다. 그것은 사람의 평판이 부당하게 더럽혀졌을 때와는 다른 문제지요. 중상을 당한 평판은 나중에 오명을 씻을 수도 있습니다. —— 어쩌다 생전에는 되지 않을 수도 있지만, 최소한 죽은 뒤에라도 — 어찌어찌하여 깨끗하게 바로잡힐 수 있지요. 하지만 이름이 잘못되어 생기는 피해는 회복 불가능한 것이란 말입니다라고 아버지는 주장한다. — 그는 나아가, 아니 의회의 법령조차도 이런 문제를 해결할 수 있을지 모르겠다고 의심쩍어한다. — 입법부가 성(姓)에 대해선 힘을 쓸 수 있다는 것을 그도 알고 당신도 알고 있지만, — 그가 제시할 수 있는 매우 강력한 이유로 해서 의회도 이 세례명 문제를 해결하는 일에는 한 발짝도 진전을 보인 적이 없다는 것이다.

이런 의견 때문에 아버지는 어떤 이름들에 대해 강력한 호감이나 반감을 갖고 있긴 하지만 — 아직도 저울의 어느 쪽으로도 기울지 않고 평형을 유지하는, 아버지에게는 아무래도 상관없는 일단의 이름들도 있음을 말해 두겠다. 잭, 딕, 톰 같은 이름들이다. 아버지는 이런 이름들을 중립적 이름이라고 부른다. — 세상이 시작된 이래 그런 이름을 가진 사람 중에는 현명하고 선한 사람만큼이나 악당과 바보들도 많았다고 아버지는 아무 풍자적인 기색 없이 단언한다. — 그래서 이 이름들은 서로 반대 방향으로 똑같은 힘으로 작용하기 때문에 쌍방의 효과를 상쇄시킨다고 아버지는 생각한다. 따라서 아버지는 이런 이름 중에서 뭘 선택하든 버찌 씨앗 하나만큼도 신경 쓰지 않는다고 선언한다. 내 형의 이름인 보비는 이런 중립적 세례명 가운데 하나고, 어느 방향으로든 거의 영향을 미치지 않는 이름이다. 형의 이름이 작명되었을 때 아버지는 마침 엡섬*에 가 계셨는데 — 아버지는 종종 그보다 더 나쁜 이름이 아니었던 것을 하늘에 감사드린다. 앤드루*는 아버지식 대수법에선 마이너스 숫자에 속하고, — 아버지 말로는 영보다 더 나쁜 쪽이다. — 윌리엄은 비교적 높은 수에 속하고, ── 또 넘프스는 상당히 낮은 자리에 있고, — 닉은 **악마**라고 아버지는 말한다.*

그러나 아버지는 우주에 존재하는 모든 이름 중에서도 **트리스트럼***이란 이름에 대해 도저히 극복할 수 없는, 가장 강한 반감을 갖고 있다. — 아버지는 이 이름이 *rerum naturâ*\*상 지극히 비천하고 한심한 것밖에는 다른 아무것도 생산해 내지 못한다고 생각해 — 이 세상 어떤 것보다 더 낮은 가장 경멸스러운 이름이란 견해를 갖고 있다. 그래서 이 주제에 대한 논쟁이 벌어질 때면, 한데 아버지에게는 자주 있는 일이다. ── 아버지는 대화 중에 돌연히 말을 중단하고, 담화에서 쓰는 음조보다 3도나 높은 목소리로, 때로는 5도까지 완전히 높이면서, 기운차게 **에피포네마**나 **에러테시스**\*를 시작한다. ── 그러고는 상대방에게 단정적으로 요구한다. 혹시 트리스트럼이라 불리는 사람이 어떤 위대한 일이나 기록할 가치가 있는 일을 했다는 기억이 있는지, ── 그런 말을 어디서 읽은 적이 있는지, — 또는 하다못해 그런 말을 들은 적이라도 있는지 대답해 보시지요. — 아니지요. — 아버지가 말한다. — 트리스트럼! — 그런 일은 절대 불가능합니다.

아버지가 무엇이 부족해서 자신의 이런 의견을 세상에 알리는 책을 쓰지 않았겠는가? 아무리 정교한 이론가라 해도 ── 밖으로 배출할 통로를 찾지 않고 — 혼자서만 그 의견을 갖고 있는 것은 전혀 도움이 되지 않는데 말이다. — 아버지는 바로 그 통로를 찾는 일을 하고 있었다. — 1716년, 내가 태어나기 2년 전에, 그는 단지 트리스트럼이란 단어 하나에 대해 특별 **논문**을 쓰느라 고생하고 있었다. — 그 이름에 대해 그가 갖고 있는 혐오감의 근거를 대단히 솔직하게, 그리고 겸손하게 세상에 밝히기 위해서 말이다.

이 책의 표지를 염두에 두고 이 이야기를 읽는다면 — 과연 어느 점잖은 독자가 영혼 깊은 곳으로부터 아버지에게 연민을 보이지 않을 수 있겠는가? — 비록 그의 생각이 특이하긴 해도 — 악의는 없는 분인데 — 그런 단정하고 성품 곧은 신사가 — 자신의 의도가 완전히 어긋나는 희롱을 당하다니, —— 이 이야기의 무대를 내려다보면서, 아버지가 자신이 만든 온갖 작은 체계와 소망에서 좌절당하고 전복당하는 것을 보면, 일련의 사건이 끊임없이 그와 어긋나게 벌어지는 것을 보면, 마치 그의 추론을 모욕하기 위해 누군가 일부러 그를 표적 삼아 계획이라도 세운 것처럼 너무나 치명적이고 잔인한 방법으로 아버지가 당하는 것을 보면, —— 다시 말해, 어려움을 겪기에는 부적당한, 이미 연로한 상태에서, 하루에도 열 번씩 슬픔으로 고통 받는 것을 보면, — 기도를 통해 얻은 아들을 하루에도 열 번씩 **트리스트럼**!이라 불러야 하는 그런 사람을 보면, 어찌 연민을 느끼지 않을 수 있겠는가. —— 이 얼마나 구슬픈 2음절 소리인가! 아버지 귀에는 이 이름이 바보 멍청이를 비롯해 하늘 아래 존재하는 온갖 욕설스러운 이름과 똑같은 소리로 들렸다. —— 아버지 영혼에 걸고 맹세하건대, — 혹시라도 악독한 영령이 있어 인간이 목적하는 바를 방해하는 일을 즐기며 몰두한 적이 있다면, — 바로 이 경우였을 것이다. — 그리고 만약 내가 세례를 받기 전에 먼저 태어날 필요가 없었더라면, 지금 독자에게 그 일에 대한 설명을 해 드리겠다.


## 제20장


—— 부인, 앞 장을 읽으면서 어찌 그리 부주의할 수 있었지요? 제가 바로 앞 장에서 *제 어머니는 로마 가톨릭 신자가 아니라고* 말씀드렸는데요. —— 가톨릭 신자라! 여보세요, 언제 그런 말을 했다는 거예요. 부인, 죄송하지만 다시 말씀드리겠는데, 말로 하는 만큼 분명히 직접적인 암시를 드렸는데요. — 그렇다면 선생, 내가 한 페이지를 놓쳤나 보네요. — 아뇨, 부인, — 단 한마디도 놓치지 않으셨어요. —— 그렇다면 내가 깜빡 잠들었던가 봐요, 선생. — 제 자존심이 그런 피난처는 허락해 드릴 수 없습니다. — 그럼, 단언하건대, 그 문제에 대해서는 전혀 아는 바가 없어요. — 바로 그 점이, 부인, 제가 지적하는 당신 잘못입니다. 그리고 그 벌로 다음 마침표에 도달하는 즉시 앞으로 되돌아가셔서 그 장 전체를 다시 한 번 읽으실 것을 요구하는 바입니다.

내가 숙녀분께 이런 속죄 행위를 부과한 것은 무자비함이나 못된 심보 때문이 아니라 아주 좋은 의도에서 한 일이다. 그러므로 그녀가 다시 돌아왔을 때 사과 같은 것을 할 생각은 없다. — 그것은 요즘 그녀 외에도 수천 명의 사람들 사이에 퍼지고 있는 아주 사악한 취향을 질책하고자 하는 것이다. — 사람들이 이런 성격의 책을 그 책이 요구하는 식으로 읽어 주면 틀림없이 얻을 수 있는 깊은 학식과 지식은 찾아볼 생각도 하지 않고 이야기 줄거리만 좇으면서 마냥 읽어 가는 현상 말이다. —— 책을 읽을 때는 현명한 성찰을 하고 참신한 결론을 끌어내는 습관을 가져야 한다. 바로 이런 습성을 가진 소(小)플리니우스는 "어떤 책이든 그것을 읽고 나서 뭔가 이득을 끌어내지 못할 만큼 나쁜 책을 읽은 적은 없다"고 천명하고 있다. 그리스나 로마의 이야기도 이런 마음가짐과 노력 없이 대충 읽는다면, ─ 단언하건대, 파리스무스와 파리스메누스의 역사나 영국의 7대 수호 성인 이야기를 읽는 것보다 얻는 게 없을 것이다.*

───── 아, 여기 그 아름다운 숙녀분이 오시는군요. 부인, 제가 청했듯이 앞 장을 다시 읽으셨나요? ─ 그렇게 하셨다고요. 다시 읽으면서 그 암시를 주는 구절을 찾지 못하셨나요? ───── 그런 것은 단 한마디도 없던데요! 그렇다면 부인, 앞 장의 마지막 문장에서 "내가 세례를 받기 전에 먼저 태어나 있을 *필요가 있었다*"고 말했던 것을 심사숙고해 보십시오. 부인, 제 어머니가 만약 가톨릭 신자였다면 그런 결론은 나오지 않았을 겁니다.[1]

모든 일에서 새로운 사건만 탐하는 바로 그런 사악한 갈구가 너무 깊이 우리 습관과 체질에 침투해 있고, ─ 성마른 욕정을 그런 식으로 만족시키는 일에 우리가 완전히 몰두해 있기 때문에, ─ 작품 속의 상스럽고 보다 육체적인 부분 말고는 후손들에게 아무것도 전해지지 않게 생겨 있으니, ─ 이런 현상은 바로 나의 이 책

---

[1] "로마 교회의 전례서는 아기가 위험할 경우 출생 전에도 세례를 주도록 명시하고 있다. ─ 그러나 이는 세례자가 아기의 신체 일부를 볼 수 있는 경우에 한한다. ─ 하지만 소르본의 신학자들은 1733년 4월 10일 토론회를 열고, ─ 산파들의 권한을 확대하는 결정을 내렸다. 즉 아기 신체 부위가 전혀 보이지 않을 때도, ─ 주사를 통해. ─ 작은 주삿바늘을 통해 세례를 행할 수 있도록 결정한 것이다. ─ 어려운 신학 문제의 매듭을 묶거나 푸는 데 그처럼 뛰어난 기계 같은 머리를 가진 성 토마스 아퀴나스께서 이 문제로 그렇게 많이 고심하고도, ─ 결국 그게 두 번째 불가능한 일이라고 포기해 버리다니, 참으로 기이한 일이 아닐 수 없다. '어머니의 자궁에 있는 아기에게는 (성 토마스가 말하기를) 어떤 방법으로도 세례를 줄 수 없다.' ─ 오 토마스! 토마스!"

만약 독자가 소르본의 신학자들에게 제시된 주삿바늘로 세례하는 문제에 대해, 그리고 그들의 토의 내용에 대해 호기심이 있다면, 그 내용은 다음과 같다.

Vide Deventer, Paris Edit. , 4to, 1734, p.366.

에는 물론, 문인 공화국에는 더더욱 끔찍한 불행이 아닐 수 없다. — 그러니 내 책은 그런 문제를 고민하는 일에 온통 함몰될 지경이다. — 과학적 정보에 대한 미묘한 실마리나 비밀스러운 소통의 가능성은 마치 영령처럼 하늘로 날아가 버리고, —— 무거운 교훈은 땅속으로 도망가 버리니, 전자든 후자든 둘 다 마치 아직도 뿔로 만든 잉크병 바닥에 남아 있는 것이나 마찬가지이고 따라서 세상 사람들은 그것을 모조리 잃어버린 셈이 된다.

남성 독자는 여성 독자처럼 이토록 진기하고 기묘한 대목들을 놓치고 지나간 것이 아니길 바라 마지않는다. 또한 이 일이 교훈이 되는 효과를 거두기를 바란다. — 그리고 모든 좋은 사람들이, 남성이건 여성이건, 그녀의 예를 통해, 책을 읽으면서 동시에 생각도 하는 법을 배웠기를 빈다.

MEMOIRE presenté a Messieurs les Docteurs
de SORBONNE


*UN Chirurgien Accoucheur, represente à Messieurs les Docteurs de Sorbonne, qu'il y a des cas, quoique très-rares, où une mere ne sçauroit accoucher, & même où l'enfant est tellement renfermé dans le sein de sa mere, qu'il ne fait paroître aucune partie de son corps, ce qui seroit un cas, suivant les rituels, de lui conferer, du moins sous condition, le baptême. Le chirurgien, qui consulte, prétend, par le moyen d'une petite canulle, de pouvoir baptiser immediatement l'enfant, sans faire aucun tort à la mere. — Il demande si ce moyen, qu'il vient de proposer, est permis & legitime, & s'il peut s'en servir dans le cas qu'il vient d'exposer.*

　[소르본의 신학 박사들에게 제출된 질의서 : 한 산과 의사가 소르본의 신학 박사들에게 문의 드리는바, 매우 드물긴 하지만 산모가 아기를 분만할 수 없는 경우나 자궁 속에 있는 아기 몸의 어떤 부분도 밖에서 보이지 않는 경우에, 종교 의식에 따라 아기에게 조건부로라도 세례를 줄 수 있는 게 아닌가 하는 것입니다. 이 외과의는 어머니에게 어떤 해도 끼치지 않고 작은 분무 파이프로 아기에게 직접 세례하는 일이 가능하다고 주장합니다. 그는 자기가 제안하는 이 방법이 합법적인지, 허용 가능한 일인지, 그가 제시한 그런 경우에 이런 방법을 채택해도 좋은지를 묻고 있습니다.]

## RÉPONSE

*LE conseil estime, que la question proposée souffre de grandes difficultés. Les theologiens posent d'un côté pour principe, que le baptême, qui est une naissance spirituelle, suppose une premiere naissance; il faut être né dans le monde, pour renaître en* Jesus Christ, *comme ils l'enseignent.* S. Thomas, 3ª. part. quæst. 68. artic. II. *suit cette doctrine comme une verité constante; l'on ne peut, dit ce S. docteur, baptiser les enfans qui sont renfermés dans le sein de leurs meres, et S. Thomas est fondé sur ce, que les enfans ne sont point nés, & ne peuvent être comptés parmi les autres hommes; d'où il conclud, qu'ils ne peuvent être l'objet d'une action exterieure, pour recevoir par leur ministere les sacremens nécessaires au salut:* pueri in maternis uteris existentes nondum prodierunt in lucem ut cum aliis hominibus vitam ducant; unde non possunt subjici actioni humanæ, ut per eorum ministerium sacramenta recipiant ad salutem. *Les rituels ordonnent dans la pratique ce que les theologiens ont établi sur les mêmes matieres, & ils deffendent tous d'une maniere uniforme de baptiser les enfans qui sont renfermés dans le sein de leurs meres, s'ils ne font paroître quelque partie de leurs corps. Le concours des theologiens, & des rituels, qui sont les regles des dioceses, paroît former une autorité qui termine la question presente; cependant le conseil de conscience considerant d'un côté, que le raisonnement des theologiens est uniquement fondé sur une raison de convenance; & que la deffense des rituels, suppose que l'on ne peut baptiser immediatement les enfans ainsi renfermés dans le sein de leurs meres, ce qui est contre la supposition presente ; & d'un autre côté, considerant que les mêmes theologiens enseignent, que l'on peut risquer les sacremens qu' Jesus Christ a établis comme des moyens faciles, mais nécessaires pour sanctifier les hommes ; & d'ailleurs estimant, que les enfans renfermés dans le sein de leurs meres, pourroient être capables de salut, parce qu'ils sont capables de damnation; —pour ces considerations, & eu égard a l'exposé, suivant lequel on assure avoir trouvé un moyen certain de baptiser ces enfans ainsi renfermés, sans faire aucun tort à la mere, le conseil estime que l'on pourroit se servir du moyen proposé, dans la confiance qu'il a, que Dieu n'a point laissé ces sortes d'enfans sans aucuns secours, & supposant, comme il est exposé, que le moyen dont il s'agit est propre à leur procurer le baptême; cependant comme il s'agiroit, en autorisant la pratique proposée, de changer une regle universellement établie, le conseil croit que celui qui consulte doit s'adresser à son evêque, à qui il appartient de juger de l'utilité, & du danger du moyen proposé, & comme, sous le bon plaisir de l'evêque, le conseil estime qu'il faudroit recourir au Pape, qui a le droit d'expliquer les regles de l'eglise, & d'y déroger dans le cas, où la loi ne sçauroit obliger, quelque sage & quelque utile que paroisse la maniere de baptiser dont il s'agit, le conseil ne pourroit l'approuver sans le concours de ces deux autorités. On conseille au moins à celui qui consulte, de s'adresser à son evêque, & de lui faire part de la presente décision, afin que, si le prélat entre dans les raisons sur lesquelles les docteurs soussignés s'appuyent, il puisse être autorisé dans le cas de nécessité, ou il risqueroit trop d'attendre que la permission fût demandée & accordée d'employer le moyen qu'il propose si avantageux au salut de l'enfant. Au reste le conseil, en estimant que l'on pourroit s'en servir, croit cependant que, si les enfans dont il s'agit venoient au monde, contre l'esperance de ceux qui se seroient servis du même moyen, il seroit nécessaire de les baptiser sous condition, & en cela, le conseil se conforme à tous les rituels, qui, en autorisant le baptême d'un enfant qui fait paroître quelque partie de son corps, enjoignent neanmoins, & ordonnent de le baptiser sous condition, s'il vient heureuse-*

*ment au monde.*

Délibéré en Sorbonne, le 10 Avril, 1733.

A. LE MOYNE,

L. DE ROMIGNY,

DE MARCILLY.

[답변 : 본 위원회는 앞에 제시된 문제에는 상당한 어려움이 따른다고 본다. 신학자들은 영적 탄생을 뜻하는 세례가 출생을 전제한다는 가정을 당연시하고 있고, 그들의 교리에 의하면, 예수 그리스도를 통해 재탄생하기 위해서는 일단 세상에 먼저 태어날 필요가 있다는 것이다. 성 토마스(아퀴나스)는 『신학 대전』 제3부, 질문 68번, 제11항에서 이 원리를 부동의 진리로 따르고 있다. 이 성스러운 박사님은 아직 어머니의 자궁 속에 있는 아기에게는 세례를 할 수 없다고 말한다. 성 토마스는 그런 아이는 아직 태어나지 않은 것이어서 사람으로 여길 수 없다는 가설을 통해 그 주장을 정당화하고 있다. 따라서 그런 아이들은 인간 성직자가 구원을 위해 제공하는 성사(聖事)라는 외적 행동의 대상이 될 수 없다고 성 토마스는 결론짓고 있다. *즉 어머니의 자궁 속에 있는 아이들은 다른 사람들 속에서 삶을 영위하도록 이끄는 빛 속에 아직 나오지 않은 것이며, 따라서 그들은 구원에 필요한 성사를 인간 성직자를 통해 받도록 하는 그런 인간 활동의 대상이 될 수 없다는 것이다.* 종교 의식이란 신학자들이 같은 문제에 대해 결정한 대로 따르는 것인데, 신학자들이 아기 몸의 어떤 부분도 보이지 않을 경우, 어머니의 자궁 속에 머물러 있는 아기의 세례를 예외 없이 금하고 있기 때문이다. 주교 관구에서 정하는 전례법과 신학자들의 의견이 서로 합치하고 있다는 사실을 보면 그들이 현안을 결정

할 권위를 갖추고 있는 것으로 보인다. 그러나 이 위원회가 양심적으로 숙고해 볼 때 한편으론 신학자들의 논리가 단지 현실성에 근거한 것이고, 전례법의 그 금지 조항은 어머니 자궁에 그런 식으로 남아 있는 아기에게 직접 세례할 수 없다고 가정하기 때문인데, 이는 질의서에 나오는 가정과 상치되는 것이다. 게다가 같은 신학자들이 다른 한편으론, 예수 그리스도께서 인간의 구원을 위한 쉬우면서도 꼭 필요한 수단으로 확립한 그 성사를 행하기 위해서는 어떤 위험도 무릅쓸 수 있다고 가르치고 있다는 사실도 고려되어야 할 것이다. 나아가, 어머니 자궁에 있는 아기들은 저주를 받을 수 있듯이 구원도 받을 수 있다고 간주된다. ― 이런 고려 사항들을 종합할 때, 그리고 어머니에게 해를 끼치지 않고 자궁 속에 있는 아이들에게 세례할 방법을 찾아냈다는 주장을 감안할 때, 본 위원회는 이 제안된 편법의 도움을 받을 수도 있다고 판단한다. 하느님께서는 이런 영아들에게 어떤 도움도 주지 않고 그냥 버려두실 분이 아니라는 믿음에 따라, 그리고 현재 논의되는 방법이 그 의사가 주장하듯이 세례에 적합하다는 가정 아래 이런 결정을 내린다. 그러나 이 제안된 방법을 인정하는 것이 보편적으로 확립된 규칙에 변화를 주는 일이 되므로 본 위원회는 이런 방법을 원하는 사람은 먼저 그의 주교나 그 밖에 그 방법의 유용성과 위험 정도를 판단하기에 합당한 사람과 상의해야 한다고 믿는다. 주교가 선의를 베풀 경우 본 위원회는 교황에게도 문의할 필요가 있다고 본다. 왜냐하면 제안된 세례 방법이 아무리 편리하고 지혜롭게 보인다 할지라도 법이 그것을 어떻게 수용할지 불확실한 경우, 그 법을 해석하고 수정할 권한은 교황에게 있기 때문이다. 본 위원회는 이 두 권위자의 확정 없이는 이 방법의 실용화를 승인할 수 없다. 그러나 본 위원회가 그런 일의 당사자에게 충고하고자 하는 점은 주교에게 청원할 때 만약 그분이 아래에 서명한 신학자들이 결정한 근거가 되는 이유들에 동의할 경우에는, 허락을 기다리기에는 너무 위급한 아기에게 아기의 구원에 도움이 되는 그 방법을 일단 먼저 실행할 수 있도록 용인해 줄 것을 부탁드려 보라는 것이다. 나아가 본 위원회는 이런 방법의 세례를 사용할 수 있다고 보지만 혹시 영아가 이 편법을 사용한 사람들의 예상과는 달리 세상에 태어날 경우에는 조건부로 다시 세례할 필요가 있다고 믿는다. 본 위원회의 이 결정은 영아의 몸의 일부가 보이는 경우에 세례를 허용하면서 이 아이가 다행히 세상에 나올 경우에 조건부로 다시 세례하도록 명하고 제한하는 현재의 전례법을 그대로 따르는 것이다.

1733년 4월 10일, 소르본에서 결정됨.

A. 르 모인,

L. 드 로미니,

드 마르실리.]


트리스트럼 샌디 씨는 르 모인, 드 로미니, 드 마르실리 선생님들에게 경의를 보내며, 그처럼 지치고 고단한 논의를 하셨으니 그날 밤 모두 휴식을 푹 취하셨기를 바랍니다. ― 그는 또한 청하건대, 결혼식이 끝난 뒤든지, 첫날밤을 지내기 전이든지, 모든 극미인들을 한꺼번에 즉각 주사로 세례를 주는 것이 더 간단하고 안전한 지름길이 아닐는지 묻고 싶습니다. 단, 위에서 본 것처럼 이런 조건을 붙여서 말이지요. 극미인들이 이 세례 뒤에 갈 길을 잘 찾아 세상에 안전하게 나오는 경우에는 각각 모두 (조건부로)* 다시 세례를 받는다는 것과 ―― 또한 두 번째 조건으로는, 그 일이, 저는 그게 가능하다고 생각하는데, *par le moyen d'une* petite canulle, and, *sans faire aucun tort a le pere*, 즉 작은 주사 대롱을 도구로 하고, 아버지에게 어떤 해도 끼치지 않고 행할 수 있는 경우여야 한다는 것입니다.

## 제21장

—— 아니, 위층에서 왜 저렇게 왔다 갔다 시끄럽게 소동을 피우는 거지. 아버지는 한 시간 반 동안의 침묵 뒤에 토비 삼촌을 향해 말했다. —— 삼촌은, 독자도 알아야 할 것이, 그동안 내내 벽난로 맞은편에 앉아, 친목의 의미를 담은 담배를 피우면서, 자신이 입고 있는 새로 산 검은 비로드 바지에 대해 조용히 명상하고 있었다. — 여보게, 동생, 위에서 뭘 하고 있는 걸까? — 우리가 이야기하는 것도 제대로 들리지 않잖아라고 아버지가 말했다.

내 생각에는 말이지요, 파이프를 입에서 떼며 토비 삼촌이 대답했다. 그리고 파이프 머리를 그의 왼손 엄지손톱에 두세 번 두드리면서, 토비 삼촌이 다시 말을 시작했다 —— 내 생각에는, —— 그러나 이 상황에 대한 토비 삼촌의 생각 속으로 제대로 들어가기 위해서는, 먼저 삼촌의 성품 속으로 어느 정도 들어가 볼 필요가 있으니, 우선 여기서 그의 성품의 윤곽을 전해 드린 다음, 삼촌과 아버지의 대화를 다시 진행시키도록 하겠다.

— 있잖아요, 그 사람 이름이 뭐지요? — 내가 너무 급하게 글을 쓰다 보니, 그것을 기억해 내거나 찾아볼 시간이 없는데요. — — "우리나라의 공기와 기후는 대단히 변덕스럽다"는 말을 처음 한 사람 말입니다. 그가 누구였든 간에, 그것은 정당하고 훌륭한 관찰이었습니다. — 그 관찰에 뒤따라 나오는 추론, 즉 "바로 그

때문에 우리나라에는 아주 다양한 괴짜나 변덕스러운 인물들이 넘쳐 난다"라는 관찰은 — 그 사람의 말이 아니지요. — 그것은 최소한 한 세기 반 뒤에 다른 사람에 의해 발견된 사실입니다. — 다시 그 뒤를 이어, — 우리나라가 이런 독창적인 인물들의 풍성한 저장고라는 사실이 우리나라 코미디가 프랑스의 코미디나 유럽 대륙에서 저술되었거나 저작될 수 있는 어떤 코미디보다 훨씬 더 우수한 현상의 진정하고 자연스러운 원인이다라는 —— 이 발견은 윌리엄 왕의 재위 기간 중반 이전에는 나오지 않은 것입니다. — 저 위대한 드라이든이 자신의 기나긴 서문들 중 하나를 쓰는 중에, (내가 잘못 알고 있는 것이 아니라면) 운 좋게도 우연히 이 사실을 찾아낸 것이 바로 그 무렵이니까요. 그리고 앤 여왕 말기에는 저 위대한 애디슨이 이 개념을 후원하기 시작했고, 그의 『스펙테이터』지 한두 호에서 이 점을 보다 충실히 세상에 설명해 주었지만, — 그것을 생각해 낸 것은 그 사람이 아닙니다. — 그리고 네 번째이자 마지막으로, 우리 기후의 이상한 불규칙성이 우리 성격에 그토록 기이한 불규칙성을 만들어 낸 덕분에, —— 날씨 때문에 야외 활동을 할 수 없을 때도 우리가 뭔가 즐거움을 찾을 수 있으니, 일종의 보상을 받는 셈이라는 — 이 관찰은 바로 나의 것입니다. — 이것은 1759년 3월 26일, 바로 이 비 오는 날, 아침 9시에서 10시 사이에 내 머리에 떠오른 것이지요.

따라서, — 따라서 우리의 학문이 이처럼 눈앞에서 무르익어 가는 이 위대한 수확기를 맞고 있는 나의 동료 노동자, 동업자들이여! 우리의 지식은 점진적으로 서서히 단계를 밟아 물질적, 형이상학적, 논쟁적, 항해적, 수학적, 수수께끼적, 기술적, 전기(傳記)적, 낭만적, 화학적, 산파학적 그리고 그 밖에 50가지의 다른 지식 분야에서 (그들 대부분은 이것들처럼 ~적으로 끝나지다) 지난

두 세기 남짓 동안 계속 그 완벽의 정점($Aκμή$)을 향해 기어 올라 가고 있으니, 지난 7년 동안의 진보로 미뤄 볼 때, 우리가 거기서 결코 멀지 않다고 추측해 볼 수 있지 않겠습니까.

그런 일이 생기는 날에는, 우리가 기대하듯이, 온갖 종류의 글 쓰기가 중단될 것이고. — 온갖 종류의 글쓰기가 사라지면, 온갖 종류의 글 읽기 또한 중단될 것이고, — *전쟁은 가난을 잉태하고, 가난은 평화를 잉태하듯이*, —— 결과적으로 온갖 종류의 지식도 자연히 끝장이 날 것입니다. — 그렇게 되면 —— 우리는 모든 것을 다시 시작해야만 하는데, 다른 말로 하자면, 우리는 정확히 우리가 출발했던 그 지점에 서 있게 될 것입니다.

—— 아, 행복하고도! 세 곱절이나 행복한 시대여! 다만 내가 바라는 것은, 내 잉태 시기가 그 방법과 양식은 물론이고, 약간 변경되었더라면 하는 것이다. — 즉, 아버지나 어머니에게 별다른 불편을 주지 않는 경우, 그 시기가 20년이나 25년 정도 뒤로 늦춰질 수 있었더라면 하는 것이다. 그때라면 문단에 있는 사람이 뭔가 한번 새로이 이룩해 볼 기회를 얻을 수도 있지 않겠는가. ——

한데 내가 토비 삼촌 일을 잊고 있었다. 그동안 내내 삼촌이 담배 파이프에서 재를 떨고 있게 내버려 두었구먼.

그의 기질은 우리 기후를 영예롭게 만들어 주는 그런 특별한 종류의 것이다. 삼촌에게 집안 내력에서 오는 특성이 강하게 드러나지 않았다면 난 삼촌을 우리 기후가 만들어 낸 인물 중 최상급으로 평가하는 데 조금도 망설임이 없었을 것이다. 삼촌의 특이성은 바람이나 물 또는 그 두 가지의 어떤 조합이나 변형에서 나왔다기보다는 혈통에서 더 많이 연유한 것으로 보이니까 말이다. 그래서 아버지가 내 어린 시절에 내가 하는 짓에서 어떤 엉뚱함을 보았을 때 — 왜 단 한 번도 그런 식으로 설명해 보려 하지 않았는지 가끔

의아할 때가 있었다. 물론 아버지 나름대로 이유가 있었다는 것은 알지만. 아무튼 **샌디 가문** 사람들은 모조리 한 사람도 빠짐없이 독창적인 인물이었다. —— 한데 남자들만 말한다. — 여자들은 성격이란 것을 전혀 갖고 있지 않으니까. — 참, 나의 고모할머니 **다이나**는 예외다. 그분은 약 60년 전에 마차군과 결혼해서 아이를 가졌던 인물이다. 아버지는 세례명에 대한 그의 가설에 근거해 그녀가 그렇게 된 것은 대부와 대모 덕분이라고 말한다.

참 이상해 보일 것이다. —— 어떻게 그런 일이 가능한지 독자에게 추측해 보라고 하느니 독자 앞에 수수께끼를 내놓는 게 더 쉬울지도 모르지만 그것은 내 관심사가 아니다. 아무튼 아주 오래 전에 일어난 그 일이 어떻게 그처럼 잘 보존되어 전해 내려오게 되었고, 그 일이 어떻게 아버지와 삼촌 사이에 따뜻하게 잘 유지되어 온 평화와 단합을 방해하는 요소로 작용하게 되었는지 참으로 이상한 일이긴 하다. 우선 사람들은 그런 불행한 일의 영향력은 오래전에 약화되고 소진되었어야 한다고 생각할 수 있다. — 흔히 그렇듯 말이다. — 그러나 우리 집안에선 어떤 일도 평범한 방식으로 진행되지 않는다. 그 일이 일어났던 당시에 뭔가 다른 일로 고통을 받고 있었는지도 모른다. 그리고 고통이란 우리에게 도움이 되라고 주어지는 것인데 그 일이 **샌디 집안**에는 어떤 좋은 일도 해 준 것이 없으므로, 자기 역할을 수행할 기회를 호시탐탐 기다리고 있는 것인지도 모르겠다. —— 잘 주목하십시오. 나는 이 문제에 대해 어떤 결론도 내리지 않습니다. —— 내 방법은 내가 들려주는 사건이 시작된 그 출발점, 그 원천에 도달하기 위해 택할 수 있는 여러 가지 탐색 통로들을 호기심 많은 독자에게 지적해 주기만 하는 것이다. — 현학적으로 지시봉을 쓰는 것도 아니고, — 스스로나 독자를 앞지르기를 일삼는 타키투스*의 과감한 방법을 쓰는 것도 아니고, — 다만 탐색하길 즐기는 독자에게 도움을 주고자 하는 지나칠 정도의 친절하고 겸허한 마음으로 하는 일이다. — 이 글은 그런 사람들을 위해 쓰는 것이고 — 그런 사람들에 의해 읽힐 것이다. —— 혹시 그런 읽기가 오래 지탱된다고 가정한다면, 아마도 세상 끝날 때까지 읽히지 않을까.

그러므로 나는 이 슬픔의 원인이 왜 아버지와 삼촌에게 계속 작용하도록 보존되었는지는 결론을 내리지 않고 남겨 둔다. 그러나 그것이 일단 작용하기 시작했을 때, 어떻게, 어떤 방향으로 아버지와 삼촌 사이의 불화의 원인으로 작용하게 되었는지에 대해서는 아주 정확하게 설명할 수 있는데, 그 내용은 다음과 같다.

나의 삼촌 **토비 섄디**는, 부인, 명예롭고 충직한 사람에게 일반화된 모든 덕성을 갖춘 사람이면서 — 그 항목에 좀처럼 포함되지 않는 또 한 가지 덕성을 아주 특출한 수준으로 소유한 사람입니다. 그것은 가장 극단적이고 유례없는 타고난 정숙성입니다. —— '타고난'이란 단어는 수정합니다. 곧 스스로 판단하게 될 사안에 대해 내가 미리 판단하고 싶지는 않으니까요. 즉 이 정숙성이 타고난 것인지 습득된 것인지를 말입니다. —— 나의 삼촌이 어떻게 이 특성을 갖게 되었든 간에, 아무튼 이것은 가장 진정한 의미에서 정숙성입니다. 그렇다고 부인, 언어에 대해서는 아닙니다, 그는 불행히도 언어에 있어서는 거의 선택의 여지가 없는 사람이니까요. — 그것은 사물에 대한 것입니다. —— 이런 종류의 정숙성이 너무나 그를 지배하고 있고, 너무나 높은 수준까지 올라가 있어서, 만약 그런 일이 가능하다면 여성의 정숙성과 거의 맞먹을 정도입니다. 부인, 우리가 당신네 여성들에 대해 그토록 경외심을 품게 만드는 바로 그 정신과 상상력의 내적 청결함과 여성적 까다로움 말입니다.

부인, 당신은 나의 삼촌 토비의 이러한 특질이 바로 그 원천으로부터 얻은 것이라고 상상하시겠지요 — 즉 여성들과 많은 교류를 하며 시간을 보낸 결과라고 말입니다. 그리고 당신들에 대한 철저한 지식과, 그토록 아름다운 모범이 이끌어 내는 저항할 수 없는 모방의 힘에 의해. — 그가 이렇게 호감을 주는 마음가짐을 얻게 되었다고 상상하시겠지요.

그렇다고 말할 수 있었으면 좋겠습니다. — 한데 삼촌은 아버지의 아내이고 나의 어머니인, 그의 형수를 제외하고는 —— 다른 여성과 단 세 마디도, 같은 숫자의 햇수 동안 말이죠, 나눠 보지 않은 분입니다. —— 아닙니다, 부인, 삼촌은 타격을 통해 정숙함을 얻었습니다. —— 타격이라고요! — 네, 부인, 나무르 공략 중에 각보 요새의 흉벽에서 날아온 포탄을 맞고 부서진 돌멩이가 준 타격에 의해서랍니다. 그게 토비 삼촌의 샅을 강타했거든요. — 그게 어떻게 그런 효과를 내죠? 그 이야기를 하자면, 부인, 아주 길고 흥미롭지요. — 그러나 지금 그 이야기를 하면 내 이야기는 엉망진창으로 엉키게 될 겁니다. —— 그것은 나중에 전해 드릴 일화입니다. 그와 관련된 모든 상황에 대해 적절한 곳에서 충실히 설명해 드리지요. —— 그때까지는, 그 부분에 대해선 이미 말씀드린 것보다 조금도 더 밝혀 드릴 수가 없겠네요. —— 즉 나의 삼촌 토비는 비할 바 없는 정숙성을 가진 신사였고, 그 특질이 그가 가문에 대해 품고 있는 자존심의 한결같은 열기에 의해 다소 증류되고 고양되다 보니, 다이나 고모 사건이 언급되기만 하면 그는 감정의 격앙 없이는 듣고 있을 수가 없었지요. —— 그 일에 대한 암시만으로도 삼촌의 얼굴에 피가 솟구치게 만들기엔 충분했습니다. — 아버지가 여러 사람이 있는 자리에서 그 이야기를 자세히 늘어놓게 되면, 아버진 자기 가설을 예시하기 위해 곧잘 그럴 필요가 있었거든요, — 가문의 가장 아름다운 자손 중 한 명에게 닥친 이 불행한 재난은 토비 삼촌의 명예심과 정숙성이 피를 흘리게 만들었지요. 삼촌은 상상할 수 있는 한 가장 심각하게 우려에 찬 표정으로 아버지를 따로 불러내어 간곡히 부탁하면서, 이 일을 조용히 내버려 두기만 하면 세상 무엇이든 주겠다고 말합니다.

내가 볼 때 아버지는 토비 삼촌에 대해 형제가 서로에게 가질 수 있는 한, 가장 진실한 사랑과 다정한 마음을 가졌다. 그는 이 일이든 다른 어떤 일에서든 삼촌을 마음 편하게 해 주는 것이라면 형제간에 합리적으로 기대할 수 있는 일은 무엇이든 했을 것이다. 하지만 이 일은 그의 능력 밖의 일이었다.

—— 아버지는, 이미 말했듯이, 그 기질상 뼛속까지 철학자였다. — 사변적이고, — 체계적인. — 그에게 다이나 고모 사건은 행성의 역행이 코페르니쿠스에게 중요했던 만큼이나 대단히 중요한 문제였다. — 금성의 궤도상 뒷걸음질이 코페르니쿠스의 체계를 강화해 주었고, 그 이론이 그의 이름을 따서 명명되었듯이, 다이나 고모의 궤도상 뒷걸음질은 아버지의 체계를 확립하는 데 똑같은 기여를 했으며, 앞으로 그의 이름을 따서 *섄디 이론*이라 불리게 될 것을 믿어 의심치 않는다.

집안의 다른 불명예스러운 일에 있어서는 아버지도 다른 누구 못지않게 예민한 수치심을 갖고 있다고 믿는다. —— 감히 말하건대 아버지나 코페르니쿠스나 각각 그 나름의 진리에 대한 의무감 때문이 아니었다면 그 일을 세상에 폭로하거나 언급하는 일은 결코 없었을 것이다. *Amicus Plato.* 아버지는 토비 삼촌에게 그 말을 설명해 주면서 말을 잇는다. *Amicus Plato*, 즉 다이나는 나의 고모이지만, — *sed magis amica veritas* — **진리**는 나의 누이라고.*

아버지와 삼촌의 이렇듯 상반된 기질은 형제간 티격거림의 원천이 되었다. 한 분은 오래된 집안의 수치가 언급되는 것을 참을 수 없어 했고, ——— 다른 한 분은 어떤 식으로든 그것을 언급하지 않고는 하루를 보낼 수가 없었다.

하느님을 위해서, ——— 그리고 날 위해서, 또한 우리 모두를 위해서, 제발, 친애하는 샌디 형님, —— 고모의 이야기와 고모의 영혼을 고이 쉬게 좀 내버려 둡시다. —— 형님은 도대체, ——— 형님은 도대체 가문의 평판에 대해 어찌 그리 무심하고 냉정할 수 있지요? 하고 토비 삼촌이 소리치면, ——— 가문의 평판이 하나의 가설과 무슨 상관이야?라며 아버지는 답한다. —— 아니, 그런 식으로 말할라치면, —— 가문의 생명이라 한들 그게 무슨 상관이냐고. ——— 가문의 생명이라고요! 토비 삼촌은 안락의자에서 몸을 뒤로 젖히고, 그의 손과 눈 그리고 한쪽 다리를 들어 올리면서 말한다. ——— 그래, 생명. ——— 아버지는 자기주장을 고집하며 말한다. 한 해에 내팽개쳐지는 가문의 생명만 해도 수천은 넘을 거라고(최소한 모든 문명국가에선 말이지) ——— 그게 하나의 가설과 맞서게 되면 흔해 빠진 공기처럼 하찮게 여긴단 말일세. 내 상식으로 보면, 토비 삼촌은 답한다, ——— 누가 저지르든 간에 그건 두말할 나위 없이 살인 행위지요. ——— 거기 자네 잘못이 있네라고 아버지가 응수한다. ——— 왜냐하면 과학의 눈으로 보면 세상에 살인이란 없고, ——— 여보게 동생, 그것은 단지 죽음일 뿐이네.

이럴 때 토비 삼촌은 다만 릴리벌리로\*를 대여섯 소절 휘파람으로 부는 것 외에 다른 어떤 종류의 논리로도 답을 시도하는 일이 없다. ——— 당신이 꼭 알아 둬야 할 점이 있는데 뭔가 충격적이거나 놀라운 일이 생겨 격정이 끓어오를 때면 ——— 특히 그가 생각하기에 어처구니없는 일이 생길 때면, 삼촌은 주로 이런 방식으로 열을 뿜어낸다는 사실이다.

내가 기억하는 한 어떤 논리학 저술가나 논평가도 이 논쟁법에 이름 붙일 생각을 하지 않았기 때문에, — 나는 두 가지 이유에 근거하여 여기서 그 일을 자임하는 자유를 누리려 한다. 첫째는 이 방법이 다른 모든 종류의 논쟁법과 —— 예를 들어, *Argumentum ad Verecundiam, ex Absurdo, ex Fortiori*\* 같은 것과 구별되게 함으로써 논쟁상의 혼란을 방지하려 함이다. —— 두 번째 이유는 내 머리가 땅 아래 누워 쉬고 있을 때 내 아이의 아이들이, — 그들의 박식한 조부의 머리가 한때는 다른 사람들의 머리처럼 보람 있는 일로 바빴노라고 이야기할 수 있게 해 주기 위해서다. — 즉 그가 논쟁학 안에서도 가장 상대하기 어려운 논쟁법 중 하나에 이름을 지어 주었고 — 그 명칭이 논쟁 기법 보람(寶覽)에 등록되게 만들었다고 말할 수 있도록 말이다. 그리고 만약 논쟁의 목적이 상대방을 승복시키기보다는 침묵시키는 데 있다 할 것 같으면, — 그 아이들은 또한 이것이 최상의 논쟁법 중 하나라는 말을 덧붙일 수도 있을 것이다.

따라서 나는 엄중하게 명하고 지시하는 바다. 이 논쟁법은 다른 어떤 이름도 아닌 *Argumentum Fistulatorium*이라는 명칭으로만 불리고 분류되어야 한다. — 그리고 또한 이 논쟁법은 앞으로 *Argumentum Baculinum*이나 *Argumentum ad Crumenam*과 동급으로 자리하고 또한 앞으로 영원히 이들과 같은 장에서 다뤄져야 한다.\*

그 밖에 여자가 남자에게 대항할 때만 사용되는 *Argumentum Tripodium*과 — 반대로 남자가 여자를 대상으로만 사용하는 *Argumentum ad Rem*도 있지만,\* — 이 두 가지는 솔직히 말해서 한 강좌를 다 채울 만한 내용이고, —— 더욱이 하나가 다른 하나에 대한 최상의 답변이 되는 것이므로, — 이 둘은 따로 놔두었다가 나중에 적당한 장소에서 그것들만 다루도록 하겠다.


## 제22장


저 학식 높은 홀 주교, 즉 제임스 1세 재위 기간에 엑서터의 주교를 지낸 저 유명한 조지프 홀 박사께서는, 1610년 올더스게이트 가에 사는 존 빌에 의해 런던에서 발간된 그의 10부작 중 하나인 신성한 명상법 말미에서 말씀하시기를, "사람이 스스로를 칭찬하는 것은 혐오스러운 일이다"라고 했다. — 나도 정녕 그 말씀이 맞다고 생각한다.

그렇긴 해도, 다른 한편으로 생각해 보면, 어떤 일이 탁월한 대가의 솜씨로 처리되었지만 세상에서 주목받을 가능성이 별로 없는 경우, — 그 사람이 그 영예를 누리지 못한 채, 그 기발한 착상이 그의 머릿속에서 썩어 가다가 세상을 떠난다면 그 역시 대단히 혐오스러운 일이 아닐 수 없다고 생각한다.

내가 정확히 바로 그런 상황에 놓여 있다.

어쩌다 빠져들게 된 이 긴 탈선적 작업에는, 나의 모든 일탈이 (단 하나만 빼고) 그렇듯이, 일탈의 대가의 필력이 들어 있다. 그런데 그 장점이 아무래도 그동안 내내 독자에 의해 간과되고 있는 것 같다. — 뭐 독자가 통찰력이 부족해서 그렇다는 것은 아니고, — 그 탁월성은 흔히 일탈적 여담에서 기대되거나 발견되는 그런 종류가 아니기 때문일 것이다. — 그 우수성은 바로 여기에 있다. 당신도 보다시피 내 여담들은 모두 단정하고, — 나는 대영 제국 내의 어느 작가 못지않게 자주 그리고 아주 멀리 내가 하던 일에서 다른 길로 튀긴 하지만, 그럼에도 불구하고 부재중인 내 주된 작업이 제자리에 멈추어 서는 일이 없도록 내가 끊임없이 신경 써서 일을 처리하고 있다는 사실이다.

예를 들어 나는 토비 삼촌의 참으로 기묘한 성품에 대해 제대로 윤곽을 제공하겠다고 했다. — 한데 나의 대고모 다이나와 마차꾼 이야기가 우리 사이에 끼어들었고, 해서 옆길로 따라가다 보니 행성 체계의 바로 심장부까지 수백만 마일이나 들어가게 되었다. 하지만 토비 삼촌의 성격 묘사는 그동안 내내 차분히 진행되고 있었음을 당신도 알 것이다. — 물론 무슨 큼직한 윤곽선을 제공한 것은 아니다. — 그것은 불가능한 일이고, — 하지만 친숙한 획 몇 개와 희미한 테두리는 여기저기 우리가 가는 길에 건드리며 지나왔으니 당신도 나의 삼촌 토비와 좀 더 친숙해졌다고 느낄 것이다.

이 특별히 고안된 방법을 통해 내 작품의 기계 장치는 아주 특수한 기능을 수행하고 있다. 이 장치 속에서 두 가지 상반된 운동이 함께 진행되며 흔히 서로 어긋나는 것으로 생각되는 이 두 운동이 조화를 이루고 있는 것이다. 한마디로 말해서 내 작품은 일탈적이며 또한 전진적이다. — 그것도 동시에 말이다.

선생, 이것은 지구가 지축을 따라 매일 자전하면서 동시에 타원형의 지구 궤도에 따라 전진함으로써 1년의 주기에 맞춰 우리가 누리는 계절의 다양성과 변화를 만들어 낸다는 이야기와는 다른 것입니다. — 내가 거기서 힌트를 얻었다는 점은 인정하지만 말이지요. — 우리가 자랑하는 대단한 진보나 새로운 발견이 대부분 이처럼 사소한 힌트에서 나오는 것 아닙니까.

일탈이란 논란의 여지 없이 환한 태양 빛이다. —— 그것은 독서의 생명이고 영혼이다. — 예를 들어 이 책에서 일탈 대목들을 제거해 보라. — 책도 함께 없애는 게 좋을 것이다. — 영원히 춥

기만 한 겨울이 각 페이지를 지배하게 될 것이다. 그러나 저자가 그것을 되찾게 해 보라. —— 그는 새신랑처럼 앞으로 걸어 나와, — 모두에게 반갑게 인사하고, 다양성을 제공하면서, 절대 입맛이 감퇴되는 일이 없게 만들 것이다.

뛰어난 솜씨는 일탈을 독자뿐만 아니라 작가 자신에게도 유리하게 잘 요리하고 관리하는 데서 나온다. 사실 이 문제에 있어 작가의 고충은 참으로 딱한 경지에 있다. 만약 그가 일탈을 시작하면, — 바로 그 순간부터 그의 작업이 제자리에 멈춰 서 버리게 되고, — 그리고 그가 본작업을 진행하면 —— 그때는 그의 일탈이 끝나 버리게 마련이다.

—— 이것은 정말 고약한 일이다. — 때문에 나는 당신도 알다시피 이 작품의 첫머리부터 주된 부분과 우발적 부분을 서로 교차되게 섞어 놓았고, 일탈적 운동과 전진적 운동이 마치 한 바퀴 속에 다른 바퀴가 들어가 있는 것처럼 뒤섞여 일어나게 짜 놓았기 때문에 기계 전체가 대체적으로는 계속 움직이고 있는 것이다. — 게다가 더욱 중요한 것은, 건강의 샘이 그렇게 오랜 기간 내게 생명과 풍성한 기백을 허락해 준다면 앞으로 40년간은 그 기계가 운동을 계속할 것이란 사실이다.


## 제23장

나는 지금 매우 엉뚱하게 이 장을 시작하고 싶은 강한 충동을 느끼고 있다. 그리고 그 변덕을 제어할 생각이 없다. — 따라서 나는 이렇게 시작한다.

만약 대비평가 모모스가 제안한 수정안에 따라 인간의 가슴에 모모스의 유리창*을 설치하는 일이 생긴다면, —— 우선은 이런 바보 같은 결과가 뒤따를 것이다. — 즉 우리 중에서 가장 현명한 사람이건 가장 엄숙한 사람이건 매일매일 얼마가 되었건 창문 세금*만을 내야 할 것이다.

둘째는 그런 창문이 설치될 경우, 어떤 사람의 성품을 파악하기 위해서는 마치 양면에 유리창이 달린 꿀벌 집에 접근할 때처럼 의자를 들고 살금살금 다가가 속을 들여다봄으로써 — 완전히 벌거숭이 상태의 그 사람 영혼을 목격하고, — 그 영혼의 모든 움직임 — 모든 계략을 관찰하고, — 영혼의 구더기가 처음 생성되는 때부터 기어 다니게 될 때까지의 과정을 추적하고, — 영혼이 긴장을 풀고 장난실을 치거나 까불거나 뛰어노는 것을 지켜보고, 그런 장난질의 결과로 보다 엄숙한 행동거지를 하게 되는 것 등등을 주목하고 나서 —— 그런 다음 펜과 잉크를 챙겨 당신이 본 것만 기록하고 그 진실성을 맹세하는 일만 하면 된다. — 그러나 이런 특권은 이 행성에 사는 전기 작가에게는 허락되지 않는다. — 수성이라면 그런 일이 가능할지도 모르겠다, 아니, 더 쉬울 수도 있을 것이다. — 왜냐하면 산술학자들의 계산으로 입증되었듯이 그 행성은 태양에 매우 근접해 있는 관계로 벌겋게 달아오른 쇳덩이보다 더한 엄청난 열기에 휩싸여 있고 — 따라서 내가 생각하기에는 이미 오래전에 그곳 주민들은 그 열 때문에[이것은 동인(動因)이고] 몸이 유리질로 바뀌었을 것이다. 그 기후에 적응하느라고 말이다(이것은 목적인이다). 따라서 탄탄한 철학자들이 뭐라고 반대되는 증거를 내놓든 간에 그곳 주민의 영혼의 거처는 발끝에서부터 머리끝까지 모조리 맑은 유리로 된 투명체일 것이 틀림없다(단, 탯줄 매듭은 제외하고). — 그러니 그곳 주민들이 늙어서 웬만큼 주름이 생기는 바람에 광선이 몸을 통과할 때 괴상하게 굴절

현상이 일어나거나 —— 또는 빛이 그 표면에 반사되면서 심하게 횡선으로 눈을 자극하기 때문에 사람들이 몸속을 들여다볼 수 없게 될 때까지는, — 수성 사람의 영혼은 바보짓을 집 안에서 하거나 집 밖에서 하거나 마찬가지일 것이다. 혹시 무슨 행사가 있는 경우라거나 — 탯줄 지점의 비투과성이 주는 사소한 이점을 활용하는 경우가 아니라면 말이다.

그런데 위에서도 말했듯이 이 지구 상의 거주자들에게는 이런 경우가 해당되지 않는다. — 우리의 정신은 몸 밖에서 보이질 않는다. 그것은 수정으로 변하지 않은 살과 피의 어두운 덮개 속에 싸여 있기 때문에. 따라서 인간 정신의 구체적 특성을 알아보려 할 때는 뭔가 다른 방법을 찾아내야 한다.

사실상 정확성을 가지고 이런 일을 실행하기 위해 인간의 재능이 찾아낸 방법은 여러 가지가 있다.

예를 들면 어떤 사람들은 바람으로 소리를 만드는 관악기를 통해 성격을 파악하기도 한다. — 베르길리우스는 디도와 아이네이아스의 연애 사건에서 이런 방법을 활용한다.* — 그러나 이 방법은 명성의 입김만큼이나 오류가 많고, — 게다가 편협한 정신을 보여 주는 일이다. 이탈리아인들은* 사람들이 사용하는 어떤 관악기 소리의 강도, 즉 포르테인가 피아노인가에 따라 그 사람의 어떤 특정한 면의 성격을 수학적 정확성을 통해, — 어떤 오류도 없이 규정해 낼 수 있다고 주장한다는 것을 나도 모르는 바는 아니다. — 그 악기의 이름을 여기서 감히 언급할 생각은 없다. — 우리 모두 그것을 갖고 있지만, — 그것을 통해 성품을 찾아낼 생각은 절대 하지 않는다는 점만 밝히겠다. — 그것은 불가해한 것이고 또한 그렇게 의도된 것이다. 적어도 대중에게는 말이다. — 그러니 부인, 이 부분에 당도하면 가능한 한 빨리 읽고 넘어가시고,

이게 뭔지 알아보려고 걸음을 멈추지 마십시오.

또 어떤 도움도 받지 않고 다만 그 사람의 배설물을 통해서만 성격을 그려 내는 사람들도 있다. ─ 그런데 이 방법은 매우 부정확한 윤곽을 제공한다. ─ 그 사람의 식사 내용도 함께 스케치하지 않을 경우에는 말이다. 즉 한쪽 그림의 미비점을 다른 쪽 그림으로 보완해야만 제대로 인물을 그려 낼 수 있다.

이 방법에 대해 별 이의는 없다. 다만 이 방법은 등잔불 냄새가 진동하는 것으로 미루어 지나치게 고심해서 만들어 낸 결과물이라는 게 걸리긴 하지만. ─ 게다가 이 방법을 쓸 때는 그 밖의 다른 비자연적 요소*에도 신경 쓸 필요가 있으므로 더욱더 공을 많이 들여야 하는 불편이 있다. ── 그런데 인간의 가장 자연스러운 활동들을 왜 비자연적 요소라고 부르는지는 ─ 또 다른 의문이다.

네 번째로는 이런 모든 편법을 하찮게 보는 사람들을 들 수 있다. ─ 그들은 그들 나름의 풍성한 독창성이 있어서가 아니라, 붓을 쓰는 팬터그래프적[2] 동업자들이 복사할 때 사용하는 훌륭한 장치에서 빌려 온 다양한 방법이 수중에 있기 때문이다. ─ 이런 사람들은 당신도 짐작하겠지만, 바로 위대한 역사가들이다.

이런 사람들 중에는 역광으로 빛을 *마주하고서* 인물의 전신 그림을 그리는 사람도 볼 수 있는데, ─ 그것은 편협하고, ─ 부정직하며, ─ 피사체에게는 가혹한 일이다.

또 다른 사람들은 이런 문제를 개선하기 위해 카메라 암실 속에서 당신을 그리기도 한다. ─ 이것은 모든 방법 중에서 가장 불공평한 방법이다, ─ 왜냐하면 *그런 곳에서는* 틀림없이 가장 우스꽝스러운 자세를 취한 당신의 모습이 재현될 테니까.

---

2) 팬터그래프란 인쇄물이나 그림을 어떤 비율로든 기계적으로 복사하는 기구.

이런 오류를 모두 다 피하기 위해서 나는 토비 삼촌의 성격을 어떤 기계적인 도움도 받지 않고 그려 내기로 결심했다. —— 알프스 산맥의 이쪽 편에서든 저쪽 편에서든 지금까지 소리를 만들었던 어떤 관악기도 내 화필에 영향을 주지 않을 것이며, — 그의 식사 내용이나 그의 배설물을 고려하지도 않을 것이고, — 그의 비자연적 요소들을 언급하지도 않을 것이다. — 간단히 말해서 나는 토비 삼촌의 성격을 그의 **죽마**를 통해 그려 보려 한다.

## 제24장

독자가 지금 토비 삼촌의 성품에 대해 알고 싶어 애태우고 있다는 사실에 대해 내가 확신이 없다면, —— 나는 우선 이 자리에서 내가 고른 방법만큼 이 일에 적합한 방법은 없다는 점을 독자에게 설득하려 했을 것이다.

한 남자와 그의 **죽마**, 그 두 가지가 영혼과 육신이 상호 작용하는 것처럼 똑같은 방법으로 작용, 반작용한다고 말할 수는 없지만, 그래도 둘 사이에 어떤 소통이 일어나고 있다는 것은 의심할 여지가 없다. 내 생각에는 오히려 서로 전기가 통하는 육신들 간의 소통 비슷한 것이 일어나는 듯싶다. — **죽마**의 등과 직접 접촉을 갖는 신체 부분이 가열됨으로써 말이다. — 오랜 여행 중에 많은 마찰을 경험하다 보면 죽마를 탄 사람의 몸은 마침내 수용할 수 있는 한, 온통 죽마적 특질로 가득 채워지게 될 것이고, — 따라서 둘 중 하나의 특성을 뚜렷이 묘사해 낼 수만 있다면 나머지 한쪽의 성격과 능력에 대해서는 저절로 비교적 정확한 개념을 형성할 수 있게 될 것이다.

토비 삼촌이 언제나 타고 다니는 **죽마**는 그 대단한 기이성 때문에라도 자세히 묘사할 가치가 있다고 생각한다. 당신이 요크에서 도버까지, —— 도버에서 콘월에 있는 펜잔스까지, 그리고 펜잔스에서 다시 요크까지 여행한다 해도 노상에서 그 녀석과 닮은 녀석을 만나는 일은 없을 것이다. 만일 그런 죽마를 만나게 되었더라면, 당신이 아무리 바삐 길을 가는 중이었더라도 틀림없이 멈춰서서 구경했을 것이다. 사실상 그 모습과 거동은 너무나 이상해서, 그리고 머리에서 꼬리까지 그 종에 속한 어떤 녀석과도 완벽히 다른 모습이어서 —— 과연 그것이 **죽마**이기나 한지 때때로 논쟁거리가 될 만도 하다. 운동의 실재성에 대해 반론을 펼치는 회의주의자에게 그냥 일어나서 방을 가로질러 걸어가는 것으로 응답했던 그 철학자처럼,* —— 토비 삼촌도 자신의 죽마가 정녕 죽마라는 것을 증명하기 위해서라면 다른 어떤 논쟁도 마다하고 그냥 죽마의 등에 올라타고 나갔을 것이다. —— 세상이 그 문제를 나름대로 적절히 판단하도록 내버려 둔 채 말이다.

사실상 토비 삼촌은 그의 죽마를 너무나 기쁜 마음으로 타고 다녔고, 그의 죽마 역시 삼촌을 너무나 기꺼이 태우고 다녔기 때문에 —— 세상이 그것에 대해 어떤 생각을 하건 어떤 말을 하건, 삼촌은 전혀 신경 쓰지 않았다.

그러나 이제 이 죽마에 대해 설명해 줘야 할 때가 무르익었다. —— 하지만 규율에 맞춰 진행을 해야 하므로 우선 토비 삼촌이 어떻게 그 죽마를 얻게 되었는지 그 이야기부터 들려 드리도록 허락해 주기 바란다.

# 제25장

토비 삼촌은 나무르 포위 공격 중에 허벅지 위 살에 부상을 입어 군 복무를 할 수 없게 되었고 그래서 몸을 원상회복하기 위해서라도, 그게 가능하다면 말이지만, 영국으로 귀향해야 했다.

삼촌은 4년 동안이나 완전히 유폐된 생활을 했다. ─ 그 기간의 일부는 침대에 누워서 지내야만 했고, 그리고 그 기간 내내 자기 방을 떠날 수가 없었다. 게다가 치료가 진행되는 동안 내내 그는 이루 말로 다할 수 없는 고통과 불행을 겪어야 했다. ─ 엉치뼈 외곽 부분인 골반뼈와 치골의 표피가 계속 벗겨져 나갔으니 말이다. ── 이 두 뼈는 흉벽에서 떨어져 나온 돌멩이의 불규칙한 모양새는 물론 그 돌의 크기 때문에도 정말 참담하게 으깨져 버렸다. ─ (그게 제법 큰 돌이었기는 하지만) 의사는 이 돌멩이가 삼촌에게 가한 엄청난 부상이 돌멩이의 추진력보다 돌멩이 자체의 중력에 의한 것이라 생각했고 ─ 삼촌에게는 그나마 참으로 다행한 일이었다고 말했다.

아버지는 그 당시 런던에서 막 사업을 시작한 참이어서, 그곳에 집을 한 채 얻어 놓고 있었다. ─ 그리고 이 두 형제간에는 진정한 우정과 우애가 흐르고 있었는 데다, ─ 아버지는 자기 집만큼 삼촌을 잘 간호하고 돌봐 줄 곳이 없다고 생각해, ── 그의 집에서 가장 좋은 방을 삼촌에게 내주었다. ─ 게다가 아버지는 삼촌에 대한 각별한 애정의 진지한 증표로, 집에 찾아온 지인이나 친구가 있으면 꼭 그 사람 손을 잡고 위층에 있는 삼촌 방으로 데리고 가서, 한 시간 정도 삼촌 침대 맡에서 잡담을 나누도록 권유했다.

군인은 자신의 부상 경위를 설명하는 동안 고통을 잊을 수 있다. ─ 삼촌을 방문하는 사람들은 적어도 그렇게 생각한 것 같다.

그래서 방문하는 사람마다 그런 믿음에 바탕을 둔 친절한 마음에서 이야기의 흐름을 그 주제로 돌리곤 했다. — 그렇게 되면 이야기는 흔히 그 포위 공격 자체로 흘러갔다.

이런 대화는 한없이 친절한 것이었고, 토비 삼촌은 이런 대화에서 크게 위안을 얻었으니, 만약 그게 삼촌에게 전혀 예기치 못한 곤혹스러운 골칫거리를 만들어 내지만 않았더라면, 삼촌은 그런 기회를 얼마든지 환영했을 것이다. 이 골칫거리 문제는 석 달 동안 내내 삼촌의 치유를 대단히 지연시키고 있었다. 만약 그때 삼촌이 그 곤경에서 빠져나올 방편을 찾아내지 못했더라면, 아마도 삼촌은 틀림없이 무덤 속에 누워 있게 되었을 것이라고 믿는 바다.

삼촌을 괴롭힌 그 곤혹스러운 골칫거리가 무엇이었을까? —— 당신이 추측해 내는 것은 불가능한 일이다. — 만약 당신이 추측해 낸다면, — 글쎄, 내가 얼굴을 붉히게 되겠지. 친지로서가 아니라, — 남자로서가 아니라, — 여자로서도 아니라, — 나는 작가로서 얼굴을 붉힐 것이다. 나는 독자가 아직까진 전혀 아무것도 추측해 내지 못했을 것이라 전제하고, 나 자신에 대해 적지 않은 자긍심을 갖고 있었으니 말이다. 그러니 선생, 이런 일에서는 무척 까다롭고 특이한 성벽을 갖고 있는 나로서는, 만약 다음 페이지에 나올 내용에 대해 당신이 스스로 그럴듯한 추정을 해내거나 올바로 판단할 능력이 있다는 생각이 들면, — 내 책에서 그 페이지를 찢어 내어 버릴 것입니다.

제1권 끝

**제2권**

사람을 괴롭히는 것은 사물 자체가
아니라 사물에 대한 사람들의 생각이다.

# 제1장

내가 제1권을 끝내고 새로운 권을 시작한 것은 토비 삼촌이 자기가 부상을 입었던 나무르의 포위 공격에 대한 질문에 답하고 담화를 진행하는 동안 계속 봉착했던 곤혹스러운 일이 도대체 어떤 성격의 내용인지 충분히 설명할 공간을 얻기 위해서다.

혹시 독자가 윌리엄 왕의 전쟁*에 관한 역사를 읽었는지 모르겠는데, 읽었다면 여기서 상기시켜 드리는 바이고, — 혹시 읽지 않았다면 — 여기서 알려 드리는데, 이 공격에서 가장 기억할 만한 전투는 영국군과 네덜란드 군대가 성 니콜라스 성곽 문 앞의 해자와 수문을 둘러싸고 있는 돌출 외벽을 향해 감행했던 작전이었다. 이곳에서 영국군은 성 로시 성문의 옹벽과 반능보(半稜堡)에서 날아오는 공격에 무참히 노출되어 있었다. 특히 뜨거운 논란거리가 되고 있는 사안은 간단히 말해서 바로 다음과 같은 사실이다. 네덜란드 군대는 외루 벽 위에 자리 잡고 있었던 반면 — 영국군은 프랑스군 장교들이 검을 들고 비탈진 제방 위에 용감하게 모습을 드러내고 있는데도 불구하고 성 니콜라스 성문 앞의 외벽 통로에

진을 치고 있었다.

이 전투는 토비 삼촌이 나무르에서 직접 참가해 목격했던 전투 중에서도 가장 중요한 공격인 데다, —— 포위군 측 군인들은 뫼즈 강과 상브르 강의 합류점을 끼고 분리되어 있어 서로의 작전 상황을 제대로 알 수가 없었기 때문에 — 삼촌이 이 대목을 설명할 때는 특히 달변이 되고 까다로워졌다. 삼촌은 이때 상대가 알아듣게 설명하려고 노력하다 보니, 번번이 거의 극복할 수 없는 어려움에 봉착했고, 그때마다 심한 곤혹감에 빠졌다. 즉 성벽 아래 해자의 내벽과 외벽, —— 제방과 통로, — 반월보(半月堡)와 삼각 보루 같은 것의 차이를 구별하고 그 개념을 명확히 전달함으로써 이야기를 듣는 사람들에게 자신이 어디에서 무얼 하고 있었는지를 완전히 이해시키려 하다 보니 겪게 되는 그런 어려움 말이다.

이런 용어들은 작가들도 혼동하기 일쑤다. —— 그런데 삼촌은 이런 것들을 설명하고, 그것도 수많은 오해에 맞서 의미를 전달하기 위해 애를 써야 했으니, 삼촌이 걸핏하면 손님들을 혼란에 빠뜨리고, 때로는 자기 자신도 헷갈려했다는 사실은 별로 놀라운 일이 아닐 것이다.

아버지가 위층으로 모셔 오는 손님들의 머리가 비교적 명석하거나, 토비 삼촌이 마침 설명이 아주 잘 풀리는 최상의 컨디션에 있을 경우 외에는 사실상 삼촌이 어떻게 설명하건 간에 이야기가 모호성을 면하기는 어려운 형국이었다.

게다가 삼촌의 설명을 더욱더 뒤엉키게 만드는 사안이 있었으니, 다름 아니라. — 삼촌이 공격했던 성 니콜라스 성문 앞에 있는 해자 외벽은 뫼즈 강둑에서 대수문까지 뻗쳐 있었는데 — 이 일대에는 수많은 도랑, 배수구, 개울, 수문들이 얽히고설켜 있었다는 사실이다. — 그러니 삼촌은 딱하게도 이런 것들 사이에서 당황하고 발이 묶여 목숨이 걸렸다 한들 전진도 후퇴도 할 수 없는 일이 허다했다. 그리고 바로 그 때문에 공격을 포기하는 경우도 빈번했다.

이런 당혹스러운 좌절로 인해 나의 삼촌 토비 샌디가 겪어야 했던 혼란은 당신의 상상을 뛰어넘는다. 그러나 삼촌에 대한 아버지의 친절함은 끊임없이 새로운 친구들, 새로운 문병객을 공급했으니 — 삼촌으로선 참으로 힘겨운 일거리들에 휘말리고 있었다.

토비 삼촌은 물론 특출한 자제력을 가진 사람이었고 — 누구 못지않게 표정도 관리할 줄 알았다고 생각한다. — 그렇지만 반월보에 들어가지 않고는 보루에서 퇴각할 수 없다거나, 외벽 밖에 떨어지지 않고는 개방된 통로를 빠져나올 수 없고, 도랑에 미끄러지는 위험 없이는 수로를 건널 수 없는 그런 상황을 이해시키자니, 삼촌이 속으로 얼마나 애를 끓이고 열이 났을지 누구든 짐작할 수 있을 것이다. — 정말 그랬다. — 이런 매 시간 겪는 작은 괴로움들이 히포크라테스를 읽어 보지 않은 사람에게는 사소하고 별것 아닌 것처럼 보일 수도 있다. 그러나 히포크라테스나 제임스 매켄지 박사*의 글을 읽어 본 사람이라면, 그리고 열정과 감정이 소화에 미치는 영향을 제대로 숙고해 본 사람이라면, — (음식 소화에 영향을 미치는 요소는 상처를 곪게 하는 데도 영향을 미치지 않겠는가?) —— 토비 삼촌이 이 문제 하나만으로도 얼마나 상처를 악화시키고, 얼마나 예리한 통증을 겪었을지 쉽게 가늠해 볼 수 있을 것이다.

— 토비 삼촌은 이런 문제에 대해 철학적 고찰을 할 능력은 없었고, — 그 일의 인과 관계를 실감하는 것이 고작이었다. — 석 달 동안 내내 그 일로 인한 고통과 슬픔을 견뎌 낸 끝에, 그는 마

침내 어떻게 하든 거기서 벗어날 방법을 찾아내고야 말겠다는 결심을 굳히게 되었다.

어느 날 아침 삼촌은 침대에 반듯이 누워 있다가, 샅의 상처의 특성과 고통 때문에 다른 자세로 누울 수는 없었으니까, 한 가지 생각이 번뜩 떠올랐다. 나무르 시의 요새와 성채 그리고 그 주변을 보여 주는 큰 지도 같은 것을 구입해서 널빤지에 붙여 놓는다면 일이 쉬워지지 않을까? — 삼촌이 나무르 시와 성채뿐만 아니라 그 주변 지역까지 포함한 지도를 구하려 한 데는 이유가 있다. — 삼촌이 부상을 입은 장소가 성 로시 성문에 있는 반능보의 돌출각 맞은편에 위치한, 참호의 외곽 정점에서 약 30투아즈* 떨어진 흙벽 방호물 중 하나였기 때문이다. —— 삼촌은 돌멩이가 그를 내리쳤을 때 서 있었던 바로 그 지점에다 핀을 꽂을 수 있을 것이라고 자신했다.

삼촌이 원하던 대로 일이 풀렸고, 이 일은 삼촌을 가슴 아픈 설명의 세계에서 해방시켜 주었을 뿐만 아니라, 앞으로 밝혀지겠듯이, 종국에는 토비 삼촌이 자신만의 **죽마**를 얻게 되는 행복한 계기가 되었다.


## 제2장


이만한 수준의 대접거리를 만들어 내느라 실컷 고생하고도, 뭔가 일을 잘못 처리해서 세련된 취향을 가진 신사 양반들이나 비평가들에게 헐뜯길 빌미를 제공하는 것만큼 어리석은 일은 없을 것이다. 그런 양반들의 심사를 건드리는 일 중에서도 그들을 파티에서 배제하는 일이 가장 위험하고, 또한 식탁에 비평가(직업상) 같은 사람은 있지도 않은 것처럼 다른 손님들에게 온통 신경을 쏟는 것 역시 그에 못지않게 그들의 감정을 상하게 할 수 있는 일이다.

──── 나는 이 두 가지 경우에 다 대비를 한다. 우선 첫째로, 나는 그들을 위해 여섯 개의 좌석을 일부러 챙겨 두었다. ── 그리고 그다음으로, 나는 그들에게 온갖 예의를 갖춘다. ── 선생님, 당신 손에 입을 맞추겠습니다. ── 단언컨대, 어떤 손님도 당신의 반만큼 즐거움을 줄 수 없습니다. ── 뵙게 되어 충심으로 기쁩니다. ── 바라건대, 마음 편히 가지시고, 격식 같은 것은 차리지 말고 자리에 앉아 주십시오. 그리고 마음껏 즐겨 주세요.

내가 좌석 여섯 개를 마련해 놓았다고 했는데, 좀 더 친절을 베풀어서, ── 내가 서 있는 바로 이 자리를 일곱 번째 좌석으로 제공할까 하는 생각을 하던 참이다. ── 그런데 한 비평가가(직업상은 아니지만, ── 타고난 천성으로) 그만하면 잘한 것이라고 말씀해 주셔서, 내가 그냥 그 자리를 채우려 한다. 다만 내년에는 훨씬 더 많은 자리를 마련해 드릴 수 있기를 희망하면서 말이다.

──── 당신 삼촌 토비는 군인이었던 것 같고, 게다가 당신이 그려 보이는 바에 의하면 바보도 아니었던 것 같은데, ── 도대체 어떻게 그리 갈팡질팡하고, 머리는 꽉 막히고 어리벙벙할 수 있는지 정말 경이롭기 짝이 없군요. 마치 ──처럼 말이오. 그게 뭔지는 가서 찾아보시오.

그래서요, 비평가 선생, 하고 응대할 수도 있겠지만, 난 그런 식의 대꾸는 경멸하는 바다. ── 그것은 품위 없는 언어이고, ── 명료하고 만족스러운 설명을 내놓을 능력이 없는 사람 또는 인간의 무지와 혼란의 근본 원인을 깊이 파고들 능력이 없는 사람에게나 어울리는 말이다. 더구나 그것은 용감한 답변이다. ── 해서 나는 그런 것은 사절한다. 물론 군인인 토비 삼촌에게는 썩 잘 어울리는 말이지만 — 단, 삼촌이 그런 공격을 받았을 때 릴리벌리로를 휘파람 부는 습관이 없었을 경우에 해당하는 것이다. —— 아무튼 삼촌은 용기가 부족한 사람이 아니니 그것은 바로 삼촌이 내놓을 만한 답변이지만, 나에게는 전혀 맞지 않는다. 당신 눈에도 똑똑히 보이듯이, 나는 학식 높은 사람으로서 글을 쓰고 있고, — 내가 쓰는 직유나 암시, 예시, 은유 들도 모두 박식한 것이다. —— 그리고 나의 평판을 적절히 유지하면서, 또한 적절히 대비되는 면도 보여 주어야 한다. — 만약 그러지 못한다면 내가 뭐가 되겠는가? 글쎄, 선생, 나는 끝장나겠지요. —— 내가 비평가 한 사람에 맞서 자리 하나를 채우려는 바로 이 순간에 —— 두 사람이 들어올 빈자리를 만들고 있는 꼴이 되겠지요.

—— 따라서 나는 이런 식으로 답변하겠습니다.

그런데 선생, 그동안 많은 책을 읽으시는 중에, 혹시 로크의 『인간 오성론』을 읽으신 적이 있습니까? —— 너무 성급하게 답하려 하지 마세요. — 왜냐하면 내가 알기로는 그것을 읽지도 않고 인용하는 사람들이 많고, — 그것을 읽었지만 전혀 이해 못하는 사람들도 많거든요. — 혹시 선생의 경우가 이 양자 중 하나라면, 난 가르치려고 글을 쓰는 사람이니, 그게 어떤 책인지 한마디로 알려 드리지요. — 그것은 역사서입니다. 역사서라고요? 누구? 무엇? 어디? 어느 시대에 대한 겁니까? 너무 서두르지 마세요. —— 그것은 선생, 역사서 중에서도(그 명칭만으로도 세상에서 관심을 끌 수 있을지도 모르지요) 인간의 정신에서 일어나는 일에 대한 역사서란 말입니다. 그 책에 대해 그 정도만 말하고 더 이상 아무 말 하지 않으셔도, 절 믿으세요, 당신은 형이상학계에서 그런대로 인정받는 인물이 될 겁니다.

그건 그렇고.

이제 나와 함께 길을 가면서 이 문제의 밑바닥까지 들여다볼 엄두를 내신다면, 인간 정신의 모호성과 혼란의 원인은 세 갈래임을 찾아내게 될 것입니다.

친애하는 선생, 우선 둔한 인식 기관이 문제고요. 두 번째로, 인식 기관이 둔하지 않을 경우에는 어떤 사물을 보고 가볍고 일시적인 인상밖에 얻지 못하는 경우의 문제지요. 그리고 세 번째로는 기억력이 마치 체와 같아서 받은 인상을 계속 담아 둘 수 없는 경우입니다. ─ 당신의 하녀 돌리를 불러오세요. 내가 돌리에게 이 문제를 설명했는데도 그녀가 *말브랑슈*만큼 똑똑히 그 내용을 알아듣지 못한다면 내 방울 달린 어릿광대 모자를 당신께 드리겠습니다. ── 돌리가 로빈에게 편지를 쓰고 나서 오른쪽 호주머니에 손을 밀어 넣었다고 합시다. ─ 인식 능력과 인식 기관을 유형화하고 설명하는 데 바로 돌리의 손이 지금 찾고 있는 그 물건만큼 적절한 것이 없을 겁니다. ─ 그게 빨간색 봉인 밀랍 한 덩어리란 사실을 굳이 말씀드려야 할 만큼 ─ 당신의 인식 기관이 둔한 것은 아니겠지요.

이 밀랍을 녹여서 편지 위에 떨어뜨렸을 때, ─ 만약 돌리가 골무를 찾느라 더듬거리며 오래 지체하면 밀랍이 지나치게 굳어져서 평소에 하던 대로 눌러서는 그 골무 자국을 제대로 찍어 낼 수 없을 겁니다. 잘 따라오고 있군요. 그리고 돌리의 밀랍이 품질이 나쁘거나 너무 부드러운 제품이면 ─ 골무 자국이 찍히기는 하겠지만 ─ 돌리가 아무리 세게 누르더라도 그 자국이 형태를 유지하지 못할 겁니다. 마지막으로, 밀랍의 품질이 좋고, 골무 역시 모양이 뚜렷할 경우라도 혹시 마님이 종을 울리기라도 해서 돌리가 경황이 없어 급히 찍었다고 상상해 봅시다. ── 이 세 가지 중 어떤 경우든 그 결과물은 모조 동전처럼 원형과는 다를 것입니다.

그런데 당신이 주목해야 할 것은 토비 삼촌의 담화에서 나타나는 혼란의 진짜 원인은 이 셋 중 어느 것도 아니란 사실입니다. 그런데도 내가 그렇게 오래, 이 이론을 자세히 설명한 것은 위대한 생리학자들이 문제의 원인을 밝히면서 — 원인이 아닌 것부터 열심히 설명해 주는 그런 방식을 따른 것입니다.

그 원인이 무엇인지는 내가 앞에서도 암시했는데, 그것은 이미 모호성의 비옥한 원천이 되고 있고, — 앞으로도 언제나 그럴 것이며 — 가장 명징하고 가장 고양된 이해력을 가진 사람도 혼란에 빠지게 만드는 원인으로서, 바로 언어의 불안정한 사용 때문입니다.

십중팔구 당신은 과거의 문학사를 읽어 보았을 터인데(아서의 클럽*에서 말입니다), — 만약 그렇다면, — 작가들이 얼마나 많은 심술과 잉크를 동원하여, 소위 언어 전쟁이란 이름의 끔찍한 전투를 수도 없이 일으키고 진행시키고 있는지, — 심성 착한 사람은 눈물 없이는 그것을 읽어 낼 수 없다는 것 또한 잘 아시겠지요.

친절하신 비평가님! 이 모든 것을 검토해 보시고, 또한 당신 자신의 지식, 담론 그리고 대화 역시 바로 이 문제 때문에, 오직 이 문제 하나 때문에, 이런저런 때에 얼마나 시달리고 혼란을 겪었던지를 생각해 보십시오. — **평의회**에서는 ὀσία과 ὑπόsασιs*를 둘러싸고, 지식인 **학파들** 사이에서는 권력과 정신에 대해, — 본질에 대해, 진수에 대해, —— 실체에 대해, 그리고 공간에 대해, 얼마나 소동을 피우고 법석을 떨고 있습니까. —— 또 더 큰 **무대**에서는 별 의미 없는 단어 몇 개 때문에, 그리고 불확정적인 의미 때문에 얼마나 혼란을 겪고 있습니까. — 선생께서 이런 것을 다 숙고해 본다면, 토비 삼촌의 당혹감을 이상하다 하지 않을 것입니다. — 오히려 삼촌의 해자 내벽과 외벽 통로, — 요새 제방과 외보(外堡) 통로, — 삼각 보루와 반월보에 대해 연민의 눈물 한 방울을 흘리게 될 것입니다. 개념 때문이 아니었습니다, —— 결단코! 삼촌의 인생이 위험에 처한 것은 바로 언어 때문이었습니다.

## 제3장

마음에 맞는 나무르의 지도를 구하자, 삼촌은 곧바로 거기 매달려 최상의 노력을 경주하면서 그 지도를 연구했다. 왜냐하면 삼촌에게는 건강을 회복하는 일만큼 중요한 일이 없었고, 그의 회복은, 당신도 읽어 알다시피, 마음속의 열정과 감정 상태에 달려 있는 일이니까, 아무런 감정의 동요 없이 이야기할 수 있을 정도로 이 주제에 대해 통달해 보려고 세심한 주의를 기울이는 것은 당연한 일이었다.

2주 동안 고통스러울 정도로 열심히 공부에 몰두한 끝에, 물론 이런 노력이 삼촌의 샅에 입은 부상에는 전혀 도움이 되지 않았다는 것은 두말할 나위가 없지만, — 삼촌은 지도의 코끼리 발 아래쪽 여백에 있는 설명과 플랑드르어로부터 번역된 고베시우스의 군사 건축학과 포술학(砲術學)에 관한 저서의 도움을 받아 그런대로 명료한 담론을 만들어 낼 수 있는 수준이 되었다. 그리고 두 달이 채 지나기 전에는 — 아주 능변이 되어서 해자의 돌출 외벽에 대한 공격을 조리 정연하게 재현해 낼 수 있게 되었고, —— 애초에 목표로 했던 것보다 훨씬 더 깊이 이 기술에 심취하면서, — 삼촌은 뫼즈 강과 상브르 강을 건너, 방향을 바꿔서는 보방 전선, 살신 수도원 등등까지 나아갈 수 있게 되었고, 방문객들에게 자신이 영예로운 부상을 입은 장소인 성 니콜라스 성문 앞 전투는 물론 영국군이 감행했던 모든 공격에 대해 각각 뚜렷이 전말을 전해 줄 수 있게 되었다.

그러나 지식에 대한 욕구는 부에 대한 갈증처럼, 얻으면 얻을수록 점점 더 증가하게 마련이다. 토비 삼촌은 지도에 파고들면 들수록, 점점 더 그것을 좋아하게 되었는데, — 그 과정은 내가 앞에서 말한 전류를 통한 동화(同化) 현상 같은 것이었다. 즉 애호가들이 애호품과의 오랜 마찰과 접촉을 통해 마침내 완전한 전문적 식견을 갖추게 되고, — 그림에 빠져들고 — 나비에 몰두하고, 깽깽이에 몰입하는, 바로 그런 전류적 동화 과정 말이다.

토비 삼촌이 이 학문의 감로수를 마시면 마실수록 갈증의 열기와 졸갑증은 너욱 커졌으니, 자리에 누운 지 한 해가 채 가기도 전에 이탈리아와 플랑드르 지방에 있는 요새들 가운데 삼촌이 통달하지 않은 곳이 없었다. 삼촌은 이 지역의 온갖 요새들의 지도를 구해 면밀히 공부하고, 지도와 대조해 가며 그 일대에서 일어난 공격과 함락, 개량, 증축 등에 관한 기록을 무한한 즐거움을 느끼며 열정적으로 탐독하다 보니 자신의 상처, 자신의 유폐 생활, 자신의 식사는 물론 자기 자신마저 잊고 살았다.

두 번째 해에 접어들면서 삼촌은 이탈리아어에서 번역된 라멜리와 카타네오의 책을 구입했으며, — 더불어 스테비누스, 마롤리스, 기사 드 빌, 로리니, 코에혼, 시터, 파강 백작, 보방 제독, 블롱델 씨 등의 저서들을* 소장하게 되었으니, 부목사와 이발사가 돈키호테의 서재에 침입했을 때 보았던 돈키호테의 기사도에 대한 소장 서적들을 능가할 정도로 온갖 군사 건축학 서적들을 갖추게 된 것이다.

1699년 8월경, 와병 3년째로 접어들 무렵 토비 삼촌은 발사학에 대해 알 필요가 있다고 생각하게 되었다. — 지식의 원천에서 지식을 구하는 것이 최선이라고 판단한 삼촌은 타르탈리아*부터 시작했다. 그는 대포알이 직선으로 날아가 온갖 파괴 행위를 한다는 이론이 기만이란 사실을 최초로 찾아낸 인물이고, ─ 그를 통해 삼촌은 그게 불가능하다는 것을 확인하게 되었다.

─── 진리에 대한 탐구는 끝이 없는 길이로다.

토비 삼촌은 대포알이 어느 방향으로는 가지 않는다는 것을 확인하기가 무섭게 자신도 모르게 그 학문에 끌려 들어가서, 그렇다면 대포알은 어떤 진로로 날아가는 것인지 알아내야겠다는 결의를 굳혔다. 이를 알아내기 위해 삼촌은 말투스를 새로운 출발점으로 삼고, 그를 독실하게 공부했다. ─ 그는 나아가 갈릴레오와 토리첼리우스로 옮겨 가서, 기하학적 법칙에 따라 정확히 제시되어 있는 지식, 즉 그 진로가 **포물선**, ─ 혹은 **쌍곡선**이고, ─ 그 진로의 원뿔형 단면의 지름 또는 *latus rectum*\*은 그 수치와 크기에 있어 포미(砲尾)가 수평면 위에 닿을 때 만드는 투사각의 제곱의 사인(正弦)과 정비례한다는 것을 알게 됐다. ─ 그리고 반지름은, ─── 그만! 나의 사랑하는 토비 삼촌, ─ 그만 멈춰요! ─ 이 가시투성이의 혼란한 길에 한 발짝도 더 들어서지 말아요. ─ 한 걸음 한 걸음 다 얽히고설켜 있네요! 라비린토스의 미로들이 다 뒤얽혀 있지요! 사람을 홀리는 이 환영, 지식의 추구가 삼촌에게 안겨 줄 괴로움 또한 뒤얽혀 있어요. ─ 오, 나의 삼촌! 도망쳐요 ─ 도망쳐요 ─ 마치 뱀으로부터 도망치듯 도망쳐요. ─ 심성 고운 어른이시여! 샅에 그런 부상을 입고서도 밤을 새워 앉아 있고, 열에 들뜬 연구로 당신 피를 말리는 일이 가당키나 합니까? ─ 애재라! 그게 당신 병세를 악화시키고, ─ 당신의 발한 능력을 방해하고, ─ 당신의 기를 증발시키고, ─ 당신의 동물적 힘을 낭비하고, ─ 당신의 자연 수분을 말리고, ─ 만성 변비를 초래하고, 건강을 해치며, — 그리고 노년의 온갖 쇠약 증상을 재촉할 것입니다. —
오, 나의 삼촌! 나의 토비 삼촌!

## 제4장

다음의 원리를 이해하지 못하는 사람이라면, 난 그 사람의 글쓰기 기술에 대한 지식은 동전 한 닢의 가치도 없다고 생각한다. ——
즉 앞에서 토비 삼촌을 힘차게 부른 돈호법 뒤에 나오는 이야기는 그게 아무리 잘 쓴 최상의 서사라 할지라도 — 독자의 입맛에는 김빠지고 식어 빠진 음식처럼 느껴진다는 원리 말이다. —
따라서 나는 이야기를 채 끝내지 않았는데도, — 앞 장에 마침표를 찍은 것이다.

—— 나 같은 유형의 작가들은 화가들과 한 가지 원칙을 공유한다. — 정확히 모사하는 일이 우리 그림을 덜 인상적으로 만들 경우, 우리는 차선책을 선택한다. 미를 희생하는 것보다는 진실에서 벗어나는 일이 더 용서할 만하다고 생각해서 말이다. — 이 말은 *cum grano salis*\*로 알아들어야 한다. 어쨌든 간에 — 이 비유는 다른 목적이 있어서가 아니라 앞의 돈호법의 열기를 좀 식히기 위한 것이니, — 독자가 그 목적 외의 다른 측면에서 이 말에 동의하건 않건, 그것은 별로 중요한 문제가 아니다.

3년째 되던 그해가 거의 끝나 갈 무렵, 토비 삼촌은 원추형 단면의 지름과 반지름이 자신의 상처를 악화시킨다는 것을 깨닫게 되었고, 불끈하는 마음에 발사학 공부를 중단하고, 요새 만들기의 실질적 분야에만 전념하게 되었다. 이 일의 즐거움은 마치 뒤로 당겨졌던 용수철처럼 배가된 힘으로 그에게 돌아왔다.

바로 그해에 매일 깨끗한 셔츠로 갈아입는 그의 규칙성이 허물어지기 시작했다. ─ 면도도 하지 않고 이발사를 보내 버리는가 하면, ─ 의사에게 상처를 치료할 시간도 제대로 허용하지 않을 뿐만 아니라, 치료하러 온 의사에게 일곱 번에 한 번도 좀 어떠냐고 물어보지 않을 정도로 관심이 없었다. 한데, 이게 웬일인가! ─ 갑자기 돌변해서, 번개처럼 갑작스럽게 변해서, 그는 회복이 더디다며 무겁게 한숨을 쉬기 시작했고 ─ 아버지에게는 불평을 늘어놓고, 의사에게는 조바심을 내더니, ─ 어느 날 아침 의사가 계단을 올라오는 소리를 듣고는, 의사에게 왜 치료가 지연되는지 따지기 위해 책을 덮고, 기구들을 옆으로 밀쳤다. 그는 의사에게 대고, 아무리 늦어도 지금쯤은 완쾌되었어야 하는 게 아니냐면서, ─ 그동안 겪은 고통과 4년에 걸친 우울한 감금 생활의 슬픔에 대해 길게 설명을 늘어놓았다. ─ 그는 또 덧붙여서, 만약 최고의 형님이 보여 준 친절한 마음과 우애 어린 격려가 없었더라면, ─ 벌써 오래전에 이 불행의 무게에 짓눌려 자신이 무너져 버렸을 것이라고 말했다. ─ 마침 아버지가 옆에 계셨는데, 토비 삼촌의 웅변은 아버지 눈에 눈물이 글썽이게 만들었다. ─ 그것은 뜻밖의 일이었다. 토비 삼촌은 원래 달변이 아니었기에, ── 그 효과는 더욱 컸다. ─ 그리고 의사는 무척 당황했다. ─ 삼촌이 그런, 또는 더 심한, 조바심을 표현할 근거가 없었다는 게 아니라, ─ 그것 역시 예기치 않은 일이었으니 말이다. 그가 삼촌을 돌보았던 지난 4년 동안, 삼촌의 행동거지에서 이런 비슷한 면을 본 적이 한 번도 없었으며, ─ 삼촌은 단 한마디도 짜증 섞인, 또는 불만에 찬 말을 입밖에 낸 적이 없었고, ─ 언제나 참을성 그 자체, ─ 순종 그 자체였으니까 말이다.

─ 사실 우리는 너무 많이 참음으로써 불평할 권리를 잃기도 한

다, —— 하지만 그 위력을 세 배로 키우는 경우가 더 많다. — 의사는 경악하지 않을 수 없었다. — 그러나 삼촌이 말을 이어 지금 당장 상처가 완치되게 만들든지, —— 아니면 왕실 의사인 론자르트 씨를 불러오라고 단호하게 요구했을 때는 더더욱 경악하지 않을 수 없었다.

생명과 건강에 대한 욕구는 인간 본성 속에 심겨 있는 것이고, — 자유와 해방에 대한 사랑은 그 욕구의 자매와 같은 열정이다. 토비 삼촌도 누구 못지않게 이런 욕구를 공유하는 사람이었고, — — 건강을 회복하여 밖으로 나가고 싶은 삼촌의 간절한 욕망은 이 두 열정 중 어느 것으로든 충분히 설명될 수 있다. — 그러나 내가 이미 말했듯이, 우리 집안에선 어떤 일도 평범하게 진행되는 법이 없다. — 이번 일만 해도 이 간절한 욕망이 표출된 시기나 방법으로 볼 때, 통찰력 있는 독자라면 토비 삼촌의 머릿속에 뭔가 다른 이유나 별난 생각이 있는 거라고 의심해 볼 수 있을 것이다. — 과연, 뭔가 있긴 있었다. 하지만 그 원인이나 별난 생각이 무엇이었는지는 다음 장의 주제로 다루겠다. 그 이야기가 끝나고 나면, 그 땐 우리가 삼촌이 말을 시작하는 중간에 버려두고 왔던 그 거실 벽난로 앞으로 되돌아가도록 할 것을 여기서 약속하는 바다.


## 제5장


사람이 지배적 열정에 자신을 맡기게 되면, —— 또는 다른 말로 바꿔서, 그의 **죽마**가 제멋대로 고집을 부리게 되면, — 냉정한 이성과 공정한 신중성과는 작별을 고하게 된다.

토비 삼촌의 상처는 거의 나아 가고 있었다. 놀란 의사가 정신을 가다듬고 그 사실을 전할 기회를 얻게 되자마자, — 설명하기 시작했다. 이제 막 상처에서 새살이 돋기 시작했으니, 새로 박피 현상이 생기지만 않는다면, 그런 징후는 없기도 하고, — 상처가 대여섯 주 안에는 아물게 될 것입니다. 열두 시간 전이었더라면, 대여섯 차례의 올림픽 주기에 해당하는 기간도 삼촌 마음에는 더 짧은 기간처럼 생각되었을 것이다. — 삼촌의 생각은 급류를 타고 있었고, — 그의 계획을 실행에 옮기고 싶어 몸이 바싹 달아 있었다. — 해서 살아 있는 어느 누구와도 더 이상 상의하지 않고, — — 이것은 누구의 충고도 받아들이지 않기로 이미 결심이 섰을 땐 잘한 일이라고 생각한다. — 삼촌은 그의 하인 트림을 따로 불러 붕대와 처치 약품을 챙기고, 아버지가 거래소에 가 있을 시간인 그날 정오 12시 정각에 사두마차를 대령시키도록 지시를 내렸다. —— 그러곤 탁자 위에 의사의 치료비에 해당하는 수표 한 장과, 아버지에게 보내는 심심한 감사의 편지 한 장을 남겨 놓고, —— 그의 지도들과 요새 관련 서적들 그리고 온갖 기구 등을 포장해서 짐을 싼 다음, — 한쪽은 지팡이에 의지하고, 다른 한쪽은 트림의 부축을 받으며, —— 토비 삼촌은 샌디홀을 향해 출발했다.

이런 갑작스러운 이주의 이유 또는 계기는 다음과 같다.

이 변화가 일어나기 바로 전날 밤, 삼촌은 자기 방에서 지도랑 그 밖에 여러 기구들이 놓여 있는 탁자 앞에 앉아 있었는데, — 그 탁자는 크기가 매우 작아서 지식을 전하는 크고 작은 여러 가지 도구들이 그 위에서 혼잡을 이루고 있었다. — 삼촌은 마침 담배 상자를 집으려다가 컴퍼스를 떨어뜨렸고, 컴퍼스를 집어 들려고 몸을 구부렸다가 소맷자락으로 도구 상자와 촛불 심지용 가위를 떨어뜨렸는데, — 운수가 나쁜 날이다 보니, 떨어지고 있는 가위를 받아 들려고 하는 중에, — 블롱델 씨를 탁자 밖으로 밀치면서, 파강 백작도 함께 블롱델 씨 위에 떨어지게 만들었다.

거동이 불편한 삼촌으로서는 도저히 혼자 처리할 엄두를 낼 수 없는 사고의 연속이었다. — 그는 종을 당겨 트림을 불렀다. — 그러곤 말씀하시기를, 트림! 내가 얼마나 난장판을 만들고 있었는지 보게나. — 아무래도 뭔가 더 나은 방법을 찾아보아야겠네, 트림. — 내 자를 가지고 이 탁자의 가로세로를 잰 다음에 목수한테 가서 똑같은 것을 하나 더 주문해 주지 않겠나? — 예, 나리, 나리께서 원하신다면야 그리해야지요. 트림은 머리를 숙여 인사하며 답했다. —— 그런데 제 생각에 그보다는 나리께서 빨리 회복해서 시골집에 내려가실 수 있게 되면 더 좋을 것 같은데요. — 나리께선 요새 짓기를 그렇게 즐기시는데, 그곳에 가면 우리가 그 일을 완벽히 실물처럼 재현해 볼 수 있을 테니까요.

이것은 알려 드리고 넘어가야겠다. 트림이라 불리는 이 하인은 삼촌 중대의 상병이었고, — 진짜 이름은 제임스 버틀러지만 — 연대에서 트림이란 별명을 얻었기 때문에, 토비 삼촌은 그에게 화가 난 경우가 아니면, 꼭 그 별명으로 그를 불렀다.

이 가엾은 친구는 나무르 공격이 있기 2년 전에 랜든 전투에서 왼쪽 무릎에 소총 탄환을 맞고 부상을 입어 군 복무를 할 수 없게 되었다. — 그는 연대 내에서 많은 사랑을 받는, 게다가 손재주도 뛰어난 친구였기에, 토비 삼촌은 그를 하인으로 삼았는데, 그는 과연 매우 유용한 사람이었다. 그는 야영지에서나 막사에서나, 종복으로서, 마부로서, 이발사로서, 요리사로서, 재봉사로서, 그리고 간호사로서 삼촌의 시중을 들었으며, 하나에서 열까지 대단한 충성심과 애정으로 삼촌을 받들고 돌보았다.

토비 삼촌도 이에 화답하여 그를 사랑했다. 그리고 이 두 남자를 더욱더 결속시킨 것은 두 사람이 갖고 있는 지식의 유사성이었다. — 트림 상병은(앞으로 나는 그를 이 이름으로 부르겠다) 지난 4년 동안 삼촌이 요새화된 마을에 대한 담론을 펼칠 때면 때때로 귀 기울여 듣기도 하고, 주인의 지도나 설계도 등을 끊임없이 넘겨다보거나 엿볼 기회를 독점적으로 누리다 보니, 거기다 비록 자신은 본래 *비죽마적인* 종복이지만 **죽마적으로** 습득하게 된 것까지 더해서, —— 이 학문에 있어서는 제법 능통하게 되었다. 그래서 요리사나 하녀는 트림이 성채에 대해 나의 삼촌 토비만큼 잘 알고 있다고 생각할 정도였다.

트림의 성격을 묘사하는 데 있어 한 획만 더 긋고 넘어가려 한다. — 그것은 이 그림에서 유일하게 어두운 선이다. — 이 친구는 충고하는 것을, — 아니 오히려 자신이 이야기하는 것을 듣는 것을 즐겼다. 하지만 그의 태도는 너무나 완벽하게 정중해서, 그가 입을 다물고 있게 하고 싶을 때는 얼마든지 그럴 수 있었다. 그러나 일단 그의 혀가 움직이게 만들고 나면, — 통제가 불가능했다. — 그는 다변이었다. — 정중한 태도와 더불어 끊임없이 끼어드는 어르신이란 말이 그의 웅변을 거들기 때문에, — 좀 불편해지더라도, — 그에게 화를 낼 도리는 없었다. 토비 삼촌은 트림 앞에서 그 양자 중 어느 쪽의 감정도 느끼는 일이 거의 없었다. — 아니, 최소한, 트림의 이 결점이 두 사람 사이에 문제를 일으킨 적은 없었다. 이미 말했듯이, 토비 삼촌은 그를 사랑했고, — 게다가 삼촌은 충직한 하인을 —— 친구라고, 다만 지위만 낮은 친구라고 생각했기 때문에, — 그의 입을 멈추게 만드는 일은 차마 할 수 없었다. —— 트림 상병은 그런 인물이었다.

제가 외람되게도, 트림이 말을 이었다, 나리께 조언을 드린답시고 제 의견을 말씀드려도 된다면. — 삼촌이 말을 받았다. 얼마든지 해 보게, 트림, — 말해 보라니까, — 자네가 이 문제에 대해 무슨 생각을 하는지, 두려워 말고 말해 보게나. 그렇다면 나리, (시골뜨기처럼 귀를 만지작거리거나 머리를 긁적이는 것이 아니라) 머리카락을 이마 뒤로 쓸어 넘기고, 마치 군대에서처럼 허리를 꼿꼿이 세우면서 트림이 말하기 시작했다. — 제가 생각하기에는 말입니다, 트림은 불구인 왼쪽 다리를 약간 앞으로 내밀면서, — 오른손은 벽걸이 천에 핀으로 고정시켜 놓은 됭케르크 지도를 가리키며, — 저야 물론 나리의 현명한 판단에 따르겠지만, 제 생각에는, — 이 삼각 보루나 능보, 방호벽, 각보가 이 종이 위에서는 초라하고 하찮고, 볼품없는 물건밖에 되지 않는 것 같습니다, 나리와 제가 시골에 내려가 마음대로 쓸 수 있는 땅 1루드*나 1루드 반 정도만 있다면 함께 만들어 볼 수 있는 것들에 비한다면 말이지요. 트림은 말을 계속했다. 여름도 다가오고 있으니, 나리께선 마당에 앉아서, 옛날에 진을 쳤던 도시나 성채의 편면도만 제게 주신다면 — (평면도라고 해야지, 삼촌이 말했다) — 제가 나리 마음에 꼭 들게 요새를 만들 수 있어요. 만약 그렇게 해내지 못하면 — 제방 위에서 총에 맞아도 좋습니다. — 자넨 충분히 해낼 걸세, 트림, 삼촌이 거들었다. — 나리께선 그 다각형의 정확한 변의 길이와 각도만 알려 주시면 됩니다라고 상병이 말을 이었다. —— 그건 내가 아주 잘할 수 있지, 삼촌이 응대했다. — 전 해자부터 시작할 겁니다, 나리께서 적절한 깊이와 폭을 말씀해 주시기만 하면, — 그건 한 치 오차도 없이 할 수 있네, 트림, 삼촌이 답했다. — 제가 이 손으로는 해자의 안쪽 둑을 만들기 위해 성채 방향으로 흙을 퍼내고, — 저 손으로는 해자 외벽을 만들기 위해 벌판 쪽으로 흙을 퍼낼 겁니다, — 그래 맞아, 트림, 토비 삼촌이 말했다. — 그리고 나리 마음에 들게 언덕을 만든 다음에는, — 제방에다 잔디를 덮을 겁니다, 플랑드르의 가장 훌륭한 요새들처럼 말이지.

— 나리께서도 그래야 한다는 것을 아시다시피 말입니다. —— 그리고 성벽과 흉벽에도 잔디를 입힐 겁니다. — 훌륭한 공병들은 그걸 뗏장이라 부르네, 트림, 토비 삼촌이 말했다. — 그게 뗏장이든 잔디든 그게 중요한 게 아니고요, 트림이 답했다, 아무튼 그게 벽돌이나 돌로 바닥을 깐 것보다 열 배나 낫다는 것은 나리도 아시지 않습니까. — 그게 어떤 면에서는 더 낫다는 거, 나도 알지, 트림, — 삼촌이 고개를 끄덕이며 말했다. — 대포알이 뗏장에 곧장 박히게 되면, 파편을 만들지 않게 되고, (성 니콜라스 성문에서처럼) 파편이 해자를 채우고 해자 너머까지 날아가게 도와주는 일도 없으니까 말이네.

나리께선 이 분야에서 국왕 폐하 군대에 있는 어느 장교보다 더 환히 꿰뚫고 계시지요, 트림 상병이 말했다. —— 그러니 나리, 탁자 주문하는 일은 그만두시고, 저랑 함께 시골로 내려가시기만 하면, 제가 나리의 지휘 아래 말처럼 열심히 작업하겠습니다. 그리고 포대와 참호, 도랑, 목책 등을 모두 갖춰서 완벽하게 진지를 구축해 드리겠습니다. 사람들이 그것을 구경하기 위해 말을 타고 20마일이라도 기꺼이 달려올 만한 물건으로 만들어 내겠습니다.

트림이 말을 이어 감에 따라, 토비 삼촌의 얼굴은 선홍색으로 달아올랐다. — 죄책감 때문에나, — 수줍음 때문에나, — 분노 때문에 생긴 홍조가 아니라, — 그것은 기쁨의 홍조였다. — 트림 상병의 계획과 묘사가 삼촌의 열정에 불을 붙인 것이다. — 트림! 자네 그만 이야기하게나. — 트림은 말을 계속했다. 국왕 폐하의 군대와 연합군이 전투에 나가는 바로 그날 우리도 전투를 시작해서, 적지를 하나씩 하나씩 아주 빠른 속도로 함락시켜야지요. —— 트림, 더 이상 이야기하지 말게, 토비 삼촌이 말했다. — 트림은 말을 계속했다, 나리께선 이런 좋은 날씨에 (그걸 가리키며) 안락의자에 앉아 계시면서, 제게 명령만 내리시면, 저는 — 제발 더 이상 이야기하지 말게, 트림, 토비 삼촌이 말했다. —— 게다가 나리께서는 즐거움과 좋은 소일거리뿐만 아니라, — 좋은 공기, 좋은 운동, 좋은 건강까지 얻게 되고, — 나리의 상처도 한 달 내에 좋아질 것입니다. 아, 그만하면 됐다니까, 트림 — 토비 삼촌이 말했다 (손을 바지 주머니에 넣으면서). — 자네 계획이 아주 마음에 드네. — 나리께서 좋다고만 하시면, 제가 지금 당장 바로 달려가서 시골에 가지고 갈 보병용 삽을 사고, 그리고 부삽과 곡괭이도 주문하고, 그 밖에 두세 개의, —— 트림, 그만 이야기하라니까, 토비 삼촌은 환희에 들떠 한쪽 다리로 벌떡 일어서며 말했다. —— 그리고 트림의 손에 1기니를 쥐어 주면서, —— 트림, 더 이상 이야기하지 말고, — 지금 당장 아래층에 내려가서, 이 친구야, 저녁 식사나 바로 갖다주게.

트림은 달려 내려가서 주인의 저녁을 들고 왔으나 — 아무 소용 없는 일이었다. —— 삼촌은 트림의 작업 계획이 머리에 맴돌아서 음식에 손도 댈 수 없었다. — 트림, 날 침대로 데려다 주게, 토비 삼촌이 말했다. — 역시 마찬가지였다. — 트림 상병의 묘사가 삼촌의 상상력에 불을 질렀으니, — 토비 삼촌은 눈을 감을 도리가 없었다. — 생각하면 할수록 그 장면이 더욱더 매혹적이었으니, — 날이 새기 두 시간 전에 삼촌은 최종 결심을 굳히고, 트림 상병을 데리고 런던에서 철수할 모든 계획을 완결지었다.

토비 삼촌은 아버지의 저택, 샌디홀이 있는 마을에 아담한 시골집을 소유하고 있었다. 이 집은 연간 1백 파운드 정도 소출을 내는 작은 영지와 함께 삼촌의 숙부가 물려준 것이었다. 이 집 뒤에는 반 에이커 정도의 채마밭이 딸려 있었고, — 그 채마밭 끝에는 키 큰 주목(朱木) 울타리로 분리된 잔디 볼링장이 있었는데, 트림 상병이 원했던 바로 그 정도의 공터를 제공했다. — 트림이 했던 말을 빌리자면, "그들이 마음대로 쓸 수 있는 1루드 반의 땅"인 셈이다. — 바로 이 잔디 볼링장이 공상에 빠진 삼촌의 망막에 불쑥 떠올라 온갖 그림으로 채색이 되었으니, — 바로 이것이 삼촌의 안색이 변하게 만든 물리적 원인, 또는 적어도 내가 말했듯이, 삼촌의 홍조가 그처럼 심하게 고조되게 만든 원인이었다.

사랑에 빠진 남자가 사랑하는 연인에게 달려가더라도 토비 삼촌이 바로 이 일을 은밀히 즐기기 위해 말을 달려갈 때처럼 그렇게 열의와 기대에 가득 차 있지는 않았을 것이다. — 내가 은밀히라는 표현을 쓴 것은, — 이미 말했듯이 이 볼링장에는 키 큰 주목 울타리가 쳐져 있어 집으로부터 숨어 있고, 나머지 세 면은 거친 호랑가시나무와 무성하게 꽃이 핀 관목으로 사람들의 시야에서 가려져 있기 때문이다. — 사실 남의 눈에 띄지 않을 수 있다는 이 생각이 토비 삼촌이 미리 그려 보고 있는 그 즐거움을 적지 않게 키워 주고 있었다. — 헛된 생각이지요! 토비 삼촌, 아무리 빽빽하게 관목이 심겨 있고, —— 아무리 보기에는 은밀한 장소 같아도, — 1루드 반이나 되는 그 넓은 땅에서 일을 벌이면서, — 그것을 남몰래 즐길 수 있을 것이라 생각하시다니요.

토비 삼촌과 트림 상병이 이 일을 어떻게 꾸려 갔는지, — 그들의 전투가 어떻게 진행되었는지, 물론 흥미진진한 사건이 없지 않았던 그 과정에 대한 이야기는 — 이 드라마의 극적 전개상 심심찮은 곁가지 플롯이 될지도 모른다. — 그러나 지금은 이 장면의 막을 내리고, — 거실 벽난로 가로 무대를 옮겨 가야겠다.

# 제6장

—— 여보게 동생, 위층에서 도대체 무슨 일이 일어나고 있는 걸까? 아버지가 말했다. — 내 생각에는, 하고, 토비 삼촌은. — 내가 앞에서도 말했듯이, 담배 파이프를 입에서 떼고 재를 떨면서, 말을 시작했다. —— 삼촌이 답하기를, 내 생각에는, — 형님, 종을 울려 사람을 불러 보는 것도 나쁘지 않을듯 싶은데요.

아니, 우리 머리 위에서 무슨 소동이 벌어지고 있는 건가, 오바댜? — 아버지가 말했다. — 동생과 내가 서로 이야기하는 소리도 제대로 들을 수 없으니 말일세.

나리, 오바댜는 왼쪽 어깨 쪽으로 고개를 숙여 절하면서 대답했다. 마님이 아주 심한 산통을 시작했습니다. — 저기 정원 아래 수잔나는 어딜 저렇게 정신없이 달려가고 있는 거지? 마치 겁탈하러 쫓아오는 사람이라도 있는 것 같구먼. —— 나리, 수잔나는 산파를 데리러 읍내로 가는 지름길을 달려가고 있는데요. —— 그렇다면 자넨 당장 말에 안장을 얹고, 닥터 슬롭, 그 남자 산파를 모시러 가게. — 가서 마님이 진통을 시작했다고 알리고, — 자네랑 함께 전속력으로 우리 집에 와 주기 바란다고 전하게.

참 이상한 일이기도 하지. 오바댜가 문을 닫고 나가자, 아버지는 토비 삼촌을 향해 말했다. — 닥터 슬롭 같은 전문가가 바로 가까이 있는데도 — 집사람은 마지막 순간까지 쇠고집을 부리고 있으니 말야. 이미 한 차례 불행을 겪은 내 아이의 생명을 늙은 산파의 무지한 손에 맡기려 하다니. —— 게다가 동생, 내 아이의 목숨만이 아니라 — 자기 목숨까지, 더불어 내가 앞으로 그녀한테 얻을 수 있을지도 모를 모든 아이들의 목숨마저도 거기 맡기는 게 아닌가.

어쩌면, 형님, 형수님은 비용을 절약하려는 생각일 겁니다라고 토비 삼촌이 답했다. — 말도 안 되는 소리. — 아버지가 답했다. — 일을 하건 않건, 그 의사한테는 돈을 줘야 하고, — 그 친구 기분을 상하지 않게 하려면, — 더 많이 주어야 할지도 몰라.

— 그렇다면 아무리 따져 봐도 다른 이유가 없겠군요, 토비 삼촌이 천진한 마음으로 말했다, — **정숙성** 말고는 말입니다. — 내가 감히 추측해 보건대, 삼촌이 덧붙였다, 형수님은 남자가 가까이하는 걸 원치 않는 거지요, 형수님의 ****. 토비 삼촌이 그 문장을 끝낸 것인지 아닌지는 밝히지 않겠다. — 그 상태로 끝을 냈다고 상정하는 것이 삼촌에게 유리한 일일 것이다, — 내 생각에는, 삼촌이 그 문장을 개선해 줄 어떤 **단어 하나**도 덧붙일 수 없었을 테니까 말이다.

만약 반대로, 토비 삼촌이 문장을 완결 짓지 못한 것이라면, — 그것은 아버지가 갑작스레 담배 파이프를 부러뜨린 덕분이라고 해야 할 것이고, 세상 사람들은 수사학자들이 쓰는 장식적 수사법 중 가장 깔끔한 돈절법*의 한 예를 그 덕분에 여기서 만나게 된 것이다. — 엄정하신 하늘이시여! 이탈리아 예술가들의 *Poco piu**와 *Poco meno**란 것이 — 즉, 거의 알아차릴 수 없을 정도로 약간 더하고 덜하는 일이, 조각에서는 물론 문장에서도 얼마나 정확히 아름다운 선을 결정짓게 되는지요! 끌이나 화필, 펜, 깽깽이 활, 기타 등등의 것들의 미세한 움직임이 — 참된 기쁨을 주는 그 진수를 얼마나 확대시켜 주는지요! — 오, 동포들이여! — 당신의 언어에 대해 까다롭고, — 신중해지십시오. —— 그리고 절대로, 오! 절대로 잊지 마십시오, 당신의 언변과 당신의 명성이 얼마나 사소한 접속사나 관사 같은 것에 달려 있는지를.

—— 토비 삼촌이 말하기를 "아마도 형수님은 남자가 가까이하

는 걸 원치 않는 거지요, 형수님의 ****"라고 별표 대시를 쓰면,
—— 그것은 돈절법이다. — 대시를 없애고 궁둥이에,라고 쓰면,
— 그것은 외설이 된다. — 궁둥이에를 긁어 없애고 외보 통로에,
라는 말을 넣으면, — 그것은 은유가 된다. — 사실, 토비 삼촌의
머릿속에는 요새 짓기가 꽉 차 있었으니, 만약 단어 하나를 그 문
장에 첨가해야 했다면, — 바로 그 단어였을 것이다.

그러나 사실이 그랬는지 아닌지, — 아버지의 담뱃대가 그렇게
중요한 순간에 부러진 것이 우연인지 또는 노여움 때문인지, —
그것은 적절한 때가 되면 알려 드리겠다.


## 제7장


아버지는 훌륭한 자연 과학자였지만, —— 또한 도덕 철학자의
자질도 갖추고 있었다. 그런 점에서 본다면 아버지의 담뱃대 한가
운데가 동강 부러졌을 때 — 그가 할 수 있는 일이라곤, — 단지 —
그 두 토막을 집어 들어, 벽난로 안으로 조용히 던져 넣는 일밖에
없었을 것이다. — 한데 아버지는 그러지 않았다. — 그는 있는 힘
껏 거칠게 그것을 집어 던졌다. — 그리고 그 동작을 더욱더 강조
하기 위해서, — 두 다리로 벌떡 일어서서 그렇게 했다.

그것은 아무래도 열기 같았다. — 그리고 아버지가 토비 삼촌의
말에 대꾸하는 어조가 과연 그렇다는 것을 증명해 주었다.

— "원하지 않는다고." 아버지가 (토비 삼촌의 말을 반복하면
서) 말했다. "남자가 자기 —에 가까이 오는 걸." 맙소사, 토비!
자넨 욥의 참을성도 시험에 들게 하겠네. — 난 자네가 거들지 않
아도 이미 욥만큼이나 재앙에 시달리고 있단 말야. —— 왜요? —

— 어디서요? —— 어떤 점에서요? — 뭣 때문에요? — 도대체 무슨 연유로요? 토비 삼촌은 깜짝 놀라서 물었다. —— 자네만큼 나이를 먹고도, 동생, 여자에 대해 그토록 아무것도 모르는 사람이 있으니 말일세! — 여자에 대해선 내가 전혀 아는 게 없긴 하지요, — 토비 삼촌이 대답했다. 내 생각에는 말이지요, 하고 삼촌이 말을 이었다. 됭케르크 요새가 함락되던 그해, 과부 워드먼과 있었던 일로 내가 받았던 충격도 — 형님도 알다시피, 내가 여자에 대해 그렇게 무지하지만 않았더라면, 충분히 피할 수도 있는 일이었지요, — 아무튼 그 충격 덕분에 나는 여자에 대해서나 여자들의 관심사에 대해 아무것도 알지 못하고, 아는 척할 생각도 없다고 말할 정당한 이유가 생긴 셈이지요. —— 내 생각에는, 동생, 자네도 여자 몸의 끝자락에 대해 최소한 어느 쪽이 맞고 틀리는지 정도는 구별할 수 있어야 하지 않나 싶단 말일세,라고 아버지가 응대했다.

『아리스토텔레스의 걸작』*에 보면, "사람이 과거에 속하는 일을 생각할 때는, — 땅을 내려다보고, — 앞으로 다가올 일에 대해 생각할 때는 하늘을 올려다본다"라는 말이 나온다.

토비 삼촌은 이 두 가지 경우에 다 해당하지 않았다. — 그는 수평으로 똑바로 앞을 보고 있었다. — 올바른 끝자락이라, — 삼촌은 무심코 두 눈을 벽난로 선반 이음새에 생긴 작은 틈에 고정시키고, 혼잣말로 낮게 이 두 어휘를 중얼거렸다, — 여자 몸의 올바른 끝자락이라! —— 단언하건대, 그게 뭘 말하는지, 달나라 사람만큼이나 모르겠는데요, 라고 삼촌이 말했다. — 내가 그 문제를 붙들고 한 달 내내 고심한다 해도, 삼촌은 말을 이었다, (그의 눈은 여전히 그 어긋난 틈새에 고정시킨 채) 절대 답을 찾지 못할 것이 분명한데요.

그렇다면, 동생, 내가 가르쳐 주지,라고 아버지가 답했다.

이 세상에 존재하는 모든 것은, 아버지가 말을 이었다, (파이프에 새로 담배를 채우면서) —— 이보게나, 동생 토비, 현세에 존재하는 모든 것은 각각 두 개의 손잡이를 가지고 있는 걸세, — 꼭 다 그런 것은 아니지요, 토비 삼촌이 말했다. — 최소한, 아버지가 답했다, 사람은 누구나 두 손을 갖고 있으니, — 그게 그거 아닌가. —— 그러니 차분히 앉아서, 여성이란 동물의 몸을 구성하는 모든 부분의 짜임새, 생김새, 구성, 접근 용이성, 편의성 등을 곰곰이 생각해 보고, 유추적으로 그것을 비교해 보게나. — 난 그 단어의 의미는 평생 제대로 이해해 본 적이 없는걸요. — 토비 삼촌이 말했다. —— **유추**란, 아버지가 답하기 시작했다, 서로 다른 것 사이에 어떤 관계나 일치점이 — 이때, 느닷없이 문 두드리는 소리가 나면서 아버지의 유추에 대한 정의를 (그의 담뱃대처럼) 두 동강 내 버렸다. — 그리고 동시에 추론의 자궁 속에 생성되었던 어떤 논문 못지않게 흥미진진하고 괄목할 만한 담론의 머리가 뭉개져 버렸다. — 아버지가 그것을 안전하게 세상에 출산한 것은 몇 달이 지나서였다. — 그리고 현재로선, — (지금 연속적으로 우리 집안에 밀어닥치고 있는 온갖 재난이 초래하는 혼란과 고민을 생각해 볼 때) 내가 그것을 소개할 자리를 제3권에서 찾을 수 있을지 없을지 그것 역시 그 논문의 주제만치나 어려운 문제다.


## 제8장


삼촌이 종을 울리고, 아버지가 오바댜에게 말안장을 채워, 남자 산과 닥터 슬롭을 데려오도록 지시를 내린 이후로 한 시간 반 정도는 넉넉히 독서 시간이 흘러갔으니, — 문학 관례로 보거나, 더욱이 위급 상황인 점을 고려할 때, 아무도 내가 오바댜에게 갔다가 돌아올 충분한 시간을 주지 않았다고 말할 수는 없을 것이다. — 그러나 기실 양심적으로 그리고 진실되게 말해서, 그는 아마도 장화를 신을 시간도 없었을 것이다.

혹시 과민한 비평가가 이 문제를 따지려 든다면, 그리고 시계추를 들고 종을 울린 시점부터 문에서 노크 소리가 난 시점까지의 정확한 시간을 재겠다고 나온다면, — 그리고 그게 2분 13초 5분의 3푼밖에 되지 않는다는 것을 알고서, —— 내가 시간의 일관성, 아니 오히려 개연성을 위반했다고 공격하려 든다면, — 나는 시간의 지속 기간과 그 기본 유형*이란 개념은 단지 우리 머릿속에 진행되는 생각의 연쇄 현상의 산물이라는 사실과 — 그것이야말로 진정한 학구적 시계추라는 사실을 그에게 상기시킬 것이다. — 그리고 한 사람의 학자로서, 나는 단지 이런 종류의 시계추에 의해서만 이 문제에 대한 재판을 받을 것이며, — 다른 어떤 시계추의 재판권이든 모두 부정하고 무시할 것을 천명한다.

따라서 나는 이 비평가가 다음의 사실을 고려하기 바란다. 샌디홀에서 남자 산파 닥터 슬롭의 집까지는 겨우 8마일밖에 되지 않고, — 오바댜가 그 거리를 갔다가 돌아올 동안, 나는 토비 삼촌을 나무르에서 플랑드르 전역을 가로질러 영국까지 이동하게 만들었고, — 내 수중에서 4년 가까이 병석에 누워 있게 만들었고, — 그 이후로는 트림 상병과 더불어 사두마차를 타고, 요크셔까지 2백 마일 가까운 먼 길을 여행하게 했으니, — 이 모든 것을 합쳐 보면, 독자의 상상력이 닥터 슬롭의 등장을 받아들일 만큼 충분히 준비되었을 것이다. —— 적어도 (내가 희망하기로는) 막간의 춤이나 노래, 연주를 받아들일 정도는 되었을 것이라고 본다.

만약 나의 과민한 비평가가 고집불통이어서 — 내가 할 수 있는 온갖 설명을 다 했는데도, — 2분 13초는 2분 13초일 뿐이라고 주장하며, 여전히 요지부동이고, —— 나의 이런 호소가 드라마상으로는 나를 구해 줄지도 모르지만, 내 일대기에서는 나를 망하게 할뿐더러, 그전에는 외경서였던 내 책이 이제 공공연히 로맨스로 평가받게 만들 것이라고 주장한다면, —— 내가 그 정도로 압박을 받을 경우에는, — 이 모든 반대와 논란을 즉각 종식시킬 방법이 있다. — 오바댜가 마구간에서 채 60미터도 가기 전에 닥터 슬롭과 맞닥뜨렸다는 사실을 알려 주는 것 말이다. — 오바댜는 과연 그 해후의 지저분한 증거를 보여 주고 있었으며, —— 비극적인 증거 역시 이제 막 보여 줄 찰나에 있었다.

직접 상상해 보시라. —— 하지만 그것은 새로운 장에서 시작하는 게 낫겠다.


## 제9장


한번 상상해 보시라, 직립 상태에서 키는 4피트 반 정도 되고, 기병대 상사에게 어울릴 정도의 넓은 등판과 1피트 반 이상 엄청나게 튀어나온 뱃살을 가진 닥터 슬롭이란 사람의 자그마하고, 땅딸막하며, 품위 없이 조야한 모습을 말이다.

닥터 슬롭의 외관은 그런 식으로 윤곽을 그려 볼 수 있다. — 혹시 호가스*의 『미의 분석』을 읽어 보았다면, 만약 읽지 않았다면 꼭 읽어 보기 바라는 바이고, — 당신도 알 것이다, 세 획만 가지고도 3백 획을 그은 것만큼 뚜렷하게 희화화가 가능하고 그 모습을 전달할 수 있다는 사실을.

그런 사람을 상상해 보라. — 다시 말하지만, 그게 닥터 슬롭의 겉모양의 윤곽이니 말이다. 그런 모습의 남자가 자그마한 조랑말 등에 올라타고, 한 발짝 한 발짝 진흙 길을 헤쳐 터벅터벅 천천히 다가오는 모습, — 그 말은 색깔은 곱지만, — 힘에 있어서는, — 아, 애처롭게도! —— 그렇게 무거운 짐 아래서는 제대로 걷기도 힘들어 보일 것이다. 비록 길의 상태가 걷기에 좋다 하더라도 말이다. —— 한데 그렇지가 않았다. —— 그리고 상상해 보라, 몸집이 크고 힘도 좋은 마차용 말을 타고 박차를 가하며 전속력으로 달리고 있는 오바댜를. 슬롭과는 반대 방향으로 있는 대로 속력을 높여 달려가고 있는 그의 모습을.

선생, 이 묘사를 잠시 주목해 주시기 바랍니다.

만약 닥터 슬롭이 좁은 길 위에서 자신을 향해 곧장 달려오고 있는 오바댜를, 그것도 엄청난 속력으로, — 진흙을 마구 튀기면서, 아무것도 무서울 게 없는 악마처럼 돌진해 오는 오바댜를, 1마일쯤 떨어진 곳에서 보았더라도, 그 광경이, 더구나 축을 따라 진흙과 물의 소용돌이를 만들며 움직이는 그 현상이 — 닥터 슬롭의 입장에서는 휘스턴*이 예언한 최악의 유성보다도 더 두려운 대상이 되지 않았겠습니까? — 그 소용돌이의 핵이 되는 오바댜와 그가 타고 있는 마차용 말은 제쳐 놓고라도 말입니다. — 내 생각에는 그 소용돌이만으로도 의사까지는 아니어도, 최소한 그의 조랑말은 휩쓸려 가기에 충분했을 것입니다. 그렇다면 지금부터 당신이 읽게 될(이제 막 읽게 될 터인데) 내용 속에서는, 닥터 슬롭의 공포와 공수증이 어느 정도였을 것 같습니까? 닥터 슬롭이 샌디홀을 향해 어슬렁어슬렁 말을 타고 가다가 그 저택에서 60야드 정도 떨어진 곳에 이르렀을 때, 정원 담의 예각에 의해 만들어진 급격한 모퉁이로부터 5야드 이내의 지점에서, — 그 진창길의 가장 질척거리는 지점에서, 오바댜와 그의 말이 급하게, 맹렬한 속도로 모퉁이를 돌아, — 불쑥 나타나서, — 그를 향해 정면으로 돌진해 오는 모습을 마주쳤다면 말이지요. —— 그 같은 조우보다 더 무시무시한 것은 상상할 수도 없을 것 같습니다. — 너무나 갑작스러웠으니! 닥터 슬롭은 그 충격에 맞설 준비가 전혀 되어 있지 않았지요.

닥터 슬롭이 과연 무얼 할 수 있었을까요? — 그는 성호를 그었어요 † —— 쳇, 뭐야! —— 하지만 선생, 그 의사는 가톨릭 신자였거든요. —— 그러거나 말거나, 차라리 말안장 앞머리를 꽉 붙잡았어야지요! — 그래야만 했지요. — 아니, 사실은 아무 짓도 하지 않는 편이 더 나았을 겁니다. — 왜냐하면 그는 성호를 긋다가 채찍을 놓쳤고, —— 그의 무릎과 말안장 치마 사이로 떨어지는 채찍을 잡으려다가, 그게 미끄러지는 바람에 발걸이를 놓쳐 버렸고, — 그것을 놓치는 바람에 앉은 자리도 놓쳐 버렸습니다. —— 이 모든 것을 놓치는 과정에서 (그런데 이 사건은 성호를 긋는 것이 얼마나 도움이 되지 않는 일인지를 보여 주지요) 이 불운한 의사는 마음의 평정까지 잃게 되었습니다. 그래서 그는 오바댜와의 충돌은 기다리지도 않고, 조랑말은 제 운명에 맡긴 채, 대각선으로 말에서 굴러 떨어져 버렸지요. 그런데 마치 양털 뭉치처럼 떨어지다 보니, 그의 몸의 가장 넓적한 부분을 (당연히 그렇듯이) 진창 속으로 12인치나 깊이 빠지게 만든 것 말고는 별다른 피해가 없었습니다.

오바댜는 닥터 슬롭을 향해 두 차례 모자를 벗어 올렸습니다. —— 한 번은 닥터 슬롭이 떨어지는 중에, —— 그러고는 진창에 주저앉아 있는 그를 향해 다시 한 번. — 이런, 무슨 때맞지 않은 공손함인가! —— 그 친구는 차라리 말을 멈추고, 말에서 내려, 의사를 도와주었어야 하는 것 아니오? —— 선생, 그는 그의 상황이 허락하는 한 자기가 할 수 있는 모든 것을 다 한 셈입니다. — 그러나 그 마차용 말의 달리던 관성이 너무 크다 보니, 오바댜가 이 것저것 다 할 수는 없었지요. —— 그는 닥터 슬롭의 주변을 세 번이나 선회한 다음에야 가까스로 말을 멈춰 세울 수 있었고, — 마침내 그의 짐승을 멈춰 세운 그 순간에는 얼마나 많은 진흙 폭탄을 터뜨렸던지, 오바댜는 차라리 그 자리에서 몇 마일쯤 떨어져 있는 게 나을 상황이었지요. 간단히 말해서, 닥터 슬롭은 엉망진창으로 진흙 범벅이 되었고, 너무나 급격한 성체 변화*를 겪어서, 그런 일이 유행하기 시작한 이래로 그 유례를 찾아볼 수 없을 정도였답니다.

## 제10장

아버지와 토비 삼촌이 여성의 본성에 대해 논의하고 있던 뒤쪽 거실에 닥터 슬롭이 들어섰을 때, —— 닥터 슬롭의 모습과 그의 출현 중 어느 것이 더 놀라웠는지를 결정하기는 쉬운 일이 아니다. 그 사고가 집에서 아주 가까운 장소에서 일어났기 때문에, 오바댜는 닥터 슬롭을 다시 말에 태울 필요가 없었고, —— 그래서 오바댜는 슬롭을 있는 모습 그대로, *씻지도 않고, 성유도 바르지 않고, 약속도 없이*, 온갖 얼룩과 반점투성이인 채로 거실로 안내한 것이다. —— 그는 마치 햄릿의 유령처럼, 아무 말 없이, 꼼짝 않고, 진흙의 위용을 과시하면서, (여전히 오바댜에게 손을 잡힌 채) 거실 문 앞에 1분 반 동안 서 있었다. 떨어질 때 진창에 빠졌던 그의 엉덩이는 완전히 진흙으로 더께가 졌고, —— 다른 부분들도 오바댜의 진흙 폭탄에 의해 골고루 세례를 받았으니, 진흙 알갱이 하나하나가 다 제각각 효과를 내고 있었다고 (아무 주저 없이) 맹세할 수 있을 정도였다.

여기서 토비 삼촌에게는 아버지를 극복하고 승리를 누릴 수 있는 좋은 기회가 찾아온 셈이다. — 왜냐하면 이런 상태의 닥터 슬롭을 본 사람치고 토비 삼촌의 의견에 이견을 내놓을 사람은 없을 테니까. 즉 "그의 형수는 닥터 슬롭 같은 남자가 자기 ****에 가까이 오는 것을 원치 않는 것 같다"는 의견에 대해서 말이다. 하지만 그것은 *Argumentum ad hominem*\*이다. 당신은 토비 삼촌이 이런 논쟁법에 능숙하지 않아서, 그것을 사용하고 싶어 하지 않을 것이라고 생각할 수도 있지만, — 아니, 그게 아니라, — 누군가를 모욕하는 일은 그의 천성에 맞지 않는다는 것이 그 이유다.

닥터 슬롭이 그 시간에 등장했다는 사실 또한 그가 등장한 모습에 못지않게 난해한 수수께끼였다. 아버지가 잠시만 생각해 보았다면, 그 문제를 풀 수 있었을 것이 분명하긴 하지만 말이다. 왜냐하면 아버지가 어머니의 해산이 임박했다고 닥터 슬롭에게 알린 것이 지난주의 일이고, 그때 이래로 아무 소식도 듣지 못한 닥터 슬롭이 어떻게 된 일인지 알아보기 위해 샌디홀로 말을 타고 오고 있었다는 것은 자연스럽고 또한 매우 정치적이기도 한 일이었으니까.

그러나 아버지의 정신은 불행하게도 엉뚱한 방향으로 답을 탐색하고 있었다. 마치 과민한 비평가처럼, 종이 울린 순간과 문 두드리는 소리가 난 순간 사이의 길이에 집착해서, — 그 거리를 재어 보면서, — 그 작업에 너무 몰두한 나머지, 다른 어떤 것도 생각할 여력이 없었으니. — 그것은 가장 위대한 수학자들에게 흔히 있는 약점 아닌가! 혼신의 힘을 다해 증명하는 작업에 빠져들다 보니, 가진 힘을 소진해서, 증명을 통해 유용한 추론을 끌어낼 힘이 전혀 남아 있지 않게 되는 수학자들 말이다.

종이 울린 소리와 문에서 난 노크 소리는 토비 삼촌의 감각 중추에도 강한 충격을 주었다. ─ 그러나 이 경우에는 매우 다른 종류의 생각의 고리를 자극했다. ─ 서로 양립할 수 없는 이 두 가지 진동 소리가 즉각 삼촌 머리에 떠오르게 한 것은 바로 위대한 공학자 스테비누스*였다. ─── 스테비누스가 이 일과 무슨 상관이 있느냐 하는 것은 ─ 무엇보다 큰 의문점이고. ─ 그 의문은 해결이 되겠지만, ─ 다음 장에서는 아니다.

## 제11장

글쓰기란, 그것을 제대로 관리했을 때, (내가 내 글이 그렇다고 생각한다는 것은 당신도 알 것이다) 단지 대화의 또 다른 이름이라 할 수 있다. 좋은 사람들과 함께하는 자리에서 어떻게 처신해야 하는지를 아는 사람치고 혼자서 이야기를 독점하는 사람은 없을 것이다. ─ 따라서 예의범절과 교양의 올바른 범주를 이해하는 작가라면 감히 혼자서 모든 것을 생각해 내는 무모한 짓은 하지 않을 것이다. 당신이 독자의 이해력에 진정으로 존경심을 표하고 싶다면 글 쓰는 일을 사이좋게 반 토막 내어, 독자도 작가처럼 상상할 거리를 남겨 주어야 한다.

나로 말할 것 같으면, 이런 종류의 예의를 끊임없이 실천하고 있다. 나는 독자의 상상력이 나의 상상력처럼 분주히 움직이게 도와주기 위해, 내 힘 닿는 대로 모든 노력을 경주하고 있다.

그러니 이제 독자의 차례다. ─ 내가 닥터 슬롭의 딱한 추락 사고와 그가 거실에 딱한 모습으로 등장한 내용을 넉넉히 묘사해 주었으니, — 이제 앞으로 얼마간은 독자의 상상력이 움직일 차례다.

자, 그렇다면 독자의 상상력을 작동시켜 보자. 닥터 슬롭이 사건의 전말을 설명하는 장면이 나오고, —— 그는 이 의사가 어떤 어휘를 사용하면서, 어떤 비난을 담아서 이야기하는지 마음대로 선택한다. — 그는 오바댜 역시 자기 이야기를 하는 장면을 떠올리는데, 가식적인 걱정을 담고 아주 슬픈 표정을 짓게 함으로써, 나란히 서 있는 두 인물을 가능한 한 대조적으로 그려 낸다. 또한 아버지가 어머니의 상태를 알아보러 위층에 올라가는 상상을 하고, — 그리고 마지막으로, — 몸을 씻기고, —— 신체 마찰 마사지도 받고, — 위로도 받아, — 기분 좋아진 닥터 슬롭이, — 오바댜의 신발을 빌려 신고 문을 향해 걸어가며, 이제 막 행동을 개시하려고 나서는 상상을 한다.

정지! — 잠깐 정지, 닥터 슬롭! 당신의 산파적 손길을 멈춰요, — 다시 손을 품속에 넣어 따뜻하게 만들기나 하세요. — 당신은 어떤 장애물이 기다리고 있는지 전혀 모르는군요, — 어떤 숨은 원인이 있어 당신 일을 지연시키는지 생각조차 못하고 있군요! — 닥터 슬롭, 당신은, — 당신을 이 자리에 오게 만든 엄숙한 약정의 비밀 조항들에 대해 들은 바가 없는지요? — 당신은 지금 이 순간에 루시나*의 딸이 산파적으로는 당신 머리 위에 위치해 있다는 것을 알고 있는지요? 아, 슬프게도, 그게 사실입니다, — 게다가 필룸누스*의 위대한 아들이여! 당신이 지금 뭘 할 수 있겠습니까? — 당신은 무장도 하지 않고 출동했으니, — 당신의 *tire-tête**를 — 당신의 새로 발명한 겸자를, — 당신의 산과용(産科用) 갈고리를, — 당신의 주사기를, 그리고 구원과 해방을 돕는 당신의 장비들을 모두 집에 두고 오지 않았습니까. —— 맙소사! 그것들은 지금 당신 침대 머리맡 녹색 베이즈 천 가방에 담긴 채 두 자루의 당신 총 사이에 걸려 있지 않습니까! ― 종을 울려서 ― 사람을 부르세요. ― 오바댜에게 마차용 말을 타고 전속력으로 달려가서 그것들을 가져오라고 시키세요.

― 급히 서두르게, 오바댜, 아버지가 말했다, 내가 은화 한 닢을 줌세. ― 그래, 나도 한 닢 주겠네, 토비 삼촌이 말했다.


## 제12장


그렇게 뜻밖에, 갑작스럽게, 당신이 도착해서 말이지요, 토비 삼촌이 닥터 슬롭에게 말을 건넸다. (세 사람이 모두 난롯가에 자리를 잡아 앉는 중이었다.) ―― 저 위대한 스테비누스가 곧바로 내 머리에 떠올랐어요. 그는 내가 아주 좋아하는 저술가지요. ―― 그렇다면 내가 내기를 걸어도 좋지, 아버지가 *Ad Crumenam*[*] 논쟁법으로 끼어들었다, ― (오바댜가 돌아오면 줄 은화인) 이 1크라운당 20기니를 걸고 말하건대, 스테비누스는 무슨 공학자거나, ― 요새 건축과 직간접적으로 관련 있는 어떤 책을 쓴 사람이 틀림없을 거야.

바로 그런 사람입니다. ― 토비 삼촌이 답했다. ― 내 그럴 줄 알았지, 아버지가 말했다, ― 하지만 아무리 생각해도 닥터 슬롭의 갑작스러운 등장과 요새 짓기에 대한 담론이 도대체 어떤 관련이 있는지는 도저히 모르겠는걸. ― 아무튼 그럴 거라 추측은 했지만 말일세. ― 동생, 무슨 얘긴지 말해 보게나. ― 한데 그 주제와 맞지 않거나 엉뚱한 방향으로 빠지진 말아야 하네. ― 자넨 그러기 십상 아닌가. ― 그래서 미리 말해 두는데, 동생, 아버지가 말을 이었다, ― 난 정말 싫다고, 미리 선포하지만 내 머리가 막벽과 각보로 채워지는 것은 정말 싫단 말일세. ── 샌디 씨가 그럴 리가 없지요.* 닥터 슬롭이 아버지 말에 끼어들면서, 그리고 자신의 말장난이 재미있어서 지나칠 정도로 크게 웃으며 말했다.

비평가 데니스*조차 아버지만큼 말장난이나 말장난에 빗대는 표현을 싫어하거나 혐오할 수는 없을 것이다. ── 그런 일을 접하면 언제라도 아버지는 짜증스러워했다. ── 더구나 진지한 논의 중에 이런 말장난의 방해를 받는다는 것은, 코에 손가락 튕기기 가격을 당하는 것만큼 싫은 일이라고 아버지는 말하곤 했는데, ── 그는 이 둘 사이에 어떤 차이도 없다고 생각했다.

있잖아요, 토비 삼촌이 닥터 슬롭을 향해 말했다. ── 형님이 지금 말하는 막벽은 침대 틀하고는 아무 상관 없는 말입니다. ── 뒤 캉주*가 "침대 커튼이란 말이 막벽에서 유래하는지도 모른다"고 말하긴 했지만 말이죠. ── 그리고 형님이 말하는 각보도 오쟁이 진 남자 머리의 뿔과는 아무 상관 없어요. ── 막벽이란, 선생, 우리가 요새학에서 쓰는 용어로, 성벽 일부분을 말하는데, 두 개의 능보 사이에서 그 둘을 연결시켜 주는 기능을 합니다. ── 포위군이 막벽에 직접 공격하는 일은 드물지요, 측면 방어가 아주 탄탄하게 되어 있거든요. (다른 막벽도 마찬가지지요,라고 닥터 슬롭이 웃으며 말했다.) 그러나 좀 더 확실하게 하기 위해, 삼촌이 말을 이었다, 그 앞에 반월형 보루를 만들지요. 그럴 때는 해자나 도랑 너머까지만 보루가 뻗치도록 신경을 씁니다. ── 요새에 대해 잘 모르는 일반인들은 반월형 보루와 반월형 외루를 혼동하지만, ── 그것은 아주 다른 것입니다. ── 모양이나 구조에서 다른 것은 아닙니다, 사실 그 점에선 똑같게 만드니까요, ── 돌출 각을 만드는 두 개의 전면을 갖고 있다든가, 직선이 아니라 초승달 모양의 협곡을 이루고 있다든가, 다 똑같은 구조입니다. ── 그렇다면 차이가 뭔가? (아버지가 약간 신경질적으로 말했다.) — 위치가 다르지요, 토비 삼촌이 말했다. — 그게 막벽 앞에 세워질 때는 반월형 보루이고, 능보 앞에 세워질 때는 반월형 보루가 아니라 — 반월형 외루라고요. 그게 능보 앞에 있는 한 반월형 외루는 반월형 외루일 수밖에 없고요, — 자리를 바꿔 막벽 앞에 갖다 놓으면, — 더 이상 반월형 외루가 아닙니다. 그런 경우 반월형 외루는 반월형 외루가 아니라, — 반월형 보루일 뿐입니다. — 내가 보기에는, 아버지가 말했다. 방어학이란 고귀한 학문에도 약점은 있구면 — 다른 학문처럼 말야.

— 형님이 언급한 각보로 말할 것 같으면 (허허, 이런, 하고 아버지가 한숨을 쉬었다) 외보 진지의 중요한 부분을 차지합니다. — 프랑스 공학자들은 그것을 *Ouvrage á corne* 라 부르는데, 보통 다른 부분보다 더 약해 보이는 부분을 방어하기 위해 만들지요. — 두 개의 에폴망 또는 반능보로 구성되어 있고, — 아주 예쁘게 생겼어요. 그 위를 한번 걸어 보고 싶다면, 멋진 곳을 찾아 드릴 수 있어요. —— 가운데를 왕관 모양으로 높여 주면, 삼촌이 말을 계속했다. — 훨씬 더 견고해지지만, 비용도 많이 들고, 공간도 많이 차지하지요. 내 생각에는, 아무튼 진지의 전방을 보호하고 방어하는 데 가장 유용합니다. 그렇지 않으면 이중 요각 보루라는 게 있는데, —— 아이고, 어머니! — 아버지는 도저히 더 이상 참을 수 없다는 듯 소리쳤다. 여보게 동생, — 자넨 성인군자조차 분통을 터뜨리게 만드는군. — 무슨 재준지는 모르지만, 어느 틈에 자네의 단골 주제 속으로 우리가 다시 한 번 풍덩 빠지게 만들어 놓고 말았다니까, — 게다가 자네 머릿속에는 그 망할 놈의 것들로 꽉 차 있다 보니, 자네 형수가 진통을 겪고 있고, — 비명 소리가 계속 들리는데도 불구하고, — 자넨 이 남자 산파를 포로로 만드는 일에만 몰두하고 있으니, 참. —— 아니, *Accoucheur**

라 불러 주시죠. — 실례지만, 하고 닥터 슬롭이 말했다. — 얼마든지 그러지요,라고 아버지가 답했다. 하지만 사람들이 당신을 뭐라 부르든 그건 관심 없고요, —— 다만, 요새 건축학이란 것과 그것을 발명한 사람들이 몽땅 지옥에나 떨어졌으면 좋겠소. — 그놈의 것 때문에 죽은 사람이 수도 없이 많은데, —— 머지않아 내 목숨도 뺏어 갈 거요. — 이보게, 동생, 날 나무르와 플랑드르 일대에 있는 모든 도시의 주인으로 만들어 준다 해도, 난 절대로, 절대로 대호, 지뢰, 방탄벽, 보람, 목책, 반월형 보루, 반월형 외루와 같은 그런 허튼 것들로 내 머리를 채우는 일은 없을 걸세.

토비 삼촌은 상처를 받아도 잘 참는 사람이었다. — 용기가 부족해서 그런 것은 절대 아니다. — 내가 이 제2권의 제5장*에서 "그는 용기 있는 사람이다"라고 이미 말하지 않았던가. —— 그리고 이 자리에서 덧붙여 말하건대, 정당한 계기가 있거나, 그게 요구되는 경우에 용감하다는 것이다. — 또한 혹시 나에게 피난처가 필요할 때 가장 먼저 달려가 도움을 청할 이로 삼촌보다 나은 사람은 알지 못한다. 그렇다고 무신경하거나, 지적 능력이 둔해서 잘 참는 것도 아니다. — 왜냐하면 삼촌은 아버지가 준 이 모욕을 누구 못지않게 아프게 느꼈으니까. —— 그러나 그는 평화롭고 온화한 품성을 가진 사람으로, — 그 속에는 불화로 삐걱거리는 요소가 전혀 없었다. — 모든 것이 그 안에서 따뜻하게 조화를 이루고 있었으니, 토비 삼촌은 파리에게조차 보복할 마음을 품지 못하는 사람이었다.

— 가거라, — 라고 삼촌이 말한다. 어느 날 저녁, 식사 시간 내내 그의 코 주변을 윙윙거리고 다니면서 잔인하게 그를 괴롭혔던 비대한 파리 한 마리를 — 수많은 시도 끝에, 마침 그의 옆으로 날아갈 때 붙잡고 나서. — 토비 삼촌은 손에 파리를 쥔 채 의자에서

일어나 방을 가로질러 가면서 말한다. 널 해칠 맘은 없다고 — 네 머리카락 한 올도 해치지 않을 거야, — 자, 가거라, 삼촌은 창문을 들어 올리고, 파리가 도망치도록 손바닥을 펼치면서 말한다. — 가라고, 이 고약한 녀석아, 가 버리라고, 내가 왜 너를 해치겠나? — 이 세상은 분명 자네와 나를 다 수용할 만큼 충분히 넓지 않은가.

그 일이 일어났던 당시에 나는 열 살밖에 되지 않았다. — 하지만 그 광경을 보는 순간 말할 수 없이 즐거운 감정으로 온몸이 떨리는 경험을 했던 것은, 동정심 많은 나이의 내 감성에 삼촌의 행동 그 자체가 아주 잘 와 닿았기 때문일까, — 혹은 삼촌의 태도와 표정이 더 큰 원인이었을까, — 혹은 어떤 단계에서, 어떤 비밀스러운 마법에 의해서, — 자비로 조율된 그 목소리의 음질과 동작의 조화가 그때 내 가슴속으로 파고들었던 것일까, 글쎄, 나도 모르겠다. — 다만 내가 알고 있는 것은, 토비 삼촌이 그때 내게 가르치고 각인시켰던 보편적 온정이란 교훈이 오늘날까지 내 마음속에서 전혀 퇴색된 적이 없다는 사실이다. 대학의 인문학 공부가 바로 그 분야에서 내게 가르쳤던 것을 폄하하거나, 그때 이래로 내게 제공되었던 국내외에서의 값비싼 교육의 도움을 평가 절하할 생각은 없다. — 그러나 나는 종종 내가 지닌 박애 정신의 절반은 바로 이 우연히 각인된 인상 덕분이라고 생각한다.

☞ 이 일화는 부모님들이나 가정 교사들에게 도움을 주고자 제시하는 것으로서, 이 주제를 다룬 책 한 권의 몫은 넉넉히 할 것이다.

토비 삼촌의 이런 측면을 그려 내는 데 있어, 다른 측면을 그릴 때 사용한 화구, — 즉 단지 **죽마적** 초상만을 담아내는 그 화구를 사용할 수는 없었다. — 이것은 삼촌의 도덕적 측면을 그리는 일이니까 말이다. 아버지는 부당한 일을 참을성 있게 견뎌 내는 능력에 있어, 독자도 이미 오래전에 알아보았겠듯이, 삼촌과는 아주 달랐다. 아버지는 훨씬 더 예리하고 민감한 감수성을 가진 데다 쉬 화를 내는 성마른 기질도 약간 있었다. 그렇다고 이런 기질 때문에 아버지가 악의 비슷한 감정까지 갖는 경우는 한 번도 없었다. — 그래도 인생의 작은 짜증거리나 성가신 일 앞에서 이 기질은 익살스럽고 기지 넘치는 형태로 그 언짢음을 드러내곤 했다. — 사실상 아버지의 본성은 솔직하고 관대한 편이었고, —— 언제라도 뉘우치고 도리에 따를 준비가 되어 있었다. 다른 사람에 대해, 특히 그가 진심으로 사랑하는 토비 삼촌에 대해, 가끔 공격적 성정을 폭발시키는 경우에도 — 아버지는 자기가 준 것보다 열 배는 더 크게 그 아픔을 느끼는 사람이었다(나의 대고모 다이나 문제나 어떤 가설이 관련된 경우는 제외하고).

이런 점에서 볼 때 두 형제의 성격은 서로서로 빛을 비춰 주는 격이었고, 스테비누스 때문에 생긴 이 일에 있어서도 각각의 장점을 매우 돋보이게 만들었다.

혹시 독자가 **죽마**를 가진 분이라면, — 누군가의 **죽마**라는 것이 그 사람 몸의 일부만치나 민감한 부분임을 굳이 말할 필요가 없을 것이다. 그러니 이렇게 아무 선제 도발도 없이 죽마가 공격당했을 때, 삼촌이 그 아픔을 느끼지 않았을 리가 없다. — 아니, — 내가 앞에서도 말했듯이, 토비 삼촌은 아픔을 느꼈고, 그것도 아주 뼈아프게 느꼈다.

그렇다면, 작가 선생, 그는 뭐라 말했지요? — 어떻게 행동했나요? — 아, 선생! — 대단했지요. 아버지가 삼촌의 죽마를 모욕하는 말을 끝내자마자, — 삼촌은 아무 감정도 담지 않은 채, 그때까지 대화를 나누고 있던 닥터 슬롭으로부터 고개를 돌려, 아버지의 얼굴을 올려다보았습니다. 그 표정에는 착한 성품이 그대로 퍼져 있었고, ─ 너무나 차분하고, ─ 너무나 우호적이고, ─ 이루 말할 수 없이 다정한 얼굴이어서 ─ 그것이 아버지의 마음을 관통했습니다. 아버지는 급히 의자에서 일어나, 토비 삼촌의 양손을 잡으며 말했습니다. ─ 이보게, 동생 토비, ─ 미안하이, ─ 용서해 주게나, 어머니에게서 물려받은 이 조급한 성깔 말야. ─ 사랑하고 사랑하는 형님, 그런 말씀 마세요, 토비 삼촌이 아버지의 부축을 받아 자리에서 일어나면서 답했지요. ─ 정말이지, 열 배나 더 심한 말을 했다 한들 난 진심으로 아무렇지도 않아요, 형님. 그렇지만, 동생, 아버지가 답했습니다, 누가 됐든 사람에게 상처 주는 것은 못된 일이지 않나, ─ 형제간이라면, 더욱 나쁜 일이고, ─ 게다가 자네처럼 그렇게 온화하고 ─ 그렇게 양순하고, ─ 그렇게 화낼 줄도 모르는 점잖은 동생에게 상처를 주는 것은 ─ 그것은 비열한 일이지 ─ 정말이지, 비겁한 일이야. ── 전 진심으로 괜찮다니까요, 형님, 토비 삼촌이 말했습니다, ─ 50배나 더 심했다 해도 괜찮아요. ── 게다가, 사랑하는 토비, 자네의 놀이나 즐거움에 대해 내가 간섭할 일이 뭐가 있겠나, 혹시 내가 그것을 더 키워 줄 힘이 있다면 몰라도(사실 그것은 가능하지도 않지만), 아버지가 소리치셨습니다.

─ 샌디 형님, 토비 삼촌이 애석해하는 표정으로 아버지의 얼굴을 마주 보면서 답했다, ─ 그것은 형님이 크게 잘못 생각하신 겁니다. ─ 형님은 그 연세에도 샌디 가문에 자손을 생산해 주시니 그게 얼마나 제 기쁨을 배가시켜 주는데요. ── 그 말에는 닥터 슬롭이 답했다, 아니지요, 샌디 씨는 그 일을 통해 본인의 즐거움을 증가시키는 거 아닌가요. ── 전혀 아닌데요,라고 아버지가 말했다.

## 제13장

형님은 원칙 때문에 그 일을 하십니다,라고 토비 삼촌이 말했다. — 아아, 가족적 방식*으로라는 말이겠지요,라고 닥터 슬롭이 말했다. — 아버지는 — 쳇! — 말할 가치도 없어요,라고 말했다.

## 제14장

앞 장 말미에서 아버지와 삼촌은 브루투스와 카시우스가 서로 화해를 이루었던 장면*에서처럼 그런 모습으로 서 있었다.

아버지는 마지막 세 마디를 하면서, — 자리에 앉았고, — 삼촌도 아버지의 모범을 따랐다. 다만 의자에 앉기 전에, 그는 종을 울려 밖에서 대기 중이던 트림 상병을 불러, 집에 가서 스테비누스를 가져오라고 시켰는데, — 토비 삼촌의 집은 바로 길 건너편에 있었다.

다른 사람이라면 스테비누스 이야기를 포기했을 것이다. — 그러나 삼촌은 반감 같은 것이 없는 사람이었고, 아버지에게 반감이 없다는 것을 보여 주기 위해서라도 그 이야기를 계속했다.

당신의 갑작스러운 등장이 말이오, 닥터 슬롭, 하고 삼촌은 담론을 재개하기 시작했다, 곧바로 스테비누스를 내 머리에 떠오르게 했지요. (아버지가 이번에는 스테비누스를 걸고 내기를 제안하지 않았다는 것은 당신도 추측했을 것이다.) —— 왜냐하면, 하고 삼촌이 말을 이었다. 모리스 왕자가 소유했던 그 유명한 돛 달린 마차가 — 위대한 수학자이자 공학자인 스테비누스가 만든 것이거든요. 그 배는 얼마나 놀라운 장치와 속력을 가졌는지, 여섯 명이나 되는 사람을 독일식 마일*로 30마일이나, 단숨에, 그러니까 몇 분 만이었는지는 나도 모르지만, 실어 날랐다고 합니다.

스테비누스 때문이었다면 당신 하인에게 그런 수고를 끼칠 필요가 없는 것을 그랬군요(그 친구 몸도 불편한데), 라고 닥터 슬롭이 말했다. 왜냐하면 레이턴에서 헤이그를 거쳐 귀국하는 길에 난 그걸 구경하려고 2마일 이상이나 걸어서 셰블링까지 갔었거든요.

— 그건 아무것도 아닙니다, 토비 삼촌이 답했다. 저 학식 높은 페레스키우스가 단지 그것을 보기 위해 파리에서 셰블링까지, 다시 셰블링에서 파리까지 5백 마일이나 걸었던 것에 비하면 말이지요. — 다른 어떤 목적도 없이 말입니다.

어떤 사람들은 앞지르기 당하는 것을 도저히 참지 못한다.

그랬다면 페레스키우스는 더더욱 바보로군, 하고 닥터 슬롭이 답했다. 그러나 주목하십시오, — 이 말이 페레스키우스에 대한 경멸에서 나온 게 아니라는 걸. — 다만 학문에 대한 사랑 때문에 그토록 먼 길을 터덜터덜 걸어서 간 페레스키우스의 지칠 줄 모르는 노역이 닥터 슬롭의 위업을 아무것도 아닌 것으로 격하시켜 버렸기 때문이라는 것을. — 페레스키우스는 더더욱 바보로군, 하고 그가 반복했다. — 왜 그렇지요? — 동생 편을 들면서 아버지가 끼어들었다. 아직도 마음속에 맴도는, 자기가 준 모욕을 가능한 한 빨리 보상하려는 의도도 있었지만 — 부분적으로는 아버지가 이 논의에 진짜 흥미를 갖기 시작했기 때문이기도 했다. —— 왜 그런데요? — 아버지가 말했다. 페레스키우스든 누구든 간에 왜 건전한 지식 한 모금에 대한 욕구 때문에 비난받아야 하는 거지요? 내가 그 문제의 마차에 대해서는 아무것도 모르지만, 아버지가 말을 이었다. 그걸 만든 발명가는 기계에 대해 대단히 뛰어난 머릴 가진 사람이 분명한데요. 그리고 어떤 과학 원리로 그런 업적을 이루었는지는 추측할 수 없지만, — 그의 기계는 그게 무엇이든 분명 확고한 원리에 따라 건조된 게 틀림없다고 봐요. 그게 아니라면, 내 동생이 말한 그런 성능이 가능하지 않겠지요.

과연 대단한 속력이었지요, 토비 삼촌이 답했다. 페레스키우스가 그 속력에 대해 고상하게 표현한 말에 의하면, *Tam citus erat, quam erat ventus*라고 해요. 내가 라틴어를 잊어버린 게 아니라면, 그것은 바람 그 자체만큼 신속했다,라는 뜻이지요.

그런데 닥터 슬롭, 아버지가 삼촌 말을 방해하면서 (끼어들어 미안하다고 양해를 구하지 않은 것은 아니다) 말했다, 바로 이 마차가 어떤 원리로 움직이는 거지요? —— 물론 매우 훌륭한 원리에 따라 움직이죠, 닥터 슬롭이 답했다. — 그리고 그는 그 질문을 회피하면서 말을 이었다, 우리가 살고 있는 이곳처럼 넓은 평야에 사는 신사들이 — (특히 가임 연령을 넘어서지 않은 부인을 가진 사람들이) 왜 이런 종류의 교통수단을 사용할 시도를 하지 않는지 이상하게 생각한 적이 종종 있어요. 그런 게 있으면 특히 여성들이 흔히 처하게 되는, 급작스럽게 왕진 요청이 필요한 상황에서 얼마나 편리하겠어요. — 물론 바람이 도와주어야 하겠지만. — 게다가 바람을 사용하는 것은 탁월한 절약형 살림살이지요. 말은 (그놈들, 귀신이나 물어 갔으면 좋겠네) 비용도 많이 들고 엄청나게 먹어 대지만, 바람은 돈도 들지 않고 아무것도 먹지 않아도 되지 않습니까.

바로 그 이유 때문에, 아버지가 답했다, "바람이 비용도 들지 않고, 아무것도 먹지 않기 때문에" — 그 계획은 좋지 못해요. — 배고픈 사람에게 빵을 주고, 상업적 유통이 일어나는 것은 상품을 생산하고 또한 소비해 주기 때문 아니오. — 돈이 들어오게 해 주고, 우리 땅의 가치를 유지시키는 것도 마찬가지지요. — 내가 군주라면, 그런 발명품을 만들어 낸 과학적 두뇌에게 넉넉히 보상을 주긴 하겠지만 — 그래도 그걸 실용화하는 것은 강압적으로 억제할 겁니다.

나의 아버지는 여기서 자기 분야에 들어선 셈이다. — 그리고 토비 삼촌이 좀 전에 자기 분야인 요새학에 대해 그랬던 것처럼, 상업에 대해 풍성한 논설을 펼칠 참이었다. — 그러나 아쉽게도 그 탄탄한 지식을 접할 기회는 날아가 버렸으니, 그날 아침 아버지는 어떤 종류의 논설도 풀어 놓지 못하도록 운명의 여신이 영을 내린 모양이었다. —— 왜냐하면 아버지가 다음 문장을 시작하려고 막 입을 여는 순간.

## 제15장

트림 상병이 스테비누스를 들고 불쑥 들어왔으니까. — 그러나 이미 때가 늦었다. — 모든 담론이 이미 스테비누스 없이 소진되어 버렸고, 새로운 분야로 이야기가 흘러들어 가고 있었다.

— 도로 집에 갖다 놓게, 트림, 토비 삼촌은 그에게 고갯짓을 하며 말했다.

그런데 상병, 잠깐만, 아버지가 익살스레 말했다. — 먼저 그 책 속을 좀 들여다보게, 혹시 돛 달린 마차 같은 것을 찾을 수 있는지.

트림 상병은 군 복무를 했던 사람이라, 복종하되, — 이의는 말하지 않는 것을 익힌 사람이어서, — 그 책을 옆 테이블로 들고 가 책장을 훑어 넘겨보더니, 나리, 그런 것은 안 보이는데요, 라고 말했다. — 그렇지만, 하고 상병 역시 익살을 부리면서 말을 이었다, 확실히 하기 위해 한 번 더 찾아보겠습니다, 나리. — 해서 그는

책의 앞뒤 표지를 양손에 하나씩 잡고 책장들이 아래로 늘어지게
한 뒤, 책 표지를 뒤로 약간 꺾으면서, 세차게 책을 흔들었다.

아, 나리, 뭔가 떨어지는 게 있긴 하네요, 트림이 말했다. 그런
데 마차나 뭐 그 비슷한 것은 아닌데요. — 그렇다면 상병, 떨어진
게 뭔가? 아버지가 미소를 지으며 말했다. — 제 생각에는, 트림
이 떨어진 것을 집으려고 몸을 구부리며 대답했다. — 오히려 설
교문처럼 보이는데요. — 성서 구절이 몇 장 몇 절이란 표시와 함
께, 글머리에 있고 — 그러곤 마차처럼이 아니라, — 설교처럼 곧
장 나아가고 있으니까요.

좌중이 모두 미소를 지었다.

아니, 어쩌다 설교 같은 게 내 스테비누스 속에 들어갔는지 도
무지 모를 일일세,라고 삼촌이 말했다.

설교가 틀림없다고 생각합니다, 트림이 답했다. — 하지만 나리
들이 괜찮으시다면, 글씨도 단정하니까, 제가 한 페이지 읽어 보
겠습니다. — 당신도 알다시피, 트림은 말하는 것만치나 자신이
책 읽는 소리를 듣는 것도 좋아하는 사람이었다.

난 지금처럼 어떤 운명적 힘에 의해 내 앞에 우연히 나타난 것
은 그게 뭐든 자세히 살펴보고 싶어 하는 버릇이 있거든, 아버지
가 말했다. — 마침 달리 할 일도 없고 하니, 최소한 오바댜가 돌
아올 때까지는 말야, 닥터 슬롭이 반대만 하지 않는다면, 동생, 자
네가 상병한테 한두 페이지 읽어 보라고 시키면 어떻겠나. — 상
병이 의욕을 보이는 만치 읽는 것도 제대로 잘할 수 있다면 말일
세. 나리, 트림이 말을 받았다. 제가 플랑드르 전투에 두 차례 참
전했을 때 연대의 군목 밑에서 서기로 사무를 보았습지요. — 트
림은 나 못지않게 잘 읽을 수 있어요,라고 토비 삼촌이 거들었다.
— 내가 장담하건대, 트림은 우리 중대에서 최고의 학자였고, 그

불행한 부상만 입지 않았다면, 미늘창*을 드는 자리로 올라갔을 겁니다. 트림 상병은 가슴에 손을 얹고 주인을 향해 겸손히 머리 숙여 인사했다. ─ 그런 다음 모자를 바닥에 내려놓고, 오른손은 자유로이 쓰기 위해, 왼손에 설교를 들고서, ─ 그도 청중을 잘 볼 수 있고 청중도 그를 가장 잘 볼 수 있는 방의 중앙을 향해 당당하게 걸어갔다.


## 제16장


─── 혹시 반대 의사가 있으면, ─ 하고 아버지가 닥터 슬롭을 향해 말했다. 전혀 없어요, 닥터 슬롭이 답했다. ─ 왜냐하면 어느 편의 입장에서 쓴 글인지 나타나지 않고 있으니, ─ 우리 쪽 성직자 것일 수도 있고, 당신네들 쪽 성직자 것일 수도 있지요. ─ 그러니 우리는 똑같이 위험 부담을 갖는 셈이지요. ─── 어느 편의 글도 아닌데요, 트림이 말했다, 나리들, 이건 *양심*에 대한 글인데요.

트림이 제시한 이유가 그의 청중을 기분 좋게 만들었다. ─ 닥터 슬롭만 제외하고는. 의사는 트림 쪽으로 고개를 돌리면서 약간 화난 표정을 지었다.

시작하게, 트림, ─── 그리고 또박또박 읽게나, 아버지가 말했다. ─ 그러겠습니다, 나리. 상병은 절을 하면서 답하고는, 오른손을 약간 흔들어 주의를 환기시켰다.

# 제17장

—— 그러나 상병이 읽기 시작하기 전에, 그의 자세를 묘사해 줄 필요가 있다. —— 만약 그러지 않는다면, 당신의 상상력 속에서 그는 당연히 — 뻣뻣하게 — 수직으로 서서 — 몸의 무게를 양 발에 똑같이 배분하고, — 마치 보초 선 사람처럼 눈을 고정시키고, — 결의에 찬 표정으로, — 왼손에는 마치 화승총처럼 설교문을 꽉 쥐고 있는, 그런 모습으로 그려질 게 분명하니까 말이다. — 한마디로, 당신은 마치 소대에서 작전 개시를 앞두고 서 있는 군인처럼 트림을 그릴 것이다. —— 그의 자세는 그런 모습과는 180도 달랐다.

트림은 등이 구부정하게, 몸을 수평면에서 85.5도의 각도가 되게 약간 앞으로 구부리고 청중 앞에 서 있었다. —— 지금 내가 말을 걸고 있는 정통한 웅변가, 당신들도 잘 알다시피, 이 각도는 참으로 설득력을 발휘하는 입사각이다. — 다른 어떤 각도에서든 말도 하고 설교도 할 수 있겠고, — 틀림없이, — 매일 그런 일이 벌어지고 있지만, — 그게 얼마나 효과적인지는, — 세상의 판단에 맡기기로 하자!

수학적 정확성에 맞춰 한 치의 오차도 없이 엄밀하게 85.5도의 각도를 이루는 것이 필요하다는 사실은, — 예술과 과학이 얼마나 상호 우호적인지를 — 우리에게 보여 주는 예가 아닐까?

도대체 어떻게 해서 트림 상병이, 둔각과 예각도 구별할 줄 모르는 그가, 이 각도를 정확히 맞혀 냈는지는 도무지 알 수 없는 일이다. — 타고난 것인지, 우연한 일인지, 양식이 있어서인지, 또는 모방에 의한 것인지, 기타 등등에 대해서는 예술과 과학의 백과사전이라 할 수 있는 이 책에서 앞으로 해당 부분, 즉 상원, 설교단,

재판소, 커피 하우스, 침실, 벽난로 가 등의 장소에서 각각 사용되는 웅변의 도구적 기법에 대해 고찰하는 부분에서 논평하게 될 것이다.

트림의 모습을 한눈에 볼 수 있게끔 — 다시 한 번 반복하자면, 그는 등이 구부정하게 몸을 약간 앞으로 굽히고 서 있었다, — 오른쪽 다리에 전체 몸무게의 8분의 7을 맡기고 단단히 버틴 채, — 그의 왼쪽 발은 그쪽 다리의 결함이 자세에 불편을 주지 않는 정도로 약간 앞으로 내딛고 있었는데, — 옆으로도 아니고, 똑바로도 아니게, 그 중간의 비스듬한 선을 이루면서 말이다. — 그의 무릎은 약간 구부러져 있었지만, 급격하게가 아니라 — 심미적 선의 경계 안에 들어가는 정도였다. — 덧붙여 말하자면, 과학적 선에도 역시 맞아떨어졌다. — 생각해 보라, 몸무게의 8분의 1을 지탱해야 하니, — 다리 위치도 거기에 맞춰 결정될 수밖에. — 전체 무게의 8분의 1을 자동적으로 받아들이고, 그것을 감당하고 — 또 지탱할 수도 있는, 바로 그만큼만 다리를 앞으로 내밀고, 그만큼만 무릎을 굽힐 수밖에 없지 않는가.

☞ 이 부분은 화가들에게 추천하는 바다, — 연설가들에게도, 라고, — 덧붙일 필요가 있을까? — 아닐 것 같다. 왜냐하면 연습을 많이 하지 않고는, — 엎어져서 코를 깰 테니까.

트림 상병의 몸과 다리 묘사는 그만하면 됐을 것이다. — 그는 설교를 왼손에 느슨하게, — 하지만 아무렇게나는 아니고, 배보다 약간 높게, 그리고 가슴으로부터는 약간 떨어진 위치에 들고서, — 오른팔은 자연과 중력의 법칙이 명하는 대로, 아무렇게나 내려뜨리고 있었다, — 그러나 손바닥은 펴서 청중을 향하게 함으로써, 필요할 때 언제든 감정 표현을 도울 준비를 하고 있었다.

트림 상병의 눈과 얼굴 근육은 그의 다른 부분과 완벽하게 조화를 이루고 있었다. ─ 솔직하고, ─ 자유롭고, ─ 뭔가 자신 있어 보이는, ─ 그러나 확신에는 근접하지 않는, 그런 표정이었다.

트림 상병이 어떻게 이 모든 것을 갖출 수 있었는지, 비평가가 물어보지 않기 바란다. 내가 앞으로 설명할 거라고 말하지 않았나, ─ 아무튼 그는 그렇게 나의 아버지, 토비 삼촌, 닥터 슬롭 앞에 서 있었다. ─ 몸을 기울이고, 두 다리를 그렇게 대조시키면서, 온몸에 연설가다운 기운이 뻗치고 있었으니, ─ 그를 모델로 조각상을 만들어도 좋을 것 같았다. ── 아니, 대학의 원로 학자나 ─ 히브리어 교수조차도 더 이상 보태거나 뺄 것이 없었을 것이다.

트림은 절을 하고, 다음과 같이 읽기 시작했다.

설교*
「히브리인들에게 보낸 편지」 13장 18절

──── 우린 양심에 거리낄 게 아무것도 없다고 믿으니까요. ────

"믿는다고요! ─ 우린 양심에 거리낄 게 아무것도 없다고 믿는다고요!"

[트림, 자넨 그 문장에 아주 부적절한 악센트를 넣고 있지 않나, 아버지가 끼어들었다. 코를 찡그리며, 대단히 빈정거리는 어투로 읽고 있으니, 이 사람아, 마치 목사가 예수님의 사도를 비방하려는 것처럼 보이네.

정말 그런데요, 나리, 트림이 답했다. 푸! 그럴 리가, 아버지가 미소를 머금으며 말했다.

아, 트림이 제대로 하는 게 분명한데요,라고 닥터 슬롭이 말했다. 이 저자가 (내가 보기에는 신교도 같은데) 그렇게 퉁명스레 사도의 말을 거론하는 것을 보면, 분명 사도를 비방할 생각이겠지요. — 그런 식으로 사도를 대접한 것이 이미 비방한 것이 아니라면 말요. 한데 닥터 슬롭, 아버지가 답했다, 당신은 뭘 보고 이 저자가 우리 교회 사람이라고 결론짓는 거지요? — 내가 지금까지 본 바로는 — 어느 쪽 교회 사람일 수도 있을 것 같은데요. — 왜냐하면, 닥터 슬롭이 대답했다, 그가 만약 우리 교회 사람이라면, — 곰의 수염을 잡아당기는 것 같은 그런 무모한 짓을 감히 저지를 리 없지요.* —— 혹시 우리 종파에서 누군가 사도를, —— 성자를, — 또는 성자의 손톱 조각이라도 모욕한다면, — 그는 눈이 뽑히는 일을 당할 겁니다. — 뭐라고요, 성자에 의해서요? 토비 삼촌이 말했다. 아뇨, 닥터 슬롭이 답했다, — 그런 사람은 오래된 집을 머리에 짊어지게 된다는 말이지요.* 한데 종교 재판소는 고대 건물입니까, 현대 건물입니까? 토비 삼촌이 응대했다. — 난 건축에 대해선 아무것도 몰라요, 닥터 슬롭이 답했다. —— 그런데 나리들, 트림이 말했다, 종교 재판소는 가장 악독한 —— 여보게, 트림, 그만두게, 난 그 이름을 듣는 것만도 싫으이, 아버지가 말했다. — 아무리 그래도, 닥터 슬롭이 답했다 — 그것도 쓸모가 있지요, 나도 그것을 대단히 옹호하는 입장은 아니지만, 바로 이 경우에만 해도, 이 저자가 제대로 처신하도록 가르쳐 줄 수 있지요. 이 양반의 설교가 계속 그런 식이라면, 그 고생에 대한 대가로 종교 재판소에 처넣을 게 분명하지요. 그렇다면 그 사람에게 하느님의 가호가 함께하기를, 삼촌이 말했고, 트림은 아멘을 덧붙였다. 하늘도 아시듯이, 제 동생이 그곳에 14년째 갇혀 있습니다. — 그 얘긴 전혀 들은 적이 없는데, 토비 삼촌이 놀라서 말했다, — 어쩌다 그 지경이 되었나, 트림? —— 아, 나리, 그 이야기는 나리의 가슴을 찢어 놓을 것입니다. — 제 가슴을 수천 번이나 찢어 놓았듯이 말입니다. ― 그러나 그 얘길 하자면 너무 길어서, 지금 할 순 없습니다. ― 언젠가 우리 요새에서 나리와 작업할 때, 처음부터 끝까지 다 말씀드리지요. ―― 그러나 간단히 요점만 말씀드리자면, ―― 제 동생 톰은 리스본에 하인으로 건너갔다가, ― 조그만 소시지 가게를 하는 유대인 과부와 결혼했지요. 아무튼 그 때문에 동생은 아내와 두 어린아이들 옆에서 잠들어 있다가 한밤중에 느닷없이 붙잡혀 갔고, 곧장 종교 재판소로 끌려갔습니다. 트림은 가슴 저 깊은 곳으로부터 한숨을 뿜어내며 말을 이었다, ― 그곳에 그 불쌍하고 정직한 친구가 이 시간에도 갇혀 있답니다, ― (손수건을 꺼내며) 트림이 덧붙였다, 따뜻한 피가 흐르는, 어느 누구 못지않게 정직한 녀석인데 말입니다. ――

―― 눈물이 뚝뚝 흘러내려, 계속 훔치는데도 그의 볼을 적셨다. ― 완벽한 정적이 몇 분간 방 안에 흘렀으니, ―― 그것은 확실히 연민의 증표였다!

자 자, 트림, 아버지는 이 불쌍한 친구가 어느 정도 슬픔을 쏟아낸 것을 보고 말했다, ― 계속 읽게나, ― 그리고 그 우울한 이야기는 자네 머리에서 쫓아 버리게, ― 내가 괜히 자넬 방해했던 게 몹시 마음 아프구먼. ― 이제 설교를 다시 시작해 주게나, ― 만약 첫 문장이 자네가 말하듯 비방을 담은 것이라면 그 사도가 도대체 어떤 도발을 했기에 그런 것인지 알고 싶은 마음이 굴뚝같거든.

트림 상병은 얼굴을 훔친 다음, 손수건을 다시 호주머니에 넣고, 아까처럼 절을 하고서, 다시 읽기 시작했다.]

설교
「히브리인들에게 보낸 편지」 13장 18절

—— 우린 양심에 거리낄 게 아무것도 없다고 믿으니까요. ——

"믿는다고요! 우린 양심에 거리낄 게 아무것도 없다고 믿는다고요! 인간이 인생을 살아가며 확신할 수 있는 무언가가 있다면, 그리고 의문의 여지가 없는 증거를 통해 그 실체에 대한 지식에 도달할 수 있는 어떤 것이 있다면, 그것은 분명히 바로 이것일 것입니다. —즉 스스로 양심에 거리낄 게 있는가 없는가란 것이지요."

[내 말이 맞지 맞아, 틀림없이, 닥터 슬롭이 말했다.]

"조금이라도 생각할 줄 아는 사람이라면, 이 점에 있어 자신의 상태가 어떤지 모를 수는 없을 것입니다. — 그는 자신의 생각과 욕망을 내밀히 알 수 있고, — 자신이 과거에 뭘 추구했는지 기억할 것이며, 그리고 그의 인생에서 자신의 행동을 지배했던 진정한 원동력과 동기 또한 분명히 알고 있을 것입니다.

[혼자서라도 도전장을 던져야겠구먼, 닥터 슬롭이 말했다.]

"다른 일에 있어서는 우리가 거짓된 외양 때문에 속을 수도 있습니다, 그리고 그 현자께서 불평하시듯, *이 땅에서 일어나는 일들을 제대로 추측하는 것은 거의 불가능하고, 아무리 애를 써도 바로 눈앞의 일들조차 알기가 힘듭니다.* 그러나 양심의 문제에 있어서는 우리 마음속에 모든 증거와 사실들이 들어 있습니다. — 스스로 짜 놓은 피륙을 의식하고 있고, — 그 짜임새와 결을 알고 있으며, 그리고 덕성이나 악덕이 미리 계획해 놓은 여러 가지 작업을 실행함에 있어, 각각의 열정이 얼마만큼 관여했는지 그 정확한 몫을 알 수 있습니다.

[문장이 좋아, 게다가 트림도 아주 잘 읽고 있고, 아버지가 말했다.]

"자, 그래서, — 양심이란 마음속에서 일어나는 이런 것에 대한 지식이고, 또한 우리가 살아가며 행하는 것을 승인하거나 책망하는 판결이라고 말한다면 여러분은 이렇게 말하겠지요. 이 논리에 근거해 볼 때, ─ 이 내면의 증언이 어떤 사람에게 불리하게 나올 때는 언제나, 그 사람은 스스로 고발당한 사람이고, ─ 따라서 *죄가 있는 사람*이 될 수밖에 없고. ─ 반대로, 그 증언이 자신에게 호의적일 때는 그의 마음이 자신을 유죄로 판정하지 않은 것이 아닙니까. ─ 따라서 양심이 깨끗하면 그 사람 역시 깨끗하다는 명제는, ─ 사도께서 암시하듯 *믿음의 문제*가 아니라, ─ 확실성과 사실의 문제가 아닌가요,라고 말입니다."

[그렇다면 사도께서 완전히 틀린 것이고, 그 신교 사제가 옳다는 말이구먼, 하고 닥터 슬롭이 말했다. 선생, 참을성을 가져요, 아버지가 답했다. 이제 곧 사도 바울과 이 신교 사제가 같은 생각이라는 게 드러날 것 같은데요. ─ 글쎄, 동쪽과 서쪽만치나 비슷하려나, 닥터 슬롭이 말을 받았다, ─ 그는 두 손을 들어 올리며 말을 이었다. 아무튼 출판의 자유가 문제라니까요.

아뇨, 이것은 아무리 나쁘게 말해도 설교단의 자유의 문제일 뿐인데요, 토비 삼촌이 답했다. 왜냐하면 이 설교가 이미 출판된 것도 아니고 앞으로도 출판될 것 같지는 않잖아요.

계속 읽어 보게나, 트림, 아버지가 말했다.]

얼핏 보면 이것이 문제의 진상처럼 보일 수도 있습니다. 저도 옳고 그름의 지식이 사람 마음속에 정확히 각인된다는 것은 의심하지 않습니다. 그러나 우리는 예외 상황을 고려해야 합니다 ─ 즉 오랜 세월 죄짓는 습관에 물들다 보면 양심이 (성서에서도 확인하듯이) 무감각하게 딱딱해질 수 있는데 ─ 즉 몸의 여린 부분이 심한 압박을 받고 계속해서 거칠게 사용되다 보면, 하느님과 자연이 주신 섬세한 감각과 인식 능력을 점점 잃게 되는 것처럼,

양심도 굳어질 수 있겠지요. —— 만약 이런 일이 없다면, — 또한 자기애(愛)가 판단에 편파적 영향을 미치지 않을 수 있다면, — 또는 저 아래 있는 사리사욕이 차고 올라와서 우리의 상부에 있는 능력을 혼란시키고, 구름과 짙은 어둠으로 뒤덮는 일이 없다면, — 편애와 애착이 이 신성한 **법정**에 침투하는 그런 일이 없다면, — **기지**가 뇌물 같은 것을 경멸하고, — 부당한 즐거움의 옹호자가 되는 것을 수치로 생각한다면, —— 또한 마지막으로, 이 법정이 열리는 동안 **이해관계**가 언제나 방관자의 입장을 고수할 수 있다면, — 그래서 이 법정을 주관하고 판결을 내려야 할 이성 대신 **열정**이 판사석에 앉아 판결을 내리는 일이 없다면, — 양심을 믿으려는 사람들이 가정하듯, 만약 진정으로 그럴 수만 있다면, — 한 인간의 종교적 그리고 도덕적 상태는 그 사람이 스스로 평가하는 그대로일 것입니다. — 그리고 각 인간의 유죄와 무죄는 일반적으로 그 사람 스스로의 승인과 비난 정도에 따라 판명된다고 주장할 수도 있을 것입니다.

"저도, 양심이 그 자신을 고발하는 경우에는(양심이 이 부분에서 실수하는 일은 거의 없거든요) 언제든 그 사람이 유죄라는 것을 인정합니다. 혹시라도 우울증이나 과민성 노이로제에 걸린 사람이 아니라면, 그 고발에는 언제나 충분한 근거가 있다고 안심하고 선언할 수 있습니다.

하지만 그 반대의 명제는 참이 아닙니다. —— 즉, 죄가 있을 때는 언제든지 양심이 고발을 하니까, 고발하지 않을 때는, 그 사람은 무죄다라는 명제 말입니다. — 그것은 사실이 아니지요. — 선량한 기독교도나 또는 다른 사람들이 흔히 스스로에게 처방하는 위안의 말, 즉 내 마음에 거리낌이 없으니, — 하느님께 감사드린다는 말, 양심이 조용하니 양심이 깨끗하다는 — 그 말은 오류입니다. ― 이런 추론이 널리 퍼져 있고, 얼핏 보기에는 그 법칙이 틀릴 수 없는 것 같지만, 더 자세히 들여다보면, 그리고 현실을 통해 그 법칙의 진위를 시험해 보면, ― 잘못된 적용으로 인해 얼마나 많은 오류를 만들어 낼 수 있는지, 그 원칙 자체 또한 얼마나 자주 왜곡될 수 있는지 모릅니다. ―― 그 원칙의 힘이 모조리 상실되고, ― 때로는 너무나 비열하게 내팽개쳐지고 있으니, 인간의 삶에서 흔해 빠진 이런 예들을 제시하는 것조차 고통스러운 일입니다.

어떤 사람은 그의 원칙이 사악하고 철저하게 타락했을 뿐만 아니라, ― 세상과의 관계에서 드러나는 행동 역시 정도(正道)를 벗어난 데다, 어떤 이유나 변명으로도 정당화할 수 없는 죄를 공공연히 저지르고도 아무 수치심 없이 살아갑니다. ― 그 죄는 인간 본성의 모든 작용 원리에 어긋나는 것으로서, 예를 들어 자신의 꾐에 빠져든 죄악의 동반자를 영원히 파멸시킴으로써 ― 그녀의 최상의 지참금을 강탈하고, 그녀의 머리 위에 불명예를 씌울 뿐만 아니라, ― 그녀의 덕성스러운 가족 모두 그녀 때문에 수치와 슬픔에 빠지게 만드는 사람을 생각해 봅시다. ― 여러분은 틀림없이 그 사람이 양심 때문에 고통스러운 삶을 살고, ― 양심의 질책 때문에 밤이건 낮이건 휴식도 취할 수 없었을 거라 생각하겠지요.

아아, 슬프게도, **양심**은 그 사람에게 쳐들어가는 대신에 내내 딴전을 피우고 있었습니다. 예언자 엘리야가 바알 신을 책망했듯이, ― 이 내면의 신은 *잡담을 하고 있었거나, 뭔가를 쫓는 중이었거나, 여행 중이었거나, 또는 마침 잠들어 있어서 깨울 수가 없었거나*\* 그랬던가 봅니다.

혹시 **그**는 **명예**를 대동하고 결투를 하러 나갔거나, ― 도박 빚을 갚으러 갔거나, ―― 욕정의 거래로 생긴 지저분한 연금을 지불하러 갔는지도 모르겠습니다. 어쩌면 **양심**이 그동안 내내 집에 있었는데도 사소한 절도 행위를 소리 높여 비난하면서, 자신의 신분과 재산 덕분에 스스로는 유혹을 느낄 필요가 없는 그런 별것 아닌 범죄에 대한 보복을 집행하고 있었는지도 모르지요. 그러니 그 사람은 마냥 즐겁게 살고, [우리 교회 사람이었다면 그러지 못했을걸, 하고 닥터 슬롭이 말했다.] — 침대에서도 편안히 잠듭니다. — 그리고 마침내는 아무 걱정 없이 죽음을 맞지요, — 어쩌면 훨씬 더 훌륭한 사람보다 더 편할 수도 있습니다."

[이런 모든 일은 우리 교회에서는 결단코 불가능한 일이지요, 닥터 슬롭이 아버지를 돌아다보며 말했다. — 그런 일은 일어날 수도 없다고요. —— 아버지는, 우리 교회에서는 일어나는 일인데요, 그것도 너무 자주라고 답했다. — (아버지의 솔직한 시인에 충격을 받아) 닥터 슬롭은 말을 이었다. — 로마 교회 사람도 인생을 악하게 사는 경우가 있다는 것은 인정하지요, — 하지만 그런 사람이 편안히 죽을 수는 없어요. — 악당이 어떻게 죽든 그건 중요하지 않아요, 아버지가 무관심한 태도로 답했다. — 내 말은 그런 사람은 마지막 성사 혜택을 거부당할 거라고요. — 그런데 그게 몇 가지나 있지요? — 난 자꾸 잊어버려서요,라고 토비 삼촌이 물었다. —— 일곱 가지요,라고 닥터 슬롭이 답했다. — 흠! — 삼촌이 말했다. — 찬동의 소리는 아니었고, — 서랍 속을 들여다보았다가 기대보다 많은 것을 발견했을 때 나오는 바로 그런 놀라움을 표현하는 감탄사였다. — 흠! 하고 삼촌이 답했다. 알아듣는 귀가 있어 삼촌이 일곱 가지 성사에 반대하는 책 한 권을 쓴 것만치나 그 의미를 제대로 알아차린 닥터 슬롭도 —— 흠! 하고 답했다. (삼촌의 주장을 되돌려 준다는 선언을 담아) — 아니, 왜요, 기본 덕목도 일곱 가지 아닙니까? — 일곱 가지 대죄에다, — 일곱 개

의 황금 촛대에다. ― 일곱 단계 천국도 있잖아요? ― 글쎄, 그렇게까지 많은 줄은 몰랐는데요,라고 토비 삼촌이 답했다. ― 세계 7대 불가사의란 것도 있지 않나요? ―― 7일간의 천지 창조는요? ― 일곱 개의 행성은요? ― 일곱 가지 재앙은요? ― 그런 게 있긴 있지요,라고 아버지가 짐짓 아주 엄숙한 표정을 지으며 말했다. 그건 그렇고, 여보게, 나머지 인물들 이야기도 계속하게나, 트림, 하고 아버지가 말을 이었다.]

"또 다른 어떤 사람은 야비하고 냉혹하며, (여기서 트림은 오른손을 휘저었다) 마음도 옹졸하고, 이기적인 철면피로서, 사적인 우정이나 공공 정신은 찾아볼 수 없는 인물입니다. 보세요. 이 사람이 곤경에 처한 미망인이나 고아를 못 본 척 지나치고, 인간의 삶에 따르게 마련인 온갖 불행을 한숨이나 기도 한마디 없이 보아 넘기는걸."[나리들, 제 생각에는 이 사람이 아까 그 사람보다 더 사악한데요,라고 트림이 소리쳤다.]

"이런 경우에는 양심이 일어나서 그 사람에게 고통을 주지 않을까요? ―― 아닙니다, 하느님이 보우하사 그런 계기는 생기지 않지요. 나는 갚을 것을 다 갚았고, ― 양심에 거리낄 간음을 저지른 일도 없으며 ― 거짓 맹세나 지키지 못한 약속을 한 적도 없고, ― 어느 누구의 아내나 아이를 타락시킨 일도 없으니, 아, 감사하게도, 나는 내 앞에 서 있는 이 바람둥이는 물론 저 간통자나 부정한 사람들과는 다른 부류의 사람입니다.

세 번째 예는 본성이 간교하고 음흉한 사람입니다. 이 사람의 인생을 한번 살펴보시지요. ―― 그의 일생은 모든 법의 진정한 목적을 비열하게 패퇴시키고, ― 우리 재산을 공정하게 거래하거나 안전하게 향유하는 것을 가로막는, 온갖 부당한 속임수와 검은 사기술로 점철된 교활한 직조물과 같습니다. ―― 그런 사람은 불쌍하고 궁핍한 사람들의 무지와 혼란을 이용하는 치졸한 음모를 꾸미고, — 미숙한 젊은이나 자기 목숨도 맡길 만큼 그를 믿고 있는 친구의 신뢰를 배반해서 재산을 모으는 것을 여러분은 보게 됩니다.

나이 들어 노인이 되고, 참회하는 마음이 이 검은 과거를 되돌아보고 양심에 비춰 다시 점검해 보도록 강요한다 할지라도, —— **양심**은 모든 **법률 조문**을 들여다보고는 — 그가 한 일이 어떤 성문법도 위반한 적이 없다는 것을 확인합니다. — 벌금을 물거나 재산을 압수당할 일도 없고, 감옥이 문을 열고 그를 기다릴 일도 없으니, — 그의 양심을 겁에 질리게 할 것이 무엇이 있겠습니까? — 양심은 법령의 조목조목 뒤에 참호를 파고, 사방에 **선례**와 **판결문**들로 튼튼하게 요새를 쌓아 놓고는, 그 속에 안전하게 피신하였으니, 그야말로 난공불락입니다. — 어떤 설교도 그 방호막을 뚫고 들어갈 수가 없지요."

[여기서 트림 상병과 토비 삼촌은 서로 눈길을 나누었다. — 그래, — 그래, 트림! 토비 삼촌이 머리를 저으며 말했다. — 이런 것은 정말 볼품없는 요새일 뿐이야, 트림. —— 아, 그렇고말고요, 나리와 제가 만드는 요새에 비하면 형편없는 것들이지요, 트림이 답했다. —— 이 마지막 인물의 됨됨이는, 닥터 슬롭이 끼어들며 트림의 말을 막았다, 다른 인물들보다 훨씬 더 혐오스럽구면. — 아무래도 당신네 신교도의 교활한 변호사를 모델로 한 것 같군요. — 우리 가톨릭 신도라면 양심이 그토록 오래 눈이 멀어 있을 수가 없지요. — 최소한 1년에 세 번은 고해 성사를 받아야 하니까요. 그게 과연 시력을 회복시켜 줄까요? 삼촌이 물었다. — 계속하게, 트림, 아버지가 말했다, 그러다가 자네가 설교를 끝내기도 전에 오바댜가 돌아올지도 모르겠네. — 매우 짧은 설굡니다,라고 트림이

답했다. — 그게 더 길었으면 좋을 텐데, 아주 맘에 드는 설교야라고 토비 삼촌이 말했다. — 트림은 다시 읽기 시작했다.]

"네 번째 인물은 이런 피난처조차 없는 사람입니다. — 거추장스러운 속임수의 예식은 생략하고, ── 목적을 이루기 위해 음모를 꾸미거나 조심스레 단계를 밟아 가는, 그런 불안한 노력은 경멸합니다. — 보십시오, 이 뻔뻔스러운 악당이 어떻게 사기를 치고, 거짓말을 하고, 위증을 하고, 도둑질을 하고, 살인을 저지르는지를요. ── 끔찍하지요! ── 그러나 이 경우에 과연 뭘 더 기대할 수 있겠습니까, — 이 딱한 사람은 어둠 속에 빠져 있는데요! — 그의 사제가 그의 양심을 관리해 주고 있지요. — 사제가 그에게 알려 주는 것이라곤, 교황을 믿어야 한다는 것뿐입니다. — 미사에 가고, — 성호를 긋고── 묵주를 돌리며 기도하고, — 훌륭한 가톨릭 신도가 되어라, 그렇게 하면 양심적으로 충분히 천국에 갈 수 있다. 아니, 뭐라고요, 위증을 해도 말입니까! 왜냐하면 — 그는 심중 유보*를 갖고 있었으니까요. — 그러나 만약 그 사람이 당신이 묘사하듯 그렇게 사악하고 파렴치한 인간이라면, — 강도짓을 하고, — 칼로 찌르기도 한다면, ── 그럴 때마다 양심이 상처를 입지 않을까요? 그렇긴 하지요, — 그러나 그것을 고해 성사에 가져가면, — 상처가 아물어서 견딜 만해지고, 잠시 후에는 면죄를 받아 완전히 회복되지요. 아, 가톨릭교회여! 도대체 무슨 일을 저지르는 겁니까? — 인간의 마음은 본래 타고나기를, 매일매일 스스로를 배반하는 치명적 결함이 있기 마련인데, 그것도 모자라서 — 당신은 일부러 속임수의 넓은 문까지 활짝 열어 주고, 평화가 있을 수 없는 곳에 자신 있게 평화를 증언해 준단 말입니까, 그것도, 하느님도 아시듯이, 혼자 내버려 두어도 길을 잘못 들기 십상인 이 조심성 없는 길손에게 말입니다.

제가 현실에서 끌어낸 이 흔한 사례들은 너무나 악명 높게 널리 알려져 있어 많은 증거를 내놓을 필요도 없습니다. 그러나 누구든 그 사실을 의심한다면, 또는 사람이 그렇게까지 스스로를 속일 수는 없다고 생각한다면, — 그분에게 잠시 스스로 반추해 보도록 시간을 드린 뒤, 그분 가슴에 다시 호소해 보기로 하지요.

그분께 한번 생각해 보실 것을 권합니다. 인간이 저지르는 수많은 사악한 행위가 그 본질상 똑같이 나쁘고 악독할지라도, 사람마다 그에 대해 느끼는 혐오감의 강도는 얼마나 다를 수 있는지를요. — 마음이 강하게 이끌려서, 또는 습관에 따라 저지르게 되는 악행은 흔히 유약하고 아첨하는 손길에 의해 거짓된 아름다움으로 단장되고 분칠되기 마련입니다. — 그러나 별로 하고 싶은 맘이 없는 다른 악행들은 즉시 제 모습을 드러내서, 벌거벗은 그 흉측한 실체가 어리석음과 불명예를 동반하는 온갖 여건과 함께 단번에 눈에 띕니다.

다윗이 동굴 속에 잠들어 있는 사울 왕을 찾아가 몰래 그의 옷자락을 잘랐을 때, — 성서는 다윗이 양심의 가책을 느꼈다고 기록하고 있습니다. — 그러나 충직하고 용감한 부하 우리아에 대해서는 전혀 가책을 느끼지 않았습니다. 그가 당연히 아끼고 존중해 주었어야 할 우리아를 자신의 욕정을 만족시키기 위해 제거했을 때, — 양심이 경고를 보냈어야 할 이유가 훨씬 더 많았던 경우지만, 그의 양심은 침묵을 지켰습니다.* 그 범죄를 저지른 때로부터 나단이 그를 질책하기 위해 찾아올 때까지 1년이란 세월이 흘렀지만, 그동안 다윗이 자기가 저지른 일에 대해 단 한 번이라도 어떤 슬픔이나 가책을 느꼈다는 기록은 없습니다.

그러므로 양심은, 한때는 유능한 감독관이었고, — 정의롭고 공평한 판결을 내리도록 창조주로부터 임무를 부여받아 우리 안에 높은 자리에 모셔져 있는 재판관이었지만, ─ 일련의 불행한 원인과 장애물에 봉착하다 보니, 무슨 일이 일어나고 있는지 제대로 파악하지 못하는 일이 허다합니다. ─ 때로는 자신의 직무를 너무 소홀히 하고, ─ 때로는 너무 부패해 버려서, ─ 양심에만 믿고 일을 맡길 수 없는 지경입니다. 그러니 양심의 판단을 좌지우지하지는 않더라도, 도움은 줄 수 있는 어떤 다른 원칙을 양심과 결탁시켜야 할 필요성이, 절대적 필요성이 있다는 것을 우리가 절감하게 됩니다.

그러므로 절대 오도되어서는 안 될 매우 중요한 문제에서 올바른 판단을 내리기 위해서는, ── 즉 정직한 사람으로서, 유용한 시민으로서, 국왕의 충실한 신하로서, 또한 하느님의 선량한 하인으로서, 자신이 얼마만큼 진정한 가치를 지닌 사람인지 올바르게 판단하고 싶다면, ─ 종교와 도덕성을 불러들이십시오. ─ 보십시오, ─ 신의 율법에 뭐라고 쓰여 있지요? ─ 거기서 무얼 읽을 수 있습니까? ── 정의와 진리의 불변하는 의무와, 그리고 냉철한 이성과 상의하십시오. ─ 그들이 뭐라고 말하지요?

**양심**이 이들의 판단을 경청하여 결정짓게 하십시오. ─ 그런 다음에도, 사도께서 상정하셨듯이, 당신의 마음이 당신을 단죄하지 않는다면, ─ 그 판결은 틀림이 없을 것입니다. (여기서 닥터 슬롭은 잠이 들었다.) 당신이 한 일은 모두 하느님의 뜻을 따라 한 일이라는 것이 드러나게 된다.* ─ 바꿔 말하자면, 당신이 당신 자신에 대해 내린 판단이 하느님의 판단이라고 믿을 수 있는 정당한 근거를 갖게 된다는 말입니다. 그것은 당신이 최종적으로 당신 삶의 보고서를 제출해야 할 바로 그분께서 저세상에서 선포하시게 될 정의로운 판결을 예견하는 일이 될 것입니다.

그렇다면 「집회서」의 저자가 말했듯이 *수많은 죄악으로 인해*

양심의 가시에 찔리지 않는 사람은 축복받은 사람입니다. 자신의 마음이 스스로를 단죄하지 않는 사람은 축복받은 사람입니다. 부자이든 가난하든, 선한 마음(제대로 인도받고 제대로 알고 있는 마음)만 있다면, 그는 언제나 밝은 얼굴로 기쁨을 누릴 것입니다. 그의 마음은 저 하늘 높이 있는 탑 위의 일곱 파수꾼보다 더 많은 것을 알아볼 수 있습니다.* ── [탑이란 것도 측면 방어 시설 없이는 힘을 쓰지 못하는데, 하고 토비 삼촌이 말했다.] 아무리 칠흑 같은 불확실성 속에서도 그의 마음은 천 명의 궤변가들보다 더 안전하게 그를 이끌어 줄 것이고, 입법가들이 계속 새로 만들어 내도록 강요받고 있는 온갖 법률 조항과 금지 규정들보다 더 나은 보장 속에서 처신할 수 있는 상태로 만들어 줍니다. ── 제가 강요받는다란 말을 쓴 것은, 지금 현재 상태에서는, 인간의 법이 원천적인 선택의 문제가 아니라, 순전히 필요의 산물이기 때문입니다. 스스로에게 법 구실을 하지 못하는 그런 양심들의 유해한 영향을 견제할 필요 말입니다. 많은 법률 조항들이 이런 좋은 의도에서 만들어졌습니다. ── 즉 법이란 양심의 원칙과 제동 작용이 우리를 올바르게 이끌지 못하는, 그런 부패하고 오도된 양심의 경우에, ── 감옥과 교수대 밧줄의 공포를 통해 양심의 힘을 지원함으로써, 우리가 양심을 따를 수밖에 없게 만들려는 장치입니다.

[이 설교문은 템플 교회*나 ── 순회 재판소에서 설교하려고 작성된 것이 분명한 것 같구먼, 하고 아버지가 말했다. ── 논조가 맘에 들어, ── 한데 닥터 슬롭이 자기가 틀렸다는 걸 확인하지 못한 채 잠들어 버려 아쉽군. ── 지금 보면 내가 처음에 생각했듯이 이 목사님은 절대로 성 바울을 모욕하는 게 아닐뿐더러, ── 두 사람 사이에 어떤 의견 차이가 있는 것도 아니지 않나, 동생. ── 견해차가 있다면 큰일이지요, 토비 삼촌이 답했다. ── 하긴 가장 좋은

친구 사이에도 때론 의견이 다르긴 하지요. — 맞네그려, — 토비 동생, 삼촌과 악수를 나누며 아버지가 말했다. — 동생, 파이프에 담배를 채우고 나서 트림이 계속 읽게 함세나.

한데, 여보게, — 자넨 어떻게 생각하나? 아버지가 담배통에 손을 뻗으며 트림 상병을 향해 말했다.

제 생각에는 말입니다, 상병이 답했다. 망루에 일곱 명이나 파수꾼을 두는 것은 — 지나친 것 같습니다, 나리. 보초 담당 총 병력이 일곱 명 이상이긴 힘들지 않겠습니까. — 그런 식으로 나가다가는 연대 전체가 지쳐서 녹초가 되어 버릴 거고, 부하를 사랑하는 지휘관이라면 어쩔 수 없는 경우 말곤 절대 그런 일은 하지 않을 겁니다. 사실상 두 명만 보초를 세워도 스무 명이나 마찬가지로 임무를 해낼 수 있거든요,라고 상병이 덧붙였다. — 제가 보초 부대 지휘관을 수도 없이 해 봤는데요, 트림 상병은 이 말을 하는 중에 키가 1인치나 커지면서 말을 이었다. —— 제가 윌리엄 폐하의 군대에 복무하는 영광을 누린 동안 내내, 아무리 중요한 초소를 지킬 때도 두 명 이상 보초를 두어 본 적이 없습니다. —— 그래, 맞는 말이야, 트림, 하고 토비 삼촌이 말했다. — 그런데 트림, 자넨 솔로몬 왕 시대의 망루들이 오늘날 우리 요새처럼 측면 방호를 비롯해 여러 장치들로 방어 체계를 갖추고 있지 않았다는 것을 생각하지 못하고 있네. — 이런 것은, 트림, 솔로몬 왕이 죽은 뒤에 발명된 것일세. 그 시대에는 막보 앞에 각보나 반월형 보루도 없었고, — *Coup de main*\*에 대비해서 해자 한가운데에 참호를 파 놓고 그 주변에는 지붕 있는 통로나 외벽을 둘러 놓지도 않았었지. — 그러니까 내 생각에는 보초를 일곱 명이나 배치한 것은 파수만 보는 것이 아니라 망루를 지키기도 해야 하기 때문일걸세. 그들은, 나리, 상병이 지휘하는 보초 부대 이상은 아니었을 겁니다. — 아버지는 속으로 웃음 지었다. — 밖으로 표현한 것은 아니었다. — 앞서의 일도 있고, 토비 삼촌과 트림 상병 간의 대화가 사뭇 진지했으니, 농담할 계제는 아니라고 판단한 것이다. — 그래서 아버지는 막 불을 붙인 파이프를 입에 물면서, — 트림에게 계속 읽어 보라고 지시하는 것으로 만족해야 했다. 그는 다음과 같이 읽기를 계속했다.]

"신에 대한 두려움을 항상 가까이 둔다는 것, 그리고 다른 사람과의 상호 교류에 있어 언제나 옳고 그름의 불변하는 척도에 따라 우리 행동을 다스리는 것, — 이 두 원칙 가운데 첫 번째 것은 종교적 의무를 포괄하는 것이고, —— 두 번째 것은 도덕성의 의무를 말합니다. 이 둘은 서로 불가분의 관계로 연결되어 있어, 둘 다를 함께 부수지 않는 한 이 두 *석판을** 나눌 수 없고, 상상 속에서조차 (실제로 그런 시도가 흔히 감행되긴 하지만) 결코 분리할 수 없습니다.

그런 시도가 종종 감행된다고 말했는데, 사실이 그렇습니다. — 종교적 감성이라곤 전혀 없는 사람이, —— 게다가 너무 정직해서, 그게 있는 척조차 하지 않는 사람이, 혹시 자신의 도덕적 품성을 조금이라도 의심받게 되면, — 또는 아주 사소한 점까지 따져 보면 그가 양심적으로 정당하지 못했다거나 성실하지 못했다는 암시만 받더라도, 그것을 참을 수 없는 모욕으로 받아들이는 경우는 세상에서 너무나 흔하게 볼 수 있습니다.

그렇게 보이는 사람을 만날 때, — 도덕적 정직성이라는 그토록 호감 가는 덕목을 보여 주는 사람을 의심한다는 것은 내키지 않는 일이지만, 그래도 지금 이 경우 그의 내면 밑바닥을 들여다본다면, 그의 명예로운 동기를 부러워할 이유가 조금도 없다고 확신합니다.

그 사람이 아무리 거만하게 부정한다 하더라도, 그의 동기는 어떤 이해관계나 자만심, 자신의 안위 또는 중요한 사안에서는 그를 믿을 수 없게 만드는, 어떤 왜소하고 변덕스러운 감정이나 욕구에 토대를 두고 있음을 알 수 있을 것입니다.

예를 들어 보여 드리겠습니다.

제가 거래하는 은행가와 제가 흔히 불러오는 의사는 [이때, 닥터 슬롭이 (잠에서 깨어나면서) 소리쳤다. 이런 경우에는 어떤 의사든 불러들일 필요가 없어요.] 둘 다 종교적인 면이 별로 없는 사람들입니다. 그들이 걸핏하면 종교를 갖고 농담을 하고, 종교적 구속력을 하찮은 것으로 경멸하는 것을 볼 때, 제 주장은 의심할 여지가 없습니다. 아무튼, ─ 이런 사실에도 불구하고, 저는 제 재산을 그중 한 사람의 손에 맡기고, ─ 내게 더욱더 소중한 것, 즉 제 목숨은 다른 한 사람의 정직한 의술에 맡깁니다.

자, 이제, 제가 왜 이렇게 큰 믿음을 그들에게 주는지 그 이유를 살펴보기로 하지요. ── 우선, 그 둘 중 누구도 제가 그들 손에 쥐여 준 힘을 제게 불리한 쪽으로 사용할 개연성이 없다는 것을 믿기 때문입니다. ─ 저는 정직성이라는 게 그들 인생 목표에 도움이 된다고 생각합니다. ─ 그들의 사회적 성공 여부는 그들의 평판에 달려 있습니다. ─ 간단히 말해서, ─ 그들이 그들 스스로에게 더욱더 큰 해를 끼치지 않고는 나에게 해를 끼칠 수가 없다는 것을 확신하니까요.

그러나 상황을 바꿔, 이해관계가 일방적이라고 가정해 봅시다. 만약 내 재산을 착복해서 나를 알거지로 만들고도, 그 사람의 평판에 오점이 생기지 않을 수 있다거나, ─ 나를 저세상으로 보내고, 나의 사후에 내 재산을 차지하고서도 그 자신이나 그의 의술에 불명예를 입히지 않을 수 있다면, ─ 이런 경우에 제가 그들에게 무슨 구속력을 가질 수 있겠습니까? ─ 가장 강력한 동기로 작용할 수 있는 종교는 이 경우에 고려 밖의 사항입니다. ─ 두 번째로 힘 있는 동기인 이해관계는 절대적으로 제게 불리합니다. ─ 그들이 느끼는 이 유혹을 견제하기 위해 저울 반대편에 올려놓을 것이 무엇이 남아 있습니까? ─ 아, 슬프게도, 아무것도 없지요. ─ 거품보다 더 가벼운 것 말고는 없습니다. ─ 난 **명예**라든가, 뭐 그 비슷한 변덕스러운 원칙에 기댈 수밖에 없습니다. ─ 나의 재산과 나의 생명, ──── 나에게 가장 값진 이 두 가지 은총을 지키기에는 얼마나 옹색한 안전장치입니까!

따라서 종교가 없는 도덕성에 의존할 수 없듯이, ─ 반대로, 도덕성 없는 종교에도 기대할 것이 없습니다. ─ 그럼에도 불구하고, 진정한 도덕적 품성은 매우 낮은데도, 종교적인 면에 비춰 자신을 매우 높이 평가하는 사람을 만나는 게 전혀 놀라운 일은 아닙니다.

그런 사람은 탐욕스럽고, 쉬 원한을 품으며, 앙심도 깊을뿐더러, ──── 평범한 정직성마저 결여되어 있지요. 그러나 그는 이 시대의 신앙심 결핍을 비판하는 일에 목청을 높일 뿐만 아니라 ─ 신앙생활의 몇 가지 항목에서는 그만큼 열성적입니다. ──── 하루에 두 차례씩 교회에 가고, ─ 성사에 열심히 임하고, ─ 몇몇 종교의 도구가 되는 일을 즐깁니다. ─ 그는 그런 식으로 양심을 속여, 자신이 종교적인 사람이며, 하느님에 대한 의무를 참되게 실천하는 사람이라고 판단합니다. 더욱이 이런 미망에 빠져 있는 사람은 자기처럼 경건한 척 가식을 부리지 않는 모든 사람을 경멸하는 영적 오만을 범하기도 합니다. ─ 어쩌면 그들이 자기보다 열 배나 더 도덕적 정직성을 가진 사람일 수도 있는데 말입니다.

*이것 역시 태양 아래 존재하는 심각한 해악이로다.*[*] 나는 이 잘못된 원칙보다 더 심각한 해독을 끼친 원칙은 없다고 봅니다. ─

그 증거로 — 로마 교회의 역사를 살펴보십시오. — [아니, 뭘 본다는 거지? 하고 닥터 슬롭이 외쳤다.] — 얼마나 많은 잔인성과 살인, 약탈, 유혈 행위가 [본인들의 고집 때문인데 뭘 탓해, 닥터 슬롭이 소리쳤다.] 도덕성의 엄격한 통제를 받지 않는 종교의 이름으로 정당화되어 왔는지 생각해 보십시오.

이 세상의 얼마나 많은 나라들에서, [여기서 트림은 오른손을 팔 끝까지 뻗치고 흔들다가 다시 구부렸다 폈다 하는 동작을 이 문단이 끝날 때까지 계속했다.]

그 얼마나 많은 나라에서 이 오도된 성자 수행자가 성전(聖戰)의 칼날을 휘둘렀습니까? 대상의 나이나 공로, 성별이나 지위도 가리지 않고 말입니다. — 그는 종교의 깃발 아래 싸웠고, 그 깃발은 그를 정의와 인간애의 의무에서 해방시켜 주었으니, 그로서는 그런 것을 보여 줄 필요가 없었지요. 무자비하게 정의와 인간애를 짓밟으면서, —— 불행한 사람의 비명에 귀를 막았고, 그들의 고통에 연민을 느끼지도 않았습니다.

[저도 무수히 많은 전투에 참가해 보았지만, 나리, 트림이 한숨을 내쉬며 말했다. 이렇게 암울한 전투는 겪어 보지 못했습니다. —— 절 장군으로 만들어 준다 해도, — 이런 불쌍한 사람들에게 방아쇠를 당기는 일은 하지 않을 겁니다. — 뭐라고, 자네가 뭘 안다고 나서나? 하고 닥터 슬롭이 말했다. 그는 상병의 정직한 마음이 받아야 할 이유가 없는 그런 경멸의 표정을 담아 트림을 쳐다보며 말했다. — 이 친구야, 자네가 이 전투에 대해 뭘 안다는 건가? —— 저는 제 평생에 자비를 소리쳐 호소하는 사람에게 그것을 거부한 적이 없다는 것은 알고 있지요. — 게다가 여자나 아이들의 경우에는, 트림이 말을 이었다. 그들에게 총을 겨누느니 차라리 수천 번이라도 제 목숨을 내놓을 것입니다. — 자, 여기 1크

라운 받게, 트림, 오늘 밤 오바댜와 술이라도 한잔하게나, 토비 삼촌이 말했다, 이따가 오바댜에게도 한 닢 줄 걸세. ― 나리께 하느님의 축복을, 하고 트림이 대답했다. ― 전 오히려 그 불쌍한 여자들과 아이들이 이 돈을 받았으면 좋겠습니다. ― 자넨 참 기특한 친구야, 삼촌이 말했다. ― 아버지는 머리를 끄덕였는데, ― 과연 그래,하고 말하는 것처럼 보였다. ――

한데, 여보게, 트림, 아버지가 말했다, 마저 읽어 주게, ― 이제 한두 장밖에 남지 않은 것 같으이.]

트림 상병이 읽기를 계속했다.

"이 문제에 대한 지나간 시대의 증언이 충분치 않다면, ―― 한 번 생각해 보십시오, 바로 이 순간에도 종교의 열성적 추종자들이 스스로에게 불명예스럽고 치욕스러운 일을 하면서 그게 하느님을 섬기고 하느님께 영광을 드리는 일이라 믿고 있는 경우가 얼마나 많습니까?

확인하고 싶다면, 저와 함께 잠시 종교 재판소의 감옥으로 가 보시지요. [하느님, 제 동생 톰을 도와주소서.] ―― *자비*와 *정의*를 쇠사슬에 묶어 발아래 밟고 있는 종교를 보십시오. ― 종교가 고문 도구와 형틀 위에 받들어 세운 검은 재판정에 음산하게 앉아 있군요. 들어 보십시오! ― 들어 보십시오! 얼마나 애처로운 신음 소리가 들립니까! [여기서 트림의 얼굴은 잿빛처럼 창백해졌다.] 신음 소리를 토해 내는 저 비통한 사람을 보십시오. ―[여기서 트림은 눈물을 뚝뚝 흘리기 시작했다.] 엉터리 재판의 괴로움을 겪기 위해, 또한 잔인성으로 숙달된 체계가 고안해 낸 최악의 고통을 견뎌 내기 위해 지금 막 끌려 나온 사람입니다. ―[나쁜 놈들, 모조리 지옥에나 떨어져, 트림은 핏빛처럼 붉게, 혈색을 회복하며 말했다.]― 이 무력한 희생자가 고문 집행자의 손에 넘겨지는 것을 보십시오. —— 슬픔과 감금 생활 때문에 그의 몸은 야윌 대로 야위었습니다. — [아! 바로 내 동생이야,라고 불쌍한 트림은 격정에 찬 절규를 외쳤다. 설교 원고는 떨어뜨린 채 양손을 모으면서 —— 아무래도 불쌍한 톰 같아요. 아버지와 삼촌의 마음은 이 불쌍한 친구의 고뇌를 향한 연민으로 끓어올랐다. — 슬롭조차 측은한 마음을 인정했다. — 이보게, 트림, 아버지가 말했다. 이건 실제 역사 이야기가 아닐세. — 자네가 읽고 있는 것은 설교가 아닌가. — 아무쪼록 그 문장부터 다시 시작해 주게나.] — 이 무력한 희생자가 고문 집행자의 손에 넘겨지는 것을 보십시오. — 그의 몸은 슬픔과 감금 생활 때문에 야윌 대로 야위었습니다. 그의 고통 받는 근육과 신경이 마디마디 다 보일 것입니다.

저 끔찍한 고문 틀의 마지막 동작을 주목하십시오! [난 차라리 대포를 마주할 겁니다, 트림이 발을 구르며 말했다.] —— 그게 그 사람 몸에 얼마나 심한 경련을 일으키게 만들었습니까! —— 그가 지금 몸을 뻗고 누워 있는 자세를 떠올려 보십시오. — 그 자세 때문에 얼마나 격렬한 고통을 겪어야 하는지요! —— [아, 제발, 포르투갈에서 일어난 일이 아니기를.] — 더 이상 견딜 수 없는 극한 상황까지 가게 만드는군요! 오, 하느님! 그의 기진한 영혼이 파르르 떨리는 입술에 매달려 있는 것을 보십시오! [온 세상을 다 준다 해도, 더 이상은 단 한 줄도 읽을 수가 없어요, 트림이 말했다. — 아무래도 나리들, 이게 다 제 동생 톰이 있는 포르투갈에서 일어나는 일 같아요. 트림, 내 다시 말하네만, 이건 역사적 서술이 아닐세. — 그냥 설명하는 묘사일 뿐이라니까,라고 아버지가 말했다. — 닥터 슬롭이 말을 받았다, 이 천진한 양반아, 이건 그냥 묘사하는 이야기고, 그 속에는 눈곱만큼의 진실도 없어. — 그건 다른 이야기지요, 아버지가 응수했다. — 아무튼 트림이 저토록 괴로워하며 읽고 있으니, — 계속 읽으라고 강요하는 것은 잔인한 일 같구면. — 트림, 그 설교, 내게 건네주게. — 내가 자네 대신 마저 읽을 것이니. 그리고 자넨 그만 가 봐도 좋아. 나리께서 허락해 주신다면, 전 여기 남아서 끝까지 들어야겠어요. — 대령의 월급을 준다 해도 제가 계속 읽을 수는 없지만 말입니다. —— 가여운 트림! 하고 토비 삼촌이 말했다. 아버지가 읽기 시작했다.]

  — "그가 지금 몸을 뻗고 누워 있는 자세를 떠올려 보십시오. — 그 자세 때문에 얼마나 격렬한 고통을 겪어야 하는지요! — 더 이상 견딜 수 없는 극한 상황까지 가게 만드는군요! — 오, 하느님! 그의 기진한 영혼이 파르르 떨리는 입술에 매달려 있는 것을 보십시오! — 차라리 아주 떠나 버리고 싶지만 —— 떠나는 것도 허락되지 않는군요! —— 저 불행한 친구가 다시 감방으로 끌려가는 것을 보십시오. [그렇다면, 하느님 감사합니다. 아직 죽지는 않았나 봅니다.] — 그가 다시 질질 끌려 나와서, 화형대로 끌려가는 것을 보십시오. 그 원칙이, — 자비 없는 종교가 가능하다는 그 원칙이, 그에게 부과하는 이 모욕스러운 마지막 고통을 마주하기 위해서 말입니다. [그렇다면, 하느님 감사합니다. — 그가 이제 죽었겠네요, 트림이 말했다. — 이젠 고통에서 벗어난 거지요. — 그들이 할 수 있는 최악을 이미 저질렀으니까요. — 아, 어르신들! — 진정하게, 트림, — 이런 식으로 가다간 끝을 내지 못하겠구면, 하고 말하며 아버지는 트림이 닥터 슬롭의 비위를 건드릴까 봐 서둘러 계속 읽었다. —]

  "논란거리가 되고 있는 어떤 개념이 가진 장점을 시험해 보는 가장 확실한 방법은, 그 개념이 만들어 낸 결과물들을 추적해 보고, 그것을 기독교 정신과 비교해 보는 것입니다. — 이것은 구세주 예수께서 우리에게 주신 가장 간단하고 확실한 법칙으로 수천

가지 논증보다 값진 것입니다. —— *그들의 열매로 그들을 알게 되리라.*\*

이제 이 법칙에서 추론해 낼 수 있는 두세 가지 간명하면서도 독립적인 원칙만 말씀드리고 이 설교에 더 이상 말을 보태지는 않겠습니다.

첫 번째는, 누군가 큰 소리로 종교를 비난하는 말을 들을 때는, — 그의 이성이 아니라, 그의 **신앙**을 굴복시킨 격정이 말하고 있는 것이라 생각하십시오. 잘못된 삶과 좋은 믿음은 서로 의견이 맞지 않고 말썽을 일으키는 이웃입니다. 그리고 그들이 서로 갈라서게 된다면, 믿어도 좋습니다, 다만 말썽을 피해 조용히 지내려는 것 말고는 다른 이유가 없습니다.

둘째로, 이런 사람이 —— 어떠어떠한 것이 그의 양심에 어긋난다고 말하는 경우에는, — 어떠어떠한 것이 자기 위장에 거슬린다고 말할 때와 똑같은 의미를 갖는다고 믿어도 좋습니다, — 두 경우 모두 입맛이 없다는 것이 진정한 원인이니까요.

한마디로 하자면, — 매사에 **양심**이 없는 사람은 어떤 경우에도 절대 믿지 마십시오.

그리고 여러분 자신의 경우에는, 이 명백한 구분을 기억하도록 하십시오. 그것을 착각해서 잘못되는 사람이 수없이 많습니다. — 당신의 양심은 그저 하나의 법이 아니라는 것을 말입니다. — 아니지요. 하느님과 이성이 변치 않는 법을 만들었고, 그 법에 따라 판단하도록 당신 속에 양심을 넣어 주셨습니다. — 회교국 치안 판사처럼 격정의 출렁임에 따라서가 아니라, — 자유와 건강한 상식의 땅인 이 영국의 법관처럼, 즉 새로운 법을 만들기보다 이미 쓰여 있는 그 법을 충실히 선포하는 영국 법관처럼, 판결을 내리라고 주신 것입니다."

# FINIS

자네, 이 설교를 아주 잘 읽어 냈네, 트림, 아버지가 말했다. —
자기 논평을 끼워 넣지만 않았더라면 훨씬 더 잘 읽었을걸요, 닥
터 슬롭이 대꾸했다. 나리, 제 마음이 그렇게 벅차오르지만 않았
더라면 열 배는 더 잘 읽을 수 있었을 겁니다, 트림이 대답했다.
— 그게 바로 자네가 그처럼 잘 읽게 된 이유일세, 아버지가 응답
했다. 만일 우리 교회 성직자들이, 아버지가 닥터 슬롭을 향해 말
을 이었다, 트림처럼 마음 깊이 내용에 몰입해서 설교를 한다면,
— 그들의 글 자체는 좋으니까, (난 동의하지 않는데요, 닥터 슬롭
이 말했다), 그리고 이렇게 마음에 불을 붙이는 주제를 다룬다면,
우리 설교단이 가진 웅변의 힘은 — 전 세계에 모범이 될 거라고
단언해요. — 그러나 애석하게도! 아버지가 말을 계속했다, 슬픈
마음으로 인정할 수밖에 없는 것이, 우리 성직자들은 마치 프랑스
정치가들처럼 내각에서 얻은 것을 현장에선 잃어버린다는 사실이
지요. —— 이런 것을 잃어버리다니, 정말 안타깝네요,라고 삼촌
이 말했다. 난 이 설교가 맘에 들어, 아버지가 답했다, — 극적이
기도 하고, —— 글 쓴 기법도, 능숙하게 전달할 수만 있다면 관심
을 집중시키는 뭔가 있거든. —— 우리 교회에서는 본래 그런 식
으로 설교를 하지요. — 나도 그건 잘 알아요, 아버지가 말했다.
— 하지만 그 어조와 태도는 동조하는 그 말 자체가 닥터 슬롭을
기분 좋게 해 줄 수도 있었던 만큼, 똑같은 정도로 닥터 슬롭의 비
위를 상하게 했다. —— 그러나 이 문제에 있어서는, 하고 닥터 슬
롭이 약간 약 오른 상태로 덧붙였다, —— 우리 설교가 훨씬 유리
한 위치에 있지요, 우린 설교에서 가부장이나 그 부인, 순교자나
성인 정도보다 급이 낮은 인물을 소개하는 일이 없거든요. — 이

설교에는, 아버지가 응대했다. 아주 나쁜 인물들이 많이 등장하지요, 그렇다고 해서 이 설교가 눈곱만큼이라도 더 나빠진 것 같진 않은데요. —— 그나저나, 토비 삼촌이 말했다, —— 이게 누구 설교일까요? — 어쩌다 이게 내 스테비누스에 들어갔을까요? 두 번째 질문을 풀려면, 아버지가 말했다, 스테비누스처럼 위대한 마법사라도 돼야 할 것 같지만, — 첫 번째 질문은 그리 어려울 것 없지, — 내 판단이 잘못된 게 아니라면, —— 저자는 내가 아는 사람일세, 이 설교는 분명 이 교구 목사가 쓴 거야.

이 설교의 문체와 양식이 아버지가 교구 성당에서 늘 들었던 설교와 유사하다는 것이 추측의 근거였다. — 아버지는 철학적 논쟁에서 *선험적* 명제를 증명해 보이듯, 강력하게 증거를 들이대면서, 이 글이 다른 누구도 아닌 요릭의 것이라고 주장했다. —— 이 추측은 다음 날 요릭이 이 설교를 찾으러 나의 삼촌 댁에 하인을 보내면서, *경험적*으로 증명이 되었다.

온갖 종류의 지식에 대해 탐구심이 강했던 요릭은 삼촌으로부터 스테비누스를 빌렸고, 이 설교를 작성한 뒤 무심코 스테비누스 속에 넣어 두었던 것이다. 그러고는 자주 있는 건망증 때문에, 스테비누스를 돌려보낼 때, 설교도 친구 삼아 함께 보냈던 것이다.

불운한 설교여! 이렇게 주인을 찾아갔어도 그대는 또다시 분실될 운명이었구나. 그대 주인의 호주머니에 뜻밖에 생긴 구멍을 따라 너덜너덜 해어진 안감 속에 들어갔다가, — 거기서 땅으로 떨어졌고, 자네 주인의 말 로시난테의 왼쪽 뒷발에 잔인하게 짓밟혀 진흙탕 속에 깊이 묻혔고, — 그런 상태로 진흙 속에 열흘이나 묻혀 있다가, — 지나가던 거지에 의해 구조되어, 어느 교회 서기에게 반 페니에 팔렸다가, — 다시 그 교회 목사님 손에 넘어갔지만, — 그대 주인인 목사님께는 그가 돌아가실 때까지 끝내 되돌아가지 못했구나. — 게다가 내가 세상에 이 이야기를 하여 주인을 찾아 주고 있는 이 순간 이전에는, 죽어서도 뒤척이는 그대 주인의 **혼령**에게도 복귀하지 못하고 있지 않았던가.

독자가 이 말을 믿을 수 있을까 모르겠다. 요릭의 이 원고가 요크 대성당에서, 순회 재판 기간 중에, 선서라도 할 수 있는 수천 명의 증인 앞에서, 그 성당 수급(受給) 목사*의 설교로 세상에 소개되었다는 사실을 말이다. 게다가 이 목사는 그 후에 이 설교를 별쇄본으로 출판하기까지 했다. —— 그것도 요릭의 사망 이후 2년 3개월이란 아주 짧은 기간 안에 말이다. — 물론, 요릭이 생전에도 더 나은 대접을 받은 적은 없었다! —— 그러나 한 인간을 죽기 전에는 학대하고, 무덤 속에 누운 뒤에는 약탈하다니, 너무 심한 것 아닌가.

그러나 이런 일을 한 신사분은, 요릭에 대해 마음 아프게 생각하는 사람이었고, — 나름대로 정의를 행하느라, 단지 몇 부만 배포용으로 인쇄했다. — 게다가 내가 듣기로는, 그가 그럴 생각만 있었다면, 그만큼 좋은 설교를 직접 작성할 능력도 있는 사람이라 한다. — 여기서 단언하건대, —— 내가 도저히 거역할 수 없는 다음의 두 가지 이유 때문이 아니었다면, 여기서 이 일화를 세상에 소개하는 일은 절대 하지 않았을 것이다. — 또한 이 이야기가 그의 평판에 상처를 주거나, 그의 승진을 방해하려는 의도에서 나온 것은 결코 아니다. —— 그런 일이라면 다른 사람들에게 맡기는 바다.

첫째 이유는, 밝힐 것을 밝힘으로써 요릭의 혼령에게 안식을 주고자 함이다. — 동네 사람들과 그 밖의 몇몇 사람들이 믿듯이, —— 그의 혼령은 아직도 떠돌며 걸어 다닌다고 한다.

두 번째 이유는, 이 이야기를 세상에 밝힘으로써, 또한 알리고 싶은 정보가 있기 때문이다. —— 즉, 혹시라도 요릭 목사의 인품이나 그의 설교의 이 표본을 세상 사람들이 좋아하는 경우에는, — 보기 좋은 책 한 권을 만들기에 충분한 양의 설교가 샌디 가문에 보존되어 있다는 사실이다 — 그의 설교가 세상에 많은 보탬이 될 것이라 믿어 이 정보를 공포하는 바다.[*]

# 제18장

오바댜는 아무 논란의 여지 없이 2크라운을 벌었다. 그는 트림 상병이 막 방을 나서는 찰나에, 모든 기구가 들어 있는, 우리가 이야기했던 그 녹색 베이즈 천 가방을 어깨에 걸치고 철거덩거리며 방으로 들어섰으니까.

이제 샌디 부인께 도움을 드릴 수 있는 준비가 되었으니, 위층에 사람을 보내 진통이 어떻게 돼 가는지 알아보는 게 좋겠군요, 라고 닥터 슬롭이 (불편했던 표정을 털어 내면서) 말했다.

조금이라도 어려움이 있으면, 하고 아버지가 말했다, 내려와 알려 달라고 산파에게 이야기해 뒀어요. —— 당신도 알다시피, 닥터 슬롭, 아버지가 어색한 미소를 지으며 말을 이었다, 나와 내 아내가 인준한 성문화된 조약에 의하면, 당신은 이 일에서 보조적인 역할, 그 이상은 아니거든요. — 어쩜 그조차도 아닐 수 있지요. — 저 비쩍 마른 산파 할머니가 당신 없이 일을 끝낼 수 없는 경우가 생기지 않는다면 말이지요. — 여자들은 여자들만의 변덕이란 게 있고요, 게다가 이런 성격의 일에서는 말입니다, 아버지가 말을 이었다, 여자들이 모든 짐을 지고 있고, 우리 집안을 위해, 그리고 인류의 선을 위해, 극심한 고통을 치러야 하니, — 누구의 손을 빌려, 어떤 방식으로 그 일을 치를지, *en Soveraines**, 그 결정 권을 요구하기 마련이지요.

당연히 그래야지요. — 토비 삼촌이 말했다. 하지만 선생, 닥터 슬롭이 삼촌의 의견은 무시하고, 아버지 쪽을 쳐다보며 답했다, — 이런 일 말고 다른 일에서 여자들에게 지배권을 주는 게 더 낫 지 않나요. — 대를 이어 가고 싶은 한 집안의 가장이라면, 이 문 제에 대한 권리를 얻는 대신 다른 권리를 포기하는 거래를 하는 게 나을 겁니다. — 글쎄, 난 잘 모르겠소, 아버지는 하려는 말이 공정하게 들리지 않을 만큼, 약간 짜증을 내며 답했다, —— 난 잘 모르겠소, 누가 우리 아이를 탄생시킬지라는 문제 때문에 우리가 포기할 만한 게 뭐가 있는지. — 혹시, — 누가 아이를 잉태시킬지 라는 문제라면 몰라도. —— 뭐든 거의 다 포기할 수 있는 거 아니 겠어요, 닥터 슬롭이 답했다. —— 아니, 무슨 그런 말씀을, — 토 비 삼촌이 대꾸했다. —— 그런데 선생, 닥터 슬롭이 응대했다, 근 년에 들어 우리가 산파학 지식의 모든 분야에서 얼마나 발전했는 지를 알면 당신도 깜짝 놀랄 겁니다. 특히 안전하고 신속하게 태 아를 끌어내는 그 분야에서는 정말 대단하지요. —— 이 분야에 얼마나 서광이 비치고 있는지, 내 입장에서 말하자면, (손을 들어 올리면서) 그저 놀라울 따름입니다. 세상이 어떻게 —— 한데 말이죠, 하면서 토비 삼촌이 말을 잘랐다, 플랑드르에 있던 우리 군대가 얼마나 대단했는지, 당신이 볼 수 있었으면 좋았을 것을 싶네요.

## 제19장

난 이 장면에서 잠시 커튼을 내렸다. — 당신에게 한 가지 상기시킬 게 있고, ─ 또 한 가지, 당신에게 알려 드릴 것도 있어서다.

내가 당신에게 알려 줄 내용은, 사실상 나와야 할 자리에서 약간 벗어난 듯한 느낌이 든다. ─ 150페이지 전에 이미 알려 드렸어야 했는데, 그땐 앞으로 더 적합한 자리가 나올 거라 예상했고, 여기가 다른 곳보다 더 효과적일 것이라 생각했다. ── 작가들은 쓰고자 하는 내용의 연결 관계와 그 정신을 유지하기 위해 앞을 내다볼 필요가 있으니 말이다.

이 두 가지 일이 끝나면, ─ 막은 다시 오를 것이고, 토비 삼촌과 나의 아버지 그리고 닥터 슬롭도 더 이상 방해받지 않고 그들의 담화를 계속하게 될 것이다.

첫째로, 내가 당신에게 상기시키고 싶은 내용은 바로 이것이다. ─ 이미 말씀드렸던 세례명이나 그 밖의 여러 가지 사안에 대한 아버지의 독창성을 예로 보더라도 ─ 당신은 아버지가 다른 수십 가지 의견에 있어서도 엉뚱하고 예측 불가능한 신사라는 생각을 갖고 있을 것이다(내가 그 정도는 이미 알려 드렸다고 자신한다). 사실이지, 아버지는 인간이 최초로 잉태되는 순간에서부터 ─ 여윈 몸에 슬리퍼를 끄는 우스꽝스러운 노친네가 되는 제2의 유년기에 이르기까지 인생의 각 단계에 대해 아버지 고유의 특별한 생각을 갖고 있지 않는 경우가 없다. 아버지가 좋아하는 이런 생각들은 위에 설명한 두 가지와 마찬가지로 대단히 회의주의적이고 언제나 일반적 사고방식의 대로에서 크게 벗어나 있다.

── 나의 아버지 샌디 씨는, 선생, 다른 사람이 보는 그런 시각으로 사물을 보는 경우가 전혀 없습니다. ─ 아버지는 자신만의 등불로 사물을 봅니다, ─ 흔히 쓰는 저울로 사물을 재는 경우도 물론 없지요. ─ 아니, ─ 그는 그런 조야한 관행을 따르기에는 너무나 정교한 탐구가였으니까요. ─ 아버지 말에 의하면, 과학적

대칭 저울로 사물의 정확한 무게를 알아내기 위해서는, 대중적 신념과의 충돌을 피할 수 있도록 저울의 받침점이 거의 보이지 않을 정도로 미세해야 하고, — 그렇지 않을 경우, 저울의 균형에 영향을 주어야 하는 정밀 철학이 전혀 아무 무게도 갖지 못하게 된다는 것입니다. — 아버지는 나아가, 지식 역시 물질처럼 무한대로 나뉠 수 있는 것이어서, — 입자나 극미량 같은 것도 온 세상의 중력만큼 의미 있다고 주장합니다. — 간단히 말하자면, 오류는 오류이고, — 그게 어디서 생긴 것이든, — 극소량에서건, — 1파운드에서건, — 진리에 치명적이기는 마찬가지라는 겁니다. 따라서 나비 날개의 분말에서 생긴 오류가 — 태양과 달 그리고 우주의 모든 별들을 합쳐 놓은 원반에 생긴 오류와 똑같은 힘으로 진리를 그녀의 우물 바닥에 억류해 둘 수 있다는 것입니다.

아버지는 종종 탄식했다. 이 세상에 그렇게 수많은 일들이 삐걱거리는 것은 이런 점을 제대로 숙고하지 못하고, 추론적 진리 탐구에서는 물론, 국가적 대사에서도 이런 원리를 기술적으로 적용하지 못하기 때문이라고. — 따라서 정치의 아치문이 무너져 내리고 있고, — 우리의 교회나 국가의 뛰어난 조직의 토대 역시, 감식반이 보고하듯, 금이 가기 시작한다는 것이다.

그렇다면 우린 망하고, 몰락한 국민이 되느냐고 당신이 소리치겠지요,라고 아버지는 말을 잇곤 한다. —— 왜지요? — 아버지는 자신의 논법이 제논과 크리시포스의 삼단 논법이나 궤변 논법에 속한다는 것을 알지도 못한 채 그 논법으로 묻곤 한다. — 왜지요? 왜 우리가 망한 국민이 됩니까? — 우리가 부패했으니까요. —— 무엇 때문에 우리가 부패하게 되었지요? — 우리가 궁핍하기 때문이지요. — 우리의 의지가 아니라 가난이 부패에 동조하지요. —— 무슨 연유로, 아버지는 말을 덧붙인다. — 우리가 궁핍합니까? —

— 우리가 1펜스나 반 펜스짜리 작은 동전을 소홀히 취급하기 때문입니다,라고 아버지가 답한다. — 우리의 지폐나 기니 금화는, — 아니, 실링 정도마저도 저절로 간수되지만 말입니다.

아버지는 말을 잇는다. 학문의 모든 범주에서도 마찬가집니다, — 위대하고 확립된 학문적 논점들은 침범할 수 없는 것으로 되어 있지요. — 자연의 법칙들은 스스로를 방어합니다. — 그러나 오류는 — (아버지는 어머니를 진지하게 바라보며 덧붙인다), — 오류는 말입니다. 인간 본성이 제대로 보호해 주지 않는 아주 미세한 구멍이나 작은 틈새를 통해 살금살금 기어들어 옵니다.

아버지의 이런 사고 성향이 바로 내가 당신에게 상기시키려던 사항이다. —— 내가 당신에게 알려 주기 위해 일부러 자리를 마련한 내용은 다음과 같다.

어머니가 해산 과정에서 산파가 아니라 닥터 슬롭의 도움을 받도록 설득하는 와중에 아버지가 제시한 여러 가지 훌륭한 이유 중에서 — 특히 독특한 것이 있었으니, 그것은 아버지가 기독교 신자의 입장에서 논쟁을 펼친 뒤에, 철학자로서 다시 한 번 어머니와 논쟁을 시작할 때 제시한 것이다. — 아버지는 마지막 보루에 의지하듯 이 논거에 온 힘을 바쳤다. —— 그러나 실패했다. 그 논거 자체에 어떤 결함이 있어서가 아니라, 아버지가 아무리 애를 써도 어머니가 그 논거의 흐름을 이해하게 만드는 일이 전혀 불가능했기 때문이다. —— 운도 없지! — 아버지는 어느 날 오후 한 시간 반을 씨름하고도 아무 소용이 없자, 방을 나서며 혼잣말을 했다. — 운도 없다니까! 그는 방문을 닫으며 입술을 깨물면서 내뱉었다. — 가장 뛰어난 추리력의 대가인 남자가 — 하필 저런 두뇌를 가진 여자를 아내로 가졌으니, 아버지는 자기 영혼의 파멸을 막는 일이 걸렸다 하더라도, 그 머리에 단 하나의 추론도 매달아

놓을 능력이 없었다.

이 논거는, 비록 어머니에게는 그 의미가 완전히 날아가 버렸지만, ― 아버지에게는 그가 가진 다른 모든 논거를 합친 것보다 더 중요한 것이었다. ―― 따라서 나는 이것이 제대로 평가받도록 노력해 볼 생각이다, ― 내가 나 자신에게서 끌어낼 수 있는 명징성(明徵性)을 총동원해서 말이다.

아버지는 다음의 두 격언의 힘에 의존해서 출발했다.

첫째, 나의 재능 1온스는 남의 재능 1턴*만큼 값지다.

둘째, (이것은 첫 번째 격언의 기초가 되는 것이기도 하다, ― 비록 뒤에 나오긴 하지만) ― 각자의 재능은 자기 자신의 영혼에서 나올 수밖에 없다, ― 다른 누구에게서도 아니다.

아버지는 모든 영혼이 본질상 평등하다고 믿었다. ― 가장 예리한 이해력과 가장 둔한 이해력 사이의 커다란 차이는 사고 실체의 근원적 날카로움이나 뭉툭함에서 기인하는 것이 아니라, ―― 단지 영혼의 주 거주지인 그 신체 부위의 조직이 운이 좋은가 나쁜가에 달려 있다고 믿었다. ― 해서 그는 그 부위의 정확한 위치를 찾는 일을 주요 연구 명제로 삼고 있었다.

아버지는 손 닿는 대로 이 문제를 다룬 우수한 논증들을 찾아 읽었지만, 데카르트가 주장한 자리, 즉 두뇌의 송과선 꼭대기 부분이 영혼의 주 거주지는 아니라는 데까지만 확신하고 있는 상태였다. 데카르트의 철학에 따르면, 송과선은 완두콩만 한 크기로 영혼의 보호 장치 기능을 한다고 한다. ― 사실상 수많은 신경선이 모두 바로 그곳에 모여들고 있으니, ― 그리 나쁜 추측이 아니긴 하다. ― 아버지도, 토비 삼촌의 구조 덕분이 아니었더라면, 위대한 철학자 데카르트와 함께 바로 그 오류의 중심으로 수직 낙하해 들어갈 뻔했다. 토비 삼촌은 랜든 전투에서 만난 왈론* 출신 장교에 대한 이야기를 아버지에게 해 주었는데, 이 장교는 소총에 맞아 뇌의 일부가 날아가 버렸고, — 다른 한쪽 뇌는 프랑스인 의사에 의해 제거되었지만, 아무튼 회복되어, 뇌가 없이도 자기 임무를 아주 잘 수행해 냈다는 것이다.

만일 죽음이란 것이 영혼과 육신의 분리일 뿐이라면, 하고 아버지는 혼자 논리를 펼쳤다, — 그리고 사람들이 뇌 없이도 돌아다니고 볼일을 처리할 수 있다는 게 사실이라면, — 영혼이 뇌에 거주하지 않는다는 게 분명하지 않은가. Q. E. D.*

저 위대한 밀라노의 의사 코글리오니시모 보리는 바르톨리네*에게 보낸 편지에서, 소뇌의 후두골 부분에 있는 작은 방 안에서 아주 묽고 엷으며, 매우 향기로운 액체를 발견했다고 밝히면서, 바로 그 방이 이성적 영혼의 주된 거처일 것이라고 주장했다. (왜냐하면, 당신도 알다시피, 요즘처럼 계몽된 시대에는 모든 살아 있는 사람 속에 두 개의 영혼이 있다고 알고 있으니까. — 저 위대한 메세글린기우스에 의하면, 하나는 아니마이고 다른 하나는 아니무스*라 불린다.) — 보리의 이 의견에는 —— 아버지가 전혀 공감할 수 없었다. 아니마는 물론 아니무스조차도, 그렇게 고상하고, 그렇게 세련되고, 그렇게 비물질적이고, 그렇게 고양된 존재인데, 그게 마치 올챙이처럼 여름이고 겨울이고 온종일 웅덩이에 앉아 철버덕거린다는 생각 자체를 받아들일 수 없다는 것이다. — 그 액체가 어떤 종류이든, 탁하든 묽든, 아무튼 간에 그 생각은 상상하기에도 충격적이라고 말하면서, 아버지는 그 원리를 들으려고도 하지 않았다.

따라서 가장 이의를 달기 어려운 것처럼 보이는 이론은, 모든 지식이 그곳에 회부되고, 거기서 모든 명령을 하달받는 장소인 주요 감각 중추, 즉 영혼의 사령부는, — 소뇌 안이나 그 근처, — 또는 숨골 주변 어딘가에 있다는 가정이었다. 이 논리에 대체로 동의하는 네덜란드 해부학자들은 신작로나 구불거리는 골목길이 하나의 광장으로 모이듯이 모든 미세한 신경 조직이 일곱 가지 감각기관*으로부터 이곳으로 집결된다고 주장한다.

여기까지만 보면, 아버지의 견해에 특별할 것이 없다. — 여기까지는 아버지도 모든 시대, 모든 기후대로부터 온 최고의 철학자들의 생각을 따라가고 있었다. —— 그러나 아버지는 바로 이 지점을 기점으로 독자적인 노선으로 들어가기 시작해서, 그들이 만들어 준 주춧돌 위에 샌디적 가설을 세워 올린다. — 그렇게 되면, 아버지의 가설 역시 튼튼한 토대를 갖게 되는 것이다. 그의 가설은 영혼의 예민함과 정교함이 위에서 말한 액체의 온도나 맑기에 달린 것인지, 또는 소뇌의 섬세한 망과 그 결 자체에 달린 것인지의 문제로 옮겨 가는데, 아버지는 후자의 가설을 선호했다.

아버지는 사람을 잉태하는 행위란 태어나게 될 사람의 재기, 기억력, 상상력, 언변 등 사람의 타고난 재능이라 불리는 것들, 즉 그 이해할 길 없는 구성물의 토대를 만드는 일인 만큼, 아주 신중하고 조심해서 임해야 하지만, — 이 일과 그리고 이름 짓는 일, 즉 모든 것의 가장 근원적이고 파급 효과가 큰 이 두 가지 일 다음으로 우리가 가장 신경 써야 할 — 세 번째 항목이 있다고 주장한다. 그것은 논리학자들이 *Causa sine quâ non*\*이라 부르고, 그것 없이는 모든 것이 아무 의미가 없게 되는 원인으로서 — 그것은 인간이 출생 시 머리부터 나오게 되는 그 터무니없는 방법 때문에, 그 섬세하고 정교하게 짜인 망이 흔히 감당하는 그 격렬한 압박과 짓누름의 대혼란으로부터 영혼의 거처를 어떻게 보호해 주느냐는 문제라는 것이다.

—— 이 부분은 설명이 필요하다.

온갖 종류의 책에 손을 대는 나의 아버지는, 아드리아누스 스멜보트가 출판한 *Lithopœdus Senonesis de Partu difficili* [3]*를 보다가, 출산 시 아기의 머리 두개골은 아직 봉합선이 굳어지지 않아 여리고 유연한 상태인데, ─ 강한 진통 속에 산모가 밀어내는 힘은 평균 470파운드라는 엄청난 무게로 수직으로 내리누르는 힘과 맞먹는다는 것을 알게 되었다. ─ 따라서 50가지 예 중 49가지 경우에는 아기 머리가 과자 굽는 사람이 파이를 만들려고 둥글게 밀어 놓은 밀가루 반죽처럼 장방형 원추 모양으로 눌린다는 것이다. ─── 하느님 맙소사! 하고 아버지가 소리쳤다. 이 소뇌의 한없이 섬세하고 연한 섬유 결이 도대체 이 무슨 혼란과 파괴에 노출된단 말인가! ─ 보리가 주장하듯이 그런 액체가 있다 한들, ─ 이 정도면 세상에서 가장 맑은 액체라도 초모(醋母)성의 탁한 물로 변질시키기에 충분하지 않겠는가?

아버지는 나아가 이 막강한 힘이 머리 정수리에 작용하여 뇌 또는 대뇌에 해를 끼칠 뿐만 아니라, ─── 대뇌를 통해 소뇌까지 밀어붙임으로써 소뇌에 자리하고 있는 이해력을 손상시킨다는 것을 알게 되었으니, 그의 불안이 얼마나 커졌겠는가. ─ 은총을 베푸는 천사들이시여, 우리를 보호해 주소서! ─ 이런 충격을 견뎌 낼 영혼이 어디 있겠습니까? 하고 아버지는 소리쳤다. ─ 우리가 보다시피 인간 지력의 그물망이 그렇게 찢기고 너덜너덜한 것은 전혀 놀라운 일이 아니지요. 우리 중 가장 뛰어난 머리도 뒤엉킨 비

---

3) 저자는 여기서 두 차례 실수를 범하고 있다. 첫 번째는 Lithopœus를 Lithopœii Senonensis Icon이라고 써야 한다는 것이다. 두 번째는 이 Lithopœus는 작가가 아니라, 화석이 된 아이의 그림을 말한다. 1580년 알보시우스에 의해 출판된 이 내용은 스파키우스에 포함된 코르데우스의 작품 말미에 나온다. 트리스트럼 샌디 씨는 아마도 ─── 박사의 학식 높은 작가 목록에서 최근에 Lithopœus의 이름을 보았거나 Lithopœus를 그 발음의 유사성 때문에 Trinecavellius로 착각한 것 같다.

단 실타래보다 나을 것이 없고, — 그 안에는 온통 혼란과 — 당혹이 가득할 수밖에 없지요.

그러나 아버지는 계속 읽어 가던 중에 새로운 비밀 하나를 알게 되었다. 즉 산과 의사의 도움으로 아기가 거꾸로 서게 만들어 발부터 나오게 할 수 있다는 것이다. — 그런 경우, 대뇌가 소뇌 쪽으로 압박을 주는 것이 아니라, 소뇌가 대뇌 방향으로 밀리게 되는데, 대뇌는 아무 피해도 입지 않을 수 있다는 것이다. — 맙소사! 아버지는 소리친다, 하느님이 우리에게 주신 그 얼마 안 되는 재기나마 쫓아내려고 온 세상이 음모를 꾸민 거잖아. — 게다가 산파학 교수들도 이 음모단의 명단에 들어가야 되겠구먼. — 내 아들의 양 끝 중 어느 쪽이 먼저 나오든 그게 무슨 대수겠나, 출생 후에 별 탈이 없고, 그의 소뇌가 찌그러지는 것을 모면할 수만 있다면 말야.

원래 가설이란 게 일단 형성되고 나면 다른 모든 것을 그 속에 흡수 동화함으로써 자양분으로 삼는 본성이 있다. 일단 가설이 잉태된 그 순간부터 당신이 보는 것, 듣는 것, 읽는 것, 이해한 것 등 모든 것이 그 가설을 강화시키는 일에 동원된다. 이 본성은 매우 유용한 것이다.

아버지가 이 가설에 몰두한 지 한 달가량 지났을 무렵에는 어떤 우둔함이나 천재성도 이 가설로 쉽게 설명되지 않는 것이 없었다. — 장남이 집안에서 가장 멍청이가 되는 이유도 그런 식으로 설명되었다. — 불쌍한 녀석, — 동생들의 재능을 위해 길을 열어 준 셈이지. — 코흘리개거나 괴상한 머리 모양을 갖게 되는 수수께끼도 그렇게 풀어내면서, — 날 때부터 그럴 수밖에 없었다는 것을, *선험적*으로 설명해 냈다. — 만약 **** 때문이 아니라면 말이다, 그게 뭔지는 나도 모른다. 이 가설은 왜 아시아의 천재가 그렇게 총명한 예지를 타고나는지, 왜 더 따뜻한 기후에서 더 활기찬 성향과 더 깊이 있는 통찰력을 가진 정신이 나오는지를 놀라울 정도로 잘 설명해 주었다. 보다 맑은 하늘, 늘 햇빛 쨍쨍한 날씨 등을 거론하는 그런 느슨하고 상식적인 해석을 한다는 게 아니다. — 아버지는 오히려 이런 극단적으로 좋은 기후가 영혼의 능력을 희석하고 증발시키며, — 그 반대의 극단인 아주 추운 날씨는 그 능력을 응축시켜 준다고 믿고 있다. — 아버지의 해석 방법은 그 원천으로 거슬러 올라가 보는 것이다. — 자연은 더 따뜻한 기후에서는 창조물 중 보다 아름다운 절반의 집단에게 짐은 보다 가볍게, — 즐거움은 더 많이, — 고통의 계기는 보다 적게 부과하기 때문에, 아기 정수리에 가해지는 압박과 저항이 아주 가벼워지고, 소뇌의 구조 전체가 제대로 보전된다는 것이다. — 아니, 그런 곳에서는 자연 분만의 경우라 할지라도, 소뇌 구조의 실낱 한 가닥조차 끊어지거나 망가지는 일이 없고, — 따라서 그렇게 태어난 영혼은 제 기능을 제대로 발휘하게 된다는 것이 아버지의 해석이었다.

아버지의 생각이 여기까지 미쳤으니, — 제왕 절개 수술과 그리고 그 수술로 안전하게 세상에 나온 비범한 천재들의 이야기를 접했을 때, 그의 가설이 어떤 광휘에 휩싸이게 되었을지 상상이 되고도 남지 않는가? 자, 당신도 아시겠지요, 아버지가 말씀하신다, 감각 중추에 어떤 상처도 입을 일이 없고, — 머리가 골반에 부딪혀 압박을 받을 일도 없고, — 대뇌가 한편으론 치골에 밀려, 다른 한편으론 미골에 밀려, 소뇌를 밀어붙이는 일도 없으니 말이지요, — 그래, 말씀해 보시지요. 그 덕분에 어떤 행복한 결과가 나온 거지요? 아, 선생, 이 수술에 이름을 붙여 준 율리우스 카이사르도 있고, — 이 수술이 이름을 갖기도 전에 그런 방식으로 태어난 헤르메스 트리스메기스토스도 있고, ─ 그 스키피오 아프리카누스에다, 만리우스 토르쿠아투스, 그리고 우리의 에드워드 6세도 있지 않습니까?* ── 그가 그렇게 일찍 죽지 않았더라면, 다른 사람 못지않게 이 가설을 영광스럽게 만들어 주었을 인물이지요, ── 이들을 비롯해, 명성의 전당에서 높은 자리를 차지하는 수많은 인물들이, ─ 모두 옆으로 누운 채 이 세상에 나왔다고요, 선생.

이 복부와 자궁의 절개에 대한 생각이 6주 동안이나 아버지의 머릿속을 떠나지 않았다. ─ 그는 책을 통해서 상복부나 자궁의 상처가 치명적이지 않다는 것을 확인했고, ─ 그래서 어머니의 배를 잘 열기만 하면 아기에게 편안한 통로를 만들어 줄 수 있다고 생각했다. ─ 어느 날 오후 아버지는 이 가능성을 어머니에게 언급했는데, ─ 단지 그럴 수도 있다는 것을 알리는 차원에서 건넨 말이지만, ─ 그 단어를 듣자마자 어머니의 얼굴이 잿빛처럼 질리는 것을 보고는, 비록 그 수술이 그의 희망을 엄청나게 부추기는 일이기는 하지만, ─ 그 문제를 더 이상 거론하지 않는 게 좋겠다고 생각했다. ─ 도저히 설득시킬 수 없는 그 제안을 ─ 그저 혼자 선망하는 데 만족하기로 하면서 말이다.

이게 바로 나의 아버지 샌디 씨의 가설이었다. 이에 대해 한마디만 더 보태자면, 나의 형 보비가 위에서 언급한 어느 위대한 영웅 못지않게 이 가설에 큰 기여를 했다는 사실이다(형이 우리 집안에 뭔가라도 보탬을 준 게 있다면 말이다). ─ 이미 말했듯이, 형은 아버지가 엡섬에 가고 안 계신 동안 탄생했을 뿐만 아니라, 세례도 그때 받았다. ─ 게다가 어머니의 첫아이인 데다가, ─ 머리부터 먼저 세상에 나온 경우였는데, ─ 결국 엄청나게 머리가 느린 아이로 판명이 난 것이다. ─ 아버지는 이 모든 사실을 그의 의견 속에 새겨 넣었고, 한쪽 끝부터 출생한 아이가 실패였으니,

— 반대편 끝으로 나오는 분만을 시험해 볼 결심을 하게 되었던 것이다.

이 일은 여성 산파에게선 기대할 수 없는 일이었고, 그녀가 늘 하던 방식으로부터 벗어나게 만드는 일도 결코 쉽지 않을 것이었다. — 바로 이 때문에 아버지는 과학을 알고 있고, 대화도 통하는 남자 의사를 선호한 것이다.

세상 모든 남자들 중에서도 닥터 슬롭은 아버지의 목적에 가장 부합하는 사람이었다. — 그는 새로 발명된 겸자가 출산을 돕는 데 있어 가장 안전한 도구로 증명된 무기라고 주장하는 한편, — 아버지의 상상 속에 자리 잡고 있는 바로 그 일에 대해 한두 마디 호의적인 말을 그의 책 속에 뿌려 놓았기 때문이다. — 그렇다고 닥터 슬롭이 아버지의 가설 체계에서처럼 발부터 끌어내는 일이 영혼에 도움을 준다는 견해를 가졌던 것은 아니다. — 그는 단지 산파학적인 이유에 근거한 말을 한 것이었다.

앞으로 나올 담화에서 토비 삼촌에게 적잖은 괴로움을 주면서 아버지와 닥터 슬롭이 연대를 형성하는 이유도 이제 설명이 되었을 것이다. —— 평범한 상식밖에 없는 보통 남자가 이 과학으로 무장한 동맹군을 어떻게 상대할 수 있을지, — 상상조차 하기 힘든 일이다. —— 할 수 있다면 당신이 한번 추측해 보시지요. — 당신의 상상력이 작업을 시작하거든, 계속 앞으로 나아가도록 부추겨서, 도대체 무슨 이유로 토비 삼촌이 샅에 입은 부상 때문에 정숙성을 얻게 되었는지 추측해 보라고 시키십시오. — 왜 결혼 약정서 때문에 내 코가 없어졌는지 설명할 수 있는 체계도 한번 구축해 보십시오. —— 그리고 아버지의 가설에 반해서, 그리고 대부와 대모를 포함한 온 집안의 소망에 반해서, 내가 어떻게 **트리스트럼**이란 이름을 얻는 불행을 만났는지 세상에 설명해 보십시오. — 이런 연유들과 아직도 밝혀지지 않은 50가지 다른 사항들에 대해서도 혹시 시간이 있다면 그 답을 찾아보는 시도를 해 보시지요. — 그러나 미리 말하건대, 헛된 일일 것입니다. —『그리스의 돈 벨리아니스』*에 나오는 마법사이자 현자인 알키페는 물론, 그에 못지않게 유명한 요술쟁이이자 그의 아내인 우르간다가 온다 해도(그들이 살아 있다면 말이지요) 그 진실의 1리그* 근처에도 가지 못할 것입니다.

독자께서는 이 모든 것에 대한 설명을 내년까지 기다릴 수밖에 없지요. — 그때가 되면, 전혀 예기치도 못했던 일련의 사건이 그 모습을 드러낼 것입니다.


제2권 끝

# 제3권

무지한 대중의 판단이 두려운 것은 아니다.
그러나 그들이 나의 이 부족한 작품을 좋은
마음으로 봐주기를 청한다. ― 나의 의도는
유쾌한 농담에서 진지한 이야기로 옮겨 갔다가,
진지한 이야기에서 농담으로 다시 돌아가는 것이었다.
―사레스베리엔시스의  존*

# 제1장

─── "소망하건대, 닥터 슬롭." 토비 삼촌은 (닥터 슬롭을 위한 그의 소망을 다시 한 번 표현하면서, 이번에는 처음보다 더 강한 열의와 진지함을 담아서[4]) 말했다. ─── "소망하건대, 닥터 슬롭, 당신도 플랑드르에 있던 우리 군대가 얼마나 대단했는지, 당신이 볼 수 있었으면 좋았을 텐데요"라고 토비 삼촌이 말했다.

토비 삼촌의 소망은 닥터 슬롭에게 삼촌이 누구에게도 결코 의도한 적이 없는 폐를 끼치고 말았다. ─── 선생, 내 말은 이 소망 때문에 닥터 슬롭이 혼란에 빠졌으며, ─ 처음에는 그의 생각이 뒤엉켰다가, 곧 그의 머리에서 도망쳐 버렸고, 아무리 애를 써도 다시 불러올 수 없게 되었다는 겁니다.

어떤 논쟁에서든, ─ 남자건 여자건, ─ 또는 명예를 위해서든, 이득을 위해서든, 사랑을 위해서든 ─ 이런 경우에는 아무 차이도 없지요. ─ 아무튼 부인, 남자에게 이렇듯 갑작스럽게 옆길로 치고

---

4) 제2권 182쪽 참조.

들어오는 소망보다 더 위험한 것은 없답니다. 이 소망의 힘을 안전하게 해제하는 일반적 방법은 소망의 대상이 된 사람이 즉시 벌떡 일어나서 — 소망을 보낸 사람에게 그 소망과 거의 같은 가치를 가진 다른 소망을 되돌려 주는 것입니다. — 그렇게 되면 거래가 즉석에서 균형을 이루어, 본래 자리로 되돌아갈 수 있게 되지요. — 아니, 오히려 공격상 우위를 점할 수도 있습니다.

이 문제는 소망에 관한 장에서 실례를 들어 가며 충분히 설명해 드리기로 하지요. ——

닥터 슬롭은 이와 같은 방어의 본질을 이해하지 못했다. —— 그는 그저 당황하기만 해서, 4분 30초 동안 논쟁이 완전히 중단되게 만들었다. —— 5분이었더라면 치명적일 뻔했다. — 아버지가 그 위기를 알아차렸다 —— 그때 좌중은 세상에서 가장 흥미로운 쟁점, 즉 "수많은 기도와 노력 끝에 얻은 아이가 머리 있는 아이로 태어날지, 없는 아이로 태어날지를 결정짓는 일"에 대해 논의 중이었으니 말이다. —— 아버지는 소망의 대상이었던 닥터 슬롭이 스스로 대응하는 권리를 행사하도록 마지막 순간까지 기다려 주었다. 그러나 닥터 슬롭은, 내가 말했듯이, 혼란에 빠져 버렸고, 갈피를 못 잡는 사람들이 흔히 그러듯 당혹감에 찬 멍한 눈길로, —— 처음에는 토비 삼촌의 얼굴을, —— 다음에는 아버지의 얼굴을, —— 그러곤 위를, —— 그러곤 아래를 —— 다음에는 동쪽을 —— 다음에는 동동쪽을, 그런 식으로 —— 벽판의 굽도리 널을 따라 나침반의 반대 지점에 이를 때까지 계속 눈길을 옮겨 가다가 — 마침내 의자 팔걸이에 있는 놋쇠 못을 하나하나 실제로 세기 시작했다. —— 이를 보고 있던 아버지는 삼촌 때문에 더 이상 시간을 낭비할 수 없다는 생각에, 다음과 같이 담화를 재개했다.

# 제2장

"— 플랑드르에 있던 자네 군대가 도대체 얼마나 대단했다는 건가!" ——

토비 동생, 아버지는 이렇게 대꾸하면서, 오른손으로는 가발을 벗어 들고, 왼손으로는 머리를 닦기 위해 그의 윗옷 오른쪽 주머니에 들어 있는 인도산 줄무늬 손수건을 끄집어내면서, 삼촌과의 논쟁을 시작했다. ———

— 자, 여기서 아버지는 뭔가 크게 잘못을 저지르신 거라 생각하는데, 그 이유를 알려 드리겠다.

사실상 *"아버지가 오른손으로 가발을 벗어야 했는지 또는 왼손으로 해야 했는지"* 라는 문제보다 별달리 더 중요해 보이지 않는 문제들이 — 가장 강력한 왕국을 두 토막 내기도 하고, 그 왕국을 다스리던 군주의 왕관이 머리 위에서 비틀거리게 만들기도 한다. — 그러나 선생, 내가 이 말을 굳이 해야 하는지는 모르겠지만, 사실 이 세상에 존재하는 만물은 모두 어떤 상황에 둘러싸여 있고, 그 상황이 이 세상 만물의 크기와 모양을 결정짓는 것 아닙니까. —— 상황이란 것이 이쪽저쪽으로 사물을 조이기도 하고 풀어 주기도 하고, 그래서 그것이 — 위대하게 — 왜소하게 — 좋게 — 나쁘게 — 또는 그저 그렇거나 그저 그렇지 않게, 각각의 경우에 따라 모습을 갖추게 만드니까 말입니다.

아버지의 인도산 손수건은 그의 윗옷 오른쪽 주머니에 들어 있었으니, 그는 오른손이 다른 일을 하게 만들지 말았어야 했다. 그 손으로 가발을 벗는 대신에 반대로 왼손에게 그 일을 맡겼어야 한다는 것이다. 그랬더라면 머리의 땀을 닦아야 하는 그런 생리적 위급 상황 때문에 손수건이 필요한 경우가 발생했을 때, 아버지는 오른손을 오른쪽 호주머니에 집어넣고 손수건을 꺼내기만 하면 되었을 것이다. — 그랬더라면 아버지가 몸의 근육이나 힘줄을 괴롭히거나 흉하게 비틀지 않아도 되었을 것 아닌가.

만약 그렇게 했다면, (혹시라도 아버지가 가발을 왼손으로 뻣뻣하게 들고 있다거나 — 팔꿈치나 겨드랑이를 이상한 각도로 뒤틀어 일부러 바보처럼 보이기로 결심한 경우가 아니라면) — 그의 자세는 아주 편안하고 — 자연스럽고 — 억지스럽지 않아서, 레이놀즈*가 늘 하던 대로 훌륭하고 우아하게 아버지의 앉아 있는 모습을 그려 낼 수도 있었을 것이다.

그런데 실제로 아버지가 이 일을 처리한 방법이 —— 얼마나 아버지를 괴상한 모습으로 만들었을지 상상해 보라.

— 앤 여왕 재위 기간 말기부터 조지 1세 재위 초기 사이에는 — "윗옷 호주머니가 옷자락의 아주 낮은 곳에 위치했다." —— 더 이상 말할 필요가 없겠지. —— 심술 첨지가 한 달을 두고 고심한다 해도, 아버지가 처한 상황에서 이보다 더 고약한 유행을 고안해 내지는 못했을 것이다.


### 제3장


어느 왕의 재위 기간이든 간에 쉬운 일이 아니었을 것이다, (혹시 당신네도 나처럼 비쩍 마른 국민이라면 몰라도) 대각선으로 온몸을 가로질러 반대편 호주머니 밑바닥에 손을 닿게 하는 일이 말이다. — 그러나 이 일이 일어난 일천칠백십팔 년 당시에는 지독히 어려운 일이었다. 따라서 아버지가 손수건을 꺼내려고 지그재그로 손을 가로지르는 모습을 본 삼촌은 즉각 성 니콜라스 성문 앞에서 임무를 수행하던 중에 있었던 일이 떠올랐고, — 이 생각은 삼촌의 관심을 논의 중에 있던 주제로부터 완전히 달아나게 만들었다. 삼촌은 트림을 불러 나무르 지도와 나침반, 함수자를 가져오게 하려고 오른손을 종에 갖다 대었다. 그는 그 공격이 있었던 흉벽, — 특히 그가 샅에 부상을 입은 그곳의 회귀 각도를 측정해 보고 싶은 생각이 들었던 것이다.

그러자 아버지는 이맛살을 찌푸렸는데, 동시에 온몸의 피가 얼굴로 솟구쳐 오르는 것처럼 보였다. —— 토비 삼촌은 즉각 말에서 내렸다.

— 난 당신 삼촌 토비가 말을 타고 있는 줄 몰랐는데요. ——


## 제4장


사람의 몸과 정신은, 이 둘 모두에게 극상의 경의를 표하며 말하건대, 정확히 조끼와 그 안감과 같은 것이다. — 하나를 구기면 — 다른 하나도 구겨질 수밖에 없다. 그러나 이 경우에도 예외는 있게 마련이다. 즉, 당신이 무척 운이 좋아서, 조끼는 고무질을 입힌 호박단을 쓰고, 안감은 얇고 부드러운 사스닛 견직이나 페르시아산 옷감을 쓸 수 있다면 이야기는 달라진다.

제논, 클레안테스, 디오게네스, 바빌로니우스, 디오니시우스, 헤라클레오테스, 안티파테르, 파네티우스, 포시도니우스 등과 같은 고대 그리스인이나, — 카토, 바로, 세네카 등의 로마인이나, — 기독교인 중에선 판테누스, 클레멘스 알렉산드리누스, 몽테뉴 같은 사람들과, 그리고 20~30명 정도의 정직하고, 생각 없이 살아가는, 그러나 그 이름은 기억할 수 없는 샌디적인 사람들은, —

모두 그들의 조끼가 이런 식으로 만들어져 있는 것처럼 살았다.*
—— 그 겉감을 마음껏 구기고, 뭉치고, 포개고, 주름 접고, 문대고, 너덜너덜 닳아 빠지게 만들어 보라. —— 간단히 말해서, 당신이 할 수 있는 한 온갖 악마 짓을 해 보라. 당신이 감행한 온갖 공격에도 불구하고, 그들의 내면은 눈곱만큼도 상하지 않을 것이다.

양심에 의거해 생각해 볼 때 내 조끼도 어느 정도 이런 식으로 만들어져 있다고 믿는다. —— 지난 9개월 동안 내 조끼가 당해야 했던 것만큼 그렇게 혹독한 매질을 당해 본 조끼는 없을 것이다.*
—— 그러나 단언하건대 그 안감은, —— 내 판단으로는, 3페니 동전 한 닢만큼도 더 나빠진 게 없다. —— 뒤죽박죽, 허둥지둥, 티격태격, 딩동, 내 조끼는 전면에서, 후면에서, 옆에서, 위에서, 잘리고, 밀치고, 깎이면서 공격을 받았지만 말이다. —— 내 안감에 조금이라도 고무풀 기운이 있었더라면, —— 맙소사! 그것은 이미 오래전에 너덜너덜 해어져서 실밥만 남았을 것이다.

—— 월간 비평가 선생님들!* —— 어떻게 제 조끼를 그처럼 난도질할 수 있었습니까? —— 제 안감도 함께 다칠 수 있다는 것은 아셨겠지요?

내 영혼에서 우러나오는 충심으로 빌어 마지않습니다. 우리 누구도 해치지 않는 분인 그 절대자께서 당신과 당신의 일을 보호해 주시기를. —— 하느님의 은총이 당신과 함께하기를. —— 다만 바라건대, 당신들 중 누군가 지난 5월에 그랬듯이(그땐 유난히 날씨가 더웠던 것으로 기억합니다) 나를 향해 이를 갈고, 분통을 터뜨리고, 욕을 퍼붓는 분을 다음 달에 만날 경우, 제가 좋은 심사로 못 본 척 그냥 지나친다고 해서 —— 너무 분개하진 마십시오. —— 저는 그 정직한 신사분에게 제가 살아 있거나, 글을 쓰는 동안에는 (제 경우 이 둘은 같은 일이지요), 토비 삼촌이 저녁 식사 시간 내

내 코앞에서 왱왱거렸던 파리에게 했던 말보다 더 고약한 말이나 소망은 전하지 않겠다고 굳게 결심하고 있으니까요. 삼촌은 이렇게 말씀하셨지요. —— "가거라, —— 가라고, 이 고약한 친구야, —— 내 앞에서 사라져 주게. —— 내가 왜 자네를 해치겠나? 이 세상은 분명 자네와 나를 다 수용할 만큼 충분히 넓지 않은가."

## 제5장

부인, 아버지 얼굴에 엄청나게 피가 몰리는 모습을 보고 그 이유를 상향적으로 추론해 본 사람이라면 누구라도 말입니다. —— 사실 (온몸의 피가 모두 아버지 얼굴로 솟구쳐 오른 것 같다고 제가 말씀드렸듯이) 아버지의 안색은 과학적으로 그리고 회화적으로 표현해 볼 때, 평소보다 한 옥타브 전체가 아니라면 적어도 6단계 반 정도는 더 붉어졌거든요. —— 토비 삼촌을 빼고는 어느 누구라도, 부인, 이 현상과 더불어 아버지의 이맛살이 심하게 찌푸려지고, 아버지의 몸 역시 격렬하게 뒤틀리는 것을 본 사람이라면, —— 아버지가 격노한 것이라고 결론 내렸겠지요. 그렇게 단정했을 때, —— 만약 그 사람이 두 악기가 똑같은 음을 낼 때 생기는 화음을 좋아하는 사람이라면, — 그는 즉시 자신의 악기 현을 조여서 똑같은 높이의 음으로 끌어올렸을 겁니다. — 그렇게 되면 온갖 거친 음들이 터져 나오고, — 그 음악은, 부인, 에이비슨*의 스카를라티 협주곡 6번처럼 — 콘 퓨리아로, — 즉 미친 듯이 — 연주되었을 것입니다. —— 그런데, 잠깐만요! —— 콘 퓨리아*나 — 콘 스트레피토*같은 —— 그런 시끌벅적한 단어가 화음과 무슨 상관이 있는 거죠?

부인, 제 삼촌 토비처럼 마음이 선량하고, 어떤 행동이든 가장 좋은 의미로 해석하는 사람이 아니었다면, 누구라도 아버지가 화를 내는 것이라 단정하고 아버지를 비난하기까지 했을 것이란 말입니다. 그러나 제 삼촌은 호주머니를 그렇게 만든 재봉사 외에는 아무도 비난하지 않았습니다. —— 삼촌은 아버지가 손수건을 꺼내는 모습을 지켜보며 가만히 앉아 있었지만, 그 얼굴에는 형언할 수 없는 선의를 담아 쳐다보고 있었으니, — 아버지는 결국 다음과 같이 말할 수밖에 없었지요.

## 제6장

—— "플랑드르에 있던 자네 군대가 얼마나 대단했다는 건가!"
— 토비 동생,이라고 아버지는 말을 시작했다. 자네가 그야말로 정직한 사람이고, 하느님이 창조하신 어느 누구 못지않게 착하고 올곧은 마음을 가진 사람이란 것은 나도 알아. —— 세상에서 이미 잉태되었거나, 될지 모르거나, 될 수 있거나, 될 만하거나, 될 것이거나, 되어야만 할, 모든 아이들이 머리부터 먼저 세상에 나온다 하더라도, 그게 자네 잘못이 아니라는 것도 맞는 말이고. — 그러나 여보게, 토비 동생, 수많은 사고의 위험이 도사리고 있는 아이의 수태 과정은 물론, — 내 생각에는 이 문제도 꽤 생각해 볼 만한 가치가 있지만, —— 세상에 태어난 뒤에도 아이들이 부닥치는 위험과 어려움이 얼마나 많은가를 생각해 보게, — 거기에 보태, 아기가 세상에 나오는 통로에서마저 불필요한 모험에 노출시킬 필요가 어디 있는가. —— 이런 위험이, 삼촌은 아버지 무릎에 손을 얹으며, 그리고 진지하게 답을 기다리는 사람의 표정으로 아

버지를 올려다보며 물었다. —— 이런 위험이, 형님, 요즘은 옛날보다 더 큰가요? 토비 동생, 하고 아버지가 답했다. 아이가 제대로 수태되고, 죽지 않고 태어나서, 건강하고, 산모도 멀쩡하기만 하다면, —— 우리 조상들은 더 이상 따지지 않았으니까. —— 토비 삼촌은 즉각 아버지의 무릎에서 손을 떼고, 몸을 의자 뒤로 부드럽게 기대고 나서, 천장 아래의 돌림띠가 보일 정도로 고개를 들어 올렸다. 그런 다음 볼에 있는 협근과 입술의 원형 근육을 움직여 — 릴리벌리로 휘파람을 불기 시작했다.


## 제7장


토비 삼촌이 아버지를 향해 릴리벌리로 휘파람을 부는 동안, — 닥터 슬롭은 오바댜에게 아주 끔찍할 정도로 욕을 하고, 저주를 퍼붓고, 발을 구르고 있었다. —— 선생, 만약 당신이 그 소리를 들었더라면 기분도 좋아지고, 욕이라는 고약한 죄악에서도 영원히 치유가 될 수 있었을 것이다. — 따라서 나는 이 상황의 전모를 이야기해 드리기로 결심했다.

닥터 슬롭의 하녀는 주인의 의료 기구가 들어 있는 녹색 베이즈 천으로 만든 가방을 오바댜에게 건네주면서, 아주 현명하게도 가방끈 사이로 머리와 한쪽 팔을 꿰어 가방을 대각선으로 가로질러 멘 다음 말을 타고 가라고 충고했다. 그녀는 나비매듭을 풀어 끈을 길게 늘여 준 다음, 더 이상 지체하지 않고 오바댜가 가방을 메도록 도와주었다. 하지만 그렇게 하는 중에 그들은 가방 입구가 열린 상태이기 때문에 오바댜가 장담하는 그 속력으로 말을 달리다가는 뭔가 튕겨 나갈 수 있다는 데 생각이 미쳐, 가방을 다시 내려놓았다. 그러고는 둘이 함께 조심스럽게 주의를 기울이며 끈 두 개를 가지고 (가방 입구를 먼저 오므린 다음) 대여섯 개의 매듭을 만들면서 꽁꽁 묶었다. 또 오바댜는 안전을 기하려고 온 힘을 다해 끈을 잡아당겨 각각의 매듭을 탄탄하게 만들었다.

이로써 오바댜와 하녀가 의도한 바는 해결된 셈이었다. 그러나 두 사람이 다 미처 예측하지 못한 문제에 대해서는 대처할 수가 없었다. 입구는 꽁꽁 묶었지만 (가방 모양이 원추형이었던 관계로) 아래쪽으로 여유 공간이 많다 보니 의료 기구가 그 안에서 얼마든지 춤을 출 수 있었던 것이다. 오바댜가 말을 달리기 시작하자 주사기와 겸자, *tire-tête* 같은 것들이 서로 부딪쳐 덜컹거리는 바람에 히멘*이 그쪽으로 나들이를 왔더라면, 놀라서 천 리 밖으로 도망칠 정도였다. 그러나 구보를 하던 오바댜가 박차를 가해 전속력으로 달리기 시작하자, ─ 맙소사! 선생, ─ 그 짤랑거리는 소리는 믿기지 않을 만큼 요란해졌지요.

오바댜는 아내와 세 아이가 있는 사람이었기에, 짤랑거리는 소리에서 간음 같은 비열한 일이나 그 외 이 소리가 야기할 수 있는 수많은 정치적 악영향 같은 것이 그의 머리에 떠오르지는 않았다. ── 그러나 오바댜가 절실하게 느끼는 불편함이 있었으니, 위대한 애국자*들이 그랬던 것처럼, ── "선생, 이 딱한 친구는 자기 휘파람 소리를 들을 수가 없었답니다."

## 제8장

오바댜는 몸에 지니고 다니는 악기 중에서도 이 관악기를 가장 좋아했기 때문에 ─ 어떻게 하면 그 음악 소리를 즐길 수 있는 상황을 만들지 상상력을 발휘하여 고심하기 시작했다.

갑자기 작은 끈을 필요로 하는 고민스러운 상황이 생길 때(음악적인 것은 제외하고), —— 사람들 머리에 가장 쉽게 떠오르는 것은 모자 끈이라고 할 수 있다. —— 이 주장이 담고 있는 철학은 너무나 뻔히 표면에 드러나는 것이므로 — 굳이 설명할 생각이 없다.

그런데 오바댜의 고민은 혼성적인 것이었다. —— 주목해 주십시오, 선생, — 제가 혼성적인 것이라 했습니다. 왜냐하면 이 경우는 산부인과적이고, — *주머니*적이고, — 주사기적이고, 가톨릭적이며, — 게다가 마차용 말이 관련되었다는 점에서는 — 마적(馬的)*이기도 하며, — 단지 부분적으로만 음악적인 고민이었으니까요. — 오바댜는 망설이지 않고 가장 먼저 떠오른 편법을 택했다. — 그래서 가방과 기구들을 한 손에 꽉 모아 쥐고는 다른 손의 손가락으로 모자 끈의 끝을 이빨에 문 다음, 손을 가방 한가운데로 가져가, — 한끝에서 다른 끝까지 꽁꽁 묶고 또 묶었다. 끈이 만나거나 교차하는 부분에서는 탄탄하게 매듭을 만들면서 수없이 휘돌려 감아 묶기도 하고, 얽히고설키게 교차시켜 감기도 했으니, — 닥터 슬롭이 이것을 풀어내는 데는 최소한 욥의 참을성의 5분의 3 정도는 있어야 할 형국이었다. — 만약 자연의 여신이 기민하게 움직이고 싶은 기분이고, 시합에 나설 생각이 있다고 가정해 보자. — 그리고 자연의 여신과 닥터 슬롭이 공평하게 동시에 출발했다고 하자. — 그런 경우 누구든 오바댜가 그 가방에다 무슨 짓을 했는지를 본 사람이라면, — 그리고 여신이 마음만 먹으면 얼마나 속력을 낼 수 있는지를 아는 사람이라면, —— 누가 승자의 상을 가져갈지 조금도 의심할 수 없을 것이다. 부인, 틀림없이 제 어머니가 그 녹색 가방보다 — 최소한 매듭 스무 마디는 먼저 몸을 풀 것입니다. —— 작은 사고들의 노리갯감, 트리스트럼 섄디여! 그대는 지금도, 앞으로도 언제나, 그럴 수밖에 없구나. 그 시합이 그대에게 유리한 상황으로 끝났더라면, 사실 그럴 확률은 50대 1에 불과하지만, —— 그대의 입지가 그토록 주저앉지는 않았을 텐데 — (최소한 주저앉은 코 때문은 아니겠지), 더욱이 그대가, 살다 보니 가끔 찾아오기도 했던 가문의 운세를 번창시킬 기회들을, 그렇게 자주, 그렇게 속상하게, 그렇게 무기력하게, 그렇게 돌이킬 수 없게 내팽개쳐 버리는 일도 없었을 것이다. — 그대가 어쩔 수 없이 강요당했던 것처럼 말이다! — 하지만 다 끝난 일이다, — 그 이야기를 들려주는 일 말고는. 그러나 아무리 궁금해해도 그건 내가 이 세상에 태어나야만 들려줄 수 있는 이야기다.

## 제9장

훌륭한 재사들은 도약한다는 공통점이 있다. 닥터 슬롭은 (토비 삼촌과 조산술에 대한 논쟁을 하다 문득 생각나는 바람에) 가방에 눈길을 준 그 순간에 — 바로 그 생각이 떠오른 것이다. —— 그는 (혼잣말로) 말했다, 샌디 부인이 이렇게 고생을 하니 천만다행이지. — 안 그랬더라면 이 매듭들을 반도 풀기 전에 일곱 번도 더 해산을 했겠구먼. —— 그러나 여기서 구별해야 할 것이 있다. —— 그 생각은 돛이나 바닥짐도 없이 단지 하나의 명제로서 닥터 슬롭의 머릿속을 떠다니고 있었을 뿐이다. 귀하께서도 아시다시피 수백만 가지 이런 생각이 매일매일 인간 오성의 엷은 수액 속을 조용히 떠다니고 있다. 격정이나 어떤 이해관계의 작은 돌풍이 그걸 한편으로 밀어붙이기 전까진 앞으로도 뒤로도 가지 않고 말이다.

그때, 위층의 어머니 침대 주변에서 갑자기 쿵쾅거리는 소리가 들리면서, 닥터 슬롭의 생각에 내가 말했던 바로 그 돌풍의 역할을 했다. 아니 이게 무슨 난리야, 닥터 슬롭이 말했다, 서두르지 않았다간 바로 그런 일이 생기고 말겠구먼.


# 제10장


매듭의 경우에는, —— 우선 이것은 당겨서 푸는 풀림 매듭을 말하는 게 아니란 것을 알아주기 바란다. —— 왜냐하면 그런 매듭에 대해서는 앞으로 내 인생과 견해를 풀어 가는 과정에서, ——— 나의 종조부 해먼드 샌디 씨가 겪은 큰 재난을 언급할 때, 이에 대한 내 의견을 보다 적절히 제공할 기회가 있을 테니까 말이다. 그는, — 키는 작고, — 기상은 높은 분으로, — 몬머스 공작 사건 때 직접 달려가 반란에 합류했던 분이다.* —— 두 번째로 지적할 것은 내가 나비매듭이라 불리는 그 특정 매듭을 여기서 이야기하는 게 아니라는 점이다. —— 나비매듭을 푸는 데는 능숙함이나 기술, 참을성 같은 게 거의 필요 없기 때문에 그에 대해서는 의견을 내놓을 것이 없다고 생각한다. —— 내가 말하는 매듭이란, 목사님들도 믿어 주셨으면 좋겠는데, 선하고 정직하며, 무작정 튼튼하고 단단한 매듭으로서, 오바댜가 했듯이 성심껏 만든 *진짜* 매듭을 뜻한다. — 이런 매듭은 끈을 두 번 접어서 만든 고리나 올가미 속으로 끈의 양 끝을 중복 통과시킴으로써 어물쩍 나중에 풀 수 있는 대비를 해 놓은 것이 아니다. — 그런 대비가 되어 있는 매듭을 풀기 위해서라면 단지 ——— 내 말을 알아들었기를 희망하는 바다.

이런 매듭이나, 매듭들이 우리의 생 앞에 장애물을 던져 놓는 상황을 만나면 말입니다, 존경하는 목사님들, —— 성미 급한 사람들이라면 모두 주머니칼을 뽑아 들고 매듭을 잘라 버리겠지요. —— 그건 잘못된 일입니다, 어르신들, 제 말을 믿으세요, 이성과 양심이 명하는 가장 고결한 방법은 — 이빨이나 손가락을 사용하는 것입니다. —— 닥터 슬롭은 이빨을 잃고 없었지요. — 그전에 난산이 있었을 때 그가 아끼는 기구로 아기를 끌어내는 중에 방향을 잘못 잡아 그랬는지, 잘못 사용하여 그랬는지, 또는 미끄러져서 그랬는지, 기구의 손잡이가 튕기면서 이빨 세 개를 부러뜨린 겁니다. — 그래서 손가락을 사용하려 했는데, — 아, 저런! 손톱을 너무 바싹 깎았군요. — 빌어먹을! 어느 쪽으로 해도 안 되잖아, 하고 닥터 슬롭이 소리쳤다. —— 위층 어머니 침대 옆에서 쿵쿵거리는 소리가 더 커졌다. — 염병할 놈! 죽어도 못 풀게 생겼잖아. — 어머니는 신음 소리를 토했다. — 주머니칼 좀 빌려 줘요. — 아무래도 매듭을 자르기라도 해야겠어. —— 뭐야! — 쳇! — 오, 주여! 엄지손가락을 뼈가 보이도록 베었잖아 —— 저주받을 녀석 —— 50마일 이내에 다른 남자 산파가 없다 하더라도 — 난 이 소동 때문에 끝장난 사람이라고 —— 저 악당이 교수형이라도 당했으면 좋겠다 — 총이라도 맞든지 — 지옥에 있는 악마가 모두 와서 저 얼간이 좀 잡아가면 좋겠다 —— .

아버지는 오바댜를 상당히 존중했기 때문에 그가 이런 식으로 당하는 것을 참고 볼 수가 없었다. —— 더욱이 아버지는 자기 자신에 대해서도 어느 정도 존중하는 마음이 있었으니 —— 이 소동 속에서 자기도 겪어야 하는 무례를 참는 것 역시 힘들었다.

닥터 슬롭이 엄지손가락이 아닌 다른 곳을 다쳤더라면 —— 아버지는 그냥 넘어갔을 것이다 —— 아버지의 분별력이 승리를 거두었을 것이다. 한데 그게 엄지손가락이고 보니, 아버지는 복수를 결심했다.

닥터 슬롭, 큰 사건을 두고 시시한 악담을 하는 건 말이오, 하고 아버지는 (먼저 사고에 대해 위로를 전하면서) 말을 시작했다, 아무 성과 없이 우리 힘이나 영혼의 건강을 소모시키는 일 아니겠소. ── 그건 나도 인정해요, 라고 닥터 슬롭이 답했다. ── 그것은 능보에다 새총을 쏘는 셈이지요, 토비 삼촌이 (휘파람을 멈추면서) 말했다. ── 그런 것은 감정을 자극하긴 하지만, 아버지가 말을 이었다, ── 분한 마음은 전혀 해소시켜 주지 못하지요. ── 나로 말할라치면 욕을 하거나 악담을 퍼붓는 일은 거의 없어요 ── 그게 나쁘다고 생각하거든요 ── 그러나 어쩌다 갑자기 해야 할 경우에는, 난 보통 평정심을 잘 유지해서 (맞아요, 하고 삼촌이 거들었다) 제대로 소기의 목적을 달성한답니다. ── 말하자면, 난 맘이 편해질 때까지 욕을 계속한다는 겁니다. 그러나 현명하고 공정한 사람은 이런 배출을 할 때 언제나 욕의 대상이 될 그 잘못의 크기와 악의의 정도는 물론 ── 마음속에 일어난 감정의 강도에 맞춰서 균형을 유지하려고 노력합니다. ── *"상처란 단지 마음에서 나오는 거지요."* ── 라고 토비 삼촌이 말했다. 아버지는 지극히 세르반테스적인 위엄*을 담아 말을 이었다. 이런 이유로 내가 세상에서 가장 존경하는 분이 있는데, 그는 이런 문제에 있어 자신의 분별력과 균형 감각을 믿을 수가 없어, 자신에게 일어날 수 있는 최저의 도발에서 최악의 도발까지 모든 상황에 맞춰 적절한 양식의 욕하기 교본을 작성해 두었지요(물론 여가 시간에 말입니다). ── 자기가 작성한 것이 마음에 들기도 하고, 감당할 만한 것이기도 해서, 그분은 그것을 항상 손 닿는 곳인 벽난로 위에 올려놓고 언제든 사용할 수 있게 했지요. ── 난 그런 일을 실행에 옮길 수 있다는 것

은 고사하고, —— 생각해 낼 수 있다는 것조차 상상도 못했네요,
라고 닥터 슬롭이 대꾸했다. 미안한 말이지만, — 아버지가 답했
다, 난 오늘 아침에도 토비 동생이 차를 따라 주는 동안 그 책을 읽
어 주었는데요, 물론 사용한 것은 아니지만. — 여기 내 머리 위 선
반에 있어요. —— 하지만 내 기억이 맞다면 엄지손가락을 베인 데
쓰기에는 너무 과격한 게 아닌가 싶네요. —— 전혀 아니에요, 닥
터 슬롭이 말했다. 저런 녀석은 악마가 잡아가야 한다고요. — 그
렇다면야, 하고 아버지가 답했다, 얼마든지 사용하세요, 닥터 슬
롭, —— 단, 소리 내서 크게 읽어야 합니다. —— 아버지는 몸을
일으켜 로마 가톨릭교회 파문 저주서 한 권을 집어 들었다. 이 책
은 (기이한 장서 수집벽이 있는) 아버지가 로체스터 성당 소장본
을 구한 것으로, **에르눌푸스** 주교가 쓴 것이다. — 아버지는 **에르눌**
**푸스**라도 속아 넘어갈 만한 진지한 목소리와 표정을 가장하며 —
닥터 슬롭의 손에 그 책을 넘겨주었다. — 닥터 슬롭은 손수건 귀
퉁이로 엄지를 감싼 뒤, 찌푸린 얼굴로, 그러나 아무 의심 없이, 다
음과 같이 큰 소리로 읽기 시작했다. — 토비 삼촌은 한껏 큰 소리
로 시종일관 릴리벌리로 휘파람을 불어 댔다.

Textus de Ecclesiâ Roffensi, per Ernulfum Episcopum.

## C A P. XXXV.
## E X C O M M U N I C A T I O.[5]*

*EX auctoritate Dei omnipotentis, Patris, et Filij, et Spiritus Sancti, et sanctorum canonum, sanctæque et intemeratæ Virginis Dei genetricis Mariæ,*

―――― *Atque omnium cœlestium virtutum, angelorum, archangelorum, thronorum, dominationum, potestatuum, cherubin ac seraphin, & sanctorum patriarcharum, prophetarum, & omnium apostolorum et evangelistarum, &*

5) 세례에 관한 소르본의 논의에 대해 그 진위를 의심하는 사람도 몇몇 있고, 전적으로 부인하는 사람도 있어, ―― 이 파문 저주서의 경우에는 원본을 그대로 싣는 게 타당하다고 생각한다. 샌디 씨는 이 책을 빌려 준 로체스터 성당 참사회와 참사회 서기에게 감사를 표한다.

# 제11장

"전능하신 하느님, 성부와 성자, 성신 그리고 성인들 또한 우리 구세주의 어머니이며 후견인이신 순결한 성모 마리아의 권능을 빌려," 한데 큰 소리로 읽을 필요는 없을 것 같은데요, 하고 닥터 슬롭이 책자를 무릎에 내려놓으며 아버지를 향해 말했다. — 당신은 바로 아침에 읽었던 것이고, — 샌디 대위는 별로 듣고 싶은 생각이 없는 것 같으니, —— 혼자 읽는 게 낫겠어요. 그건 계약 위반인데요, 아버지가 답했다. — 게다가 이 책에는, 특히 후반부에 가면 아주 색다른 부분이 있어, 한 번 더 읽게 되는 즐거움을 놓친다는 건 여간 섭섭한 일이 아니지요. 닥터 슬롭은 썩 내켜하지 않았다. — 그러나 이때 토비 삼촌이 휘파람 부는 것을 멈추고 자기가 읽어 주겠다고 나서자, —— 닥터 슬롭은 토비 삼촌이 읽게 하느니 — 삼촌의 휘파람 소리의 엄호 아래 자기가 직접 읽는 것도 괜찮겠다는 생각이 들었다. — 그래서 그는 책을 얼굴 높이까지 들어 올려 분한 마음을 감출 수 있도록 얼굴과 나란히 되게 들고서 — 다음과 같이 큰 소리로 읽기 시작했다. —— 토비 삼촌은 아까처럼 그렇게 크게는 아니지만, 계속 릴리벌리로 휘파람을 불고 있었다.

"전능하신 하느님, 성부와 성자, 성신 그리고 우리 구세주의 어머니이며 후견인이신 순결한 성모 마리아의 권능을 빌려, 그리고 천상의 모든 천사들, 역품(力品)천사, 대천사, 좌품(座品)천사, 주품(主品)천사, 능품(能品)천사, 지품(智品)천사, 치품(熾品)천사, 그리고 성스러운 옛 가부장님들, 예언자님들, 모든 사도님들, 복음 전도자들, 그리고 신성한 양, 예수 그리스도께서 찬양해 마땅하다 생각하신 성스러운 아기 순교자들, 그리고 모든 성스러운 순

*sanctorum innocentum, qui in conspectu Agni soli digni inventi sunt canticum cantare novum, et sanctorum martyrum, et sanctorum confessorum, et sanctarum virginum, atque omnium simul sanctorum et electorum Dei, —*

*Excommunicamus, et anathematizamus hunc furem,<sup>vel os</sup> vel hunc malefactorem, N. N. et a liminibus sanctæ Dei ecclesiæ sequestramus ut æternis suppliciis excruccandus,<sup>vel i</sup> mancipetur, cum Dathan et Abiram, et cum his qui dixerunt Domino Deo, Recede à nobis, scientiam viarum tuarum nolumus : et sicut aquâ ignis extinguitur, sic extinguatur lucerna ejus<sup>vel eorum</sup> in secula seculorum nisi resipuerit, et ad satisfactionem venerit Amen.*

*Maledicat illum Deus Pater qui hominem creavit. Maledicat illum Dei Filius qui pro homine passus est. Maledicat illim Spiritus Sanctus qui in baptismo effusus est. Maledicat illum sancta crux, quam Christus pro nostrâ salute hostem triumphans, ascendit.*

*Maledicat illum sancta Dei genetrix et perpetua Virgo Maria. Maledicat illum sanctus Michael, animarum susceptor sacrarum. Maledicant illum omnes angeli et archangeli, principatus et potestates, omnisque militia cœlestis.*

교자와 신앙 고백자들, 신성한 동정녀들, 또한 모든 성자들을 통틀어서, 그리고 하느님께 선택받은 모든 성스러운 분들의 권능에 힘입어 비노니, —— 그가"(오바댜) "저주받게 하소서."(이런 매듭을 묶어 둔 벌로.) —— "우리는 그에게 파문을 선고하고 저주하나니, 그를 전능하신 하느님의 교회 문턱으로부터 추방하여, 그가 다단과 아비람*과 함께, 그리고 하느님을 부정하며, 우리 주 하느님께 우리는 당신의 길을 가지 않으리니 우리 앞에서 사라지시오, 라고 말했던 그 사람들과 함께, 버려지고 고통받게 하소서. 불이 물에 의해 꺼지듯이, 그를 위한 빛이 영원히 꺼지게 하소서, 만약 그가 참회하고"(오바댜가 자기가 만든 매듭에 대해) "보속을 하지 않는다면,"(매듭에 대해) 아멘.

인간을 창조하신 아버지시여, 그를 저주하소서, — 우리를 위해 고통 받으신 하느님의 아들이시여, 그를 저주하소서. — 세례식에 임하시는 성령이시여, 그를 (오바댜를) 저주하소서. — 예수께서 우리를 구원하기 위해 적을 물리치고 오르신 그 성스러운 십자가여, — 그를 저주하소서."

"성스럽고 영원하신 동정녀 마리아여, 신의 어머니시여, 그를 저주하소서. — 성스러운 영혼들의 수호자이신 성 미카엘이시여, 그를 저주하소서. — 모든 천사들과 대천사, 권품(權品)천사들과 능품(能品)천사들, 그리고 모든 천상의 군대들이시여, 그를 저주하소서." [플랑드르에 있을 때 우리 군인들도 끔찍하게 욕을 하긴 했지만, — 이 정도는 아니었어요, 라고 토비 삼촌이 소리쳤다. — 나라면 강아지한테도 그런 식으로 저주할 순 없겠는데요.]

*Maledicat illum* <sup>os</sup> *patriarcharum et prophetarum laudabilis numerus. Maledicat illum* <sup>os</sup> *sanctus Johannes præcursor et Baptista Christi, et sanctus Petrus, et sanctus Paulus, atque sanctus Andreas, omnesque Christi apostoli, simul et cæteri discipuli, quatuor quoque evangelistæ, qui sua prædicatione mundum universum converterunt. Maledicat illum* <sup>os</sup> *cuneus martyrum et confessorum mirificus, qui Deo bonis operibus placitus inventus est.*

*Maledicant illum* <sup>os</sup> *sacrarum virginum chori, quæ mundi vana causa honoris Christi respuenda contempserunt. Maledicant illum* <sup>os</sup> *omnes sancti qui ab initio mundi usque in finem seculi Deo dilecti inveniuntur.*

*Maledicant illum* <sup>os</sup> *cœli et terra, et omnia sancta in eis manentia.*

*Maledictus sit* <sup>n</sup> *ubicunque fuerit,* <sup>n</sup> *sive in domo, sive in agro, sive in viâ, sive in semitâ, sive in silvâ, sive in aquâ, sive in ecclesiâ.*

*Maledictus sit vivendo, moriendo — — — — — — — — — — — — — — — — — — — — — — — — — — — — — — — — — — — — — — — — — — — — — — — — — — — — — — — — — — — — manducando, bibendo,*

"선지자 성 요한과 세례 요한 그리고 성 베드로, 성 바오로, 성 안드레와 그 밖의 모든 사도들이시여, 힘을 모아 그에게 저주를 내리소서. 설교를 통해 온 세상을 개종시킨 네 분의 복음서 저자들과 예수님의 나머지 제자들이시여, ─ 신성한 공덕으로 전능하신 하느님께 기쁨을 드린 저 성스럽고 놀라운 순교자들과 신앙고백자들이시여, 저주를 내리소서, 그에게 (오바댜.)

　예수님의 영광을 위해 세속을 버린 성처녀 성가대여, 그에게 천벌을 내리소서. ─ 세상의 시초부터 영구한 세월에 걸쳐 하느님의 사랑을 받는 모든 성인들이시여, 그에게 천벌을 내리소서. ─ 하늘과 땅 그리고 그 안에 거주하는 모든 신성한 것들이시여, 천벌을 내리소서 그에게" (오바댜) "또는 그녀에게" (누구든 간에 이 매듭 만드는 것을 거들었던 여자.)

　"그가 (오바댜) 어디에 있건, ─ 집에 있건, 마구간에 있건, 정원이나 들, 대로나 소로, 숲이건 물속이건, 또는 교회에 있건 간에 ─ 그가 살아서건 죽어서건, 저주받게 하소서." [여기서 토비 삼촌은 마침 그의 노래 2소절에서 2분음표가 나온 김에 문장이 끝날 때까지 같은 음으로 계속 휘파람을 불었다. ── 한편 닥터 슬롭은 그 아래로 부드럽게 흐르는 베이스 음처럼, 그의 저주 소절을 계속 읽어 가고 있었다.] 그가 음식을 먹는 중이든지, 뭘 마시는 중이든지, 배고픈 상태든지, 목마른 상태든지, 금식 중이든지, 잠자는 중이든지, 꾸벅꾸벅 조는 중이든지, 걷는 중이든지, 서 있거

*esuriendo, sitiendo, jejunando, dormitando, dormiendo, vigilando, ambulando, stando, sedendo, jacendo, operando, quiescendo, mingendo, cacando, flebotomando.*

*Maledictusi sit in totis viribus corporis.*

*Maledictus sit intus et exterius.*

*Maledictus sit in capillis; maledictus sit in cerebro. Maledictus sit in vertice, in temporibus, in fronte, in auriculis, in superciliis, in oculis, in genis, in maxillis, in naribus, in dentibus, mordacibus sive molaribus, in labiis, in gutture, in humeris, in harmis, in brachiis, in manibus, in digitis, in pectore, in corde, et in omnibus interioribus stomacho tenus, in renibus, in inguinibus, in femore, in genitalibus, in coxis, in genubus, in cruribus, in pedibus, et in unguibus.*

*Maledictus sit in totis compagibus membrorum, a vertice capitis, usque ad plantam pedis —— non sit in eo sanitas.*

*Maledicat illum Christus Filius Dei vivi toto suæ majestatis imperio*

나, 앉아 있거나, 누워 있거나, 일하거나, 쉬고 있거나, 소변이든 대변이든 보고 있거나, 피를 뽑아내는 중이거나 간에, 그에게 저주를 내리소서."

"그의(오바댜) 몸에 있는 온갖 능력이 다 저주받게 하소서."

"그의 내면과 외면에 다 저주를 내리소서. ― 그의 머리카락에도 저주를 내리소서. ― 그의 두뇌와 정수리에도"(그것은 참으로 슬픈 저주로군, 하고 아버지가 말했다) "그의 관자놀이, 이마, 귀, 눈썹, 볼, 턱뼈, 콧구멍, 앞니와 어금니, 입술, 목, 어깨, 손목, 팔, 손과 손가락에도 저주를 퍼부어 주소서.
그의 입에도, 가슴에도, 심장과 내장에서 위장까지 모조리 천벌을 내려 주소서.
그의 허리춤과 샅에도 저주를 내리소서."(하느님이 보우하사 그래선 안 되지요, 하고 토비 삼촌이 말했다) ― "그의 허벅지와 생식기에도"(아버지가 머리를 내저었다) "엉덩이에도, 무릎에도, 다리에도, 발에도, 발톱에도 저주를 내리소서.

그의 사지의 모든 관절과 마디, 머리 꼭대기에서 발바닥까지 아무 데도 성한 곳이 없게 해 주소서.

살아 계신 하느님의 아들이시여, 당신의 주권의 영광으로" ―― [여기서 토비 삼촌은 고개를 뒤로 젖히며, 휴 ― 우 ― 우 ―― 라고 괴상하고, 길고 긴 큰 소리의 휘파람을 불었는데, 그것은 *야아 대단하다!* 라는 감탄의 휘파람과 그 말 자체 사이의 무언가를 전하는 소리였다. ――

—— *et insurgat adversus illum cœlum cum omnibus vir-tutibus quæ in eo moventur ad damnandum eum, nisi peni-tuerit et ad satisfactionem venerit. Amen. Fiat, fiat. Amen.*

— 주피터의 황금 수염과 — 유노의 황금 수염(혹시 그 여신들의 여왕 폐하에게도 그런 게 있었다면), 그리고 나머지 모든 이교도 신의 수염에 의지해 빌건대, 또 말이 나왔으니 말인데, 그들의 수가 결코 적지 않은 것이, 천상에 있는 신들과, 공기 중에 그리고 물속에 있는 신들까지 모두 합하면, — 도시의 신들과 시골의 신들 그리고 그들의 아내인 여신들과, 그들의 정부나 첩인 지옥의 여신들은(그들도 수염이 있을 경우) 계산에 넣지 않더라도 말이다, —— 이 모든 수염들을 모두 소집하면, 바로*가 명예를 걸고 맹세했듯이, 최소한 3만 개의 권능 있는 수염이 이교도 세상에서 모여들게 된다. —— 이 수염들은 각각 다 그것을 쓰다듬으며, 거기에 대고 맹세를 걸 수 있는 권리와 특권이 있다. — 그러니 이 모든 수염에 걸고 —— 나는 맹세하고 증언하건대, 시드 하메트*가 자기 옷을 기꺼이 내놓았듯이, 나도 이 세상에서 가지고 있는 단 두 벌의 낡아 빠진 검은 사제복 중 더 나은 것을 기꺼이 내놓아도 좋다, —— 다만 토비 삼촌의 옆에 서서 그의 휘파람 반주를 들을 수만 있다면 말이다.]

—— "그를 저주하소서." —— 닥터 슬롭이 계속했다, —— "천상을 움직이는 힘을 가지신 하늘이시여, 그가 참회하고 보속을 행하지 않는다면, 그에 맞서 분연히 일어나, 그를 (오바댜) 저주하고 천벌을 내리소서, 아멘. 그리될지어다, — 그리될지어다, 아멘."

단언하건대, 토비 삼촌이 말했다, 나라면 악마에게 저주를 퍼부어도 이렇듯 모질게는 못할 겁니다. —— 그는 저주의 아버지잖아요, 닥터 슬롭이 답했다. —— 난 아니지요, 삼촌이 답했다. —— 그는 이미 저주받고 천벌을 받았지요, 영구히 말이지요, —— 닥터 슬롭이 답했다.

그것 참 안됐네요, 토비 삼촌이 말했다.

닥터 슬롭은 막 입을 오므리며, 토비 삼촌의 휴 — 우 — 우 — — 또는 감탄사적 휘파람을 되갚아 주려는 참이었는데, —— 바로 그때 다음다음 장에서 급히 문이 열리며 —— 이 일에 종지부를 찍어 주었다.

## 제12장

자, 이세 우리가 이 자유의 땅 우리나라에서 욕을 마음대로 사용한다고 해서 그게 우리 것인 척하거나 뻐기지는 맙시다. 우리가 그 욕을 사용할 기백이 있다고 해서, —— 우리가 그것을 창안해 낼 기지까지 있다고 상상하진 맙시다.

나는 지금 이 순간에 전문 감식가만 제외한다면 누구에게든 그 논거를 증명해 보여 주겠다. —— 내가 욕하기의 전문 감식가를 거부한다는 것은 — 미술이나 기타 등등의 전문 감식가를 거부하는 것과 같은 맥락인데, 그들은 비평의 온갖 장신구와 구슬들로 휘감겨 있고, 그것들에 홀딱 빠져 숭배하는 사람들이기 때문이다. —— 아니, 비유를 버리고 말하자면, 한데 그것은 대단히 아까운 일이긴 하다. —— 왜냐하면 나는 멀고 먼 기니 해안에서 그것을 구해 왔으니 말이다, —— 아무튼 선생, 그들의 머리는 자와 컴퍼스로 꽉 차 있고, 아무 때나 그것을 들이대는 한결같은 성향이 있는 자들이니, 천재의 작품이라 할지라도, 그들에게 찔리고 고문당하느니 차라리 당장 지옥에 떨어지는 게 나을 거외다.

—— 그런데 지난밤에 개릭*이 어떤 식으로 독백을 했지요? —

아, 각하, 모든 규칙에 어긋나게 하더군요. — 가장 비문법적으로 했답니다! 명사와 형용사 사이에는 *수와 격, 성*이 일치해야 하는데, 그는 이런 식으로 그것을 위반했지요. — 마치 어찌해야 할지 결정할 수 없다는 듯이 말을 멈춰 버리더라고요. —— 그리고 각하께서도 아시다시피, 주어가 동사를 지배해야 하는데 그는 에필로그를 하는 동안 주어와 동사 사이에서 대여섯 번이나 목소리를 멈췄지요. 스톱워치로 재어서, 각하, 매번 5분의 3푼 동안 멈췄습니다 —— 아, 찬탄할 만한 문법가로군! —— 그러나 그의 목소리가 멈춘 동안 —— 그 의미도 함께 멈췄던가요? 자세나 얼굴 표정이 그 틈새를 메워 주지 않았는지요? — 그의 눈은 침묵하고 있었나요? 자세히 보지 않았나요? — 전 그냥 스톱워치만 쳐다보고 있었거든요, 각하. —— 탁월한 관찰자로군!

한데 온 세상이 떠들어 대고 있는 그 새로 나온 책은 어떤 것 같아요? — 아! 각하, 그것은 수직을 맞추지 않고 뒤틀려 있습니다. —— 상당히 변칙적인 작품이지요! — 네 귀퉁이 중에 각도가 맞는 게 하나도 없어요. — 제가 컴퍼스랑 자, 뭐 그런 것들을, 각하, 호주머니에 넣고 다니거든요. —— 탁월한 비평가로군!

— 그리고 각하께서 저한테 보라고 하신 그 서사시 말인데요, — 그 길이, 넓이, 높이, 깊이 등을 재어, 보쉬*의 정확한 저울에 올려놔 봤더니, — 각하, 모든 치수에서 다 어긋나던데요. —— 찬탄할 만한 감식가로군!

— 그래, 집으로 가는 길에 거기 들러 그 거창한 그림을 보았는지요? —— 우울할 정도로 조잡한 그림입니다! 각하, 피라미드의 원리에 맞는 부분이 하나도 없더군요! —— 게다가 값은 왜 그리 비싼지요! — *티치아노*의 색채감 같은 것은 없고, — 루벤스의 표현력도 없고, — *라파엘*의 우아미 —— 도메니키노의 순수미,

— 코레조의 코레조적 특성, — 푸생의 학식, — 기도의 분위기, — 카라치의 심미안, — 또는 미켈란젤로의 장대한 윤곽선 같은 것은 찾아볼 수가 없더군요.* ——— 맙소사, 하느님, 제가 참을성 좀 갖게 해 주세요! —— 이 잘난 척 허튼소리를 떠들어 대는 세상에서 허튼소리로 지껄인 모든 허튼 말 중에서도, —— 위선자의 허튼 말이 최악이지만, — 그중에서도 가장 고통스러운 것은 비평가의 허튼 말입니다.

관대하게도 자기 상상력의 고삐를 저자의 손에 맡겨 주시는 그 아량 넓은 분을 뵙고 그 손에 입 맞추기 위해서라면 나는 걸어서 50마일이라도 달려갈 것이다. 타고 갈 만한 말은 없으니 말이다. —— 그는 이유도 모르는 채 즐거워하고, 무엇 때문인지 신경 쓰지도 않는다.*

위대한 아폴로 신이여! 혹시 지금 뭔가 베풀고 싶은 기분이시라면, —— 저에게 베푸소서. —— 제가 청하는 것은 다만 당신의 불꽃 한 가닥과 한 획의 천부적 유머입니다, —— 그리고 메르쿠리우스 편에, 그가 바쁘지 않다면 말입니다, 컴퍼스와 자를 들려서, 저의 인사와 함께 —— 아, 신경 쓰지 마십시오.

이제 감식가를 제외한 다른 누구에게든 증명해 보이겠다. 지난 250년 동안 세상에서 떠벌려 왔던 그 저주와 악담이 원본이 있다는 사실을 말이다. —— 성 바오로의 엄지손가락과 — 하느님의 몸이건 하느님의 물고기*에 걸고 저주하는 것은 제외하는데, 그것들은 왕이 만들어 낸 것이다. 그런데 그게 몸이든 물고기든 그것을 만든 사람을 생각할 때 문제 될 게 없다. 왕의 욕지거리인데 아무려면 어떻겠는가. —— 그 둘만 제외하면, 세상 어떤 욕도 에르눌푸스로부터 수천 수만 번 반복해서 베껴 낸 것이 아닌 경우가 없다. 그러나 모든 복사본이 그렇듯, 그 힘과 정신에 있어 얼마나 원본에 못 미치는가! — 흔히 나쁘지 않은 욕이라 생각하고, ——
그 자체로선 꽤 괜찮은 것으로 통용되는, —— "야, 천벌이나 받아
라"라는 욕을 —— 에르눌푸스의 욕 옆에 갖다 놓아 보라. ——
"전능하신 하느님 아버지의 천벌이 내릴지라" —— "하느님의 아들
인 신의 천벌이 내릴지라" —— "성령의 신의 천벌이 내리리라." 이
런 원본에 비하면, — 그 욕은 아무것도 아니라는 걸 아시겠지. ——
그의 저주문에는 우리가 도저히 미칠 수 없는 동방적 특성*이 있
다. 게다가 그는 창조성이 풍부하다. —— 탁월한 욕쟁이 자질을
갖추고 있으며, —— 사람 몸의 피부막, 신경, 인대, 마디의 접합,
관절 등 그 구조에 대해 완벽한 지식을 갖추고 있어, — 에르눌푸
스가 저주할 때는 — 몸의 어느 한 부분도 빠져나갈 길이 없다. —
그의 저주 방법이 좀 가혹한 면이 있다는 것은 사실이다. — 그리
고 미켈란젤로처럼 우아미가 부족하다는 말도 맞다. —— 그렇긴
해도 얼마나 활기차고 품격이 있는지! —

  뭘 보든 간에 모든 인류와 아주 다른 시각으로 보는 습관이 있는
나의 아버지는 —— 그러나 이 저주문이 원본임을 인정하지 않는다.
—— 그는 오히려 에르눌푸스의 파문 저주문이 욕하기의 체계화를
이룩한 것이라고 본다. 아버지 생각에는 조금 온건한 교황의 재위
기간 중에 저주가 쇠퇴하자, 후임 교황의 명을 받은 에르눌푸스는
자신의 학식과 근면을 동원하여 욕에 관한 모든 법칙을 집대성했다
는 것이다. —— 유스티니아누스 황제가 로마 제국의 쇠퇴기에 대법
관 트리보니아누스에게 모든 로마법과 민법을 집대성하여 하나의
법전을 만들도록 시켰던 것과 같은 이유였을 것이다. — 혹시라도
시간의 녹이 끼면서, — 구전에 맡긴 것들이 겪는 그런 치명적 불운
을 맞아, 완전히 유실되는 일을 막기 위해서였을 것이다.

  이런 이유로 해서 아버지는 정복자 윌리엄*의 그 위대하고 엄청

난 저주(하느님의 찬란한 영광에 걸고)부터, 청소부의 저급한 저주
(눈에도 천벌이나 받아라)에 이르기까지 에르눌푸스에서 찾을 수
없는 욕이란 없다고 주장했다. —— 아버지는 덧붙이곤 했다. 간단
히 말해서, — 거기 없는 저주를 하는 사람 있으면 나와 보라니까.

아버지의 이 가설 역시 그의 다른 가설들과 마찬가지로 특이하
고 독창적이다. —— 나 역시 그 가설에 반대할 생각은 없다, 다만
그게 나의 가설을 뒤집어엎는다는 게 문제이기는 하지만.


## 제13장


—— 아, 이를 어쩌지요! —— 불쌍한 우리 마님이 기절하기 직
전인데, —— 진통은 사라져 버렸고요, —— 물약도 떨어졌고, ―
— 줄렙* 병은 깨져 버렸고, —— 유모는 팔을 베였고요, —— (난
엄지손가락을 베였는데, 닥터 슬롭이 외쳤다) 그런데도 아기는
있던 자리에 그냥 있어요. 수잔나가 말을 이었다. —— 산파는 뒤
로 넘어지면서 난로 망 모서리에 부딪히는 바람에 엉덩이에 나리
모자처럼 까만 멍이 들었어요. —— 내가 가서 봐줘야겠군 하고
닥터 슬롭이 말했다. —— 그럴 필요 없어요. 수잔나가 답했다, ―
— 그보다 마님을 봐주셔야죠. —— 하지만 산파께서 상황 진전에
대해 먼저 설명해 주시겠대요. 그러니 당장 위층으로 오셔서 이야
기를 나누자고 말씀드리래요.

인간 본성은 어떤 직업에서나 다 똑같은 것이다.

바로 직전까지만 해도 산파가 닥터 슬롭에 우선해서 그의 머리
위에 앉아 있었던 셈인데, — 그는 그것을 소화해 내지 못하고 있
었다. — 아니, 하고 닥터 슬롭이 답했다, 산파가 나한테 내려오는

게 훨씬 더 적절한 일이지. — 나도 복종을 좋아해요,라고 토비 삼촌이 말했다. — 복종이 없었다면, 릴 함락 후 지난 10년도*에 겐트 수비대에서 빵 때문에 폭동이 일어났을 때 무슨 일이 생겼을지 모르지요. ── 그렇지요. 닥터 슬롭이 답했다. (토비 삼촌의 죽마적 성찰을 흉내 내면서, 그러나 그 자신의 죽마적 감정을 흠뻑 담아서) — 샌디 대위, 위층에 있는 수비대도 지금 현재 폭동과 혼란에 휩싸인 것 같은데, 손가락과 엄지가 ******에 복종하지 않는다면, 무슨 일이 생길지 모르지요. ── 지금 내가 이런 사고를 당한 마당에, 그것을 사용할 수 있다는 게 얼마나 안성맞춤인지요. 그게 없었더라면 내 엄지의 상처가 샌디 가문의 명맥이 유지되는 한 결코 잊지 못할 타격이 되었을 겁니다.


## 제14장


앞 장에서 나온 ── ****** 이야기로 돌아가 보기로 하자.

이것은 수사법상 뛰어난 기법이다(최소한 수사법이 활발했던 아테네나 로마에선 그렇게 평가됐고, 오늘날도 연설가들이 망토를 입기만 한다면 그렇게 될 것이다). 그게 가슴속에 대기 중이어서, 원하기만 하면 언제라도 그 자리에서 톡 튀어나올 준비가 되어 있는데도 굳이 그 이름을 밝히지 않는 것 말이다. 그것은 흉터나 도끼, 칼, 구멍 뚫린 상의, 녹슨 헬멧, 항아리에 들어 있는 1파운드 반 무게의 유해 가루, 3페니 반짜리 장아찌 병일 수도 있고, ── 그러나 무엇보다도 왕족의 옷을 차려입은 연약한 아기일 수도 있을 것이다. — 하지만 그 아기가 너무 어리다면, 그리고 그 연설이 툴리의 두 번째 필리피카이*처럼 길다면 — 틀림없이 망토에 똥을 싸게 될 것이다. —— 한데 그 아이가 너무 나이 들었다면, — 제멋대로 굴어서 연설가에게 방해가 되었을 것이다. — 따라서 그 아이 덕분에 얻는 것만큼이나 잃는 것도 있을 것이다. — 혹시 그 연설자가 1분의 오차도 없이 정확히 나이를 맞춤한 **아기**를 골라 — 아무도 냄새 맡을 수 없을 정도로 교묘하게 망토 속에 숨겼다면, — 그리고 아무도 엉뚱하다고 말할 수 없을 정도로 결정적인 순간에 내놓는다면, —— 아, 선생님들, 그게 어떤 경이를 만들어 낼는지요. —— 그것은 봇물을 터뜨리고, 두뇌를 뒤집어엎고, 원칙들을 뒤흔들어 놓으며, 국민의 반이 기존의 정치적 견해를 팽개치게 만들 것입니다.

그러나 이런 묘기는 연설가들이 망토를 입었던 그 시대, 그 나라들에서만 가능한 일입니다. — 그것도 형제들이여, 꽤 큼직한 것이어야 하지요. 20~25야드의 길이에, 멋진 자주색에다, 결도 곱고, 상품 가치도 높은 옷감으로 만들고, —— 거기다 치렁치렁한 주름이 겹치는 훌륭한 디자인이어야 합니다. —— 이 모든 것을 볼 때 분명하지 않습니까, 어르신들. 오늘날 수사법이 쇠퇴하여, 집 안에서나 집 밖에서나 제구실을 못하는 것은 바로 우리가 짧은 코트를 입게 되고, 헐렁한 반바지를 포기했기 때문이지요. —— 부인, 우린 보여 줄 만한 가치 있는 어떤 것도 코트 밑에 숨길 수가 없답니다.


## 제15장


닥터 슬롭은 이 모든 논증의 예외 사항이 될 뻔했다. 왜냐하면 닥터 슬롭이 토비 삼촌을 모방하기 시작하던 무렵, 마침 그는 무륭 위에 초록색 천 가방을 올려놓고 있던 참이니, —— 그에게는 그게 세상에서 가장 좋은 망토와 진배없었다. 따라서 자기 문장이 새로 발명된 *겸자*라는 말로 끝날 것을 예견한 닥터 슬롭은 여러 성직자님들께서 그렇게 주목하셨던 그 ******라는 말이 나올 자리에서 그것을 재깍 꺼내 놓기 위해 가방 속에 손을 밀어 넣었다. 만약 그가 이 일을 제대로 해냈더라면, — 토비 삼촌은 아마 틀림없이 전복당했을 것이다. 그의 문장과 쟁점이 이 경우에는 마치 반월형 보루의 돌출 각을 형성하는 두 개의 선처럼 한 점을 향해 달려가고 있었으니, — 닥터 슬롭은 절대 둘 다 포기하지 않을 것이었고, —— 토비 삼촌은 무력으로 그것을 막기보다 차라리 도망칠 궁리를 했을 것이다. 그러나 닥터 슬롭이 겸자를 꺼내면서 형편없이 더듬거리다 보니, 그 효과가 완전히 상실되었다. 더욱이 열 배나 더 고약한 재난이 있었으니(사실 인생사에서 재난이 홀로 찾아오는 일은 거의 없으니까) 겸자를 꺼내는 중에 불행하게도 주사기도 함께 딸려 나온 것이다.

한 가지 명제가 두 가지 의미로 해석될 때, —— 답변자가 자기 맘에 드는 쪽 혹은 가장 편리한 쪽을 택해 답변한다는 것은 논쟁에 있어 하나의 법칙이다. —— 이 법칙에 따라 토비 삼촌은 논쟁상 유리한 고지를 점하게 되었다. —— "세상에, 맙소사!" 삼촌이 소리쳤다, "아니, *주사기로 아이들을 세상에 나오게 합니까?*"


# 제16장

— 정말이지, 선생, 당신 겸자가 내 양 손등의 피부를 몽땅 벗겨 놨잖아요, 토비 삼촌이 소리 질렀다. — 게다가 손마디도 모조리

젤리처럼 으깨 놓고. 그건 순전히 당신 잘못이지요, 닥터 슬롭이 말했다, ── 내가 시킨 대로 두 주먹을 아기 머리 모양으로 맞잡고, 꼼짝 말고 있었어야지요. ── 그렇게 했는걸요, 토비 삼촌이 응수했다. ── 그렇다면 내 겸자의 양쪽 끝이 제대로 씌워지지 않았거나, 나사가 제대로 조이지 않았던 모양이군요. ── 또는 엄지에 난 상처 때문에 내가 서툴렀든가. ── 혹시 어쩌면, ── 천만다행이지, 하고 아버지는 가능성을 나열하는 것을 중단시키며 말했다 ── 그 실험을 내 아이 머리에 먼저 하지 않았으니. ── 그랬더라도 더 나빠질 것은 눈곱만큼도 없었을걸요, 닥터 슬롭이 대꾸했다. 삼촌은, 내가 장담하건대, 소녀를 으깨서 (만약 이기 두개골이 수류탄만큼 단단하지 않다면 말이지) 완전히 우유 술처럼 만들어 놓았을 것 같은데요, 하고 말했다. 쳇! 하고 닥터 슬롭이 응대했다, 아기 머리란 게 본래 사과 속살처럼 부드럽게 마련이에요. ── 봉합선도 신축성이 있고. ── 더구나 다리부터 당겨 낼수도 있지요. ── 그렇게는 안 될걸요, 그녀가 말했다. ── 난 그 방향으로 시작해 봤으면 좋겠는데, 아버지가 말했다.

제발 그리해 보시지요, 토비 삼촌이 덧붙였다.


## 제17장


── 한데 이보시오, 부인, 그게 아기 엉덩이가 아니라 머리라고 단언할 수 있다는 거요? ── 틀림없이 머리가 맞습니다라고 산파가 답했다. 닥터 슬롭이 아버지를 돌아보며 말을 이었다. 이 노부인들은 흔히 확실하다고 하지만, ── 사실 정확히 알기가 매우 어려운 문제랍니다. ── 하지만 꼭 알아야 할 중요한 사안이긴

하고요. —— 왜냐하면 말입니다, 만약 엉덩이를 머리로 잘못 알게 되면, — (남자 아기일 경우) 이런 가능성도 있거든요. 겹자가
* * * * * * * * * * * * * * * * * * * * * * * * * * *.

—— 그 가능성이 뭐냐 하면, 닥터 슬롭이 아주 낮게 속삭이는 목소리로 아버지에게, 그리고 다시 토비 삼촌에게 말했다. —— 머리일 경우에는 그런 위험은 없지요, 하고 그는 말을 이었다. — 아니, 뭐라고요, 아버지가 말했다. — 정말이지, 엉덩이에서 당신이 말하는 그런 일이 생긴다면, —— 차라리 머리도 함께 떼어 내는 게 나을 거요.

— 독자가 이게 무슨 소린지 이해하는 것은 사실상 불가능한 일이다. — 그러나 닥터 슬롭은 알아들었으니 다행이고. — 그래서 그는 녹색 천 가방을 손에 들고, 오바댜의 구두의 도움을 받아, 그 덩치의 사람치고는 아주 민첩하게 방을 가로질러 문으로 갔고, —— —— 문에서부터는 산파의 안내를 받아, 어머니의 방으로 향했다.


## 제18장

두 시간 하고 10분 지났구먼. — 아니, 그것밖에 안 되다니, —— —— 아버지가 시계를 들여다보며 소리쳤다, 닥터 슬롭과 오바댜가 도착하고 나서 말야, —— 그런데 토비 동생, 웬일인지 모르겠군, —— 내 상상 속에선 마치 한 시대가 지나간 것 같다니까.

—— 자, 여기서 —— 선생, 제 모자를 집어 가시지요, — 아니, 거기 달린 종도 함께요, 그리고 제 실내화도요. —

자, 선생, 그것 모두 마음대로 쓰세요. 제가 기꺼이 선물로 드리려고요. 단 한 가지 조건이 있지요, 이번 장에서는 제게 주의력을

집중해 주서야 합니다.

아버지가 "웬일인지 모르겠군"이라고 말했지만, ─ 사실은 웬일인지 잘 알고 있었다. ─── 그는 그 말을 하는 순간 이미, 시간의 지속 기간과 기본 양태에 대한 형이상학적 논문을 통해 삼촌에게 그 문제를 명쾌히 설명해 주리라 작심하고 있었다. 즉 닥터 슬롭이 방에 들어선 이래로 빠른 속도로 꼬리를 물고 이어진 그들의 사념의 변화, 그리고 그들의 담화가 이 주제에서 저 주제로 끊임없이 뛰어다닌 현상, 이런 것들이 두뇌 속의 어떤 기계 장치와 측정법에 의해 그 짧은 시간 단위를 그렇게 믿을 수 없을 정도의 길이로 늘여 놓는 것인지 모두 설명해 주리라 결심하고 있었던 것이다. ─── "웬일인지 모르겠군, ─── 아버지가 소리쳤다, ─ "한 시대가 지나간 것 같다니까."

─ 그건 전적으로 우리 사념의 연속 현상에 기인한 것이지요, 하고 토비 삼촌이 말했다.

아버지는 모든 철학자들과 마찬가지로 일어난 모든 일에 대해 논리적 추론을 하고, 그것을 설명하고 싶어 근질거리는 가려움증을 가진 사람이었으니, 사념의 연속적 변화라는 이 주제를 통해서도 무한한 만족을 기대하고 있었다. 그런데 그 기쁨이 토비 삼촌에 의해 이렇게 가로채기를 당하는 것은 상상도 하지 않았다. 더구나 삼촌은(그 정직한 분!) 무슨 일이든 일어나는 대로 받아들이는 사람이고, ─── 심원한 생각 같은 것으로 머리를 복잡하게 만드는 일과는 거리가 먼 사람이었다. ─ 사실, 시간과 공간의 개념이라든가, ─── 어떻게 그런 개념을 갖게 되는가, ─── 그 개념은 어떤 재료로 만들어졌는가, ─ 또는 그 개념이 태어날 때 가지고 나오는 것인지, ─── 우리가 살아가면서 후천적으로 줍게 되는 것인지, ─ 또는 내리닫이 아동복을 입는 어린 시절에 얻는 것인지,

— 바지를 입기 전까지는 일어나지 않는 일인지, — 게다가 **무한 성, 선험적 지식, 자유, 필연성** 등등에 대한 수천, 수만 가지의 탐색 과 논쟁은 물론, 그런 주제를 둘러싼 절망적이고 정복 불가능한 이론들 때문에, 얼마나 수많은 수재들의 머리가 돌아 버리고 망가 져 버렸는지 모른다. — 그러나 토비 삼촌의 머리에는 이런 것들 이 작은 흠집을 낸 적도 없었다. 아버지도 이것은 잘 알고 있는 일 이었으니. — 삼촌의 우발적 해답에 아버지는 실망도 컸지만, 놀 란 마음도 그에 못지않았다.

자네가 그 문제의 이론을 이해하고 있단 말인가?라고 아버지가 응대했다.

난 아니지요, 삼촌이 말했다.

—— 하지만, 아버지가 말했다, 자네가 한 말에 대해서는 뭔가 개념이 있을 것 아닌가. ——

내가 타고 다니는 말 이상은 아니지요, 토비 삼촌이 답했다.

자애로운 하늘이시여! 아버지는 눈길을 위로 하고 두 손을 맞잡 으며 말했다. — 자네의 솔직한 무지도 값진 것이긴 하지, 토비 동 생, — 그걸 지식과 바꿔야 한다는 게 거의 아쉬울 정도야, —— 하지만 얘긴 해 줘야겠네. ——

*시간*이 뭔지 올바로 이헬 하려면 말일세, 그것을 모르면 *무한성* 이란 것도 파악할 수 없고, 하나가 다른 하나의 일부분이니까 하는 말이네만, — 우리가 진지하게 자릴 잡고 앉아서, 시간의 지속 기 간이라는 개념이 뭔지, 어떻게 그 개념을 갖게 되는지, 만족할 만 한 답이 나올 때까지 깊이 숙고해 볼 필요가 있다네. — 그게 도대 체 누구한테 중요한 거지요? 토비 삼촌이 말했다. *왜냐하면,*[6]* *자*

---

6) 로크를 참조할 것.

네가 내면으로 눈을 돌려 마음속을 들여다보면, 아버지가 말을 이었다, 그리고 주의 깊게 관찰해 본다면, 동생, 자네도 알게 될 걸세. 자네와 내가 이렇게 함께 이야기도 나누고, 생각도 하고, 담배도 함께 피우는 동안, 또는 우리가 마음속에 여러 가지 개념을 연속적으로 받아들이고 있는 동안, 우리는 우리가 존재한다는 것을 알 수 있고, 따라서 우리의 존재, 또는 존재의 지속 상황, 또는 우리 마음속의 어떤 개념의 연속 진행에 상응하는 어떤 것, 우리의 지속 기간, 또는 우리 생각과 공존하는 다른 어떤 것의 지속 기간 등을 측정하게 되는 거네, —— 그러니 우리가 이미 갖고 있는 개념에 의하면 — 무슨 말인지 정신없어 죽겠는데요, 토비 삼촌이 소리쳤다.

—— 우리가 시간을 계산하는 데 있어, 아버지가 답했다, 이미 분, 시, 주, 달이란 개념에 너무 익숙해 있다 보니, —— 그리고 시계가 (이 왕국에 시계라는 게 없었으면 좋겠지만) 시간의 일정 부분들을 쪼개어 우리나 우리 식솔들에게 알려 주는 데 익숙해 있고 보니, —— 앞으로 세월이 가면 *사념의 연속 현상*이란 것이 우리한테 무슨 쓸모가 있을지 의심스럽긴 하네.

자, 하지만 우리가 그것을 주목하건 않건 간에, 아버지가 말을 이었다, 모든 온전한 사람의 머릿속에는 이런저런 개념이 규칙적으로 연속하여 들어오기 마련 아닌가, 행렬을 지어서 마치, —— 대포 행렬처럼요?라고 토비 삼촌이 물었다. 차라리 헛소리 행렬이라 하지그래! — 아버지가 대꾸했다, — 그것들이 일정한 거리를 두고 줄지어 들어오는 것이 마치 등잔불 안의 이미지가 촛불의 열기에 의해 빙빙 도는 것처럼 보인단 말이네. — 아니, 장담하건대 내 마음속에서는 오히려 꼬치구이 장치처럼 움직이는데요,라고 토비 삼촌이 말했다. —— 그렇다면, 토비 동생, 이 주제에 대해 더 이상 할 말이 없네.라고 아버지가 말했다.

## 제19장

—— 여기서 얼마나 희귀한 대면의 기회를 놓치게 되었는가! ——
— 아버지는 최상으로 설명이 잘 풀리는 기분에 빠져 — 형이상학
적 논제를 구름과 짙은 어둠이 휘감게 될 바로 그 영역까지 진지
하게 추적해 들어갈 참이었고, —— 토비 삼촌은 이 세상에서
그것을 마주할 최적의 마음가짐을 갖추고, — 머리가 꼬치구이 장
치처럼 움직이고 있었지만, —— 굴뚝은 청소되지 않았고, 개념들
은 검댕이 묻어 온통 색을 잃고 검게 변한 채 그 안을 휘날려 다니
고 있었으니! —— 루키아노스의 묘비에 걸고, —— 만약 그런 게
존재한다면 말이다, —— 없다면, 뭐 그의 유해에 걸고! 나의 경애
하는 라블레와, 또한 더욱더 경애하는 세르반테스의 유해에 걸고
말하건대,* —— 아버지와 토비 삼촌의 **시간**과 **영원성**에 대한 담화
는 — 우리가 경건히 소망할 만한 것이었다! 하지만 아버지의 욱
하는 기질이 그것을 중단시켰으니, 이는 *존재론적 보물*을 절도당
한 것이며, 그 보물은 아무리 훌륭한 기회와 위대한 인물들을 연
합해도 결코 되찾을 수 없을 것이다.


## 제20장

아버지가 이 담론을 계속하지 않겠다고 고집을 부렸지만, — 토
비 삼촌의 꼬치구이 장치를 머리에서 쫓아낼 수는 없었다. — 처
음에는 그 말에 크게 약이 오르긴 했지만, —— 그러한 비교의 근
저에는 아버지의 공상을 자극하는 것이 있었다. 아버지는 팔꿈치
를 테이블에 올려놓고, 오른쪽 머리를 손바닥에 기댄 채, — 불길

을 빤히 응시하다가, —— 자기 자신과 대화를 나누기 시작하더니, 그 장치에 대한 철학적 명상으로 옮겨 갔다. 그러나 끊임없이 새로운 영역을 탐색하느라 피곤한 데다, 담화 중에 계속 꼬리를 문 다양한 주제를 두고 머리를 너무 쓴 탓에, 아버지의 기운이 쇠잔해져 있기도 해서, — 꼬치구이 장치라는 개념이 아버지의 생각을 빙빙 돌게 만드는 중에, — 아버지는 자기도 모르는 사이에 잠에 곯아떨어지고 말았다.

토비 삼촌이 잠에 떨어지는 데는 그의 꼬치구이 장치가 열두 번이나 회전할 필요도 없었다, — 두 분 모두에게 평화가 함께하기를. —— 닥터 슬롭은 산파와 함께 작업 중이고, 나의 어머니는 위층에 계시고, — 트림은 낡은 긴 장화 한 켤레로 내년 여름 메시나 공격에서 사용할 박격포를 만드느라, —— 지금 이 순간 뜨겁게 달군 부지깽이 끝으로 점화구를 뚫고 있고, —— 나의 모든 주인공들이 내 손을 떠나 있으니, —— 처음으로 한가한 순간을 맞은 셈이다, — 해서 이 시간을 활용해 서문을 쓸까 한다.

## 저자의 서문

아뇨, 책에 대해서는 한마디도 하지 않을 겁니다. — 여기 그냥 내놓습니다. —— 책을 출판하면서, — 이미 세상에 호소한 셈이니, —— 판단은 세상에 맡기겠습니다, —— 책이 스스로를 대변해야 하는 거지요.

내가 알고 있고 말씀드리고 싶은 바는 다만 —— 내가 의자에 앉아 책을 쓰기 시작했을 때, 좋은 책을 쓰겠다는 의도였다는 사실입니다. 그리고 내 빈약한 이해력이 미치는 한, — 현명하고, 그렇지요, 또한 신중한 책을 쓴다는 것이었습니다. —— 그리고 써

나가는 중에, (많든 적든) 내가 가진 기지와 판단력이 모두 투입되도록 주의를 기울이면서 말입니다. 한데 이 두 가지는 그것을 만들고 나눠 주시는 위대한 창조주께서 본래 내게 맞춰 할당해 주신 만큼만 내게 있으니, —— 결국, 어르신들께서도 아시다시피, — 그것 역시 하느님 뜻대로가 아니겠습니까.

자, 그런데, 아겔라스테가 (트집 잡는 어조로) 말하기를, 그가 아는 한 여기 약간의 기지는 있지만, —— 판단력은 전무하다고 했어요. 그리고 트립톨레무스와 푸타토리우스는 그 말에 동의하면서, 당연하지요, 어떻게 그게 있을 수 있겠어요?* 기지와 판단력이 함께 있는 법은 없지요,라고 말했지요. 그 둘은 서쪽과 동쪽처럼 서로 완전히 다른 작용입니다. — 라고 로크가 말하는데,* — 난 방귀와 딸꾹질도 역시 그렇지요,라고 말합니다. 그런데 저 위대한 교회 법률가 디디우스는 이 말에 대한 응답으로, 그의 법전, *de fartandi et illustrandi fallaciis*\*에서 예시는 논증이 아니라고 강변합니다. — 나 역시 거울을 깨끗이 닦아 주는 것을 논법이라고 주장하진 않습니다. — 그러나 감히 말하건대, 여러분 모두 그 덕분에 더 잘 볼 수 있는 것 아닙니까. —— 따라서 이런 일이 하는 주된 기능은 논증 자체로 넘어가기 전에 시각적인 오점이나 얼룩을 없애서 이해력을 명료하게 만들어 주는 것이지요. 얼룩들이 그냥 헤엄쳐 다니게 내버려 둔다면, 개념 형성을 방해하고 망치게 될 테니까요.

자, 나의 친애하는 반(反)샌디주의자들이시여, 몇 곱절이나 더 유능한 비평가들이시여, 그리고 동료 노동자들이시여, (당신들을 위해 이 서문을 쓰는 것이니까요) —— 그리고 근엄성과 높은 지혜로 널리 평판이 나 있는 저 교묘한 정치가들과 신중한 박사님들, (그러세요 — 수염을 떼시지요) — 나의 정치가 모노폴로스,

— 나의 자문관 디디우스, 나의 친구 키사르키우스, — 나의 안내자 푸타토리우스, — 내 생명을 지켜 주는 가스트리페레스, 생명의 향유와 휴식을 주는 솜노렌티우스 — 그리고 그 밖에 깨어 있거나 자고 있거나, — 교회 관련 인사거나 민간인이거나 상관없이, 다른 모든 분들도 잊지 않고 포함해서, 당신들을, 어떤 악감에서가 아니라, 단지 간단히 표현하기 위해, 모두 한데 묶어 이렇게 부릅니다. —— 제 진심입니다. 진정 가치 있는 분들이시여,*

여러분을 위한, 그리고 나 자신을 위한 나의 가장 간절한 소망과 열렬한 기도는, 혹시 아직까지 이루어지지 않은 경우에 말입니다, —— 기지와 판단력이라는 커다란 은총과 자산이 그리고 함께 따라오는 나른 모든 기능과 함께, —— 즉 기억력, 상상력, 재능, 언변, 기민성, 기타 등등과 함께, 바로 이 순간에 아무런 아낌없이, 아무 계산이나 장애나 방해 없이, 우리 각자가 감당할 수 있는 만큼 풍성히 쏟아져 내려오게 해 달라는 것입니다. — 더껑이나 앙금도 빼지 말고 모두, (난 단 한 방울도 놓치고 싶지 않으니까요) 우리 뇌 속에 있는 여러 용기에, 세포에, 작은 세포에, 거처에, 기숙사에, 식당에, 그리고 여분의 공간에까지 — 계속 주입하고 들이부어 주셔서, 내 소망의 진정한 의도와 의미에 따라 작건 크건 모든 그릇이 다 채워지고, 듬뿍 적시고, 충일한 상태가 되게 해 주십사 하는 것입니다. 설령 사람의 목숨을 구하는 일이 걸렸다 할지라도 더 이상 보태거나 빼거나 할 수 없을 정도로 말입니다.

오, 은혜로운 하느님! — 우리가 얼마나 고귀한 작품을 만들게 될까요! — 얼마나 가볍고 즐겁게 일을 진행할까요! —— 내가 얼마나 의기충천할지요, 그런 독자를 상대로 글을 써 내려가다니! — 그리고 당신은, — 오 맙소사, — 얼마나 황홀한 기분으로 읽어 내려갈지, — 그런데 아! — 이건 너무 과합니다, —— 멀미가 나요, —— 그 생각만 해도 달콤하게 기절할 것 같아요! ——
이건 사람이 감당할 정도를 넘는군요! —— 날 좀 붙잡아 주세요,
— 빙빙 돌아요, — 눈앞이 캄캄합니다. —— 나 죽어 가요, ——
죽었네요, —— 살려 줘요! 살려 줘요! 살려 줘요! — 근데 잠깐
만, — 조금씩 나아지는 것 같군요. 앞을 내다보니 이 일이 끝나
면, 우리 모두 계속 훌륭한 기지가 넘치는 재사가 될 테니까, ——
단 하루도 우리 사이에 합의를 보는 일은 없을 겁니다. —— 풍자
와 야유, — 조롱과 업신여김, 빈정거림과 맞받아치기, — 이 구석
저 구석 찌르기와 피하기 같은 것이 넘쳐 나서, —— 우리 사이에
는 소동과 혼란만 들끓을 것입니다. — 오, 순결한 별들이시여! 우
리가 얼마나 물어뜯고, 할퀴며, 얼마나 아우성을 치고 덜컥거릴
지, 머리도 깨지고, 주먹질도 하고, 아픈 곳을 치고, — 도대체 살
수가 없겠지요.

하지만 다른 한편, 우리 모두 탁월한 판단력의 소유자가 되는
거니까, 쉬 어긋나는 만큼 봉합도 쉬울 테지요. 우리가 악마나 여
자 악마를 미워하는 것보다 열 배나 더 서로 혐오하더라도, 친애
하는 동료 인간들이여, 우리는 아무튼 서로 예의 바르고 친절하게
굴 겁니다. —— 우유와 꿀이 흐르는, —— 제2의 약속의 땅, ——
만약 그런 것이 존재한다면, 지상의 낙원이 되겠지요. — 그러니
다 따져 보면 그런대로 잘 지낸 셈이 될 겁니다.

내가 지금 약이 오르고 속상해하는 점은, 그리고 내가 고안해
낸 이 제안을 가장 곤경스럽게 만드는 것은, 이것을 어떻게 실현
시키느냐는 문제입니다. 어르신들도 잘 아시다시피, 이 기지와 판
단력이라는 하늘이 내린 선물이 무한정 있는 게 아니지 않습니까.
저야 어르신들이나 저에게 충분히 풍성하게 이 선물을 내려 주십
사 빌었지만, — 사실상 우리 모두에게, 전 인류가 나눠 쓰도록 할

당된 일정 분량이 있다는 것을 알지요. 이 넓은 세상에, 이 모퉁이 저 모퉁이 다 돌아다니면서 분배해야 하는 이 선물이 얼마나 적은 양에 불과합니까, — 더욱이 그렇게 좁은 물길을 따라, 그렇게 엄청난 간격을 두고 띄엄띄엄 제공되고 있으니, 어떻게 그 수많은 국가들과 사람들이 북적거리는 많은 왕국들의 위기나 필요를 채워 주고 감당할 수 있을지 걱정이 아닐 수 없습니다.

물론 한 가지 고려할 사항이 있긴 하지요. 노바 젬블라나 북부 라플란드처럼 남극권과 북극권 바로 아래 위치한 춥고 삭막한 지역에서는, —— 활동 영역이 거의 9개월 동안이나 동굴의 좁은 공간에 국한되어 있지요. —— 그런 곳에서는 사람들의 기백도 너무 압축되어 거의 없다시피 하고, —— 사람들의 열정과 그에 부수되는 여러 특징들 역시 그 지역만큼이나 냉랭하기 때문에 — 최소한의 판단력만 있어도 별일 없이 지낼 수 있습니다. — 더욱이 기지의 경우는 — 거의 완전히 절약됩니다. — 그런 것은 불티 하나도 필요가 없으니 — 불티 하나도 제공되지 않고 있습니다. 천사들과 자비의 집행관들이시여, 우릴 보호해 주소서! 기지와 판단력의 결핍이 그처럼 풍성한 곳에서, 왕국을 다스리고, 전쟁을 치르고, 조약을 체결하고, 경기를 운영하고, 책을 쓰고, 아이를 낳고, 교구 참사회를 여는, 그런 일을 하자면 얼마나 황량한 일이겠습니까! 힘겨워라! 아무쪼록 그곳 생각은 그만하기로 하고, 남쪽으로, 노르웨이를 향해, 가능한 한 빨리 내려가기로 하지요. —— 원하신다면 스웨덴을 가로질러, 안게르마니아의 작은 삼각 지역을 통과해 보스니아 호수로, 동서 보스니아의 연안을 따라 카렐리아로 내려가서, 핀란드 만 바깥쪽에 연한 모든 나라들과 지역을 통과하고, 발트 해의 동북쪽으로 페테르부르크까지 올라갔다가, 잉그리아에 들어가고, —— 거기서부터 곧장 러시아 제국의 북부 지역을 가로질러 시베리아가 약간 왼편에 위치할 때까지 계속 가 보면, 러시아와 아시아에 걸쳐 있는 타타르 지방 중심부로 들어서게 됩니다.

내가 여러분을 이끌고 온 이 길고 긴 여정 내내, 여러분은 이곳 사람들이 우리가 출발한 극지방 사람들보다 훨씬 나은 형편이란 걸 알아보았을 겁니다. — 자, 손을 눈 위에 올리고 자세히 보십시오, 그들에게 있는 기지가 약간 번득이는 게 보이지 않습니까, 거기다 평범하고 상식적인 일상적 판단력이 쾌적할 정도로 갖추어져 있으니, 그 양과 질을 따져 볼 때 그들은 그런대로 변통하며 살아가고 있지요. — 혹여 두 가지 중 어느 하나라도 더 많았다면, 그 둘 사이의 적당한 균형이 깨질 것이고, 더욱이 그것을 사용할 계제도 없었을 것이라 생각하니 다행스럽기는 합니다.

자 이제, 선생, 이 따뜻하고 비옥한 섬, 우리 고향으로 안내하지요. 이곳에선 우리 혈류와 기질의 급류가 꽤 높이 솟구치고 있으니, — 우리가 다스려서 이성의 지배 아래 두어야 할 야망이나 자존심, 시샘, 호색 그리고 그 밖의 고약한 열정도 더 많아집니다. — 우리에게 있어야 할 기지의 높이와 판단력의 깊이 역시, 당신도 알다시피, 우리가 처한 필요의 길이와 폭에 정확히 비례합니다. — 그 필요에 맞춰서 물 흐르듯이, 알맞게, 믿을 만하게, 넉넉히 할당되어 있으니, 누구든 불평할 이유가 없을 것입니다.

그러나 한 가지 고백해야 할 것은 우리 기후가 더웠다 추웠다, —— 습했다 건조했다, 하루에도 열 번이나 변하고, 규칙적으로 정착시킬 길이 없으니 —— 때로는 거의 반세기에 걸쳐 기지나 판단력을 구경하거나 들어 볼 기회도 없고, —— 그 좁은 운하가 거의 말라 버린 것처럼 보입니다. — 그런가 하면 때론 갑작스레 수문이 왈칵 열리면서, 격렬하게 쏟아져 내려와서 — 결코 멈추지 않을 것처럼 보입니다. —— 그렇게 되면, 글쓰기에 있어서나, 싸우는 일에서나, 그 밖의 수십 가지 용기를 요하는 일에서, 우리는 온 세상의 앞장을 서게 되는 거지요.

이런 것들을 관찰하고, 그리고 수이다스가 변증법적 귀납법이라 불렀던 그런 논증 과정을 거치면서 면밀히 추론해 본 결과, —— 이 주장은 참이고 진실임이 틀림없다고 결론 내리고 확정짓는 바입니다.

즉 이 두 가지 발광체가 우리에게 비춰 주는 빛의 양은 모든 것을 정확히 달아서 우리에게 나눠 주시는 그 무한히 지혜로운 분께서 어두운 밤길을 가는 우리의 길을 비춰 주기에 꼭 알맞은 만큼 조정해 주십니다. 그러니 성직에 계신 어른들께서는 지금쯤 알아차리셨을 테고, 저 역시 1분도 더 감출 여력이 없어서 말씀드리는데, 제가 서문 머리에 내세웠던 열렬한 소망은 사실상 연인이 수줍음 타는 애인을 무마하기 위해 곧잘 입에 올리는 말처럼, 서문 쓰는 사람들이 독자의 비위를 맞추고 환심을 사기 위해 넌지시 건넨 *안녕하세요*라는 첫 인사말과 다를 바 없습니다. 그렇지만 내가 서문 머리에서 빌었듯이 그 빛이 그처럼 쉽게 얻을 수 있는 것이라면, —— 그 때문에 얼마나 많은 무지한 여행객들이 (적어도 학문 분야에서는) 밤같이 깜깜한 그들의 여정 내내 어둠 속에서 길을 찾아 더듬거리고, 길을 잘못 들기도 하고, —— 기둥에 머리를 부딪혀, 여행의 끝까지 가지도 못하고 두뇌가 박살 날지, 그 생각을 하면 온몸이 떨립니다. —— 어떤 이는 시궁창에 수직으로 코를 박고, —— 어떤 이는 하수구에 수평으로 꼬리를 처박게 됩니다. 어떤 분야의 학식 있는 전문가 절반은 나머지 절반과 정면으로 충돌하여, 마치 진창 속의 돼지들처럼 뒤엉켜 뒹굴겠지요. —— 또 다른 직업의 전문가들은 본래 서로 반대편으로 치달아야 할 텐데, 마치

기러기 떼처럼 같은 방향으로 줄을 지어 날아가는군요. — 이 무슨 혼란입니까! — 이 무슨 실습니까! — 화가나 연주가는 사분의 (四分儀) 기구로 작품을 측정하는 대신, — 음악 소리나 화폭의 이야기가 마음속에 일으키는 열정을 믿고, — 그들의 눈과 귀로 판단을 하는군요. — 아, 훌륭하기도 하지!

이 그림의 전면에는 한 정치가가 정치의 수레바퀴를, 야수처럼 잘못된 방향으로 — 부패의 흐름에 역행해서 돌리고 있습니다. — 이런 세상에! — 부패를 따라가지 않고요.

이쪽 모퉁이에는 저 신성한 아스클레피오스*의 아들이 운명 예정설을 거부하는 책을 쓰고 있네요. 어쩌면 더욱 고약하게도, — 약종상의 눈치를 보는 게 아니라 환자의 맥박을 재고 있지요. — 다른 동업자 한 사람은 무릎을 꿇고 눈물을 흘리며 뒤편에 앉아 있습니다. — 엉망으로 망가진 희생자에게 커튼을 둘러 가려 주고, 용서를 구하며, — 진료비를 받는 대신 — 오히려 돈을 내놓고 있네요.

저 널찍한 법원에서는 여기저기서 모여든 모든 법관들이 연합하여, 터무니없고 지저분하며 짜증스러운 소송 사건을 힘껏, 전력을 다해, 잘못된 방향으로 몰아가고 있습니다. —— 발로 차서 법정 안으로 끌어들이는 게 아니라 밖으로 몰아내고 있다고요. —— 마치 법이란 게 본래 인류를 보호하고 평화를 유지하기 위해 만들어진 것이기라도 한 것처럼, 그들의 표정에는 분노를 담고 있고, 발길질하는 태도에는 단호함이 보입니다. — 그들은 나아가 더 큰 실수를 저지릅니다. — 질질 끌고 있는 소송 쟁점을 두고, —— 예를 들어, 존 오녹스의 코가 톰 오스틸스의 얼굴에 가서 달리는 것이 불법 침입인지 아닌지 같은 사건을 — 성급하게 25분 만에 판결을 내 버린다니까요. 이렇게 미묘한 사건이 요구하는 대로 신중하게 찬반양론을 따져 본다면 적어도 몇 달은 걸려야 하는데 말입니다. — 더욱이 군사 작전에 따라 처리한다면, 어르신들도 아시다시피, 전투란 모든 실행 가능한 전략, 즉 — 양동 작전, — 강행군, — 기습 공격, — 매복, — 포대 엄폐 등 유리한 고지를 점하기 위한 지휘관의 수천 가지 전략을 모두 동원하는 것 아닙니까. — — 그런 경우 재판이 몇 년은 족히 걸릴 수 있고, 덕분에 백 명에 이르는 동업자들이 그 기간 내내 음식과 옷을 제공받을 수 있을 텐데요.

성직자들로 말할라치면, —— 안 되지요, — 그들에 대해 한마디라도 나쁜 말을 한다면 전 총에 맞을 것입니다. — 그런 것은 원치 않습니다. — 게다가 설사 제가 원한다 해도, —— 제 영혼이 걸렸다 하더라도 전 감히 그 주제를 건드릴 엄두가 나지 않습니다. —— 기백과 신경줄이 약해 빠진 데다 지금 제가 처해 있는 상태를 보더라도, 그렇게 우울하고 나쁜 이야기를 하느라 나 자신을 낙담과 슬픔에 빠지게 만든다는 것은 제 목숨을 거는 일일지도 모릅니다. — 그러니 이 일에는 커튼을 내리고, 내가 해결하겠다고 했던 그 주된 안건으로 가능한 한 빨리 옮겨 가는 것이 안전할 듯 싶습니다. —— 그게 뭔가 하면, 어떻게 해서 가장 기지가 없는 사람이 가장 판단력이 뛰어난 사람으로 알려져 있느냐는 의문이었지요. —— 잘 들으세요. — 제가 *알려져 있느냐* 라고 했습니다. —— 친애하는 선생님들, 그것은 단지 알려진 사항일 뿐입니다. 게다가 제가 주장하건대, 사람들이 매일매일 무턱대고 믿고 넘어가는 수십 가지 다른 정보와 마찬가지로 아주 고약하고 악의에 찬 것이지요.

이미 정리해 드린 저의 관찰 결과를 토대로, 여러 어른들께서 이미 그것을 따져 보고 숙고해 보셨기를 바라면서, 이제 곧바로 제 본론을 말씀드리겠습니다.

전 체계화된 논증을 싫어합니다. —— 저자의 생각과 독자의 생각 사이에 거창하고 모호한 말들을 줄지어 배치하는 것이야말로 그런 논증의 가장 어리석은 점입니다. —— 만약 당신이 주변을 둘러보기만 한다면 논점을 즉각 명쾌하게 증명해 줄 수 있는 어떤 것이 옆에 서 있거나 매달려 있을 텐데 말입니다. — "지식에 대해 칭송받아 마땅한 욕구를 좇는 사람이라면 그가 무슨 도움을 받든 간에 도대체 어떤 장애나 상해 또는 피해가 찾아올 수 있겠습니까, 그 사람이 예를 들어 술꾼이나 술통, 바보나 변기, 벙어리장갑, 도르래 바퀴, 금세공사의 도가니 뚜껑, 기름병, 낡은 슬리퍼 또는 등나무 의자 같은 것을 사용한다 한들 말입니다." — 내가 지금 이 순간 그런 의자에 앉아 있는데요, 바로 이 의자의 등받이 양쪽 끝에 달린 두 개의 둥근 봉을 사용하여 제가 기지와 판단력의 문제를 예시하도록 허락해 주시겠습니까, —— 그것들은 두 개의 못으로 두 개의 송곳 구멍 안에 가볍게 고정되어 있는 게 보이시지요. 바로 이것들이 제가 말하려는 바를 명쾌히 밝혀 주어서, 여러분이 내 서문의 의미와 요지를 마치 그것의 입자 하나하나가 모두 태양 빛으로 만들어진 것처럼 꿰뚫어 볼 수 있도록 해 줄 것입니다.

자, 이제 핵심으로 곧장 들어갑니다.

—— 여기 기지가 서 있고, —— 저기 판단력이 서 있습니다. 제가 앉아 있는 바로 이 의자 등에 있는 두 개의 둥근 봉처럼 아주 가까이 나란히 있지요.

—— 그것들은 이 의자 구조에서 가장 높은 위치에 있고, 가장 장식적인 부분이죠. —— 기지와 판단력이 우리 구조에서 그렇듯 말입니다. —— 이 둘은 의자 장식처럼 분명 둘이 함께 가도록 맞

춰서 만들어진 것이고, 쌍을 이루는 모든 장식에 대해 우리가 지적하듯이, —— 서로 보완하도록 만들어진 것입니다.

자, 실험을 해 보는 의미에서, 그리고 보다 명쾌한 예시를 위해서, — 이 두 개의 정교한 장식 중 하나를(어느 것이든 상관없어요) 지금 서 있는 의자 꼭대기에서 잠깐 동안 떼어 내 봅시다, —— 아뇨, 웃지 마십시오. —— 하지만 평생 살아오면서 이렇게 우스꽝스러운 광경을 본 적이 있으신지요? —— 글쎄, 마치 귀가 하나뿐인 암돼지처럼 불쌍해 보이네요. 둘 사이에는 똑같은 정도의 진가와 균형미가 있지 않습니까. — 한번 해 보세요, — 제발, 자리에서 일어나 한 번 보시기만 하세요. —— 자기 평판을 지푸라기만큼이라도 가치 있게 생각하는 사람이라면 이 물건을 이런 상태로 내버려 두겠습니까? —— 아니지요, 가슴에 손을 얹고 이 단순한 질문에 답해 보십시오. 마치 바보 멍청이처럼 혼자 서 있는 이 장식봉이 세상에 어떤 기여를 하든 간에 매번 사람들 마음에 하나가 빠져 있구나,라는 생각을 주지 않을 수가 없지요. —— 나아가 한 가지 더 물어보겠습니다, 그 의자가 당신 물건이라면, 양심적으로 생각해 볼 때 그것을 그대로 놔두느니 나머지 봉 하나도 떼어서 봉이 하나도 없게 만드는 게 열 배나 나은 일이 아닌지요.

자, 이 두 개의 장식봉 —— 즉 인간 정신의 최고의 장식물 혹은 엔타블러처*의 머리 장식은 — 말씀드렸듯이 기지와 판단력이고, 이미 증명해 드렸듯이 그 무엇보다 가장 필요한 것이고, — 가장 귀중한 것이고, —— 혹시 없으면 가장 비참해지는 것인 까닭에 가장 얻기 힘든 것입니다. —— 이 모든 이유를 종합해 볼 때 이 둘 중 하나, 아니, 어떻게든 가능하기만 하고 이룰 수 있기만 하다면, 두 가지 다의 주인이 되거나 최소한 남들 눈에라도 그렇게 보이기를 소망하지 않는 사람은 없을 것입니다. 혹시라도 우리 중에 명성과 밥벌이를 원하지 않거나 —— 자기에게 뭐가 도움이 되는지 전혀 모르는 사람이 있다면 또 모르지만 말입니다.

자, 특히 더 엄숙하신 신사분들이* 이 둘 중 하나만 갖고 싶다 해도 그것을 구할 기회는 거의 또는 전혀 없을 것입니다. —— 나머지 하나에도 함께 손을 뻗지 않는다면 말입니다. —— 그러니 그들이 어떤 상태이겠습니까? — 글쎄요, 선생님들, 그들의 온갖 엄숙성에도 불구하고 그분들의 내면은 벌거벗고 다니는 데 만족해야 했을 것 같습니다. — 이것은 우리가 지금 다루고 있는 이 경우에선 고려 사항이 되지 않는 철학적 노력 없이는 견뎌 낼 수 없는 일입니다. —— 그러니 이분들이, 어쩌다 조금 낚아채서 갖게 된 것을 코트 안이나 훌륭한 가발 아래 숨겨 두는 데 만족하기만 한다면, 그리고 합법적 소유자들을 향해 *비난과 공공연한 아우성*을 퍼붓지만 않는다면, 누가 그들에게 화를 낼 수 있겠습니까.

제가 어른들께 군이 이런 말씀을 드릴 필요도 없겠지만, 이런 일이 얼마나 교묘하게 잔꾀를 부려 진행되는지요. — 좀처럼 거짓된 소리에 속지 않는 저 위대한 로크 선생도, —— 이 문제에서는 속고 말았어요. 이 불쌍한 기지를 헐뜯는 아우성은 너무나 깊고 장중한 것인 데다, 거대한 가발과 엄숙한 얼굴 그리고 그 밖의 온갖 속임수의 도구들의 도움을 받고 있다 보니 아주 보편성을 띠게 되었고 저 뛰어난 철학자마저 속고 말았지요. — 로크 선생이 수천 가지 통속적 오류의 장애물들을 치워 준 것에 대해서는 영광을 돌릴 만한 일이지만, —— 기지에 대한 이 오류는 거기에 포함되지 않는군요. 그 정도 철학자라면 마땅히 냉철한 마음으로 눈앞에 둔 철학적 논제의 사실 여부를 검토해 보았어야 하는데, — 그는 통용되는 사실을 당연시함으로써 이 아우성에 가담했고, 다른 사람들 못지않게 떠들썩하게 소리 질렀지요.

그때 이래로 이런 견해가 우둔함의 마그나 카르타*가 되어 버렸습니다. — 그러나 어른들께서도 쉬 알아보았듯이, 이것이 확정된 과정을 보면, 그 주장은 동전 한 닢 가치도 없습니다. —— 사실 말이지, 엄숙함과 엄숙한 사람들이 그 결과에 대해 앞으로 책임져야 할 수많은 악랄한 기만행위 중 하나일 뿐입니다.

거대한 가발에 대해서는, 내가 너무 자유롭게 내 마음을 말했다고 생각하는 분도 있겠군요. —— 조심성 없이 그들에 대해 편파적이거나 헐뜯는 투로 말한 게 있다면 다음과 같은 선언을 통해 조정하려 합니다. —— 그 거대한 가발이나 긴 수염에 대해 어떤 혐오감도 없으며, 그것을 미워하거나 깎아내릴 생각도 없습니다. —— 단, 그들이 바로 이 기만을 유지하기 위해 일부러 — 어떤 목적을 갖고 큰 가발을 주문하거나 수염을 기르는 것을 볼 때 이외에는 말입니다 — 그들에게 평화가 함께하기를, — ☞ 다만 주목하십시오, — 난 그들을 위해 글을 쓰는 게 아닙니다.


### 제21장


최소한 지난 10년 동안 날마다 아버지는 그것을 수리하리라 결심했다. —— 하지만 그것은 아직도 수리되지 않고 있다 —— 우리 집 외의 어떤 집이든 그것을 한 시간도 참지 못했을 것이다. — 더더욱 놀라운 것은 아버지에게는 문 경첩만큼 그렇게 할 말이 많은 주제가 없다는 사실이다. —— 그리고 동시에 아버지는 경첩에 관한 한 역사가 만들어 낸 가장 허황한 공론가(空論家)였다고 생각한다. 그의 수사적 말과 행동은 끊임없이 서로 주먹다짐을 하고 있었고, —— 거실 문이 열릴 적마다 — 그의 철학이나 원칙은 경첩의 제물이 되곤 했다. —— 단 세 방울의 기름과 깃털 붓 하나, 그리고 산뜻한 망치질 한 번만 있었더라면 그의 명예가 영원히 구제되었을 텐데 말이다.

—— 모순투성이 인간의 영혼이여! — 얼마든지 치유할 수 있는 상처들 때문에 그토록 괴로움을 겪다니! — 그의 인생 전체가 그의 지식과 모순을 이루면서! — 하느님이 주신 소중한 선물인 그의 이성은, — (기름 한 방울을 붓는 대신에) 그의 감수성을 날카롭게 만드는 데만 쓰이고 있고, —— 그래서 그의 고통을 증식시키고, 더욱 우울하게 만들고, 더욱 불편하게 만들기만 하는구나! — 불쌍하고 불행한 존재여, 그렇게 살아야만 하다니! —— 현실 속에 있는 불행의 필연적 원인들이 부족하다는 듯, 그렇게 자발적으로 슬픔의 창고를 채워 줘야 하는가. — 피할 수 없는 재난에는 맞서 싸우면서, 그것이 초래하는 불편의 10분의 1만 수고해도 영원히 제거할 수 있는 그런 재난에는 이렇듯 굴복하고 살아야 한단 말인가?

선하고 덕성스러운 모든 것에 걸고 주장하건대, 기름 세 방울만 구할 수 있다면, 그리고 샌디홀 10마일 반경 안에서 망치 하나만 찾을 수 있다면, — 이 거실 문의 경첩을 현재 왕의 재위 기간 중에 고칠 수 있을 것이다.


## 제22장

트림 상병은 두 개의 박격포가 제 모습을 갖추자 자신의 솜씨에 한없이 감격했다. 주인이 이걸 보면 얼마나 기뻐할지 아는지라 그는 그것을 가지고 당장 거실로 달려가고 싶은 유혹을 참을 수가 없었다.

경첩 사건을 언급할 때 내가 내놓았던 도덕적 교훈에서 파생되는 추론적 고찰이 하나 있는데, 그것은 바로 다음과 같다.

문이란 것이 무릇 그래야 하듯, 만약 거실 문이 경첩을 따라 무난히 열렸더라면 ———

— 또는 예를 들어, 우리 정부가 경첩에 의지해 돌아가듯이 그렇게 영리하게 열렸더라면,* ——— (사태가 귀하게 유리하게 돌아갔다는 전제하에 드린 말씀인데, — 혹시 아니라면 나의 비유를 포기하겠습니다) — 그런 경우에는 트림 상병이 거실 안을 빼꼼 들여다보았다고 주인이나 하인에게 해가 될 일은 없었을 것이다. 트림은 아버지와 토비 삼촌이 잠에 깊이 빠져 있는 것을 보는 순간, ——— 본래 공손한 사람이다 보니, 두 분 어른이 안락의자 속에서 계속 달콤한 꿈을 꾸도록 남겨 두고 죽음처럼 조용히 뒤돌아나왔을 것이다. 그러나 실제로는 그런 일이 결코 일어날 수 없었다. 이 경첩이 고장 난 채로 방치된 몇 년간에 걸쳐, 아버지가 매시간 겪었던 고통 중에는 — 이것도 포함된다, 즉 아버지는 식사 후 낮잠을 자려고 팔을 굽히는 순간마다 누군가 맨 처음 이 문을 여는 사람에 의해 잠을 깰 수밖에 없다는 생각이 제일 먼저 떠오르지 않았던 적이 없고, 그 생각이 휴식의 향기롭고 아늑한 전조와 아버지 사이에 끊임없이 끼어들어, 아버지가 종종 선언하듯이, 단잠의 달콤한 맛을 모조리 뺏어 가 버린다는 것이다.

"각하, 무슨 일이든 잘못된 경첩을 따라 움직인다면, 어찌 그렇지 않을 수 있겠습니까?"

아니, 무슨 일이야? 누구야? 하고 문이 삐걱거리기 시작한 순간, 잠에서 깬 아버지가 소리쳤다. ——— 대장장이가 저 괘씸한 경첩을 한번 손봐 주면 좋을 텐데. ——— 아무것도 아닙니다, 어르신, 박격포 두 갤 들고 오는 중입니다, 트림이 말했다. ——— 여기서는 쿵쿵거리지 말라 하게, 아버지가 황급히 말했다. —— 혹시 닥터 슬롭이 빻아야 할 약이 있거든 부엌에서 하라고 전해 주게나.* —— —— 그게 아닌데요, 나리, 트림이 소리쳤다. —— 이건 내년 여름 공략에 사용하려고 긴 부츠 한 켤레로 만든 두 개의 박격포입니다. 오바댜가 그 부츠는 나리께서 더 이상 신지 않는다고 해서요. —— —— 하느님 맙소사! 아버지가 자리에서 튕기듯이 벌떡 일어나며 외쳤다. —— 내 소장품 중에서도 그 부츠만큼 내가 소중히 생각하는 것은 없단 말야. —— 그건 내 증조부 것이었지 않나, 토비 동생. —— 대대로 물려받은 것이라고. 그렇다면 아무래도 트림이 한정 상속권을 잘라 버린 셈이네요, 토비 삼촌이 말했다. —— 전 꼭대기 부분만 잘라 냈는데요, 나리, 트림이 소리쳤다. —— 나도 누구 못지않게 영구적 재산 귀속권은 싫어하네, 아버지가 외쳤다. —— 하지만 이 장화는, 하고 아버지가 말을 이었다. (매우 화가 났음에도 불구하고 동시에 미소를 지으며) 내전 때 이래로 내내 집 안에 있던 물건 아닌가, 동생. —— 로저 샌디 경이 마스턴 무어 전투*에서 신었던 바로 그 신발이란 말일세. —— 누가 10파운드를 준다 해도 그 물건은 절대 내놓지 않을 거라고. —— 내가 그 돈을 드리지요, 샌디 형님, 토비 삼촌이 그 박격포 두 대를 한없이 즐거운 마음으로 쳐다보면서 호주머니에 손을 넣고 말했다, —— 그 10파운드 지금 당장 기꺼이 지불할게요. ——

토비 동생, 아버지가 어조를 바꾸며 답하기 시작했다, 자넨 말야, 공격을 위한 일이라면, 아무리 돈을 낭비하고 갖다 버려도 개의치 않는 것 같구먼. —— 제가 연간 소득 120파운드에, 예비역으로 받는 반액 급료도 있는 사람 아닙니까?라고 토비 삼촌이 소리쳤다. —— 그게 얼마나 버티겠나, —— 장화 한 켤레에 10파운드나 내는데 말야?라고 아버지가 재빨리 응답했다. —— 폰툰* 한 척에 12기니

나 쓰고, —— 네덜란드식 도개교(跳開橋)에는 그 절반이나 돈을 내고, — 지난주에 자네가 주문한 소형 놋쇠 포들이랑 메시나 전투에 필요하다는 수십 가지 장비는 차치하더라도 말이네. 내 말 좀 듣게, 토비 동생, 아버지가 다정하게 손을 잡으며 말을 이었다, — 자네의 이 군사 작전이란 것이 자네 능력에는 좀 지나친 것 같으이. — 좋은 뜻으로 하는 일인 줄은 알아, 동생, — 그러나 자네가 처음 생각했던 것보다 훨씬 많은 비용이 드는 것 같으니, — 내 말 좀 듣게, —— 토비, 자넨 결국 재산을 다 날리고 거지가 될 수도 있다고. —— 그렇다 한들, 형님, 그게 뭐가 중요합니까, 그게 나라를 위해 좋은 일이기만 하다면 말이지요, 라고 토비 삼촌이 답했다. —

아버지는 도저히 웃음을 짓지 않을 수 없었다. — 아버지의 분노는 최악의 경우에도 반짝 한순간을 넘지 않았다. — 트림의 천진함과 열의, —— 그리고 삼촌의 아낌없이 베푸는(비록 죽마적이기는 하지만) 용맹성이 아버지의 기분을 한순간에 바꿔 놓으며 이 두 사람에 대한 완벽한 호감에 빠져들게 했다.

인정 많은 친구들! — 하느님께서 자네들 둘 다 번창하게 해 주시면 좋겠다, 자네들의 박격포도 함께라고 아버지는 혼잣말을 했다.


## 제23장


모두 조용하고 잠잠해졌네, 아버지가 외쳤다, 적어도 위층에서는 말야, — 발소리 하나 들리지 않는걸. —— 여보게, 트림, 부엌엔 누가 있나? 부엌에는 아무도 없던데요, 트림이 낮게 굽혀 절을 하며 답했다, 닥터 슬롭만 빼고요. — 빌어먹을! 아버지가 소리쳤다. (두 번째로 자리에서 벌떡 일어나며) —— 오늘 하루 단 하나도 제대로 돌아가는 게 없으니! 내가 점성술을 믿는 사람이라면, 동생, (한데 사실을 말하자면 아버지는 그것을 믿는 사람이다) 오늘 역행하는 별이 이 불운한 우리 집 위에 얼쩡거리면서, 하나도 빼지 않고 모조리 일이 틀어지게 만들고 있다고 장담했을 걸세. —— 아니 글쎄, 닥터 슬롭은 위층에서 집사람과 있는 줄 알았는데, 자네도 그렇게 말했고, — 도대체 부엌에서 무슨 수수께끼 같은 일을 하고 있단 말인가? —— 어르신, 그는 지금 브리지를 만들고 있는데요,라고 트림이 답했다. — 이렇게 고마울 데가, 토비 삼촌이 말했다, —— 닥터 슬롭에게 신세 많이 지고 있다고, 그리고 충심으로 감사하다고 전해 주게, 트림.

토비 삼촌은 아버지가 박격포를 잘못 이해했듯이 브리지라는 말을 잘못 알아들었다는 것을 당신도 알아차렸을 것이다. —— 그러나 어쩌다가 토비 삼촌이 브리지를 오해했는지 그 이유를 알려 주려면 — 아무래도 그 경위를 다 설명하든지, —— 또는 내 은유적 표현을 여기서 포기해야 할 것 같다. (역사가가 비유를 쓰는 것보다 더 부정직한 일은 없으니까.) —— 나의 삼촌이 이런 실수를 하는 개연성을 제대로 전달하기 위해서는, 내키지는 않지만, 트림의 모험담 하나를 어느 정도 설명해야 한다. 내가 내키지 않는다고 말하는 것은 이 이야기가 어떤 의미에서는 이 자리에 어울리지 않기 때문이다. 이 이야기가 들어가야 할 자리는 토비 삼촌과 과부 워드먼의 연애 일화가 나오는 부분이든지, 그 부분에서 트림도 적잖은 역할을 하고 있으니까, — 또는 삼촌과 트림이 잔디 볼링장에서 모방 전쟁을 하는 중이 되어야 할 것이다. —— 둘 중 어느 쪽이든 아주 잘 어울릴 것이다. —— 그러나 그때 쓰려고 이 이야기를 아껴 두게 되면, — 지금 하고 있는 이야기를 망치게 된다. — 그리고 여기서 그 이야기를 하면, — 너무 앞서 가는 게 되어,

거기서 이야기를 망치게 될 것이다.

— 어른들께서는 제가 이런 경우에 어떻게 하길 원하십니까?

— 샌디 씨, 제발 이야기를 해 주시오. —— 그렇게 하면, 트리스트럼, 자넨 바보가 되는 걸세.

오, **능품천사들**이시여! (당신은 힘 있는, 그것도 위대한 힘이 있는 천사이시니까요) — 당신은 필멸의 인간이 들을 만한 가치가 있는 이야기를 하도록 도와주시고, — 어디서 시작해야 할지, — 어디서 끝내야 할지, — 어떤 내용을 삽입할지, — 어떤 것을 제외할지, — 어느 만큼이나 그림자를 드리울지, — 어느 부분에 조명을 비추어야 할지, 이런 것들을 친절히 가르쳐 주실 힘이 있으시지요! —— 헤매고 다니는 전기(傳記) 작가들의 거대한 제국을 다스리시며, 당신의 신민들이 매 시간 얼마나 많은 곤경과 위기에 봉착하는지 살펴보시는 천사들이시여, — 제 부탁 하나만 들어주시겠습니까?

간절히 청하고 바라옵건대, (이보다 더 나은 일을 해 주실 생각이 없으시다면) 당신의 영토 어디에든 간에, 지금 여기서처럼 서로 다른 세 갈래 길이 한 지점에서 만나게 될 경우에는, — 그 한가운데에 이정표라도 세워 주십시오. 어느 길을 택할지 몰라 방황하는 딱한 녀석들에 대한 자비심으로 말입니다.


## 제24장


됭케르크 함락 이듬해에 과부 워드먼과의 연애 사건으로 심한 충격을 받았던 토비 삼촌은 그 이후로는 여성이나, —— 여성과 관련된 어떤 것에 대해서든 다시는 생각하지 않겠다는 결심을 했었다. — 그러나 트림 상병은 자기 자신과 그런 계약을 맺지 않았다. 기실 삼촌의 경우에는 여러 상황이 기묘하고 설명할 수 없게 겹치면서 그 아름답고 견고한 성채에 공격을 감행하도록 이끌리게 된 것이지만, —— 트림의 경우에는 부엌에서 브리지트와 마주친 것 말고는 어떤 일도 겹쳐서 일어난 게 없었다. — 그러나 트림이 자기 주인에게 갖고 있는 사랑과 존경심이 얼마나 컸던지, 또 주인이 하는 일을 무엇이든 따라 하는 것을 얼마나 좋아했던지, 만약 토비 삼촌이 그의 시간과 재능을 모조리 구두끈 끝에 쇠붙이를 다는 일에 투입했다 하더라도, —— 이 정직한 트림 상병은 무기를 내려놓고 기꺼이 삼촌을 따랐을 것이라고 확신한다. 따라서 삼촌이 여주인과 마주 앉자, — 트림 상병도 앞뒤 생각 없이 하녀 앞에 자리를 잡았던 것이다.

자, 나의 친애하는 벗 개릭 씨, 내가 존경하고 공경할 이유가 너무 많은 당신께서 — (왜, 무엇 때문인지는 중요하지 않지요) — 이것을 꿰뚫어 보지 못하고 놓치지는 않겠지요. — 절대 아닐 겁니다. — 이 일이 있은 이래로 수많은 극작가와 잡담 제조자들이 트림과 토비 삼촌의 유형에 근거한 작품을 만들고 있다는 것을 말입니다. — 아리스토텔레스나 파쿠비우스, 보쉬, 리카보니* 같은 이들이 뭐라고 했든 난 상관 않습니다. — (그들 작품을 읽어 본 적도 없긴 하지만) —— 말 한 마리가 끄는 의자 가마와 마담 퐁파두르*의 마주 보는 좌석 마차 사이의 차이는 단 하나의 연애 사건이 나오는 극과 두 쌍의 남녀가 넷이서 극 내내 뛰어다니는 장중한 연애극 사이의 차이와 다를 게 없습니다. — 선생, 단순하고 단일한 단선적인 연애 사건은 —— 5막이나 진행할 거리가 없을 겁니다. —— 하지만 그것은 무대에서건 여기서건 해당 사항이 없는 이야깁니다.

토비 삼촌의 진영에서는 9개월간에 걸쳐 공격과 반격이 오간 끝에, 이 이야기는 적당한 때에 아주 자세히 들려 드릴 생각이지만, 아 그 순진한 분! 토비 삼촌은 다소 격분하여 병력을 철수하고 포위를 풀 수밖에 없었다.

이미 말씀드렸듯이, 트림 상병은 그런 약정을 맺지 않았다, 자기 자신과는 물론 —— 다른 누구와도. — 하지만 주인이 염증을 내며 포기한 집을 찾아다니는 것은 그의 가슴에서 우러난 충성심이 허락하지 않았다. —— 그는 공격을 봉쇄로 전환하는 데 만족해야 했다, —— 즉, 그가 다른 사람의 접근을 막았다는 것이다. — 비록 그 후로 그 집을 찾아간 일은 없지만, 마을에서 브리지트를 만났을 때마다 고개를 끄덕여 보이거나, 윙크를 하거나, 미소를 보내거나, 다정하게 쳐다보는 일을 멈추지 않았다. — 또는 (상황이 허락하면) 그녀와 악수를 나누거나, —— 어떻게 지내는지 사랑을 담아 묻기도 하고, — 리본을 사 주기도 하고, —— 때때로 예절에 어긋남 없이 그렇게 하는 것이 가능할 때는 브리지트에게 한 차례———.

정확히 이런 상태가 5년 동안 지속되었다. 말하자면 13년도에 있었던 뒹케르크 함락 시점부터 토비 삼촌의 전쟁놀이가 끝나 가던 무렵이며 이야기의 현재 시점에서 약 6~7주 전인 18년도까지 5년을 말한다. — 그 무렵의 어느 날 트림은 늘 하던 대로 삼촌의 잠자리를 돌봐 드린 뒤, 요새에 별 탈이 없는지 확인도 할 겸 달빛이 환한 밤길을 걸어가다가 —— 꽃이 핀 관목과 호랑가시나무로 담을 이루고 있는 잔디 볼링장 앞길에서 — 브리지트를 발견했다.

세상에서 자기와 토비 삼촌이 함께 만든 그 영예로운 작품만큼 멋진 구경거리가 없다고 생각하는 트림은 정중하고 씩씩하게 그녀의 손을 잡고 그곳으로 이끌었다. 그러나 이 만남은 은밀히 이루어지지 못했다. 입심 사나운 소문의 여신이 귀에서 귀로 말을 옮겨 마침내 아버지의 귀에까지 전해진 바에 의하면, 해자를 가로질러 네덜란드 양식으로 축조되고 채색된 토비 삼촌의 진품 도개교가 — 어찌 된 판국인지 바로 그날 밤 무너져 완전히 박살이 났다는 것이다.

당신도 알아차렸겠지만, 아버지는 토비 삼촌의 죽마에 대해 별존경심이 없는 사람이다. —— 아버지는 그게 신사가 올라탔던 말중에서 가장 우스꽝스러운 말이라고 생각했다. 삼촌이 그 말 때문에 아버지를 약 오르게 만들 때를 제외하고 아버지는 그것을 생각할 때마다 웃음을 머금지 않을 수 없었다. —— 그러니 그 죽마가불구가 되거나 무슨 불운한 일을 당하게 되면, 아버지의 상상력은끝 간 데 없이 발동하곤 했다. 아버지에게 이번 일은 특히 그동안있었던 어떤 사고보다 더욱 구미에 맞는 사고였고, 새록새록 끝없이 즐길 수 있는 오락거리였다. —— 자, 근데 말야, —— 사랑하는동생, 이 다리 사건이 어쩌다 일어난 것인지 제대로 이야기 좀 해보게,라고 아버지는 말을 꺼내곤 했다. —— 어떻게 그 일을 가지고 절 이렇게 계속 골려 먹을 수 있어요?라고 토비 삼촌은 답하곤했다. —— 트림이 나한테 말한 대로 하나도 빼지 않고 벌써 스무 번이나 말씀드렸잖아요. —— 그럼 여보게, 상병, 어떻게 된 건지 자네가 이야기해 보게, 아버지는 트림을 향해 말을 던졌다. —— 그것은나리, 그저 운 나쁜 사고였어요, —— 제가 브리지트 양에게 우리요새를 구경시켜 주다가 해자 가장자리로 너무 가까이 가는 바람에 미끄러진 거라고요. —— 그랬겠지, 트림! 아버지가 대꾸했다. —— (야릇하게 미소를 짓고, 고개를 끄덕이며, —— 그러나 말을 끊지는 않으면서) —— 그런데 나리, 브리지트 양과 팔짱을 꼭 끼고 있다 보니, 그녀도 함께 끌려왔고, 해서 브리지트 양이 다리 위에서 쾅 하고 뒤로 넘어졌지요. —— 그리고 트림의 발이, (토비삼촌이 트림의 말을 이어받아 이야기했다) 도랑에 빠지면서 그역시 다리에 벌렁 넘어졌지요. —— 저 불쌍한 친구의 다리가 부러지지 않은 게 천만다행 아닙니까. —— 그래, 과연 그렇지, 아버지가 대꾸했다. — 그런 교전에서는, 토비 동생, 다리 하나는 쉽게 부러질 수 있고말고. —— 그래서 말입니다, 나리, 그 다리가 나리도 아시듯이 아주 약한 것이다 보니, 우리 둘 사이에서 무너져 내리면서 산산조각이 난 겁니다.

다른 때 이 이야기가 나오는 날에는, 특히 토비 삼촌이 운 나쁘게 대포나 폭탄 또는 성문 폭파용 화구 같은 것을 한마디라도 언급하는 때는, — 아버지는 창고를(한데 대단히 큰 창고였죠) 열어 언변을 풀어 놓곤 했다. 고대인들이 성벽을 부술 때 사용했던 **파성퇴**라든가, — 알렉산드로스 대왕이 티레 공략에 사용했던 **이동식 헛간**에 대한 찬사를 늘어놓느라 창고가 빈 정도였다. —— 아버지는 또한 거대한 돌멩이들을 수백 피트까지 날려 보내 최강의 방벽조차 토대부터 흔들어 놓는 시리아의 **대형 투석기**라든가, — 마르켈리누스가* 그렇게 큰 소리로 자랑해 마지않는 **석궁**의 뛰어난 작동법, — 불을 날려 보내는 — **불화살**의 끔찍한 효능, —— 그리고 투창용 **테레브라**와 **스콜피오***의 위력 등을 삼촌에게 설명하고 나서 덧붙이곤 했다. — 이런 무기들도 트림 상병의 파괴력 있는 무기에다 비하면 별것 아니지 않겠나? — 장담하는데, 토비 동생, 지금까지 이 세상에서 만들어졌던 어떤 다리나 성벽 혹은 출격용 성문도 그런 대포에는 맞설 수 없을걸세.

토비 삼촌은 이런 빈정거림의 공격에 대해 어떤 방어도 하지 않고 다만 파이프 담배를 점점 더 격렬하게 빨기만 했다. 어느 날 저녁 식사 후에도 그렇게 빽빽 담배를 피워 댔는데, 본래 결핵기가 있던 아버지가 격렬한 기침으로 질식할 지경에 이르자, 토비 삼촌은 삶의 상처가 주는 고통도 아랑곳하지 않고 벌떡 일어나 — 한없는 연민을 담은 얼굴로, 형의 의자 뒤로 가서 한 손으론 등을 두드려 주고, 다른 한 손으론 머리를 잡아 주며, 때때로 호주머니에서 꺼낸 깨끗한 면 손수건으로 눈물을 훔쳤다. —— 이 애정 어린 다정한 행동은 — 방금 자기가 그에게 주었던 고통 때문에 아버지의 가슴을 아리게 만들었다. —— 내가 다시 한 번 이 훌륭한 영혼에게 모욕을 준다면, —— 파성퇴든 투석기든, 무엇이든 날아와 내 머리를 박살 내도 좋아, 하고 아버지는 혼잣말로 중얼거렸다.

## 제25장

도개교가 수리할 수 없을 정도로 망가졌기 때문에 삼촌은 트림에게 새로 다리를 만들도록 지시했다. —— 그러나 똑같은 모델은 아니었다. 토비 삼촌은 그 당시 알베로니 추기경*의 음모가 발각된 참이어서, 스페인과 신성 로마 제국 사이에 필연적으로 전쟁의 불길이 시작될 것이고, 다음 전투는 나폴리나 시칠리아에서 벌어질 것이라 예측하고. —— 이탈리아식 다리를 만들기로 작정했다. — (아무튼 삼촌의 예측은 크게 빗나가지 않았다) —— 그러나 훨씬 더 나은 정치가였던 아버지는 삼촌이 전장에서 아버지를 앞섰듯이, 내각에서는 삼촌보다 크게 앞선 사람이었기에 다른 예측을 내놓았다. — 즉 스페인 왕과 신성 로마 제국 왕 간에 불화가 생긴다면, 기존 동맹 때문에 영국과 프랑스, 네덜란드도 전쟁에 가담할 수밖에 없고. —— 만약 그렇게 되면, 토비 동생, 우리가 지금 살아 있는 게 분명하듯이, 전사들도 틀림없이 옛 전쟁터였던 플랑드르에서 뒤엉켜 싸우게 될 걸세. —— 그렇게 되면 자네의 이탈리아식 다리는 어디에 쓰겠나?

—— 그렇다면 옛날 모델로 만들어야겠군요, 토비 삼촌이 큰 소리로 말했다.

트림 상병이 그 모델로 반쯤 다리를 완성했을 때, ── 토비 삼촌은 미처 생각지 못했던 중요한 결함을 발견했다. 이 다리는 양쪽 가에 경첩이 있고 반은 해자의 이쪽으로 나머지 반은 반대쪽으로 한가운데서 올라가게 되어 있었다. 따라서 다리의 무게가 똑같이 반으로 나뉘게 되니까 수비대 병력이 넉넉지 못한 삼촌으로선 한 손만 사용해 목발 지팡이 끝으로 올렸다 내렸다 할 수 있다는 이점이 있지만, ── 한편으론 이런 구조물에는 결코 극복할 수 없는 약점도 있었다. ── 이렇게 되면 말야, 삼촌이 말했다, 다리의 반을 적의 손에 맡기는 셈인데, ── 나머지 반을 어디에 쓸 수 있겠나?

이런 약점을 고치는 가장 당연한 방법은 물론 다리를 한쪽 편에서만 경첩에 고성시키고 다리 전체가 한꺼번에 들려서 똑바로 서있게 만드는 것이다. ── 하지만 그것은 위에서 언급한 이유 때문에 채택될 수 없었다.

삼촌은 다리를 수평으로 끌어당겨 통행을 막기도 하고, 다시 앞으로 밀어 통행을 가능하게 하는 특이한 축조법을 택하기로 결정했다. ── 여러 어른들께서도 보았을지 모르지만 슈파이어에 있었던, 지금은 파괴되고 없는 저 유명한 세 개의 다리와 ─ 내가 잘못 안 게 아니라면 브리삭*에 지금도 있는 그 다리와 같은 구조의 다리를 택한 것이다. ── 그러나 아버지는 밀고 당기는 다리는 피하라고 매우 진지하게 충고했고, ─ 삼촌 역시 그런 다리가 상병의 불운한 사고에 대한 기억을 계속 상기시킬 것임을 내다보았기에, ── 마음을 바꿨다. 이번에는 도피탈 후작이 창안해 낸 다리를 모델로 하기로 결정했다. 이 다리는 여러 어른들도 보시듯이 ─ *Act. Erud. Lips.* an. 1695.*에서 베르누이 2세*가 자세히 전문적으로 설명하고 있다. ─ 이런 다리에는 납추가 달려 있어 균형을 유지하면서 마치 두세 명의 보초와 같은 경비 기능도 해 준다.

다만 구조가 거의 원형 비늘과 유사한 곡선을 —— 혹 원형 비늘 모양 자체가 아니라면, 갖추고 있어야 한다.

토비 삼촌은 포물선에 대해서는 누구 못지않게 잘 이해하고 있었지만 — 이 원형 비늘 곡선에 대해서는 제대로 파악할 수가 없었고, — 매일매일 이것에 대해 상의를 했지만 —— 다리는 조금도 진전이 없었다. —— 아무래도 누군가에게 물어봐야 될 모양인데, 토비 삼촌은 트림에게 소리쳤다.


## 제26장


트림이 방으로 들어와 닥터 슬롭이 부엌에서 다리를 만드느라 바쁘다고 아버지에게 말했을 때 — 토비 삼촌은 마침 — 장화 사건이 군사 작전을 연상시켰던 참이라, — 즉시 닥터 슬롭이 도피탈 후작의 다리 모델을 만들고 있는 것으로 알아들었다. —— 고맙기 짝이 없군, 토비 삼촌이 말했다, —— 신세 많이 지고 있다고, 그리고 충심으로 감사하다고 전해 주게, 트림.

토비 삼촌의 머리가 요지경 상자였고, 아버지가 한쪽 끝을 통해 계속 그 속을 들여다보았다 하더라도, —— 토비 삼촌의 상상 속에서 어떤 일이 진행되고 있는지 지금보다 더 잘 알 수는 없었을 것이다. 그래서 아버지는 투석기와 파성추 등등에 대해 신랄한 저주를 퍼부었던 사실에도 불구하고 승리감에 휩싸여 막 입을 여는 참이었다 —— .

그러나 트림의 답변이 순식간에 그의 미간에서 월계관을 낚아채서 갈가리 비틀어 버렸다.

## 제27장

—— 자네의 그 불운한 도개교 말야, 아버지가 말을 시작했다. — 죄송하지만, 나리, 그건 도련님 코에 쓸 브리지인데요, 트림이 소리쳤다. —— 수잔나 말이 그 고약한 기구로 도련님을 세상에 끌어내다가, 닥터 슬롭이 코를 으깨서 팬케이크처럼 납작하게 만들어 버렸대요. 그래서 지금 수잔나의 코르셋에서 빼낸 고래 뼈 한 조각과 솜을 가지고 가짜 다리를 만들고 있답니다.

—— 토비 동생, 지금 당장 날 내 방으로 데려다 주게, 아버지가 말했다.


## 제28장

세상에 즐거움을 주기 위해 내 인생을, 그리고 세상에 교훈을 주기 위해 내 의견을 써 내려가기 시작하던 바로 그 첫 순간부터, 나의 아버지를 향해 먹구름이 서서히 몰려들고 있었다. —— 일련의 작은 재난과 고민거리가 물결을 이루며 그에게 밀려들고 있었으니, —— 아버지가 스스로 주목하셨듯이 단 한 가지도 제대로 되는 일이 없었고, 이제 폭풍우 구름이 두꺼워지면서 아버지 머리 위에 마구 쏟아져 내릴 참인 것 같다.

나는 연민을 느낄 줄 아는 가슴에 찾아올 수 있는 한 가장 울적하고 수심에 찬 기분으로 이 일화를 시작하고 있다. —— 이 말을 하는 중에도 내 신경 근육에 힘이 빠지는 것을 느낀다, —— 한 줄 한 줄 써 내려가는 데 따라 내 맥박도 느려지고, 내 인생을 살아오는 동안 하지 않아야 할 수천 가지 말을 입 밖에 내뱉게 하고 쓰게 만들었던 그 무심한 활달성도 힘을 잃어 가는 것을 느끼고 있다. —— 펜을 잉크에 적시는 이 순간에도 처량한 침착성과 엄숙함의 조심스러운 기운이 내 태도에서 드러나는 것을 보게 된다. —— 오, 이런, 성급하게 불쑥 말을 뱉어 내고 무모하게 말을 던지곤 하던 그대의 평소 습관과 얼마나 다른 모습인가, 트리스트럼! —— 펜을 떨어뜨리고, — 책상과 책 위에 잉크를 쏟기도 하면서, —— 마치 펜이나 잉크 그리고 책이나 가구가 어디서 공짜로 생기는 것이기라도 한 것처럼 행동하던 그대가 아닌가.

## 제29장

—— 지금부터 내놓을 주장에 대해 당신과 논쟁할 생각은 없습니다, 부인, —— 사실이 그렇기도 하고 — 나도 절대로 맞는 말이라고 자신하니까요, 즉 "남자든 여자든 수평 자세를 취했을 때 고통이나 슬픔을(제가 알기로는 즐거움 역시 마찬가지지요) 견디기가 가장 쉬워진다"는 것입니다.

아버지는 자기 방에 이르자마자 상상할 수 있는 한, 가장 혼란스러운 마음 상태로 침대 위에 털썩 몸을 던져 엎드려 누웠다. 누구든 연민에 가득 차 눈물을 떨어뜨릴 수밖에 없는 그런 슬픔에 짓눌린 채 가장 애처로운 자세를 취하면서 말이다. —— 아버지가 침대에 몸을 던진 순간, 오른 손바닥은 양쪽 눈을 거의 다 가리면서 이마를 받쳐 주었고, 코가 침대 커버에 닿을 때까지 머리와 함께 천천히 떨어졌다. (팔꿈치는 뒤로 꺾이면서) —— 왼팔은 침대 옆으로 아무렇게나 늘어뜨렸으며, 손등은 침대 커버 주름 장식 밖으로 빼꼼 드러나 있던 요강 손잡이 위에 닿아 있었다. — 오른쪽 다리는 (왼쪽 다리는 몸 쪽으로 당겨져 있었고) 침대 옆 자락 위에 반쯤 걸친 채 정강이뼈가 침대 모서리에 눌리고 있었다. —— 그러나 아버지는 그것을 느끼지도 못했다. 확고한 부동의 슬픔이 얼굴선 하나하나를 장악하고 있었고, — 그는 한 차례 한숨을 내쉬고, — 가슴을 여러 차례 들먹였지만 — 단 한마디도 내뱉지 않았다.

아버지가 머리를 기대고 있는 침대 반대편 머리맡에는 알록달록한 털실 술로 가장자리를 장식하고 주름 장식도 달린 낡은 의자가 하나 놓여 있었다. —— 토비 삼촌은 그 의자에 자리를 잡고 앉았다.

고통을 채 삭이기 전에는 —— 위로의 말이 너무 이른 것이고, —— 다 삭인 뒤에는 — 너무 늦기 마련이다. 그러니 부인, 위로하려는 사람이 겨냥해야 할 순간은 거의 머리카락 한 올만큼 미세한 과녁이 됩니다. 언제나 그 과녁의 이쪽 혹은 저쪽으로 치우치기 마련이었던 삼촌은, 차라리 정확한 경도(經度)를 맞히는 것*이 더 쉽겠다고 종종 말했습니다. 그런 이유로 해서, 삼촌은 의자에 자리를 잡자 침대 커튼을 앞으로 약간 당긴 뒤, 눈물이 많은 사람이었기에, — 면 손수건을 꺼내 들고, —— 낮은 한숨을 내쉬며, —— 조용히 앉아 있었습니다.


## 제30장


—— "지갑에 들어온 것이라고 모두 득이 되는 것은 아니다." —— 아버지는 이 우주에 존재하는 가장 기이한 책들을 읽는 행복을 누렸고, 더구나 사람이 가질 수 있는 가장 기이한 사고방식을 지녔음에도 불구하고 바로 그 때문에 한 가지 불리한 점이 있었으니, —— 가장 기이하고도 엉뚱한 고민에 빠질 수도 있다는 것이

다. 지금 그가 빠져 있는 이 고민도 바로 그런 사실을 보여 주는 강력한 예가 될 수 있다.

아무리 과학적으로 한 일이라 할지라도 ── 겸자 끝에 아기의 콧대가 무너졌다는 사실은 특히 아버지처럼 아이를 그토록 힘들게 얻는 사람에게는 ── 심히 괴로운 일임에는 의문의 여지가 없다. ── 그렇더라도 지금 아버지가 겪고 있는 터무니없이 과도한 고뇌를 설명해 주거나 그 고뇌에 스스로를 내던지는 아버지의 비기독교도적인 태도를 정당화해 줄 정도는 아니다.

그 연유를 설명하기 위해, 나는 지금부터 30분 정도 아버지는 침대 위에 누워 있는 채, ── 나의 착한 삼촌은 그 옆 낡은 술 달린 의자에 앉은 채 내버려 두기로 하겠다.

## 제31장

── 이것은 대단히 부당한 요구요. ── 나의 증조부가 서류를 구겨 탁자 위에 던지며 소리쳤다. ── 이 계산에 의하면, 부인, 당신 지참금은 2천 파운드밖에 안 되고 한 푼도 더 나올 데가 없는데, ── 연간 3백 파운드의 미망인 급여를 요구하다니요. ──

── "왜냐하면 말예요." 나의 증조할머니가 대답했다. "당신은 코가 거의 없다시피 하니까요." ───

자, 이 **코**라는 단어를 다시 사용하기에 앞서, ── 이 흥미진진한 대목에서 앞으로 나오는 말에 대해 어떤 오해도 피하기 위해서는, 내가 이 어휘를 통해 전달하고자 하는 의미를 가능한 한 가장 정확하고 엄밀하게 설명하고 정의 내릴 필요가 있다. ── 사실상 신학 분야의 모든 논쟁적 글들이 도깨비불에 대한 글이나, 또는 견고한 철학적 논증이나, 자연 과학적 탐구의 글처럼 그 의미가 명료하고 실증적이지 못한 것은 다른 이유 때문이 아니라 바로 이런 예방책을 하찮게 여기는 작가들의 태만이나 잘못된 고집 때문이라 믿어 의심치 않는다. 따라서 혹시 당신이 최후의 심판 날까지 계속 혼란 속에 휩싸여 있기를 원치 않는다면, 글을 시작하기 전에 ——— 당신이 가장 자주 사용할 주요 어휘에 대해 미리 훌륭한 정의를 내려 놓고 그것을 고수해야 하지 않겠는가? — 다만 선생, 필요하다면 1 기니 금화를 잔돈으로 바꾸는 정도로만 변화의 여지를 두면서 말이다. — 이렇게만 한다면, — 혼란의 대가를 향해 어디 한번 헷갈리게 만들어 봐라, 또는 어디 할 수 있다면 당신 머리나 당신 독자의 머리에 딴생각을 입력해 보라, 하고 큰소리칠 수 있을 것이다.

내가 지금 쓰고 있는 이 책처럼 엄격한 도덕성과 면밀한 논리성을 갖춘 책에서는 — 그런 태만은 용서될 수 없다. 내가 비평가들에게 애매한 논란의 여지를 많이 남겨 두었다가, — 그리고 독자의 상상력의 청결성을 믿고 의존했다가, 얼마나 심하게 세상으로부터 보복을 당했는지는 하늘이 아신다.

——— 여긴 두 가지 의미가 있지 않나, 하고 유지니어스가 함께 길을 가는 중에 외쳤다. 책 중의 책이라 할 수 있는 내 책의 제2권 52페이지에* 나오는 틈새라는 단어를 오른손 집게손가락으로 가리키며, — 여긴 두 가지 의미가 있지 않나, —— 라고 그가 말했다 — 그래, 여기 두 갈래 길이 있구먼, 나는 퉁명스럽게 그의 말을 되받았다. —— 더러운 길과 깨끗한 길, —— 어느 길을 택해야 하지? — 당연히, — 깨끗한 길이어야지, 유지니어스가 답했다. 나는 그의 앞으로 한 발짝 다가가며, 그의 가슴에 손을 대면서 말했다, 유지니어스, —— 정의를 내린다는 것은 — 불신한다는 거야. — 그렇게 나는 유지니어스를 압도했다. 하지만 늘 그랬듯이 이번에

도 나는 스스로 바보가 되면서 그를 이긴 것이었다. —— 다만 위안이 되는 것은 난 그렇게 고집불통이 아니란 사실이다. 따라서

나는 다음과 같이 코에 대한 정의를 내린다. —— 다만 남성이든 여성이든, 나이와 외양, 지위를 불문하고 나의 독자들에게 탄원하고 미리 부탁드리고 싶은 것이 있으니, 제발 하느님과 자신들의 영혼을 사랑하는 마음에서 악마의 유혹과 제안에 대해 경계심을 늦추지 말아 달라는 것이다. 악마가 아무리 재주를 부리고 계략을 쓰더라도 내가 지금 정의 내리는 의미 외에는 다른 어떤 의미도 당신들 마음속에 주입하는 것을 허용하지 말라는 얘기다. ——
—— 코에 대한 이 장에서나 내 작품의 다른 어떤 부분에서든, **코**라는 단어가 등장하면, — 나는 그 단어를 통해 다만 **코**를 의미하며 그 이상도 이하도 아니라고 천명하는 바다.


## 제32장


—— "왜냐하면 말예요," 나의 증조할머니가 말을 다시 반복했다. — "당신은 코가 거의 없다시피 하니까요." ——

빌어먹을! 증조할아버지는 손으로 코를 두드리면서 소리쳤다, — 그 정도로 작진 않소, — 아버지 코보다는 넉넉히 1인치 더 길단 말이오. —— 사실상, 나의 증조부의 코는 팡타그뤼엘이 **에나생**[*] 섬에서 만났던 남자나 여자, 어린아이들의 코와 대동소이했다. ——
—— 말이 났으니 말인데, 그렇게 코가 납작한 사람들끼리 어떻게 기이한 짝짓기를 하는지 궁금하다면 —— 그 책을 읽어 보아야 한다. — 직접 찾아본다 해도, 절대로 찾을 수 없을 것이다. ——
—— 그게 말입니다, 선생, 클럽 에이스[*]처럼 생겼다고요.

—— 이게 1인치는 넉넉히, 증조할아버지는 손가락과 엄지로 콧등을 누르면서 말을 이었다. 그는 자기주장을 반복하면서, —— 부인, 이게 1인치는 족히 더 길지 않소, 아버지의 — 보다. 당신 삼촌을 말하는 거겠지요, 증조할머니가 대꾸했다.

—— 증조할아버지는 승복할 수밖에 없었다. — 그는 구겨진 서류를 다시 펴고, 그 조항에 서명했다.


## 제33장


— —여보, 이 몇 푼 안 되는 상속 재산에서 왜 이렇게 터무니없는 미망인 급여를 드려야 하는 거지요, 하고 나의 할머니가 할아버지에게 말했다.

아버지는, 여보, 내 손등에 있는 점 정도밖에 안 되는, 그저 흔적만 있는 코를 갖고 있었거든,이라고 할아버지가 답했다. ——

——— 알려 드릴 게 있는데, 나의 증조할머니는 나의 할아버지보다 12년이나 더 오래 사셨다. 해서 나의 아버지가 그 기간 내내 1년에 두 차례씩 — (미가엘 축일과 성모 축일에) — 150파운드의 급여를 증조할머니에게 지불해야 했다.

아버지보다 더 품위 있게 금전적 채무를 처리하는 사람은 없을 것이다. ——— 아버지는 백 파운드까지는 마음이 너그러운 사람이, 너그러운 사람만이 할 수 있는, 솔직하게, 기꺼이 부채를 받아들이는 활기찬 손놀림으로 1기니, 1기니, 탁자 위에 던지곤 했다. 그러나 나머지 50파운드를 세기 시작하면, — 그는 큰 소리로 에헴! 헛기침 소리를 내기도 하고, — 집게손가락의 납작한 쪽으로 콧잔등을 느릿느릿 문지르기도 하고, — 머리와 가발 안감 사이에 조심스레 손을 밀어 넣기도 하고, ― 헤어지게 될 기니 금화 하나 하나마다 양면을 뒤집어 가며 들여다보기도 하고, ― 결국 손수건 을 꺼내 관자놀이를 훔치는 데까지 가지 않고는 50파운드의 마지 막 금화까지 세는 법이 없었다.

자애로운 하늘이시여, 나를 보호해 주소서! 우리 내면에서 일어 나는 이런 작용에 대해 조금도 봐주지 않는 박해자의 기질로부터. 때때로 박해의 엔진을 늦춰 교육의 힘이나 선조로부터 물려받은 생각의 지배력에 대해 연민을 느끼기도 하는 일이 전혀 없는 그런 사람들의 진영에 내가 가담하는 일이 절대, ― 오, 절대로 없게 해 주소서!

우리 집안에서는 최소한 3대에 걸쳐, 이 긴 코를 선호하는 *신조* 가 점진적으로 뿌리를 내리고 있었다. ―― **전통**이 그 신조의 편 에 있었고, **이해관계**는 6개월마다 그것을 강화하는 원군이 되었 다. 따라서 아버지가 가진 다른 기괴한 생각과 달리 이 신조는 아 버지 두뇌의 괴팍성에 전적으로 그 영광을 돌릴 수는 없다. ― 왜 냐하면 아버지가 그것을 상당 부분 어머니의 젖과 함께 빨아들였 다고 할 수 있으니까. 물론 아버지 몫도 있긴 하다. ―― 교육이 이 잘못을(그게 잘못일 경우) 심어 주었다면, 아버지는 거기 물을 주어 온전히 성장하게 만들었다고 할 수 있다.

아버지는 이 주제에 대한 생각을 말씀하시면서, 종종 이런 선언 을 한다. 영국에서 아무리 막강한 가문이라 해도 6, 7대에 걸쳐 계 속 짧은 코가 나올 경우 어떻게 버텨 내겠느냐고. ― 반대의 경우, 길고 대단한 코가 대를 이어 연속으로 같은 수만큼 지속적으로 나 올 경우에도, 이 왕국에 비어 있는 자리 중 최상의 자리까지 그 가 문을 끌어올리지 못한다면, 그 역시 시민 생활의 크나큰 문제가 될 것이라고 아버지는 덧붙여 말한다. ―― 아버지는 또한 샌디 가문이 헨리 8세 시절에는 대단히 높은 자리까지 올라갔다고 곧잘 자랑했지만, 그 부상이 무슨 정략에 의한 것이 아니라 — 순전히 그것 때문이었다고 — 주장하곤 했다. — 그러나 다른 가문과 마찬가지로, 아버지는 덧붙이신다. — 우리 집안에서도 운명의 수레바퀴가 돌아갔고, 나의 증조할아버지의 작은 코가 야기한 타격에서 아직도 회복하지 못하고 있다는 것이다. —— 그거야말로 정녕 클럽 에이스였지, 아버지는 머리를 설레설레 저으며 외치곤 했다. —— 게다가 불운한 집안이 뒤집어 펴 본 카드 패 중에서 가장 고약한 것이기도 하고.

—— 잠깐, 점잖은 독자 양반, 공평하고 상냥하셔야죠! —— 도대체 무슨 상상을 하시는 겁니까? —— 사람이 진실을 말할 수 있다면, 내가 나의 증조할아버지의 코란 말을 통해 의미하는 바가 냄새를 맡는 그 신체 기관, 또는 사람 얼굴의 그 돌출 부분만을 의미한다는 것 역시 진실입니다. — 그리고 화가들이 잘생긴 코와 균형 잡힌 얼굴이란 코가 얼굴의 3분의 1을 차지하는 경우라고 말할 때의 그 코를 말합니다. — 말하자면 머리카락이 시작되는 지점에서 그 아래를 따져 보았을 때 말이지요. ——

—— 이런 위기에서, 작가의 삶이란 얼마나 힘든 것인지!

## 제34장

자연이 인간의 정신을 만들 때 늙은 개에게서 보이는 성향, 즉 —— '새로운 재주는 배우지 않는다' 는 성향을 부여하여, 어떤 설득 앞에서도 저항하고 뒷걸음질 치는 다행스러운 기질을 갖게 되었다는 것은 특별한 은총이다.

가장 위대한 철학자라 할지라도, 책을 읽거나, 사실을 관찰하거나, 뭔가 생각할 때마다 번번이 입장을 바꾼다면 그런 사람이야말로 셔틀콕 같은 인간이 아니겠는가!

내가 작년*에 말했듯이 아버지는 이런 것을 아주 싫어했다. ─ 선생, 나의 아버지는 자연 상태의 인간이 사과를 줍듯이 의견을 줍는 사람이다. ─ 그것은 그의 소유가 되고, ─ 그가 기백 있는 사람이라면 그것을 포기하느니 생명을 내놓을 것 아닌가.

저 위대한 민법학자 디디우스가 이 주장에 반박하면서 나에게 소리칠 것을 알고 있다. 사과에 대한 이 사람의 권리가 도대체 어디서 나온다는 겁니까? *ex confesso**, ── 모든 것이 자연 상태에 있었으니, ─ 그 사과는 프랭크의 사과일 수도 있고 존의 것일 수도 있지요. 그러니 말씀해 보십시오, 샌디 씨, 그가 무슨 특허권이라도 내보일 수 있다는 겁니까? 어떻게 해서 그게 그의 소유가 되기 시작했지요? 그가 사과에 마음을 두기 시작한 때부터입니까? 아니면 그것을 주웠을 때부터입니까? 또는 그것을 씹었을 때? 또는 구웠을 때? 껍질을 벗겼을 때? 혹은 그것을 집으로 가져왔을 때? 소화를 시켰을 때? ── 그도 아니면 그가 ── ? ── . 분명한 것은, 선생, 처음 사과를 줍는 행위가 소유권을 주지 못한다면 ── 그 뒤에 무슨 짓을 해도 자기 것이 될 수 없다는 사실입니다.

이 친구 디디우스, 하면서 트리보니아누스가 답할 것이다. ─ (민법학자면서 동시에 교회법학자인 트리보니아누스의 수염은 디디우스의 수염보다 3인치 반과 8분의 3만큼 더 길기 때문에, ─ 그가 나 대신 몽둥이를 들어 주어 기쁘다. 따라서 나는 더 이상 답변하는 수고를 할 필요가 없다.) ─ 이 친구 디디우스, 하고 트리보니아누스가 말을 시작할 것이다. 단편적으로 남아 있는 그레고리우스와 헤르모게네스의 법전을 보든지, 유스티니아누스 법전부터 루이와 데조 법전까지* 모든 법전을 보면 당신도 알 수 있을 거요, — 이마의 땀과 두뇌의 삼출물(滲出物)은 엉덩이에 걸친 바지나 마찬가지로 그 사람의 소유물이고, —— 삼출물과 그 밖에 기타 등등의 분비물이 사과를 발견하고 줍는 노동을 통해 그 사과 위에 떨어지게 되고, 더구나 줍는 사람에 의해 그 분비물이 주워지는 물건에 불가분의 관계로 전달되어, 불가분의 관계로 합병되고, 집으로 운반되고, 굽히고, 껍질이 벗겨지고, 먹히고, 소화되고, 그런 식으로 계속된다면, —— 사과를 줍는 사람은 그런 행위들을 통해, 그 자신의 것이기만 한 어떤 것을 그 자신의 것이 아닌 사과와 섞는 것이므로, 그가 소유권을 갖게 되는 것은 자명한 일이 아니겠소, — 간단히 말해서 그 사과는 존의 사과란 말이오.*

바로 이와 같은 학구적 논리의 고리를 통해 아버지는 자신의 모든 의견을 옹호했다. 새로운 생각을 채집하는 일에 어떤 노력도 아끼지 않았으며, 그 생각이 흔히 가는 길에서 벗어나 있는 것일수록 아버지의 소유권은 더욱 확고했다. —— 아무도 그 권리를 주장하는 사람이 없는 데다, 위에서 본 경우처럼 그것을 요리하고 소화하는 데 적잖은 노동이 들어가게 마련이니, 참으로 아버지의 소유물이며 재산이 되었다 할 수 있다. —— 따라서 아버지는 이빨과 손톱으로 그것을 꽉 붙잡고, —— 손 닿는 것이면 무엇이든 그것을 방어하는 데 활용할 태세를 갖추고 있다. —— 간단히 말해서, 아버지는 토비 삼촌이 성채를 만들듯이, 자기 생각의 주변에 수많은 성벽과 흉벽을 쌓고, 참호도 파서 요새를 만든다는 것이다.

그러나 이 일을 하는 데 있어 한 가지 성가신 장애물이 있었으니, —— 날카로운 공격에 대비해 방어 체계를 확보할 자료가 부족하다는 것이다. 위대한 천재들 가운데 위대한 코라는 주제로 글을 쓰는 일에 자기 재능을 활용한 사람이 거의 없었으니 말이다. 말라빠진 내 말의 구보에 걸고 말하건대 이것은 믿기 어려울 정도도! 그것보다 훨씬 못한 주제에 대해서도 얼마나 많은 소중한 시간과 재능의 보고가 낭비되고 있는지를 생각해 볼 때 이것을 어떻게 이해해야 할지 모르겠다. —— 세상의 화합이나 평화 도모에 이 주제의 반만큼도 기여할 수 없는 그런 명제에 대해서는 온갖 언어로, 가능한 온갖 형태와 장정으로 수백만 권의 책이 제작되지 않았는가. 그러니 아버지는 어쩌다 손에 들어오는 것이 있으면, 그만큼 더 소중히 간직했다. 아버지가 가끔 토비 삼촌의 장서들에 대해 놀리기는 했지만, —— 말이 나왔으니 말인데, 삼촌의 서가에 있는 책들이 우스꽝스럽긴 했다. —— 그렇게 놀리면서도 아버지 역시 나의 정직한 삼촌 토비가 군사 건축학에 쏟는 정성에 못지않은 열의를 갖고 코에 대한 모든 책과 논문을 체계적으로 수집하고 있었다. —— 물론 삼촌보다 훨씬 작은 탁자로도 다 수용할 정도에 불과했지만. — 그러나 나의 소중한 삼촌, 그것은 삼촌의 죄가 아닙니다. ——

여기서, —— 내 이야기의 다른 어떤 대목보다 —— 왜 하필 여기여야 하는지, —— 나도 이유를 모르겠다. —— 그러나 바로 여기서 —— 나의 가슴이 내게 명령을 내린다. 쓰던 이야기를 멈추고, 나의 소중한 삼촌 토비의 선량한 마음에 바치는 헌사를 쓰라고. — 여기서 저는 의자를 옆으로 밀치고 바닥에 꿇어앉아, 당신께로 가는 따뜻한 사랑의 감정과, 당신 성품의 탁월성에 대한 존경의 마음을 쏟아 내고 있습니다. 어떤 덕성이나 본성도 조카의 가슴에 이런 감정을 불붙여 주지 못했을 것입니다. —— 당신께 언제나 평화와 안락이 함께하길! — 당신은 어느 누구의 안락함도 부러워하신 적이 없고, —— 어느 누구의 의견에도 모욕을 주신 일이 없습니다. —— 어느 누구의 평판에 먹칠을 하신 일도 없고 ——

남의 빵을 공짜로 삼키신 일도 없습니다. 당신의 충직한 트림과 더불어 당신의 기쁨이 있는 작은 세계를 한가롭게 걸어 다니며, 가는 길에 누구를 밀치신 적도 없고, —— 슬픔이 있는 사람에게는 눈물 한 방울을, —— 곤궁한 사람에게는 동전 한 닢을 베푸셨습니다.

제가 풀 뽑는 사람을 고용할 능력이 있는 한은, —— 당신의 현관에서 잔디 볼링장까지 당신이 다니시던 길에 잡초가 우거지는 일은 없을 것입니다. —— 샌디 집안에 한 뙈기의 땅이라도 남아 있는 한, 나의 소중한 토비 삼촌이시여, 당신의 요새는 결코 허물어지지 않을 것입니다.

## 제35장

아버지가 이 주제에 대해 수집한 장서는 많지 않았지만, 대단히 진기한 것들이었다. 따라서 그만큼 모으는 데도 꽤 시간이 걸렸다. 그래도 첫출발은 무척 운이 좋으셨으니, 브루스캠빌*의 긴 코에 대한 서론을 거의 공짜로 줍다시피 했다. — 이 책을 사는 데 반 크라운짜리 은화 세 닢밖에 내지 않았는데, 아버지가 그 책을 보자마자, 얼마나 간절히 갖고 싶어 하는지 노점상이 금방 알아차렸기 때문이다. — 기독교 세계를 다 뒤져도 이 책이 세 권도 없어요, —— 라고 노점상이 말했다, 희귀본 코너에 쇠사슬로 묶어 놓은 것들을 제외하면 말이지요. 아버지는 마치 번개처럼 돈을 던지고, — 브루스캠빌을 가슴에 품어 안은 채, —— 피커딜리에서 콜먼스트리트까지 마치 보물을 안고 가듯이, 단 한 번도 브루스캠빌에서 손을 떼지 않고 집으로 달려갔다.

브루스캠빌의 성별을 아직 모르는 분들에게는, —— 긴 코에 대한 서문은 남녀 어떤 성별의 사람이든 충분히 쓸 수 있는 책이니까, —— 다음의 비유가 거슬리지 않을 것이라 생각한다. — 그 비유란, 집에 도착한 아버지가 마치 여러 어른들이 처음으로 갖게 된 정부(情婦)를 통해 위안을 받는 그런 방식으로 브루스캠빌로부터 위안을 받고 있었다는 것이다. —— 즉 아침부터 밤늦게까지 품고 있었다. 그게 연애에 빠진 정부(情夫)에게는 아무리 즐거운 일이라 할지라도, — 옆에서 지켜보는 구경꾼에게는 전혀 즐겁거나 재미있는 일이 아니다. — 이제 그 비유는 여기서 하차시키겠다. — 아버지의 눈은 그의 식욕보다 위대했고,* — 그의 열의는 그의 지식보다 위대했다. — 그의 마음이 식었고, — 그의 애정은 분산이 되었다, —— 그는 프리그니츠를 손에 넣었고, — 스크로데루스와 안드레아 파레, 부세의 야간 회담을 구입했으며, 그리고 무엇보다도 저 위대하고 학식 높은 하펜 슬로켄베르기우스*를 손에 넣게 되었다. 사실상 이 책에 대해서는 앞으로 할 말이 많기 때문에, —— 이 자리에서는 아무 말도 하지 않겠다.


## 제36장


자신의 가설을 지원하기 위해 온갖 애를 써서 구하고 공부한 논문들 중에서도 아버지를 처음부터 가장 심하게 실망시킨 글은, 저 위대하고 존경스러운 에라스뮈스가 순결한 펜으로 긴 코의 다양한 사용법과 적절한 활용 방법에 대해 저술한, 저 유명한 팜파구스와 코클레스*의 대화였다. —— 자, 그런데 친애하는 아가씨, 이 장에서 사탄이 높은 언덕을 이용해 당신의 상상력에 올라타는 일이 없도록 가능한 모든 방법을 동원해 경계해 주세요. 혹시라도 그놈이 너무나 민첩해서 살짝 올라오거든, —— 부탁드리건대, 길들이지 않은 암망아지처럼 몸을 뒤흔들고, 왈칵 돌진하고, 펄쩍 뛰어오르고, 몸을 곧추세우기도 하면서 마구 달리십시오. — 그리고 티클토비의 암말*처럼 안장에 달린 어깨끈과 엉덩이 띠가 끊어질 때까지 발길질을 길고, 짧게 마구 휘둘러서, 그놈을 진흙탕에 처박아 버리십시오. —— 굳이 죽일 필요까지는 없고요. ——

—— 그런데 티클토비의 암말이 도대체 누구지요? — 그것은, 선생, 제2차 포에니 전쟁이 일어난 해가(*ab urb. con.**) 언제였는지 묻는 것만치나 학자답지 못하고 부끄러운 질문입니다. — 티클토비의 암말이 누구냐니요! — 책 좀 읽으세요, 읽고, 읽고, 또 읽으세요, 나의 무지한 독자님! 좀 읽으세요. — 위대한 성자 파랄레이포메논*의 학식을 빌려, — 미리 말씀드리겠는데, 그러기 싫으시다면 지금 당장 이 책을 던져 버리는 게 나을 겁니다. 왜냐하면 많은 양의 독서가 없이는, 즉 목사님도 아시다시피, 많은 지식이 없이는, 다음 페이지에 나오는 대리석 문양(내 작품의 알록달록한 상징!*)이 함축하는 도덕적 교훈을 결코 꿰뚫어 볼 수 없을 테니까요. 세상이 모든 지혜를 다 동원해도 검정 페이지의 어두운 베일 아래 신비롭게 숨어 있는 그 수많은 생각, 교류 그리고 진리들을 다 밝혀내지 못했다는 것을 생각해 보십시오.

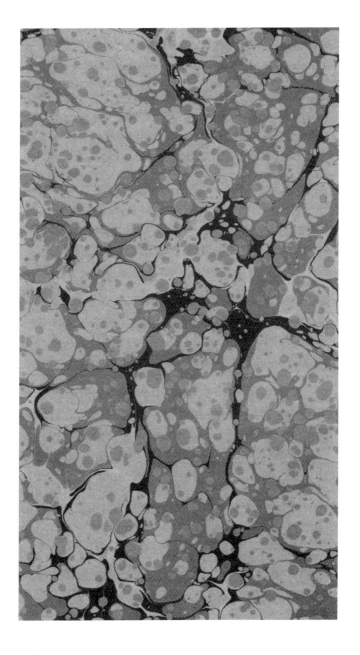

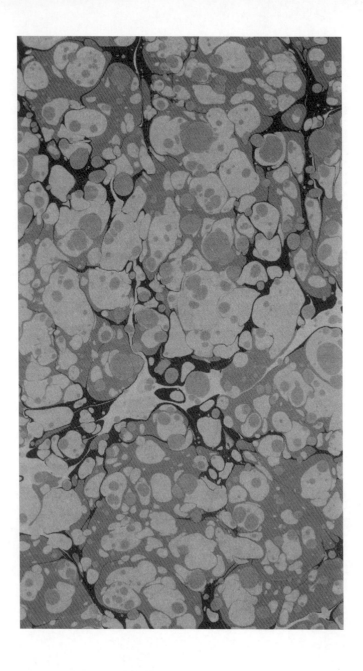

## 제37장

*"Nihil, me pœnitet hujus nasi"*라고 팜파구스가 말했다. — 즉
—— "내 코가 내 운명을 만들어 주었다"라고. —— *"Nec est cur
pœniteat"*라고 코클레스가 답했다, 즉 "그만한 코가 어떻게 실패
할 수 있겠나?"라고.

아시겠지만, 이 학설은 에라스뮈스가 세운 것으로서, 아버지가
원하는 대로 매우 명료하게 제시된 것이다. 아버지가 실망한 것은
그처럼 유능한 필력으로 그저 밋밋한 사실 자체만 밝힐 뿐, 추론
적 치밀함이나 논쟁의 교묘한 솜씨를 보여 주지 않는다는 사실이
다. 하느님께서 진리를 탐색하고, 전방위로 그것을 지켜 내도록
인간에게 내려 주신 바로 그 능력을 발휘하지 않고 있다는 것이
다. —— 처음에는 아버지가 푸, 체, 하면서 끔찍할 정도로 콧방귀
를 뀌고, 조롱했다. —— 훌륭한 이름은 이름값을 해야 하는 법이잖
아. 이 대화가 에라스뮈스의 작품이니 만치, 아버지도 곧 정신을
가다듬고, 엄청난 열성으로 다시 읽고 다시 읽기 시작했다. 각각
의 단어와 음절을 가장 엄격하게, 문자 그대로 철저히 해석하고
연구했다. — 그러나 그런 방법으로는 여전히 별 의미를 찾을 수
없었다. 어쩌면 말로 표현한 것보다 더 깊은 의미가 있을지도 몰
라, 아버지가 말했다. — 학식 높은 사람이 말야, 토비 동생, 긴 코
에 대한 대화를 괜스레 썼겠는가, —— 그 감춰진 신비적, 우화적
의미를 찾아내야겠어, —— 남자가 한번 마음을 바쳐 볼 만한 여
지가 있지 않은가, 동생.

아버지는 계속 읽었다. ——

자, 이제 여러 성직자님과 어른들께 알려 드릴 필요가 있겠습니
다. 에라스뮈스가 열거한 긴 코의 여러 가지 해양학적 용도 외에

도, 이 대화자는 긴 코가 가정 내에서도 요긴하다고 주장합니다. 혹시 댁내에 어려움이 있거나, — 풀무가 없는 경우에는 이 코가 *ad excitandum focum*, (불길을 살려 내는 데) 탁월한 효과가 있다고 하는군요.

자연의 여신은 아버지에게 한량없이 풍성하게 재능을 선물하고, 다른 모든 지식의 씨앗들과 함께 언어적 비평의 씨앗도 깊이 심어 주셨다. — 그런 아버지이다 보니 주머니칼을 꺼내 들고 칼로 긁으면 의미를 좀 더 잘 파악할 수 있는지, 그 문장에 실험을 해 보기 시작했다. — 토비 동생, 한 글자만 어떻게 해 보면 에라스뮈스의 신비한 의미에 접근할 수 있을 것 같아, 아버지가 외쳤다. — 그만하면 충분히 가까이 간 것 같은데요, 형님, 하고 삼촌이 답했다. ——— 쳇! 계속 긁으며 아버지가 말했다, — 아직 7마일이나 떨어져 있는지도 몰라. — 해냈어, —— 아버지가 손가락으로 탁 소리를 내며 말했다. — 보게, 동생 토비, 내가 어떻게 의미를 개선했는지. — 하지만 단어 하나를 망쳐 놓았잖아요, 토비삼촌이 답했다. — 아버지는 안경을 꺼내 끼었고, — 입술을 깨물더니, — 화를 터뜨리며 그 책장을 찢어 버렸다.

## 제38장

오, 슬로켄베르기우스여! 나의 불운한 재난의 충실한 분석가여, —— 내가 아는 한 다른 어떤 이유도 없이 단지 내 코가 짧다는 이유 때문에 내 인생의 단계마다 나를 후려치곤 했던 그 수많은 채찍과 운명의 급전을 미리 예견했던 예언자여, —— 말씀해 보십시오, 슬로켄베르기우스! 어떤 비밀스러운 충동이었지요? 어떤 목소리의 억양이었지요? 그게 어디서 온 것입니까? 당신 귀에는 어떻게 들렸습니까? — 당신이 들었다는 게 확실합니까? — 누가 먼저 당신을 향해 이렇게 외친 거지요? — 자, 자, — 한번 해 보게, 슬로켄베르기우스! 그대 필생의 노역을 쏟아부어, — 놀 생각은 버리고, — 그대가 타고난 모든 힘과 능력을 불러 모아 —— 분골쇄신하는 마음으로 인류에 봉사하기 위해, 그들의 코라는 주제로 장대한 책을 집필해 보게.

이 소명의 소리가 어떻게 슬로켄베르기우스의 감각 중추에 전달되었는지, —— 누구의 손가락이 그의 마음속 오르간에 음조를 울렸는지, —— 그리고 그 풀무에 바람을 불어넣은 손은 누구의 것인지, —— 하펜 슬로켄베르기우스가 죽어서 무덤 속에 누운 지 벌써 90년이 넘었으니, —— 다만 추측을 해 볼 뿐이다.

슬로켄베르기우스가 악기처럼 연주되었다는 것은 분명하다. 마치 휘트필드*의 제자처럼 말이다. —— 말하자면 악기를 연주한 사람이 두 주인 중 누구였는지 분명히 알고 있기 때문에, —— 어떤 논리적 증명도 불필요한 경우다.

—— 하펜 슬로켄베르기우스는 그가 왜 이 한 작품에다 인생의 그토록 많은 부분을 쏟아부었는지 그 동기와 계기를 — 책의 서론 말미에서 설명하고 있는데, 사실 이 서론은 책머리에 들어가야 하지만, —— 제본하는 사람이 지각 없이 본문과 주석 글 사이에 배치해 두었다. —— 아무튼 그는 독자에게 이르기를, 자신이 분별력이 생기는 나이가 된 이래 곧잘 냉철한 마음으로 자리 잡고 앉아서 인간의 조건과 진정한 상황에 대해 깊이 숙고하고, 인간 존재의 주된 목적과 의도가 무엇인지 찾아보는 중에, — 또한, —— 한데 슬로켄베르기우스는 라틴어로 이 글을 썼고, 이 부분에서 적잖이 장황한 이야기를 늘어놓고 있으니, 나의 번역을 간단히 정리

하는 게 좋겠다. —— 그의 말에 따르면, 내가 이해력이란 것을 갖기 시작한 이래로, —— 또는 뭐가 뭔지를 분별하게 된 이래로, —— 긴 코라는 문제가 앞서 간 사람들에 의해 너무 엉성하게 다뤄졌다는 걸 알아차리게 된 이래로, —— 나 슬로켄베르기우스는 이 일에 온몸을 바쳐 매진해야 한다는 강력하고 저항할 수 없는 소명감과 강한 열정을 내면에서 느끼게 되었다는 것이다.

　슬로켄베르기우스의 장점을 제대로 알릴 필요가 있다. 그는 이 주제를 다룬 저자 목록에 이름을 올렸던 어느 누구보다 훨씬 강한 창을 들고 이 길에 들어섰고, 훨씬 큰 성취를 이룬 사람이다. —— 그리고 과연, 여러 면에서 모든 작가들에게, 특히 방대한 작품을 쓰고 싶은 작가에겐 하나의 전범을 제공하는 원형으로서 *벽감에 모실* 자격이 있는 사람이다. —— 왜냐하면 선생, 그는 이 주제를 총괄적으로 다루면서, — 모든 측면을 다 논증적으로 검토했고 —— 그것을 밝은 세상에 제시하면서, 그의 타고난 재능들이 충돌하고 부딪치며 만들어 낸 온갖 빛으로 명징성을 더해 주었으니, —— 게다가 학문에 대한 그의 심오한 지식을 투입하고, —— 대조하고, 수집하고, 집대성하고, — 가는 길에 만난 모든 학파와 학문적 집단에서 논쟁거나 저술한 것을 구걸하거나, 빌리거나, 훔치기도 했으니, 슬로켄베르기우스는 단지 하나의 전범으로만 생각될 것이 아니라 — 우리가 코에 대해 알고 있거나 알아야 할 모든 것을 집대성하여 완벽하게 짜깁기한 요약판이며 또한 정식 연구소라 할 만하다.

　이런 이유로 해서 나는 아버지가 수집한, 직접 코를 주제로 하거나 코에 대해 간접적으로 언급한 수많은 (상황이 달랐더라면) 가치 있다고 할 수 있는 책이나 논문에 대해 언급하는 것을 삼가려 한다. —— 예를 들어 지금 내 앞, 탁자 위에 있는 프리그니츠

같은 경우, 그는 무한한 학식을 갖추고 있을 뿐 아니라, 슐레지엔* 지방에 있는 스무 개의 납골당을 뒤져 4천여 개나 되는 해골을 학자답게 공정하게 조사하여, ── 어떤 지역에서든 그 지역에 사는 사람의 코뼈 모양과 크기는 ── 사람들이 상상하는 것과 달리 거의 비슷하다는 것을 밝히고 있다. ── 차이가 있다 하더라도 너무 미미하여 주목할 가치가 없다는 것이다, ── 다만 크림 타타르 지방*은 예외라 할 수 있는데 그곳 사람들은 엄지손가락으로 코를 모조리 찌그러뜨렸기 때문에 판단할 길이 없다고 한다. ── 그러나 개개인 간에 코의 크기나 보기 좋은 정도에 차이가 나고, 어떤 코가 더 상좌를 차지하거나 더 높은 값이 매겨지는 것은 오로지 코의 근육질, 그리고 연골의 차이에 기인하고, 그 차이는 혈액과 생명의 기가 한 발짝 옆에 있는 상상력의 열기와 힘에 밀려서 바로 그 부분에 위치한 통로와 구멍 속으로 들어가기 때문에 생긴다는 것이다. (프리그니츠는 백치의 경우를 예외로 하고 있는데, 터키에서 오래 살았던 그는 백치가 하느님의 보다 직접적인 후견 아래 있다고 상정한다.*) ── 따라서 코의 우수성은 그 코를 가진 사람의 상상력의 우수성과 산술적 비례 관계에 있고 또한 마땅히 그래야 한다는 것이 프리그니츠의 주장이다.

내가 스크로데루스(안드레아)에 대해 설명하지 않는 것 역시 바로 슬로켄베르기우스의 글 속에 모두 포함되어 있다는 이유 때문이다. 스크로데루스는 세상이 다 알다시피 격렬하게 프리그니츠에 대해 논박했던 사람으로, ── 처음에는 논리적으로, 그런 다음에는 확고한 일련의 사실을 토대로 다음과 같이 주장한다. "프리그니츠는 상상력이 코를 만든다고 단언하지만, 이는 진실과는 너무나 동떨어진 이야기이며, 오히려 그 반대로 ── 코가 상상력을 만드는 법이다."

— 학식 높은 분들은 스크로데루스의 주장이 점잖지 못한 궤변이라며 의심의 눈총을 보냈고, — 프리그니츠는 논쟁 중에 그 이론은 스크로데루스가 단지 자기 의견을 뒤집기만 해서 만든 것이라고 목청 높여 주장했다. — 그러나 스크로데루스는 자신의 이론을 견지하는 주장을 계속 밀고 나갔다. ——

아버지가 이 문제에서 어느 편을 택할 것인지 마음속으로 저울질하고 있을 때, 앙브로즈 파레가 단번에 결정을 내려 주었다. 즉 그는 프리그니츠와 스크로데루스 두 사람 모두의 체계를 뒤집어엎음으로써 아버지가 이 논쟁을 둘러싼 갈등에서 한순간에 벗어날 수 있게 해 준 것이다.

증인이 되어 주십시오 ——.

내가 이 말을 하는 것은, — 학식 높은 독자에게 이런 정보를 알려 주기 위해서가 아니라 나도 그 사실을 알고 있다는 것을 보여 주기 위해서라는 사실을 말입니다. ——

앙브로즈 파레*는 프랑스의 프랑시스 9세의 주치의로, 왕의 코를 고쳐 준 의사였다. 그는 이 왕은 물론 이 왕 이전인지 이후인지 (어느 쪽인지는 나도 모르겠다) 아무튼 다른 두 왕에게서도 높은 신임을 받았고, — 탈리아코치의 코 시술법에 대한 그의 이야기와 실제로 코를 고치는 시도에서 실수한 것을 제외하면, —— 당시 의료계에서는 코를 취급한 다른 어떤 사람보다 코에 대해 가장 많이 아는 사람으로 평가되었다.

이 앙브로즈 파레는 온 세상이 그토록 관심을 기울였고, 프리그니츠와 스크로데루스가 그토록 많은 학식과 재능을 낭비했던 문제의 진정한 원천적 동인은 그들이 말했던 것과는 전혀 다른 데 있다는 확신을 아버지에게 심어 주었다. —— 즉 길고 멋진 코는 다만 유모의 젖가슴이 부드럽고 말랑거리는 경우에 생겨나고, —

— 납작하고 짤막한 하질의 코는 유모가 원기 왕성하고 활기찬 여성이어서 자양분을 제공하는 그 기관이 탄탄하고 탄력적으로 튕겨 내는 힘이 강할 때 생긴다는 것이다. — 이런 젖가슴은 그 여성에게는 좋은 일이지만 아기에겐 재앙이 된다. 코가 그렇게 냉대를 당하고, 뒤로 밀리고, 눌리고, 밀치고, 축소된다면 결코 *정상적인 크기와 모양에* 도달할 수 없을 것이다. —— 하지만 어머니나 유모의 젖가슴이 말랑말랑하고 부드러운 경우에는 — 코가 마치 버터 속에 빠지듯이 그 속에 들어가서 위로를 받고, 자양분을 공급받고, 토실토실 살이 찌고, 생기를 얻고, 다시 살아나고, 계속 키워진다고 파레는 말하고 있다.

파레에 대해 두 가지 주목할 만한 점이 있다. 첫째는 그가 이 모든 것을 증명하고 설명하는 데 있어 그 표현이 매우 예의 바르며 지극히 천진성을 보여 준다는 것이다. — 바로 그런 점 때문에 그의 영혼이 영원한 안식을 누리기를 빈다.

두 번째로 강조하고 싶은 것은, 파레의 가설이 프리그니츠와 스크로데루스의 이론 체계를 효과적으로 뒤엎었을 뿐만 아니라, — 우리 집안의 평화와 조화의 체계도 동시에 뒤엎었다는 사실이다. 이 가설 때문에 3일 동안 내내 아버지와 어머니 사이에 분쟁이 들끓었을 뿐만 아니라, 토비 삼촌을 제외하고는 온 집안이 그리고 집안의 모든 일이 뒤죽박죽되고 말았다는 것이다.

한 남자와 그 아내 사이의 논쟁을 둘러싼 그토록 우스꽝스러운 이야기가 어느 시대 어느 나라에서도 현관 열쇠 구멍을 통해 세상 밖으로 새어 나간 적은 결코 없었으리라 장담한다.

나의 어머니는, 당신도 알아야 할 것이, —— 그런데 그전에 더 급하게 알려 드려야 할 것이 50가지나 되고, — 내가 해명하겠다고 약속한 난제도 백 가지나 되고, — 나를 세 배나 큰 힘으로 무겹게 짓누르는 재난과 가정사의 불행이 천 가지나 꼬리를 물고 나에게 엄습해 오고 있으니, 이를 어쩌나. —— 암소 한 마리가 (내일 아침에) 토비 삼촌의 요새에 침범하여 이틀 치 반이나 되는 건초를 먹어 치우고, 삼촌의 각보와 요새 통로의 잔디를 망쳐 버렸으니, — 트림은 자신을 군법 회의에 회부하고, — 암소는 총살형에 처해야 한다고 우기고 있고, — 슬롭에게는 십자가를 짊어지게 해야 하고, — 나는 나의 세례식에서 순교자가 되어 트리스트럼화되어야 하고, —— 우리 모두 불쌍하고 불행한 군상들이 아닌가! — 나는 당장 강보가 필요하고, —— 그러나 탄식하며 낭비할 시간이 없다, —— 아버지는 침대에 가로질러 누워 계신 채, 삼촌은 아버지 옆의 낡은 술 달린 의자에 앉아 계신 채, 내버려 두면서, 30분 내에 그분들께 돌아가겠다고 약속했는데, 어느새 35분이 지나가고 있다. —— 필멸의 인간인 작가가 봉착했던 그 어떤 당혹감보다도, — 이것이야말로 가장 난감한 일이다. 아직도 슬로켄베르기우스의 책 이야기를 끝내지 못했고 —— 프리그니츠와 스크로데루스, 앙브로즈 파레, 포노크라테스, 그랑구지에* 등의 문제에 대한 해결책을 둘러싼 아버지와 삼촌의 대화도 다뤄야 하고, — 슬로켄베르기우스 책에 나오는 이야기 하나도 번역해야 하는데, 이 모든 것을 지금 전혀 남아 있지 않은 시간보다 5분이나 더 이전에 다 끝내야 하다니, — 내 머리가 어떻겠습니까! — 하늘이시여! 나의 적들만 그 머릿속을 들여다보도록 도와주십시오.


## 제39장


우리 집안에서 이보다 더 재미있는 장면이 연출된 적은 없다.

— 이 부분을 제대로 전달하기 위해, —— 나는 여기서 내 광대 모자를 벗어 탁자 위 내 잉크 스탠드 옆에 내려놓는다. 내가 지금 세상에 공표하는 이 선언이 보다 엄숙하게 들리도록 하기 위해서 말이다. —— (혹시 내 이해력에 대한 나 스스로의 애정과 편견 때문에 내 눈이 먼 게 아니라면) 최고의 창조자이시며, 모든 것을 처음부터 계획하셨던 그 조물주께서 —— 우리 식구들처럼 그렇게 서로 대조적인 인물들을 그렇게 극적인 묘미를 주면서 한 가족으로 만드신 예가 없다고 (최소한 내가 여기 앉아서 그에 대해 기록하고 있는 이 기간 동안에는) 마음 깊이 확신하는 바다. 게다가 그렇게 절묘한 장면들을 만들어 내는 능력과 아침부터 밤까지 끊임없이 장면이 바뀌게 하는 힘을 조물주께서 그처럼 무한한 믿음을 갖고 맡겨 주신 예가 **샌디 집안** 외에는 없을 것이라 생각한다.

우리 집에서 연출되는 변덕스러운 장면들 중에서도 — 이 긴 코에 대한 논의를 둘러싸고 종종 야기되는 것보다 더 흥미로운 장면은 없다. —— 특히 아버지의 상상력이 이 문제를 탐색하느라 달아올라, 토비 삼촌까지 같은 지경으로 만들지 않고는 못 배기는 경우만큼 재미있는 예도 없을 것이다.

토비 삼촌은 아버지에게 가능한 한 가장 관대하게 공정한 게임의 기회를 제공한다. 아버지가 프리그니츠와 스크로데루스의 해결책을 삼촌 머리에 주입하기 위해 온갖 방법을 동원하는 동안 삼촌은 몇 시간이고 파이프 담배를 피우면서 끝없는 참을성을 보인다는 것이다.

그것이 토비 삼촌의 이성의 범주를 벗어나는 내용이기 때문인지, —— 또는 이성에 반하는 내용이기 때문인지, —— 또는 삼촌의 두뇌가 젖은 부싯돌 같아서 스파크가 일어나지 않는 것인지, — 또는 그 머리가 온통 참호와 지뢰, 위장술, 막벽 같은 군사적 용어들로 가득 차 있다 보니 프리그니츠나 스크로데루스의 이론을 명료하게 이해할 자격이 박탈된 것인지, ── 내가 결정하지는 않겠다. ── 학자들과 ── 주방의 접시닦이, 해부학자, 공학자들끼리 싸우게 내버려 두기로 하자. ──

아버지가 삼촌을 위해 한 글자 한 글자, 슬로켄베르기우스의 라틴어를 번역해야 했다는 것은 물론 불운한 일이었다. 아버지가 라틴어의 대가가 아니다 보니 그의 번역이 언제나 가장 순수할 수는 없었는데, ── 특히 가장 필요한 부분에서 가장 부족했고, ── 이 때문에 자연스레 또 다른 불행의 문이 열리곤 했으니, ── 아버지가 토비 삼촌의 눈을 뜨게 만들려는 열의가 뜨거울수록, ── 번역 속도가 삼촌의 생각보다 더 빠른 속력으로 움직이듯이, 아버지의 생각은 자신의 번역보다 훨씬 앞서 가곤 했다는 것이다. ── 어느 것도 아버지 강의의 명징성을 높이는 데 도움을 주진 못했다.


## 제40장


추론과 삼단 논법 연역 능력은, ── 이것은 사람에 한해서 하는 말이다. ── 천사나 영령 같은 우월한 계층의 존재들은, ── 감히 말하건대, **직관력**으로 모든 것을 해결한다고 들었다. ── 여러 어른들도 알다시피, 보다 열등한 존재들은 ── 그들의 코로 연역을 한다.* 바다에 떠 있는 섬이 출렁거리고 불안정하다 해도 그곳 주민들은 나의 지성이 날 속이는 게 아니라면, 모두 이런 방법으로 연역하는 뛰어난 재능을 타고났고, 때때로 아주 잘 해내기도 한다고 들었다. ── 그러나 그것은 여기서든 저기서든 해당 사항이 없는 문제다. ──

우리 인간들 사이에서 이 일을 제대로 해내는 능력은, ─ 즉 논리 학자들이 말하는 것처럼 인간에게 있어 가장 위대하고 으뜸가는 추론 행위란 두 개의 개념이 서로 일치하는가 불일치하는가를 (*medius terminus*\*라고 불리는) 제3의 개념을 끌어들여 찾아내는 일을 말한다. 로크가 잘 관찰했듯이 누군가 자를 가지고, 함께 *병치시켜* 볼 수 없는 두 사람의 볼링장 길이가 같은지를 재어 보는 일이란 말이다.

아버지가 코에 대한 자신의 체계를 예증하는 광경을 이 위대한 논리가가 지켜보았더라면, 그리고 토비 삼촌의 반응도 관찰했더라면, ─ 즉 삼촌이 매 단어마다 얼마나 귀를 기울이고, ─ 파이프를 입에서 뗄 때마다 얼마나 심각하게 파이프의 길이에 대해 숙고하는지, ─ 엄지와 검지 사이에 그것을 들고서 가로질러 검토하고, ─ 앞에서 보기도 하고, ── 이쪽저쪽으로 가능한 모든 방향과 원근법으로 살펴보는 모습을 보았더라면, ── 로크는 토비 삼촌이 그 *medius terminus*를 손에 쥐고, 아버지가 제시하는 순서에 따라 긴 코에 대한 각각의 가설의 진실성을 연역하고 측정하고 있다고 결론지었을 것이다. 그러나 사실을 말하자면 아버지가 원한 것은 그 정도까지는 아니었다. ─ 이 철학적 강의에 온갖 정성을 쏟고 있는 아버지의 목표는 ─ 토비 삼촌이 토론할 수 있게 만드는 것이 아니라 ── 다만 *이해*하게 만드는 것, 즉 ── 학문적 내용의 소립자라도, 아주 작은 양이라도 *파악*하게 만드는 것이지, ─ 그것을 *저울질*하게 만드는 것은 아니었다. ─ 다음 장에서 보듯이, 토비 삼촌은 이것도 저것도 하지 못했다.

# 제41장

참 아쉬운 일이야, 어느 겨울밤에 세 시간 동안이나 고통스럽게 슬로켄베르기우스를 번역해서 읽고 나서 아버지가 소리쳤다. — 참 아쉬운 일이야, 아버지가 어머니의 실뭉치 싸는 얇은 종이를 서표 삼아 책갈피에 끼워 넣으며 큰 소리로 말했다. —— 토비 동생, 진리가 난공불락의 요새에 스스로를 가두고, 어떤 포위 공격에도 결코 항복하지 않는 고집을 피우고 있으니 말일세. ——

마침 삼촌의 상상력은, 그전에도 종종 그랬듯이, 아버지가 프리그니츠에 대해 설명하는 동안, —— 그곳에 꼭 있어야 할 필요도 없고 해서, 자신의 잔디 볼링장으로 짧은 산책을 하고 있었다. —— 그의 몸조차 거기서 모퉁이를 돌아가고 있었다 해도 좋을 것이다. —— 따라서 *medius terminus*에 깊이 빠져 있는 학자의 모습을 취하고 있었음에도 불구하고, —— 사실상 토비 삼촌은 아버지가 슬로켄베르기우스를 라틴 말에서 미국 인디언 체로키 언어로 번역하고 있었던 만치나 아버지 강의의 장점이나 단점은 물론 무슨 말을 하고 있었는지도 전혀 알지 못했다. 그러나 아버지의 비유, *포위 공격*이란 단어가 마치 마법의 힘이라도 발휘하는 것처럼, 건드리면 바로 소리가 나는 악기처럼 순간적으로 삼촌의 상상력을 되돌아오게 만들었다. — 그의 귀가 열리면서, 파이프를 입에서 떼고, 마치 뭔가 득 볼 게 있는 것처럼 의자를 탁자 가까이 당기는 삼촌을 보자, — 아버지는 대단히 흡족한 기분으로 이야기를 시작했다. —— 다만 계획을 바꿔 포위 공격이란 비유는 버렸다. 그 비유가 어떤 위험을 내포하는지 잘 알고 있었으므로 그것을 피하기 위해서 말이다.

정말 아쉬운 일이야, 토비 동생, 진리가 이 둘 중 한편에만 있어야 하다니, 하고 아버지가 말했다. — 이 박식한 사람들이 코의 솔루션*을 찾느라 보여 준 이 대단한 독창성을 생각하면 정말 아쉬운 일 아닌가. —— 코가 용해될 수도 있는 것입니까?라고 토비 삼촌이 물었다.

— 아버지는 의자를 뒤로 밀치고, —— 벌떡 일어나서, — 모자를 쓰고, —— 문까지 큰 걸음으로 네 발짝을 옮겨 가더니, — 벌컥 문을 열고, — 머리를 반쯤 문밖으로 내밀었다가 다시 문을 닫고서는, 고장 난 경첩은 신경도 쓰지 않은 채, — 탁자로 다시 돌아와, 슬로켄베르기우스의 책에서 어머니의 실뭉치 싸는 종이를 뽑아내어, — 그의 책상으로 서둘러 갔다가, — 그 종이를 엄지손가락으로 비틀며 천천히 되돌아와서는 — 조끼 단추를 끄르고, —— 어머니의 실뭉치 종이를 벽난로 불 속에 집어 던진 뒤, — 어머니의 공단 바늘꽂이를 깨물어 두 동강이 내면서, 입안에 등겨가 가득 차게 만들고는, — 제길, 뒤죽박죽이나 되라지, 하고 욕을 퍼부었다. — 그러나 주목하십시오! 그 혼란을 저주하는 욕설은 — 삼촌의 두뇌를 겨냥한 것이지만, —— 그의 머리는 이미 혼란에 빠질 대로 빠져 있었고 —— 그 욕설이 다만 등겨로만 채워져 있었으니, 여러 어른들도 아시다시피, 등겨란 것은 — 대포알이 아니라 거기 들어가는 가루에 불과한 것이지요.

아버지의 격정적 분노는 오래가지 않는 특징이 있어 다행이지만, 그것이 계속되는 동안은 아버지를 무척 바쁘게 만든다. 내가 인간 본성을 관찰하면서 도저히 설명할 수 없는 문제 중 하나는 토비 삼촌의 기묘할 정도로 단순한 질문이 아버지의 학문에 일격을 가할 때보다 더 아버지의 성미를 자극하고, 마치 화약처럼 열정이 터지게 만드는 경우를 보지 못했다는 사실이다. — 수백 마리의 말벌이 동시에 아버지 등의 각각 다른 지점에 침을 쏘았다

해도, ─ 이처럼 짧은 시간에 이처럼 강하게 자동적 반응을 일으키지는 못했을 것이다. ─ 즉 이 말벌들은 아버지가 죽마를 타고 가는 길에 느닷없이 털썩 떨어져 내린 단 세 마디로 된 질문 하나가 주는 타격의 반도 줄 수 없을 것이란 말이다.

토비 삼촌은 아무 동요도 없었다. ─ 그는 변함없이 평정심을 유지하며 계속 파이프를 피웠다. ─ 그의 마음이 형의 감정을 상하게 할 의도는 추호도 없었으니, ─ 그의 머리도 자신의 말 어디에 가시가 있었던 것인지 좀처럼 알 수가 없었다. ── 해서 삼촌은 언제나처럼 아버지가 스스로 마음을 가라앉혔다는 명예를 누릴 수 있도록 기다려 주었다. ── 이번 경우에는 약 5분 35초가 걸렸다.

온갖 좋은 것에 걸고 맹세하건대! 하고 평정심을 회복한 아버지가 에르눌푸스의 저주문 편람에서 뽑아낸 욕설을 뱉으며 말했다. ─ 〔아버지 편을 들어 말하자면, (에르눌푸스 사건에서 아버지가 닥터 슬롭에게 말했듯이) 이런 저주의 욕설은 지구 상의 다른 누구 못지않게 아버지도 좀처럼 저지르지 않는 잘못이다.〕 ── 온갖 위대하고 좋은 것에 걸고 맹세하건대! 토비 동생, 사람을 우호적으로 만들어 주는 철학의 도움이 없었더라면, ─ 자넨 사람을 미치게 만들었을 걸세. ─ 글쎄, 내가 코의 솔루션이란 말을 했을 때는 자네가 조금이라도 관심을 갖고 들었으면 얼마든지 알아들었을 의미, 즉 서로 다른 종류의 지식을 가진 학식 높은 사람들이 길거나 짧은 코에 대해 세상에 제시한 설명을 뜻한 것일세. ─ 그거라면 단 한 가지 이유밖에 없지요, 토비 삼촌이 답했다. ─ 왜 어떤 사람의 코가 다른 사람 코보다 길겠어요, 다 하느님이 그렇게 만들고 싶으셔서 그리하신 거지요. ─ 그건 그랑구지에의 해결책이로군,이라고 아버지가 말했다. ─ 그건 우리 모두를 만드시고, 당신의 무한한 지혜에 따라 우리를 각각 나름대로의 형태와 균형을 갖추도록 조형해 주시고, 목적을 부여하신 바로 그분의 뜻이시지요.라고 토비 삼촌은 아버지의 방해를 모른 척하고 하늘을 올려다보며 말했다. —— 그건 경건한 설명이지만 철학적인 것은 아닐세, 아버지가 소리쳤다. — 그 말속에는 탄탄한 과학보다는 종교가 더 많이 들어가 있네. —— 하느님을 두려워하고 종교를 공경하는 마음은 토비 삼촌의 인품과 어긋나는 면이 아니었다. —— 때문에 아버지의 말이 끝나자마자, — 삼촌은 평소보다 훨씬 강한 열의를 담아 (따라서 음정은 더욱 불안정하게) 릴리벌리로 휘파람을 불기 시작했다. ——

집사람의 실뭉치 싸는 종이를 내가 어떻게 했지?


## 제42장


뭐, 상관없는 일이긴 하다. —— 재봉 일의 부수물로서 그 실뭉치 싸는 종이가 어머니에게는 어느 정도 중요한 것일 수도 있겠지만, — 슬로켄베르기우스 책의 서표로 본다면 아버지에게는 아무 중요성도 없는 물건이다. 슬로켄베르기우스의 매 페이지는 아버지에게 고갈되지 않는 지식의 풍요로운 보물 창고였으니, — 아무 페이지나 열어도 별문제가 없기 때문이다. 아버지는 책을 덮으면서 종종 이런 말을 하기도 한다. 세상에 존재하는 모든 예술과 학문이, 그것들을 다루는 책과 함께 사라져 버린다 해도, —— 국가의 정책들과 정치 관련 지혜가 오래 사용하지 않음으로써 모두 잊히는 일이 있다 하더라도, 그리고 정치가들이 궁정이나 왕국의 장단점에 대해 직접 썼거나 다른 사람에게 집필시킨 모든 책들 역시

잊힌다 하더라도, — 슬로켄베르기우스만 남아 있다면, — 세상이
다시 돌아가게 만드는 데 부족함이 없을 것이라 믿어 의심치 않는
다고. 그러므로 그 책은 정녕 보물이었다! 코에 대해서나 다른 온
갖 것에 대해 우리가 알아야 할 필요가 있는 모든 지식을 수록하
고 있으므로. —— 아침이건, 점심때건, 저녁때건 하펜 슬로켄베
르기우스는 아버지의 오락이자 기쁨이었고, 언제나 손에 들려 있
었다. — 선생, 당신이 그 책을 보았다면 아마 사제의 기도서가 틀
림없다고 맹세라도 했을 것입니다. — 너무나 낡았고, 닳아서 윤
이 났으며, 첫 페이지에서 마지막 페이지까지 모든 부분이 손가락
자국으로 마모되고 해져 있었으니 말입니다.

　나의 경우에는 슬로켄베르기우스에 대해 아버지만큼 맹목적이
지는 않다. — 그의 글에 어떤 자산이 있다는 것은 물론 의심할 여
지가 없다. 그러나 내 생각에 슬로켄베르기우스에서 가장 유익한
부분이라고는 말할 수 없지만 가장 재미있는 부분은 그의 이야기
편인 듯싶다. — 그가 독일 사람이란 것을 감안하면, 그런대로 상
상력이 풍부하다 할 만한 대목도 꽤 된다. —— 이 이야기 편은 제
2권에 수록되어 있으며, 그의 2절판 책의 거의 반을 차지하고 있
는데, 각각 열 개의 이야기를 담은 총 10편으로 구성되어 있다. —
— 철학은 이야기를 토대로 축조된 것이 아니다. 따라서 슬로켄베
르기우스가 철학이란 이름으로 이 이야기들을 세상에 내보낸 것
은 분명 잘못된 일이다. — 특히 제8, 9, 10편에 들어 있는 이야기
들 중에는 사변적이기보다는 유희스럽고 장난스럽다는 것을 인정
할 수밖에 없는 이야기들도 더러 있다. — 그러나 대체적으로는
모두 그의 주제의 중심 경첩을 따라 움직이는 수많은 독립적 사실
들의 구체적 예로 간주될 수 있고, 학식 있는 분들도 이 부분을 그
가 코의 원리를 예시하기 위해 충실히 수집하여 첨가한 내용이라

고 이해해야 할 것이다.

　마침 좀 한가한 참이니, 부인, 허락해 주신다면, 그의 제10편에
수록된 아홉 번째 이야기를 들려 드리기로 하겠습니다.


제3권의 끝

# 제4권

무지한 대중의 판단이 두려운 것은 아니다.
그러나 그들이 나의 이 부족한 작품을 좋은
마음으로 봐주기를 청한다. — 나의 의도는
유쾌한 농담에서 진지한 이야기로 옮겨 갔다가,
진지한 이야기에서 농담으로 다시 돌아가는 것이었다.
— 사레스베리엔시스의  존

# SLAWKENBERGII
## FABELLA.[7]*

*VESPERA quâdam frigidulâ, posteriori in parte mensis Augusti, peregrinus, mulo fusco colore insidens, manticâ a tergo, paucis indusijs, binis calceis, braccisque sericis coccinejs repletâ Argentoratum ingressus est.*

*Militi eum percontanti, quum portus intraret, dixit, se apud Nasorum promontorium fuisse, Francofurtum proficisci, et Argentoratum, transitu ad fines Sarmatiæ mensis intervallo, reversurum.*

*Miles peregrini in faciem suspexit ── Di boni, nova forma nasi!*

*At multum mihi profuit, inquit peregrinus, carpum amento extrahens, e quo pependit acinaces : Loculo manum inseruit; & magnâ cum urbanitate, pilei parte anteriore tactâ manu sinistrâ, ut extendit dextram, militi florinum dedit et processit.*

---

7) 하펜 슬로켄베르기우스 드 나시스는 워낙 희귀본이기 때문에 학식 있는 독자라면 원본을 몇 페이지라도 견본 삼아 읽어 보는 것도 나쁘지 않을 듯싶다. 이 책에 대한 비평을 할 생각은 없다. 다만 그가 철학을 논할 때보다는 이야기를 들려줄 때 사용하는 라틴어가 훨씬 더 간명하고, ── 그리고 내 생각에는 더욱 라틴어적 특성을 많이 갖추고 있는 것 같다는 말만 하겠다.

## 슬로켄베르기우스의 이야기

8월이 끝나 가던 무렵, 매우 무덥던 한낮이 작별을 고하면서 한결 서늘하고 신선한 느낌이 드는 어느 날 저녁의 일이었다. 짙은 밤색 노새를 탄 나그네가 셔츠 몇 벌, 신발 한 켤레, 진홍색 공단 바지 한 벌이 든 작은 옷 가방을 뒤에 실은 채 슈트라스부르크* 마을로 들어서고 있었다.

문을 들어서는 그에게 파수꾼이 누구냐고 묻자, 그는 **코** 곶에 갔다가 —— 프랑크푸르트로 가는 길이며 —— 정확히 한 달 후 크림 타타르 국경으로 가는 길에 슈트라스부르크에 다시 들르게 될 것이라고 말했다.

파수꾼은 그의 얼굴을 올려다보았는데, —— 평생 그런 코는 한 번도 본 적이 없었다!

—— 내가 감행했던 모험이 아주 잘 풀린 덕분이지요. —— 초승달 모양의 짧은 칼이 매달려 있는 검은 띠로 된 고리에서 손을 빼며 나그네가 말했다. 그는 오른손을 호주머니에 넣었다가 뺀 뒤, 아주 공손한 태도로 왼손으로는 모자 앞창을 살짝 건드리면서, 오른손을 내밀어 은화 한 닢을 파수꾼의 손에 올려놓고는 지나갔다.

*Dolet mihi, ait miles, tympanistam nanum et valgum allo-quens, virum adeo urbanum vaginam perdidisse; itinerari haud poterit nudâ acinaci, neque vaginam toto Argentorato, habilem inveniet. —— Nullam unquam habui, respondit peregrinus respiciens,—— seque comiter inclinans —— hoc more gesto, nudam acinacem elevans, mulo lentò progredi-ente, ut nasum tueri possim.*

*Non immerito, benigne peregrine, respondit miles.*
*Nihili œstimo, ait ille tympanista, e pergamenâ factitius est.*

*Prout christianus sum, inquit miles, nasus ille, ni sexties major sit, meo esset conformis.*
*Crepitare audivi ait tympanista.*
*Mehercule! sanguinem emisit, respondit miles.*
*Miseret me, inquit tympanista, qui non ambo tetigimus!*

*Eodem temporis puncto, quo hæc res argumentata fuit inter militem et tympanistam, disceptabatur ibidem tubicine &*

참 마음 아픈 일일세, 파수꾼은 난쟁이처럼 작달막한 데다 안짱다리를 한 고수(鼓手)에게 말을 건넸다, 저렇게 예의 바른 사람이 칼집을 잃어버리다니. —— 칼집도 없이 언월도를 차고 여행하려면 힘들 텐데 말야, 게다가 슈트라스부르크를 온통 뒤져도 그 칼에 맞는 칼집은 구할 수가 없을 걸세. —— 본래 칼집을 가져 본 적이 없답니다, 나그네가 파수꾼을 뒤돌아보고는, 다시 한 번 손을 모자 언저리에 갖다 대며 말했다. 그의 노새는 계속 천천히 걸어가고 있는데, 나그네는 벌거벗은 언월도를 들어 보이며, 코를 방어하기 위해서 늘 이렇게 가지고 다닌답니다, 하고 말을 이었다.

점잖은 나그네님, 과연 그럴 만한 가치가 있어 보입니다그려, 파수꾼이 답했다.
—— 한 푼 가치도 없어 보이는걸, 저건 양피지로 만든 코잖아, 안짱다리 고수가 말했다.

진실한 가톨릭 신자로서 말하건대, 그게 내 코보다 여섯 배는 더 크다는 사실만 빼곤 내 코와 똑같은 진짜 코일세, 파수꾼이 말했다.
—— 그게 바스락거리는 소릴 들었는걸, 하고 고수가 말했다.
무슨 소리야, 파수꾼이 말했다, 난 거기서 피가 나오는 것을 보았다니까.
이렇게 아쉬울 데가, 안짱다리 고수가 소리쳤다, 우리 둘 다 그것을 만져 보았어야 했는데!

파수꾼과 고수 사이에 이런 논쟁이 오가던 바로 그 순간에, 마침 길을 가다 이 나그네가 지나가는 것을 본 나팔수와 나팔수

*uxore suâ, qui tunc accesserunt, et peregrino præetereunte, restiterunt.*

*Quantus nasus! æque longus est, ait tubicina, ac tuba.*

*Et ex eodem metallo, ait tubicen, velut sternutamento audias.*

*Tantum abest, respondit illa, quod fistulam dulcedine vincit.*

*Æneus est, ait tubicen.*

*Nequaquam, respondit uxor.*

*Rursum affirmo, ait tubicen, quod æneus est.*

*Rem penitus explorabo; prius, enim digito tangam, ait uxor, quam dormivero.*

*Mulus peregrini, gradu lento progressus est, ut unumquodque verbum controversiæ, non tantum inter militem et tympanistam, verum etiam inter tubicinem et uxorem ejus, audiret.*

*Nequaquam, ait ille, in muli collum fræna demittens, & manibus ambabus in pectus positis, (mulo lentè progrediente) nequaquam ait ille, respiciens, non necesse est ut res isthæc dilucidata foret. Minime gentium! meus nasus nunquam tangetur, dum spiritus hos reget artus —— ad quid agendum? ait uxor burgomagistri.*

의 아내 역시 발걸음을 멈추고 똑같은 주제로 논쟁을 벌이고 있었다.

맙소사! ── 어찌 저런 코가! 저건 나팔만큼 길잖아요, 나팔수의 아내가 말했다.

나팔과 같은 재질로 만든 것 같은걸, 재채기 소릴 들어 봐, 나팔수가 말했다.

플루트 소리처럼 부드러운데요, 그녀가 말했다.
놋쇠라니까, 나팔수가 말했다.
푸딩*의 끝 부분 같은데요. ── 그의 아내가 말했다.
다시 한 번 말하지만, 놋쇠 코란 말야, 나팔수가 말했다.
아무래도 진상을 알아내야겠어요, 나팔수의 아내가 말했다, 잠자리에 들기 전에 저것을 내 손가락으로 직접 만져 보고 말 거야.
노새가 너무나 느릿느릿 걸어가고 있었기에, 나그네는 파수꾼과 고수 간의 논쟁은 물론 이 나팔수와 나팔수 아내의 논쟁까지 한마디도 빠지지 않고 모두 듣게 되었다.
안 됩니다! 나그네는 고삐를 노새의 목에 떨어뜨리며, 성자 같은 자세로 두 손을 포개어 가슴에 올리면서 말했다. (그동안도 내내 노새는 한가롭게 제 갈 길을 가고 있었다.) 안 됩니다! 하늘을 올려다보며 나그네가 말을 이었다, ── 내 비록 세상에서 모략을 당하고 낙담에 빠지기도 했지만, ── 세상에 그것을 확인해 주어야 할 만큼 빚진 것은 없는 사람입니다. ── 안 되지요! 그 누구도 내 코를 만질 수 없습니다, 하늘이 나한테 조금이라도 힘을 주시는 한. ── 뭘 하라는 힘이지요?라고 시장 부인이 물었다.

*Peregrinus illi non respondit. Votum faciebat tunc temporis sancto Nicolao, quo facto, sinum dextram inserens, e quâ negligenter pependit acinaces, lento gradu processit per plateam Argentorati latam quæ ad diversorium templo ex adversum ducit.*

*Peregrinus mulo descendens stabulo includi, & manticam inferri jussit : quâ apertâ et coccineis sericis femoralibus extractis cum argenteo laciniato* Περιζομαῖὲ, *his sese induit, statimque, acinaci in manu, ad forum deambulavit.*

*Quod ubi peregrinus esset ingressus, uxorem tubicinis obviam euntem aspicit; illico cursum flectit, metuens ne nasus suus exploraretur, atque ad diversorium regressus est —— exuit se vestibus; braccas coccineas sericas manticæ imposuit mulumque educi jussit.*

*Francofurtum proficiscor, ait ille, et Argentoratum quatuor abhinc hebdomadis revertar.*

*Bene curasti hoc jumentum (ait) muli faciem manu demulcens —— me, manticamque meam, plus sexcentis mille passibus portavit.*

나그네가 시장 부인은 아는 체도 하지 않은 채, ── 니콜라스 성자*에게 맹세를 바치고 나서, 팔을 가슴에 얹었을 때와 마찬가지로 엄숙하게 팔을 풀어 내리고는, 왼손으로는 말안장의 고삐를 잡고, 오른손은 팔목에 언월도를 느슨하게 매단 채 가슴에 집어넣었다. 그러고는 노새의 한쪽 발이 다른 발의 뒤를 따라가는 대로 아주 천천히 슈트라스부르크 대로를 따라가다가 교회 건너편에 있는 시장 터의 큰 여관 앞에 당도했다.

나그네는 노새에서 내리면서, 노새를 마구간으로 데려가고, 옷 가방은 안으로 가지고 들어오라고 지시했다. 가방을 열고 은색 술 장식으로 치장된 ── 가(바지 앞 중앙에 부착된 것을 말하는데 감히 번역할 엄두가 나지 않는다) 붙어 있는 진홍색 공단 바지를 꺼내, ── 그 술 달린 앞가리개*가 붙어 있는 바지로 갈아입고 짤막한 언월도를 손에 들고서 대광장으로 걸어 나갔다.

나그네는 광장을 세 바퀴째 돌았을 때 반대편에 서 있는 나팔수의 아내를 보았다. ── 그녀가 코를 건드릴까 두려워서 나그네는 곧장 방향을 돌려 여관으로 돌아왔고, ─── 옷을 벗어 진홍색 공단 바지와 기타 등등을 옷 가방에 챙겨 넣고는 노새를 대령하도록 청했다.

나는 프랑크푸르트로 여행을 계속할 겁니다, 나그네가 말했다. 그리고 딱 한 달 후 오늘 슈트라스부르크로 돌아오게 될 겁니다.
나그네는 노새에 올라타며 왼손으로 노새의 얼굴을 쓰다듬어 주면서 말을 이었다. 이 충직한 나의 하인을 친절히 돌봐 주셨겠지요. 이 녀석이 나랑 내 옷 가방을 싣고 6백 리그나 되는 거리를

*Longa via est! respondit hospes, nisi plurimum esset negoti.*

*———— Enimvero ait peregrinus a nasorum promontorio redij, et nasum speciosissimum, egregiosissimumque quem unquam quisquam sortitus est, acquisivi!*


*Dum peregrinus hanc miram rationem, de seipso reddit, hospes et uxor ejus, oculis intentis, peregrini nasum contemplantur —— Per sanctos, sanctasque omnes, ait hospitis uxor, nasis duodecim maximis, in toto Argentorato major est! —— estne ait illa mariti in aurem insusurrans, nonne est nasus prægrandis?*


*Dolus inest, anime mi, ait hospes —— nasus est falsus. ——*


*Verus est, respondit uxor. ——*
*Ex abiete factus est, ait ille, terebinthinum olet ————*
*Carbunculus inest, ait uxor.*
*Mortuus est nasus, respondit hospes.*
*Vivus est, ait illa, ———— & si ipsa vivam tangam.*

함께 왔거든요, 하고 나그네는 노새의 등을 토닥이며 덧붙였다.

—— 아주 긴 여행이군요, 선생, 여관 주인이 답했다, 무슨 대단한 볼일이라도 있다면 모르지만 말입니다. —— 쯧쯧! 나그네가 혀를 차며 말했다, 난 코 곶에 갔다 오는 길이라고요. 거기서 감사하게도 한 사람에게 할당될 수 있는 한 가장 잘생기고 멋진 코를 얻는 행운을 잡았지요.

나그네가 이렇게 자기 자신에 대한 기묘한 이야기를 하는 동안, 여관 주인과 그의 아내의 시선은 온통 나그네의 코에 고정되어 있었다. —— 성 라다군다*의 이름에 걸고 말하건대, 슈트라스부르크 전체에서 가장 큰 코 한 다스를 합쳐 놓은 것보다 더 커 보이는 걸, 하고 여관 안주인이 혼잣말을 했다, 여보, 이 코가 말예요, 그녀는 남편 귀에 속닥였다, 정말 기품 있는 코 아니에요?

저건 사기야, 여보, 여관 주인이 말했다, —— 저건 가짜 코라니까. ——

진짜 코 맞는데요, 그의 아내가 말했다. ——
저건 전나무로 만든 코라고, 남자가 말했다, —— 송진 냄새가 나잖아. ——
아니 여드름도 있잖아요, 여자가 말했다.
죽은 코가 맞다니까, 여관 주인이 답했다.
살아 있는 코예요, 여관 주인의 아내가 말했다. 죽기 전에 저걸 꼭 한 번 만져 봐야겠어요.

*Votum feci sancto Nicolao, ait peregrinus, nasum meum intactum fore usque ad —— Quodnam tempus? illico respondit illa.*

*Minime tangetur, inquit ille (manibus in pectus compositis) usque ad illam horam —— Quam horam? ait illa. —— Nullam, respondit peregrinus, donec pervenio, ad —— Quem locum, —— obsecro? ait illa —— Peregrinus nil respondens mulo conscenso discessit.*

난 오늘 성 니콜라스에게 맹세했답니다, 나그네가 말했다, 내 코는 아무도 만지지 못하리라, 그날이 올 때까지는, —— 여기서 나그네는 말을 멈추고 하늘을 올려다보았다 —— 언제를 말하지요? 여자가 급하게 물었다.

어느 누구도 결코 만지지 못하리라, 나그네는 손을 맞잡아 가슴에 올리면서, 말했다, 그 시각이 올 때까지는 —— 무슨 시각이오? 여관 주인 아내가 소리쳤다, —— 절대 안 됩니다! —— 절대! 나그네가 말했다, 내가 거기 —— 도대체 어딜 들어간다는 말입니까? 여자가 말했다. —— 나그네는 한마디 대꾸도 없이 노새를 타고 나갔다.


나그네가 프랑크푸르트를 향해 반 리그도 채 못 갔을 때, 슈트라스부르크 시 전체가 그의 코를 둘러싼 소요에 휩싸였다. 취침 기도의 종소리가 울려 퍼지면서 주민들에게 하루 일과를 마감하고 경배를 올릴 시간을 알려 주고 있었지만, ——— 슈트라스부르크에서 그 종소리를 들은 사람은 아무도 없었다. —— 도시 전체가 들쑤셔 놓은 벌집 같았다. ——— 남자건 여자건, 아이들이건 (취침 기도의 종소리는 계속 울려 퍼지고 있는데도) 모두 우왕좌왕 몰려다녔다. —— 이 문으로 들어갔다가, 저 문으로 나오고, —— 이쪽 기웃, 저쪽 기웃, —— 큰길로 갔다가 샛길로 가고, —— 이 길로 올라갔다가, 저 길로 내려오고, —— 이 골목으로 들어갔다, 저 골목으로 나오면서, 그거 봤어요? 그거 봤어요? 그거 봤어요? 오! 그거 봤어요? —— 누가 봤지요? 누구 본 사람 있나요? 아, 제발, 제발, 누구 본 사람 있어요? 하며 소리치고 있었다.

이를 어째! 난 저녁 기도 중이었는데! ——— 난 빨래하는 중이었어요, 난 풀 먹이는 중이었지요, 난 설거지하고 있었는데, 난

누빔 바느질을 하고 있었거든요, —— 아, 하느님, 이렇게 안타까울 데가, 난 그것을 못 봤잖아요 —— 그것을 만져 보지 못했네요!———내가 파수꾼이나 안짱다리 고수, 나팔수나 나팔수 마누라였더라면 얼마나 좋았을까, 이런 애타는 외침이 슈트라스부르크 거리거리마다, 모퉁이마다 터져 나오고 있었다.

이 혼란과 무질서가 위대한 도시 슈트라스부르크를 휩쓰는 동안, 이 정중한 나그네는 자신은 이 일과 아무 상관 없다는 듯이, 노새를 타고 프랑크푸르트를 향해 평온히 길을 가고 있었다, —— 가는 길 내내, 때로는 노새에게, —— 때로는 자신에게, ——— 때로는 그의 줄리아에게 띄엄띄엄 뭔가를 중얼거리면서.

오 줄리아, 사랑스러운 나의 줄리아! —— 안 돼, 자네가 저 엉겅퀴 뜯어 먹게 하자고 가던 길을 멈출 순 없지 않나, —— 내가 막 그걸 맛보려는 참에 경쟁자의 수상쩍은 혀 때문에 그 즐거움을 빼앗길 수는 없지.

푸! —— 그저 엉겅퀴일 뿐이잖나, —— 잊어버리라고 —— 오늘 밤 더 멋진 저녁 식사를 마련해 줄게.——

——— 내 나라에서 추방당하고 —— 내 친구들과 —— 그대에게서도. —— .

불쌍한 녀석, 너도 여행길에 많이 지쳤구나! —— 자, 힘내 —— 조금만 더 속력을 내 보자 —— 내 옷 가방에는 셔츠 두 벌과—— 진홍색 공단 바지 한 벌과, 술 달린 —— , 그것밖에는 없지 않나, —— 사랑하는 줄리아!

—— 근데 왜 프랑크푸르트로 가는 거지? —— 내가 느낄 수 없는 어떤 손길이 있어 나를 이렇게 굽이진 길과 생각지도 않은 땅으로 비밀스레 이끌어 주고 있는 걸까? ——

—— 이렇게 비틀거리다니! 성 니콜라스 님께 맹세코! 매 발짝

마다 그 모양이잖아 ——— 원, 이런 식으로 가면 밤을 새워도 못 들어가겠네 ———.

—— 행복을 찾아가는 걸까 —— 또는 운명과 비방의 노리개가 되어 —— 확인도 받지 못하고 —— 변명도 못해 보고 —— 접촉도 못해 본 채 쫓겨날 운명일까 ——— 만약 그렇다면 난 왜 슈트라스부르크에 그대로 머물지 않았을까, 그곳이라면 정의가 ———아니 내가 맹세를 했었지! —— 자, 건배를 들자 —— 성 니콜라스 님께 —— 오, 줄리아! ——— 넌 뭣 때문에 귀를 쫑긋거리는 게냐? —— 저 사람은 그저 말 타고 지나가는 행인일 뿐인데———.

나그네는 이런 식으로 그의 노새와 줄리아에게 말을 건네며 길을 가고 있었다. —— 마침내 여관에 당도하자 그는 곧장 노새에서 내려 ——— 노새에게 약속했던 대로 주인장에게 노새를 잘 돌봐 달라고 당부한 뒤, ——— 진홍색 공단 바지 등등이 들어 있는 옷 가방을 내려 들고 ——— 저녁 식사로 오믈렛을 시켜 먹은 다음, 자정쯤에 침대에 들어갔고, 5분 내에 깊은 잠에 빠져들었다.

슈트라스부르크의 소동이 가라앉은 것도 이 시각 무렵이었다. ——— 슈트라스부르크 주민들도 모두 잠자리에 들었지만 —— 나그네와는 달리 몸이나 정신의 휴식을 취하지는 못했다. 마브 여왕*이 요정답게 나그네의 코를 가져가서, 크기는 줄이지 않은 채, 각각 다른 모양과 스타일로 슈트라스부르크의 인구수만큼 수많은 코로 찢고 분배해 주는 수고를 했다. 마침 그 주에는 크베들린부르크 수녀원장*이 관구 내의 고위 성직자 네 명, 즉 수녀원 부원장, 여사제장, 부성가대장, 여참사원 원로 등을 대동하고 스커트의 옆트임*과 관련된 양심의 문제를 대학과 협의하기 위해 슈트라스부르크를 방문 중이었는데, —— 그녀 역시 밤새 내내 편안치 못했다.

그 예의 바른 나그네의 코가 뇌 송과선 꼭대기에 둥지를 틀고 앉아, 그녀는 물론 그녀가 대동한 네 명의 고위 성직자들의 상상력을 뒤흔들고 있었으니, 그들도 밤새도록 눈 한 번 붙여 보지 못했고, —— 아무도 손발을 꼼짝 않고 가만히 누워 있을 수가 없었다 —— 간단히 말해서 그들 모두 아침에는 부스스하게 귀신 같은 모습으로 일어나게 되었다.

성 프란체스코 수도회의 제3공동체에 속한 사람들* —— 갈보리 수녀회 수녀들, —— 프레몽트레 수녀회 – ——글뤼니 수녀회,[8] —— 카르투지오 수녀회 그리고 담요나 거친 말총으로 된 침구에서 잠자는 온갖 엄격한 수도회의 모든 수녀들 역시 크베들린부르크 수녀원장보다 더 힘겨운 밤을 보냈다. 그들은 침대 이편에서 저편으로 몸을 뒹굴며 뒤척이고, 뒤척이고 뒹굴면서 밤을 새웠다. —— 몇몇 수녀들은 자기 몸을 할퀴고 때려서 —— 침대에서 일어날 때는 거의 산 채로 껍질이 벗겨진 것 같은 상태였다 —— 모두 밤사이 성 안토니가 시련의 불을 가지고 방문했던 것 같은 생각이 들었는데 —— 간단히 말해 그들은 저녁 기도 시간부터 아침 기도 시간까지 밤새 단 한숨도 잠을 이루지 못했던 것이다.

성 우르술라 수녀회 수녀들이 그나마 가장 현명하게 처신한 셈이다 —— 그들은 숫제 잠자리에 들 시도조차 하지 않았다.

슈트라스부르크의 사제장, 명예 성직자들, 참사회 간부 및 회원들(버터 바른 롤빵* 문제를 논의하기 위해 참사회 아침 회의에 모

---

8) 하펜 슬로켄베르기우스는 940년에 클뤼니의 오도 신부에 의해 설립된 베네딕트회 수녀원 수녀를 말한다.

인 사람들)은 모두 자기들도 성 우르술라 수녀들의 모범을 따를 것을 그랬다는 생각을 하고 있었다. ─── 전날 밤에 있었던 소란과 혼란 때문에 제빵사들이 반죽에 효모 넣는 것을 잊어버렸으니 ─── 슈트라스부르크 어디에서도 아침 식사로 먹을 버터 바른 롤빵을 구할 수 없었고 ─── 성당 경내 전체가 끝없는 소요에 휩싸여 있었다. 마르틴 루터가 그의 새로운 교리로 슈트라스부르크를 온통 뒤집어 놓았던 이래로 이 도시가 이처럼 불안하게 뒤숭숭했던 적이 없으며, 그 불안의 원인에 대해 이처럼 맹렬히 문의가 쇄도한 적도 없었다.

나그네의 코가 이렇게 성직자들의 아침 식사 그릇에도[9] 마음대로 밀고 들어와 자리를 차지하는 자유를 누렸다면, 세속인들의 밥그릇에서는 어떤 카니발을 야기했겠는가! ─── 이미 닳아서 뭉툭해진 나의 펜으로는 그것을 묘사할 능력이 없다. 물론 우리나라 사람들에게 그 개념을 어느 정도 전달해 줄 훌륭한 직유가 제법 있다는 것은 인정하지만 (슬로켄베르기우스는 *내가 그에게서 기대할 수 있었던 것보다 훨씬 더 유쾌한 생각을 담아 외치고 있다*) 그들에게 보탬이 되자고 내 인생의 대부분을 바쳐 쓰고 있는 이런 책의 말미에서, ─── 내가 그런 직유법의 존재를 시인했다고 해서, 그것을 찾아낼 시간이나 열의까지 나에게 기대하는 것은 너무 불합리한 일이 아니겠는가? 그러니 이 말만 하고 넘어가기로 하자. 슈트라스부르크 주민들의 환상 속에 야기된 소요와 혼란이 너무나 보편화되어 있었을 뿐만 아니라 ─── 그들의 다른 모든 능력을 압도

---

[9] 샌디 씨는 여기서 수사가들에게 인사말을 보내며 양해를 구하는 바다 ─── 그는 슬로켄베르기우스가 여기서 비유를 바꿨다는 것을 잘 알고 있고 ─── 그것은 잘못된 일이기는 하지만 ─── 번역가로서 샌디 씨는 그의 비유를 충실히 전달하려 내내 노력해 왔으나 ─── 이 부분에서는 그게 불가능했다.

적으로 지배하고 있었기 때문에 ── 수많은 이상한 이야기가 저마다 같은 정도의 확신을 담아, 대등하게 유창한 달변으로, 맹세까지 덧붙여 터져 나오고 있었다는 것이다. 모든 담화와 경탄의 물줄기가 그곳으로 향하고 있었으니 ── 좋은 사람이건 나쁜 사람이건 ── 부자건 가난뱅이건 ── 학식 높은 사람이건 무식한 사람이건 ── 박사건 학생이건 ── 안주인이건 하녀건 ── 상류층이건 평민이건 ── 수녀의 육신이건 여성의 육신이건, 슈트라스부르크의 모든 사람이 이것에 대한 소식을 듣는 데 온통 시간을 쏟고 있었다. ── 슈트라스부르크의 모든 눈이 그것을 보고 싶어 애태웠고 ── 모든 손가락과 ── 모든 엄지손가락이 그것을 만지고 싶어 애달아 오르고 있었다.

이토록 격렬한 욕망에 대해 혹시 무언가 더 보탤 말이 있다면 그것은 ── 바로 이것이다. 즉 파수꾼, 안짱다리 고수, 나팔수, 나팔수의 아내, 시장의 미망인, 여관 주인과 그의 아내, 이들 모두 나그네의 코에 대해 내놓은 증언과 묘사가 서로 달랐지만──그들 모두 다음 두 가지 점에서 같은 의견을 내놓았다는 사실이다. 첫째, 나그네가 프랑크푸르트로 갔으며, 한 달 후 바로 오늘 이전에는 슈트라스부르크로 돌아오지 않을 것이라는 것과, 두 번째로는 그의 코가 진짜든 가짜든 간에, 그 나그네 본인은 슈트라스부르크 성문을 통과한 사람들 중에서 가장 완벽한 아름다움의 전형이라 할 수 있고 ── 최상의 남자! ── 최고의 신사! ── 지갑을 여는 데 있어 가장 관대한 사람 ── 행동거지가 가장 예의 바른 사람이라는 사실이다. ── 그가 언월도를 팔목에 느슨히 건 채 노새를 타고 거리를 지나갔을 때 ── 그가 진홍색 공단 바지를 입고 광장을 가로질러 걸어갔을 때, ── 꾸밈없는 겸손의 상큼한 분위기에 덧붙여 남자다운 씩씩함까지 넘쳐 났으니 ── (만약 그의 코가 가로막고 있지만 않았더라면) 그에게 눈길을 준 모든 처녀들의 가슴을 온통 위기에 빠뜨리기에 충분했다는 것이다.

호기심이 일으키는 갈망과 가슴 설렘을 모르는 사람, 즉 그렇게 자극된 호기심은 크베들린부르크 수녀원장과 수녀원 부원장, 여사제장, 부성가대장이 정오 무렵에 나팔수의 아내를 불러들였다는 사실도 정당화해 준다는 것을 이해할 수 없는, 그런 심성을 가진 사람을 향해 내가 이 글을 쓰고 있는 것은 아니다. 나팔수의 아내는 자신의 이론을 예시하기 위해 급한 중에 손에 닿는 최상의 도구로서 —— 남편의 나팔을 손에 들고 슈트라스부르크 거리를 가로질러 수녀원장에게 갔고 —— 그곳에 3일밖에 머물지 않았다.

성문 파수꾼과 안짱다리 고수! —— 고대 아테네 이후로 그들과 견줄 만한 사람은 찾을 수 없으리라! 그들이 성문에 지켜 서서, 오는 사람, 가는 사람에게 강연하는 모습은 주랑에 서서 연설하던 크리시포스와 크란토르*가 보여 줬던 위풍당당함으로 가득 차 있었다.

여관 주인도 왼편에 마부를 거느리고, —— 마구간 마당의 출입문 또는 주랑에서 똑같은 스타일로 강연을 펼치고 있었고 —— 그의 아내 역시 뒷방에서 보다 은밀하게 강연을 제공하고 있었으니, 사람들은 닥치는 대로가 아니라 —— 이곳저곳으로, 그들의 믿음이나 믿고 싶은 성향이 이끄는 대로 몰려다녔다 —— 간단히 말해, 슈트라스부르크의 모든 시민이 저마다 정보를 찾아 몰려다녔고 —— 그들은 모두 자신이 원하는 정보를 얻었다.

자연 과학 분야에서 실증적 작업을 해야 하는 사람들에게 도움이 될 만한 사항을 하나 짚어 주고 넘어가야겠다. 크베들린부르크 수녀원장 일행에게 은밀한 강연을 제공했던 나팔수의 아내는 그 일을 끝낸 뒤 대중 강연에 들어갔다. 그녀는 대광장 한복판에 의자를 갖다 놓고 강연을 시작하면서 —— 슈트라스부르크 시의 상류 사교계 인사들을 대거 청중으로 획득하게 되었으니, 다른 강연자들에게는 엄청난 폐를 끼치게 되었다는 것이다. —— 그러나 철학적 증명을 하는 사람이 (슬로켄베르기우스가 소리쳤다) 나팔을 도구로 사용할 때 그 옆에서 다른 어떤 학문적 경쟁자가 자기 목소리를 들리게 할 수 있겠는가?

학식 없는 사람들이 이 같은 지식의 통로를 통해 **진리**의 궁전이 있는 그 우물의 바닥까지 내려가느라 온통 바삐 움직이는 동안 —— 학식 있는 사람들은 그들 나름대로 변증법적 귀납법이라는 통로를 통해 진리를 끌어올리느라 바빴다. —— 그들은 사실 확인에 관심 있는 것이 아니라 —— 논리적 추론에 몰두했다는 것이다.

의사 협회가 낭종이나 피지 부종 논쟁으로 빠져들지만 않았더라면, —— 다른 어떤 전문가들보다 이 문제에 대해 많은 것을 밝혀 줄 수도 있었을 것이다. 하지만 그들은 아무리 애를 써도 본성상 그쪽으로 빠져들 수밖에 없었고 —— 나그네의 코는 혹이나 피지 부종과는 아무 상관 없는 것이었다.

그러나 그렇게 거대한 온갖 이질적 물질의 덩어리가 아기가 태중에 있었을 때 코로 집결하여 응집될 수는 없었을 것이라는 점은 만족스럽게 증명이 되었다. 그랬다면 그것이 태아를 둘러싼 압력의 균형을 파괴하여 출산일보다 9개월 전에 이미 태아의 머리를 왈칵 밀쳐 냈을 테니 말이다. ——

—— 이들의 반대 세력은 그 이론은 인정했으나 ——그 결론은 부정했다.

반대파들의 주장에 따르면, 그 같은 코가 제대로 영양을 공급받으려면 태아가 세상에 나오기 전 최초의 기본적 형성기에 정맥과 동맥 같은 것들이 함께 제공되어야 하고, (낭종의 경우는 제외하고) 그런 것 없이는 나중에 그 코가 정상적으로 성장하고 유지될 수 없다는 것이다.

이 주장은 영양학 논문, 즉 영양분이 정맥을 확장시킬 뿐만 아니라 근육을 상상 가능한 한 최대로 성장시키고 확대시켜 얼마나 크고 길게 만들어 주는 효과가 있는지에 대한 논문을 통해 모두 설명되었다. —— 이 이론의 승리감에 취한 그들은 자연의 법칙에 의하면 사람의 코가 사람의 크기만큼 자라지 말라는 근거가 없다고 주장하는 데까지 나아갔다.

이 주장을 반박하는 세력은, 사람에게 위장이 하나고 폐가 두 개밖에 없는 한 그런 일은 절대 불가능하다고 세상을 납득시켰다. —— 그들은 주장하기를, 위장이란 것이 음식을 수용하여 유미(乳糜)로 전환시키는 기능을 가진 유일한 인체 기관이고, —— 폐가 유일한 조혈 기관이기 때문에 —— 식욕과 호흡을 통해 체내에 들여오는 것 이상의 작업을 할 도리가 없고, 위장의 경우는 과식으로 인한 지나친 부담을 견딜 가능성을 인정하더라도, 폐의 경우, 자연의 섭리에 의해 그 기능에 한계가 있으므로, —— 일정한 크기와 힘을 가질 수밖에 없고, 주어진 시간 동안 일정한 양 이상을 생산해 낼 능력이 없다는 것이다. —— 다시 말해 폐는 단 한 사람에게 필요한 양만큼만 피를 생산할 수 있을 뿐, 더 이상은 감당할 수 없다는 것이다. 따라서 사람만큼 큰 코가 덧붙는다면 —— 필연적으로 괴저 현상이 뒤따를 수밖에 없고, 코와 사람 둘 다를 지원할 능력이 없으니, 코가 사람에게서 떨어져 나가거나, 사람이 불가피하게 코에서 떨어져 나갈 수밖에 없다는 것이다.

반대 진영 사람들은 자연이 이런 위기 상황에 신축적으로 대응하는 능력이 있다고 소리쳤다. —— 만약 그렇지 않다면 위도 온전하게 하나가 있고 폐도 두 개가 있는데 사람은 반쪽일 경우, 즉 두 다리가 모두 불행하게 잘려 나간 사람의 경우에는 어떻게 설명할 수 있느냐는 것이다.

그런 사람은 혈액 과다로 죽게 되겠군, 하고 그들은 말했다. —— 혹은 피를 토하다가 2, 3주 내에 폐병으로 세상을 하직하게 되겠지 ——.

—— 그와는 다른 현상이 일어납니다. —— 반대파들이 응대했다. ——

그럴 순 없지요,라고 그들이 말했다.

자연의 운행 법칙과 활동에 대해 보다 진기하고 깊이 있게 탐구하는 연구자들은 상당 부분 손을 맞잡고 나란히 가다가도 코 문제 앞에서는 결국 의사 협회가 그랬던 만큼이나 파가 나뉘고 말았다.

그들은 인체의 여러 부분이 각각 그 주어진 책무와 역할, 기능에 따라 공정하고도 기하학적인 배치로 균형을 이루고 있으며, 일정한 한계 내에서만 그 균형을 벗어날 수 있다는 사실까지는 우호적으로 합의하고 있었다. —— 즉 자연이 장난을 칠 수는 있지만 —— 어떤 범주 안에서만 장난을 친다는 것이다. —— 그러나 그 범주의 지름의 크기에 대해서는 합의에 이를 수가 없었다.

논리학자들은 다른 어떤 식자층보다 훨씬 더 요점에 근접해 있었다. —— 그들은 최소한 코라는 단어에서 시작해서 같은 단어로 끝을 내고 있었다. 그들 중 가장 유능한 사람 하나가 이 전투의 초기에 *petitio principii* *에 머리를 부딪치는 일만 없었더라면 이 논쟁 전체가 이내 해결되었을 것이었다.

이 논리학자는 말하기를, 코는 그 안에 피가 없으면 코피를 흘릴 수 없고 —— 피가 있을 뿐만 아니라 —— 피가 방울방울 연속적으로 떨어지는 현상을 가능케 하기 위해서는 —— (줄줄 흐르는 것도 방울방울이 보다 빠른 속도로 연결되는 것이므로 그것도 포함된다고 그는 말했다) ── 그 안에서 피가 순환하고 있어야 합니다. ── 그런데 죽음이란, 하고 논리학자가 말을 이었다, 혈액의 정체 현상일 뿐이니까 ──.

난 그 정의를 부인합니다 ── 죽음이란 영혼과 육신이 분리되는 현상이지요, 하고 그의 적수가 말했다. ── 그렇다면 우린 우리가 사용할 무기에 대해 합의가 되지 않는 거군요, 하고 논리학자가 말했다. ── 그렇다면 논쟁도 끝난 거지요, 하고 그의 적수가 응답했다.

민법학자들은 좀 더 간결했다. 그들이 제시한 것은 그 성격상 논쟁이라기보다 판결문에 가까웠다.

── 그렇게 괴물스러운 코가 진짜 코라면 문명사회에서는 결코 용납될 수 없는 것이고, ── 만약 가짜라면 ── 그런 거짓 징표와 표상을 기만적으로 사회에 강요한 셈이니, 더욱 큰 불법이고 자비를 베풀 여지가 조금도 없는 경우라고 그들은 선언했다.

이 해결책에 이의를 제기할 여지가 있다면, 그것은 그들이 뭔가를 증명했다 할지라도 그 나그네의 코가 진짜도 가짜도 아니라는 것을 증명했을 뿐이라는 사실이다.

따라서 논쟁이 계속될 여지를 남겨 둔 것이다. 교회 재판소의 법률가들은 이 논쟁을 이어받아 다음과 같은 주장을 펼쳤다. 즉 그 나그네가 자기는 코 곳에 갔었고 거기서 가장 훌륭한 코를 얻었노라고 자발적으로 자백한 만큼, 체포령을 내리지 못할 이유가 없다는 것이다. ── 이 주장에 반대하는 입장에 있는 사람들은 코 곳이라는 장소가 존재한다는 것은 불가능한 일이고, 학식 높은 분들도 그게 어디 있는지 모르지 않느냐고 반론을 제기했다. 슈트라스부르크 주교 대리는 이 법률가들에게 응대하여 속담에 대한 논문을 통해 이 문제를 설명했다. 그는 코 곳이란 단지 비유적 표현일 뿐이며, 자연이 그에게 긴 코를 주었다는 의미 이상은 아니라고 주장했다. 그는 이를 증명하기 위해, 해박한 지식을 근거로, 각주에서 열거한 권위 있는 자료들을 인용했는데,[10]* 19년 전에 성당 참사회 소속 토지의 사용권에 대한 논란이 이 문헌의 권위에 힘입어 판결 났다는 사실이 드러나지만 않았더라면, 이 문제도 논란의 여지 없이 결판이 날 뻔했다.

사실 이런 일도 있었다 —— 진리의 입장에서 본다면 불행한 일이었다고 말할 수 없는 것이, 이 일을 통해 진리가 다른 방향으로 격상되었다고 할 수 있으니 말이다. 아무튼 슈트라스부르크의 두 대학 —— 1538년에 상원 고문관이었던 야코부스 슈투르미우스가 설립한 루터 대학과, —— 오스트리아의 대공 레오폴트가 설립한 가톨릭 대학은 최근 얼마 동안 내내 마르틴 루터의 저주 문제를 해결하기 위해 온갖 지식을 (크베들린부르크 수녀원장이 제기한 스커트의 옆트임 구멍을 논의하는 데 필요한 정도만 제외하고) 그 일에 총동원하고 있었다.

가톨릭 대학 측 학자들은 다음과 같은 가설을 선험적으로 증명하는 일에 몰두해 있었다. 1483년 10월 22일 —— 달은 제12궁에 있었고 —— 목성, 화성, 금성은 제3궁에, 태양과 토성, 수성은 모두 제4궁에 있었기 때문에 그 당시 행성들의 필연적 영향력

---

10) Nonnulli ex nostratibus eadem loquendi formulâ utun. Quinimo et Legistae et Canonistae —— Vid. Parce Bar & Jas in d. L. Provincial. Constitut. de conjec. vid. Vol. Lib. 4. Titul. 1. n. 7 quà etiam in re conspir. Om. de Promontorio Nas. Tichmak. ff. d. tit. 3. fol. 189. passim. Vid. Glos. de contrahend. empt. c. nec non J. Scrudr. in cap. §. refut. ff. per totum. cum his cons. Rever. J. Tubal, Sentent. & Prov. cap. 9. ff. 11, 12. obiter. V. et Librum, cui Tit. de Terris & Phras. Belg. ad finem, cum Comment. N. Bardy Belg. Vid. Scrip. Argentotarens. de Antiq. Ecc. in Episc. Archiv. fid. coll. per Von Jacobum Koinshoven Folio Argent. 1583, praecip. ad finem. Quibus add. Rebuff in L. obvenire de Signif. Nom. ff. fol. & de jure Gent. & Civil. de prohib. aliena feud. per federa, test. Joha. Luxius in prolegom. quem velim videas, de Analy. Cap. 1, 2, 3. Vid. Idea.

을 따져 볼 때, 루터는 당연히 불가피하게 저주받은 사람이 될 수밖에 없고 —— 그의 교리 역시 직접적 귀결에 의해 저주받은 교리일 수밖에 없다는 것이다.

그의 천궁도에 의한 별점을 자세히 검토해 보면, 아라비아인들이 종교적 궁으로 지정한 제9궁에서 다섯 개의 행성이 동시에 전갈좌와 합궁하는[11] (아버지는 이 부분을 읽을 때 언제나 고개를 가로저었다) 양상을 띠고 있으므로 —— 마르틴 루터는 종교 문제에 대해 조금도 신경 쓰지 않은 것으로 보이며 —— 또한 화성과 결합하는 방향으로 향하고 있는 별점을 보면 —— 루터가 틀림없이 저주와 신성 모독의 말을 뱉으며 죽었을 것이고 —— 그의 영혼은 (죄악에 흠뻑 잠겨 있는 관계로) 그 신성 모독의 거센 바람에 밀려 지옥 불의 호수 속으로 빠져 들어갔을 것이라고 그들은 주장하고 있었다.

이 주장에 대응하는 루터파 학자들의 미미한 반론에 의하면, 그런 식으로 바람에 밀려 지옥 불에 빠지는 운명을 맞은 사람은 1483년 10월 22일에 태어난 다른 사람이 틀림없다는 것이다. —— 만스펠트 주 이슬라벤 마을의 출생 기록부에 의하면, 루터는 1483년이 아니라 1484년에 태어났고, 출생일도 10월 22일이 아니라 11월 10일, 마르틴 축제 전야이며 마르틴이란 이름도 거기서 유래한다는 것이다.

　[—— 여기서 나의 번역 작업을 잠시 멈춰야겠다. 만약 멈추지

---

11) Haec mira, satisque horrenda. 5 Planetarum coitio sub Scorpio Asterismo in nonâ cœli statione, quam Arabes religioni deputabant efficit Martinum Lutherum sacrilegum hereticum, christianæ religionis hostem acerrimum atque prophanum, ex horoscopi directione ad Martis coitum, religiosissimus obiit, ejus Anima scelestissima ad infernos navigavit —— ab Alecto, Tisiphone et Megera flagellis igneis cruciata perenniter.
　—— Lucas Gauricus in Tractatu astrologico de praeteritis multorum hominum accidentibus per genituras examinatis.

않는다면 나도 크베들린부르크 수녀원장처럼 잠자리에서 눈을 붙일 수가 없을 것이다. ── 독자에게 이 말을 꼭 해야겠기에 말이다. 아버지는 슬로켄베르기우스의 이 구절을 토비 삼촌에게 읽어 줄 때면 언제나 승리감에 휩싸여 있었다 ── 토비 삼촌을 향해서는 아니다, 왜냐하면 삼촌은 한 번도 아버지에게 반론을 제기한 적이 없으니까, ── 온 세상을 향한 승리감이었다.

── 이보게, 토비 동생, 자네도 이제 알겠지, 아버지는 고개를 들어 위를 올려다보며 말했다, "이름이란 것이 그렇게 별것 아닌 게 아니란 걸 말야." ── 루터가 마르틴 말고 다른 어떤 이름으로 명명되었더라면, 그는 아마 영원히 저주받았을 것 아닌가, ── 그렇다고 내가 마르틴이란 이름이 좋은 이름이라 생각하는 것은 아닐세, ── 어림없는 이야기지 ── 다만 그저 그런 중립적 이름보다는 조금 낫다는 것일세, 그것도 아주 조금이긴 하지만, ── 아무튼 그 조금이 그에게 도움을 주었다는 것은 자네도 알 수 있겠지.

아버지는 물론 이 예가 자기 가설의 지지대로서 약점이 있다는 것은 알고 있었다. 최고의 논리가가 직접 설명해 준 만큼이나 잘 알고 있었다. ── 그러나 인간의 나약함이란 참으로 기이한 것이어서 어떤 지지대가 될 만한 거리가 자기 앞에 떨어졌을 때는 어떻게든 그것을 활용하지 않을 수가 없는 법이다. 하펜 슬로켄베르기우스의 열 권의 책에 들어 있는 수많은 이야기들 중에는 내가 지금 번역하고 있는 이 이야기 못지않게 흥미진진한 것도 많다. 하지만 그들 중 어떤 이야기도 아버지가 이 이야기를 읽을 때 누리는 즐거움의 반도 제공하지 못하는 것은 바로 이 이유 때문일 것이다. ── 즉 이 이야기는 아버지의 가장 기이한 두 가지 가설, 즉 이름에 대한 가설과 코에 대한 가설을 한꺼번에 지원해 주고 있는 것이다. 아버지가 알렉산드리아 도서관에 있는 책들을 모조리 다 읽었다 하더라도, —— 그 도서관에 그런 불운*이 닥치지 않았을 경우에 말이다, —— 이처럼 단 한 방에 두 개의 못을 한꺼번에 내리쳐 주는 그런 책이나 문장을 찾을 수는 없었을 것이다.]

슈트라스부르크의 이 두 대학은 루터의 영혼의 항해 문제를 놓고 힘들게 줄다리기를 하고 있었다. 신교 학자들은 루터가 가톨릭 학자들이 주장하듯 바람을 등 뒤에서 바로 받으며 항해해 간 것은 아니라는 점을 입증했다. 누구나 알고 있듯이 그런 바람 앞에서 항해를 할 수는 없으므로, —— 그들이 해결하려는 사항은 루터가 항해했을 경우, 몇 도나 항로를 벗어났는지, 그리고 과연 곶을 돌아 회항했는지, 또는 해안에 좌초했는지 하는 문제였다. 이 문제는 최소한 이런 종류의 항해에 대해 뭔가 아는 사람에게는 상당히 교훈적인 탐색거리였기 때문에 그들은 나그네의 코 크기에 대한 논란에도 불구하고 그 탐색을 계속했을 것이다, 만약 나그네의 코 크기가 온 세상의 관심을 독점하지 않았더라면 말이다. —— 그러나 세상의 관심사를 좇아가는 것이 그들의 일이었다.

크베들린부르크 수녀원장과 그녀의 고위 수행원들 역시 마찬가지였다. 나그네의 엄청나게 거대한 코가 그들이 협의차 들고 온 양심의 문제 못지않게 그들의 상상력을 지배하고 있었기 때문에 —— 스커트의 옆트임 구멍 논란을 둘러싼 열기는 차갑게 식어 버렸다. —— 간단히 말해서 인쇄공들은 조합했던 활자를 다시 원상복구시키라는 지시를 받았고 —— 모든 논란이 중단되고 말았다.

이 코 문제를 놓고 두 대학의 전문가들이 각각 어느 편을 들었는지 추측해 보는 일은 —— 꼭대기에 실크 술 장식이 달린 사각모와 —— 호두 껍데기를 비교하는 것처럼 분명하고 간단한 일이다.

그것은 이성을 넘어서는 일이오,라고 한편의 학자들이 외쳤다.

그것은 이성 이하의 일이오,라고 다른 편 학자들이 외쳤다.

그것은 믿음의 문제지요, 이쪽에서 외쳤다,

그것은 터무니없는 문제지요, 저쪽에서 외쳤다.

가능한 일이오, 이쪽에서 외쳤다,

불가능한 일이오, 저쪽에서 외쳤다.

하느님의 힘은 무한하시지요, 코 신봉파가 외쳤다, 하느님은 어떤 일이든 하실 수 있습니다.

하느님은 모순이 포함되는 일은 하실 수 없습니다. 코 신봉 반대파가 답했다.

그분은 물질도 생각할 수 있게 만들 수 있습니다, 코 신봉파가 말했다.

암퇘지의 귀로 비로드 모자를 만들 수 있다고 말씀해 보시지요, 코 신봉 반대파가 응대했다.

그분은 둘 더하기 둘은 다섯이 되게 할 수도 있어요, 가톨릭 학자들이 답했다, —— 그것은 거짓이지요, 반대파들이 말했다.

무한한 힘은 무한한 힘입니다, 코의 사실성을 주장하는 학자들이 말했다. —— 그 힘은 모든 가능한 것에만 미치지요, 루터파 학자들이 답했다.

하늘에 계신 분께 맹세컨대, 하느님은 그럴 마음만 있으시다면 슈트라스부르크의 탑만큼 큰 코도 만드실 수 있단 말입니다, 가톨릭 학자들이 외쳤다.

자, 그런데 슈트라스부르크의 탑은 온 세상에서 가장 크고 높은 교회 첨탑이었으니, 코 신봉 반대파는 길이가 575피트나 되는 코를 보통 키의 남자가 달고 다니는 것은 불가능하다는 주장을 할 수밖에 없었다. —— 가톨릭 학자들은 가능하다고 맹세했고 ——

루터파는 아니, 절대 그럴 수 없다고 단언했다.

이 논쟁은 즉각 새로운 논쟁을 야기했다. 그들은 신의 도덕적 속성, 자연적 속성의 범위와 한계에 대해 천착하기 시작했는데, ── 이 논란은 자연스레 토마스 아퀴나스로 옮겨 갔고, 토마스 아퀴나스에서 다시 악마로 나아갔다.

이제 나그네의 코는 더 이상 언급되지 않았고, ── 그 코는 단지 그들이 신학이라는 학문의 심연을 향해 출범하는 범선의 기능을 했을 뿐인 셈이다. ── 일단 출항했으니, 그들은 모두 순풍을 따라 항해를 계속했다.

열기란 진정한 지식의 결핍 정도에 비례하기 마련이다.

하느님의 속성과 기타 등등에 대한 논란은 슈트라스부르크 주민들의 상상력을 식혀 주기는커녕 오히려 터무니없는 수준까지 가열시켜 놓았다. ── 이 문제를 제대로 이해할 수 없으면 없는 만큼 그들의 경이감은 더욱 커졌고 ── 그들은 충족되지 않은 욕구로 인한 온갖 고통 속에 휩싸인 채로 ── 학자들, 양피지 학파, 놋쇠 학파, 송진 학파 들이 한편을 이루고, ── 가톨릭 학자들이 다른 한편을 이루어, 팡타그뤼엘과 그의 수행원들이 신탁 성배를 찾아 나섰듯, 이 두 집단이 모두 항해를 떠나 시야에서 사라져 버리는 것을 지켜보아야 했다.

──── 해변에 남아 있어야 했던 불쌍한 슈트라스부르크 시민들이여!

── 어찌해야 할 것인가? ── 지체할 시간은 없는데 ── 소란은 커져만 가고 ── 모두 혼란에 빠져 있고 ── 성문은 열린 채로 있었으니. ──

불운한 슈트라스부르크 시민들이여! 자연의 창고든 ── 지식의 헛간이든, 우연성의 거대한 무기고든 간에, 그 모든 것 안에 있는 어떤 무기든 하나도 남김없이, 당신네를 호기심으로 괴롭히고, 당신들의 욕망을 팽창시키는 작업에 동원되었구나. 운명의 여신이 당신네의 가슴을 농락하기 위해 겨냥하지 않은 병기가 어디 하나라도 있는가? —— 당신네들이 그처럼 굴복한 것을 변명해 주기 위해 내가 펜을 잉크에 적시는 것은 아니다 —— 당신들에 대한 찬사를 쓰기 위한 것이다. 그처럼 기대감으로 인해 시달린 도시가 어디에 또 있겠는가 —— 먹지도 못하고, 마시지도 못하고, 잠을 자거나 기도도 하지 못하고, 종교의 부름이나 생리적 부름에도 답하지 못한 채 스무이레나 버텼으니, 단 하루라도 더 견뎌 낼 자가 누가 있겠는가.

그 예의 바른 나그네는 스무여드레째 되는 날, 슈트라스부르크로 돌아오겠다고 약속했었다.

7천 대의 마차와(슬로켄베르기우스가 숫자 표기에서 실수한 것이 틀림없을 것이다), 7천 대의 마차와 —— 1만 5천 대의 말 한 필이 끄는 의자 가마와, ——— 2만 대의 수레가 평의회 의원들, 고문들, 관료들 —— 베긴회 수녀들,* 과부들, 부인네들, 처녀들, 참사 회원들, 첩들 등을 빽빽하게 가득 태우고, 크베들린부르크 수녀원장은 수녀원 부원장, 여사제장, 부성가대장과 함께 마차 행렬의 선두에 섰으며, 그녀 마차의 왼쪽 옆에는 슈트라스부르크 사제장의 마차가 네 명의 관구 고위 성직자들을 대동한 채 자리를 잡고 있었고, —— 나머지 사람들은 각각 형편에 따라 뒤죽박죽 뒤를 따랐다. 어떤 이들은 말을 타고, —— 어떤 이들은 걸어서 —— 어떤 이들은 이끌려서 —— 어떤 이들은 탈것에 실려서, —— 어떤 이들은 라인 강을 따라 —— 어떤 이들은 이 길로 —— 어떤 이들은 저 길로 —— 모두 다 그 예의 바른 나그네를 마중하기 위해 동틀 녘부터 길을 나선 것이다.

이제 우리는 이 이야기의 카타스트로프를 향해 치닫고 있다
—— 내가 말하는 카타스트로프란 (슬로켄베르기우스가 외치기
를) 극의 대단원을 말한다. 구성이 제대로 이루어진 이야기라면,
독자가 극적 요소로서의 카타스트로프와 페리페테이아에서 기쁨
을 누려야(*gaudet\**) 할 뿐만 아니라, 극의 다른 모든 핵심적, 필
수적 요소들에서도 기쁨을 누릴 수 있어야 한다. —— 극이란 아
리스토텔레스가 최초로 제시했던 것처럼 프로타시스, 에피타시
스, 카타스타시스, 그리고 카타스트로프 또는 페리페테이아\*의
순서로 점진적으로 발전해 가야 하며 —— 이렇게 진행되지 못
할 경우, 그런 이야기는 아예 들려주질 말고 차라리 혼자 마음속
에 담아 두는 편이 낫다고 슬로켄베르기우스는 말한다.

나 슬로켄베르기우스는 나그네와 그의 코 이야기는 물론, 내가
쓴 각 권당 열 편씩 총 열 권에 달하는 이야기도 모두, 단 한 편도
빠짐없이, 이 규칙을 철저히 지키며 구성해 놓고 있다.

나그네가 처음 파수꾼과 말을 주고받던 때부터 진홍색 공단 바
지를 벗고 슈트라스부르크를 떠나던 장면까지가 도입부인 프로타
시스에 해당하는데 —— 이 부분에서는 등장인물들의 성격이
살짝 소개되고, 주제가 가볍게 조성되기 시작했다.

에피타시스는 사건이 보다 풍성히 소개되어 고조되는 부분으로
서, 카타스타시스라 불리는 단계나 높이에 도달할 때까지 계속된
다. 이 부분은 흔히 제2막이나 제3막에 해당하는데, 이야기의 분
주스럽던 시기, 즉 코를 둘러싼 소동이 있었던 첫날 밤에서 나팔
수의 아내가 대광장 한복판에서 강연을 끝낸 장면까지가 이에 해
당한다. 그리고 학자들이 막 논란을 시작하는 장면에서부터 ——
신학자들이 마침내 항해를 떠나고, 슈트라스부르크 시민들은 곤
경에 빠진 채 해변에 남은 장면까지가 카타스타시스로서 사건과

열정이 무르익을 대로 무르익어 제5막에서 폭발할 준비가 갖춰지는 부분을 일컫는다.

제5막은 슈트라스부르크 시민들이 프랑크푸르트로 가는 길목으로 출발하는 장면에서 시작하여, 미로를 해결하고 주인공이 (아리스토텔레스의 표현을 빌리자면) 동요의 상태에서 벗어나 휴식과 평온의 상태로 들어가는 데서 끝난다.

이것이 내 이야기의 카타스트로프 또는 페리페테이아로서, —— 지금부터 나올 이야기가 바로 그 부분에 해당한다고 하펜 슬로켄베르기우스가 말했다.

우리는 그동안 나그네를 막 뒤에서 잠을 즐기게 내버려 두었는데 —— 이제 그가 무대 전면에 등장한다.

—— 넌 뭣 때문에 귀를 쫑긋거리는 게냐? —— 저 사람은 그저 말 타고 지나가는 행인일 뿐인데. —— 이것이 나그네가 그의 노새에게 건넨 마지막 대사였다. 노새는 주인의 말을 그대로 받아들였고, 더 이상의 '만약' 이나 '그리고' 따위의 단서 없이 길손과 그의 말이 그냥 지나가도록 내버려 두었다는 말을 그 당시에는 독자에게 전할 필요가 없었다.

길손은 그날 밤 안으로 슈트라스부르크에 당도하기 위해 부지런히 서두르고 있었다. —— 무슨 바보 같은 짓인가, 길손은 약 1리그 정도 더 달려간 뒤에 혼잣말을 했다. 오늘 밤 안으로 슈트라스부르크에 들어갈 생각을 하다니 —— 슈트라스부르크! —— 위대한 슈트라스부르크라! —— 알자스 전체의 수도, 슈트라스부르크! 제국적 위용의 도시, 슈트라스부르크! 주권 국가, 슈트라스부르크! 세상에서 가장 뛰어난 군대 5천 명이 지키는 슈트라스부르크! —— 아, 딱하게도! 내가 이 순간에 슈트라스부르크 성문에 도착해 있다 한들, 금화 한 닢을 내놓아도 입성 허락을 못 받을 텐데, —— 아니, 한 닢 반을 줘도 안 될걸. —— 너무 과한 거지 —— 차라리 좀 전에 지나온 그 여관으로 돌아가는 게 나을 거야 —— 어디 잠자리가 있을지도 모르겠고 —— 돈이 얼마나 들지도 모르는데 말이지. 길손은 마음속으로 이런 점을 곰곰이 생각한 후 말머리를 돌렸고, 나그네가 방으로 안내된 지 3분 후에 같은 여관에 당도했다.

베이컨은 있어요, 여관 주인이 말했다. 그리고 빵도 있지요. 밤 11시까지만 해도 달걀 세 개가 있었는데, 한 시간 전에 들어온 나그네가 오믈렛을 주문해 먹어 버렸지요. 그래서 지금은 하나도 없습니다. ——————

—— 아아, 아닙니다! 길손이 말했다, 너무 지쳐서 침대 말고는 아무것도 원하는 게 없는데요. —— 그럼 알자스에 있는 어느 침대 못지않게 폭신한 침대가 있지요, 주인장이 말했다.

—— 그 나그네가, 주인장이 말을 이었다. 자기 코만 아니었더라면 그 침댈 차지했을 겁니다. 그게 우리 집에서 제일 좋은 침대거든요. —— 그 사람한테 콧물 누출증이라도 있나 보지요, 길손이 말했다. —— 내가 아는 한, 그건 아닙니다, 주인장이 소리쳤다 —— 그게 야영용 침댄데요, 그는 하녀를 돌아보며 말했다, 자신타가 그 침대에는 그 나그네의 코를 수용할 만한 공간이 없다고 생각했거든요. —— 어째서요? 길손이 깜짝 놀라 움찔하며 소리쳤다. —— 그게 엄청 긴 코니까요, 주인장이 답했다. —— 길손은 자신타에게 눈길을 고정시켰다가 다시 땅을 내려다보며, —— 오른쪽 무릎을 꿇고 —— 손을 가슴에 올렸다가 —— 다시 일어서면서, 내 안타까운 마음을 갖고 장난치지 말아요, 하고 말했다 —— 장난이 아닌데요, 자신타가 말했다, 세상에서 가장 눈부시게 멋진 코였는걸요! —— 길손은 다시 무릎을 꿇었고 —— 손을 가슴에

올린 다음 —— 하늘을 올려다보며 말했다. 당신께서 저를 순례의 종착역으로 이끌어 주셨군요 ——— 그 사람이 디에고입니다!

이 길손은 나그네가 노새를 타고 슈트라스부르크를 떠나 길을 가는 동안 그렇게 자주 부르며 찾았던 바로 그 줄리아의 오라버니였다. 줄리아 역시 디에고를 찾아 길을 나섰던 것이다. 이 길손은 여동생을 데리고 발라돌리드*를 떠나 프랑스를 거쳐 피레네 산맥을 넘어왔는데, 연인을 찾아가는 가시밭길의 수많은 꼬부랑길과 급격한 모퉁이를 거쳐 오면서, 엉킨 실타래를 풀어야 하듯 얼마나 많은 난관에 봉착했는지 모른다.

—— 결국 줄리아는 쓰러졌고 —— 리옹에서 한 발짝도 더 나아갈 수가 없었다. 사랑에 빠진 연약한 가슴에 찾아오는 수많은 고뇌들, 누구나 쉬 입에 올리지만 —— 실제 느끼는 사람은 드문 —— 그 고뇌들 때문에 그녀는 몸져눕게 되었고, 간신히 디에고에게 보낼 편지 한 장을 쓸 기운밖에는 없었다. 디에고를 찾기 전에는 자기 얼굴을 다시 마주할 생각도 하지 말라고 당부하면서, 줄리아는 오라버니의 손에 그 편지를 쥐여 주고는 자리에 눕고 말았다.

페르난데스는(이게 줄리아 오라버니의 이름이다) —— 이 야영 침대가 알자스에 있는 어느 침대 못지않게 폭신했지만, 도저히 눈을 감을 수가 없었다. —— 아침이 되기가 무섭게 자리에서 일어난 그는, 디에고 역시 잠자리에서 일어난 기척을 듣고, 그의 방으로 들어가서, 여동생이 맡긴 임무를 수행했다.

편지 내용은 다음과 같았다.

디에고 씨.
"당신 코에 대한 내 의심이 정당한 것이었는지 아닌지는 —— 이제 더 이상 따질 일이 아닙니다. —— 다만 그 의심을 더 이상 확인해 볼 의지가 없다는 것만 말씀드립니다.

내가 어떻게 나 자신에 대해 그토록 무지했을까요. 유모를 보내 당신이 더 이상 내 창문 아래로 찾아오지 못하도록 말을 전하다니. 또 내가 당신에 대해서도 어찌 그리 모르고 있었을까요. 당신이 내 의심을 풀어 주기 위해 단 하루도 발라돌리드에 머물지 않으리라는 것을 상상이나 했겠어요? —— 디에고, 내가 잘못 생각했기 때문에 버림받아도 되는 걸까요? 당신이 그랬듯이 나를 불확실성과 슬픔의 제물로 남겨 둔 채 내 말을 곧이곧대로 받아들이는 것이 과연 친절한 일인가요? 내 의심이 정당하든 않든 상관없이 말예요.

줄리아가 당신의 그런 처사를 얼마나 원망했는지 —— 오라버니가 이 편지를 당신 손에 전해 줄 때 들려 드릴 거예요. 그녀가 당신에게 그런 성급한 메시지를 보내고 나서 곧바로 얼마나 후회했는지 —— 미친 듯이 허겁지겁 창가로 달려가서, 팔꿈치를 창에 기댄 채, 얼마나 많은 밤낮을 꼼짝도 하지 않고 디에고가 찾아오곤 하던 그 길을 바라보고 있었던지 말이에요.

당신이 떠나 버렸다는 소식을 들었을 때 —— 어떻게 그녀가 온갖 기력을 잃고, —— 얼마나 깊은 상심에 빠졌으며, —— 얼마나 애처롭게 비탄에 잠겼던지, —— 얼마나 낮게 고개를 떨구었던지, 오라버니가 당신에게 다 이야기해 줄 거예요. 아, 디에고! 연민의 정으로 나를 이끌어 주는 오라버니의 손을 잡고, 지친 발걸음으로 당신의 발자취를 추적하는 여정을 얼마나 오래 견뎌 왔는지요! 내 힘으론 도저히 미칠 수 없는 곳까지 얼마나 멀리 나의 열망이 나를 이끌어 왔는지요. —— 그 노상에서 얼마나 자주 정신을 잃었는지요, 단지 —— 오, 나의 디에고!라고 소리칠 기운밖에 남지 않은 채, 오라버니의 팔 안으로 무너져 내린 것은 또 몇 번이었는지요.

당신의 친절했던 행동이 당신 마음과 다른 속임수가 아니었다면, 당신은 아마도 나에게서 도망갔을 때만큼이나 서둘러 나에게 날아오겠지요. —— 아무리 빨리 온다 해도, 아마 내가 숨을 거두는 모습만 지켜볼 수 있을 거예요. —— 참으로 쓰라린 마지막 숨결이 되겠지요, 디에고. 아, 그러나 더욱 비통한 일은 내가 이런 상태로 죽어야 한다는 것, 아직 채 못 —— ."

그녀는 더 이상 말을 이을 수가 없었다.

슬로켄베르기우스는 그녀가 하려 했던 말이 확신을 얻지 못한 채일 것이지만, 그녀의 기력이 쇠진해서 편지를 끝낼 수 없었을 것이라고 추정하고 있다.

이 편지를 읽고 다정다감한 디에고의 가슴은 벅차올랐다. —— 그는 즉각 노새를 대령시키고, 페르난데스의 말에도 안장을 얹도록 지시했다. 이런 갈등의 순간에 산문을 통해 감정을 표출하는 일은 시를 통한 표출과 비교될 수 없는 데다 —— 마침, 우리를 질병으로 이끌기도 하지만 치유책으로 이끌어 주기도 하는 우연성이라는 것이 창 너머로 숯 한 조각을 던져 주었기에, —— 디에고는 마부가 노새를 준비하는 동안 그것을 집어 들고 벽에다 다음과 같이 마음을 털어놓았다.

### 송가(頌歌)

사랑의 곡조조차 거칠고 거슬리는구나,
나의 줄리아가 만드는 음률이 아닐 때는,
그녀의 손길만이 그것을 만질 수 있을지니,
그녀의 나긋하고 감미로운 움직임은
마음을 매혹하고,

공감 어린 진동으로 모든 남자를 다스리누나.

제2연

오, 줄리아!

이 시행들은 매우 자연스러웠다 —— 왜냐하면 전혀 목적 없이 쓴 것이었으니까. 하지만 디에고가 여기까지밖에 쓰지 못한 것은 아쉬운 일이라고 슬로켄베르기우스는 말한다. 그러나 디에고가 시를 짓는 속도가 느렸던 것인지 —— 또는 마부가 노새에 안장을 얹는 속도가 빨랐던 것인지는 확인해 주지 않고 있다. 아무튼 디에고가 제2연을 채 시작하기도 전에 디에고의 노새와 페르난데스의 말은 출발 준비를 갖추고 여관 문 앞에 대령해 있었으니, 그들은 시를 끝내느라 지체하는 일 없이 곧장 노새와 말에 각각 올라타고 출발하여, 라인 강을 지나고, 알자스를 가로질러, 리옹으로 가는 길로 들어섰고, 슈트라스부르크 주민들과 크베들린부르크 수녀원장이 떼를 지어 행진을 시작하기도 전에, 페르난데스와 디에고 그리고 그의 줄리아는 피레네 산맥을 넘어 발라돌리드에 무사히 당도해 있었다.

지리에 밝은 독자들에게 이런 것까지 알려 줄 필요는 없을 것이다. 즉 디에고가 스페인에 가 있는데, 프랑크푸르트로 가는 길목에서 이 정중한 나그네를 만나는 일은 불가능하다는 것 말이다. 다만 이 말만 하고 넘어가겠다. 사람을 안절부절못하게 만드는 모든 욕망 중에서도 가장 강력한 것이 호기심인데, —— 슈트라스부르크 시민들은 그 호기심의 극대화된 힘을 경험하고 있었다는 사실이다. 그들은 프랑크푸르트로 가는 길에서 사흘 밤낮을 꼬박 이

리저리 몸을 뒤척이며, 이 열정의 격렬한 횡포 아래 지냈다. 마침내 그들은 집으로 돌아가기로 마음을 접었지만, —— 아, 슬프게도, 그때는 이미 자유 시민에게 닥칠 수 있는 가장 비통한 사건이 그들을 기다리고 있었다.

슈트라스부르크 시민들에게 닥친 이 대변혁은 흔히 입에 오르내리는 일이지만, 제대로 이해되지는 못하고 있기 때문에, 내가 단 열 마디 말로 이 사건에 대한 설명을 세상에 제공할 생각이며, 그 설명과 더불어 내 이야기를 끝맺으려 한다고 슬로켄베르기우스는 말한다.

1664년에 콜베르* 씨의 지시로 작성되어 루이 14세의 손에 전해진 만국 군주제의 장대한 기획에 대해서는 누구나 알고 있을 것이다.

그 기획에 포함된 여러 사업 중 하나가 슈트라스부르크를 차지함으로써, 독일의 안정을 교란시키고 싶을 때는 언제든 수아비아로 갈 수 있는 손쉬운 통로를 얻는 것이었다는 사실 역시 잘 알려져 있는 일이다. —— 그리고 바로 이 계획에 따라 슈트라스부르크가 마침내 그들의 손아귀에 들어가는 불행을 겪었다는 사실도 다 아는 바일 것이다.

이런 사건이나 유사한 변혁의 진정한 진원지를 추적하는 일은 극소수 사람의 몫으로서, —— 민중은 너무 높은 곳에서 그 원인을 찾고 —— 정치가들은 너무 낮은 곳을 살핀다 —— (이번 경우에) 진실은 중간 지점에 자리하고 있다.

자유 도시 시민의 자만심이란 얼마나 치명적인 것인가? 한 역사가가 소리친다. —— 슈트라스부르크 시민들은 로마 황제의 수비 병력을 받아들이는 게 그들의 자유를 축소하는 일이라 생각했고 —— 그 결과로 프랑스 병력의 제물이 된 것이다.

또 다른 역사가는, 슈트라스부르크 시민의 운명은 다른 자유 시민들에게 돈을 절약하라는 경고의 메시지가 된다고 말한다. —— 그들은 세수(稅收)보다 더 많은 지출을 하면서 —— 점점 더 많은 세금을 부과당했으며, 결국 기운이 소진되어 병약한 시민이 되었고, 그들의 성문을 닫아 둘 기운조차 없게 되어, 프랑스가 성문을 밀치고 들어오게 된 것이라고 말한다.[*]

아, 안타깝도다! 안타깝도다!라고 슬로켄베르기우스가 외쳤다, 그들의 성문을 열게 한 것은 프랑스가 아니라 **호기심**이었거늘 —— 물론 호시탐탐 기회를 엿보던 프랑스인들이 마침 모든 슈트라스부르크 시민들이 남자, 여자, 어린아이 할 것 없이 모두 나그네의 코를 쫓아 행진하는 모습을 보고, 각각 그들 자신의 코를 따라 그곳으로 행진해 들어왔다는 것이 사실이긴 하다.

그때 이래로 슈트라스부르크의 상업이나 제조업이 점점 쇠퇴하고 위축되었지만 —— 업계 사람들이 지적한 그런 원인 때문이 아니라, 다만 그들의 머릿속에는 항상 코에 대한 생각이 들어차 있어서 사업을 제대로 할 수 없었기 때문이다.

아, 안타깝도다! 안타깝도다!라고 슬로켄베르기우스가 외쳤다 —— 이런 일이 처음 있는 일은 아니다 —— 게다가 아무래도 이곳이 코 때문에 점령하거나 ——— 점령당하게 된 최후의 요새도 아닐 거라는 두려운 생각이 든다.


슬로켄베르기우스의 이야기

끝

# 제1장

코에 대한 이런 모든 지식이 아버지의 상상력 속에 끊임없이 활동하고 있는 상태에서 —— 그토록 많은 편견이 집안에 전해지고 있는 상태에서 —— 열 편씩 열 권에 달하는 그런 이야기가 언제나 그 편견과 합세하고 있는 상황에서 —— 그렇게 섬세한 —— 근데 그게 진짜 코였을까? —— 아버지처럼 그렇게 섬세한 감성의 소유자가 아래층에서건 —— 위층에서건 그 같은 충격을 견뎌 내는 것이 어떻게 가능했겠는가, 내가 이미 묘사했던 바로 그 자세 말고 과연 어떤 다른 자세로 그것을 감당할 수 있었겠는가.

—— 당신 몸을 열두 번쯤 침대 위에 던져 보시지요, —— 다만 그전에 침대 한편에 있는 의자 위에 거울 하나를 올려놓는 것은 잊지 마십시오. ——— 그나저나 그 나그네의 코가 진짜 코였어요? —— 또는 가짜였어요?

부인, 그것을 미리 알려 드리면 기독교 세계에서 가장 훌륭한 이야기 중 하나를 훼손시키는 일이 될 겁니다. 그것은 바로 제10권의 열 번째 이야기이고, 이제 바로 들려 드리겠습니다.

이 이야기는 내 작품 전체를 종결짓는 이야기로서 내가 아껴 둔 것이다,라고 슬로켄베르기우스가 기세등등하게 소리쳤다. 내가 이 이야기를 다 들려주고, 독자가 그것을 끝까지 읽고 나면 —— 나나 독자 모두 책을 덮기에 아주 적절한 때가 된다는 것을 잘 알고 있다. 사실, 슬로켄베르기우스가 말을 이었다, 이 이야기의 뒤를 이어 세상에 전해질 만한 다른 얘긴 내가 아는 한 없으니 하는 말이다.

—— 정녕 대단한 이야기인가 보군!

이 이야기는 리옹의 여관에서 페르난데스가 그 정중한 나그네와 여동생 줄리아를 단둘이 남겨 둔 채 방에서 나간 뒤, 두 사람이 처음으로 대화를 나누는 장면에서 시작되는데, 상단에 이렇게 쓰여 있다.

디에고와 줄리아의
복잡미묘함

맙소사! 슬로켄베르기우스, 당신은 참으로 이상한 사람입니다! 여성의 마음속에 일어나는 미묘한 감정 변화를 그렇게 색다른 시각으로 포착해 내다니! 도대체 이것을 어떻게 번역할 수 있겠습니까. 그러나 슬로켄베르기우스 이야기의 이 기이한 표본이, 그리고 거기 함축된 교훈의 절묘함이 세상에 즐거움을 제공할 수만 있다면, —— 어쨌거나 한두 권 정도는 번역되어야 하겠지요. —— 만약 그게 아니라면 이것을 어떻게 온전한 영어로 번역할 수 있을지 엄두도 나지 않을 것입니다. —— 어떤 구절은 그것을 제대로 표현하려면 여섯 번째 감각이 필요할 것 같습니다. —— 느릿하고 나지막한 갈증 나는 대화, 자연 음보다 5음계 정도 낮은 대화의 아른거리며 영롱한 동공성(瞳孔性)이라는 게 도대체 무슨 뜻일까요. —— 부인도 아시다시피, 그것은 속삭임보다 클 게 없는 소리겠지요? 이 표현을 입 밖에 내자마자 내 가슴 언저리에서는 현악기의 현이 어떤 진동을 시도하는 것을 느낄 수 있습니다. —— 두뇌는 인정을 않는군요. —— 본래 이 둘 사이에는 제대로 소통이 이루어지지 않는 경우가 많지요. —— 하지만 그것을 이해한 것 같은 느낌은 듭니다. —— 개념은 떠오르지 않습니다. —— 그 진동에 어떤 원인이 없을 리가 없을 텐데요. —— 아, 길을 잃었어요. 뭐가 뭔지 모르겠어요. —— 다만 어르신들께 실례를 무릅쓰고 말씀드리자면, 목소리가 속삭임보다 클 게 없는 정도일 때는 하는 수 없이 눈이 서로서로의 6인치 내로 접근할 수밖에 없을 것이고, ── 서로 동공을 들여다보게 되겠지요 ── 그건 위험한 일 아닌가요? ── 그래도 피할 수 없는 일이지요 ── 그런 경우에 천장을 쳐다보려 하면 턱이 서로 마주칠 것이고, ── 서로의 무릎을 내려다보려 하면 이마가 곧장 맞닿을 수밖에 없겠지요. 그렇게 되면 대화는 즉각 끝나 버리는 거지요. ── 내 말은 대화의 감상적 부분 말입니다. ──── 그 뒷이야기는, 부인, 그것을 듣자고 굳이 몸을 굽힐 만한 가치는 없는 것 아닙니까.

## 제2장

아버지는 마치 죽음의 손길이 내리누르기라도 하는 듯 꼼짝 않고 침대 위에 몸을 뻗은 채 누워 있었다. 그렇게 한 시간 반이 지난 뒤 아버지는 침대 옆으로 늘어져 있는 다리의 발가락을 방바닥에 대고 꼼질꼼질 장난을 치기 시작했다. 그것을 본 삼촌의 가슴은 1파운드 정도 가벼워졌다. ── 잠시 후 그동안 내내 손등을 요강 손잡이에 대고 있던 왼손에 감각이 돌아오기 시작하자 ── 아버지는 요강을 침대 장식 주름 속으로 조금 더 밀어 넣고, 손을 잡아당겨 가슴에 올린 뒤 ── 어험! 하고 헛기침을 했다. ── 나의 선량한 삼촌 토비는 한없이 기뻐하며 헛기침으로 응답했고, 이 참에 위로의 말 한마디라도 보태고 싶었지만, 내가 이미 말했듯이 삼촌은 그 방면에는 재능이 없는 사람이었다. 더구나 공연히 엉뚱한 말을 시작해서 사태를 악화시킬까 두렵기도 해서, 삼촌은 목발 손잡이에 턱을 괸 채 그저 흐뭇해하고 있었다.

그 압박이 삼촌의 얼굴을 축소시켜 더욱 보기 좋은 달걀형으로 만들어 준 것인지, —— 또는 형이 고통의 바다에서 부상해 올라오는 것을 보자 가슴속 자애심이 근육에 활기를 더해 주고 —— 그래서 턱에 가해진 압박이 언제나 거기 있었던 삼촌의 선량함을 배가시킨 것인지, 그것을 결정짓는 것은 그리 어려운 일이 아니다. —— 아무튼 눈길을 준 아버지는 삼촌 얼굴에 가득한 태양 빛을 마주하고는, 잔뜩 찌푸렸던 슬픔이 순식간에 녹아내리는 경험을 했다.

아버지는 침묵을 깨고 다음과 같이 말문을 열었다.


## 제3장


토비 동생, 세상에 어떤 남자가, 하고 아버지가 말을 시작했다. 아버지는 팔꿈치에 의지해 몸을 일으키며, 토비 삼촌이 목발에 턱을 기댄 채 술 장식이 달린 오래된 의자에 앉아 있는 침대 반대편 쪽으로 몸을 돌리면서 말했다. —— 도대체 어떤 불운한 남자가 나처럼 수많은 매질을 당한 적이 있겠는가? —— 내가 본 것 중에 매를 가장 많이 맞은 경우는 어느 수류탄 투척병이었지요, 아마 매케이 연대 소속이었지요, 하고 (침대 머리맡에 있는 종을 울려 트림을 부르면서) 삼촌이 대답했다.

—— 토비 삼촌이 아버지의 심장에 탄환을 관통시켰다 하더라도, 아버지가 그렇게 갑자기 풀썩 이불 위에 코를 박고 쓰러지지는 않았을 것이다.

어, 이를 어째!라고 토비 삼촌이 말했다.

# 제4장

브루게에서 금화 때문에 그 불쌍한 수류탄병이 무자비한 채찍질을 당했던 게 매케이 연대가 맞던가?라고 토비 삼촌이 물었다. —— 오, 주님! 그 친구는 아무 죄가 없었지요!라고 트림이 깊은 한숨을 내쉬며 소리쳤다. ——— 그런데도 어르신, 거의 죽음의 문턱까지 갈 정도로 채찍을 맞았지요. 그 친구가 애원하던 대로 차라리 그 자리에서 총살을 하는 게 나았을 겁니다. —— 그랬다면 그는 어르신처럼 결백했으니까 곧장 천국으로 갈 수 있었겠지요. ——— 고맙네, 트림, 하고 토비 삼촌이 말했다. 그의 불행을 생각하면 언제나 제 동생 톰의 불행이 함께 떠오릅니다, 하고 트림이 말을 이었다. 우리 셋은 같은 학교에 다녔거든요, 그래서 겁쟁이처럼 울게 됩니다. —— 눈물은 비겁함의 증표가 아닐세, 트림. —— 나 자신도 자주 눈물을 흘리는걸, 하고 토비 삼촌이 외쳤다. —— 어르신이 그러신다는 건 저도 알지요, 저 자신도 눈물을 부끄럽게 생각하진 않습니다. 하지만 말입니다, 나리, 트림은 눈가에 눈물이 맺히며 말했다. —— 하느님께서 만드신 가장 정직하고, 가슴이 따뜻하고, 덕성스러운 두 젊은이가, —— 정직한 백성의 아이들인 그 두 젊은이가 운명을 개척하려고 씩씩하게 세상에 나섰다가 —— 그런 끔찍한 재앙을 겪게 되다니요! —— 불쌍한 톰! 아무 죄도 없이 고문대에서 그런 고통을 당하다니 —— 그저 소시지를 파는 유대인 미망인과 결혼했을 뿐인데 —— 그 정직한 딕 존슨은 누군가 그의 가방에 집어넣은 금화 몇 개 때문에 혼이 나가도록 매를 맞지 않았습니까! —— 오! —— 이런 일들이야말로 정녕 불행이지요, 트림이 손수건을 꺼내며 소리쳤다, —— 나리, 이런 일들이야말로 자리에 드러누워 울음을 터뜨릴 만한 불행이 아니겠습니까.

―― 아버지는 자신도 모르게 얼굴을 붉히지 않을 수 없었다.

―― 언젠가 트림, 자네가 자네 자신으로 인한 고뇌를 겪게 된다면 보통 딱한 일이 아닐 게야, 토비 삼촌이 말했다 ―― 남의 고통에 대해서도 그토록 예민하게 느끼는 여린 마음을 가졌으니 말일세. ―― 참 아쉬운 일이긴 하지만, 나리도 아시지 않습니까, 상병이 밝은 얼굴로 답했다, 전 아내도 없고 자식도 없지요 ―― 이 세상에서 제가 슬픔을 겪을 일이 뭐가 있겠어요. ―― 아버지는 미소 짓지 않을 수 없었다. ―― 그래 맞아, 트림, 누구보다도 드물걸세, 토비 삼촌이 답했다, 사실 자네처럼 마음이 밝은 친구가 고통 받을 거리가 뭐가 있을지 상상이 되지 않네, ―― 혹시 더 이상일도 할 수 없게 되고, ―― 도움을 줄 만한 친구들도 다 세상을 떠난 뒤, 노년에 들어 가난 때문에 고생한다면 모를까. ―― 아 나리, 그런 걱정은 절대 하지 마세요, 트림이 쾌활하게 답했다. ―― 나도 자네가 걱정할 필요가 없게 해 줄 걸세, 트림, 하고 삼촌이 화답했다. 따라서, 하고 토비 삼촌은 이 말과 함께 목발을 내려 다리를 딛고 일어서면서 말을 이었다 ―― 나에 대한 자네의 오랜 충성심과 내가 늘 목격해 온 자네의 선량한 마음에 보답하는 뜻에서 말일세, 트림, 자네 주인 수중에 1실링이라도 남아 있는 한 ―― 자네가 다른 데서 1페니라도 돈을 구하는 일은 없을 걸세. 트림은 토비 삼촌에게 감사를 표하려 했지만, 닦아 내는 속도보다 더 빠르게 눈물이 흘러내려, 말을 할 수 없었다. ―― 그는 손을 가슴에 올리고 ―― 깊이 고개를 숙여 절을 하고는 문을 닫고 나갔다.

―― 트림에게 잔디 볼링장을 물려주기로 했지요, 토비 삼촌이 소리쳤다. ―― 아버지는 미소를 지었다. ―― 게다가 연금도 남겨 주기로 했고요, 토비 삼촌이 말을 계속했다. ―― 아버지의 얼

굴이 심각해졌다.

## 제5장

아니, 지금이 **연금**이나 **수류탄 투척병** 이야기를 할 판국이야?라고 아버지는 혼잣말을 했다.

## 제6장

토비 삼촌이 수류탄병 이야기를 처음 꺼냈을 때, 아버지가 삼촌이 총을 쏘기라도 한 것처럼 갑자기 이불 위로 코를 박고 풀썩 엎어졌다는 이야기는 이미 했다. 그러나 그의 팔다리와 몸의 다른 부분들도 코와 마찬가지로 처음 자리에 엎어졌을 때와 똑같은 자세로 되돌아갔다는 말은 덧붙이지 않았다. 따라서 트림 상병이 방에서 나간 뒤, 다시 침대에서 일어나고 싶은 기분을 느꼈을 때, —— 아버지는 일어나기 위해 그전에 했던 것과 똑같은 준비 동작을 되풀이해야만 했다. —— 자세 자체는, 부인, 아무것도 아닙니다. —— 마치 불협화음을 내다가 그것을 해체해서 화음을 만들어 내듯이, 한 자세에서 다른 자세로 전이한다는 게 중요한 문제지요.

이런 이유로 해서 아버지는 다시 한 번 마룻바닥에서 발가락으로 지그를 추기 시작했고 —— 요강을 침대 덮개의 주름 장식 안으로 좀 더 밀어 넣고 —— 헛기침을 하고 —— 팔꿈치에 의지해 몸을 일으키고 —— 토비 삼촌에게 막 말을 건네려 하다가 —— 아까는 그런 자세로 시도했다가 실패한 것을 떠올리고, —— 다리를 딛고 일어나서, 방을 세 차례 가로질러 서성이며 다니다가 토비 삼촌 앞에서 멈춰 섰다. 그러고는 오른손 첫 세 개의 손가락을 왼손 바닥에 올려놓고 몸을 약간 구부린 상태에서, 다음과 같이 삼촌에게 말을 건넸다.

## 제7장

내가 인간에 대해 고찰하는 중에, 수많은 재난에 노출되어 있는 인간 삶의 어두운 면을 들여다보면 말일세, 토비 동생, —— 우리가 얼마나 자주 고통의 빵을 먹게 되는지, 마치 제각각 할당된 유산처럼 우리 모두 고통의 몫을 갖고 태어난다는 생각이 든다네, 하지만 토비 동생, —— 난 아무 몫도 없이 태어난걸요, 장교 취임권 말고는요, 하고 토비 삼촌이 아버지의 말을 자르며 끼어들었다. 맙소사! 숙부께서 자네한테 1년에 120파운드씩 남겨 주지 않았나?라고 아버지가 말했다 —— 그것마저 없었으면 제가 어찌되었겠어요?라고 토비 삼촌이 답했다. 그건 다른 문제지,라고 아버지가 퉁명스레 말했다 —— 아무튼 내 말은, 토비, 인간의 가슴에 넘쳐 나는 슬픔의 항목들과 어긋나 버린 계획들의 목록을 훑어보면, 그런 일들이 우리 본성에 압박을 가해 올 때 도대체 우리 속에 어떤 숨겨진 자원이 있어 그것을 견디고 이겨 낼 수 있는 것인지 경탄스럽다는 거야. ——— 전능하신 하느님의 도움으로 가능한 일이지요, 토비 삼촌이 손바닥을 마주 잡고 하늘을 올려다보며 소리쳤다. —— 그건 우리 자신의 힘으로 되는 일이 아니지요, 샌디 형님, —— 혹시 목조 초소에 있는 보초 한 사람이 50명의 분대에 맞설 수 있다면 모르지만 말이지요, —— 우리는 신의 은총과 도움으로만 지탱할 수 있습니다.

──── 그건 꼬인 매듭을 푸는 대신 칼로 잘라 버리는 해답이네, 아버지가 말했다, ──── 토비 동생, 내가 자네를 이 신비의 영역으로 조금 더 깊이 안내하도록 해 주게나.

기꺼이 따라가지요, 토비 삼촌이 답했다.

아버지는 얼른 자세를 바꿔, 라파엘이 섬세하게 그려 낸 아테네 학당 그림 속의 소크라테스의 자세를 취했다. 미술 감상가들도 알다시피, 얼마나 정교하게 그렸는지, 소크라테스가 논리를 펼치는 구체적 방법까지 표현되고 있는 그 모습 말이다. ──── 소크라테스는 왼손 집게손가락을 오른손의 엄지와 집게손가락으로 집고서 마치 교화 대상인 바람둥이를 향해 이렇게 말하는 것처럼 보인다. ──── "자네, 이건 인정하는 거지 ──── 그리고 이것도, 그리고 이것과 이것도, 내가 자네에게 강요하는 게 아니라 ──── 저절로 그리 되게 마련이네."

아버지는 집게손가락을 다른 손의 엄지와 손가락으로 꽉 붙든 채, 그런 식으로 서서, 얼룩덜룩한 털실 술이 달린 낡은 의자에 앉아 있는 토비 삼촌에게 논증을 펼치고 있었다. ──── 오, 개릭! 이 모습을 당신의 절묘한 연기력으로 표현한다면 얼마나 멋진 장면이 될까요! 당신의 불멸성을 공고히 하는 일에 가담할 수 있다면, 그리고 당신 뒤에 내 자리도 확보할 수만 있다면, 얼마나 기쁜 마음으로 내가 이런 장면을 또다시 그려 내게 되는지요.


## 제8장


인간이란 세상의 다른 어떤 피조물과 비교해도 가장 기이한 존재인 데다, 하고 아버지가 말을 시작했다, 동시에 아주 연약한 구조로 되어 있고, 너무나 삐걱거리게 조합이 되어 있단 말일세, 그러니 토비 동생, 이 험난한 인생 여정에서 우리가 불가피하게 맞닥뜨릴 수밖에 없는 갑작스러운 충격이나 거친 부대낌이 하루에도 수십 번씩 그것을 망가뜨리거나 산산조각 낼 수도 있을 걸세, —— 만약 우리 내면에 어떤 비밀스러운 용수철이 존재하지 않는다면 말이지. —— 이 용수철은, 하고 토비 삼촌이 말을 받았다, 제 생각에는 종교인 것 같은데요. —— 그게 내 아이의 코를 고쳐 주기라도 한단 말인가? 아버지가 손가락을 풀고, 한 손으로 다른 손을 치면서 소리쳤다 —— 그건 모든 것을 바로잡아 주지요, 토비 삼촌이 답했다. —— 여보게 토비, 비유적으로 말한다면 그렇다고 할 수도 있겠지, 하고 아버지가 말했다, 그러나 내가 말하는 용수철은 우리에게 닥친 불운을 상쇄시키는 우리 내면의 위대하고 탄력적인 힘을 뜻하는 걸세, 그것은 잘 제작된 기계 속에 들어 있는 비밀스러운 용수철 같아서, 충격을 미리 방지하진 못해도 —— 최소한 충격의 강도는 어느 정도 조절해 준단 말일세.

그러니, 여보게 동생, 하고 아버지는 집게손가락을 다시 제자리에 놓으며 본론을 향해 말을 이어 갔다. —— 만약 내 아이가 몸의 그 소중한 부분을 희생당하는 사고 없이 안전하게 이 세상에 당도했다면 —— 내가 비록 좋은 이름이라든가 나쁜 이름이 우리의 성격이나 행동에 거부할 수 없는 영향을 미친다는 미신적 편견을 갖고 있고, 세례명에 대해서도 세상 사람 눈에는 황당하고 터무니없는 소견을 가진 사람이긴 하지만 —— 하늘이 증인이 되어 줄 걸세! 내 아이의 번영을 내가 아무리 강렬히 소망한다 할지라도, 조지나 에드워드 정도의 이름이 가져다줄 수 있는 것보다 더 큰 영광과 명예로 내 아이의 머리를 치장해 줄 생각은 절대 하지 않았을 거란 사실을 말이야.

그러나 슬프게도! 아버지가 계속했다, 최악의 재앙이 그에게 닥쳤으니 —— 내가 최상의 선으로 그것과 대적하여 그것을 상쇄시켜야 하지 않겠나.

아이에게 트리스메기스토스란 이름으로 세례를 주어야겠네, 동생.

아무쪼록 효험이 있기를 빕니다, —— 토비 삼촌이 몸을 일으키며 답했다.


## 제9장


이 얼마나 대단한 우연성의 연속인가, 아버지는 삼촌과 함께 아래층으로 내려가던 중에 첫 번째 층계참에서 몸을 돌리며 말했다 —— 세상사란 것이 얼마나 길고 긴 우연성의 행렬을 우리 앞에 펼쳐 놓는 것인지! 토비 동생, 펜과 잉크를 집어 들고, 제대로 계산 한번 해 보게나. —— 계산에 대해서라면 난 저 계단 난간만도 못한 사람인데요, 토비 삼촌이 말했다(삼촌은 목발로 난간을 친다는 것이 채 미치지 못해 아버지의 정강이뼈를 정통으로 후려치고 말았다) —— 어, 이것은 백분의 일의 확률인데 —— 라고 토비 삼촌이 소리쳤다. —— 자넨 계산에 대해선 아무것도 모른다 하지 않았나, 토비 동생, (정강이를 문지르며) 아버지가 말했다. —— 단지 우연이었지요, 토비 삼촌이 답했다. —— 그럼 이 우연의 행렬에 우연 하나를 더 보탠 셈이지 —— 라고 아버지가 답했다.

아버지는 두 번씩이나 재치 있는 즉답에 성공한 덕분에 정강이의 통증이 곧바로 사라져 버렸다. 그렇게 되었기에 천만다행이다

—— (이 역시 우연이다!) —— 만약 그렇게 되지 않았다면, 아버지가 계산하려던 것이 무엇이었는지, 오늘날까지도 이 세상이 결코 알지 못했을 것이다. —— 그것을 추측해 보는 일은 —— 어떤 우연성을 들이대도 전혀 가망 없는 일이다. —— 그러니 이 얼마나 운 좋은 우연의 행렬인가! 덕분에 나는 급히 새 장을 하나 써야 하는 수고를 덜었으니 말이다. 사실상 그 일 말고도 이미 내 손에는 할 일이 차고 넘친다 —— 내가 매듭에 대한 장을 하나 쓰겠다고 이미 세상과 약속하지 않았던가? 게다가 여성의 문의 맞는 문과 틀린 문에 대한 두 개의 장은? 구레나룻 수염에 관한 장은? 소망에 관한 장은? —— 코에 대한 장은? —— 아니, 그것은 이미 썼지. —— 토비 삼촌의 정숙성에 관한 장은? 내가 잠들기 전에 끝내려고 하는 장(章)에 관한 장은 제쳐 두더라도 말이다. —— 아무튼 증조할아버지의 구레나룻에 걸고 맹세하건대, 올해 안에 이것들을 절반도 못 끝낼 게 분명하다.

펜과 잉크를 집어 들고 제대로 계산 한번 해 보게나, 토비 동생, 하고 아버지가 말했다. 그 겸자의 끝머리가 몸의 수많은 부위 중에서도 하필이면 바로 그 부분을, 우리 집안의 운세를 망가뜨릴 수도 있는 바로 그 부분을 붙잡아 부러뜨릴 확률은 아마 백만분의 일도 안 될 걸세.

더 심각할 수도 있었지요, 토비 삼촌이 답했다. —— 무슨 말인지 모르겠군, 아버지가 말했다 —— 닥터 슬롭이 우려했던 것처럼 엉덩이가 먼저 나왔다고 가정해 보세요, 토비 삼촌이 답했다.

아버지는 30초가량 생각에 잠겼다가 —— 아래를 내려다보고는 —— 손가락으로 이마 한가운데를 가볍게 두드렸다.

맞는 말이네, 아버지가 말했다.

# 제10장

두 개의 층계참을 내려가며 일어난 일을 두 장에 걸쳐 쓴다는 것이 부끄러운 일은 아닌지 모르겠다. 이제 겨우 첫 번째 층계참 밖에 오지 못했고, 바닥까지 가려면 아직도 열다섯 개의 계단이 남아 있다. 기실 아버지와 토비 삼촌이 대화를 즐기는 분위기에 있으니, 계단 수만큼이나 많은 장이 나올 수도 있을 것이다. ── 선생, 되는대로 내버려 둡시다. 내가 내 운명을 마음대로 할 수 없 듯이 이 일도 어찌할 수가 없거든요. ── 갑작스러운 충동이 날 찾아오는데요, ─── 막을 내리게, 샌디 ── 나는 막을 내립 니다 ── 여기 종이 위에다 선을 하나 그리게, 트리스트럼 ── 나는 선을 그리지요 ── 아, 새 장이 시작됩니다!

이런 일에서 나를 지배해야 할 다른 무슨 대단한 법칙 같은 게 있단 말인가. ── 만약 법칙이란 게 있다면 ── 나는 언제나 법 칙에서 벗어나게 일을 처리하는 사람이니 ── 그것을 비틀고 산 산조각으로 찢어서 불에다 던져 버릴 것이다. ── 내가 너무 흥 분했나? 그렇군. 하지만 명분이 그렇게 만들고 있다. ── 참 멋 진 이야기 아닌가! 사람이 규칙을 따라야 하는가 ── 또는 규칙 이 사람을 따라야 하는가?

자, 당신도 알아야 할 것이, 이 장은 내가 자러 가기 전에 쓰겠 다고 약속했던 바로 그 장(章)에 대한 장이니만큼, 이 주제에 대 해 내가 아는 것을 단숨에 모조리 세상에 털어놓음으로써 잠들기 전에 내 양심을 편안하게 만들어 주는 게 타당하다고 생각했다는 겁니다. 그게 거창하게 지혜의 말들을 늘어놓으며 교조적으로 시 작하거나, 불에 구운 말고기 이야기*나 들려주는 것보다 열 배는 나은 일 아닙니까. ── 즉 장을 구분하는 것이 마음을 편하게 해 준다거나 —— 상상력에 도움을 준다거나 —— 또는 상상력을 어떤 방향으로 조정해 준다거나 —— 이런 극적인 틀을 가진 작품에서는 장의 구분이 연극 무대의 장면 전환처럼 꼭 필요하다거나 —— 이런 부류의 차갑게 식어 빠진 기상(奇想)을 50가지나 늘어놓는다면 그 말을 구워 주는 불길을 꺼뜨려 버리기에 충분하지 않겠습니까. —— 아! 이것은 디아나 신전의 불길을 훅 불어 끄는 것과 같은 일이니, 그것을 제대로 이해하기 위해서는 —— 롱기누스를 읽어야 합니다* —— 열심히 읽어 보십시오 —— 혹시 처음 한 번 읽고 나서도 좀 더 현명해진 기색이 없다 하더라도 —— 걱정 같은 것은 하지 마십시오 —— 다시 읽으세요 —— 아비센나와 리체투스*는 아리스토텔레스의 『형이상학』을 각각 마흔 번이나 거푸 읽었지만, 단 한마디도 이해하지 못했다고 합니다. —— 그러나 그 결과는 주목할 만합니다. —— 아비센나는 온갖 종류의 글쓰기에 열중한 맹렬한 저술가가 되었지요. —— 그는 de omni scribili*로 책들을 썼으니까요; 그리고 리체투스(일명 포르투니오*)는 온 세상이 다 알다시피 키가 5인치 반도 되지 않는 태아로 태어났지만[12]* 문단에서 놀라운 높이까지 올라가서 자기 키만큼이나 긴 제목을 가진 책을 써낸 사람입니다. ———— 학식 있는 사람이라면 내

---

[12] *Ce Fœtus* n'etoit pas plus grand que la paúme de la main; mais son pere l'ayant éxaminè en qualitè de Médecin, & ayant trouvé que c'etoit quelque chose de plus qu'un Embryon, le fit transporter tout vivant à Rapallo, ou il le fit voir à Jerôme Bardi & à d'autres Medecins du lieu. On trouva qu'il ne lui manquoit rien d'essentie l a la vie; & son pere pour faire voir un essai de son expérience, entreprit d'achever l'ouvrage de la Nature, & de travailler a la formation de l'Enfant avec le même artifice que celui dont on se sert pour faire éclorre les Poulets en Egypte. Il instruisit une Nourrisse de tout ce qu'elle avoit à faire, & ayant fait mettre son fils dans un four proprement accommodè, il reussit à l'élever et a lui faire prendre ses accroissemens necessaires, par l'uniformité d'une chaleur étrangére mesurée éxactement sur les dégrés d'un Thermométre, ou d'un autre instrument équivalent. (Vide Mich. Giustinian, ne gli Scritt. Liguri á Cart. 223. 488.)

가 *Gonopsychanthropologia* 라는 인간 영혼의 기원에 관한 그의 책을 말한다는 것을 알겠지요.

장에 대한 나의 장은 이쯤 해 두기로 한다. 이 장이 내 작품 전체에서 가장 훌륭한 장이라고 생각하는데, 내 말을 믿어도 좋을 것이다. 누가 이것을 읽든 간에, 지푸라기를 주울 때처럼 완전 몰두하게 될 테니까 말이다.

## 제11장

모든 게 다 바로잡힐 게야, 아버지는 층계참에서 첫 계단으로 발을 내려놓으며 말했다 ——— 이 트리스메기스토스는 말이지, 아버지는 내디뎠던 다리를 다시 끌어 올린 뒤 토비 삼촌을 향해 몸을 돌리며 말을 이었다. —— 지상의 모든 존재들 중에서 가장 위대한 사람이었고 (토비) —— 가장 위대한 왕 —— 가장 위대한 법률 창제자 —— 가장 위대한 철학자 —— 그리고 가장 위대한 사제였거든. ——— 그리고 공학자였지요 —— 토비 삼촌이 말했다. ——

그것도 포함되겠지, 아버지가 말했다.

---

On auroit toujours été très - satisfait de l' industrie d' un Pere si experimenté dans l' Art de la Generation, quand il n' auroit pû prolonger la vie a son fils que pour quelques mois, ou pour peu d' années.

Mais quand on se represente que l' Enfant a vecu pres de quatre - vingts ans, & que il a composé quatre - vingts Ouvrages differents tous fruits d' une longue lecture, —— il faut convenir que tout ce qui est incroyable n' est pas toujours faux, & que la *Vraisemblance n' est pas toujours du coté de la Veritè*.

Il n' avoit que dix - neuf ans lors qu' il composa Gonopsychan-thropologia de Origine Animæ humanæ.

(Les Enfans celebres, revûs & corriges par M. De la Monnoye de l' Academie Françoise.)

# 제12장

—— 근데 마님은 좀 어떠신가? 아버지가 아까와 똑같은 동작으로 다시 한 번 층계참에서 한 발을 내려놓다가 마침 그때 손에 커다란 바늘꽂이 방석을 들고 층계 아래를 지나가는 수잔나를 보고 소리쳤다 —— 마님은 좀 어떠신가? 수잔나는 잰걸음을 재촉하며 위를 올려다보지도 않은 채, 괜찮으실 수 있는 만큼 괜찮으세요,라고 말했다. —— 내가 바보로군, 아버지는 발을 다시 거둬들이며 말했다 —— 상황이 어떠하든 간에, 토비 동생, 그게 언제나 정확한 답이지 —— 근데 아기는 어때? —— 답이 없었다. 닥터 슬롭은 어디 계신가? 아버지는 난간 너머로 내려다보면서 목소리를 높여 덧붙였다 —— 수잔나는 이미 보이지 않았다.

결혼 생활의 온갖 수수께끼들 중에서도, 하고 말을 시작하며 아버지는 토비 삼촌에게 설명을 풀어 놓는 동안 벽에다 등을 기대기 위해 층계참을 가로질러 갔다. —— 결혼한 상태에서 생기는 온갖 이해할 수 없는 수수께끼들 중에서도 말야, 토비 동생, 사실 그 수는 욥이 소유한 나귀들을 다 동원해도 전부 싣고 갈 수 없을 만큼 엄청나게 많긴 하지만 —— 내가 말하려는 이 현상만큼 복잡 미묘한 것도 없을 걸세 —— 집집마다 안주인이 해산하려고 자리에 눕는 바로 그 순간부터, 그 집안의 모든 여자들이, 안주인의 몸종부터 부엌 허드렛일을 하는 하녀까지, 모조리 1인치씩 키가 커진다는 사실 말일세. 게다가 바로 그 1인치 때문에 나머지 키 전체를 합친 것보다 더 많이 거드름을 피울 권리까지 얻는단 말일세.

내 생각에는 오히려 우리가 1인치씩 키가 줄어드는 것 같은데요, 토비 삼촌이 답했다. —— 저는 임신한 여자를 만날 때마다 —— 그만큼 오그라들어요. —— 샌디 형님, 그 일은 우리 인류의 절반인 여성에게만 부과되는 무거운 세금 같은 것이잖아요, 토비 삼촌이 말했다. ── 정말 애처로운 짐이지요, 삼촌은 고개를 가로저으며 말을 이었다. ── 그래, 그래, 그게 고통스러운 일이긴 하지 ── 아버지 역시 고개를 저으며 답했다. ── 그러나 고개를 가로젓는 유행이 시작된 이래로 이렇게 서로 다른 동기에서 두 사람이 동시에 함께 머리를 가로저은 적은 결단코 없었을 것이다.

신의 가호가 ⎫ 그들 모두에게, ── 삼촌과 아버지는 각각
악마의 손길이 ⎭ 혼잣말을 중얼거렸다.


## 제13장


이보시오! ── 가마꾼! ── 여기 6펜스가 있으니 ── 얼른 책방에 달려가 날품팔이 비평가 한 사람 좀 데려다 주시오. 누구든 싸움 거는 솜씨를 발휘해서 우리 아버지와 삼촌이 계단에서 벗어나 잠자리에 들게 도와주기만 하면 내 기꺼이 은화 한 닢을 줄 생각이오. ──

마침 그럴 때도 되었다. 두 사람 다 트림이 장화에 구멍을 뚫고 있는 동안 잠깐 눈 붙인 것을 제외하면 ── 그나마도 삐걱거리는 경첩 때문에 아버지에게는 전혀 도움이 되지 않았는데 ── 진흙투성이의 닥터 슬롭이 오바댜의 안내를 받아 뒤쪽 거실에 들어선 시점으로부터 아홉 시간 전에 잠을 깬 이래로, 그동안 쭉 눈 붙일 틈이 없었다.

내 인생의 매일매일이 오늘처럼 분주하다면, ── 게다가, ── 잠깐 정지 ──

우선 독자와 나 사이에 지금 형성되고 있는 이상한 상황에 대해

몇 마디 하기 전에는 위의 문장을 끝내지 않을 생각이다. 내가 주목하는 사실은 세상이 창조된 이래로 나 외에는 어떤 전기 작가에게도 해당하지 않는 것이고 ―― 내 생각에는 앞으로 세상이 끝날 때까지 다른 누구에게도 적용될 일이 없을 사안이다. ―――― 따라서 그 진기함 때문에라도 여러 어르신들이 경청할 만한 가치가 있는 내용일 것이다.

나는 지금 열두 달 전 이 시간보다 1년 더 나이를 먹게 되었고, 여러분도 보다시피 제4권 중반부에 거의 도달했는데도 ―― 내 생의 첫째 날까지밖에 가지 못했습니다. ―― 내가 처음 글쓰기를 시작했을 때보다 364일이나 더 많은 날들이 쓸 거리로 쌓여 있는 셈이지요. 나는 보통 작가들처럼 글을 쓰면서 앞으로 나아가는 대신에 ―― 반대로 몇 권 분량만큼 뒤로 던져진 셈이고 ―― 만약 내 인생의 매일매일이 오늘처럼 이렇게 분주하다면 ―― 그러지 말란 법도 없지 않습니까? ―― 게다가 내 인생에서 일어난 일들과 그에 대한 내 의견이 이처럼 많은 묘사를 필요로 한다면 ―― 간단히 잘라 버릴 이유가 뭐가 있겠습니까? 그리고 내가 글을 쓰는 속도보다 364배나 빠른 속도로 살아가고 있다면 ―― 논리적으로 따져 볼 때, 어르신들, 나는 글을 쓰면 쓸수록 써야 할 게 더 많아지는 것 아니겠습니까? ―― 결과적으로 어르신들이 읽으면 읽을수록 읽으셔야 할 것이 늘어난다는 말씀이지요.

그렇게 되면 어르신들의 시력에 무리가 가지 않을까요?

제 시력에야 아무 해가 되지 않지요. 그리고 제 **의견들**로 인해 죽음을 맞는 일만 없다면야, 저는 글로 옮긴 저 자신의 인생을 통해 또 한 차례 멋진 삶을 영위하게 되는 셈이라 생각합니다. 달리 말해 한 쌍의 멋진 삶을 동시에 산다는 말이지요.

1년에 열두 권 또는 한 달에 한 권씩 쓰겠다고 마음을 먹어 봤자 제 전망이 바뀔 순 없습니다. —— 제가 아무리 열심히 쓰고, 호라티우스의 충고대로 아무리 사건의 중심부로 곧장 달려간다 하더라도 —— 저 자신의 생을 따라잡을 수가 없을 겁니다 —— 채찍질당하고, 마지막 궁지까지 몰리면서, 최악의 상황까지 가더라도, 제가 여전히 최소한 펜을 잡고 있는 그 하루는 뒤처져 있을 것입니다. —— 생의 하루는 두 권의 책이 되기에 충분하고 —— 두 권의 책을 쓰는 데 1년은 족히 걸리지 않겠습니까?

이제 우리에게 열린 새로운 시대, 상서로운 기운이 도는 새 왕*의 치세 기간 동안 하늘이 보우하사 종이 제조업도 번창하길 기원한다, —— 새 왕의 보살핌으로 이 나라 사람 누구든 손에 잡는 어떤 일이든 번창할 것이라 믿고 있으니까.

거위의 번식에 대해서는* —— 난 아무 걱정이 없다 —— 자연은 언제나 풍족히 베풀어 주는 법이니 —— 글 쓰는 도구가 부족할 일은 결코 없을 것이다.

아니, 친구! 당신이 아버지와 토비 삼촌을 층계에서 벗어나 잠자리에 들게 만들었다고요? —— 어떻게 한 거지요? —— 층계 아래에다 막을 내렸군요 —— 나도 그 방법밖에는 없다고 생각했지요. —— 자, 여기 수고비로 은화 한 닢 받으시지요.


## 제14장


—— 그럼 의자 위에 있는 내 바지 좀 집어다 줘, 하고 아버지가 수잔나에게 말했다. —— 나리, 옷 차려입을 시간이 어디 있어요, 수잔나가 소리쳤다. —— 아기 얼굴이 새까맣게 변해서 마치 제 —— 너의 뭐 같다고? 능변가들이 다 그렇듯 아버지도 비유 찾기

를 즐기는 사람이어서 캐물었다. ── 맙소사, 나리, 아기씨가 경기를 일으켜 의식이 없다니까요. ── 그럼 요릭 씨는 어디 계신데? ── 그분이야 있어야 할 자리에 계신 적이 없는 분이고, 부목사님이 화장방에서 아기씨를 팔에 안고 이름을 기다리고 계십니다 ── 마님께선 샌디 대위님이 대부시니까, 아기 이름을 그분 이름으로 하실 건지 달려가서 알아 오라 하셨어요.

아기가 죽어 가고 있는 게 확실하다면 토비 동생을 대접해 주어 나쁠 것도 없겠지, 하고 아버지는 눈썹을 긁적거리며 혼잣말을 했다. ── 그런 경우라면 트리스메기스토스 같은 위대한 이름을 그 아이에게 낭비하는 것은 참 아까운 일일 거야 ── 그러나 회복할지도 모르잖아.

아니, 아니야. ── 아버지가 수잔나에게 말했다, 내가 일어나야겠어. ─── 그럴 시간이 없다니까요, 수잔나가 소리쳤다, 아기 얼굴이 제 구두처럼 까맣게 변했는걸요. 트리스메기스토스라고 전해, 아버지가 말했다 ── 아, 잠깐 ── 수잔나, 자넨 물새는 항아리 같은 친구 아닌가, 아버지가 덧붙였다, 트리스메기스토스란 이름을 흘리지 않고 복도 끝까지 머리에 담고 갈 수 있겠나? ── 할 수 있냐고요? 수잔나가 발끈해서 문을 닫으며 소리쳤다. ── 저 아이가 할 수 있다면 내 손에 장을 지지지, 어둠 속에서 아버지가 침대에서 튀어 오르듯 일어나 바지를 더듬어 찾으며 말했다.

수잔나는 맹렬한 속도로 복도를 달려가고 있었다.

아버지는 가능한 한 전속력을 내서 바지를 찾고 있었다.

수잔나가 출발에서 앞섰고, 끝까지 선두를 지켰다 ── 그게 트리스 ─── 뭐였는데요, 수잔나가 소리쳤다 ── 트리스로 시작하는 이름은 ── 트리스트럼 말고는 없어, 하고 부목사가 말했다. 그럼 트리스트럼 — 기스투스예요, 수잔나가 말했다.

　—— 이런 멍청하긴! 기스투스는 붙지 않는다니까 —— 그게 바로 내 이름이란 말야, 부목사는 대야에 손을 담그며 말했다. —— 트리스트럼! 하고 부르며 그는 의식을 시작했고, 기타 등등, 기타 등등, 등등, 등등 하면서 나는 트리스트럼이라 이름 지어졌고, 죽는 날까지 트리스트럼으로 불리게 될 것이다.

　아버지는 바지만 입고 잠옷 가운은 팔에 걸친 채 수잔나의 뒤를 따라왔다. 서두르느라 그 바지조차 단추 하나만 채웠고, 그 단추마저 단춧구멍에 반쯤만 들어가 있는 상태였다.

　—— 수잔나가 이름을 잊어버린 건 아니겠지, 이비지가 문을 반쯤 열면서 소리쳤다. —— 아뇨, 아닙니다, 부목사가 지성을 풍기는 어조로 말했다. —— 게다가 아기씨도 좋아졌어요, 수잔나가 외쳤다. —— 마님은 어떠시고? 괜찮으실 수 있는 만큼 괜찮으세요. —— 쳇! 아버지가 말했다. 그런데 마침 바지 단추가 단춧구멍에서 빠져나와 버렸다. —— 그러니 아버지의 쳇 소리가 수잔나를 대상으로 한 것인지, 단춧구멍을 향한 것인지 —— 혹은 무시하는 감탄사였는지 또는 민망함의 감탄사였는지는 모호할 수밖에 없고, 앞으로 내가 좋아하는 세 개의 장, 즉 하녀에 관한 장, —— 쳇이란 감탄사에 관한 장, 그리고 단춧구멍에 관한 장을 쓸 시간이 생길 때까지 모호한 상태로 남아 있을 것이다.

　지금 내가 독자에게 제공할 수 있는 정보는 아버지가 쳇 소리를 뱉은 순간 몸을 돌려서 —— 바지춤은 한 손으로 잡고, 잠옷 가운은 다른 한 손에 걸친 채 올 때보다는 다소 느린 속도로 복도를 따라 침대로 돌아갔다는 사실이다.

W.Hogarth inv.ᵗ del.                    J.Ryland sculp

# 제15장

잠에 대한 장을 하나 쓸 수 있으면 좋겠다.

지금보다 더 적절한 계기를 만나기는 힘들 것 같다. 온 집안에 커튼이 드리워지고 —— 촛불은 꺼졌으며 —— 모든 피조물의 눈이 다 감겨 있으니 말이다. 어머니의 유모의 한쪽 눈을 제외하곤 말이다. 그녀의 다른 한 눈은 이미 20년 전부터 감겨 있었다.

그것 괜찮은 주제인걸!

하지만 비록 좋은 주제라 해도 잠에 대해 단 하나의 장을 쓰기보다는 단춧구멍에 대해 열두 개의 장을 쓰는 것이 작업 속도도 더 빠르고, 너 큰 명성을 가져다줄 것 같기도 하다.

단춧구멍이라! ——— 그 개념 자체에 벌써 뭔가 생동감이 느껴지는걸, —— 내가 그것들 사이에 들어가게 되면 —— 거대한 턱수염을 달고 계신 신사분들이야 —— 한껏 엄숙을 떨고 있더라도 —— 나는 단춧구멍들과 마냥 즐겁게 작업하게 될 것 같다. —— 그것들을 온통 독차지할 것이고 —— 아무도 손대지 않은 처녀 주제이니만큼 —— 그 속에서 다른 사람의 지혜나 명언과 충돌할 일도 없을 것이다.

그러나 잠에 대해서라면 —— 시작도 하기 전에 내가 쓸 말이 별로 없다는 것을 이미 알고 있다. —— 우선 나는 당신네들이 좋아하는 명언을 꿰뚫고 있는 것도 아니고 —— 두 번째로는, 나쁜 일을 눈앞에 둔 것 같은 심각한 표정을 지으면서, —— 잠이란 불행한 자들의 피난처라거나 —— 수감자에게는 해방의 시간이라거나 —— 희망을 잃고, 지치고 상심한 이들에게는 포근한 무릎과 같다는 식의 말을 세상을 향해 늘어놓는 일은 절대 할 수 없기 때문이다. 또한 잠이란 인간 본성을 창조하신 조물주께서 당신의 정의와 의도하신 바를 따르느라 지친 인간들을 긍휼히 여기셔서 그 고통을 보상하고자 자애로운 마음으로 마련해 주신 달콤하고 보드라운 선물 중 하나이고 —— 그중에서도 가장 주된 것이라는 식의 거짓말을 입에 올릴 생각도 없다. (사실 나는 이보다 열 배나 가치 있는 즐거움들을 알고 있다.) 또한 인간이 격정과 근심에 시달렸던 하루가 끝나고 마침내 바닥에 등을 뉘었을 때, 같은 자세로 자리 잡은 그의 영혼이 어느 방향으로 눈길을 돌리든 간에, 차분하고 다정하게 하늘이 내려다보고 있을 뿐 아니라, —— 어떤 욕망이나 —— 두려움 —— 의구심도, 과거·현재·미래의 어떤 어려움도 그 달콤한 격리 상태 속에서는 상상력 안으로 뚫고 들어올 수 없으니, 인간에게는 얼마나 큰 행복이냐, 뭐 이런 식의 위로도 하고 싶지 않다.

—— "이 잠이라 불리는 것을 처음 발명한 사람에게 하느님의 축복이 함께하기를 —— 그것은 외투처럼 인간을 온통 감싸 줍니다"라고 산초 판사가 말했다. 이 말은 이 주제에 대해 학자들이 함께 머리를 짜서 내놓은 어떤 담론보다 더 의미심장하고, 더 따뜻하고 정감 있게 내 마음에 와 닿는다.

—— 그렇다고 몽테뉴가 잠에 대해 펼치고 있는 주장을 전적으로 찬성하지 않는 것은 아니다. —— 그것은 그 나름대로 감탄스러운 점이 있다. —— (기억나는 대로 인용해 보겠다.*)

세상 사람들은 잠이 주는 즐거움도 다른 즐거움처럼 제대로 맛보거나 느껴 보지도 않고 그냥 지나쳐 가게 한다. —— 그것을 우리에게 허락해 주신 분께 제대로 감사를 표하기 위해서는 우리가 그것을 연구하고 음미해 볼 필요가 있다 —— 바로 이런 맥락에서 나는 잠을 보다 의식적으로, 보다 잘 즐기기 위해, 스스로 나의 잠을 방해하곤 한다. 그는 또 이런 말도 한다. 그럼에도 불구하고 필요한 경우, 나보다 잠을 적게 자는 사람은 거의 본 적이 없다. 내 몸은 확고하면서도 너무 과격하거나 갑작스럽지 않은 동요는 잘 견딜 능력이 있다. —— 최근 들어 나는 모든 과격한 운동은 피하고 있다. —— 내가 걷는 일로 지치는 법은 없지만 —— 젊은 시절부터 포장도로에서 말을 달리는 것을 즐겨 본 적은 없다. 열심히, 혼자 누워 있는 것을 좋아한다, 아내조차 없이. —— 이 마지막 말이 세상의 신뢰를 휘청거리게 만들지도 모르겠다 —— 그러나 기억하시라, "La Vraisemblance (바이에가 리체투스 출생 사건에 대해 말했듯이) *n'est pas toujours du Cotè de la Veritè*." 잠에 대한 이야기는 이쯤 해 두기로 하겠다.

## 제16장

아내가 괜찮다고만 하면 ———— 토비 동생, 자네랑 내가 함께 아침 식사를 하는 동안 트리스메기스토스에게 옷을 입혀 데리고 내려오라 할까 보네.

———— 오바댜, 가서 수잔나 좀 오라고 하게.

수잔나는 지금 막 층계를 뛰어올라 가던데요, 오바댜가 대답했다. 마치 가슴이 무너지는 것처럼 손을 비틀고, 눈물을 흘리고 엉엉 울면서요. ————

참 희한한 한 달을 보내게 생겼군, 아버지가 오바댜에게서 고개를 돌려, 토비 삼촌의 얼굴을 생각에 잠겨 잠시 응시하며 말했다. —— 참 끔찍한 한 달이 될 것 같다고, 동생, 아버지는 양손을 허리에 얹고, 고개를 가로저으며 말했다. 불, 물, 여자들, 바람 같은 게 말야 —— 토비 동생! —— 뭔가 불행한 일이 생겼나 본데요,

토비 삼촌이 말했다. ── 그렇다니까, 아버지가 소리쳤다. ── 그런 수많은 삐걱거리는 요소들이 모두 뛰쳐나와 이 신사의 집 안 구석구석에서 활개를 치며 돌아다니고 있으니 ── 토비 동생, 자네랑 내가 침착하게, 아무 동요 없이 여기 조용히 앉아 있는다 해서 집안의 평화에 무슨 도움이 되겠나, ─ 우리 머리 위에서 폭풍우가 정신없이 몰아치고 있는 판국에,

── 도대체 무슨 일인가, 수잔나? 아기씨 이름을 트리스트럼이라고 지었는데 ──── 그 때문에 마님이 히스테리 발작을 일으켰다가 이제 겨우 정신을 차리셨어요. ── 아뇨! ── 제 잘못이 아니에요, 수잔나가 말했다. ── 저는 이름이 트리스트럼-기스투스라고 말했는걸요.

── 차는 자네 것만 준비하게, 동생, 아버지가 모자를 집어 들면서 말했다. ── 그러나 그 목소리와 동작이 뿜어낸 동요가 일반 독자가 상상하는 것과 얼마나 달랐는지!

── 아버지는 지극히 다정한 어조로 말했으며, 가장 부드러운 팔놀림으로 모자를 집어 들었으니, 고통 속에서 그처럼 조화롭게 동작을 조절해 낸 경우는 없을 것이다.

── 잔디 볼링장에 가서 트림 상병을 불러다 주게, 토비 삼촌이 아버지가 방을 나가자마자 오바댜에게 말했다.


## 제17장


내 코에 닥친 불행이 그렇듯 육중하게 아버지의 머리를 강타했을 때, ── 아버지가 즉시 계단을 올라가 자기 침대에 몸을 던졌던 일을 독자는 기억할 것이다. 때문에 독자가 인간 본성에 대한

특별한 통찰력을 가진 사람이 아니라면, 내 이름에 닥친 이 불행의 무게 아래서도 아버지가 똑같이 올라가기와 내려가기 동작을 차례대로 반복했을 것이라고 기대하기가 쉬울 것이다. —— 근데 아니다.

친애하는 선생, 무게의 차이란 것이, —— 아니, 무게는 같더라도 서로 다른 두 가지 괴로움은 —— 우리가 그걸 견디고 이겨 내는 방법에 있어 커다란 차이를 만드는 법이지요. —— 30분 전만 해도 내가 정성스레 열심히 써서 막 끝낸 멀쩡한 원고 한 장을 (일용할 양식을 위해 글을 쓰는 사람이다 보니 황급히 서두르는 와중에) 잘못 쓴 원고 대신 불 속 한가운데로 던져 버린 사고가 있었습니다.

나는 즉각 내 가발을 벗어젖혀, 온 힘을 다해 천장 끝까지 수직으로 집어 던졌지요. —— 그게 아래로 떨어질 때 나는 물론 손으로 받아 들었고, —— 그 사태는 그것으로 마무리가 되었습니다. 사실 자연의 여신이 허용하는 다른 어떤 방법도 이렇게 금방 마음을 편하게 해 줄 수는 없었을 것이라고 생각합니다. 이 친절한 여신은 우리가 약이 바싹 오르는 상황에 처할 때마다 순간적 충동을 통해 신체의 이런저런 부분이 즉각 활동에 들어가게 만들어 주기도 하고, —— 이런저런 장소나 자세로 우리를 몰아붙여 주기도 하지요. 하지만 그 이유는 우리가 알 수 없습니다. —— 그러나 부인, 우리는 수수께끼와 불가사의한 신비 속에 살고 있습니다. 이점을 유념해 두십시오. 우리에게 닥치는 아주 명백해 보이는 일들도 기실 어두운 이면을 갖고 있기 마련이며, 아무리 기민한 시각도 그것을 꿰뚫지 못합니다. 아무리 명징하고 고양된 이해력을 가진 사람도 자연의 창조물들에 존재하는 후미진 틈새들 앞에선 당황하고 혼란에 빠지기 마련입니다. 따라서 다른 수만 가지 일들과 마찬가지로 이번 일도 우리가 이성적 설명을 내놓을 수 없긴 하지만 아무튼 우리에게 도움을 주는 방식으로 일어난 것이지요. 여러 어르신들, —— 그거면 족하지 않습니까.

자, 이제 아버지 이야기를 하자면, 아버지는 자기 목숨이 걸린 일이라 하더라도 이번 사태의 고통을 드러누운 채 견딜 수는 없었고 —— 지난번처럼 몸을 2층으로 끌고 올라갈 힘도 물론 없었지요. —— 그는 침착한 자세로 그 고통을 이끌고 천천히 연못을 향해 걸어갔습니다.

아버지가 머리를 손에 괴고 어느 방향으로 가면 좋을까 한 시간 동안 논리적으로 따져 보았다 하더라도 —— 그의 이성은 온갖 힘을 총동원해서도 이런 방향으로 안내해 줄 수는 없었을 겁니다. 선생, 연못에는 뭔가 대단한 것이 있답니다. —— 하지만 그게 무엇인지는 논리 체계를 구성하는 사람들과 연못 파는 사람들이 합심해서 찾아보도록 맡기겠습니다. —— 아무튼, 충격으로 갑자기 혼란스러운 심사에 빠져들었을 때 곧장 연못을 향해 차분히 말짱한 걸음걸이로 걸어가는 일에는 뭔가 설명할 수 없이 마음을 가라앉히는 어떤 힘이 있습니다. 나는 때때로 피타고라스나 플라톤, 솔론, 리쿠르고스, 마호메트, 그 밖에 다른 어떤 저명한 법 창제자들도 연못에 대해서는 어떤 법령도 만든 적이 없다는 사실이 신기하다는 생각을 합니다.

## 제18장

나리께서도, 하고 트림이 먼저 거실 문을 닫으면서 말을 시작했다, 이 불운한 사고에 대해 들으셨으리라 짐작하는데요. —— 아,

그래, 트림! 토비 삼촌이 말했다, 정말 걱정스럽다네. —— 저도 충심으로 걱정됩니다만, 이 일이 전혀 제 잘못이 아니라는 것을 나리께서 믿어 주셨으면 합니다, 트림이 답했다. —— 자네 잘못 이라니, —— 트림! —— 토비 삼촌은 그의 얼굴을 다정히 쳐다보 며 소리쳤다. —— 그것은 수잔나와 부목사 두 사람 사이에서 저 질러진 어리석은 실수 때문 아닌가. —— 그 두 사람이 도대체 정 원에서 함께할 일이 뭐가 있었는데요, 나리? —— 곁방에서란 말 이겠지, 자네 말은, 하고 토비 삼촌이 답했다.

트림은 자신이 잘못 넘겨짚고 엉뚱한 이야기를 하고 있었다는 것을 깨달았다. 해서 깊이 절을 하며 말을 중단했다. —— 두 가지 불행이라, 상병은 혼잣말을 했다, 그것을 한꺼번에 알려 드리는 것은 꼭 필요한 것보다 최소한 두 배는 더 지나친 일이겠지. —— 암소가 요새에 쳐들어와서 저지른 일은 나중에 말씀드리는 게 낫 겠어 —— 트림이 혼자 중얼거리며 내린 결론은 다행스럽게도 그 가 절하느라 머리를 낮게 숙인 덕분에 삼촌이 눈치채지 못하고 넘 어갔다. 그래서 삼촌은 본래 트림에게 하려던 말을 다음과 같이 계속했다.

—— 내 입장에서 보면, 트림, 조카가 트리스트럼이라 불리든 트리스메기스토스라 불리든 별 차이가 없다는 생각이네. —— 하 지만 형님에게는 이 일이 너무나 민감한 사안이고 보니, —— 그 런 사고를 막을 수만 있다면 백 파운드라도 기꺼이 내놓았을 걸 세, 트림. —— 백 파운드라니요, 나리, 트림이 대꾸했다. —— 저 라면 그런 일에 버찌 씨 한 알도 보탤 마음이 없는데요. —— 나 자신을 위해서라면야, 트림, 나도 그럴 생각이 없지, 토비 삼촌이 말했다. —— 그러나 형님은 말야, 이 문제에선 전혀 설득이 통하 지 않는 분 아닌가, —— 형님은 무지한 사람들이 상상하는 것보

다 훨씬 더 많은 일들이 작명에 달려 있다고 믿거든. ——— 역사 이래로 트리스트럼이란 이름을 가진 사람이 위대하거나 영웅적인 과업을 해낸 예는 전혀 없다고 말씀하신다네 —— 아니, 그뿐만 아니라 그 이름을 가진 사람은 학식이 있거나 현명하거나 용감할 수조차 없다고 믿고 있단 말일세. —— 나리, 그건 다 부질없는 공상이지요 —— 저는 연대에 있을 때 사람들이 절 제임스 버틀러나 불렀을 때나 트림이라 불렀을 때나 똑같이 잘 싸웠는걸요, 트림이 대꾸했다. —— 그래, 나 역시 자화자찬을 하자니 좀 부끄럽긴 하네만, 트림, —— 내 이름이 알렉산더였더라도 나무르에서 내 임무를 더 훌륭히 수행하진 못했을 거라 생각하네. —— 그렇고말고요, 나리, 트림이 세 발짝 앞으로 다가서며 소리쳤다, 공격에 나서면서 자기 이름을 생각하는 사람이 어디 있겠습니까? —— 참호 안에 있을 때는 어떻고, 트림? 토비 삼촌이 단호한 표정으로 외쳤다. —— 성벽 틈새로 들어갈 때는요? 트림이 두 의자 사이로 밀고 들어가며 말했다. —— 전선을 돌파할 때는? 삼촌이 몸을 일으켜, 목발을 창처럼 찌르며 외쳤다. —— 적의 소대와 마주했을 때는요, 트림은 지팡이를 화승총처럼 겨누며 소리쳤다. —— 요새의 제방 위로 행군해 올라갈 때는 어떻고, 삼촌이 흥분한 표정으로 걸상 위에 발을 올리며 외쳤다.


## 제19장


토비 삼촌이 막 제방 위로 행군해 가면서 공격이 절정에 이른 바로 그 순간, 마침 연못으로 산책을 나갔던 아버지가 돌아와 거실 문을 열었다. —— 트림은 즉각 무기를 거두어들였다, —— 사실 삼촌은 이렇게 필사적인 속력으로 말을 타고 달리는 모습을 들켜 본 적이 없었다. 아, 아! 딱한 나의 삼촌 토비! 마침 훨씬 더 심각한 문제가 아버지의 웅변을 요하고 있는 상황이 아니었더라면 —— 삼촌과 삼촌의 **죽마**가 얼마나 대단한 봉변을 당할 뻔했는지!

아버지는 모자를 집어 내렸을 때와 똑같은 태도로 모자를 다시 걸어 놓고는, 어질러진 방을 흘낏 둘러보았다. 그리고 상병이 성벽 틈새로 활용했던 두 의자 중 하나를 집어, 삼촌 앞에 내려놓고는, 그 위에 앉았다. 그런 다음 찻그릇이 나가고, 방문이 닫히자마자, 다음과 같이 탄식을 뱉어 내기 시작했다.

## 아버지의 비탄

헛되고 헛된 일일세, 아버지는 벽난로 모퉁이에 놓인 에르눌푸스의 저주문을 향해, 그리고 —— 그 아래에 앉아 있는 삼촌을 향해 —— 불만이 가득한 무채색의 목소리로 말했다. 인간의 신념 중에서도 가장 불편한 이 신념에 맞서 내가 그토록 열심히 싸워 왔건만, 이제 그 모든 노력이 헛된 일이 되고 말았네 —— 이제 또렷이 알겠네, 토비 동생, 나 자신의 죄 때문이든 또는 샌디 가문의 죄와 어리석음 때문이든, 하늘이 나를 겨냥해 하늘나라에 있는 가장 육중한 대포로 공격을 퍼붓기로 마음먹고 있다는 걸 말일세. 그 엄청난 화력이 온통 내 아이의 장래를 희롱하는 일에 집중되고 있지 않나. ——— 그런 대포라면, 샌디 형님, 우리 주변의 온갖 것, 우주라도 통째로 때려 부술 수 있겠지요, 토비 삼촌이 말했다, —— 만약 그게 정녕 그런 대포라면 말이지요. —— 불행한 트리스트럼! 천벌을 받은 아이! 노쇠함! 훼방! 실수! 불만이 낳은 아이! 사람이 태아기에 당할 수 있다고 알려진 불운이나 재난 중에서 너의 골조를 망가뜨리고 신경을 엉클어 놓을 수 있는 것치고, 네 머리 위에 떨어지지 않은 게 단 한 가지라도 있느냐! 네가 이 세상에 나오는 중에도 —— 그 통로에는 어떤 재앙이 기다리고 있었던가! —— 그 이후로는 또 어떤 재난이 닥쳤던고! —— 너의 아비가 기력이 쇠퇴해 가는 시기에 —— 육신이나 심상의 힘이 점점 쇠약해지는 시기에 —— 근원적 열기와 수분이, 너의 근본을 단련시킬 바로 그 요소들이 점점 메말라 가는 시기에 —— 너는 생명을 얻지 않았느냐, 너의 체력을 강화해 줄 토대라곤 결핍이라는 부정적 요소 말고는 아무것도 남은 게 없었으니 —— 불쌍하기도 하지, —— 토비 동생, 그런 와중에도 난 최선의 도움을 주고자 가능한 모든 배려와 주의를 기울이지 않았던가. 그런데 그 노력이 어떻게 좌절당했는지, 그 경위야, 토비 동생, 자네도 다 알고 있는 바이고. —— 지금 되풀이하기에는 너무 우울한 이야기이지만, —— 내게 남아 있던 그 얼마 되지 않는 생동적 기마저, 기억력, 상상력, 총기 같은 것을 전달해 주는 기능을 가진 그 생동적 기마저, —— 온통 흩뜨려지고, 당황하고, 혼란에 빠져서 혼비백산하지 않았던가. ——

바로 그 시점에서라도 그 아이에 대한 박해가 끝나게 만들었어야 했는데, —— 최소한 실험이라도 해 봤어야 한다니까, —— 자네 형수의 심적 평온과 안정이, 그녀의 배설과 식사 —— 그리고 그 밖의 모든 비자연적 요소*에 대한 적절한 관심이, 9개월간의 배태 기간 동안 그 모든 잘못을 바로잡아 줄 수도 있는 게 아닌지 한번 시도해 봤어야 했는데. —— 아이는 그런 기회마저 박탈당하고 말았지! —— 자네 형수는 런던에 가서 해산하는 문제를 두고 그 말도 안 되는 안간힘을 쓰느라 자신의 삶을 얼마나 힘들게 만들었던가, 그러니 태아의 삶은 또 어떠했겠나? 제 생각에는 형수님께서는 대단히 참을성 있게 승복했던 것 같은데요, 토비 삼촌이 말했다. ——— 형수님이 그 문제를 두고 단 한마디라도 짜증 담긴 말을 내뱉는 것을 본 적이 없는걸요. —— 그 사람은 속으로 부글부글 끓고 있었다네, 아버지가 소리쳤다, 강조하지만, 그게 아이에게 열 배나 더 해롭단 말일세 —— 그런 다음에는 또 어땠는가! 산파 문제를 놓고 나랑 얼마나 대단한 전투를 벌였던고, 폭풍우가 끊일 사이가 없었지. —— 그게 형수님에게는 분출구가 되었던 것 아닌가요, 토비 삼촌이 지적했다. ——— 분출구*라니! 아버지는 위를 올려다보며 외쳤다. ——

하지만 그게 다 무슨 대순가, 토비, 그 아이가 머리부터 세상에 나오는 바람에 입게 된 그 상해에 비하면 말일세, 난파선 같은 이 아이의 몸에서 그 작은 부분만은 부서지거나 약탈당하는 일이 없기를 내가 얼마나 간절히 소망했던가. ——

온갖 예방책에도 불구하고 내 체계적 작전이 자궁 안에서 아이와 함께 뒤죽박죽으로 뒤집히고 말지 않았나! 아이의 머리는 거친 폭력적 손에 노출되고 470파운드에 달하는 무게가 정수리에 수직으로 압박을 가했을 것이니 —— 지금쯤 지성의 섬세한 그물 조직이 갈가리 찢기고 누더기가 되었을 것은 90퍼센트 확실한 일일 거야.

—— 그것만이라면 그래도 어떻게든 손을 써 볼 수 있었겠지. ——— 바보건, 속 빈 맵시꾼이건, 건달이건 간에 코만 온전했더라면 ——— 절름발이든, 난쟁이든, 코흘리개든, 얼뜨기든 ——— (뭐가 돼도 좋다고) 아무튼 행운의 문은 열려 있을 텐데 ——— 오 리체투스! 리체투스!* 내가 당신처럼 5인치 반밖에 되지 않는 태아를 얻게 되는 게, ——— 그게 운명의 여신이 할 수 있는 최악이어야 하지 않는가.

그런데도, 토비 동생, 우리 아이에게는 또 하나 남은 주사위가 있었다니 ——— 오, 트리스트럼! 트리스트럼! 트리스트럼!

요릭 씨를 부르지요, 토비 삼촌이 말했다.

——— 부르고 싶은 사람은 누구든 부르게, 아버지가 답했다.


## 제20장


내가 도대체 얼마나 속력을 내며 제4권까지 달려왔는가, 두 다리를 올렸다 내렸다, 마구 달리고, 도약하며 껑충껑충 날뛰는 말처럼, 단 한 번 뒤돌아보는 일도 없이, 혹시 누군가 밟히지나 않는지 옆을 살피지도 않고! —— 어느 누구도 밟지 않으리라, —— 처음 말에 오르며 스스로 다짐했다 —— 기운차게 한번 질주해 보리라, 그러나 달리는 노상에서 딱해 빠진 멍청이 한 사람도 해치지 않으리라, —— 그런 마음으로 출발했고 —— 오르막길 —— 내리막길 가리지 않고, 이쪽 회전문을 통과하고 —— 저쪽 회전문을 넘어서, 마치 최고의 기수가 바짝 뒤쫓아 오는 것처럼 그렇게 달려왔다.

아무리 좋은 의도나 결의로 출발했다 하더라도 이런 속력으로 한번 달려 보라, —— 자기 자신에게건 다른 누군가에게건 틀림없이 해를 입히기 마련이다. —— 그 사람은 내동댕이쳐지면서 —— 균형을 잃고 —— 안장에서 벗어나 —— 바닥에 떨어지고 —— 목이 부러질 것이다 —— 보라! —— 혹 야심만만한 비평가들의 골조물 속으로 돌진해 들어가지 않는다면, —— 그들이 세워 놓은 기둥에라도 머리가 부딪혀 박살이 날 것이다 —— 그가 튕겨 나왔다! —— 보라 —— 이번에는 그가 화가, 깽깽이 연주자, 시인, 전기 작가, 의사, 변호사, 논리 학자, 배우, 교육자, 목사, 정치가, 군인, 궤변가, 감식 전문가, 고위 성직자, 교황, 기술자 들의 무리 속으로 전속력으로 돌진해 들어가고 있다 —— 겁먹지 마십시오, 내가 말했다. —— 난 대로에 있는 어떤 멍청이도 해치지 않을 겁니다. —— 하지만 당신 말이 흙탕물을 튀기지 않습니까, 주교 한 분이 그것을 몽땅 뒤집어썼는데요. —— 아, 그 사람이 바로 에르눌푸스였기를 바랍니다, 하고 내가 말했다. —— 당신은 소르본의 신학자들, 르 모인 씨, 드 로미니 씨, 드 마르실리 씨의 얼굴에도 정면으로 흙탕물을 튀겼는데요. —— 그것은 작년 일이지요, 내가 답했다. —— 지금 이 순간에도 당신은 왕을 한 사람 짓밟고 있는데요. —— 나 같은 사람에게 짓밟히려면 그 왕은 대단히 운수가 사나워야겠지요.

—— 당신이 밟았다니까요, 나를 고발하는 사람이 대답했다.

아니라니까요, 나는 부인했다. 그러고는 그 자리를 벗어나서, 지금 한 손에는 고삐를 쥐고, 다른 한 손에는 모자를 쥐고서, 내 이야기를 시작할 채비를 하고 서 있다. —— 무슨 이야기지요? 다음 장에서 들어 보시지요.


## 제21장


어느 겨울밤 프랑스의 프랑수아 1세는 타다 남은 장작불에 몸을 쬐며 국익과 관련된 여러 가지 현안에 대해 수석 장관과 이야기를 나누고 있었다.[13]* —— 우리나라와 스위스 간의 우호 관계

---

13) 『메나지아나(*Menagiana*)』 제1권 참조.

가 좀 더 강화될 수 있다면 그것도 나쁘진 않겠지, 왕은 타다 남은 불씨를 자기 지팡이로 뒤적이며 말했다. —— 전하, 그 사람들에게 돈을 주는 일은 끝도 없을 겁니다. 장관이 답했다. —— 그 사람들은 프랑스의 국고를 몽땅 집어삼키려 들 겁니다. —— 쯧쯧! 답답하긴! 왕이 대꾸했다. ——— 한 국가를 매수하는 데는 돈을 주는 것 말고도 여러 가지 방법이 있는 거요, 수상 ——— 난 스위스에 다음에 태어나는 내 아이의 대부가 되는 영광을 줄까 하오. —— 전하, 그렇게 하시면 유럽의 모든 문법학자들의 반대에 부딪히실 겁니다. —— 하나의 공화국으로서 스위스는 여성 격이니, 무슨 수를 써도 대부가 될 수는 없습니다. —— 그럼 대모가 되면 되겠군, 프랑수아 왕이 서둘러 정정했다. —— 내일 아침에 사절을 보내 내 의사를 알리도록 하시오.

(그로부터 2주가 지난 후) 프랑수아 1세는 사실(私室)에 들어서는 수상에게 말했다. 스위스로부터 아무 답도 듣지 못하다니 놀라운 일이군. —— 전하, 지금 막 바로 그 일에 대한 보고를 드리려고 찾아뵈었습니다, 수상이 말했다 —— 그들이 호의적으로 받아들였소? 왕이 물었다 —— 그렇습니다, 전하, 전하께서 베풀어 주신 영광을 매우 크게 생각하고 있습니다 —— 그러나 대모로서 그 공화국이 아이의 이름을 지어 줄 권리가 있다고 주장합니다.

타당한 말일세, 왕이 말했다 —— 프랑수아나 앙리 또는 루이 같은 우리 마음에 드는 세례명을 제안하겠지. 전하께서 잘못 생각하신 겁니다, 수상이 답했다 —— 지금 막 우리 공사로부터 스위스의 결정을 담은 보고서를 받았습니다 —— 그래 그 공화국이 우리 황태자에게 어떤 이름을 주었단 말이오? —— 사드락, 메삭 그리고 아벳느고*입니다, 수상이 답했다 —— 성 베드로의 허리띠에 맹세코, 스위스 사람들과는 상종을 않겠소, 프랑수아 1세가 바지를 치켜 올리고 황급히 마루를 가로질러 가면서 소리쳤다.

전하, 이미 약속하신 것을 철회하실 수는 없습니다, 수상이 차
분히 말했다.

돈을 주기로 하지 뭐 ── 왕이 말했다.

전하, 국고에 6만 크라운도 채 남아 있지 않은데요, 수상이 답
했다. ──── 내 왕관에 달린 최상의 보석을 저당 잡히겠소, 프
랑수아 1세가 말했다.

그것은 이미 저당 잡히신 상태입니다, 수상이 답했다.

그렇다면 수상, ──── 에 맹세코 그들과 전쟁을 치러야
겠소.


## 제22장


점잖은 독자시여, 내가 당신께 내놓는 이 작은 책자들이 세상에
있는 수많은 더 큰 책들의 자리를 대신할 수 있기를 충심으로 갈
구하면서, (하느님께서 베풀어 주신 내 빈약한 능력이 허락하는
한, 그리고 먹고사는 일에 종사하는 시간과 건강에 필요한 오락의
시간을 빼고, 내 여가가 허락하는 한,) 정성껏 노력을 기울여 왔습
니다. ── 그러나 당신께 나아가는 내 태도가 조심성도 없고 변
덕스러웠던 탓에, 아, 새삼 진지하게 당신의 관용을 청하려 하니
부끄럽기 그지없지만 ── 이것만은 믿어 달라고 간청드립니다.
아버지와 세례명에 관한 이야기를 하면서 ── 프랑수아 1세를
짓밟을 생각은 추호도 없었다는 사실 말입니다. ── 코 이야기를
통해서 ── 프랑수아 9세를 짓밟을 생각도 물론 없었고요 ──
토비 삼촌의 성품을 논하며 ── 우리나라의 호전성을 이야기하

려던 것도 아닙니다. 삼촌이 샅에 입은 부상은 어느 모로 보나 그냥 그런 종류의 부상일 뿐입니다. —— 내가 트림을 통해 —— 오르몬드 공작 이야기를 한다거나* —— 내 책이 운명 예정설이나 자유 의지 또는 세금에 반대하는 글이라는 그런 식의 주장은 다 내 의도와는 전혀 상관없는 말입니다. —— 내 책이 굳이 뭔가에 대항하는 글이라고 한다면, ——— 어르신들께 감히 말씀드리건대, 이 책은 다만 울화*에 대항하고자 하는 글입니다. 웃음을 통해 횡격막이 보다 자주, 보다 격렬하게, 상승과 하강 운동을 하고, 늑간과 복부 근육이 맹렬히 진동하게 만듦으로써, 우리 신민들의 쓸개와 간, 췌장에서 담즙을 비롯한 쓰디쓴 액체들은 물론 그 액체에서 나오는 모든 적대적 감정도 십이지장으로 몰아내기 위해 쓴 글입니다.


## 제23장


—— 그런데 요릭, 그 일을 무효화할 수는 있겠소? 하고 아버지가 물었다. —— 내 생각에는 아무래도 안 될 것 같은데라고 덧붙였다. 난 교회법학자로선 형편없는 사람이라서요, 요릭이 답했다. —— 그렇지만 온갖 나쁜 일 중에서도 미확정 상태로 마음 졸이는 게 가장 고통스러운 일이니, 일단 최악의 경우가 뭔지 알아나 보기로 하지요. 난 이런 대만찬*은 질색인데 —— 아버지가 말했다 —— 만찬의 규모가 문제가 아니지요, 요릭이 답했다. —— 우리가 원하는 건, 샌디 씨, 이 의혹의 바닥까지 내려가서 그 이름을 바꿀 수 있는지 없는지 확인하는 일 아닙니까? —— 수염 기른 수많은 고위 인사들이, 관리와 변호사, 교회 법무사, 등기사는 물론

최고의 능력을 갖춘 신학자들까지 모두 한 식탁에서 머리를 맞대는 자리이고, 게다가 디디우스가 그토록 간곡히 당신을 초대했잖아요. —— 샌디 씨처럼 곤경에 처한 사람이라면 누가 그런 기회를 놓치겠어요? 디디우스에게 미리 귀띔해서 그 친구가 만찬 뒤에 자연스레 화제를 그 문제로 끌고 가도록 만들기만 하면 됩니다, 하고 요릭이 말을 이었다. —— 그럼 내 동생 토비도 함께 가도록 하지, 아버지가 손뼉을 치며 선언했다.

—— 내 가발이랑 레이스 달린 연대복을 밤새 불 앞에 걸어 두게나, 트림, 하고 토비 삼촌이 말했다.

# 제25장

—— 틀림없습니다, 선생님 —— 여기서 한 장(제24장) 전체가 빠진 거지요 —— 따라서 이 책에 10페이지의 골이 생긴 겁니다 —— 그러나 제본사가 바보이거나, 나쁜 사람이거나, 모자란 사람이었던 것은 아닙니다. —— 그렇다고 이 책이 눈곱만큼이라도 더 불완전해진 것도 아니고요. (최소한 이 점 때문에는 아니란 말입니다) —— 오히려 그 반대지요, 그 장이 없기 때문에 이 책이 더욱 완벽하고 온전한 겁니다. 그 사실을 지금부터 증명해 보여 드리겠습니다. —— 우선 다른 여러 장을 대상으로 똑같은 실험을 해도 과연 성공할 수 있는지 의문을 던져 봅니다. ——— 하지만 존경하는 선생님들, 장에 대한 실험은 끝도 없는 일이 아니겠습니까 —— 이미 충분히 할 만큼 했기도 하고요 —— 그러니 그 일은 이쯤에서 끝내기로 하겠습니다.

하지만 증명을 시작하기에 앞서 이 말씀은 드려야겠습니다, 내가 찢어 낸 그 장은, 찢지 않았더라면 여러분 모두 이 장 대신 지금 읽고 있었을 그 장은 말입니다 —— 아버지와 토비 삼촌, 트림 그리고 오바댜가 ****에서 열리는 공식 순회 만찬을 향해 길을 떠나 여행하는 모습을 묘사한 부분입니다.

마차를 타고 가기로 하지, 아버지가 말했다. —— 여보게, 오바댜, 마차의 문장(紋章)은 고쳐 놓았는가? —— 그러고 보니 이 이야기는 아버지가 막 결혼하고 나서 샌디 집안 문장에 어머니의 문장을 첨가하느라 마차를 새로 칠하던 때부터 시작했더라면 더 좋았을 것 같다. 마차 칠쟁이가 로마의 투르필리우스나 바질의 한스 홀바인*처럼 왼손으로 작업을 했기 때문인지 —— 또는 그의 손보다는 머리가 실수를 했기 때문인지 —— 혹은 우리 집안과 관련된 모든 일이 늘 그렇듯 무슨 상서롭지 못한 기운의 영향을 받아서인지는 모르지만, 아무튼 수치스럽게도 우리 문장에 드리우는 띠가 헨리 8세 재위 때부터 우리 집안의 정당한 권리였던 우경선(右傾線) 대신에 ———— 좌경선(左傾線)으로 그려지는 치명적 사고가 생기고 말았다.* 아버지처럼 현명한 분이 이런 사소한 일 때문에 그처럼 많이 불편해했다는 것은 믿기 어려운 일이긴 하다. 그러나 마차라는 단어만 나오면 —— 그게 누구의 것이든 간에 —— 또는 마차꾼이나 마차를 끄는 말, 임대 마차 같은 단어가 입에 올려지기만 해도, 아버지는 즉각 자기 마차 문에 그 고약한 서출 표시를 달고 다니는 일에 대해 불평을 늘어놓았다. 마차에 들어갈 때나 나올 때도 언제나 몸을 돌려 그 문장을 쳐다보고는, 그 좌경선을 지우기 전에는 두 번 다시 이 마차를 타는 일이 없을 거라고 맹세했다. —— 그러나 경첩의 경우와 마찬가지로, 이 일은 언제나 툴툴거릴 원인은 되지만(사실 우리 집보다 더 현명한 집안에서도 마찬가지다) —— 결코 고치지는 않도록 —— 운명의 여신이 미리 결정해 둔 수많은 일 중 하나였다.

—— 좌경선을 닦아 냈는지 묻지 않나?라고 아버지가 말했다 —— 나리, 닦아 낸 것은 마차 속 안감밖에 없는데요, 오바댜가 답했다. 말을 타고 가야겠군, 아버지가 요릭을 향해 몸을 돌리며 말했다. —— 정치를 빼곤 성직자들이 가장 무지한 분야가 계보 문장법인걸요, 요릭이 말했다 —— 그건 상관없소, 아버지가 소리쳤다. —— 문장 방패에 오점을 단 채 그 사람들 앞에 나타나고 싶진 않다니까. ———— 좌경선은 신경 쓰지 마세요, 토비 삼촌이 가발을 쓰며 말했다. —— 안 되지 안 돼, 아버지가 말했다 —— 괜찮다면 자네나 좌경선을 달고 다니나 고모까지 대동하고 순회 만찬에 가 보게. —— 나의 불쌍한 삼촌 토비는 얼굴을 붉혔다. 아버

지는 자기 자신에게 화가 났다. —— 아닐세 —— 사랑하는 동생, 아버지가 어조를 바꿔 말했다 —— 마차 안감이 눅눅해서 아랫도리에 좌골 신경통이 재발할까 그러는 걸세, 내가 지난겨울 12월, 1월 그리고 2월 내내 고생하지 않았는가 —— 그러니 자넨 내 아내의 말을 타고 가면 어떻겠나 —— 그리고 요릭, 당신은 설교를 해야 하니, 먼저 출발해서 부지런히 길을 재촉하는 게 좋겠소, —— 난 내 동생 토비를 챙겨 천천히 따라가지요.

내가 찢어 낼 수밖에 없었던 그 장은 바로 이 기마 행렬을 묘사한 부분이었다. 트림 상병과 오바댜는 마차용 말을 타고 나란히 서서 마치 순시라도 하듯 느릿느릿 앞장서 가고 있었고 —— 그 뒤로는 레이스 달린 연대복에 가발까지 차려입은 토비 삼촌과 아버지가 서로 앞서거니 뒤서거니 하면서 학식과 무기의 유용성에 대해 번갈아 가며 토론을 주고받으며 열을 맞춰 행군하고 있었다.

—— 그런데 이 여정의 그림을 다시 살펴보니, 이 책에서 그렸던 다른 그림들보다 그 스타일이나 양식에서 훨씬 더 격이 높아 보였다. 그러니 이 장면을 그대로 둔다면 다른 모든 장면의 가치를 떨어뜨릴 뿐만 아니라, 작품 전체의 적절한 균형감과 조화를 위해 꼭 필요한 장과 장 사이의(좋은 의미에서건 나쁜 의미에서건) 화합과 형평성을 깨뜨릴 수밖에 없을 것이란 생각이 들었다. 사실 난 이 방면의 일을 이제 막 시작한 셈이어서 별로 아는 것은 없지만 —— 내 생각에 책을 쓰는 것은 누가 뭐라든 노래를 허밍으로 흥얼거리는 것과 같은 일이다 —— 그러니 부인, 자신에게 맞는 음역의 키만 찾으시지요, 그 키가 얼마나 높든 낮든 그건 상관이 없습니다. ——

—— 여러 존경하는 어른들께 말씀 올리건대, 바로 그런 이유로 해서 아무리 저급하고 밋밋한 작품도 —— (요릭이 어느 날 밤 토

비 삼촌에게 말했듯이) 포위 공략*만 잘하면, 좋은 작품으로 통하게 되는 것입니다 —— 토비 삼촌은 포위 공략이라는 소리에 반짝 활기를 띠는 것처럼 보였지만, 그 말의 머리도 꼬리도 전혀 파악할 수가 없었지요.

내가 다음 일요일에 법원에서 설교를 해야 하는데, 하고 호메나스*가 말했다. —— 내 원고를 한번 훑어봐 주게나. —— 그래서 나는 호메나스 박사의 원고를 허밍으로 읽어 내려갔다. —— 음조가 아주 잘 조절되어 있구먼 —— 이 수준을 유지한다면, 괜찮겠네, 호메나스 —— 나는 허밍을 계속하면서 —— 곡조도 그런대로 쓸 만하다고 생각했다. 만약 중간 부분쯤에서 갑자기 너무나 곱고, 너무나 풍성하고, 지고한 천상의 음조로 바뀌지만 않았더라면, 여러 어르신들, 난 오늘날까지도 이 원고가 얼마나 저급하고 밋밋하며, 생기 없고, 빈약한 것인지 알아차리지 못했을 것입니다. —— 이 부분이 나의 영혼을 저세상까지 끌어올려 놓았거든요. 만약, (몽테뉴가 이와 유사한 상황에서 불평했듯이)* —— 만약 그 높은 곳에서 하강하는 게 쉬워 보였거나, 그 높이가 근접 가능한 정도였다면 —— 틀림없이 제가 속아 넘어갔을 것입니다. —— 그래서, 자네 원고, 좋은데, 호메나스, 하고 말했을 것입니다 —— 그런데 그 부분이 너무나 가파른 절벽을 이루고 있고 —— 원고의 나머지 부분과 너무나 격리되어 있어서, 그 부분의 첫 음을 입에 올린 순간, 나는 벌써 저세상으로 날아올라 가 있었고, 그 곳에서 내려다보는 계곡은 너무나 깊고, 아득하고, 음산하여, 도저히 다시 내려갈 용기가 생기지 않더군요.

☞ 키를 잴 때 자기 잣대를 가지고 오는 난쟁이는 —— 믿어도 좋습니다, 한 가지 이상의 항목에서 난쟁이입니다 —— 장을 하나 찢어 낸 데 대한 해명은 이 정도로 해 둡시다.

# 제26장

—— 아니, 이런, 저 친구가 그것을 조각조각 찢어서 사람들한테 담배 파이프 불쏘시개로 나눠 주고 있는 거 아냐! —— 정말 혐오스러운 일일세,라고 디디우스가 말했다. 그냥 넘길 일이 아니구먼, 키사르키우스 박사*가 말했다 —— ☞ 그는 저지대에 있는 키사르키지 지방 출신이다.

내 생각에는, 하고 디디우스가 마주 앉은 요릭과 자신 사이에 늘어선 술병과 키 큰 유리병을 치우기 위해 의자에서 몸을 반쯤 일으키며 말을 시작했다. —— 그렇게 비꼬고 싶은 기분일랑 아껴두었다가 어디 더 적절한 장소에서 한 방 날리는 게 낫지 않겠소, 요릭 씨 —— 혹시 지금 우리가 하고 있는 일에 대해 경멸감을 표하고 싶은 거라면 최소한 보다 타당한 계기가 있어야겠지요. 그 설교가 담뱃불 불쏘시개 정도밖에 가치가 없다면, —— 선생, 이런 높은 학문을 갖춘 분들 앞에 내놓아선 안 되는 거고, 이런 학식 높은 분들 앞에서 설교할 만한 것이었다면, —— 끝나고 나서 불쏘시개로 쓰기에는 너무 훌륭한 물건인 게 분명한 거 아니겠소, 선생.

—— 이 친구 내가 내놓은 양날 논법의 두 뿔 중에서 어느 것에든 꼼짝없이 걸려든 거야, —— 재주 있으면 한번 빠져나가 보라지, 디디우스는 혼잣말을 했다.

이번 행사를 위해 설교를 작성하면서 난 이루 말할 수 없는 고문을 겪었지요, 요릭이 말했다. —— 그래서 말인데, 또다시 죽치고 앉아 이런 것을 하나 더 써야 한다면, 디디우스 씨, 난 차라리 순교를 택하겠소, —— 가능하다면 내 말도 데리고, 수천 번 순교당해도 좋소. 그게 내 속에서 나올 때 통로가 잘못되었거든요.

── 그게 내 가슴에서 나온 게 아니라 내 머리에서 나왔으니까요. ── 그것을 쓰고 또 설교하는 과정에서 내가 얼마나 큰 고통을 겪었던지, 이런 식으로라도 그놈에게 보복하는 겁니다. ── 설교를 한답시고 나서서, 내가 얼마나 책을 많이 읽은 사람인지, 또는 내 재치가 얼마나 기발한지 과시하기 위해, ── 학문은 일천한데 번뜩이는 단어 몇 개로 치장하고 잘난 척 으스대기 위해 글을 쓴다면, 게다가 그 글이 빛도 온기도 전해 주지 못한다면, ── 그것은 일주일에 겨우 30분 정도 우리 손에 들어오는 시간을 부정직하게 낭비하는 일이 아니겠소. ── 그것은 복음을 설교하는 일이 아니라 ── 우리 자신을 파는 일이지요. ── 솔직히 말씀드리자면, 요릭이 말을 이었다. 차라리 가슴을 직접 겨냥한 말 다섯 마디를 택하는 게 나을 겁니다.

요릭이 직접 겨냥이라는 말을 내뱉자마자, 토비 삼촌은 포물선에 대해 뭔가 말하려고 몸을 일으켰다. ─── 바로 그때 테이블 반대편에서 터져 나온 단 한마디의 말이 모든 좌중의 귀를 온통 그쪽으로 쏠리게 만들었다. ── 사전에 있는 수많은 단어 중에서도 이런 자리에서 듣게 될 가능성이 가장 희박한 단어, ── 여기다 옮겨 쓰려니 부끄러운 단어 ── 그러나 쓸 수밖에 없고 ── 읽힐 수밖에 없는 단어 ── 불법적이고 ── 교회법에도 어긋나는 단어 하나 ── 만 가지 추측에다 제곱까지 해 보시지요. ── 당신의 상상력을 쥐어짜고 ── 끝없이 고문을 해도 당신은 그 단어에 한 발짝도 접근할 수 없을 겁니다. ── 간단히 말해서, 내가 다음 장에서 이야기해 드리겠다고요.

# 제27장

제기랄*────────────

────────────── 제 ─────── 랄! 푸타토리
우스*가 소리쳤다. 부분적으로는 혼잣말이었지만 ── 다 들릴 만
큼 큰 소리였고 ── 더 기이한 점은 그 소리를 낸 사람의 표정과
어조가 크게 놀란 사람의 것일 수도 있고 몸에 통증을 느낀 사람
의 것일 수도 있는, 그 사이 어딘가에 속한다는 사실이었다.

그 자리에는 그 두 어조의 배합 정도나 표현하는 바를 음악의
제3도 화음, 또는 제5도 화음, 또는 다른 화음처럼 뚜렷이 구별해
낼 정도로 귀가 예민한 사람이 한둘 있었는데, ── 이 소리에 대
해 가장 혼란을 느끼고 당혹했던 사람은 바로 그들이었다. ──
화음 자체는 괜찮은데 ── 음조가 아주 어긋나 있고, 지금 거론
되는 주제에 전혀 적용될 만한 게 아니니, ── 그들의 지식을 총
동원해도 그 소리의 정체를 알아차릴 수가 없었다.

음악적 표현에 대해 전혀 아는 바가 없어 그 소리의 표면적 의
미에만 귀를 내준 나머지 사람들은 성질이 급한 편인 푸타토리우
스가 디디우스의 손에서 곤봉을 낚아채 요릭을 후려칠 작정인가
보다고 상상했다. ── 따라서 그 절박한 한마디 제 ─────── 랄
은 그가 내놓을 열변의 서론 격으로서 요릭을 얼마나 심하게 다그
칠 참인지 예고하는 것으로 추측했다. 착한 심성을 가진 토비 삼
촌은 요릭이 앞으로 당할 일 때문에 마음이 아팠다. 그러나 푸타
토리우스가 더 이상 진행할 욕구나 시도를 보이지 않고 거기 멈춰
있는 것을 본 ── 제3의 집단은 그 소리가 자기도 모르게 저절로
터져 나온 호흡 작용이라 추정하기 시작했다. 그 속에 죄악이나
죄악의 내용물은 들어 있지 않은데 ── 무심코 12펜스짜리 욕설

로* 형성되어 터져 나오는 그런 호흡 작용 말이다.

또 다른 사람들, 특히 그의 옆에 앉아 있던 한두 명은 그와는 반대로 이 소리가 평소에도 요릭을 별로 좋아하지 않았던 푸타토리우스가 요릭을 겨냥해 의도적으로 내뱉은 실질적이고 의미 있는 욕설이라고 생각했다. —— 아버지가 이 소리에 대해 추론한 바에 따르면, 이 욕은 그 순간에 푸타토리우스의 내장 상부 지역에서 부글부글 끓어오르고 있다가, 그의 혈류가 설교에 대한 요릭의 요상한 이론 때문에 자극을 받아 갑자기 심장 우측 심실로 몰려드는 바람에, 자연스레 당연한 경로를 따라 밀려 나온 것이라는 것이다.

우리는 잘못 알게 된 사실에 근거해 얼마나 미묘한 논리를 만들어 내는가!

푸타토리우스가 뱉어 낸 이 단음절 소리에 대해 이처럼 다양한 추론을 펼친 사람들 가운데 —— 푸타토리우스가 그때 진행되던 디디우스와 요릭의 논쟁에 몰두해 있었다는 가정을 당연시하지 않은 사람은 없었다. 사실상 푸타토리우스는 무슨 말이 오가는지 열심히 듣고 있는 사람의 표정을 짓고 한 번은 이 사람에게 한 번은 저 사람에게 눈길을 보내고 있었으니 —— 누군들 그렇게 생각하지 않겠는가? 그러나 사실을 말하자면 푸타토리우스는 그때 오가던 말의 한 단어도, 한 음절도 알아듣지 못하고 있었다. —— 그의 생각이나 주의력은 바로 그 순간에 그의 헐렁한 바지춤 근처에서, 그것도 가장 사고를 경계해야 할 바로 그 신체 부위에서 일어나고 있는 일에 온통 쏠려 있었다. 그러니 그가 마치 맞은편에 앉아 있는 요릭을 향해 매서운 대꾸를 하려는 것처럼 얼굴의 모든 신경 줄과 근육을 있는 대로 조이면서 주의력을 집중하고 있는 것처럼 보이긴 했어도, —— 푸타토리우스의 두뇌 어느 한곳에도 요릭이 들어온 일은 없었다고 단언하는 바다. —— 그가 뱉어 낸 소리의 진짜 원인은 그보다 최소한 1야드 아래쪽에 위치하고 있었다.

그 원인을 되도록 최대한 체통을 지키며 설명하려고 노력해 보겠다.

먼저 알려 드려야 할 게 있는데, 그것은 가스트리페레스*가 식사가 시작되기 전 준비가 잘되고 있는지 둘러보러 부엌에 들렀다가 찬장 위에 잘생긴 밤이 가득 담긴 바구니를 보고 1백~2백 개정도 밤을 구워 식사가 끝난 후 들여보내도록 명을 내렸다는 사실이다. —— 그는 이 명을 내리면서 디디우스가, 특히 푸타토리우스가 밤을 무척 좋아한다는 것을 강조했다.

토비 삼촌이 요릭의 장광설에 끼어들려고 하기 약 2분 전에 —— 가스트리페레스가 주문한 밤이 들어왔고 —— 특히 푸타토리우스가 밤을 좋아한다는 소리가 머릿속에 남아 있던 웨이터는 깨끗한 다마스크 천 냅킨에 싼 뜨거운 밤 더미를 푸타토리우스 바로 앞에 내려놓았다.

그게 물리적으로 가능한지는 모르겠지만, 아무튼 대여섯 개의 손이 한꺼번에 그 냅킨에 몰려 들어오는 바람에, —— 밤톨 중에서도 특히 둥글고 기운찬 놈 하나가 구르기 시작해서 실제로 식탁 아래로 굴러 떨어지기 시작했다. 마침 푸타토리우스는 다리를 벌리고 앉아 있었는데 —— 그놈이 푸타토리우스 바짓가랑이의 벌어진 틈, 바로 그 속으로 수직으로 낙하해 들어갔다. 그 틈새는 존슨의 사전 어디를 찾아봐도 점잖게 표현할 단어가 없으니 우리말의 조야함에 수치심을 느끼는 바이지만 —— 어쨌거나 그 틈새는 점잖은 자리에선 예법에 따라 언제나 야누스의 신전*처럼 (최소한 평화 시에는) 꼭 잠가 두도록 엄격히 요구되는 그런 곳이다.

푸타토리우스는 이 격식을 소홀히 함으로써 (이 일이 전 인류에게 하나의 경고가 되어야 할 것이다) 이런 사고가 들어오는 문을 열어 놓은 것이다.

이 일을 사고라고 부르는 것은 흔히 통용되는 표현법을 따른 것이지만, —— 그렇다고 아크리테스나 마이소게라스*의 의견에 굳이 반대할 생각도 없다. 그들은 자신들의 의견에 흠뻑 빠진 나머지 확신에 차 있었던 것으로 알고 있다 —— 그리고 지금 이 시간까지도 그렇게 믿고 있다. 즉 이 사건 전반에 걸쳐 사고의 요소란 없었다는 것이다. —— 그 알밤이 뜨거운 열기를 품은 채 하필 그런 길을 택해 그런 식으로, 다른 어떤 곳도 아니고 바로 그 장소로 곧장 떨어진 것은 —— 푸타토리우스가 de Concubinis retinendis*라는 지저분하고 음란한 논문을 발표한 데 대해 심판을 받은 것이라고 그들은 믿고 있다. 이 책은 푸타토리우스가 20년 전에 출판한 것으로 —— 바로 그 주에 2판이 나오게 되어 있었다.

이런 논란에 끼어들어 펜을 잉크에 적시는 것은 내가 할 일이 아니다. ——— 어느 편에 서든 할 말이 많겠지만 —— 역사가로서 내가 할 일은 오로지 사실을 있는 대로 기술함으로써 독자에게 믿을 만하게 만드는 일이다. 즉 푸타토리우스의 바지에 있었던 틈새는 밤이 들어갈 만큼 충분히 넓었고 —— 그 밤은 어떤 이유로든 수직으로 떨어지면서 그 틈새 속으로 뜨겁게 빨려 들어갔는데, 그 순간에는 푸타토리우스나 어느 누구도 그것을 알아채지 못했다.

그 밤이 전해 준 쾌적한 온기가 처음 20초에서 25초 사이에는 기분 좋지 않은 것은 아니어서, —— 푸타토리우스의 관심을 부드럽게 그 부분으로 끌어들이는 데 그쳤다. —— 하지만 그 열기가 점점 증가하면서 몇 초 뒤에는 적당한 쾌감의 지점을 넘어섰고,

아주 급속도로 고통의 영역까지 진입하게 되었으니, —— 푸타토리우스의 영혼은, 그의 모든 사념과 생각, 주의력, 상상력, 판단력, 결단력, 숙고력, 추리력, 기억력, 공상력과 더불어, 10개 대대의 생동적 기까지 대동하고 이런저런 협곡과 우회로를 거쳐 바로 그 위기에 처한 장소로 모두 함께 요란하게 몰려갔다. 여러분도 상상할 수 있겠듯이, 그의 상부 지역은 내 지갑만치나 텅 비게 버려두고 말이다.

이 모든 전령들이 그에게 보내 준 최상의 정보들을 갖고도 푸타토리우스는 그 아래에서 도대체 무슨 일이 일어나고 있는지 그 비밀을 가늠할 수 없었으며, 도대체 뭐가 문제인지 어떤 추측도 할 수가 없었다. 그러나 진짜 원인이 무엇으로 판명 날지 알 수 없다 보니 그는 현재의 상황에선 가능한 한 금욕주의자처럼 참아 내는 것이 가장 현명한 일이라고 판단했다. 따라서 얼굴을 찡그리고 입을 오므리는 동작을 통해 이 일에 거의 성공할 뻔했다, 만약 그의 상상력이 거세된 동물처럼 가만히 있어 주었더라면 말이다. —— 그러나 이런 경우에 그 상상력이란 것의 출격을 통제하기는 어려운 법이다. —— 비록 그 통증이 타오르는 열기가 주는 감각이긴 하지만 —— 화상이 아니라 물린 상처 때문일지도 모른다는 생각이 번뜩 머리에 꽂힌 것이다. 그렇다면 도롱뇽이나 불도마뱀 또는 그런 유의 징그러운 파충류가 기어 올라와서 이빨을 들이대고 있는지도 모를 일 아닌가. —— 이런 끔찍한 착상이 떠오르는 중에 마침 밤톨이 주는 통증이 그 순간 새롭게 강화되었으니, 푸타토리우스는 갑자기 공포에 휩싸였고, 이런 격렬한 감정으로 인한 공포스러운 혼란이 막 시작될 때는 최고의 장군들도 흔히 혼이 빠지듯 그 역시 경계심을 놓치게 되었다. —— 그는 순간적으로 자제심을 잃고 벌떡 몸을 일으키면서, 그토록 많은 논란을 일으킨 바로 그 놀라움의 탄성을 뱉어 낸 것이다. 그는 뒤이어 돈절법의 생략을 넣어 다시 제 ——— 랄이라 외쳤는데, —— 엄밀히 말해서 그게 교회법에서 허용하는 말이 아니긴 하지만 이런 경우에 누구든 그 정도도 하지 않을 수는 없었을 것이다. ——— 그게 교회법에 맞는 말이건 아니건, 푸타토리우스는 그 탄성을 뱉게 한 원인을 어쩔 수 없었듯이, 그 탄성이 터져 나오는 것 역시 어쩔 수 없었다.

이 사건의 전말을 설명하는 데 꽤 많은 시간이 소요되었지만 실제로 이 사건이 처리되는 데는 푸타토리우스가 밤톨을 끄집어내어 바닥에 격렬히 집어 던지자, —— 요릭은 의자에서 일어나 그것을 집어 드는 시간밖에 걸리지 않았다.

별것 아닌 가벼운 일이 우리 정신을 침범하여 승리를 누리는 것을 지켜보는 것은 참 흥미로운 일이다. —— 그런 것들이 사람이나 사물에 대한 우리의 의견을 형성하고 지배하는 데 있어 얼마나 막강한 힘을 발휘하는지 믿기 어려울 지경이다. —— 사실 공기처럼 가벼운 사소한 일도 어떤 믿음을 우리 영혼에 불어넣고 그 안에 완강히 뿌리내리게 할 수 있으니 —— 유클리드의 논증법을 불러다가 정면으로 격파를 시도한다 하더라도 그것을 뒤집어엎을 수는 없을 것이다.

푸타토리우스가 분노로 팽개친 밤을 요릭이 주워 들었다고 말했는데 —— 그 동작은 사소한 것이었다. —— 이를 설명하는 것조차 부끄러울 정도지만 —— 그가 그렇게 한 것은 그 밤이 그런 수난을 겪었다고 해서 질이 더 떨어지는 것은 전혀 아니고, 멀쩡한 밤은 몸을 구부려 주울 가치가 있다고 생각했기 때문이다. —— 그러나 이 사건은 그 자체로는 아주 사소한 일이었지만 푸타토리우스의 머릿속에서는 전혀 다른 의미로 새겨졌다. 그는 요릭이 의자에서 일어나 밤을 주운 동작이 그 밤이 본래 자기 것이었음을 명백히 인정하는 행위라고 생각한 것이다. —— 게다가 그는 밤을 가지고 그런 장난질을 친 사람이 다른 누구도 아니라 바로 그 밤의 주인이라고까지 생각하게 되었다. 식탁이 평행 사변형에다 폭이 아주 좁았기 때문에 푸타토리우스의 바로 맞은편에 앉아 있던 요릭이라면 밤을 슬쩍 집어넣는 일이 얼마든 가능해 보였으니 푸타토리우스의 그 생각은 더욱 공고해졌고 —— 결국 요릭이 했다로 확정되었다. 푸타토리우스가 이런 생각을 하며 요릭에게 던진 눈빛, 의심 이상의 뭔가를 담은 그 표정은 그 의견을 명백히 입 밖에 내어 말한 것과 같은 효과를 일으켰고 —— 모두 푸타토리우스가 다른 누구보다 그 사안에 대해 더 많이 알고 있다고 당연히 추정하는 상황이다 보니 그의 의견은 즉각 모두의 의견이 되었다. —— 그리고 지금까지 제시된 것과는 아주 다른 이유로 해서 —— 이 의견은 곧 논란의 여지가 없는 자리를 차지하게 되었다.

이 월하의 사바세계란 무대 위에 뭔가 대단한 또는 전혀 예기치 않은 사건이 떨어져 내려올 경우 —— 인간의 정신은 본래 호기심 투성이의 물질로 되어 있다 보니 당연히 무대 뒤로 날아가서 그 사건의 원인과 첫 번째 동인이 무엇인지 찾게 마련이다. —— 이 경우에 그 탐색은 오래 걸리지 않았다.

요릭이 푸타토리우스가 쓴 논문 *de Concubinis retinendis*를 세상에 해악을 끼친 책이라 생각하여 탐탁지 않게 보았다는 사실은 널리 알려져 있었으니 —— 요릭의 장난에 비장의 의미가 숨어 있다는 것을 찾아내는 것은 그리 어렵지 않은 일이었다 —— 뜨거운 밤톨을 푸타토리우스의 \*\*\*__\*\*\*\*\*에다 던져 넣는 행위는 그의 책에 대한 신랄한 야유의 일격이 아니겠는가 —— 사람들은 그 책 속에 있는 주장이 수많은 정직한 사람들의 바로 그곳을 뜨겁게 달구어 놓았다*고 말해 왔으니 말이다.

이 기발한 착상은 솜노렌티우스의 잠을 깨웠고 —— 아겔라스
테를 웃게 만들었다.* —— 수수께끼의 답을 찾는 데 몰두한 사
람의 표정과 태도를 정확히 떠올릴 수 있다면 가스트리페레스는
바로 그런 모습을 보였다고 생각해도 좋다. —— 간단히 말해서
많은 사람들이 이를 재치의 대가가 만들어 낸 걸작품이라 평가했
다는 것이다.

사건의 전말을 모두 지켜본 독자도 알고 있듯이, 이것은 철학적
몽상만치나 전혀 근거 없는 생각이다. 물론 요릭은 셰익스피어가
그의 조상에 대해 말했듯이 —— "익살꾼이었다." 하지만 그의 익
살은 그런 일이나 그 밖에 그의 짓으로 부당하게 잘못 알려진 수
많은 상스러운 장난을 삼가게 만드는 어떤 것에 의해 순화되어 있
다. —— 사실상 그는 (내가 그에 대한 존경심으로 눈먼 것이 아니
라면) 그의 본성상 절대 할 수 없는 수천 가지 것들을 행하거나 말
했다는 억울한 오명을 평생 짊어지고 사는 불운을 타고났다. 내가
그에 대해 비난하는 바는 —— 아니, 오히려 그것 때문에 그를 비
난하기도 했다가 좋아하기도 하는 그의 기질의 독특성은 얼마든
지 바로잡을 수 있는 소문도 굳이 바로잡는 수고를 하려 들지 않
는다는 데 있다. 그런 식으로 억울한 일을 당했을 때 그는 정확히
그의 비쩍 마른 말 사건 때와 똑같이 대처한다 —— 이유를 설명
하고 명예를 회복할 수도 있지만, 그 나름의 고결한 정신이 그것
을 허락하지 않는다. 게다가 그는 그렇게 옹졸한 소문을 만들어
내는 사람이나, 그것을 퍼뜨리는 사람이나, 그것을 믿는 사람이
나, 다 똑같이 자기에게 해를 끼치는 사람이라 생각하기에, ——
그런 사람들에게 몸을 굽혀 자기 이야기를 풀어 놓을 수는 없었
다. —— 그래서 시간과 진실이 대신 해결해 주도록 맡기곤 했다.

이런 영웅적 기질은 여러 가지 면에서 그에게 수많은 불편을 초래했다. ── 이번 일의 경우에는 푸타토리우스의 반감을 고착시키는 결과를 가져왔고, 그는 요릭이 알밤 사건을 종결짓는 동작을 했을 때, 자기도 다시 한 번 의자에서 일어남으로써 요릭에게 그것을 알렸다. ── 그런데 그는 미소를 지으며 단지 이런 말로 자신의 결심을 표현했다. ── 내가 진 빚을 절대 잊지 않도록 노력하리다.

그러나 여러분은 그 두 가지를 따로 구분하고 차별화해서 이해해야 한다.

── 미소는 좌중을 위한 것이었고,

── 협박은 요릭을 향한 것이었다.


## 제28장


── 묻고 싶은 게 있는데요, 하고 푸타토리우스가 바로 옆에 앉아 있는 가스트리페레스에게 말을 건넸다. ── 이런 우스꽝스러운 일로 의사를 찾는 사람은 없을 테니 말이다. ── 묻고 싶은 게 있는데요, 가스트리페레스, 화기를 제거하는 데 제일 좋은 게 뭐지요? ── 유지니어스에게 물어보지그래요, 가스트리페레스가 말했다. ── 그것은 말이지요, 짐짓 무슨 일 때문인지 모르는 척하면서 유지니어스가 답했다, 어떤 부위인지에 따라 다르지요. ── 그게 혹시 살이 아주 연하고 감싸기 편리한 부분이면 말입니다. ── 두 가지 모두 해당돼요,라고 말하며 푸타토리우스는 문제의 부위에 손을 올리고 머리를 세게 끄덕이며 또한 동시에 통풍도 시키고 통증도 완화하기 위해 오른쪽 다리를 들어 올렸다.

—— 그런 경우라면, 푸타토리우스, 하고 유지니어스가 말을 시작했다, 공연히 건드려서 덧나게 만들지 말라고 충고하고 싶군요. 하지만 가까운 인쇄소에 사람을 보내 막 인쇄기에서 나온 부드러운 종이 한 장에 치료를 맡길 수는 있지요. —— 그것을 그냥 그 부위에 감아 놓기만 하면 됩니다. —— 습기 찬 종이란 게 말이지요, 하고 (친구인 유지니어스 바로 옆자리에 앉아 있던) 요릭이 말을 받았다, 그 자체가 신선한 냉기를 갖고 있긴 하지만 —— 그저 매개물 이상은 아닙니다. —— 그 종이에 흠뻑 스며 있는 기름과 검댕 안료가 치유력을 갖는 거지요. —— 맞아요, 유지니어스가 맞장구를 쳤다, 그게 진정 효과도 가장 높고 안전한 외싱 처치법이라고 감히 추천합니다.

나라면 말이지요, 가스트리페레스가 말을 시작했다, 기름과 잉크의 검댕이 중요하다니까 차라리 그것을 두껍게 바른 헝겊을 직접 감아 놓을 겁니다. 그렇게 하면 그 물건이 악마 같은 몰골이 될 텐데요, 요릭이 응수했다 —— 게다가 말입니다, 유지니어스가 말을 거들기 시작했다, 의사가 그 두 가지를 반반씩 섞도록 처방한 의도, 즉 극도의 깔끔함과 정갈성을 유지시키려는 그 의도에 부합할 수가 없지요. —— 생각해 보세요, 활자가 아주 작을 경우(대개 그럴 수밖에 없지요), 치유력이 있는 입자들이 글자 모양대로 상처와 접촉하면서, 한없이 얇고 거의 수학적으로 균등하게 퍼지는 이점이 있거든요. (새로 문단이 바뀌거나 큰 대문자가 나오는 경우는 제외하고 말입니다.) 주걱을 아무리 잘 다루는 기술이 있어도 그 정도로 만들 수는 없지요. 마침 잘됐네요, 푸타토리우스가 답했다, 내 논문, *de Concubinis retinendis*의 재판본을 지금 이 순간에 인쇄하는 중이거든요. —— 그럼 거기서 아무거나 한 장 쓰면 되겠군요, 유지니어스가 말했다 —— 아무거나라지만 ——

외설스러운 내용이 없는 페이지라는 단서는 붙여야 하지 않겠소, 요릭이 말을 보탰다.

지금 막 제9장을 인쇄하는 중인데요, 푸타토리우스가 답했다, —— 그게 그 책의 마지막에서 두 번째 장입니다. —— 아, 그 장의 제목이 어떻게 되는지요, 요릭이 푸타토리우스를 향해 정중하게 절을 하며 물었다. —— 그게 아마 *de re concubinariâ*\*이지요, 푸타토리우스가 답했다.

아, 제발 그 장만은 피해야 합니다, 요릭이 말했다.

—— 결단코 피해야지요 —— 라고 유지니어스가 덧붙였다.


## 제29장


—— 자, 그런데, 하고 디디우스가 몸을 일으켜 세우며, 오른손 손가락을 쫙 펴서 가슴에 올려놓고 말했다. —— 세례명에 얽힌 그런 실수가 종교 개혁 이전에 일어났다면 말입니다 —— (바로 엊그제 일어난 일인데, 토비 삼촌이 혼잣말을 했다) 그땐 라틴 말로 세례를 하던 시절이니까 ——— (완전히 영어로 진행됐는걸, 하고 삼촌이 말했다) —— 그때라면 여러 가지 칙령의 권위에 의존해 그 세례를 무효화하고 아이에게 새 이름을 줄 몇 가지 변수가 생길 수 있지요. —— 예를 들어 신부가 톰 - 오스틸스의 아이에게 세례를 주는데 라틴어를 잘 몰라서, 그게 흔치 않은 일은 아니지요, *in nomino patrice & filia & spiritum sanctos*\*라고 말했다면 —— 그 세례는 무효로 간주됩니다, —— 실례지만, 하고 키사르키우스가 응대했다, —— 그 경우에는 실수가 단지 어미에 국한되어 있으니 세례는 유효한 거 아닌가요, —— 그게 무효

가 되려면 신부의 실수가 각 명사의 첫째 음절에서 일어나야 합니다, —— 당신이 제시하는 끝음절이 아니라. ——

아버지는 이런 식의 미묘한 논리가 즐거워 한껏 주의를 집중해 귀를 기울이기 시작했다.

예를 들자면, 하고 키사르키우스가 말을 이었다, 가스트리페레스가 존 스트래들링의 아이에게 세례를 주면서, *in Nomine patris* 등등이 아니라 *in Gomine gatris* 등등이라고 말했다고 칩시다. —— 그게 세례가 되나요? 아니지요, 가장 뛰어난 율법 학자들이 부정합니다. 각 단어의 어근이 날아가 버리면서 의미와 개념이 제거되고 전혀 다른 말이 되지 않았습니까. *Gomine*는 이름을 뜻하지 않고, *gatris*도 아버지를 의미할 수 없지요. —— 그럼 그게 뭘 뜻하지요?라고 토비 삼촌이 물었다. ——— 전혀 아무 뜻도 없어요, —— 라고 요릭이 답했다 —— 그런고로 그 세례는 무효입니다, 키사르키우스가 말했다 —— 과연 그리되겠지요, 요릭이 진담 약간, 농담 갑절의 어투로 대답했다.

그러나 좀 전에 예로 든 경우에는 말입니다, 하고 키사르키우스가 말을 이었다, *patris* 대신에 *patrim* 그리고 *filij* 대신 *filia* 같은 식으로 나갔으니 —— 그것은 다만 어미 변화만 틀렸고, 어근은 그대로 남아 있는 거니까, 그 줄기가 어떤 식으로 바뀌든 세례를 방해할 수 없고, 같은 의미가 살아남는다는 겁니다. —— 그렇지만, 하고 디디우스가 끼어들었다, 신부가 그것을 문법적으로 맞게 발음하려는 의도를 갖고 있었다는 게 증명되어야 하지요. —— 맞습니다, 키사르키우스가 답했다, 디디우스 형제, 바로 그런 예가 교황 레오 3세의 교령집에 나와 있습니다. —— 하지만 우리 형님의 아이는 교황과는 아무 상관이 없는데요, 토비 삼촌이 소리쳤다 —— 그 아이는 명백히 프로테스탄트 신사의 아이이고 아버지와 어머니 그리고 그 아이와 혈연관계에 있는 모든 사람의 소망과 의지에 어긋나게 트리스트럼으로 세례된 경우라서 ——

이 문제에서 샌디 씨 아이와 혈연관계에 있는 사람들의 소망과 의지가 중요하달 것 같으면, 하고 키사르키우스가 삼촌 토비의 말을 자르며 끼어들었다. 누구보다 샌디 부인이 가장 상관없는 사람입니다. —— 토비 삼촌은 피우던 파이프를 내려놓았고, 아버지는 이 기묘한 서론의 결말을 듣기 위해 의자를 식탁 쪽으로 좀 더 가까이 끌어당겼다.

샌디 대위, '어머니가 자기 아이의 친족인가'라는 문제는, 하고 키사르키우스가 말을 잇기 시작했다. 이 땅의 최고 변호사들과 민법학자들 사이에서 꽤 논란이 되었던 사안인데요.[14]* —— 그 주장에 대해 이모저모 다 살펴보고 또 공정한 심리와 치열한 토론의 공방전을 수없이 거친 뒤에 —— 부정적으로 판정이 난 명제입니다. —— 즉, "*어머니는 자기 아이의 친족이 아니다*"[15]*라는 거지요. 아버지는 삼촌에게 귓속말하는 척하며 황급히 손을 들어 삼촌의 입을 막았다. —— 사실을 말하자면, 아버지는 릴리벌리로 휘파람이 나올까 두려웠던 것이다. —— 이 신기하기 짝이 없는 주장을 끝까지 듣고 싶은 욕구가 너무 커서 —— 아버지는 삼촌에게 제발 방해하지 말아 달라고 간청했다. —— 토비 삼촌은 고개를 끄덕인 뒤 —— 다시 파이프를 입에 물고는, 마음속으로 릴리벌리로 휘파람을 부는 것으로 만족해야 했다 —— 키사르키우스와 디디우스, 트립톨레무스는 다음과 같이 담론을 계속했다.

그 결정이 아무리 대중의 생각에 역행하는 것처럼 보인다 해도,

---

14) 스윈번의 유언장에 대한 논문, 제7장과 8장을 참조할 것.
15) 브룩의 유산 관리 요약본 제47번을 참조할 것.

라고 키사르키우스가 말을 계속했다, 확실히 이성에 근거해서 내린 결정이고, 흔히 서퍽 공작 사건으로 알려진 그 유명한 소송을 통해 어떤 논란의 여지도 불식된 상태입니다. ── 그 사건은 브룩의 책에 인용되어 있지요, 하고 트립톨레무스가 거들었다 ── 코크 경*도 그것을 주목한 바 있고요, 하고 디디우스가 덧붙였다 ── 스윈번이 쓴 유언장 책에도 나옵니다, 하고 키사르키우스가 말했다.

샌디 씨, 그 사건은 이렇게 된 겁니다.

에드워드 6세의 치세기에 서퍽의 찰스 공작은 한 여인에게서는 아들을, 그리고 다른 여인에게서는 딸을 하나씩 얻었는데, 마지막 유언상에 아들에게 재산을 남기고 죽었지요. 그런데 얼마 있다 그 아들 역시 죽었는데, 유언장도, 아내도, 자녀도 없는 상태에서 죽은 겁니다 ── 그의 어머니와 (아버지의 전실 소생인) 이복 여동생은 살아 있었고요. 그의 재산은 어머니가 관리하게 되었는데, 헨리 8세의 법령 제21조에 의거하면 누군가 유언장 없이 사망한 경우에는 그 재산이 가장 가까운 친족에게 귀속되도록 규정되어 있었거든요.

재산 관리가 그런 식으로 (은밀하게) 어머니에게 넘어가자 이복 여동생은 교회 재판소에 소송을 제기했지요. 그녀의 주장은 첫째, 자기가 가장 가까운 친족이라는 것, 둘째, 그 어머니는 사망한 자의 친족이 전혀 아니라는 겁니다. 따라서 그 어머니에게 허락된 재산 관리권을 철회하고 법령이 규정한 대로 망자의 가장 가까운 친족인 자기에게 넘겨 달라고 법원에 탄원서를 낸 거지요.

사안이 사안인 데다, 이 소송의 결과에 많은 것이 걸려 있는 관계로 ── 이번에 나오는 판결이 선례가 되면 앞으로 엄청난 재산의 향방이 그에 따라 결정될 것이니까요, ── 이 분야의 법뿐만 아니라 민법 분야까지 망라하여 최고의 권위자들에게 자문을 구해 과연 어머니가 아들의 친족인가 아닌가라는 문제를 따져 보게 되었지요. ── 그 결과 세속의 법률가는 물론 ── 교회 법률가 ── 법률 자문가 ── 법리학자 ── 민법학자 ── 변호사 ── 주교 대리 ── 캔터베리와 요크의 종교 재판소와 상속 법원 판사들 그리고 그 밖의 법조 전문가들이 모두 예외 없이 한 가지 의견을 내놓았습니다. 즉 어머니는 자기 아들의 친족이 아니다[16]*라고요. ──

그래, 서픽 공작 부인은 그 결론에 대해 대체 뭐라고 했나요?라고 토비 삼촌이 물었다.

토비 삼촌의 돌발적 질문은 어떤 유능한 변호사의 말보다 더 효과적으로 키사르키우스를 당혹시켰다. ───── 그는 말을 멈추고 꼬박 1분 동안 토비 삼촌의 얼굴을 쳐다보았다. ── 그 1분 사이에 트립톨레무스가 그를 제치고 주도권을 잡아 다음과 같이 담론을 이어 갔다.

이 법의 원칙과 근거는, 하고 트립톨레무스가 말을 시작했다, 어떤 것도 아래로 내려가지 위로 올라가지 않는다는 사실입니다. 그게 얼마나 진실인지는 모르지만 바로 그런 이유 때문에 아이는 부모의 피와 씨에서 나오지만 ── 부모는 아이의 피와 씨에서 나오지 않는다는 주장이 가능하다고 확신합니다. 아이가 부모를 잉태하는 게 아니라 부모가 아이를 잉태한다는 것과 같은 맥락이지요. ── 그래서 그들이 내린 결론은, *Liberi sunt de sanguine patris & matris, sed pater et mater non sunt de sanguine liberorum**이라고 기록되어 있어요.

---

16) Mater non numeratur inter consanguineos. Bald. in ult. C. de Verb. signific.

하지만 그것은, 트립톨레무스, 너무 지나친데요, 디디우스가 소리쳤다, —— 지금 인용한 근거에 의하면, 모두 동의한 대로 어머니가 아들의 친족이 아니라는 사실만 아니라 —— 아버지 역시 아니라는 이야기가 되잖아요. ——— 그게 더 나은 의견이지요, 트립톨레무스가 답했다. 왜냐하면 아버지, 어머니, 아이가 세 사람이긴 하지만 그들은 또 다만 (*una caro*)[17]* 한 몸일 뿐이니까요. 결과적으로 그들 사이에는 어떤 친족 관계도 없고 —— *자연의 법칙 내에서는* 그런 관계를 획득할 방법도 없다는 겁니다. 당신, 거기서 다시 한 번 너무 멀리 나가는데요, 디디우스가 소리쳤다, ——「레위기」에서는 그것을 금하지만 *자연의 법칙*에는 금지 조항이 없거든요 —— 한 남자가 자기 할머니에게 아이를 잉태시키고, 태어난 아이가 여자일 경우, 그 여자아이의 친족 관계는 ——— 아니, 도대체 누가 할머니와 잠자리에 들 생각을 하겠어요?라고 키사르키우스가 소리쳤다 ——— 셀던*의 이야기에 나오는 젊은 신사가 있지요, 요릭이 답했다 —— 그 사람은 그런 일을 생각했을 뿐만 아니라 보복 법칙에 근거한 논리로 아버지 앞에서 그 생각을 정당화하기까지 했는걸요. ——— "아버님, 당신은 내 어머니와 동침했지요 —— 그런데 왜 저는 당신 어머니와 동침하면 안 되나요?" ——— 그게 *Argumentum commune** 라는 겁니다, 요릭이 덧붙였다. 그 사람들한테 딱 어울리는 좋은 논리지요, 유지니어스가 모자를 집으며 답했다.

그 모임은 여기서 해산했다. ——

---

17) una caro 브룩의 유산 관리 초록본 제47번을 참조할 것.

# 제30장

—— 근데 말이지요, 요릭과 아버지의 부축을 받아 느릿느릿 계단을 내려가던 토비 삼촌이 요릭에게 몸을 기울이며 말을 시작했다, —— 아, 부인, 겁먹지 마세요. 이번 계단참의 대화는 지난번처럼 길지 않습니다. —— 근데 말이지요, 요릭, 이 학식 높은 분들이 트리스트럼 문제를 도대체 어느 쪽으로 결정 내린 거지요? 하고 토비 삼촌이 물었다. 아주 만족스럽게요, 요릭이 답했다. 선생, 이 문제와 상관관계가 있는 사람은 아무도 없다는 겁니다 —— 어머니인 샌디 부인이 그 아이와 아무 혈연관계가 없다 하니 —— 사실 어머니가 가장 확실한 혈연이고 보면 —— 샌디 씨는 당연히 더더욱 아무 관계도 없는 셈이지요. —— 간단히 말해서 그 아이와의 친족 관계를 따지자면 샌디 씨나 나나 똑같다는 이야기입니다. ——

—— 과연 그럴지도 모르지, 하고 아버지가 머리를 가로저으며 말했다.

—— 학식 높은 양반들이야 맘대로 말하라 하지요, 토비 삼촌이 말했다, 어쨌거나 서픽 공작 부인과 그녀의 아들 사이에는 분명 어떤 혈족 관계가 존재했을 겁니다.

보통 사람들도 같은 의견이지요, 요릭이 말했다, 지금 이 시간까지도.


# 제31장

이 학구적 담론의 미묘함이 아버지를 크게 자극하고 즐겁게 만들긴 했지만 ── 그저 부러진 뼈에 향유를 발라 주는 일에 불과 했다. ── 아버지가 집에 도착한 바로 그 순간, 그의 고뇌의 하중 은 훨씬 더 무겁게 되돌아왔으니, 기대고 있던 지팡이가 밑에서 미끄러져 나가 버린 상황 같았다. ── 아버지는 수심에 잠겼으며 ── 연못에 자주 발걸음을 했고 ── 모자챙 한쪽을 내려뜨린 채 쓰기도 했고 ── 자주 한숨을 내쉬었으며 ── 발끈하거나 핀잔 주는 일도 삼갔다 ── 히포크라테스가 말하듯이 발끈하게 만드 는 성급하고 불같은 기질이 발한과 소화를 크게 돕는 것이기에 ── 이 불꽃이 꺼지면서 아버지의 건강도 분명 크게 나빠질 형국 이었다. 그때 마침 새로운 걱정거리가 생기지 않았더라면 말이다. 즉 나이나 대고모가 남겨 준 천 파운드의 유산이 들어오면서 아버 지에게 일련의 새로운 고민거리를 제공했고, 아버지의 생각을 크 게 분산시켜 주는 바람에 그의 건강이 구제될 수 있게 되었다. ──

아버지는 편지를 채 다 읽기도 전에 그 내용을 제대로 알아차리 자마자, 즉각 그 돈을 어떻게 하면 가장 명예롭게 집안을 위해 쓸 수 있는지 머리를 짜고 고심하기 시작했다. ── 150가지의 이런 저런 구상들이 차례대로 그의 머리를 점거했다. ── 이런 일, 저 런 일, 또 다른 해야 할 일들이 떠올랐으니 ── 로마에 가고 ── 소송을 시작하고 ── 증권을 사고 ── 존 홉슨의 농장을 사고 ── 집의 전면을 새로 단장하고 별채도 이어 내서 균형을 잡아 주면 좋겠다 ── 강 이쪽에 멋진 물레방아가 있으니, 강 반대편 에다 풍차를 지어 주면 어울리겠지 ── 그 무엇보다도 아버지가 특히 하고 싶은 일은 옥스무어 초지에 울타리를 두르는 일과 나의 형 보비를 즉시 여행길에 보내는 일이었다.

그러나 금액이 한정되어 있고 보니 이 모든 것을 다 할 수는 없는 일이었다 —— 사실상 몇 가지도 제대로 할 수 없는 액수였다. —— 머리에 떠오른 모든 구상 중에서도 마지막 두 가지가 가장 깊은 인상을 남겼고, 앞서 언급한 작은 장애 요인만 없었다면 아버지는 틀림없이 이 두 가지 사업으로 즉시 결정을 내렸을 것이다. 하지만 그 장애 때문에 아버지는 이 둘 중에 어느 쪽이든 한 가지를 선택해야 하는 짐을 짊어지게 되었다.

그러나 그게 전혀 쉬운 일이 아니었다. 아버지는 형의 교육상 필수 과정인 이 유럽 여행을 오랫동안 마음에 두고 있었으며, 빈틈없는 사람답게 그가 모험적으로 투자한 미시시피 사업*의 두 번째 주식 배당금에서 돈이 들어오는 대로 즉각 그 계획을 실천에 옮길 작정까지 하고 있었다. —— 그렇지만 샌디가의 토지에 딸려 있는 공유지 옥스무어 역시 그에 못지않게 오래전부터 그의 마음에 걸려 있는 숙제였다. 크고 훌륭한 이 목초지는 가시금작화 같은 잡초로 덮여 있고 아직 배수 시설도 없이 개간되지 않은 상태여서 어떻게든 이곳을 쓸모 있게 만들고 싶은 소망이 오래전부터 아버지 마음을 차지하고 있었던 것이다.

그러나 지금까지는 어느 한쪽의 우선권이나 정당성을 당장 결정해야 할 처지로 몰려 본 적이 없었던 관계로 —— 아버지는 현명한 사람답게 이 문제에 대해 세심하게 비판적으로 검토하는 일을 자제해 왔다. 하지만 이 시급한 상황에서 다른 모든 계획을 버리고 나니 ———— 이 두 가지 숙원 사업, 즉 **옥스무어**와 **나의 형**이 아버지의 마음을 다시 두 갈래로 나눠 놓고 있었다. 이 두 계획은 너무나 팽팽한 호적수여서 —— 누가 먼저 출발할지를 두고 이 노신사의 마음속에서 만만찮은 싸움을 벌이고 있었다.

—— 사람들이 웃고 싶다면 웃어도 좋다. ———— 그러나 사정은 이러했다.

우리 집안의 오랜 관습이자, 세월이 가면서 거의 당연한 권리가 된 사항이 있었으니, 즉 장남은 성혼 전에 외국으로 자유롭게 진출, 진입, 복귀할 기회를 가져야 한다는 것이다. —— 공기도 바뀌고 체력 단련의 기회도 생겨 개인적 자질을 향상시킨다는 목적뿐만 아니라 —— 해외에 나가 봤다는 사실을 모자에 달린 깃털처럼 과시하고 향유하는 자격을 주기 위해서이기도 하다. —— 아버지의 표현을 빌리면, *tantum valet, quantum sonat*\*인 것이다.

이것은 합리적이고 또 따지고 보면 매우 기독교적이기도 한 특권이기 때문에 —— 왜, 무엇 때문에라는 이유 없이 그것을 박탈한다는 것은, —— 그래서 형이 마차를 타고 유럽을 휩쓸며 돌아다녀 보시 못한 최초의 샌디 집안 장남이 되게 만든다는 것은, 그것도 그가 조금 둔한 청년이란 단지 그 이유 때문이라면 —— 그것은 형에게 터키인보다 더 고약한 대접을 하는 일이 될 것이다.

다른 한편 옥스무어의 경우 역시 그에 못지않게 어려운 문제였다. 옥스무어는 8백 파운드에 달했던 본래 매입가를 차치하더라도 —— 15년 전에 있었던 법정 소송으로 다시 8백 파운드나 잡아먹었고 —— 또 그 때문에 아버지가 얼마나 힘들고 속을 끓였는지는 하느님만 아실 것이다.

그 땅은 게다가 지난 세기 중반 이래로 쭉 샌디 가문 소유였고, 집 앞에서 바로 보이는 위치에 있었으며, 한쪽 끝에는 물레방아가 있고 다른 한쪽 끝은 위에서 말했던 풍차가 들어설 수 있는 자리까지 뻗쳐 있다. 이런 모든 사정을 고려할 때 이 집안 소유의 어느 땅보다 더욱더 많은 돌봄과 보호를 요구할 자격을 갖춘 것으로 보인다. —— 그러나 사람들에게 그리고 그들이 발 딛고 사는 땅에 흔히 찾아오는 어떤 설명할 수 없는 숙명 때문에, —— 그 땅은 그동안 내내 부끄러울 정도로 방치되어 왔다. 진실을 말하자면 그

숙명 때문에 얼마나 고통을 받고 있었는지, 땅의 가치를 아는 사람이 말을 타고 지나가다 그게 어떤 상태에 있는지를 본다면 (오바댜 말로는) 누구든 가슴이 찢어질 정도였다.

그러나 그 땅을 애초에 매입한 것도 —— 그 땅이 현재 있는 그 자리에 있게 한 것도 엄밀히 말해서 아버지가 한 일은 아니다. —— 따라서 아버지는 그 일에 자신이 어떤 식으로든 관련 있다고 생각해 본 적이 없었다 —— 적어도 15년 전, 그러니까 위에서 언급했던 그 저주스러운 소송 사건이 (경계선 문제로) 터지기 전까지는 말이다. —— 이 소송은 전적으로 아버지의 소관이자 주체적 행위였으므로 자연스레 그 땅에 대한 호의적 관심을 일깨워 주었고, 이런저런 사정을 다 따져 보았을 때 아버지는 단지 경제적 이득만을 위해서가 아니라 명예를 위해서라도 이 땅을 위해 뭔가 해야 한다는 책임감을 느끼게 되었다 —— 그것도 지금 당장이 아니면 절대 때가 오지 않을 것이라는 생각까지 하게 되었다.

이 두 가지 사안이 이렇듯 팽팽하게 균형을 이뤄 대치하게 된 데는 분명 어떤 불운이 작용했다는 생각이 든다. 왜냐하면 아버지가 이 일을 온갖 기분 상태에서 저울질해 보고, —— 어떻게 하는 게 최상일지를 두고 가장 심오하고 추상적인 명상을 하며 애태우는 시간을 수도 없이 보내고 —— 하루는 농사에 대한 책을 —— 다른 하루는 여행에 대한 책을 읽고 —— 모든 열정을 완전히 배제한 뒤 —— 양측의 논거를 각각의 관점과 상황에 따라 검토해 보고 —— 매일매일 토비 삼촌과 대화를 나누고 —— 요릭과 논쟁을 하고, 오바댜와 옥스무어의 전반적 상황에 대해 논의해 보기도 했지만 —— 아무리 애를 써도 한편에 유리하면서 다른 한편에는 적용되지 않는 사항이나 또는 최소한 같은 비중의 다른 고려 사항으로 무게가 맞춰지지 않는 사항을 찾을 수가 없었다. 즉 저울은 늘 수평을 이루고 있었다.

사실 옥스무어가 적당히 사람 손을 빌리고 제대로 도움을 받는 다면 지금 현재의 모습이나, 또는 그대로 두었을 때 앞으로 보일 모습과는 분명 크게 다른 모습을 갖추게 되리란 것은 의심할 여지 가 없다. —— 그러나 나의 형 보비의 경우도 이 말이 정확히 그대 로 해당된다 —— 오바댜가 뭐라고 하건 말이다. ————

이해관계만을 따져 본다면 —— 언뜻 보기에 이 둘 사이의 시합 이 그리 백중세처럼 보이지 않는다는 것은 인정하는 바다. 왜냐하 면 아버지가 펜과 잉크를 손에 쥐고, 옥스무어에 울타리를 치고 풀을 깎고 태우는 등등의 비용과 —— 그 대가로 들어오게 될 수 익을 계산해 보면 —— 아버지식의 계산법에서는 후자가 엄청 높 게 나오기 때문에 옥스무어가 당연히 승리한다고 장담할 수도 있 었을 것이다. 바로 첫해에만도 1백 라스트*의 유채를 수확하여 1 라스트당 20파운드를 받을 수 있고 —— 게다가 그다음 해에는 작 황이 좋은 밀을 수확할 수 있을 것이고 —— 또 그다음 해에는 아 무리 적게 잡아도 1백 쿼터 —— 아니, 2백까지는 아니더라도 —— 틀림없이 150쿼터 정도의 완두와 콩도 나올 것이고 —— 더 구나 감자는 한량없이 나올 게 분명하다. —— 하지만 그동안 내 내, 그 곡식을 먹는 돼지처럼 내 형을 양육하는 셈이라는 생각이 —— 아버지의 머리를 마구 두들기기 시작하면, 이 노신사는 다시 불확정의 상태에 빠지게 된다. —— 해서 아버지는 종종 삼촌을 향해 —— 도대체 어떻게 해야 할지 발뒤꿈치를 알 수 없는 것만 큼이나 도저히 모르겠다고 소리쳤다.

이렇게 똑같은 힘을 가진 두 가지 사업에 의해, 그것도 동시에 서로 반대 방향으로 완강히 당기는 두 힘에 의해, 사람 마음이 두 갈래로 찢기는 것이 마치 역병처럼 얼마나 괴로운 일인지, 그것을 느껴 보지 못한 사람은 절대 상상도 못할 것이다. 여러분도 알다시 피 인체의 신경 체계는 생동적 기와 그 밖의 미묘한 체액들을 심장 에서 두뇌 등으로 전달하는 통로인데, 이 정교한 신경 체계가 전반 적으로 영향을 받으면서 필연적으로 야기하는 대혼란은 접어 두 고라도 ——— 그 같은 변덕스러운 마찰이 앞뒤로 왔다 갔다 하 는 중에 지방을 소모하고 체력을 손상시키면서 보다 단단하고 큰 인체 부위에도 얼마나 큰 해악을 끼치는지는 말로 다 할 수 없다.

아버지는 내 **세례명** 때문에 당했던 것처럼, 이 재난 때문에도 틀 림없이 무너지고 말았을 것이다. —— 만약 새로운 재난 —— 즉 나의 형 보비의 죽음이라는 불행이 덮쳐, 아버지를 그 재난에서 구해 주지 않았더라면 말이다.

인간의 삶이란 무엇인가! 그저 이 모퉁이에서 저 모퉁이로 이리 저리 변통하며 자리 바꾸기를 하는 게 아닐까? —— 이 슬픔에서 저 슬픔으로? —— 한 가지 괴로움의 원천을 봉쇄하면! —— 또 다른 괴로움의 문이 열리는 것 아닌가!


## 제32장


바로 이 순간부터 나는 샌디 가문의 확실한 법정 상속인으로 간 주된다. —— 그리고 이 시점부터 내 **인생**과 **생각**에 대한 이야기가 제대로 출범하게 되는 것이다. 그동안 그토록 서두르고 조급하게 진행해 온 작업은 건물을 올리기 위한 정지 공사였던 셈이다. ——— 이 건물은 아담 이래로 한 번도 설계되거나 만들어진 적 이 없는 그런 건물로 판명 날 것이라 예견한다. 앞으로 5분 이내 에 나는 내 펜을 불에 던질 것이고, 뒤이어 잉크병 바닥에 남아 있는 진한 잉크 몇 방울도 불에 쏟아 버릴 것이다. —— 그 시간 안에 해야 할 일들이 열 가지 정도 남아 있다 ——— 이름을 지어야 할 것이 하나 있고 —— 애도해야 할 것 —— 소망할 것 —— 약속할 것과 협박할 것이 있고 —— 추정할 것 —— 선포할 것 —— 숨길 것 —— 선택할 것과 기원할 것도 하나씩 있다. —— 따라서 이 장은 **것들의 장**이라 *명명한다.* —— 그리고 그다음 장은, 그러니까 내가 계속 살아 있다면 나올 다음 권의 첫 번째 장은 내 작품에 어떤 연속성을 주는 의미에서 **구레나룻 수염**에 관한 장이 될 것이다.

내가 애도해야 할 것은, 하도 여러 가지 것들이 계속 몰려드는 바람에 내가 너무나 열렬히 갈망하고 기대해 왔지만 아직 손대지 못한 부분이 있다는 사실이다. 그것은 바로 일종의 출격 작전, 특히 토비 삼촌의 연애 작전 이야기다. 이 작전을 둘러싼 사건들은 지극히 특이한 성격을 띠고 있고, 지극히 세르반테스적인 틀을 갖추고 있으니, 내가 제대로 다루어서 그 사건들이 나 자신에게 불러일으키는 감흥을 다른 사람들에게도 그대로 전달할 수만 있다면 ——— 장담하건대, 그 책은 자기 주인보다 훨씬 훌륭하게 출세 가도를 달릴 수 있을 것이다. ——— 아, 트리스트럼! 트리스트럼! 그렇게만 해낼 수 있다면 ——— 작가로서 그대를 따라다닐 그 명예가 한 남자로서 그대가 겪었던 수많은 재난을 상쇄하게 될지니 —— 후자에 대한 온갖 감각과 기억을 상실했을 때도 —— 그대는 전자를 양식 삼아 축제를 즐길 수 있을 것이다! ———

이 연애 이야기에 손을 대고 싶어 내가 이토록 좀이 쑤시는 것은 당연한 일이다 —— 그 이야기는 내 작품 전체에서 가장 맛깔스러운 토막이니까! 내가 그 부분에 들어가게 되면 —— 선량한 분들이여, 확인해 두십시오. —— (비위가 약해서 기분이 상할 사람은 개의치 않고) 내가 언어 선택에 까다롭게 굴지 않을 것이라는 사실을. ——— 그게 바로 내가 *선포하*는 것이다. —— 아무래도 5분 이내에 할 일을 다 처리할 수 없을 것 같아 두렵긴 하지만, —— 내가 소망하는 것은 여러 어르신들께서 기분 상하지 않았으면 하는 것이다 —— 혹시 상하신다면, 내가 내년에는 틀림없이 나의 선량한 신사분들이 진짜로 기분 상할 어떤 것을 내놓으리라 다짐하는 바다. ——— 이것은 나의 제니가 잘 쓰는 방법이다 —— 그러나 나의 제니가 누구인지 —— 여자의 문의 맞는 문과 틀린 문이 각각 무엇인지는 내가 *숨겨야* 할 것들이다. —— 그 내용은 단춧구멍에 관한 장 다음다음 장에서 알려 드릴 생각이고 —— 한 장이라도 더 먼저는 안 된다.

이제 여러분은 이 작품의 제4권 끝 부분에 당도했다. ——— 내가 *물어봐야* 할 것은, 머리가 좀 어떠십니까?라는 것이다. 내 머리는 무지무지하게 쑤시고 있다. —— 여러분의 건강으로 말할라치면, 훨씬 좋아졌다는 것을 내가 알고 있다. ——— 진정한 *샌디즘*은, 당신이 어떤 반대 의견을 갖고 있든 간에, 심장과 폐를 활짝 열어 주고, 그 특성에 가담하는 모든 호의적 감정과 마찬가지로, 인체의 혈류와 그 외 생명에 필수적인 체액들이 원활히 흐르도록 힘을 불어넣어 주고, 생명의 바퀴가 오랫동안 기분 좋게 돌아가도록 만들어 준다.

만약 내가 산초 판사처럼 내 왕국을 선택할 기회가 생긴다면, 몇 푼 안 되는 돈이나 챙기자고 해양 왕국이나 —— 흑인 왕국을 택하진 않을 것이다.* ——— 아니, 나는 기분 좋게 잘 웃는 국민들의 왕국을 택할 것이다. 성마르고 음울한 감정은 혈류와 체액에 이상을 일으키며, 자연이 준 사람의 몸뿐 아니라 정치적 몸에도 나쁜 영향을 미치게 마련이고, —— 몸에 밴 덕성만이 이런 감정을 제대로 다스려 이성을 따르도록 이끌 수 있으므로 —— 나는 내 기도에 이런 말을 덧붙여야 할 것이다 —— 하느님, 제 국민이 **쾌활**한 만큼 **현명**할 수도 있도록 은총을 내려 주소서. 그렇게만 된다면 저는 세상에서 가장 행복한 군주가 될 것이고, 제 국민 또한 하늘 아래 가장 행복한 백성이 될 것입니다.——

여러 어르신들께서 허락해 주신다면, 지금으로선 이런 교훈을 드리는 것을 끝으로 작별을 고하고 열두 달 후 이 시간에 다시 뵙도록 하겠습니다. 그때는 (그사이 이 고약한 기침이 제 목숨을 뺏어 가지 않는다면 말이지요) 어르신들의 수염을 다시 한 번 잡아당겨 드리면서,* 당신께서 꿈도 꾸지 못한 이야기를 세상에 내놓도록 하겠습니다.

## 제5권

내가 하는 말이 너무 분방하고 혹시
때론 너무 가볍다 하더라도 그 정도의 자유는
너그러이 허락해 주시겠지요.
— 호라티우스

내 글이 신학자치고는 너무 익살스럽고, 그리스도인치고는
너무 신랄하다고, 통렬히 비판하는 분들이 있을지 모르지만,
그것은 내가 아니라 데모크리토스가 한 말입니다.
— 에라스뮈스*

# 존경하는
# 존 스펜서 자작님께[*]

각하,

이 두 권의 책을 각하께 바치는 것을 허락해 주십사 하고 머리 숙여 청합니다. 이 책은 제가 건강이 심하게 악화된 상태에서 제 재능이 미칠 수 있는 한 최선을 다한 작품입니다. — 신의 섭리가 그 둘 중 어느 한 가지라도 좀 더 넉넉히 제게 베풀어 주었더라면, 이 책이 각하께 올리기에 보다 적합한 것이 될 수 있었을 텐데요.

한 가지 더 각하의 양해를 청할 것이 있습니다. 제가 이 책을 각하께 헌정하면서, 제6권에 나오는 르 피버 이야기만은 따로 레이디 스펜서께 바치고 싶습니다. 그 부분은, 제 가슴으로 판단하기에, 매우 따뜻한 인간적인 이야기이기 때문이지, 다른 어떤 동기도 없었다는 것을 말씀드립니다.

*각하,*
*각하의*
*가장 헌신적이고*
*가장 보잘것없는 종,*
**로렌스 스턴 올림**

# 제1장

혈기 왕성한 조랑말 두 마리와, 그 녀석들을 스틸턴에서 스탬퍼드까지 몰고 간 그 천방지축의 마부 때문이 아니었다면, 나는 절대로 그런 생각을 떠올리지 않았을 것이다. 그는 번개같이 날아갔다. —— 약 3마일 반에 이르는 비탈길이 있었는데 —— 우리가 거의 땅에 닿지도 않을 정도로 —— 그 움직임이 얼마나 빠르고 —— 얼마나 격렬했는지 —— 그 생각이 문득 내 머리에 떠올랐고 —— 내 가슴도 그에 동조했다. —— 낮을 관장하는 위대한 신이시여, 나는 태양을 올려다보고, 마차의 앞 창문 밖으로 팔을 뻗치면서 말했다. "집에 도착하는 즉시, 내 서재 문을 잠그고, 열쇠를 집 뒤 켠에 있는 두레우물 속 90피트 아래로 던져 버리고 말겠습니다."*

런던행 마차는 내 결심을 더욱 공고히 만들어 주었다. 마차는 언덕 위에 비틀거리며 매달려 있었으니, 여덟 마리의 육중한 짐승이 끌고 — 또 끌어당기는데도 거의 앞으로 나아가지 못하고 있었다. —— "힘을 내라니까! — 라고 나는 고개를 끄덕이며 말했다. — 하지만 너희보다 우월한 존재들도 아무리 끌어당겨 봤자* 매한

가지긴 하지, — 누구든 다 그러기 마련이라니! —— 아, 희한하기
도 하구나!"

말씀 좀 해 주세요, 학식 높은 분들, 우린 언제나 몸집을 키우는
일만 하지 — 내용을 키우는 일은 하지 못하게 마련입니까?

약제사들이 이 병에서 저 병으로 옮겨 붓기만 해서 새로운 약을
만들듯이, 우리도 언제나 그런 식으로 새 책을 만들게 마련입니까?

같은 밧줄을 꼬았다 풀었다 끝없이 그래야만 하나요? 언제나
똑같은 길을 — 언제나 똑같은 발걸음으로?

세상 끝나는 날까지, 평일은 물론 거룩한 날에도, 마치 수도사
들이 성인의 유골을 보여 주듯이, 학문의 유골만 보여 주도록 운
명 지어졌단 말인가요? — 그 유골로 단 하나의 — 그저 단 한 가
지라도 — 기적을 만들어 내는 일은 없게 마련입니까?

누가 **인간**을 이렇게 만들었습니까, 한순간에 지상에서 천국으로
비상할 힘이 있고 — 가장 위대하고, 가장 뛰어나며, 가장 고귀한
피조물이고, — 조로아스터가 그의 책 𝜋𝜀𝜌ì 𝜑ύ𝜎𝜀𝜔𝜍에서 자연의
기적이라 불렀고, 크리소스톰은 신성의 현시(顯示), **셰키나**라고,
— 모세는 하느님의 이미지, 플라톤은 신성의 빛줄기, 아리스토텔
레스는 경이 중의 경이라 불렀던 바로 그 인간이 — 이처럼 처량
하고, — 나약하게 — 비열한 모양새로 몰래 기웃거리며 돌아다니
게 만든 자가 대체 누구입니까?*

이 문제를 두고 호라티우스처럼 심한 비난을 퍼붓고 싶은 생각
은 추호도 없다* —— 그러나 그저 소망하기만 하는 일은 비유의
남용이나 죄가 되지 않는다면, 영국과 프랑스 그리고 아일랜드에
있는 모든 모방꾼들이 모조리 피저병(皮疽病)*에 걸리기를 충심으
로 소망하는 바다. 나아가 이들이 모두 들어갈 만큼 거대한 피저
병 수용소를 만들어 — 그래, 정말로, — 남녀 가릴 것 없이, 털북

숭이 넝마 같은 녀석이건, 꼬리 잘린 녀석이건, 어중이떠중이들을 모조리 수용해서 모두 순화시켜 줄 수 있었으면 좋겠다. 이 말을 하다 보니 구레나룻 이야기로 넘어가고 싶어지는데 — 그게 도대체 어떤 생각의 연결 사슬에 의한 것인지는 — 내숭쟁이들과 타르튀프*들에게 양도 불능의 영구적 유산으로 남겨 주어, 두고두고 즐기며 득을 보게 할까 싶다.

### 구레나룻 수염에 대해

그런 약속을 하다니 — 그것은 사람이 생각해 낼 수 있는 가장 경솔한 약속이었다 —— 구레나룻 수염에 대한 장(章)이라니! 어찌할꼬! 세상이 그것을 참아 낼 리가 없다, —— 얼마나 까탈스러운 세상인데. — 그러나 난 세상이 어떤 근성을 가졌는지 몰랐고 — 이 밑에 옮겨 놓은 조각 글도 본 적이 없었다. 만약 그렇지 않았다면 코가 분명 코일 뿐이고, 구레나룻도 그저 구레나룻일 뿐이듯이, (아니라고 말하고 싶으면 얼마든지 그래도 좋다) 그만큼 분명하게 난 이 위험한 장을 피해 갔을 것이다.

### 조각 글

\*  \*  \*  \*  \*  \*  \*  \*  \*  \*  \*  \*  \*

\*  \*  \*  \*  \*  \*  \*  \*  \*  \*  \*  \*  \*

\*  \*  \*  —— 반쯤 졸고 계신데요, 부인, *구레나룻*이라는 단어를 막 입에 올렸던 노신사가 노부인의 손을 잡고 지그시 누르면서 말했다. —— 주제를 바꿀까요? 절대 아니에요,라고 노부인이 대답했다. — 당신이 이런 주제로 이야기하는 게 좋은걸요. 그

래서 부인은 얇은 가제 손수건을 머리 위에 얹고, 얼굴은 노신사를 향한 채 의자에 머리를 기대면서, 뒤로 눕느라 두 발은 앞으로 올리면서 말을 이었다 ── 이야기를 계속해 주시면 좋겠네요.

노신사는 다음과 같이 이야기를 이어 나갔다. ────── 구레나룻이라고! 라 포수스가 이 단어를 입에 올리자마자 나바르의 왕비는* 매듭 공을 떨어뜨리며 소리쳤어요. ──── 구레나룻이라고요, 마마, 라 포수스는 그 공을 왕비의 앞치마에 꽂아 주고, 공손히 절을 하며 되풀이했습니다.

라 포수스의 목소리는 본래 부드럽고 나지막하면서도 아주 또록또록했어요. 그래서 구레나룻이라는 단어의 글자 하나하나가 이 나바르 왕비의 귀에 또렷이 입력되었지요. 구레나룻이라고! 왕비는 자기 귀를 의심한다는 듯 그 단어를 더욱 강조하며 소리쳤지요. ── 구레나룻이라고요, 라 포수스가 그 단어를 세 번째 되풀이하며 대답했어요. ── 마마, 나바르를 온통 뒤져 봐도 그 나이 또래에 그렇게 멋진 것 한 쌍을 가진 기사는 없답니다, 하고 시녀는 왕비가 그 시동에게 호감을 갖도록 유도하며 말을 이었습니다. ── 무엇 한 쌍이란 거지? 마르그리트는 미소를 지으며 물었고 ── 구레나룻 한 쌍이오, 라 포수스는 한없이 정숙한 태도로 대답했습니다.

구레나룻이라는 단어는 라 포수스가 그 말을 분별없이 사용했음에도 불구하고, 나바르라는 작은 왕국 전역에서 아직도 제자리를 고수하고 있었고, 대부분의 점잖은 자리에서 여전히 사용되고 있었습니다. 사실상 라 포수스는 왕비 앞에서뿐만 아니라 궁정의 이런저런 자리에서도 언제나 뭔가 비밀스러운 의미가 함축되어 있는 듯한 어조로 이 단어를 입에 올렸답니다. ───── 마르그리트의 궁정은, 온 세상이 다 알다시피, 당시 여성에 대한 정중한 헌신과 경건한 신앙심이 혼재하는 곳이었고 ───── 구레나룻은 전자와 후자에 적용되는 것이었으니, 그 단어가 입지를 지킨 것은 당연한 일이 겠지요 ─ 잃는 것이 있으면 그만큼 얻는 것도 있었거든요. 즉, 성 직자들은 그것을 지지했고 ─ 평신도들은 그것에 반대했으며 ─ 여자들로 말하자면, ── 생각이 나뉘고 있었지요. ──

젊은 근위병 드 크루아는 아주 빼어나게 잘생기고 체격도 좋았 기 때문에 많은 시녀들의 시선이 그가 말을 타고 보초를 서고 있 는 궁정 문 앞의 테라스로 쏠리기 시작했습니다. 레이디 드 보시 에르는 그를 보자마자 깊은 사랑에 빠졌으며, ─ 라 바타렐도 마 찬가지였지요. ─ 그날은 사랑에 빠지기에 안성맞춤인 날씨, 나바 르에서 기억될 만한 날씨였으니 ─ 라 기욜, 라 마로네트, 라 사바 티에르 역시 드 크루아를 보고 사랑에 빠졌답니다 ─ 라 르부르와 라 포수스는 보다 분별력 있는 편이었는데 ─ 드 크루아가 라 르 부르의 마음을 사려고 시도했지만 실패한 것은 라 르부르와 라 포 수스가 떼려야 뗄 수 없는 친밀한 사이였기 때문입니다.

드 크루아가 별궁 출입문을 지나가고 있을 때 나바르의 왕비는 시녀들과 함께 그 문을 마주 보는 채색된 내닫이창에 앉아 있었어 요. ─ 참 잘생겼지요,라고 레이디 보시에르가 말했고 ─ 풍채가 좋은데요,라고 라 바타렐이 말했습니다. ─ 라 기욜은 몸매가 잘 빠졌어요,라고 말했습니다. ─ 내 평생에 저렇게 멋진 다리를 가 진 기마 근위대 장교는 본 적이 없네요,라고 라 마로네트가 말하 자 ─ 그 다리로 저렇게 멋지게 서 있는 근위병도 본 적이 없어요, 라고 라 사바티에르가 말을 받았습니다. ── 하지만 구레나룻이 없는걸요,라고 라 포수스가 소리쳤습니다. ─ 솜털 한 가닥도 없 는데요,라고 라 르부르가 말했습니다.

왕비는 곧장 기도실로 향했는데, 복도를 따라 걸어가는 내내 그 문제에 대해 골똘히 생각하면서, 요모조모 궁리하고 따져 가며 공상에 빠졌습니다 —— 아베 마리아 † —— 라 포수스의 말이 무슨 뜻일까? 그녀는 방석 위에 무릎을 꿇으면서 말했습니다.

라 기욜, 라 바타렐, 라 마로네트, 라 사바티에르도 즉시 각자의 방으로 물러갔는데 — 네 여자가 모두 안에서 문의 빗장을 채우며, 구레나룻! 하고 혼잣말을 했습니다.

레이디 카르나발레트는 버팀 살을 넣은 치마 아래로 손을 넣어 양손으로 몰래 묵주를 세고 있었는데 — 성 안토니부터 성 우르술라에 이르기까지 구레나룻 없는 성인은 단 한 사람도 그녀의 손가락을 통과하지 않았습니다. 성 프란체스코, 성 도미니크, 성 베네트, 성 바질, 성 브리지트는 모두 구레나룻을 가진 성인들이었지요.

레이디 보시에르는 라 포수스의 말에 대해 너무 복잡하게 도덕적 고찰을 하다 보니 기발한 상상력의 황무지로 빠져들어 갔습니다. — 그녀는 작은 말에 올라탔고, 시종이 그녀의 뒤를 따랐으며 — 성체 미사 빵도 지나친 채 — 계속 말을 타고 갔습니다.

1드니에만 부탁드립니다, 자비 수도회 수사가 외쳤지요. — 참을성 많은 수천 명의 포로들이 구원을 기다리며 하늘과 당신만 쳐다보고 있답니다. 그들을 위해 1드니에 동전 하나만 부탁드립니다.*

— 레이디 보시에르는 계속 말을 타고 갔습니다.

불행한 사람들을 측은히 여겨 주십시오. 신앙심 깊고, 덕망이 높아 보이며, 백발이 성성한 남자가 쇠테를 두른 상자를 주름살투성이 손에 들고 공손히 내밀면서 말했습니다. —— 저는 불운한 사람들을 위해 구걸하고 있습니다. — 선량하신 부인, 이건 감옥을 위한 일이고 — 병원을 위한 일, — 노인을 위한 일입니다 — 배가 난파되어서, 또는 빛보증을 섰다가, 또는 화재가 나서 모든 것을 잃은 불쌍한 사람을 생각해 주세요. —— 하느님과 모든 천사들을 증인으로 모시고 말씀드리건대 — 헐벗은 자를 입히고 — 배고픈 사람을 먹이고 — 병든 자와 마음에 상처받은 자에게 위안을 주기 위해 하는 일입니다.

— 레이디 보시에르는 계속 말을 타고 갔습니다.

초라한 차림새의 친척 한 사람이 머리가 땅에 닿도록 절을 했습니다.

— 레이디 보시에르는 계속 말을 타고 갔습니다.

그는 모자도 쓰지 않은 채 그녀의 말 옆을 쫓아가며 과거의 우정과 연대감, 혈연 등등의 끈에 호소하며 애원했습니다. — 사촌, 숙모, 누이, 어머니 — 당신의 덕성, 나의 덕성을 위해, 덕성 자체를 위해, 그리고 예수 그리스도를 위해 나를 배려해 주시고 — 불쌍히 여겨 주시지요.

— 레이디 보시에르는 계속 말을 타고 갔습니다.

내 구레나룻을 잡고 있게, 레이디 보시에르가 말했습니다. —— 시동이 그녀의 말을 붙들었습니다. 그녀는 테라스 끝에서 말을 내렸습니다.

어떤 사념의 행렬은 눈과 눈썹 주변에 자신의 흔적을 남겨 놓는 경우가 있습니다. 그리고 가슴 주변 어딘가에서 그것을 의식하게 되는데, 그럴 경우 그 흔적이 더욱 강하게 각인되게 마련이지요. — 우리는 그것을 보고, 철자를 찾아내고, 사전 없이도 그 의미를 알아챌 수 있답니다.

하, 하! 히, 히! 라 기욜과 라 사바티에르가 서로의 얼굴에 나타난 그 흔적을 자세히 살펴보며 소리쳤습니다. —— 호, 호! 라 바타렐과 마로네트 역시 그 흔적을 보며 소리쳤습니다. — 한 사람은 쉿! — 두 번째 사람은 — 쉬, 쉬 — 세 번째 사람은 쉬잇, 조용히라고 말했고 —— 네 번째 사람은 푸, 푸라고 응답했습니다 —

레이디 카르나발레트는 어머나, 이를 어째! 하며 소리쳤는데, — 그녀는 바로 성 브리지트에게 구레나룻을 붙여 준 사람이지요.

라 포수스는 머리를 묶고 있던 큰 핀을 뽑아, 그 뭉툭한 끝으로 윗입술 한 켠을 따라 작은 구레나룻의 윤곽을 그린 뒤, 그것을 라르부르의 손에 쥐여 주었습니다. — 라 르부르는 머리를 가로저었습니다.

레이디 보시에르는 토시 안에 대고 세 차례 기침을 했고 — 라 기욜은 웃음을 지었으며 — 레이디 보시에르는 쳇, 뭐야,라고 말했습니다. 나바르의 왕비는 집게손가락 끝을 눈에 갖다 댔는데 — 내가 너희 속내를 다 알지,라고 말하는 듯했습니다.

이렇게 되니 이 단어가 궁정 전체에서 아주 몹쓸 말이 되어 버린 게 분명했습니다. 라 포수스는 이 단어에 상처를 입혔고, 게다가 이런 식으로 여러 사람을 거치며 더럽힘을 당했으니 그게 더 나아질 리 없었지요. — 그래도 몇 달 동안은 그 어휘가 불안한 입지를 유지했지만, 그 기간이 끝날 무렵, 드 크루아가 구레나룻도 없으니 나바르를 떠나는 게 낫겠다고 마음먹으면서 — 그 어휘는 정녕 상스러운 말이 되어 버렸고, (몇몇 시도에도 불구하고) 전혀 사용할 수 없는 말이 되어 버렸습니다.

가장 훌륭한 나라의 가장 훌륭한 언어에 속하는 가장 좋은 단어도 이런 복합적인 상황에선 살아남기 힘들 것이다. — 데스텔라[*]의 부목사는 언어의 남용을 비판하는 책을 내고, 연상 개념의 위험성을 강조하면서, 나바르 사람들이 그것을 경계하도록 촉구한 바 있다.

온 세상이 다 알다시피,라고 이 부목사는 책의 결론 부분에서 말하고 있다, 몇 세기 전에는 유럽 전역에서 코라는 단어도 구레나룻이 지금 나바르 왕국에서 당한 것과 똑같은 운명을 겪지 않았습니까? — 당시에는 그 해악이 더 멀리 퍼지지는 않았지만 — , 그러나 그때 이래로 침대나 덧베개, 취침용 모자 그리고 요강 같은 어휘들도 벼랑 끝에 몰려 있지 않습니까? 꼭 끼는 바지, 치마의 옆트임 구멍, 펌프 핸들* — 물통 마개나 수도꼭지 같은 말들역시 같은 연상 작용 때문에 위기에 처해 있지 않습니까? — 순결이란 게 그 본성상 가장 점잖은 감정이긴 하지만 — 그 단어도 제멋대로 하게 내버려 두어 보세요. — 그럼 날뛰며 포효하는 사자처럼 될 겁니다.

그러나 사람들은 데스텔라의 부목사가 주장하는바 그 취지를 이해하지 못했다. — 냄새의 방향을 잘못 잡은 것이다. — 세상은 그의 당나귀 꼬리에다 고삐를 달았으니. — **예민함**의 극치와 **욕정**의 초보가 모여 다음번 지방 교회 참사회 총회를 연다면, 아마 그의 책도 외설이라고 판결했을 것이다.

## 제2장

나의 형 보비의 죽음을 알리는 우울한 편지가 도착했을 때, 아버지는 칼레에서 파리 그리고 여기저기를 거쳐 리옹까지 가는 역마차 비용을 계산하느라 바빴다.

그것은 참으로 불길한 여행이었다. 아버지가 종착역에 거의 다 도착했을 때 마침 오바댜가 문을 열고, 집 안에 이스트가 떨어졌다면서 — 내일 아침 일찍 이스트를 구하러 가는 길에 마차용 말을 좀 써도 되겠느냐고 묻는 바람에, 아버지는 갔던 길을 다시 하나하나 되밟으며 계산을 새로 해야 될 처지가 되었다. — 아무렴, 괜찮고말고. 오바댜, 아버지가 (여행을 계속하면서) 말했다. —

마차 말을 타고 가게, 얼마든지. ― 근데 그게 발굽이 하나 빠졌는데요, 아 불쌍한 녀석! 하고 오바댜가 말했다. ― 불쌍한 녀석! 토비 삼촌이 같은 음을 만드는 현처럼 그 음을 되울리며 말했다. 그럼 스코틀랜드 말을 타고 가게, 아버지가 서둘러 말했다. ― 그 녀석은 세상을 다 준다 해도 등에 안장을 견딜 형편이 아닌걸요, 오바댜가 답했다. ―― 그 녀석한테 마가 낀 모양이군, 그럼 **패트리어트**\*를 타고 가면 되잖아, 그리고 문 좀 닫게, 아버지가 소리쳤다.
―― **패트리어트**는 팔지 않았습니까, 하고 오바댜가 말했다. ― 이게 무슨 소린가! 아버지는 잠시 멈추더니 삼촌의 얼굴을 쳐다보면서, 마치 전혀 모르는 일인 듯 소리쳤다. ― 나리께서 지난 4월에 그것을 팔라고 지시하셨는데요, 오바댜가 말했다. ― 그럼 힘들더라도 걸어가게나, 아버지가 소리쳤다. ― 저도 말을 타느니 걸어가는 게 낫겠습니다, 오바댜가 문을 닫으며 말했다.

도대체가, 참! 아버지는 계산을 진행하면서 소리쳤다. ― 그런데 물이 범람했거든요, 문을 다시 열면서 ― 오바댜가 말했다.

상송\*의 지도와 역마찻길 안내 책자를 앞에 펼쳐 놓고 있던 아버지는 그 순간까지도 컴퍼스의 다리 하나를 거기까지 마차 값을 지불한 네베르\*에 고정시키고 컴퍼스 꼭대기에 손을 올려 두고 있었다. ― 오바댜가 방에서 나가는 대로 그 지점에서부터 여행과 계산을 재개할 참이었던 것이다. 그런데 오바댜가 다시 방문을 열고 온 천지가 물에 잠기게 만든, 이 두 번째 공격은 아버지도 감당할 수가 없었다. ― 그는 컴퍼스를 내려놓았다. ― 아니, 그보다는 우연한 사고 같기도 하고, 분노 때문인 것 같기도 하고, 또는 그 두 가지가 뒤섞인 것 같기도 한 동작으로, 그것을 책상 위에 던졌다고 해야 할 것이다. 그러니 아버지는 출발했을 때보다 조금도 더 현명해진 것 없이 (다른 많은 사람들도 그러듯이) 다시 칼레로 돌아갈 수밖에 없게 되었다.

형의 죽음을 알리는 편지가 거실에 도착했을 때, 아버지는 다시 여행을 시작해 바로 그 네베르까지 컴퍼스로 한 걸음이면 도착할 지점에 가 있었다. — 양해해 주시지요, 상송 씨, 하고 소리치며, 아버지는 컴퍼스를 던져 그 바늘이 네베르를 뚫고 탁자에 꽂히게 만들고는, — 무슨 편진지 보라고 토비 삼촌에게 고갯짓을 했다. — 하룻밤에 두 번씩이나 네베르 같은 너절한 마을에서 발길을 돌리게 하다니, 상송 씨, 그건 영국 신사와 그 아들에게 너무 심한 것 아닙니까, — 토비, 자네는 어찌 생각하나, 아버지가 쾌활한 어조로 덧붙였다. — 혹시 수비대가 주둔하는 마을이라면 그럴지도 모르지요, 토비 삼촌이 대답했다. — 그렇다면 — 난 바보 소릴 듣게 되겠지, 아버지는 혼자 미소를 지으며 말했다, 죽는 날까지 말야. — 아버지는 다시 한 번 고갯짓을 하고 — 한 손으론 컴퍼스를 네베르 위에 그대로 올려 둔 채, 다른 손으론 역마찻길 안내 책자를 들고서 — 반은 계산을 하고 반은 귀를 기울이면서, 양 팔꿈치를 탁자 위에 올린 채 몸을 앞으로 기울이고, 토비 삼촌이 허밍으로 편지를 읽는 소리를 듣고 있었다.

———————  ———————  ———————  ———————

———————  ———————  ———————  ———————

———————  ———————  개가 가 버렸어요!라고 토비 삼촌이 말했다. — 어디로 — 누가? 아버지가 소리쳤다. — 내 조카가 말입니다, 토비 삼촌이 말했다. —— 뭐라고 — 허락도 안 받고 — 돈도 없이 —— 가정 교사도 없이? 아버지가 대경실색해서 소리쳤다. 아니요, — 그 아이가 죽었다고요, 형님, 하고 토비 삼촌이 말했다. — 아프지도 않았는데? 아버지가 다시 소리쳤다. — 그렇지

않은 것 같은데요, 토비 삼촌이 낮은 목소리로, 가슴 저 깊은 곳에서 한숨을 토해 내며 말했다, 불쌍한 녀석 같으니, 그 아인 아플 만큼 아팠던 거라고 장담할 수 있습니다 — 죽었으니까요.

타키투스*는 아그리피나가 아들의 죽음 소식을 접했을 때, 슬픔의 격정을 감당할 수 없어, 하던 일을 갑자기 멈추었다고 기록하고 있는데 — 아버지는 컴퍼스를 불쑥 네베르에 찔러 넣었다. 그 것도 훨씬 더 갑작스럽게. — 이 얼마나 상반된 반응인가! 아버지의 일은 물론 계산하는 일이었고 — 아그리피나의 일은 뭔가 아주 다른 일이었음에 틀림없지만, 누가 감히 역사로부터 논리적 유추를 할 수 있다고 말할 수 있겠는가?

아버지의 반응이 과연 어떻게 진전되었는가는, 내 생각에, 하나의 장을 따로 차지할 만하다. —


## 제3장


——————— ——————— 그것은 따로 하나의 장이 될 뿐만 아니라, 굉장한 장이 될 것이니 — 여러분도 대비하기 바란다.

그게 아마 플라톤이거나 플루타르코스 또는 세네카, 크세노폰, 테오프라스토스, 루키아노스이거나 — 또는 보다 후기의 사람 중에 — 카르다노, 부데우스, 페트라르카, 스텔라이거나 — 또는 교부거나 성직자였던 분들 중에 성 오스틴이나 성 키프리아누스, 또는 성 바너드 중 누군가였던 것 같다. 친구나 자녀를 잃었을 때 눈물을 흘리며 슬피 우는 것은 저항할 수 없는 자연 현상이라고 주장했던 사람 말이다 — 그리고 세네카는 (이것은 내가 자신 있는데) 이런 슬픔은 바로 그 눈물이란 통로로 가장 효과적으로 배출

된다고 어딘가에서 말하고 있다. — 따라서 다윗은 아들 압살롬 때문에, — 하드리아누스는 안티노우스 때문에 — 니오베는 자식들 때문에, 그리고 아폴로도로스와 크리톤은 죽음을 앞둔 소크라테스 때문에 모두 눈물을 흘렸다.

아버지는 다른 방법으로 그 고통을 처리했는데, 고대인이나 현대인 그 누구와도 정녕 달랐다. 히브리인이나 로마인처럼 울음을 통해 없앤 것도 아니고 — 라플란드인처럼 잠을 통해 떨쳐 내지도 않았고 — 영국인처럼 그것을 교수형에 처하거나, 독일인처럼 익사시키지도 않았으며 — 그렇다고 그것을 저주하거나, 욕을 하거나, 파문에 처하거나, 운율에 맞춰 시를 짓거나, 또는 릴리벌리로 휘파람을 불어 없애지도 않았다.

— 그러나 아버지는 아무튼 그것을 없앴다.

각하님들, 이 페이지와 다음 페이지 사이에 이야기 하나를 끼워 넣을까 하는데 허락해 주시겠습니까?

툴리*가 사랑하는 딸 툴리아를 잃었을 때, 그도 처음에는 그것을 가슴에 묻고 괴로워했다. — 그는 본성의 소리에 귀 기울이고, 자신의 소리도 거기 맞추었다. — 오, 나의 툴리아! 내 딸! 내 아이! — 아무래도, 아무래도, 아무래도, — 오, 이것은 나의 툴리아야! —— 나의 툴리아! 나의 툴리아가 눈에 보이고, 나의 툴리아 목소리가 들리고, 내가 나의 툴리아와 이야기까지 하는 것 같아. — 그러나 철학의 저장고 속을 들여다보면서, 이 일에 대해 얼마나 많은 탁월한 생각들을 찾아내 이야기할 수 있는지 숙고해 보고 나서, 이 위대한 웅변가는 이 일이 자신에게 얼마나 많은 기쁨과 행복감을 주었는지, 이 세상 누구도 짐작할 수 없을 것이라고 말하고 있다.

아버지는 **마르쿠스 툴리우스 키케로**보다 조금도 못지않게 자신의 언어 구사력을 자랑스러워하는 분이었지만, 나는 지금 거기 동의할 수 없다는 확신이 들고, 또한 근거가 없지도 않다. 그것은 정녕 아버지의 큰 힘이었지만 — 또한 그의 약점이기도 했으니까 하는 말이다. —— 그의 힘이라고 하는 것은 — 그가 타고난 능변가이기 때문이고 — 그의 약점이라 하는 것은 — 그가 매 시간 자기 능변의 봉이 되기 때문이다. 아버지는 어떤 일이 생기든 간에 그 일을 통해 자신의 재능을 보여 줄 기회가 생기거나, 뭔가 현명한 말, 재치 있는 말 또는 예리한 말을 할 계기가 제공되면 — (누군가 고의로 부과한 불행의 경우는 제외하고) — 더 이상 바랄 게 없는 사람이었다. — 아버지의 혀를 묶어 버리는 축복이나 그의 혀를 부드럽게 풀어 주는 불행이 거의 대등하다 할 수 있다. 때론 둘 중 불행이 더 좋은 결과를 거두는 경우도 있다. 예를 들어 열변이 주는 즐거움은 열이고, 불행이 주는 고통은 다섯밖에 되지 않을 때 — 아버지는 불행을 통해 절반은 이득을 보는 셈이고, 결과적으로 아무 일도 생기지 않았던 것 같은 상태로 쉬 되돌아갈 수 있었다는 것이다.

이는 집안일에 대해 아버지가 보이는 대응이 아주 일관성 없어 보이는 수수께끼를 풀어 주는 실마리가 된다. 하인들이 실수하거나 뭔가를 소홀히 해서 화를 돋우는 일이 생겼을 때, 또는 집안에서 피치 못할 불상사가 생겼을 때, 아버지의 분노, 아니 그보다는 그 분노가 지속되는 기간이 언제나 모두의 예측과 어긋나는 이유이기도 하다.

아버지에겐 총애하는 작은 암말이 한 마리 있었는데, 아버지는 매우 아름다운 아라비아 말과 짝짓기를 해 주고는 거기서 자기가 타고 다닐 멋진 말 한 필을 얻을 것이라는 기대에 부풀어 있었다. 이 계획에 대해 자신만만했던 아버지는 마치 절대적으로 보장된 일이기라도 한 것처럼 매일 새로 생길 말 이야기를 하고 다녔다. 마치 말을 키워서, 길도 들이고, ― 고삐와 안장도 채워 바로 문 앞에 탈 준비를 갖춰 대기시켜 놓은 것처럼 말이다. 그런데 오바댜가 뭘 실수한 것인지, 또는 무슨 다른 이유 때문인지, 아주 못생긴 짐승, 노새 한 마리가 나오면서 아버지의 기대를 산산조각 내고 말았다.

나의 어머니와 삼촌은 이제 오바댜가 아버지 손에 죽게 생겼고, ― 재난이 끝도 없이 계속될 것이라 예측했다. ―― 이것 좀 보라고! 이 불한당아, 아버지가 노새를 가리키며 소리쳤다. 자네가 대체 무슨 짓을 한 것인가! ― 제가 한 짓이 아닌데요, 오바댜가 말했다. ― 그걸 내가 어떻게 알아? 아버지가 대답했다.

아버지의 눈에는 그 재치 있는 즉답이 안겨 준 승리감이 차올라 왔고, ― 아테네 소금* 같은 그 기지가 그의 눈에 눈물까지 어리게 만들었다. ― 그 결과로 오바댜는 그 일에 대해선 더 이상 아무 말도 듣지 않게 되었다.

자, 이제 나의 형의 죽음 이야기로 돌아가자.

철학이란 모든 것에 대해 멋진 말을 갖고 있다 ― 죽음에 대한 말도 한 무더기 가득 가지고 있는데, 불행히도 그것들이 한꺼번에 아버지 머릿속으로 몰려들어 오는 바람에, 그것을 한 줄에 엮어서 일관성 있는 어떤 모습을 만들기가 어려웠다. ― 아버지는 그게 들어오는 대로 받아들일 수밖에 없었다.

"이보게 동생, ― 그건 피할 수 없는 운명일세 ― 그건 마그나 카르타에 나오는 첫 번째 법령이고 ― 의회가 만든 변하지 않는 조례라네, ― 누구나 죽을 수밖에 없다는 것 말일세.

"내 아들이 죽을 수 없다면, 그게 경이로운 일인 게지, ― 그 아이가 죽었다는 게 아니라."

"제왕이나 군주도 우리랑 똑같은 판에서 춤을 추는 법이지."

"— 죽는다는 것은, 우리가 자연에 갚아야 하는 위대한 부채이고 공물이야. 우리가 기억을 영속화시키기 위해 만드는 무덤이나 기념비도 스스로 그 빚을 갚을 수밖에 없다네. 부와 과학이 만들어 낸 온갖 것들 중에서도 가장 자랑스럽다는 피라미드조차 꼭대기 부분이 사라졌고, 여행객들 시선의 지평선 위에 윗동아리가 잘린 채 서 있지 않나." (아버지는 한결 마음이 편해진 느낌을 받으며 말을 이었다.) — "왕국이나 나라들 그리고 마을과 도시들도 저마다 주어진 수명이 있는 것 아닌가? 애초에 그것들을 하나로 묶어 주고 결속시켰던 원칙과 권력이 몇 차례 선회를 거치고 나면 그것들도 무너지게 마련이지." — 선회*란 말이 나오자 토비 삼촌은 담배 파이프를 내려놓으며, 샌디 형님, 하고 말을 시작했다. 아버지는 얼른, 아니, 내 말은 순환을 뜻하는 걸세, 하고 덧붙였다. — 정말이야! 토비 동생, 순환을 말하는 거라니까, — 선회는 말이 안 되지. — 말이 안 되는 것은 아닌데요 — 라고 토비 삼촌이 말했다. —— 하지만 이런 상황에서 그런 담론의 맥을 끊는 것은 말이 안 되는 것 아닌가?라고 아버지가 외쳤다. — 제발 — 여보게 토비, 아버지가 삼촌의 손을 잡으며 말했다, 제발 — 제발 간청하는데, 이 위기에서 날 방해하진 말아 주게. — 토비 삼촌은 파이프를 입에 물었다.

"트로이와 미케네 그리고 테베와 델로스 그리고 페르세폴리스와 아그리겐툼이 모두 지금 어디에 있는가?" — 아버지가 내려놓았던 역마찻길 안내 책자를 집어 들며 말을 이었다. — 토비 동생, 니네베와 바빌론, 키지쿰과 미틸레네는 지금 어떻게 바뀌었나? 태양이 그 위로 솟아올랐던 수많은 도시들 중에서도 가장 아름답다고 했던 그 도시들도 이젠 더 이상 존재하지 않는다네. 그저 이름만 남아 있고, 이름마저도 (철자가 잘못 쓰이는 경우가 많으니까) 조금씩 조금씩 망가져 가고 있으니, 오래잖아 잊힐 것이고, 영원히 어둠 속에 묻혀 버릴 걸세. 이 세상 자체도, 토비 동생, 틀림없이 — 틀림없이 종말을 맞을 수밖에 없을 거라고.

"아시아에서 귀국하는 길에, 아이기나로부터 메가라를 향해 항해하던 선상에서 말야."(도대체 언제 그랬다는 거지? 토비 삼촌이 혼자 생각했다.) "그 주변에 있는 나라들을 둘러본 적이 있었다네. 아이기나는 후방에, 메가라는 전방에, 피레우스는 오른쪽에, 코린트는 왼쪽에 자리하고 있었지. — 그 엄청나게 번창했던 마을들이 지금은 땅 위에 납작 엎드려 있다니! 아아, 애달프도다! 애달프도다! 그토록 대단했던 것들이 이처럼 참혹하게 이 자리에 묻혀 있는데, 아이 하나를 잃었다고 영혼을 어지럽히다니, 하고 나는 혼잣말을 했다네. —— 기억하라, 너는 인간일 뿐이라는 것을 기억하라, 하고 나는 스스로에게 다짐했지." —

그런데 토비 삼촌은 이 마지막 대목이 세르비우스 술피키우스*가 툴리에게 보낸 위로의 편지에 나온 말이라는 것을 모르고 있었다. — 이 순진한 남자는 고대 세계에 대해서는 전체적인 것은 물론 단편적인 것도 잘 모르는 사람인 데다가, — 아버지가 터키 무역에 몸담았던 사람으로서 동부 지중해의 레반트 지역에 서너 차례 다녀온 적이 있고, 그중 한 번은 잔트에서 1년 반이나 머물렀기 때문에, 당연히 그때 언젠가 에게 해를 건너 아시아 지역으로 여행했던 모양이라고 삼촌은 결론지었다. 그래서 후방에는 아이기나, 전방에는 메가라, 피레우스는 오른쪽에 등등의 항해 이야기가 아버지가 직접 거쳐 갔던 항로와 감상을 말하는 것으로 추정했다. — 게다가 아버지의 어투도 이를 확인해 주었으니, 수많은 전문 비평가들도 이보다 더 약한 기반에 삼촌보다 두 층은 더 높은 건물을 올렸을 것이다. — 그런데 형님, 토비 삼촌이 말을 방해하면서도 좀 다정하게 하느라 파이프 끝을 아버지 손에 갖다 대며, — 아버지의 이야기가 일단락 나기를 기다려서 물었다. — 그게 서기 몇 년도의 일이지요? — 그건 주님 이후가 아니야. — 그럴 수는 없잖아요, 토비 삼촌이 소리쳤다. — 단순하기는! 하고 아버지가 답했다, — 그건 그리스도가 태어나기 40년 전의 일일세.

토비 삼촌은 이에 대해 두 가지 해석밖에 할 수 없었다. 즉 형님이 방랑하는 유대인*이거나, 불행한 일들 때문에 머리가 이상해진 것이라고 추정할 수밖에 없었다는 것이다. — "하늘과 땅을 다스리시는 하느님, 형님을 보우하사 온전히 회복시켜 주옵소서." 토비 삼촌은 눈물을 글썽이며 혼자 소리 없이 기도를 올렸다.

— 아버지는 그 눈물의 의미를 제대로 해석하여 새긴 뒤, 기세 좋게 열변을 이어 갔다.

"여보게, 동생, 선과 악 사이에는 세상 사람들이 생각하듯 그렇게 큰 우열의 차이가 있는 게 아니라네." —— (이런 식의 서두는 물론 삼촌의 의심을 풀어 줄 리가 없었다.) — "노동과 슬픔, 비애, 질병, 결핍, 고뇌 같은 것이 오히려 인생의 양념처럼 도움이 될 수 있단 말일세." — 제발 큰 도움이 되게 하소서 — 라고 삼촌이 혼잣말을 했다.

"내 아들이 죽었다! — 그만큼 더 잘된 일이야, — 이런 폭풍우 속에서 닻이 하나밖에 없다는 게 부끄러운 일이긴 하지만."

"하지만 그는 우리 곁을 영원히 떠나 버렸다고! — 그러라지 뭐. 그는 머리가 벗어지기도 전에 이발사의 손이 필요 없는 곳으로 떠났고 — 배를 다 채우기도 전에 잔치 자리를 떠난 것이고 — 술에 취하기도 전에 연회 자리에서 일어선 셈일세.

트라키아 사람들은 아이가 태어났을 땐 눈물을 흘렸고" — (우리도 거의 그럴 뻔했지요, 토비 삼촌이 말했다.) ― "사람이 세상을 떠나면 즐겁게 잔치를 했다는데, 그럴 만한 이유가 있었다네. ― 죽음은 명성으로 가는 문을 열어 주고, 그 뒤에 있는 시샘의 문은 닫아 주거든. ― 또한 포로의 사슬은 풀어 주고, 노예의 노역은 다른 사람 손에 넘겨준다네."

"인생이 무엇인지 알면서도 죽음을 두려워하는 사람이 있다면 어디 좀 데려와 보게, 난 자유를 두려워하는 죄수를 보여 주겠네."

그러니 말일세, 토비 동생, (왜냐하면 ― 우리의 식욕이란 것도 질병에 다름 아니니까) ― 먹는 것보다는 전혀 시장하지 않는 것이 낫지 않겠나? ― 갈증을 느끼지 않는 것이 갈증을 해소할 약제를 먹는 것보다 나은 것 아니겠어?

걱정과 오한, 사랑과 우울증 그리고 그 밖의 뜨겁거나 차가운 삶의 변덕으로부터 해방되는 것이 쓰라린 여행객처럼 지쳐 빠진 채 여관에 들었다가 다시 새로이 여행을 시작해야만 하는 것보다 낫지 않겠나?

죽음 자체의 모습에는 공포스러울 게 없다네, 토비 동생. 신음 소리와 경련 ― 죽어 가는 사람의 방에서 사람들이 커튼 자락으로 눈물을 훔치거나 코를 훌쩍이는 그런 부대 상황에서 빌려 오는 것을 제외하면 말일세. ― 죽음으로부터 이런 것을 벗겨 내고 나면, 그게 무엇이겠는가. ― 침대보다는 전쟁터에서 그것을 맞이하는 게 낫지요,라고 토비 삼촌이 말했다. ― 장의용 마차, 장례식 지킴이, 상복, ― 검은 깃털, 문장 그리고 그 밖의 장례 장비들을 다 제거해 버리고 나면, ― 그게 무엇이란 말인가? ― *전쟁터에서 죽는 게 낫다고!* 아버지는 나의 형 보비는 완전히 잊어버렸기 때문에 미소를 지으며 말을 계속했다. ― 죽음은 전혀 끔찍할 게 없는 것이라고 ― 생각해 보게나 토비 동생, ― 우리가 존재하는 동안은

— 죽음은 존재하지 않고 — 죽음이 존재하면 — 우리는 존재하지 않는 거지. 토비 삼촌은 그 명제를 숙고해 보기 위해 담배 파이프를 내려놓았다. 아버지의 열변은 너무 빨라서 누구를 기다려 줄 여지도 없이 — 마냥 내달렸으니 — 토비 삼촌의 생각도 그 속도를 따라가느라 허둥대고 있었다.

이런 이유로 해서 말인데, 하고 아버지는 말을 이었다, 임박한 죽음도 위대한 사람들은 거의 변화시키지 않았다는 사실은 기억해 둘 만한 가치가 있다네. — 베스파시아누스는 요강 위에 앉아서 농담을 하며 죽었고 — 갈바는 명령을 내리며 — 셉티미우스 세베루스는 급한 국무를 처리하며 — 티베리우스는 아프지 않은 척하며, 그리고 아우구스투스 황제는 치하의 인사말을 건네며 죽음을 맞았다네*. — 그게 진심이었기를 빕니다 — 라고 토비 삼촌이 말했다.

— 그건 자기 아내에게 한 말이었는걸, — 하고 아버지가 말했다.


## 제4장


—— 그리고 마지막으로 — 이 문제와 관련해 역사가 들려주는 최상의 일화 중에서도 이 이야기가 가장 빼어난 것일세,라고 아버지가 말을 이었다. — 이건 건축물을 덮고 있는 황금빛 돔 지붕에 필적할 만하다네. —

로마 집정관이었던 코르넬리우스 갈루스에 관한 일화인데 — 감히 추측하건대, 토비 동생, 자네도 이건 읽어 보았겠지. — 감히 말씀드리건대, 읽지 않았는데요, 삼촌이 답했다. — 그가 죽은 건, 아버지가 말했다, * * * * * * * * * * * * *을 하던 중이었지.

— 뭐 나쁠 것도 없겠지요, — 그가 함께한 사람이 자기 아내였다면 하고 토비 삼촌이 응대했다. — 거기까진 나도 모르겠네 — 라고 아버지가 답했다.


## 제5장


토비 삼촌이 아내라는 단어를 발음한 순간, 어머니는 거실로 통하는 복도를 어둠 속에서 조심조심 걸어가고 있었다. — 그 단어는 그 자체로서도 날카롭고 침투력 있는 소리를 가진 데다, 마침 오바댜가 문을 빼꼼히 열어 놓은 덕분에 어머니는 그 대화의 주제가 자신이라고 상상할 수 있을 만큼만 엿듣게 되었다. 그래서 어머니는 손가락 끝을 두 입술 사이에 올려놓고, — 숨을 죽이면서, 그리고 머리는 약간 아래로 숙인 채 목을 옆으로 돌리고서 — (문 쪽이 아니라, 문의 반대 방향으로 틀어서 귀가 열린 문틈을 향하게 하고) 온 신경을 집중해 귀를 기울였다. —— 침묵의 여신을 등 뒤에 대동하고 몰래 엿듣는 노예*도 이보다 나은 음각 조각의 소재를 제공하지는 못했을 것이다.

나는 앞으로 5분간 어머니를 이 자세로 서 있게 하려 한다. 그 동안 나는 같은 시간에 부엌에서 일어난 일을 (라팽이 교회사를 다루었던 식으로)* 따라잡을 참이다.


## 제6장


우리 집안은 그저 몇 개의 톱니바퀴로 구성되어 있으니까 어떤 의미에선 분명히 단순한 기계라 할 수 있을 것이다. 그러나 이 바퀴들은 각각 다른 수많은 용수철에 의해 작동되고, 너무나 다양하게 기이한 원칙과 충동에 의해 상호 작용하고 있기 때문에, —— 단순한 기계임에도 불구하고, 복잡한 기계가 지닌 온갖 명예와 이점을 모두 갖추고 있다고 할 수 있다. —— 그리고 그 안에서는 네덜란드 견직 방적 기계 안에서나 볼 수 있는 온갖 기묘한 활동이 진행되고 있다.

그중 하나, 지금 내가 이야기하려는 활동은 아마도 다른 것들만큼 그다지 독특한 것이 아닐 수도 있다. 말하자면 거실에서 토론이나 열변, 대화, 계획, 논술 등 어떤 활동이 진행되고 있으면, 부엌에서도 그와 동시에 같은 주제에 대해 같은 활동이 평행선을 이루며 진행되기 마련이란 것이다.

어떻게 이런 일이 가능한가 하면, 무슨 특별한 메시지나 편지가 거실에 배달되었을 때나 — 어떤 담론이 하인이 나갈 때까지 중단되는 경우나 — 또는 어떤 불만의 기색이 아버지나 어머니의 미간에 어른거리는 것이 관찰되는 경우 — 또는 간단히 말해서, 무언가 알아 둘 가치가 있거나 엿들을 만한 거리가 거실에서 진행되고 있을 때는 언제나 문을 완전히 닫지 않고 — 바로 지금처럼 — 약간 빠끔히 열어 두는 것이 우리 집에선 하나의 관례가 되어 있기 때문이다. — 이 일은 고장 난 경첩 덕분에, (이것이 절대로 고쳐지지 않은 숱한 이유 중에는 아마 이것도 포함될 것이다) 그리 어렵지 않게 가능할 수 있었는데, 바로 이런 식으로 하나의 통로가 열려 있기 마련이었다. 그 통로는 다르다넬스 해협만큼 넓은 것은 아니지만, 그래도 아버지가 집안을 다스리는 수고를 덜어 줄 정도로 충분히 많은 정보를 바람에 실어 보낼 수 있었고, — 나의 어머니가 지금 이 순간 이 통로의 득을 보고 있기도 하다. — 오바댜

역시 내 형의 죽음을 알리는 그 편지를 탁자 위에 내려놓은 뒤, 곧바로 같은 혜택을 얻었다. 따라서 아버지가 놀라움을 극복하고 열변에 들어가기도 전에, ─ 트림은 버티고 서서 같은 주제에 대한 자신의 생각을 말할 준비가 되어 있었다.

본성을 관찰하는 일에 남다른 호기심을 가진 사람이, 혹시 욥의 재산에 버금가는 재력가일 경우 ─ 말이 나왔으니 말이지만, 호기심 많은 관찰자가 돈이 있는 경우는 거의 없긴 하다 ─ 천성과 교육 배경에서 지극히 대조적인 두 웅변가, 즉 트림 상병과 아버지가 같은 상여를 두고 제각각 풀어내는 장광설을 들어 보기 위해서라면 전 재산의 반이라도 내놓을 것이다.

아버지는 해박하게 많은 독서를 한 사람이고 ─ 기민한 기억력의 소유자로서 ─ 카토와 세네카, 에픽테토스 같은 인물들을 모두 꿰차고 있었다.

상병은 ─ 기억할 것이 ─ 아무것도 없고 ─ 대원 명부보다 더 심원한 것을 읽어 본 적이 없으며 ─ 그 명부에 나오는 것보다 위대한 이름은 알아본 적이 없는 사람이다.

한 사람은 시대에서 시대로 나아가며, 비유와 인유를 통해 상상력을 자극하면서, (기지와 상상력이 풍부한 사람들이 흔히 그런 것처럼) 그가 그려 낸 그림과 이미지로 즐거움을 제공한다.

다른 한 사람은 기지나 대조법, 논지의 초점 또는 이런저런 방향으로의 반전도 없이, 이미지는 이쪽에, 그림은 저쪽에 남겨 둔 채, 본성이 이끄는 대로 곧장 사람의 가슴으로 돌진하는 호소력을 가졌다. 아, 트림! 하늘에 청하건대 당신에게는 보다 나은 역사가가 있어야 했는데! ─ 정녕 그리되었더라면! ─ 당신의 역사를 기록하는 사람이 좀 더 나은 바지라도 한 벌 있었더라면! ── 아, 당신네 비평가들! 아무것도 당신들의 가슴을 녹여 줄 수 없단 말입니까?

# 제7장

───── 런던에 있는 우리 도련님이 돌아가셨대!라고 오바댜가
말했다. ─

─ 오바댜의 외침을 듣고 수잔나의 머릿속에 맨 처음 떠오른 것
은 바로 두 번밖에 세탁하지 않은 어머니의 초록색 공단 드레스였
다. ─ 그러니 로크가 언어의 불완전성에 대한 장을 하나 서술할
만도 했다.* ─ 그럼 우리 모두 상복을 입어야겠네, 수잔나가 말했
다. ─ 그러나 다시 한 번 주목하십시오, 수잔나가 직접 상복이란
말을 썼음에도 불구하고 ─ 그 말은 본래 기능을 수행하지 못하고
있었다. 그 말은 회색이나 검은색 물감이 든 개념은 단 하나도 떠
올려 주지 않았고, ─ 온통 초록색 일색이었다. ───── 초록색 공단
드레스가 계속 그녀의 머릿속을 떠돌고 있었던 것이다.

─ 아! 불쌍한 마님이 초주검이 되실 거야, 수잔나가 소리쳤다.
─ 그러곤 어머니의 의상들이 모조리 줄지어 떠올랐다. ─ 얼마나
대단한 행렬인가! 붉은색 다마스크 비단옷, ─ 적황색 옷, ─ 흰색
과 노란색의 광택 나는 비단옷, ─ 갈색 호박단 드레스, ─ 뜨개질
레이스로 장식한 모자들, 잠옷들 그리고 편안한 속옷 페티코트들.
─ 누더기 하나도 남기지 않고 모두 따라 나왔다. ─ "아니, ─ 마
*님이 다시는 그런 것을 거들떠도 안 보실 거야*"라고 수잔나가 말
했다.

우리 집에는 뚱뚱하고 약간 모자란, 허드렛일을 하는 부엌데기
가 있었는데, ─ 아버지는 그녀의 천진함 때문에 집에 두고 있었
다고 생각한다, ─ 그녀는 가을 내내 수종으로 고생하고 있었다.
─ 도련님이 돌아가셨대!라고 오바댜가 말하자, ─ 그래, 그는 분
명 죽었고! ─ 나는 분명 죽지 않았어,라고 그 약간 모자란 부엌데

기가 말했다.

—— 슬픈 소식이 있어요, 트림! 수잔나는 트림이 부엌으로 들어서자 눈물을 훔치며 소리쳤다. —— 보비 도련님이 죽어서 땅에 묻혔대요. —— 장례 이야기는 수잔나가 끼워 넣은 것이었다. —— 우리 모두 상복을 입게 생겼다고요, 수잔나가 말했다.

그건 아니면 좋겠는데, 트림이 말했다 —— 아니면 좋겠다니요! 수잔나가 진지하게 소리쳤다. —— 수잔나의 머릿속은 어쨌건 간에, 트림의 머릿속에는 상복이 들어오지 않았다. —— 난 하느님께 빌건대, 그 소식이 사실이 아니면 좋겠다는 말이야,라고 트림이 설명했다. 그 편지 읽는 소리를 내 귀로 직접 들었는걸, 하고 오바댜가 답했다. 우린 이제 옥스무어를 개간하느라 고생깨나 하게 생겼지. —— 아, 그가 죽었다고요, 수잔나가 말했다. —— 내가 살아 있는 것만큼 틀림없이 죽었다고, 부엌데기가 말했다.

마음과 영혼으로부터 충심으로 애도하는 바일세, 트림은 한숨을 내쉬며 말했다. —— 불쌍한 녀석! —— 불쌍한 아이! 불쌍한 신사양반!

—— 지난 성령 강림절 때만 해도 살아 있었는데,라고 마부가 말했다. —— 성령 강림절이라니! 아, 애통해라! 트림은 오른팔을 뻗어 곧바로 지난번 설교를 읽었던 그 자세로 들어가며 소리쳤다, —— 이런 일 앞에서, 조너선, (그게 마부의 이름이었다) 성령 강림절이든, 참회절이든, 또 무슨 절이든 간에, 지나간 시간이 무슨 의미가 있겠나? 지금 이 순간 우리는 여기 있지 않은가? 상병이 (지팡이 끝을 수직으로 마루에 부딪히며 건강과 안정성의 개념을 강조하면서) 소리쳤다, —— 그러나 우리는 —— (모자를 털썩 바닥에 떨어뜨리며) 가 버리지 않는가! 그것도 한순간에! ——트림의 행동이 얼마나 인상적이었는지! 수잔나는 왈칵 울음을 터뜨렸다. ——

우리는 목석이 아니다. ─ 조녀선과 오바댜 그리고 요리사까지 모두 감동에 빠져들었고. ─ 생선 냄비를 무릎 위에 올려놓고 닦고 있던, 약간 모자라고 뚱뚱한 부엌데기조차 감정이 일었다. ─ 부엌 전체가 상병의 주변으로 몰려들었다.

교회와 국가의 체계를 보전하기 위해 ─ 어쩌면 세계 전체를 보전하기 위해서도 ─ 또는 똑같은 말이 되겠지만, 재산과 권력을 적절히 분배하고 균형을 유지하기 위해서도, 상병의 이 웅변적 일격을 제대로 이해하는 것이 꼭 필요할 때가 오리라는 확신이 생긴다. ─ 따라서 여러 어르신과 높은 분들께 감히 말씀드리건대, ─ 제발 주의를 기울여 주실 것을 요구합니다, ─ 이 책의 어느 부분이든 마음대로 택하셔서 열 페이지 정도만이라도 가져가셔서 집중해서 읽어 보시라고요, 그럼 아마 그 덕분에 좀 더 편히 잠드실 수 있을 것입니다.

"우리는 목석이 아니다"라고 말했는데 ─ 그것은 맞는 말이다. 그러나 우리가 천사 역시 아니라는 말을 덧붙여야 했었다, 천사였으면 좋겠지만, ─ 우리는 육신을 입고 있고, 상상력에 의해 지배받는 인간일 뿐이다. ─ 이 상상력과 우리의 일곱 가지 감각* 사이에는, 특히 그중 몇 가지 감각 사이에는 얼마나 흥겨운 상호 작용이 진행되고 있는지, 내 경우를 말하자면, 고백하기가 부끄러울 지경이다. 그러니 이것만 확인하고 넘어가자, 즉 모든 감각 중에서도 눈은 (여러 수염 기른 분들*은 대개 촉각을 내세운다는 것을 알지만, 나는 그것은 절대적으로 부인하는 바다) 영혼과 가장 빠른 소통을 갖는 감각이고 ─ 언어가 전달하거나 ─ 때때로 제거할 수 있는 것보다 ─ 훨씬 더 효과적으로 충격을 주고, 뭔가 말로 표현할 수 없는 어떤 것을 심상에 남겨 준다.

─ 내가 좀 옆길로 헤매고 다녔는데 ─ 뭐 상관없다, 건강을 위

한 것이니까. ― 다만 이제 우리의 생각을 트림의 모자가 표현하는 인간의 필멸성으로 되돌려 놓기만 하면 된다. ― "지금 이 순간 우리는 여기 있지 않는가, ― 그리고 가 버리지 않는가, 한순간에!" ― 이 문장에는 특별한 게 아무것도 없다 ― 우리가 매일 듣는 혜택을 누리는 자명한 진리 중 하나일 뿐이다. 만약 트림이 머리보다 모자에 더 의존하지 않았더라면 ― 그 말 자체로는 아무것도 이루어 내지 못했을 것이다.

　　―― "지금 이 순간 우리는 여기 있지 않는가." ― 상병이 말을 계속했다. "그러나 우리는" ― (모자를 바닥에 수직으로 털썩 떨어뜨리고 ― 말을 잇기 전에 잠시 멈춘 다음) ― "가 버리지 않는가! 그것도 한순간에!" 모자는 마치 진흙 덩어리를 반죽해서 모자 머리 부분에 집어넣은 것처럼 추락했다. ― 인간의 필멸성의 한 유형이자 전조로서 그 느낌을 이처럼 잘 전달할 수 있는 것은 없을 것이다. ― 그의 손이 모자 아래에서 사라져 버린 것처럼 보였고 ― 그것이 떨어져 죽자, ― 상병의 눈은 마치 시체를 바라보듯 그 위에 고정되었고 ― 수잔나는 왈칵 울음을 터뜨렸다.

　사실상 ― 모자가 아무런 효과도 없이 땅에 떨어질 수 있는 방법은 만에다 만을 곱하고 다시 만을 곱한 것만큼(질량과 운동은 무한하니까) 많을 것이다. ―― 그가 그것을 팽개치거나, 던지거나, 내치거나, 수평으로 날려 보내거나, 분사하듯 솟구치게 했거나, 하늘 아래 가능한 온갖 방향으로 미끄러지게 하거나, 떨어지게 했다면 ― 또는 가능한 한 최상의 방향으로 했더라도, ― 그것을 거위처럼 ― 강아지처럼 ― 당나귀처럼 떨어뜨렸거나 ― 또는 떨어뜨리면서나 떨어뜨린 다음에라도, 그가 바보처럼 ― 멍청이처럼 ― 얼간이처럼 보였더라면 ― 그것은 실패했을 터이고, 보는 사람의 마음에 일으킨 그 효과도 상실했을 것이다.

그대, 이 막강한 세상과 막강한 세상사를 웅변이란 엔진으로 다스리는 자들이여, ── 그것을 가열하고, 식히고, 녹이고, 달랜 다음 ──── 당신 목적에 맞춰 다시 굳히는 자들이여 ────

그대, 인간의 열정을 이 위대한 권양기로 감아 올리고 회전시킨 다음 ── 그 열정의 주인들을 그대가 적합하다 생각하는 곳으로 이끌어 가는 자들이여 ──

마지막으로 그대, 사람을 시장에 끌려가는 거위처럼 막대기와 붉은 채찍으로 몰고 가는 자들이여, ──── 그래요, 왜 안 되겠습니까, 그대 바로 그 내몰림을 당하는 자들도 포함해야지요, 그대들이여, 제발 명상해 보십시오, ── 간청하노니, 트림의 모자에 대해 곰곰 명상해 보십시오.

## 제8장

잠깐 ──── 트림이 열변을 계속하기 전에, 내가 독자들과 청산해야 할 빚이 있다. ── 2분이면 끝날 것이다.

장부에 올라 있는 수많은 채무들 중에서도, 모두 때가 되면 갚을 생각이지만, 내가 세상에 대해 두 가지 채무를 지고 있다는 것을 지금 인정하는 바다. ── 즉 안방 하녀와 단춧구멍에 관한 장을 말하는데, 내가 앞에서 금년 중에 갚겠노라 약속했고 또 꼭 갚으려고 생각했던 빚이다. 그러나 점잖은 어른들과 성직자들께서 특히 밀접하게 연결된 이 두 가지 주제가 세상의 도덕성을 위험에 빠뜨릴 수 있다고 말씀해 주신 관계로, ── 안방 하녀와 단춧구멍에 관한 장은 내 빚에서 면제해 주시기를 청원하는 바다. ── 그리고 바로 앞 장을 그 대신 받아 주시기를 바란다. 아, 성직자 어르신들, 그건 별게 아닙니다, 그저 하녀와 초록색 가운 그리고 낡은 모자에 관한 장일 뿐입니다.*

트림은 그 모자를 바닥에서 집어 들어, — 머리에 썼다, — 그리고 죽음에 관해 다음과 같은 모양새와 양식으로 연설을 계속했다.

## 제9장

부족함과 근심이 뭔지 모르고 사는 우리 같은 사람들한테는 말일세, 조너선 — 더구나 가장 훌륭한 주인 두 분을 — (내 경우에는 아일랜드와 플랑드르에서 모시는 영광을 누렸던 윌리엄 3세 폐하는 제외하고 하는 말이지만) — 모시고 여기 살고 있는 우리한테는 — 성령 강림절에서 성탄절 3주 전까지의 기간이 — 그리 길지도 않고 — 아무것도 아닌 것 같다는 점은 나도 인정하네. — 그렇지만 조너선, 죽음이 무엇인지, 그게 사람이 채 피하기도 전에 어떤 대혼란과 파괴를 야기할 수 있는지를 아는 사람한테는, — 그 기간이 한 시대와 같을 걸세. — 아, 조너선! 한번 생각해 보게, 상병이 (수직으로 꼿꼿이 서서) 말을 이었다. 그 기간 동안 얼마나 많은 용감하고 올곧은 사람들이 깊은 땅속에 묻혔는지, 선한 사람이라면 생각만 해도 가슴이 찢어질 정도가 아닌가! — 그리고 수지, 장담하건대, 하고 상병이 눈물로 범벅이 된 수잔나를 향해 덧붙였다, — 그 계절이 다시 돌아오기도 전에. — 수많은 빛나는 눈들이 흐릿하게 빛을 잃고 말 거야. — 수잔나는 그 말이 함축한 의미를 머릿속에 제대로 입력하고 나서 — 울음을 터뜨렸다. — 하지만 그녀는 또한 무릎을 굽혀 절도 했다. — 우리는 사실, 트림이 여전히 수잔나를 쳐다보며 말을 이었다, — 우리는 사실

들판에 핀 꽃 같은 것 아니겠어. — 자긍심의 눈물 한 방울이 굴욕의 눈물 두 방울마다 끼어들고 있는 셈이었다. — 수잔나의 고통을 달리 묘사할 방법은 없을 것이다. — 모든 육신이 풀포기가 아니겠어? — 그것은 진흙이야, — 그것은 먼지라고. — 모두 부엌데기를 빤히 쳐다보았는데, — 부엌데기는 생선 냄비를 문질러 닦고 있었다. — 그것은 온당치 않은 일이었다.

— 남자가 눈길을 보냈던 가장 아름다운 얼굴이란 무엇일까! — 트림이 이런 식으로 이야기할 땐 끝없이 언제까지라도 들을 수 있을 것 같아, 수잔나가 외쳤다, — 그게 무엇이겠는가! (수잔나는 트림의 어깨에 손을 올려놓았다.) — 결국 썩어 버릴 것이 아닌가? — — 수잔나는 얼른 손을 내렸다.

그러나 바로 그 사실 때문에 나는 그대들을 사랑하오. — 그대들 속에 있는 그 맛깔스러운 혼합성이 사랑스러운 그대들을 현재의 그대들로 만들어 주는 것이지요. — 그런데 바로 이 점 때문에 그대들을 미워하는 자가 있다면 ——— 내가 할 수 있는 말은 오로지 — 그런 친구는 머리가 호박으로 만들어졌거나 — 능금을 심장으로 달고 있을 것이고 — 언젠가 그 친구를 해부해 보게 되면 분명 그렇게 판명이 날 거란 거지요.

## 제10장

수잔나가 너무 갑자기 상병의 어깨에서 손을 떼는 바람에, (그녀의 감정이 순식간에 휩쓸려 가듯 변했기 때문에) —— 상병의 생각의 고리가 끊긴 것인지 —

또는 자신이 의사의 고유 영역을 침범했고, 자기 자신이기보다는 목사님처럼 말하고 있는 게 아닌가, 의구심이 들기 시작했기 때문인지 ——

또는 — — — — — — — — — — —

또는 —— 이런 경우에 창의성 있고 재주 많은 사람이라면 기꺼이 두어 페이지 정도는 이런저런 가설로 채울 수 있을 것이다. —— 이 모든 가설 중에서 어느 것이 진짜 원인인지는 호기심 많은 생리학자나, 그저 궁금증 많은 사람에게 결정하도록 맡겨 두자. — 다만 확실한 것은 상병이 다음과 같은 식으로 연설을 계속했다는 사실이다.

내 입장을 말하자면, 난 집 밖에서라면 죽음을 전혀 대단하게 생각하지 않는다고 공언할 수 있네, — 요만큼도 아니라고 . . 상병은 손가락을 마주쳐 딱 소리를 내며 덧붙였다. — 그러나 상병이 아니면 그 누구도 할 수 없는 그런 절묘한 분위기로 그 감정을 표현해 냈다. — 전쟁터에서는, 난 죽음을 요만큼도 개의치 않는단 말이지, . . .총을 닦던 중에 붙잡혀 간 불쌍한 조 기빈스처럼 난 비겁하게 죽음에게 붙잡혀 가진 않을 거라고. — 죽음이 무엇인가? 방아쇠 한 번 당기고 — 총검을 1인치 정도 이쪽 또는 저쪽으로 찌르는 것이 — 그 차이를 만들어 내는 것 아닌가. — 전쟁터의 제일선을 한번 둘러보라고 — 오른쪽에는 — 봐! 잭이 쓰러져 있지! — 그 죽음은 일개 연대의 기마대와 맞먹을 만큼 값진 걸세. — 아니 — 그건 딕이군. 그럼 잭은 멀쩡한 거네. — 그게 누구든 상관 말고, — 지나가기로 하세, — 맹렬히 추격하고 있을 때에는 죽음을 몰고 올 만한 상처조차 느끼지 못하는 법이지. 가장 좋은 방법은 죽음과 정면으로 맞서는 거라고, — 도망치는 사람은 죽음의 턱을 향해 돌진하는 사람보다 열 배나 더 위험해지는 법이거든 — 난 수백 번이나 죽음과 얼굴을 마주하여 맞서 보았고, 하며 상병이 덧붙였다. ― 그의 정체가 무엇인지 알고 있다네. ― 오바댜, 그는 아무것도 아냐, 전쟁터에서는. ― 하지만 집 안에서라면 그가 아주 무시무시해 보이는걸, 하고 오바댜가 말했다. ― 마부석에 앉아 있을 때라면 난 그것을 전혀 개의치 않을 걸세, 조너선이 말했다. ― 내 생각에는, 침대에 있을 때가 가장 자연스러울 것 같아, 수잔나가 응수했다. ― 거기서라면 세상에서 제일 형편없는 송아지 가죽 배낭 속으로 기어 들어가서라도 그를 피할 수만 있다면, 난 당장 그렇게 할 걸세 ― 라고 트림이 말했다 ― 그게 바로 인간 본성이니까.

―― 본성은 본성이라 어쩔 수 없지, 조너선이 말했다. ― 바로 그 때문에 난 마님이 너무 불쌍하다니까요, 수잔나가 소리쳤다. ― 마님은 절대 극복해 내지 못할 거야. ― 난 집안 식구 누구보다 대위님이 제일 측은하셔, 트림이 응수했다. ―― 마님은 실컷 울어서 마음을 풀 것이고, ― 주인어른은 담론을 펼치며 해소하겠지만, ― 우리 불쌍한 주인 나리는 아무 말도 없이 혼자 마음에 담아 두실 거란 말야. ― 한 달 내내 침대에서 한숨 쉬시는 소릴 듣게 되겠지, 르 피버 중위 때도 그러셨거든. 나리, 제발 그렇게 애처롭게 한숨 좀 쉬지 마세요, 내가 나리 옆에 누우며 말하면, 나도 어쩔 수가 없다네, 트림, 하고 나리가 말씀하시곤 했지. ―― 정말이지, 너무나 우울한 사고 아닌가 ― 아무리 해도 마음에서 떨쳐 낼 수가 없구먼. ― 나리 자신은 죽음을 두려워하지 않으시잖아요. ― 그래, 트림, 내가 뭔가 잘못된 일을 하는 것 말고는 내게 무서운 것은 아무것도 없었으면 좋겠어,라고 말씀하시지. ―― 근데, 어떤 일이 있든 간에, 르 피버의 아들은 내가 꼭 돌봐 줄 것이네,라는 말씀과 함께, ― 마치 그게 마음을 달래 주는 약이라도 되는 양 잠드시곤 했다네.

난 트림이 대위님 이야기 하는 게 듣기 좋아, 수잔나가 말했다. — 누구보다 친절한 마음을 가진 신사시지, 오바댜가 말했다. — 맞아, — 그리고 또 아주 용감한 분이시기도 하고, 상병이 덧붙였다. 소대를 이끌었던 그 어떤 사람보다 말야. — 국왕 폐하의 군대 안에 그분보다 훌륭한 장교는 없고, — 하느님이 만드신 세상 안에 그분보다 더 훌륭한 사람도 없을걸, 그분은 대포의 점화구 바로 앞에 불붙인 성냥이 있는 것을 보고도 포문을 향해 전진하시는 분이지만, — 그럼에도 불구하고 다른 사람들에게는 마치 어린아이처럼 부드럽게 마음을 써 주시는 분이고. —— 닭 한 마리도 해치지 못할 분이시지. —— 그런 분을 모시는 일이라면, 1년에 7파운드만 받고도 마차를 몰아 드릴 거야, 조너선이 말했다. — 누군가 8파운드를 주겠다는 사람이 있다 해도 말일세. — 고맙네, 조너선! — 자네가 그 20실링을 내 호주머니에 넣어 준 것만치나 고맙구먼, 조너선, 상병은 그와 손을 잡고 악수하며 말했다. —— 난 다만 그분에 대한 사랑 때문에 내가 죽는 날까지 그분을 모실 생각일세. 내게는 그분이 친구이자 형제이시거든, — 혹 내 동생 톰이 죽었다는 것을 확인할 수 있다면, — 상병은 손수건을 꺼내며 말을 계속했다, — 그리고 내 재산이 만 파운드가 된다 하더라도, 난 한 푼도 남김없이 대위님께 상속시켜 드릴 걸세. 트림은 주인에 대한 애정을 이렇게 유언을 통해 증명하는 마당에 눈물을 참을 수가 없었다. —— 부엌에 있는 모두가 감동을 받았다. —— 그 불쌍한 중위 이야기 좀 해 줘요, 수잔나가 말했다. — 기꺼이 하고말고, 상병이 대답했다.

수잔나와 요리사, 조너선, 오바댜 그리고 트림 상병은 불가에 둥그렇게 모여 앉았다. 그리고 부엌데기가 부엌문을 닫자마자, — 상병은 이야기를 시작했다.

# 제11장

마치 자연의 여신이 나를 어머니도 없이 진흙으로 빚어서*, 벌거벗은 채 나일 강변에 갖다 놓기라도 한 것처럼, 어머니를 완전히 잊고 있었다니, 나야말로 불한당이 아닌가. —— 감사합니다, 마담, 당신의 충복으로서 말씀드리건대, — 저 때문에 수고를 많이 하셨으니 — 저도 거기 상응하는 보람을 드릴 수 있기를 빕니다. — 그런데 당신께서 제 등에 갈라진 틈을 남겨 두셨군요, — 거기서 떨어져 나온 커다란 조각이 여기 있는데요, — 게다가 이런 발로 제가 뭘 할 수 있겠습니까? — 이런 발로는 영국까지 절대 찾아갈 수 없을 것입니다.

나 자신에 대해 말하자면 난 어떤 일에도 놀라는 법이 없다, — 살아오는 동안 내 판단이 나를 속인 적이 너무 많아서, 나는 그게 옳건 그르건 언제나 의심부터 한다. — 최소한 차가운 주제를 두고 뜨거워지는 일은 거의 없다. 그럼에도 불구하고, 나는 누구 못지않게 진리를 공경한다. 어쩌다 진리가 우리로부터 미끄러져 나가 버렸을 때, 누군가 내 손을 잡고, 잃어버린 그 진리가 없어선 안 되는 것이니 함께 나가 조용히 찾아보자고 한다면, — 나는 그 사람과 함께 세상 끝까지라도 찾아다닐 것이다. —— 하지만 나는 논쟁은 싫어한다, — 따라서 논쟁에 끌려 들어가기보다는 (종교적 문제라든가 또는 사회에 영향을 주는 그런 문제는 제외하고) 첫 단락에서부터 나를 질식시키는 내용만 아니라면 무엇이든 거의 동조하는 편이다. —— 난 숨이 막히는 것은 도저히 참을 수 없다. —— 나쁜 냄새는 더더욱 참지 못한다. —— 이런 이유로 해서 순교자 집단을 증원하거나 — 또는 새로이 순교자 집단을 모집하는 일이 생길 경우 — 나는 어떤 식으로든 그런 일에는 일체 관여

하지 않겠다고 처음부터 결심을 굳혀 두었다.


# 제12장

—— 그러나 나의 어머니에게 돌아가자면.

토비 삼촌의 의견, 즉 "나쁠 게 없지 않아요. 로마 집정관 코르넬리우스 갈루스가 잠자리를 함께한 사람이 자기 아내라면 말이지요"라는 말은, —— 아니, 그 의견에 나오는 마지막 말은, 부인, —— (어머니가 들었던 것은 그 말뿐이니까요) 모든 여성의 약점인 그 부분을 자극함으로써 어머니를 사로잡았습니다. —— 오해하시면 안 되지요, —— 어머니의 호기심을 자극했단 말이니까요. —— 어머니는 곧바로 이 대화의 주제가 자신이라고 결론 내렸으니, 일단 이런 선입견을 가진 상태에서라면 아버지가 하는 말 한마디 한마디가 모두 자신이나 집안일과 관련된 것으로 해석된다는 걸 부인도 쉽게 이해할 수 있겠지요.

—— 아, 부인, 자기는 제 어머니처럼 하지 않을 거라고 주장하는 그 숙녀분이 사는 곳이 어디지요?

아버지는 코르넬리우스의 기묘한 죽음 이야기에서 소크라테스의 죽음 이야기로 옮겨 갔고, 그가 재판관 앞에서 행한 마지막 변론을 요약해서 토비 삼촌에게 들려주고 있었다. —— 그것은 저항할 수 없는 것이었다. —— 소크라테스의 연설이 아니라 —— 아버지가 그 연설에 대해 느끼는 유혹이 그랬다는 것이다. —— 아버지는 무역업에서 손을 떼기 1년 전에 『소크라테스의 생애』[18]라는 책을 직접 쓰기도 했는데, 아무래도 그 일이 아버지가 사업을 서둘러 접은 계기가 된 것 같다. —— 그러니 소크라테스의 변론을 옮기는 일에 있어 아버지만큼 순풍에 돛을 달고, 영웅적 고결함의 파도가 넘실거리는 상태에서 출범할 수 있는 사람은 아마 없을 것이다. 소크라테스의 마지막 변론에는 트랜스마이그레이션이나 *어나이얼레이션*보다 짧은 단어로 문장이 끝나는 법이 없고* — 문장의 중간 부분에서는 *살 것이냐* — 또는 *죽을 것이냐*보다 덜 심오한 생각을 찾을 수 없을 뿐만 아니라, — 새롭고 경험해 보지 않은 상태로 들어가는 것이라든가, — 또는 꿈도 꾸지 않고, 방해도 받지 않는, 기나긴, 그리고 심원하고 평화로운 수면 상태에 들어가는 것이라는 이야기 나오고 있다. —— 또한 *우리나 우리 아이들은 죽을 운명으로 태어났다*, — 그러나 *우리 누구도 노예가 되려고 태어나진 않았다*라든가 —— 아니 — 내가 실수를 했군, 그것은 요세푸스(*de Bell. Judaic.*)*가 기록한 엘리아자르의 연설에 나오는 부분이다. 엘리아자르는 이 말을 인도의 철학자들로부터 전해 들었다고 하는데, 아마도 알렉산드로스 대제가 페르시아를 정복한 다음 인도로 침입했을 때 훔쳐 온 수많은 것들 중에 이것도 포함되었던 것 같다. 이런 식으로 그 생각은 그리스로 수송되었는데, 알렉산드로스 대제가 직접 거기까지 가져오지는 못했다 하더라도, (우리 모두 알다시피 그는 바빌론에서 죽었으니까) 최소한 그의 수하로 있던 약탈자들 중 누군가 가져왔을 것이다. — 그것은 그리스에서 다시 로마로 들어갔고, — 로마로부터 프랑스로, — 그리고 프랑스에서 영국으로 전해졌을 것이다. —— 세상일이란 그렇게 돌고 돌게 마련이다.

육로 수송이라면 이 경로 외에는 생각나는 게 없다. ——

---

18) 이 책은 아버지가 출판에 동의하지 않았기 때문에 아직 원고 상태로 있고, 아버지가 쓴 다른 논문들과 함께 집 안에 보관되어 있는데, 이들 전부, 또는 대부분 이때가 되면 인쇄되어 세상에 나올 것이다.

그러나 물길을 통해서라면 다르다. 그 생각은 쉽사리 갠지스 강을 따라 내려가서 간제티쿠스 만 또는 벵골 만을 거쳐 인도양까지 흘러들어 가고, 다시 무역 항로를 따라, (당시에는 인도에서 희망봉을 거치는 항로가 알려져 있지 않았으니까) 향신료나 그 밖에 다른 약제들과 함께 홍해를 거쳐, 메카의 항구 도시인 조다로 또는 그 만의 끝자락에 있는 토르나 수에즈로 들어가게 되고, 거기서부터는 카라반에 의해 콥토스로 옮겨졌다가, 사흘 정도 나일 강을 따라 내려가 곧장 알렉산드리아로 들어가게 되면, 마침내 알렉산드리아 도서관의 거대한 층계 아래로 옮겨, — 그 서고 안에 사람들이 꺼내 볼 수 있는 자리에 놓이게 된다. —— 놀랍기도 해라! 당시 학자들은 얼마나 대단한 교역을 하고 있었던가!


## 제13장


그런데 아버지에겐 어느 정도 욥과 유사한 면이 있었다. (그런 인물이 실존했을 경우에 말이다 —— 아니라면 이야기는 거기서 끝나는 것이고. ——

말이 나왔으니 말인데, 여러 학식 높은 분들이 그렇게 위대한 분이 살았던 시대가 언제인지 정확히 결정짓기 어렵다 해서, — 예를 들어 족장 시대 이전인가 이후인가 등등처럼 — 그가 실존 인물이 아니라는 데 한 표를 던진다면 그건 좀 잔인한 일일 듯싶다, — 사실이야 어떻든 간에, — 그것은 자신이 대접받고 싶은 식으로 다른 사람을 대접해 주는 게 아니지 않은가.) —— 말하자면 아버지는 일이 극도로 잘못되고 있을 때, 특히 조바심이 불붙은 초기에는 — 왜 태어났는지 모르겠다거나 — 차라리 죽었으면 좋겠다거나 — 때때로는 더 고약한 말도 내뱉는다. —— 그리고 그 도발이 점점 더 높이 솟구쳐서, 비통함이 보통 이상의 힘으로 입술을 악물게 할 때면, — 선생, 당신도 아버지와 소크라테스를 구분하기 어려울 겁니다. —— 나오는 말 한마디 한마디가 삶을 멸시할 뿐만 아니라 온갖 인생사에 무심해진 그런 영혼의 감정을 뿜어내게 되거든요. 바로 이런 이유로 해서, 어머니는 비록 깊은 학식이 있는 사람은 아니었지만, 지금 아버지가 요약해서 삼촌에게 들려주고 있는 소크라테스의 변론 내용이 낯설지만은 않았다. — 어머니는 편안히 내용을 알아들으며 귀를 기울이고 있었다. 만약 아버지가 그 위대한 철학자가 그의 친지와 친척들 그리고 아이들을 언급하면서도 그것으로 재판관들의 연민에 호소하거나 안전을 보장받기를 거부하는 그 변론 부분으로 느닷없이(그럴 계기가 전혀 없었는데 말이다) 빠져 들어가지만 않았어도 어머니는 이 장이 끝날 때까지 이야기를 듣고 있기만 했을 것이다. — "내게는 친구들도 있고 — 친척들도 있고, — 그리고 쓸쓸하게 남을 아이들도 셋이나 있소." — 소크라테스가 말하기를. —

—— 그렇다면, 하고 어머니가 문을 열며 말했다, —— 샌디 씨, 당신은 내가 아는 것보다 아이가 한 명 더 많은 건데요.

맙소사! 난 한 명 더 적게 되었소. — 아버지는 일어나 방 밖으로 걸어 나가며 말했다.


## 제14장

—— 그건 소크라테스의 자녀들 이야기였는데요, 토비 삼촌이 말했다. 그 사람은 백 년 전에 죽었잖아요, 어머니가 대답했다.

토비 삼촌은 연대에 대해선 잘 모르는 사람이다 보니 — 안전한 영역에서 한 발짝도 더 나아가고 싶지 않아, 담배 파이프를 천천히 탁자 위에 내려놓고 몸을 일으켜, 어머니 손을 아주 다정하게 붙잡고는, 좋은 말이건 나쁜 말이건 한마디 말도 없이, 아버지가 직접 설명을 마무리 짓게 하기 위해, 아버지 뒤를 따라 어머니를 안내해 나갔다.

## 제15장

이 책이 익살극이었다면, 선생, 사실 세상 모든 사람의 인생과 생각 역시 하나의 익살극이라고 보지 않는 한, 내 책을 익살극이라고 볼 이유가 없겠지만 — 그럴 경우, 이 앞 장은 극의 제1막을 마무리 지은 셈이지요. 그렇다면 이번 장은 이렇게 시작해야 합니다. 프트르 . . 르 . . 르 . . 잉 — 트윙 — 트왱 — 프룻 — 트룻 —— 이거 형편없이 잘못된 깽깽이인데요. — 혹시 내 깽깽이가 조율이 제대로 된 것인지 아닌지 아시겠어요? — 트룻 . . 프룻 . . — 이거 5도 음정이어야 하는데. —— 현이 고약하게 감겼군요 — 트르 . . . 아.에.이.오.우.-트왱. — 기러기발은 1마일이나 올라가 있고, 울림막대는 완전히 내려앉은 것 같아요, — 그것만 빼면 — 트룻 . . 프룻 — 들어 보세요! 그렇게 나쁜 음색은 아닌걸요. — 디들 디들, 디들 디들, 디들 디들, 듬. 훌륭한 심사 위원들 앞에서 연주하는 것은 별문제가 없지요, — 그러나 저기 저 사람은 — 아니 — 겨드랑이에 꾸러미를 끼고 있는 그 사람 말고요 — 검은 옷을 입은 저 엄숙한 사람 말입니다. — 원 참! 칼을 차고 있는 그 신사가 아니라고요. — 선생, 바로 저 사람 앞에서 내 깽깽이에다 활을 당기느니, 차라리 칼리오페 앞에서 직접 카프리치오를 연주하는 게 낫겠습니다.* 내가 지금 깽깽이를 본래 음에서 350리그나 벗어나게 연주를 한다 해도, 저 사람의 신경 줄은 단 한 올도 괴롭히지 못할 것이라고 장담합니다. 내 크레모나*산(産) 바이올린을 유대인 나 팔에 걸고 내기를 해도 좋습니다. 그것은 내기 사상 음악적으로 가장 심하게 밑지는 내기가 되겠지만 말입니다. — 트와들 디들, 트웨들 이들, — 트위들 디들, —— 트워들 디들, — 트우들 디들, — — 프룻-트룻 — 크리시 — 크래시 — 크러시. — 어때요, 선생, 당신은 심하게 괴로우셨지요, — 하지만 보시다시피 저 사람은 아무렇지도 않다니까요, — 설령 아폴로기 내 뒤를 이어 바이올린을 연주한다 해도, 저 사람은 그게 더 나은지도 전혀 모를 겁니다.

디들 디들, 디들 디들, 디들 디들 — 흠 — 듬 — 드럼.

— 여러 어르신들과 성직자 분들은 음악을 사랑하시지요 — 하느님께서 당신들께 훌륭한 귀를 주셨으니까요 — 그리고 여러분 중 몇몇 분은 연주도 멋있게 하시지 않습니까 —— 트룻-프룻, — 프룻-트룻.

아! 저기 — 저 사람의 연주라면 내가 하루 종일 앉아서 들어도 좋습니다. — 그의 재능은 음악을 가슴으로 느끼게 만드는 데 있지요, — 그는 나에게 기쁨과 희망을 불어넣고, 내 마음속 가장 깊은 곳에 숨어 있는 탄력성을 일깨워 줍니다 —— 혹시 나한테 5기니를 빌릴 일이 있으시다면, 선생, — 그것은 보통 내가 빌려 줄 수 있는 것보다 10기니가 더 많은 액수이지만 — 또한 약제사나 재봉사 선생께서 나한테 밀린 외상값을 받고 싶으시다면, — 바로 지금이 딱 좋은 때입니다.

# 제16장

집안일들이 좀 정리되고, 수잔나도 어머니의 초록색 공단 드레스를 차지하고 나자, 아버지의 머리에 최초로 들어온 생각은 — 차분히 자리에 앉아서, 크세노폰*이 보여 준 모범에 따라, **트리스트라-페디아**, 즉 나를 위한 교육 체계를 저술해야겠다는 것이었다. 이를 위해 아버지는 우선 자신의 흩어진 생각을 정리하고, 이런저런 조언, 의견을 모으고 함께 엮어 내 아동기와 사춘기를 다스릴 하나의 법전을 만들어야겠다고 생각했다. 나는 아버지에게 남은 마지막 판돈이었다 — 아버지는 나의 형 보비를 완전히 잃었고, — 아버지의 계산에 의하면 나의 4분의 3을 잃은 셈이었다 — 나를 위해 던진 첫 세 차례의 중요한 주사위가 다 불운하였으니, 즉 내 탄생 과정과 코, 이름, 이 세 가지가 다 뜻대로 되지 못했으니, — 이제 나의 4분의 1만 남아 있는 셈이고, 따라서 아버지는 토비 삼촌이 포탄 발사 원칙에 집착했던 것 못지않게 이 일에 몰두하게 된 것이다. — 차이가 있다면 토비 삼촌은 니콜로 타르탈리아*에게서 모든 지식을 끌어내고 있었던 데 반해 — 아버지는 지식의 한 올 한 올을 모조리 자신의 머리에서 뽑아내, — 다른 실 잣는 사람들이 이전에 뽑아낸 모든 실들과 함께 돌리고 꼬았으니, 삼촌과 거의 비슷한 고문을 겪고 있는 셈이었다.

3년여 남짓한 기간 동안 아버지는 그 책을 절반 정도까지 진척시켰는데, — 다른 모든 작가들과 마찬가지로, 아버지 역시 좌절을 겪고 있었다. — 아버지는 해야 할 말을 아주 작은 지면에 모두 몰아넣을 수 있을 것으로 생각했고, 책을 완성해서 제본을 하면 어머니의 바느질 주머니에 말아 넣을 수 있을 것이라 기대했었다. — 일이란 우리 손 아래서 점점 더 커지게 마련이니, — "자, 보

라고 ─ 내가 12절판 책을 한 권 쓰겠다"란 말은 누구도 감히 입
밖에 내선 안 된다.

　아버지는 그러나 고통스러울 만큼 혼신의 힘을 기울여 그 일에
매진했으며, 한 줄 한 줄, 베네벤토의 대주교 존 드 라 카스*가『갈
라테아』를 저작할 때 보였던 정도로 신중함과 경계심을 갖고(아
버지가 대주교님처럼 종교적 원칙에 따라 그렇게 조심스러웠다고
말할 수는 없겠지만) 작업을 진행했다.『갈라테아』는 대주교님께
서 자신의 인생 40년을 바쳐 만든 작품인데, 막상 출판되었을 때
는 그 크기와 두께가『라이더 연감』의 절반 정도밖에 되지 않았
다.* 이 성스러운 분께서 구레나룻 수염을 다듬거나 교구 신부와
프리메로 카드놀이를 하며 대부분의 시간을 보낸 게 아니라면 어
찌 그럴 수 있었는지 ─ 누구도 그 비밀을 알 수 없을 것이다, ─
따라서 먹고살기 위해서라기보다는 유명해지고 싶어 글을 쓰는
몇 안 되는 사람들을 격려하는 차원에서라도 그 비밀을 세상에 설
명해 드릴 필요가 있다.

　(그의『갈라테아』에도 불구하고) 내가 최상의 경건한 마음을 담
아 기억하고 있는 베네벤토의 대주교 존 드 라 카스라는 분이, ─
선생, 만약에 말입니다, 재기도 없고, ─ 둔하고 ─ 머리도 느려
터진, 뭐 그렇고 그런 식의 ─ 보잘것없는 성직자였다면 ─ 그분
과 그의『갈라테아』가 나란히 므두셀라*의 나이까지 행보를 함께
했다 하더라도, ─ 그 현상은 주목할 만한 가치가 없었을 겁니다.

　그러나 사실은 그 반대였지요. 존 드 라 카스는 재능도 많고 풍
부한 상상력을 가진 천재였거든요. 자연이 준 이 모든 혜택, 즉
『갈라테아』작업을 빠른 속도로 진행하는 추진력이 될 수도 있었
던 이 모든 혜택에도 불구하고, 그는 기나긴 여름날에도 하루에
한 줄 반 이상을 나아가지 못하는 무력증에 시달리고 있었는데,

이 결함은 그분을 괴롭히는 한 가지 의견에서 비롯된 것입니다. 그 의견이란, — 즉 기독교인이 책을 쓰면서 (사적 즐거움을 위해서가 아니라) 출판을 통해 세상에 내놓겠다는 진심 어린 목적과 의도에서 출발할 경우, 그의 머리에 최초로 떠오르는 생각은 언제나 사악한 존재의 유혹이라는 것입니다. 그러나 이것은 평범한 작가들에게 해당하는 것이고, 교회나 국가에서 높은 지위에 있고 존경받는 입장에 있는 인물이 일단 작가가 되면, — 그가 펜을 손에 잡는 바로 그 순간부터 — 지옥에 있는 온갖 악마들이 소굴에서 뛰쳐나와 그를 구슬리기 시작한다고 대주교께선 믿고 있었지요. 그들에게는 활동 개시 시간이 온 것이니, — 처음부터 끝까지 떠오르는 생각마다 꼬투리를 잡게 되고 — 아무리 그럴듯하거나 좋은 말도 — 모두 마찬가지여서, — 그게 상상력 속에서 어떤 형태나 색깔을 취하든 간에, — 그것은 악마들 중 하나가 그를 겨냥하여 공격한 결과이므로 반드시 막아 내야 한다는 것입니다. — 따라서 작가의 삶이란, 본인이야 어떻게 생각하건 간에, 글쓰기*를 하는 상태가 아니라 전쟁을 하는 상태가 되는 거지요. 그러므로 작가로서의 자질 검증은 투사의 경우나 마찬가지여서, — 둘 다 공히 **기지**가 아니라 **저항**의 능력에 근거한다는 것입니다.

아버지는 베네벤토의 대주교, 존 드 라 카스의 이 이론에 대단한 호감을 가졌기 때문에, (만약 그게 종교적으로 다소 속박감을 주지만 않았더라면) 자신이 이 이론을 제창한 사람이 될 수만 있다면 샌디 영지의 가장 좋은 땅 10에이커라도 내놓았을 것이다. 아버지가 실제로 악마의 존재를 어디까지 믿었는지는 앞으로 작품을 진행하면서, 아버지의 종교관에 대해 이야기하는 부분에서 밝힐 것이다. 여기서는 다만 아버지가 그런 교리를 문자 그대로 받아들이는 영예는 사양하고 — 대신 비유적으로 받아들였다는 것만 말씀드리겠다. — 아버지는 특히 펜대가 말을 잘 듣지 않을 때면, 존 드 라 카스의 우화적 표현의 베일 아래에는 고대의 신비로운 기록이나 시적 서사에 들어 있는 것 못지않게 많은 의미와 진리, 지식이 들어 있다고 주장했다. — 교육이 심어 주는 편견이 바로 악마일세,라고 아버지는 말했다. 우리가 어머니 젖과 함께 빨아들이는 수많은 편견이 — 악마가 아니고 무엇이겠는가. —— 토비 동생, 연구를 하거나 열심히 공부하는 중에도 우린 언제나 이놈들한테 시달리기 마련일세. 그놈들이 참견할 때마다 순하게 굴복하는 사람이 있다면 — 그 바보 같은 사람이 쓴 책이 대체 뭐가 되겠나? 아무것도 아닌 게 될 걸세. — 아버지는 복수심으로 펜대를 집어 던지며 덧붙였다, — 이 나라에는 유모들의 재잘거림이나 노파들(남녀 불문하고)의 허튼소리를 모아 놓은 잡동사니밖에 없게 될 걸세.

이것이 아버지의 트리스트라–페디아 집필 과정이 아주 느리게 진행된 데 대해 내가 드릴 수 있는 최상의 설명이다. 이미 말했듯이 아버지는 3년 이상 불굴의 투지로 이 작업에 매달려 왔고, 자신의 계산에 의하면 마침내 작업의 반 정도를 거의 끝낸 상태였는데, 불행한 일은 내가 그 기간 내내 어머니에게만 맡겨진 채 완전히 방치되고 유기되어 있었다는 사실이다. 그에 못지않게 불운한 일은 아버지가 온갖 노고를 쏟아부은 그 작품의 첫 부분이 전혀 쓸모없는 것이 되어 버렸다는 사실이다. — 매일매일 한두 페이지가 무용지물이 되어 가고 있었다. —

가장 현명한 사람조차도 그처럼 스스로 허를 찔려 추월당하고, 지나치게 목적을 추구하는 중에 그 목적이 영원히 쓸모없는 것이 되게 만들어 버린다는 사실은 정녕 인간의 지혜에 대한 자만심에 저주가 내린 결과라고 보아야 할 것이다.

간단히 말해서, 아버지는 저항하는 데 너무 오래 시간을 뺏긴 나머지, ― 또는 말을 바꿔, ― 집필 작업이 너무나 천천히 진행되는 데다, 나는 급속도로 성장을 진행했기 때문에, 만약 하나의 사건이 발생하지 않았더라면, ― 그 사건이 무엇인지는 품위를 지키며 그것을 전달할 수만 있다면, 일순도 숨기지 않고 독자에게 전해 드릴 참인데, ―― 내가 아버지를 완전히 앞질러 버려서, 아버지는 땅 아래 묻히는 것 말고는 달리 아무 쓸모도 없는 해시계를 만드는 입장에 처할 뻔했다.

## 제17장

―― 사실 그것은 별일이 아니었다. ― 난 그 때문에 피 두 방울도 잃지 않았고 ― 바로 옆집에 의사가 산다 해도 그를 불러들일 가치도 없는 일이었다. ― 게다가 내가 사고로 당한 그 일을 일부러 선택해서 당하는 사람도 수만 명은 될 것이다. ― 그러나 닥터 슬롭은 필요 이상으로 열 배나 부풀려 그 일을 과장했다. ―― 작은 철사 줄에 대단히 무거운 물건을 매다는 기술을 통해 출세하는 사람도 있게 마련인데, ― 나는 바로 (1761년 8월 10일) 오늘까지도 이 사람의 명성의 대가를 일부 치르고 있다. ―― 아, 세상일이란 게 어떻게 돌아가는지 안다면, 돌멩이마저도 화를 낼 것이다! ―― 하녀가 침대 밑에 ****** ***를 갖다 두는 것을 깜박 잊었다. ―― 도련님, 그냥 해 보면 안 되겠어요, 수잔나가 한 손으로는 내리닫이창을 올리고, 다른 한 손으로는 내가 창틀 위에 올라가도록 도와주며 말했다. ― 우리 착한 도련님, 이번 한 번만 어떻게 **** *** ** *** ****** 해 보면 안 될까요?

나는 다섯 살이었다. ── 수잔나가 우리 집 안에선 무엇 하나 제대로 매달려 있는 게 없다는 것을 미처 생각지 못했기에, ── 창문이 마치 벼락처럼 꽈당 하고 우리 위에 떨어졌다, ── 이런, 아무것도 남아나지 않았네, ── 라고 수잔나가 소리쳤다, ── 남은 것이라곤 아무것도 없잖아 ── 내가 줄행랑을 치는 거 말고는, ──

토비 삼촌의 집은 매우 친절한 성역이었고, 수잔나는 그리로 피신했다.


## 제18장


수잔나가 나를 *살해*하게 된 ── (그녀의 표현법에 의하면) ── 온갖 정황과 함께 내리닫이창의 재난을 상병에게 알렸을 때 ── 그의 얼굴에선 핏기가 사라졌다. ── 살인 공범자는 모두 주범이나 마찬가지니까, ── 트림의 양심은 자기가 수잔나 못지않게 책임이 있다고 말하고 있었다, ── 그리고 그 이론이 진리라면, 토비 삼촌 역시 두 사람과 마찬가지로 그 유혈 참사에 책임을 지게 생겼다. 그러니 이성이나 본능이 따로따로든, 함께든, 수잔나의 발길을 그보다 더 적절한 도피처로 안내할 수는 없었을 것이다. 이 수수께끼를 독자의 상상력에 맡기는 것은 소용없는 일이다. 위의 주장을 그럴듯하게 만들 만한 가설을 찾아내자면, 독자는 자신의 두뇌를 몽둥이질해서 쥐어짜야 할 것이고, 만약 그러지 않고도 찾아낼 수 있다면, ── 그 사람은 이전의 어떤 독자도 갖지 못했던 그런 두뇌의 소유자일 것이다. ── 내가 왜 독자들을 이런 시련과 고문에 시달리게 해야 하는가? 그것은 나 자신의 일이었으니, 내가 직접 설명하겠다.

# 제19장

참 아쉬운 일 아닌가, 트림, 함께 만든 작품을 둘러보고 있는 상병의 어깨에 손을 올려놓으며 토비 삼촌이 말했다. ── 새로 만든 저 요새의 능보 입구에 배치할 야포가 없다니 ── 야포가 두어 대 있으면 방어선의 안전이 확보되고, 그쪽 공격력도 완벽해질 텐데 말일세. ── 주형물을 두어 개 구해 보면 어떨까, 트림.

내일 아침 이전에 구해다 놓겠습니다, 트림이 대답했다.

트림에게는 토비 삼촌의 군사 작전에 필요한 것이면 무엇이든 삼촌의 상상력이 요구하는 대로 구해 오는 일이 진정한 즐거움이었고, ── 그의 비옥한 머리가 방법을 찾지 못해 당황하는 일은 결코 없었다. 주인의 소원을 들어주기 위해서라면, 자기 손에 남은 마지막 은화까지도 망치로 두드려 펴서 대포를 만들어 드렸을 것이다. 상병은 이미 ── 삼촌의 주전자 주둥이 끝도 잘라 냈고 ── 납으로 된 홈통 가장자리를 도려내고 깎아 냈으며, ── 백랍으로 된 면도 그릇을 녹였고, ── 마침내는 루이 14세처럼 전시 물자 조달을 위해 교회 꼭대기에 올라가기도 했다. ── 이번 군사 작전에만 해도 그는 소형 컬버린 포 세 대 외에도 성벽 파괴용 대포를 여덟 대나 전투 현장에 갖다 놓았다. 삼촌이 주문한, 요새에 쓸 야포두 대를 만들기 위해 상병은 다시 작업에 들어갔는데, 달리 뾰족한 방도가 없자, 아이 방 창문에서 두 개의 납공을 빼내 간 것이다. 납공을 빼는 바람에 도르래 바퀴도 별 소용이 없게 생겼으니, 그는 포차 바퀴로 쓰기 위해, 그 도르래 바퀴 역시 빼내 갔다.

그는 이미 오래전에 삼촌 집에 있는 모든 내리닫이창을 같은 방법으로 해체한 바 있다, ── 그러나 항상 같은 순서를 따른 것은 아니다. 때로는 납공이 아니라 도르래가 필요했고, ── 그럴 땐 도르래부터 시작하는데, ── 도르래를 뽑아내고 나면, 납공은 소용없어 지고, ── 그래서 납공 역시 수명을 다하게 되는 것이다.

　　── 이 이야기에서 훌륭한 교훈을 넉넉히 끌어낼 수도 있겠지 만, 지금은 그럴 시간이 없으니 ── 이 말만 하고 넘어가자. 해체가 어디서 시작되었건, 내리닫이창에는 똑같이 치명적이었다.


## 제20장


　　상병은 물론 이 사실을 혼자만 알고 있고, 공격의 모든 책임을 수잔나에게 떠맡긴 채, 그녀가 힘 닿는 대로 혼자 짐을 짊어지고 가게 만들 수도 있었을 것이다. 하지만 그는 이 포술 사고에 대해 그처럼 고약한 대처 수단을 택하지 않았다. ── 진정한 용기란 그 런 식으로 빠져나가는 것을 좋아하지 않는 법이다. ── 상병은 자기 역할이 병참 부대의 대장이었건 감독관이었건, ── 상관없이, ── 아무튼 그 일을 했고, 그 때문이 아니었다면, 그런 불행한 일 이 결코 일어날 수 없었을 것이며, ── 적어도 수잔나의 손에서 일 어날 수는 없었다고 판단했다. ── 여러 어른들께서는 어떻게 처 신하셨을까요? ── 그는 즉시 결단을 내렸습니다, 수잔나 뒤에 서 피신처를 찾는 게 아니라, ── 수잔나에게 피신처를 제공하겠다 고 말입니다. 마음속에 이 결심을 굳히고 나자, 그는 삼촌에게 그 모든 *전략적 작전*의 진행 경위를 보고하기 위해, 거실을 향해 꼿 꼿이 행진을 시작했습니다.

　　토비 삼촌은 그때 막 스틴커크 전투* 이야기를 요릭에게 들려주 고 있었다. 그 전투 현장은 기마대가 활동할 수 없는 지역인데도 보병에게는 정지 명령을 내리고, 기마대에는 전진 명령을 내린 솜즈 백작의 이상한 행동에 대해, 그리고 그 결정이 국왕의 명령에 정면으로 위배되는 것이었고, 또한 그날 전투가 패배로 끝났다는 사실 등을 이야기하고 있었다.

어떤 집안에서는 먼저 일어난 사건이 앞으로 생길 일과 절묘하게 어우러지는 경우가 종종 있는데, ─ 극작가의 창의력도 그렇게까지 만들기는 어려울 정도다. ─ 물론 고대 극작가를 말하는 것이지만. ───

트림은 집게손가락을 탁자 위에 똑바로 펴 놓고, 다른 한쪽 손을 세워 집게손가락을 가로질러 직각으로 내려치는 동작을 통해 해야 할 이야기를 전달하는 편법을 사용했으니, 신부님이나 처녀들도 얼마든지 경청할 수 있었을 것이다. ─ 일단 이야기는 이렇게 전달되었고, ─ 대화는 다음과 같이 진행되었다.


## 제21장


── 여자가 화를 당하는 것을 보느니 차라리 제가 죽도록 말뚝처벌*을 받겠습니다. 수잔나의 이야기를 끝맺으며 상병이 소리쳤다. ─ 그건 제 과실이었어요, 나리, ─ 그녀의 잘못이 아니라.

트림 상병, 토비 삼촌이 탁자 위에 놓인 모자를 집어 들어 머리에 쓰면서 대답했다, ── 뭔가 잘못이 있다면, 그 일은 직무상 절대적으로 필요한 일이었으니, ─ 비난받을 사람은 바로 나일세, ── 자네는 명령에 복종했을 뿐이니까.

만약 스틴커크 전투에서 솜즈 백작도 그렇게만 했더라면 말일세, 트림, 요릭이 당시 퇴각 중에 기병에게 깔렸던 상병에게 장난스레 말했다, ── 그가 자네를 구할 수도 있었겠지. ── 절 구해 준다고요! 트림이 요릭의 말을 자르고 자기 식으로 대신 문장을 이어 가며 소리쳤다. —— 그가 다섯 개 대대는 구했을 겁니다. 목사님, 대대원 한 명 한 명의 영혼까지요. —— 커츠 대대에다 —— 상병은 오른손 집게손가락을 왼손 엄지에서부터 손가락을 차례대로 두드리며 말을 계속했다. —— 커츠 대대에다, —— 매케이 대대, —— 앵거스 대대. —— 그레이엄 대대 —— 그리고 레븐 대대까지 모두 박살이 났고, 영국군 수비대 역시, 때마침 우측에 있던 연대가 용감하게 지원에 나서 주지 않았더라면 그대로 당했을 겁니다. 하지만 이 연대는 우군이 소총을 발사해 보기도 전에 적군의 포화를 정면으로 맞았지요. — 그 일만으로도 그들은 천국에 갈 겁니다 — 라고 트림이 덧붙였다. — 트림 말이 맞아요, 삼촌이 요릭을 향해 고개를 끄덕이며 말했다. — 전적으로 맞는 말이지요. 그런데 말입니다, 하고 상병이 말을 이어 갔다. 길이 좁은 데다, 관목과 잡목, 도랑과 쓰러진 나무들이 여기저기 뒤덮고 있는 그런 프랑스 땅으로 기마대를 진군시킨 저의가 도대체 뭔지 모르겠어요. 거긴 솜즈 백작이 우리 보병을 보냈어야 했어요, —— 우리였다면 그들의 목숨을 겨냥하여 총구를 마주 대고 싸웠을 겁니다. —— 거기서 기마대가 할 수 있는 일이라곤 아무것도 없었다니까요. 그런 결정을 했던 탓인지, 상병이 말을 계속했다. 그 양반은 바로 뒤이어 벌어진 랜든 전투에서 포탄에 맞아 다리가 잘려 나갔답니다.* —— 딱하게도 그 전투에서 트림도 부상을 당했지요, 하고 삼촌이 말했다. —— 그게 말예요, 나리, 순전히 솜즈 백작 탓이라니까요, — 우리가 스틴커크에서 그들을 제대로 격파했더라면, 랜든에선 싸울 일도 없었을 테니까요. —— 맞는 말일 수도 있지, —— 트림, 하고 삼촌이 말했다. —— 비록 그들에겐 숲이라는 이점이 있는 데다, 잠시라도 틈만 주면 참호를 파고 몸을 숨겼다가, 여기저기서 계속 튀어나와 기습하는 국민이긴 하지만, 우린 침착하게 진군해 가서, ── 그들이 퍼붓는 포화를 무릅쓰고 그들을 덮칠 수 있었을 거야, 막무가내로 말야 ── 막상막하로, 하고 트림이 덧붙였다. ── 너나없이 전력을 다해, 삼촌이 말하자 ── 뒤죽박죽 대혼전으로, 트림이 말했다. ── 좌우, 닥치는 대로, 삼촌이 소리치자. ── 피투성이로, 상병이 부르짖었다. ── 전투가 격화되고 있었다. ── 요릭은 다칠까 봐 의자를 살짝 옆으로 옮겼고. 토비 삼촌은 잠시 말을 멈추었다가 목소리를 한 음조 정도 떨어뜨리고 ── 다음과 같이 담론을 재개했다.

## 제22장

윌리엄 왕은, 하고 토비 삼촌이 요릭을 향해 말을 시작했다, 솜즈 백작이 저지른 명령 불복종에 얼마나 화가 났는지, 그 후 몇 달 동안은 그에게 알현도 허락하지 않았지요. ── 아무래도 내 생각에는, 하고 요릭이 답했다, 샌디 씨가 상병에게 화를 내는 정도가 윌리엄 왕이 백작에게 했던 것 못지않을 듯싶은데요. ── 하지만 그건 너무 심한 것 아닌가 싶어요, 하고 그는 말을 이었다. 솜즈 백작과는 정반대로 행동했던 트림 상병이 백작과 똑같이 불명예스러운 대접을 받게 된다면 말입니다. ── 그러나 세상일이란 게 그런 결과를 가져오는 게 흔한 일이긴 하지요. ── 하지만 그런 일을 그냥 보고만 있느니, 하고 토비 삼촌이 몸을 일으키며 외쳤다. ── 난 차라리 지뢰를 터뜨려 ── 내 요새랑 집을 함께 폭파시키고, 우리가 그 잔해 아래 깔려 죽는 쪽을 택할 거요. ── 트림이 살짝, ── 그러나 고마운 마음을 담아, 주인에게 절을 했고,

— 그렇게 이 장은 끝이 났다.


## 제23장


—— 그럼 이제, 요릭, 하고 토비 삼촌이 말했다, 당신과 내가 나란히 앞장서기로 하고, —— 상병 자네는 몇 발짝 뒤에서 우릴 따라오게. —— 그럼, 나리, 수잔나는 맨 뒤에 서게 하겠습니다, 트림이 말했다. —— 이렇게 뛰어난 대열을 갖추고, — 바로 그 순서대로 서서, 북을 울리거나 깃발을 나부끼진 않았지만, 그들은 삼촌의 집을 떠나 샌디홀을 향해 천천히 행군을 시작했다.

—— 창문의 납공 대신에 — 그때 잠깐 망설였던 대로, 교회 홈통을 잘랐더라면 좋았을 것을 그랬습니다, 트림이 현관을 들어서며 말했다. — 그만하면 홈통은 이미 충분히 잘라 내지 않았나, 요릭이 답했다. ——


## 제24장


그동안 아버지를 여러 가지 다른 기분과 자세에 따라 묘사하는 그림을 수도 없이 제공했고, 제법 비슷하게 그려 내기도 했지만, 그중 어느 것 하나도, 아니 모두 다 합쳐 보아도, 아버지가 뜻밖의 사태나 사건 앞에서 어떻게 생각하고, 말을 하고, 행동할지, 독자가 미리 짐작해 보는 데는 별다른 도움을 주지 못할 것이다. 아버지의 기벽은 끝도 없이 다양했고, 아버지가 어떤 손잡이로 물건을 잡을지, 그 가능성 속에 내재된 우연성 역시 무한대였다. — 그것은, 선생, 어떤 계산도 좌절시킵니다. —— 진실을 말하자면, 그가 가는 길은 보통 사람들이 가는 길에서 너무나 멀리 어느 한편으로 치우쳐 있고, — 그의 눈에는 눈앞에 있는 모든 사물이 인류 전체가 보는 평면도나 입면도와는 전혀 다른 표면과 단면을 제시합니다. — 바꿔 말하자면, 완전히 다른 대상이 되는 거지요, — 그러니 다르게 생각될 수밖에 없습니다.

온 세상 사람들은 물론, 나와 나의 사랑하는 제니 역시, 아주 하찮은 일로 끝없이 다툼을 벌이곤 하는데, 그것도 바로 이런 이유 때문일 것입니다. — 그녀는 자신의 외관을 쳐다보고, — 나는 그녀의 내 — . 그러니 그녀의 가치에 대해 우리가 어떻게 합의할 수 있겠습니까?


## 제25장


이것은 일단락 난 문제인데. — 내가 이 문제를 다시 언급하는 것은 공자님[19]의 지원을 받기 위해서다. 이분은 평이한 이야기를 하면서도 — 그가 스토리 라인을 따라가고 있다는 가정하에 말하자면, — 마구 뒤엉키게 만드는 경향이 있고, — 하고 싶은 대로 앞으로 갔다 뒤로 갔다 하면서도, — 그게 일탈이 아니라고 주장한다.

이를 전제로 설정했으니, 나 역시 뒤로 돌아가는 특전을 누려 볼까 한다.

---

19) 샌디 씨는 ******의 회원이신 ***** *** ***님을 말하는 것이지 —— 중국의 입법가를 말하는 것은 아닐 것이다.

# 제26장

5만 개의 바구니에 가득 찬 악마들이 ─ (베네벤토 대주교가 말하는 악마가 아니라, ─ 라블레 식 악마를 말하는 것이다) 그들의 꼬리가 엉덩이까지 바싹 잘렸다 해도, ─ 내가 사고를 당했을 때처럼 그렇게 무지막지한 마성의 비명을 지르지는 못했을 것이다. 그 비명 소리에 어머니가 즉각 내 방으로 달려오시는 바람에, ─ 수잔나는 어머니가 앞 계단을 올라오는 동안, 뒤 계단으로 간신히 도망쳐 내려갈 시간밖에 없었다.

당시에 나는 스스로 사태를 설명할 만큼 나이를 먹었고, ─ 내 생각에는 악의 없이 그 일을 할 만큼 어렸지만, 수잔나는 부엌을 지나가면서 만약의 사태에 대비해, 요리사에게 속기술로 사건 전말을 전했고 ─ 요리사는 자신의 논평을 붙여 조너선에게 이야기했고, 조너선은 다시 오바댜에게 전했다. 그런 까닭에 아버지가 위층에서 도대체 무슨 일이 생긴 건지 알아보기 위해 대여섯 번 종을 울렸을 즈음에는, ─ 오바댜가 자초지종을 구체적으로 전달할 능력을 갖추고 있었다. ─ 내 그럴 줄 알았어,라고 말하며 아버지는 잠옷 가운을 추켜올리면서, ─ 위층으로 걸어 올라갔다.

이 말을 통해 유추해 본다면 쉬 이런 상상을 할 것이다 ─── (나 자신은 다소 의문을 갖는 입장이지만) ─ 즉 아버지가 이 일이 있기 이전에 이미 트리스트라-페디아에서 그 놀라운 장, 내게는 그 책 전체에서 가장 독창적이고 재미있는 장이고, ─ 그 장 끝에는 하녀의 건망증을 통렬히 비난하는 연설이 들어 있는 *내리닫이창에 관한 장*을 실제로 완성해 놓았던 것이라고 말이다. ─ 내게는 그렇지 않다고 생각할 이유가 딱 두 가지 있다.

첫째, 사고가 있기 전에 그 가능성을 미리 고려했더라면, 아버지는 분명 그 내리닫이창에 못질을 해서 다시는 쓸 수 없게 만들었을 테니까. ― 아버지가 얼마나 힘들게 책을 쓰는지 생각해 본다면, ― 그 장을 쓰는 수고의 10분의 1도 들이지 않고 그 일을 할 수 있었을 것이다. 아버지가 그 사건 이후에라도 그 장을 썼다는 가설은 같은 논리로 반박할 수 있을 것으로 예상되지만, 두 번째 이유가 그런 가능성을 미리 차단해 준다. 아버지가 내리닫이창과 요강에 대한 장을 그 당시에 쓰지 않았다는 내 의견을 뒷받침하기 위해 나는 그 두 번째 이유를 세상에 공개하는 영예를 누리려 한다 ― 그 이유는 바로 이것이다.

―― 그것은 트리스트라-페디아의 완성도를 높이기 위해, ― 내가 직접 그 장을 썼다는 사실이다.

## 제27장

아버지는 안경을 끼고 ― 들여다본 다음 ― 안경을 벗어서, ― 안경집에 넣었다 ― 그는 이 모든 것을 법정 시간 1분 내에 끝내고, 입도 벙긋하지 않은 채 돌아서서 황급히 계단을 내려갔다. 어머니는 그가 붕대와 연고를 가지러 갔다고 상상했는데, 아버지가 팔 아래 2절판 책 두 권을 낀 채, 커다란 독서 탁자를 든 오바댜를 대동하고 돌아오는 모습을 보고는 당연히 약초에 관한 책일 거라 생각하여, 의자를 침대 옆에 끌어다 주면서, 아버지가 편안히 그런 상황에 필요한 내용을 검토하도록 도와주었다.

―― 그게 제대로만 된 것이라면, ― 하고 말하며 아버지는 *Section ― de sede vel subjecto circumcisionis*\*를 펼쳤다. 왜냐하면 아버지가 내 문제를 총체적으로 해결하고 살펴보기 위해 가

져온 책은 *Spencer de Legibus Hebræorum Ritualibus*와 마이모 니데스*의 저서였으니까.

── 그게 제대로만 된 것이라면, 하고 그가 말하자, ── 어머니가 말을 자르면서, 무슨 약초인지 그것만 말해 줘요, 하고 소리쳤다. ── 그 문제라면, 닥터 슬롭을 불러야지요, 아버지가 대답했다.

어머니는 아래층으로 내려갔고, 아버지는 다음과 같이 그 섹션 을 읽어 내려갔다.

\* \* \* \* \* \* \* \* \* \* \* \* \*

\* \* \* \* \* \* \* \* \* \* \* \* \*

\* \* \* \* \* \* \* \* \* \* \* \* \*

\* \* \* \* \* \* ── 아주 좋은데, ── 아버지가 말했다,

\* \* \* \* \* \* \* \* \* \* \* \* \*

\* \* \* \* \* \* \* ── 아니, 그게 이렇게 편리한 것이라니 ── 그래서 아버지는 그게 유대인이 이집트인에게서 배 워 온 것인지, 또는 이집트인이 유대인에게서 배운 것인지 확인하 기 위해 잠시 멈추지도 않고, ── 바로 자리에서 일어났다. 그리고 우리가 걱정했던 것보다 재난이 가볍게 밟고 지나갔을 때, 걱정의 흔적을 훔쳐 내듯이 손바닥으로 이마를 두세 차례 문지른 다음, ── 책을 덮고, 계단을 걸어 내려갔다. ── 아니지, 하고 아버지는 층계를 하나하나 내려디딜 때마다 위대한 나라 이름을 하나씩 읊 기 시작했다, ── **이집트**, ── **시리아**, ── **페니키아**, ── **아라비아**, ── **카 파도키아**, ── 그리고 **콜키스**와 **트로글로다이트** 사람들도 그것을 행 했고*, ── **솔론**과 **피타고라스**도 그것을 받아들였다면, ── 트리스트 럼이 뭔데? ── 그 문제를 가지고 한순간이라도 애를 태우며 부 글부글 끓다니, 내가 도대체 누구란 말인가?

# 제28장

여보시게, 요릭, 하고 아버지가 미소를 지으며 말했다, (좁은 통로로 들어오느라 요릭이 같은 계급이었던 토비 삼촌과의 균형을 깨고 앞장서서 거실로 들어섰기 때문이다) — 우리 트리스트럼이 말일세, 종교 의식 때마다 매번 호되게 통과 의례를 치르는구먼. — 유대인이건, 기독교도인이건, 터키인이건, 이교도건 간에 아들을 이처럼 엇나가고 엉성하게 종교에 입문시킨 경우는 없을 거요. — 그 때문에 애가 잘못된 건 아니겠지요, 요릭이 말했다. — 이 아이, 내 자식이 잉태될 때 아무래도 황도(黃道)에 뭔가 마가 끼었던 게 틀림없는 것 같아, 아버지가 말을 이었다. — 그건 나보다 샌디 씨가 더 잘 알겠지요, 요릭이 답했다. — 그야 점성가가 우리 둘 다보다 낫겠지, — 3분의 1 대좌나 60도 떨어진 별자리들이* 팔딱 뛰다가 위치가 뒤엉켰거나 — 180도 역점의 별자리가 제대로 맞아떨어지지 않았거나, — 또는 (점성가들이 부르는 식으로) 탄생의 주관좌가 까꿍 놀이를 하고 있었거나, — 저 위에서든, 이 아래서든 뭔가 잘못된 것이 틀림없네.

그럴 수도 있겠지요, 요릭이 대답했다. — 그나저나 아이가 잘못된 건 아닌가요? 토비 삼촌이 소리쳤다. — 트로글로다이트 사람들은 그렇지 않다고 하는군, 아버지가 대답했다, — 그리고 요릭, 당신네 신학자들 말에 의하면, — 신학적으로라고요? 요릭이 물었다, — 그럼 약제사들이 말하는 식으로 해 보면 어때요? — 정치가들은요? — 또 빨래하는 여자들의 말은 어때요?[20]*

---

20) *Χαλεπῆς νόσυ, καὶ δυσιάτυ ἀπαλλαγὴ, ἣν ἄθεακα καλοῦσιν.* PHILO.
*Τὰ τιμώμινα τῶν ἰθῶν πολυγονωτατα, καὶ πολυανθρωπότατα εἶναι. Καθαριότητος εἵνεκεν.* BOCHART.

—— 그건 잘 모르겠지만, 하고 아버지가 대답했다. —— 아무튼 토비 동생, 그 사람들 말로는 오히려 더 잘된 거라 하네. —— 단, 그 아일 이집트로 여행 보낼 때라는 단서를 붙여야겠지요, 하고 요릭이 말했다. —— 피라미드를 구경할 땐 그 덕을 보게 되겠지, 하고 아버지가 답했다.

원 이게 다 무슨 말인지, 토비 삼촌이 말했다, 나한텐 아라비아 말 같구먼. —— 세상 사람의 절반*에게도 그렇게 들렸으면 좋겠는데요라고 요릭이 말했다.

— 그러나 아버지는, 일루스[21]*는, 하고 하던 말을 계속했다, 어느 날 아침 휘하 군대 전체에게 할례를 시술받게 했다네. — 아니, 군법 회의도 없이 말입니까? 토비 삼촌이 소리쳤다. —— 아버지는 삼촌 말에 개의치 않고, 대신 요릭을 향해 하던 말을 이어 갔다. — 일루스가 누구인지에 대해선 학자들 사이에 의견이 분분해서, — 어떤 이는 그가 사투르누스라 하고, — 어떤 이는 그가 신이라 하기도 하고, — 또 한편으론 그가 파라오-네코 밑에 있던 장군에 불과하다는 사람도 있지. —— 그가 누구든 간에, 하고 삼촌이 끼어들었다, 도대체 어떤 군법 조항에 의거해서, 그런 것을 정당화할 수 있었는지 알 수가 없는데요.

논객들은 스물두 가지 서로 다른 이유를 내세우고 있다네, 아버지가 답했다, — 사실 거기 반대하는 입장에서 펜을 든 사람들은 그 이유들 대부분이 아무짝에도 쓸모없는 것이라고 주장하고 있지만 말야. — 아무튼 최고의 논쟁적 신학자들은 — 난 우리 왕국에 논쟁적 신학자가 한 명도 없었으면 좋겠어요, 요릭이 끼어들었

---

21) Ὁ Ἰλος, τὰ αἰδοῖα περιτέμνεται. ταυτὸ ποιῆσαι καὶ τὺς ἅμ᾽ αυτῶ συμμάχυς καταναγκάσας. SANCHUNIATHO.

다, ─ 실용적 신학 한 움큼이 ─ 그 양반들이 지난 50년 동안 화려하게 장식된 배 한 척 가득 수입해 들여온 신학과 맞먹을 만큼 가치 있다고 보거든요. ─ 저기, 요릭 씨, 토비 삼촌이 말했다, ─ 논쟁적 신학자란 게 대체 뭔지 설명 좀 해 주지요. 샌디 대위, 내가 읽어 본 중에 가장 잘된 설명은 짐나스트와 트리펫 대위가 일대일로 싸운 전투 이야기에 나옵니다.* 그 책이 지금 내 호주머니에 있긴 한데. ─── 그거 꼭 좀 들어 보고 싶은데요, 토비 삼촌이 진지하게 말했다. ─ 그러시지요, 요릭이 말했다. ─ 참, 상병이 문밖에서 날 기다리고 있는데, ─ 그 친군 저녁 먹는 것보다 전쟁 이야기 듣는 것을 더 좋아하지요, ─ 형님, 그 친구도 들어오도록 허락해 주시지요. ─ 얼마든지 그리하게, 아버지가 답했다. ─── 트림은 마치 황제처럼 행복하게, 몸을 꼿꼿이 세우고 들어왔다. 그가 문을 닫자, 요릭은 오른쪽 코트 주머니에서 책을 꺼내 들고, 다음과 같이 읽거나 또는 읽는 척했다.

## 제29장

　그 자리에 있던 군인들 모두가 그 말을 들었고, 그들 중 상당수는 속으로 겁에 질려 몸을 움츠리며 공격자에게 자리를 내주었다. 짐나스트는 이 모든 것을 알아차리고 주목했다. 따라서 그는 마치 말에서 내리려는 것처럼 몸을 말 옆구리 쪽으로 보내 말에 오르는 자세를 취한 다음, 아주 민첩하게 (허벅지 옆에 단검을 찬 채로) 발걸이에서 발을 바꾸는 묘기를 펼쳐 보인 뒤, 몸을 아래로 숙였다가, 즉각 다시 공중으로 높이 뛰어올라, 두 발을 함께 안장 위에 올려놓고, 자기 등이 말의 머리를 향하게 한 채 꼿꼿이 서 있었다.

— 자, (그가 말하기를) 난 지금 앞으로 나아가고 있는 거요. 그는 갑자기 그 자세 그대로 한 발로 깡충 뛰기를 하더니 왼쪽으로 몸을 돌려, 완벽히 한 바퀴 돌아 한 치도 틀림없이 본래 자세로 돌아가는 데 성공했다. —— 하! 난 지금 그딴 것은 하지 않을 거요, — 물론 이유가 없지도 않소, 하고 트리펫이 말했다. 그래, 내가 실패한 걸로 칩시다, 하고 짐나스트가 말했다. — 이 도약은 없던 걸로 하고, 그 말에 이어 그는 경이로운 힘과 민첩성으로 몸을 오른쪽으로 돌려 다시 한 번 경쾌하게 깡충 뛰기를 하더니, 안장 머리에 오른손 엄지손가락을 올려놓고, 몸을 거꾸로 일으켜 공중으로 튀어 올리면서, 그의 몸무게 전체를 그 엄지손가락의 근육과 신경이 지탱하게 만들었다. 그는 그 자세로 몸을 세 차례 회전시킨 뒤, 네 번째 회전에서는 몸을 뒤집어 위아래를 전도시키고, 몸의 전면이 뒤로 향하게 한 다음, *아무것도 건드리지 않고*, 말의 두 귀 사이에 몸을 가져다 놓았다가, 다시 몸을 휙 날려서 말의 엉덩이 부분에 있는 껑거리끈 위에 자리 잡고 앉았다. —— ˮ

(이건 전투라고 할 수 없잖아, 토비 삼촌이 말했다. —— 상병 역시 고개를 가로저었다. —— 좀 참을성을 가져요, 요릭이 말했다.)

ˮ그러자 (트리펫이) 오른쪽 다리를 안장 너머로 넘겨, 말 엉덩이에 자리 잡고 앉았다. — 아니, 안장 안으로 들어가는 게 더 낫겠는데라고 말하고는, 양손 엄지손가락을 자기 앞에 있는 껑거리끈 위에 올려놓고, 거기에 의지해서 물구나무서기를 하더니, 무모하게 발꿈치를 머리 위 공중에서 회전시킨 뒤, 곧바로 안장 머리 사이에 그런대로 자리 잡고 앉았다. 그런 다음 팅기듯이 공중제비를 넘더니, 몸을 풍차처럼 회전시켰고, 백 번 이상 뜀뛰기와 회전, 도약을 반복했다.ˮ — 맙소사!라고 트림이 더 이상 참지 못하고 소리쳤다. — 총검으로 급소 한 번 찌르는 게 그 모든 재주와 맞먹

을걸요. —— 나 역시 그렇게 생각한다네, 요릭이 응수했다. ——
—— 난 그와 반대 의견일세, 아버지가 말했다.


## 제30장


—— 아니, —— 도무지 진전이 없는 것 같네,라고 아버지는 요릭
이 던진 질문에 대답했다. —— 유클리드의 명제처럼 명백한 부분
말고는, 트리스트라 - 페디아가 영 진전이 없구먼. —— 트림, 저기
접이식 책상 위에 있는 책 좀 집어 주게, —— 요릭 당신과 내 동
생 토비에게 이걸 읽어 주고 싶다는 생각은 자주 했지만, 진작 그
렇게 하지 못한 것은 내 불찰일세 —— 지금 짤막한 것으로 한두
장 읽어 보면 어떨까? — 앞으로 기회가 오는 대로 한 장이나 두
장씩, 전체를 다 읽기로 하고 말일세. 토비 삼촌과 요릭은 정중하
게 인사를 했다. 그리고 상병은 아버지의 인사말에 포함되지는 않
았지만, 손을 가슴에 올리면서 동시에 머리를 숙여 절을 했다. ——
—— 다들 미소를 지었다. 트림은 이 유흥에 끝까지 참여하는 대가
를 모두 지불한 셈이구먼, 하고 아버지가 말했다. —— 트림은 그
놀이를 별로 즐기지 않는 것 같던걸요, 하고 요릭이 응수했다. ——
—— 그건 멍텅구리 익살 패의 전투던데요, 목사님, 트리펫 대위와
그 상대방 장교가 진격을 한답시고 그렇게 수도 없이 공중제비를
도는데 그게 무슨 전툽니까, —— 프랑스 사람들이 종종 그런 식
으로 깡충거리며 나오긴 하지만, — 그 정도까지는 아닙니다.
　토비 삼촌은 그 순간, 상병과 자신의 생각이 그대로 일치한다는
것을 확인하면서, 그 어느 때보다 자신의 삶을 만족스럽게 음미하
고 있었다. —— 그는 담배 파이프에 불을 붙였고, —— 요릭은 의

자를 탁자에 좀 더 가까이 끌어당겼으며, ― 트림은 촛불 심지를 잘라 밝게 만들었고, ― 아버지는 불을 뒤적여 난롯불을 돋우고 ― 책을 집어 든 뒤, ― 두어 번 잔기침을 하고는 읽기 시작했다.

## 제31장

첫 30페이지는, 하고 아버지가 책장을 넘기며 말했다, ― 좀 무미건조한 편이고, 주제와 밀접한 관계도 없으니, ―― 지금은 그냥 건너뛰어도 될 것 같네. 그것은 정치적, 혹은 시민적 통치권에 관한 서론적 서문, 또는 서문적 서론(어떤 이름을 붙일지 아직 결정을 못했네)이라 할 수 있지, 아버지가 말을 이었다, 그 통치권의 토대라는 것이 남자와 여자가 종의 생식을 위해 처음 결합하는 행위를 통해 마련되는 것이다 보니 ―― 나도 모르게 그 주제로 끌려 들어가게 된 걸세. ―― 자연스러운 일이지요.라고 요릭이 말했다.

사회의 원형이란, 하고 아버지가 말을 계속했다, 다만 부부 관계일 뿐이라는 폴리치아노*의 말에 난 전적으로 동의하는 바네, 한 남자와 한 여자가 만나 함께하는 것, 그게 바로 사회의 시초라는 말이거든. 그 철학자는 (헤시오도스에 의하면) 거기다 하인을 하나 첨가하고 있는데, ―― 태초에 남자 하인은 아직 태어나지 않았다는 가정하에서 ―― 사회의 기초로 남자 한 사람, ― 여자 한 사람, ― 그리고 황소 한 마리를 설정하고 있다네. ―― 내 기억에는 수소* 한 마리인데요, 하고 요릭이 이 구절(οἶκον μὲν πρώἶιςα, γυναῖκα τε, βἒν τ' ἀροτηρα)을 인용하며 말했다 . ―― 황소라면 그 녀석 머리로는 쓸모보다 말썽을 더 많이 피웠을 겁니다. ―― 그보다 더 나은 이유도 있지, 하고 아버지는 (펜을 잉크에 적시며) 말했다. 수소는 아주 참을성이 많은 동물이고, 양식을 줄 땅을 경작하는 데도 매우 유용하니까, 창조 과정에서 새로 결합한 부부와 연결되기에 가장 적합한 도구이자 상징이라 할 수 있을 거야. ― 수소여야 할 그 무엇보다 더 강력한 이유가 있는데요, 하고 토비 삼촌이 끼어들었다. ― 아버지는 삼촌의 설명이 끝날 때까지는 잉크병에서 펜을 꺼낼 수가 없었다. ― 왜냐하면 말이지요, 땅을 잘 갈아서, 거기다 울타리를 두를 만한 가치가 생기게 되면, 하고 삼촌이 설명을 시작했다. 그것을 지키기 위해 담을 쌓고 수로를 만들었을 텐데, 그게 바로 요새 쌓기의 기원이 되거든요. ―― 맞지, 맞아, 토비, 하고 소리치며, 아버지는 재빨리 황소를 지워 버리고, 그 자리에 수소를 적어 넣었다.

아버지는 고갯짓으로 트림에게 촛불 심지를 자르도록 시키고 나서 담론을 재개했다.

―― 내가 이 추론을 소개하는 것은, 하고 아버지는 무심히, 책을 반쯤 덮으며 말을 이어 갔다. ― 그저 아버지와 자식 간의 자연스러운 관계 형성의 토대를 보여 주기 위해서라네. 아버지가 자식에 대해 권리와 통제력을 획득하는 데는 다음과 같은 몇 가지 방법이 있다고 보는데 ―

첫째, 결혼을 통해서.

둘째, 입양을 통해서.

셋째, 합법화를 통해서.

그리고 네 번째로는 생식을 통해서인데, 난 이 순서에 따라 검토하고 있네.

나라면 그중 하나에는 비중을 덜 두고 싶은데요, 요릭이 말했다. ―― 내 생각에는 그 행위가, 특히 생식만으로 끝나는 경우에는 아이에게 어떤 의무도 지울 수 없듯이, 아버지에게도 권리가 없을 것 같아서 말입니다. ― 그건 틀린 말일세, ― 라고 아버지가 날카롭게 반박했다, 바로 이 간단한 이유 때문일세 * * * * * * * * * * * * * * * * * * * * * * * * ― 이 논리에 의하면, 하고 아버지가 덧붙였다, 자식이 *어머니의 권력이나 통제권 아래* 있게 되지 않는다는 건 인정하는 바네. ― 하지만 그 이유는 어머니에게도 똑같이 해당되는 것 아닌가요, 요릭이 응수했다. ― 어머니는 그 자신이 다른 사람의 권위 아래 있는 게 아닌가, 아버지가 말했다. ― 게다가, 요릭, 아버지가 고개를 끄덕이며, 손가락을 콧잔등에 올리면서 말을 이었다, *그녀가 주된 행위자는 아니거든.* ― 어떤 일에서요?라고 토비 삼촌이 담뱃대를 입에서 떼며 물었다. ― 비록 *"아들은 어머니에게 존경심을 가져야 한다"*는 말은 절대적으로 지켜야 하지만 말일세라고 아버지가 (삼촌의 질문에는 신경 쓰지 않으면서) 덧붙였다, 요릭, 유스티니아누스 법전, 제1권 제11장 제10절에 상세히 기술되어 있는 이 말은 자네도 읽어 보았겠지. ― 그건 교리 문답서에서도 읽을 수 있지요, 하고 요릭이 대답했다.


## 제32장


트림은 그것을 한마디도 빼지 않고 외울 수 있답니다,라고 토비 삼촌이 말했다. ― 푸! 트림의 교리 문답을 듣느라 방해받기가 싫은 아버지가 말했다. 내 명예를 걸고 말하는데, 정말 할 수 있다니까요, 삼촌이 응수했다. ― 요릭 씨, 어느 질문이든지 트림에게 한번 물어보세요. ――

― 제5계명은, 트림 ― 하고 요릭은 숫기 없는 예비 신자에게

하듯 온화하게 고갯짓을 하며 부드럽게 물었다. 상병은 말없이 서 있었다. — 제대로 질문을 해야지요, 토비 삼촌이 목소리를 높이며 말하고는, 제5계명, 하고 소리쳐 명령을 내렸다. — 전 제1계명부터 시작해야 하는데요, 나리, 상병이 말했다.

— 요릭은 미소를 짓지 않을 수 없었다. — 목사님께서는, 하고 상병이 지팡이를 소총처럼 어깨에 둘러메고, 방 한가운데로 행진해 가서, 자세를 갖추며 말을 시작했다. — 그게 야전 훈련이나 마찬가지라는 것을 모르시나 봅니다. —

"오른손 총대에 올려"라고 상병이 스스로 명령을 내리고 동작도 실행했다. —

"겨냥해 총" 하고 외치며 상병이 여전히 부관과 사병의 임무를 동시에 시행했다. —

"쉬어 총." 보세요, 목사님, 한 동작이 다음 동작으로 이어지잖아요. — 나리께서 첫 번째 질문부터 시작하시기만 하면 —

**첫째** — 라고 토비 삼촌이 손을 옆구리에 올리며 소리쳤다. * * * * * * * * * * * * * * * * * * * * * * * * * * * * * * *.

**둘째** — 토비 삼촌은 연대 앞에서 칼을 휘두르듯 담배 파이프를 흔들며 소리쳤다. — 상병은 교리 문답을 정확히 읊어 나갔고, 아버지와 어머니를 공경하는 대목까지 끝낸 다음, 머리를 깊이 숙여 절을 하고, 방 한편으로 물러갔다.

이 세상 모든 일은 농담으로 가득 차 있고, 하며 아버지가 말했다. — 우리가 찾아낼 수만 있다면, — 그 안에는 기지도 있고, 교훈 역시 들어 있지,

— 여기 **교훈**의 *비계* 골조물이 세워져 있는데, 그 뒤에 건물이 없다면, 그게 우둔함의 진수가 아니겠는가. —

— 여기에 교육자, 교사, 개인 교사, 가정 교사, 문법 선생, 여행

수행 교사들이 자신의 진정한 모습을 비춰 볼 거울이 있는 거라고. ―

아! 요릭, 학문이 성장하면 거기에는 깍지와 껍데기가 생기게 마련인데, 서투른 사람들은 그것을 어떻게 팽개쳐 버릴지 알지 못한다는 말일세!

― **학문은 외워서 익힐 수 있지만, 지혜는 그렇지 않다.**

요릭은 아버지가 영감을 받은 상태라고 생각했다. ― 만약 상병이 자기가 외운 말들과 연계된 확정적 개념을 하나라도 갖고 있다면, 아버지가 말을 이었다. 다이나 고모의 유산을 모두 자선 사업에 쓰겠다고(말이 나왔으니 말인데, 아버지는 그런 일을 별로 높이 사지 않았다) 지금 이 자리서 약속하겠네. 그러니 트림, 부탁하건대, 하고 아버지가 트림을 돌아보며 말했다. "너의 아버지와 어머니를 공경하라"라는 말이 자네에게 어떤 의미를 갖는지 한번 이야기해 보겠나?

부모님이 나이 들어 가시면, 제 봉급에서 하루에 반 페니 동전 세 닢씩 챙겨 드리는 것이지요, 나리. ― 그래, 트림, 자네는 그렇게 하는가? 요릭이 물었다. ― 이 친구는 정말 그렇게 하고 있답니다, 토비 삼촌이 답했다. ― 그렇다면 트림, 요릭이 의자에서 벌떡 일어나 상병의 손을 잡으며 말했다. 자네야말로 십계명의 그 항목에 대한 최고의 논평가일세, 트림 상병, 자네가 『탈무드』를 쓰는 데 참여했다 해도, 내가 자네에게 이보다 더 경의를 표하지는 않을 걸세.


## 제33장


아, 축복받은 건강이여! 아버지는 다음 장으로 책장을 넘기면서 감탄사를 터뜨리며 소리쳤다, ― 그대는 온갖 금은보화보다 귀한 것, 영혼을 확대해 주고, ― 영혼의 힘이 거하는 곳의 문을 열어주어 교훈을 받아들이고 덕성을 즐기도록 도와주는 것. ― 당신을 가진 자는 더 이상 바랄 것이 없고, ― 그것을 잃은 비참한 자는 ― 그대와 함께 다른 모든 것도 잃은 사람이로다.

이 중요한 주제에 대해 할 수 있는 모든 말을 압축해서 아주 작은 공간에 집어넣었으니, 이 장은 끝까지 읽어 보기로 하세, 아버지가 말했다.

아버지는 다음과 같이 읽기 시작했다.

"건강의 비밀은 전적으로 근원적 열기와 근원적 습기 사이의 적정한 지배권 다툼에 달려 있고," ― 그 명제는 이미 위에서 사실로 입증된 것 같은데요, 요릭이 말했다. 충분히 입증했지, 아버지가 대답했다.

이 말을 하면서 아버지는 책을 덮었는데, ― 더 이상 읽지 않기로 결심한 것처럼 덮은 것은 아니었다. 집게손가락을 그 장에 끼워 두고 있었으니까. ―― 게다가 아주 천천히 책을 덮었으니, 토라진 것처럼 한 것도 아니었다. 그의 엄지손가락은 책 표지 윗부분에 놓여 있었고, 나머지 세 손가락은 전혀 과격한 압박을 주지 않고 책의 아랫부분을 받쳐 주고 있었다. ――

그 주장의 진실성은 이미 앞 장에서 충분히 증명해 보였지, 하고 아버지는 요릭을 향해 고개를 끄덕이며 말했다.

자, 달에 사는 사람이 이 소식을 들었다고 상정해 보기로 하자, 지구에 사는 사람이 건강의 비밀을 풀어내어 그게 근원적 열기와 근원적 습기 사이의 적정한 지배권 다툼에 달려 있다는 것을 충분히 입증하는 장을 썼는데, ― 그 작업을 얼마나 잘 처리했는지, 그 장 전체에 걸쳐, 근원적 열기와 근원적 습기에 대해서는 축축하건

건조하건 간에 단 한마디도 찾을 수가 없을 뿐 아니라, — 체내의 어떤 부분에서 일어나는 것이든, 이 두 세력 간의 다툼에 대한 말은, 찬반 어느 쪽이든, 직접적이건 간접적이건 간에 단 한 음절도 없다는 소식이 달에 전해졌다고 생각해 보자. ——

"오, 모든 생명을 창조하신 영원한 존재시여!" — 달나라 사람은 소리칠 것이다. (그에게 손이 있는 경우) 오른손으로 가슴을 치며, — "당신의 피조물의 능력을 이처럼 무한한 탁월성과 완벽성의 단계로 확장시켜 줄 수 있는 힘과 선을 가진 분이시여, — 대체 우리 달나라 사람들은 무얼 잘못한 겁니까?"

## 제34장

아버지는 두 차례 공격, 즉 한 번은 히포크라테스를 겨냥해, 다른 한 번은 베룰럼 경*을 향해 일격을 가함으로써 그 일을 달성했다.

아버지의 글 첫머리에 나오는 이 의사들의 군주를 향한 일격은 바로 *Ars longa,* 그리고 *Vita brevis**라는 그의 애조 어린 한탄에 짧막한 공격을 가한 것이다. 인생은 짧고, — 치유의 기술은 더디다니!*라고 아버지가 소리쳤다. 전자든 후자든, 우리가 그것을 고마워해야 한다면 그것은 돌팔이 의사의 무지함 덕분이라 해야겠지, — 그들은 시대를 막론하고 화학적 만병통치약과 행상의 잡동사니를 무대 가득 쌓아 놓고 전시하거나 싣고 다니며 세상 사람들을 일단 즐겁게 했다가, 결국은 속여 먹는 자들이 아닌가.

—— 오, 베룰럼 경이여! 아버지는 히포크라테스에게서 방향을 틀어, 두 번째 공격을 시작하며 소리쳤다. 아버지는 엉터리 약장수들의 우두머리로, 그 집단의 모범이 되기에 가장 적절한 사람으

로 베룰럼 경을 지목한 것이다. —— 위대한 베룰럼 경이여, 그대에게 내가 무슨 말을 하겠습니까? 당신의 내적 기(氣), — 당신의 아편, — 당신의 초산, —— 당신의 끈적거리는 유약, — 당신이 날마다 권하는 하제(下劑), — 밤마다 권해 주는 관장 약과 그리고 온갖 대체 약품에 대해 내가 대체 무슨 말을 할 수 있겠습니까?

—— 대상이 누구든, 어떤 주제에 대해서든, 아버지가 할 말을 찾지 못한 적은 없었고, 특히 누가 하는 말이든 서론 부분에서라면 더더욱 그런 적이 없었다. 아버지가 베룰럼 경의 의견에 어떻게 대응할지는, —— 앞으로 보게 될 것인데, — 그게 언제가 될지는 — 나도 모른다. —— 우선 우리는 경의 의견이 무엇인지부터 알아보아야 할 것이다.


## 제35장


"사람의 생명을 단축시키는 음모에 가담하고 있는 두 가지 큰 요인 중 그 첫 번째는, 하고 베룰럼 경은 말한다 ——

내적 기로서, 이것은 부드러운 불꽃처럼 인체를 소진시켜 죽음에 이르게 한다. — 두 번째 적은 외부의 공기로서, 몸을 바싹 태워 재가 되게 만든다. — 이 두 적은 우리 몸을 안팎에서 협공함으로써, 마침내 우리 몸의 기관들을 파괴하고, 생명의 기능을 수행할 수 없게 만들고 만다.*

상황이 이러하기 때문에 장수의 비결은 간단한 것이다. 즉, 하고 베룰럼 경은 설명하고 있다. 내적 기에 의해 생기는 소모를 완화하려면, 그 기의 요체를 더 탁하고 둔하게 만들기 위해 아편을 규칙적으로 공급하는 한편, 다른 한편으론 그 기의 열기를 냉각시키기 위해 매일 아침 기상 전에 초산 세 알 반씩 복용하면 된다. —

그러나 우리 몸은 여전히 외부 공기의 적대적인 공격에 노출되어 있기 마련인데, — 이는 몸에 기름진 유약을 발라 줌으로써 방어할 수 있다. 즉, 그 유약이 피부 모공에 완전히 흡수되면 바늘 모양의 물질 하나도 들어올 수 없고, —— 또한 나갈 수도 없게 된다. — 그렇게 되면 수많은 지저분한 질병의 원인이 되는 발한 현상이, 우리가 감지하는 것이든 못하는 것이든, 모두 멈추게 될 것이고 — 남아 있는 불필요한 체액은 관장을 통해 체외로 배출함으로써, — 몸의 체계가 완벽하게 유지될 수 있다.

아버지가 베룰럼 경의 아편과 질산, 기름진 유약 그리고 관장에 대해 무슨 말을 했는지는 앞으로 읽게 되겠지만, — 오늘은 아니고 — 내일도 아니다. 시간은 촉박하고, — 독자들도 조급해하고 있으니 — 나는 앞으로 나아갈 수밖에 없다. — 여러분께서는 트리스트라-페디아가 출판되는 즉시, (원하실 경우) 한가롭게 그 장을 읽어 볼 수 있을 것이다. ——

현재로선 이 말씀만 드리고 가겠다, 즉 아버지는 그 가설을 완전히 무너뜨렸고, 학자분들도 아시듯, 당연히 그 자리에 자신의 가설을 새로 축조해 세워 놓았다는 사실이다.


## 제36장

건강의 비밀은, 하고 아버지가 그 문장을 다시 시작하며 말했다, 우리 안의 근원적 열기와 근원적 습기 간의 적정한 지배권 다툼에 의존하는 것이 명백하므로, 만약에 중세 학자들이 근원적 습기가 (그 유명한 화학자 반 헬몬트*가 증명했듯이) 그저 동물의 몸에 있는 지방이나 수지라고 착각하여 일을 망쳐 놓지만 않았더라면, — 아주 약간의 기술만 있으면 충분히 건강을 유지할 수 있었을 것이네.

근원적 습기란 동물의 수지나 지방이 아니라 향유성 물질이고, 지방이나 수지가 점액이나 수분처럼 차가운 데 반해, 향유성 물질은 활기찬 열기와 기운을 담고 있다네. 바로 그 때문에 아리스토텔레스는 "*Quod Omne animal post coitum est triste*"*라는 말을 하고 있지.

근원적 열기가 근원적 습기 안에 살고 있는 것은 분명하지만, 그 반대도 맞는 말인지는 의심의 여지가 있는 부분일세. 그러나 하나가 쇠약해지면 다른 하나도 쇠약해지게 마련이고, 따라서 비정상적인 건조증을 야기하는 비정상적 열기가 생산되거나 —— 수종증을 초래하는 비정상적 습기가 만들어지는 걸세. —— 그러므로 아이가 성장하는 과정에서 유념할 것은 불이나 물이 자신을 파괴할 수 있는 위협적 요소임을 주지시켜 불이나 물속으로 뛰어들지 않도록 가르치는 일이라네. —— 그 문제에 대해선 그것만 가르치면 해야 할 일을 다 한 셈이라고 생각하네. ——


## 제37장


예리고 공략*을 묘사하는 이야기도 바로 위의 장만큼 강렬하게 토비 삼촌의 관심을 사로잡지는 못했을 것이다. — 그의 눈은 이야기가 진행되는 내내 아버지에게 고정되어 있었고, — 아버지가 근원적 열기나 근원적 습기를 언급할 때마다 삼촌은 파이프를 입에서 떼고, 머리를 가로저었다. 삼촌은 그 장이 끝나자마자, 상병

을 가까이 불러 다음과 같은 질문을 던졌다, — 방백으로. —— *
* * * * * * * . 그건 리머릭 공략* 당시의 일입니
다, 나리, 상병이 절을 하며 대답했다.

저 불쌍한 친구와 나는, 하고 토비 삼촌이 아버지를 향해 말을
시작했다. 리머릭 공략 당시 형님이 말한 바로 그 이유 때문에 텐
트에서 거의 기어 나올 수도 없었답니다. —— 아니, 친애하는 동
생 토비, 이번에는 도대체 무슨 생각이 자네의 그 대단한 머릿속
에 들어간 건가?라고 아버지가 마음속으로 소리쳤다. —— 맙소
사! 이 수수께끼 앞에서는 오이디푸스라도 당황하지 않을 수 없
었겠는걸, 하고 아버지는 속으로 자신과의 대화를 계속했다. ——
나리, 우리가 저녁마다 불을 지피는 데 쓴 그 엄청난 양의 브랜
디와, 제가 나리께 열심히 권해 드린 적포도주와 계피 덕분이 아
니었더라면, 하고 상병이 말했다. — 그리고 트림, 그 네덜란드
술, 제네바 진이 무엇보다 크게 도움이 되었지, 하고 삼촌이 덧붙
였다. —— 제 생각에는, 나리, 하고 상병이 말을 계속했다. 우리
둘 다 틀림없이 참호 안에서 생명이 끝나 버렸을 뿐만 아니라, 거
기에 묻혔을 겁니다. —— 군인이라면 누구라도 묻히고 싶어 할,
참으로 고귀한 무덤이 되었겠지, 상병! 하고 토비 삼촌이 눈을 반
짝이며 소리쳤다. —— 그렇지만 나리, 참 측은한 죽음이기도 하
지요, 상병이 대답했다.

콜키스인들과 트로글로다이트인들의 종교 의식이 삼촌에게 그
랬던 것처럼 이 대화는 아버지에겐 그저 아라비아 말처럼 혼란스
러웠다. 아버지는 웃어야 할지 얼굴을 찡그려야 할지 도무지 결정
할 수가 없었다. ——

토비 삼촌은 요릭에게 처음보다는 좀 더 알아듣기 쉽게 리머릭
사건을 설명하기 시작했고, — 아버지도 곧 그 결정을 할 수 있게

되었다.


# 제38장


그것은 상병과 나 자신에게는 대단히 다행스러운 일이었지요, 하고 토비 삼촌이 말을 시작했다. 야영지에서 설사병이 우리를 덮쳤던 스무닷새 동안 내내, 우리는 열이 펄펄 끓고 극심한 갈증에 시달리고 있었으니까요. 만일 그렇지 않았더라면 우린 형님이 근원적 습기라 부르는 것에 분명 희생되고 말았을 겁니다. —— 아버지는 허파 가득 숨을 들이쉬었다가, 가능한 한 천천히 다시 내쉬었다. ——

—— 그것은 우리에게 하늘의 자비였어요, 토비 삼촌이 말을 이었다, 뜨거운 포도주와 향신제(香辛劑)로 열기를 강화해 줘야겠다는 생각이 때마침 상병의 머리에 떠올라 주었다는 사실 말입니다. 덕분에 근원적 열기와 근원적 습기 사이에 적정한 투쟁이 계속되었거든요. 상병이 그런 식으로 열기를 계속 공급해 주었기에, 근원적 열기가 처음부터 끝까지 습기의 공격에 당당히 맞설 수 있었고, 끔찍한 전투였지만, 팽팽한 대결을 펼칠 수 있었던 거지요. —— 제 명예를 걸고 말씀드리건대, 샌디 형님, 하고 삼촌이 덧붙였다, 우리 몸속에서 일어난 그 전투 소리가 20투아즈* 밖에서도 들렸을 겁니다. — 그 동네에 발포 소리가 없었다면 그랬겠지요라고 요릭이 말했다.

그런데 — 하고 아버지는 심호흡을 하고 잠시 말을 멈췄다가, 계속했다 —— 내가 만약 판사이고, 나에게 그 자리를 맡긴 법이 허용한다면, 나는 최악의 무뢰한들을 처단하는 방법으로, 물론 성직자들이 허락할 경우 ————————————

———————— 요릭은 그 문장이 무자비하게 끝날 것 같다고 예견하고, 아버지의 가슴에 손을 올리면서, 자기가 상병에게 한 가지 질문을 할 동안, 잠시 말을 멈춰 달라고 부탁했다. —— 있잖아, 트림, 하고 요릭이 아버지의 허락을 기다리지 않은 채 말을 시작했다, — 솔직히 말해 보게 — 자넨 바로 그 근원적 열기와 근원적 습기란 것에 대해 어떻게 생각하나?

저야 나리의 훌륭하신 판단에 겸허히 따를 뿐이지만, 하고 상병은 토비 삼촌에게 절을 하면서 말했다 — 자네 의견을 자유롭게 말하게나, 상병, 하고 토비 삼촌이 말했다. — 저 친구는 내 하인이지, — 노예가 아니거든요, — 라고 삼촌은 아버지를 향해 덧붙였다. ——

상병은 모자를 왼팔 옆구리에 끼고, 지팡이는 매듭 아래 가죽술 장식이 달린 검은 가죽끈 고리로 팔목에 걸친 채, 아까 교리 문답을 암송했던 자리를 향해 행진해 나아갔다. 그는 입을 열기 전에 아래턱을 오른손 손가락으로 문지르고 나서, —— 자신의 견해를 이렇게 피력했다.

## 제39장

상병이 목소리를 가다듬고, 막 이야기를 시작하려는 참에 — 닥터 슬롭이 뒤뚱거리며 걸어 들어왔다. — 하지만 그것은 별일이 아니므로 — 누가 들어오든 상관없이, 상병은 다음 장에서 이야기를 계속할 것이다. ——

아, 우리 의사 선생, 하고 아버지가 설명할 수 없을 정도로 갑작스레 감정 전환을 하면서 장난기를 담아 소리쳤다. ― 그래, 우리 새끼는 어쩌고 있소? ――

꼬리가 잘린 강아지의 안부를 묻는다 해도 ― 아버지처럼 그렇게 별일 아니라는 듯 물을 수는 없었을 것이다. 닥터 슬롭이 이 사고를 치료하기 위해 설정한 체계는 이런 식의 질문을 전혀 용납할 수 없는 것이었다. ― 그는 일단 자리에 앉았다.

그런데 선생, 하고 토비 삼촌은 상대가 도저히 답을 하지 않을 수 없는 어조로 물었다. ― 그 아이 상태는 어떻습니까? ― 포경 폐쇄증으로 낙찰될 겁니다, 닥터 슬롭이 답했다.

들어도 모르긴 마찬가진데요, 하고 말하면서 ― 토비 삼촌은 파이프를 다시 입에 물었다. ―― 그럼 상병이 의학 강연이나 계속하게 하지, 아버지가 말했다. ― 상병은 그의 오랜 친구, 닥터 슬롭에게 절을 하고, 근원적 열기와 근원적 습기에 대한 자신의 의견을 다음과 같이 풀어 놓았다.


## 제40장


제가 군에 입대한 바로 다음 해에 윌리엄 국왕 폐하께서 직접 지휘하여 공략했던 리머릭 시는 ― 나리들, 끔찍하게 습하고, 늪지가 많은 지역의 한복판에 자리 잡고 있지요. ― 또한 섀넌 강으로 둘러싸여 있기도 해서, 토비 삼촌이 거들었다, 입지상 아일랜드에서 가장 튼튼한 요새 중 하나일 거야. ――

의학 강연의 서두치고는 전혀 새로운 패션인걸, 하고 닥터 슬롭이 말했다. ― 전부 사실인데요, 트림이 답했다. ― 그렇다면 난 의사들도 그런 재단법을 따라가 주면 좋겠는데요, 요릭이 말했다

— 사실상 목사님, 그곳은 수로와 수렁들이 마치 재단한 것처럼 수없이 많은 선을 이루고 있는 곳이랍니다. 상병이 말했다. 게다가 우리가 포위하고 있던 중에 비가 얼마나 많이 쏟아졌던지, 그 지역 전체가 웅덩이나 마찬가지가 되었지요. 설사병이 우리를 덮친 것도 전적으로 바로 그 때문이었는데, 그게 나리와 저를 거의 죽일 뻔했답니다. 한 열흘쯤 지나면서부터는 텐트 주변에 도랑을 파서 물을 빼내지 않고는 텐트 안에 마른 몸으로 누워 있을 수가 없었습니다. 그걸로 충분했던 것도 아니지요. 나리처럼 경제력 있는 사람들은 매일 밤 백랍 접시에 브랜디를 가득 부어 불을 지펴서, 난로처럼 공기 중의 습기를 제거하고 텐트 안을 따뜻하게 만들어야 했거든요. ──

그래, 이 모든 전제를 통해 도대체 어떤 결론을 내겠다는 것인가, 트림 상병, 하고 아버지가 소리쳤다.

제가 추론하기로는, 나리, 하고 트림이 답했다. 근원적 습기란 다른 어떤 것이 아니라 바로 도랑의 물이며 ─ 근원적 열기란, 비용을 부담할 수 있는 사람에겐 불타는 브랜디입니다. ─ 그리고 나리, 사병에게는 근원적 열기와 습기가 도랑물과 ─ 제네바 진한 잔이 되겠지요 ── 담배 한 쌈지와 함께 진만 충분히 공급되면 기운도 돋고 우울증도 쫓아낼 수 있을 테니 ─ 죽음에 대한 두려움이 뭔지도 모를 겁니다.

샌디 대위, 당신 하인이 생리학과 신학 중 어느 방면의 지식이 더 뛰어난지 영 판단이 서질 않는데요, 하고 닥터 슬롭이 말했다. ─ 슬롭은 설교에 대한 트림의 논평을 잊지 않고 있었다. ─

바로 한 시간 전에 상병이 그 후자에 대한 시험을 치렀는데, 아주 훌륭한 평가를 받고 통과했지요, 하고 요릭이 대답했다.

근원적 열기와 습기란, 하고 닥터 슬롭이 아버지를 향해 말을 시작했다. 당신도 알다시피, 우리 존재의 토대이자 바탕이지요. — 나무의 뿌리가 식물 생장의 원천이며 본질인 것처럼 말입니다. — 그것은 모든 동물의 종자 속에 내재해 있는 것으로서, 다양한 방법으로 보존될 수도 있겠지만, 내 의견으로는 주로 동질성의 물질, 관통성의 물질, 그리고 봉쇄성의 물질을 통해 보존되지요.* — 그런데 이 딱한 친구는 말입니다, 닥터 슬롭이 상병을 가리키며 말했다, 불행히도 이 까다로운 문제에 대해 어디선가 피상적으로 어깨 너머로 배운 사람의 담론을 주워들은 모양입니다. — 과연 그랬지요, — 라고 아버지가 말했다. — 그럴 법한 일이지요라고 나의 삼촌이 말하자, — 그렇다고 자신합니다 — 라고 요릭이 말했다. ——

## 제41장

주문했던 습포를 보러 오라는 전갈을 받고 닥터 슬롭이 나가자, 아버지는 트리스트라-페디아의 다른 장을 계속 읽을 기회를 얻었다. —— 자! 기운 내게, 친구들, 이제 곧 육지가 나타날 걸세 —— 이 장만 잘 항해해 나가면, 앞으로 열두 달 동안 이 책을 다시 펼칠 일은 없을 테니까. — 와, 만세! —

## 제42장

——5년 동안은 턱 아래 턱받침을 착용할 것이고,
4년 동안은 알파벳에서부터 「말라기서」*까지 여행할 것이고,
1년 반 동안은 자기 이름 쓰는 것을 익힐 것이고,

기나긴 7년여 동안은 그리스어와 라틴어를 가지고 (τυπίω)*를 할 것이고.

4년 동안은 *유예*와 *부정*을 단련할 것이다.* — 하지만 훌륭한 조각은 아직 대리석 덩어리 한가운데 숨어 있고, — 그것을 깎아 낼 연장만 갈았을 뿐, 아직 아무것도 만들어 낸 것이 없지 않은가! — 얼마나 애처로운 지연인가! — 저 위대한 율리우스 스칼리게르*는 마흔네 살이 되어서야 그리스어를 알게 되었으니 ——— 하마터면 연장을 가는 일조차 하지 못할 뻔하지 않았는가? — 오스티아의 주교, 페테르 다미아누스*는 온 세상이 알다시피, 성년이 되었을 때 글도 읽을 줄 몰랐던 분이고. - -발두스*는 나중에는 탁월한 법조인이 되었지만, 법률 공부에 너무 늦게 입문했기 때문에, 모두들 그가 저세상에 가서 변론할 심산인가 보다고 생각했다. 그러니 아르키다마스의 아들 유다미다스가 일흔다섯 나이에도 지혜에 대한 논쟁을 벌이는 크세노크라테스를 보고, 심각한 얼굴로 이런 질문을 했다는 사실 역시 놀라운 일은 아니다.* — *저 노인께서 아직도 지혜에 대해 탐색하고 논쟁하고 있다면, —그것을 실제로 활용할 시간이 어디 있겠습니까?*

요릭은 아버지의 말에 온 주의력을 집중해 귀를 기울였다, 아버지의 엉뚱한 변덕에는 지혜의 조미료가 절묘하게 뒤섞여 있었고, 일식 때처럼 캄캄한 어둠 속인가 싶다가도 때때로 환한 빛이 드러나서, 어둠을 거의 다 보상해 주는 것 같았다. — 그러니 선생, 아버지를 모방할 때는 아주 용의주도해야 합니다.

내 생각에는, 요릭, 하고 아버지가 반쯤은 읽고, 반쯤은 이야기를 하면서 말을 계속했다, 지식의 세계로 가는 북서 항로*가 분명히 있다고 보네. 사람의 영혼에는 지식과 교육을 습득할 때 우리가 일반적으로 택하는 길보다 더 빠른 지름길을 찾아낼 능력이 있다는 말일세. —— 하지만 딱하게도! 모든 들판에 그 주변을 흐르는 강이나 샘이 있는 게 아니고, — 모든 아이가, 요릭, 길을 가리켜 줄 부모를 가진 것도 아니지.

—— 아버지는 낮은 목소리로 덧붙였다. 이 모든 것이 전적으로 조동사에 달려 있단 말이오, 요릭 씨.

요릭이 무심코 베르길리우스의 뱀*을 밟았다 해도, 이보다 더 놀란 모습을 보이진 않았을 것이다. — 나 역시 놀랐다오, 아버지가 요릭의 표정을 알아보고 소리쳤다. — 우리 학문 세계에 떨어진 최대의 재앙 중 하나는 아이들의 교육을 책임진 사람들이, 그리고 아이들의 정신을 열어 주고, 일찍부터 사상을 심어 주어, 그 사상을 토대로 상상력을 자유롭게 펼치도록 도와주는 것을 업으로 하는 사람들이 조동사를 그렇게 제대로 활용하지 않는다는 사실이라 생각하네. —— 레이몬드 룰리우스나 펠레그리나*는 제외해야겠지, 그중에서도 후자는 조동사 사용에 있어 거의 완벽의 경지에 도달했던 사람인데, 한 젊은 신사에게 단지 몇 번만 레슨을 했을 뿐인데도, 그가 찬반 어느 방향으로든 아주 그럴듯하게 담론을 펼칠 수 있게 되었을 뿐만 아니라, 단어 하나도 고치지 않고 주어진 주제에 대해 필요한 모든 말을 하고 쓸 수 있게 되었으니, 보던 사람들이 모두 찬탄을 보내지 않을 수 없었다고 하더군. 그런데 말입니다, 하고 요릭이 아버지의 말을 자르며 끼어들었다, 무슨 말씀인지 좀 알아들을 수 있으면 좋겠는데요. 알아듣게 해 드리지, 하고 아버지가 대답했다.

한 단어의 사용 범위를 아무리 확대, 발전시킨다 해도, 기껏해야 고급 비유로 쓰이는 경우까지밖에 가지 못하는데, —— 내 생각에는 그런 경우에 그 개념이 더 개선되는 게 아니라 더 나빠지는 것 같아. —— 그야 어쨌든 간에, — 인간 정신은 그 비유를 사

용하면, ── 그것으로 작업이 끝나는 것이고, ── 정신이든 개념이
든 휴식 상태에 들어갈 뿐이지, ── 그리고 새로운 개념이 들어오
면 다시 시작해서, ──── 그런 식으로 반복하는 거라고.

그러나 조동사를 사용하면, 그게 영혼으로 하여금 자료가 들어
오는 대로 저 혼자 작업을 시작하게 만드는데, 이 위대한 엔진의
유연성 덕분에 들어온 자료가 그 엔진 속에서 비틀리며 새로운 탐
구의 통로가 열리고, 개념 하나하나가 수백만 개의 개념을 생성해
내게 되는 걸세.

대단히 호기심을 자극하는 이야긴데요, 요릭이 말했다.

내 입장을 말하자면, 하고 토비 삼촌이 말했다. 난 이미 포기한
상대지요. ──── 그 덴마크 군인들 있잖아요, 나리, 상병이 말했다,
리머릭 공략 당시 좌측 진지에 있던 그 사람들 말입니다. 그 사람
들이 모두 보조 지원군*이었지 않습니까. ──── 아주 훌륭한 군대
이기도 했지, 토비 삼촌이 말했다. ── 그리고 대위는 대위들끼리,
나리도 그들과 아주 잘 지내셨지요, 상병이 덧붙였다. ── 그러나
트림, 형님이 말하는 것은, ── 다른 의미라 생각하네. ────

──── 정말 그렇게 생각한다고? 아버지가 자리에서 일어서며 말
했다.


## 제43장

아버지는 방을 가로질러 한 차례 돌고 나서, 다시 자리에 앉아
다음과 같이 그 장을 끝냈다.

우리가 여기서 말하고 있는 조동사란, 하고 아버지가 말을 계속
했다, *am, was, have, had, do, did, make, made, suffer, shall,*

*should, will, would, can, could, owe, ought, used, is wont* 같
은 것을 말하네. ─ 그리고 이것들을 *see*라는 동사와 결합하면 시
제에 따라 현재, 과거, 미래형으로 변화시킬 수 있고, ─ 또 *Is it?*
*Was it? Will it be? Would it be? May it be? Might it be?* 같은
의문문을 첨가하여 활용할 수도 있지. 그리고 부정문으로 만들면
*Is it not? Was it not? Ought it not?* ─ 긍정문으로 만들면 ─ *It*
*is, It was, It ought to be*가 되는 거고, 또한 연대기적으로는, ─
*Has it been always? Lately? How long ago?* ─ 가설적으로는
─ *If it was, If it was not?*이 되는데, 거기서 어떤 말이 나올 수
있을까? ── 만약 프랑스인이 영국인을 이긴다면? 만약 *태양*이
황도대(黃道帶)를 벗어난다면?

  그러니 이런 것들을 제대로 활용하고 응용함으로써, 하고 아버
지가 말을 계속했다. 아이의 기억력을 훈련시킬 경우에는, 아무리
불모의 개념이라 할지라도, 일단 그의 머릿속에 들어가기만 하면,
거기서 탄약고를 가득 채울 만큼 많은 착상과 결론을 도출해 낼
수 있다는 말이지. ── 자네, 흰 곰을 본 적이 있는가?라고 아버
지가 의자 뒤에 서 있는 트림을 돌아보며 소리쳐 물었다. ─ 아니
요, 나리, 상병이 대답했다. ── 그렇지만 트림, 꼭 필요한 경우
에는 흰 곰에 대해 담론을 펼칠 수는 있겠지? 아버지가 물었다.
── 형님, 상병이 그것을 본 적이 없는데, 어떻게 그게 가능합니
까? 토비 삼촌이 물었다. ── 내가 원하는 것이 바로 그 사실일
세, 아버지가 대답했다. ─ 그 경우에 가능한 답으로 이런 것들이
있을 수 있네.

  **흰 곰**이라! 그래, 좋아. 내가 그것을 본 적이 있는가? 내가 혹시
라도 그것을 볼 수도 있었는가? 내가 그것을 보게 될까? 내가 그
것을 보았어야만 하는가? 또는 내가 그것을 볼 수 있게 될까?

내가 흰 곰을 보았던 걸까? (아니라면 내가 어떻게 그것을 상상할 수 있지?)

내가 흰 곰을 보게 된다면, 무슨 말을 해야 하지? 내가 결코 흰 곰을 보지 못한다면, 그땐 어떻게 되는 거지?

내가 살아 있는 흰 곰을 결코 본 적이 없고, 볼 수 없었고, 보지 않았어야 하고, 보지 못할 거라면, 내가 그 가죽은 본 적이 있는가? 그림으로는 본 적이 있는가? — 누군가 묘사하는 것은? 내가 그것을 꿈에서 본 적은 있는가?

아버지, 어머니, 삼촌, 숙모, 형제자매는 흰 곰을 본 적이 있는가? 본다면 뭘 줄까? 어떻게 행동할까? 흰 곰은 어떻게 반응할까? 그는 야생일까? 길들인 것일까? 끔찍할까? 거칠까? 순할까?

— 흰 곰은 볼 만한 가치가 있을까? —

— 보는 게 죄가 되진 않을까? —

그게 **검은 곰**보다 나을까?

제5권의 끝

## 제6권

내가 하는 말이 너무 분방하고 혹시
때론 너무 가볍다 하더라도 그 정도의 자유는
너그러이 허락해 주시겠지요.
— 호라티우스

내 글이 신학자치고는 너무 익살스럽고, 그리스도인치고는
너무 신랄하다고, 통렬히 비판하는 분들이 있을지 모르지만,
그것은 내가 아니라 데모크리토스가 한 말입니다.
— 에라스뮈스

# 제1장

　── 친애하는 선생님, 우리가 여기서 쉬어 가는 것은 채 두 순간도 되지 않을 겁니다. ── 그저, 다섯 권이나 되는 먼 길을 지나왔으니, (앉으세요, 선생님, 제 책 한 질을 깔고 그 위에 앉으셔도 됩니다 ── 맨바닥보다는 낫겠지요) 그동안 우리가 거쳐 온 길을 잠시 되돌아보자는 것입니다. ───

　── 참 험난한 황무지였군요! 그 속에서 선생님과 제가 함께 길을 잃거나 야수들에게 잡아먹히지도 않았다니, 얼마나 고마운 일인지요.

　선생님, 세상에 그렇게 많은 수탕나귀*가 살고 있는지 아셨나요? ── 우리가 저 작은 계곡 바닥에 흐르는 시내를 건너올 때, 그들이 얼마나 지독하게 우리를 노려보고 또 노려보고 하던지요!*
── 그리고 우리가 그 언덕을 올라가서, 막 그들의 시야에서 벗어나던 무렵에는 말입니다 ── 맙소사! 녀석들이 히잉히잉, 얼마나 큰 소리로 한꺼번에 울어 댔는지요!

　── 그런데 양치기 양반! 이렇게 많은 수탕나귀들을 모두 누가

돌보고 있는 거지요? * * *

── 하늘이 돌봐야 한다니. ── 아니, 세상에! 털에 빗질을 받아 본 적도 없다고요? ─ 겨울에도 우리에 거둬들이는 사람이 없다고요? ── 울어라, 울어 ─ 계속 울어 젖혀라. ─ 세상이 너희들에게 얼마나 큰 빚을 지고 있는데, ── 더욱더 크게 ─ 그 정도로는 안 되지, ─ 진심으로 말해서, 너희들은 혹사당하고 있는 거란 말야. ── 내가 수탕나귀라면, 엄숙히 선언하건대, 난 아침부터 밤까지 높고 날카로운 소리로 울부짖을 것이다.


## 제2장


아버지는 여섯 페이지에 걸쳐 그의 흰 곰이 앞뒤로 왔다 갔다 춤을 추게 한 뒤에, 그 책을 완전히 덮었다. ─ 그리고 일종의 승리감에 젖어, 트림에게 그 책을 돌려주면서 본래 있던 자리인 접이식 책상 위에 올려놓으라고 고갯짓을 했다. ── 트리스트럼은, 하고 아버지가 말을 시작했다, 사전에 있는 모든 단어를 뒤로든 앞으로든 이런 식으로 변형시킬 수 있게 될 걸세. ── 이런 방법을 쓰면, 요릭, 자네도 알다시피, 모든 단어가 각각 하나의 논제나 가설로 전환되고, ─ 각각의 논제나 가설은 명제라는 자손을 낳게 되고, ─ 각각의 명제는 그 자체의 결과나 결론을 갖게 되는 거니까, 이런 것들이 제각각 아이의 정신을 새로운 탐구나 의혹으로 나아가는 길로 안내해 주지 않겠나. ── 이 엔진은, 하고 아버지가 덧붙였다, 아이의 머리를 틔워 주는 데 있어 믿을 수 없을 정도로 놀라운 힘을 발휘한다네. ── 그것은 샌디 형님, 하고 삼촌이

소리쳤다. 아이 머리를 산산조각으로 폭발시켜 버리고도 남겠는 데요. ━━

　듣고 보니 난 이런 생각이 듭니다, 요릭이 미소를 지으며 말했다. ━━ 저 유명한 빈센트 키리노*가 유년 시절에 이룬 놀라운 위업 중에는, 이에 대한 자세한 내용은 뱀보 추기경*이 쓴 책에 나오지만, ━━ 아무튼 겨우 여덟 살의 나이에 가장 심원한 신학 이론의 가장 심원한 문제들에 대해 사천오백육십 가지가 넘는 논제를 로마의 공립 학교에 게시했다는 이야기가 있는데요. ━ 그게 틀림없이 샌디 씨가 말하는 그 엔진 덕분이라는 생각이 듭니다. ━━ (논리학자들이야 뭐라고 하건 간에, 그것은 단지 열 가지 범주*만 활용하는 걸로는 도저히 설명되지 않는 위업이지요.) ━ 키리노는 더구나 각 논제를 방어하는 일에서도 너무나 뛰어났기 때문에, 그의 논적들이 기가 막혀 할 말을 잃었다고 합니다. ━━ 그게 뭐 그리 대단한 건가, 알폰수스 토스타투스 이야기랑 비교하면 말일세, 하고 아버지가 소리쳤다. 그 사람은 유모 손을 벗어나기도 전에 아무도 가르치지 않았는데, 모든 과학과 인문학에 통달했다고 하거든. ━━ 저 위대한 페레스키우스는 또 어떻고? ━ 아, 그 사람이 내가 언젠가 형님에게 이야기했던 바로 그 사람이지요, 하고 토비 삼촌이 소리쳤다. 왜 스테비누스의 날아가는 마차를 보기 위해 파리에서 셰블링까지, 다시 셰블링에서 파리까지, 5백 마일을 걸어갔다는 사람 말입니다. ━━ 정말 위대한 사람이었지요!라고 삼촌이 덧붙였다. (스테비누스를 지칭하며) ━ 과연 그렇지, 토비 동생, 하고 아버지가 말했다. (페레스키우스를 지칭하며) ━━ 그가 얼마나 빠른 속도로 개념을 증식시켰던는지, 그의 머릿속 저장고에는 얼마나 놀라운 양의 지식이 쌓여 갔는지, 우리가 만약 그에 관한 일화를 신뢰할 수 있다면, 사실 모든 일화의 권위를 부정하지 않고서는 이 또한 부정할 수 없는 일이긴 하지만, — 아무튼 그의 아버지는 그가 일곱 살 때 다섯 살짜리 남동생의 교육을 전적으로 맡겼다고 하는구먼, — 동생과 관련된 다른 모든 일도 단독으로 관리하도록 일임하고 말일세. — 아버지도 아들만큼 현명했답니까? 토비 삼촌이 물었다 — 그렇지 않았을 것 같은데요, 요릭이 말했다. — 그러나 이 모든 것도 별것 아니라고 할 수 있지, 아버지가 말을 계속했다, — (열광적으로 흥분하면서) — 그로티우스, 스키오피우스, 헤인시우스, 폴리치아노, 파스칼, 조제프 스칼리제르, 페르디난드 드 코르두에 같은 신동들에 비하면 아무것도 아니란 말일세.* — 그들 중에는 아홉 살 이전에 본질적 형태 연구를* 졸업하고 그것 없이 논리를 전개한 사람도 있고, — 일곱 살에 고전을 모조리 독파한 사람, — 여덟 살에 비극을 저술한 사람도 있지. — 페르디난드 드 코르두에는 아홉 살 때 이미 얼마나 현명했던지 — 악마가 씌었다는 소리도 들었고, —— 베네치아에서는 자신의 지식과 우수함을 너무나 잘 증명해 보였기 때문에 수도사들이 그가 바로 적그리스도*라고 생각했을 정도였다고 하네. —— 열 살 때 열네 개 언어에 능통했던 인물이 있는가 하면, — 열한 살에 수사학, 문학, 논리학, 윤리학 과정을 모두 끝마치고, — 열두 살에는 세르비우스와 마르티아누스 카펠라에 대한 논평을 저술하고, — 열세 살에는 철학, 법학, 신학의 학위를 받은 사람도 있다니까. —— 그런데 저 위대한 립시우스를 빠뜨렸는데요, 하고 요릭이 말했다, 그는 태어난 날에 작품을 썼다[22]*고 하잖아요. —— 그런 것은 그냥 닦아 내고, 더 이상 언급하지 말았어야지요,*하고 토비 삼촌이 말했다.

510    제6권

# 제3장

습포가 준비되었을 때, 수잔나는 슬롭이 그것을 부상 부위에 묶어 주는 동안 그 자리에서 촛불을 비춰 줘야 하는 일이 여자로서 민망하다는 생각에 갑자기 주저하는 마음이 들었고, 슬롭은 수잔나의 그 불편한 마음을 완화해 줄 처방을 해 주지 않음으로써, ── 두 사람 사이에 싸움이 일어났다.

수잔나가 그 일을 거부하자, ── 오! 오! ── 슬롭은 수잔나의 얼굴에 온당치 못한 시선을 던지며 소리쳤다. ── 그래, 아가씨, 당신 속을 내가 알지.* ── 나를 안다고요! 수잔나가 까탈스럽게 소리치고는, 슬롭의 직업이 아니라, 의사 개인을 겨냥한 경멸을 담아 고개를 홱 젖히면서 다시 한 번 소리쳤다. ── 나를 안다니요! ── 닥터 슬롭은 즉각 콧잔등 위에서 엄지와 검지로 탁 소리를 냈고. ── 수잔나는 울화가 치민 나머지 금방이라도 터질 지경이 되어 ── 그런 말도 안 되는 헛소리가 어딨어요,라고 말했다. ── 자, 자, 정숙 여사, 닥터 슬롭은 자신의 마지막 공격이 성공한 데 대해 적잖이 으쓱해져서 말했다, ── 촛불을 들기 싫으면, 이것 봐, ── 그걸 들고 있으면서 눈은 감으면 되잖아. ── 그런 것은 당신네 가톨릭식 편법이지요, 수잔나가 소리쳤다. ── 방법이 없는 것보다야 낫지 않나, 이 젊은 처자야, 슬롭이 고개를 끄덕이

---

22) Nous aurions quelque interêt, says *Baillet*, de montrer qu'il n'a rien de ridicule s'il étoit véritable, au moins dans le sens énigmatique que *Nicius Erythroeus* a tâché de lui donner. Cet auteur dit que pour comprendre comme *Lipse*, a pû composer un ouvrage le premier jour de sa vie, il faut s'imaginer, que ce premier jour n'est pas celui de sa naissance charnelle, mais celui au quel il a commencé d'user de la raison; il veut que ç'ait été a l'age de *neuf* ans; et il nous veut persuader que ce fut en cet âge, que *Lipse* fit un poem. ──Le tour est ingenieux, &c. &c.

며 말했다. ── 난 승복할 수 없다고요,라고 말하며 수잔나는 작업용 덧소매를 팔꿈치 아래로 끌어 내렸다.

두 사람이 함께 외과 시술을 하면서 이들보다 더 심술 맞은 심사로 서로 협조하는 경우를 보는 것은 거의 불가능한 일일 것이다.

슬롭은 습포를 낚아채듯 집어 들었고, ── 수잔나는 촛불을 낚아채듯 집어 들었다. ── 조금 이쪽으로,라고 슬롭이 말했다. 수잔나는 고개는 한편으로 돌린 채 반대 방향으로 촛불을 옮겨 가다가, 그만 슬롭의 가발에 불을 붙이고 말았다. 그의 가발은 숱이 많은 데다 기름기까지 먹어 있어서 채 불이 붙기도 전에 다 타 버리고 말았다. ── 이런 막돼먹은 계집 같으니라고!라고 슬롭이 소리쳤다, ── (열정이란 야수와 다름 아니니 말이다) ── 이런 막돼먹은 계집 같으니라고, 슬롭이 한 손에는 습포를 든 채 몸을 벌떡 일으키며 소리쳤다. ── 난 그래도 누구 코를 망가뜨린 적은 없다고요, 수잔나가 맞받았다, ── 선생님은 그런 말 못할걸요. ── 정말 그래?*라고 말하며 슬롭은 습포를 그녀의 얼굴에 집어 던졌다. ── 네, 정말 그렇다고요, 수잔나도 냄비에 남아 있는 습포로 슬롭의 인사를 되갚았다. ──

## 제4장

닥터 슬롭과 수잔나는 거실로 자리를 옮겨 서로 상대방을 비난하는 맞고소의 전투를 계속했다. 그 일이 끝나자, 습포가 이미 못 쓰게 되었으므로, 그들은 나에게 시술할 찜질 약을 새로 만들기 위해 함께 부엌으로 퇴각했다. ── 그 일이 진행되는 동안, 아버지는 어떤 결론을 내렸는데, 그 내용은 지금 바로 읽어 보기 바란다.

# 제5장

아무래도 이제 정말 때가 된 것 같네, 하고 아버지는 토비 삼촌과 요릭, 두 사람을 향해 말을 시작했다. 이 어린것을 여자들 손에서 데리고 나와 가정 교사 손에 맡겨야 할 것 같아. 마르쿠스 안토니우스는 아들 코모두스를 철저히 교육시키려고 한꺼번에 열네 명이나 가정 교사를 구해 주었다가, — 6주 내에 그중 다섯 명을 해고했다더군.* — 코모두스의 어머니가, 하고 아버지가 말을 이었다. 그를 잉태하던 무렵 검투사와 사랑에 빠졌었다는 것은 내가 잘 알고 있는데, 그가 황제가 되었을 때 저지른 온갖 잔학한 짓들이 그것으로 어느 정도 설명이 된다고도 볼 수 있겠지. — 그렇지만 난 여전히, 안토니우스가 해고한 그 다섯 명이 그 짧은 기간에 코모두스의 기질에 끼친 영향은 나머지 아홉 명이 평생 동안 내내 교정해도 다 없애지 못할 만큼 큰 해독이란 생각이 든다네.

내 아들을 옆에서 지도할 사람은, 아침부터 밤까지 아이가 스스로를 비춰 볼 수 있는 거울 같은 역할을 해야 한다고 생각하네, 그를 모범으로 삼아 스스로의 표정과 행동거지, 나아가 가슴속 깊은 곳의 감성까지 조정하는 거울이 되어야 한다는 말일세. — 그러니 요릭, 난 가능하다면 내 아이가 비춰 보기에 적합하게끔 모든 면에서 잘 갈고닦은 사람을 구하고 싶다네. —— 그것참 좋은 생각이군, 하고 토비 삼촌이 혼잣말을 했다.

—— 행동을 할 때나 말을 할 때 신체 각 부위에서 나타나는 움직임과 분위기는, 하고 아버지가 말을 계속했다. 그 사람의 *내면*을 잘 대변해 주는 법이지. 나지안주스의 그레고리우스가 율리아누스의 성급하고 빙퉁그러진 행동을 보고 언젠가 배교자가 될 사람이라고 예언했다는 게 내게는 전혀 놀랍지 않다네. —— 그리고

성 암브로시우스는 자기 비서가 머리를 도리깨처럼 앞뒤로 점잖지 못하게 흔들어 대는 것을 보고 내쫓았다는 이야기도 있고, —— 데모크리토스는 프로타고라스가 장작단을 묶으며 잔가지들을 안쪽으로 꺾어 넣는 것을 보고 그가 학자가 될 사람이라고 점쳤다고 하지 않나. —— 예리한 눈을 가진 사람에게는 사람의 영혼 속을 즉각 꿰뚫어 볼 수 있는 눈에 띄지 않는 통로가 수천 가지나 있게 마련일세, 하고 아버지가 말을 이었다. 지각 있는 사람이 방에 들어오면서 모자를 내려놓거나, — 또는 방을 나가며 모자를 집어 드는 단순한 동작을 하더라도, 그 동작에서 뭔가 그 사람의 내면을 보여 주는 요소가 드러나는 법이라고 단언할 수 있단 말이지, 하고 아버지가 덧붙였다.

바로 그런 이유로 해서, 아버지는 말을 이었다, 내가 선택할 가정 교사는 혀 짧은 소리를 해도 안 되고, 곁눈질을 하거나, 눈을 깜박여도 안 되고, 큰 목소리로 말하거나, 표정이 사납거나, 바보스러워도 안 되고,[23]* —— 입술을 깨물거나, 이를 갈아도 안 되고, 콧소리를 내거나, 코를 후비거나, 손으로 코를 풀어서도 안 된다는 말이네. ——

그는 빨리 걷거나 — 천천히 걸어도 안 되고, 팔짱을 끼어서도 안 되네, — 그것은 게으름을 나타내니까. — 팔을 축 내려뜨리는 것은 — 어리석음을 나타내고, 호주머니에 손을 숨기는 것은 허튼 짓이니까, 그것도 안 되네. ——

그는 때리거나, 꼬집거나, 간질여서는 안 되고, — 물거나, 손톱을 뜯거나, 가래를 뱉거나, 침을 뱉거나, 코를 킁킁거려서도 안 되고, 사람들이 있는 자리에서 손가락이나 발로 두드리는 소리를 내

---

23) Vid. *Pellegrina* .

어서도 안 되고, —— (에라스뮈스가 말하듯이) 소변을 보는 중에 말을 걸거나 — 오물이나 분변에 관심을 유도해서도 안 된다고. —— 이젠 다시 모조리 황당한 소리밖에 없구먼, 하고 토비 삼촌이 혼잣말을 했다. ——

난 그 사람이, 하고 아버지가 말을 이었다, 쾌활하고 재치 있고 유쾌한 사람이면서, 동시에 신중하고, 자기 일에 성실하고 빈틈없으며, 예리하고 예민하며, 독창성 있고, 의문점이나 추론적 문제를 해결하는 데 있어 기민한 사람이었으면 좋겠네. —— 또 현명하면서 분별력도 있고, 또한 학식도 깊어야 할 거야. —— 겸손하고 온건하며, 온화한 기질에다, 선한 품성은 왜 언급 안 합니까? 라고 요릭이 말했다. — 그래요, 편견 없고 관대하며, 아낌없이 베풀고, 또 용감한 품성도 포함해야 하는 거 아닙니까?라고 토비 삼촌이 소리쳤다. —— 그래야지, 토비, 아버지가 자리에서 일어나 삼촌의 손을 마주 잡고 악수했다. — 그렇다면, 샌디 형님, 하고 삼촌 역시 의자에서 일어나, 파이프를 내려놓고, 아버지의 나머지한 손을 잡으며 말을 시작했다. — 저 가여운 르 피버의 아들을 그 자리에 천거하도록 허락해 주세요. —— 그 제안을 하는 중에 토비 삼촌의 눈에는 기쁨의 눈물 한 방울이 반짝 빛났고, — 그 눈물의 동료인 다른 한 방울은 상병의 눈에서 빛났다. —— 왜 그랬는지는 르 피버의 이야기를 읽고 나면 알게 될 것이다. —— 참 바보같기도 하지, 상병이 직접, 그의 말로, 그 이야기를 할 기회가 있었는데, 무슨 일 때문에 그때 못하게 되었던 것인지, 그 자리로 돌아가 보지 않고는 기억해 낼 수가 없다니. (아마 당신도 기억 못할 테지요.) — 아무튼 기회는 지나갔고, — 지금은 내가 나 자신의 말로 들려 드릴 수밖에 없겠다.

# 제6장

르 피버의 *이야기*

연합군이 덴더몬드를 함락했던 바로 그해* 여름 어느 날 일어
났던 일이다. — 그해는 아버지가 시골로 내려오기 약 7년 전이었
고, — 토비 삼촌과 트림이 유럽의 가장 뛰어난 요새를 갖춘 도시
들을 가장 훌륭하게 공략하는 작업을 수행하기 위해, 런던에 있는
아버지의 집에서 철수해 나온 뒤 그만큼의 시간이 흐른 시점이었
다. — 어느 날 저녁, 토비 삼촌은 저녁을 들고 있었고, 트림은 삼
촌 등 뒤에서 작은 찬장에 걸터앉아 있었다. — 내가 상병이 앉아
있었다고 말하는 것은, — 삼촌이 상병의 불편한 무릎을 걱정하여
(때때로 격심한 통증을 유발했기에) — 혼자 식사할 때는 상병이
뒤에 서 있는 것을 절대 허락하지 않았기 때문이다. 하지만 그 불
쌍한 친구는 주인을 공경하는 마음이 너무나 극진해서, 트림이 그
명령을 실천하게 만드는 것보다는 대포를 갖고 삼촌 혼자 힘으로
덴더몬드를 공략하는 게 오히려 더 쉬웠을 것이다. 삼촌은 상병이
다리를 쉬고 있다고 생각했어도, 정작 뒤돌아보면 상병이 존경심
어린 모습으로 그의 뒤에 공손하게 서 있는 것을 보게 되는 일이
부지기수였다. 두 사람이 함께 지낸 25년 동안, 두 사람 사이에 있
었던 작은 다툼들은 다른 어떤 원인보다 바로 이 문제로 인한 경
우가 많았다. —— 그러나 이 이야기는 여기도 저기도 해당 사항
이 없는데 — 내가 왜 그것을 언급하는 걸까? —— 내 펜에게 물
어보세요, — 그게 나를 지배하지, — 내가 그것을 지배하는 것은
아니거든요.

삼촌은 어느 날 저녁 그렇게 식사를 하며 앉아 있었는데, 마을

에 있는 작은 여관의 주인이 백포도주 한두 잔을 구하기 위해, 빈 병을 들고 거실로 들어섰다. 한 딱한 신사분을 위한 건데요, — 제 생각에는, 군인 같아요, 하고 여관 주인이 말했다. 나흘 전에 우리 집에 왔는데, 그때부터 병에 걸려 고개 한 번 쳐들지도 못하고 있답니다. 그리고 여태 아무것도 먹고 싶어 하는 게 없더니, 조금 전에 백포도주 한 잔과 얇은 토스트 한 쪽이 먹고 싶다고 해서 말입니다. — 그 손님이 이마에서 손을 떼며 말하더군요, *그렇게 해 주시면, 제게 위안이 될 것 같습니다,*라고요. ——

—— 제가 그것을 어디서 구걸하거나, 빌리거나, 살 수가 없다면, — 하고 여관 주인이 덧붙였다. — 그 딱한 신사를 위해 훔치기라도 할 심정입니다. 그분이 너무 아프거든요. —— 그분이 나아지기를 하느님께 빌고 있지만, 하고 그가 말을 이었다. — 우리 모두 그분 때문에 정말 걱정이 됩니다.

당신은 참 심성이 착한 사람이군, 당신 청을 들어주고말고, 토비 삼촌이 소리쳤다. 그리고 그 딱한 신사의 건강을 빌며, 당신도 포도주 한잔 들면 좋겠군, — 아무 걱정 말고 두어 병 가져가요. 그리고 그 양반에게도 내가 기꺼이 드리는 거라 전해 주고, 혹시 도움이 된다면 열 병이라도 청하기만 하라고 말해 주소.

여관 주인이 문을 닫고 나가자, 삼촌이 말을 시작했다. 저 친구가 참으로 인정 많은 사람이란 것은 두말할 나위 없지만, — 트림, — 난 그 손님에게도 크게 호의를 느끼지 않을 수가 없구먼. 그 손님에게는 뭔가 특별한 점이 있는 게 틀림없어, 그렇게 짧은 기간에, 그렇게 듬뿍, 주인의 사랑을 얻어 낸 걸 보면 말야. —— 게다가 그 집 식구 모두의 사랑도요, 하고 상병이 덧붙였다. 그들이 모두 그분 걱정을 한다고 했잖아요. —— 그 사람 뒤따라가 보게, 하고 토비 삼촌이 말했다. — 얼른 가 보게, 트림, — 그리고 혹시 그 손님 이름을 아는지 물어봐 주게나.

── 정말이지, 제가 그걸 깜박 잊어버렸는데요, 상병과 함께 거실로 되돌아온 여관 주인이 말했다. ── 하지만 그분 아들에게 다시 물어볼 수 있어요. ── 그럼 아들도 함께 있는 게요?라고 토비 삼촌이 물었다. ── 열한두 살쯤 된 소년입니다, 여관 주인이 대답했다. ── 하지만 그 측은한 아이도 아버지만큼이나 거의 아무것도 먹지 않고 있어요. 그 아인 밤낮으로 아버지 때문에 슬퍼하고 애태우는 거 말곤 아무것도 하지 않는답니다. ── 지난 이틀 동안은 아버지 침대 곁을 잠시도 떠나지 않았고요.

여관 주인의 설명을 듣고, 토비 삼촌은 칼과 포크를 내려놓고, 접시 역시 밀쳐 냈다. 그리고 트림은 명령을 받지 않고도, 아무 말 없이 그것들을 치우고, 잠시 뒤 삼촌의 파이프와 담배를 들고 왔다.

── 잠시 나가지 말고 여기 있어 보게, 하고 토비 삼촌이 말했다. ──

트림! ── 파이프에 불을 붙이고, 열두어 모금 담배를 피운 뒤, 삼촌이 상병을 불렀다. ── 트림은 주인 앞으로 다가와 절을 했다. ── 토비 삼촌은 계속 담배만 피우며, 더 이상 아무 말도 하지 않고 있었다. ── 상병! 하고 삼촌이 다시 불렀고, ── 상병은 다시 절을 했다. ── 토비 삼촌은 더 이상 말은 하지 않고 파이프에 있는 담배를 끝까지 다 태웠다.

트림! 하고 마침내 삼촌이 말을 시작했다, 한 가지 계획이 떠올랐는데, 날씨가 궂으니까 긴 망토로 몸을 따뜻이 감싸고, 이 딱한 신사를 한번 찾아가 볼까 싶네. ── 나리의 그 망토는, 하고 상병이 답했다, 나리께서 성 니콜라스 성문 앞 참호에서 경계 임무를 서던 중에 부상을 입으신 그날 밤 이후로 한 번도 입으신 적이 없는데요, ── 게다가 오늘 밤은 날씨가 차고, 비도 내리고 있으니, 이 날씨에 그 망토로는, 나리께 큰일이 생길 겁니다. 샅의 통증도 심해질 거고요. 그럴 것 같긴 하네, 토비 삼촌이 대답했다. 하지만 트림, 그 여관 주인 이야기를 듣고 나서는 도무지 마음이 편칠 않아. ── 그 일을 숫제 모르고 있었더라면 좋았을걸, ─ 하고 삼촌이 덧붙였다, ─ 아님 좀 더 자세히 알게 되든지. ── 그러니 어찌하면 좋겠나? 제게 맡겨 주십시오, 나리, 하고 상병이 말했다, ── 제가 모자랑 지팡이를 챙겨 그 집으로 가서 정찰도 하고, 필요한 조치도 취하겠습니다. 아마 한 시간 내에 나리께 완벽한 보고를 올릴 수 있을 겁니다. ─ 그래, 자네가 가 보게, 트림, 하고 토비 삼촌이 말했다, 그리고 여기 1실링이 있으니, 그 신사의 하인과 술이라도 한잔하게. ── 제가 그 친구에게서 모든 정보를 뽑아내 오겠습니다, 상병이 문을 닫으며 말했다.

토비 삼촌은 파이프에 두 번째로 담배를 채워 넣었다. 외보(外堡)의 벽을 직선으로 만드는 것도 꾸불꾸불하게 만드는 거나 별반 차이가 없지 않을까 하는 생각이 어쩌다 스쳐 지나간 것을 제외하면, ─ 삼촌은 담배를 피우는 동안 내내, 그 딱한 르 피버와 그의 아들 외에는 아무 생각도 하지 않았다고 할 수 있을 것이다.


## 제7장

### 르 피버의 이야기 계속


토비 삼촌이 세 번째 파이프의 담뱃재를 털어 내고 있을 때에야 트림 상병이 여관에서 돌아왔고, 그는 다음과 같이 보고했다.

처음에는 절망적이었습니다, 상병이 말했다, 그 불쌍한 병든 중위님에 관한 어떤 정보도 구해 올 수가 없을 것 같았거든요. — 그렇다면 그가 군인이란 말이지? 삼촌이 물었다 —— 그렇습니다, 상병이 대답했다 —— 그럼 어느 연대 소속인가? 삼촌이 물었다. —— 나리, 제가 알아낸 순서대로, 모든 것을 차근차근 말씀드리겠습니다, 상병이 대답했다. — 그렇다면 트림, 파이프를 한 번 더 채워야겠네, 토비 삼촌이 말했다, 그런 다음에는 자네 이야기가 끝날 때까지 방해하지 않음세, 그러니 트림, 창 아래 있는 의자에 편히 앉아서 이야기를 다시 시작하게나. 상병은 늘 하던 대로 절을 했는데, 그것은 늘 그렇듯이 — 나리는 좋은 분이십니다, 하는 마음을 뚜렷이 표현해 주고 있었다. —— 절을 하고 나서, 그는 명령받은 대로 자리에 앉았다, — 그리고 처음 했던 말과 거의 똑같은 말로 다시 이야기를 시작했다.

처음에는 절망적이었습니다, 상병이 말했다, 그 중위님과 그의 아들에 대해 어떤 정보도 구해 올 수가 없을 것 같았거든요. 그의 하인에게 물어보면 필요한 정보를 다 알아낼 수 있을 것이라 자신하면서 하인을 찾았더니, — 제대로 판단한 걸세, 트림, 하고 토비 삼촌이 말했다. — 글쎄, 나리, 중위님에겐 하인이 없다는 답을 듣게 되었지요. —— 그는 빌린 말을 타고 여관에 도착했는데, 도저히 여행을 계속할 수 없다는 것을 알고는, (제 생각에는 연대에 복귀하는 길이었던 것 같습니다) 다음 날 아침, 말을 돌려보냈다고 합니다. — 그는 마부에게 돈을 지불하라고 아들에게 지갑을 맡기면서, 내가 몸이 나아지면, 애야, — 여기서 말을 빌리면 될 거야라고 말했답니다. —— 참 딱하기도 하지! 저 불쌍한 신사분은 여기서 절대 나갈 수 없을 것 같아요, 하고 여관 안주인이 말하더군요. — 그 안주인은 또 밤새도록 죽음을 부르는 수염벌레 소리*가 살짝 들렸다고 하면서 — 그가 죽으면 그 젊은이, 이미 크게 상심해 있는 그의 아들도 틀림없이 죽게 될 것 같다고 탄식했어요.

　내가 안주인과 이런 말을 나누는 중에, 하고 상병이 말을 이었다, 그 젊은이가 부엌으로 들어왔는데, 여관 주인이 말하던 그 얇은 토스트를 가지러 온 것이었지요. — 아버님을 위해 제가 직접 만들겠어요, 그 젊은이가 말했어요. — 젊은 신사 양반, 그 수고를 내가 대신하면 안 될까, 제가 말했지요. 전 포크를 집어 들고는, 그것을 만들 동안, 내가 앉아 있던 난롯가의 의자에 앉아 쉬라고 권했습니다. —— 제 생각에는, 선생님, 하고 그가 아주 공손하게 말했습니다. 아무래도 제가 아버님 입맛을 더 잘 맞출 것 같은데요. — 그렇지만 틀림없이, 나이 든 군인이 구운 토스트도 싫다 하진 않으실 거야, 하고 제가 말했지요. —— 젊은이는 내 손을 잡더니, 왈칵 울음을 터뜨렸습니다. — 불쌍한 아이! 하고 토비 삼촌이 말했다. — 그는 아기 때부터 군대에서 성장했을 테니, 그의 귀에는 군인이란 말이 친구의 이름처럼 들렸을 거야, 트림, — 그 친구가 지금 여기 있으면 좋으련만.

　—— 기나긴 장거리 행군 뒤 저녁 식사를 간절히 원했을 때도, 하고 상병이 말했다, 그 아이랑 함께 우는 일만큼 간절히 원하지는 않았던 것 같습니다, 나리, 제게 무슨 문제가 있는 걸까요? 아무 문제도 없지, 트림, 하고 코를 훌쩍이며 토비 삼촌이 말했다, — 자네가 심성이 착한 친구라는 것 말고는.

　그 아이에게 토스트를 건네주면서, 하고 상병이 말을 이었다, 전 내가 샌디 대위님의 하인이고, 대위님께선 (비록 낯선 사람이긴 하지만) 그의 아버지에 대해 지극히 염려하고 계시다는 말을 해 주는 게 좋겠다고 생각했어요. — 그리고 대위님 댁이나 지하 저장실에 있는 것이면 무엇이든, — (내 지갑에 있는 것도,라고 덧붙일 걸 그랬네, 하고 삼촌이 말했다) — 기꺼이 갖다 드릴 수 있다고 말했습니다. —— 그는 머리를 깊이 숙여 절을 했지만, (그것은 나리께 하는 절이었지요) 아무 말도 하지 않았습니다. — 가슴이 벅차올랐기 때문이지요. — 그는 토스트를 들고 위층으로 올라갔는데, — 저는 부엌문을 열어 주면서, 장담하건대, 얘야, 아버지는 곧 좋아지실 거야라고 말했습니다. —— 부엌 난롯가에는 그때 요릭 목사님의 부목사가 파이프를 피우고 있었는데, — 그는 좋은 말이건 궂은 말이건 그 아이를 위로하는 말을 한마디도 하지 않더군요. —— 전 그게 잘못이라고 생각했어요, 상병이 덧붙였다 —— 나도 그렇게 생각하네, 토비 삼촌이 말했다.

중위님은 백포도주 한 잔과 토스트를 들고 나자, 기운을 조금 차렸고, 제가 위층으로 올라올 수 있다면, 한 10분 후에 만나고 싶다는 전갈을 부엌으로 보내왔습니다. —— 내 생각에는, 하고 여관 주인이 말했습니다, 그동안 기도를 올리려는 모양인데요, 침대 옆 의자 위에 책이 한 권 놓여 있었고, 내가 문을 닫을 때 보니까, 아들이 방석을 집어 들더라고요. ——

트림 씨, 당신네 군인 양반들은, 하고 부목사가 말을 건넸어요, 생전 기도는 하지 않는 줄 알았는데요. —— 어젯밤에만 해도, 하고 여관 안주인이 거들었어요, 그 신사분이 아주 경건하게 기도하는 소리를 내 귀로 직접 들었어요, 그렇지 않았다면 나도 믿을 수 없었을 거예요. —— 정말 확실한 거요?라고 부목사가 응수하더군요. —— 목사님, 군인도 성직자 못지않게 자주, (그것도 자발적으로) 기도를 한답니다, 하고 제가 대답했지요. —— 군인이 국왕을 위해, 자신의 목숨을 위해, 그리고 자신의 명예를 위해 전투에 임할 때는 세상 어느 누구보다 더 하느님께 기도해야 할 이유가 많은 거지요. —— 참 말 잘했네, 트림, 하고 토비 삼촌이 말했다. ——

하지만 목사님, 하면서 제가 또 말했지요, 한 병사가 열두 시간 내내, 찬물이 무릎까지 올라오는 참호 속에 서 있다면, ― 또는 몇 달이고 계속되는 위험한 행군에 참가하고 있다면, ― 오늘은 뒤에서 공격을 받고, ― 내일은 적을 공격하고, ― 여기서 따로 파견됐다가, ― 저기서 철수 명령을 받고, ― 오늘 밤은 팔베개로 밤을 지새우고, ― 다음 날은 셔츠 바람으로 소집을 당하고, ― 게다가 관절은 마비되고 ― 텐트 안에는 그 위에 무릎을 꿇을 지푸라기 하나도 없다면, ― 어떤 식으로든, 언제든, 따지지 않고 사정이 되는 대로 기도를 할 수밖에 없지 않겠습니까. ― 제가 믿기로는, 하고 저는 말을 계속했습니다. ― 전 군대의 평판이 걸린 문제라 잔뜩 화가 났거든요, 하고 상병이 말했다, ― 제가 믿기로는, 목사님, 하고 저는 말했습니다, 군인이 일단 기도하는 시간을 갖게 되면, ― 성직자들 못지않게 충심으로 기도를 합니다, ― 비록 그들만큼 수선을 부리거나 위선을 떨지는 않지만 말입니다. ―― 그 말은 하지 말걸 그랬네, 트림, 하고 토비 삼촌이 말했다. ― 왜냐하면 누가 위선자고 누가 아닌지는 하느님만 아시는 일이 아닌가, ―― 그리고 상병, 마지막 심판 날이 와서, 우리 모두가 대대적으로 심문을 받게 되면(그 이전은 아니고) 그때 밝혀질 일일세. ― 누가 이 세상에서 자신의 의무를 다했는지, ― 누가 하지 못했는지도 드러날 것이고, 그 판결에 따라 갈 길이 정해지겠지. ―― 제발 그리되면 좋겠습니다, 트림이 말했다. ―― 성서에 그렇게 쓰여 있다네, 토비 삼촌이 말했다. 내가 내일 자네에게 보여 주기로 하지. ―― 그날이 올 때까지는 우린 그저, 전능하신 하느님이 선하고 공정하신 통치자라 믿고 위안을 받을 뿐이야. 단 우리가 우리의 의무를 제대로 수행했다면 말일세. ― 우리가 그것을 붉은 코트를 입고 했는지, 검은 코트를 입고 했는지, 그런 것은 결코 따지지 않으실 거야. ―― 그러지 않으시길 바랍니다, 상병이 말했다. —— 이제 자네 이야기를 계속하게나, 트림, 하고 삼촌이 말했다.

제가 10분이 지나길 기다려서 중위님 방에 올라갔더니, 하고 상병이 말을 계속했다, — 그는 머리를 손에다 뉘고, 팔꿈치는 베개에 대고 침대에 누워 있었습니다. 그리고 깨끗한 흰색 케임브릭 면 손수건이 베개 옆에 놓여 있었지요. —— 젊은이는 막 몸을 굽혀 방석을 집어 드는 참이었습니다. 제 생각에는 그 위에 꿇어앉았던 것이겠지요. — 책은 침대 옆에 놓여 있었고요. — 그는 한 손으로 방석을 들고 몸을 일으키면서, 다른 한 손으론 손을 뻗어 그 책을 치우려 했습니다. —— 애야, 그거 거기 그냥 두렴, 하고 중위님이 말했지요.

제가 침대 옆으로 다가설 때까지, 그는 제게 말을 걸지 않았습니다. — 자네가 샌디 대위님의 하인이라고, 그가 말했습니다, 그럼 대위님의 친절에 대해 내 감사하는 마음을, 내 어린 아들의 감사하는 마음과 함께, 자네 주인님께 꼭 좀 전해 주게. — 레븐 연대에 계셨다고? — 라고 중위님이 물었고, — 저는 그러셨다고 답했지요, — 그럼, 하고 그가 말을 이었습니다, 나도 아는 분이시네, 플랑드르에서 세 차례나 함께 전투에 참가했지. — 그러나 직접 교우하는 영광은 누리지 못했으니, 아마 틀림없이 그분은 나에 대해 아무것도 모르실 거야. —— 그러나 대위님께 말씀드려 주게, 그분의 훌륭하신 성품에 큰 빚을 지게 된 이 사람이 앵거스 연대의 중위, 르 피버라고 — 하지만 그분은 날 모르실 거야, — 라고 그는 생각에 잠겨 다시 한 번 말했습니다. —— 혹시 내 이야기는 들으셨을지도 모르지 — 라고 그가 덧붙였습니다 — 부탁이니 대위님께 전해 주게, 텐트 속에서 그의 아내가 남편 팔에 안긴 채, 소총에 맞아 불행한 죽음을 맞은, 그 브레다의 기수가 나라고 말일세. —— 그 이야기는 저도 잘 기억하는데요, 중위님, 하고 제가 말했습니다. —— 그런가?라고 말하며, 그는 손수건으로 눈을 훔쳤지요. — 그러니 나야 얼마나 잘 기억하겠나, — 라고 말하며 그는 목에 걸고 있던 검은색 띠에 매달린 작은 반지를 가슴에서 꺼내서는, 거기다 두 번 키스를 했습니다. —— 자, 빌리, 너도, 하고 그가 말하자, —— 소년은 날아가듯 침대 가로 달려와, — 무릎을 꿇고 나서, 반지를 손에 들고 키스를 하고, — 아버지에게도 키스를 한 뒤, 침대에 앉아 울기 시작했습니다.

차라리, 토비 삼촌이 깊은 한숨을 내쉬며 말했다. — 차라리, 트림, 내가 지금 잠들어 있다면 좋겠어.

나리께선, 하고 상병이 답했다. 마음을 너무 많이 쓰시는 것 같아요. — 파이프를 피우며 드시도록 제가 백포도주 한잔도 따라 올릴까요? —— 그래 주게, 트림, 하고 토비 삼촌이 말했다.

나도 기억하네, 삼촌은 다시 한숨을 내쉬며 말했다, 그 기수와 아내 이야기는 물론, 그의 정숙한 성품이 이야기하지 못한 당시 상황까지 말일세, — 그 아내나 남편이나 어떤 이유에선지(잊어버렸지만), 연대원들 모두의 동정을 받았던 게 특히 기억나네, — 그건 그렇고, 자네가 하던 이야기를 끝내게나. — 이미 끝났는데요, 상병이 말했다. — 전 거기 더 이상 머물 수가 없더라고요. — 그래서 중위님께 작별 인사를 고하고 나왔는데, 어린 르 피버는 침대에서 일어나 층계 아래까지 절 배웅해 주었지요. 우리가 함께 계단을 내려오는 동안, 그 아이는 그들이 아일랜드에서 왔고, 플랑드르에 있는 연대로 돌아가는 길이었다고 말해 주었습니다. —— 그러나 아, 슬프게도! 상병이 말했다. — 그 중위님의 마지막 행군이 끝나고 말았네요. — 그럼, 그 불쌍한 아이는 어떻게 되는 거지? 토비 삼촌이 소리쳤다.

# 제8장

*르 피버의 이야기 계속*

삼촌의 이러한 결정은 삼촌에게 무한한 영예를 드릴 만한 일이었다. —— 그러나 내가 이 이야기를 하는 것은 다만 자연법과 실정법(實定法)* 사이에 끼여 어느 방향으로 가야 할지 도무지 모르는 그런 사람들을 위해서다. — 토비 삼촌은 그 당시 덴더몬드 공략에 나선 연합군의 행적을 따라 그것을 재현하는 일에 열중해 있었는데, 연합군이 워낙 맹렬히 공격을 밀어붙이다 보니, 식사할 시간도 찾기 힘들 지경이었다. —— 삼촌은 이미 해자 외벽 위까지 공격 거점을 확보해 놓은 상태였지만, 그럼에도 불구하고 덴더몬드를 포기하고, — 온 정신을 그 여관에서 일어나고 있는 개인적 고난에 쏟아붓기로 마음먹은 것이다. 그는 정원 문에 빗장을 채우도록 명령을 내렸는데, 이는 덴더몬드 공략을 봉쇄로 전환한 것으로 이해될 수도 있는 일이지만 — 사실 삼촌은 덴더몬드를 그냥 방치해 둔 것이고, — 프랑스 왕이 그것을 구제하든 말든, 마음대로 하게 맡겨 버린 셈이었다. 그는 오로지 그 딱한 중위와 그의 아들을 어떻게 하면 구제할 수 있는지, 그것만 생각했다.

—— 친구가 없는 사람에게 친구가 되어 주시는, 그 자애로운 **신**께서 삼촌의 이 결정에 보답해 주시리라.

자넨 이 일을 제대로 마무리 짓지 못한 걸세, 하고 삼촌은 잠자리를 준비하고 있는 상병에게 말했다. —— 뭘 잘못했는지는 내가 가르쳐 주지, 트림. —— 우선 첫째로는, 자네가 르 피버에게 내 도움을 제안했을 때, — 질병이나 여행 둘 다 비용이 많이 드는 일이고, 자네도 알다시피, 중위 월급으로 자신뿐만 아니라 아들도 부양해야 하는데, ── 내 지갑도 함께 내놓겠다고 말하지 않았으니, 그게 잘못한 걸세. 그가 만약 돈이 필요한 입장이라면, 내가 기꺼이 내 지갑도 내놓을 것이란 것은, 트림, 자네도 알지 않나. ── 나리께서도 아시다시피, 전 그런 지시는 받지 않았는데요. ── 맞는 말이긴 하지, 토비 삼촌이 말했다, ── 자넨 군인으로서는 아주 옳게 행동했지만, 트림, ── 한 인간으로서는 분명 크게 잘못한 걸세.

두 번째로는, 이것 역시 자넨 똑같은 변명을 할 수 있겠지만, 하고 토비 삼촌이 말을 계속했다. ── 자네가 우리 집에 있는 것은 뭐든지라고 제안했을 때 ── 우리 집 역시 제안했어야 한다는 거야. ── 병든 동료 장교라면 최상의 숙소에 머물러야 하지 않겠나, 트림, 그리고 그가 우리 집에 있게 되면, ── 우리가 그를 돌보고 보살펴 줄 수 있을 테고. ── 게다가 트림, 자네는 아주 뛰어난 간병사이기도 하니, ── 자네와 우리 집 할멈, 그의 아들 그리고 내가 함께 힘을 모아 간호한다면, 금방 그를 회복시켜서 두 발로 설 수 있게 만들 것 아닌가. ──

── 그렇게 2, 3주만 지나면, 하고 토비 삼촌이 미소를 지으며 덧붙였다. ── 행군도 할 수 있을지 몰라. ── 행군은 절대 할 수 없을 겁니다, 나리, 적어도 이 세상에서는요, 상병이 대답했다. ── 그는 꼭 할 수 있을 거야라고 말하며, 삼촌은 신발을 한 짝만 신은 채, 침대 가에서 벌떡 일어났다. ── 아니요, 나리, 상병이 말했다, 그는 절대 못할 겁니다. 무덤으로 가는 행진 말고는요. ── 하게 될 거라니까,라고 소리치며, 삼촌이 신발을 신은 발로 행진을 시작했지만, 한 발짝도 나아가지는 않았다. ── 그 친구는 자기 연대로 행진해 가게 될 거야. ── 그건 그분이 감당할 수 없을 겁니다, 상병이 말했다. ── 그럼 부축을 받으면 되지, 토비 삼촌이

말했다. — 결국 쓰러지고 말걸요. 그럼 그의 아이는 어떻게 되지요? 상병이 물었다. —— 쓰러지지 않을 거야, 토비 삼촌이 단호하게 말했다.

—— 아이고 맙소사, — 우리가 그를 위해 무슨 일을 하든 말입니다, 트림이 자기 의견을 고수하며 말했다. — 그 불쌍한 영혼은 죽을 거라고요. —— 절대 죽지 않을 거야, 하느님께 맹세코, 토비 삼촌이 소리쳤다.

— 천국의 법정으로 그 맹세의 죄를 신고하러 날아 올라간 **고발의 영(靈)**은 그것을 제출하면서 얼굴을 붉혔다. — 그리고 **기록의 천사**는 그것을 적어 넣으면서, 그 단어 위에 눈물을 떨어뜨렸고, 그래서 그 말은 영원히 지워져 버렸다.


## 제9장

—— 토비 삼촌은 책상 서랍으로 가서, — 지갑을 꺼내 바지 주머니에 넣어 두고는, 상병에게 아침 일찍 의사를 불러오라고 명령을 내린 뒤, — 침대로 가서 잠이 들었다.


## 제10장

*르 피버의 이야기 종결 편*

다음 날 아침 이 마을에서는, 르 피버와 그의 고통스러운 아들을 제외한 모든 이의 눈에 태양이 밝게 빛나고 있었다. 하지만 그의 눈꺼풀에는 죽음의 손길이 무겁게 내려앉고 있었다. — 평소보다 한 시간 일찍 일어난 토비 삼촌은 —— 우물의 두레박 도르래가 한 바퀴를 채 돌기도 전에 중위의 방으로 들어섰다. 그리고 소개말이나 양해의 말도 없이 침대 옆 의자에 자리 잡고 앉아, 격식이나 관습과는 무관하게, 마치 오랜 친구이자 동료 장교가 하듯이 침대의 커튼을 젖히고는, 좀 어떠냐고 물었다. — 밤사이에는 잘 쉬었는지, — 어디가 불편한지, — 어디에 통증이 있는지, — 어떻게 도움을 줄 수 있는지, —— 대답할 시간도 주지 않고 계속 질문을 던지고 나서 지난밤 상병과 협의했던 자신의 계획에 대해 이야기하기 시작했다. ——

—— 지금 바로 집으로 가야지요, 르 피버, 우리 집으로요, 토비 삼촌이 말했다, — 의사를 불러 뭐가 문젠지도 알아보고 — 약제사도 불러오고, — 그리고 상병이 당신의 간호사가 될 것이고, — — 난 당신 하인이 되겠소, 르 피버.

토비 삼촌에게서는 솔직함이 묻어 났는데, — 친숙함의 결과가 아니라, — 그 원인이었다, — 그 솔직함은 누구에게든 그의 영혼을 열어 보이고, 그의 선한 천성을 느끼게 했다. 게다가 그의 표정이나 목소리 그리고 거동에는 불행한 사람들을 끝없이 그에게로 불러들이고, 그에게서 안식처를 구하도록 이끄는 뭔가 특별한 것이 있었다. 그래서인지 중위의 아들은 토비 삼촌이 그의 아버지에게 친절한 제안을 절반 정도 내놓았을 때, 자신도 모르게 삼촌의 무릎 바로 가까이까지 다가가, 그의 코트 앞자락을 붙들고는 매달리고 있었다. —— 차갑게 식어 가면서, 힘을 잃은 채, 마지막 보루인 심장으로 후퇴하고 있던 르 피버의 피와 기운이, — 잠시 힘을 결집하자, — 그의 눈을 덮었던 막이 걷히면서, — 그는 갈망을 담아 토비 삼촌의 얼굴에 눈길을 보냈다가, — 다시 그의 아들에게로 보냈다. — 그 연대감의 끈은 비록 결이 고운 것이었지만, — 결코 끊어지지 않았다. ——

그의 기력은 금세 다시 빠져나가기 시작했다, —— 얇은 막이 다시 제자리를 찾아왔고, —— 맥박은 팔딱였다가 —— 멈췄다가 —— 다시 뛰다가 —— 고동치다가 —— 다시 멈췄고 —— 미동을 보이다가 —— 멈춰 버렸고 —— 계속해야 할까요? —— 아니요.

## 제11장

나는 내 이야기로 되돌아가고 싶은 마음이 너무나 간절하기 때문에, 어린 르 피버의 이야기 나머지 부분은, 즉 그의 운명의 전환점으로부터 삼촌이 그를 나의 선생님으로 추천하는 시점까지의 일은 다음 장에서 간단히 몇 마디 말로 전해 드릴 생각이다. — 그러나 이 장에서 부연할 필요가 있는 내용은 다음과 같이 알려 드리겠다. —

즉 토비 삼촌은 어린 르 피버의 손을 잡고, 함께 상주가 되어, 불쌍한 중위를 그의 무덤까지 모셔다 드렸다는 사실이다.

이 덴더몬드의 통치자는 그의 장례 행사에 모든 군사적 경의를 바쳤고, — 요릭 또한 뒤질세라 모든 종교적 경의를 바쳤다. — 요릭은 그를 교회 성단소에 묻어 주었고, — 그를 위해 장례식 설교를 했던 것으로 보인다. —— 내가 *보인다*라고 말하는 것은 — 요릭이 그 직업을 가진 다른 사람들도 흔히 그렇게 하듯이, 자기가 쓴 설교마다 첫 페이지에 언제, 어디서, 무슨 일로 설교한 것인지 기록을 남기는 습관을 갖고 있었기 때문이다. 거기 덧붙여, 그는 설교 자체에 대해 간단한 논평이나 비판의 말도 남겼는데, 물론 칭찬의 말일 때는 거의 없었다. — 예를 들어, 유대 율법에 대한 이 설교는 — 전혀 마음에 들지 않는다 — 이 안에 WATER-LANDISH* 한 지식이 잔뜩 들어 있다는 것은 인정하지만, — 모조리 허접한 비평가적* 지식이고, 가장 허접한 비평가적 감각으로 조합된 것이다. ——— 그저 얄팍하기 짝이 없는 글이구나, 이것을 쓸 때 내 머릿속에는 도대체 뭐가 들어앉아 있었던 걸까?

—— 주목할 것. 이 성구(聖句)의 뛰어난 점은 어떤 설교에든 어울린다는 것이고, — 이 설교의 뛰어난 점은 —— 어떤 성구에도 어울린다는 것이다. ———

—— 이 설교 때문에 내가 교수형을 당하게 생겼다, — 왜냐하면 대부분 다 내가 훔친 내용이니까.* 페다구네스 박사*한테 들켜버렸다. ☞ 도둑을 잡으려면 도둑을 풀어야 한다지. ——

여섯 편의 설교 뒷장에는 다만 그저 그렇다는 말만 쓰여 있었고, —— 모데라토라고 쓰인 설교도 두 편 있었는데, — 알티에리의 이탈리아어 사전에 나오는 의미에 의거해서도 그렇지만, — 무엇보다도 초록색 채찍 끈 한 가닥에 의거해서 보자면, 사실 이 끈은 요릭의 채찍을 풀어서 만든 것으로 보이는데, 요릭이 그저 그렇다라고 평가한 설교 여섯 편과 모데라토라고 평가한 설교 두 편을 이 채찍 끈으로 함께 묶어 한 다발로 남겨 놓은 것으로 보아. — 우리는 요릭이 이 두 가지 논평에 거의 똑같은 의미를 부여하고 있다고 추정해도 안전할 것이다.

그러나 이 추측에는 한 가지 문제가 있다. 모데라토라고 써 놓은 설교가 그저 그렇다라고 써 놓은 설교보다 다섯 배는 더 훌륭하고, — 인간의 마음에 대해 열 배나 더 많은 지식을 보여 주고, — 70배나 더 많은 위트와 기백을 담고 있고, — (그리고 제대로 정점을 향해 달려가는 표현을 쓰자면) — 천 배나 더 많은 재능을 드러내고 있는 데다, — 무엇보다도 무한히 더 재미있기 때문이다. — 이런 이유로 해서, 요릭의 극적인 설교들을 세상에 내놓게 될 때는 *그저 그런* 설교는 겨우 하나 정도 포함시키겠지만, *모데라토*라고 쓰인 설교는 두 편 다 아무 망설임 없이 인쇄소에 보내는 모험을 감행할 생각이다.

요릭은 또한 자신의 설교들의 특징을 규정하는 말로서 *lentamente*, —*tenutè*, —*grave*, — 그리고 때로는 *adagio* 같은 단어들을 남겼는데, 이런 말들을 신학적 글에 적용할 때 도대체 어떤 의미를 갖게 되는지는 나도 감히 추측을 시도해 볼 생각이 없다. —— 더욱 당혹스러운 것은, *a l'octava alta!*라 쓴 것이 있는가 하면, —— *Con strepito*라 쓴 것도 있고, —— 세 번째 것에는 *Scicilliana*, —— 네 번째 것에는 *Alla capella*, 이것에는 *Con l' arco*, —— 저것에는 *Senza l'arco*라 쓰여 있다는 사실이다.* — — 내가 아는 것은 이들이 모두 음악 용어이고, 어떤 의미가 있다는 사실이다. — 그리고 요릭은 음악을 아는 사람이었으니, 이런 비유를 작업 중인 글에 기발하게 적용함으로써, 그 각각의 특성을 그의 상상력 속에 뭔가 뚜렷한 개념으로 각인했다는 것은 틀림없는 일이다. — 다른 사람들에게는 어떨지 모르지만.

이 설교들 중에는 관심을 끄는 좀 더 특별한 설교가 하나 있었는데, 그것 때문에 내가 나도 모르게 이런 여담을 늘어놓게 된 것이다. —— 급히 썼다가 다시 깨끗이 정서해 놓은 것으로 보이는 이 설교는 바로 불쌍한 르 피버의 장례식 설교다. — 이것은 그가 특히 마음에 들어 하는 설교처럼 보여서 내가 더욱 주목하게 되었는데, —— 인간의 필멸성을 주제로 한 것이고, 꼰 실을 가지고 가로세로로 묶은 다음, 더러운 푸른색 종이 반 장으로 둘둘 말고 비틀어서 싸 놓은 상태였다. 이 종이는 쓰다 버린 한 비평지의 겉표지였던 것으로 보이는데 지금까지도 말에게 주는 약 냄새가 끔찍할 정도로 풍기고 있다.* —— 이런 굴욕의 증표들이 의도된 것인지는, — 다소 의심스러운 것이, —— 이 설교의 끝 부분에, (시작 부분이 아니라) — 다른 설교들을 평가한 것과는 아주 다른 식으로, 이렇게 써 놓았기 때문이다. ——

브라보!

—— 그러나 크게 건방져 보이도록 쓴 것은 아닌 것이, —— 설교 마지막 줄에서 적어도 2인치 반 정도 내려와서 그 페이지 가장자리에, 그것도 여러분이 알다시피, 보통 엄지손가락으로 가려지는, 오른쪽 모퉁이에 써 놓았기 때문이다. 게다가 그 글씨는 까마귀 깃털 펜으로 아주 엷게, 이탤릭체 소문자로 써 놓았기 때문에 엄지손가락이 거기 있건 없건 간에, 눈길을 끄는 일이 거의 없을 정도였다. — 이런 정황들을 고려할 때, 그 말이 절반 정도는 용서되는 것 같다. 더욱이 거의 보이지 않을 정도로 묽게 만든 아주 엷은 잉크로 썼기 때문에, — 자만심 자체라기보다는 자만심의 그림자의 초상화 같은 것이었고, — 세상을 향해 거칠게 강요하는 조야한 증표라기보다는 저자의 마음속에 비밀스레 파동을 일으킨 희미한 생각, 즉 슬쩍 지나가는 찬사의 느낌을 담고 있는 것 같았다.

이런 모든 정상 참작거리에도 불구하고, 이 이야기를 세상에 내놓는 것이 겸손한 사람으로서의 요릭의 평판에 전혀 도움이 되지 않는다는 것은 나도 잘 알고 있다. — 하지만 누구나 결함은 있게 마련 아닌가! 더구나 이 결함을 더욱 감소시키고, 거의 지워 없앨 만한 증거가 있었으니, 바로 이 낱말 위에 가로지르는 선이 얼마 후에 (잉크의 색깔이 다른 것으로 봐서) 덧씌워졌다는 사실이다. 이런 식으로 말이다. — 브라보, —— 마치 그 말을 철회하겠다는 듯이, 또는 한때 자신이 품었던 생각이 부끄러워졌다는 듯이.

자기 설교에 대한 요릭의 이 짤막한 품평들은, 이 경우를 제외하고는, 언제나 설교의 표지가 되는 첫 장에, 보통 본문을 마주 보는 안쪽 페이지에 적혀 있었는데, ─ 이 사실은 그가 대여섯 페이지에 걸쳐, 때로는 스무 페이지에 걸쳐, 스스로를 드러내는 담론을 풀어낸 다음, 다시 돌아가서, ─ 더욱 규모가 큰, 그리고 훨씬 더 기개 넘치는 순회 재판을 직접 시행했다는 것을 의미한다. ─ 마치 설교 단상의 엄격함이 허용하는 것보다는 좀 더 유쾌하고 장난스럽게 스스로의 악덕에 대한 공격을 몇 차례 즐겨 보라고 자신을 풀어 주는 기회를 낚아채기라도 하듯 말이다. ─ 이런 작업은 마치 경기병(輕騎兵)처럼 가벼운 접전을 벌이며 제멋대로 전선을 휘젓고 다니는 일이긴 하지만, 그래도 여전히 덕성의 편에서 싸우는 지원군이다 ─. 그러니 말씀 좀 해 보시지요, 민히어 반데르 블로네데르돈데르괴덴스트론케,* 이 품평들을 설교와 함께 출판하지 못할 이유가 어디 있습니까?

## 제12장

토비 삼촌이 르 피버의 유품을 모두 돈으로 바꾼 뒤, 연대 대리인과 르 피버 간의, 그리고 르 피버와 모든 인류들 간의 채무 관계를 청산했을 때, ─ 삼촌의 손에 남은 것이라곤 낡은 연대복 코트 한 벌과 칼 한 자루밖에 없었다. 그러니 삼촌이 유산 관리를 하는 것을 반대할 사람은 아무도 없었다. 토비 삼촌은 그 코트를 상병에게 주면서, ─ 트림, 그 불쌍한 중위를 기억하며, 옷이 닳아 없어질 때까지 입어야 하네,라고 말했다. ─ 그리고 이것은, ─ ─ 삼촌은 칼을 집어 들어, 칼집에서 빼내며 말했다, ─ 그리고 이것은, 르 피버, 자네 몫으로 내가 보관하겠네. 삼촌은 벽에 있는 고리에다 칼을 걸고, 그것을 가리키면서 말을 계속했다. — 르 피버 군, 이게 하느님께서 자네에게 남겨 준 유일한 재산이구면, 그러나 하느님께서 이것으로 세상을 헤쳐 나갈 용기를 주셨다면, — 그리고 자네가 명예를 아끼는 남자답게 그 일을 해낼 수만 있다면, — 그것으로 족하지 않겠나.

토비 삼촌은 그에게 어느 정도 공부의 토대를 잡아 주고, 원 안에 정다각형을 그려 넣는 방법 정도를 가르친 다음, 곧바로 그를 사립 기숙 학교에 보냈다. 그는 상병이 시간을 맞춰 데리러 가는 성령 강림절과 크리스마스를 제외하곤 그 학교에 머물렀는데, — 열일곱 살이 되던 해 봄, 사보이의 왕이 터키와 싸우기 위해* 헝가리에 군대를 파견한다는 소식을 듣고는, 가슴에 불꽃이 당겨져, 그리스어와 라틴어 수업을 팽개치고, 시골로 내려와 삼촌 앞에 무릎을 꿇고 앉았다. 그는 삼촌에게 유진 공 휘하에서 자신의 운을 시험해 볼 수 있도록 입대하는 것과 아버지의 칼을 가져가는 것을 허락해 달라고 간청했다. —— 토비 삼촌은 자신의 상처는 완전히 잊은 채, 두 차례나 거푸 소리쳤다, 르 피버! 나도 자네와 함께 감세, 자넨 내 옆에서 싸우게 될 거야. —— 그러곤 두 차례나 자신의 샅에 손을 대며, 슬픔과 절망에 빠져 고개를 떨구었다. ——

토비 삼촌은 중위의 죽음 이후 내내 벽에 걸려 있던 칼을 고리에서 내려, 상병에게 건네주며 윤을 내라고 시켰다. —— 또한 삼촌은 장비를 갖춰 주고 레그혼으로 가는 교통편을 예약하느라 2주간 르 피버를 지체시킨 뒤, — 그의 손에 칼을 쥐여 주었다. —— 자네가 용감하다면, 르 피버, 하고 삼촌이 말했다, 이 칼은 자넬 실망시키지 않을 걸세, —— 하지만 운이란 것은, 하고 (잠시 생각한 다음) 말했다, — 운이란 것은 그럴 수도 있네. —— 만약 그런 일

이 생긴다면, ─ 삼촌은 그를 껴안으며 덧붙였다, 나한테 돌아오
게, 르 피버, 그럼 우리가 다른 진로를 찾아보도록 함세.

아무리 부당한 일을 당했다 하더라도 그게 토비 삼촌의 부성적
사랑만큼 르 피버의 마음을 억압할 수는 없었을 것이다. ─ 그는
가장 좋은 아버지 곁을 떠나는 가장 좋은 아들처럼 삼촌과 하직했
고 ── 두 사람 다 눈물을 흘렸다. ── 그리고 삼촌은 그에게 작
별 키스를 하면서 어머니의 반지가 들어 있는 그의 아버지의 낡은
지갑에 60기니를 넣어 그의 손에 쥐여 주고 ─ 신의 가호가 함께
하기를 빌어 주었다.


## 제13장


르 피버는 제국군이 베오그라드에서 터키군을 격파할 무렵에
간신히 때를 맞춰 합류했고, 그 전투에서 그의 칼의 힘을 시험해
볼 기회도 가질 수 있었다. 그러나 그때 이래로는 일련의 불운이
찾아와, 4년 동안이나 그의 뒤꿈치에 바짝 붙어 쫓아다녔다. 그는
마지막 순간까지 이 시달림을 견뎌 냈지만, 결국 마르세유에서 병
을 얻어 쓰러졌고, 그곳에서 삼촌에게 편지를 보내, 기회와 일, 건
강, 즉 모든 것을 잃고 그의 칼만 손에 남았으며, ── 삼촌에게
돌아갈 배편을 기다리고 있다고 알려 왔다.

이 편지는 수잔나의 사고가 있기 약 6주 전에 도착했으니, 모두
들 르 피버도 곧 도착할 것으로 기대하고 있었다. 따라서 아버지
가 나의 가정 교사로 어떤 사람을 고를 것인지 삼촌과 요릭에게
묘사하고 있던 내내, 삼촌의 마음속에선 르 피버가 떠돌고 있었
다. 그러나 아버지가 요구하는 자질이 처음에는 기이했기 때문에,

그는 르 피버의 이름을 언급하는 것을 자제하고 있었는데, ——
요릭이 끼어들면서, 온화한 기질에다 관대하고 선한 품성을 가진
사람으로 낙찰되자, 르 피버의 모습이 그대로 떠올랐고, 또한 그
를 도와주고 싶은 마음이 강하게 작용하기도 했으니, 삼촌은 즉각
의자에서 일어나, 파이프를 내려놓고, 아버지의 양손을 잡으며 ——
—— 간청하건대, 샌디 형님, 불쌍한 르 피버의 아들을 천거하는 것
을 허락해 주세요, 하고 호소하게 된 것이다. —— 제발 부탁하건
대, 그렇게 해 주시지요, 하고 요릭이 거들었고 —— 그는 선량한
마음을 가졌어요, 하고 삼촌이 말하자, —— 그리고 용감한 사람
이기도 하지요, 나리, 하고 상병이 덧붙였다.

　—— 가장 훌륭한 마음은, 트림, 언제나 가장 용감한 마음이기
도 하지, 토비 삼촌이 말했다. —— 그리고 우리 연대에서 가장 비
겁했던 친구는, 나리, 또한 가장 나쁜 놈이기도 했지요. — 쿰부르
상사와 그 기수도———

　—— 그 사람들 이야기는 다음 기회에 하기로 하지, 아버지가
말했다.


## 제14장


　이 세상이 얼마나 유쾌하고 흥겨운 곳이 될까요, 여러 어르신
들, 다만 빚과 걱정, 비애, 결핍, 슬픔, 불만, 우울증 그리고 지나
치게 많은 미망인 급여와 사기, 거짓말로 엮인, 이 해결할 수 없는
미로만 없앨 수 있다면 말이지요!

　닥터 슬롭은 — 자기 자신을 높이기 위해, — 나를 죽음의 나락
으로 떨어뜨렸는데 — 아버지는 그 때문에 그를 후레 — 라고 불렀

고, 그 이름에 걸맞게 그는, 수잔나의 사고를 근거도 없이 만 배나 부풀려서 떠벌렸으니, 일주일이 채 지나가기도 전에, 모든 마을 사람들의 입에서 이런 말이 나돌았다. 그 불쌍한 샌디 도련님이 말야

\*   \*   \*   \*   \*   \*   \*   \*   \*   \*

\*   \*   \*   \*   \*   \*   \*   그것도 완전히.

— 그리고 모든 것을 두 배로 증폭시키기를 즐기는 **소문의 여신**은, — 3일 남짓 이내에, 직접 눈으로 봤다며 맹세하고 다녔고, — 늘 그렇듯, 온 세상이 그녀의 증거를 전적으로 믿어 주었다, ——
"아이 방의 창문이 \*   \*   \*   \*   \*   \*   \*   \*   \*

\*   \*   \*   \*   \*   \*   \*   \*   \*   \*

\*   \*   \*   —— 했을 뿐만 아니라, 또한 \*   \*   \*

\*   \*   \*   \*   \*   \*   \*   \*   \*

\*   \*   \*   \*   \*   \*   하기도 했다는군."

세상을 법인 단체처럼 고소할 수만 있었다면, — 아버지는 틀림없이 소송을 걸어 충분히 벌을 주었을 것이다. 그러나 이 일을 가지고 개개인과 싸우는 일은, — 이 일을 입에 올리는 사람은 누구나 할 것 없이 끝없는 동정심을 보이며 말했기 때문에, —— 절친한 친구의 면전에 도전장을 던지는 일이나 진배없었다. —— 그렇다고 침묵 속에 묵인하자니, — 그것은 공개적으로 그 소문을 인정하는 셈이 되겠고, — 최소한 세상 사람 절반에게는 그렇게 보일 것이었다. 다른 한편, 그것을 부인하느라 법석을 떨면, — 그것은 나머지 절반의 사람들에게 그것을 강하게 확인해 주는 결과가 될 것이었다. ——

—— 어느 지독하게 운 나쁜 시골 신사가 이렇게 꼼짝달싹 못하게 족쇄에 묶여 본 적이 있을까?라고 아버지가 말했다.

나 같으면 그 아이를 시장 사거리에 세워 놓고, 공개적으로 보

여 줄 겁니다, 토비 삼촌이 말했다.

── 그건 아무 효과가 없을 거야, 아버지가 말했다.


## 제15장

── 그 대신 난 아이에게 바지를 입힐 생각이야,* 하고 아버지
가 말했다, ── 세상 사람들이야 하고 싶은 대로 아무 말이나 하라
지 뭐.


## 제16장

선생님, 교회와 국가의 대사에서도 그렇고, 부인, 사적인 문제
에서도 마찬가지로, 수천 가지의 결의가 채택되고 있지요. ── 이
런 결정들이 얼핏 보기에는 성급하고 경망스럽게 제대로 의논을
거치지 않고 채택된 것처럼 세상 눈에 비칠 수도 있지만, 이런 겉
모습에도 불구하고, 사실 이 결정들은 (선생이나 내가 내각에 들
어가거나, 또는 그곳 커튼 뒤에 서 있을 기회를 얻는다면, 진상을
알 수 있겠듯이) 저울질하고, 균형을 맞춰 보고, 심사숙고하고 ──
논쟁을 하고 ── 속속들이 조사하고, ── 너무나 냉정하게 모든
면에서 검토한 뒤에 이루어진 것이기 때문에, **냉정함의 여신**조차도
(그런 여신이 존재하는지 증명하는 일을 맡을 생각은 없고요) 그
만큼 해내거나, 더 잘 해낼 수는 없을 것입니다.

아버지가 나에게 바지를 입히기로 한 결정 역시 그런 식으로 된
것이다. 비록 순간적으로, ── 발끈해서, 전 인류에 도전하는 맘으

로 결정된 것이긴 하지만, 사실 약 한 달 전에 이미 몇 차례 *침상 재판*\*을 통해, 아버지와 어머니 사이에서 찬반양론을 따져 보고, 법정에서처럼 논의하는 과정을 거친 문제였다. 이 침상 재판의 성격에 대해서는 다음 장에서 설명할 생각인데, 그다음 장에서는 부인, 당신도 저와 함께 커튼 뒤로 숨어 들어가서, 도대체 어떤 식으로 아버지와 어머니가 이 바지 문제를 논의하는지 한번 들어 보기로 하시지요, — 그럼 아마, 두 분이 더 사소한 문제도 어떻게 토론하는지 개념이 생기게 될 것입니다.

## 제17장

독일의 고대 고트족은, (학식 높은 클루베리우스\*가 자신만만하게 주장하듯이) 처음에는 비스툴라와 오데르 사이의 지역을 차지하고 있다가 나중에는 헤르쿨리족, 부기아족 그리고 몇몇 반달족들을 영입하여 나라를 만들었다. 그들은 모든 중요한 국가 대사를 두 차례 논의하는 현명한 관습을 따르고 있었는데, 즉, — 한 번은 술에 취해서, 그리고 또 한 번은 맑은 정신일 때 토론하는 관습으로서, —— 취한 상태는 — 그들의 협의에서 박력이 부족하지 않도록 하려는 것이고, —— 맑은 상태는 — 신중성이 부족하지 않도록 하려는 것이었다.

그런데 아버지는 전적으로 물만 마시는 사람이었기 때문에, — 고대인들이 행하거나 말한 모든 것에 대해 그랬듯이, 이 관습도 자신에게 어떤 식으로 맞게 바꿔야 할지 오랫동안 골머리를 앓아 왔다. 수천 가지 실험과 궁리가 실패한 끝에 아버지가 마침내 그 본래의 취지에 맞는 편법을 찾아낸 것은, 결혼 7년째 되는 해의 일이었다. — 즉 집안에 뭔가 어렵고 중대한 문제가 터지면, 특히 그 일을 해결하는 데 있어 대단한 냉정성과 동시에 대단한 기백을 요구하는 경우에는, —— 매달 첫 일요일 밤과, 바로 그 전날인 토요일 밤에 각각 한 번씩, 두 차례에 걸쳐, 침대에서 어머니와 이 문제를 논의하기로 한 것이다. 선생, 직접 한번 곰곰이 생각해 보신다면, 이런 장치를 통해, *    *    *    *    *    *

*    *    *    *    *    *    *    *    *

*    *    *    *    *    *    *    *    * *

*    *    *    *    *    *    *    *    *

*    *    *    *.

아버지는 이 야간 행사를 익살스럽게 *침상 재판*이라고 불렀는데, —— 이 두 가지 다른 기분에서 나온 두 가지 다른 결정을 종합하여, 대개는 중도적 결론을 찾아낼 수 있었고, 이 결론은 마치 아버지가 수백 번 취했다가 깨어나기를 반복한 것만큼이나 지혜로운 지점에 도달해 있었다.

이 방법이 군사적 또는 혼인상의 문제에만 해당되는 것이 아니라, 문학적 논의에서도 아주 효과적이라는 사실을 세상에 비밀로 할 생각은 없다. 하지만 모든 작가가 고트족이나 반달족이 했던 식으로 이 실험을 시도할 순 없는 일이겠고 —— 혹시 할 수 있는 경우가 있다면, 다만 그 사람의 신체상 건강이 지켜지기를 빌 수밖에 없고, 또 아버지가 했던 식으로 시도하는 사람에게는, — 영혼의 건강이 지켜지기를 빌어 마지않는다. —

내가 택한 방법은 이렇다. ——

모든 민감하고 까다로운 사안 앞에서, — (하늘도 알다시피, 내 책에는 그런 것들이 수도 없이 많다) — 특히 높으신 분들이나 성직자 어른들의 기분을 상하게 할 위험을 감수하지 않고는 한 발짝도 나아갈 수 없는 그런 경우에는 —— 나는 *만복 상태*에서 반을 쓰고 — 나머지 반은 *굶은 상태*에서 쓰거나, — 또는 만복의 상태에서 전부 다 써 놓고, — 굶은 상태에서 그것을 수정하거나, —— 또는 굶은 상태에서 모두 써 놓고, — 만복 태에서 수정하는 방법을 택한다. 사실 이렇게 하건 저렇게 하건 다 똑같은 것이니까. —— 내 방법은, 아버지의 방법이 고트족의 방법과 다른 것에 비하면, 아버지의 방법과 크게 다르지 않기 때문에 —— 나는 내 것이 아버지의 첫 번째 침상 재판과는 적어도 대등하다고 생각하며, —— 두 번째 방법에서도 아버지보다 전혀 열등하지 않다고 본다. —— 이렇듯 서로 다르고 거의 조화될 수 없는 효과들이 모두 한결같이 대자연의 현명하고 놀라운 메커니즘에서 흘러나오다니, — 자연의 여신께 영예를 돌리기로 하자. —— 우리가 할 수 있는 일은 다만, 예술과 과학을 진보시키고 보다 나은 저작이 가능하도록 그 기계를 제대로 돌리고 운용하는 것이다. ——

자, 내가 만복 상태에서 글을 쓸 때를 보기로 하자. — 나는 마치 내가 살아 있는 한, 다시는 굶은 상태에서 글을 쓰지 않을 것처럼 쓴다. —— 다시 말해, 세상이 주는 공포는 물론 모든 걱정으로부터도 자유롭게 글을 쓴다는 것이다. —— 나는 내 상처가 몇 개인지 헤아려 보지도 않고, — 칼에 찔리는 것을 피하기 위해 내 상상력이 어두운 골목길이나 구석진 모퉁이로 들어가는 일도 하지 않는다. —— 간단히 말해서, 나의 펜이 마음대로 제 갈 길을 찾아가게 되니, 나는 내 배만 가득 찬 것이 아니라 마음도 만복 상태인 것처럼 글을 써 내려가게 되는 것이다. ——

그러나 여러 어르신들, 내가 굶은 상태에서 글을 쓰게 되면 전혀 다른 역사가 만들어집니다. —— 나는 세상을 향해 가능한 한 모든 주의력과 존경심을 바치지요, — 그리고 여러분 중 가장 뛰어난 분만큼이나 열심히, 내 몫의 그 신중성이라는 하수인같이 비굴한 덕성을 챙깁니다(물론 세상에 여분이 남아 있는 한). ━━ 따라서 이 두 가지 사이를 오가며, 나는 제멋대로 같지만, 정중하고 황당하면서도 싹싹한 샌디적 책을 쓰고 있고, 이 책은 분명 여러분의 가슴에 좋은 일을 해 줄 것입니다.━━━

　━━ 그리고 여러분 모두의 머리에도 역시, ━ 단, 여러분이 그것을 이해할 수 있다면 말입니다.


## 제18장


　아무래도 시작해야 할 것 같소, 아버지는 침대에서 몸을 반쯤 돌리면서, 그리고 베개를 어머니 쪽으로 약간 당기면서 토론을 개시했다. ━ 아무래도 생각해 보기 시작해야 할 것 같지 않소, 샌디 여사, 아이에게 바지를 입히는 것을 말이오. ━

　그래야겠지요, ━ 하고 어머니가 말했다. ━ 그것을 자꾸 미루고 있다니, 여보, 부끄러운 일이지, 하고 아버지가 말했다. ━━

　그렇게 생각되네요, 샌디 씨, ━ 하고 어머니가 말했다.

　━━ 그 애에게는 조끼와 튜닉이 아주 잘 어울리긴 한데, 아버지가 말했다. ━━

　━━ 그걸 입으면 아주 보기 좋긴 하지요,라고 ━ 어머니가 대답했다. ━━

　━━ 그러니 거의 죄를 짓는 기분이 드는군, 아버지가 덧붙였다, 애한테서 그것을 벗기자니 말이오. ━━━

　━━ 그렇겠는데요, ━ 어머니가 말했다. ━━ 그렇지만 그 아인 벌써 상당히 키가 큰 아이긴 하지, ━ 아버지가 다시 회귀했다.

—— 나이치고는 아주 크지요, 정말, — 어머니가 말했다. ——

—— 도대체 그 애가 누굴 닮은 건지 도무지 알 수 없단 말이야,
(알 수 없단 말에 특히 강세를 두며) 아버지가 말했다. —

아무리 생각해도 나도 모르겠어요, — 어머니가 대답했다. ——
—

흠! —— 하고 아버지가 언짢아하는 소리를 냈다.

(대화가 잠시 중단되었다.)

—— 난 아주 키가 작은데 말이오, — 아버지가 심각하게 말을
이었다.

당신은 아주 키가 작지요, 샌디 씨, — 어머니가 말했다.

흠! 하고 아버지는 다시 한 번 혼잣소리를 냈다. 이 소리를 뱉으
며, 그는 베개를 잡아당겨 어머니와 약간 멀어지게 만들었다, —
그리고 다시 반대편으로 몸을 돌려 누웠고, 이 토론은 3분 30초 동
안 멈춰 있었다.

—— 우리가 바지를 만들어 입히면 말이오, 아버지가 목소리를
높여 소리쳤다, 그 아이는 야수처럼 보일 거요.

처음엔 아주 어색해 보이겠지요, 어머니가 답했다. ——

—— 나쁜 게 그것뿐이라면, 그나마 운이 좋은 걸게요, 아버지
가 덧붙였다.

아주 운이 좋은 것이겠지요, 어머니가 응답했다.

내 생각에는, 아버지가 — 잠시 말을 끊었다가 다시 이어 나갔
다, — 그 아이가 다른 사람들 아이들이랑 정확히 똑같아 보일 것
같은데. ——

정확히요, 어머니가 말했다. ——

—— 하지만 그게 속상할 것 같기도 하군, 아버지가 덧붙였다.
그리고 토론은 다시 한 번 정지되었다.

—— 가죽으로 만들어야겠지, 아버지는 다시 한 번 돌아누우며 말했다. ——

그럼 꽤 오래 입을 수 있겠지요. 어머니가 말했다.

그러나 안감을 넣어선 안 될 거야, 아버지가 대꾸했다. ——

그럴 순 없죠, 어머니가 말했다.

차라리 두꺼운 퍼스티언 천으로 만드는 게 나을지도 몰라,라고 아버지가 말했다.

그보다 나은 것은 없겠지요, 어머니가 대답했다. ——

—— 디미티 천*만 빼고, — 아버지가 대답했다. —— 그게 최상이지요. — 어머니도 응수했다.

—— 하지만 감기라도 걸리게 만들면 안 되지, — 아버지가 끼어들었다.

절대 안 되지요, 어머니가 말했다. —— 그래서 대화는 다시 정지 상태에 들어갔다.

그렇지만 난 마음을 굳혔소, 아버지가 네 번째로 침묵을 깨며 말했다, 호주머니는 절대 달면 안 된다고. ——

—— 그럴 필요가 없겠지요, 어머니가 말했다. ——

내 말은 윗도리와 조끼에 말이오, — 아버지가 소리쳤다.

—— 나도 그 말이에요, — 어머니가 대답했다.

—— 하지만 그 애가 낚싯바늘이나 팽이 같은 걸 갖고 놀게 되면 어쩌지, —— 딱한 녀석들! 그 또래 아이들에게는 그런 게 왕관이나 제왕의 홀 같은 건데, — 그런 것을 어디 넣어 둘 데가 있어야 하지 않겠소. ——

당신 좋을 대로 만드세요, 샌디 씨, 어머니가 대답했다. ——

—— 그러나 당신도 그게 옳다고 생각하지 않소? 아버지는 어머니의 동의를 강요하며 덧붙였다.

완벽하게 옳지요, 어머니가 답했다, 그게 당신한테 좋기만 하다면요, 샌디 씨. ───

─── 이럴 수가 있나! 아버지가 화를 터뜨리며 소리쳤다. ─── 나한테 좋다니! ─── 샌디 여사, 당신은 좋아서 하는 일과 편의를 위해 하는 일을 전혀 구분 못해요, 내가 아무리 가르쳐도 절대 못 배울 거야. ─── 이날은 바로 *일요일 밤이었다.* ─── 그러니 이 장에선 더 이상 아무 말도 하지 않겠다.

## 제19장

아버지는 나의 바지 문제를 어머니와 논의한 뒤에, ─ 그 문제를 알베르투스 루베니우스*와 다시 상의했다. 그러나 루베니우스는 아버지가 어머니에게 한 것보다 열 배나 더 심하게 (그게 가능하다면) 아버지를 힘들게 했다. 루베니우스는 분명 4절판으로 *De re Vestiaria Veterum*\*를 출판했으니, ─ 뭔가 아버지에게 빛을 줄 수 있어야 마땅했다. ─ 그러나 전혀 아니었다. ─ 아버지가 루베니우스에게서 그 문제에 대한 말 한마디를 찾아내겠다고 고생하기보다는, 차라리 긴 수염에서 일곱 가지 기본 덕목을 끌어내겠다는 생각을 하는 편이 나았을 것이다.

루베니우스는 고대 복장의 다른 모든 항목에 대해서는 아주 많은 것을 아버지에게 알려 주었고, ─ 다음과 같은 옷들에 대해서는 아주 만족할 만큼 충분한 설명을 제공하고 있었다.

*The Toga* 또는 헐렁한 가운
*The Chlamys*

*The Ephod*

*The Tunica* 또는 재킷

*The Synthesis*

*The Pænula*

*The Lacerna, with its Cucullus.*

*The Paludamentum*

*The Prætexta*

*The Sagum* 또는 군인용 가죽조끼

*The Trabea*\* 이 옷에는 수에토니우스에 의하면, 세 가지 종류가 있다고 한다. ──

── 그렇지만 이게 모두 바지하고 무슨 상관이 있지? 아버지가 말했다.

루베니우스는 로마인들이 신었던 온갖 종류의 신발들도 아버지 앞 카운터에 던져 주었다. ──

거기에는,

열린 신발

닫힌 신발

슬리퍼

나무 신발

가벼운 신발\*

반장화

그리고 징 박힌 군용 신발도 있었는데, 그것은 유베날리스\*도 언급한 것이다.

그리고 또 나막신

덧신

실내화

투박한 가죽 구두

끈 달린 샌들도 있고

또 거기에는 펠트 천 신발

아마포 신발

끈 매는 신발

꼬아서 만든 신발

무늬를 오려 붙인 신발

그리고 발끝이 뾰족하게 고리 모양을 한 신발도 있었다.

루베니우스는 이것들이 얼마나 발에 잘 맞는지를 보여 줄 뿐만 아니라, ── 고리 달린 끈이나 가죽끈, 샌들 끈, 구두끈, 리본 줄, 쇠줄, 매듭 같은 것을 사용하여, ── 어떻게 신발을 묶어야 하는지도 잘 설명하고 있었다. ──

── 그러나 내가 알고 싶은 것은 바지에 관한 거라고, 아버지가 말했다.

알베르투스 루베니우스는 또한 로마인들이 다양한 옷감을 생산했으며, ── 무늬 없는 것도 있고, ── 줄무늬 진 것도 있고, ── 모직에다 비단실과 황금 실로 마름모꼴 무늬를 전체에 짜 넣은 것도 있다는 사실과, ── 아마포는 로마 제국이 쇠퇴해 가던 무렵에 이주해 온 이집트인들이 유행시키면서 널리 퍼지게 되었다는 사실 같은 것도 알려 주고 있었다.

그는 또 이런 이야기도 전하고 있었다. ── 재산과 지위가 있는 사람들은 발이 고운 옷감으로 만든 옷과 흰색 옷으로 자신의 신분을 차별화해서 드러냈는데, 특히 흰색 옷을 (최고 관직에 있는 사람만 입는 자주색 옷 다음으로) 가장 선호하여, 생일이나 공식 축하 행사에서 입었다. ── 당시의 가장 훌륭한 역사가들에 의하면, 그들은 옷을 자주 빨래방에 보내 세탁과 표백을 시켰지만, —— 그들보다 형편이 못한 사람들은 비용을 아끼기 위해 보다 거친 옷감으로 만든 갈색 옷을 입었다. — 그러나 아우구스투스의 통치가 시작되던 무렵부터는 노예들도 주인과 같은 옷을 입게 되어, *Latus Clavus*\*를 제외하고는 복식상의 차별은 거의 사라졌다.

그런데 *Latus Clavus*가 도대체 뭐지?라고 아버지가 말했다.

루베니우스는 그 문제에 대해 학자들 사이에 아직도 의견이 분분하다고 알려 주었다. —— 즉, 에그나티우스, 시고니우스, 보시우스, 티키넨시스, 바이피우스, 부데우스, 살마시우스, 립시우스, 라지우스, 아이작 코사본, 그리고 조제프 스칼리제르\*는 모두 서로 서로 다른 의견을 내놓고 있다는 것이다. — 게다가 루베니우스도 그들 각각과 다른 의견을 갖고 있다고 했다. 어떤 이는 그게 단추라 하고, — 어떤 이는 코트 자체라 하는가 하면, — 다른 이들은 색깔을 말한다고 한다. — 위대한 바이피우스는 『고대인의 복식』 제12장에서, — 그게 무엇인지, — 장식 핀인지, — 장식용 징인지, — 단추인지, — 고리인지, — 혁대의 버클인지, — 걸쇠와 조임쇠인지 모르겠다고 — 솔직히 털어놓고 있다. ——

—— 아버지는 말은 잃어버렸지만, 안장까지 놓친 것은 아니었다. —— 그것은 똑딱단추일 거야, 하고 아버지가 말했다. —— 그래서 아버지는 내 바지에 똑딱단추를 달도록 주문했다.


## 제20장

이제 우리는 새로운 사건의 현장으로 들어갈 참입니다. ——
—— 그러니 내 바지는 양복장이의 손에 맡겨 두기로 합시다.

그리고 아버지는 지팡이를 들고 그 사람 앞에 서서, *latus clavus*에 대한 강론을 들려주며, 그것을 달기로 결정한 위치를 정확히 알려 주기 위해, 허릿단의 한 지점을 가리키고 있는 상태 그대로 내버려 두기로 하지요. ——

어머니 역시 그냥 버려두기로 합시다 — (모든 무심한 여성 중에서도 그 진수라 할 수 있는 나의 어머니!) — 그녀와 상관있는 모든 일에서 그렇듯, 이 일에 대해서도 전혀 무관심하니, — 말하자면, — 그 일이 이런 식으로 처리되건 저런 식으로 처리되건 — 일단 처리되기만 한다면 — 아무 상관 하지 않는 분 아닙니까. ——

슬롭 역시 마찬가지로, 나의 불명예를 이용해 최대한 이득을 챙기라고 내버려 두기로 하지요. ———

가여운 르 피버는 할 수 있는 한 빨리 회복하여, 마르세유에서 집으로 돌아오도록 내버려 두기로 합시다. —— 그리고 마지막으로, — 이것은 가장 어려운 일이니까요 ——

가능하다면 *나 자신*도 버리고 가기로 하지요. —— 그러나 그것은 불가능한 일이네요. — 나는 이 작품의 끝까지 당신과 함께 갈 수밖에 없습니다.

## 제21장

만약 독자께서 토비 삼촌의 집 채마밭 끝에 있는 1루드* 반의 땅에 대해, 삼촌이 그곳에서 그처럼 많은 즐거운 시간을 보낸 현장인 그 땅에 대해 아직도 뚜렷한 그림을 갖고 있지 못하다면, — 그 잘못은 내가 아니라, — 독자의 상상력에 있는 것이다. — 왜냐하면 내가 거의 부끄러울 정도로 자세한 묘사를 이미 독자에게 제공했던 것으로 확신하니까.

어느 날 오후 **운명의 여신**이 미래의 시간에 처리할 큰일들을 내다보고 있던 중에, — 이 작은 땅덩어리가 족쇄를 단단히 채운 법령에 의해, 무슨 용도에 쓰이도록 운명 지었던지를 기억해 내곤 — **자연의 여신**을 향해 고갯짓을 보냈다. — 그 정도 신호면 충분했다. — 자연의 여신은 그녀가 가진 가장 마음씨 따뜻한 비료를 한 삽 가득 퍼서, 그 땅의 경사도와 굴곡의 형태를 유지해 주기엔 충분한 양이지만, — 삽에 들러붙지는 않을 정도로 적은 양의 진흙과 함께 그곳에 뿌려 주었다. 그래서 이 땅은 삼촌이 궂은 날씨에 그 영광스러운 과업을 수행할 때도 전혀 엉겨 붙거나 힘들지 않은 곳이 되었다.

토비 삼촌은, 독자께도 이미 알려 드렸듯이, 이탈리아와 플랑드르에 있는 거의 모든 요새의 평면도를 가지고 시골로 내려왔다. 그래서 말버러 공작*이든 연합군이든 일단 진을 치고 공격 준비를 하게 되면, 그 마을이 어디든 간에, 항상 미리 준비되어 있었다.

삼촌의 방법은 세상에서 제일 간단한 것이었다. 일단 한 마을이 포위되면, 즉각 — (그 계획이 미리 알려졌을 때는 그보다 먼저) 그 마을의 평면도를 꺼내 와서, (그게 어떤 마을이든 간에) 정확하게 자신의 잔디 볼링장 크기로 확대시킨다. 그리고 땅에 작은 말뚝을 박아 각도를 이루는 지점과 철각보가 있는 지점을 모두 표시하고, 큰 노끈 뭉치를 이용하여 평면도에 있는 선을 그대로 땅에 옮긴다. 그리고 보루와 같은 군사 설계의 측면도를 꺼내서 해자의 깊이와 경사, — 요새 제방의 경사도, 참호 속 사격용 발판과 흉벽의 정확한 높이 등을 계산한 다음, — 상병에게 작업을 맡긴다. —— 일은 척척 순조롭게 진척되고, —— 토양의 성격과, — 그 일 자체의 성격, — 그리고 무엇보다도, 아침부터 밤까지 상병곁에 앉아, 과거의 행적들에 대해 다정히 이야기를 나누는 토비 삼촌의 선량한 성품 덕분에, ― 그 **노동**은 그야말로 그 명칭을 경축하는 행사일 뿐이었다.

이런 식으로 요새가 완성되고, 방어 태세가 제대로 갖추어지고 나면, ― 그곳은 포위되고, ― 토비 삼촌과 상병은 제1차 평행 참호를 만들기 시작한다. ―― 아, *제1차 평행 참호는 요새의 본체로부터 최소한 3백 투아즈는 떨어져 있어야 하는데,* ― 내가 1인치도 여분의 땅을 남겨 두지 않았다고 지적하는 분이 있군요. 제발 부탁하건대, 그런 말로 제 이야기를 방해하지 말아 주십시오. ―― 삼촌은 잔디 볼링장에 있는 전투 공간을 넓히기 위해 채마밭까지 침범해 들어가니까 말입니다. 그런 이유로 해서, 삼촌의 제1, 2차 평행 참호는 주로 양배추와 콜리플라워를 심어 둔 이랑 사이에 만들어지게 마련이다. 이런 편법에 어떤 불편과 편의가 뒤따르는지는 삼촌과 상병의 군사 작전 역사에서 자세히 다룰 것이고, 지금 쓰고 있는 이 부분은 그저 하나의 스케치에 불과하니, 내가 제대로 추정한 것이라면, 세 페이지 정도에서 마무리될 것이다 (그러나 추측할 방법이 없는 일이긴 하지요). ―― 사실 군사 작전 자체만 해도 여러 권의 책에 해당해서, 내가 본래 의도했던 대로 이 이야기를 본격적으로 풀어 놓는다는 것은, 이 책처럼 가벼운 작품에서는 한 소재에 너무 큰 무게를 실어 주는 일이 될 것이고. ―― 그러니 차라리 따로 출판하는 게 나을 것이다. ―― 이 문제는 앞으로 우리가 함께 고려해 보기로 하고, ―― 그 대신 우선 다음의 스케치를 읽어 주시지요.

# 제22장

보루와 더불어 그 마을이 완성되자, 토비 삼촌과 상병은 제1차 평행 참호를 만들기 시작했다. —— 무작위로 아무렇게나 하는 것이 아니라 —— 연합군들이 실제로 만드는 것과 똑같은 지점에 똑같은 거리를 두고 만들었다. 그리고 토비 삼촌이 일간 신문을 통해 얻은 정보를 토대로, 접근과 공격을 조절하면서, — 공략의 전 과정을 연합군과 보조를 맞춰 한 단계 한 단계 진행해 나갔다.

말버러 공작이 거점을 확보하면, —— 삼촌 역시 거점을 확보했다, —— 그리고 적의 능보가 격파되거나 방어가 무너지면, — 상병이 곡괭이를 들고 똑같이 해냈으며, — 그런 식으로 따라가면서, —— 땅을 점거하고, 그 마을이 완전히 함락될 때까지 보루를 하나하나 차지해 갔다.

다른 사람의 행복을 보며 즐거움을 느끼는 사람에게, — 이보다 더 멋진 광경은 없을 것이다. 우편물이 오는 아침에, 말버러 공작이 적의 요새 본체에 실질적인 돌파구를 뚫었다는 소식이라도 들려오는 날이면, 삼촌의 자작나무 덤불 울타리 뒤에 서서 한번 지켜보라. 토비 삼촌과 그 뒤를 따라가는 상병이, —— 한 사람은 『가제트』지를 손에 들고, — 다른 한 사람은 그 신문 내용을 실행하기 위해 어깨에 삽을 메고, 의기양양하게 전진해 가는 모습을 보라. —— 성벽을 향해 돌진하는 삼촌의 얼굴에 얼마나 순수한 승리감이 넘치는지! 작업을 시작한 상병이 혹시라도 돌파된 부분을 1인치라도 더 넓게 만들거나, — 1인치라도 더 좁게 내버려 둘까 봐, 그 구절을 열 번도 넘게 되읽어 주는 삼촌의 눈빛엔 또 얼마나 강렬한 기쁨이 흐르고 있는지! —— 그러나 무엇보다도 마침내 항복의 북소리가 울리고, 상병이 깃발을 꽂기 위해 삼촌을 도와 성벽 위로 올라가게 되면 — 하늘이여! 땅이여! 바다여! —
그러나 이렇게 불러 봐야 무슨 도움이 되겠는가? — 젖은 것이든
마른 것이든, 이 자연 속에 있는 모든 원소를 동원해도, 이보다 더
사람을 취하게 만드는 음료를 조합해 내지는 못했을 것이다.

이런 행복의 궤도를 따라가는 일이 수년 동안 단 한 차례의 방해
도 받지 않고 계속되었다. 물론 어쩌다 일주일이나 열흘 정도 계속
서풍이 불어와, 플랑드르에서 오는 우편물이 지체되면 삼촌과 상
병이 고문에 시달리긴 했지만, — 그것 역시 행복한 고문이었다.
—— 다시 말해, 이런 궤도를 따라, 토비 삼촌과 트림은 여러 해를
달려왔으며, 해마다, 때로는 달마다, 두 사람 중 누군가의 창의력
이 작전을 개선할 기발한 착상과 발명품을 보태기도 했으니, 그때
마다 새로운 기쁨의 샘이 솟아나, 두 사람의 행군을 도왔다.

첫해의 전투는 처음부터 끝까지, 지금 말씀드린 그 평범하고 단
순한 방법으로 진행되었다.

두 번째 해에는 리에주와 루르몽드*를 점령하면서, 삼촌은 비용
이 들더라도 근사한 도개교 네 개를 설치하기로 마음먹었다. 그중
두 개는 이 책 앞부분에서 이미 정확히 묘사해 드린 바 있다.

그해 후반부에 들어서자, 삼촌은 내리닫이 창살문이 부착된 성
문을 두 개 만들었다. —— 이 창살문은 나중에 보다 효과적인 장
치인 로프로 여닫는 창살문으로 바뀌었다. 그해 겨울에는 삼촌이
크리스마스 때마다 스스로에게 선물하던 새 옷 한 벌 대신, 잔디
볼링장 한 모퉁이에 근사한 초소를 한 채 만들었고, 이 초소와 요
새의 제방 사이에는 마치 민가와 성벽 사이에 있는 것 같은 공터
가 있어서, 삼촌과 상병이 작전 회의를 열며 협의하는 공간을 제
공했다.

—— 초소는 비 오는 날을 위한 것이었다.

다음 해 봄이 오자 삼촌은 이 모든 것을 흰색으로 세 차례나 칠해서, 더욱 화려하게 출진하는 기분을 만끽했다.

아버지는 종종 요릭에게 이런 논평을 했다. 자기 동생 토비 외에 이 우주상의 다른 누군가 이런 일을 했다면, 세상 사람들은 그것이, 루이 14세가 출정식 때마다 보여 준, 특히 바로 그해의 출정식에서 보여 준, 과시와 거드름 피우는 태도를 세련되게 풍자한 것으로 해석했으리라고 말이다. —— 그러나 누굴 풍자적으로 모욕하는 것은 내 동생 성품에는 맞지 않는 일이지, 착해 빠진 친구! 라고 아버지는 덧붙였다.

—— 자, 우린 이야기를 계속해 가기로 하지요.


# 제23장


그런데 지적해야 할 것이 하나 있다. 삼촌의 전투 첫해에 대한 이야기를 하면서 마을이란 말을 자주 썼는데, —— 사실상 그 당시 이 다각형 땅 안에는 마을이라 할 만한 것이 없었다는 사실이다. 마을이 첨가된 것은 봄에 다리와 초소에 칠을 했던 그해, 즉 삼촌의 출정 3년째 되던 해 여름의 일이었다. —— 그해에 암베르크, 본, 린베르크, 위이 그리고 랭부르 같은 도시들을 차례로 함락시키고 나자, 상병의 머리에 문득, 보여 줄 마을 하나 없으면서, 그처럼 많은 도시들을 점령했다고 말하는 것은 —— 매우 황당한 일이라는 생각이 들었던 것이다. 그래서 그는 삼촌에게 작은 모형 마을 하나 만들 것을 제안했고, —— 전나무 판자를 길게 조립해서 칠을 하고 다각형 땅 안에 배치해 놓으면 그럴듯하리라는 구체적인 계획도 내놓았다.

토비 삼촌은 즉시 그 계획의 매력에 빠져들어 곧바로 동의하고 나서, 두 가지 독특한 개선안도 내놓았다. 삼촌은 자신의 개선안에 대해, 마치 자기가 그 계획 자체의 최초 입안자라도 되는 듯 자랑스러워했다.

그중 하나가 모델이 되는 마을들의 건축 양식을 그대로 모방해서 대표성이 있게 한다는 것이었다. —— 즉 격자창과 박공벽이 있는 집을 짓고, 길을 두고 마주 보게 배치하는 등등, — 겐트와 브뤼헤에 있는 마을들이나, 브라반트와 플랑드르 지방에 있는 다른 마을들을 그대로 재현한다는 것이었다.

또 하나의 개선점은, 상병의 제안처럼 집들을 연결해서 줄을 세우시 않고 따로따로 단독 주택을 만듦으로써, 갈고리로 들어 올려 이동시키는 일이 가능하게 한다는 것이었다. 즉 공략하는 마을이 바뀌어도 설계도에 따라 마음대로 변형시킬 수 있도록 하자는 것이다. 이 계획은 즉각 실천에 옮겨졌고, 삼촌과 상병은 목수가 작업하는 것을 지켜보며 수도 없이 많은 자축의 눈길을 서로 교환했다.

—— 그해 여름 결과물이 나왔을 때, 그 효과는 엄청나게 놀라웠다. —— 그의 마을은 완벽한 프로테우스*였다. —— 그것은 랜든이 되었다가, 트레레바흐로, 그리고 산트블리이트, 드루센, 하게나우를 거쳐, — 다시 오스텐트, 메닌, 아에스, 그리고 덴더몬드로 계속 변신해 갔다. —

— 소돔과 고모라 이래 토비 삼촌의 마을처럼 그렇게 여러 역할을 맡은 **마을**은 결코 없을 것이다.

4년째 되던 해, 삼촌은 교회가 없는 마을은 바보처럼 보인다는 생각이 들어, 첨탑이 달린 근사한 교회를 하나 추가했다. —— 트림이 탑 안에 종을 달고 싶어 했지만, —— 토비 삼촌은 쇠붙이가 있다면 차라리 대포를 만드는 게 낫겠다는 의견을 내놓았다.

그렇게 해서 다음 전투에서는 여섯 대의 놋쇠 야포가 만들어졌고, ― 삼촌의 초소 양편에 각각 세 대씩 배치되었다. 그러나 얼마 지나지 않아 이것들은 조금 더 큰 야포에 자리를 내주었고, ― 그렇게 계속 바뀌다 보니 ― (죽마 놀이적 일들이 언제나 그렇듯) 반 인치 구경의 대포에서 출발한 것이 마침내 아버지의 긴 장화까지 오게 된 것이었다.

그다음 해는 라일이 포위되었던 해*이고, 연말쯤에는 겐트와 브뤼헤도 우리 손에 넘어왔는데, ― 토비 삼촌은 *적절한 탄약*을 구하지 못해 난감해하고 있었다. ―― 내가 적절한 탄약이라고 말하는 것은 ―― 삼촌의 대포가 화약을 감당할 수 없었기 때문이다. 이 사실은 샌디 집안의 입장에선 다행스러운 일이었다. ―― 왜냐하면 들어오는 신문마다 공략이 시작된 때부터 끝나는 때까지 포위군이 쉬지 않고 쏘아 댄 포격 이야기로 가득 차 있었고, ―― 삼촌의 상상력은 그 이야기로 한껏 가열되어 있었으니, 그 대포가 말을 들었더라면, 삼촌은 아마 틀림없이 그의 영지를 포격해 다 날려 버렸을 것이니 하는 말이다

그래서 **뭔가** 대용품이 꼭 필요한 상태였다. 특히 공략이 격렬했던 몇몇 순간에는 뭔가 계속적인 발포를 상상하게 하는 대체물을 찾아야 했다. ―― 이 *뭔가*라는 것은 주특기가 발명이라 할 수 있는 상병이 만들어 낸 완전히 새로운 연속 발파 체계에 의해 충족되었다. ― 만약 그렇지 못했더라면, 군사 비평가들은 토비 삼촌의 장치들 중에 꼭 필요하지만 없었던 것으로서 이것을 세상 끝나는 날까지 물고 늘어졌을 것이다.

상병이 만들어 낸 이 *뭔가*가 무엇인지 설명을 시작하겠는데, 내가 흔히 하던 대로 주제에서 약간 떨어진 지점에서 출발한다 해

서 설명이 더 못해질 것은 없을 거라 믿는다.


## 제24장


상병의 불운한 동생 톰은 유대인 과부와의 결혼 소식을 전하면서 두세 가지 자잘한 장신구와 더불어 선물을 보내왔는데, 그 자체로선 별것 아니지만, 상병은 매우 소중하게 생각했던 이 선물은 ―― 바로 몬테로 모자* 하나와 터키식 담뱃대 두 개였다.

몬테로 모자는 조금 뒤에 차차 묘사해 드리겠다. ―― 터키식 담뱃대는 특별한 점이 아무것도 없는 물건이었다. 신축성 있는 튜브 부분은 모로코산 가죽과 황금 줄로 만들어졌고, 빨대 부분은 하나는 상아로, ― 다른 하나는 검은 흑단 나무로 만든 것이었는데, 맨 끝 부분은 은으로 마무리 장식을 한 평범한 물건이었다.

아버지가 무엇이든 세상 사람들과는 다른 시각으로 보는 사람이다 보니, 이 선물들이 톰의 우애의 증표라기보다는 까다로운 취향의 증표라고 봐야 한다고 상병에게 말하곤 했다. ―― 톰은 말야, 트림, 하고 아버지는 말하곤 했다, 자기가 그 모자를 쓰거나, 그 유대인 담뱃대로 담배를 피우고 싶지 않았던 걸세. ―― 맙소사, 나리, 무슨 그런 말씀을, 하고 상병은 대꾸하곤 했다, (아버지가 틀렸다는 강력한 이유를 대면서) ― 어떻게 그럴 수가 있겠어요. ――

그 몬테로 모자는 실을 주홍색 염료로 물들여서 직조한, 아주 결이 고운 최고급 스페인산 직물로 만든 것으로, 앞부분 4인치 정도를 제외하고는 빙 둘러 모피를 두르고, 그 앞부분에는 옅은 푸른색 챙이 달렸는데, 거기에는 수를 놓아 가볍게 장식을 했다. ――

그리고 이것은 포르투갈 병참 장교가 쓰던 것으로 보이는데, 보병이 아니라, 그 이름이 시사하듯, 기병대 소속이었던 것 같다.

상병은 그 모자를 선물한 사람을 보아서도 그렇지만, 모자 자체도 적잖이 자랑스럽게 생각했다. 그래서 **축제 날** 같은 때 외에는 거의 쓰지 않았다. 그러나 또한 몬테로 모자가 그렇게 여러 용도로 쓰인 경우도 없을 것이다. 군사적 문제건 요리에 관한 문제건 논란거리가 생기는 경우, 단 상병이 자신이 옳다고 확신할 때는 그 모자가 — 맹세용이나, — 내기용이나, — 선물용으로 사용되곤 했다.

— 지금 이 경우에는 선물용으로 쓰이고 있다.

장담하건대, 내가 나리 마음에 쏙 들도록 이 일을 해결하지 못한다면, 우리 집 문을 두드리는 첫 번째 걸인에게 내 몬테로 모자를 *주어* 버릴 거야, 하고 상병은 혼잣말을 했다.

그 일을 완수해야 하는 것은 그리 먼 일이 아니라 바로 그다음 날 아침을 위한 일이었다. 바로 그때 오른쪽에서는 될 강 하류와 성 앤드루 성문 사이에 있는 해자 외벽을 공격해야 하고, — 왼쪽에서는 성 막달렌 성문과 강 사이의 해자 외벽에 공격을 퍼부어야 하니, 그전에 일을 처리해야만 하는 것이었다.

이 전투는 이번 전쟁을 통틀어 가장 기억할 만한 공격이었고, — 양편 다 가장 용감하게, 가장 완강하게 맞선 전투였다. — 그리고 덧붙여야 할 것은, 가장 피를 많이 흘린 전투였다는 것이다. 바로 그날 아침에만 하더라도, 연합군 측이 1천1백 명 이상의 병사를 잃었으니. — 토비 삼촌은 평소보다 한층 장엄한 자세로 준비를 갖추기 시작했다.

삼촌은 그 전날 밤, 잠자리에 들기 전에 라말리 가발*을 꺼내 놓도록 지시했다. 그 가발은 안팎이 뒤집힌 채 낡은 야전 트렁크 한 구석에서 몇 년째 잠을 자고 있었는데, 삼촌은 침대 옆에 있는 트렁크에서 가발을 꺼내, 아침에 바로 쓸 수 있게 트렁크 뚜껑 위에 올려놓도록 지시한 것이다. — 그리고 아침에 침대에서 나오자마자, 잠옷 바람으로 제일 먼저 한 일은, 머리털이 바깥으로 나오게 가발을 뒤집은 뒤, — 머리에 쓰는 일이었다. —— 이 일이 끝나자, 삼촌은 바지를 꺼내 입고, 허릿단의 단추를 채운 뒤, 칼의 띠를 허리에 차고, 칼을 그 띠에 반쯤 밀어 넣다가, — 면도를 해야 한다는 생각이 떠올랐고, 칼을 찬 채 면도하는 것은 매우 불편하다는 생각에, — 다시 칼을 빼냈다. —— 그리고 연대복 상의와 조끼를 서둘러 입기 시작하면서는, 가발이 같은 불편을 주자, — 가발 역시 벗었다. — 급히 서두르는 사람에게 항상 그렇듯, 이런저런 일이 계속 꼬이면서, — 10시가 되어서야 삼촌이 출정에 나설 수 있었는데, 그것은 평소보다 30분이나 늦은 시각이었다.


## 제25장


토비 삼촌은 채마밭과 잔디 볼링장을 가르고 있는 주목 울타리 모퉁이를 막 돌아갔을 때, 상병이 혼자서 먼저 공격을 시작했다는 것을 알아차렸다. ——

잠시 멈추고 상병의 장비에 대해 먼저 설명을 드려야 할 것 같다. 그리고 삼촌이 초소를 향해 몸을 돌렸을 때 거기서 한창 공격에 몰두해 있던 상병이 어떤 모습으로 삼촌의 눈에 들어왔는지도 묘사해야 할 것 같다. —— 자연이 만든 것 중에서 그런 모습은 다시 찾을 수 없을 뿐만 아니라, — 자연의 여신이 만든 작품 속에 있는 온갖 그로테스크한 것과 기묘한 것들을 어떤 식으로 조합해도 그에 맞먹는 것은 만들 수 없을 것이니 말이다.

상병은———

—— 그의 유해를 사뿐히 즈려 밟고 지나가소서, 그대 천재적인 사람들이여, —— 그는 당신들의 친족이었으니까요.

그의 무덤의 잡초를 깨끗이 뽑아 주소서, 그대 선량한 사람들이여, — 그는 당신들의 형제였으니까요. — 아, 상병이여! 당신이 지금 여기 이 자리에 있다면, — 이제는 내가 당신을 보호할 수도 있고, 당신께 저녁 대접도 할 수 있게 되었으니, — 내가 당신을 아주 소중히 모실 텐데요! 당신이 일주일 내내, 그리고 하루 온종일 당신의 몬테로 모자를 쓰고 지내게 해 드릴 것입니다. — 그게 낡아서 쓸 수 없게 된다면, 내가 똑같은 것을 두 개라도 사 드릴 겁니다. —— 아! 아! 그러나 애석하고 애석하도다! 목사님들이 뭐라 하시든, 내가 그런 것을 할 수 있게 된 지금, — 그 기회는 날아가 버렸군요 — 당신이 떠나 버렸으니까요, — 당신의 재능은 그것을 당신께 주었던 그 별로 날아가 버렸고, — 당신의 따뜻한 심장은, 너그럽고 대범했던 혈관들과 함께 계곡의 흙덩이로 굳어지고 말았지요!

—— 그러나 이것이 —— 이 상실감이, 앞으로 내가 써야 할 그 두려운 장면에 비하면 무슨 대단한 일이겠습니까? 거기에는 피조물 가운데서도 가장 — 가장 훌륭하신 — 당신 주인의 군대 기장으로 장식한 벨벳 관 덮개가 보이고, —— 가장 충직한 하인! 당신이 그의 칼과 칼집을 떨리는 손으로 그의 관을 가로질러 내려놓고는 잿빛으로 창백해진 얼굴로 문으로 걸어가서, 그의 유언에 따라, 슬픔에 젖은 말의 고삐를 쥐고 장의 행렬을 따라가는 모습도 보입니다. — 거기에는 또 — 아버지의 모든 논리 체계가 슬픔으로 인해 무력해지고, 그의 철학에도 불구하고, 옻칠한 관을 살펴

보던 아버지가 코에 걸친 안경을 두 차례나 벗어 그 위에 흘러내린 인간 본성의 이슬을 닦아 내는 모습도 보입니다. —— 아버지가 로즈메리*를 던져 넣는 절망에 찬 모습은 마치, — 오, 토비! 자네 같은 친구를 내가 이 세상 어느 모퉁이에서 다시 찾을 수 있겠는가?라고 외치는 듯합니다.

—— 자애로운 권능천사시여! 비탄 속에 말을 잊은 이의 입을 열어 주시고, 말을 더듬는 이의 혀를 풀어 주어 또렷이 말하도록 도와주시는 천사시여, —— 제가 그 두려운 장면을 쓰게 될 때, 너무 인색하지 않은 손길로 저를 거둬 주소서.


## 제26장


상병은 삼촌에게 절실히 필요한 그것을, 즉 공격이 한창 치열해질 때 적을 향해 연속적으로 화기를 뿜어내는 효과를 창출하는 무언가를, 무슨 수를 쓰든 만들어 내고야 말겠다고 그 전날 밤 결심을 했다. — 그 결심을 하던 무렵에만 해도 상병은 그저 삼촌의 초소 양편에 있는 여섯 대의 야포 중 하나에서 마을을 향해 담배 연기를 뿜어내는 장치를 만들겠다는 생각을 했을 뿐이었다. 그리고 비록 자기 모자를 담보로 걸기는 했지만, 그 효과를 내는 장치를 만드는 일이 실패할 위험은 없을 거라 믿고 있었다.

그러나 마음속에서 이런저런 궁리를 하던 상병은 문득 그의 터키 담뱃대 두 개의 아래쪽 끝 부분에다 각각 세 개씩 보다 작은 크기의 부드러운 가죽 튜브를 부착하고, 같은 수의 양철 파이프를 점화구에 연결하여, 진흙으로 대포에 봉인한 다음, 모로코 튜브로 들어가는 각각의 삽입구에다 밀랍 먹인 비단으로 단단히 묶어 밀

봉하면, ─ 여섯 개의 야포를 하나를 쏠 때처럼 동시에, 쉽게, 발포할 수 있다는 생각이 떠올랐다. ──

─ 이런저런 시시한 조각들이 주는 힌트는 아무리 세공을 해도 인류의 지식 발전에 도움이 되지 않는다는 말은 누구든 하지 마십시오. 그리고 아버지의 첫 번째와 두 번째 침상 재판 이야기를 읽어 본 사람이라면 누구든, 어떤 종류의 몸체가 충돌했을 때 예술과 학문을 완성시킬 만한 빛을 생성할 수 있는지, 또는 없는지에 대해서 두 번 다시 거론해서는 안 됩니다. ── 하늘이시여! 당신께선 내가 그것들을 얼마나 사랑하는지 아시지요. ─ 당신께선 내 마음의 비밀들도 알고 계시고, 그것들을 위해서라면 내가 지금 당장 내 셔츠라도 내놓을 생각이 있다는 것을 아시지요 ─ 자넨 바볼세, 샌디, 하고 유지니어스가 말한다. ─ 자넨 온 세상에서 셔츠가 열두 벌밖에 없으니, ─ 그럼 세트가 짝이 맞지 않게 되잖나.

그게 무슨 상관인가, 유지니어스, 난 내가 입고 있는 셔츠라도 당장 벗어서 부싯깃으로 태워도 좋네. 만약 열렬한 탐구자가 제대로 된 부싯돌과 쇠를 제대로 한 번 부딪쳤을 때, 얼마나 많은 불티가 튕기고, 그게 과연 불을 붙일 수 있는지 궁금해한다면, 그 단 한 사람을 만족시키기 위해서라도, 내 셔츠 꼬리에다 불을 붙여 보라고 내놓겠단 말이지. ── 그러나 자네, 그 사람이 불꽃을 튕겨 들어가게 하는 중에, 혹시라도 다른 뭔가가 튕겨 *나오게* 만들 수도 있다고 생각하지 않나? 총처럼 틀림없이 말일세. ──

── 하지만 그 계획은 잠시 접어 두기로 하고.

상병은 자신의 계획을 완벽하게 만들기 위해 밤을 거의 새우다시피 했다. 대포에다 담배를 가득 채워 넣어, 대포의 성능을 충분히 검증한 후에, ─ 그는 흡족한 기분으로 잠자리에 들었다.

# 제27장

상병은 토비 삼촌이 오기 전에 미리 자신의 장치를 설치하고, 적을 향해 한두 번 발포도 해 보기 위해 삼촌보다 약 10분 먼저 자리를 빠져나왔다.

그는 여섯 대의 야포를 모두 삼촌의 초소 앞으로 끌고 와서 장전과 그 밖의 작업이 수월하도록, 왼쪽과 오른쪽에 각각 세 대씩 약 1야드 반의 거리를 두고 가까이 모아 놓았다. — 그리고 포열(砲列)이 둘이어서 하나일 때보다 영예 또한 두 배가 되리라 생각했다.

상병은 측면 공격에 대비해 초소 문 쪽으로 등을 향하게 하고, 뒤쪽으로 몸을 바짝 붙여 현명하게 자리를 잡고 앉았다. —— 몬테로 모자를 쓴 상병은 오른쪽 포열과 연결된 상아 파이프는 오른손 엄지와 검지로 쥐고, — 왼쪽 포열과 연결된 은테 두른 흑단 파이프는 다른 손 엄지와 검지 사이에 쥐고, —— 오른쪽 무릎은 땅에 단단히 고정시킨 채, 마치 공격 소대의 제1열에 있는 것처럼, 그날 아침의 공격 대상인 해자 외벽을 마주 보는 외루 벽을 향해 두 대의 포열로 동시에 맹렬한 십자 공격을 퍼붓기 시작했다. 이미 말했듯이 본래 의도는 그저 한두 번 공격을 시도해 보는 것이었지만, — 연기 뿜기의 즐거움은 물론 뿜어 나온 연기가 주는 즐거움이 상병을 사로잡으면서, 그는 마치 공격의 정점을 향해 가듯이, 계속, 계속, 뿜어 대고 있었는데, 바로 그 순간 토비 삼촌이 도착한 것이다.

삼촌이 그날 유언장을 작성하지 않은 것은, 아버지에게는 천만다행한 일이었다.[*]

# 제28장

토비 삼촌은 상병의 손에서 상아 파이프를 빼앗아, ── 약 30초 동안 들여다보고 나서 돌려주었다.

그러나 2분도 채 되기 전에 삼촌은 다시 파이프를 빼앗아, 거의 반쯤 입으로 가져가다 말고, ── 급히 다시 한 번 상병에게 돌려주었다.

상병은 공격을 배가했고, ── 토비 삼촌은 미소를 지었다가 ── 엄숙한 표정을 지었다가 ── 다시 잠시 미소를 띠었다가, ── 이번에는 꽤 오랫동안 심각한 얼굴을 하고 있었다. ── 그 상아 파이프 한번 쥐 보게, 트림, 하고 삼촌이 말했다. ── 삼촌은 그것을 입에 물었다가 ── 즉각 빼내면서, ── 자작나무 울타리 너머를 흘낏 훔쳐보았다. ── 토비 삼촌이 담배 파이프를 탐해 그처럼 입에 침이 고인 적은 평생 다시없는 일이었다. ── 삼촌은 손에 파이프를 들고 초소 안으로 후퇴했다. ──

── 사랑하는 토비 삼촌! 담뱃대를 들고 초소 안으로 들어가지 마세요. ── 그런 외진 곳에 들어가면서 그런 물건에 자신을 맡기는 것은 위험천만한 일입니다.


# 제29장

나는 여기서 독자에게 토비 삼촌의 군사 장비들을 무대 뒤로 실어 나르는 것을 도와 달라고 청하는 바입니다, ── 그의 초소도 없애고, 가능하다면 각보와 반월보도 치우고, 그의 나머지 군사 장치들도 없애, 무대 위를 비워 두도록 말이지요. ── 이제 그럼,

내 소중한 친구 개럭 씨,* 우리 함께 촛불을 밝게 돋우고 — 새 빗자루로 무대를 쓸어 낸 뒤, — 막을 올려, 무슨 일을 할지 아무도 예측할 수 없는 새로운 인물로 옷을 갈아입은 토비 삼촌을 등장시키도록 합시다. 그러나 연민이 사랑과 유사한 것이고, — 용기 또한 사랑과 이질적인 것이 아니라면, 이 두 열정 사이의 가족처럼 닮은 점을, 지금까지 우리가 본 토비 삼촌에게서, (만약 당신께 마음이 있는 경우) 당신 마음에 흡족할 만큼 충분히 확인했을 것입니다.

공허한 학문이여! 그대는 이런 일에서 우리에게 아무 도움을 주지 못하고 — 다른 모든 일에서도 우리를 당혹시키기만 하는구나.

부인, 토비 삼촌은 마음이 외골수여서 이런 성격의 일들이 흔히 가게 되는, 뱀처럼 꼬불꼬불하고 좁은 길과는 거리가 먼 방향으로 이끌리는 분입니다. 당신은 — 당신은 절대 이해하지 못할 성격이지요. 게다가 생각하는 것도 솔직하고 단순하기 그지없어서 여성의 마음속 접힌 자리나 꼬인 구석에 대해서는 완전히 무지한 데다, —— 여성 앞에서는 아무 방어 없이 맨몸으로 서 있는 셈이어서, (삼촌의 머리를 포위 공략이 온통 차지하지 않고 있을 때라면) 당신은 그 뱀처럼 꼬불꼬불한 길 뒤편 어디에서든, 하루에 열 번이라도 삼촌의 간*을 관통하는 공격을 날릴 수 있었을 것입니다. 만약 부인, 하루에 아홉 번 공격한 것이 소기의 성과를 거두지 못했다면 말이지요.

이런 점들에 더해서, 부인, — 거의 그것만큼 모든 것을 뒤엉키게 하는 면이 있었으니, 토비 삼촌은, 내가 이미 말씀드렸듯이, 비할 바 없이 정숙한 성품을 가졌다는 사실입니다. 이런 특성은, 말이 나왔으니 말이지만, 그의 감정을 불철주야 감시하고 있기 때문에, 부인께선 차라리 —— 그런데 내가 어디로 가고 있는 거지? 이 생각들은 최소한 열 페이지나 너무 일찍 나에게 몰려와서, 내가 사실을 기술하는 데 썼어야 할 시간들을 잡아먹고 말지 않았나.

# 제30장

아담의 적자들 중에 사랑의 통증을 느껴 본 적이 없는 몇 안 되는 사람들을 찾아보면, — (우선 모든 여성 혐오주의자들을 서자라고 규정하기로 하면) — 고대와 현대의 이야기에 나오는 위대한 영웅들이 그 영광의 9할을 차지하고 있다. 이들의 이름을 확인하기 위해, 단 5분간이라도, 우물에서 내 서재 열쇠를 도로 찾아올 수 있으면 좋겠다. — 그것을 다 기억하는 것은 도저히 안 되겠고 — 그러니 그 명단 대신 우선 다음에 제시하는 이름들로 만족해 주시면 고맙겠다. ──

위대한 왕 알드로반두스, 보스포루스, 카파도키우스, 다르다노스, 폰투스, 아시우스 같은 사람들과, ── 그리고 K***** 백작부인도 어찌해 볼 도리가 없었던 강철 심장의 찰스 12세는 말할 나위도 없고, ── 바빌로니쿠스, 메디테라니우스, 폴릭세네스, 페르시쿠스, 프루시쿠스 등도(카파도키우스와 폰투스는 약간 의심스러운 점이 있으니 제외하는 게 낫겠다) 여신에게 마음을 굴복당해 본 적이 단 한 번도 없는 사람들이다. ── 진실을 말하자면, 그들은 모두 뭔가 다른 일에 몰두해 있었던 것인데 — 토비 삼촌 역시 그랬다 — 그러나 운명의 여신이 — 그래요, 운명의 여신이 말입니다, 삼촌이 알드로반두스를 위시한 영웅들과 함께 후세에 이름이 전해지는 영광을 누리게 되는 것을 시샘하여, — 비열하게도 위트레흐트 평화 조약*을 체결시키고 말았지요.

— 여러 선생님들, 믿어 주세요, 이것이야말로 그녀가 그해에
저지른 일 중에서 최악의 사건이었습니다.

## 제31장

위트레흐트 조약이 초래한 수많은 나쁜 결과들 중 하나는, 토비
삼촌이 포위 공격이라면 거의 넌더리가 날 지경에 이르게 만들었
다는 것이다. 삼촌은 차차 식욕을 회복하긴 했지만, 칼레가 메리
여왕의 가슴에 남긴 상처도* 위트레흐트가 삼촌의 가슴에 새긴 상
처만큼 깊지는 않았을 것이다. 그는 죽을 때까지 위트레흐트란 이
름이 언급되는 것조차 참을 수 없어 했고, ─『위트레흐트 가제
트』지에 나온 기사도 가슴이 두 쪽 나는 듯 한숨을 내쉬지 않고는
읽을 수가 없었다.

아버지는 동기 찾아내기의 대가여서, 웃거나 우는 상태로 그 옆
에 앉아 있기가 매우 위험한 인물이었다. ─ 그는 당신이 웃거나
우는 동기를 당신 자신보다 더 잘 알아냈으니 말이다. ─ 아버지는
토비 삼촌이 이렇게 슬픔에 빠져 있을 때 위로의 말을 건넸지만,
아버지의 태도를 보면 삼촌의 슬픔이 무엇보다도 죽마 놀이를 상
실한 것 때문으로 이해하고 있다는 것이 잘 드러났다. ─── 걱정
말게, 토비 동생, 하고 아버지는 말하곤 했다, ─ 하느님의 은총으
로 얼마 가지 않아 전쟁이 또 터질 거고, 그렇게 되면, ─ 호전적 세
력들이 무슨 수를 쓰든 우리를 전쟁에 끼어들게 만들 거라고. ───
여보게 토비, 내가 장담하네, 마을을 점령하지 않고는 국가를 뺏을
수 없고, ─ 포위 공격 없이는 마을을 점령할 수도 없지 않겠나.

삼촌은 아버지가 자신의 죽마 놀이에 대해 이처럼 은근히 공격

하는 것을 달갑게 생각하지 않았다. —— 그는 이 공격 자체도 편협하다고 생각했지만, 말을 가격하면서, 말에 탄 사람도 함께 칠 뿐만 아니라, 그것도 가장 부끄러운 부분을 치는 일이어서 더더욱 나쁘다고 생각했다. 이런 경우에 그는 자신을 방어할 화력을 보강하기 위해 언제나 담배 파이프를 테이블 위에 내려놓곤 했다.

2년 전 이맘때쯤, 나는 독자에게 토비 삼촌이 능변이 아니라고 말한 적이 있다. 그리고 바로 같은 페이지에서 그와 상반되는 예를 제시했었다. —— 지금 다시 한 번 그 상반된 예를 하나 들어 보려 한다. — 그는 분명 능변이 아니고, — 길게 장광설을 늘어놓는 것은 그에게는 힘든 일이었으며, — 화려한 수사적 말도 싫어했다. 그러나 어떤 계기가 생겨 말의 홍수가 그를 덮치면, 평소의 흐름과는 아주 반대 방향으로 흘러가면서 적어도 테르툴리아누스*와 대등하거나 —— 어떤 면에서는, 내 생각에, 그를 크게 능가하는 때도 있게 된다.

아버지는 삼촌의 이런 변론적 웅변을 아주 좋아했고, 어느 날 저녁, 삼촌이 아버지와 요릭 앞에서 풀어 놓은 변론적 웅변이 너무 마음에 들어서, 잠자리에 들기 전에 그것을 기록해 놓은 것이 있다.

나는 운 좋게도 아버지의 서류 뭉치 속에서 그것을 우연히 발견했는데, 아버지가 여기저기 이렇게 [    ] 괄호를 넣고, 거기에 자신의 의견을 끼워 넣은 글이다.


*전쟁이 계속되기를 바라는 자신의 원칙과 행동을 정당화하는 내 동생 토비의 변.*


나는 토비 삼촌의 이 변론적 웅변을 백 번도 넘게 읽었는데, 그

것이야말로 방어적 변론의 뛰어난 모델일 뿐 아니라, — 더구나 그의 훌륭한 원칙과 용감한 기질을 아주 멋지게 표현해 주고 있다고 생각하기 때문에, 한 글자 한 글자, 있던 그대로 (행간의 글까지 모두 다) 세상에 내놓으려 한다.


## 제32장

*나의 삼촌 토비의 변론적 웅변*


샌디 형님, 내가 그것을 모르진 않지요. 직업이 군인인 사람이, 나처럼 전쟁을 원할 경우, — 그게 세상 사람들 눈에 얼마나 나쁘게 비치는지, —— 그리고 그 동기나 의도가 아무리 옳고 정당하다 하더라도, — 그는 사적인 견해로 스스로를 옹호해야 하는 아주 불편한 입장에 놓인다는 것을 말입니다.

이런 이유로 해서, 그 군인이 신중한 사람이라면, 사실 신중한 사람이라 해서 조금이라도 덜 용감해지는 것은 아니지요, 그는 적이 듣는 자리에서 그런 마음을 절대 입 밖에 내지 않을 것입니다, 어떻게 변명하든, 적은 절대 그를 믿어 주지 않을 테니까요. —— 친구 앞에서도 그런 말을 하는 것은 조심해야 합니다. — 친구의 존경심을 잃을 수 있으니까요. —— 그러나 벅차오르는 가슴과, 군사 활동을 그리워하는 비밀스러운 한숨이 어딘가 배출구를 찾아야 한다면, 그의 인품을 속속들이 알고 있고, 그의 진심과 성향, 명예를 지키는 원칙 같은 것을 이해하는 형제의 귀에 대고 털어놔야 합니다. 내가 이런 면에서 어떤 사람인지는, 샌디 형님, 내가 말할 성질의 것이 아니지요. — 더구나 나 자신이 기대에 못 미치는 사람이란 건 내가 알고 있고, — 또한 내가 스스로 생각하는 것보다 더 못한 사람일 수도 있으니, 더욱 말할 수 없는 일이지요. 그러나 나의 소중한 샌디 형님, 형님은 내가 어떤 사람인지 잘 알고 있지 않습니까. 우리는 같은 젖을 빨며, — 요람에서부터 함께 자라 왔고, — 소년 시절 둘이 어울려 놀던 때부터 지금 현재까지, 난 내가 한 행동은 물론 생각까지도, 형님한테 숨긴 게 없습니다 —— 내가 어떤 사람인지, 내 나이건, 기질이건, 열정이건, 지력이건, 가릴 것 없이, 형님은 나의 결점과 약점을 모두 잘 알고 계시겠지요.

그러니 형님, 한번 말씀해 보십시오, 당신 동생이 위트레흐트 평화 조약을 비난하고, 전쟁이 좀 더 오래 활기차게 진행되지 못한 것을 아쉬워한다 해서 그게 뭔가 옳지 못한 관점에서 나온 일이라고 생각할 근거가 있는지를 말입니다. 혹은 내가 전쟁을 원한다는 것이 그저 내 즐거움을 위해서, 더 많은 동료 인간의 살생을 원하거나, — 더 많은 사람이 노예가 되게 하고, 더 많은 가족이 그들의 평화로운 삶의 터전에서 쫓겨나게 만들고 싶어 하는 것이라고 생각할 근거가 있는지요? —— 말씀해 보세요, 샌디 형님, 내가 한 어떤 행동이 형님께 그런 근거를 제공하는 거지요? [*자네가 그 망할 놈의 포위 공격 때문에 나한테서 백 파운드 빌려 갔던 것 말고는 눈을 씻고 봐도 못 찾겠구먼, 토비.*]

내가 소년 시절에, 북소리를 들으면 내 가슴도 함께 둥둥거린 것이, — 내 잘못인가요? —— 그런 성향을 내가 거기 갖다 심었나요? —— 나의 내면에서 그 경보기가 울리도록 만든 게 나 자신인가요, 조물주인가요?

학창 시절, 워릭의 백작 가이, 파리스무스, 파리스메누스, 발렌

타인, 오손 그리고 『영국의 대전사 일곱 명의 이야기』* 같은 것을 학교에서 돌려 가며 읽었을 때, ── 그게 모두 내 용돈으로 산 책들이 아니던가요? 그게 이기적인 일이었나요, 샌디 형님? 우리가 트로이 공략 이야기를 읽었을 때, 그게 10년 8개월간 계속된 전쟁이지만 ── 만약 우리가 나무르에서 사용했던 그런 대포의 행렬만 있었다면 아마 일주일 안에 함락되었을 겁니다만, ── 아무튼 그 이야기를 읽고 나도 학교 안의 누구 못지않게 그리스 사람들과 트로이 사람들의 죽음을 안타까워하지 않았던가요? 그리고 헬레네를 암캐라고 불렀다가 오른손에 두 대, 왼손에 한 대, 세 대나 회초리를 맞지 않았나요? 헥토르의 죽음 앞에서 나보다 더 많은 눈물을 흘린 사람이 있었던가요? 그리고 프리아모스 왕이 헥토르의 시체를 돌려 달라고 애원하러 적진에 갔다가, 빈손으로 눈물을 흘리며 트로이로 돌아왔을 때,* ── 형님도 알지 않습니까, 내가 밥을 먹지 못했던 것을 말입니다. ──

── 그게 모두 내가 잔인하다는 것을 말해 줍니까? 내 피가 야전 진지를 향해 흐르고, 내 심장이 전쟁을 동경해 두근거린다 하여, ── 전쟁의 고통 앞에 아파할 줄도 모른다는 증거가 되는 겁니까?

아, 형님! 군인이 월계수 잎을 모으는 것과, ── 사이프러스 가지를 뿌리는 건 별개의 일이라고요. ── [토비 동생, 고대인들이 사이프러스 나무를 애도의 의미로 사용했다는 것은 누가 말해 주었지?]

── 샌디 형님, 군인이 목숨을 무릅쓰고 ── 몸이 산산조각 날 것을 알면서도 참호 속으로 앞장서 뛰어들고, ── 공명심과 영광에 대한 갈증으로, 제일 먼저 돌파대에 들어가고, ── 북소리와 나팔 소리에 맞춰, 군대 깃발을 귓가에 휘날리며, 제일 앞 열에 서서 용감하게 행군해 가는 것이 군인의 한 면이라면, 샌디 형님, ── 다른 한편, 전쟁이 가져오는 불행에 대해 고뇌하고, ── 온 나라가 황

폐해지는 것을 보면서, 그런 일을 하는 도구라 할 수 있는 군인들이(하루에 6펜스의 임금을 받으면서, 그것도 받을 수 있을 때 말이지요) 겪어야 할 참을 수 없는 노고와 고초를 걱정하는 마음 역시, 군인의 또 다른 한 면이 아니겠습니까.

그러니 친애하는 요릭, 당신이 르 피버의 장례 설교에서 했던 말, 즉 *사랑과 자비 그리고 친절한 마음을 타고난 이처럼 부드럽고 온화한 사람도 이런 일을 하도록 만들어지지 않았습니까?* 라는 말을 누군가 이 자리에서 다시 할 필요가 있을까요? —— 그러나 요릭, 왜 이런 말도 덧붙이지 그랬습니까, —— **본성**이 그렇게 만든 게 아니라면, —— **필요**가 그렇게 만든 것이라고 말이지요. —— 전쟁이란 게 무엇입니까? 우리처럼 자유의 원칙과 명예의 원칙 위에서 싸울 때 전쟁이 뭘까요, 요릭, —— 그것은 난폭하고 야망에 찬 무리를 어떤 경계선 안에 묶어 두기 위해, 조용하고 악의 없는 사람들이 손에 칼을 들고 함께 나서서 싸우는 일 아닙니까? 샌디 형님, 하늘을 증인 삼아 말씀드립니다만, 내가 이 일에서 얻는 즐거움은, —— 특히 내 잔디 볼링장에서 포위 공략을 할 때 경험하는 무한한 기쁨은, 상병도 같은 생각일 텐데요, 우리가 그 일을 실행함으로써, 창조의 위대한 목적에 응답하고 있다는 인식에서 나오는 것입니다.


## 제33장

내가 기독교도 독자에게 말씀드린 것은, —— 한데 내가 기독교도라 말하는 것은 — 독자가 그렇기를 희망하는 마음에서 하는 말이고 — 만약 아니시라면, 죄송스럽게 생각하면서 —— 독자께서 이 문제를 곰곰이 숙려해 보시고, 전적으로 이 책에 비난을 전가 하지는 말아 달라는 부탁을 드리고 싶을 따름입니다. ──

아무튼 선생님, 내가 독자에게 말씀드린 것은, ── 한데 사실 상 나처럼 이상한 방법으로 이야기를 하는 사람은 독자의 상상력 속에서 모든 게 조리에 맞게 유지되도록, 계속해서 앞으로 갔다 뒤로 갔다 해야만 하거든요. ── 내 경우를 말하자면, 내가 처음 시작했을 때보다 훨씬 더 많은 신경을 쓰지 않는다면, 얼마나 많은 비확정적이고 모호한 문제들이 수많은 단절과 간극을 동반한 채 튀어나올지 모릅니다. ── 게다가 정오의 태양이 쏟아붓는 환한 빛 속에서도, 세상 사람들이 곧잘 길을 잃어버린다는 것을 알기 때문에, 내가 가장 어두운 통로 몇 곳에 별들을 걸어 두었지만, 그 것도 별 도움이 되지 않지요, ── 자, 보십시오, 나 자신도 길을 잃어버렸는데요! ──

── 그러나 이건 아버지의 잘못입니다. 언젠가 내 머리가 해부 되는 날이 오면 안경 없이도 볼 수 있을 겁니다. 아버지가 거기에 울퉁불퉁한 실 자국을 커다랗게 남겨 놓았다는 것을 말이지요. 그 것은 불량품 케임브릭 천에 감 전체를 가로질러 보기 싫게 도드라 진 선 같은 것이어서, 그것으로는 하나의 ** 나, (여기서 나는 다 시 등불을 한두 개 매답니다) ── 리본, 골무 같은 것을 만들더라 도, 그 선이 보이거나 느껴질 수밖에 없을 것입니다. ──

*Quanto id diligentius in liberis procreandis cavendum*\*이라 고 카르단이 말하고 있지요. 이 모든 것을 고려해 볼 때, 내가 이 상황을 잘 마무리하여 본래 출발했던 지점으로 되돌아간다는 것 은 사실상 불가능하다는 것을 당신도 아시겠지요. ──

그러니 장을 다시 시작하겠습니다.

# 제34장

내가 기독교도 독자에게 말씀드린 것은, 즉 토비 삼촌의 변론적 웅변에 앞선 장의 서두에서 내가 독자에게 말씀드린 것은, — 지금 사용하는 수사법과는 다른 어휘로 표현했지만, 위트레흐트 평화 조약 때문에 영국 여왕*과 다른 연합국들 사이에 생성된 경원감이 하마터면 토비 삼촌과 그의 죽마 사이에도 생길 뻔했다는 것이다.

어떤 사람이 때로 말에서 내릴 때 보여 주는 격분한 태도는 마치, "이봐, 내가 자네 등에 올라 1마일이라도 달리느니 차라리 평생 걸어 다닐 테야"라고 말하는 것처럼 보이는 경우가 있다. 토비 삼촌이 이런 식으로 말에서 내렸다고 말할 수는 없다. 왜냐하면 엄밀히 말해서, 그가 말에서 내렸다고는 말할 수 없기 때문이다. — 오히려 그의 말이 그를 내팽개쳤다고 해야 맞다. —— 그것도 제법 *사악하게* 말이다. 그러니 삼촌은 열 배나 더 마음이 상했다. 이 문제는 국가 대표 기수들에게 처리하라 맡기기로 하고, —— 아무튼 그 일은 토비 삼촌과 그의 죽마 사이에 일종의 경원감을 만들어 냈다. —— 그는 3월부터 11월까지, 그러니까 그 조약이 체결된 해의 여름 동안, 그 말을 타는 일이 거의 없었다. 어쩌다 됭케르크의 요새와 항구가 약정에 따라 제대로 파괴되었는지 살펴보기 위해 잠깐씩 타고 나간 경우를 제외하곤 말이다.

프랑스 사람들은 그 여름 내내 너무나 소극적으로 이 일을 처리하고 있었고, 됭케르크 행정관들의 대리인인 튀게 씨는 여왕에게 여러 차례 애절한 탄원서를 보내, — 여왕 폐하의 노여움을 샀던 군사 시설에만 벼락을 때려 주시고, — 제발 방파제만은, — 방파제를 불쌍히 여기셔서, 방파제만은 구제해 달라고 간청했다. 사실

방파제를 그 자체만 두고 본다면 동정의 대상일 뿐이었고, —— 여왕은 (여성일 뿐이었으니) 동정심이 많은 성품인 데다가, — 그녀의 각료들 역시 내심 그 항구가 완전히 해체되는 것은 원치 않았으니, 그것은 이런 사적인 이유들 때문이었다, *　*　*　*　*　*　*　*　*　*　*　*　*　*　*　*　*　*　*　*　*　*　*　*　*　*　*　*　* —— *　*　*　*　*　*　*　*　*　*　*　*　*　*　*　*　*　*　*　*　*　*　*　*　*　*　*　*　*　*　*　*　*　*　*　*　*　*　*　*. 따라서 이 모든 상황이 토비 삼촌에게는 힘겨운 일이었다. 삼촌과 상병이 그 마을을 완성하여 파괴시킬 준비를 다 갖춘 뒤 3개월이 꼬박 지난 다음에야 사령관들, 병참 장교들, 부관들, 협상가들, 감독관들 같은 사람들이 그 일을 시작할 허가를 내려 준 것이었다. —— 아, 그 치명적인 활동 정지 기간!

상병은 그 도시의 주요 요새나 성벽에 구멍을 뚫어 파괴 작업을 시작하고 싶어 했지만 — 안 돼, — 그건 절대 안 되지, 상병, 하고 토비 삼촌이 말렸다. 그런 식으로 시작하다간 영국 수비대가 한시도 안전하지 못할 걸세. 프랑스인들이 배반하는 경우에는 —— 그들은 사탄처럼 배반을 잘하지요, 나리, 하고 상병이 거들었다. —— 그런 말을 들으면 언제나 불안해진다네, 트림, 하고 토비 삼촌이 말했다, — 그들 개개인은 용기가 부족한 게 아니거든. 그러니 성벽에 구멍이라도 생기면, 거기로 진입해 들어와서, 언제라도 그곳을 손아귀에 넣어 버릴 수도 있지 않겠나. —— 들어올 테면 들어와 보라지요, 상병은 공병용 삽을 두 손으로 치켜들고 마치 금방이라도 여기저기 내려칠 것처럼 말했다, — 감히 해 보겠다면, 들어오라 하지요, 나리. —— 이런 경우에는 상병, 하고 삼촌이 오른손을 지팡이 중간까지 미끄러지게 하여, 집게손가락을 펼친 채, 그것을 곤봉처럼 쥐면서 말했다. —— 적이 감히 어떤 일을 감행할 것인지, — 또는 엄두를 내지 못할 것인지, 그런 것은 사령관의 고려 사항이 아니므로, 그는 신중하게 행동해야만 하네. 우린 바다와 육지를 향하고 있는 외보들부터 시작하되, 그중에서도 특히 멀리 떨어져 있는 루이 요새부터 파괴하고, — 나머지는 우리가 시내 쪽으로 철수하면서 왼쪽 오른쪽 모두, 하나하나 무너뜨리는 거지. —— 그다음에는 방파제를 파괴하고, 항구를 메운 뒤, — 요새 안으로 퇴각하여, 그것을 공중으로 폭파해 버리고, 이 모든 일이 완수된 다음에는, 상병, 우리가 영국을 향해 출발하는 거지. —— 우린 이미 거기 있는데요, 상병이 정신을 차리며 말했다. — 맞는 말이군, 삼촌이 대꾸했다 — 교회를 쳐다보면서.

## 제35장

토비 삼촌과 트림이 됭케르크 파괴에 대해 한두 차례 이런 미혹적이고 감미로운 대화를 나눌 때는, — 삼촌에게서 빠져나가고 있던 그 즐거운 생각들이 잠시 기운을 차려 되돌아오기도 했다. — 그래도 여전히 — 여전히 모든 일이 삼촌에게는 힘겹게 진행되고 있었고 —— 마법이 풀리고 나면 마음은 더욱더 약해지게 마련이었다. — **정적**이 **침묵**을 등 뒤에 대동하고 삼촌의 고독한 거실로 들어서서, 삼촌의 머리 위에 얇은 덮개를 드리웠고, — **무기력증**이 느슨한 근성과 초점 없는 눈을 드러내며 삼촌의 안락의자 옆에 조용히 자리 잡고 앉았다. —— 이제 더 이상, 한 해는 암베르크, 린베르크, 랭부르, 위이, 본을 떠올리며, — 다음 해에는 랜든, 트레레바흐, 드루센, 덴더몬드를 기대하며, — 피가 끓어오르는 일이 없었다. — 이제 더 이상 대호(對壕)나 갱도, 엄폐물, 돌 바구니, 목책 같은 것들이 남자의 휴식을 방해하는 아름다운 적, 그녀를 막아 낼 수가 없게 되었다. —— 이제 더 이상 삼촌은 프랑스 전선을 통과한 뒤, 저녁으로 달걀을 먹으며, 프랑스의 심장부를 향해 돌진해 가면서, — 우아 강을 건너고, 피카르디 지방을 차지하고는, 파리의 성문을 향해 행군해 들어서고 나서, 영광에 대한 생각으로 가득 찬 상태에서 잠에 빠져드는 일이 없어졌으며, —— 바스티유의 탑 꼭대기에 영국 국기를 꽂는 꿈을 꾸다가 머릿속에서 그게 펄럭이는 채로 깨어나는 일 역시 다시는 없게 된 것이다.

—— 이제 보다 보드라운 영상과, — 보다 온화한 진동이 그의 잠 속에 달콤하게 숨어 들어오기 시작했고, — 전쟁의 나팔이 그의 손에서 떨어져 나갔으니, — 그는 류트*를 집어 들었다. 그 감미로운 악기! 그 어떤 악기보다 섬세하고! 가장 다루기 어려운 악기인데! —— 사랑하는 삼촌, 어찌 그것을 손대려 하십니까?


## 제36장


내가 언젠가 토비 삼촌이 과부 워드먼 부인에게 구애하는 이야기를 시간이 있어 쓰게 될 경우, 사랑과 구애의 기본적, 실질적 측면에 대한, 지금까지 볼 수 없었던, 가장 완벽한 체계를 제공하게 될 것이라고 한두 차례 무모한 약속을 했다 해서 —— 당신은 혹시 내가 이제부터 *사랑이란 무엇인가*에 대해 설명하기 시작할 거라고 상상하시는 것은 아닌지요? 예를 들어 플로티노스*가 주장하듯이, 사랑이란 일부는 신이고 다른 일부는 악마라든지 ——

―― 또는 보다 비평가다운 등식을 만들어서, 사랑의 전체가 10이라고 볼 때, ―― 피키누스*처럼 그중 얼마가 ― 전자이고, ― 또 얼마가 후자인지 따지기 시작한다든지, ― 또는 플라톤이 직접 선언했듯이, 그게 머리부터 꼬리까지, 온통 다 거대한 악마인지, 뭐 그런 것을 판단해 줄 거라고 생각하십니까? 플라톤의 이 주장에 대한 내 의견은 유보하기로 하고, ― 플라톤에 대한 내 의견만 밝히자면, 그는 이 경우에 있어, 베이너드 박사*와 상당히 비슷한 성향과 추론 방식의 소유자였던 것 같습니다. 이 의사 선생님은 발포제에 대해 지극히 적대적이어서, 그것을 대여섯 개 한꺼번에 붙이면, 여섯 마리 말이 끄는 영구차처럼 누구든 무덤으로 끌고 가게 될 것이라 상상했고, ― 악마라는 것도 팔딱팔딱 날뛰는 한 마리의 거대한 가뢰 벌레*에 다름 아니라는 성급한 결론을 내리고 있습니다. ――

어떤 주장을 펴면서 이처럼 터무니없는 방자함을 스스로에게 허용하는 사람에게는 나지안주스의 성 그레고리우스가 (논쟁적으로) 필라그리우스에게 소리쳤던 말 외에는 달리 할 말이 없습니다. ――

"ʾΕυγε!" 아, 참 진기하군요! 과연 훌륭한 논리이십니다, 선생님! "ὅτι φιλοσοφεῖς ἐν Πάθεσι*― 당신의 기분과 열정에 따라 진리에 대한 철학적 논거를 만들어 내시다니, 참으로 고결한 방법으로 진리를 추구하시는군요.

같은 이유로 해서 이런 상상도 하시면 안 됩니다. 내가 잠시 지체하면서 사랑이 하나의 질병이 아닌지 따져 볼 것이라든가, ―― 또는 사랑의 본거지가 두뇌인지 간인지의 문제를 두고 라시스와 디오스코리데스 같은 이들과 논쟁에 얽혀 들어갈 것이란 그런 상상 말입니다. ― 만약 그랬다가는 그런 환자를 치료하는 두 가지 상반된 방법을 검토해야 하는 일에 끌려 들어가게 될 테니까요. —— 한 가지는 에이티우스가 쓰던 방법으로, 그는 열을 식히기 위해 항상 대마 씨앗과 멍든 오이로 만든 정화제에서 시작하여, — 수련과 쇠비름으로 만든 엷은 액체까지 복용했는데, — 거기다 헤이니어 풀과 코담배 한 줌을 첨가하기도 했고, — 모험을 하고 싶을 때는 — 자신의 연수정 반지도 활용했지요.\*

—— 다른 한 가지 방법은 고르도니우스\*가 썼던 것으로, 그는 (*de Amore*, 제15장에서) 실컷 채찍질을 하라고 지시하고 있습니다, "*ad putorem usque*" —— 즉, 그들이 다시 고약한 냄새를 풍길 때까지 말이지요.

이 방면에 해박한 지식을 가지고 있던 아버지는 토비 삼촌의 연애가 진행되는 동안 위에서 언급한 이런 논문들을 연구하느라 바빠질 것입니다. 이 정도까지는 내가 예측해 드릴 수 있지요. 즉, 아버지는 자신의 사랑 이론 중에서, (덧붙이자면, 그는 그 이론으로 삼촌의 연애뿐 아니라 삼촌의 마음까지도 박해하고 억압하는 궁리를 한 셈인데) — 단 한 가지 처방만 실천에 옮겼으니, — 그것은 삼촌의 바지를 만들고 있는 재봉사에게 장뇌\*를 먹인 뻣뻣한 방수포를 주고, 그것을 바지 안감의 심으로 쓰게 함으로써, 삼촌의 체면을 손상하지 않고도 고르도니우스의 효과를 보게 만들었다는 것입니다.

이 처방이 어떤 변화를 가져왔는지는, 앞으로 그 이야기가 나오는 자리에서 읽게 될 터이지만, 여기서 덧붙여 말씀드릴 필요가 있는 것은, —— 그게 토비 삼촌에게 어떤 효과가 있었는지는 차치하더라도, —— 우리 집안에는 고약한 영향을 끼쳤으며, —— 삼촌이 담배 연기로 그것을 달래지 않았더라면, 아버지에게도 고약한 영향을 끼칠 뻔했다는 사실입니다.

# 제37장

——— 모든 것은 차차 저절로 드러나게 될 것이다. ——— 내가 주장하고 싶은 바는, 단지 내가 사랑이 무엇인지 그 정의를 내리면서 이야기를 시작할 의무가 없다는 것이다. 내가 그 단어를 쓰면서 세상 사람들과 공유하는 개념 외에 다른 어떤 개념도 첨가하지 않고도 내 이야기를 알아듣게 진행할 수 있다면, 미리부터 세상과 의견을 달리할 이유가 어디 있겠는가? ——— 내가 더 이상 나아가기 어려운 시점에 이르러, — 사랑의 신비로운 미로 안에서 사방팔방으로 뒤엉키게 되면, — 그땐 나의 의견이 거기 들어와, — 나를 이끌어 나오게 할 것이다.

현재로선, 토비 삼촌이 *사랑에 빠졌습니다*, 라고 독자에게 말함으로써 내 말이 충분히 이해되었기를 희망할 도리밖에 없다.

— 그 표현이 마음에 든다는 것은 아니다. 왜냐하면 한 남자가 사랑에 *빠졌다*거나, — 깊이 사랑하는 중이라거나, — 또는 사랑이 귀까지 차올라 왔다거나 — 때로는 *머리와 귀까지* 흠뻑 사랑에 빠져 있다와 같은 표현들을 쓰지만 — 그것들 모두 사랑이 사람보다 *하위*에 있는 저급한 것이라는 관용적 의미를 시사하기 때문이다. — 이렇게 되면 다시 플라톤의 의견으로 돌아가는 셈이지만, 그의 신적인 권위에도 불구하고, — 나는 그의 의견이 저주받아 마땅한, 이단적인 것이라고 주장하는 바다. — 그 얘긴 이 정도만 하기로 하자.

그러므로 사랑이 무엇이건 간에, — 토비 삼촌은 거기에 빠져든 것이다.

——— 그리고 어쩌면, 온화하신 독자님, 당신도 이런 유혹을 받았다면, — 거기 빠져들었을 것입니다. 과부 워드먼 여사는 당신

의 눈길이 닿았거나, 당신의 욕정이 탐했던 그 어떤 여자보다도 더 탐스러운 여자였으니까요.

## 제38장

그녀를 제대로 상상해 보기 위해, — 펜과 잉크를 가져오시지요 — 종이는 여기 준비되어 있습니다. —— 선생님, 여기 앉아서, 당신 마음에 맞춰 그녀를 그려 보십시오. —— 가능한 한 당신의 애인과 닮게 하고 —— 당신의 아내와는 양심이 허용하는 한 다르게 그리십시오. — 저야 아무래도 상관이 없으니 —— 당신의 상상력을 한껏 펼쳐 보시지요.

—— 대자연 속에 이렇듯 어여쁜 것이 어디에 또 있을까! ——
이렇듯 절묘하게 아름답다니!

—— 그러니 친애하는 선생님, 토비 삼촌이 어떻게 저항할 수
있었겠습니까?

세 배나 복 받은 책이로구나! 그대의 앞뒤 표지 사이에는 **악의**
가 오명을 씌우거나, **무지**가 잘못 전달할 수 없는 페이지가 최소
한 한 장은 있지 않느냐.


## 제39장


수잔나는 브리지트로부터, 실제로 그 일이 일어나기 15일 전에,
토비 삼촌이 그녀의 안주인과 사랑에 빠졌다는 속보를 들었고, ——
그 내용을 바로 다음 날 나의 어머니에게 전달했다. 따라서 나는
삼촌의 연애가 실존하기 14일 전에, 그 이야기에 들어갈 기회를
얻은 것이다.

한 가지 전해 줄 소식이 있어요, 샌디 씨, 아마 굉장히 놀랄 거
예요, 당신, 하고 어머니가 말을 시작했다. ——

아버지는 그때 두 번째 침상 재판을 열고 있는 중이었고, 어머
니가 침묵을 깼을 때는 혼인 생활의 고초에 대해 혼자 고민하는
중이었다. ——

"—— 토비 도련님이 워드먼 부인과 결혼할 거라는데요"라고
어머니가 말했다.

—— 그럼 그 친구는 다시는 침대에서 *대각선*으로 누울 수가 없
겠구먼, 하고 아버지가 말했다.

어머니는 이해하지 못하는 것이 있어도 절대 그 의미를 물어보

는 법이 없었으니, 아버지로선 여간 약 오르는 일이 아니었다.

—— 집사람이 학문을 하는 여자가 아니라는 건, 그것은 그 사람의 불운이라 치더라도, —— 그러나 질문을 할 수는 있지 않은가, 하고 아버지는 불만을 토로하곤 했다.

나의 어머니는 절대 그러는 일이 없었다. —— 간단히 말해서, 그녀는 지구가 돌고 있는 것인지, 가만히 서 있는 것인지도 모르는 채 지구를 떠나셨다. 아버지가 공연히 나서서 수천 번이나 말해 주었지만, —— 어머니는 언제나 잊어버렸다.

그러니 아버지와 어머니 사이에 담론이 시작되어도, 발제, —— 답변 그리고 대거리, 그 이상의 단계로 넘어가는 일은 거의 없었다. 그 단계가 한 바퀴 끝나고 나면 대개 몇 분간 숨을 돌리고, (바지 문제 때처럼) 다시 같은 식으로 반복되었다.

도련님이 결혼한다는 것은, 우리한텐 좀 나쁜 일일 것 같은데요, —— 라고 어머니가 말했다.

앵두 씨만큼도 나쁠 것은 없소, 아버지가 말했다, —— 다른 일에도 낭비하는데, 그 일에 좀 낭비한들 어떠려고.

—— 그렇긴 하네요, 하고 어머니가 말했다. 그래서 내가 위에서 말했던 발제, —— 답변, —— 그리고 대거리의 한 단계가 여기서 끝났다.

토비에게는 위안거리가 될 수도 있겠지, —— 라고 아버지가 말했다.

대단한 위안거리겠지요, 어머니가 대답했다, 아이가 생긴다면 말이지요. ——

—— 주여, 도와주소서, —— 아버지가 혼잣말을 했다 —— *　*
*　*　*　*　*　*　*　*　*　*　*　*　*　*　*
*　*　*　*　*　*　*　*　*　*　*　*　*　*　*
*　*　*　*　*　*.

## 제40장

　이제 나는 제대로 내 작업에 진입하고 있다. 채식과 차가운 씨 앗 몇 알의 도움으로, 나는 토비 삼촌의 이야기와 나 자신의 이야 기를 비교적 직선으로 진행해 나갈 수 있을 것 같다는 자신감이 들고 있다. 자, 보십시오,

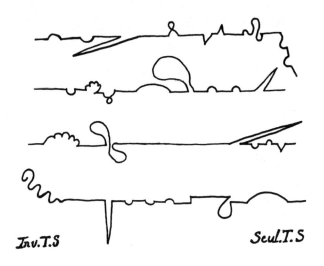

　이것들이 내가 제1, 제2, 제3, 제4권에서 진행해 온 모양을 선 으로 나타낸 것이다. —— 제5권에서는 일이 제법 무난히 진척되 어서, —— 정확하게 다음과 같은 선을 따라 움직여 왔다고 할 수 있다.

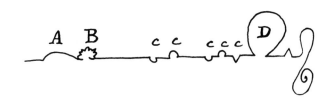

　위의 선을 보면 A라고 표시된 곡선 부분, 즉 내가 나바르로 여행 갔던 부분과, — B라고 표시된 톱니 모양 곡선 부분, 즉 내가 그곳에서 레이디 보시에르와 그녀의 시종과 함께 산책 나갔던 부분을 제외하면, — 내가 존 드 라 카스의 악마에게 끌려다닌 D에 이를 때까지 본론에서 벗어나는 일탈의 장난을 거의 삼갔다는 것을 알 수 있다. — c c c c c는 최고의 장관이라도 피할 수 없는, 일상의 평범한 들고 나기, 즉 일종의 괄호에 불과하고, 사람들이 사는 모습과 비교하거나, — 내가 A B D에서 보여 준 일탈에 비하면, — 아무것도 아니라고 할 수 있다.

　이 제6권에서는 더욱 잘했다고 생각하는 게, — 르 피버의 에피소드가 끝난 시점에서, 토비 삼촌의 군사 작전이 시작되는 부분까지, — 나는 거의 1야드도 길을 벗어난 적이 없다고 할 수 있다.

　이런 식으로 개선해 간다면, —— 그리고 베네벤토 대주교님이 말한 그 악마가 방해하지만 않는다면, —— 앞으로는 이런 정도의 탁월한 경지까지 도달하는 것도 불가능하지만은 않을 것이다.

---

　이것은 내가 (이 용도로 빌린) 습자 선생님의 자를 가지고, 좌나 우로 빗나가는 일 없이 최대한 똑바로 직선을 그린 것이다.

　이 *직선*은, — 기독교도가 걸어가야 할 길! 성직자들이 하는 말이다.

—— 도덕적 청렴성의 상징!이라고 키케로는 말하고 있고 ——

—— *최상의 선이지!*라고 양배추를 심는 사람들이 말한다. ——

— 아르키메데스는 두 점 사이의 가장 짧은 거리의 선이라고 말한다. ——

귀부인들께서는 다음번 국왕 생신용 드레스를 맞추실 때 이 점을 염두에 두시기 바랍니다!

—— 얼마나 대단한 여정인가!

부탁드리건대, 내가 직선에 대한 장을 쓰기 전에 말씀 좀 해 주시겠습니까, — 화내지 마시고 말이지요, — 기지와 재능을 갖춘 분들이 도대체 어쩌다가, —— 어떤 실수로, — 누구 말에 따라, —— 어떤 경로로, 이 선이 **중력**의 선이라고 줄곧 혼동해 왔는지를 말입니다.

제6권의 끝

**제7권**

이것은 본론을 벗어난 여담이 아니라 작품 자체다.<sup>*</sup>

## 제1장

아니지요 —— 내가 기억하기로는, 내가 이런 말을 했던 것 같은데요. 당시에 나를 엄청나게 괴롭혔던 그 고약한 기침이, 지금까지도 내게는 악마보다 더 두려운 그놈의 기침이 혹시 허락해 줄 경우에는 1년에 두 권씩 이 책을 쓰겠다고 말입니다. —— 또 어딘가에서는 — (그게 어디였는지는 지금 기억나지 않지만) 내 책을 하나의 *기계*라고 부르면서, 그 기계가 좀 더 그럴듯해 보이라고, 펜과 자를 탁자 위에 가로질러 올려놓고는, — 만약 생명의 샘이 나에게 건강과 활기찬 기백을 계속 선물해 준다면, 앞으로 40년 동안은 같은 속도로 이 작업을 계속하겠다고 맹세한 적도 있지요.

나의 기백에 대해서라면 사실 불평할 게 거의 없습니다 — 아니, 불평할 게 없기만 한 게 아니라 (내 기백이 나를 긴 막대기에 태우고, 하루 24시간 중 19시간 동안이나 나랑 광대놀이를 한 것이 불평거리가 아니라면) 오히려 반대로, 감사해야 할 것이 아주 — 아주 많습니다. 그대는 내가 온갖 짐을 (근심하는 마음은 빼고) 등에 짊어지고도 인생 행로를 유쾌하게 걸어가도록 도와주었고, 내가 기억하는 한, 내 인생에서 단 한순간도 나를 저버린 적이 없으며, 내가 가는 길에 만나는 대상들을 검은색이나 병색 짙은 녹색으로 채색한 적도 없다. 내가 위험에 처하면, 그대는 나의 지평선을 희망으로 도금해 주었고, **죽음**이 내 방문을 두드릴 때면, — 나중에 다시 오라고 쫓아내 주었다, 그대가 얼마나 유쾌한 어조로, 얼마나 아무렇지도 않은 듯 무심하게 말했던지, 죽음이 목적지를 제대로 찾아온 건지 의심하게 만들기까지 했었다. ——

"— 여기 뭔가 실수가 있었던 게 틀림없어"라고 죽음이 말하지 않던가.

난 본래 이야기할 때 방해받는 것을 무엇보다 싫어하는 사람이다. —— 나는 그 순간에 마침 유지니어스에게 아주 야한 이야기를 내 방식대로 들려주고 있었는데, 그것은 자기가 조개라고 상상하는 수녀 이야기와 홍합을 먹었다가 파문 당한 수사 이야기였고, 나는 그런 조치의 근거와 정당성을 설명하고 있던 중이었다. ——

"그런 엄숙한 사람들이 어떻게 그런 고약한 궁지에 빠질 수 있는 거지?"라고 죽음이 말하더군. 내가 이야기를 끝냈을 때, 유지니어스는 내 손을 잡으며, 트리스트럼, 자네 간신히 위기를 모면했구먼, 하고 말했지. ——

그러나 유지니어스, 아무래도 이런 식으론 살 수 없을 것 같네, 이 매춘부의 아들놈이 내가 사는 곳을 알아냈으니 말일세, 하고 내가 대답하자 ——

— 이름 한번 제대로 불렀네, 유지니어스가 말했다. — 죽음이 세상에 들어온 것은 원죄 때문이라고 배웠거든. —— 그놈이 어떤 경로로 들어왔는지는 관심 없네, 내가 말했다. 그놈이 그렇게 황급히 나를 데려가려 하지만 않는다면 말일세. — 난 써야 할 책이

40권이나 있고, 말하거나 행해야 할 일들도 4천 가지나 남아 있다네. 자네 말고는 아무도 나 대신 해 줄 수 없는 것들만 따져도 말일세. 자네도 보다시피, 그놈이 내 목을 조이고 있고 (바로 탁자 건너편에 앉아 있는 유지니어스도 내 말을 거의 들을 수 없을 정도였다) 탁 트인 들판에선 내가 그놈의 적수가 되지 못하니, 목숨을 부지하려면 차라리 지금, 흩어지긴 했어도 아직 기백이 좀 남아 있고, 이 두 개의 거미 다리가 (한쪽 다리를 그에게 들어 보이며) 아직 나를 지탱할 능력이 있는 동안, — 차라리 지금, 유지니어스, 도망치는 게 낫지 않겠나? 내가 하고 싶은 충고도 바로 그걸세, 트리스트럼, 하고 유지니어스가 말했다. — 그럼 맹세코! 그놈이 상상도 못했던 춤을 추게 만들어야지. — 난 뒤도 한 번 돌아보지 않고 가론 강가*까지 내달릴 생각일세. 그 녀석이 덜컹거리며 내 발치에 바짝 쫓아오는 소리가 들리면, —— 난 베수비오 산으로 뛰어 올라갈 걸세, —— 거기서 요파*로, 그리고 요파에서 세상 끝까지 갔는데도 그 녀석이 계속 따라온다면, 그땐 하느님께 그놈 목을 부러뜨려 달라고 기도하는 거지, 뭐. ——

— 거기서는 자네보다 그놈이 더 위험한 처지가 될 걸세, 유지니어스가 말했다.

유지니어스의 위트와 우정이 몇 달 동안 핏기가 사라졌던 내 볼에 혈색이 돌아오게 만들었다. — 작별을 고하기가 아주 힘든 순간이었지만, 그는 나를 마차로 데려다 주었고, —— *Allons!*라고 내가 말하자, 마부는 채찍을 세차게 내려쳤다 —— 나는 대포알이 날아가듯 출발했고, 대여섯 번 도약하며 덜컹거린 뒤 도버*에 도착했다.

# 제2장

아, 잠깐! 나는 프랑스 해안을 건너다보며 말했다. ― 사람이란 무릇 외국에 나가기 전에 자기 나라에 대해서도 뭘 좀 알아 둬야 하는 것 아닐까, ―― 나는 로체스터 교회도 들여다보지 않았고, 채텀의 부두도 그냥 지나쳤고, 캔터베리의 성 토머스 교회도 방문하지 않았잖아, 세 곳 모두 내가 지나오는 길에 있는데도 말야. ――

― 그러나 내 경우는, 워낙 특별하니까 ――

그래서 나는 이 문제를 토머스 오베케트*나, 또는 다른 누구와도 논의하지 않은 채 ― 배에 올라탔고, 배가 5분 이내에 돛을 올리자, 우리는 바람처럼 미끄러져 갔다.

그런데 선장, 나는 선실로 내려가며 물었다, 이 뱃길에서 죽음한테 붙잡힌 사람은 없나요?

아, 항해 거리가 워낙 짧아 배 안에서 아플 시간도 없답니다, 하고 그가 대답했다. ―― 괘씸한 거짓말쟁이 같으니라고! 난 벌써 멀미가 나서 죽을 지경인데, 내가 말했다, ― 아이고 머리야! ―― 머리가 거꾸로 뒤집힌 것 같아! ― 이보시오! 세포가 하나하나 풀려 나가 서로 뒤엉켜 있고, 혈액과 임파액, 신경액은 덩어리 소금, 휘발성 소금*과 뒤섞여 한 덩어리가 된 것 같아요 ―― 하 ― 님 맙소사! 그것들이 모조리 수천 개의 소용돌이 속에서 빙빙 돌아가고 있는데요 ― 혹시 그 덕분에 내가 더 명료하게 글을 쓰게 되지나 않는지 알 수 있다면 1실링을 내놓지요. ――

메스꺼워! 메스꺼워! 메스꺼워! 메스꺼워! ――

― 육지엔 언제 도착해요, 선장? ― 다들 돌멩이 같은 심장을 가진 게지 ―― 윽, 정말 죽을 것처럼 괴로워요! ―― 얘야, 저것

좀 건네줘 —— 완전히 속을 뒤집어 놓는 멀미라니까 —— 차라리 밑바닥에 누워 있을걸 — 부인! 부인은 어떠신지요? 난 끝장났어요! 끝장났다고요! 끝 —— 아! 끝장났다고요! 선생님 — 아니, 처음이세요? —— 아뇨, 두 번째, 세 번째, 여섯 번째, 열 번째랍니다, 선생님, — 어이, 이봐요 —— 머리 위에서 뭐가 이렇게 쿵쿵거리는 거요! — 어이, 급사! 무슨 일인가? —

바람이 거칠게 요동을 쳐서요! 에이, 빌어먹을! — 그럼 내가 죽음과 정면으로 마주치게 되겠군.

무슨 운이람! — 바람이 다시 요동치는데요, 선장님 —— 아, 이 악마한테 요절 날 놈. ——

선장님, 하고 그녀가 말했다, 제발 부탁드리니, 육지로 좀 올라가게 해 주세요,


## 제3장


칼레에서 파리로 가는 데 뚜렷이 다른 세 가지 길이 있다는 것은, 갈 길 바쁜 사람에게는 여간 불편한 일이 아니다. 그 두 곳 사이에 위치한 여러 마을의 대리인들이 각각 자기 마을에 대해 할 말이 많다 보니, 어느 길을 택할지 결정하는 데만도 반나절은 족히 걸리게 생겼다.

우선 릴과 아라스를 거쳐 가는 길은 가장 멀리 돌아가는 길이지만 —— 가장 흥미롭고 배울 것도 많은 길이다.

두 번째 길은 아미앵을 거쳐 가는 길인데, 샹티이를 보고 싶다면, 택해도 좋은 길이다 ——

그리고 보베를 거치는 길은, 그냥 그러고 싶다면 가도 되는 길

이다.*

바로 그런 이유로 많은 사람들이 보베를 거쳐 가는 길을 택한다.


## 제4장


"자, 칼레를 떠나기 전에" 어느 기행문 작가는 말한다, "그곳에 대해 몇 가지 설명해 드리는 것도 나쁘지 않겠지요." — 그러나 나는 그 도시가 자기를 귀찮게 하지 않는 한, 그냥 가만히 내버려 두고 조용히 지나가지 않는 것이 — 오히려 아주 나쁘다고 생각한다. 왜 굳이 지나가는 구석구석마다 멈춰 서서 펜을 꺼내 들고, 양심적으로 말해서, 그저 쓰는 것 자체를 목적으로 뭔가를 써야 하는가 말이다. 사람들이 그동안 써 놓은 것들을 근거로 판단해 보건대, 글을 쓴 다음 달린 사람이나 — 달린 다음 쓰는 사람이나, 사실 이 두 가지는 상당히 다른 것이지만, 그리고 지금 내가 하듯이 다른 사람보다 좀 더 신속하게 길을 가기 위해 달리면서 쓰는 사람들은 물론, —— 저 위대한 애디슨처럼 자기 당나 — 에 교과서적인 책들을 잔뜩 넣은 가방을 매달고 달리면서 쓰다 보니,* 한 글자 한 글자 쓸 때마다 그 짐승의 엉덩이가 벗어지게 만들었던 사람들까지 포함해서, — 말 달리는 사람 누구든 모두 다 차라리 자기 집 마당에서(그게 있는 경우에는) 조용히 돌아다니며, 신발도 적시지 않고, 뭐든 쓰고 싶은 것을 실컷 쓰는 게 나았을 것이다.

내 입장을 말하자면, 나의 심판관이자, 나의 마지막 호소를 받아 줄 분인 하늘에 맹세코, — 칼레에 대해서는 (이발사가 면도칼을 갈면서 내게 들려준 것 외에는) 내가 이 순간 저 웅대한 카이로에 대해 알고 있는 정도 이상은 아는 게 없다. 왜냐하면 내가 도착했을 때는 이미 어둑어둑한 저녁 무렵이었고, 내가 출발했을 때는 칠흑같이 캄캄한 새벽이었으니까. 하지만 내가 이미 뭐가 뭔지 알고 있는 것과, 마을 한 부분에 있는 저것으로부터 이것을 끌어내고, 다른 부분에선 이것과 저것을 함께 섞어서 엮어 본다면, — 내가 내 팔 길이만큼 긴 장을 하나 써낼 수 있다는 것을 걸고 아무 내기든 해도 좋다. 그리고 내 글은 그 마을을 찾는 여행객의 호기심을 일으킬 만한 모든 항목에 대해 아주 명료하고 흡족하게 자세한 정보를 제공할 테니까 — 당신은 아마 내가 칼레의 시청 서기라도 되는 줄 알 것이다. — 선생, 놀랄 게 뭐 있겠습니까? 나보다 열 배나 잘 웃는 데모크리토스*도 — 압데라의 마을 서기가 아니었던가요? 게다가 우리 두 사람보다 훨씬 더 분별력 있던 그 사람 (이름은 잊어버렸지만) 역시 에페소스의 마을 서기*가 아니었습니까? —— 그리고 선생, 내 글은 아주 많은 지식과 분별력 그리고 정확성을 약속드릴 수 있습니다 ——

— 아니 — 내 말을 믿지 못하신다면, 수고스럽더라도 다음 장을 직접 한번 읽어 보시지요.


## 제5장

**칼레**, 칼라티움, 칼루시움, 칼레시움.*

만약 고문서 보관소란 것을 신뢰할 수 있다면, 사실 여기서 그 권위를 의심할 이유는 없지만, — 이 도시가 한때는 최초의 기네 백작들 중 한 사람이 소유했던 작은 마을에 불과했다고 한다. 그러나 지금은 *basse ville** 또는 교외에 사는 420가구의 명문가를 제외하고도, 인구가 1만 4천 명에 이른다 하니, —— 내 생각에는 조금씩 조금씩 성장해서 현재의 크기에 이른 것 같다.

여기에 수도원은 네 곳이 있지만, 마을 전체에 교구 성당은 한 곳밖에 없다. 그 크기를 정확히 알아볼 기회는 없었어도, 웬만큼 짐작해 보는 것은 쉬운 일이다. — 1만 4천 명의 주민을 다 수용하자면 성당이 상당히 커야 할 것 아닌가, — 그러나 만약 다 수용할 수 없다면, — 성당이 하나 더 있지 않다는 게 여간 마음 아픈 일이 아닐 것이다. — 이 성당은 십자가 모양으로 지어, 성모 마리아께 바친 곳인데, 성당 중앙에는 그 위에 뾰족탑이 붙어 있는 첨탑이 자리해 있고, 네 개의 우아하고 날렵한, 그러나 동시에 충분히 튼튼해 보이는 기둥이 이 첨탑을 받치고 있다. — 그리고 열한 개의 아름답기보다는 장엄한 제단으로 장식되어 있는데, 특히 대제단은 걸작품으로서 흰 대리석으로 만들어져 있고, 높이가 거의 60피트에 이른다고 들었다. — 그게 훨씬 더 높았다면, 갈보리 언덕만치 높다고 말할 수도 있겠지만, 그렇지는 않고, — 따라서 양심에 맞춰 충분히 높았다고 생각한다.

무엇보다 강한 인상을 남긴 것은 대광장이었는데, 비록 포장이 잘되어 있거나 잘 축조된 것은 아니지만 이 도시 중심부에 있고, 대부분의 길이, 특히 이 일대에 있는 길들은 모두 이 광장에서 끝나고 있다. 만약 칼레 전체를 통틀어 분수가 하나라도 있었더라면, 그런데 아무래도 하나도 없는 것 같다. 하나라도 있었다면, 그런 것은 대단한 장식물이니까, 주민들이 당연히 이 스퀘어의 중심부에 설치했을 테니 말이다. 이 광장은 정확히 말해 스퀘어는 아니다, — 동서의 길이가 남북의 길이보다 40피트나 더 길다. 따라서 프랑스인들이 광장을 스퀘어라 부르지 않고 플라세라고 부르는 것은 타당한 이유가 있다고 본다. 그들의 광장은 엄밀히 말해서 정사각형이 아니니까.

시청 건물은 제대로 수리하고 관리하지 않아서 보잘것없는 건물처럼 보이긴 하지만, 그 부실함만 빼면 그래도 이곳에서 두 번째로 대단한 장식물이다. 게다가 그 목적에 잘 부응하는 것이, 때때로 거기 모이는 치안 판사들을 수용하는 기능을 제대로 수행하고 있었고, 따라서 정의가 규칙적으로 분배되고 있었다고 추정할 만했다.

쿠르갱에 대해서는 말은 많이 들었지만, 흥미로운 것은 아무것도 없는 곳이다. 주로 선원들과 어부들이 거주하는 지역으로, 대부분 벽돌로 단정하게 만든 좁은 길이 몇 개 있고, 인구 밀도가 지극히 높은데, 그것은 그들의 식습관*으로 설명될 수 있는 일이니, —호기심을 일으킬 만한 일은 아니다. —— 이곳은 여행객이 가 보고 싶다면 가 봐도 되는 곳이지만, — *La Tour de Guet*는 무슨 일이 있어도 놓치지 말아야 할 구경거리다. 그 명칭은 전시에 해상이나 육로로 접근하는 적군이 있는지 살펴보고 적이 눈에 띄면 경고를 보냈던 그 본래 목적에 따라 붙여진 것이다. —— 그러나 이것은 터무니없이 높게 솟아 있기 때문에, 끊임없이 사람의 시선을 끌고 있으며, 보고 싶지 않아도 눈에 띌 수밖에 없다.

한 가지 특히 실망스러웠던 것은 그 지역 요새들을 자세히 살펴볼 허가를 얻을 수 없었다는 점이다. 세상에서 가장 철통같은 요새로 알려진 곳인데, 프랑스 불로뉴의 백작 필리프가 처음 축성한 이래로 현재 전쟁이 진행되는 시점까지 여러 차례 수리를 거치다 보니, 그 요새에 들어간 돈이 (나중에 가스코뉴에서 한 엔지니어에게서 들은 바로는) — 1억 리브르가 넘는다고 한다. 특히 주목할 만한 점은 그 도시에서 가장 취약한 지역과 저지대 그라블린 요새에 돈을 가장 많이 썼다는 사실이다. 이 요새는 외보가 들판까지 멀리 뻗어 있고, 따라서 매우 넓은 땅을 차지하고 있다. —

그러나 할 말을 다 하고 났으면, 인정해야 할 것이 있다. 칼레는 언제나 도시 자체로서는 대단할 게 없지만, 그 위치 때문에, 그리고 우리 조상들이 프랑스로 들어올 일이 있을 때 쉬운 통로를 제공했다는 점에서 특별하다. 그렇다고 불편한 점이 없는 것은 아니다. 됭케르크가 우리 시대 영국인에게 골칫거리이듯이, 그 옛날 영국인에게는 칼레가 그에 못지않은 골칫거리였기 때문에, 영국과 프랑스 양국 모두에게 요충지로 대접받았고, 그것을 누가 차지하느냐를 두고 그처럼 많은 분쟁이 일어난 이유도 바로 거기 있을 것이다. 그중에서도 특히 칼레 포위 공격, 아니 오히려 봉쇄는 (육로와 해로가 다 차단되었으니까) 가장 기억할 만한 사건이다. 칼레는 에드워드 3세가 1년 내내 공략했어도 견뎌 냈으며, 기근과 극심한 곤궁 때문만 아니었다면 마침내 무너지지도 않았을 것이다. 동료 시민을 위해 제일 먼저 스스로를 희생양으로 내놓은 외스타슈 드 생 피에르*는 영웅의 반열에 자신의 이름을 올렸다. 이 낭만적 사건과 그 포위 공략에 대해 보다 자세한 내용을 라팽 자신의 말*로 전하더라도, 그게 채 50페이지도 되지 않는데, 그것을 여기서 제공하지 않는 것은 독자에게 부당한 일일 것이다.

## 제6장

—— 그러나 겁먹지 마세요! 점잖은 독자여! —— 난 그런 일은 경멸합니다 —— 당신을 내 손아귀에 두고 있는 것만 해도 대단한 일인데. —— 내 펜이 마침 운 좋게 당신을 장악하고 있다 해서, 그것을 이용해 먹으려 한다면 그건 너무 지나친 일이지요. —— —— 안 되지요 —— ! 몽상적 두뇌에 온기를 주고, 비세속적 길을

가는 영혼에게 빛을 밝혀 주는 그 강력한 불길에 맹세합니다! 내가 무력한 피조물인 당신을 봉으로 삼아, 내가 판권을 갖지도 않은 50페이지의 글에다가 당신이 돈을 지불하게 하느니, 아, 가여운 영혼이여! 비록 내가 헐벗은 사람이긴 해도, 차라리 산속에 들어가 풀을 뜯으며, 북풍이 내게 텐트나 저녁 식사도 가져다주지 않는다는 사실을 향해 미소를 지어 보이겠습니다.

— 그러니 나의 씩씩한 젊은이! 채비를 갖추고 불로뉴를 향해 길을 서둘러 보게나.


## 제7장


—— 불로뉴라! — 하! — 여기 모두 모였군요 —— 하늘 앞에서 죄인이거나 채무자인 사람들 — 우린 참으로 유쾌한 집단이지요. — 하지만 난 여기 머물러 당신들과 한잔 들이켤 여유가 없습니다 — 쫓기는 악마들처럼 나도 추격을 당하고 있는 처지이고, 자칫하면 말을 바꿔 타기도 전에 잡힐 것 같아요. —— 제발 좀, 서둘러 주게. —— 아마 반역죄 때문인 것 같은데요, 하고 아주 자그마한 남자가 옆에 서 있는 아주 키 큰 남자에게 한껏 목소리를 낮춰 속삭였다. —— 아님 살인죄 때문이든지요, 키 큰 남자가 말했다. —— 주사위 한번 잘 던졌군요! 가장 높은 패랑 가장 낮은 패인데요,* 하고 내가 말했다. 아니지요, 세 번째 사람이 말했다, 저 신사 양반이 저지른 일은 ————.

아! *ma chere fille!** 하고 나는, 아침 기도를 끝내고 가벼운 발걸음으로 지나가던 여성에게 말을 건넸다. — 당신은 아침 햇살처럼 아름다운 장밋빛을 띠고 있군요, (마침 해가 떠오르고 있었기에, 그 칭찬은 더욱 멋있게 들렸다.) —— 아뇨, 그것은 아닐 겁니다, 네 번째 사람이 말했다. —— (그녀는 내게 절을 했고, — 나는 내 손에 키스를 해서 그녀에게 보냈다.) 아무래도 빚 때문인 것 같아요, 하고 그가 말을 이었다. 틀림없이 빚 때문일 겁니다, 다섯 번째 사람이 말했다. 누가 천 파운드를 준다 해도 난 저 신사의 빚은 갚아 주지 않을 거요, 최악의 패가 말했다. 나도 하지 않을 거요, 최고의 패가 말했다, 그 돈의 여섯 배가 생긴다 해도 말요. — 잘 던졌네요, 다시 한 번 최고 패랑 최저 패군요!라고 내가 말했다. — 그러나 난 **자연의 여신**에게 진 빚* 말고는 아무 빚도 없어요. 난 그저 그녀가 조금 기다려 줬으면 하는 건데요, 때가 되면 한 푼도 빼지 않고 다 갚을 참입니다 —— 그런데 **마담**, 아무도 괴롭히지 않고, 합법적 명분을 갖고 조용히 지나가는 여행객을 이렇게 붙잡다니, 너무 몰인정하신 것 아닙니까? 차라리 나를 바싹 쫓아오는, 저 큰 보폭으로 성큼성큼 걸어가면서 죄인들을 겁주는, 죽음의 얼굴을 가진 악당이나 붙잡아 주시지요. —— 당신 때문만 아니라면, 저놈이 절대 날 따라오지 않았을 겁니다 —— 그저 한두 역이라도 내가 앞서 출발하게 해 주세요, 마담, 간청드립니다 ———— 제발요, 경애하는 숙녀시여 —— .

— 그런데 정말이지, 아쉽기 짝이 없는 일이네요, 하고 아일랜드 출신 여관 주인이 말했다, 이렇게 멋진 구애의 말들이 아무 소용 없게 되었다니, 저 젊은 숙녀는 아까부터 당신 말이 들리지 않는 곳까지 가 버렸거든요 —— .

—— 단순한 친구 같으니! 내가 말했다.

—— 그래, 불로뉴에는 달리 구경할 만한 게 없단 말입니까?

— 무슨 말씀을! **인문학** 분야에서는 가장 훌륭한 **신학교**가 있지요 —— .

── 더 훌륭한 학교는 있을 수가 없지요, 내가 말했다.


# 제8장


사람의 마음이 서둘러 가고 싶은 조급한 열망 때문에 타고 가는 마차보다 90배나 빨리 달려갈 때에는 ── 진리는 재앙을 맞으리라! 그리고 그의 실망에 찬 한숨의 대상이 되는 그 마차와 마차의 장비들(어떤 소재로 만들어졌든 간에) 역시 재앙을 맞으리라!

나는 심술 맞은 마음으로 사람이나 사물의 품성을 일반화하여 판단하는 일이 없기 때문에, 처음 그 일이 생겼을 때 *"가장 서두르는 사람이 가장 느린 법이지"*라는 말로 불만을 표현했을 뿐이었다. ── 그리고 같은 일이 두 번째, 세 번째, 네 번째, 다섯 번째 생겼을 때도, 내 비판을 각각의 경우에 한정했고, 따라서 매번, 두 번째, 세 번째, 네 번째, 다섯 번째 역마차 마부를 각각 그 사람만 비난하고, 더 이상 확대시키지는 않았다. 그러나 같은 일이 계속되면서, 여섯 번째, 일곱 번째, 여덟 번째, 아홉 번째, 열 번째까지 단 한 번도 예외 없이 골탕을 먹게 되자, 나는 국민적 특성에 대해 생각해 보지 않을 수가 없었고, 그래서 다음과 같이 그 생각을 제시해 본다.

*프랑스의 역마차는 처음 출발할 때 언제나 뭔가 잘못된다.*

또는 그 명제를 이렇게 말할 수도 있을 것이다.

*프랑스 역마차 마부는 출발한 마을에서 3백 야드도 벗어나기 전에 항상 다시 내릴 일이 생긴다.*

이번에는 뭐가 잘못되었소? ── 빌어먹을! ── 밧줄이 끊어졌어요! ── 매듭이 풀렸네요! ── 꺾쇠가 빠졌어요! ── 볼트를 깎아 줘야 한다고요! ── 쇳조각, 헝겊 조각, 톱니 조각, 가죽끈,

버클 또는 버클의 핀을 손봐 줘야 합니다. ──

이게 모두 사실이긴 하지만, 그 때문에 그 마차나 마부를 파문할 권한이 내게 주어진다고 생각해 본 적은 없다. ── 그렇다고 살아 계신 하 ── 님을 걸어 욕할 생각이 머리에 들어와 본 적도 없다. 나는 차라리 걸어가는 게 천번 만번 낫겠다, ── 또는 내가 이놈의 것을 다시 탄다면 지옥에 가게 될 거야, 뭐 이런 생각을 하다가도, ── 마음을 냉정하게 가다듬고, 쇳조각이든, 헝겊 조각이든, 톱니 조각이든, 볼트든, 버클이든, 버클의 핀이든, 뭔가가 잘못되어 교체하거나 고쳐야 하는 상황은 내가 어딜 여행하건 간에 생길 수 있는 일이라는 생각을 한다. ── 그래서 나는 빈정거리는 일 없이, 좋은 일이든 나쁜 일이든 내 여정에 떨어지는 것은 그대로 받아들이며 여행을 계속한다. ── 그리하게, 젊은이! 하고 내가 말했다. 그는 점심 식사용으로 마차 주머니에 쑤셔 넣었던 흑빵을 꺼내느라 마차에서 내렸기 때문에, 이미 5분이나 지체했다. 그는 다시 마차에 올라, 빵을 맛있게 즐기느라 한가롭게 천천히 가고 있었다. ── 속도를 내세, 젊은이, 내가 활기차게 말했다 ── 나는 상상할 수 있는 한 가장 설득력 있는 어조로 그 말을 했는데, 그것은 24수짜리 동전을 꺼내, 그가 돌아보았을 때 잘 보이도록 동전의 평평한 면이 그를 향하게 하여, 유리창에 대고 두드린 것을 말한다. 그 녀석은 알아들었다는 듯 입이 양쪽 귀까지 걸리게 웃으며, 검댕이 묻은 듯한 입술 아래로 진주 같은 치열을 드러내 보였는데, 가히 여왕 마마께서 보석을 저당 잡혀서라도 얻고자 할 만한 물건이었다. ──

원 세상에! { 거참 대단한 분쇄기로군! ──
거참 대단한 빵이로군! ──

그렇게 해서, 그가 마지막 남은 빵 한 입을 끝낼 무렵, 우리는 몽트뢰유 시에 들어섰다.


## 제9장


내 의견으로는, 프랑스 전역을 뒤져도, 몽트뢰유만큼 지도상에서 더 돋보이는 도시를 찾을 순 없을 것이다. —— 사실 역마찻길 안내 책자에서도 그리 멋져 보이지 않긴 하지만, 막상 와서 보면 —— 정녕 참으로 볼품없는 도시다.

그러나 지금 그 안에는 아주 멋진 게 하나 있다. 그것은 여관 주인의 딸로, 그녀는 아미앵에서 18개월, 파리에서 6개월 교육을 받았고, 뜨개질·바느질에다 춤도 곧잘 추고, 제법 교태도 부릴 줄 아는 처녀다. ——

—— 깜찍한 것! 내가 지켜보고 있는 5분 동안, 그녀는 이 모든 것을 과시하면서, 뜨개질하던 흰색 긴 양말의 코를 최소한 열두 개 이상 줄여 나갔다. —— 그래, 그래 —— 알겠다고, 이 약삭빠른 집시 아가씨! —— 그게 길고 점점 가늘어진단 말이지 —— 그것을 핀으로 무릎에 고정시킬 필요도 없겠구먼 —— 그것은 너의 것이고, —— 너한테 꼭 맞는다는 것을 알겠다고. ——

—— 조물주께서 그녀에게 *조각상의 엄지손가락\**에 대해서까지 한 말씀 해 주셨다니! ——

—— 그러나 이 표본은 모든 조각의 엄지를 합한 것만큼 가치가 있는 데다 —— 손가락이 지침이 될 경우 그녀의 엄지와 다른 모든 손가락이 바로 내 눈앞에 있고, —— 게다가 자나톤이(그게 그녀의 이름이다) 그림 그리기에 안성맞춤인 모습으로 서 있으니 ——

마치 그녀가 흠뻑 젖은 주름진 옷을 두르고 내 앞에 서 있기라도 한 것처럼, ― 내가 지금 당장 결연히 연필을 들고, 그녀의 균형 잡힌 모습을 화폭에 담아내지 않는다면, ―― 다시는 그림을 그리지 않거나, 차라리 평생 동안 짐마차의 말처럼 힘으로 당기는 일* 만 하는 게 나을 것이다.

― 여러 점잖은 어른들께서는 내가 차라리 이 마을 대성당의 길이와 폭 그리고 수직의 높이 같은 것을 말씀드리거나, 아르투아에서 이곳으로 이송시켜 온 성 오스트레베르 수도원의 겉모습을 그려 주길 원하실 것이다. ― 근데, 모든 게 석공과 목수들이 만들어 놓은 그대로인 데다, ― 예수님에 대한 믿음이 그렇게 오래 지속될 수 있다면, 앞으로 50년간은 수도원이 그 모습 그대로 있을 것 같으니, 여러 어른들께서는 시간 나는 대로 아무 때나 오셔서 재어 보실 수 있을 것이다. ―― 그러나 그대 자나톤을 재는 사람은 지금 당장 해야만 한다 ― 그대의 형태 안에는 변화의 법칙이 존재하고 있으니, 이 무상한 인생의 우연성을 고려해 볼 때, 앞으로 그대가 어찌 될지 단 한순간도 장담할 수 없는 일이다. 열두 달이 채 두 번도 흘러가기 전에, 그대는 호박처럼 불어나 그 몸매를 잃을 수도 있고 ―― 피었다 지는 꽃과 같이 아름다움을 잃을 수도 있다. ― ― 아니, 어쩌면 바람난 처자가 되어, ― 그대 자신을 잃어버릴 수도 있겠지. ― 나의 대고모 다이나가 살아 있다 해도, 난 그녀에 대해 장담할 입장이 아니고 ―― 그녀를 그린 그림에 대해서도 장담하긴 어렵다 ― 그게 레이놀즈가 그린 것이 아니라면 말이다 ―.

― 이 아폴로의 아들을 입에 올린 뒤에도 내가 그리기를 계속한다면 총 맞아 죽을 일이겠지 ――.

그러니 당신은 실물로 만족하기 바란다. 어느 상쾌한 저녁 무렵, 혹시 몽트뢰유를 지나가실 일이 생기면, 거기서 말을 바꿔 매는 동안 마차 문을 통해 그녀를 볼 수도 있을 것이다. 그러나 혹시 나처럼 갈 길이 바쁜 절박한 이유가 없다면, — 거기 머무는 것도 좋을 것이다. — 그녀에게는 경건한 신앙인* 같은 구석이 조금 있긴 하지만, 선생, 그것은 9 이하 세 장의 카드 패 정도로 당신에게 유리하다는 말입니다.* —

— ㅈ 여 — 도와주소서! 전 1점도 따지 못했답니다. 지고 또 져서 악마에게 완패하고 말았습니다.

## 제10장

이 모든 것을 고려해 볼 때, 게다가 죽음이 내가 상상하는 것보다 훨씬 더 가까이 있는지도 모르니까, —— 차라리 지금 아브빌에 도착해 있으면 좋겠다. 거기서 구경할 것이라곤 사람들이 양털을 손질해서 실로 잣는 것밖에 없더라도 말이다. —— 그래서 우리는 즉시 출발했다.

[24]*de Montreuil a Nampont-poste et demi* * *de Nampont a Bernay - - - poste*
*de Bernay a Nouvion - - - poste*
*de Nouvion a ABBEVILLE poste*

—— 그러나 양털 손질하는 사람이나 실 짜는 사람들은 모두 잠자리에 들고 없었다.

---

24) 프랑스 역마차 길 안내 책자, 36쪽, 1762년 판 참조.

## 제11장

여행이란 얼마나 엄청난 혜택을 주는 것인가! 사람을 열 오르게 한다는 게 문제이긴 하지만, 그것도 치료할 방법이 있으니, 다음 장에서 그 치료법을 찾아보시기 바란다.

## 제12장

내가 지금 약제사와 어디서 어떻게 관장 약을 마셔야 할지를 두고 약성을 맺는 것처럼 죽음과 대면해 그런 것을 따질 상황이 온다면, —— 나는 친구들 앞에서 그 일을 당하는 것은 절대 반대한다고 분명히 선언할 것이다. 따라서 죽음 자체만큼이나 끊임없이 나를 괴롭히고, 내 생각을 지배하고 있는 임종이라는 대파국을 맞는 방법과 양식에 대해 생각할 때마다, 나는 일단 이런 소망으로 그 고민을 일단락 짓는다. 즉 모든 일을 관장하시는 그분께서 그 일이 나의 집이 아니라 —— 어느 깔끔한 여관에서 일어나도록 배려해 주십사 하는 것이다. — 집에서라면, — 창백한 사랑과 걱정이 담긴 떨리는 손으로 친구들이 내 이마를 닦아 주고 내 베개를 매만져 주는 마지막 친절의 행사를 베풀 것이고, 그런 상황은 내 영혼을 너무나 괴롭게 만들 것이므로, 나는 결국 의사가 그 이름도 알지도 못하는 병으로 죽게 되리란 것을 잘 알고 있다. 그러나 여관에서라면, 내가 필요로 하는 몇 가지 일들은 몇 기니의 돈으로 살 수 있을 것이고, 그 일을 해 주는 사람들 역시 흔들림 없이 정확하게 일을 처리해 줄 것이다. — 그러나 주목해 주십시오. 아브빌의 이 여관은 그런 여관이 될 수 없다는 것을. —— 온 우주에 다른 여관이 하나도 없다 하더라도, 나는 이 여관을 그런 목적의 여관 목록에서 지워 없애 버릴 것입니다. 그러니,

내일 아침 4시까지 틀림없이 마차에다 말을 매 놓도록 하게. — — 알겠습니다, 4시까지요, — 그리하지 못하면, 성 주네비에브*에 맹세코! 내가 온 집안에 난리 법석을 떨어 죽은 자도 깨워 놓을 것이네.


## 제13장


"저들을 굴러가는 바퀴처럼 되게 만들어 주소서"*라는 말은 모든 지식인들이 알고 있는 것처럼, 유럽 대여행과 거기 가담하는 불안한 영혼들을 통렬히 비아냥거리는 말이다. 다윗은 후세의 자손들이 이런 일로 시달릴 걸 예언자처럼 미리 내다본 모양이다. 저 위대한 홀 주교님이 말씀하셨듯, 그것은 다윗이 야훼의 적들에게 내린 가장 가혹한 저주였고, — 마치 "난 그들을 항상 굴러다니게 만드는 것보다 더 나쁜 불운은 생각할 수 없습니다"라고 말하는 것 같다. — 또 홀 주교님은 움직임이 많으면 많을수록, (그는 상당히 뚱뚱한 분이었다) — 그만큼 불안정하고, 같은 맥락으로 유추해 보면, 휴식이 많으면 그만큼 천국에 가깝다고 말씀하신다.

그런데 난 (매우 여윈 관계로) 그분과는 다른 생각을 갖고 있다. 움직임이 많다는 것은 생명력이 넘치고, 기쁨으로 충만한 것이며 —— 가만히 서 있거나 천천히 움직이는 것은 죽음과 악마에 가깝다고 생각한다.

이봐요! 어이! —— 온 세상이 잠들어 있잖아! —— 말을 꺼내 오고 —— 바퀴에 기름을 칠하고 —— 우편물을 묶어 올리고 ——

그 몰딩에 못을 박아야지 — 난 한순간도 지체할 수 없다네 —.

우리가 이야기했던, 다윗이 적들을 그것으로 변하라고(그 위에 묶이라고 했다면 익시온*의 바퀴가 될 테니) 저주했던 그 바퀴는, 홀 주교의 체질에 따를 것 같으면 분명 역마차 바퀴일 것이고, 그 당시 팔레스타인에 그런 게 있었는지의 여부는 별개의 문제이지만 —— 내가 말하는 바퀴는 그와 반대의 이유로, 한 시대에 겨우 한 바퀴 회전하면서도 신음 소리를 내는 짐수레 바퀴임에 틀림없다. 내가 만약 논평가라면, 그렇게 느린 바퀴는 경사가 심한 구릉 지대에 특히 많이 있다고 조금도 주저하지 않고 단언할 것이다.

나는 피타고라스학파 사람들을 좋아하는데(내가 나의 사랑스러운 제니 앞에서 감히 인정할 수 있는 것보다 훨씬 더 많이 좋아한다) 그들은 "χωρισμὸν᾽ ἀπο᾽ τῦ Σω᾽ μαῖος, εἰς᾽ το Καλῶς Φιλοσοφεῖν" —— —— [그들은] "제대로 생각하기 위해서는 육신을 벗어나야 한다"고 믿고 있기 때문이다. 몸 안에 있는 동안은 아무도 올바로 생각할 수 없고, 각자의 체질상의 기호에 의해 눈이 멀 수도 있고, 주교님과 내가 그랬듯이, 근성이 너무 느슨한가, 너무 팽팽한가에 따라 서로 다른 방향으로 끌릴 수도 있다, —— **이성**은, 그 절반이 **감성**이고, 하늘의 척도 자체도 현재 우리의 욕구와 책략이 조합해 낸 척도일 뿐이다. ——

—— 그런데 그 둘 중에서 지금의 경우에는, 어느 쪽이 가장 잘못되었다고 생각하십니까?

당신이지요, 물론, 하고 그녀가 말했다, 이렇게 이른 새벽에 온 집안 사람들을 모두 깨워 놨으니까요.

# 제14장

— 그녀는 내가 파리에 도착할 때까지는 수염을 깎지 않겠다는 맹세를 했다는 것을 모르고 있었다. —— 하지만 난 별것 아닌 일을 비밀로 하는 것은 싫어하는 사람이다. — 그런 것은 레시우스가(*lib*. 13. *de moribus divinis, cap*. 24) 계산하며 상정했던 그 지극히 작은 영혼을 가진 사람들에게서나 볼 수 있는 차디찬 조심성에서 나온다. 레시우스*는 (아담의 타락 이후부터 계산해서) 세상이 끝나는 날까지 저주받게 될 영혼의 수를 8천억 명으로 추정하고, 네덜란드식 1마일*을 세제곱한 공간이면 이들을 모두 수용하고도 남는다고 주장한다.

그가 지옥에 떨어질 영혼의 수를 어떻게 그 정도밖에 안 될 것으로 추정했는지는, — 혹시 하느님의 부성적 자애심을 근거로 한 게 아니라면 — 나도 알 수 없는 일이지만, 더욱 이해하기 어려운 것은 프란시스코 리베라*의 계산이다. 그는 그 정도 수의 영혼을 수용하는 데 충분하려면 이탈리아식 2백 마일*을 제곱한 공간 정도는 되어야 한다고 주장한다. —— 그는 아마도 그가 책에서 읽었던 고대 로마인의 영혼을 염두에 두었던 것 같은데, 인간의 영혼이 점진적으로 얼마나 더 수척해지고 쇠퇴해 왔던지, 1천8백 년의 세월이 흐른 뒤인, 그가 그 글을 쓰던 무렵에는, 거의 아무것도 남아 있지 않을 만큼 영혼이 쪼그라들었을 가능성을 생각하지 못했던 것 같다.

더 냉정한 사람이었던 것으로 보이는 레시우스의 시대에는 영혼이 상상할 수 있는 한 가장 작게 오그라든 상태였을 것이다. ——
—— 우리 영혼이 *지금*은 그보다 더욱더 작아졌다는 것을 알 수 있다. ——

다가오는 겨울에는 다시 더 작아질 것이니, 우리가 그런 식으로 작은 것에서 더 작은 것으로, 더 작은 것에서 아무것도 없는 상태로 축소되어 간다면, 그래서 반세기만 더 이런 식으로 오그라든다면, 우리는 영혼이 전혀 없는 상태에 이를 것이라고 한순간도 망설이지 않고 단언할 수 있다. 그 기간 이후에도 기독교 신앙이 존재할지 다분히 의심스러우니, 영혼과 신앙이 정확히 함께 시들어 사라져 간다는 게 그나마 한 가지 이점이 아닌가 생각한다. ──

축복받은 주피터여! 축복받은 다른 모든 이교도 신들과 여신들이여! 이제 프리아포스*를 뒤꽁무니에 거느리고 모두들 다시 한번 놀이를 시작하게 되겠지요 ── 얼마나 유쾌한 시내가 될 것인가! ── 근네 내가 어디에 있는 거지? 내가 무슨 달콤한 소동 속으로 내달리고 있는 건가? 내가 ── 생의 한가운데서 생명을 잃게 생겼고, 내 상상력을 통해 빌리는 것 말고는 그 소동을 더 이상 맛볼 수 없게 될 내가 말이다 ── 자, 평안히 지내시오, 너그러운 어릿광대여! 나는 내 여정을 계속하리다.


## 제15장


──── 이미 말했듯이 "별것 아닌 일을 비밀로 하는 것은 싫어하기 때문에" ── 나는 돌 더미를 벗어나자마자, 마부에게 사정을 털어놓았고, 그는 내 말에 답하는 뜻으로 채찍을 철썩 내려쳤으며, 마부 바로 앞에 있는 끌채 말은 빠른 속도로 달리기 시작했고, 다른 말은 일종의 오르락내리락을 하면서, 우리는 한때 세상에서 가장 훌륭한 차임벨로 명성을 떨쳤던 아이 오 클로셰를 향해 춤추듯이 달려갔다. 그러나 우리는 음악도 없이 춤을 춘 셈인데

—— 차임벨이 심하게 고장 난 것이다 —— (사실상 프랑스 전역이 마찬가지였다).

그렇게 우리는 가능한 모든 속력을 내어,

아이 오 클로셰에서 익스쿠르로,

익스쿠르에서, 페키네로 그리고

페키네에서 아미앵으로 달려갔다.

아미앵에 대해서는 내가 이미 말씀드렸던 것 말고는 달리 알려 드릴 이야기가 없는데, —— 그것은 바로 —— 자나톤이 거기 있는 학교에 다녔다는 사실이다.


## 제16장


우리가 길을 가는 중에 느닷없이 찾아와 정신을 산란하게 만드는 성가신 일의 목록을 만들어 볼 때, 지금 내가 묘사하려는 이 특별한 것보다 더 짜증스럽고 괴로운 일은 없을 것이다. —— 미리 막아 보려 해도 (앞서 가서 미리 일을 처리해 주는 선발대를 데리고 여행하는 게 아니라면) —— 도저히 방법이 없는 그런 골칫거리, 그것은 바로 이것을 말한다.

즉 좀처럼 편안히 잠에 빠져들 수가 없다는 것이다. —— 당신이 잠자기에 아주 편안한 마차를 타고, —— 아주 잘 닦인 길을 따라 —— 아주 멋진 나라를 지나고 있다 하더라도 —— 아니, 눈 한 번 뜨지 않고, 50마일을 계속해서 잠만 잘 수 있다고 자신한다 하더라도 —— 아니, 그보다 한술 더 떠서, 유클리드의 명제가 진리라는 것을 증명할 수 있을 정도로, 그만큼 틀림없이 당신이 잠들 수 있을 것이라는 확증이 있다 하더라도, —— 아니, 어쩌면 그보다 더한 확증이 있다 하더라도, —— 아무튼 그 모든 상황에도 불구하고, 당신이 역참(驛站)에 도착할 때마다, 번번이 말 삯을 지불해야 한다면 —— 호주머니에 손을 넣어, 3리브르 15수를 (그것도 한 닢씩 한 닢씩) 계산해 주어야 하는 필요성에 맞닥뜨리게 된다면, 잠자는 일은 끝장날 수밖에 없다. 즉 당신은 6마일 이상은(한 구간 반짜리 역참이라 해도 9마일밖에 안 된다) 그 일을 집행할 도리가 없을 것이다, —— 그 일이 당신 영혼을 구해 줄 만큼 큰일이라 하더라도 말이다.

—— 이놈과 맞설 방법을 강구해야지, 안 되겠다, 하고 말하면서, 나는 정확한 액수를 종이에 싼 다음, 그것을 가는 길 내내 손에 들고 있기로 대책을 세웠다. "자, 이젠 괜찮을 거야, 이걸 마부의 모자에 떨어뜨려 주기만 하고 아무 말 안 해도 되겠지"라고 말하며 나는 스스로를 안심시켰다(잠들 채비를 하면서). —— 그러나 이번에는, 한잔하게 2수를 더 달라고 한다거나 —— 또는 루이 14세 때 쓰던 12수짜리 동전이 들어 있는데, 그것은 이제 통용되지 않는 거라거나 —— 또는 지난 역참에서 잊고 내지 않은 1리브르 몇 리야르를 더 내야 한다거나 하는 일들이 터진다. 이런 말다툼이 벌어지면 (잠든 상태에서는 논쟁을 잘할 수 없게 마련이니) 잠이 깰 수밖에 없다. 그래도 이런 때는 달콤한 잠을 다시 불러들일 수 있고, 육신이 여전히 정신을 내리누르면서, 그 타격에서 회복할 수도 있다. —— 그러나 이런 세상에나! 한 구간 반 거리 역참에서 —— 한 구간 삯만 지불했다는 소리가 나오게 되면, 역마찻길 안내 책자를 꺼내 들 수밖에 없는데, 활자가 아주 작아서, 원하든 않든 간에 눈을 크게 뜰 수밖에 없다. 그런가 하면, 교구 신부가 코담배 한 자밤을 권하기도 하고 —— 불쌍한 군인이 자기 다리를 보여 주기도 하고 —— 탁발승이 동냥 상자를 내밀기도 하고 —— 또는

저수지의 여사제가 바퀴에 물을 뿌려 주어 —— 그런 것은 필요 없다고 물리치면 —— 그녀는 (다시 물을 뿌리면서) 사제직에 걸고 맹세컨대 꼭 필요하다고 우긴다. —— 그렇게 되면 이 모든 것들을 마음속에서 되씹어 보고 따져 보느라, 이성의 힘이 완전히 깨어나게 되니, —— 어디 재주가 있다면 다시 잠들게 만들어 보십시오.

　바로 이런 식의 불운한 일이 아니었다면, 나는 샹티이의 마구간*을 그냥 지나쳐 갔을 것이다. ——

　—— 마부가 2수짜리 동전에 각인이 없다고 주장하며 내 얼굴에다 들이대고 계속 우기는 바람에, 나는 확인하느라 눈을 뜰 수밖에 없었는데, — 내 코처럼 뚜렷하게 각인이 보이자, — 나는 발끈 화가 나서 마차에서 뛰쳐나와서는, 샹티이에 있는 것을 모두 보게 되었다. — 나는 세 역참 반 동안 같은 일을 해 보았다. 그런데 믿어 주면 좋겠다, 이것이 속력을 내서 여행하는 데는 최상의 방법이란 것을 말이다. 왜냐하면 이런 기분으로 돌아다닐 때는 마음이 끌리는 대상이 없을 뿐만 아니라, — 당신 발길을 멈추게 하는 것도 거의 없게 마련이니까. 내가 상 드니를 지나가면서 수도원 방향으로는 눈길 한 번 주지 않은 것도 바로 이런 이유 때문이었다. ——

　—— 거긴 보물이 풍성하다고!* 무슨 허튼소리! — 보석들을 제외하고는, 기실 그것도 다 가짜이기는 하지만, 거기 있는 것들 중에 *유다의 등잔* 외에는 단 3수의 가치가 있는 물건도 없다니까 —— 그것도 달리 가치가 있는 게 아니라, 날이 어두워지고 있으니 혹시 쓸모가 있을까 해서 하는 말이다.

# 제17장

철썩, 철썩 —— 철썩, 철썩 —— 철썩, 철썩 —— 그래, 여기가 파리라고! 나는 (여전히 뚱한 기분인 채) 말했다 —— 여기가 파리라! —— 흠! —— 파리라! 나는 그 이름을 세 번째 반복하며 소리쳤다. ——

최고의 도시, 가장 멋지고, 가장 눈부신 곳이란 말이지 ——

—— 그러나 거리는 지저분하고,

악취에 비하면, 눈에 보이는 것은 그래도 나은 편이군. —— 철썩, 철썩 —— 철썩, 철썩 —— 자네 웬 수선인가! — 마치 창백한 얼굴에 검은 옷을 입은 남자가, 번쩍이는 붉은색 캘러맹코 모직으로 덧단을 댄 황갈색 가죽조끼를 입은 마부가 모는 마차를 타고, 밤 9시에 파리에 입성하는 영광을 누리고 있다는 사실을 만천하의 선민에게 알릴 필요라도 있단 말인가. —— 철썩, 철썩 —— 철썩, 철썩 —— 철썩, 철썩 —— 그놈의 채찍을. ——

—— 하지만 그게 자네 나라의 기백이지, 그래, 철썩 철썩, — 계속 채찍을 날리게.

하! —— 아무도 벽 쪽 길을 양보하지 않는구먼!* —— 그러나 **우아한 예절 학교** 자체라는 이곳에서도, 벽에 똥 — ㅊ — 이 되어 있는데야, — 달리 어찌할 수 있겠는가?

그런데 말일세, 가로등은 언제 불을 밝히는가? 뭐라고? — 여름에는 절대 밝히는 법이 없다고! —— 호! 그럼 샐러드 시간이 되겠군.* —— 아, 대단해! 샐러드와 수프 — 수프와 샐러드 — 샐러드와 수프, 앙코르. ——

—— 죄 많은 사람에겐 너무 과분한 일이지.

나는 이 야만성을 참을 수가 없다. 저 마부는 어떻게 양심도 없이 비쩍 마른 말에게 그처럼 음란한 욕을 해 대는 거지? 이보게, 친구, 자넨 길이 악랄할 정도로 좁아터져서 온 파리 안에 손수레 하나 돌릴 여지도 없다는 게 보이지 않는가? 세상에서 가장 위풍당당하다는 도시가 길을 조금 더 넓게 만들 생각 정도는 했어야지. 아니면 적어도 사람들이 자기가 길의 어느 쪽을 걸어가고 있는지 정도는(단지 아는 만족을 위해서라도) 알 수 있게 길을 만들었어야 했지 않나 말일세.

하나 — 둘 — 셋 — 넷 — 다섯 — 여섯 — 일곱 — 여덟 — 아홉 — 열. — 음식점이 열 개나 되다니! 이발소보다 두 배나 많구면! 그것도 모두 마차로 3분 거리에 있다니! 세상의 요리사가 모두 이발사들과 함께 즐거운 회합 자리를 마련하고 다음과 같이 합의한 게 아닐까 — 자, 우리 모두 파리에 가서 살기로 합시다. 프랑스인들은 잘 먹는 것을 좋아하고 —— 모두 식도락가라고 하니 —— 거기 가면 우리가 높은 지위를 얻게 되겠지요. 그들의 배가 그들의 신이라면, —— 그들의 요리사는 신사 대접을 받아야 마땅한 거 아닙니까. 그러나 *가발이 있어야 사람 구실을 하고, 가발은 가발장이가 만드는 것이니,* — 바로 그런 까닭에, 우리가 더 높은 지위에 오르게 될 겁니다, 하고 이발사들이 말한다. — 우리가 당신네 모두보다 우위에 있게 된다는 거지요. — 우리는 최소한 *Capitouls*[25] 정도는 될 겁니다 — 아무렴! 우리 모두 칼을 차고 다녀야겠지요 ——

— 그러므로 맹세를 할 수도 있을 것이다. (촛불에 걸고, — 그러나 그것은 믿을 만한 게 못 된다) 그들이 바로 오늘까지도 계속 그러고 있을 것이라고.

---

25) 툴루즈 시 등등의 최고 행정관.

# 제18장

프랑스인들은 분명 오해를 받고 있다. ——— 하지만 그 잘못이 그들 탓인지, 즉 그들이 충분히 설명하지 않았거나, 우리가 진위를 따질 게 명백한 이런 중요한 문제에서 요구되는 정확성과 엄밀한 경계선을 갖고 말을 하지 않았기 때문인지, ——— 또는 "그들이 무슨 의도로 하는 말인지"를 정밀하게 알아들을 만큼 그들의 언어를 제대로 알지 못한 우리에게 전적으로 책임이 있는 것인지, — 내가 결정짓지는 않겠다. 그러나 내게 분명한 것은, 그들이 "파리를 본 사람은 모든 것을 다 본 사람이다"라고 주장했을 때, 그들은 틀림 없이 대낮에 파리를 본 사람을 두고 말한 것이라는 사실이다.

촛불 아래서라면 — 난 자신이 없다 ——— 좀 전에도 촛불은 믿을 만한 게 못 된다고 말했는데, — 그 말을 다시 반복하겠다. 하지만 그게 촛불이 만드는 음영이 너무 예리하다든가, — 색조를 혼돈시킨다든가, — 또는 아름답지도 지속적이지도 못하다든가, 등등…… 의 이유 때문은 아니다. 그것은 사실이 아니니까. — 그러나 이런 점에서는 촛불이 불확실한 빛이다, 즉, 파리에는 사람들이 내세우는 5백 개의 대저택이 있고 — 그리고 적게 잡아 (한 저택에 하나씩 볼 만한 게 있다고 쳐서) 5백 개의 훌륭한 볼거리가 있다 하더라도, 그것들은 모두 촛불을 통해서 가장 잘 볼 수 있고, 느끼고, 듣고, 이해할 수 있는 것들인데(이 표현은 릴리에게서 인용한 것이다*), ——— 우리 중 50명에 겨우 한 명꼴이나 그 안에 제대로 머리를 들이밀 기회를 얻을 수 있기 때문이다.

이것은 프랑스 사람들의 계산에 의한 것은 아니다.

일천칠백십육 년에 실시된 마지막 조사에 따르면, 물론 그때 이후로 상당히 늘어나긴 했지만, 파리에는 9백 개의 거리가 있었다.

(즉)

*시테*라고 불리는 지역에는 ─ 53개의 거리가 있고.

도살장이 있는 생자메에는 55개

생토르튄에는 34개,

루브르 지역에 25개,

팔레 로얄 또는 생오노리우 지역에 49개,

몽마르트르에 41개,

생외스타슈에 29개,

알에 27개,

생드니에 55개,

생마르탱에 54개,

생폴 또는 모르텔레리에 27개,

그레브에 38개,

생아보이 또는 베레리에 19개,

마레 또는 탕플에 52개,

생안토니에 68개,

플라스 모베르에 81개,

생베네에 60개,

생앙드루 데 아크에 51개,

뤽상부르 지역에 62개,

그리고 생제르맹 지역에 55개의 거리가 있으니, 그중 어느 길로든 걸어갈 수 있다. 그리고 이 모든 거리에 속해 있는 것들을 대낮의 밝은 빛 아래서 제대로 보고 나면, ─ 즉 문과 다리, 광장, 조각상들을 구경하고 ----나아가 모든 교구 성당들, 특히 생로슈와 쉴 플라리스는 절대 빠뜨리지 말고 돌아보고 ---그리고 가장 중요하게는, 네 개의 궁전을 산책하고 나면, 거기 있는 조각과 그림들은 보든 말든 마음대로 해도 되지만, ―

―― 그럼 당신은 봐야 할 것들을 ―

―― 그러나 굳이 이런 말을 할 필요는 없을 듯싶다, 루브르의 현관 주랑에 가면, 직접 그 말을 읽을 수 있을 테니까 말이다.

[26)]지구 상에 이런 민족은 없노라! ― 고래로 파리 같은 그런 도시를 세운 민족 또한 없노라! ― 노래하라, 데리, 데리, 다운*.

프랑스인들은 위대한 모든 것들을 *유쾌하게* 다룰 줄 안다는 것, 그 말밖에는 달리 할 말이 없다.


## 제19장


*유쾌하다*는 단어를 언급하고 보면(바로 앞 장 마지막 부분에서처럼), *울화*라는 단어가 사람의(즉, 작가의) 마음에 떠오르게 마련이다. ― 특히 그 단어에 대해 뭔가 할 말이 있을 경우에 그렇다. 그러나 무슨 분석을 통해서든, ― 또는 무슨 계보학이나 이해관계의 도표를 통해서든, 이 두 단어 사이에는 빛과 어둠처럼 자연 속에서 상극적으로 서로 대치하는 것들보다 훨씬 더 강한 연대성이 있다는 근거를 찾아냈다는 말을 하려는 것이 아니다. ―― 다만 정치가가 사람들 사이에 호의적 상호 이해를 도모해야 하듯이, 작가들도 단어들 사이에 좋은 관계를 도모하는 비장의 기술이 있어야 하기 때문이다. ― 어쩌다 그 두 단어를 함께 배치해야 할 필요가 있을

―――――――

26) Non Orbis gentem, non urbem gens habet ullam ―――――― ulla parem.

때는 서로 얼마나 가까이 돼야 할지 모르는 일이어서 하는 말이다. — 이제 이런 점을 제대로 이해하신 것 같으니까, 내 마음속에서도 정확히 자리매김하기 위해, 여기 이렇게 써 보기로 하겠다. —

## 울 화

황급히 여정을 서두르는 사람에게는 울화가 치밀어 있는 것이야말로 세상에 다시없이 좋은 원리라고 내가 샹티이를 떠나면서 선언한 바 있다. 지금도 여전히 같은 심사이긴 하지만, 그것은 단지 하나의 의견으로 말씀드렸던 것이다. — 그때까지만 해도 나는 그게 어떤 작용을 하는지 충분히 경험하지 못한 상태였기에, 이젠 이런 말을 덧붙여야 할 것 같다. 그게 비록 맹렬히 속력을 내게 해 주지만, 동시에 당신 자신을 매우 불편하게 만드는 부작용이 있다는 것, 그리고 나는 여기서 그 방법을 전적으로, 영구히 내버리기로 했다는 사실을 천명하는 바다. 필요한 사람이 있다면 누구든 가져가도 좋다. — 그것은 내가 훌륭한 저녁 식사를 했더라도 소화 장애로 고생하게 만들었고, 기분 나쁜 설사에 시달리게 만들었으니, 이제 나는 처음 출발할 때 천명했던 원칙으로 되돌아갈 생각이다. —— 그 원칙에 따라, 나는 가론 강변까지 장난스레 깡충거리며 내달릴 작정이다 —

—— 아니요, —— 여기서 잠시도 지체할 수 없습니다. 이 지역 사람들의 성격 — 재능 — 행동 양식 — 관습 — 법 — 종교 — 정부 — 산업 — 상업 — 재정은 물론 그들을 지탱해 주는 자원과 숨겨 놓은 샘에 대해서도 이야기해 드리고 싶지만, 그럴 시간이 없다고요. 내가 그들과 2박 3일간 함께 지냈고, 그 기간 내내, 이런 점들을 내 탐구와 사색의 주제로 삼았으니, 그런 이야기를 할 자

격은 충분하지만 ──,

그래도 ─ 그래도 나는 떠나야만 합니다. ── 길은 잘 닦여 있고 ─ 역 간의 거리도 짧고 ─ 날은 길고 ─ 이제 정오밖에 되지 않았으니 ─ 내가 왕보다 먼저 퐁텐블로*에 도착할 것 같습니다 ─.

── 왕이 거길 간답니까? 내가 아는 바로는 아닌데요 ──.

## 제20장

나는 누군가, 특히 여행객이, 프랑스에서는 영국에서만큼 빨리 갈 수 없다고 불평하는 소리를 듣기 싫어한다. 사실 *consideratis, considerandis**, 훨씬 더 빨리 가는 셈이다. 내 말은, 마차 앞뒤에 산처럼 높이 짐을 쌓아 올리는 데다가, ─ 말들이 제대로 얻어먹지 못해 얼마나 말라빠졌는지를 고려해 볼 때, ─ 그저 움직일 수 있다는 것만 해도 경이로운 일이라는 뜻이다. 그 녀석들에게는 참으로 비기독교적인 고통이 가해지고 있으니, 만약 ******과 ******라는 두 마디 말이 옥수수 한 됫박을 먹은 것 같은 실질적 힘을 주지 않았더라면, 프랑스의 역마차 말들은 어찌할 바를 몰랐을 것이라고 확신한다. 이 두 마디 말은 전혀 비용이 들지 않으니, 그게 뭔지 독자에게 알려 주고 싶은 마음이 굴뚝같다. 그런데 여기에는 한 가지 문제가 있으니, ─ 그 말은 아주 명료하게, 똑똑히 발음하지 않으면 아무 소용이 없다는 것이다. ─ 그러나 그것을 또렷이 발음하게 되면, ─ 여러 성직자들께서 침실에서는 웃어넘기겠지만, ─ 거실에선 비난하리란 것을 아주 잘 알고 있다. 따라서 나는 독자가 내게 빌려 주기로 한 한쪽 귀는 만족시키면서, ─ 동시에 독자가 혼자만 가지고 있으려는 다른 쪽 귀는 만족시키지 못하는 일이 없도록, 어떻게 그 발음을 조정하는 방법이 없는지, 뭔가 깨끗하면서도 익살스러운 장치를 찾아낼 수 없는지, 혼자 이리 굴리고 저리 굴리며 고심해 봤지만, 아무 소용이 없었다.

—— 내 잉크가 한번 해 보라고 내 손가락에 불을 지핀다 —— 그러나 하게 되면 —— 심각한 결과를 초래할 것이고 — (아무래도) 그 때문에 내 원고가 불탈 것이다.

—— 아니요, — 감히 못하겠습니다 ——

그러나 앙두예트* 수녀원의 원장과 한 수련 수녀가 어떻게 그 어려운 문제를 해결했는지 알고 싶으시다면 (우선 내가 잘할 수 있길 빌면서) — 조금도 거리낌 없이 말씀해 드리겠습니다.

## 제21장

지금 파리에서 발행되는 대형 지방 지도 한 질을 구해서 찾아보면, 앙두예트는 부르고뉴와 사보이를 분리하는 작은 구릉들 사이에 위치해 있는데, 그곳 수녀원장이 (오랜 아침 기도로 무릎의 윤활액이 굳어지는 바람에) 관절 경직증 또는 관절이 뻣뻣해지는 병을 얻어 백방으로 치유책을 찾아 시행해 보았다고 한다. —— 수녀원장은 처음에는 감사와 기도로, 그러고는 하늘에 계신 온갖 성인들을 가리지 않고 불러 보다가 —— 다음에는 특히 자신처럼 뻣뻣한 다리로 고생하신 성인들께 청원해 보다가 — 그다음에는 수녀원에 있는 모든 성물, 특히 젊어서부터 다리가 불구였던 리스트라 사람*의 대퇴골에 무릎을 대 보기도 하고 —— 그것을 베일에 싸서 잠자리에 가져가 —— 묵주 위에 가로로 걸쳐 놓기도 하고, —— 그다음에는 민간 처방의 도움을 불러들여 기름이나 동물의 뜨거운 피지를 발라 보기도 하고, —— 통증을 완화하고 경직을 풀어 주는 찜질 약과 —— 양아욱, 당아욱, 보누스 헨리쿠스, 백합, 호로파 콩 등의 약초로 만든 습포제로 치료해 보기도 하고, —— 그런 다음에는 견갑 붕대로 무릎을 감싸서, 나무를, 내 말은, 나무 연기를 쐬기도 하고, —— 야생 치커리, 물냉이, 파슬리, 미나리, 겨자무 등을 달인 즙을 사용하기도 했지만 —— 지금까지 그 어느 것도 효과가 없었다고 한다. 마침내 그녀는 부르봉의 온천수를 시험해 보기로 마음먹었다. —— 수녀원장은 우선 감찰 총무로부터 생존을 위해 필요하다는 명분으로 휴가 승인을 받아 낸 다음, — 여행을 위한 만반의 준비를 챙기도록 지시했다. 수녀원에는 열일곱 살 정도 된 수련 수녀가 한 사람 있었는데, 그녀는 수녀원장의 찜질 약 등등에 가운뎃손가락을 계속 찔러 넣다 보니 손가락 염증이 생겨 고생하고 있었다. — 마르가리타라는 이름의 이 수련 수녀는 수녀원장의 총애를 받고 있었기에, 부르봉 온천물에 다녀오면 쉬 치유될 수 있는 좌골 신경통을 앓고 있는 나이 든 수녀를 제치고, 여행의 수행자로 선정되었다.

수녀원장 소유의, 초록색 두꺼운 모직 덮개가 달린, 낡은 칼레슈 마차*가 햇볕 아래로 끌려 나왔고, — 노새 마부로 뽑힌 수녀원의 정원사는 늙은 노새 두 마리의 꼬리를 엉덩이 쪽부터 손질해 주기 위해 끌고 나왔으며, 평수녀 한 명은 마차 안감을 수선하느라, 다른 한 명은 세월의 이빨이 갉아먹은 노란색 가두리의 터진 부분을 기워 주느라 바빴다. — 정원사의 조수는 뜨거운 와인 찌꺼기로 노새 마부의 모자를 염색하고 있었고, —— 재봉사는 수녀원 맞은편에 있는 헛간에서 음악적 작업을 진행하고 있었는데, 구색을 갖춘 네 다스의 방울을 골라, 가죽끈으로 하나씩 마구에 매달면서, 각각의 방울 소리에 맞춰 휘파람을 불고 있었

다. ──

── 앙두예트의 목수와 대장장이는 마차 바퀴에 대한 협의를 하고 있었다. 그리하여 다음 날 아침 7시가 되자, 모든 것이 깔끔하게 단장을 끝내고, 부르봉의 온천지를 향해 떠날 채비를 갖춰, 수녀원 정문 앞에 당도했다. ── 불운한 사람들은 두 줄로 열을 지어 한 시간 전부터 거기서 기다리고 있었다.

앙두예트 수녀원장은 수련 수녀 마르가리타의 부축을 받아 천천히 마차로 다가갔는데, 두 사람 다 흰옷을 입고, 검은 묵주 로사리오를 가슴에 늘어뜨리고 있었다. ──

── 그 흑백의 대조적인 색깔은 꾸밈없이 간결한 엄숙성을 풍기고 있었고, 그들이 마차에 들어가자, 순결의 아름다운 상징인 똑같은 수녀복을 입은 수녀들이 각각 창문을 하나씩 차지하고 내다보았다. 수녀원장과 마르가리타가 그들을 올려다보자, ── 각각의 수녀들은(좌골 신경통을 앓는 수녀는 제외하고) ── 그들의 베일 끝자락을 창밖으로 휘날리며 ── 백합처럼 흰 손으로 키스를 보냈다. 후덕한 수녀원장과 마르가리타는 성자처럼 가슴에 손을 올리고 ── 하늘을 올려다보았다가 ── 수녀들을 바라보았는데, ── 마치 "사랑하는 자매들이여, 신의 축복을 받으소서"라고 말하는 것처럼 보였다.

이 이야기 재미있는데요, 나도 거기 있었더라면 좋았을걸.

이제부터 내가 노새 마부라고 부르게 될 정원사는 자그마하고, 원기 넘치고, 가슴이 떡 벌어진, 그리고 심성이 착하고, 말이 많고, 술을 즐기는 친구였다. 그는 또 인생에 대해 언제, 어떻게라는 생각으로 골치 썩이는 일이 없는 사람이라, 한 달 치 수녀원 봉급을 저당해서 포도주를 한 보라치오, 즉, 가죽 통 한가득 사서는, 햇빛을 가리느라 황갈색 육중한 승마 코트로 덮어서 마차 뒤에 실어 두었다. 날씨는 더웠고, 노동을 아끼지 않는 사람이라, 타고 가기보다 열 배나 많이 걸어가다 보니, — 그는 자주 마차 뒤에 처지는 일이 생겼고, 자주 왔다 갔다 하다 보니, 여정이 절반도 채 끝나기 전에, 그의 술은 보라치오의 *합법적 출구*를 통해 다 새어 나가고 말았다.

인간은 습관의 동물이다. 낮에는 무더웠지만 — 저녁 날씨는 상쾌했고, — 포도주는 푸짐하게 들이켰겠다 — 포도가 자라고 있는 부르고뉴의 언덕은 가파른 데다 — 그 언덕 아래 시원한 오두막집 문에는 사람을 유혹하는 담쟁이덩굴 한 다발*이 달려 있어, 사람의 욕구와 완전히 조화를 이루며 나풀거리고 있었다. — 부드러운 바람이 그 덩굴의 잎사귀 사이를 지나가자, 바스락거리는 소리가 또렷이 말했다. — "오세요, — 오세요, 목마른 노새 마부 아저씨, — 안으로 들어오세요."

——— 마부는 아담의 후예였다. 그러니 더 이상 무슨 말이 필요하겠는가. 그는 노새들에게 각각 한 대씩 제대로 채찍질을 하면서, (동시에) 수녀원장과 마르가리타의 얼굴을 흘깃 쳐다보았는데 — 마치 "나 여기 있어요"라고 말하는 것 같았다 — 그리고 그는 노새들에게는 "어서 가게"라고 말하는 것처럼, — 두 번째로 채찍질을 하고는, ——— 슬쩍 뒤로 처지면서, 언덕 아래에 있는 그 작은 술집으로 들어갔다.

이 노새 마부는, 이미 말씀드렸듯이, 자그마하고 명랑한, 말이 많은 친구이고, 자기 몫의 부르고뉴 와인 한 잔과 담소 한 마당만 있으면 내일은 어찌 될지, 어제는 어땠는지, 또 무슨 일이 뒤따를지 조금도 생각하지 않는 사람이다 보니, 그 술집에서 마냥 끝도 없이 이야기보따리를 풀어 놓고 있었다. 그는 자기가 어쩌다 앙두예트 수녀원의 정원사가 되었는지, 기타 등등에 대해, 그리고 수녀원장과 아직 수련 중인 마르가리타 양에 대한 우정 때문에 어떻게 그들과 함께 사보이의 경계를 넘어 여기까지 오게 되었는지 등

– – 등 – –, 또 수녀원장은 어쩌다가 뜨거운 신앙심 덕분에 허연 부기*를 얻게 되었는지, —— 그녀의 기분을 달래 주기 위해 자기가 얼마나 많은 약초를 구해다 주었는지 등, 등, 그리고 만약 부르봉의 온천수가 그녀의 다리를 고쳐 주지 못한다면 — 그녀는 다리와 마음 둘 다 불구가 될 것이라는 둥, — 등 등 등 — 그는 이야기 자체에 빠져, 주인공을 완전히 잊어버렸고, — 주인공과 함께 수련 수녀도 잊어버렸을 뿐만 아니라, 그 둘보다 잊어버리면 더 골치 아픈 것, — 즉 노새 두 마리도 잊어버렸다. 이 짐승들은 그들의 부모가 그들을 이용했듯이 세상을 이용하는 성향이 있는 데다, — (남자나 여자, 여느 짐승들과는 달리) 신세 진 것을 *아래로 내림* 해서 되갚아야 할 의무가 없는 상태이다 보니*) — 옆으로 가든, 앞으로 가든, 뒤로 가든 — 그리고 언덕을 올라가든 내려가든, 내키는 대로 가는 놈들이다. —— 철학자들이 그렇게 온갖 윤리학을 연구하면서도, 이 문제는 제대로 고려해 본 적이 없으니 — 그 불쌍한 노새 마부인들 술까지 몇 잔 걸쳤는데, 그런 생각이 떠오르기나 했겠는가? 그는 전혀 생각지도 못하고 있었으니, — 우리가 생각해 주어야 할 시점인 것 같다. 마부는 본성의 소용돌이 속에서 아무 생각 없이 마냥 행복한 필멸의 인간으로 지내게 내버려 두고, —— 잠시 우리가 그 노새들과 수녀원장 그리고 마르가리타를 돌보기로 하자.

노새 마부가 내려쳤던 마지막 두 차례 채찍질의 힘 덕분에 노새들은 얼마간 조용히 앞으로 나아가면서, 양심에 따라 언덕을 오르고 있었는데, 언덕을 반쯤 정복했을 때, 둘 중 나이가 더 많은, 아주 영악하고 교활한 녀석이 모퉁이를 돌며 곁눈질을 하다가, 아, 노새 마부가 뒤에 없다는 것을 알아차렸다. ——

이런 빌어먹을! 노새가 욕을 하며 말했다, 난 더 이상 가지 않을

거야. —— 내가 발을 뗀다면, 하고 다른 녀석이 응수했다 —— 내
가죽으로 북을 만들어도 좋다고. ——

둘은 그렇게 합심하여, 발길을 멈추었다 ——


## 제22장


—— 제발 좀 가자, 하고 수녀원장이 말했다.

—— 휘 - - - - 이쉬 —— 이쉬 —— 마르가리타가 소리쳤다.

쉬 - - - 아 —— 슈우 —— 슈 - - 우 — 쇼 - - 오우 —— 라고 수
녀원장이 쉬쉬거렸다.

—— 우 — 브 — 워 —— 휴 — 워 — 워 — 라고 마르가리타가
예쁜 입을 오므려서 야유와 휘파람의 중간쯤 되는 소리로 워워거
렸다.

쿵 — 쿵 — 쿵 — 앙두예트의 수녀원장이 손잡이 쪽에 금박을
두른 지팡이 끝으로 마차의 바닥을 거칠게 내려치자 ——

—— 늙은 노새는 ㅍ — 라는 소리를 뱉어 냈다.


## 제23장


애야, 우린 망했어, 끝장난 거야, 하고 수녀원장이 마르가리타
에게 말했다, —— 밤새도록 여기 있게 될 테니 —— 우린 약탈당
하고 —— 겁탈도 당할 거야 ——.

—— 우린 겁탈당하겠지요, 마르가리타가 말했다, 총에 맞듯 틀
림없이요.

산타 마리아! 수녀원장이 소리쳤다(오!를 붙이는 것도 잊어버리고). — 내가 어쩌다 이 관절 경화증 같은 사악한 병에 휘둘리게 되었을까? 내가 어쩌자고 앙두예트 수녀원을 떠났을까? 그리고 당신께선 왜 당신의 종이 더럽혀지지 않은 몸으로 무덤까지 가는 것을 허락하지 않으시는지요?

아, 내 손가락! 내 손가락! 수련 수녀가 종이라는 말에 불길이 당겨 소리쳤다. — 내가 이것을 여기든 저기든 어디 다른 곳에 넣을 것이지, 왜 하필 이런 협곡에 있게 만들었을까?

—— 협곡이라고! 수녀원장이 말했다.

협곡이오 — 라고 수련 수녀가 말했다. 공포로 정신이 나가서 —— 한 사람은 자기가 무슨 말을 했는지 몰랐고, —— 다른 한 사람은 뭐라고 대답했는지 모르고 있었다.

오, 나의 순결! 순결! 수녀원장이 소리쳤다.

—— 겨얼! — 겨얼! 수련 수녀가 흐느껴 울면서 소리쳤다.


## 제24장

원장 수녀님, 수련 수녀가 약간 마음을 가다듬게 되자 말했다, —— 제가 듣기로는, 말이건 당나귀건 노새건 간에, 그게 원하든 않든, 반드시 언덕을 올라가게 만드는 두 단어가 있다고 해요. 그 녀석이 아무리 고집불통이고 심사가 고약하더라도, 그 단어를 듣는 순간 복종할 수밖에 없다는데요. 그럼 마법의 말이겠구나! 공포에 질려 수녀원장이 소리쳤다. — 아뇨, 마르가리타가 차분히 답했다, — 그러나 그건 죄를 짓는 말이에요. — 무슨 말인데? 수녀원장이 말을 자르며 소리쳤다. 제1급 죄를 짓는 말이에요, 마르가리타가 대답했다, — 대죄라고요 — 그리고 우리가 겁탈당하고, 죄를 사면받지 못한 채 죽게 된다면, 우리 둘 다—— 그러나 나한테는 소리 내어 말해 볼 수 있지 않겠어, 하고 앙두예트의 수녀원장이 말했다 — 절대 입 밖에 소리 낼 수 없는 말인걸요, 원장 수녀님, 하고 수련 수녀가 말했다, 그 말을 입 밖에 내면 몸 안에 있는 피가 모조리 얼굴로 몰려올 거예요. —— 그러나 내 귀에 대고 속삭일 수는 있지 않겠어, 수녀원장이 말했다.

원 세상에! 그들에게는 언덕 아래 주막으로 대신 가 줄 수호천사도 없더란 말인가? 때마침 한가했던 자애롭고 친절한 영령도 없었단 말인가? —— 노새 마부의 혈관을 따라 심장까지 기어가시, 훈계의 선율을 전해 주어, 그가 술자리에서 일어나게 만들, 대자연의 집행관도 없더란 말인가? —— 수녀원장과 마르가리타 그리고 그들의 검은 로사리오가 그의 머릿속에 되돌아오게 해 줄 음유 시인의 달콤한 노래 한 곡조도 없더란 말인가!

깨어나라! 깨어나라! —— 그러나 너무 늦었구나 —— 그 끔찍한 단어가 지금 소리가 되어 입 밖에 나오고 있으니. ——

—— 그것을 어떻게 이야기할지 — 그대, 존재하는 무엇이든, 입을 더럽히지 않고 말할 수 있는 그대가 —— 나를 가르치고 —— 안내해 주소서. ——


## 제25장


세상의 모든 죄는, 하고 눈앞에 닥친 재난 앞에서 궤변가로 변한 수녀원장이 말하기 시작했다, 우리 수녀원 고해 신부에 의하면, 대죄 아니면 소죄로만 구분되고, 더 이상 자세히 구분되지 않느니라.

소죄라는 것은 모든 죄 중에서도 가장 가볍고 사소한 죄이니까, ─ 그것을 반으로 나누면 ─ 그 단어를 반만 취하고 나머지는 버리거나 ─ 또는 모두 취하면서, 다른 사람과 사이좋게 반씩 나누어 가지면 ─ 희석이 되어 결국에는 전혀 죄가 아니게 될 거야.

따라서 *bou, bou, bou, bou, bou* 라고 백번을 말한들 죄가 될 게 없고, *ger, ger, ger, ger, ger* 라는 음절을 아침 기도 시간부터 저녁 기도 시간까지 소리 내어 본들 거기에도 역시 사악함이 들어갈 수 없는 거야. 그러니 사랑하는 딸아, 하고 앙두예트의 수녀원장이 말을 이었다 ─ 내가 *bou*라고 말할 테니, 너는 *ger*라고 말해봐, 그리고 *bou*보다 *fou*가 더 죄가 될 리 없으니, 순서를 바꿔, ─ 니가 *fou*라고 말하면, ─ 나는 (우리가 잠자리 기도에서, 파, 솔, 라, 레, 미, 위트라고 하듯이) *ter*라고 말을 받으면 되지 않겠어.*
그래서 수녀원장은 가락을 넣어 이렇게 소리치기 시작했다.

수녀원장, ⎫ Bou ‒ ‒ bou ‒ ‒ bou ‒ ‒
마르가리타, ⎭ ── ger, ‒ ‒ger, ‒ ‒ger

마르가리타, ⎫ Fou ‒ ‒fou ‒ ‒fou ‒ ‒
수녀원장, ⎭ ── ter, ‒ ‒ter, ‒ ‒ter.

노새 두 마리는 서로 꼬리를 치며 그 선율에 반응을 보였지만, 한 발짝도 움직이지 않았다. ── 좀 하다 보면 효과가 있을 거예요, 하고 수련 수녀가 말했다.

수녀원장, ⎫ Bou- bou- bou- bou- bou- bou-
마르가리타, ⎭ ger, ger, ger, ger, ger, ger.

더 빨리요, 마르가리타가 소리쳤다.

Fou, fou, fou, fou, fou, fou, fou, fou, fou.

더 빨리요, 마르가리타가 소리쳤다.

bou, bou, bou, bou, bou, bou, bou, bou, bou.

더 빨리 — 하느님 저를 지켜 주소서! 수녀원장이 말했다 — 애들이 우리 말을 못 알아듣나 봐요, 마르가리타가 소리쳤다 — 그러나 악마는 알아들을걸, 앙두에트의 수녀원장이 말했다.


## 제26장

얼마나 먼 길을 달려왔는가! — 부인, 부인께서 이 이야기를 읽고, 그 의미를 반추하시는 동안, 나는 따뜻한 태양에 얼마나 더 가까이 전진했는지요! 그 길을 따라 얼마나 수많은 아름답고 매력 넘치는 도시들도 구경했는지요! **퐁텐블로**와 **상스, 주아니, 오세르,** 부르고뉴의 수도인 **디종, 샬롱,** 마콩네의 주도인 마콩, 게다가 **리옹**으로 오는 길에 있는 스무 개의 도시까지 거쳐 왔는데, —— 아, 지금 그 목록을 나열하다 보니, —— 그 도시들에 대해 한마디라도 얘길 하느니 달에 있는 수많은 장터 마을 이야기를 하는 게 낫겠다는 생각이 듭니다. 내가 뭘 하든, 이 장과 그다음 장 둘 다가 아니라면, 최소한 이 장은 완전히 망치게 될 겁니다. ——

— 아니, 이건 정말 이상한 얘긴데요! 트리스트럼.

—— 안타깝네요! 부인, 만약 그게 십자가에 대한 우울한 강의였더라면, — 온화한 마음이 주는 평화나 운명을 받아들이는 사람의 만족감 같은 것에 대한 이야기였더라면, —— 제가 이렇게 불편해지지는 않았을 것입니다. 또는 지혜와 신성함, 명상의 양식이며, 인간의 영령이 (육신으로부터 분리되었을 때) 생명을 유지하기 위해 영원히 의존해야 하는, 바로 그 영혼의 보다 순수한 추상성에 대해 글을 쓸 생각을 했더라면, —— 당신은 그걸 읽고 식욕이 보다 증진되었겠지요. ——

— 차라리 그것을 쓰지 않았더라면 좋았을 텐데. 하지만 난 일단 쓴 것을 지우는 법이 없으니 —— 우리 머리가 당장 거기서 벗어날 수 있는 뭔가 정직한 수단을 강구해 보기로 하지요.

— 제 광대 모자 좀 집어 주시겠습니까 — 아무래도, 부인, 그 위에 앉아 계신 것 같은데요 —— 거기 쿠션 밑에 있습니다 —— 그것을 머리에 써야겠거든요 ——

맙소사! 지난 30분 동안 내내 머리에 쓰고 계셨잖아요. —— 그럼 거기 놔두기로 하죠, 뭐, 이런 음악과 함께

파 -라 디들 디
파 -리 디들 드
하이 -덤 — 다이 -덤
피들 ---덤 -씨

자, 부인, 이제 그럼 조금 앞으로 나아가 봐도 되겠지요.

# 제27장

—— 퐁텐블로에 대해 해야 할 말이라고는(혹시 요청을 받았을 때 말이지요), 그게 파리에서 (남쪽 어딘가로) 약 40마일 떨어진, 큰 숲 속 한가운데 위치하고 있다는 사실과 —— 그 숲에는 뭔가 대단한 것이 있어서 —— 국왕이 2, 3년에 한 번씩 궁정의 모든 신하들을 대동하고, 사냥의 즐거움을 좇아 거길 찾아간다는 사실이다. — 그리고 그 사냥 놀이 카니발이 진행되는 동안에는 상류 사회 영국 신사라면 누구든 (당신을 뺄 필요는 없어요) 그 놀이에 가담할 수 있고, 조랑말 한두 마리도 제공받을 수 있다, 다만 왕을 앞질러 달려가지 않도록 조심해야 한다. —

그런데 이 정보를 여기저기서 크게 떠벌려선 안 되는 두 가지 이유가 있다.

첫째, 그렇게 되면 조랑말을 얻는 일이 더 어려워질 것이고,

두 번째 이유는, 그게 단 한마디도 사실이 아니라는 것이다 —— 자, 갑시다!

**상스**에 대해 말하자면 — 단 한마디로 처리할 수 있는데 —— 그게 대주교의 관구라는 사실이다.

—— **주아니**에 대해서는 — 적게 말할수록 더 낫다고 생각한다.

그러나 **오세르**에 대해서라면 — 끝도 없이 이야기할 수 있다. 내가 유럽을 도는 대순회 여행을 했을 때, 그 여행에는 결국 아버지가 (다른 누구에게 맡기는 게 안심되지 않아서) 직접 따라오셨는데, 더불어 토비 삼촌과 트림, 오바댜까지, 어머니만 빼고는 거의 온 가족이 함께했다. 어머니는 그때 아버지의 커다란 털실 바지를 뜨는 작업에 몰두해 있었고 — (그것은 상식적인 일이다) — 그 일을 방해받고 싶지 않았던 어머니는 여행 기간 동안 집안을 관리하기 위

해 **샌디홀**에 남았다. 그 여행에서 아버지는 우리가 오세르에 이틀간 머물게 했는데, 아버지의 연구란 것이 사막에서도 과일을 찾아낼 만큼 본래 기이한 것이고 보니, —— 내가 오세르에 대해선 얼마든지 이야기할 거리를 남겨 주신 것이다. 간단히 말해, 아버지는 어딜 가시건 간에, —— 그러나 아버지 인생의 다른 어떤 단계에서보다도 이 프랑스와 이탈리아를 관통하는 여행에서 특히, 그 이전에 다녀간 다른 모든 여행객들과는 아주 다른 영역을 거쳐 가게 마련이었다. — 그는 아주 기묘한 시각에서 왕과 궁정 그리고 다양한 종류의 궁정 고문들을 바라보았으며 —— 우리가 지나간 각 나라의 특성과 행동 양식, 관습에 대한 그의 논평이나 추론 역시 다른 모든 사람들과는, 특히 토비 삼촌과 트림과는 — (나 자신은 거론하지 않더라도) — 정반대의 길을 가고 있었다 — 무엇보다 가장 흥미로운 점은 — 아버지의 사고 체계와 고집 때문에 우리가 끊임없이 겪거나 끌려 들어간 사건과 곤경들이 — 너무나 기이하고 복합적이며 희비극적 성격을 갖는다는 것인데, — 그 모든 것을 모아 놓는다면, 지금까지 다른 사람들이 했던 어떤 유럽 여행과도 전혀 다른 색조와 음영을 띠게 될 것이다. — 그래서 감히 선언하려 한다, 만약 모든 여행객들과 기행문 독자들이, 여행이 더 이상 존재하지 않을 때까지, — 또는 같은 말이지만, 온 세상이 마침내 꼼짝 않고 가만히 있기로 마음먹을 때까지, 그 이야기를 계속 읽지 않는다면, — 그것은 전적으로 내 잘못이고, 나만의 잘못일 것이다. ——

—— 그러나 이 풍성한 이야기 꾸러미를 지금 여기서 펼쳐 놓으려는 것은 아니다, 단지 아버지의 오세르 체류에 얽힌 신비를 풀어 줄 정도로, 한두 가닥만 풀어 놓을까 한다.

—— 이미 언급했듯이, — 그것은 공중에 매달아 두기에는 너무 사소한 것이고, 그것을 피륙 속에 짜 넣으면, 그 존재가 사라져 버

리는 그런 것이다.

한번 가 보기로 하세, 토비 동생, 하고 아버지가 말을 꺼냈다, 저녁 식사를 기다리는 동안, ─ 생제르맹 수도원에 한번 가 보세나, 세귀에 씨*가 그토록 추천했던 사람들을 만나기 위해서라도 말일세. ── 누가 되었든 나도 가서 만날게요, 하고 토비 삼촌이 말했다. 삼촌은 여행하는 내내 고분고분했다. ── 아뿔싸! 아버지가 말했다 ─ 그 사람들이란 게 모두 미라인걸. ── 그럼 면도할 필요가 없겠네요, 삼촌이 말했다 ── 면도라니! 물론 필요 없지 ─ 아버지가 소리쳤다 ─ 차라리 수염을 기르고 가는 게 더 친근해 보일걸. ─ 그래서 우리는, 상병이 삼촌을 부축하여 대열의 뒤를 맡아, 생제르맹 수도원을 향해 행진을 시작했다.

모든 게 아주 멋지고, 아주 화려하고, 아주 뛰어나고, 아주 장려한데요, 하고 아버지가 베네딕트 수도회의 젊은 수사인 성물 관리인을 향해 말했다. ─ 그러나 우리가 보고 싶은 것은 세귀에 씨가 아주 자세히 묘사해 주었던 그 시신들입니다. ─ 성물 관리인은 절을 하고 나서, 이런 용도로 제의실에 준비해 둔 횃불에 불을 붙인 뒤, 우리를 성 헤리볼드의 무덤으로 안내했다 ── 이분은, 하고 관리인 수사가 무덤을 가리키며 말했다, 바바리아 가문의 유명한 왕자였는데, 샤를마뉴 대제에서 쾌활한 루이 왕, 대머리 샤를 왕에 이르기까지 계속 정부에서 큰 힘을 행사하면서, 모든 일을 정비하고 규율을 확립하는 데 주요한 역할을 하셨습니다. ──

그렇다면 그는 내각에서뿐만 아니라 전장에서도 위대한 분이었겠군요, 토비 삼촌이 말했다, ── 틀림없이 용감한 군인이었을 것 같은데요. ── 그분은 수도사였는걸요, ─ 하고 성물 관리인이 대답했다.

삼촌과 트림은 서로 상대방 얼굴에서 위안을 찾았지만 ─ 찾지 못했다. 아버지는 양손으로 바지 앞 중앙의 주머니를 쳤는데, 그것은 뭔가 대단히 즐거운 일이 있을 때 나오는 아버지의 버릇이다. 아버지는 수사를 아주 싫어해서 수사의 냄새조차 지옥에 있는 모든 악마의 냄새보다 더 싫어했지만, —— 성물 관리인의 일격이 자기보다는 삼촌과 트림에게 훨씬 더 큰 타격을 입혔기 때문에 일종의 상대적 승리감을 느낀 것이다. 그는 세상 누구보다 유쾌한 기분에 빠져들었다.

—— 그럼 이 신사분은 누구시지요? 하고 아버지가 다소 장난스레 물었다. 이 무덤은, 하고 그 젊은 베네딕트회 수사가 아래를 내려다보며 말했다, 한 성인의 시신을 만져 보기 위해 일부러 라벤나*에서 여기까지 찾아왔던 성 **막시마**의 유골을 모시고 있습니다. 바로 ——

—— 아, 성 **막시무스**의 시신 말이지요,라고 아버지가 수사를 앞질러 말했다. — 그들은 순교 역사상 가장 위대한 성자들로 꼽히지요. —— 실례지만, 하고 성물 관리인이 말했다, —— 이 수도원을 세운 생제르맹의 유골을 만져 보려고 온 것이었는데요. —— 그래서 그녀는 그것으로 뭘 얻었지요? 토비 삼촌이 물었다 —— 어느 여잔들 그것으로 뭘 얻겠는가? 아버지가 대꾸했다 —— **순교**지요, 하고 젊은 베네딕트회 수사가 바닥까지 깊이 절을 하며, 아주 겸손하면서도 단호한 어조로 말했기 때문에, 아버지는 잠시 무장 해제가 되어 버렸다. 성 막시마는, 하고 수사가 말을 이었다, 이 무덤에 지난 4백 년간 누워 있었고, 성자로 시성되기 전에도 2백 년간 여기 계셨습니다. —— 이 순교자의 군단 내에서는 상당히 늦게 진급한 셈이지, 토비 동생, 아버지가 말했다. —— 지독하게 느린 진급이지요, 나리, 트림이 말했다. 혹시 그게 돈 주고 살 수 있는 게 아니라면 —— 나 같으면 차라리 다 팔아 버리겠네, 토

비 삼촌이 말했다 —— 나도 자네랑 상당히 비슷한 생각일세, 토비 동생, 하고 아버지가 말했다.

—— 가여운 성 막시마! 우리가 그녀의 무덤에서 몸을 돌릴 때, 삼촌이 낮은 목소리로 혼잣말을 했다. 그녀는 이탈리아에서든 프랑스에서든 가장 곱고, 가장 아름다운 숙녀 중 한 분이었습니다, 라고 성물 관리인이 덧붙였다. —— 근데, 그녀 옆에 자리 잡고 누워 있는 저 양반은 대체 누구지요, 아버지가 걸어가다 말고 지팡이로 큰 무덤을 가리키며 말했다. — 성 오프타트입니다, 관리인이 대답했다. —— 성 오프타트가 자리 하나는 잘 잡았구먼! 하고 아버지가 말했다. 그런데 성 오프타트에게는 어떤 사연이 있지요?라고 말을 이었다. 성 오프타트는, 하고 성물 관리인이 대답했다, 주교였습니다, ——

—— 내 그럴 줄 알았어요, 정말이지! 아버지가 그의 말을 자르며 소리쳤다. —— 성 오프타트라! —— 성 오프타트\*가 어떻게 실패할 수 있겠어? 아버지는 수첩을 급히 꺼내 들고, 젊은 수사가 비춰 주는 횃불 빛 아래서 그 이름을 적어 넣었다. 그의 이름에 대한 이론 체계의 새로운 버팀목으로 삼기 위해서 말이다. 감히 말씀드리건대, 아버지는 정말 사심 없이 진리 탐구에 몰두하는 사람이기에, 만약 성 오프타트의 무덤에서 보물을 찾았더라도, 지금처럼 부자가 된 기분은 절반도 느끼지 못했을 것이다. 망자에 대한 짧은 방문치고는 꽤 성공적이었고, 아버지의 상상력은 거기서 일어난 모든 일들로 인해 한껏 즐거움을 누리고 있었다. — 그래서 아버지는 오세르에 하루 더 머물기로 즉각 마음을 굳혔다.

— 내일은 여기 있는 나머지 멋진 신사분들도 모두 만나 봐야겠네, 광장을 가로질러 가며 아버지가 말했다. — 그럼 샌디 형님, 형님이 그 일을 하는 동안, — 상병과 나는 성벽에 올라가 보도록

하겠습니다, 토비 삼촌이 말했다.

## 제28장

—— 자, 여기서 실타래가 가장 당혹스럽게 얽히고 있다. ——
바로 앞 장에서 나는 오세르를 거쳐 지나가는 일에 도움을 받긴
했지만, 동시에 나는 두 가지 서로 다른 여행을 한꺼번에, 한 번의
펜 놀림으로 진행해 온 것이다. — 내가 지금 쓰고 있는 이 여행에
서는 내가 오세르를 완전히 지나왔지만, 앞으로 쓰게 될 여행에서
는 오세르를 반밖에 지나가지 못한 것이다. — 모든 일에는 어느
정도의 완벽성이란 게 있고, 그 정도를 넘어선 어떤 것을 밀어붙
이다 보면, 나 이전의 어떤 여행자도 경험하지 못했던 그런 입장
으로 나를 몰고 가게 된다. 왜냐하면 나는 지금 이 순간, 아버지와
삼촌과 더불어 오세르의 시장 통을 건너 저녁 식사 할 장소로 돌
아가는 중이면서 —— 또한 이 순간 온통 망가진 내 마차와 함께
리옹으로 들어가는 중이기도 하다 — 더욱이, 나는 이 똑같은 순
간에 가론 강변에 있는 근사한 정자에서, 그것은 프링겔로[27]* 가
지은 것으로, 내가 슬리그낙 씨에게 빌린 것인데, 이 모든 것을 광
시곡처럼 써 내려가고 있다.

—— 이제 정신을 가다듬고, 내 여행을 계속해 보겠다.

---

27) 내 사촌 앤터니가 자기 이야기책에서 그의 것으로 밝힌 한 이야기의 주석에서 존경스러운 사람
이라고 언급했던 스페인의 유명한 건축가 돈 프링겔로를 말한다. 문고판 129쪽 참조.

# 제29장

　차라리 잘됐어, 나는 리옹으로 걸어 들어가며 나 자신과의 계산을 마무리 지으면서 말했다. —— 엉망진창이 된 마차와 내 짐이 수레에 실려 내 앞에서 천천히 움직이고 있는데 —— 나는 그게 산산조각으로 부서져 버려, 참으로 기쁘다고 말했다. 이제 나는 수로를 따라 아비뇽까지 직접 갈 수 있게 되었으니, 내 여정에서 120마일이나 되는 거리를 비용은 7리브르의 비용밖에 들이지 않고 갈 수 있게 된 것이다. —— 그리고 아비뇽에서부터는, 하고 나는 내 계산을 따라가며 말을 계속했다, 노새 두 마리든 — 또는 맘이 내킨다면 당나귀 두 마리든, (그곳에선 날 아는 사람이 아무도 없으니) 아무거나 빌려서 랑그도크 평원을 가로질러 가면 되고, 그것은 거의 공짜로 가는 것이나 마찬가지일 것이다. —— 그러니 이 불행한 사태 덕분에 4백 리브르나 되는 돈이 내 호주머니 속으로 들어오게 생긴 것이다, 거기다 즐거움까지! 그 즐거움은 — 그 돈의 두 배 값어치는 충분히 되고도 남을 것이다. 속도는 또 어떻고, 나는 손뼉을 치며 생각을 계속했다, 물살이 빠른 론 강을 날아가듯이 흘러가면서, 오른쪽 강둑에는 **비바레**를, 왼쪽 둑에는 **도피니**를 끼고, **비엔**, 발랑스, 비비에르 같은 고대 도시는 거의 보지도 않고 지나갈 수 있을 것이다. 에르미타주와 코트 로티*의 기슭을 쏜살같이 지나가는 중에는 발그레하게 수줍은 듯 익어 가는 포도송이를 낚아챌 수도 있을 테니, 나의 등잔에 다시 불길이 지펴지지 않겠는가! 또 강변을 따라 그 옛날 정중한 기사들이 고뇌에 지친 이들을 구해 주었던 낭만적 성들이 눈앞에 나타났다 사라져 가는 것을 바라보기도 하고, —— 바위와 산, 폭포가 지나가는 것을 보며, 자연의 여신이 얼마나 서둘러 위대한 작품들을 만들어 내는

지 현기증을 느끼며 실감하다 보면, 나의 핏속에는 또 얼마나 신선한 샘이 솟구칠 것인가! ──

그런 식으로 생각을 펼치다 보니, 처음에는 위풍당당해 보였던 나의 마차, 아니 그 마차의 잔해가 나도 모르게 점점 작아져 가고 있었다. 칠의 선명함도 사라졌고 ── 금박은 그 광택을 잃었으니 ── 모든 것이 너무나 초라하고 ── 처량하고! ── 경멸스럽고! 한마디로, 앙두예트 수녀원장의 마차보다 훨씬 더 형편없게 보여서 ── 나는 그놈을 악마에게나 주어 버리려고 막 입을 여는 참이었는데, ── 그때 활발하고 능란해 보이는 마차 중개상이 민첩하게 길을 건너와서, 마차를 수리할 생각이 없느냐고 물어왔다. ── 아니, 아니요, 나는 고개를 가로저으며 말했다. ── 그럼 그것을 팔아 버릴 의사는 있으신 건가요? 그가 응수했다. ── 물론 있고말고요, 내가 말했다. ── 철제 부분은 40리브르 값을 칠 수 있고, ── 유리 역시 40리브르는 되겠는데, ── 가죽은 그냥 가지시지요.

── 그가 돈을 세어 나에게 건네주었을 때, 나는 와, 이 마차가 마치 재물이 쏟아져 나오는 광산 같지 않아요? 하고 말했다. 이건 내가 부기를 할 때 흔히 쓰는 방법이다. 특히 인생에서 겪는 재난의 손익 계산을 할 때 쓰는 방법으로, ── 내게 뭔가 나쁜 일이 생길 때마다 나는 거기서 1페니라도 건져 낸다는 말이다. ──

── 그래, 나의 제니, 나 대신 세상을 향해 그 애길 해 봐요, 남자로서 당연히 남성성을 자랑스레 생각하던 나에게 최악의 사태가 생겼을 때, 내가 어떻게 처신했는지, 그 애길 해보라고. ──

그만하면 됐어요, 하고 그대는 나에게 가까이 다가오며 말했지, 내가 손에 양말대님을 들고, 일어나지 않았던 일을 반추하며 서 있었을 때, 그대는 ── 됐어요, 트리스트럼, 난 만족했어요라고 말하고는, 내 귀에 이런 말을 속삭였지, **** ** **** *** ******:

— **** ** **** —— 다른 남자였다면 누구든 지구 중심까지 가라앉았을 상황이었다. ——

—— 무슨 일이든 뭔가 좋은 점이 있는 법이야, 내가 말했다.

—— 나는 웨일스로 가서, 6주간 염소의 유장(乳漿)*을 마실 것이니 — 그 사고 덕분에 7년이나 수명을 번 셈이 될 거야. 그런 이유로 해서, 내가 때로 운명의 여신을 심술 맞은 공작 부인이라 부르기도 하고, 그녀가 내 인생 내내 나에게 수많은 자잘한 불운을 던져 주었다고 자주 화를 냈던 게, 스스로 용서할 수 없는 일이라는 생각이 든다. 내가 그녀에게 화를 낼 이유가 있다면, 그것은 오히려 그녀가 내게 큰 불운을 주지 않았다는 사실이다 — 한 스무 가지쯤 제대로 저주받은 거창한 손실을 주었다면, 내게는 연금이나 진배없었을 것이다.

—— 1년에 백 파운드 내외짜리 하나, 그거면 내게는 족하다. — 더 큰 손실 덕분에 토지세 걱정을 해야 하는 골탕은 먹고 싶지 않으니까.


## 제30장


약 오르는 것이 무엇인지 알고서 약 오르기를 **약 오르기**라고 부르는 사람에게는 프랑스에서 가장 넉넉하고 번창하는 도시이며, 고대의 흔적들이 가장 풍성한 리옹에서 하루의 대부분을 보내면서도, — 그 도시를 볼 수 없게 되는 것보다 더 약 오르는 일은 없을 것이다. 뭔가 이유가 있어서 저지당하는 것도 약 오르는 일이지만, 약 오르기 때문에 저지당하는 것은 —— 틀림없이 철학자들이 타당하게 이름 붙이는 바와 같이

## 약 오르기에

대한

## 약 오르기

가 될 것이다.


　내가 밀크 커피 두 잔을 다 마시고 났어도(이것은 결핵에 탁월한 효험이 있는 것으로, 반드시 우유와 커피를 함께 끓여야지, ── 그러지 않을 경우에는 그저 커피와 우유가 된다는 것을 유의해야 한다) ── 아직 아침 8시도 채 되지 않았고, 배는 정오가 되어야 떠난다 해서, 나는 리옹 이야기로 세상에 있는 내 친구 모두의 참을성을 지치게 할 만큼 충분히 리옹을 구경할 시간이 있다고 생각했다. 나는 내 관광 목록을 보면서, 우선 성당부터 찾아가 바질의 리피우스가 만든 그 거대한 시계의 놀라운 기계 장치부터 구경해야겠다고 생각했다. ──

　그런데 나는 세상 온갖 것들 중에서도 기계 장치를 제일 이해하지 못하는 사람이다. ── 그럴 재능이나 취향, 관심도 없을뿐더러, ── 그런 종류의 것에는 전혀 적성이 맞지 않는 두뇌의 소유자다. 엄숙히 선언하건대, 나는 다람쥐 쳇바퀴나 칼 가는 사람이 쓰는 흔해 빠진 회전 숫돌 같은 것조차 어떤 원칙으로 움직이는지 도무지 이해할 수 없는 사람이다. ── 다람쥐 쳇바퀴를 열심히 집중하여 들여다보기도 했고 ── 기독교 신자가 보여 줄 수 있는 한 최대로 참을성을 갖고 회전 숫돌 옆을 지켜보고 있어 봤지만, 다 소용없는 일이었다. ──

　무엇보다 먼저, 이 대단한 시계의 경이로운 작동 모습을 구경해야지라고 내가 말했다. 그다음에는 예수회의 거대한 도서관을 방문하여, 가능하다면 (타타르어가 아니라) 중국어로, 그리고 중국 글자로 쓰인 30권짜리 중국 역사책을 일별할 기회를 얻어 봐야겠다.

난 사실 중국어에 대해 리피우스의 시계 작동법만큼이나 아는 게 없다. 그런데 왜 이 두 가지가 내 목록의 최상위 두 자리에 밀고 들어와 있는지, —— 그것은 호기심 많은 이들에게 대자연의 수수께끼를 풀듯이 풀어 보라고 남겨 두기로 하겠다. 그게 자연의 여신의 엉뚱한 기벽의 일환처럼 보인다는 것은 인정하는 바이지만, 그녀에게 구애하는 사람이라면 나 못지않게 그녀의 기분을 파악하는 일에 관심을 가질 것이라 생각한다.

이 진기한 것들을 구경하고 나서는, 하고 나는 내 뒤에 서 있는 내 안내인에게 들리게 말했다 —— **우리가** 성 이레나이우스 성당으로 가서, 예수님이 거기 묶였던 기둥을 보는 것도 나쁘지 않을 듯싶고 —— 그다음엔 빌라도 총독이 살았던 집도 —— 그건 옆 동네, — 비엔에 있는데요, 하고 안내인이 말했다. 그거 잘됐군, 하고 말하며 나는 의자에서 벌떡 일어나 평소보다 두 배나 넓은 보폭으로 성큼성큼 방을 가로질러 나갔다. —— "그만큼 더 빨리 두 연인의 무덤에 가 볼 수 있겠는걸."

나의 이 동작의 원인이 무엇인지, 내가 왜 그렇게 큰 보폭으로 걸어갔는지, —— 그것 역시 호기심 많은 이들에게 숙제거리로 남겨 놓을 수도 있을 것이다. 그러나 여기에는 시계 장치의 원리 같은 것이 개입된 것이 아니니까 —— 내가 직접 독자에게 설명해도 무방할 것 같다.


## 제31장


아! 인간의 삶에는 달콤한 시기란 게 있기 마련이니, 그때는(두뇌가 아직 연한 섬유질 상태로, 오히려 과육에 가까운 때니까) ——
다정한 두 연인이 잔인한 부모에 의해, 그리고 나아가 더욱 잔인한
운명에 의해 서로 헤어지게 된 이야기에 빠져드는 시기다. —

아만두스 —— 그와
아만다* —— 그녀는 ——

서로 상대가 간 길을 모른 채,

그는 —— 동쪽으로
그녀는 —— 서쪽으로

아만두스는 터키인에게 포로로 잡혀 모로코 황제의 궁전으로
끌려갔고, 거기서 모로코 공주가 그를 흠모해 사랑에 빠지는 바람
에 아만다에 대한 사랑을 지키느라 20년간이나 감옥에 갇혀 있던
사람이다. ——
그녀는 — (아만다) 그 긴 세월 내내 아만두스를 찾아 맨발로,
머리는 헝클어진 채, 험한 바위와 산을 헤매고 다녔다 —— 아만
두스! 아만두스! — 모든 계곡과 산등성이에 그의 이름이 메아리
치고 있었다. ——

아만두스! 아만두스!

그녀는 마을마다 도시마다 그 입구에 처절한 모습으로 주저앉
아 —— 혹시 아만두스! — 나의 아만두스가 여기 들어왔던가요?
라고 외쳤고 —— 온 세상을 빙빙 돌고 돌아 — 마침내 어느 날

밤, —— 두 사람은 예기치 못한 우연의 조화로, 똑같은 순간에, 그러나 서로 다른 방향에서, 그들의 고향인 리옹의 성문을 향해 가고 있었으니, 두 사람은 서로에게 익숙한 목소리로 서로를 큰 소리로 불렀다.

아만두스, 그대가
나의 아만다, 그대가 $\Big\}$ 아직 살아 있었나요?

그들은 서로의 품 안으로 달려갔고, 기쁨에 벅찬 나머지 두 사람은 그 자리에 쓰러져 숨을 거두었다.

모든 온화한 인간의 삶에는 마음이 여려지는 시기가 있게 마련이고, 그런 시기에는 이런 이야기가 여행객들이 요리해 내는 고사(故事)의 파편적 *조각*이나 *부스러기* 그리고 녹 *덩어리*들을 모두 합친 것보다 훨씬 더 많은 *자양분*을 두뇌에 공급할 수 있다.

—— 스폰을 위시한 여러 사람들이 리옹에 대해 제공하는 이야기들을 체에 걸러 놓고 보니, 나의 체반 위에 남은 것은 이 이야기 밖에 없었다. 게다가 어느 안내서에 의하면, 그게 무슨 안내서였는지는 하느님만 아실 테고, — 아만두스와 아만다의 일편단심을 기리는 무덤이 성문 밖에 있는데, 오늘날까지 연인들이 그들의 진심을 입증하기 위해 그 무덤을 찾는다고 한다. —— 나야 내 인생에서 그런 곤경에 처해 본 적이 없지만, 이 연인들의 무덤은 어찌된 영문인지 내 머릿속에 깊이 남아 있어서, —— 아니 오히려 내 위에 군림하는 일종의 제국을 형성하고 있어, 리옹을 생각하거나 언급할 때마다 — 때로는 리옹풍의 조끼를 볼 때조차도, 이 옛날 이야기 자투리가 내 상상력 속에 등장하게 된다. 때로 내 생각이 거칠게 제 맘대로 달릴 때면 —— 사실 좀 불경스러운 말이긴 하

지만 —— "이 성소가 (비록 버려져 있긴 하지만) 메카의 성소만큼 귀한 곳이고, 재력을 제외하면 산타 카사*보다 조금도 못할 것이 없는 곳이기도 하니, 조만간 나는 (리옹에 다른 볼일이 전혀 없다 하더라도) 이 무덤을 방문하기 위해 리옹 순례 길에 올라야겠다"라고 말하기도 했다.

그러니 이 무덤은 내가 리옹에서 찾아갈 볼거리 목록의 *최하단*에 들어 있지만, —— 당신도 알다시피, 그게 우선순위의 *최하위*를 뜻하는 것은 아니다. 나는 이런 생각을 하며 평소보다 큰 보폭으로 여남은 걸음 방을 가로질러 나가서는, 길을 떠나기 위해 마구간 쪽으로 차분히 걸어갔다. 그리고 계산서를 달라고 해서, —— 내가 이 여관에 돌아올지 불확실했기 때문에 돈을 지불하고 —— 하녀에게도 10수를 건네준 뒤, 르 블랑 씨로부터 론 강을 따라 즐거운 여행을 하시라는 마지막 인사말을 듣는 중에, —— 나는 정문에서 발걸음을 정지당하는 일과 맞닥뜨렸다. ——


## 제32장


—— 당나귀* 한 마리가 공짜로 얻어 갈 수 있는 무청과 양배추 잎을 싣고 가기 위해 등에 커다란 짐 바구니 두 개를 짊어지고 눈앞을 가로막고 서 있었던 것이다. 그는 앞다리 둘은 문지방 안쪽에, 뒷다리 둘은 길 쪽에 둔 채, 들어와야 할지 말아야 할지, 마음을 정하지 못한 것처럼 애매하게 서 있었다.

그런데 당나귀는 (아무리 갈 길이 바빠도) 도저히 내가 때릴 수가 없는 짐승이다 —— 그의 표정과 몸가짐에는 고통을 참을성 있게 견뎌 온 흔적이 꾸밈없이 드러나고 있어, 언제나 엄청난 호소력으로 나를 무장 해제시킨다. 그 정도가 심해서, 나는 당나귀에게 거친 말 한마디도 하고 싶지 않은 상태가 되고, 어디서 그를 만나든, ─ 그게 도시든 시골이든 ─ 마차를 끌고 있건, 짐 바구니를 지고 있건, ─ 자유의 상태건, 예속된 상태건 상관없이, ── 나는 언제나 뭔가 다정한 말 한마디를 그에게 건네게 된다. 한마디 말이 다른 말로 꼬리를 물면서 (그도 나처럼 바쁠 게 없는 경우) ── ── 나는 흔히 그와의 대화에 빠져들게 되고, 그의 표정 변화를 보면서 그의 반응을 짐작하는 일로 내 상상력은 한없이 바빠진다. ─ 하지만 그 정도로 충분히 깊은 대화로 들어갈 수 없을 경우에는 ── 나는 내 마음에서 벗어나 그의 마음속으로 들어가 보는 시도를 하고, 당나귀가 생각할 때는 이런 상황에서 무엇이 자연스러운 것일까를 ─ 사람에 대해 생각하듯 유추해 본다. 인간보다 하위에 있는 모든 피조물 중에, 사실상 내가 이런 대화를 시도할 수 있는 상대는 당나귀밖에 없다. 앵무새나 갈까마귀 등과는 ─ 단 한마디도 나누는 법이 없고 ── 원숭이 같은 종류의 피조물과도 거의 비슷한 이유로 말을 나누지 않는다. 그들은 상대가 하는 말을 그대로 따라 하기 때문에, 내 입을 다물게 만든다. 나의 개나 고양이와도 마찬가지인데, 내가 그들을 소중히 생각하긴 하지만 ─ (내 개의 경우, 말을 하려면 할 수도 있다) ─ 어떤 이유에선지 그들은 둘 다 대화하는 재능이 없다. ── 그들과는 담론에 들어갈 수 없는 것이, 나의 아버지와 어머니의 침상 재판이 *발제, 답변, 재응수*로 끝나듯 그들과의 대화도 그 이상은 나아가지 않기 때문이다. ── 그 세 단계를 거치고 나면 ─ 대화는 거기서 끝나 버리고 만다. ──

─ 그러나 당나귀와는, 나는 영원히 대화를 나눌 수 있다.

이보게, 정직한 친구! ─ 당나귀와 문 사이의 틈을 통과해 나가는 게 불가능하다는 것을 알고 내가 말을 시작했다. —— 자넨 지금 들어오려는 참인가, 나가려는 참인가?

당나귀는 머리를 틀어 거리 쪽을 올려다보았다. ——

그래, — 내가 답했다, — 자네 주인이 올 때까지 잠시 기다려 보기로 하지.

—— 그는 생각에 잠긴 듯 머리를 돌리더니, 뭔가를 동경하는 눈길로 반대편을 쳐다보았다. ——

자넬 완벽히 이해하겠네, 내가 대답했다. —— 자네가 한 발짝이라도 잘못 내디디면, 자네 주인이 자넬 죽도록 몽둥이질을 할 거란 말이지. —— 알았어! 1분이란 시간이 1분밖에 더 되겠나, 그리고 그 1분이 동료 피조물을 몽둥이찜질에서 구해 줄 수 있다면, 그건 쓸데없이 낭비한 시간이 아닐 걸세.

이 담화가 진행되는 동안 그는 아티초크 줄기를 먹고 있었는데, 배고픈 마음과 맛없다는 생각 사이에서 짜증스레 갈등하느라, 대여섯 번이나 입에서 떨어뜨렸다가 다시 집어 물곤 했다 —— 잭, 하느님께서 자넬 도와주시기를! 하고 내가 말했다, 자넨 그렇게 쓰디쓴 아침 식사를 하고 — 쓰디쓴 노동에 시달리고 — 게다가 대가로 받는 것은 쓰디쓴 매질밖에 없는 것 같구나 — 인생이 다른 이들에게는 무엇인지 모르지만, — 자네에겐 모든 게 쓰라림일 뿐인 게지. —— 사실 알고 보면, 자네 입 역시, 감히 말하건대, 숯처럼 쓰디쓰겠지 — (그가 먹고 있던 줄기를 뱉어 냈으니까 하는 말이다) 자넨 아마 온 세상을 뒤져 봐도 마카롱* 하나 주는 친구도 없을 거야. —— 이 말을 하며, 나는 조금 전에 샀던 과자 봉지를 꺼내 마카롱을 하나 그에게 건넸다. — 내가 과자를 주게 된 동기에는, 그가 마카롱을 어떻게 먹는지 구경하고 싶은 오만한 장난기가 —— 자애심보다 더 많았다는 사실을 생각하면 — 이 글을 쓰고 있는 지금 이 순간에도 양심의 가책을 느끼게 된다.

당나귀가 마카롱을 다 먹자, 나는 그를 들어오게 만들려고 시도했다. —— 그 딱한 짐승은 아주 무거운 짐을 지고 있어 —— 다리를 바들바들 떨고 있는 것처럼 보였다. — 그가 몸을 뒤로 당겼기 때문에, 내가 안으로 당기고 있던 고삐가 내 손에서 끊어져 버렸다. —— 그는 슬픈 표정으로 나를 올려다보았는데, — "그것으로 날 내려치진 말아 주세요 — 그러나 하고 싶다면 하시지요"라고 말하는 듯했다 —— 내가 한다면, 하고 내가 말했다, 난 저ㅈ ——.

내가 그 단어를 앙두예트의 수녀원장처럼 반만 발음했을 때 — (그러니 죄 될 게 없을 거다) — 한 남자가 들어오면서, 그 불쌍한 녀석의 엉덩이에 천둥처럼 곤장을 내려쳤고, 그것으로 나의 그 의식(儀式)은 끝났다.

*고얀 것!*

하고 내가 소리쳤다 —— 하지만 그 외침은 의미가 애매한 것이 되었고 —— 내 생각에 때를 잘못 맞춘 것 같다. — 왜냐하면 당나귀가 달려 나가면서 내 바지 주머니가 당나귀 짐 바구니에서 삐져나온 나뭇가지 끝에 걸려, 당신이 상상할 수 있는 한 가장 곤혹스러운 방향으로 바지가 찢겨 나갔으니 말이다 —— 그러니,

*고얀 것!*이란 외침은, 내 생각에, 여기 들어와야 할 것 같다 —— — 그러나 이 문제는 내가 이런 용도를 위해 데리고 다니는

**나의
바지에 대한
비평가**

제위들

에게 해결하라고 맡기기로 하자.

## 제33장

　나는 복장을 재정비하고 나서, 다시 계단을 내려와 마구간 쪽으로 걸어갔다. 안내인과 함께 두 연인의 무덤 등등을 찾아 나서기 위해서 말이다. ── 그러나 다시 한 번 대문께에서 걸음을 멈춰야 했는데 ── 이번에는 당나귀 때문이 아니라 ── 당나귀를 때린 사람 때문이었다. 그는 이제(적을 퇴패시킨 뒤에 흔히 그러듯이) 당나귀가 서 있던 바로 그 지점에 자리를 차지하고 서 있었다.

　그는 역참에서 보낸 역무원이었는데, 손에 6리브르 몇 수를 청구하는 칙서를 들고 있었다.

　무엇에 근거한 요구지요?라고 내가 물었다. ── 왕의 직권에 근거해서지요라고 그가 양쪽 어깨를 으쓱해 보이며 대답했다. ──

　── 이보시오, 선량한 친구, 내가 말했다, ── 나는 나이고 ── 당신은 당신인 것처럼, 분명코. ──

　──── 그럼 당신이 누구신데요? 그가 말했다. ── 날 당혹시키지 마시오, 내가 말했다.

## 제34장

　──── 그러나 이것은 의심할 여지 없는 사실이오, 나는 확언하는

방법만 바꿔, 역무원을 향해 말을 이었다. —— 내가 프랑스 국왕에게 빚진 게 있다면, 그에게 줄 나의 선의 말고는 아무것도 없단 말이오. 그는 정직한 분이니, 그가 건강과 즐거운 시간을 누리도록 빌어 드리는 거라면 얼마든지 할 수 있지요. ——

*Pardonnez moi** — 라고 역무원이 답했다. 선생님은 여기서 아비뇽 가는 길에 있는 다음 역참 생퐁까지 가는 역 간 요금 6리브르 4수를 왕에게 지불해야 합니다. — 그 구간은 왕의 거주지에 속한 도로이기 때문에, 말과 마부 삯을 두 배로 내야 하거든요. — 그렇지만 않다면 3리브르 2수만 내도 될 텐데 말입니다. ——

—— 하지만 난 육로로 가지 않을 건데요, 내가 말했다.

—— 마음이 내키면 가셔도 되는데요, 그가 답했다 ——

고맙기 그지없습니다. —— 나는 그에게 낮게 머리 숙여 절을 하며 말했다. ——

역무원은 엄숙하고 교양 있는 사람의 마냥 진지한 태도로 — 나만큼 낮게 숙여 절을 했다. —— 누군가의 절을 받고 이렇게 당혹스러워 본 것은 처음이다.

—— 이 사람들의 진지한 성격, 악마가 물어가기라도 했으면! 하고 내가 말했다 — (방백으로) 이 친구들은 이 녀석만큼도 아이러니를 이해하지 못하는구먼. ——

비교 대상이 짐 바구니를 걸쳐 메고 바로 옆에 서 있었지만 — 뭔가 내 입을 닫아 주었고 — 나는 그 명칭을 소리 내어 발음할 수가 없었다. —

그런데 선생, 하고 나는 마음을 진정시키며 말했다, — 난 역마차를 탈 생각이 전혀 없소이다. ——

— 그러나 탈 수도 있지요 — 그가 자신의 첫 번째 대답을 고집

하며 말했다, ─ 그렇게 하기로 마음먹는다면 역마차를 타셔도 좋습니다. ─

─ 그래요, 내가 소금에 절인 정어리에 소금을 칠 수도 있겠지요, 내가 그러기로 마음먹는다면 말이지요, 하고 내가 대꾸했다. ──

─ 그러나 난 그런 선택은 하지 않을 거라고요. ─

─ 하지만 그렇게 하건 않건 돈은 지불해야 합니다.──

아무렴! 소금에 대해서라면 말이지요, 내가 말했다(나도 그 정도는 안다)* ──

─ 그리고 역마차에 대해서도요, 그가 덧붙였다. 절대 그럴 수 없소, 내가 소리쳤다. ──

나는 수로로 여행할 겁니다 ─ 나는 바로 오늘 오후에 론 강을 따라 내려갈 거라고요. ─ 내 짐도 이미 배에 실어 두었고 ─ 배 삯으로 9리브르를 이미 지불했다고요 ──

*C'est tout egal* ── 마찬가집니다, 그가 말했다.

맙소사! 아니, 내가 가는 길에도 돈을 내고, 가지 않는 길에도 돈을 내야 한단 말입니까!

── *C'est tout egal*, 역무원이 대답했다.

── 참 빌어먹게 똑같군! 하고 내가 말했다, ─ 그러나 난 먼저 만 번이라도 바스티유 감옥에 가는 쪽을 택할 거요. ──

아, 영국이여! 영국이여! 그대 자유의 땅, 건전한 상식이 통하는 기후, 그대 가장 온유한 어머니이자 ─ 가장 다정한 유모여, 하고 나는 한쪽 무릎을 꿇으면서 소리쳤다.─

바로 그 순간에 마담 르 블랑의 양심을 책임지고 있는 분이 들어오다가, 잿빛으로 창백해진 얼굴에 검은 옷을 입은 남자가, ─ 옷이 보여 주는 슬픔과의 대조로 인해 더욱더 창백해 보이는 사람이 기도에 몰두해 있는 것을 보고, ─ 혹시 교회에서 도와 드릴 일이라도 있느냐고 물었다.——

　나는 **물**로 가는데 — 라고 내가 말했다. — 여기 **기름**으로 가는 삯을 내라고 요구하는 이가 있습니다.*

## 제35장

　역참 사무소 역무원이 6리브르 4수를 반드시 받아 낼 심산임을 알아차리고 나니, 내가 할 수 있는 일이라곤 아무것도 없었다. 그래서 그 돈 값어치에 해당하는 뭔가 신랄하게 재치 있는 말 몇 마디라도 하고 넘어가야겠다고 생각했다.

　그래서 나는 이렇게 시작했다.——

　—— 그런데 역무원 양반, 이런 경우, 무력한 외국인이 프랑스인과 정반대의 대접을 받는 게 도대체 어떤 예절 법에 의한 거지요?

　—— 그런 법은 없습니다, 그가 말했다.

　실례지만 말요, 내가 말을 이었다. — 당신은 먼저 내 바지부터 찢어 놓고 나서 — 이제 내 주머니를 원한다는 건데.——

　그게 아니라 — 당신들이 자국민한테 하듯이 만약 내 주머니부터 먼저 털어 가고 — 그런 다음에 내 엉 — 가 벗겨지게 했는데 — 그런데도 내가 불평했다면 내가 짐승 같은 놈이 되겠지요. ——

　그러지 않았으니.——

　—— 그것은 *자연*의 법칙에 위배되는 것이고.

　—— *이성*에도 위배되고.

　—— **복음서**에도 위배되는 일 아닙니까.

　그러나 이것에는 아니지요 —— 라고 말하며 — 그는 인쇄된 종이를 내 손에 올려놓았다.

## PAR LE ROY*

—— —— 참 뼈 있는 서론이군, 하고 말하며 — 나는 계속 읽어
내려갔다 — — — — — — —
— — — — — — — — —
— — — — — — — —
— — — — — — — — —

—— 여기 쓰여 있는 바에 의하면, 하고 나는 조금 급하게 훑어
읽고 나서 말을 시작했다. 누군가 일단 파리에서 역마차를 타고
출발하면 — 평생 동안 내내 역마차를 타고 가든가 — 그에 상응
하는 돈을 지불해야 된다는 말이군요. —— 실례입니다만, 하고
역무원이 말했다. 이 법령의 정신은 이렇습니다 — 만약 파리에서
아비뇽이나 어디 다른 곳까지 역마차를 탈 의도로 출발했다면, 여
행 방법이나 의도를 바꾸지 말아야 하고, 바꿀 경우에는 마음을
바꾼 곳에서 두 역참까지는 세금 징수권자에게 먼저 돈을 내야 한
다는 겁니다 — 이 법의 근거는, 하고 그가 말을 이었다, 당신의
*변덕* 때문에 **세수**(稅收)가 줄어드는 것을 막는 데 있습니다. ——
—— 오 하느님! 하고 내가 소리쳤다 — 프랑스에선 변덕에도
세금을 물린다니 — 그저 아무쪼록 당신네와 평화를 도모하는 것
말고는 달리 방법이 없겠구려 ——

**그래서 평화 조약이 체결되었다.***

—— 만약 그게 불리한 조약이었다면 —— 트리스트럼 섄디가 그 초석을 다진 것이니 —— 다른 누구도 아니라 트리스트럼 섄디만 교수형을 당해야 한다.

## 제36장

6리브르 4수의 가치에 충분할 만큼 이런저런 영리한 말들을 역무원에게 해 주었다는 생각은 들었지만, 그래도 여기서 당한 일들을 그 자리에서 물러나기 전에 적어 놓아야겠다 마음먹고, 나는 내 단평 노트를 찾느라 외투 주머니에 손을 넣었다. 그런데 —— (이 일화는 여행객들이 앞으로 *자신의* 단평을 좀 더 잘 간수하도록 경고하는 의미가 있다) "내 단평들이 *도난*당하고 없었다" —— 어떤 별 볼 일 없는 여행객도 나처럼 자기 단평 때문에 이처럼 소동을 부리고 야단법석을 떤 경우는 없을 것이다.

하늘이시여! 땅이시여! 바다여! 불이여! 나는 내가 정작 도움을 청해야 할 대상만 빼고 다른 모든 것을 부르며 도움을 호소했다 —— 내 단평들이 없어졌어요! —— 이제 어쩌지요? —— 역무원 선생! 혹시 내가 당신 옆에 서 있는 동안 무슨 단평들을 떨어뜨리지 않던가요? ——

상당히 독특한 것들을 꽤 많이 떨어뜨리셨지요, 하고 그가 답했다 —— 푸우! 그건 몇 개 되지도 않고, 6리브르 4수 값어치밖에 안 되지만 —— 내가 잃어버린 것은 아주 큰 뭉치란 말이오. —— 그는 머리를 가로저었다. —— 르 블랑 씨! 르 블랑 부인! 혹시 내 종이들 못 보셨나요? —— 저기, 이 집 처자! 위층에 뛰어 올라가 봐 —— 프랑수아! 자네도 뒤따라가 보라고. ——

—— 내 단평들을 꼭 찾아야만 하는데 — 최상의 단평들이었다고, 하고 내가 소리쳤다, 지금까지 썼던 그 어떤 것들보다 — 가장 지혜롭고 — 가장 재치 있고 —— 어떻게 해야 하나? — 어디로 가 봐야 하나?

산초 판사가 자기 당나귀의 마구를 잃어버렸을 때도 그처럼 비통하게 소리치지는 않았다.*

## 제37장

최초의 격정이 어느 정도 가라앉고, 머릿속에 입력된 것들이 이 몇 가지 속 끓이는 사건들 때문에 생긴 혼란에서 다시 벗어나기 시작하자, — 내가 내 단평들을 마차 주머니에 넣어 두었던 사실이 떠올랐다 — 마차 중개상에게 마차를 팔면서 내 논평들도 함께 팔아 버린 것이다.                     여기 이 여백은 독자가 무슨 욕이든 가장 익숙한 욕을 적어 넣으라고 남겨 둔 것이다. —— 나로 말하자면, 내가 내 인생에서 어느 빈자리에다 제대로 욕을 할 일이 있다면, 바로 여기에 할 것이라 생각한다 —— ********** **라고 나는 소리쳤다 — 내가 프랑스를 거쳐 오며 했던 단평들은, 달걀이 육질로 가득 찼듯이 재치로 가득 찬 것이었고, 달걀이 1페니 값어치가 있다면, 그것은 4백 기니는 넉넉히 나갈 물건이었다, — 그런데 내가 그것을 마차 중개인에게 — 루이 금화* 네 개에 팔아넘긴 셈이고, — 게다가 금화 여섯 개에 해당하는 마차까지 (맙소사) 덤으로 준 셈이 아닌가. 그것을 도즐리 씨나 또는 베켓 씨* 또는 어느 믿을 만한 출판사에 주었다면, 그 회사가 사업을 접으면서 마차가 필요한 곳이거나 — 또는 이제 막 사업을 시작하는 곳이거나 간에 ─ 아무튼 내 글도 필요하고, 거기다 2, 3 기니도 필요한 곳이었다면 ─ 나도 참을 만했을 것이다. ── 그러나 마차 중개인에게라니! ─ 프랑수아, 날 지금 당장 그 사람 집에 좀 데려다 주게 ─ 라고 내가 말했다 ─ 안내원은 모자를 쓰고, 앞장서 나갔고 ─ 나는 역무원 옆을 지나가면서 모자를 벗어 보인 뒤, 그를 뒤따라갔다.

## 제38장

우리가 마차 중개인의 집에 도착했을 때는 그 집과 가게 모두 문이 닫혀 있었다. 그날은 9월 8일, 그리스도의 어머니 성모 마리아의 탄신일이었다. ─

── 딴따라 - 라 - 딴 - 티비 ── 온 세상이 오월제 기둥 돌기 놀이에 나가 ─ 여기서 팔짝 뛰고 ─ 저기서 깡충 뛰는 중이니 ─ 내 단평에 대해선 누구도 단추 하나만큼 신경을 쓰지 않았다. 그래서 나는 현관 옆 벤치에 앉아, 나의 상황에 대해 철학적 고민을 하기 시작했다. 그러나 평소보다 운이 좋았던지, 채 30분도 기다리기 전에 그 집 안주인이 오월제 놀이에 가기 전에 머리에 감았던 종이를 풀기 위해 집으로 돌아왔다. ──

말이 나왔으니 말이지만, 프랑스 여성은 오월제 놀이를 광적으로 ─ 즉, 아침 기도만큼이나 좋아한다 ── 그들에게 오월제 기둥만 갖다줘 보라, 그게 5월이건, 6월이건, 7월 또는 9월이건 간에 ─ 시기에 상관없이 ─ 그들은 모두 달려 나가 뛰어놀 것이니 ── 그들에게는 그게 고기와 술, 목욕, 잠자리와 같은 의미를 갖는다 ── 여러 고위직 분들이시여, (프랑스에는 나무가 약간 부족한 편이니) 우리가 그들에게 오월제 기둥을 넉넉히 보내 주는 정책만 펼쳤더라면 ——

여인네들이 함께 그것을 설치해 놓고는, (남자들도 불러들여) 정신이 나갈 때까지 오월제 기둥을 빙빙 돌며 춤을 추었을 겁니다.

이미 말했듯이, 마차 중개상의 아내가 머리에 말았던 종이를 풀기 위해 집으로 들어섰는데, —— 남자 때문에 치장을 멈추는 일은 없으니 —— 그녀는 문을 열자마자 모자를 홱 벗어 젖혔고, 그 과정에서 머리에 말았던 종이 한 장이 땅에 떨어졌다. —— 나는 곧바로 거기 쓰인 내 글씨를 알아보았다. ——

— 오, 주님! 하고 내가 소리쳤다. — 부인, 내 단평들이 모두 부인 머리 위에 올라가 있군요! —— *J'en suis bien mortifiée**, 그녀가 말했다 —— 나는 그것들이 그 위에 머물러 있었다는 게 천만다행이라 생각했다. — 만약 그게 조금이라도 더 깊이 들어갔더라면, 이 프랑스 부인의 머리에 대단한 혼란을 일으켰을 테니까 —— 그녀는 아마 죽을 때까지 다시는 머리를 말지 않고 사는 게 나았을 것이다.

자요, 가져가세요, —— 라고 말하면서, — 그녀는 내 고통이 어땠을지는 생각도 해 보지 않고, 엄숙한 표정으로 그것을 하나하나 내 모자 속에 집어넣었다 —— 어떤 것은 이쪽으로 뒤틀려 있고 —— 또 어떤 것은 저쪽으로 뒤틀려 있었다. —— 그래요! 장담하건대, 그게 출판되고 나면, ——

더 심하게 뒤틀릴 게 틀림없지요, 하고 내가 말했다.

# 제39장

자, 이제 리피우스의 시계를 보러 가세! 하고 나는 모든 어려움을 다 물리친 사람의 태도로 말했다. —— 글쎄, 이젠 우리가 그 시계랑 중국 역사서 등을 보는 것을 막을 건 아무것도 없겠지요, 시간만 부족하지 않다면 말입니다, 하고 프랑수아가 말했다, —— 벌써 11시가 다 되었거든요. — 그래, 그럼 더 속력을 내야지라고 말하며, 나는 성당을 향해 성큼성큼 출발했다.

내가 성당 서쪽 문으로 들어서자, 한 하위 성직자가 — 리피우스의 위대한 시계가 완전히 고장 나서 벌써 몇 년째 작동되지 않는다고 말했나. 그러나 진심으로 말하건대, 그 사실이 전혀 마음에 걸리지 않았다. —— 중국 역사책을 훑어볼 시간이 더 많아진 것 아닌가, 하고 나는 생각했다. 게다가 쇠퇴한 상태에 있는 그런 시계에 대해서라면, 번창하는 상태에 있을 때보다 내가 설명도 더 잘할 수 있을 거야. ——

—— 그래서 나는 예수회 대학으로 발길을 재촉했다.

그런데 중국 글자로 쓴 중국 역사를 들여다본다는 것은 — 다른 여러 가지도 마찬가지겠지만, 멀리서 상상만 할 때 그럴듯해 보이는 계획이다. 그 현장으로 가까이 다가갈수록, — 내 피가 식어 가고 있었고 — 마침내는 그 변덕이 완전히 식어 버려, 그것을 충족시키든 말든 앵두 씨만큼도 상관없다는 기분이 들었다. —— 사실대로 말하자면, 시간은 촉박한 데다, 그 연인들의 무덤을 보고 싶은 마음이 가득해서 —— 내가 대문 고리에 손을 댔을 때는 차라리 그 도서관 열쇠가 분실되어 없으면 좋겠다고 하느님께 빌고 싶은 심정이었다. 그런데 과연 그리되었다. ——

*왜냐하면 예수회 신부들이 모두 담즙 과다증에 걸렸는데* — 얼

마나 심했던지, 가장 나이 든 의사들도 그런 증세는 본 적이 없다고 할 정도였다.*

## 제40장

나는 내가 리옹에 20년이나 살았던 사람이라도 되는 것처럼 그 연인들의 무덤으로 가는 지리를 잘 알고 있었기 때문에, 즉 그게 마을 어귀 문밖에서 오른편으로 돌아, 포브르 드 베즈로 가는 길 쪽에 있다는 것을 알고 있었기 때문에 —— 프랑수아를 먼저 배로 보냈다. 사실 나는 내 심약한 면을 옆에서 지켜보는 사람이 없는 상태에서 내가 오랫동안 품어 왔던 경의의 마음을 그들 연인에게 표하고 싶었다. — 해서 나는 한껏 즐거운 기대에 부풀어 그곳으로 걸어갔고 —— 그 무덤 앞을 막아선 문이 눈에 보였을 때는 마음이 한껏 상기되어 타오르는 것 같았다. ——

— 일편단심으로 서로 사랑했던 영령들이여! 나는 아만두스와 아만다를 부르며 소리쳤다, — 당신들 무덤에 나의 눈물 한 방울을 떨어뜨리고자 내가 — 얼마나 길고 — 긴 세월을 기다려 왔던고 —— 이제 내가 왔소 —— 내가 왔다네 ——.

그러나 내가 갔을 때 — 거기에는 내 눈물을 떨어뜨릴 무덤이 없었다.

토비 삼촌이 그 자리에서 릴리벌리로 휘파람을 불게 할 수만 있었다면, 내가 무엇을 아깝다 했을까!

# 제41장

어떤 기분으로, 또는 어떤 식으로였든 간에 — 아무튼 나는 황급히 그 연인들의 무덤에서 벗어나 — 아니, 사실은 거기서*부터* 벗어난 것은 아니다 — (왜냐하면 그런 것은 존재하지 않았으니까), 간신히 배를 놓치지 않을 시간에 선착장에 당도했다. — 그리고 배가 1백 야드도 채 가지 않아서, 론 강과 사온 강이 합류하며, 그 두 강이 함께 나를 즐겁게 실어 나르고 있었다.

그러나 론 강을 따라 내려가는 여행에 대해서는 실제로 그 여행을 시작하기도 전에 이미 묘사해 드린 바 있고 ———

—— 이제 나는 아비뇽에 당도해 있다 — 여기엔 오르몽드 공작이 살았던 낡은 저택 외에는 볼거리가 없고,* 이곳에 대한 나의 간단한 논평 외에는 나의 발길을 멈추게 할 것도 없으니, 이제 3분 후면 내가 노새를 타고 다리를 건너가는 모습을 보게 될 것이다. 내 뒤에는 프랑수아가 내 가방을 뒤에 싣고서 말을 타고 따라올 것이고, 이 두 짐승의 주인은 혹시라도 우리가 짐승들을 데리고 도망이라도 칠까 봐 어깨에는 장총을, 겨드랑이에는 칼을 차고, 우리 앞을 성큼성큼 걸어가게 될 것이다. 내가 아비뇽에 들어올 때 입고 있던 바지를 혹시 당신이 보았더라면, —— 내가 노새에 올라탈 때 보았다면 더 잘 볼 수 있었겠지만 — 그 사람이 그런 경계심을 갖는 게 잘못되었다고 생각하거나 화를 낼 일은 아니라고 공감할 것이다. 내 입장을 말하자면, 나는 오히려 그런 행동을 아주 호의적으로 받아들였고, 내 바지가 그 사람을 그런 식으로 무장하게 만든 게 미안해서라도 그것을 우리 여정이 끝나는 시점에서 그에게 선물해야겠다고 마음먹고 있다.

더 멀리 가기 전에 아비뇽에 대한 논평을 빨리 끝내 버려야겠다. 그것은 아비뇽에 온 첫날 밤, 머리에 쓰고 있는 모자가 우연히 바람에 날려 갔다고 해서 —— "아비뇽은 프랑스의 어떤 마을보다 바람이 드센 곳이다"라고 단정하는 것은 내가 생각하기에 잘못이라는 것이다. 따라서 나는 여관 주인에게 바람에 대해 물어보기 전까지는 그 사고에 대해 별 신경을 쓰지 않았다. 그런데 여관 주인이 그 가설을 진지하게 인정해 주었을 뿐 아니라 —— 게다가 아비뇽에 바람이 많다는 사실이 속담*으로 사람들의 입에 오르내린다는 말까지 하는 것을 듣고는 — 나는 그 원인이 무엇인지 학식 있는 사람에게 물어보고 싶은 마음에 그 사실을 메모해 두었다. —— 문제는 — 아비뇽에 사는 사람은 모두 공작이나 후작, 백작, —— 최소한 남작은 되는 지위에 있다 보니 —— 바람 부는 날에 그런 분들과 이야기 나눌 기회를 얻기가 어렵다는 사실이다.

이보시오, 친구, 내 노새를 잠시 붙들고 있어 주겠소, 하고 내가 말했다. —— 나는 발뒤꿈치가 아파서 긴 장화 한 짝을 벗고 싶었는데, — 그 사람이 마침 여관 문 옆에 한가하게 서 있었고, 나는 그가 이 여관이나 마구간과 상관있는 사람이라고 생각하여, 그의 손에 고삐를 맡기고는 — 장화를 벗기 시작했다. — 그 일이 끝났을 때, 나는 노새도 돌려받고 고맙다는 인사도 할 겸, 몸을 돌렸는데 ——

—— 거기 걸어 들어와 서 있던 사람은 바로 *후작 각하*였다. ——

## 제42장

이제 내 앞에는 론 강변에서 가론 강변까지 남부 프랑스 전역이 펼쳐져 있고 나는 노새를 타고 한가롭게 그곳을 횡단하면 된다. — *한가롭게*라는 말은 —— 내가 죽음을 따돌렸으니까 하는 말이

다. ─ 하지만 얼마나 멀리 따돌렸는지는, ── 하느님 ─ 그분만
이 아실 테지. ── "내가 프랑스에서 여행객을 뒤쫓아 본 적은 많
지만, ─ 이렇게 넘치는 기백으로 맹렬히 도망치는 친구는 본 적
이 없다니까"라고 죽음이 툴툴거렸다 ── 그래도 그는 여전히
따라왔고 ── 나는 여전히 도망쳤다. ── 하지만 나는 아주 기
분 좋게 도망 다녔고 ── 그는 여전히 추격했다. ─ 그러다 그는
승산 없는 먹이를 쫓는 놈처럼 ── 뒤처지기 시작했고, 한 발짝
씩 멀어지는 데 따라, 그의 표정도 부드러워졌다. ── 그러니 내
가 왜 맹속력으로 도망 다녀야 하겠는가?

　그래서 나는 역참 역무원이 했던 말에도 불구하고, 다시 한 번
내 마음대로 여행하는 *방식*을 바꿨다. 그동안 곤두박질치듯 덜컹
거리며 길을 재촉해 온 방식을 뒤로하고, 이제 나는 내 노새와 더
불어, 그놈 등에 탄 채, 발걸음이 가는 대로 최대한 느릿느릿 랑
그도크의 비옥한 들판을 가로질러 갈 기대를 하며 마냥 들떠 있
었다.

　거대하고 비옥한 들판은 여행객에게 더할 나위 없이 기분 좋은
곳이 없지만 ── 여행기를 쓰는 작가에게 그보다 더 끔찍한 일은
없다. 특히 그곳에 거대한 강이나 다리 같은 것들이 없는 경우에는
말이다. 눈앞에 펼쳐지는 것이라곤 그저 아무 변화 없는 풍요의 그
림 한 장뿐이니, 정말 멋지네! 또는 상쾌한 풍경이군! (상황이 바
뀌는 데 따라) ─ 고맙기 짝이 없는 땅이로다, 자연이 온갖 풍요로
움을 모조리 쏟아 놓고 있는 것 같다, 등등…… 의 말을 해 놓고
나면, 그 작가는 광활한 토지를 손안에 쥐고 그것으로 뭘 해야 할
지 모르는 입장에 놓이게 되는 것이다. ─ 그 평원은 그를 어떤 마
을로 데려다 준다는 것 외에는 다른 쓸모가 없는데, 그 마을도 아
마 별로 나을 게 없는 것이, 그저 다시 한 번 새로운 평야로 출발하

는 지점이 될 뿐이고 ── 그런 식으로 반복되는 것이다.

── 이것은 가장 끔찍한 작업이다. 그러니 나의 평원을 다루는 데 있어 조금이라도 나은 점이 있는지, 한번 판단해 봐주기 바란다.


## 제43장


내가 2리그 반도 채 가기 전에, 총을 멘 그 사내는 점화용 화약을 들여다보기 시작했다.

나는 어정거리느라 서너 차례나 *지독히* 뒤처지곤 했는데, 매번 족히 반 마일 정도는 뒤떨어졌던 것이다. 한번은 보케라와 타라스콘의 장날에 내놓으려고 북을 만들고 있는 남자와 꽤 깊은 이야기에 빠져든 것이었는데 ── 나는 그 원리를 도무지 이해할 수가 없었다. ──

두 번째는, 내가 걸음을 멈췄다고 말할 순 없는 상황이었다. ── ── 왜냐하면 나보다 더 시간에 쫓기는 프란체스코 수도사 두 사람을 만나 이야기하던 중에, 내가 하려던 말을 제대로 끝내지 못하는 바람에 ── 그들을 따라 길을 되돌아갔던 것이니까. ──

세 번째 경우는, 어느 수다스러운 여인에게서 프로방스산 무화과 한 바구니를 4수에 사면서 티격태격하느라 생긴 일이었다. 이 거래는 거래가 종결될 무렵 양심의 문제가 대두하지 않았더라면 금방 끝날 수도 있는 일이었다. 무화과 값을 지불하고 나서 보니, 바구니 바닥에 포도 잎으로 덮어 둔 달걀이 두 줄이나 깔려 있는 게 드러났고 ── 나는 달걀을 살 의향이 없었을 뿐만 아니라, ── 그에 대한 권리를 주장할 입장도 아니었다 ── 달걀이 차지했던 공간에 대한 권리는 ── 하기야 그게 뭐 대단한 것이겠는가? 나는 돈을 낸 만큼 충분히 무화과를 받았으니 말이다* ——

—— 하지만 나는 그 바구니를 가질 생각이었고 —— 그 수다쟁이 역시 바구니를 가져갈 생각이었는데, 바구니 없이는 달걀을 둘 곳이 없었기 때문이고, —— 나 역시 바구니 없이는 농익어서 옆구리가 터지기 시작한 무화과를 가져갈 도리가 없었다. 이런 상황 때문에 잠시 실랑이가 오갔고, 각각 어찌하는 게 좋을지에 대해 온갖 잡다한 제안이 나오고 나서 그 다툼은 끝이 났다. ——

—— 우리가 달걀과 무화과를 각각 가져가는 문제를 어떻게 처리했는지 그 답을 추측해 보라고, 당신께, 그리고 혹시 악마가 그 자리에 있지 않았다면 악마에게도 (난 아무래도 그가 그 자리에 있던 것 같긴 하지만) 도전장을 던지는 바다. 다만 가장 그럴듯하지 않은 방법을 찾아야 한다. 당신에게는 그 이야기를 전부 읽을 기회를 드리겠지만 ——— 금년에는 아니다, 난 지금 토비 삼촌의 연애 이야기를 향해 길을 재촉하는 중이니까 —— 하지만 그 내용을 이 평원을 지나가면서 생긴 이야기를 모은 책에서 읽을 수 있게 될 것이다 —— 나는 그 책을 이렇게 부를 것이다. 나의

## 평원* 이야기

이런 불모의 여정을 거쳐 가면서 내 펜이 다른 여행자의 펜이나 마찬가지로 얼마나 지쳤을지는 —— 세상의 판단에 맡기겠다. —— 그러나 지금 이 순간 다 함께 진동을 만들어 내고 있는 그 시간의 자취들이 그때가 내 인생에서 가장 수확이 많고 바쁜 기간이었음을 말해 주고 있다. 나는 총을 멘 사내와 시간에 대해서는 아무 약정도 맺은 바 없기 때문에 —— 전속력으로 달리는 사람만 아니라면 지나가는 사람마다 붙들고 이야기를 나눴고 —— 앞서 가는 일행이

있으면 그때마다 그들과 합류하기도 하고 — 뒤따라오는 사람마다 기다려 주고 — 교차로에서 마주치는 사람마다 인사를 건넸으며 — 온갖 종류의 걸인, 순례자, 빈둥대는 자, 탁발 수도승들을 불러 세웠고 — 뽕나무 아래서 여인과 마주치면 그녀의 다리에 찬사를 보내고, 코담배를 건네며 대화에 끌어들이지 않곤 지나치는 법이 없었다. ── 간단히 말해서, 우연성이 이 여행 중에 내게 건네준 것이면 무엇이든, 크기와 모양에 상관없이, 그 손잡이에 손을 내밀어 붙잡음으로써 — 나는 나의 *평원*을 도시로 바꿔 놓았던 것이다. — 항상 누군가 함께 있는 사람이 있었을 뿐만 아니라, 그 종류 역시 매우 다양했다. 게다가 나의 노새 역시 나만큼이나 어울리길 좋아해서, 어떤 짐승을 만나든 뭔가 나눌 거리가 있었다. — 우리가 펠멜 거리나 세인트 제임스 거리*를 한 달 동안 돌아다녔다 해도, 이보다 많은 모험을 경험하거나 — 인간 본성에 대해 더 많은 것을 배울 기회는 없었을 것이라고 확신하는 바다.

아! 랑그도크에는 활기차고 경쾌한 솔직함이 넘쳐 나고 있어, 그곳 사람들의 옷에 잡힌 주름들을 순식간에 풀어 헤쳐 준다 — 그 주름 아래 무엇이 있건 간에, 그것은 더 좋은 시절에 시인들이 노래했던 그 순진무구함을 닮아 있기에 — 나는 내 상상력을 현혹시켜, 정말 그렇다고 믿는다.

그 일은 님에서 뤼넬로 가는 길에서 일어났는데, 그곳은 프랑스에서 가장 훌륭한 뮈스카데 포도주가 나오는 곳이고, 사실 그 포도주는 **몽펠리에**의 정직한 사제들의 것이다. — 사제들의 식탁에서 그 와인을 마시면서, 그들에게 한 방울도 주지 않는 사람에게 재앙이 내릴지어다.

── 해는 지고 — 하루 일과가 끝났으니, 요정들은 머리를 다시 묶어 올렸고 — 청년들은 잔치를 준비하고 있었다. ── 그런

데 내 노새가 갑자기 그 자리에 멈춰 서 버렸다. —— 피리 소리, 북소리일 뿐이야, 하고 내가 말했다 —— 난 무서워 죽겠는데요, 하고 그가 말했다. — 그들은 즐거운 춤판으로 달려가고 있는 거야라고 말하며 나는 그에게 박차를 가했다. —— 성 부거*와 연옥의 문 뒤편에 서 있는 모든 성인들께 맹세코, 하고 그가 말했다. — (앙두예트 수녀원장에게 보였던 바로 그 결의에 찬 모습으로) 난 한 발짝도 더 나아가지 않을 겁니다. —— 그래, 좋아, 선생, — 내가 살아 있는 한, 자네 집안의 일원과 싸우는 일은 절대 없을 걸세라고 말하며 나는 그의 등에서 뛰어내려, 장화 한 짝은 이쪽 하수구에, 다른 한 짝은 저쪽 하수구에 벗어 던졌다. — 난 춤이나 한판 춰야겠으니 —— 자넨 여기 있게나.

내가 그들을 향해 다가가자, 햇볕에 그을린 노동의 딸이 일행에서 벗어나 나를 맞으러 나왔다. 그녀의 머리카락은 검은색에 가까운 짙은 암갈색이었고, 한 다발로 묶여 있었다.

기사가 한 사람 모자라던 참이에요라고 말하며 그녀는 양손을 내게 내밀었다. —— 그래요, 기사 한 사람 여기 있지요라고 말하며 나는 그녀의 두 손을 마주 잡았다.

나네트, 그대는 공작 부인처럼 차려입었네요!

—— 한데 그대 페티코트에 있는 그놈의 찢긴 틈새가!

나네트는 전혀 개의치 않았다.

당신이 오지 않았으면 어쩔 뻔했나 몰라요,라고 말하며 그녀는 스스로 익힌 정중한 태도로 한 손을 놓고, 다른 한 손으로 나를 이끌었다.

아폴로에게서 피리로 보상을 받은 한 절름발이 청년이 직접 구한 작은북까지 곁들여, 강둑에 앉아서 달콤한 전주곡을 연주하고 있었다. —— 제 머리 좀 묶어 주실래요라고 말하며 나네트는 내 손에 끈을 건네주었다. —— 그것으로 나는 내가 낯선 사람이란 사실을 잊어버렸다 —— 모든 매듭이 풀리고 —— 우리는 7년 지기가 되어 있었다.

젊은이가 북을 쳐서 시작을 알리고 — 피리를 불기 시작하자, 우리는 뛰면서 춤을 추기 시작했다 —— "저 치마의 트임새를 악마가 물어 갔으면!"

젊은이의 여동생은 하늘에서 훔쳐 온 목소리로 오빠와 번갈아 가며 노래를 불렀다 —— 그것은 가스코뉴의 원무곡이었다.

**만세, 기쁨이여!**
**사라져라, 슬픔이여!**

요정들은 모두 합창으로 가세했고, 젊은이들은 한 옥타브 낮은 음으로 함께 노래를 불렀다 ——

누가 그 트임새를 꿰매 준다면 나는 1크라운이라도 내놓았을 것이고 — 나네트는 1수도 내놓지 않았을 것이다. — *만세, 기쁨이여!* 가 그녀의 입가에 역력했고 — *만세, 기쁨이여!* 가 그녀의 눈에도 가득했다. 호감의 덧없는 불꽃이 우리 사이의 공간을 일순 지나갔다 —— 그녀가 얼마나 사랑스럽던지! —— 나는 왜 이렇게 살다 죽을 수 없는 걸까? 우리에게 기쁨과 슬픔을 공정하게 나눠 주시는 분이시여, 여기 이 만족의 무릎 위에 머물면서 — 춤추고, 노래하고, 기도 올리고, 이 짙은 갈색의 처녀와 함께 하늘에 갈 순 없는 겁니까? 하고 내가 소리쳤다. 그녀는 변덕스럽게 머리를 한쪽으로 숙이더니, 다시 들어 올리며 유혹적으로 춤을 추고 있었다. —— 이제 춤을 끝내야 할 시간이군, 하고 내가 말했다. 그래서 나는 파트너와 음악만 바꾸어 뤼넬에서 몽펠리에로 춤을 추며 내달렸다. —— 거기서부터 페스나, 베지에 —— 나르본, 카르카송, 노데리 성을 지나 마침내 페드릴로*의 정자에 이를 때까지 나는 계속 춤을 추며 달려왔다. 나는 그 정자에서 검은 줄이 그어진 종이를 꺼내어, 이제부턴 여담이나 삽입구 없이, 토비 삼촌의 연애담을 직선으로 그려 나가기로 작심하면서 ——

이렇게 글을 쓰기 시작했다 ——.

제7권의 끝

**제8권**

이것은 본론을 벗어난 여담이 아니라 작품 자체다.

# 제1장

── 아, 그러나 서두르진 말자 ── 이 장난기 넘쳐 나는 평원에서 ─ 생명력을 북돋우는 태양이 쨍쨍 쏟아지는 이곳에서, 이 순간 모든 육신이 뛰어나와 피리를 불고, 깽깽이를 켜고, 포도 수확의 기쁨에 맞춰 춤을 추고 있는데, 그리고 한 발짝 한 발짝마다 판단력은 상상력의 기습을 당하고 있는데, 과연 그게 가능하겠는가. 내 책의 여기저기서 일직선으로 똑바로 가는 선[28]*에 대해 했던 여러 가지 말에도 불구하고, ── 세상에 존재하는 가장 뛰어난 양배추 농사꾼을 향해 어디 한번 그렇게 해 보라고 도전장을 던지는 바다. 그가 앞으로 가며 심건, 뒤로 가며 심건, 그것은 상관없다(한 가지 경우에는 다른 한 가지 경우보다 더 책임질 일이 많아진다는 것을 제외하면). ── 그가 과연 냉정하게, 비평적으로, 교회법에 따라, 양배추를 하나하나 직선으로, 금욕적 거리를 두고 심어 갈 수 있는지, 어디 한번 해 보라고 하자, 특히 페티코트에 꿰

---

28) 이 책 제6권 152쪽 참조.

매지 않은 긴 트임새가 있을 경우, ─ 그가 이따금 밖으로 양다리를 걸치거나, 사생아 같은 일탈로 옆걸음질 쳐 들어가는 일 없이, 과연 그 일을 해낼 수 있겠는가 ─── 얼어붙은 땅이나 안개의 땅 그리고 그 밖에 내가 알고 있는 몇몇 나라에서라면 ─ 가능할지도 모르겠다. ───

그러나 환상과 땀을 불러내는 이 청명한 곳에서, 말이 되는 것이든 안 되는 것이든 모든 생각이 그대로 표출되는 ─ 이 땅에서라면, 유지니어스여 ─ 내가 지금 나의 삼촌 토비의 연애담을 시작하겠다며 잉크병의 뚜껑을 돌려 열고 앉아 있는, 이 기사도와 로맨스가 넘치는 비옥한 땅에서라면, 게다가 **줄리아**가 그녀의 **디에고**를 찾아 헤맨 그 꾸불꾸불한 행로가 서재 창문을 통해 훤히 내다보이는 이곳에서라면 ─ 만약 자네가 와서 내 손을 잡아 주지 않을 경우 ───

내 글이 대체 어떤 작품이 될 것 같은가!

어디 한번 시작해 보세.


## 제2장

**사랑**에 빠지는 일과 **오쟁이** 당하는 일 사이에는 공통점이 있다. ───

─── 그러나 이제 새로 책을 시작하는 참인 데다, 오래전부터 바로 그런 때에 독자에게 하고 싶었던 이야기가 있는데, 지금 하지 않는다면, 내가 살아 있는 동안에는 전할 기회가 없을 것 같아 (위에서 시작했던 **비교**는 아무 때라도 할 수 있는 일인 반면) ─── 잠시 그것만 언급하고, 충실하게 갈 길을 가기로 하겠다.

그 이야기는 바로 이것이다.

현재 우리가 알고 있는 세상을 통틀어 사람들이 책을 새로 시작할 때 사용하는 방법은 여러 가지가 있지만, 나는 그중에서도 나의 방법이 최상이라고 확신한다. ── 더욱이 가장 종교적인 방법임에 틀림없다고 믿고 있다. ── 즉 나는 첫 문장을 내가 쓰고 ── ── 두 번째 문장은 전능하신 하느님께 맡긴다.

흔히 작가들은 대문을 활짝 열고, 이웃과 친구들, 친척들, 악마와 새끼 악마들은 물론, 그들의 망치와 병기들까지 함께 집으로 불러들여, 자신의 문장 연결이 제대로 되었는지, 전체 구성이 계획대로 되었는지, 그런 것을 살펴봐 달라고 부탁하는 소동을 벌이곤 하는데, 나의 방법은 이런 어리석은 야단법석을 필요 없게 만들어 준다.

내가 팔걸이를 붙잡고 의자에서 반쯤 몸을 일으키며, 하늘을 올려다보고 얼마나 확신에 차서 ── 하늘에서 떨어지는 생각을, 때로는 그 생각이 나에게 채 당도하기도 전에 붙잡아 내는지, 당신도 볼 수 있었으면 좋겠다. ──

양심적으로 말하자면 나는 하늘이 다른 사람에게 주려 했던 생각마저 수도 없이 낚아채곤 했던 것 같다.

포프와 그의 초상화[29]*도 나에게는 바보 같은 것에 불과하고 ── ── 어떤 순교자도 나처럼 믿음과 불길로 충만했던 적은 없을 것이다. ── 선행에 대해서도 그렇게 말할 수 있으면 좋겠지만 ── 아무튼 내게

집착과 분노 ── 또는
분노와 집착 ── 같은 것은 없다.

---

29) 포프의 초상화.

신들과 인간들이 이것을 같은 이름으로 부르기로 합의할 때까지는 — 학문이나 — 정치 — 또는 종교에서 ── 아무리 잘못된 길을 가는 **타르튀프**\*라 하더라도, 결코 내게서 불꽃을 일으키거나, 다음 장에서 읽게 될 것보다 더 심한 말이나 더 불친절한 인사말을 내게서 끌어내지는 못할 것이다.

## 제3장

── 봉주르! ── 좋은 아침! ── 때맞춰 외투를 입고 나오셨군요! ── 쌀쌀한 아침인데, 잘 판단하셨습니다 ── 걸어가는 것보다야 제대로 갖춰 말을 타는 게 낫지요 ── 내분비선이 막히기라도 하면 위험천만이니까요, ── 그런데 당신의 작은댁은 안녕하신가요 — 당신 부인은 어떠시고요 — 그리고 양쪽에서 얻은 아이들도 모두 잘 있는지요? 노신사와 노부인에게서는 언제 소식을 들으셨는지요 — 당신의 누이, 숙모, 숙부, 사촌 들에게서는요 ── 그들이 앓고 있는 감기와 기침, 임질, 치통, 열병, 요로통, 좌골 신경통, 부종, 눈병이 차도가 있기를 바랍니다. ── 고약한 약종상 같으니라고! 그렇게 많은 피를 뽑아내고 — 그렇게 진저리나는 하제(下劑)에다 — 구토제 — 찜질 약 — 고약 — 야간용 물약 — 관장약 — 발포 연고나 주다니 ── 감홍(甘汞)은 또 왜 그리 많이 주는지요? 산타 마리아! 아편까지 그만큼이나! 맙소사, 당신의 온 집안이, 머리에서 꼬리까지 위험하기 짝이 없네요! ── 나의 대고모 다이나의 낡은 검은색 비로드 가면에 걸고! 한데 그것은 별 쓸모가 없는 것 같군요.

그 가면은 그녀가 마부의 아이를 갖기 전에 자주 썼다 벗었다

하다 보니, 턱 부분이 닳아 대머리처럼 되었기 때문에 — 우리 식구 중 누구도 그것을 쓰려 하지 않았지요. 그 마스크를 새로 덧씌우는 것은 배보다 배꼽이 더 큰 일이겠고 — 그렇다고 닳아 빠져서 속이 들여다보이는 가면은 쓰지 않는 거나 마찬가질 테니까 말이지요. —

여러 고위 성직자님들께 말씀드리건대, 지난 4대에 걸친 우리 가문의 수많은 식구들 중에서 겨우 대주교 한 사람, 웨일스 지방의 판사 한 사람, 서너 명의 참사회 의원 그리고 한 사람의 야바위꾼*밖에 나오지 않은 것은 바로 그 이유 때문인 것 같습니다. ——

16세기에는 최소한 열두 명의 연금술사를 자랑했던 가문인데 말입니다.


## 제4장


"사랑에 빠지는 일과 오쟁이 당하는 일 사이에는 공통점이 있다." —— 그것은 그 일을 겪는 당사자가 집안에서 그 사실을 알게 되는 세 번째 사람, 보다 일반적으로는 마지막 사람이 된다는 사실을 말한다. 그 이유는 온 세상이 알듯이, 한 가지 현상에 대해 대여섯 가지의 이름이 있기 때문이다. 인체의 이 부분 혈관 안에서는 *사랑*인 것이 — 다른 부분에서는 증오일 수도 있고 —— 그보다 반 야드 정도 위에서는 *감상*일 수도 있고 —— 그리고 허튼 짓이라 불리게 되는 것은 —— 아뇨, 부인, — 거기가 아니라 —— 내가 손가락으로 가리키고 있는 그 부분의 경우지요. —— 그러니 우리가 어찌 알 수 있겠습니까?

이 신비로운 주제에 대해 독백을 해 본 모든 필멸의 인간 중에서도, 원하신다면, 모든 불멸의 인간까지 포함하더라도, 토비 삼촌만큼 그 혼란스러운 감정의 갈등을 헤쳐 가며 그것을 연구하기에 적절하지 못한 사람은 없을 것이다. 삼촌은 아마 틀림없이 우리가 더 나쁜 일에서 그리하듯이, 어떻게 판명 나는지 보기 위해서라도 그게 그대로 흘러가도록 내버려 두었을 것이다. —— 만약 브리지트가 그것을 수잔나에게 미리 알려 주고, 수잔나는 그 포고문을 온 세상에 떠벌리고 다님으로써, 삼촌이 그 일을 살펴볼 수밖에 없게 만들지 않았더라면 말이다.

## 제5장

왜 직조공, 정원사, 검투사 같은 사람들이 — 또는 (발에 생긴 어떤 병으로 인해) 다리가 앙상해진 남자가 — 누군가 여린 처녀로 하여금 남몰래 그들을 향한 사랑 때문에 가슴앓이를 하게 만드는 건지에 대한 의문은 고대와 현대의 생리학자들이 이미 제대로 해결하고 설명해 놓은 문제다.

물만 마시는 사람도, 만약 그 사람이 그 사실을 스스로 공표해 놓고 거짓이나 속임수 없이 그대로 실천하는 사람일 경우, 정확하게 비슷한 곤경에 처하게 된다. 얼핏 보기에 그게 중요한 일이거나 그 안에 뭔가 숨겨진 논리가 있는 것은 아닌 듯싶지만, 이런 논리를 펼쳐 볼 수 있다. 즉, "내 내면에서 졸졸 흐르는 차가운 물의 실개천이 나의 제니의 — 에 횃불을 피워 올리게 마련이다."

—— 이 명제는 사람들의 마음에 와 닿지 않을 것이다. 아니 반대로, 그것은 원인과 결과의 자연스러운 운행 법칙에 위배되는 것

처럼 보인다. ──

하지만 그것은 인간의 이성이란 것이 얼마나 허약하고 우둔한 것인지를 잘 보여 준다.

── "그러고도 완벽하게 건강하다고요?"

── 가장 완벽하지요 ── 부인, 우정의 여신이 직접 나를 위해 빌어 주신 것만큼 말입니다. ──

── "그래 아무것도 마시지 않는다고요! ── 물 말고는 아무것도?"

── 격렬한 액체여! 그대가 인간 두뇌의 수문에 밀어닥치는 순간 ── 그 문이 어떻게 무너지는지를 보라! ──

**호기심**이 거세게 헤엄쳐 들어오면서, 그녀의 시녀들도 따라 들어오라고 손짓하니, ── 그들은 격류의 중심으로 뛰어 들어간다. ──

물가에 앉아 생각에 잠긴 **공상**은 눈으로는 물의 흐름을 지켜보면서, 밀짚과 갈대를 가지고 돛대와 기움 돛대를 만들고 있고 ── **욕망**은 한 손으론 속옷을 무릎 위까지 들어 올리고, 다른 한 손으론 그녀 옆을 헤엄쳐 가는 그것들을 낚아챈다. ──

오, 그대 물만 마시는 자들이여! 그대가 물레방아처럼 이 세상을 돌리고 지배해 온 것은 바로 미혹적 샘물을 통해서란 말인가 ── 무력한 자들의 얼굴을 짓찧어 놓고,* ── 그들의 늑골을 가루로 만들고 ── 그들의 코는 마구 두들겨서 후춧가루처럼 만들고, 때로는 자연의 모습과 골격까지 바꿈으로써 세상을 지배했단 말인가 ──

── 내가 자네였다면, 이라고 요릭이 말했다. 난 물을 더 많이 마시겠네, 유지니어스. ── 그래, 내가 자네였다면, 요릭, 하고 유지니어스가 답했다, 나 역시 그렇게 하겠네.

이 대화를 보면 그들이 둘 다 롱기누스를 읽었다는 것을 알 수 있다.* ──

나로 말하자면, 살아 있는 한 내 책 말고는 누구의 책도 읽지 않기로 결심한 사람이다.

## 제6장

토비 삼촌이 물만 마시는 사람이었더라면 좋았을걸. 만약 그랬다면 과부 워드먼이 자기를 본 첫 순간에, 마음속에서 그를 향해 호의적인 무언가가 일어나는 것을 느꼈다는 사실을 삼촌도 쉽게 알아차렸을 것이다 ― 무언가! ― 무언가.

― 아마 우정보다는 더한 무엇 ― 사랑보다는 못한 ― 무엇 ― 그게 무엇이든 ― 어디서 일어난 것이든 간에 ― 난 그 비밀을 여러 높으신 분들에게서 알아내자고 내 노새의 꼬리털 한 가닥도 드릴 생각이 없고, 그것을 직접 뽑는 일을 맡을 생각은 더더욱 없다 (사실 그놈의 노새는 뽑혀도 될 만한 털도 별로 없고, 성질이 사납기까지 하다). ――

진실을 말하자면, 토비 삼촌은 물만 마시는 사람이 아니었다. 그는 보다 나은 음료를 구할 수 없는 전진 기지에서 어찌할 수 없을 때를 제외하고는, 순수한 물 그대로든, 다른 것과 섞은 것이든, 어떤 식으로든, 어느 곳에서건 물을 마시지 않았다. ―― 그가 치료받던 동안은 예외에 해당하는데, 의사가 물을 마시면 근육이 확장되어 보다 빨리 아물 수 있다고 처방했을 때 ―― 삼촌은 말썽을 만들지 않기 위해 물을 마셨다.

온 세상이 다 알고 있듯이, 자연 현상 속에서 원인 없이 결과가 생기는 법은 없고, 게다가 역시 잘 알려진 대로, 토비 삼촌은 직조공도 아니었고 ― 정원사나 검투사도 아니었다. ―― 혹시 삼촌이 대위였으니 검투사 기질이 있다고 말할지도 모르지만 ― 그는 다만 보병 장교였고 — 게다가 이 모든 것은 다의적 표현이기도 하다. —— 그러니 우리에게 남은 가능성은 토비 삼촌의 다리밖에 없는데 —— 그것 역시 *발*에 생긴 질병 때문이 아니라면 현재의 가설에서는 별 도움이 되지 않는다. — 그의 다리는 발에 생긴 이상 때문에 여윈 것이 아닐뿐더러 — 전혀 여윈 것도 아니다. 삼촌이 3년 동안이나 런던에 있는 아버지의 집에 갇혀 지낸 탓에, 다리를 전혀 쓰지 않다 보니, 약간 뻣뻣하고 동작이 어색하긴 했지만, 사실 그의 다리는 아주 통통하고 근육질이며, 다른 모든 면에서도 그의 무사한 다리만큼 멀쩡하다.

단언하건대, 내 인생의 어떤 단계에서도, 어떤 의견에 대해서도, 내가 지금처럼 앞뒤를 맞출 수 없어 당황하고, 또 다음 장을 위해 현재 쓰고 있는 장을 고문해야 했던 경우는 떠올릴 수 없다. 혹 어떤 이는 내가 문제를 해결하고 벗어나는 새로운 실험을 해 보기 위해, 일부러 이런 식의 어려움 속에 뛰어드는 것을 즐긴다고 생각할지도 모르겠다. — 그대는 얼마나 배려심 없는 영혼을 가진 자인가! 그게 무슨 말인가! 한 사람의 작가로서 그리고 한 사람의 인간으로서, 트리스트럼, 자네는 수많은 피할 수 없는 고뇌들에 둘러싸여, 사면초가 상태가 아닌가 —— 그것들만으론 충분치 않아서, 그대가 더 많은 고민거리들 속에 스스로를 얽혀 들게 만든단 말인가?

빚더미 속에 있는 것으로 충분하지 않은가, 그대는 아직도 팔리지 않은 — 제5권과 제6권의 재고가 열 대의 수레 가득 있고,* 그리고 그것을 어떻게 손에서 떠나보내야 할지, 거의 정신이 나갈 지경이 아닌가.

그대는 플랑드르에서 바람에 맞서 스케이트를 타다 얻은 그 고약한 천식 때문에 지금 이 시간까지도 고통 받고 있지 않은가? 그리고 두 달 전이었지, 아마, 한 추기경이 마치 성가대 소년처럼 (양손으로) 소변 보는 모습을 보고 폭소를 터뜨리는 바람에, 그대 폐의 핏줄이 터져, 두 시간 동안 그 시간 수에 해당하는 쿼트*만큼 피를 쏟았고, 한 번만 더 그만큼 피를 쏟았더라면, ——— 1갤런 의 피를 잃을 뻔했다는 의사의 말을 듣지 않았던가? ———

## 제7장

—— 아 제발, 쿼트와 갤런 이야기는 그만두기로 하자. —— 그 리고 본래 하려던 이야기로 곧장 들어가기로 하자, 그것은 삐끗해 서 획 하나라도 어긋나는 일이 생기면 뒷감당이 되지 않을 정도로 아주 섬세하고 복잡한 내용인데, 어찌어찌하다 그대가 날 이야기 의 한가운데로 밀쳐 넣어 놓았으니 —

— 앞으론 좀 더 조심하자고 부탁드리는 바다.

## 제8장

토비 삼촌과 상병은 연합군과 때맞춰 공격을 개시하기 위해, 우 리가 자주 거론했던 그 땅을 향해 급히 서둘러 낙향하다 보니, 매 우 필수적인 항목 하나를 깜박 잊어버렸다. 그것은 공병용 가래나 곡괭이, 삽 같은 게 아니라 —

— 바로 잠을 잘 때 필요한 침대였다. 샌디홀은 그때 아직 가구 를 들여놓지 않은 상태였고, 가여운 르 피버가 유숙하다가 죽은 그 작은 여관은 아직 생기지도 않았기 때문에, 토비 삼촌은 하는

수 없이, 트림 상병이(그는 뛰어난 하인이자 마부, 요리사, 재봉사, 의사, 공학 기술자이면서 덧붙여 훌륭한 가구 기술자이기도 했으니) 목수와 재단사 한두 사람의 도움을 받아 삼촌 집에 침대를 하나 만들어 넣을 때까지, 하루 이틀 정도 워드먼 부인의 집에 있는 빈방 신세를 질 수밖에 없었다.

이브의 딸, 바로 그 이름이 꼭 어울리는 과부 워드먼이었기에, 그녀의 특징에 대해 제시할 말은 이 한마디면 족하다. ―

― *"그녀는 완벽한 여성이었다는 것이다."*

그녀가 차라리 50리그쯤 떨어진 곳에 가 있었든지 ― 따뜻한 침대 속에 있었든지 ― 칼집에 들어 있는 칼을 가지고 놀든지, ― 아니면 무엇이든 하고 싶은 대로 해도 좋지만 ― 집과 가구가 자기 것인 곳에서 한 남자를 관심의 대상으로 삼는 일만은 하지 말았어야 했다.

한 여자가 환한 대낮에 집 밖에서 한 남자를 볼 때는 물리적으로 말해 그 남자를 한 가지 이상 여러 측면에서 바라볼 수 있기 때문에 별문제가 없다. ― 그러나 집 안에서는, 아무리 애를 써도, 그 남자를 자신의 물건들이나 가재도구들과 연결해서 볼 수밖에 없고 ―― 그런 조합을 반복하다 보면, 그 남자는 그녀의 재산 목록에 슬그머니 포함될 수밖에 없다. ――

― 일단 그렇게 되면, 거기 붙박이로 낙착된다.

그러나 이것은 **체계**의 문제가 아니다, 그 점은 내가 위에서 설명해 놓았으니까. ―― 그렇다고 매일 낭송하는 **기도서**의 문제 역시 아니다 ―― 나는 나 자신의 신조 외에 어느 누구의 신조도 만들어 내지 않으니까. ―― 또한 그렇다고 **사실**의 문제도 아니다 ―― 적어도 내가 아는 한은 아니다. 이것은 아래에 나오는 내용에 대한 서문 격으로, 교합의 문제다.

## 제9장

나는 옷감의 거칠기나 청결성 — 또는 덧댄 삼각건의 강도에 대해 이야기하는 게 아니다. —— 그러나 세상 모든 것이 그렇듯, 이것도 야간용과 주간용이 다르게 마련이고, 야간용 슈미즈는 주간용보다 그 길이가 훨씬 길어서, 그것을 입고 자리에 누우면 발아래까지 내려오지만, 주간용은 발에 못 미치지 않는가?

워드먼 부인의 야간 슈미즈는 (내 생각엔 윌리엄 왕과 앤 여왕 시대의 유행을 따른 것 같은데) 바로 이런 모양으로 재단되어 있다. 만약 그 유행이 바뀐다면, (이탈리아에서는 이미 사라진 유행이나) —— 공익의 면에서는 좋을 게 없는 일이다. 그 옷은 플랑드르 단위로 2엘* 반 정도의 길이인데, 보통 키의 여자가 2엘 정도 필요하다고 보면 반 엘의 옷감이 남아돌 것이고, 그것으로 무엇이든 하고 싶은 것을 할 수 있기 때문이다.

7년간이나 과부로 살아온 그녀는 황량한 동지섣달 같은 밤들을 보내면서, 이런저런 작은 도락들을 스스로에게 허락했는데, 그중 한 가지는 지난 2년 동안 매일 밤 침실에서 거행하는 하나의 의식으로까지 자리 잡게 되었다 — 즉 워드먼 부인이 잠자리에 들어, 다리를 침대 끝까지 뻗고 나서 브리지트에게 신호를 보내면, — 지켜보던 브리지트는 모든 예의를 갖춰, 먼저 발치에서 이불을 들치고, 우리가 말했던 그 반 엘의 옷자락을 붙잡아서, 아주 부드럽게 두 손으로 한껏 아래로 잡아당긴 다음, 네댓 개의 가지런한 가로 주름을 잡아 접어 올리고는, 소맷자락에서 큰 옷핀을 꺼내 핀 끝이 자기 쪽을 향하게 하여, 끝자락 조금 위에서 주름이 고정되게 핀을 꽂았다. 이 일이 끝나면 브리지트는 발밑으로 모든 것을 팽팽하게 밀어 넣은 다음 주인마님에게 안녕히 주무시라는 밤인사를 건넸다.

이 행사는 별다른 변화 없이 꾸준히 이어졌다. 다만 추위가 심하거나 폭풍우 몰아치는 밤에 브리지트가 이 일을 하기 위해 침대 발치에서 이불을 들칠 때면 —— 자신의 열정의 온도계 외에는 어떤 온도계에도 의지하지 않고, 그날 밤 그녀 스스로 느끼고 있는, 그리고 주인마님을 향해 가지고 있는 믿음과 희망, 자애심의 크기에 따라, 그 일을 서서 하기도 하고 — 꿇어앉아 하기도 하고 — 쪼그리고 앉아서 하기도 했다는 차이밖에 없었다. 다른 모든 점에서는 그녀의 에티켓이 너무나 신성하게 지켜지고 있어서, 기독교 세계의 가장 융통성 없는 침실에서 볼 수 있는 가장 기계적인 에티켓과 경쟁할 만했다.

첫날 밤에는 상병이 토비 삼촌을 2층으로 모시고 나자마자, 그것은 10시경이었는데 —— 워드먼 부인은 안락의자에 몸을 던지고, 오른쪽 다리를 왼쪽 무릎 위에 꼬더니, 팔꿈치를 그 위에 올려놓고, 몸을 앞으로 기울이며 손바닥으로 볼을 받친 채, 자정이 될 때까지 그 상황의 양면을 곰곰이 따져 보았다.

둘째 날 밤이 되자 그녀는 책상 서랍으로 가서, 브리지트가 미리 책상 위에 갖다 놓은 두 개의 촛불 아래서, 자신의 결혼 약정서를 꺼내 아주 열중해서 읽었다. 그리고 셋째 날 밤에는 (그것은 삼촌이 거기 머문 마지막 밤이었다) 브리지트가 야간용 슈미즈 끝을 끌어당겨, 옷핀을 꽂으려 하자 ——

—— 양 발꿈치를 동시에 찼는데, 그것은 그녀의 위치에서 찰수 있는 가장 자연스러운 발길질이었으니 — 만약 ****** *** 가정오의 태양이라 한다면, 그것은 북동쪽을 향한 발길질이었고 —— 브리지트의 손에서 옷핀이 떨어지게 만들었다. —— 거기 매달려 있던 에티켓 역시 와해되면서 —— 바닥으로 떨어졌고, 수천

개의 원자 상태로 산산조각 나 버렸다.

이 모든 것을 감안해 볼 때 과부 워드먼 부인은 토비 삼촌과 사랑에 빠진 것이 분명했다.

## 제10장

그 당시 토비 삼촌의 머릿속에는 다른 일들이 가득 차 있었으니, 삼촌이 이 일에 반응을 보일 여유가 생긴 것은 됭케르크가 함락되고, 유럽의 여러 국가 간의 외교적 수순이 다 정리된 후의 일이었다.

따라서 일종의 휴전 상태가(이것은 삼촌의 입장에서 하는 말이고 — 워드먼 부인의 입장에선 공백기다) — 거의 11년간이나 지속된 것이다. 그러나 이런 성격의 일이 다 그렇듯이, 시간상의 거리가 얼마가 되었건 상관없이, 두 번째 공격은 일을 내는 법이다. —— 그런 이유로 해서 나는 이 사건을 토비 삼촌에 대한 워드먼 부인의 연애가 아니라 워드먼 부인에 대한 토비 삼촌의 연애라 부르기로 한다.

이것은 차이가 없는 구분이 아니다.

이것은 *챙을 위로 젖힌 낡은 모자*와 —— *낡은 모자챙을 위로 젖히기*처럼 여러 높은 성직자분들께서 논쟁을 많이 벌였던 문제와는 다르다. —— 내가 여기서 말하는 것에는 일의 성격상 차이가 있는 것이다. ——

신사분들, 그것도 상당히 큰 차이랍니다.

# 제11장

그런데 과부 워드먼 부인은 나의 삼촌 토비를 사랑했지만 ——
토비 삼촌은 워드먼 부인을 사랑하지 않았으니, 워드먼 부인이 할
수 있는 일이라곤, 그냥 계속해서 나의 삼촌을 사랑하든가 ——
혹은 그냥 포기해 버리든가 하는 것밖에 없었다.

과부 워드먼 부인은 이러지도 저러지도 않았다. ——

—— 원, 어떻게 그럴 수가! —— 그러나 나도 어느 정도 그녀
같은 기질이 있다는 것을 깜박했다. 어쩌다 일이 그렇게 되려니
까, 주야 평분시(平分時) 같은 때 그런 일이 생기기도 하는데, 지
상의 어느 여신이 이러저러하고 또 어떠하여, 나는 그녀 때문에
아침도 먹을 수가 없는데 —— 그녀는 내가 아침을 먹건 말건 동
전 세 푼만큼도 신경을 쓰지 않는 경우가 있다. ——

—— 그녀에게 저주나 내리라지! 나는 그런 식으로 그녀를 타타
르로 보냈다가, 타타르에서 다시 *티에라델푸오고*\*로, 그리고 다
시 악마에게로 보낸다. 간단히 말해서, 지옥에 있는 어느 벽감이
건 가리지 않고, 그 여신을 데려가 거기 붙박이로 올려다 놓는다
는 말이다.

그러나 마음은 여린 데다가, 열정의 조류란 게 1분에도 열 번씩
썰물이 되었다 밀물이 되었다 하다 보니, 나는 즉시 그녀를 다시
데려오고, 무엇이든 극단적으로 하는 사람이라, 이번에는 은하수
한복판에 그녀를 모셔다 놓는다. ——

별 중에서도 가장 빛나는 별이시여! 그대는 누군가에게 그대의
영향력을 쏟아부을 테지. ——

— 아, 그녀랑 그녀의 영향력 따윈 악마나 물어 갔음 좋겠네. ——
— 나는 그 영향력이라는 단어가 입에서 나오자 모든 참을성을 잃

고 만다. —— 그놈의 것이 악마한테나 크게 보탬이 되면 좋겠다!
—— 모든 털투성이 무시무시한 것들에 맹세코! 나는 털모자를
벗어 손가락으로 비틀면서 소리친다, — 난 그런 건 한 다스를 준
다 해도 6펜스도 내놓지 않을 거야!

—— 그러나 이것은 아주 훌륭한 모자인걸(모자를 다시 머리에
쓰고, 귀까지 당겨 내리면서) — 그리고 따뜻하고 — 부드럽기도
한걸, 특히 제대로 방향을 잡아 쓰다듬을 땐 말이지 — 아, 슬프도
다! 내게 그런 행운은 없을 거야 —— (그래서 나의 철학은 다시
한 번 여기서 난파당한다)

—— 아니, 난 그 파이에는 손가락 하나 대지 않을 거야(여기서
나는 내 은유법을 바꾼다) —

껍질이건 부스러기건

속이건 겉이건

윗부분이건 아랫부분이건 —— 난 그것을 싫어하고, 미워하고,
거부한다 —— 난 그것을 보기만 해도 역겨울 지경이다 ——

그것은 온통 후추에다,

　　　　마늘,

　　　　사철쑥,

　　　　소금 그리고

　　　　악마의 똥*으로 범벅이 되어 있고 —— 게다가 아
침부터 밤까지 불가에 앉아, 우리 속에서 불길이 활활 일어날 요
리만 새로 만들어 내는 요리사 중에서도 최고 우두머리 요리사가
만든 것이니, 난 세상을 다 준다 해도 손도 대지 않겠다. ——

—— 오, 트리스트럼! 트리스트럼! 제니가 소리쳤다.

오, 제니! 제니! 내가 응답했다, 그렇게 제12장으로 넘어가기로
하자.

## 제12장

―― "세상을 다 준다 해도 손도 대지 않겠다"라고 제가 말했지
요. ――

주여, 이 은유로 인해 제 상상력이 얼마나 뜨거워졌는지요!


## 제13장

이 모든 것을 통해 볼 때, 여러 높으신 분들이야 뭐라고 말씀하
시든 간에(*생각*하시든이라고 말하지 않는 것은 ―― 생각이란 것
을 *하는* 사람은 모두 ― 이것에 대해서든 다른 것에 대해서든 서
로 상당히 비슷하게 생각하기 때문이다) ―― **사랑**이란 그것을 알
파벳 순서에 따라 규정해 볼 때, 분명히 가장

*A gitating* [사람을 동요시키고]
*B ewitching* [사람을 홀리고]
*C onfounded* [사람을 혼란시키고]
*D evilish affairs of life* [가장 무모한 일이면서] ―― 가장
*E xtravagant* [낭비적이고]
*F utilitous* [헛되고]
*G alligaskinish* [헐렁한 바지 같고]
*H andy-dandyish*\* [먹국 놀이 같고]
*I racundulous* [성질을 자극하고] (K는 없다) 그리고
*L yrical of all human passions*; [인간의 열정 중에서도 가장
서정적이고], 그리고 동시에, 가장

*M isgiving* [불안감을 조성하고]

*N innyhammering* [바보로 만들고]

*O bstipating* [변비를 야기하고]

*P ragmatical* [독선적이고]

*S tridulous* [귀에 거슬리는 소리를 만들고]

*R idiculous* [터무니없이 우스꽝스럽다] ─ 사실 R이 먼저 나왔어야 하지만 ─ 아무튼 아버지가 언젠가 그 주제에 대해 긴 논설을 끝마치며 토비 삼촌에게 말했듯이, 사랑이란 ── "그 안에서 환치법을 쓰지 않고는 두 개념을 결합하기 힘들다"는 특성을 갖는다. ─ 그게 뭔데요? 토비 삼촌이 물었다.

말이 수레 뒤에 있는 것이지, 라고 아버지가 답했다. ──

── 말이 거기서 할 일이 뭐가 있는데요? 토비 삼촌이 소리쳤다. ──

아무것도 없지, 아버지가 말했다, 밀고 들어가거나 ── 또는 내버려 두거나 하는 것밖에는.

내가 이미 말했듯이, 과부 워드먼 부인은 이러지도 저러지도 않았다.

그러나 그녀는 마구도 챙겨 놓고, 승마용 옷도 차려입고, 모든 면에서 준비를 갖추고 기회만 엿보고 있었다.


## 제14장

운명의 여신들은 과부 워드먼 부인과 토비 삼촌의 연애를 미리 내다보고 있었던 게 분명하다. 그들은 물질과 운동을 처음 창조했던 때 이래로 항상(이 경우에는 같은 종류의 다른 일에서 흔히 하던 것보다는 좀 더 정중한 예를 갖춰) 원인과 결과의 사슬이 탄탄하게 엮이도록 만들어 왔기 때문에, 삼촌이 워드먼 부인의 집과 나란히 연결되어 있는 그의 집과 정원 외에, 세상에 있는 다른 어떤 집에서 살거나, 기독교 세계에 있는 다른 어떤 정원을 소유한다는 것은 거의 불가능한 일이었다. 게다가 워드먼 부인의 정원에 있는 정자를 빽빽이 둘러싸고 있는 관목은 토비 삼촌 정원의 관목 울타리와 겹쳐 있어서, 사랑의 투지가 필요로 하는 온갖 기회를 그녀의 손안에 쥐어 주고 있었다. 그녀는 토비 삼촌의 움직임을 하나하나 지켜볼 수 있었으며, 삼촌의 군사 자문 회의에 대해서도 모두 꿰뚫고 있었다. 더욱이 남을 의심할 줄 모르는 심성을 가진 삼촌은 그녀가 산책 영역을 넓히기 위해 두 정원을 연결하는 쪽문을 만들고 싶다고 브리지트를 통해 청을 넣자, 상병에게 그것을 만들도록 허락해 주었으니, 그녀는 삼촌의 초소 문까지도 접근할 수 있게 되었다. 워드먼 부인은 고마운 마음에 때때로 공격을 감행하기도 하고, 바로 그 초소 안에서 삼촌을 날려 보내려는 시도도 할 수 있게 되었다.

## 제15장

참 딱한 일이긴 하지만 —— 일상생활에서 남자를 관찰해 보면, 남자는 촛불처럼 아래위 어느 쪽 끝에서든 불을 댕길 수 있다는 것이 분명하다.* — 만약 심지만 충분히 밑으로 나와 있다면 말이다. 심지가 없다면 — 물론 그것으로 끝나는 일이지만, 만약 있는 경우에도 — 밑에서 불을 붙이면, 불운하게도 불꽃이 저절로 꺼지게 되니까 — 그 또한 그것으로 끝나는 일이 된다.

나에 대해 말하자면, 어느 쪽에서부터 타게 될지 내가 항상 결정할 수만 있다면 — 나는 동물처럼 불에 굽힌다는 생각은 견딜 수 없기 때문에 — 안주인에게 언제나 꼭대기부터 불을 붙이도록 부탁할 것이다. 그렇게 되면 나는 점잖게 촛대의 초꽂이까지 계속 타 내려갈 것이다. 즉 머리부터 가슴까지, 가슴부터 간까지, 그리고 간에서 창자까지, 그런 식으로 정맥과 동맥을 거쳐 장과 그 외 피를 굽이굽이 돌아, 맹장*까지 타들어 갈 것이다. ―

―― 부탁하건대, 닥터 슬롭, 하고 토비 삼촌이 말했다. 어머니가 나를 분만하던 날 밤, 닥터 슬롭이 아버지와 대화하는 중에 *맹장*을 언급하자, 삼촌은 말을 자르며 끼어든 것이다. ―― 부탁하건대, 맹장이 어느 건지 좀 가르쳐 주겠소, 이 나이 먹도록, 그게 어디 있는지 아직도 모르겠거든요.

*맹장*은, 닥터 슬롭이 답했다, 회장과 결장 사이에 위치해 있어요. ――

―― 남자 몸에 말이지요? 아버지가 말했다.

―― 그것은 여자에게도 정확히 똑같지요, 닥터 슬롭이 소리쳤다. ――

내가 아는 바와는 다른 얘긴데, 하고 아버지가 말했다.*


## 제16장

―― 워드먼 부인은 토비 삼촌의 이쪽 끝이나 저쪽 끝에서 불을 붙이는 것이 아니라, 두 가지 체계를 모두 확실히 작동시키기 위해, 가능하기만 하다면, 탕아의 촛불처럼 양쪽 끝에서 동시에 불을 붙이기로 마음먹었다.

자 그런데, 워드먼 부인이 브리지트의 도움까지 받아, 베네치아의 무기고에서 런던탑까지, 기병과 보병을 가리지 않고, 모든 군수품 창고를 (독점적으로) 7년 동안 다 뒤지고 다녔다 할지라도, 이처럼 자신의 목적에 딱 들어맞는 *방탄벽*이나 *보호막*을 구할 수는 없었을 것이다. 그것은 바로 토비 삼촌이 군사 활동의 편의를 위해 사용하는 도구로서 그녀가 손만 뻗으면 안성맞춤으로 이용할 수 있는 것이었다.

내가 독자에게 말하지 않은 듯싶은데 — 하지만 잘 모르겠다 —— 혹시 했을 수도 있는 것 같다 —— 어찌 되었건 간에, 이것은 따지고 들기보다 다시 말하는 것이 나은, 그런 일 중 하나다 — 즉 상병이 군사 작전 중에 어떤 마을이나 요새에서 작업을 하고 있을 때면, 토비 삼촌은 언제나 초소 안 왼쪽 벽에 그 지역의 평면도를 붙여 놓곤 했는데, 윗부분은 두세 개의 핀으로 고정시키고 아랫부분은 필요할 때 눈 가까이 들어 올리거나 등등…… 하기에 편하라도록 그냥 펄렁거리게 놔두었다. 그러니 워드먼 부인이 공격하기로 마음먹었을 때는, 그냥 초소 문으로 다가가 오른손을 뻗고 동시에 왼발을 슬쩍 밀어 넣으며, 지도든 평면도든 측면도든, 또는 다른 무엇이든 간에 — 그것을 붙잡아 자기 앞으로 들어 올리는 동시에, 목을 길게 빼 그것과 중간 지점에서 만나기만 하면, 토비 삼촌의 열정은 틀림없이 불이 붙게 되는 것이다 —— 왜냐하면 삼촌은 즉시 왼손으로 지도의 다른 쪽 모퉁이를 잡고, 오른손에 쥔 담배 파이프의 끝을 이용해 설명을 시작할 것이니까.

공격이 이쯤 진전되고 나면, —— 세상 사람들은 당연히 워드먼 부인의 작전 능력이 다음 단계에서는 어떤 형태로 드러날지 궁금할 것이다 —— 그것은 토비 삼촌이 가능한 한 빨리 담배 파이프를 손에서 내려놓게 만드는 일이다. 워드먼 부인은 이런저런 구실을 내세워. 그러나 대부분의 경우에는, 삼촌에게 지도상의 어떤 각면보나 흙벽을 보다 정확히 지적해야 할 필요성을 부과함으로써, 삼촌이 (딱하게도) 6투아즈도 채 전진하기 전에 소기의 목적을 달성해 낸다.

— 왜냐하면 그 일을 하기 위해 삼촌은 집게손가락을 사용할 수밖에 없기 때문이다.

워드먼 부인의 공격에서 이 작전이 만들어 내는 차이는 다음과 같다. 만약 그녀가 자기 집게손가락 끝으로 삼촌의 담배 파이프 끝을 따라갈 경우에는, 삼촌의 전선이 단에서 베르셰바까지* 뻗쳐 있다 하더라도, 그녀의 여행은 아무 효과도 내지 못할 것이다. 왜냐하면 담배 파이프 끝에는 혈관이나 생체의 열기가 없기 때문에 어떤 감정도 자극할 수 없고 —— 맥박을 통해 열정에 불을 붙일 수도 없으며 —— 공감을 통해 그것을 받아들일 수도 없다 —— 그것은 단지 연기만 주고받을 뿐이다.

반면, 그녀의 손가락이 삼촌의 집게손가락을 따라갈 경우에는, 그의 요새 모퉁이와 들쭉날쭉한 부분을 바싹 쫓아가면서 —— 때론 그의 손가락 측면을 누르기도 하고 — 그의 손톱 위를 지나가기도 하고 —— 때론 걸려 넘어지기도 하고 —— 여기를 건드렸다가 — 저기를 건드리는 식으로 —— 최소한 뭔가 움직임이 일어나게 만들 수 있는 것이다.

이것은 비록 몸의 본체와 멀리 떨어진 곳에서 일어나는 사소한 접전이지만, 몸의 나머지 부분도 끌어들일 수 있다. 왜냐하면 이쯤에서 초소의 측면 벽에 붙어 있던 지도가 곧잘 떨어지고, 삼촌은 영혼이 순수한 사람이다 보니, 설명을 계속하기 위해 지도를 손 전체로 벽에 대고 누르게 되고, 워드먼 부인은 생각처럼 재빠른 기동 작전으로 자신의 손을 삼촌 손 옆에 바싹 붙여 갖다 놓게 되니, 즉시 어떤 감정이라도 통과하고 다시 또 통과할 수 있을 만큼 커다란 소통의 통로가 열리게 되는 것이다. 누구든 연애 걸기의 기초적이고 실제적인 면에 능숙한 사람에게는 그것은 꽤 쓸모 있는 통로일 것이다 ——

그녀가 집게손가락을 (아까처럼) 삼촌 손가락 옆에 나란히 놓게 되면, — 엄지 역시 교전에 들어갈 수밖에 없는데 —— 집게와 엄지가 일단 교전 상태에 들어가면, 자연히 손 전체가 가담하게 된다. 사랑하는 토비 삼촌! 당신의 손은 이제 편안히 제자리에 있을 수가 없게 되었지요 —— 워드먼 부인이 당신의 손을 자기 손이 가는 길에서 머리카락 한 올만큼만 떨어져 있게 만들기 위해 —— 치워져야 할 당신 손을 가능한 한 부드럽게 밀거나, 돌출시키거나, 수상쩍게 누름으로써, 그녀의 지배하에 두고 있으니까요.

이런 일이 진행되는 동안, 그녀는 초소 바닥 쪽에서 그의 종아리를 살짝 누르고 있는 것이 (다른 누구의 것도 아닌) 그녀 자신의 다리라는 사실을 삼촌이 의식하게 만드는 일 또한 잊지 않았으니 — 이런 식으로 공격당하고 양 날개가 다 심하게 압박을 받는 상태에서 —— 삼촌이 때때로 중심을 잃고 혼란에 빠졌다면, 그게 뭐 놀라운 일이겠습니까? ——

—— 아뿔싸, 이게 웬일이야! 토비 삼촌이 말했다.


## 제17장


워드먼 부인의 이런 공격은 그 성격이 서로 다른 종류라는 걸 당신도 금방 알아차릴 것이다. 역사상의 여러 공격들도 같은 이유로 서로 다르게 다양한 것처럼 말이다. 그러나 일반적인 구경꾼은 그게 무슨 공격이냐며 인정하지 않을 수도 있고, —— 설령 인정하더라도 그 의미를 완전히 혼동할 수도 있을 것이다. —— 하지만 나는 그런 사람들을 향해 글을 쓰는 게 아닌 데다, 내가 그 공격들을 다시 다루게 될 때, 그것은 앞으로 몇 장 뒤가 될 테지만, 그때 좀 더 정확히 묘사해 드려도 늦지 않을 것이라 생각한다. 따라서 여기서는 더 보탤 말이 별로 없으니, 이것 한 가지만 말씀드리고 가겠다. 아버지가 따로 말아서 묶어 놓은 서류와 도면들의 꾸러미 안에는 아주 완벽하게 보관된 (내가 뭔가를 보관할 힘이 있는 한, 앞으로도 그렇게 간수될 것이다) 부생*의 평면도가 있는데, 그 오른쪽 아래 모퉁이에는 코담배가 밴 손가락 자국이 아직도 남아 있고, 그게 워드먼 부인의 것이라는 것은 쉬 상상해 볼 수 있다. 반면 삼촌의 자리였던 것으로 보이는 그 반대편 모퉁이는 완벽하게 깨끗한 상태다. 이 지도는 워드먼 부인의 공격을 보여 주는 기록의 진품으로 볼 수 있는 것이, 지도 윗부분은 어느 정도 메워지기는 했지만 아직도 제법 눈에 띄는 구멍의 흔적이 두 개 남아 있기 때문이다. 그것은 핀으로 초소 벽에 지도를 고정시킬 때 생긴 구멍이란 것을 의심할 여지가 없다. ——

모든 사제적인 것에 걸고 맹세하건대! 나는 찔린 자국과 성흔이 있는 이 소중한 유품을 로마 교회의 모든 성물들보다 더 가치 있게 생각한다. —— 그러나 내가 이런 문제를 거론할 때면 언제나 예외로 삼는 것이 있는데, 그것은 사막에서 성 라다군다*의 몸을 찔렀던 가시로. 혹시 당신이 페스에서 클뤼니로 가는 길이 있다면, 같은 이름의 수녀들이 사랑의 표현으로 당신에게 그것을 보여 줄 것이다.

# 제18장

나리, 이제 다 된 것 같습니다, 하고 트림이 말했다. 요새는 모두 파괴되었고 —— 정박장은 방파제 높이까지 평평하게 만들었습니다. —— 그래, 그런 것 같군, 삼촌은 반쯤 억누른 한숨을 뱉어내며 대답했다. —— 그래도 거실에 가서 조약 약정서 좀 가져와 보게, 트림 —— 책상 위에 있을 걸세.

그게 지난 6주 동안은 거기 있었는데요, 상병이 대답했다, 바로 오늘 아침에 할멈이 그걸 불쏘시개로 써 버렸는데요. ——

—— 그럼, 하고 토비 삼촌이 말했다, 우리가 할 일은 더 이상 없는 것 같군. 많으면 많을수록, 나리, 더 안타깝기만 하지요, 상병이 말했다. 이 말을 하면서 상병은 상상할 수 있는 한 가장 절망적인 표정으로 바로 옆에 있는 짐수레에다 삽을 던져 넣었다. 그러고는 무겁게 몸을 돌려, 곡괭이와 공병용 삽, 말뚝, 그리고 여러 가지 자잘한 군사 용품을 전선 밖으로 싣고 나가기 위해 챙기기 시작했는데, —— 그때 초소에서 으음, 아, 하는 소리가 들려왔고, 그 소리는 초소 벽의 얇은 전나무 널빤지를 통해 진동을 만들면서 그의 귀에 더욱 슬프게 들려와, 상병은 하던 일을 중단했다.

—— 아니, 그만두자, 상병은 혼잣말을 했다, 나리가 일어나시기 전에 내일 아침 일찍 하면 되지. 그래서 그는 마치 제방 기슭을 고르기라도 할 것처럼 수레에서 삽을 다시 꺼내, 흙을 조금 떴으나 —— 사실은 주인에게 가까이 다가가, 그의 기분 전환을 시도해 보려는 심산이었다 —— 그는 뗏장을 한두 장 떠서 — 삽으로 가장자리를 다듬어 주고, 삽 등으로 한두 차례 부드럽게 두드려 준 다음, 삼촌의 발치에 가까이 자리 잡고 앉아서, 다음과 같이 이야기를 시작했다.

# 제19장

이건 이루 말할 수 없이 가슴 아픈 일이었지요 — 사실, 나리, 제가 군인으로선 좀 바보스럽게 보일 말을 해 볼 참인데요. ──

군인이라고 해서, 토비 삼촌이 상병의 말을 자르면서 소리쳤다, 학자들보다 바보 같은 말을 더 많이 해도 되는 것은 아니지, 트림. — 그러나 그들만큼 자주 하지는 않지요, 나리, 상병이 대답했다. ── 삼촌은 고개를 끄덕였다.

참 이루 말할 수 없이 가슴 아픈 일이었지요라고 말하면서 상병은 세르비우스 술피키우스*가 아시아에서 돌아오는 길에 (에기나에서 메가라로 항해하면서) 코린트와 피레우스를 바라보던 그런 눈빛으로 됭케르크와 방파제를 바라보았다. ──

— "이 요새들을 파괴하는 게, 나리, 이루 말할 수 없이 가슴 아픈 일이었다고요, ── 하지만 그것들을 그냥 서 있게 하는 것 역시 말할 수 없이 가슴 아픈 일이겠지요." —

── 두 가지 경우에 다, 트림, 자네 말이 맞네, 하고 토비 삼촌이 말했다. ── 처음 파괴 작업을 시작했을 때부터 끝날 때까지 — 제가 단 한 번도 휘파람을 불거나, 노래하거나, 웃거나, 울거나, 과거의 전투 얘길 하거나, 좋은 것이든 나쁜 것이든 나리께 이야기 하나도 들려 드리지 않았던 것은 바로 그 이유 때문입니다. ──

── 자넨 재주가 많지, 트림, 하고 토비 삼촌이 말했다, 특히 자넨 뛰어난 이야기꾼이다 보니, 내가 고통을 겪고 있을 땐 날 즐겁게 해 주려고, 내가 침울한 때는 내 기분을 바꿔 주려고, 수많은 이야기들을 내게 들려주었지만, — 자네가 재미없는 이야기를 한 적은 거의 없다는 것 역시 대단한 재주라고 생각하네. ──

── 그게 말이지요, 나리, 보헤미아 왕과 그의 일곱 성곽 이야

기만 빼고는, ― 모두 진짜 일어난 일이거든요, 그것도 제가 직접 겪은 일이니까요. ――

그 때문에 그 주인공을 덜 좋아한 것은 아니라네, 트림, 하고 삼촌이 말했다. 그런데 이 보헤미아 이야기는 뭔가? 자네가 내 호기심을 자극하는구먼.

지금 당장 이야기해 드리겠습니다, 상병이 말했다. ― 그런데 조건이 있네, 삼촌은 됭케르크와 방파제 쪽을 다시 한 번 진지하게 쳐다보며 말했다, ―― 그게 유쾌한 이야기가 아니라면 해도 좋네. 그런 이야기는, 트림, 듣는 사람이 맞장단을 쳐야 재미가 배가되는 법인데, 지금 현재의 내 기분으론 트림, 자네는 물론 자네 이야기한테도 못할 짓을 하게 될 것 같거든. ―― 절대 유쾌한 이야기가 아닙니다, 상병이 대답했다 ― 그렇다고 너무 심각한 이야기도 듣고 싶지 않네, 토비 삼촌이 덧붙였다. ― 유쾌한 것도 심각한 것도 아니고요, 상병이 대답했다, 나리의 기분에 딱 어울리는 이야깁니다. ―― 그렇담 진심으로 자네에게 고마워할 일이지, 삼촌이 큰 소리로 말했다, 어디 한번 시작해 보게나, 트림.

상병은 공손히 절을 했다. 헐렁헐렁한 몬테로 모자를 우아하게 벗는 게 세상이 상상하듯 그리 쉬운 일이 아니기도 하지만 ―― 상병이 땅바닥에 쪼그리고 앉아 있는 상태에서 평소처럼 그렇게 공경심이 넘치게 절을 하는 것 역시 조금도 쉬운 일이 아닐 것이라 생각한다. 그러나 상병은 손바닥이 삼촌에게 보이도록 오른손을 앞으로 뻗었다가 자기 몸보다 약간 떨어진 뒤편의 잔디밭을 향해 미끄러지듯 쓸어내림으로써 큰 곡선을 그려 보이는 동시에 ―― ― 왼손 엄지와 손가락 두 개로 모자를 살짝 눌러 모자의 직경이 줄어들게 만들었다. 따라서 모자를 바람을 일으키며 벗은 게 아니라 ― 거의 느끼지 못할 정도로 찌그러뜨렸다라고 말해야 할 것 같다 —— 상병은 자신이 취하고 있는 자세가 허락하는 것보단 훨씬 더 훌륭하게 이 두 가지를 수행해 냈다. 그런 다음 헛기침을 두어 번 하면서 어떤 음조의 목소리가 이야기의 효과를 높일지, 그리고 삼촌의 기분에도 가장 잘 맞을지 고민한 뒤 —— 삼촌과 우정 어린 시선을 한 차례 교환하고 나서, 다음과 같이 이야기를 시작했다.

보헤미아 왕과
그의 일곱 성곽 이야기

  옛날에 어떤 왕이 살았는데 그는 보--헤 ——
  상병이 막 보헤미아 땅으로 들어가려는 참에, 토비 삼촌이 그를 잠시 멈추게 했다. 상병은 앞 장 끝 무렵에 몬테로 모자를 벗어 땅에다 내려놓았기 때문에 맨머리로 이야기를 시작했었다.
  ── 선량한 눈길은 모든 것을 알아보기 마련이다. —— 따라서 상병이 이야기의 첫 다섯 단어를 끝내기도 전에, 토비 삼촌은 뭔가 심문하려는 듯 그의 지팡이 끝으로 몬테로 모자를 두어 번 툭툭 건드렸다 —— 마치 그것을 머리에 쓰지그래, 트림? 하고 말하는 듯했다. 트림은 아주 정중한 태도로 천천히 모자를 집어 들고, 모자 앞부분을 장식하는 자수에다 부끄러운 듯한 눈길을 보냈는데, 그 자수는 아주 처량하게 색이 바랬고, 특히 무늬의 주종을 이루는 잎사귀와 가장 도드라진 무늬 부분이 닳아 버린 것을 보았기 때문이다. 그는 이것이 주는 교훈에 대해 이야기를 늘어놓기 위해 두 다리 사이에 모자를 다시 내려놓았다.
  —— 한마디 한마디가 다 옳은 진리일세, 토비 삼촌이 큰 소리로 말했다, 지금 막 자네가 하려는 이야기 말일세. ——

"사실상 트림, 이 세상에 존재하는 어떤 것도 영원히 지속하도록 만들어진 것은 없지."

—— 그러나 사랑하는 톰, 그대의 사랑과 추억의 증표가 다 닳아서 사라지는 날, 우린 대체 무슨 말을 하게 될까?라고 트림이 말했다.

더 이상 아무 말도 할 필요가 없네, 트림. 지구가 끝나는 날까지 머리를 짜 보아도, 트림, 내 생각에는 답이 없을 것 같으이.

상병은 삼촌이 옳다는 것을 깨닫고, 또한 인간의 기지가 그의 모자에서 그보다 더 순수한 교훈을 끌어내려고 해 봤자 그 역시 헛된 일임을 인정하면서, 그 시도를 중단하고, 모자를 머리에 썼다. 그리고 그 주제와 교훈이 함께 만들어 낸 수심 어린 주름을 닦아 내기 위해 손으로 이마를 훔친 뒤, 좀 전과 똑같은 표정과 어조로 보헤미아 왕과 그의 일곱 성곽 이야기로 돌아갔다.

## 보헤미아 왕과
### 그의 일곱 성곽 이야기, 계속

보헤미아에 어떤 왕이 살았는데, 그게 그 사람의 통치 시대였다는 것 외에는 그 시대가 어느 왕조였는지 나리께 알려 드릴 수가 없습니다. ——

나도 자네한테서 그런 것은 조금도 기대하지 않네, 트림, 하고 토비 삼촌이 소리쳤다.

—— 아무튼 나리, 그것은 거인들이 출산을 중단하기 조금 전의 시대였는데 —— 서기 몇 년이었는진 ——

—— 그것을 알자고 동전 반 닢도 줄 마음이 없단 말일세, 토비 삼촌이 말했다.

── 하지만 나리, 그런 게 겉보기에 이야기를 좀 더 그럴듯하게 만드니까요. ──

── 그건 자네 이야기니까, 트림, 자네가 하고 싶은 대로 치장을 하게나, 아무 날짜나 잡지그래, 토비 삼촌은 유쾌한 표정으로 그를 보며 말을 계속했다. ── 자네가 고르고 싶은 대로 세상에 있는 온갖 날짜 중 아무것이나 골라 보게, ── 정말이지 마음대로 해도 괜찮네. ──

상병은 절을 했다. 이제 모든 세기 중에서, 그리고 각 세기의 모든 연도 중에서, 태초의 천지 창조 때부터 노아의 홍수까지, 노아의 홍수에서 아브라함의 탄생까지, 족장들의 모든 순례를 거쳐 이스라엘 민족의 이집트 대탈출까지 ── 그리고 모든 왕조와 그리스의 올림피아기(紀), 고대 로마 시대 그리고 세계 각국의 기억할 만한 시대들을 거쳐, 그리스도의 왕림 때까지, 그리고 거기서부터 상병이 지금 이야기하고 있는 바로 이 시점까지 ── 그 광대한 시간의 제국과 심연들을 토비 삼촌이 모조리 그의 발아래 갖다 놓아 준 것이다. 그러나 **겸손함**의 여신은 **관대함**의 여신이 두 손을 벌려 제공한 것들에 손가락 하나도 갖다 대길 어려워하는 법이니 ── 상병은 그 거대한 시간의 더미에서 바로 *최악의 해*를 택하는 데 만족했다. '그 최악의 해라는 게 언제나 그렇듯이 가장 최근에 갖다 버린 연감에 들어 있는 가장 최근에 버려진 연도가 아닌가' 라는 문제를 두고 여당과 야당의 여러 높으신 분들께서 뼈에서 살을 뜯어내는 논쟁을 벌일까 봐 ── 나는 그해가 맞다고 분명히 말씀드리는 바다, 그러나 당신이 생각하시는 그런 이유에서는 아니다. ──

── 그해는 바로 그의 옆에 놓여 있던 해로서 ── 오르몬드 공이 플랑드르에서 일을 망쳐 놓았던 서기 1712년을 말한다 ── 상병은 그해를 선택해, 보헤미아 원정을 새로 시작했다.

## 보헤미아 왕과
## 그의 일곱 성곽 이야기, 계속

우리 주님의 기원후 일천칠백십이 년이 되던 해에, 나리 ――

―― 솔직히 말해서, 트림, 하고 토비 삼촌이 트림의 말을 잘랐다. 다른 어떤 날짜였더라도 훨씬 나았을 걸세. 그해는 파켈이 놀라운 기세로 공격을 감행하고 있었는데도 불구하고, 군대를 철수시키고, 케누아 공략을 거부함으로써 우리 역사에 슬픈 오점을 남긴 바로 그해이기 때문에도 그렇지만 ― 그보다 트림, 자네 이야기에 만약 거인들이 나온다면, ― 자네가 했던 말로 보면, 그런 것 같은데 ― 만약 그렇다면 ――

딱 한 명만 나오는데요, 나리. ――

―― 그건 스무 명이나 마찬가지로 이상한 걸세, 토비 삼촌이 대답했다. ―― 자넨 적어도 7백~8백 년은 과거로 거슬러 올라갔어야만 비평가나 다른 사람들의 비난을 피할 수 있었을 걸세, 그러니 충고하건대, 혹시라도 다시 그 이야기를 하게 되면 ―

―― 전, 나리, 딱 이번 한 번만 이 이야기를 끝내고는, 남자든 여자든 어린아이든, 누구한테도 다시는 그 얘길 하지 않을 건데요, 하고 트림이 말했다. ―― 푸 ― 푸!라고 토비 삼촌이 소리쳤다 ― 그러나 그 소리에는 아주 다정한 격려의 어투가 배어 있어, 상병은 이전보다 훨씬 더 활기차게 이야기를 계속했다.

## 보헤미아 왕과
## 그의 일곱 성곽 이야기, 계속

옛날 보헤미아에 어떤 왕이 살았는데요, 나리, 상병은 목소리를 높이고, 두 손바닥을 경쾌하게 비비면서 이야기를 시작했다. ――

―― 날짜는 아예 빼 버리게나, 트림, 삼촌은 몸을 앞으로 기울여 상병의 어깨에 부드럽게 손을 올려놓음으로써, 그 방해를 유화시키면서 말했다. ― 그래, 완전히 빼 버리게, 트림, 확신이 있다면 몰라도, 이런 세세한 것 없이도 이야기는 얼마든지 잘 진행될 수 있다네. ―― 확신이라니요! 상병은 고개를 가로저으며 말했다. ――

그래 맞아, 트림, 쉬운 일은 아니지, 토비 삼촌이 대답했다, 자네나 나나 군인의 길을 걸어온 사람들은 소총 끝보다 멀리 바라보는 일도 없고, 등에 진 배낭보다 더 멀리 뒤를 보는 일도 없으니, 그런 것을 어떻게 잘 알 수 있겠나. ―― 나리께 신의 축복을! 상병은 삼촌의 논리 자체는 물론, 그 논리를 펼치는 태도에 감동해서 말했다, 게다가 군인은 해야 할 다른 일들도 많지요, 전투 중이거나, 행군을 하거나, 수비대에서 근무 중이 아닌 때는 ― 화승총에 광도 내야 하고요, 나리 ― 장비도 손질해야 하고, ― 연대복도 수선해야 하고 ― 게다가 언제나 열병식을 할 때처럼 단정하게 보이도록, 면도도 하고 몸도 깨끗이 간수해야지요. 그러니 나리, 군인이 *지리학*에 대해 알아야 할 일이 뭐가 있겠습니까?라고 상병은 의기양양하게 덧붙였다.

― 연대학이라고 했어야지, 트림, 하고 토비 삼촌이 말했다. 지리학으로 말하자면, 그거야말로 군인에게 절대적으로 필요한 것 아닌가, 군인이라면 직무상 가게 되는 모든 나라와 그 국경선에 대해 친숙히 알고 있어야 할 게고, 모든 마을과 도시, 촌락과 부락은 물론 그곳으로 통하는 운하와 도로, 골짜기와 산길까지 꿰뚫고 있어야 하네. 그리고 트림, 군인이 강이나 개천을 만나면, 첫눈에 그 이름을 말할 수 있어야 하고, ― 그게 어느 산에서 시작된 것인지 ― 어디를 지나며 흘러가는지 ― 어디까지 배를 타고 갈 수 있

는지 — 어디는 걸어서 건널 수 있고 — 어디는 안 되는지 다 알 수 있어야 한단 말이지. 또한 모든 계곡의 비옥한 정도와 누가 거기서 농사를 짓는지도 알아야 하고, 군대가 통과할 모든 평원과 협로, 요새, 비탈길, 숲과 소택지를 묘사할 수 있어야 할 뿐 아니라, 필요하면 정확히 지도도 그릴 수 있어야 한다는 걸세. 나아가 각 지역의 생산물, 식물, 광물, 수자원, 동물, 계절, 기후, 더위와 추위, 주민, 관습, 언어, 정책, 심지어 종교까지도 잘 알고 있어야 하지 않겠나.

만약 그렇지 않았다면, 상병, 이 대목에서 흥분하기 시작한 삼촌은 초소에서 몸을 일으키며 말을 계속했다. — 말버러 공작께서 어떻게 군대를 이끌고 뫼즈 강변에서 벨부르크까지, 벨부르크에서 케르페노르드로 — (여기서 상병도 더 이상 앉아 있을 수가 없었다) 케르페노르드에서, 트림, 칼사켄으로, 칼사켄에서 뉴도르프로, 뉴도르프에서 란덴부르르로, 란텐부르르에서 밀덴하임으로, 밀덴하임에서 엘힝겐으로, 엘힝겐에서 긴겐으로, 긴겐에서 발메르코펜으로, 발메르코펜에서 스켈렌부르크까지 행군해 갔을 뿐만 아니라, 거기서 적군의 요새를 격파하여 다뉴브 강을 건널 통로를 만들어 내고, 다시 레흐 강을 건너 — 군대를 제국의 심장부까지 진격시키면서, 그 선두에 서서 프라이부르크, 호켄베르트, 쇼네벨트를 지나, 블렌하임과 호크스타트 평원까지 밀고 들어가는 과업을 과연 수행해 내실 수 있었겠나? —— 상병, 그분은 정녕 위대한 분이기는 하지만, 만약 *지리학*의 도움이 없었더라면 한 발짝도, 단 하루의 행군도 수행해 내지 못했을 걸세 —— 그러나 *연대학*의 경우에는, 트림, 삼촌은 냉정을 되찾고 다시 초소 안에 앉으면서 말을 계속했다. 그게 모든 학문 중에서 군인이 가장 소홀히 해도 되는 학문 같다는 것을 나도 인정하는 바일세. 다만 화약이 언제 발명되었는지 확인하는 데 도움을 주는 그런 경우는 예외가 되겠지만 말이지. 화약의 광포한 위력은 마치 천둥 벼락처럼 모든 것을 뒤범벅으로 선회하게 만들면서, 해상에서든 육지에서든 모든 공격과 방어의 성격을 완전히 바꿔 놓았고, 그 과정에서 수많은 신기술과 전술이 개발되었으니, 가히 군사 발전의 새로운 시대를 열어 놓았다 할 수 있을 터이고, 그런 만큼 그게 발명된 정확한 시점을 확인하고, 어떤 위대한 사람이, 어떤 계기로 그것을 발명한 것인지 제대로 따져 볼 만한 일이 아니겠는가.

역사 학자들이 합의하고 있는 사항을 논박할 생각은 추호도 없다네, 하고 토비 삼촌은 말을 이었다. 그들 말에 따르면, 서기 1380년, 카를 4세의 아들인 벤켈라우스 시대에 —— 슈바르츠라는 이름의 성직자가 제노바인들과 전쟁 중인 베네치아인들에게 화약 사용법을 가르쳐 주었다고 하는데, 그가 화약을 최초로 만든 사람이 아니란 것은 확실한 듯싶네. 왜냐하면, 레온의 주교 돈 페드로의 말을 믿는다면. — 그런데 나리, 어떻게 신부님이나 주교님 같은 분들이 화약 만드는 일에 골몰했던 걸까요? 그야 하느님께서 아실 일이겠지, 하고 삼촌이 말했다. — 하느님의 섭리는 모든 것에서 선을 만들어 내시니까 — 아무튼 그 주교가 톨레도를 함락했던 알폰수스 왕의 연대기에서 주장하는 바에 따르면, 1343년, 그러니까 37년이나 앞선 시기에 이미 화약의 비밀이 알려져 있었고, 무어인과 기독교인들이 그 당시 해전에서뿐만 아니라, 여러 차례에 걸친 스페인과 바르바리 공격에서도 그것을 성공적으로 사용했다고 하더군 — 그리고 온 세상이 알고 있는 것처럼 베이컨 수사*도 화약에 대한 글을 썼고, 그 제조법까지 제공하고 있는데, 그것은 슈바르츠가 태어나기 150년이나 전의 일 아닌가 — 무엇보다도 중국인들이, 하고 토비 삼촌이 덧붙였다, 이 모든 설

들을 뒤집어엎고 있는데, 그들은 그 수사보다 수백 년이나 앞서 그것을 발명했다고 자랑하고 있다네. ──

── 제 생각에는 그들이 거짓말쟁이 집단 같은데요, 트림이 소리쳤다. ──

──── 이 문제에선, 그들이 잘못 알고 있는 것 같아, 토비 삼촌이 말했다. 그들의 군사 축성법이 현재 얼마나 형편없는 상태에 있는지를 보면 그런 생각이 든다네. 해자에다 벽돌 벽만 있고, 측면 보루도 없는 데다 ── 요새의 각 모퉁이에 능보라고 내놓은 것만 봐도, 얼마나 미개한 수준으로 축조되어 있는지, 그 모양이 마치 ──

──── 마치 제 일곱 성곽 중의 하나처럼 말이지요, 나리, 하고 트림이 끼어들었다.

토비 삼촌은 비교 대상을 찾지 못해 매우 곤혹스러운 상태였음에도 불구하고, 트림의 제안은 매우 정중하게 거절했다. ── 그러나 트림이 보헤미아에 성곽이 반 다스나 더 있는데, 그것을 다 어찌 처리해야 할지 모르겠다고 말하는 것을 듣고는 ── 상병의 익살맞은 심성에 감동받아 ── 화약에 대한 강론을 중단하고 ── 상병에게 보헤미아 왕과 그의 일곱 성곽 이야기를 계속해 보라고 청했다.

보헤미아 왕과
그의 일곱 성곽 이야기, 계속

보헤미아의 이 불운한 왕은, 하고 트림이 시작했다. ── 그럼 그가 불운했단 말인가?라고 토비 삼촌이 소리쳤다. 삼촌은 비록 상병에게 계속 얘길 하라고 권했지만, 화약을 비롯한 군사 문제에 대한 강론에 너무나 열중해 있었던 탓에, 자기가 그의 이야기를 여러 차례 중단시켰다는 사실이 이 형용사를 그냥 지나칠 만큼 머리에 강하게 각인되어 있지 않았다. —— 그럼 그가 불운했단 말인가, 트림? 하고 삼촌이 연민을 담아 말했다. —— 상병은 우선 그 단어와 그 단어의 모든 동의어들을 저주한 다음, 마음속에서 보헤미아 왕 이야기에 나오는 주요 사건들을 모두 되짚어 보기 시작했다. 하지만 아무리 따져 보아도, 그 왕은 세상에 존재했던 가장 운 좋은 사람으로 보였으니 — 상병은 이러지도 저러지도 못할 처지가 되어 버렸다. 하지만 그 형용사를 철회하고 싶지는 않았고 — 그것을 설명하는 것은 더더욱 내키지 않았으며 — (학자들처럼) 어떤 체계에 맞추기 위해 이야기를 비트는 것은 무엇보다 싫었기 때문에 — 그는 도움을 청하는 표정으로 삼촌을 올려다보았다. —— 그러나 삼촌이 그에게서 기대하는 게 바로 그것임을 깨닫고 —— 흠흠, 에, 하는 소리와 함께 이야기를 시작했다. ——

보헤미아의 왕이 불운했던 것은, 나리, 하고 상병이 대답했다, —— 그가 항해를 비롯해 바다와 관련된 온갖 일들을 즐기는 사람이었는데 —— 마침 보헤미아 왕국을 통틀어 해안 도시가 하나도 없었기 때문입니다. ——

어떻게 있을 수 있겠나 — 트림? 토비 삼촌이 소리쳤다, 보헤미아는 완전히 내륙 국가인데, 있을 수가 없지. — 있을 수도 있었겠지요, 하느님께서 그러고 싶으셨다면, 하고 트림이 대답했다. —

토비 삼촌은 신의 존재나 특성에 대해 말할 때는 언제나 주저하고 조심스러운 태도를 보였다. ——

—— 난 그렇게 생각하지 않네, 삼촌은 잠시 뜸을 들였다가 대답했다. —— 내가 말했듯이 보헤미아는 내륙에 위치해 있고, 동쪽은 슐레지엔과 모라비아, 북쪽은 루사티아와 북부 작센, 서쪽은 프랑코니아, 그리고 남쪽은 바바리아가 둘러싸고 있기 때문에, 보

헤미아가 보헤미아이기를 멈추지 않는 한, 바다로 곧장 내달릴 수는 없는 걸세 —— 반면에 바다 역시 독일의 많은 부분을 물에 잠기게 하고, 방어 능력이 없는 수백만 명의 불운한 주민들을 몰살시키지 않고는 보헤미아까지 올 수가 없는 거지. —— 끔찍해라! 라고 트림이 소리쳤다 — 만약 그렇게 된다면, 하고 토비 삼촌이 온화한 어조로 덧붙였다. 모든 것의 아버지이신 그분이 그토록 연민이 없다는 말이 될 것이고 —— 그러므로, 내 생각에는, 트림 —— 그런 일은 절대 일어날 수 없는 걸세.

상병은 진심으로 설복당한 심정으로 절을 하고, 이야기를 계속했다.

어느 상쾌한 여름밤에 보헤미아의 왕은 왕비와 조정 신하들을 대동하고 *우연히* 산책에 나섰습니다. —— 그렇지! 그 우연히 라는 말은 잘 쓴 거네, 트림, 하고 토비 삼촌이 소리쳤다. 왜냐하면 보헤미아의 왕과 왕비는 산책을 나갈 수도, 나가지 않을 수도 있는 거고, —— 그것은 우연성이 명하는 데 따라 일어날 수도, 일어나지 않을 수도 있는 우발적인 일이거든.

윌리엄 왕께서는, 나리, 이 세상에서 일어나는 모든 일이 미리 예정되어 있다고 생각하시던데요, 트림이 말했다. 그분은 종종 병사들에게 "총알에 맞고 안 맞고는 팔자소관이다"라고까지 말씀하셨어요. 그는 위대한 분이셨지, 토비 삼촌이 말했다. —— 그리고 랜든에서 저를 불구로 만들었던 그 총탄이 하필 제 무릎을 겨냥했던 이유는, 하고 트림이 말을 계속했다. 다른 어떤 것도 아니라, 다만 제가 군 복무에서 풀려나, 나리를 모시고 노년을 좀 더 편히 지낼 기회를 주기 위해서였다고 전 지금까지도 믿고 있습니다. —— 그렇지, 트림, 절대 달리 해석해서는 안 되네, 토비 삼촌이 말했다.

주인과 하인의 가슴이 동시에 갑자기 복받쳐 올라 —— 잠시 침묵이 뒤따랐다.

게다가 말입니다. 상병이 담론을 재개하며 — 그러나 보다 쾌활한 어조로 말했다, —— 그 한 발의 총탄이 아니었더라면, 저는 아마 결코 사랑을 경험하지 못했을 겁니다, 나리. ——

그래, 자네도 한때 사랑에 빠져 보았다는 말인가, 트림! 하고 토비 삼촌이 미소를 지으며 말했다. ——

흠뻑 빠졌었지요! 상병이 대답했다, — 머리와 귀까지 푹 빠졌었답니다, 나리! 그런데 언제? 어디서? — 어떻게 그런 일이 생긴 거지? —— 그런 이야기는 한마디도 들은 적이 없는걸, 하고 삼촌이 말했다. —— 말씀드리기 민망하지만, 하고 트림이 대답했다, 그 연대에 있던 북 치는 친구나 상사들은 모두 알고 있었는걸요. —— 그래, 그럼 나도 꼭 알아야 할 때가 된 것 같구먼 —— 하고 토비 삼촌이 말했다.

나리께서도 잘 기억하시지요, 상병이 말했다, 랜든 전투*에서 우리 진지와 군대가 대패해 완전히 혼란에 빠졌던 때 말입니다. 제각각 재주껏 살길을 찾을 수밖에 없었지요. 만약 그때 윈덤, 럼리, 골웨이의 연대가 니어스피켄 다리를 건너가는 우리 군의 퇴각을 엄호해 주지 않았더라면, 국왕께서도 무사히 퇴각하실 수 없었을 것입니다 —— 국왕께선, 나리도 아시다시피, 사방에서 압박을 받고 계시지 않았습니까. ——

용맹한 분이셨지! 토비 삼촌이 열정적으로 소리쳤다, — 모든 게 끝난 지금 이 순간에도 그분이 내 왼쪽을 지나 말을 달려가시던 모습이 눈에 선하구먼, 상병, 남아 있는 영국 기병대를 이끌고, 우측 군을 지원하여, 아직 가능하기만 하다면, 룩셈부르크의 이마에서 월계관을 뺏어 오려고 돌진해 가고 계셨지 —— 견장의 매듭이 총에 맞아 떨어진 채, 골웨이 연대에 새로 사기를 불어넣으며 ― 전선을 따라 돌진해서는 ― 말을 휙 돌리더니, 적진의 선두에 있던 콩티를 공격하던 그 모습이 눈앞에 보이는 듯하네 ── 용감하셨지! 정녕 용감한 분이셨어!라고 토비 삼촌이 소리쳤다, ― 왕관도 참으로 잘 어울리는 분이었고. ── 도둑에게 교수대 밧줄이 제격이듯이, 아주 잘 어울렸지요, 트림이 외쳤다.

토비 삼촌은 상병의 충성심을 알고 있었다. ― 그랬기에 망정이지, 그 비유는 전혀 마음에 들지 않는 것이었다. ― 상병도 말을 하고 보니 그게 조금도 마음에 와 닿지 않는다는 생각이 들었지만 ── ── 다시 불러들일 수도 없어 ── 계속 나아갈 수밖에 없었다.

부상자의 수가 어마어마했기 때문에, 아무도 자신의 안전 외에 다른 것을 신경 쓸 여유가 없었지요. ― 그렇지만 탈마시는, 하고 삼촌이 끼어들었다, 아주 신중하게 보병들을 퇴각시키지 않았나 ── 하지만 전 전선에 남겨져 있었던걸요, 상병이 말했다. 그랬지, 딱하게도!라고 토비 삼촌이 대답했다. ── 전 다음 날 정오 무렵이 되어서야 교환이 되어 풀려났고, 상병이 말을 이었다. 병원으로 후송되기 위해 열서너 명의 부상병과 함께 수레로 옮겨졌어요.

그런데 나리, 여러 신체 부위 중에서도 부상을 입었을 때 무릎만큼 참을 수 없는 고통을 주는 곳은 없는 것 같아요.──

샅을 제외하면, 하고 삼촌이 말했다. 아뇨, 나리, 제 생각에는, 상병이 대답했다, 무릎이 가장 고통스러울 수밖에 없습니다, 그 주위에는 수많은 힘줄과 이름 모를 여러 가지 것들이 모여 있거든요.

바로 그 이유 때문에, 토비 삼촌이 말했다, 샅이 훨씬 더 민감한 부위라니까 ── 그 주위에는 ― 수많은 힘줄과 이름 모를 여러 가지 것들이 모여 있을 뿐만 아니라(나도 자네만큼이나 그런 이름들에 대해서는 무지하니까) ― 더욱이 * * *도 ──

그동안 내내 자기 정자에 있던 워드먼 부인은 ― 그 순간 숨을 멈추었다. ― 그리고 귀를 덮고 있던 모자의 끈을 턱 밑에서 풀고, 한 발을 곧추세워 일어섰다. ――

이 논쟁은 토비 삼촌과 트림 사이에서 우호적으로 팽팽히 얼마간 계속되었는데, 마침내 트림이 자기 고통 때문에는 눈물 한 방울 흘린 적이 없지만 주인의 고통 앞에선 자주 울었던 일을 기억해 내고 ― 항복을 선언하려 하자, 삼촌도 그것을 허락하지 않겠다고 나왔다. ― 그건 아무 증거가 되지 못하네, 트림, 하고 그가 말했다, 그건 다만 자네의 너그러운 성품을 입증할 뿐이지. ――

그래서 살에 입은 상처의 고통이(*cæteris paribus**) 무릎에 입은 상처의 고통보다 더 심한지 ―― 또는

무릎에 입은 상처의 고통이 살에 입은 상처의 고통보다 더 심하지 않은지는 ―― 오늘날까지도 해결되지 못한 문제로 남아 있게 되었다.

## 제20장

제 무릎의 고통은, 하고 상병이 이야기를 계속했다, 그 자체로도 엄청났지만, 거기다 그 불편한 수레와 제멋대로 울퉁불퉁한 길이 보태 주는 고통까지 더해져서 ― 그야말로 엎친 데 덮친 격이었지요. ― 수레가 한 발짝씩 움직일 때마다 제게는 죽음 같았어요. 게다가 피도 많이 흘린 데다, 돌봐 주는 사람도 없고, 열까지 나기 시작했으니 ―― (가여운 친구!라고 토비 삼촌이 말했다) 그 모든 게 겹쳐서, 나리, 전 도저히 견뎌 낼 도리가 없었습니다.

제가 탄 수레는 대열 맨 끝에 있었는데, 어느 농부의 집에 수레

가 멈추었을 때, 전 거기 있는 한 젊은 여인에게 제 고통을 호소했어요. 사람들이 나를 부축해서 집 안으로 옮겨 갔고, 그 젊은 여인은 호주머니에서 강심제를 꺼내 설탕에 섞어 주었는데, 그게 내 원기를 회복해 주는 것을 보고는 그 약을 두 번, 세 번 연속해서 주더군요. —— 그래서 나리, 저는 그녀에게 내 고통이 얼마나 참을 수 없는 상태인지 설명하고, 방 모퉁이에 놓인 침대를 쳐다보며, 이 여행을 계속하느니 차라리 저 침대에 누워서 — 죽는 게 낫겠다고 말했지요. —— 그녀가 나를 부축해 침대로 옮겨 주는 중에 난 그녀의 팔 안에서 기절해 버렸습니다. 이제 들어 보시면 아시겠지만, 그녀는 정말 착한 사람이었어요, 나리, 상병은 눈물을 훔치며 말했다.

난 *사랑*이란 게 신나고 즐거운 것인 줄 알았는데, 토비 삼촌이 말했다.

그것은 (때때로), 나리, 세상에서 가장 심각한 일이기도 하답니다.

그 젊은 여인이 설득해 준 덕분에, 하고 상병은 말을 이었다, 부상병을 실은 수레는 저를 남겨 두고 떠났습니다. 그녀는 내가 수레에 타면 금방 숨을 거둘 것이라고 그들에게 말했던 모양입니다. 의식을 회복하고 보니 —— 저는 그 젊은 여인과 농부 그리고 그의 아내만 남아 있는 조용한 시골집에 누워 있더군요. 저는 부상당한 다리를 의자 위에 올린 채 그 방 모퉁이에 있는 침대 위에 가로질러 누워 있었고, 그 젊은 여자가 내 옆에 앉아, 한 손으론 식초에 적신 손수건을 내 코에 대고, 다른 한 손으로는 내 관자놀이를 문질러 주고 있었지요.

전 처음에 그녀가 그 집 농부의 딸인 줄 알고(그곳은 여관이 아니었거든요) — 금화 18플로린이 들어 있는 작은 주머니를 그녀에게 내놓았어요. 그 돈은 제 가여운 동생 톰이 (여기서 트림은 눈물을 훔쳤다) 리스본으로 떠나기 직전에, 인편을 통해 우애의 증표로 보내 준 것이었지요 ——

— 나리께는 그 애절한 이야기를 말씀드린 적이 없군요. — 여기서 트림은 세 번째로 눈물을 닦았다.

그 젊은 여인은 농부와 부인을 방으로 불러, 그 돈을 보여 주면서, 내가 병원으로 옮겨 갈 만큼 기운을 회복할 때까지 여기 머무를 경우, 침대와 그 밖에 필요한 사소한 것들에 대해 대가를 지불할 능력이 있다는 것을 알려 주더군요. —— 자, 그럼! 그녀는 내 돈주머니를 다시 묶으면서 말했어요, — 내가 당신의 은행 역할을 해 드리지요 — 그러나 그것만으로는 일이 충분하지 않으니, 당신의 간호사도 되어 드리겠습니다.

전 그때 그녀의 차림을 주의 깊게 살펴보게 되었는데, 그녀의 옷을 보나, 말투를 보나 — 그녀가 농부의 딸일 순 없다는 생각이 들었습니다.

그녀는 발끝까지 내려오는 검은 옷을 입고 있었고, 머리카락은 이마까지 바짝 두른 아마포 수건에 가려져 있었습니다. 그녀는, 나리도 알다시피, 플랑드르 지방에서 많이 볼 수 있는 수녀였습니다. —— 자네 묘사를 들어 보니, 트림, 하고 토비 삼촌이 말했다, 그녀는 베긴회 수녀인 것 같구먼, — 암스테르담을 제외하고는, — 스페인령 네덜란드 지역에서만 활동하는 수녀들이지 —— 그들은 보통 수녀들과 좀 다른 것이, 결혼하기로 결정하면 수녀원을 떠나도 되고, 직업 삼아 환자들을 방문해서 돌보는 일도 한다고 들었네 —— 내 생각에는, 그들이 그냥 선한 본성에서 그 일을 했다면 더 좋을 것 같지만 말일세.

—— 그녀는 주님에 대한 사랑 때문에 그 일을 한다고 종종 말

하더군요, 트림이 말했다. ── 전 그 말이 마음에 들지 않았어요. ── 내 생각에는, 트림, 우리 둘 다 틀렸을 수도 있을 것 같네, 토비 삼촌이 말했다. ── 오늘 밤 형님 집에 가면 요릭 목사에게 물어보기로 하세 ── 그러니 나중에 나한테 좀 일러 주게나, 삼촌이 덧붙였다.

그 젊은 베긴회 수녀는, 하고 상병이 말을 계속했다. '나의 간호사가 되겠다'는 말이 끝나기 무섭게, 바로 그 일을 시작해서, 나를 위해 뭔가를 준비했는데 ── 잠깐 있다 ── 제게는 참 긴 시간 같았지만 ── 면 수건과 그 밖의 여러 가지 것들을 들고 돌아오더니 두세 시간 동안 무릎에 집중적으로 찜질을 해 주고, 또한 저녁 식사로 묽은 죽 한 그릇도 갖다주곤 ── 편히 쉬라는 인사와 함께, 내일 아침 일찍 다시 오겠다는 약속을 남기고 떠났습니다 ── 그런데 나리, 그녀는 제가 도저히 할 수 없는 것을 빌어 주고 간 겁니다. 그날 밤 열은 끓어오르는데 ── 그녀의 모습이 어른거리며 마음을 산란하게 만들어서 ── 저는 매 순간 세상을 둘로 나눠 ── 그녀에게 반을 주고 있었고 ── 매 순간 소리치고 있었습니다. 그녀와 나눠 가질 것이라곤 내 배낭과 금화 18플로린밖에 없구나 ── 긴긴 밤 내내 그 아름다운 베긴회 수녀가 마치 천사처럼 내 침대 가까이 앉아, 커튼을 열어젖히고, 내게 마실 약을 주었는데 ── 약속대로 아침에 나타난 그녀가 실제로 나에게 약을 주는 바람에 전 그 꿈에서 깨어났답니다. 사실상 그녀는 내 곁을 떠나는 일이 거의 없었으며, 저는 그녀의 손에서 생명의 힘을 얻는 데 너무 익숙해져서, 그녀가 방을 나가기만 해도 얼굴에서 핏기가 사라지고, 마음이 쓰라렸습니다. 그럼에도 불구하고, (사랑에 대해 세상에서 가장 이상한 의견을 제시하며) 상병은 말을 이었다, ──

── "그건 사랑이 아니었어요." ── 왜냐하면 그녀가 3주간이나

끊임없이 제 곁을 지키며, 밤낮으로 직접 제 무릎에 찜질을 해 주었지만, — 나리, 정직하게 말씀드려서 — 한 번도 * * * * * *
* * * * * * * 한 적이 없거든요.

그거 정말 이상한 일이군, 트림, 하고 토비 삼촌이 말했다 ——

나 역시 그렇게 생각해요 — 라고 워드먼 부인이 말했다.

한 번도 그런 적이 없었다니까요, 상병이 말했다.

## 제21장

— 하지만 그건 경이로운 일이 아니랍니다. — 삼촌이 그 주장에 대해 상념에 빠진 것을 보고 상병이 말을 이었다. — 사랑이란, 나리, 정확히 전쟁과 같은 것이어서, 병사가 토요일 밤까지 3주간이나 완전히 화를 피할 수 있었다 하더라도 — 일요일 아침에는 심장을 관통당할 수 있듯이 —— 나리, *바로 그런 일이 제게도 일어났습니다*, 단 한 가지 차이는 — 제가 단번에 휙, 갑작스럽게 사랑에 빠진 때가 일요일 오후였다는 거지요 —— 그것은 나리, 마치 폭탄처럼 나를 휩쓸어서 —— "신이여 저를 도와주소서"란 말을 할 시간도 주지 않았어요.

난, 트림, 하고 토비 삼촌이 말했다, 남자가 그렇듯 갑작스럽게 사랑에 빠지진 않는 줄 알았는데.

아뇨, 나리, 일단 그럴 기회가 주어지기만 하면 그럴 수 있답니다 —— 라고 트림이 답했다.

그럼 부탁하건대, 어떻게 그 일이 일어난 건지 좀 가르쳐 주게나, 토비 삼촌이 말했다.

—— 기꺼이 말씀드리지요, 상병은 절을 하며 말했다.

# 제22장

저는 그동안 내내 사랑에 빠지는 일을 잘 모면하고 있었고, 하며 상병이 말을 이었다. 이 에피소드가 끝날 때까지도 잘 피해 갈 수 있었을지도 모르지요. 만약 운명이 달리 예정되어 있지 않았더라면 말입니다. —— 운명을 거역할 순 없으니까요.

이미 말씀드렸듯이, 나리, 일요일이 오고, 오후가 되자 ——

그 집 농부와 아내는 산책을 나갔고 ——

집 전체가 한밤중처럼 조용하고 정적이 감돌았지요 ——

마당에도 오리는 물론 오리 새끼 한 마리 없었고요 ——

—— 그때 아름다운 베긴회 수녀가 나를 보러 왔습니다.

제 상처는 그때 많이 나아 가고 있었는데 —— 얼마 전부터 염증은 가라앉았지만, 뒤이어 무릎의 아래위로 가려움증이 생겼는데, 얼마나 참을 수 없을 정도였던지, 밤새 눈을 붙일 수가 없었습니다.

어디 한번 볼까요, 그녀는 내 무릎과 나란히 자리를 잡고 꿇어 앉으며 말했습니다. 그러고는 무릎 아래쪽에 손을 얹으며, —— 좀 문질러 주면 되겠는데요, 하고 말하고 나선 그 부분을 침대보로 덮어 놓고, 오른손 집게손가락으로 무릎 아래를 문지르기 시작하더니, 아직 상처를 덮고 있던 붕대 조각의 가를 따라 손가락을 아래위로 움직였습니다.

한 5, 6분 지나자, 그녀의 두 번째 손가락 끝이 다리에 닿는 것을 느꼈고 — 곧 두 손가락이 함께 모여 계속 문지르기를 한참 동안 계속했습니다. 그때 저는 내가 사랑에 빠지는구나, 하는 생각이 머리에 떠올랐습니다 — 그녀의 손이 얼마나 하얗던지 저는 얼굴을 붉혔고 — 지금 생각해도 나리, 제 평생에 그렇게 하얀 손을 다시는 보지 못할 것 같습니다. ―

―― 그 자리에 놓여 있는 것은 볼 수 없을 테지, 토비 삼촌이 말했다, ――

그 사실이 상병에게는 가장 심각한 절망을 뜻하겠지만 ― 삼촌은 미소를 참을 수가 없었다.

그 젊은 베긴회 수녀는, 하고 상병이 말을 이었다, 그게 저에게 큰 도움이 된다는 걸 알고는 ― 얼마간 두 손가락으로 문지르던 데서 ― 세 손가락으로 문지르는 데까지 나아갔고 ― 조금 있다가는 네 손가락으로, 그리고 마침내는 손 전체로 문지르게 되었습니다. 손에 대해 다시는 한마디도 더 하지 않을 생각입니다만, 나리 ― 아무튼 그녀의 손길은 비단결처럼 부드러웠어요. ―

―― 괜찮네, 트림, 하고 싶다면 얼마든지 칭찬하게나, 토비 삼촌이 말했다, 그럴수록 난 더 즐겁게 자네 얘길 들을 걸세. ――
상병은 자기 주인에게 진심으로 감사를 표했지만, 사실 수녀의 손에 대해서는 같은 말을 반복하는 것 말고는 더 이상 할 말이 없었다 ―― 그래서 그는 그 효과에 대한 이야기로 옮겨 갔다.

그 아름다운 베긴회 수녀는, 하고 상병이 말했다, 손 전체로 내 무릎 아래를 문지르는 일을 계속했는데 ― 그렇게 열심히 하다가는 지치지 않을까 걱정되었습니다. ―― "주님의 사랑을 위해서라면" 하고 그녀가 말했습니다, "수천 번이라도 더 할 수 있어요." ― 그 말을 하면서 그녀는 붙여 놓은 헝겊을 건너뛰어, 내가 똑같이 가렵다고 했던 무릎 윗부분으로 손을 옮겨 가서, 그곳을 문지르기 시작했습니다.

저는 그때, 제가 사랑에 빠지기 시작했다는 것을 알아차렸습니다. ――

그녀가 문지르고-문지르고-문지르기를 계속하는 동안 ― 그

녀의 손 아래서 사랑이 온몸 전체로 퍼져 나가는 것을 느꼈지요,
나리 —

더 오래 문지르면 문지를수록, 그녀의 손동작이 점점 더 길어졌
고 —— 제 혈관에는 점점 더 불길이 타올랐습니다 —— 두세 차
례 좀 더 긴 손동작이 이어지자, 마침내 제 열정이 최고조에 달해
—— 그녀의 손을 덥석 잡았지요. ———

—— 그런 다음, 트림, 자네는 그 손을 자네 입술로 가져갔고,
나의 삼촌이 말했다, — 그리고 연설을 시작했겠지.

상병의 연애가 삼촌이 묘사한 대로 정확히 그렇게 종결되었는
지는 중요한 일이 아니다. 다만 이 이야기가 세상이 시작된 이래
사람들이 써 놓은 모든 사랑 이야기의 정수를 담고 있다는 것만으
로도 충분하지 않겠는가.


## 제23장


상병이 자기 연애 이야기를 끝내자마자 — 아니, 토비 삼촌이
이야기를 대신 끝내 주자마자 — 워드먼 부인은 소리 없이 정자에
서 빠져나와, 모자의 핀을 다시 꽂고 쪽문을 통과해 천천히 토비
삼촌의 초소로 다가갔다. 상병의 이야기가 조성해 놓은 삼촌의 심
리 상태가 그냥 놓치기에는 자신에게 너무 유리한 상태라고 판단
했기 때문에 —

— 공격을 감행하기로 결정한 것이다. 더구나 삼촌은 상병에게
공병 삽과 삽, 곡괭이, 말뚝 그리고 그 밖에 됭케르크가 있던 자리
에 흩어져 있는 온갖 군사 장비를 수레에 실어 가라는 지시를 내
렸기 때문에, 상황은 더욱더 유리하게 진행되고 있었다. — 상병

은 행진해 나갔고 — 전선은 텅 비어 있었다.

그런데 선생, 전투에서든 글쓰기에서든, 또는 다른 어떤 일이든 사람이 해야 할 필요가 있는 일에서(운율이 맞고 안 맞고는 상관없이), — 그것을 설계에 따라 행동으로 옮기는 게 얼마나 허튼 일인지 한번 생각해 보시지요. 만약 상황과 상관없이 어떤 설계가 금박 글자로 등록될 (제 말은 고탑*의 고문서 보관소에 말입니다) 자격이 있다고 한다면 — 그것은 분명 워드먼 부인이 초소에서 **설계**에 따라 토비 삼촌을 공격했던 그 **설계도**일 것입니다. —— 이 시점에 초소에 걸려 있던 설계도는 됭케르크의 설계도였고 — 됭케르크 이야기는 이제 삼촌에겐 긴박감이 없는 이야기이기 때문에 그녀가 창출하고자 하는 느낌에는 오히려 방해가 될 뿐이었지요. 게다가 그 설계도를 이용해 전투를 시작한다 하더라도 — 초소에서 공격에 활용될 손가락과 손의 전략은 트림의 이야기에 나오는 베긴회 수녀의 손놀림 앞에서는 무색해질 것이니 — 그게 과거에는 아무리 성공적이었다 해도, 지금 이 공격에서는 — 그야말로 가장 싱거운 전략이 될 게 뻔했습니다. ——

오! 이런 일에서는 여자를 당할 자가 없지요. 워드먼 부인은 쪽문을 열자마자 그녀의 천재성을 총동원하여 이 변화된 상황에 대한 대응책을 모색했습니다.

—— 그리고 한순간에 새로운 공격 전략을 찾아낸 것입니다.


## 제24장


—— 샌디 대위님, 제가 정신을 못 차릴 지경인데요, 워드먼 부인은 토비 삼촌의 초소 문으로 접근하며, 아마포 손수건을 왼쪽

눈에다 대면서 말했다, —— 티끌인지 —— 모래알인지 —— 또는 다른 무엇인지 — 저도 모르겠지만, 제 눈에 뭔가 들어갔나 봐요 —— 한번 봐주시겠어요 — 흰자위 부분은 아닌 것 같아요. —

워드먼 부인은 이렇게 말하며 토비 삼촌 곁으로 바싹 다가갔다. 그리고 삼촌이 앉아 있는 벤치 모퉁이에 끼어 앉음으로써, 삼촌이 일어설 필요도 없이 그 일을 할 수 있는 기회를 제공했다. —— 한번 들여다봐 주실래요 — 라고 그녀가 말했다.

우직한 양반! 당신은 어린아이가 요지경 상자 속을 들여다볼 때처럼 천진한 마음으로 그것을 들여다보았으니, 당신께 상처를 입히는 것은, 그만큼 큰 죄가 될 것입니다.

—— 만약 누군가 자발적으로 그런 것을 들여다보겠다고 한다면 — 나로서야 할 말이 없긴 하지만 —

토비 삼촌은 그랬던 것이 아니다. 삼촌은 자기 옆에 트라키아의 로도페[30]*처럼 아름다운 눈을 가진 사람이 앉아 있더라도, 그 눈이 검은 눈인지 푸른 눈인지도 모르는 채 6월부터 1월까지 (독자도 알다시피, 이 기간은 무더운 계절과 추운 계절을 다 포함한다) 아무 일 없이 그 소파에 그냥 앉아 있었을 분이라고 장담할 수 있다.

그러니 토비 삼촌이 일단 그 눈을 들여다보게 만드는 게 문제였다.

그 문제는 극복되었다. 그리고

나는 지금 삼촌이 담배 파이프를 손에 들고, 담뱃재가 떨어지는데도 상관 않고, 갈릴레오가 태양에서 흑점을 찾을 때보다 두 배

---

30) Rodope Thracia tam inevitabili fascino instructa, tam exacte oculis intuens attraxit, ut si in illam quis incidisset, fieri non posset, quin caperetur. — 누구 말인지는 나도 모른다.

나 선한 심성으로 — 들여다보고 — 또 들여다보고 — 눈을 비빈 다음 —— 다시 들여다보는 모습이, 저만치 눈앞에 보인다.

—— 소용없는 일이지요, 삼촌! 과부 워드먼 부인은 지금 왼쪽 눈에다 온갖 힘을 동원하여 활기를 불어넣고 있으니, 그 눈은 — — 오른쪽 눈과 똑같이 명징한 빛을 발하고 있고 —— 거기에는 티끌이든, 모래든, 먼지든, 왕겨나 알갱이든, 어떤 불투명한 물질의 입자도 떠다니지 않고 있거든요 — 나의 자애로운 삼촌이시여! 거긴 아무것도 없답니다. 다만 그 눈의 모든 부분에서 은밀하게 나풀거리며 뿜어져 나오는 달콤한 불꽃이 사방에서 당신의 눈 속으로 진입해 들어가고 있을 뿐이랍니다 ——

—— 도비 삼촌, 티끌을 찾느라 한순간이라도 더 그 눈을 들여다본다면 — 삼촌은 끝장나고 말 것입니다.

## 제25장

이런 점에 비춰 볼 때, 눈이란 대포와 조금도 다를 것이 없다. 사실상 눈이나 대포 자체가 문제가 아니라, 눈의 활동 양식 — 그리고 대포의 활동 양식이 중요한 것 아니겠는가. 눈이나 대포가 그토록 큰 힘을 갖는 것은 그들의 움직임을 통해서이니까 말이다. 나는 이 비유가 나쁘지 않다고 생각한다. 그리고 이 비유를 장의 첫머리에 올린 것은 장식적인 용도도 있긴 하지만 무엇보다도 내가 워드먼 부인의 눈을 언급할 때마다 (다음 문장만 제외하고) 독자께서 언제나 그 점을 염두에 두기를 바라기 때문이다.

아무리 봐도, 부인, 하고 토비 삼촌이 말했다, 부인 눈 속에는 아무것도 없는데요.

흰자위에 있는 게 아니라니까요, 하고 워드먼 부인이 말했다.
토비 삼촌은 혼신의 힘을 다해 동공 속을 다시 들여다보았다 ─

지금까지 창조된 모든 눈 중에서도 ── 부인, 당신 자신의 눈을 비롯해, 머리에 달려 있던 눈들 중에서 가장 관능적인 눈으로 알려진 비너스의 눈까지 포함해서 ── 지금 삼촌이 들여다보고 있는 그 눈보다 더 삼촌의 휴식을 빼앗아 가기에 알맞은 눈은 없었을 것입니다 ─ 그것은, 부인, 두리번거리는 눈도 ── 까불거리거나 분방한 눈도 아니고 ── 번뜩거리거나 ── 안달하거나 도도한 눈도 아니었습니다. ─ 그런 눈은 거만한 요구와 끔찍한 강제성을 띠고 있어 삼촌의 내면에 가득 차 있는 인간 본성의 부드러운 유액을 즉각 응고시켜 버렸을 것입니다 ── 그녀의 눈은 상냥한 인사와 ── 부드러운 응답의 기운이 가득했으며 ── 말을 건네는 듯한데 ── 잘못 만든 오르간의 트럼펫 음전(音栓)처럼 말을 건네는 게 아니라, 사실상 그처럼 조악한 대화밖에 할 줄 모르는 눈들을 나도 많이 경험해 본 바 있습니다, ── 그 눈은 부드럽게 속삭이는 것같이 말을 건네지요 ── 마치 숨을 거두는 성인이 마지막으로 내뱉는 말처럼 나직이 ── "샌디 대위님, 아무 위안도 없이, 어떻게 그처럼 외롭게 살 수 있으신가요? 당신의 머리를 기댈 가슴 하나 없고 ── 걱정거리를 털어놓을 사람도 하나 없이 말예요"라고 속삭입니다.

그 눈은 또한 ───

그러나 그 눈에 대해 한마디만 더 했다가는, 나 자신이 그 눈과 사랑에 빠질 것 같다.

── 아무튼 그 눈은 토비 삼촌을 함락하는 일에서는 끝장을 보고 말았다.

# 제26장

아버지와 삼촌의 성격 차이를 보여 주는 일들 중에서도 가장 흥미로운 예는, 두 분이 똑같은 사고를 당했을 때 그 사고에 대처하는 방법의 차이라 할 수 있다. —— 내가 사랑에 빠지는 일을 불행한 일이라 부르지 않고 사고라 부르는 이유는, 사람의 마음은 사랑에 빠지면 언제나 더 선해진다고 믿기 때문인데 —— 위대한 신이시여! 삼촌의 마음은 사랑에 빠지는 일 없이도 언제나 온화함으로 가득한데 사랑에 빠졌을 때는 도대체 어떤 상태가 되는 겁니까?

아버지가 남기신 글들을 통해 볼 때 아버지는 결혼 이전에는 이 열정에 곧잘 빠져들곤 하셨던 것 같다. —— 그러나 아버지의 본성에는 약간 신랄하면서도 익살스러운 조바심기가 있다 보니 그런 일이 생길 때면 크리스천답게 곱게 굴복하는 법 없이 콧방귀를 뀌거나, 발끈하거나, 튕기거나, 걷어차거나, 온갖 고약한 반발을 일삼고, 사람을 매혹하는 그런 눈을 매도하는 매우 격렬한 탄핵문을 작성하곤 했다 —— 2, 3일 밤 계속해서 아버지의 휴식을 빼앗은 누군가의 눈에 대해 아버지가 운문으로 써 놓은 글이 있는데, 그 눈에 대한 반감이 막 끓어오르기 시작하는 상태에서 아버지는 다음과 같이 글을 시작하고 있다.

"그것은 분명 악마라네 —— 그리고 그게 저지르는 해악은 이교도나 유대인, 터키 사람조차도 넘볼 수 없을 정도로구나."[31]*

간단히 말해서 아버지는 이 열정이 격발하고 있는 동안에는 거

---

31) 이 시는 아버지가 쓴 '소크라테스의 생애' 등등과 함께 출판될 것이다.

의 저주에 가까울 정도로 심한 언어와 욕지거리를 계속 쏟아 냈다 —— 다만 에르눌푸스처럼 체계적이진 않았으니 —— 그것은 아버지가 매우 충동적인 사람이었기 때문이고, 게다가 에르눌푸스처럼 정략적이지도 않았으니, —— 그것은 아버지가 어떤 것도 봐 주는 법이 없는 기질이었기에, 하늘 아래 있는 그 무엇이든 사랑의 열정을 부추기거나 선동하는 것이면 가리지 않고 모조리 욕설을 퍼부으며 매도했기 때문이다. —— 그러나 아버지는 거기 곁들여 자기 자신에게도 욕설을 퍼붓지 않고는 그 욕설의 장을 끝내는 법이 없었으니, 그는 스스로를 세상에 태어난 그 누구보다 더 지독한, 최악의 터무니없는 바보에다 바람둥이라고 부르곤 했다.

토비 삼촌은, 아버지와는 반대로, 그 일을 순한 양처럼 받아들였다 —— 그는 가만히 앉아 그 독소가 혈관을 따라 퍼져 나가는 것을 아무 저항 없이 내버려 두었다 —— 그 상처의 통증이 (샅의 통증이 한때 그랬던 것처럼) 아주 예리하게 고조될 때조차도, 그는 짜증 섞인 말이나 불만의 말 한마디 내뱉는 일이 없었다. —— 하늘도 땅도 원망하지 않았고 —— 어느 누구에 대해서도 또는 그 사람의 어떤 일부분에 대해서도 해가 되는 생각이나 말을 해 본 적이 없었다. 그는 홀로 앉아 담배 파이프를 들고 생각에 잠긴 채 —— 불편한 다리를 바라보다가 —— 감상적으로 흠, 아아! 라는 소리를 뱉어 내는 게 고작이었는데, 그 소리는 담배 연기와 뒤섞여 사라지면서, 그 누구에게도 불편을 끼치는 일이 없었다.

다시 말해 —— 삼촌은 양처럼 순하게 그 일을 받아들였다.

사실상 삼촌도 처음에는 그 정체를 잘못 이해했었다. 바로 그날 아침, 삼촌은 아버지와 함께 말을 타고 나갔었다. 교구의 부감독과 참사회가 가난한 사람들에게[32] 나눠 준다는 구실로 아름다운 숲을 베어 내고 있었는데, 그 숲은 삼촌의 집에서 환히 보이는 위치에 있어 위넨데일 전투를 재현하는 데 특히 도움이 되는 곳이었기 때문에, —— 삼촌은 어떻게든 그 숲을 살려 내기 위해 아주 급히 서둘러 말을 달린 데다 —— 안장은 불편하고 —— 말은 그보다 더 형편없는 녀석이고, 기타 등등…… 의 이유로 해서 삼촌의 최하단부에 있는 양쪽 피부 사이로 혈장이 몰려들게 되었는데 —— 그는 그 부위에 통증이 처음 시작되었을 때 (토비 삼촌은 사랑의 경험이 없었던 관계로) 그것을 열정의 증세라 생각했고 — 물집 하나가 터지고 — 다른 물집 하나는 남아 있는 상태가 되었을 때에야 — 자신의 상처가 피부 표면에 생긴 것이 아니라 —— 자신의 심장에까지 들어간 것이라고 확신하게 되었다.

## 제27장

덕성스러움이 부끄러운 일이 되는 세상이지만 —— 토비 삼촌은 세상 물정을 모르는 사람이었다. 따라서 자신이 워드먼 부인과 사랑에 빠졌다는 생각이 들었을 때, 그 사실이 워드먼 부인의 뚜껑 열린 칼에 자신의 손가락을 벤 것 같은 그런 일상사이기라도 한 것처럼 그 일을 비밀로 할 생각조차 하지 않았다. 설사 그렇지 않았다 하더라도 —— 삼촌은 본래 트림을 친구라 생각했고, 게다가 일상 속에서 그를 친구로 대접해야 할 이유를 매일매일 새로 경험하고 있었기 때문에 —— 트림에게 그 일을 알리는 방법에는 아무 차이가 없었을 것이다.

---

32) 샌디 씨는 정신이 가난한 사람들을 뜻한 것이 틀림없어 보인다. 왜냐하면 그들은 자기들끼리 그 수익금을 나눠 가졌으니까.

"내가 사랑에 빠졌네, 상병!" 하고 토비 삼촌이 말했다.


## 제28장


사랑에 빠졌다고요! ── 상병이 말했다 ── 그저께 제가 보헤미아 왕의 이야기를 들려 드리던 때만 해도 멀쩡하셨잖아요. ── 보헤미아라! - - - - 한참을 골똘히 생각에 빠졌다가 - - - 토비 삼촌이 말했다, 그래 그 이야기는 어떻게 되었지, 트림?

── 어쩌다 보니 그 이야기는 날아가 버렸지요, 나리 ── 아무튼 그때까지만 해도 나리는 저나 마찬가지로 사랑과는 무관하지 않았습니까? ── 자네가 손수레를 끌고 나간 동안에 ── 워드먼 부인과의 사이에서 일어난 일이라네, 하고 토비 삼촌이 말했다 ── 그녀가 여기다 포탄 하나를 남겨 두고 간 셈이지 ── 라고 덧붙이면서 ── 삼촌은 자신의 가슴을 가리켰다. ──

── 그녀가 날 수 없듯이, 포위 공격도 절대 견뎌 낼 수 없을 겁니다, 나리 ── 라고 상병이 소리쳤다 ──

── 그러나 트림, 우린 이웃 간이니 ── 일단 정중히 그 사실을 알려 주는 게 최상의 방법일 것 같은데 ── 하고 토비 삼촌이 말했다.

제가 감히 나리와 다른 의견을 내놓아도 될는지 모르겠습니다만, 하고 상병이 말을 시작했다. ──

── 당연히 그래도 되지, 아님 왜 자네에게 이 얘길 하겠나, 트림, 하고 토비 삼촌이 온화하게 말했다. ──

── 그렇다면 나리, 말씀드리겠습니다, 저라면 반격을 하는 의미에서 일단 그녀에게 제대로 맹공을 퍼붓고, ── 그런 다음 나중에 그녀에게 정중히 말할 겁니다 ── 왜냐하면 부인이 나리께서 사랑

에 빠진 것을 미리 알게 된다면 —— 하 - 님 맙소사! — 아니, 그
녀는 그 일에 대해선 마치 아직 태어나지 않은 아기만큼이나 —
전혀 모르고 있다네, 트림, 하고 삼촌이 말했다. —

순진한 양반들! ——

워드먼 부인은 24시간 전에 이미 브리지트에게 모든 정황을 시
시콜콜 들려주었고, 바로 그 순간에는 그 일에 뒤따를 상황에 대
해 사소한 걱정거리를 놓고 그녀와 상의하고 있는 중이었다. 하수
구에 죽은 듯이 가만히 누워 있는 법이 없는 악마가 —— 워드먼 부
인이 승리의 찬가를 채 끝내기도 전에 그녀의 머리에 걱정거리를
넣어 준 것이다 —— .

내가 그분이랑 결혼할 경우에 말야, 브리지트 —— 살에 끔찍한
부상을 입은 그 딱한 대위님이 건강하지 못하면 어쩌나 정말 걱정
이야. ——

마님이 생각하듯이 그렇게 큰 상처가 아닐지도 모르잖아요 —
게다가 제 생각에는 — 다 말라서 아물었을 것 같은데요, 마님, 하
고 브리지트가 덧붙였다. ——

—— 그걸 좀 알 수 있으면 좋으련만 — 그저 그분을 생각해서
하는 말이야, 워드먼 부인이 말했다. ——

— 열흘 안에 진상을 속속들이 다 알아낼 수 있을 거예요 — 라
고 브리지트가 대답했다, 대위님께서 마님께 구애하는 동안 — 트
림 씨도 분명 저에게 연애를 걸어올 거라고 확신하거든요 — 그에
게서 모든 정보를 얻어 내기 위해 — 그가 원하는 대로 하도록 허
락해 줄 작정이랍니다. ——

그래서 필요한 조치가 즉각 채택되었고 —— 토비 삼촌과 상병
역시 그들의 작전을 진행하고 있었다.

자, 그럼 나리, 상병이 왼손은 허리에 대고, 마치 성공을 약속하

듯이 오른손을 한 차례 힘차게 휘둘러 보이고 나서 — 말하기 시작했다, —— 나리께서 허락하신다면 제가 이 공격의 기안을 잡아 볼까 하는데요. ——

—— 그렇게 해 준다면야 좋고말고, 트림, 하고 토비 삼촌이 말했다. 지극히 고마운 일이지 — 그리고 이 일에선 아무래도 자네가 내 부관이 되어야 할 것 같으니, 임무를 맡은 기념으로 술이라도 한잔하게나, 우선 여기 은전 한 닢 받게, 상병.

그렇다면 나리, 하고 상병이 (임무를 받든다는 의미로 먼저 절을 하고는) 말했다 — 우선 나리의 레이스 달린 제복을 대형 군용 트렁크에서 꺼내 바람을 쐬어 주고, 소맷자락의 푸른색과 황금색 장식도 손질해 놓아야겠지요. — 그리고 나리의 흰색 라말리 가발도 컬이 살아나게 파이프에 감아 놓고 — 재봉사를 불러들여 나리의 얇은 진홍색 바지도 안팎을 뒤집어서 새로 만들도록 하겠습니다. ——

— 나는 붉은 비로드 바지가 나을 것 같은데, 토비 삼촌이 말했다. — 그 바진 너무 투박해 보일 텐데요 — 라고 상병이 말했다.


## 제29장

—— 솔과 백분으로 내 검에 윤도 내야겠지. —— 그건 나리의 행보에 거추장스럽기만 할 것 같은데요, 하고 트림이 대답했다.


## 제30장

—— 하지만 나리의 면도날 두 개는 새로 갈아 놓겠습니다 — 그

리고 전 제 몬테로 모자를 손질해 쓰고, 나리께서 르 피버 중위님을 기억하며 입으라고 주신 그분의 연대복을 입을 겁니다 — 나리께서 면도를 끝내시고 — 깨끗한 셔츠를 입으시고, 푸른색과 황금색 장식이 있는 군복이든 멋진 진홍색 군복이든 —— 그때그때 마음대로 골라 입으시고 나면 — 공격을 시작할 만반의 준비가 완료되는 거지요 — 우리는 마치 요새를 향해 정면으로 진격하듯 용감하게 행진해 나갈 것입니다. 나리께서 우측에 있는 거실에서 워드먼 부인과 교전하시는 동안 —— 저는 좌측으로 진군해서 부엌에 있는 브리지트를 공격하겠습니다. 일단 그 지점까지만 공략에 성공한다면, 제가 장담하건대 — 그날은 우리가 승리하는 날이 될 겁니다, 상병은 머리 위에서 손가락을 튕겨 탁 소리를 내며 말했다.

내가 일을 제대로 수행해 내야 할 텐데, 하고 토비 삼촌이 말했다, — 그러나 여보게 상병, 내 생각에는 참호 모퉁이까지만 진격해 가는 게 더 나을 듯싶은데 ——

— 여성은 아주 다른 대상이랍니다 — 라고 상병이 말했다.

— 나도 그럴 거라 생각하네, 토비 삼촌이 말했다.


## 제31장

삼촌이 사랑에 빠져 있던 동안 아버지가 한 말 중에서 삼촌을 도발한 말이 있다면, 그것은 아버지가 수행자 힐라리온의 말을 빌려 삐딱하게 사용하는 경우였다. 이 수도자는 자신의 금욕, 철야, 채찍질 그리고 그 밖의 여러 가지 종교적 도구가 되는 행위에 대해 언급하면서 — 수행자치고는 익살기 많은 표현으로 —— "이런 것들은 나의 당나귀가 (그의 육신을 지칭하며) 발길질하는 것을 막기 위해 사용하는 방편이다" — 라고 말하고 있다.

아버지는 이 말을 아주 마음에 들어 했는데, 그것은 인간의 하체에서 나오는 욕망과 욕구를 간명히 표현해 주는 말일 뿐만 아니라. —— 동시에 그것을 모욕하는 효과까지 있었기 때문이다. 따라서 아버지는 몇 년 동안 꾸준히 그 표현을 사용했으며 — 단 한 번도 열정이란 말을 써 본 적 없이 — 언제나 당나귀란 말로 대신했다 —— 그러니 아버지는 그동안 내내 자신의 당나귀나 누군가 다른 사람 당나귀의 등이나 뼈다귀 위에 올라타고 다녔다 할 수 있을 것이다.

여기서 당신의 주목을 환기시킬 일이 있는데, 그것은

       아버지의 당나귀와

       나의 죽마 사이에는 차이점이 있다는 사실이다 — 우리가 함께 길을 가는 동안 등장인물들이 우리의 상상력 속에서 혼동되지 않고 개별성을 유지하도록 해야 하니 말이다.

기억을 더듬어 보신다면, 나의 죽마는 전혀 사악한 짐승이 아니란 걸 알 것이다. 그는 털 한 올이나 힘줄 하나도 당나귀를 닮은 구석이 없다 —— 죽마는 지금 당신을 태우고 가는 장난기 많은 작은 암망아지처럼 — 구더기와 나비,* 그림이나 깽깽이 활 — 또는 토비 삼촌의 군사 공격 — 또는 그게 무엇이든, 인생의 걱정거리나 근심에서 도망치기 위해 사람들이 느긋하게 타고 다니는 갖가지 임시변통 같은 것이고 — 어느 피조물 못지않게 유용한 짐승이다 — 사실 내 생각에는 그것 없이 세상이 어떻게 돌아갈 수 있을지 모를 정도다 ———

—— 그러나 아버지의 당나귀로 말할 것 같으면 ——— 아! 그걸 타라고요 — 타라고요 — 타라고요 — (이게 세 번째인 것, 맞지요?) — 타지 말라고요.* — 그것은 색욕이 강한 짐승이니 — 그

게 발길질하는 것을 막지 않는 사람에게는 심히 고약한 일이 생길 겁니다.


## 제32장


아 참! 여보게 동생, 아버지가 토비 삼촌이 사랑에 빠진 뒤 처음 만난 자리에서 물었다. — 자네 **당나귀**\*는 요즘 좀 어떤가?

그런데 토비 삼촌은 힐라리온의 비유법이 아니라 물집이 생긴 그 신체 부위를 떠올렸다. — 우리의 선입견은 (당신도 알다시피) 사물의 모양은 물론 단어의 소리까지 지배하는 힘이 있기 때문에, 삼촌은 본래 단어의 선택에서 별로 격식을 따지지 않는 아버지가 그 이름이 지칭하는 신체 부위에 대해 물어보는 것이라고 생각했다. 따라서 삼촌은 어머니와 닥터 슬롭 그리고 요릭 씨까지 거실에 함께 앉아 있음에도 불구하고 아버지가 사용한 그 단어를 그대로 써서 대답하는 게 예의에 맞다고 생각했다. 사람이 두 가지 무례의 가능성 사이에 끼여 있을 때는 그중 하나를 선택할 수밖에 없고 — 내가 늘 관찰한 바로는 — 그가 둘 중 어느 것을 택하든 간에, 세상은 그를 비난하게 마련이다. — 그러니 세상이 토비 삼촌을 비난한다 해도 난 놀라지 않을 것이다.

내 당-귀는, 하고 토비 삼촌이 말을 시작했다, 많이 좋아졌답니다 — 샌디 형님. —— 아버지는 당나귀라는 말을 도입하면서 대단한 기대를 걸고 있었기 때문에 다시 한 번 당나귀를 현장에 끌어들이고 싶었지만, 마침 닥터 슬롭이 과도하게 폭소를 터뜨렸고 — 나의 어머니가 하 — 님 맙소사!라고 소리를 지르는 바람에 — 아버지의 당나귀는 현장에서 도망쳐 버렸고 — 웃음보가 장중을 지배하게 되었다. — 그러니 당분간은 다시 당나귀를 불러들여 공격을 시작할 여지가 없게 되었다. ——

따라서 당나귀 없이 담론이 펼쳐졌다.

모두 도련님이 사랑에 빠졌다고 말하던데요, 토비 도련님, 하고 어머니가 말했다, — 우린 그게 사실이었으면 좋겠어요.

네, 저도 사랑에 빠진 것 같아요, 형수님, 하고 토비 삼촌이 대답했다, 남자들이 흔히 빠져들듯이 말입니다. —— 흠! 하고 아버지가 대꾸했고 —— 그것을 언제 알게 되었나요?라고 어머니가 물었다.

—— 물집이 터졌을 때였지요, 토비 삼촌이 대답했다.

토비 삼촌의 대답이 아버지의 기분을 호전시켜 주었기 때문에 — 아버지는 당나귀 없이 도보로 공격을 재개했다.


## 제33장


옛 현인들도 동의하듯이, 토비 동생, 하고 아버지가 말을 시작했다. 세상에는 뚜렷이 구별되는 두 가지 서로 다른 사랑이 있다네. 그것은 인체의 어느 부위에 영향을 주는가에 따라, — 즉 뇌인가 간인가에 따라 달라진다는 거지 —— 남자가 사랑에 빠졌을 땐 그 둘 중 어느 사랑에 빠진 건지 따져 볼 필요가 있는 걸세.

그게 남자가 결혼을 하고, 아내를 사랑하고, 아이를 몇 명 얻게 해 주기만 한다면, 둘 중 어느 것이든 무슨 상관이 있습니까, 샌디 형님, 하고 토비 삼촌이 대답했다.

—— 아이들 몇이라고! 아버지는 이렇게 소리치며 의자에서 벌떡 일어나, 어머니와 닥터 슬롭 사이로 비집고 걸어 들어가, 어머

니를 정면으로 쳐다보았다. — 아이들 몇이라고! 아버지는 방 안을 서성대면서 삼촌의 말을 반복하여 소리쳤다. ──

— 내 말은 말야, 내 소중한 동생 토비, 아버지는 문득 정신을 차려 토비 삼촌의 의자 뒤로 가까이 다가가며 소리쳤다, — 자네가 아이를 스무 명 갖게 된다 하더라도 내가 섭섭하거나 뭐 그럴 거란 소리는 아니네 — 아니, 오히려 기쁘기 그지없을 걸세 — 그리고 토비, 난 그들 하나하나에게 아버지처럼 다정하게 대할 거야. —

토비 삼촌은 눈에 띄지 않게 슬그머니 손을 의자 뒤로 올려 아버지의 손을 잡고 꼭 눌렀다. ──

── 아니, 그뿐만이 아니라, 아버지는 삼촌의 손을 잡은 채 말을 계속했다, — 자넨 인간 본성에 자양분이 되는 유액은 가득하고, 매섭고 거친 면은 거의 없는 사람이니, 토비 — 세상이 자네를 닮은 사람들로 가득 채워지지 않는다는 게 참으로 애석한 일일세. 내가 만약 아시아의 군주라면 말이지, 아버지는 막 떠오른 생각으로 흥분하며 덧붙였다 — 난 자네에게 한 가지 임무를 맡길 생각까지 있네, 그 일이 자네 체력에 손상을 입히거나 — 자네의 타고난 수분을 너무 빨리 고갈시키거나 — 자네의 기억력이나 상상력을 약화시키지만 않는다면 말야, 토비, 한데 그 운동을 과도하게 하면 그런 일이 생긴다고 하더군 — 그렇지만 않다면 말일세, 동생, 난 내 제국에서 가장 아름다운 여성들을 자네에게 제공해서, 자네가 *nolens, volens*[*] 내 제국에 새로운 백성을 공급하도록 임무를 부과할 거란 말이지, 그것도 한 달에 한 명씩 말야. ──

아버지가 마지막 문장을 발음하자마자 — 어머니는 코담배를 한 줌 집어 들었다.

글쎄 난 싫은데요, 토비 삼촌이 말했다, 지구 상에서 가장 위대한 군주를 위한 일이라 하더라도, *nolens, volens*, 즉 내가 원하든 원하지 않든 아이 만드는 일은 하고 싶지 않아요. ——

—— 하긴, 자네에게 그런 걸 강요한다면, 토비 동생, 내가 잔인한 사람이 되겠지, 하고 아버지가 말했다 — 내가 자네에게 말하고 싶은 것은, 자네가 아이를 갖게 되는 문제가 아니라 — 물론 그건 자네가 그럴 능력이 있을 때의 이야기겠지만 — 자네가 지금 시작하고 있는 사랑과 결혼의 체계에 대해서라네, 난 그 부분에서 자네 생각을 바로잡아 주고 싶거든. ——

내 생각에는, 하고 요릭이 말을 시작했다. 사랑에 대한 샌디 대위의 의견이 상당히 합리적이고 타당성 있어 보이는데요. 사실 나도 내가 헛되이 시간을 낭비하던 시절에는 화려한 말을 구사하는 시인이나 수사가들의 글을 나름대로 수없이 읽어 봤지만, 그 어떤 글에서도 그만큼 명징하고 건전한 상식을 찾아볼 순 없었지요. ——

여보게, 요릭, 당신도 플라톤을 읽어 봤으면 좋겠군. 그의 글을 읽으면 세상에는 두 가지 **사랑**이 있다는 것을 알게 될 걸세. — 고대 그리스인들 사이에선 두 가지 **종교**가 있었다는 것은 나도 알고 있지요 —— 하나는 — 속인을 위한 것이고, 다른 하나는 학식 있는 사람들을 위한 것이었지요. 그러나 **사랑**이라면 이 두 집단 모두에게 **한 가지**로 충분했을 거라 생각하는데요. —

그렇지 않았다네, 아버지가 대답했다. — 그것도 종교와 마찬가지 이유로 말이지. 벨라시우스에 대한 피키누스의 논평에 의할 것 같으면, 한 가지 사랑은 *이성적인* 것이고 ——

—— 다른 하나는 *자연적인* 것이라네 ——

첫 번째 것은 — 어머니 없이 — 즉 비너스가 전혀 관여하지 않고 나온 것이고, 두 번째 것은 주피터와 디오네 사이에서 나온 것이지. —

—— 아니, 형님, 그게 하느님을 믿는 사람에게 무슨 상관이 있

다는 겁니까?라고 토비 삼촌이 말했다. 아버지는 이야기의 맥이 끊어질까 봐 삼촌의 질문에 대답할 수가 없었다. ──

이 후자는, 하고 아버지가 말을 이었다, 전적으로 비너스의 본성을 그대로 답습하고 있다네.

첫 번째 것은 하늘에서 내려온 황금 사슬*로서, 영웅적인 것에 대한 사랑을 촉발하는데, 그 안에는 철학과 진리에 대한 갈망이 포함되어 있고 ── 두 번째 것은 그저 욕망을 일으킬 뿐이라네.
──

── 내 생각에는, 아이를 생산하는 일이 지구의 경도를 찾아내는 일 못지않게 세상에 보탬이 되는 일 같은데요, 하고 요릭이 말했다. ──

── 사랑이 세상에 평화를 가져다준다는 것은 분명하지요, 어머니가 말했다. ──

── 가정에서라면 ─ 부인, 나도 그것을 인정하겠소. ── 지구를 풍성하게 채워 주기도 하고요, 어머니가 말했다. ──

그러나 여보, ─ 그게 천국은 텅 비게 만들지 않소, 아버지가 응수했다.

── 낙원을 채우는 것은, 하고 슬롭이 의기양양하게 소리쳤다, 처녀성이지요.

수녀 양반, 참 잘 밀어붙였소! 아버지가 말했다.


## 제34장


아버지는 논쟁 중에는 날카로운 칼날을 전후좌우 가리지 않고 휘두르며 찔러 대는 전법을 쓰기 때문에, 좌중에 있던 사람들이 각각 나름대로 잊을 수 없는 타격을 입게 만든다 — 따라서 그 자리에 스무 명이 있다 하더라도 — 아버지는 30분도 채 지나기 전에 그들 모두를 자신의 적으로 만들어 버리고 만다.

아버지가 그처럼 동지가 하나도 없는 상태에 빠지게 만드는 일에 적잖이 기여하는 특성이 있다면, 그것은 특히 지키기 어려워 보이는 자리가 있을 경우, 아버지는 바로 몸을 던져 그 자리를 차지한다는 것이다. 아버지가 얼마나 용맹스럽게 그 자리를 방어하는 일에 진력하는지, 용감한 사람이나 심성 착한 사람이라면 아버지가 그 자리에서 쫓겨 나가는 것을 보는 게 오히려 불편할 지경이다.

아버지를 종종 공격하곤 하는 요릭도 바로 이런 이유로 해서 — 차마 전력을 다해 공격에 나서지는 못했다.

지난 장의 끝 부분에서 닥터 슬롭이 사용한 **처녀성**이란 단어는 모처럼 아버지가 성벽의 유리한 공격 지점을 차지하게 만들어 주었다. 아버지는 닥터 슬롭의 귀에다 대고 기독교 세계에 있는 모든 수녀원을 폭파시키기 시작했는데, 바로 그때 트림 상병이 거실로 들어와서는 토비 삼촌이 워드먼 부인을 공략할 때 입기로 했던 얇은 진홍색 바지를 입을 수 없게 되었다고 알렸다. 즉 재단사가 바지 안팎을 뒤집어 다시 만들려고 바지를 뜯어 보았더니 그전에 이미 한 번 뒤집어 만든 것이더라는 것이었다. —— 그럼 다시 한 번 뒤집으면 될 것 아닌가, 동생, 하고 아버지가 재빨리 끼어들었다. 이 일이 다 마무리되려면 몇 번이고 수도 없이 그것을 뒤집어야 할 일이 생길 걸세. —— 그게 형편없이 엉망으로 낡아 있던걸요, 상병이 말했다. —— 그럼 아무쪼록 새 바지를 한 벌 장만하도록 하게, 동생, 하고 아버지가 말했다 —— 내가 알기론 말야, 하고 좌중을 향해 몸을 돌리며 아버지가 말을 이었다, 과부 워드먼 부인이 벌써 몇 년째 내 동생 토비를 깊이 사모해 오기도 했고, 또한 내 동생도 똑같은 열정에 빠뜨리기 위해 여자가 쓸 수 있는 온갖 기술과 계략을 총동원해 접근해 왔다고는 하지만, 이제 일단 그를 포획해 놓았으니까 —— 그녀의 열병은 그 정점을 지나가 버린 상태일 걸세. ——

—— 원하는 것을 이미 획득한 상태란 말이지.

이런 경우에는, 하고 아버지가 말을 이었다, 이것은 플라톤도 미처 생각해 보지 못했던 경우 같은데 —— 사랑이란 것이 **감정**이라기보다는 하나의 **상황**이라 할 수 있고, 내 동생 토비가 *군부대*에 들어가듯이, 남자가 그 속으로 걸어 들어가게 되는 그런 경우란 말야. —— 일단 그 속에 들어가게 되면 —— 그 일을 좋아하든 않든 상관없이 — 마치 좋아하는 듯 행동해야 되고, 자신이 용감무쌍한 사람임을 보여 주기 위해서라도 모든 단계를 하나하나 밟아 갈 수밖에 없게 되는 거지.

이 가설은 아버지의 모든 가설이 그렇듯이 제법 그럴듯하게 들렸으며, 토비 삼촌은 그 가설에 반박할 말이 단 한마디밖에 없었고 — 트림은 삼촌의 말에 찬동할 준비 태세를 갖추고 있었다. —— —— 그러나 아버지는 아직 결론에 다다르지 않은 상태였다. ——

그런 이유로 해서, 하고 아버지는 (자신의 쟁점을 다시 한 번 정리하며) 말을 계속했다, 워드먼 부인이 내 동생 토비를 연모하고 있고 — 역으로 내 동생 토비 역시 워드먼 부인을 연모한다는 것을 온 세상이 알고 있다 해도, 게다가 바로 오늘 밤 음악 소리가 울려 퍼지는 것을 막을 만한 장애물이 아무것도 없다 해도, 내가 장담하건대, 바로 그 선율이 울려 퍼지는 일은 앞으로 1년 이내에는 절대 일어나지 않을 거란 말일세.

우리가 계산을 잘못한 건가, 하고 토비 삼촌은 심문하듯이 트림을 올려다보며 말했다.

제 몬테로 모자를 걸겠습니다, 트림이 말했다. —— 이미 말했듯이 트림의 몬테로 모자는 트림이 언제나 내기에 거는 물건이었지만, 마침 출격 준비로 바로 그날 밤 손질을 해 둔 상태였기 때문에 — 승산은 더욱 커 보였다. —— 나리, 제 몬테로 모자를 1실링에다 걸어도 좋습니다 — 여러 어르신들 앞에서 내기를 제안하는 게 결례만 되지 않는다면 말입니다, 하고 트림은 (절을 하며) 덧붙였다. ——

—— 결례 될 것은 전혀 없네, 아버지가 말했다 — 그건 하나의 어법일 뿐이니까. 자네가 몬테로 모자를 1실링에다 걸겠다고 말함으로써 — 자네가 뜻하는 바는 단지 — 자네가 뭔가를 자신 있게 믿고 있다는 것 아닌가 ——

—— 그래, 자네가 뭘 믿는다는 거지?

감히 말씀드리자면, 과부 워드먼 부인이 열흘도 버티지 못할 것이란 말입니다. ——

그래, 이 친구, 자넨 어디서 여자에 대해 그리 잘 알게 된 거지? 라고 닥터 슬롭이 비아냥거리며 소리쳤다.

천주교의 여자 성직자랑 사랑에 빠져 본 덕분이지요, 트림이 응답했다.

베긴회 수녀였어요, 토비 삼촌이 말했다.

닥터 슬롭은 너무 격분한 나머지 그 차이가 귀에 들어올 상태가 아니었고, 아버지는 그 위기 상황을 모든 수녀회와 베긴 수녀회를 싸잡아서 모조리 어리석고 시대에 뒤진 집단으로 매도할 기회로 삼았다 —— 슬롭은 도저히 그것을 참아 낼 수가 없었고 —— 토비 삼촌은 바지에 대해 뭔가 조치를 취해야 할 사정이었고 — 요릭은 설교의 제4부를 마무리해야 했기 때문에 — 각자가 다음 날

거행할 공격을 위해 — 그 자리를 파하고 일어났다. 혼자 남은 아버지는 취침 시간까지 약 30분의 여유 시간이 생겼기에, 펜과 잉크 그리고 종이를 청해서, 토비 삼촌에게 다음과 같은 교훈의 편지를 썼다.

　　사랑하는 동생 토비에게,

　내가 지금 자네에게 하려는 말은 여성의 본성에 대해 그리고 여성에게 구애하는 일에 대해서일세. 자네가 마침 그런 주제에 대해 교훈을 주는 편지를 필요로 하는 상태에 있고, 난 그런 편지를 쓸 능력이 있다는 게 — 나한테야 뭐 잘된 일이라고 할 순 없지만 — 아마도 자네에게는 잘된 일일 게야.

　우리의 운명을 관장하시는 분께서 우리 입장을 바꿔 놓으셔서, 내가 아니라 자네가 이 순간 잉크에 펜을 적시는 입장이었다면, 난 그것을 흔쾌히 받아들였을 걸세. 자네가 그 점을 알아 두는 게 좋을 것 같아 하는 말이네만, 상황이 그렇지가 않고 ——— 자네 형수가 지금 바로 옆에서 잠자리를 준비하고 있으니 —— 자네에게 도움이 될 만한 힌트나 정보를 머리에 떠오르는 대로 두서없이 몇 자 적어서, 내 사랑의 증표로 자네에게 보낼까 하네. 사랑하는 토비, 난 자네가 이것을 어떤 마음으로 받아들일지 잘 알고 있다고 믿어 의심치 않는다네.

　우선 이 일에서 종교와 관련된 면을 이야기하자면 —— 한데 내 볼이 상기되는 것을 보니, 자네가 비록 떠벌리는 사람은 아니지만, 종교적인 책임을 소홀히 하는 일이 거의 없다는 것을 잘 알기 때문에 이런 말을 입에 올리는 게 조금 부끄럽게 생각되는 모양일세 — 하지만 나라면 절대 빠뜨리지 않을 일이고 보니 자네에게도 특히 그것을 상기시키고 싶은 마음에서 하는 말인데, 즉 그 일을 하러 나갈 때, 그게 아침이건 오후건 상관없이, 전능하신 하느님께 사악함으로부터 자넬 보호해 주십사 청을 올리고 출발하라는 것이네.

그리고 최소한 4, 5일에 한 번씩, 형편이 되면 더욱 자주, 자네 정수리 윗부분을 깨끗이 면도하게. 그녀 앞에서 어쩌다 무심결에 가발을 벗기라도 했을 때, 그녀가 세월에 깎여 나간 부분과 —— 트림이 깎아 준 부분을 구별할 수 없도록 해야 하네.

—— 대머리라는 개념이 그녀의 머리에 떠오르지 않게 하는 게 나을 듯싶어 하는 말일세.

그리고 언제나 이 점을 염두에 두고, 확실한 좌우명으로 삼아 행동하게나, 토비 ——

즉 '여성은 겁이 많다' 는 것 말일세. 사실 그것은 잘된 일이기도 하지 —— 그렇지 않다면 그네들과 어떤 거래를 할 수 있겠나.

자네 바지가 너무 꼭 끼어서도 안 되고, 우리 선조들이 입던 트렁크 호스 바지처럼 허벅지 부분이 너무 헐렁해서도 안 되네.

—— 딱 중간치를 유지하면 어떤 속단도 방지할 수 있을 걸세.

많든 적든 할 말이 있을 때는 낮고 부드러운 음성으로 말해야 한다는 점을 잊지 말게. 침묵이나 침묵에 근접하는 상황은 한밤중의 비밀스러운 꿈을 머릿속에 떠오르게 하기 마련이니, 가능한 한 대화를 계속 만들어 내는 일을 절대 포기하지 말아야 하네.

그러나 그녀와 대화하는 중에 농담이나 익살 같은 것은 모두 피하도록 하게. 또한 그 방향으로 나아가는 모든 책과 글들을 그녀로부터 격리시켜 놓는 노력을 아끼지 말게. 그보다는 그녀가 종교적인 팸플릿 같은 것을 읽도록 유도할 수 있다면 — 그게 좋을 걸세, 특히 라블레나 스카롱,* 돈키호테 같은 책에는 눈길도 가지 않게 해야 하네 ——

—— 그런 것들은 모두 웃음을 자극하는 책들인데, 토비 자네도 알다시피, 욕정이란 그 어떤 열정보다 더 심각한 감정이 아닌가.

그녀의 거실로 들어서기 전에, 자네 셔츠의 가슴 언저리에 핀을 하나 꽂아 두게.

그리고 그녀와 같은 소파에 앉게 되고, 혹여 그녀가 자기 손 위에 자네 손을 올릴 계기를 주더라도 — 그런 일은 삼가도록 해야 하네 —— 일단 그녀의 손 위에 자네 손을 올리게 되면 그녀가 자네 기분을 감지할 수밖에 없을 것 아닌가. 그런 일은 피하고, 그밖에 다른 것들도 가능한 한 불확정 상태로 남겨 두도록 노력하게. 그렇게 함으로써 그녀의 호기심이 자네에게 쏠리게 해야 한다는 거지. 만약 그래도 그녀가 정복되지 않고, 자네 **당나귀**는 계속 발길질을 한다면, 내 생각에 그렇게 추정할 근거가 상당하니 하는 말인데 —— 그럴 땐 귀 아래쪽에서 피를 몇 온스 정도 뽑아내야 하네. 고대 스키타이인들은 바로 그런 방법으로 무절제한 욕망의 발호를 치료했다고 하더군.

아비센나*는 거기 덧붙여, 그 부분에 헬레보어* 약초의 즙을 발라 주고, 적절한 배설과 배변을 도모해야 한다고 주장하는데 —— 나도 그가 옳다고 생각하네. 아무튼 자네는 염소 고기나 붉은 사슴 고기는 되도록 삼가고 —— 망아지 고기는 절대 먹어선 안 되네. 그리고 공작이나 두루미, 검둥오리, 논병아리, 쇠물닭 같은 것은 —— 가능한 한 신경을 써서 절제하게나 ——

음료로 말할 것 같으면 — 굳이 말할 필요도 없겠지만, 엘리아누스*가 그 효험에 대해 기록하고 있는 **베르뱅**과 **하네아** 약초를 우린 물을 마셔야 할 걸세 — 그러나 자네 위장이 잘 받아들이지 않는다면 — 때때로 그것을 끊고, 대신 오이나 멜론, 쇠비름, 수련,

인동덩굴, 상추 같은 것을 먹게.

지금은 더 이상 머리에 떠오르는 것이 없으니 ──

── 혹시 전쟁이라도 새로 발발하지 않는다면 ── 현재로선, 토비, 그저 모든 일이 잘 풀리길 빌 뿐이고, 오늘은 이만 줄이겠네.

자네를 사랑하는 형,

**월터 샌디**가.


## 제35장


아버지가 이 교훈의 편지를 쓰는 동안, 토비 삼촌과 상병은 공격을 위해 만반의 채비를 갖추느라 한창 바쁜 중이었다. 얇은 진홍색 바지를 뒤집어 만드는 일을 포기했으니 (최소한 현재로선) 더 이상 공격을 미룰 필요가 없게 되었고, 따라서 다음 날 아침 11시에 출격하는 것으로 결정이 났다.

여보, 부인, 하고 아버지가 어머니에게 말했다. ── 형과 형수로서, 당신과 내가 내 동생 토비의 집까지 걸어가서 ── 그의 출격을 응원해 주는 게 어떻겠소.

아버지와 어머니가 삼촌 집에 들어섰을 때는 삼촌과 상병이 이미 옷을 갖춰 입은 지 한참 되었고, 그 순간 시계가 11시를 치면서, 그들은 막 출격할 동작을 취하고 있었다. ── 그러나 그 이야기는 이 작품의 제8권 끝자락에 끼워 넣기에는 아까운 내용이다. ── ── 아버지는 그 교훈의 편지를 삼촌의 외투 주머니에 집어넣어 줄 시간밖에 없었고 ── 어머니와 함께 삼촌의 공격이 성공적으로 진행되기를 빌어 주는 것으로 만족해야 했다.

궁금증 때문에 열쇠 구멍으로 들여다보고 싶은 마음이 생기는데요, 하고 어머니가 말했다. —— 여보, 이름을 제대로 붙여야지, 하고 아버지가 말했다. —

그런 담에 원하는 대로 실컷 열쇠 구멍으로 들여다보구려.

제8권의 끝

# 제9권

혹시 이보다 좀 더 점잖은 즐길 거리를
선호하신다 하더라도, 뮤즈 여신들과 카리타스 여신들,
그리고 모든 시인들의 신성한 힘을 빌려 청하노니,
저를 나쁘게 생각하지는 말아 주십시오.[*]

# 어느 위대한 분께 바치는 헌사*

　나의 삼촌 토비의 연애담을, *a priori*, *** 씨께 헌정할 생각이었으나, 이제 ******* 경께 헌정하는 것이 *a posteriori* 더 타당하게 되었군요.*

　그러나 이 때문에 제가 다른 성직자들의 질시 대상이 된다면, 제 영혼 깊이 비탄할 일이 되겠지요, 왜냐하면 궁정에서 쓰는 라틴 말에서는 *a posteriori* 가 승진을 위해 손에 입맞춤을 한다거나 — 또는 그것을 얻기 위해 — 다른 뭔가를 한다는 의미가 있으니 말입니다.

　******* 경에 대한 제 생각은 *** 씨에 대한 제 생각보다 더 나을 것도 못할 것도 없습니다. 명예라는 것은 동전에 새긴 그림과 같아서, 보잘것없는 금속 조각에 그 지역에서 통용되는 가상의 가치를 부과하는 것이지만, 금과 은은 어떤 추천도 없이 자신의 무게만으로 전 세계에서 통용되는 것이니까요.

　*** 씨가 공직에서 물러나 있는 동안 반 시간 정도 즐길 거리를 제공하겠다고 마음먹게 했던 바로 그 선한 의도가 — 지금 이 순간에는 더 강력하게 작용하고 있습니다. 제가 제공하는 반 시간 동안의 즐길 거리는 철학적 식사를 한 뒤보다는, 노역과 슬픔 뒤에 더욱 쓸모가 있고, 마음을 상쾌하게 만들어 주는 효과도 더 클 것이라 생각합니다.

　관심사를 완전히 전환하는 것만큼 완벽하게 즐길 거리는 없을 것입니다. 사실 각료들과 순수한 연인만큼 서로 철저히 다른 개념도 없겠지요. 그런 이유로 해서, 앞으로 언젠가 제가 정치가와 애국자들에 대한 이야기를 하면서, 그들에 대한 오해나 혼란을 막을 수 있을 만큼 그들의 모습을 확실히 그려 내는 날이 오면 ─ 그 책은 아래에 묘사하고 있는 그런 온화한 양치기에게 헌정할 작정입니다.

> 그의 생각이 오만한 학문에 현혹되어
> 정치가의 길, 애국자의 길을 헤매고 다닌 적이 없는 사람.
> 그는 *질박한 자연*에 이끌리고
> 구름 덮인 저 산 정상 너머에서 보다 소박한 천국을 소망하누나.
> 깊디깊은 숲 속에서 *야성의 세상*을 포용하고 ─
> 거친 바다에서 보다 행복한 섬을 만나는 곳 ─
> 그 평등한 하늘에 들도록 허락받으면
> *그의 충직한 개*들도 벗이 되어 함께 가리라.[*]

다시 말해, 이 양치기의 상상 속에 완전히 새로운 생각거리를 제공함으로써, 사랑에 멍든 열정적 생각이 틀림없이 아주 다른 방향으로 전환되게 만들까 합니다. 그럼 그때까지.

저자 올림

# 제1장

우리가 세상을 살아가는 동안 이런저런 방법으로 우리에게 제동을 거는 시간과 우연성의 힘에 청하노니, 나의 증인이 되어 주십시오. 바로 이 순간 이전에는 내가 삼촌의 연애담에 제대로 진입할 계기가 없었다는 것을 말입니다. 즉 어머니가 지칭하는바 그녀의 호기심이, —— 또는 아버지가 우기듯 그녀 속의 다른 어떤 충동이 —— 어머니로 하여금 열쇠 구멍을 통해 그들을 훔쳐보고 싶게 만든 이 순간 이전에는 말이지요.

"여보, 이름을 제대로 붙여야지"라고 아버지가 말했다, "그런 담에 원하는 대로 실컷 열쇠 구멍으로 들여다보구려."

내가 아버지의 기질이라고 종종 언급했던 그 신랄한 유머의 발효 작용이 일어나지 않았더라면, 아버지의 입에서 그런 빈정거리는 말이 튀어나오지는 않았을 것이다. —— 그러나 아버지는 그 본성이 솔직하고 관대한 데다 항상 열린 마음으로 잘못을 인정하는 사람이었다. 따라서 심술궂게 반박하는 그 말의 마지막 단어가 입 밖으로 나오자마자, 그의 양심이 아프게 신호를 보냈다.

어머니는 그때 왼팔을 아버지의 오른팔 아래에 친밀하게 밀어 넣고 있어서, 어머니의 손바닥이 아버지의 손등 위에 놓여 있는 상태였다. ― 어머니는 손가락을 들어 올렸다가 떨어뜨렸고 ― 그 것은 톡톡 두드리는 것이라 부를 만한 동작은 아니었지만, 설사 두드렸다 하더라도 ―― 그게 비난의 두드림인지 또는 죄를 인정 하는 두드림인지는 궤변가도 판정하기 어려웠을 것이다. 그러나 머리부터 발끝까지 아주 민감했던 아버지는 그 의미를 제대로 파 악했으며, ― 그의 양심은 공격을 배가해 왔다. ― 그는 갑자기 얼 굴을 돌렸고, 어머니는 아버지가 집 쪽으로 가기 위해 몸을 돌린 다고 생각하여, 왼발을 중심축으로 유지하면서 오른발을 반대 방 향으로 돌렸기 때문에 아버지가 얼굴을 돌렸을 때 바로 앞에 있는 어머니의 눈을 정면으로 바라보게 되었다 ――― 다시 한 번 당혹 감이 몰려왔으니! 아버지의 머리에는 자신이 내뱉은 비난의 말을 지워 없애야 할 수천 가지 이유와, 스스로를 비난해야 할 그만큼 많은 이유들이 한꺼번에 떠올랐다. ―― 얇고, 푸르고, 서늘하고, 투명하게 맑은 수정 같은 그녀의 눈은 모든 성정(性情)이 휴식을 취하고 있는 것처럼 보였으며, 그녀에게 티끌만큼의 욕망이라도 존재했다면 눈 아래 깊이 가라앉아 있는 게 보였을 테지만 ―― 그런 것은 존재하지 않았다. ―― 그런데 어쩌다 내가 스스로 그 런 음란한 생각을 했는지, 특히 춘분과 추분이 얼마 남지 않은 상 황에서 그럴 수 있었는지는 ―― 하늘만 알 것이다. ―― 나의 어 머니는 ―― 부인 ―― 천성 덕분이든, 제도 덕분이든, 모범 덕분 이든, 전혀 그래 본 적이 없는 분이십니다.

어머니의 혈관에는 온건한 피가 1년 열두 달 내내 질서 정연하 게 흐르고 있었는데, 낮이건 밤이건 상관없이 어떤 심각한 순간에 도 언제나 마찬가지였다. 게다가 어머니는 그 자체로선 별 의미가 없어도 인간 본성은 때로 거기에서 어떤 의미를 찾아내게 마련인 종교적 열정, 즉 경건한 종교 책자가 불러일으키는 열광적 감정 같은 것으로 자신의 성정에 열기를 보태는 일 역시 없는 분이었다. —— 그럼 아버지는 어땠을까! 아버지는 열정을 부추기거나 도움을 주는 것과는 너무나 거리가 멀어서, 그런 종류의 생각이 어머니의 머릿속에 들어오는 것을 막아 내는 것이 아버지의 평생 일이었다고 할 수 있다. —— 그러나 자연의 여신이 대신 그 일을 해 주었으니, 아버지는 그런 수고를 할 필요가 없었고, 적잖이 앞뒤가 맞지 않는 말이긴 하지만, 아버지도 어머니의 그런 면을 잘 알고 있었다. —— 그리고 나는 지금 1766년 8월 12일에 자주색 조끼와 노란색 슬리퍼를 착용하고, 가발이나 모자도 쓰지 않은 채, "바로 그런 점이 원인이 되어, 내가 다른 사람의 아이들처럼 생각하거나 행동하는 일은 결코 없을 것이다"라고 했던 아버지의 예언을 가장 희비극적으로 실현시킨 사람으로서 여기 앉아 있다.

아버지의 실수는 어머니의 행동 자체가 아니라, 그 동기를 공격했다는 데 있다. 사실상 열쇠 구멍이란 다른 목적을 위해 만들어진 것이 분명하고, 어머니의 행동은 그 본래 목적을 위반하는 행위일 뿐 아니라, 열쇠 구멍의 본래 기능을 거부한 행위이니 —— 그것은 자연의 순리를 어기는 일이고, 따라서 범죄가 된다는 것을 당신도 알 수 있을 것이다.

여러 성직자분들께 말씀드리건대, 열쇠 구멍은 바로 그런 이유 때문에 이 세상에 존재하는 다른 모든 구멍을 합친 것보다 더 많은 죄악이나 사악한 일의 계기가 되고 있습니다.

—— 이 얘길 하고 보니 이제 토비 삼촌의 연애 이야기로 돌아가야겠다는 생각이 든다.

# 제2장

상병은 약속했던 대로 토비 삼촌의 큰 라말리 가발을 파이프에 감아 주긴 했지만, 큰 효과를 내기에는 시간이 너무 짧았다. 그 가발은 몇 년 동안이나 낡은 군용 트렁크 한 귀퉁이에 처박혀 있었으니, 일단 찌그러진 모양을 원 상태로 되돌리는 게 쉬운 일이 아니었고, 초 동강을 활용하는 일도 제대로 알지 못하다 보니 생각만큼 쉬 효과를 볼 수 없었다. 상병은 양팔을 활짝 벌리고 수십 번이나 뒤로 물러나서 기운찬 눈빛으로 가발에 영기를 불어넣으려 시도했으나 —— **양심의 여신이** 그것을 보았더라면 기분 좋은 미소를 머금을 정도로 —— 그 가발은 상병이 원하는 부분만 빼고 다른 부분에서만 곱슬거렸고, 상병에게는 삼촌의 명예를 지키는 데 꼭 필요한 한두 개의 웨이브를 만드는 일이 죽은 사람을 살려 내는 것보다 어려운 일 같았다.

상황이 그 지경이었으니 —— 아니, 그것을 누군가 다른 사람의 이마 위에 올려놓았더라면 그랬을 것이라고 말해야 할 듯싶다. 삼촌의 경우에는 그의 이마에 넘쳐 나는 선량한 마음의 부드러운 기운이 그 주변에 있는 모든 것을 동화시킬 수 있었고, 게다가 자연의 여신이 그의 얼굴 선 하나하나에 **신사**라고 정성스레 써 놓았기 때문에, 빛바랜 금줄로 장식된 그의 낡은 모자와 그 모자에 달린 얇은 호박단으로 만든 커다란 꽃 모양의 기장조차도 그에게는 잘 어울려 보였다. 그 자체로서는 한 푼 가치도 없는 것들이었지만, 삼촌이 착용하는 순간, 그것들은 진지한 물건이 되었고, 마치 과학의 정교한 손길이 삼촌을 돋보이게 하기 위해 엄선한 것들처럼 보였다.

이런 효과를 만들어 내는 데 무엇보다 큰 기여를 한 것은 토비 삼촌의 청색과 황금색으로 배색된 군대 예복이었다고 할 수 있을 것이다 ── 만약 치수라는 게 어느 정도까지 우아함의 필요조건이 아닐 수만 있다면 말이다. 삼촌은 그 옷이 만들어진 후 15~16년 동안이나 완전히 비활동적인 삶을 살아오셨고, 잔디 볼링장보다 더 멀리 외출한 적이 거의 없을 정도였으니 ── 그의 청색과 황금색 군복은 너무나도 몸에 꽉 끼었고, 상병이 무진 애를 써서 간신히 옷을 입혀 드렸을 정도였다. 소매 부분이 좁아지게 만들어 놓은 것도 보탬이 될 수 없었다. ── 하지만 그 군복은 윌리엄 왕 시대의 유행에 따라 옆 솔기 부분과 등판을 따라 레이스 장식이 되어 있었으니. 구구한 설명을 생략하고 간단히 말하자면, 그 옷이 그날 아침 내리쬐는 햇빛을 받아 눈부실 정도로 환하게 빛나면서, 금속성의 용맹스러운 분위기까지 창출해 내고 있었으니, 만약 토비 삼촌이 갑옷을 입고* 공격에 나설 마음이 있었다면, 그 옷보다 더 멋지게 삼촌의 상상력을 자극하는 것은 찾기 어려웠을 것이다.

얇은 주홍색 바지로 말할 것 같으면, 재봉사가 가랑이 사이를 뜯어 놓아서, 뒤죽박죽으로 난잡한 형국이었다. ──

── 예, 그렇다고요, 부인, ── 그러나 공상은 자제하기로 하지요. 그 바지는 전날 밤에 이미 입을 수 없는 것으로 판정 났고, 삼촌의 옷장 안에는 다른 대안이 없었기 때문에 삼촌이 붉은 벨벳 바지를 입고 출정했다는 것만 알려 드리겠습니다.

상병은 르 피버의 연대복을 차려입고, 이번에 새로 손질한 몬테로 모자 안에 머리카락을 밀어 넣은 모습으로, 주인보다 세 발짝 정도 떨어져서 행진을 시작했다. 군인의 당당한 자부심이 그의 셔츠 소맷자락을 부풀어 오르게 했고, 그의 손목에는 지팡이가 장식술이 달린 검은색 가죽 고리에 매달려 있었다 ── 토비 삼촌은 자신의 지팡이를 창처럼 손에 쥐고 있었다.

──아무튼 보기에는 그럴듯한걸, 하고 아버지가 혼잣말을 했다.

## 제3장

토비 삼촌은 상병의 지원 상태를 확인하기 위해 여러 차례 뒤를 돌아보았는데, 상병은 그때마다 지팡이를 가볍게 휘둘러 보이면서 — 하지만 허풍스러운 동작이 아니었고, 가장 공경스러운 격려의 마음을 담아, 다정한 목소리로, "두려워하실 거 없어요"라고 말했다.

사실 토비 삼촌은 두려움을 느끼고 있었다, 그것도 지독하게 두려워하고 있었다. 삼촌은 (아버지가 비난했듯이) 여성의 앞뒤도 모르는 사람이었으니, 여성이 가까이 있을 때 한 번도 마음이 편해 본 적이 없었나 —— 단, 슬픔이나 괴로움에 처한 여성은 예외였다. 그런 경우에 삼촌의 연민은 끝 간 데가 없었으니, 그런 여성의 눈에서 눈물 한 방울을 닦아 주기 위해서라면, 로맨스에 나오는 아무리 정중한 기사라도 삼촌만큼 먼 길을 마다하지 않을 수는 없었을 것이다, 물론 한쪽 다리만 쓸 수 있는 기사 중에서 말이다. 워드먼 부인이 유인하는 바람에 단 한 차례 그랬던 것을 제외하면, 삼촌은 여성의 눈을 차분히 들여다본 적도 없었고, 그런 일은 음란한 말을 하는 것과 거의(완전히가 아니라면) 마찬가지로 나쁜 일이라고 천진난만하게 아버지에게 말하곤 했다. ——

—— 그래 그렇다 치면? 하고 아버지는 대꾸하곤 했다.

## 제4장

그럼 안 되는데, 삼촌은 워드먼 부인의 대문을 스무 발짝쯤 남겨 놓은 지점에서 행진을 멈추고 말했다. — 그녀가, 상병, 기분

나빠 하는 것은 아니겠지. ──

── 받아들일 겁니다, 나리, 리스본에 살던 유대인 과부가 제 동생 톰을 받아들였던 것처럼 말입니다, 상병이 대답했다. ──

── 그래, 그 일은 어떻게 된 사연인데? 삼촌은 몸을 돌려 상병을 마주 보며 물었다.

나리께서도 톰의 불행에 대해서는 알고 계시지요, 상병이 말을 시작했다. 이 일이 제 동생의 불행과 어떤 상관관계가 있냐 하면 말입니다, 톰이 그 과부와 결혼만 하지 않았더라면 ── 또는 결혼 후에라도 하느님이 보우하사 그들이 소시지에 돼지고기를 넣기만 했더라면, 그 정직한 친구가 따뜻한 침대에서 끌려 나와 종교 재판소로 잡혀가는 일은 없었을 겁니다 ── 그곳은 저주받아 마땅한 곳이지요. ─ 상병은 고개를 가로저으며 덧붙였다, ─ 어느 누구든 그 불쌍한 친구가 일단 잡혀 들어갔다 하면, 나리, 영원히 그 안에 갇히게 되는 곳이거든요.

정말 맞는 말일세, 토비 삼촌은 심각한 표정으로 워드먼 부인의 집을 바라보며 말했다.

평생 갇혀 있는 것보다 슬픈 일은 없을 겁니다, 하고 상병은 말을 이었다. ─ 그리고 나리, 자유만큼 달콤한 것도 없지요.

없고말고, 트림 ── 토비 삼촌은 생각에 잠겨 말했다. ──

남자가 자유를 누리는 동안에는 ─ 라고 외치며 상병은 다음과 같이 너풀너풀 지팡이를 휘둘러 보였다. ─

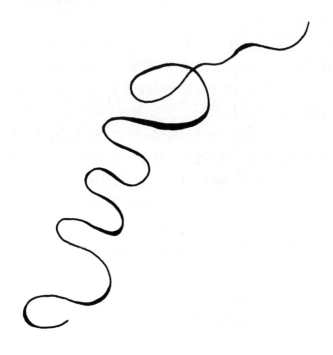

 아버지의 교묘한 논법 수천 가지도 독신 상태를 이보다 효과적
으로 옹호할 수는 없었을 것이다.
 삼촌은 심각한 표정으로 자신의 집과 잔디 볼링장을 돌아다보
았다.
 상병은 자신의 지팡이로 무심결에 타산성의 영을 불러낸 셈이
었으니, 뭔가 이야기를 통해 그 영을 다시 거둬들일 수밖에 없었
다. 상병은 다음과 같은 귀신 퇴치법을 써서 지극히 비종교적으로
그 일을 수행했다.

# 제5장

나리, 톰은 그 당시에 일자리도 편안했고 — 날씨도 따뜻하다 보니 — 그곳에 정착해서 자리잡는 문제를 심각하게 고려하기 시작했답니다. 그런데 때마침 한동네에서 소시지 가게를 운영하던 유대인이 배뇨 장애증으로 사망하는 불운을 겪게 되었고, 번창하던 사업은 미망인의 소유가 되었지요. —— 톰은 (리스본에서는 누구든 자신에게 최선이 되는 방법을 강구하고 있었기에) 그 가게를 운영하는 일에 도움을 제공하는 게 해가 될 것은 없다는 생각을 하게 되었습니다. 그래서 그녀의 가게에서 소시지 1파운드를 사겠다는 구실 외에는 아무 소개장도 없이 — 그 가게로 향했습니다 — 톰은 가는 길에 혼자 따져 보았답니다. 최악의 경우에도 소시지 1파운드는 손에 쥐게 될 것이고 — 혹시 일이 잘 풀린다면 제대로 자리를 잡게 되는 것이라고요. 즉 소시지 1파운드를 구할 뿐만 아니라 — 마누라도 얻게 되고 — 게다가 나리, 소시지 가게까지 덤으로 얻을 수 있을지도 모른다고 생각했지요.

윗사람이든 아랫사람이든, 그 집 안에 있던 하인들이 모두 톰의 성공을 기원해 주었답니다. 지금 이 순간에도 톰의 모습이 눈에 선하게 보이는 듯합니다, 나리. 하얀 능직 조끼와 바지를 입고, 모자는 한쪽으로 약간 삐딱하게 쓰고서 지팡이를 흔들며, 만나는 사람마다 미소와 쾌활한 인사말을 건네며 유쾌하게 걸어가는 그의 모습이 생생히 떠오릅니다. —— 아, 슬프게도! 톰! 자네는 이제 더 이상 미소를 지을 수가 없구나, 상병은 마치 지하 감옥에 있는 톰에게 말을 건네듯이 땅을 내려다보며 소리쳤다.

가여운 친구!라고 토비 삼촌은 상병의 슬픔을 함께 느끼며 말했다.

그는 누구보다 정직하고 쾌활한 녀석이었답니다, 나리. ──

── 그렇다면 트림, 자네를 닮았구먼, 하고 토비 삼촌이 대꾸했다.

상병은 손가락 끝까지 홍조를 띠었고 ── 감상적 수줍음의 눈물 한 방울과 ── 삼촌에 대한 감사의 눈물 한 방울 ── 그리고 동생의 불행에 대한 슬픔의 눈물 한 방울이 함께 솟구쳐서 그의 볼을 따라 부드럽게 흘러내렸다. 하나의 등불이 다른 등불에 불을 붙이듯이 토비 삼촌 역시 점등되었으니, 삼촌은 마치 불편한 다리를 쉬려는 듯 (르 피버의 것이었던) 트림의 코트 자락을 붙잡았는데, 사실은 솟구치는 섬세한 감정에 몰입해 있었던 것이었다 ── 삼촌은 아무 말 없이 1분 30초 동안 그렇게 서 있다가 손을 거두었고, 상병은 꾸벅 절을 한 다음, 그의 동생과 유대인 과부의 이야기를 이어 갔다.

## 제6장

톰이 도착했을 때, 나리, 가게에는 불쌍한 흑인 여자아이 말고는 아무도 없었답니다. 그 아이는 끝에 흰 깃털이 한 다발 묶여 있는 긴 막대기를 휘저으며 파리를 쫓고 있었지요 ── 죽이는 게 아니라 말입니다. ── 참 보기 좋은 그림이군! 하고 토비 삼촌이 말했다. ── 박해를 당해 본 아이여서 자비심을 배웠을 걸세, 트림. ──

── 그 아인, 나리, 고난을 겪어서도 그렇지만, 천성도 착했답니다. 그 의지가지없는 불쌍한 아이의 이야기를 들어 보면 돌로 된 심장도 녹일 만한 사연이 있어요, 하고 트림이 말했다, 어느 삭막한 겨울밤에 나리께서 원하신다면, 톰의 이야기랑 함께 그 아이 이야기도 들려 드리겠습니다, 두 이야기가 서로 연결되어 있거든요. ──

그래, 잊지 말고 꼭 그리해 주게나, 트림, 하고 토비 삼촌이 말했다.

나리, 흑인에게도 영혼이 있을까요?라고 상병이 (의심쩍은 어조로) 말했다.

그런 문제에 대해선 별로 아는 게 없네만, 내 생각에, 상병, 하느님께서 자네나 나에게는 영혼을 주시면서, 흑인에게는 영혼이 없는 채 내버려 두시진 않았을 것 같네. ──

── 혹시라도 그렇게 하셨다면, 슬프게도, 사람이 사람을 차별하게 만드신 거지요, 상병이 말했다.

그럴 테지, 토비 삼촌이 말했다. 그렇다면 나리, 왜 흑인 처자는 백인보다 더 몹쓸 대접을 받는 걸까요?

나도 그 이유를 모르겠네, 토비 삼촌이 답했다. ──

── 다만, 하고 상병은 머리를 가로저으며 외쳤다, 나서서 그녀 편을 들어 줄 사람이 없기 때문이 아닐까요? ──

── 바로 그렇기 때문에, 트림, ── 그녀는 더 많은 보호를 받아야 마땅하지 않겠나 ── 그녀의 동족들도 마찬가지고. *지금 우리 손에 채찍이 들어온 것은 전쟁의 운 덕분이고* ── 앞으로 그 운이 어디로 가게 될지는 하늘만이 아시는 일일 게야! ── 그러나 그게 누구 손에 있든 간에, 용맹한 사람이라면, 트림! 그것을 자비심 없이 사용하지는 않을 걸세.

── 하느님께서 금하시지요, 상병이 대꾸했다.

아멘, 하면서 삼촌은 가슴에 손을 얹었다.

상병은 하던 이야기로 되돌아가서 말을 계속했으나 ─── 당혹스러운 느낌을 떨칠 수가 없었다. 이 세상에 사는 독자들 중에는 그가 왜 그랬는지 이해하지 못하는 사람도 더러 있을 것이다. 상병은 여기까지 오는 동안 한 가지 다정하고 애틋한 감정에서 다른 종류의 그런 감정으로 급격히 전환하기를 거듭하다 보니, 자기 이야기에 의미와 활기를 불어넣어 주던 장난기 어린 어투를 상실해 버린 것이다. 상병은 그 어투를 회복하려고 두 차례나 시도해 보았지만, 도무지 뜻대로 되질 않았다. 그래서 상병은 큰 소리로 에헴! 헛기침을 하여, 퇴각하는 활기를 다시 불러들이면서, 동시에 왼팔을 옆구리에 올리고, 오른팔은 앞으로 뻗어, 호기로운 자세를 취했다 ─ 그제야 상병은 그 어투에 그런대로 근접할 수 있었으니, 그는 그 자세로 이야기를 계속했다.

## 제7장

그러나 나리, 그 당시 톰은 그 흑인 여자아이에게는 볼일이 없었기 때문에, 가게를 그냥 지나 유대인 과부가 있는 뒷방으로 들어갔답니다. 거기서 사랑에 대해 ─ 그리고 소시지 1파운드에 대해 이야기를 나누려고요. 나리께도 말씀드렸듯이, 톰은 솔직하고 쾌활한 심성을 가진 데다, 겉모습이나 거동에서 그 성품이 그대로 드러나는 녀석이었지요. 그는 의자를 집어서, 별 설명도 없이, 그러나 매우 정중하게, 그녀가 있는 테이블 가까이 내려놓고, 거기에 앉았습니다.

그런데 나리, 소시지를 만들고 있는 여자에게 구애하는 것은 보통 어색한 일이 아니었지요. ─ 그래서 톰은 소시지를 화제로 삼아 이야기를 시작했습니다. 처음에는 진지하게 ─ "소시지를 어떻게 만드는지 ─ 어떤 고기와 허브, 양념이 들어가는지" ─ 그런 다음에는 약간 경쾌하게 ─ "무슨 껍질을 쓰는지 ─ 그게 터지는 일은 없는지 ─ 가장 큰 것이 가장 좋은 게 아닌지" ─

등등을 물으면서 ─ 특히 이야기를 하는 중에 과도하기보다는 좀 부족하게 양념을 치며 말하도록 신경을 썼답니다. ── 자신이 행동으로 보여 줄 여지를 확보하기 위해서였지요. ──

바로 그런 경계심을 소홀히 했기 때문에, 하고 토비 삼촌은 트림의 어깨에 손을 올려놓으며 말을 시작했다. 모트 백작이 위넨데일 전투에서 패한 걸세. 그는 너무 성급하게 숲 속으로 군대를 몰아붙였거든. 만약 그러지만 않았더라면, 라일이 우리 손에 들어오지 못했을 거야, 뒤이어 겐트와 브뤼헤도 같은 운명을 맞지 않았을 것이고. 사실 연말이 다가오고 있었고, 혹독한 계절이 코앞에 있었으니, 사태가 그런 식으로 진행되지 않았더라면, 우리 군대는 허허벌판에서 괴멸되고 말았을 텐데 말야, 하고 토비 삼촌이 말을 이었다. ──

── 하지만 나리, 전투라는 것도 결혼과 마찬가지로 하늘이 결정하는 것 아닐까요? ─ 토비 삼촌은 잠시 생각에 잠겼다. ──

신앙심은 그에게서 동의하는 답을 유도했지만, 군사 기술을 높이 평가하는 그의 생각은 다른 답을 하도록 유혹하고 있었다. 마음에 꼭 드는 답을 찾아내지 못한 삼촌은 ── 아무 말도 하지 않았고, 상병은 하던 이야기를 마무리 지었다.

톰은 자신의 작업이 효과가 있다는 것을, 그리고 소시지에 대한 자기 이야기가 호의적으로 받아들여지고 있다는 것을 알아차리고 나선, 소시지 만드는 일을 도와주기 시작했습니다. ── 처음에는 그녀가 손으로 고기를 밀어 넣을 때 소시지 입구를 잡아 주다가 ── 다음에는 끈을 적당한 크기로 잘라서 손에 들고 있다가, 그녀가 하나씩 하나씩 빼어 쓸 수 있게 했고 ── 그다음에는 그 끈을 그녀의 입에 물려 주어, 원하는 대로 쓰게 하는 등 ── 조금씩 일의 비중을 높여서, 마침내는 그녀가 소시지 주둥이를 붙잡고 있

으면 톰이 그것을 묶어 주는 일까지 하게 되었지요. ──

── 과부들이란, 나리, 두 번째 남편을 고를 때는 가능한 한 첫 번째 남편과는 다른 남자를 고르게 마련이랍니다. 그러니 톰이 말을 꺼내기도 전에 그 일은 그녀의 마음속에서 이미 반 이상 결정되어 있었지요.

그러나 그녀는 소시지를 낚아채며 자신을 방어하는 척했고, ── ── 톰은 즉시 다른 소시지를 집어 들었습니다. ──

하지만 톰의 것에 물렁뼈가 더 많이 들어 있는 걸 보고는 ──

그녀는 항복 문서에 서명했고 ── 톰은 그것을 봉인함으로써, 그 일은 완결되었답니다.


## 제8장


여자들은 지위가 높건 낮건 누구나 할 것 없이 말입니다, 나리, 상병은 (자기 이야기에 논평을 덧붙이듯) 말을 이었다, 모두 농담을 좋아한답니다. 문제는 그것을 어떤 모양새로 제시하는 게 좋은지를 알아내는 건데요. 우리가 전쟁터에서 대포의 조준을 정확히 하기 위해 포미(砲尾)를 올렸다 내렸다 하듯이 그런 식으로 알아내는 수밖에 없을 겁니다. ──

── 자네 이야기 자체보다는 그 비유가 더 마음에 드는군, 하고 삼촌이 말했다. ──

── 나리께서는 즐거움보다 영예를 더 사랑하시니까요, 하고 상병이 말했다.

바라건대, 트림, 하고 토비 삼촌이 대꾸했다, 난 그 둘 어느 것보다 인류를 더 사랑하는 사람이고 싶네. 사실 군사 장비에 대한 지식은 분명 세계의 평화와 안녕을 도모하는 데 필요한 것이고, —— 특히 자네랑 내가 잔디 볼링장에서 실행하던 그 분야는 **야망**의 행보를 제어하고, *다수*의 착취로부터 소수의 재산과 생명을 지켜 주는 일만을 목적으로 삼고 있으니 —— 내 생각에는, 상병, 우린 둘 다 북소리가 귓가에 들릴 때면 당연히 가던 발길을 돌려 그 행진에 가담할 만큼 인류애와 동지애를 갖추고 있는 걸세.

이렇게 선언하면서 토비 삼촌은 몸을 돌려, 마치 선두에서 보병 중대를 이끌듯 단호하게 행진을 시작했다. —— 그러자 충직한 상병 역시 지팡이를 어깨에 둘러메고, 코트 자락을 획 손으로 젖히면서 첫발을 내디딘 후 —— 삼촌의 바로 뒤에서 길을 따라 행군을 시작했다.

—— 아니, 저 두 사람의 머리통에선 대체 무슨 생각이 오가는 거지? 아버지가 어머니를 향해 소리쳤다 —— 참 희한한 일이지만, 두 사람이 제대로 형식을 갖춰 워드먼 부인의 집을 포위하려는 모양새 같은데 그래, 지금 행진하는 것은 그녀의 집 주위를 돌아가며 참호 팔 자리를 확인하는 참인 것 같고.

글쎄, 내 생각에는 말예요, 하고 어머니가 말을 시작했다 —— 잠깐 멈추시지요, 선생 —— 어머니가 이 상황에서 감히 어떤 말을 입에 올렸는지 —— 그리고 아버지는 그에 대해 무슨 대꾸를 했는지 —— 어머니의 대답과 아버지의 응수는 앞으로 별도의 장에서 제공될 것이고, 사람들이 거기서 읽고, 음미하고, 해석하고, 논평하고, 상세히 부연 설명하게 될 것입니다. — 간단히 말하자면 후세의 독자들이 그 별도의 장을 읽느라 책장을 열심히 넘기게 될 것이란 말이지요. —— 그래요, 제가 후세의 독자라 했습니다. — 다시 한 번 그 말을 반복하라 하셔도 못할 게 없지요. — 이 책이 『통 이야기』나 『모세의 신탁』* 같은 작품보다 뭐가 못해서 그들과 함께 시간의 도랑을 따라 흘러가지 못하겠습니까?

이런 일을 가지고 논쟁을 벌일 생각은 없다. 시간이 너무나 빠른 속도로 흘러가고 있고, 내가 쓰는 글자 하나하나가 삶이 얼마나 맹렬한 속력으로 내 펜을 쫓아오고 있는지 말해 주고 있다. 그 삶의 하루하루, 한 시간 한 시간이, 아, 사랑하는 제니! 그대 목에 걸려 있는 루비 목걸이보다 소중하건만, 마치 바람 부는 날의 가벼운 구름처럼 내 머리 위로 날아가 버려, 다시는 돌아오지 않겠지 —— 모든 것이 길을 재촉하고 있소 —— 그대가 머리카락을 비틀고 있는 이 순간에도 —— 봐요! 머리카락이 회색으로 변하고 있지요. 그대의 손에 작별 키스를 하는 그 순간들, 그리고 그 뒤를 따라오는 헤어져 있는 시간들, 그것은 모두 우리가 곧 맞이하게 될 영원한 별리의 전주곡이 아니겠소. ——

—— 하늘이시여, 저희 둘 모두에게 자비를 베푸소서!

## 제9장

이 외침에 대해 세상이 무슨 생각을 하든 —— 나는 눈곱만큼도 개의치 않을 것이다.

## 제10장

어머니는 자신의 왼팔을 아버지의 오른팔에 낀 채, 닥터 슬롭이 말을 타고 달리던 오바댜 때문에 말에서 굴러 떨어졌던 바로 그 오래된 정원 담의 치명적 모퉁이까지 걸어갔다. 그 모퉁이는 워드먼 부인의 집을 정면으로 마주 보는 위치에 있었는데, 아버지는 그곳에 당도하자, 고개를 돌려 그 집 쪽을 쳐다보았다. 삼촌과 상병이 그 집 대문 앞 열 발짝 정도 떨어진 곳까지 다가간 것을 보고, 아버지는 몸을 돌리면서 말했다. —— "여기 잠시 멈춰 서서 내 동생 토비와 트림이 어떻게 입성하는지 보고 가기로 합시다 —— 아마 1분도 걸리지 않을 거요" 하고 아버지가 덧붙였다. —— 10분이 걸린다 해도 상관없어요, 어머니가 대답했다.

—— 1분의 절반도 채 걸리지 않을 거요, 아버지가 말했다.

상병은 그때 막 그의 동생 톰과 유대인 과부 이야기를 시작하고 있었으니 — 이야기는 계속되었고 — 여전히 계속 이어졌으며 —— 이야기 속에서 에피소드가 곁들여졌다가 —— 본론으로 되돌아가서는, 다시 계속 이어졌으며 —— 그래도 여전히 계속되었으니, 끝이 어딘지를 알 수 없었다 —— 독자 역시 너무 길다고 생각했을 것이다. ——

—— 하 — 님, 저의 아버지를 도와주소서! 아버지는 그들의 자세가 바뀔 때마다 아마 50번은 쳇 소리를 냈을 것이다. 그리고 상병이 휘두르기도 하고 흔들기도 하면서 들고 가는 그 지팡이와 그것과 연계된 모든 동작을 수많은 악마들에게 보내고 있었는데, 물론 그것을 받아 줄 의향이 있는 악마가 존재한다면 말이다.

아버지가 기다리고 있는 사태의 추이가 운명의 저울에 매달려 있을 경우, 인간의 마음은 기대의 원칙을 세 차례까지 바꿔도 되는 특전을 누리게 마련이다. 만약 그러지 않는다면 그 결과를 끝까지 기다릴 힘이 없을 테니까.

*첫 순간*에는 호기심이 지배하고, 두 번째 순간에는 이미 투자한 시간에 대한 경제관념이 지배하고, —— 세 번째, 네 번째, 다섯 번째, 여섯 번째, 그런 식으로 최후의 심판 날까지 계속되는 순간

들은 ― **명예**가 걸린 문제가 된다.

윤리학자들은 이 모든 것을 인내심의 문제로 돌린다는 말을 굳이 내게 해 줄 필요가 없다. 그러나 내 생각에 그 인내심이란 **미덕**은 이미 충분히 큰 지배 영역을 갖고 있으며, 그 안에서 할 일도 충분히 많기 때문에, **명예**가 지배하도록 남아 있는 이 지상의 몇 안 되는 무너져 가는 성곽까지 침입할 필요는 없을 것이다.

아버지는 이 세 가지 지원군의 도움을 받아, 트림의 이야기가 끝날 때까지 버텨 냈다. 그리고 그다음 장에 나오는 토비 삼촌의 군사 활동에 대한 찬사가 끝날 때까지도 견뎌 냈다. 그런데 그 이후에 두 사람이 워드먼 부인의 대문을 향해 행진하는 대신에, 그의 기대와는 정반대 방향으로 몸을 돌려 길을 따라 행진해 가는 것을 보고는 ― 어떤 상황이 생겼을 때 그의 성격을 다른 모든 사람과 차별화시켜 주는 특성인 그 신랄하고 성마른 기질이 그 순간 터져 나온 것이다.

## 제11장

―― "아니, 저 두 사람의 머리통에선 대체 무슨 생각이 오가는 거지?" 아버지가 소리쳤고, ‑‑기타 등등‑‑‑‑

글쎄, 추측을 해 보자면, 하고 어머니가 말했다, 요새를 만들려는 것처럼 보이네요. ――

―― 워드먼 부인의 땅에다 그럴 리가 있나! 아버지가 한 발짝 물러서며 소리쳤다. ――

그럴 수는 없겠지요, 어머니가 응답했다.

제발 좀, 하고 아버지가 목청을 높이며 소리쳤다, 그놈의 축성학과 거기 따라다니는 참호와 갱도, 방호벽, 보람(堡藍), 누벽, 외호(外濠)의 도랑 같은 허튼 것들을 모조리 악마한테 줘 버렸음 좋겠다니까. ──

── 모두 어리석은 것들이지요 ── 라고 어머니가 말했다.

그런데 어머니는 아주 독특한 어법을 갖고 있었다. 말이 나왔으니 말이지만, 그 어법을 여러 어르신 중에 흉내 낼 수 있는 분이 있다면, 지금 당장 내 자주색 조끼와 노란 슬리퍼를 벗어 드려도 좋다. ── 아무튼 어머니는 아버지가 그녀 앞에 제시하는 논제가 무엇이건 간에, 거기에 동조하고 찬성하는 일을 거부해 본 적이 없다는 것이다. 그것은 단지 어머니가 그것을 이해할 수 없어서일 수도 있고, 그 주장이나 명제를 지원하는 주된 단어 또는 기술적 용어를 전혀 몰라서일 수도 있다. 어머니는 자신의 대부들과 대모들이 그녀 대신 약속해 주었던 일들을 그대로 수행하는 데 만족했고 ── 그 외의 것에는 관심이 없었다. 그래서 어떤 어려운 단어를 20년 동안 내내 사용하고 ── 거기에 답변하면서도, 더구나 그게 동사일 경우, 문법과 시제에 맞춰 사용하면서도, 그게 무슨 뜻인지 물어보는 수고를 하는 법이 없었다.

이것은 아버지에겐 계속되는 불행의 원천이었고, 두 사람 사이에 좋은 대화가 시작되는 것을 출발점에서부터 그 목을 꺾어 놓는 원인이었다. 사실 그 위력은 성깔 사나운 논박보다 훨씬 더 효과적이었고 ── 어쩌다 대화가 그 단계를 살아남는 경우가 있다 하더라도 그것은 퀴베트*처럼 이중 의미가 있는 덕분이다. ──

── "모두 어리석은 것들이지요" 하고 어머니가 말했다.

── 특히 퀴베트가 그렇지, 하고 아버지가 대꾸했다.

그 한마디면 충분했다 ── 아버지는 승리의 단맛을 만끽하면서 ── 말을 이어 갔다.

― 엄밀히 말하자면, 거기가 워드먼 부인의 소유지가 아니긴 하군, 하고 아버지는 부분적으로 말을 수정했다. ― 그 부인은 살아 있는 동안만 그곳을 사용할 권리를 갖고 있거든 ――

―― 그럼 아주 다른 이야기가 되겠네요 ― 어머니가 말했다. ――

― 바보들에게는 그럴 테지, 아버지가 응수했다. ――

혹시 아이가 생긴다면 이야기가 달라지죠 ― 라고 어머니가 말했다. ――

―― 그러려면 우선 워드먼 부인이 내 동생 토비를 설득해야겠지. ―

―― 물론 그렇지요, 샌디 씨, 하고 어머니가 말했다.

―― 설득하는 문제라면 ―― 아버지가 말했다, ― 하느님, 그들에게 자비를 베푸소서.

아멘, 어머니가 약한 음조로 말했다.

아멘, 아버지가 강한 음조로 말했다.

아멘, 어머니가 다시 한 번 말했다. ―― 그러나 이번에는 매우 개인적인 연민을 담아 탄식하는 소리의 여운을 남겼기 때문에, 아버지의 신경줄 하나하나가 모두 당혹감에 빠졌다. ― 아버지는 즉시 달력을 꺼내 들었는데, 묶인 끈을 채 풀기도 전에, 요릭의 신도들이 교회에서 쏟아져 나오는 바람에, 달력을 보려던 용무의 절반은 해결되었고, ― 오늘이 성찬식 일요일*이라는 어머니의 말에 ― 나머지 절반의 용무도 확인되었다. ― 아버지는 달력을 호주머니에 다시 집어넣었다.

세원(稅源) 확보를 위해 수단과 방법을 강구하고 있는 재무 장관도 아버지만큼 난감한 표정으로 귀가하지는 않았을 것이다.

# 제12장

앞 장 끝 부분부터 되짚어 보며, 거기 쓰여 있는 내용의 짜임새를 살펴보니, 이 페이지부터는 앞으로 대여섯 페이지에 걸쳐 상당량의 혼종적 이야기들을 삽입할 필요가 있어 보인다. 지혜와 어리석음을 적절히 균형 맞춰 주어야 하기 때문인데, 그런 균형 없이는 어떤 책도 1년을 버티지 못하게 마련이다. 어설프게 기어가는 일탈의 행보로는(그런 것은 이름만 일탈이지, 대로를 계속 걸어가느니만 못하니까) 일이 해결되지 않을 것이다 —— 아니, 그것은 일탈 중에서도 팔딱팔딱 활기차게 뛰어다니는 것이어야 하고, 생기발랄한 내용이어야 한다. 즉 반동을 통해서가 아니면 말은 물론 기수도 제어가 되지 않는 그런 일탈이어야 한다.

단 한 가지 문제가 있는데, 그것은 내가 그 작업의 성격에 부응하는 능력을 찾아내기가 어렵다는 점이다. **상상력**은 변덕스럽고 — **재기**는 찾는다고 그냥 얻는 것이 아니고 — **익살기**는 (천성이 착한 처자이긴 하지만) 비록 제국을 그녀의 발아래 갖다 놓는다 해도 부른다고 찾아오는 여자가 아니다.

—— 최상의 방법은 기도를 하는 것인데. ——

하지만 그것은 우리 마음속에 존재하는 영적, 육체적 결함과 약점을 상기시켜 주는 효과가 있기 때문에 — 기도를 하고 나면 하기 전보다 오히려 내가 원하는 효과의 면에서는 더 악화된 상태가 될 것이다 — 다른 목적을 위해서라면 더 나아졌다고 할 수 있겠지만.

사실 내가 생각해 낼 수 있는 정신적 또는 물리적 방법 가운데 이런 상황에서 직접 시도해 보지 않은 것은 없다고 할 수 있다. 때로는 나의 영혼을 직접 불러내어 맞대면하고 그녀가 가진 능력의

범주에 대해 조목조목 따져 보기도 했다. ──

── 그러나 아무리 그래 봤자 그 힘의 경계가 1인치도 늘어나는 법은 없었다. ──

그래서 체계를 바꿔, 절제와 맑은 정신 그리고 정숙함 같은 것을 통해 내 몸에 어떤 변화를 일으킬 수 있는지 시험해 보기도 했다. 이런 시도 자체는 좋은 것이라는 점을 인정한다. ─ 절대적으로도 좋은 것이고, ─ 상대적으로도 좋은 것이며, ─ 건강에도 좋고 ─ 이 세상에서 행복을 누리는 데도 좋은 것이며 ─ 내세의 행복을 위해서도 좋은 것이다. ──

간단히 말해서, 꼭 필요한 부분만 빼고 다른 모든 것에 좋은 것이니, 그것은 아무짝에도 쓸모없는 것과 마찬가지이고, 내 영혼은 조물주가 만들어 주신 그 상태 그대로 머물러 있게 될 뿐이다. 믿음과 희망이라는 신학적 덕성으로 말하자면, 그게 영혼에 용기를 보태 주긴 하지만, 동시에 온유함이라는 코를 훌쩍이는 덕성이 (나의 아버지는 이 덕성을 언제나 그런 이름으로 불렀다) 함께 따라와서 그 용기를 도로 뺏어 가 버리고 만다. 그러니 우리는 정확히 본래의 출발점에 그대로 서 있게 마련이다.

사실 모든 평범하고 일상적인 곤경의 경우에는 지금 내가 말하려는 이 방법만큼 효과적인 것이 없다. ──

── 논리학이라는 게 조금이라도 믿을 만한 구석이 있다면, 그리고 내가 자기애로 눈먼 것이 아니라면, 내게 시기심이 전혀 없다는 이 증세만 보더라도 내게는 분명 진정한 천재성이 있다는 생각이 든다. 글을 잘 쓰는 데 도움이 되는 묘책이나 새로운 방법을 어쩌다 찾아내면 나는 즉각 그것을 세상에 알려 주는 사람이니까. 사실 나는 세상 사람들이 모두 나처럼 글을 잘 쓸 수 있기를 바라 마지않는다.

―― 그들도 생각이란 것을 거의 하지 않기만 한다면, 모두들 틀림없이 그렇게 할 수 있게 될 것이다.


## 제13장

일상적인 경우에 있어, 즉 내가 그저 멍청해져서, 생각이란 게 천근만근 무겁게 움직이고, 그게 펜을 통과할 때도 마치 고무질처럼 *끈끈해질 때면* ――

또는 어쩐 연유인진 모르지만, 차갑고 비은유적인, 저질스러운 글쓰기의 흐름에 빠져 들어가서, 마치 *내 영혼이 걸린 문제처럼* 안간힘을 써도 벗어날 도리가 없고, 그래서 뭔가 묘책을 찾아내지 않는 한, 그 장이 끝날 때까지 마치 네덜란드인 해설자 같은 투로 계속 써 내려가게 생겼을 경우에는 ――

―― 나는 한순간도 펜과 잉크를 들여다보며 궁리나 하고 앉아 있어 본 적이 없다. 코담배 한 움큼이나 한두 차례 방을 왔다 갔다 하는 일이 효과가 없으면 ― 즉시 면도칼을 꺼내, 손바닥에다 그 칼날을 시험해 보고, 수염에 비누 거품을 바르는 일 외에는 다른 아무 절차도 없이, 즉시 수염을 깎기 시작하는데, 혹시 한 올의 수염을 남기는 경우가 있더라도 그게 회색 수염은 아니도록 신경을 쓴다. 이 일이 끝나면, 나는 셔츠를 갈아입고 ― 보다 좋은 코트를 걸친 다음 ― 최근에 산 가발을 가져오게 하고 ― 손가락에는 연수정* 반지를 낀다. 간단히 말해서, 나는 내 나름의 패션에 따라 손끝에서 발끝까지 최고로 치장한다는 것이다.

이렇게 하고도 효과가 없다면, 그것은 지옥에 있는 악마가 손을 쓰고 있다고 볼 수밖에 없다. 생각해 보십시오, 선생, 누구든 자기

수염을 깎을 때는 그 자리에 있어야 하는 법이고(비록 예외 없는 법칙이 없긴 하지만), 직접 그 일을 하는 경우, 어쩔 수 없이 면도가 진행되는 동안 내내 자신을 마주 보고 있어야 하는 것 아닙니까 — 그런 상황은 다른 모든 상황과 마찬가지로 그 상황 나름의 생각거리를 머릿속에 집어넣어 주기 마련이지요. ——

—— 거친 수염을 가진 사람이라면 면도 한 번 할 때마다 그가 가진 기발한 착상이 7년은 더 생기발랄하고 젊어진다. 혹시 한꺼번에 다 밀어 버리는 불상사만 피한다면, 면도하는 일을 계속 반복함으로써, 숭엄성의 최고 정점에 도달할 수 있을지도 모른다. — 호메로스가 그렇게 긴 수염을 가지고 어떻게 글을 쓸 수 있었는지는 나도 모르겠다. —— 그것은 내 가설에 어긋나는 일이니, 신경쓰지 않기로 하고 —— 일단 치장하는 문제로 되돌아가기로 하자.

루도비쿠스 소르보넨시스*는 치장하는 일이 전적으로 육신의 일( ἐξωτερικη πραξις )이라고 말하지만 —— 그것은 그가 잘못 알고 있는 것이다. 정신과 육신은 무엇이든 함께 공유하게 마련이다. 사람이 옷을 차려입으면 그의 정신 역시 동시에 옷을 차려입게 되고, 그가 신사처럼 복장을 갖추면, 모든 생각이 신사화되어 그의 심상에 떠오르게 되니 — 그는 그냥 펜을 들어 떠오르는 대로 쓰기만 하면 된다.

그러므로 여러 존경스러운 어른들과 성직자들께서 내가 깨끗한 상태로 글을 썼는지, 내 글이 읽히기에 적합한지 아닌지 판단하고 싶으시다면, 내 세탁소 청구서들만 들여다보셔도 내 책을 본 것처럼 정확히 알 수 있을 것이다. 깨끗한 글을 쓰느라 단 한 달 동안 셔츠를 서른한 벌이나 더럽힌 때도 있다. 하지만 그 한 달 동안 쓴 글이 그해의 나머지 기간을 통틀어 쓴 글을 합친 것보다 더 많이 비난당하고, 욕을 먹고, 비판당하고, 논박당했으며, 더 수많은 신비로운 머리들이 나를 향해 고개를 가로젓는 결과를 만들었다.

—— 하지만 그 존경스러운 어른들과 성직자들께서는 내 청구서들을 보지 못하셨다.

# 제14장

지금 내가 이처럼 온갖 준비 작업을 진행하고 있는 그 일탈은 제15장에 당도하기 전까지는 시작할 생각이 없다, 따라서 —— 이 제14장은 어떤 용도든 내가 적합하다 생각하는 일에 쓸 수 있다 —— 사실 이 순간에만 해도 스무 가지가 넘는 쓸 거리들이 대기하고 있다 —— 이것을 단춧구멍에 대한 장으로 만들 수도 있고 ——

또는 그 뒤를 따라오는 쳇 하는 콧방귀에 대한 장으로 만들 수도 있고 ——

또는 매듭에 대한 장으로 만들 수도 있다. 여러 높은 성직자분들께서 상관하지 않으신다면 말이다. —— 그러나 그런 것들은 나를 곤경에 빠뜨릴 수 있으니, 가장 안전한 방법은 학식 높은 분들이 해 오던 방법에 따라, 내가 써 놓은 내용에 대해 이의를 제기하는 것이다. 하지만 미리 선언해 두건대, 내가 나의 발뒤꿈치를 모르듯이, 난 그 이의에 어떻게 답해야 할지를 모르고 있다.

우선 예를 들어, 그 글을 쓰는 데 사용한 잉크처럼 시커멓고, 거칠게 공격적인 테르시테스*적 풍자를 들어 이의를 제기해 볼 수 있을 것이다. —— (말이 나왔으니 말이지만, 이 표현을 누가 처음 썼는지는 몰라도, 그 사람은 테르시테스같이 못생기고 입이 험한 사람의 이름을 그리스 군대 명부에 계속 올려놓아 준 소집관에게 신세를 지고 있는 셈이다. —— 그 사람 덕분에 이런 형용사를 쓸 수 있게 되었으니까) —— 즉 이런 종류의 글에서는, 아무리 열심히 몸을 씻고 박박 문질러도, 이미 추락하고 있는 천재에게는 아무 도움도 되지 않을뿐더러 —— 오히려 정반대로, 글 쓰는 이가 더러우면 더러울수록 일반적으로 성공할 가능성이 더 많아진다는 주장이다.

이런 주장에 대해, —— 최소한 미리 준비된 답으로서는 —— 이 말밖에 달리 할 말이 없다. 즉 베네벤토 대주교께서는, 온 세상이 알다시피, 그의 너저분한 갈라테아 로맨스를 자주색 코트와 조끼 그리고 자주색 바지를 입은 상태*에서 썼고, 그 책에 대한 참회의 뜻으로 계시록에 대한 논평까지 써야 했지만, 세상 일부에서 그 책을 아무리 혹평했다 해도, 다른 일각에서는 단지 그 의상 때문에라도 전혀 그렇게 생각하지 않았다는 사실이다.

내가 제시한 치유책에 대한 또 다른 이의를 들자면, 그게 보편성이 결핍되어 있다는 것이다. 특히 내가 강조했던 면도라는 부분만 해도, 불변의 자연법칙에 의해 인류의 절반은 이 방법을 사용할 수 없다는 것이다. 내가 할 수 있는 말은, 영국이든 프랑스든 여성 작가들은 그 부분을 빼고 갈 수밖에 없다는 것이지만—— 그러나 스페인의 숙녀들이라면 —— 전혀 걱정할 게 없다. ——

## 제15장

마침내 제15장에 이르렀다. 그러나 여기서 내놓을 것은 "이 세상에서 우리의 즐거움이란 게 얼마나 쉽사리 우리 발아래에서 미끄러져 사라지는가"를 보여 주는 슬픈 증표밖에 없다.

왜냐하면 일탈에 대해 이야기하는 동안 —— 하늘을 향해 공언하건대, 나는 이미 일탈을 해 온 게 아닌가! 필멸의 인간이란 얼마나 이상한 피조물인가!라고 그녀가 말했다.

진정 맞는 말씀이십니다, 내가 말했다. —— 그러나 이 모든 것을 머리에서 털어 내고, 토비 삼촌에게로 돌아가는 게 낫겠다.


## 제16장


토비 삼촌과 상병은 행진을 계속하여 길 끝까지 다다랐을 때, 그들의 용무가 길 반대 방향에 있다는 것을 깨달았다. 그래서 그들은 몸을 돌려 워드먼 부인의 대문을 향해 똑바로 행진해 갔다.

제가 보증합니다, 나리, 상병은 현관문을 두드리기 위해 삼촌을 앞질러 가는 중에, 몬테로 모자에 손을 갖다 대면서 말했다. —— 토비 삼촌은 평소 그의 충직한 하인을 대접하던 방식과는 정반대로, 좋다 나쁘다 아무 말도 하지 않고 있었다. 진실을 말하자면, 그는 생각이 아직 다 정리되지 않은 상태였고, 한 차례 더 상병과 상의하는 기회를 갖고 싶었다. 상병이 현관문을 향해 계단 세 개를 올라가는 동안 — 삼촌은 두 번 헛기침을 했다. — 삼촌이 헛기침을 토할 때마다 그의 가장 정숙한 기운이 상병을 향해 달려가고 있었다. 상병은 문고리를 손에 잡은 채 1분을 꼬박 정지해 있었는데, 그 자신도 왜 그랬는지 알 수가 없었다. 브리지트는 문 안쪽에서 문의 걸쇠에 손가락을 댄 채 기다리고 있었는데, 기다리느라 손이 다 무감각해져 있었다. 그리고 워드먼 부인은 정복당할 준비가 된 채로 그녀의 침실 창문 커튼 뒤에서 숨을 죽이고, 그들이 접근하는 것을 지켜보고 있었다.

트림! 하고 토비 삼촌이 소리쳤다. —— 그러나 그 소리가 입 밖으로 나오는 순간에 1분이 종료되었고, 트림은 문고리를 떨어뜨렸다.

삼촌은 다시 한 번 상의해 볼 희망이 완전히 곤두박질쳤다는 것을 깨닫고 ─── 릴리벌리로 휘파람을 불기 시작했다.


## 제17장


브리지트의 손가락이 이미 걸쇠 위에 올려져 있었기 때문에, 상병은 선생의 양복장이가 하듯이 여러 번 문을 두드릴 필요가 없었다 ─── 사실 더 가까운 데서 예를 들 수도 있는데 그랬다. 나는 내 양복장이에게 최소한 25파운드 이상의 빚이 있기 때문에, 그 사람의 참을성이 경이로울 지경이니 말이다. ───

─── 그러나 세상 돌아가는 걸 보면 이건 아무것도 아닌 일이다, 다만 빚에 쪼들리는 게 지긋지긋한 일임에는 틀림없는데, 가난한 군주들의 재무 담당관들, 특히 우리 왕국의 재무 관리들은 아무리 절약해도 재무 상태를 제대로 통제할 수 없도록 숙명 지어진 게 아닌가 싶다. 나 자신에 대해 말하자면, 세상의 어떤 군주나 고위 성직자, 교황 또는 세력가도, 지위 고하를 막론하고, 나보다 더 세상에 빚진 게 없이 살고 싶은 사람은 없을 것이다. ─── 또한 빚지지 않으려고 나보다 더 모든 수단 방법을 동원하는 사람도 없을 것이다. 나는 반 기니 이상을 누구에게 주어 본 적이 없고 ─── 부츠를 신고 다니지도 않고 ─── 이쑤시개를 함부로 낭비하지도 않고 ─── 1년이 다 가도록 판지 상자에 1실링을 쓰는 일도 없다. 그리고 시골에 가서 지내는 6개월 동안에는 너무나 소탈하게 살기 때문에, 막대기 하나 길이만큼은 루소*를 능가하는 생활을 하

면서도 즐겁게 지낸다. ——— 나는 어른이건 아이건 남자 하인을 두는 법이 없고, 말, 소, 개, 고양이 등 무엇이건 먹고 마시는 동물을 키우지도 않는다. 다만 (화덕에 불을 지필 사람으로) 베스타 여신의 신전을 지키는 말라깽이 처녀 한 명*을 두고 있을 뿐인데, 그녀는 나만큼이나 식욕이 없는 아이다. ——— 혹시 선생께서 나의 이런 면을 두고 내가 철학자라도 되는 듯 생각하신다면 ——— 선량한 독자시여! 난 당신의 판단력이 골풀 한 움큼만큼도 가치가 없다고 말씀드리겠습니다.

진정한 철학이란 ——— 하지만 삼촌이 릴리벌리로 휘파람을 불고 계신 마당에 그런 주제를 논할 수야 없겠지요.

——— 자, 함께 집 안으로 들어가 봅시다.

# 제18장

# 제19장

# 제20장

—— ＊ ＊ ＊ ＊ ＊ ＊ ＊ ＊ ＊ ＊ ＊ ＊ ＊ ＊
＊ ＊ ＊ ＊ ＊ ＊ ＊ ＊ ＊ ＊ ＊ ＊ ＊ ＊ ＊
＊ ＊ ＊ ＊ ＊ ＊ ＊ .
　＊ ＊ ＊ ＊ ＊ ＊ ＊ ＊ ＊ ＊ ＊ ＊ ＊ ＊
＊ ＊ ＊ ＊ ＊ ＊ ＊ ＊ ＊ ＊ ＊ ＊ ＊ ＊ ＊
＊ ＊ ＊ ＊ ＊ ＊ ＊ ＊ ＊ ＊ ＊ ＊ ＊ ＊ ＊
＊ ＊ ＊ ＊ ＊ ＊ ＊ ——

—— 바로 그곳을 직접 보여 드리지요, 부인, 하고 토비 삼촌이 말했다.

워드먼 부인은 얼굴을 붉히더니 —— 문 쪽을 쳐다보았다가 —— 창백해졌다가 —— 다시 약간 붉혔다가 —— 본래의 안색을 회복했다가 —— 다시 더욱 심하게 붉혔다. 이게 무슨 뜻인지 알아차리지 못하는 독자를 위해 번역을 하자면 ——

"하 — 님 맙소사! 내가 그걸 어떻게 봐 ——
내가 본다면 세상이 뭐라 떠들어 댈까?
보게 되면 난 졸도할 거야 —
그래도 볼 수 있으면 좋겠네 ——
보기만 하는 거야 죄 될 게 없겠지.
—— 그래, 보고 말 거야."

이런 생각들이 워드먼 부인의 머릿속을 지나가고 있는 동안, 토비 삼촌은 복도에서 기다리는 트림에게 지시를 내리기 위해, 소파에서 몸을 일으켜 거실 반대쪽으로 걸어갔다. ——

   *   *   *   *   *   *   *   *   *   *   *   *   *   *

*   *   *   *   *   *   *   *   * —— 그게 다락에 있을 걸세, 하고 토비 삼촌이 말했다. —— 아, 저도 오늘 아침에 거기서 봤어요, 나리, 하고 트림이 대답했다. —— 그래, 그럼 트림, 한달음에 달려가서 그것을 이리로 가져오게나, 토비 삼촌이 말했다.

상병은 그 지시에 동조하지는 않았지만, 그래도 아주 흔쾌히 그 지시에 따랐다. 전자는, 즉 동조하는 것은 자신의 의지론 할 수 없는 일이었지만 — 후자는 할 수 있는 것이었다. 그래서 그는 몬테로 모자를 쓰고, 불편한 다리가 허락하는 한 빠른 발걸음으로 달려갔다. 토비 삼촌은 거실로 되돌아가서, 다시 소파에 자리 잡고 앉았다.

—— 그 자리에다 직접 손가락을 짚어 볼 수 있게 될 겁니다 — 토비 삼촌이 말했다. —— 하지만 전 만지지는 않을 거예요, 워드먼 부인은 속으로 생각했다.

이 말은 다시 한 번 해석을 필요로 한다 — 그저 언어만으로 지식을 전달하는 일이 얼마나 어려운지를 잘 보여 주는 부분이다 — 그러니 우리는 그 말이 나온 최초의 원천으로 거슬러 올라가 보아야 한다.

이 세 페이지를 뒤덮고 있는 안개를 걷어 내기 위해서는, 나 자신 역시 가능한 한 명징해지도록 노력해야 한다.

선량하신 독자 여러분, 이마를 세 차례 문질러 보시지요 — 코도 풀어 보시고요 — 생리적 배출 기관들도 비우시고 — 재채기도 하시고요, 옳지, 그렇지요! —— 잘하셨습니다. ——

그럼 이제 힘 닿는 대로 저를 도와주시지요.

## 제21장

여자가 남편을 고를 때는 쉰 가지나 서로 다른 목적이(종교적인 것은 물론 세속적인 것도 —— 모두 포함해서) 있기 때문에, 그 일을 시작하는 여자는 먼저 그 모든 것 중에서 자신의 목적은 무엇인지 면밀히 따져 보고, 그런 다음 그것을 분리하고 구분해 보아야 한다. 그다음에는 담론과 탐문, 논증과 추론을 통해 자신이 제대로 골랐는지를 검토하고 확인해 보아야 하고 —— 만약 제대로 골랐다면 —— 이쪽저쪽으로 부드럽게 당겨 보아서, 그것이 끊어지지나 않을지 판단해보아야 한다.

슬로켄베르기우스는 그의 책 제3질 첫머리에서 이런 일에 대해 독자의 상상력에 강한 인상을 심어 주는 비유적 묘사를 제공하고 있는데, 그 이미지가 너무 황당해서, 내가 여성에 대해 품고 있는 경외심을 생각하면 도저히 인용할 수 없는 이야기다. —— 그러나 그 점만 빼면 유머가 없지도 않은 이야기다.

"그녀는 우선 당나귀를 멈춰 세우고, 왼손으론 (나귀가 도망치지 못하도록) 고삐를 붙잡고, 오른손은 옹구 바닥까지 밀어 넣어 그것을 찾아보았다. — 무얼 말입니까? — 그렇게 끼어든다고 더 빨리 알게 되는 것은 아닙니다라고 슬로켄베르기우스가 말했다."
——

"마님, 전 빈 병밖에 가진 게 없는데요"라고 당나귀가 말했다.

"전 내장만 싣고 있습니다"라고 두 번째 당나귀가 말했다.

—— 너도 별반 나을 게 없구나, 하고 그녀는 세 번째 나귀에게 말했다. 너의 옹구에는 헐렁한 반바지와 실내 슬리퍼밖에 없는걸, — 그런 식으로 네 번째, 다섯 번째를 거쳐, 나귀 무리를 하나하나 모조리 점검해 가다가, 마침내 그것을 싣고 있는 나귀를 만나자,

그녀는 그의 옹구를 뒤집어엎어 들여다보고 — 숙고해 보고 — 시험해 보고 — 재어 보고 — 당겨 보고 — 적셔 보고 — 말려 보고 — 마침내는 이빨로 날줄과 씨줄을 물어 뜯어 보았다. ——

—— 도대체 무얼 말입니까? 답답해 죽겠네!

세상에 있는 온갖 권력을 다 동원해도 내게서 그 비밀을 끌어내지는 못할 겁니다, 하고 슬로켄베르기우스가 대답했다.


## 제22장


우리는 신비와 수수께끼로 둘러싸인 세상에 살고 있다 — 그러니 이 역시 문제 될 게 없다. —— 만약 그렇지 않다면 이것은 또 얼마나 이상한 일로 보이겠는가. 즉 모든 것을 그 목적에 맞게 훌륭히 만들어 내는 대자연의 여신이 쟁기건 포장마차건 짐수레건 — 또는 다른 어떤 피조물이건 간에, 그게 고작 나귀 새끼라 하더라도, 자신의 손을 거쳐 가는 모든 것에게 형태와 능력을 부여하는 일에서, 어쩌다 재미를 위해서가 아니라면, 절대 실수하는 법이 없고, 원하는 대로 틀림없이 만들어 내는 분인데도 불구하고, 하필 기혼남이라는 간단한 것을 만드는 일에서는 그렇게 끊임없이 실수한다는 게 얼마나 이상한 일인가.

그게 진흙을 고르는 데 문제가 있는 것인지 —— 또는 그것을 굽는 과정에서 자주 망치는 것인지, 즉 너무 과하게 구워서 남편이라는 것이 (다 아시다시피) 지나치게 딱딱해지거나 —— 또는 열이 부족하여 제대로 굽지 않아 충분히 굳어지지 않은 것인지 —— 또는 이 위대한 조물주 여신께서 플라토닉 사랑을 추구하는 인간군을 위해 *이것*을 만들다 보니, 이 도구에는 별로 신경 쓰지 않기 때문인지 —— 또는 여신께선 어떤 종류의 남편이 필요한지 잘 모르기 때문인지 —— 나도 알 수가 없다. 이 문제는 저녁 식사 후에 논의해 보기로 하자.

아무튼, 이런 관찰이건, 그에 대한 추론이건 전혀 도움이 되지 않는 것이고 —— 오히려 방해가 되고 있다. 왜냐하면 토비 삼촌이 결혼 생활을 영위할 준비가 되어 있었느냐를 따지려 든다면, 그보다 더 양호한 상태일 수가 없었기 때문이다. 조물주 여신은 최상의 그리고 가장 부드러운 진흙으로 그를 빚었으며 —— 자신의 젖으로 반죽하고, 거기에 가장 다정한 기운을 불어넣어 —— 온화하고 너그럽고 자비로움으로 가득 차게 만들었다. —— 또한 그녀는 그의 심장을 신의와 자신감으로 채웠으며, 심장과 연결된 모든 통로는 가장 부드러운 사랑의 기능을 소통시킬 수 있도록 만들었으며 —— 더욱이 혼인이 성스럽게 제정된 또 다른 목적 역시 충분히 배려해 주었다. ——

따라서 * * * * * * * * * * * * * * *
* * * * * * * * * * * * * * * *
* * * * * * * * * * * * * * * *
* * * * * * *.

토비 삼촌의 부상도 이 자연의 여신의 **헌사품**을 손상시킬 수는 없었다.

그러나 이 마지막 항목은 마치 성서의 외경 같은 대접을 받고 있었다. 우리의 믿음을 훼방하는 존재인 악마가 워드먼 부인의 뇌리에 이에 대한 의구심을 심어 넣었고, 진정한 악마답게 자신의 일을 완수했으니, 토비 삼촌의 덕성은 *빈 병, 내장, 헐렁한 반바지 그리고 슬리퍼*에 불과한 것이 되고 말았다.

# 제23장

브리지트는 초라한 하녀가 내세울 수 있는 얼마 안 되는 명예심을 몽땅 걸고, 열흘 이내에 사태의 진상을 바닥까지 확인해 내겠노라 약속했는데, 이는 가장 그럴듯한 자연의 순리를 *상정한 것이다.* 즉 토비 삼촌이 주인마님에게 구애하는 동안, 상병은 자신에게 구애하는 일 외에는 달리 할 일이 없을 것이라는 상정을 말한다. —— *"그가 원하는 대로 하도록 허락함으로써"*라고 브리지트가 말했다. *"그에게서 그것을 알아내고야 말겠습니다."*

우정이란 것은 보통 두 가지 의상을 입는다, 겉옷과 속옷 말이다. 브리지트는 전자를 통해 주인마님을 돕는 한편 —— 후자를 통해서는 자신이 가장 즐기는 일을 하는 셈이니, 토비 삼촌의 부상 부위에는 마치 악마처럼 많은 것들이 걸려 있었다. —— 그러나 워드먼 부인의 입장에서는 다만 한 가지 문제가 걸려 있었고 —— 이번이 마지막 시도일 수도 있기 때문에 (브리지트를 말리거나 그녀의 능력을 의심하지 않으면서도) 직접 자신의 패를 십분 활용해 보기로 결심했다.

그녀에게는 전혀 어려움이 없었다. 어린아이라도 삼촌의 패를 알아차릴 수 있었을 것이다. —— 그는 게임을 하는 데 있어 자신의 패가 훤히 다 보이도록 천진하게 놀았고 —— *텐-에이스*[*]에 대해서는 너무나 무지했으며 —— 모든 것을 드러낸 채 아무 방어도 없이 과부 워드먼과 한 소파에 앉아 있었으니, 자비로운 사람이라면, 게임에서 삼촌을 이기고 나서도 눈물을 지었을 것이다.

비유는 그만두기로 하자.

# 제24장

—— 괜찮으시다면, — 이 이야기도 함께 그만두고 싶다. 이 이야기가 내가 세상에 제공할 수 있는 최고의 일미(一味)라고 생각하여 참으로 진지한 열정을 품고 서둘러 이 대목을 향해 달려왔건만, 정작 여기 당도하고 보니, 누구든 나 대신 펜을 잡고 이야기를 끌어가 줄 사람이 있었으면 좋겠다 — 내가 지금 그리려는 묘사가 얼마나 어려운 대목인지 훤히 보이는 데다 — 내 능력이 얼마나 부족한지도 뼈저리게 느끼고 있다.

이 장을 시작하던 무렵 무차별적으로 나를 공격해 온 열병 때문에 이번 주에만 해도 80온스나 피를 쏟았지만, 그래도 한 가지 위안이 있다면, 그게 뇌가 공격당했다는 미묘한 전조가 아니라, 혈액의 장액성 또는 점액성 물질이 공격당했기 때문일 것이라는 희망을 아직 가지고 있다는 것이다 —— 그게 어느 쪽이 되었건 간에 — 초혼(招魂)을 해 보는 것이 해가 되지는 않을 것이다. —— 그리고 내게 영감을 주건, 활기를 주건, 그것은 전적으로 내가 지금 불러낸 영령의 뜻에 맡기겠다.

## 초혼(招魂)

그 옛날 나의 사랑하는 **세르반테스**의 유연한 펜대 위에 앉아 달콤한 유머의 영감을 주셨던 온화한 영이시여, 그대는 매일 그의 창을 통해 날아들어, 어둑어둑한 그의 감방을 한낮처럼 환히 밝혀 주었고 —— 그의 작은 물 항아리에는 천상의 과즙을 부어 주었으며, 그가 산초와 그의 주인 이야기를 쓰는 동안 내내, 당신의 신비로운 망토로 그의 쪼그라든[33] 몸통을 감싸 주었으며, 망토를 넓게

펼쳐 그의 삶의 모든 재난도 덮어 주었지요. ──

── 탄원하오니, 이제 여기로 찾아와 주십시오! ── 이 바지를 보십시오! ── 이게 내가 가진 전부인데 ── 측은하게 찢긴 이 자리는 리옹에서 생긴 것이지요. ──

내 셔츠들을 보십시오! 그들 사이에 얼마나 끔찍한 분열이 일어났는지 ─ 셔츠 자락은 롬바르디아에 있고, 나머지는 여기 있습니다 ─ 평생 셔츠라곤 여섯 벌밖에 가져 본 적이 없는데, 밀라노의 교활한 집시 세탁부가 그중 다섯 벌의 앞자락을 잘라 가 버렸답니다* ─ 그녀 편을 들어 공정하게 말하자면, 그래도 그것은 그녀가 꽤 생각하고 한 짓이란 거지요 ─ 왜냐하면 나는 귀국하는 길이었고, 이탈리아 밖으로 떠날 사람이었거든요.

하지만 이런 일뿐 아니라, 시에나에서는 권총처럼 생긴 부싯깃통을 도둑맞았고, 한 번은 라디코퍼니에서, 또 한 번은 카푸아에서 삶은 달걀 두 개를 5파올로*나 주고 사야 했습니다. 이런 모든 일에도 불구하고 ─ 나는 누구든 여행 중에 자기 성깔을 통제할 수만 있다면 프랑스와 이탈리아를 거쳐 지나가는 여행이, 일부 여행객들이 주장하듯 그렇게 나쁜 것만은 아니라고 생각합니다.* 세상일에는 오르막과 내리막이 있기 마련 아닙니까, 만약 그렇지 않다면, 자연이 수많은 잔칫상을 차려 놓은 깊은 계곡으로 우리가 어떻게 들어갈 수 있겠습니까. ─ 마차를 빌려 주는 사람이, 그게 망가질 것을 알면서도, 제값을 받지 않을 거라고 상상하는 것은 터무니없는 일이고, 바퀴에 기름칠을 해 준 대가로 12수를 지불하지 않는다면, 그 불쌍한 농부가 어떻게 빵에 발라 먹을 버터를 살 수 있겠습니까? ─ 우리는 사실 너무 많은 것을 기대합니다 ─ 잠

───────────
33) 그는 레판토 전투에서 한 손을 잃었다.

자리와 저녁 식사를 제공받고 제값보다 1, 2리브르 더 많이 지불한다 해도 — 기껏해야 1실링 9펜스 반 페니에 불과한데 —— 도대체 누가 그런 일에 자신의 철학까지 끌어들인단 말입니까? 하늘을 위해서, 그리고 자신을 위해서, 제발 그냥 지불하십시오 —— 양손을 활짝 펼쳐 기꺼이 지불하십시오, 당신이 여관을 떠날 때 문 앞에 서서 인사하는 아름다운 안주인과 그 딸들의 눈이 *실망*의 기운으로 축 처지게 만들 수는 없지 않습니까. —— 게다가, 선생, 당신은 그들 각각으로부터 1파운드 가치는 넉넉히 되는 우정의 키스를 받을 수 있을 겁니다 —— 최소한 나는 그랬으니까요 ——

—— 토비 삼촌의 연애 사건이 줄곧 머릿속을 맴돌다 보니, 마치 그게 나의 일인 듯한 효과가 나에게 일어나고 있었다 —— 나는 너그러움과 선의가 넘쳐흐르는 완벽한 상태에 있었고, 마차가 흔들리는 데 따라 내 안에서도 친절한 마음과 조화를 이루는 진동이 일어나고 있는 것을 느꼈다. 그러니 길이 험하거나 평탄하거나 아무 상관 없었고, 내 눈에 보이는 모든 것, 내가 상관하는 모든 것이 내 속에서 감성이나 희열의 비밀스러운 샘을 자극하고 있었다.

—— 내가 들어 본 것 중 가장 아름다운 음악이었다. 나는 그 소리를 좀 더 생생하게 듣기 위해 즉시 마차의 앞 유리창을 내렸다. —— 마리아로군요, 내가 귀 기울이는 것을 본 마부가 말했다. —— 가여운 마리아, 하고 그가 말을 이었다. (마리아와 나 사이를 가로막는 위치에 있던 그는 내가 마리아를 볼 수 있도록 몸을 한 편으로 비켜 주면서) 마리아가 작은 염소 한 마리를 친구 삼아 강둑에 앉아서 피리로 저녁 기도를 연주하고 있는데요.

젊은이가 연민을 느끼는 마음을 완벽하게 전달하는 어조와 표정으로 이 말을 했기 때문에, 나는 물랭에 도착하는 대로 그에게

24수를 주리라 맹세했다. ──

── 그런데 *가여운 마리아*가 누구지요? 내가 물었다.

이 지역 마을 사람들 모두에게 사랑과 연민의 대상이랍니다, 마부가 말했다. ── 3년 전까지만 해도 하늘 아래 그렇듯 아름답고, 재치 넘치고, 상냥한 처녀는 없었답니다. 그런 *마리아*에게 그처럼 터무니없는 불운이 닥치다니, 글쎄, 결혼 예고를 선포했던 교구 부목사의 음모로 마리아의 결혼에 이의가 제기되어 결혼을 금지당하고 말았거든요. ──

잠시 멈추었던 마리아가 다시 피리를 입에 대고 연주하기 시작했는데 ── 똑같은 곡조였지만 ── 열 배나 더 아름답게 들렸다. 동정녀 마리아께 바치는 저녁 기도랍니다, 젊은이가 말했다, ── 그러나 누가 그녀에게 연주법을 가르쳤는지 ─ 피리는 어떻게 구했는지, 아무도 모른답니다. 우리는 두 가지 다 하늘이 도와주었을 거라 생각하고 있어요. 그녀가 정신을 놓게 된 이후로 피리 연주는 그녀에게 유일한 위안이 되고 있는 것 같아요 ── 한 번도 피리를 손에서 놓아 본 적이 없고, 밤이건 낮이건 그 기도곡을 연주한답니다.

마부는 매우 사려 깊게, 그리고 아주 자연스러운 언변으로 이야기를 들려주었기 때문에 나는 그의 얼굴에서 그의 지위를 뛰어넘는 무언가를 감지하지 않을 수가 없었다. 가여운 마리아의 이야기가 나를 사로잡고 있지만 않았더라면, 나는 그가 자신의 사연을 털어놓게 만들었을 것이다.

어느새 우리는 마리아가 앉아 있는 강둑에 거의 당도했다. 그녀는 얇은 흰색 윗도리를 입고 있었고, 머리카락은 땋아 내린 두 가닥 외에는 모두 비단 망 안에 감싸여 있었으며, 몇 개의 올리브 잎사귀를 묘하게 비틀어서 머리 한편에 꽂고 있었다 ── 그녀는 아

름다웠다. 내 가슴속에서 진정으로 쓰라린 통증을 경험해 본 적이
있다면, 그것은 내가 그녀를 본 순간이었을 것이다. ——

—— 하느님, 그녀를 돌보아 주소서! 아, 가여운 처녀! 이 일대
의 교회와 수녀원에서 그녀를 위한 미사를 수백 번을 올렸을 겁니
다, 마부가 말했다. —— 하지만 아무 효험이 없었지요. 그래도 우
린 아직 희망을 놓지 않고 있답니다. 때때로 잠깐씩이나마 그녀에
게 제정신이 돌아올 때가 있거든요. 아마 동정녀 마리아께서 언젠
가는 그녀를 회복시켜 주실 겁니다. 하지만 그녀를 가장 잘 안다
고 할 수 있는 그녀의 부모님께서는 이미 포기하고, 그녀의 정신
이 완전히 나가 버렸다고 생각하고 있지요.

마부가 이야기를 하는 동안 **마리아**는 너무나 우울하고, 너무나
부드러우면서도, 마치 넋두리를 하는 듯한 선율을 만들어 내고 있
었다. 그녀를 돕고 싶은 마음이 솟구쳐 나는 마차에서 뛰쳐나갔
고, 나도 모르는 사이에 그녀와 그녀의 염소 사이에 자리를 잡고
앉아 있었다.

**마리아**는 애처로운 눈길을 잠시 나에게 던졌다가, 염소에게로
눈길을 돌리고 —— 그런 다음 다시 나를 보고 —— 다시 염소를
쳐다보고, 그렇게 번갈아 계속 눈길을 교차시켰다. ——

—— 그래, 마리아, 나는 부드럽게 말했다, —— 무슨 닮은 점을
찾은 거지요?

마음이 곧은 독자에게 탄원하노니, 나는 인간이 결국 짐승일 뿐
이라는 가장 겸허한 신념에서 —— 이 질문을 던졌다는 것을 믿어
주기 바란다. 라블레가 세상에 뿌려 놓은 모든 기지를 내 것으로
만들어 준다 해도 존경스러운 불행의 여신이 계신 자리에서 내가
그렇게 어울리지 않는 농담을 흘리고 다닐 사람이 아니란 것도 믿
어 주기 바란다. —— 하지만 뭔가 양심의 가책 같은 것을 느꼈다

는 것은 인정하는 바이고, 바로 그 생각 때문에 마음이 쓰라리게 아려 왔으니, 나는 앞으로 죽는 날까지 지혜롭게 엄숙한 말만 하리라 맹세한다. —— 그리고 내가 살아 있는 한, 남자든 여자든 어린아이든 누구를 상대해서건, 유쾌한 농담을 시도하는 일은 결코 —— 결코 없을 것이다.

그들을 향해 허튼 말을 글로 쓰는 것은 —— 글쎄, 약간의 유보를 남겨 두어야 할 것 같다. — 하지만 그 일은 세상에 맡겨 두기로 하자.

아듀, 마리아! — 아듀, 가엾고 불운한 처녀여! —— 언젠가, 지금은 아니더라도, 그대의 서러운 사연을 그대 입을 통해 들을 날이 올지도 모르지. —— 하지만 그 생각은 틀린 것이었다. 바로 그 순간 그녀는 피리를 집어 들어 비탄에 찬 이야기를 음악으로 들려주었고, 나는 몸을 일으켜 비틀거리며 불규칙한 걸음걸이로 조용히 마차로 돌아갔다.

—— 아, 물랭의 그 여관은 얼마나 훌륭한 곳이었던가!


## 제25장


이 장을 끝낸 다음에는 (그 이전에는 안 된다) 모두 함께 빈 공백으로 남겨 두었던 두 개의 장으로 돌아가야만 한다. 나의 명예가 지난 30분 동안 그 텅 빈 장들 때문에 얼마나 피를 흘리고 있었던가. —— 나는 그 출혈을 멈추기 위해 내 노란 슬리퍼 한 짝을 벗어서 맞은편 벽을 향해 있는 힘껏 집어 던지며, 그 뒤꿈치에다 대고 이렇게 큰 소리로 선포한다. ——

—— 그 텅 빈 장들이 지금까지 세상에 나온 장들, 아니 지금 누

군가 쓰고 있는 장들까지 포함해서, 그 장들의 절반 정도와 뭔가 유사성이 있긴 하지만 — 그것은 제욱시스의 말* 그림에 나오는 거품만큼이나 우발적인 것입니다. 게다가 나는 그 속에 *아무것도 없는 것만 있는 장*을 존중합니다. 세상에 더 형편없는 것들이 얼마나 많은지 생각해 본다면 —— 그런 것은 절대 풍자의 소재가 될 수 없습니다. ——

—— 그런데 왜 그렇게 비워 두었냐고요? 나의 답을 기다리지 말고 차라리 바보, 멍청이, 머저리, 얼간이, 천치, 팔푼이, 돌대가리, 병신, 지진아, ㄸ-ㅇ싸개, —— 그리고 세상에 있는 온갖 고약한 명칭을 총동원해서, 레르네의 제빵사들이 가르강튀아의 목동을 향해 끝없이 퍼부었던 것처럼, 나한테 마냥 퍼붓는 게 어떻겠습니까 —— 브리지트가 말했듯이 얼마든지 원하는 한껏 해 보시도록 내버려 둘 참입니다. 내가 제18, 19장을 쓰기 전에 제25장을 먼저 쓸 수밖에 없었던 사정을 그들이 어찌 예측할 수 있겠습니까.

—— 그러니 나를 뭐라 부르든 기분 나쁠 게 없습니다. —— 내가 이 일을 통해 바라는 바는 오직, "*누구든 자기 이야기는 자기 식으로 쓰게 내버려 두라*" 라는 교훈을 세상에 전하는 것입니다.


## 열여덟 번째 장


상병이 채 제대로 문을 두드리기도 전에 브리지트 양이 문을 열었기 때문에, 문이 열리는 것과 토비 삼촌이 거실로 안내되는 사이의 시간이 아주 짧을 수밖에 없었고, 워드먼 부인은 간신히 커튼 뒤에서 나와 —— 성서를 테이블 위에 올려놓고, 삼촌을 맞이하기 위해 문 쪽으로 한두 발짝 걸어 나갈 시간밖에 없었다.

토비 삼촌은 서기 일천칠백십삼 년 당시에 남자들이 여자에게 하던 인사 방식대로 워드먼 부인에게 인사를 올리고 —— 몸을 돌려 그녀와 나란히 소파로 행진해 가서, 단 세 마디로 —— 그러나 소파에 앉기 전에는 아니고 —— 그렇다고 앉은 후도 아니라 —— —— 의자에 앉는 도중에 *"자신이 사랑에 빠졌다"*고 그녀에게 말했다. —— 삼촌은 그 동작 때문에 필요 이상으로 그 선언에 힘을 주게 되었다.

워드먼 부인은 당연히 눈을 아래로 내리깔고, 기대에 차서, 꿰매고 있던 앞치마의 터진 자리를 내려다보며 삼촌이 말을 이어 가기를 기다리고 있었다. 그러나 삼촌은 말을 확장하는 재주라곤 없는 데다, **사랑**이란 어떤 주제보다도 더욱 제대로 알지 못하는 분야였기 때문에 —— 워드먼 부인에게 자신이 그녀를 사랑한다는 말을 전달한 다음에는 더 이상 아무 말도 하지 않고, 그 일이 저 혼자 저절로 진행되도록 내버려 두었다.

아버지는 삼촌의 이런 체계에 대해, 체계란 것은 아버지가 이름을 잘못 붙인 것이긴 하지만, 아무튼 그 체계에 대해 언제나 열광적인 반응을 보였고, 삼촌이 그 과정에서 담배 파이프 몇 모금을 피우는 동작을 보탰다면 —— 스페인 속담*이 신빙성이 있다고 볼 경우, 이 지상 여성 절반의 마음이라도 쉬 사로잡을 수 있었을 것이라고 말하곤 했다.

토비 삼촌은 아버지가 무슨 이야기를 하는 건지 전혀 이해하지 못했다. 그렇다고 내가 여기서 그 숨은 의미를 일일이 찾아낼 생각은 없고, 다만 그 말이 세상 사람 대다수가 젊어지고 가는 오류한 가지에 대한 비난을 담고 있다는 것은 추정할 수 있다. —— 그러나 프랑스 사람들은 단 한 사람도 빠짐없이 모두가 *"사랑에 대해 이야기하는 것이 곧 사랑의 행위를 하는 것"*이라는 말을 마치 성찬식에서 **그리스도의 현존**을 믿듯이 믿고 있다.

───── 나는 차라리 그 처방에 따라 순대 소시지를 만드는 일을 시작하겠다.

이야기를 계속하기로 하자. 워드먼 부인은 토비 삼촌이 그렇게 해 주기를 기대하며, 이쪽 편이든 저쪽 편이든 어느 한쪽의 침묵이 일반적으로 점잖지 못한 것처럼 느껴지게 만드는 바로 그 시각의 첫 박동이 막 시작되는 순간까지 기다려 주었다. 그런 다음 그녀는 삼촌 쪽으로 조금 더 다가앉아, 눈길을 들어 올리면서, 약간 얼굴을 붉히고는 ───── 직접 총대를 메었다. ───── 바꿔 말하자면 (만약 이 표현이 더 낫다면) 담화를 먼저 시작하여, 다음과 같이 삼촌과 소통의 문을 열었다.

결혼 생활에는 수많은 걱정거리와 불안 요소가 있게 마련이지요, 하고 워드먼 부인이 말했다. 나도 그럴 거라 생각합니다 ─ 라고 토비 삼촌이 대꾸했다. 그러니 샌디 대위님, 대위님처럼 편안하신 형편에다 ─ 자기 자신이나 친구들 그리고 취미 활동에 대해 만족하고 계신 분께서 ─ 결혼을 원하게 되는 것은 무슨 이유에서일까 궁금해지는데요. ─────

───── 기도서에 보면 답이 있지요,* 삼촌이 대답했다.

여기까지는 토비 삼촌이 조심스럽게 나아가면서, 그 깊이가 안전한 영역 내에서 움직이는 한편, 워드먼 부인은 내키는 대로 심해를 항해하게 내버려 두었다고 할 수 있다.

───── 자식 문제라면 ─ 하고 워드먼 부인이 말을 이었다. ─ 아마도 그게 결혼 제도의 주된 목적이고, 제 생각에는, 부모의 자연스러운 소망이기도 하지만 ─ 그럼에도 불구하고 우리는 자식이란 확실한 슬픔, 불확실한 위안의 원천으로 알고 있지 않나요? 그런 심적 고통에 대한 대가가 과연 무엇이 있을까요, 샌디 대위님 ─ 무방비 상태로 고통을 치르면서 아이들을 세상에 탄생시키는

어머니들이 겪게 될 수많은 불안과 걱정거리에 대해선 대체 어떤 보상이 있는 거지요? 단언하건대, 하고 토비 삼촌은 동정심에 가득 차서 말했다, 내가 아는 한 아무것도 없습니다, 다만 하느님의 뜻을 따른다는 즐거움이 그 보상이 아니라면 말입니다. ——

—— 깽깽이 활 같은 말씀!* 그녀가 말했다.

## 열아홉 번째 장

우리가 이런 상황에서 *깽깽이 활*이라는 단어를 발음할 때 사용할 수 있는 음조나 가락, 어투, 곡조, 분위기, 표정, 악센트는 무한히 다양하고, 그 각각은 마치 *먼지투성이*와 *깨끗함*의 차이만큼 서로 다른 의미와 느낌을 전달할 수 있다. — 따라서 궤변가들은 (이것은 양심이 관장하는 문제니까) 이 말을 옳게 또는 그르게 발음할 수 있는 변수가 1만 4천 가지 이상이나 되는 것으로 계산하고 있다.

워드먼 부인이 발음한 *깽깽이 활*은 토비 삼촌의 정숙한 피가 모조리 얼굴로 몰려오게 만드는 효과가 있었다 — 삼촌은 어쩌다 보니 너무 깊은 물속으로 들어가 버렸다는 생각이 들어 말을 멈추었다. 그리고 결혼 생활의 고통이나 즐거움에 대해서는 더 이상 논의하지 않고, 가슴에 손을 올리면서 그게 무엇이든 간에 있는 그대로 받아들이고 그녀와 함께 나누며 살고 싶다고 말했다.

토비 삼촌은 일단 이 말을 입 밖에 내고 나자, 다시 한 번 반복할 마음이 없었기 때문에, 워드먼 부인이 탁자 위에 올려 둔 성서에 눈길을 주었다가, 그것을 집어 들었고, 그것을 탁 펼치자, 이런! 하필이면 그가 가장 재미있어 하는 — 예리코 포위 공격 이야기가 눈에 들어왔다. — 삼촌은 그 부분을 읽기 시작했다. — 이미 사랑을 고백했으니, 그의 청혼은 그녀의 내면에서 나름대로 작용하도록 내버려 둔 채 말이다. 이 모습은 자극제도 이완제도 아니었고, 그렇다고 아편이나 나무껍질, 수은, 갈매나무 또는 그 밖에 자연이 제공하는 어떤 약제와 같은 작용도 하지 않았다. — 간단히 말해, 그것은 그녀 속에서 아무 일도 하지 않았다. 왜냐하면 그녀 속에서는 그 이전에 이미 뭔가가 작용하고 있었기 때문이다. —— 이런, 조리 없는 수다꾼! 그게 뭔지는 열두 번도 넘게 이미 예고했던 것 아니오. 하지만 그 주제에는 여전히 뜨거운 구석이 있는걸. —— 그러나 가 봅시다.

## 제26장

런던에서 에든버러까지 낯선 여행길에 나서는 사람이 출발에 앞서 중간 지점인 요크까지는 몇 마일이나 되는지 물어본다는 것은 매우 당연한 일이다 —— 또한 나아가 그 지방의 자치 단체 등 -- 에 대해 물어본다 해도 이상할 게 없는 일이다.

따라서 첫 남편이 평생 동안 좌골 신경통을 앓았던 워드먼 부인으로서는 둔부와 살이 얼마나 떨어져 있는지, 전자의 경우와 후자의 경우 사이에는, 그녀의 감성이 겪을 고통에 얼마나 차이가 있는지에 대해 알고 싶어 하는 것 역시 아주 당연한 일이었다.

따라서 워드먼 부인은 드레이크의 해부학 책을 처음부터 끝까지 탐독했다. 그녀는 뇌에 관한 워튼의 책도 들여다보았고, 뼈와 근육에 관한 흐라프*의 책도 빌려 보았지만, 전혀 아무것도 알 수가 없었다.

그녀는 또한 스스로의 추론의 힘을 동원해 —— 이론을 만들어

보고 —— 결과도 도출해 보았지만, 역시 아무 결론도 낼 수 없었다.

이 모든 의문을 씻어 내기 위해, 그녀는 두 번이나 닥터 슬롭에게 물어보았다. "저 가여운 샌디 대위님이 부상에서 회복할 가능성이 있을까요 —— ?"

—— 회복되었는데요, 하고 닥터 슬롭이 대답하면 ——

어머! 완전히요?

—— 완전히요, 부인 ——

그런데 회복이란 말이 뭘 뜻하는 건가요? 하고 워드먼 부인이 물었다.

닥터 슬롭은 정의를 내리는 일에는 최악의 사람이었으니, 워드먼 부인은 아무 지식도 얻을 수가 없었다. 다시 말해, 토비 삼촌 자신의 입을 통해서가 아니면 그 답을 끌어낼 방법이 없었던 것이다.

이런 종류의 질문에는 **의심**을 잠재워 주는 인간미 넘치는 어조가 들어가게 마련이다 —— 뱀이 이브와 대화를 나눌 때도 아마 비슷했을 것이라는 생각이 드는 것이, 여성이 아무리 잘 속는 속성이 있다 해도, 이브가 그런 어조도 없는 악마와 겁 없이 대화를 나눌 정도는 아니었을 터이니 말이다. —— 아무튼 그녀의 어조에는 인간미가 넘쳤는데 —— 그것을 어떻게 묘사할 수 있을까? —— 그것은 환부를 옷으로 감춰 주는 어조이며, 질문하는 사람에게 마치 몸을 진찰하는 의사와 같이 꼬치꼬치 물어볼 권리를 부여하는 어조다.

"—— 잠시 완화된 적도 없었나요? —

—— 침대에 누우면 조금 더 참을 만하던가요?

—— 어느 쪽으로든 누울 수 있었나요?

— 말에 올라타실 수는 있었는지요?

── 그 때문에 거동이 불편하진 않던가요?" 등등, 토비 삼촌의 가슴을 직접 겨냥해서 얼마나 다정하게 물었던지, 그 질문 하나하나가 상처의 고통 자체보다 열 배는 더 깊이 삼촌의 가슴에 꽂혔다 ── 나아가 워드먼 부인은 삼촌의 삳 부상 현장을 확인하기 위해 나무르로 들어가서, 삼촌으로 하여금 돌출 외벽을 공격하게 만들었다가, 또 네덜란드인들과 함께 성 로슈의 외루 옹벽을 점령하기 위해 손에 검을 들고 *막무가내*로 격전을 펼치게 만들기도 하고 ── 그런 다음에는 그의 귀에 대고 아주 부드러운 목소리로 속삭이며, 피투성이가 된 삼촌의 손을 잡아 참호에서 끌어내어 주기도 하고, 마침내 삼촌이 텐트로 실려 가는 대목에선 눈물을 훔치기까지 했다. ── 오, 하늘이시여! 땅이시여! 바다시여! ── 모든 것이 높이 고양되고 ── 자연의 샘 또한 솟구치고 있었고 ── 자비의 천사가 소파 위 옆자리에 앉아 있는 셈이었으니 ── 삼촌의 가슴에는 불길이 타오를 수밖에 없었고 ── 심장이 천 개가 있었다 하더라도, 모조리 워드먼 부인에게 빼앗길 참이었다.

 ── 그런데 대위님, 하고 워드먼 부인이 다소 직설적으로 물었다, 이 통탄할 타격을 입으신 곳이 어디쯤인가요? ── 그 질문을 던지면서 워드먼 부인은 토비 삼촌의 붉은 비로드 바지 허리춤에 슬쩍 눈길을 보냈다. 그녀는 삼촌이 이 질문에 대한 간단한 대답으로 상처가 났던 그 부위에 자신의 집게손가락을 짚어 줄 것이라고 당연히 기대하고 있었다. ── 하지만 그것은 틀린 예측이었다. ── ── 토비 삼촌은 성 로슈의 반능보 돌출각을 마주 보는, 성 니콜라스 성문 앞 참호의 방호물들 사이에 서 있다가 부상을 입었기 때문에, 돌 맞은 순간에 서 있던 바로 그 지점에 언제라도 핀을 꽂을 수 있었다. 이 생각이 즉각 삼촌의 감각 중추에 떠올랐고 ── 동시에 그가 오랜 와병 생활 중에 구입하여 상병의 도움을 받아 널빤지에

붙여 놓았던 나무르의 성채와 마을 그리고 그 주변 전체를 보여 주는 대형 지도도 떠올랐다 —— 그 지도는 다른 군사 비품들과 함께 다락에 보관되어 있었기 때문에 삼촌은 상병에게 그것을 가져오라고 지시하게 되었던 것이다.

토비 삼촌은 워드먼 부인의 가위를 사용해, 성 니콜라스 성문 앞에서 요각으로 30투아즈의 지점을 확인하고, 참으로 순진무구하고 정숙한 마음으로 그녀의 손가락을 그 지점에 올려놓았으니, 만약 예절의 여신이 그 자리에 함께했더라면 — 혹시 없었다면, 그녀의 그림자라도 — 고개를 가로저으며 워드먼 부인의 눈앞에 손가락을 흔들면서 — 삼촌의 실수를 설명해 주는 일을 금지했을 것이다.

참으로 불운한 워드먼 부인이여! ——

—— 그대를 불러 보는 돈호법 말고는 이 장을 기개 있게 끝낼 방법이 없지만 —— 이런 위기 상황에서 돈호법이란 위장된 모욕일 뿐이라고 내 마음이 경고를 보내고 있다. 그러니 곤혹스러운 입장에 처한 여성에게 그런 것을 제공하기보다는 — 차라리 이 장을 악마에게나 집어 던져 버리자. 다만 어느 형편없는 고용 비평가\*가 그것을 받아 가는 수고를 해 준다는 가정하에 말이다.


## 제27장


토비 삼촌의 지도는 부엌으로 내려갔다.

# 제28장

—— 여기 뫼즈 강이 있고 — 이건 상브르 강이지요, 상병이 브리지트 양의 어깨에 왼손을 올려놓고, 오른손은 앞으로 뻗어 지도를 가리키며 말했다. — 그러나 그 어깨는 상병 가까이 있는 어깨가 아니었다. — 그리고 이것은 나무르 마을이고 — 이것은 성채이고 — 프랑스군은 저기 있었고 — 나리와 나는 이쪽에 서 있었어요. —— 그리고 이 빌어먹을 참호에서 말요, 브리지트 양, 하고 상병은 그녀의 손을 잡으며 말했다, 나리의 이 부분을 비참하게 망가뜨린 부상을 입은 거지요. —— 상병은 이 말을 하면서 그녀의 손등을 그가 더듬어 찾은 부위에다 갖다 대고 살짝 눌렀다가 —— 손을 놓았다.

우린, 트림 씨, 그게 좀 더 가운데였을 거라 생각했는데요 —— 라고 브리지트 양이 말했다. ——

그랬다면 우린 완전히 끝장났겠지요 — 라고 상병이 말했다.

—— 우리 가여운 마님 역시 끝장났겠지요 — 라고 브리지트가 말했다.

상병은 그 재치 있는 맞대꾸에 답하는 대신, 브리지트 양에게 키스를 했다.

자, 자 — 보세요 — 라고 브리지트가 말했다. — 그녀는 왼 손바닥을 지면과 평행으로 내려놓고, 다른 손의 손가락들이 그 위로 미끄러지듯 지나가게 만들었는데, 그 위에 아무리 작은 사마귀나 돌출 부위라도 있었다면 가능하지 않을 정도로 매끄럽게 그 일을 해 보였다. —— 그것은 한마디도 빼지 않고 모조리 거짓말이오, 하고 상병은 그녀가 문장을 반도 채 끝내기 전에 소리쳤다. ——

— 난 그게 사실이라고 알고 있는데요, 브리지트가 말했다, 밀

을 만한 소식통에게 들었어요.

──── 내 명예를 걸고 말하는데, 상병은 가슴에 손을 올리고, 진심으로 분개해서, 얼굴을 붉히며 소리쳤다. ── 그것은, 브리지트 양, 새빨간 거짓말이오. ──── 잠깐만요, 하고 브리지트가 상병의 말을 가로막으며 말했다, 저나 마님이 그게 맞건 아니건 조금이라도 신경 쓰인다는 말은 아니고요 ──── 다만 누구라도 일단 결혼을 한다면, 최소한 그것은 있는 사람을 선택할 거란 말이지요 ──

브리지트 양이 손동작으로 공격을 시작한 것은, 그녀에게 다소 불운한 일이었다. 왜냐하면 상병은 즉각 *　　*　　*　　*　　*　*　*　*　*　*　*　*　*　*　*　*　*　*　*　*　*　*　*　*　*　*　*　*　*　*　*　*.

## 제29장

"브리지트 양은 웃어야 할지 울어야 할지." 마치 4월 어느 아침의 촉촉한 눈꺼풀이 순간적으로 힘겨루기를 하는 것 같았다.

그녀가 밀방망이를 낚아채 들었다 ── 십중팔구 그녀는 웃었을 것이다 ──

그녀는 그것을 내려놓았다 ── 그리고 울었다. 만약 그 눈물에 한 방울이라도 비통한 맛이 스며들어 있었다면, 상병의 가슴은 자신이 그런 논쟁법을 이용한 일 때문에 슬픔으로 가득 찼을 것이다. 그러나 상병은 여성에 대해 잘 알고 있었다, 최소한 잭에서 에이스까지의 스트레이트 패가 그냥 스트레이트 카드 패보다 유리한 그 정도만큼은 토비 삼촌보다 여성을 훨씬 더 잘 알고 있었기에, 상병은 다음과 같은 방법으로 브리지트 양을 공격했다.

브리지트 양, 나도 잘 알아요, 상병은 그녀에게 아주 정중한 키스를 하면서 말했다, 당신은 천성이 착하고 정숙하며, 게다가 아주 자애로운 처녀라는 걸 말요. 내가 당신을 제대로 아는 거라면, 당신은 벌레 한 마리도 해치지 못할 사람이니, 당신이 나의 주인 나리처럼 그렇게 용맹하고 훌륭한 분의 명예를 손상시킨다는 것은 생각할 수도 없는 일이지요. 누가 당신을 백작 부인으로 만들어 준다 해도 그런 일은 절대 하지 않을 거요 —— 그러니 브리지트, 틀림없이 누군가 당신을 부추기고 속인 게 분명할 테고, 여자들이 흔히 그러듯, "자신보다는 다른 사람을 생각해 주느라 그랬겠지요 ——."

브리지트의 눈에는 상병이 자극한 감정으로 인해 눈물이 넘쳐흘렀다.

—— 자, 말해 봐요 —— 나의 사랑스러운 브리지트, 말해 보라고요, 상병은 그녀가 힘없이 옆으로 떨어뜨린 손을 잡고 —— 다시 한 번 키스를 하며 말했다, —— 누구의 의심 때문에 당신이 길을 잘못 들어섰나요?

브리지트는 한두 차례 흐느끼다가 —— 눈을 떴고 —— 상병이 그녀의 앞치마 자락으로 눈물을 훔쳐 주자 —— 마음을 열고 모든 것을 털어놓았다.


## 제30장


토비 삼촌과 상병은 이번 작전의 대부분을 따로따로 분리되어 있는 상태에서 수행했기 때문에, 마치 뫼즈 강이나 상브르 강을 사이에 두고 떨어져 있는 것처럼 각자의 활동에 대해 서로 통신할 수단이 차단되어 있었다.

토비 삼촌은 매일 오후면 붉은색에 은실 장식이 있는 제복과 푸른색에 금실 장식이 있는 제복을 번갈아 차려입고, 수도 없이 공격을 계속했지만, 그게 공격인 줄도 모르고 작업했으니 — 사실 상병에게 알려 줄 게 아무것도 없었다. ——

한편 상병은 브리지트를 공략하는 데 있어 상당한 진전을 보았고 —— 따라서 보고할 거리가 많았지만 —— 그 진전의 내용이 무엇인지 —— 그리고 어떤 방식으로 그것을 포획했는지를 전달하는 일은 대단히 섬세한 역사가의 기술을 요하는 일이어서, 감히 그 일을 시작할 엄두를 내지 못하고 있었다. 게다가 상병은 비록 영예에 민감한 사람이긴 했지만, 숫기 없는 삼촌의 정숙한 성품에 단 한순간이라도 괴로움을 주기보다는 차라리 영원히 월계관 없이 맨머리로 지내는 데 만족했을 사람이기도 했다. ——

—— 그 어느 하인보다도 정직하고 멋진 호남아시여! —— 그러나 트림! 이미 한 차례 그대를 돈호법으로 기린 적이 있으니 —— 이번에는 내가 그대를 (소위) 좋은 분들과 더불어 지낼 수 있는 신전에 모시고 싶고 —— 이제 바로 다음 페이지에서 *격식 같은 것은 차리지 않고* 그 일을 해 볼까 합니다.


## 제31장


토비 삼촌은 어느 날 저녁, 탁자 위에 담배 파이프를 내려놓고, 워드먼 부인의 완벽성을 하나하나, (엄지부터 시작해서) 손가락 끝으로 짚어 보기 시작했다. 그런데 두세 번 시도해 보아도, 중지를 넘어 가기도 전에, 뭔가를 빠뜨린 것인지 또는 뭔가를 두 번 계산한 것인지 혼란에 빠지곤 했다. —— 이보게, 트림! 삼촌은 파이프를 다시 집어 들면서 말했다, —— 펜과 잉크 좀 가져오겠나. 트림은 종이도 가져왔다.

종이 맨 위부터 시작하게 —— 트림! 삼촌은 상병이 의자를 가져와 탁자 앞에 가까이 앉도록 파이프로 손짓을 하며 말했다. 상병은 그대로 하면서 —— 자신 앞에 종이를 내려놓고 —— 펜을 집어 잉크를 찍었다.

— 그녀에게는 수백 가지 덕성이 있다네, 트림! 하고 토비 삼촌이 말했다. ——

그걸 제가 받아 적어 보라고요, 나리?라고 트림이 말했다.

—— 그런데 우선순위대로 적어야 하네, 삼촌이 말했다. 왜냐하면 그 모든 것들 중에서도 가장 내 마음을 사로잡는 것은 그녀의 인간미와 동정심 넘치는 성품이거든, 그 점은 나머지 모든 덕성을 보장해 주는 것이기도 하지 — 내가 장담하건대, 삼촌은 천장 꼭대기를 올려다보면서 덧붙였다, —— 내가 천번 만번 자기 오빠였다 하더라도, 트림, 내 고통에 대해 그보다 더 끊임없이, 더 다정하게 물어봐 줄 수는 없었을 걸세 —— 이미 다 지나간 고통인데도 말야.

상병은 토비 삼촌의 주장에 대해 짧은 헛기침으로 대신 답하면서 — 펜을 다시 한 번 잉크병에 담갔다. 삼촌은 파이프 끝으로 종이 꼭대기, 왼쪽 모퉁이에 가능한 한 가까운 지점을 가리켰고 —— 상병은 그 단어를 써 넣었다.

**인 간 미** - - - - 라고.

그런데 상병, 삼촌은 트림이 쓰는 일을 끝내자마자 말을 건넸다, —— 브리지트 양은 자네가 랜든 전투에서 입은 무릎 부상에 대해 얼마나 자주 물어보던가?

그녀는, 나리, 한 번도 물어본 적이 없는데요.

그것 보라고, 상병, 토비 삼촌은 그의 선한 천성이 허락하는 한 승리감에 차서 말했다, —— 그야말로 주인마님과 하녀 간의 품성의 차이를 보여 주는 거지 —— 만약 전쟁의 운이 내게 똑같은 재난을 주었더라면, 워드먼 부인은 수백 번도 넘게 그 상황에 대해 물어봤을 걸세. —— 하지만 나리, 나리의 샅의 경우에는 그보다 열 배는 더 자주 물었을걸요. —— 그 고통은 두 경우 다 똑같이 괴로운 것 아닌가 —— 어느 경우든 동정심의 문제일 걸세. ——

—— 하느님 맙소사, 나리!라고 상병이 소리쳤다, —— 여자의 동정심이 남자의 무릎뼈 부상과 무슨 상관이 있습니까? 나리께서 랜든 전투에서 무릎뼈가 수천 개 파편으로 산산조각 났다 하더라도, 워드먼 부인은 브리지트처럼 전혀 신경 쓰지 않았을 겁니다. 왜냐하면 말입니다, 상병은 목소리를 낮추면서, 그러나 명료하게 그가 추정하는 이유를 덧붙였다. ——

"무릎은 몸의 중앙에서 상당히 떨어져 있지만 — 샅은, 나리도 아시다시피, 바로 그 *부분의* *막보*가 아닙니까."

토비 삼촌은 긴 휘파람을 내뱉었다 —— 그러나 탁자 건너편에서는 거의 들리지 않는 소리를 냈을 뿐이다.

상병은 이제 후퇴하기엔 너무 멀리 전진해 있었고 —— 그래서 세 마디 말로 이야기를 마무리 지었다. ——

삼촌은 파이프를 벽난로 망 위에 마치 그 망이 거미줄을 풀어 짜 놓은 것이기라도 한 듯 아주 부드럽게 올려놓고는 ——

—— 샌디 형님 댁으로 가 보세나, 하고 말했다.

# 제32장

 토비 삼촌과 트림이 아버지의 집으로 가는 동안, 이 사실을 미리 알려 드릴 정도의 시간 여유는 있을 것 같다. 즉, 워드먼 부인은 이 일이 있기 몇 달 전에 이미 나의 어머니에게 비밀을 털어놓았고, 브리지트 양은 주인마님의 비밀이라는 짐뿐만 아니라 자기 비밀까지 함께 짊어지고 가는 것이 힘겨웠기 때문에 두 비밀을 모두 정원 담 뒤에서 수잔나에게 속 시원히 털어놓았다는 사실이다.

 어머니로서는 그 이야기에서 수선을 떨 거리를 전혀 보지 못했지만 —— 수잔나는 독자적으로 집안 비밀을 밖으로 빼돌릴 충분한 이유와 목적이 있었기에, 몸짓을 통해 그것을 즉각 조녀선에게 전달했고 —— 조녀선은 양고기 허리 살을 손질하고 있는 요리사에게 상징을 통해 전달했으며, 요리사는 거기다 비곗덩어리를 덤으로 얹어 동전 한 닢을 받고 마부에게 팔아넘겼으며, 마부는 낙농장 하녀와 거래하면서 거의 비슷한 가치가 있는 무언가와 물물 교환을 했는데 —— 비록 헛간의 건초 더미 사이에서 속삭인 말이지만, **소문의 여신**이 그 소리를 듣고는 지붕 위에 올라가 그녀의 뻔뻔스러운 나팔을 불어 댔다 — 간단히 말해서 그 마을과 인근 5마일 반경 내에 사는 나이 든 여자치고 토비 삼촌의 공략이 어떤 어려움에 봉착해 있는지, 워드먼 부인의 항복을 지연시키는 비밀스러운 이유가 무엇인지 모르는 사람이 없었다. ——

 아버지는 본래 모든 자연 현상을 하나의 가설에 억지로 갖다 붙이는 사람이고, 아버지만큼 그런 식으로 **진실**을 십자가에 못 박은 경력이 많은 사람도 없을 것이다. —— 아버지는 토비 삼촌이 집을 막 나서던 무렵 그 이야기를 들었는데, 그 일이 자기 동생을 욕되게 한다는 생각에 갑자기 크게 흥분해서, 어머니가 그 자리에 있는데도 불구하고 요릭을 향해 열을 내며 논증을 펼치고 있었다 —— "여자들 속에는 악마가 들어앉아 있다니까, 이 모든 사태가 욕정 때문이야"라고 주장했을 뿐 아니라, 또한 아담의 타락에서 삼촌의 경우까지 (포함하여) 이 세상에 존재하는 어떤 종류나 성격의 재앙이건 무질서건 모두 바로 그 제어할 수 없는 욕망과 어떤 식으로든 연루되어 있다고 강변했다.

요릭이 아버지의 가설의 열기를 어느 정도 진정시키고 있던 차에 토비 삼촌이 무한한 자애심과 용서의 증표가 가득한 표정으로 방으로 들어섰고, 순간 그 열정을 공격하는 아버지의 열변에 다시 한 번 불이 붙었다. —— 아버지는 심하게 화가 났을 때는 언어를 가리지 않고 사용하는 경향이 있다 보니 —— 삼촌이 불 옆에 자리를 잡고 앉아 파이프에 담배를 채워 넣기 무섭게 다음과 같이 웅변을 쏟아 냈다.


## 제33장

—— 인간처럼 그렇게 위대하고 고귀하며, 신을 닮은 존재들도 종(種)을 보존하려면 어떤 방책이 필요하다는 사실 — 내가 그것을 부정할 생각은 조금도 없네 — 그렇지만 철학 안에서는 모든 것을 자유로이 논의해도 무방한 것이니, 나는 하필 그런 열정을 통해 그 종족 보존이란 일이 이루어져야 한다는 게 참으로 애석한 일이라 생각하고 있고, 또 그렇다고 주장하는 바일세. 그 열정이란 것은 인간의 능력을 하강 굴절시키고, 모든 지혜와 명상 그리고 영적 활동을 거꾸로 퇴행시키는 것 아닌가 — 여보, 부인, 그 열정은, 하고 아버지가 어머니를 향해 말을 계속했다, 현명한 사

람을 바보와 동격으로 만들 뿐만 아니라, 우리가 인간이기보다는 네발 달린 짐승이나 사티로스처럼 동굴이나 은신처에서 기어 나오게 만든단 말이오.

물론 이렇게 말하는 사람도 있겠지, 하고 아버지가 [예변법(豫辨法)*으로] 말을 이었다, 즉 단순히 그 열정 자체만을 보자면 —— 배고픔이나 갈증, 졸림처럼 —— 좋은 것도 나쁜 것도 아니고 —— 부끄럽고 말고 할 것도 아니라고. —— 하지만 만약 그렇다면 디오게네스나 플라톤처럼 섬세한 감수성을 가진 사람들이 왜 그처럼 완강하게 그 열정을 거부하고 싫어했겠나? 그리고 우리가 인간의 씨를 뿌리고 생산하는 일을 할 때는, 도대체 뭣 때문에 촛불을 끄는 걸까? 또한 그 일에 상관하는 부위나 — 성분 — 준비물 — 도구 등을 지칭할 때는 어떤 언어나 번역, 완곡어법으로도 깨끗한 마음을 가진 사람에게 그것을 전달할 도리가 없는데, 도대체 그 이유는 뭐란 말인가?

—— 사람을 죽이거나 파괴하는 행위는, 하고 아버지가 목소리를 높이면서 — 이번에는 토비 삼촌을 향해 말했다, — 자네도 알다시피, 영광스러운 일이지 — 그리고 그 일을 할 때 사용하는 무기 역시 명예로운 것이고 —— 우린 그것을 어깨에 메고 행진도 하고 —— 그것을 옆에 차고 뻐기며 걷기도 하고 —— 거기에 금박도 하고 —— 조각도 하고 —— 상감 세공도 하고 —— 치장도 하네 —— 아니, 그놈의 *무뢰한* 같은 대포조차 포미(砲尾)에 장식을 붙이지 않나 말일세. —

—— 토비 삼촌은 보다 나은 표현을 찾아보도록 중재하기 위해 담배 파이프를 내려놓았고 —— 요릭은 그 가설을 통째로 박살 내기 위해 몸을 일으키고 있었는데 ——

—— 바로 그 순간 오바댜가 불평거리를 갖고 방 한가운데로 뛰

어 들어왔고, 그 기세는 즉각 들어주어야 할 긴급성을 띠고 있었다.

그 내용은 이러했다.

아버지는 이 장원의 오랜 관습 때문인지, 또는 교회 수입원의 소유주로서의 책임 때문인지, 아무튼 그 교구민에게 봉사하는 황소 한 마리를 키우고 있었는데, 오바댜는 지난해 여름 어느 날 자신의 암소를 그 녀석에게 데려가서 *깜짝 데이트*를 시켰다 —— 내가 굳이 어느 날이라 하는 것은 — 우연히도 그날이 오바댜가 아버지의 하녀와 결혼한 날이었기 때문이다 —— 따라서 한쪽의 출산 예정일이 다른 쪽에도 해당되게 마련이었으니, 아내가 마침내 해산을 하자 — 오바댜는 하느님께 감사를 올렸다. ——

—— 자, 이제 송아지를 얻게 되겠구나라고 말하며 오바댜는 매일 암소를 보러 갔다.

월요일에는 새끼를 낳겠지 — 화요일에는 — 아무리 늦어도 수요일에는 ——

암소는 새끼를 낳지 않았다 —— 아니 — 그다음 주에도 낳지 않았다 —— 암소는 지독하게 일을 미루고 있었으니 — 여섯째 주가 끝나 가는 무렵이 되자 오바댜는 (선량한 사람답게) 황소를 의심하게 되었다.

아버지의 황소로 말하자면, 그 녀석은, 교구가 매우 큰 지역이었기 때문에, 사실상 주어진 임무를 다 감당할 만한 재목이 되지 못했다. 그러나 어쨌든 그 일을 수행해 내고 있었고 — 게다가 엄숙한 얼굴로 그 일에 임했기 때문에 아버지는 그 녀석을 아주 높이 평가하고 있었다.

—— 나리, 마을 사람들은 대부분 다들 황소의 잘못이라 믿고 있는데요, 오바댜가 말했다. ——

—— 하지만 암소가 불임인 것은 아닐까? 아버지가 닥터 슬롭

을 돌아다보며 말했다.

그런 일은 절대 없어요, 닥터 슬롭이 말했다. 그러나 산모가 조산하는 것은 얼마든지 있을 수 있는 일이지요 —— 여보게, 아기 머리에 머리카락이 있던가? —라고 닥터 슬롭이 물었다 ———

—— 저만큼이나 털이 많은걸요, 오바댜가 답했다. —— 오바댜는 3주째 면도를 하지 않은 상태였다. —— 휴 - - 우 - - - - 우 - - - - - - - -라고 아버지가 소리쳤다. 아버지는 그 감탄의 휘파람을 앞세우고 말을 시작했다. —— 그러니 토비 동생, 불쌍한 내 황소가 어느 황소 못지않게 힘이 좋은 녀석이고, 보다 순수했던 시절 같았으면 에우로페*와도 일을 치를 수 있었을 거란 말 아닌가 —— 그 녀석이 다리가 두 개만 적었더라면 민법 재판소*에 끌려가 평판을 잃을 뻔했겠구먼 —— 여보게 동생, 그 평판이란 것은 마을 황소한테는 생명이나 마찬가진데 말일세. ———

하 - - 님! 하고 어머니가 소리쳤다, 도대체 이게 모두 무슨 이야기지요? ——

**수탉**과 **황소** 이야기지요* 하고 요릭이 말했다 —— 그리고 내가 들어 본 그런 이야기 중에선 최상인데요.

제9권의 끝

주

7    **사람들의 생각이다** 고대 그리스 스토아학파 철학자 에픽테토스(약 55~135)의 글에서 인용.

9    **피트 장관님** 윌리엄 피트(William Pitt). 이 작품의 제1, 2권 출판 당시에는 국무장관직에 있었고, 흔히 '위대한 평민'으로 불렸던 휘그당 정치인. 나중에 영국 수상직에 오르고 채텀 백작으로 책봉됨. 스턴은 제9권에서 수상이 된 피트 경에게 다시 한 번 헌사를 쓴다.

   **노력하는 사람일 뿐입니다** 스턴은 대학 시절 각혈을 한 이래로 평생 결핵으로 고생했다.

   **저자 드림** 이 헌사는 제1, 2권이 출판되어 크게 성공을 거둔 뒤, 피트의 허락을 받아 1760년 4월에 재판이 나올 때 첨가한 것이다.

12   **생동적 기** 생동적 기(animal spirits)는 고대부터 18세기 초까지만 해도 인간의 인체 각 부위와 두뇌를 연결하는 신경 회로를 따라 정보를 전달하는 기능을 하는 것으로 알려져 있었다. 따라서 인간의 상상력, 감성, 지성, 건강 등 전 영역에서 그 기능을 발휘하는 기라고 할 수 있다. 18세기 후반 이후에는 이 생동적 기가 리비도적인 개념으로 축소 해석되는 경향을 띤다.

13   **극미인** 현대적 개념으로는 정자에 해당.

16   **ab Ovo** 처음부터, 문자대로는 알의 상태에서부터.

   **나도 알고 있다** 고대 로마 시인 호라티우스는 호메로스가 『일리아스』를 전쟁의 발단이 된 헬레네의 'ab Ovo' 상태부터가 아니라 'in medias res', 즉 사건의 중간 부분에서 시작했다는 점을 칭찬했다.

**터키 무역상** 중동 지역과 교역하는 상인.

18 **성모 마리아의 날** 수태 고지 기념일, 3월 25일.

20 **O diem Præclarum** 오 찬란한 날이여!

22 **디디우스** 스턴이 이 작품에서 현학적 변호사의 대명사처럼 자주 등장 시키는 이름이다. 흔히 당시 요크 종교계의 정치적 갈등을 둘러싸고 스턴과 적대적 관계에 있던 프랜시스 톱엄 박사(Dr. Francis Topham) 를 풍자적으로 묘사한 것으로 알려져 있다.

**쿠나스트로키우스** Kunastrokius. 라틴어로 여성의 음부를 말하는 'cunnis'와 'stroke'라는 영어 단어를 합쳐서 스턴이 만든 조어. 당 시 런던의 저명한 의사 리처드 미드 박사(Dr. Richard Mead)를 풍자 한 것으로 알려져 있다.

23 **구더기와 나비** maggots and butterflies. 변덕을 뜻한다.

**De gustibus non est disputandum** 취향에 대해서는 논쟁할 수 없다.

27 **Tout ensemble** 전체적으로.

**도즐리 씨** 제임스 도즐리(James Dodsley)를 가리킨다. 당시 스턴의 책을 출판했던 출판업자.

**캉디드와 큐네공드 양** 볼테르의 소설 『캉디드』(1757)의 남녀 주인공.

28 **잘 알 수 있듯이** 돈키호테의 하인 산초는 로시난테가 절제력 있고 정숙한 말이기 때문에 고삐를 매어 두지 않았는데, 암말들이 끄는 양 궤시아 짐수레들이 근처에 나타나자 로시난테가 암말 냄새를 맡고 그쪽으로 미친 듯이 달려가 버린 일화를 말한다.

30 **켄타우로스** 상반신은 인간, 하반신은 말의 모습을 한 그리스 신화에 나오는 괴물의 종족.

31 **de vanitate mundi et fugâ sœculi** 세상의 허영심과 시간의 급 속한 흐름.

33 **라만차의 기사** 돈키호테.

35 **요릭** 셰익스피어의 비극 『햄릿』에서 무덤 파는 장면에 나오는 해골의 주인으로, 생전에 궁정 광대를 지낸 사람의 이름이다. 스턴은 나중에 자신의 설교문을 출판하면서 "요릭 씨의 설교집"이라는 제목을 붙였다. 그의 두 번째이자 마지막 소설인 『감성 여행(*A Sentimental Journey Through France and Italy*)』의 일인칭 화자 역시 요릭이다.

37 **노디** Noddy. 바보, 얼간이란 뜻을 가지고 있다.

41 **유지니어스** 스턴의 실제 친구 존 홀 스티븐슨(John Hall Stevenson)을 모델로 한 인물. 유지니어스(Eugenius)란 이름은 그리스어로 '출생이 좋다'는 뜻.

46 **가여운 요릭** 햄릿이 무덤에서 나온 요릭의 해골을 보며 하는 대사(V.i.179~180).

49 **광상곡풍의 작품** 파편적이고 서로 연결되지 않은 것처럼 보이는 이야기를 엮어 놓은 작품.

51 **잭 히카스리프트의 역사나 엄지손가락 톰의 역사** 민화나 동화, 싸구려 책의 주인공 이름들.

58 **갈비뼈** 자신의 아내. 아담의 갈비뼈로 이브를 만들었다는 성서 내용에 견주어 하는 말.

59 **13개월** 트리스트럼이 잉태된 것이 1718년 3월이고, 이 일은 1717년 9월 말에 시작되었다면, 13개월이란 숫자는 스턴의 착오인 듯싶다. 트리스트럼이 탄생한 것이 약 13개월 후다.

60 **매닝엄** Sir Richard Maningham(1690~1759). 18세기 당시의 유명한 남자 산파이자 산부인과 의사.

64 **대군주** 루이 14세를 대군주(Grand Monarch)라는 별칭으로 불렀음.
**로버트 필머 경** Sir Robert Filmer(1588~1653). 영국의 왕당파 정치 저술가. 『파트리아카(*Patriarcha*)』(1680)에서 가부장제를 근거로 왕의 절대 권력을 주장함.

65 **Te Deum** 신이여, 당신을 찬양합니다. 암브로시우스(St. Ambrosius)가 썼다고 알려진 찬송가의 제목이면서 첫 구절. 흔히 전쟁에서 승리한 군인들이 부르는 노래다.

**68**   **둘시네아** 돈키호테가 사모한 가상의 시골 처녀 이름.

**트리스메기스토스** Hermes Trismegistos. 이집트어로 '위대한 토트 (Thoth)'. 토트는 이집트의 지혜, 학문, 마법의 신을 말한다. 『헤르메티카(*Hermetica*)』라는 철학 종교서와 점성학, 마법, 연금술 등에 대한 잡다한 책을 쓴 것으로 알려짐.

**아르키메데스** Archimedes(BC 287?~BC 212). 고대 그리스의 수학자, 발명가.

**니키와 심킨** Nyky, Simkin. 니컬러스와 시미언의 애칭으로, 우스꽝스러운 사람을 말함.

**카이사르와 폼페이우스** 카이사르(Caesar, BC 100~BC 48), 폼페이우스(Pompeius, BC 106~BC 48) 둘 다 로마의 뛰어난 장군, 정치가임.

**니고데모화** 니고데모(Nicodemos)란 이름을 동사로 사용함. 라블레는 작품 서문에서 니고데모란 이름에는 바보 같은 사람이라는 개념이 고착되어 있다고 주장했다. 또한 「요한의 복음서」에는 이 이름을 가진 인물이 자신의 신앙을 밝히는 것을 두려워하여 밤에만 예수를 방문했다는 이야기가 있다. 즉 심약한 사람이란 뜻.

**69**   **Argumentum ad hominem** 상대방의 인품이나 평판에 호소하는 논쟁법.

**피아노** 음악에서 '부드럽고 여리게'를 나타내는 말.

**70**   **ΘεοδιδαχῘΘ** 신께서 직접 가르친.

**보시우스나 스키오피우스, 라무스, 파나비** 고대와 르네상스 시대의 논리학과 수사학 대가들.

**ad ignorantian** 상대방의 무지를 이용하는.

**ad hominem** 인신 공격적인.

**지저스 칼리지** 스턴은 케임브리지 대학교의 지저스 칼리지에서 학사와 석사를 받았다.

**71**   **vive la Bagatelle** 시시한 일 만세.

**73**   **엡섬** 런던 남쪽의 소도시로 더비 경마 대회가 열리는 경마장이 있음.

**앤드루** 시종이란 의미. 메리 앤드루(Merry Andrew)는 광대를 의미함.

**아버지는 말한다** 넘프스(Numps)는 어리석은 사람, 닉(Nick), 특히 올드 닉(old Nick)은 악마를 지칭함.

**트리스트럼** 난산의 후유증으로 죽어 가는 엄마가 아들의 이름을 트리스트럼이라 짓도록 청했다는 이야기가 전해지고 있으며, 이 이름은 슬픔 속에 태어난 아이라는 의미를 갖고 있다.

**rerum naturâ** 사물의 본질.

**에피포네마나 에러테시스** 에피포네마(Epiphonema)는 시나 연설을 마무리 짓는 함축적이고 경구적인 말이고, 에러테시스(Erotesis)는 강한 긍정이나 부정을 표현하는 수사적 질문을 말한다. 둘 다 수사학 용어.

76  **얻는 게 없을 것이다** 파리스무스(Parismus)는 보헤미아 왕이고, 파리스메누스(Parismenus)는 그의 아들로, 이들의 이야기는 스페인 기사 로맨스를 영국에서 대중적으로 모방한 것이다. 영국의 7대 수호 성인 이야기는 『기독교 세계의 7대 성인 이야기』라는 수많은 로맨스나 발라드, 연극에서 널리 활용되는 이야기의 제목을 변형한 것임. 모두 문고판식의 대중적인 책을 말함.

83  **조건부로** 조건부 세례는 이미 세례받고 태어난 아이나 죽을 것 같은 아이, 기형인 아이에게 행하는 것이며, 매우 못생긴 사람을 일컫는 농담으로 통용되기도 한다.

87  **타키투스** Tacitus(56?~120?). 고대 로마의 역사 학자. 지나치게 세세한 것까지 복잡하게 설명함으로써 오히려 모호하게 만드는 사람으로 18세기에 자주 거론되었음.

90  **진리는 나의 누이라고** 돈키호테가 산초에게 쓴 편지에서 "플라톤은 나의 친구지만 진리는 더욱 위대한 나의 친구다"라는 라틴어를 썼다. 본래는 플라톤의 『파이돈(*Phaidon*)』에 나오는 개념을 변형한 것이다.

91  **릴리벌리로** 1687년 아일랜드에서 토머스 워튼이 쓴 것으로 알려진 대중적 노래. 가톨릭교도와 가톨릭 왕 제임스 2세를 조롱하는 내용

을 담고 있다.

92 **ex Fortiori** Argumentum ad Verecundiam은 권위를 존중하는 겸손한 마음에 호소하는 논쟁법. ex Absurdo는 상대방의 모순을 공격하는 논쟁법. ex fortiori는 더 강력한 논리와 확증으로 공격하는 논쟁법.

**다뤄져야 한다** Argumentum Fistulatorium은 휘파람 논쟁법. Argumentum Baculinum은 몽둥이 또는 폭력에 의존하는 논쟁법. Argumentum ad Crumenam은 상대방의 탐욕 또는 지갑에 호소하는 논쟁법.

**Argumentum ad Rem도 있지만** Argumentum Tripodium은 제3의 다리 논쟁법. Argumentum ad Rem은 바로 그것 자체를 겨냥한 논쟁법.

96 **모모스의 유리창** 모모스(Momos)는 그리스 신화에 나오는, 조롱과 비판을 일삼는 신으로서, 대장장이 신 헤파이스토스(Hephaestos)가 인간의 가슴에 창문을 달지 않았다고 비난했다.

**창문 세금** 유리가 사치품이었던 시절(17세기 말에서 19세기 중엽까지)에 유리 창문에 부과한 세금.

97 **활용한다** 베르길리우스의 『아이네이스』 제4권에는 소문의 여신이 나팔수처럼 이 두 사람의 비밀 결혼 소문을 퍼뜨리는 이야기가 나옴. 즉 소문을 통해 사람의 품성을 판단하는 것을 말함.

**이탈리아인들은** 이탈리아에서 거세한 소년을 소프라노 가수로 오페라에 등장시키는 관습을 지칭한 것으로 보인다.

98 **비자연적 요소** Non-Naturals. 의학 용어로서 생명에 필수적이지만 또한 병의 원인도 되기 때문에 '비자연적 요소'라고 불리는 여섯 가지 요소들, 즉 공기, 음식과 음료, 수면과 깨어 있음, 운동과 휴식, 배설과 보유, 감정 등을 일컫는다.

100 **그 철학자처럼** 그리스의 냉소적 철학자 디오게네스를 지칭함. 운동이란 것이 과연 존재할 수 있는지에 대해 추상적 논리로 회의하는 사람에 대한 답변으로, 그는 자리에서 일어나 걸어 나가 버렸음.

105 **윌리엄 왕의 전쟁** 윌리엄 3세가 유럽군 연합에 합류하여 프랑스를 대상으로 벌인 전쟁(1689~1698). 여기서 언급되는 나무르 공격은 프랑스군이 점령한 벨기에의 이 도시에 대한 1695년의 연합군 공격.

107 **제임스 매켄지 박사** James Mackenzie. 18세기 스코틀랜드의 의사. 『건강의 역사와 건강 보존법(*History of Health, and the Art of Preserving It*)』(에든버러, 1758) 저술.

108 **30투아즈** 약 6피트 정도에 해당하는 프랑스의 옛 길이 단위. 30투아즈(toises)는 약 58미터.

111 **말브랑슈** Nicola Malebranche(1638~1715). 17세기 프랑스 철학자로, 로크가 그를 비판했음.

112 **아서의 클럽** 런던에 있는 유명한 클럽.

**ὖσἰα과 ὑπόσασις** 그리스어로 본질과 실체.

114 **저서들을** 라멜리에서 블롱델에 이르는 이 모든 이름들은 16~17세기 유럽에서 요새 축조 관련 저서들을 출판한 실존 학자들임.

115 **타르탈리아** N₀ Tartaglia(1499~1557). 16세기 이탈리아 수학자로서 포탄이 처음부터 곡선으로 움직인다고 주장함.

**latus rectum** 라틴어로 포물선의 직경 거리.

116 **cum grano salis** 가감해서. 에누리해서.

122 **루드** rood. 4분의 1에이커에 해당하는 면적.

127 **돈절법** aposiopesis. 수사법 용어로 너무 놀라거나 기뻐서 문장 중간에 말을 멈추는 기법.

**Poco piu** 조금 더.

**Poco meno** 조금 덜.

129 **아리스토텔레스의 걸작** 뒤에 나오는 말은 실제로는 아리스토텔레스의 『의문점에 대한 질의 응답서(*Book of Problems*)』에 나온다. 이 두 책은 산파를 위한 지침, 민간 요법, 성 지침 등을 수록하고 있다.

131 **시간의 지속 기간과 그 기본 유형** 존 로크의 『인간 오성론』 한 장의 제목(the idea of duration and of its simple modes)을 빗댔다.

132 **호가스** William Hogarth(1697~1764). 18세기의 가장 중요한 풍자

화가로서, 『신사 트리스트럼 섄디의 인생과 생각 이야기』가 성공을 거둔 후 스턴은 그에게 작품 삽화를 의뢰하기도 했다.

133 **휘스턴** William Whiston(1667~1752)은 혜성이 지구 가까이 지나 감으로써 지구가 멸망할 것이라고 예언했음.

135 **성체 변화** 가톨릭 교리에서 빵과 포도주가 예수의 피와 살이 되는 변화.

136 **Argumentum ad hominem** 개인의 사적인 면을 공격하는 논쟁법.

137 **스테비누스** 르네상스 시대 네덜란드의 수학자이자 공학자.

138 **루시나** 로마 신화의 출산을 관장하는 여신.
**필룸누스** 임신부와 신생아를 보호하는 결혼의 신.
**tire-tête** 태아의 머리를 끌어내는 기구라는 뜻의 프랑스어.

139 **Ad Crumenam** 돈주머니, 즉 물욕에 호소하는 논쟁법.

140 **그럴 리가 없지요** 군사 용어인 막벽(curtins)을 침대 커튼으로, 각보(horn-works)를 아내가 부정을 저지른 남편의 머리에 뿔이 난다는 의미로 바꿔서 말장난을 하고 있음.
**데니스** John Dennis(1657~1734). 동음이의의 말장난(pun)을 폄하하는 글을 쓴 비평가.
**캉주** Du Cange(1610~1688). 17세기 프랑스의 문헌 학자로, 라틴어 사전을 편찬함.

141 **Accoucheur** 산부인과 의사를 뜻하는 프랑스어.

142 **제5장** 제5장이 아니라 제2장에 나오는 말이다.

146 **가족적 방식** 'in a family-way'는 격식을 차리지 않는다는 의미와 임신시킨다는 의미가 있음.
**화해를 이루었던 장면** 셰익스피어의 『율리우스 카이사르』에 나오는 장면. 제4막 제2장.

147 **독일식 마일** 영국 마일로 환산하면 4~5마일에 해당함.

151 **미늘창** 창과 도끼를 결합한 무기로, 의식적 행사에서 주로 중사가 들고 다녔음. 즉 트림이 승진할 수 있었다는 뜻.

154 **설교** 이 설교는 스턴이 1750년 요크 대성당에서 실제로 설교한 내용

이며 따로 출판되기도 했던 것임. 스턴은 『신사 트리스트럼 섄디의 인생과 생각 이야기』의 성공 이후 『요릭 씨의 설교집』을 출판했을 때 "양심의 오용에 대한 고찰(The Abuses of Conscience Considered)" 이라는 제목을 달아 이 책의 스물일곱 번째 설교로 포함시킴.

155 **저지를 리 없지요** 섄디 일가는 영국 국교도이고 닥터 슬롭은 가톨 릭 신도임. 스턴 자신도 영국 국교 사제임.

**짊어지게 된다는 말이지요** 곤경에 처한다는 속담으로, 이 경우에는 종교 재판소에 가게 된다는 의미까지 포함함.

157 **알기가 힘듭니다** 「전도서」 8장 17절을 스턴이 다소 바꿔 쓴 부분임.

160 **깨울 수가 없었거나** 「열왕기 상」 18장 27절에서 히브리 예언자 엘 리야가 이교도의 신 바알을 빈정거리는 부분.

164 **심중 유보** mental reservation. 진술에서 중요한 사항을 숨기는 일. 특히 종교적으로 어떤 상황을 모면하기 위해 내면에 있는 생각과 다 른 말을 하는 경우를 말한다.

165 **침묵을 지켰습니다** 다윗은 밧세바에게 반해 그녀의 남편 우리아를 전쟁터에서 죽게 만든 뒤, 그녀를 아내로 삼는다. 밧세바는 솔로몬의 어머니. 예언자 나단이 양을 비유로 다윗의 죄를 깨우치게 함. 「사무 엘 상」 24장 3~5절과 「사무엘 하」 11~12장 참조.

166 **드러나게 된다** 「요한의 복음서」 3장 21절.

167 **알아볼 수 있습니다** 「집회서」 13장 24~26절, 14장 1~2절 참조.

**템플 교회** 법조인들의 거리, 런던의 템플에 있는 성당. 스턴은 실제로 1750년 여름, 순회 재판 기간 중에 요크 대성당에서 이 설교를 했음.

169 **Coup de main** 기습 공격.

170 **두 석판을** 「출애굽기」 31~32장, 모세의 십계명을 기록한 두 개의 석판.

172 **심각한 해악이로다** 「전도서」에 자주 나오는 주제를 스턴이 바꿔 쓴 것. 5장 13절 참조.

177 **알게 되리라** 「마태오의 복음서」 7장 20절.

180 **수급 목사** 요크 성당 명예 목사 직을 가졌던 스턴 자신을 일컫는 말.

스턴이 자신이 만든 가상 인물 요릭의 설교를 도용했다는 농담을 하고 있음.

**181 이 정보를 공포하는 바다** 스턴은 이 소설의 성공에 힘입어 실제로 자신의 설교집을 출판하면서, "요릭 씨의 설교집(The Sermons of Mr. Yorick)"이란 제목을 썼다.

**182 en Soveraines** 여왕처럼.

**186 턴** tun. 252갤런 분량의 큰 술통.

**왈론** 벨기에 남부, 나무르 근처에 사는 사람들.

**187 Q. E. D** Quid Erat Demonstrandum. 이것이 증명되어야 할 논점이었다. 주로 수학 공식을 증명한 뒤 덧붙이는 말.

**코글리오니시모 보리는 바르톨리네** 두 사람 다 17세기 의사. 코글리오니시모는 이탈리아어로 남성의 고환을 뜻하는 코글리오네(coglione)에 빗대 스턴이 장난한 이름으로 이탈리아의 의사 요세프 프란치스 보리(1627~ 1696)를 일컫는다. 토마스 바르톨리네(1616~1680)는 덴마크의 유명한 의사.

**하나는 아니마이고 다른 하나는 아니무스** 메세글린기우스는 벌꿀 술의 일종인 머세글린(metheglin)에 빗댄 이름. 이 술에 취한 철학자. 아니마(anima)는 인간 정신의 남성적 측면, 즉 이성적 영혼을, 아니무스(animus)는 여성적 측면이며, 생명을 만들고 키우는 원칙을 지칭함.

**188 일곱 가지 감각 기관** 「집회서」 17장 5절에 의하면, 인간의 오감 외에 하느님께서 여섯 번째 감각으로 이해력을 주시고 일곱 번째 감각으로 언어를 주셨다고 함.

**Causa sine quâ no** 필수적 원인. 그것 없이는 아무것도 존재할 수 없는 원인.

**189 Lithopædus Senonesis de Partu difficili** De Partu Difficili는 '난산에 대하여' 라는 의미. 스턴의 주는 'Lithopædus' 를 저자 이름으로 착각한 스멜보트에 대해 집요하게 공격을 퍼부은 닥터 버턴(닥터 슬롭의 모델)을 풍자하기 위한 것이다.

192 **있지 않습니까** 헤르메스 트리스메기스토스는 고대 그리스인이 이집 트의 지혜와 예술, 과학을 관장하는 신 토트를 일컫는 이름. 스키피 오와 만니리우스(만리우스가 아니라)는 로마의 장군. 헨리 8세의 외 아들인 에드워드 6세의 어머니 제인 시모어는 출산 후 얼마 되지 않 아 사망했으나 제왕 절개 때문인지는 확실하지 않음.

194 **그리스의 돈 벨리아니스** 16세기 스페인의 로맨스 작품.

**1리그** league 약 3마일에 해당하는 거리의 단위.

195 **사레스베리엔시스의 존** 솔즈베리의 존(John of Salisbury, 1115~ 1180) 주교가 쓴 『정치인의 책(*Policraticus*)』에서 인용. 마지막 부 분, '진지한 이야기에서 다시 농담으로 되돌아간다'는 부분은 스턴 이 첨가한 것임.

200 **레이놀즈** Joshua Reynolds(1723~1792). 18세기의 가장 뛰어난 초 상화가. 스턴의 초상화를 그리기도 했음.

202 **살았다** 여기에 거명된 사람들은 몽테뉴를 제외하고는 모두 스토아 학파이거나 금욕주의적인 사람임.

**없을 것이다** 스턴은 1760년 5월 두 권의 설교집을 "요릭 씨의 설교 들"이란 제목으로 출간했는데, 이런 종교적으로 부적절한 필명을 사 용한 것에 대해 많은 비판을 받았음.

**비평가 선생님들** 스턴의 설교집을 비판한 『월간 비평(*The Monthly Review*)』지의 비평가를 지칭함.

203 **에이비슨** Charles Avison(1709~1770). 영국 작곡가.

**콘 퓨리아** con furia. 맹렬하게. with fury.

**콘 스트레피토** con strepito. 시끄럽게. with noise.

206 **히멘** Hymen. 그리스 신화에 나오는 혼인의 신. 여성의 처녀막이라 는 의미도 있음.

**위대한 애국자** 여기서 애국자란 말은 당파를 조장하는 정치가를 조 롱하는 반어적 의미를 담고 있음.

207 **마적** 'cabalistic'은 '신비적인', '난해한'이란 뜻이지만, 스턴은 라 틴어로 달리는 말을 뜻하는 'caballus'란 단어의 형용사형을 통해 말

장난을 하고 있다. 즉 마적이면서 동시에 난해한 고민이라는 의미를 담고 있다.

**209  합류했던 분이다**  당겨서 푸는 매듭은 교수형 집행 때 쓰는 것을 뜻하며, 종조부 이야기는 몬머스 공작의 반란 때 가담하여 처형당했음을 시사함. 몬머스 공작은 찰스 2세의 사생아로, 제임스 2세가 즉위한 뒤 1685년 반란을 일으켰다가 실패하여 처형당함.

**211  세르반테스적인 위엄**  짐짓 진지해 보이지만 그 속에는 유머와 해학이 가득한 작가라는 뜻으로 세르반테스를 언급함.

**214  EXCOMMUNICATIO**  에르눌푸스는 12세기 로체스터 교회의 주교였고, 이 저주서는 실존하는 것임.

**217  다단과 아비람**  모세에 반기를 들었다가 신의 노여움을 사서 갈라진 땅속으로 빨려 들어간 사람늘. 「시편」106편 17절 참조.

**223  바로**  Marcus Terentius Varro. 2세기경 로마의 유명한 철학자.

　　**시드 하메트**  Cid Hamet. 세르반테스가『돈키호테』의 원저자라고 주장하는 가상의 아랍 작가. 제2권 4장에서 시드 하메트는 "마호메트에 걸고 맹세하건대, 이 기사와 그 여인이 함께 손을 잡고 침실 침대로 가는 것을 볼 수 있다면, 그가 가진 두 벌의 코트 중 가장 좋은 코트를 내놓아도 좋다"고 말함.

**224  개릭**  David Garrick(1717~1779). 당대 최고의 배우이며, 제작자, 극장 운영자였다. 스턴의 작품을 최초로 칭찬한 명사 중 한 명.

**225  보쉬**  René Le Bossu(1631~1680). 프랑스 비평가.『서사시에 대한 논문』(1675)에서 서사시 비평 기준을 제시함.

**226  찾아볼 수가 없더군요**  여기 열거된 화가들은 리처드 그레이엄(Richard Graham)의 저서『가장 탁월한 화가들 개요』에서 언급됨. 모두 16~17세기 화가들.

　　**신경 쓰지도 않는다**  이 부분은 당대의 뛰어난 화가 조수아 레이놀즈가『아이들러(*Idler*)』제76호에 쓴 글의 내용을 다루고 있다. 그는 예술 규칙을 따지기 전에 상상력의 고삐를 작가에게 넘겨주어야 한다는 말을 한다.

**하느님의 물고기** 성 바오로의 엄지손가락(St. Paul's thumb)은 리처드 3세가 자주 쓴 욕으로 알려져 있고, 하느님의 몸과 하느님의 물고기(God's flesh and God's fish)는 찰스 2세가 자주 쓴 욕이다. 'God's fish'는 'God's flesh'를 순화한 표현임. 영어에서는 전혀 다른 의미이면서 발음은 비슷한데, 우리말에서는 표현하기 어렵다. 하느님의 몸고기란 말이 물고기와 유사하지만, 차마 그렇게 쓸 수는 없겠다.

227 **동방적 특성** orientality. 풍성함과 이국적 향취를 시사함.

**윌리엄** 1066년 영국을 정복한 노르망디 공 윌리엄은 정복 작전 중 현지인이 가죽을 들고 나와 휘두르며 약을 올리자(윌리엄 공의 어머니가 피혁공의 딸이었음) 하느님의 영광에 걸고 꼭 복수하리라고 맹세했다.

228 **줄렙** 쓴 약을 먹기 쉽게 하려고 함께 마시는 허브 향과 당분을 첨가한 음료수.

229 **지난 10년도** 1710년. 실제 폭동은 1712년에 일어남.

**필리피카이** Philippicae. 툴리우스 키케로(Marcus Tullius Cicero, BC 106 ~ BC 43)가 마르쿠스 안토니우스를 공격한 연설로 그의 연설 중 가장 길다. 데모스테네스가 마케도니아의 왕 필리포스를 비방한 연설을 모방한 연설이므로 필리피카이라 불렸음.

235 **왜냐하면** 앞으로 나오는 아버지의 해설은 존 로크의 『인간 오성론』 II, ix의 "시간의 지속 기간과 그 기본 유형(Idea of Duration and its Simple Modes)"에 나오는 내용을 따르고 있음.

237 **말하건대** 루키아노스(Lucianos)는 2세기 그리스의 풍자 작가. 라블레(Rabelais)는 16세기 프랑스 풍자 작가. 세르반테스는 17세기 스페인의 풍자 작가. 스턴은 이 세 작가의 영향을 깊이 받았음.

239 **있을 수 있겠어요** 아겔라스테는 라블레의 『가르강튀아와 팡타그뤼엘』에서 언급되는 이름으로, 그리스어로 결코 웃지 않는 사람이란 의미. 트립톨레무스는 그리스 신화에 나오는 영웅이면서, 플라톤과 키케로에 의하면 죽은 자의 심판관으로 알려져 있다. 푸타토리우스

는 라틴어로 성교자, 호색가란 뜻을 가지고 있음.

**로크가 말하는데** 로크는 『인간 오성론』 II.xi.2에서 기지와 판단력을 구분하여 기지는 서로 달라 보이는 것 사이의 유사성을 찾는 능력이고, 판단력은 서로 같아 보이는 것 사이의 차이를 찾는 능력이라고 정의 내렸다. 그는 판단력은 인간에게 유용한 능력인 반면, 기지는 즐거움을 줄지는 모르지만 인간을 오도할 수 있는 위험한 능력이라고 경계한다.

**de fartandi et illustrandi fallaciis** 방귀와 예시의 속임수에 대한 변.

240 **가치 있는 분들이시여** 이름들은 모두 스턴의 조어임. 모노폴로스는 '독점주의자', 키사르키우스는 '엉덩이에 입 맞추는 사람', 가스트리페레스는 '배가 나온 사람', 솜노렌티우스는 라틴어로 '잠자는 사람' 또는 '졸고 있는 사람'을 의미함.

245 **아스클레피오스** 아폴로와 요정 코로니스의 아들로, 의학의 신.

248 **엔타블러처** 그리스 신전 건축 양식에서 두 기둥이 떠받치는 상판 부분. 여기서는 인간의 머리 또는 정신에 대한 비유.

249 **신사분들이** 로크를 비롯해 판단력만 중시하고 기지를 위험한 것으로 경원하는 신사들에 대한 풍자.

250 **마그나 카르타** 1215년 영국의 존 왕 때 확정된 '권리 장전'. 이 법의 기본 정신은 '국민의 동의 없이 세금을 물리지 않는다'는 것으로 국민의 기본권을 보장하는 법이다. 여기서는 대원칙이라는 뜻으로 사용됨.

252 **영리하게 열렸더라면** 1760년 10월, 조지 2세의 사망으로 정권 변화가 일어난 것에 대한 비유.

253 **전해 주게나** 'mortar'란 단어는 박격포도 되고 절구 같은 분쇄기도 됨. 트림은 모형 박격포를 말하는데, 아버지는 절구로 오해하고 있다.
**마스턴 무어 전투** 1644년 영국 내전에서 크롬웰과의 전투가 벌어진 장소.
**폰툰** 강 위에서 임시 다리로 사용하는 부유물이나 배.

257 **리카보니** 이들은 모두 고대 그리스나 로마 혹은 르네상스 시대 극작가이거나 극 이론가로서 단일 플롯을 옹호한 사람들의 예로 열거됨.

**마담 퐁파두르** 루이 15세의 총애를 받던 정부.

260 **마르켈리누스** Ammianus Marcellinus(330~395). 로마의 그리스 역사가.

**테레브라와 스콜피오** 테레브라는 성벽을 허무는 데 쓰는 도구. 스콜피오는 돌, 화살, 창 등을 던지는 도구.

261 **알베로니 추기경** Giulio Alberoni(1664~1752). 이탈리아 태생의 추기경이자 스페인 총리를 지낸 정치가로, 위트레흐트 평화 조약을 어겨 영국, 프랑스, 네덜란드, 신성 로마 제국이 연합하여 스페인에 맞서는 계기를 제공함.

262 **브리삭** 슈파이어(Spires)와 브리삭(Brisac)은 모두 신성 로마 제국 남서부에 있던 도시임.

**Act. Erud. Lips. an. 1695** *Acta Eruditorium*(Leipzig, 1695)의 약자. 전문적인 학술지 이름.

**베르누이 2세** 도피탈 후작(Marguis d' Hôspital, 1661~1704)과 베르누이 2세(Jakob Bernouilli, 1654~1705)는 유명한 수학자.

266 **경도를 맞히는 것** 당시에는 바다에서 경도를 알아맞히는 일이 매우 어려웠음.

268 **제2권 52페이지에** 이 번역본에서는 185페이지에 해당함.

269 **에나생** Ennasin. 코가 없거나 납작한 코라는 의미를 가지고 있다. 라블레의 『가르강튀아와 팡타그뤼엘』에 이 섬과 섬 주민의 짝짓기 이야기가 나온다.

**클럽 에이스** 서양 카드 패 네 가지 중 하나. 우리나라에선 흔히 클로버라고 불린다. 주먹코를 연상시킬 수 있음. 또한 카드 패의 클럽은 불운한 패로 간주되기도 하고, 에이스(ace)란 말 역시 불행을 상징한다고 한다.

273 **작년** 스턴은 제1, 2권을 1760년에, 그리고 제3, 4권을 1761년에 발표했다.

ex confesso 공인하다시피.

**274 데조 법전까지** 그레고리우스(Gregorius)는 약 295년경 베이루트 법과 대학 교수로서 법전을 편찬함. 헤르모게네스(Hermogenes)는 324년경 그레고리우스의 법전을 보완한 사람. 유스티니아누스 (Justinianus, 483~565)는 비잔틴 제국 황제로서 『로마법 대전』을 집대성했음. 루이(Louis)는 루이 14세(1638~1715)를 지칭하며, 데조(Des Eaux)는 루이 14세가 숲과 수로를 개발하기 위해 만든 법을 일컫는다.

**존의 사과란 말이오** 노동을 통한 소유권 확립을 다루는 이 부분은 로크의 『시민 정부에 관하여(Of Civil Government)』의 재산에 관한 장(V. 27~28)에 나오는 논의를 약간 말을 바꿔 빌려 씀.

**276 브루스캠빌** Bruscambille. 데로리에 경(Sieur Deslauriers)의 필명이며, 1610년 『익살스러운 만큼 진지한 서문(Prologues as much serious as Facetious)』을 출판했다.

**277 식욕보다 위대했고** "위보다 눈이 더 크다(His eyes are bigger than his stomach)"란 속담을 변형한 표현. 이 속담은 먹지도 못할 것에 대한 식탐이 크다는 의미를 갖고 있음.

**슬로켄베르기우스** 이 이름들 중 파레(Paré)와 부세(Bouchet)는 16세기 프랑스 저술가이고, 나머지 이름은 스턴의 조어로 추정된다. 특히 하펜 슬로켄베르기우스(Hafen Slawkenbergius)는 독일어로 요강 (Hafen)과 대변(Schackenberg)을 연상시키는 이름.

**팜파구스와 코클레스** 에라스뮈스의 『친숙한 이야기(Colloquia Familaria)』에 나오는 두 인물. 특히 이 책의 「성직록을 찾는 자(De Captandis Sacerdotis)」는 긴 코에 대한 이야기를 다루었다.

**278 티클토비의 암말** 티클토비(남근의 속어)는 라블레의 작품에 등장하는 인물. 그의 암말은 수말과 교미한 적이 없는 말.

**ab urb. con.** '로마 건립 시부터'라는 말의 약자. 고대 로마인들은 로마 건국 시점인 기원전 753년을 기준으로 역사 사실을 기술함. 포에니 전쟁은 로마와 카르타고 간의 전쟁. 제2차 전쟁은 기원전 218

년의 일.

**성자 파랄레이포메논** Paraleipomenon. 파랄리포메나(paralipomena)는 그리스어로, 본문에는 빠져 있으나 부록으로 추가된 사항이란 의미.

**알록달록한 상징** 알록달록함은 광대의 의상을 연상시킨다. 스턴은 이 작품 초판에서 이 대리석 문양 페이지를 일일이 따로 천연색으로 찍어서 책마다 그 무늬가 다르게 만들었다. 즉 각 개인의 특이성과 복합성을 강조하는 의도를 담고 있다고 볼 수 있다.

283 **휘트필드** George Whitefield(1714~1770). 존 웨슬리(John Wesley, 1703~1791)와 더불어 감리교를 창시한 사람. 감성에 호소하는 열정적 설교로 유명함. 휘트필드는 이성의 도움 없이도 자신의 마음을 움직이는 것이 하느님인지 악마인지 알 수 있다고 주장했다.

285 **슐레지엔** Schlesien. 현재는 폴란드와 체코 사이의 경계에 위치하나 18세기 당시에는 프로이센과 오스트리아 간의 영토 분쟁이 있었던 지역으로 30년 전쟁 때 인구의 4분의 3이 죽었다.

**크림 타타르 지방** 러시아의 크림 반도 지역. 이곳 사람들은 코가 눈앞에 치솟아 있는 것을 바보 같다고 생각하여 어린아이일 때 코를 찌그러뜨렸다고 함.

**있다고 상정한다** 당시의 터키인들은 바보나 미친 사람은 신의 선택을 받은 사람이라 믿고 존경했다는 여행기가 영국에 널리 퍼져 있었음.

286 **파레** 앙브로즈 파레(Ambrose Paré, 1510~1590)는 앙리 2세, 프랑시스 2세, 샤를 9세, 앙리 3세를 모셨다. 프랑시스 9세는 존재하지 않았음. 파레는 탈리아코치(Gasper Tagliacozzi, 1564~1599)가 팔 부위의 피부를 코에 이식하는 방법을 고안한 사람이라고 주장했으나, 탈리아코치 스스로 여러 번 이 주장을 부정했다. 파레는 이 방법으로 코를 복원하는 시도를 했으나 실패했음. 당시 코의 기형은 주로 성병 치료를 위해 사용한 수은의 영향 때문이었다.

288 **그랑구지에** 포노크라테스는 라블레 작품에 나오는 가르강튀아의 가정 교사이고, 그랑구지에는 그의 아버지다. 가르강튀아가 수도승에

게 어떻게 그런 멋진 코를 가지게 되었는지 묻자, 이 수도승과 포노크라테스, 그랑구지에가 각각 다른 답변을 한다.

**290 코로 연역을 한다** 몽테뉴는 개가 코로 연역하는 예를 제시한 바 있다.

**291 medius terminus** medius term, 즉 중간 척도.

**293 코의 솔루션** 아버지가 영어의 해결책이란 의미로 'solution'이란 단어를 썼는데, 삼촌은 그것을 액화 용액이란 의미로 알아듣는다.

**300 FABELLA** 스턴은 이 이야기를 직접 창작하고 라틴어로 번역한 것으로 알려져 있다.

**301 슈트라스부르크** 스턴이 슈트라스부르크(Strasburg)를 이 이야기의 배경으로 삼은 것은 1681년 이 도시가 실제로 프랑스의 기습 공격으로 함락되었다는 역사적 사실과, 또한 프랑스와 독일 또는 오스트리아 학자들 간에는 물론 루터파와 가톨릭 신학자들 간의 대립의 중심지였다는 점 때문이다. 즉 슈트라스부르크는 이 이야기의 풍자 대상이 되는 현학적 논쟁의 적절한 현장이라 할 수 있다. 이 도시는 현재 프랑스에 속해 '스트라스부르(Strasbourg)'로 발음된다.

**305 푸딩** 속어로 남성의 성기를 말하기도 한다.

**307 니콜라스 성자** 떠돌이 학자의 수호 성인.

**앞가리개** 16~17세기에 유행한 바지 앞 가운데 열린 곳을 덮는 가리개.

**309 성 라다군다** St. Radagunda(520~587). 스턴이 졸업한 케임브리지 대학교 지저스 칼리지의 수호 성인이며, 프랑크족의 여왕으로서 수녀원을 창건하기도 했음.

**313 마브 여왕** 셰익스피어의 『로미오와 줄리엣』에 등장하는 요정 산파로, 꿈을 꾸게 만드는 일을 한다.

**크베들린부르크 수녀원장** 크베들린부르크(Quedlinburg)는 독일 작센 지방의 도시. 이 지역 여성 고위 사제들은 도시 통치도 담당했다.

**스커트의 옆트임** 스커트의 옆을 터서 속치마에 있는 주머니에 손이 닿게 하는 구멍.

**314 제3공동체에 속한 사람들** 성 프란체스코의 가르침을 따르는 남녀, 세속인의 모임을 말함. 1221년 성 프란체스코에 의해 설립됨.

**버터 바른 롤빵** 속어로 매춘부를 의미함.

317 **크리시포스와 크란토르** 크리시포스(Chrysippos)는 스토아 철학을 정립한 제논의 제자. 크란토르(Crantor)는 플라톤 철학에 대해 최초로 비평서를 쓴 고대 그리스 철학자.

320 **petitio principii** 논점의 전제가 될 원리를 증명 과정 없이 진리라고 단정 짓는 논리적 오류.

322 **자료들을 인용했는데** 현학적 주의 패러디라 할 수 있음.

325 **그런 불운** 고대 이집트의 알렉산드리아에 있던 당대 최대의 도서관으로, 640년 사라센의 공격에 의해 완전히 불타 버렸다.

328 **베긴회 수녀들** 평신도 자매들이 특히 간호사로 많이 활동한 유사 수도회. 이 수녀들은 수녀원을 떠나 결혼할 수 있었다.

329 **gaudet** 라틴어로 기뻐하라는 의미. 영국 국교에서 성찬식 전에 부르는 찬송가의 첫 마디.

**페리페테이아** 이야기의 기, 승, 전, 결과 같은 네 가지 요소를 말한다. 프로타시스(*Prostasis*)는 도입부, 에피타시스(*Epitasis*)는 이야기의 확장, 발전 부분, 카타스타시스(*Catastasis*)는 클라이맥스, 카타스트로프(*Catastrophe*) 또는 페리페테이아(*Peripeitia*, 극적 반전)는 종결부, 대단원을 말한다.

332 **발라돌리드** 『돈키호테』에는 출생지를 이름으로 쓰는 디에고 드 발라돌리드라는 사람을 언급했다.

336 **콜베르** 장바티스트 콜베르(Jean-Baptiste Colbert, 1619~1683)는 루이 14세의 재무 장관이었고 실제로 루이 14세의 야심에 동조하여 프랑스의 세력을 확장하는 계획을 세웠던 사람은 존 캠벨로 알려져 있다.

337 **들어오게 된 것이라고 말한다** 로마 제국의 군대를 거절하고 자체 수비대 5천 명을 유지했던 슈트라스부르크는 결국 국가 재정이 고갈되어 프랑스에 무너지게 되었다.

350 **불에 구운 말고기 이야기** a story of roasted horse. 터무니없는 황당한 이야기라는 의미.

**351 롱기누스를 읽어야 합니다** 롱기누스는 『숭고함에 대하여(*On the Sublime*)』에서 차가움을 수사적 결함의 하나로 묘사하고 있음.

**아비센나와 리체투스** 아비센나(Avicenna, 980~1037)는 페르시아의 위대한 의사이자 철학자로, 17세기까지 유럽에서 널리 사용된 의학서를 집필한 사람이다. 스턴은 아드리앵 바이예(Adrien Baillet (980~1037)가 쓴 『유명한 아이들(*Des enfans célèbres*)』에 나오는 일화를 인용했다. 바이예는 아비센나가 아리스토텔레스의 『형이상학』을 40번이나 읽고 외울 정도였지만 전혀 이해하지 못했다고 썼다. 리체투스(Licetus, 1577~1657)는 이탈리아의 유명한 의사.

**de omni scribili** 여러 가지 다양한 주제의 글쓰기에 관한.

**포르투니오** 포르투니오 리체투스(Fortunio Licetus, 1577~1657). 이탈리아의 철학자, 의학자. 태아의 기형에 관한 연구의 효시라 할 *De Monstruorum Natura*의 저자. '포르투니오(Fortunio)'는 미숙아로 태어나서 살아남은 운이 좋은 사람이란 뜻의 별명.

**태아로 태어났지만** 앞서 언급한 바이예의 글에서 스턴이 인용한 부분임. 대략적으로 번역하자면 다음과 같다.

이 태아는 손바닥만 한 크기에 불과했다. 그러나 의사였던 아버지는 태아를 관찰해 본 결과, 제법 모습을 갖추었다는 것을 알아보고 라팔로로 데려가서 제롬 바르디를 비롯한 다른 의사들에게 보여 주었다. 그들은 이 태아가 생명에 필수적인 어떤 것도 부족하지 않은 상태임을 알아냈고, 아버지는 자신의 의술과 경험을 시험해 볼 생각으로 자연이 시작한 일을 완성시키는 작업에 착수하여 이집트에서 병아리를 부화시킬 때 사용하는 기구를 활용해 태아를 키우기 시작했다. 간호사에게 해야 할 일을 자세히 지시하고, 아들을 적절히 마련한 오븐 속에 넣어 두고 온도계나 그에 상응하는 기구로 정확히 계산된 온도를 인공적으로 유지함으로써 아기를 키워 내는 데 성공했다(『리구리아의 작가들』, 273, 488쪽 참조).

자손 생식술에 경험이 많은 아버지가 아들의 생명을 몇 달이나 몇 년만 연장시킬 수 있었어도 사람들은 그 아버지의 노력에 대해 크게 만족할 것이다. 그런데 그 태아가 80년이나 살도록 만들었고 게다가 그 아이가 오랜 독서의 산물로 80권이나 되는 책을 저술했다는 사실을 기억한다면, 믿을 수 없을 것 같은 일이 언제나 거짓이 아니며 겉보기에 그럴듯한 것이 언제나 진실의 편에 있는 것은 아니라는 주장에 동의할 수밖에 없을 것이다. 그는 『인간 영혼의 기원(*Gonopsychanthropologia de Origine Animæ Humanæ*)』을 저술했을 당시 나이가 겨우 19세에 불과했다(프랑스 학술원의 모노예가 수정, 교정한 『유명한 아이들』 중에서).

356 **새 왕** 영국 왕 조지 3세가 1760년 10월에 즉위했음.
**거위의 번식에 대해서는** 펜대의 깃털 공급을 위해.

361 **인용해 보겠다** 몽테뉴의 「경험에 관하여(Of Experience)」에서 따온 문구로, 약 20페이지 정도 거리를 두고 나오는 두 개의 문단을 순서를 바꾸어 활용하며 외설적 장난을 치고 있다.

362 **n'est pas toujours du Cotè de la Veritè** 겉으로 보이는 것이 언제나 진실의 편에 있는 것은 아니다.

369 **비자연적 요소** non-naturals. 고대 의학에서 인간의 생명에 필수적 여섯 가지 활동을 비자연적 요소라 불렀음. 즉, 공기, 음식과 음료, 수면과 기상, 운동과 휴식, 배설과 흡수, 감정 등을 말하는데, 이를 비자연적이라 부른 이유는 이것들이 질병의 원인이 되기도 하기 때문이다.

370 **분출구** 당시의 법적 논쟁에서는 출산과 연결하여 여성을 분출하는 사람(venter)이라 부르기도 했음.
**리체투스** 제4권 제10장 참조.

372 **이야기를 나누고 있었다** 17세기 프랑스 문헌학자 질 메나주(Gilles Ménage, 1613~1692)의 가십, 일화, 재치 있는 말 등의 모음집을 말함.

373 **사드락, 메삭 그리고 아벳느고** 구약의 「다니엘서」에 나오는 다니엘의 세 친구 이름으로, 불타는 화덕에 들어갔다가 구조된 사람들임. 「다니엘서」 1장 7절, 3장 1~30절.

375 **오르몬드 공작 이야기를 한다거나** 트림의 이름과 공작의 이름이 모

두 제임스 버틀러이기 때문에 공작에 대한 풍자를 의심하는 독자들이 있었다.

**울화** 'spleen'은 인체의 비장(脾臟)을 뜻하면서 또한 비유적으로 언짢거나 심술 맞은 기분, 악의, 우울증 등을 의미한다.

**대만찬** 주교가 연례행사로 교구를 시찰할 때 대만찬을 여는 관습이 있었으나 이 관습이 바뀌어 목사들이 지역 관구의 수장을 방문하여 대만찬에 참석하게 되었음.

387 **한스 홀바인** 투르필리우스(Turpilious, 1세기)와 한스 홀바인(Hans Holbein, 1498~1543)은 왼손잡이 화가였다.

388 **치명적 사고가 생기고 말았다** 계보 문장법(紋章法)에 의하면, 우경선은 문장 방패의 왼쪽 상단에서 오른쪽 아래로 그려지는 대각선의 띠를 말하고, 좌경선은 그 반대 방향의 띠를 말하는 것으로 서출임을 나타내는 것이다.

390 **포위 공략** 포위 공략(siege)은 항문이나 직장을 뜻하는 폐어이기도 함.

**호메나스** Homenas. 설교하는 사람이란 의미를 갖는 말로서 라블레의 작품에 등장하는 주교의 이름이기도 함.

**유사한 상황에서 불평했듯이** 이후의 수사적 표현은 몽테뉴의 수필 「어린이 교육에 관하여」에서 차용한 부분임. 뛰어난 고전을 인용함으로써 글 자체의 부족함이 더욱 돋보이게 만드는 당대의 글쓰기에 대한 논평을 담고 있다고 볼 수 있다.

391 **키사르키우스 박사** Kisarcius. 'kiss the ass'라는 의미를 함축한 스턴의 조어.

393 **제기랄** 'Zounds'는 'God's Wounds'를 압축한 욕설. 엘리자베스 1세 시대 이후 많이 사용되어 온 것으로 분노나 놀라움을 나타내는 감탄사.

**푸타토리우스** 제3권 제20장 참조.

394 **12펜스짜리 욕설로** 1746년 발효된 신성 모독적 욕설 방지법에 의하면, 신을 빙자한 욕설에 벌금을 부과하되 벌금액은 욕의 내용이 아니라 그 욕을 사용한 사람의 계층에 따라 결정했다. 12펜스는 일용직

노동자, 일반 사병, 선원 등의 계층에 해당되는 벌금액임. 푸타토리우스와 같은 신사 계층의 경우는 약 5실링의 벌금형에 처해질 수 있음.

**395** **가스트리페레스** Gastripheres. 스턴의 조어로 'big belly', 즉 식탐가라는 의미를 가짐.

**야누스의 신전** 야누스는 문을 지키는 로마 신으로, 앞뒤가 다른 두 가지 얼굴을 가지고 있다. 이 신의 신전 문은 전시에만 열어 놓게 되어 있다.

**396** **아크리테스나 마이소게라스** 아크리테스(Acrites)와 마이소게라스(Mythogeras)는 그리스어로 각각 분별력이 부족한 사람, 남의 이야기를 옮기는 사람이란 의미.

**de Concubinis retinendis** 첩을 두는 것에 대하여.

**400** **뜨겁게 달구어 놓았다** 스턴은 여기서 'inflamed'란 단어를 씀으로써 '흥분시키다'와 '염증을 일으키다'의 이중적 의미를 함축했다.

**웃게 만들었다** 제3권 제20장의 솜노렌티우스, 아겔라스테 참조.

**403** **de re concubinariâ** 첩의 그것에 대하여

**in nomini patrice- & filia & spiritum snactos** '성부, 성자, 성령의 이름으로'라는 라틴어를 틀리게 쓴 경우.

**405** **꽤 논란이 되었던 사안인데요** 로버트 스윈번의 『유언장과 마지막 유언에 대한 논문』에 여기 묘사된 16세기 소송 사건이 나옴. 스턴은 그 책에서 그대로 인용함.

**친족이 아니다** 스윈번의 책에 로버트 브룩 경의 이 책이 인용되었음.

**406** **코크 경** Edward Coke(1552~1634). 영국의 법학자.

**407** **자기 아들의 친족이 아니다** 스윈번의 라틴어를 인용한 부분.

**Liberi sunt de sanguine patris & matris, sed pater et mater non sunt de sanguine liberorum** 자녀는 부모의 친족이지만 부모는 자녀의 친족이 아니다.

**408** **una caro** '하나의 다정스런'이란 뜻.

**셀던** John Seldon(1544~1654). 영국 법학자. 이 이야기는 그의 『식탁 잡담(Table Talk)』(1689)에 나온다.

Argumentum commune 쌍방 논리.

411 **미시시피 사업** 미시시피 투자 회사는 미국 식민지와의 무역을 위해 1717년에 설립되어 1719년에서 1720년 초까지는 큰 수익을 내는 전성기를 누렸지만 그해 5월 완전히 파산했다.

412 **tantum valet, quantum sonat** 그것은 듣기 좋은 만치 가치도 있는 일이다.

414 **라스트** 중량이나 부피의 단위로 지역에 따라 차이가 있으나 대개 1 라스트는 4천 파운드 또는 1814.37킬로그램에 해당한다.

417 **택하진 않을 것이다** 산초는 돈키호테가 자기에게 통치권을 줄 나라가 흑인의 나라라는 말을 듣고는, 그들을 배에 태워 스페인으로 보내 현금을 챙기는 게 좋겠다고 생각한다.

418 **잡아당겨 드리면서** 자극하고 놀린다는 의미.

419 **에라스뮈스** 표지 페이지에 들어간 이 권두문들은 스턴이 로버트 버턴(Robert Burton, 1577~1640)의 『우울증의 해부(*Anatomy of Melancholy*)』(1621) 서문에서 빌려 온 내용임. 원전은 호라티우스의 『풍자』와 에라스뮈스의 『우신 예찬』 서문 격인 「토머스 모어 경에게 보낸 편지」에 나오는 문장이다.

421 **존 스펜서 자작님께** John Spencer(1734~1783). 스턴은 1761년부터 그와 교우 관계를 맺고 있었다. 그는 토비와 트림의 군사 작전에 자주 등장하는 말버러 공작의 증손자다.

423 **던져 버리고 말겠습니다** 트리스트럼은 여기서 다른 사람의 글을 빌리는 일을 중단하겠다는 맹세를 하고 있다. 바로 앞에 나온 권두문에서도 버턴의 글을 빌리고 있고, 바로 아래에서 글의 반복성에 대해 한탄하는 부분들도 상당 부분 버턴의 글을 빌린 것이다. 사실상 버턴은 『우울증의 해부』 서문 「데모크리토스 2세가 독자에게」에서 표절이란 개념 자체를 해체하면서 하늘 아래 새로운 것은 없다는 주장을 펼치고 있다.

**끌어당겨 봤자** 스턴은 여기서 'draw'란 단어를 쓰고 있는데, 영어에서는 끌어당기다란 의미와 더불어 그림을 그리다, 베끼다, 서류를 작성하다 등의 의미도 포함된다. 즉 인간의 창작 작업 역시 앞으로 나아가지 못한다는 의미를 담고 있다.

**424 누구입니까** 조로아스터는 기원전 600년경 고대 이란에 살았던 예언자로 추정되며 조로아스터교의 창시자다. 그의 저서로 알려진 책의 제목인 그리스어는 본성에 대하여(On Nature)로 번역될 수 있다. 크리소스톰(St. John Chrysostom, 354~407)은 초기 기독교의 가장 뛰어난 성직자, 설교자로 알려져 있다. 셰키나는 히브리어로 신의 현시를 뜻한다.

**추호도 없다** 호라티우스는 『서한문(*Epistles*)』 I. xix. 19~20에서 모방자들을 노예 같은 군중이라고 비판하고 있다.

**피저병** 스턴은 여기서 피저병이란 영어를 활용한 말장난을 하고 있다. 'farcy'는 말에게 걸리는 피저병이고 그것의 형용사인 'farcical'은 '익살맞은'이란 의미를 갖는다. 또한 'farce'는 익살극을 말한다. 즉 이 병을 치유하는 데는 샌디적 웃음이 필요하다는 의미가 영어에서는 전달되고 있다. 따라서 이 소망과 구레나룻 이야기의 연결 관계를 시사하는 의미를 갖는다.

**425 타르튀프** 몰리에르의 희극 『타르튀프 또는 위선자』(1664)에 나오는 인물로, 독실한 신자연하는 위선자의 대명사처럼 사용된다.

**426 나바르의 왕비는** 프랑스와 나바르의 왕 앙리 4세의 첫 부인, 마르그리트(1552~1615). 덕성보다는 미모와 재치가 더 뛰어났던 여자로 알려져 있다.

**428 부탁드립니다** 드니에는 프랑스 화폐 단위로, 아주 적은 액수의 푼돈. 자비 수도회는 십자군에 가담했다 포로가 된 기독교인을 위해 몸값을 모금하기 위해 1218년 스페인 바르셀로나에서 설립된 수도회.

**430 데스텔라** 나바르의 마을 이름.

**431 펌프 핸들** 펌프의 손잡이라는 뜻도 있지만 아래위로 흔들며 악수한다는 뜻도 있다.

**432 패트리어트** 당시 정치 상황을 빗댄 표현으로 해석하여, 스코틀랜드말은 그 지역 출신 정치가 뷰트 백작(1762~1763년에 영국 수상을

지냄)을, 패트리어트는 스턴이 제1, 2권과 제9권을 헌정한 정치가 윌리엄 피트(1760년 10월 조지 2세의 서거 후 정치적 변화 속에 공직에서 물러나 있던 상태)를 말하는 것으로 보기도 한다.

**상송** Nicholas Sanson(1600~1667). 프랑스의 지도 제작자이며 루이 14세의 자문관이었다.

**네베르** Nevers. 스턴은 이 마을의 이름을 통해 영어의 never(결코 할 수 없다)라는 의미의 말장난을 하고 있다.

434 **타키투스** Tacitus(55?~120?). 로마의 역사가. 아그리피나는 자신의 아들 네로가 독살한 의붓아들의 죽음을 몹시 슬퍼했다고 한다.

435 **툴리** 마르쿠스 툴리우스 키케로(BC 106~43). 고대 로마의 철학자, 정치가, 법률가, 정치사상가.

437 **아테네 소금** attic salt. 세련되고 미묘하며 통렬한 재치라는 의미를 갖고 있다.

438 **선회** 여기서 선회로 번역한 'evolutions'는 군사 용어로서 전투나 전투 훈련 시, 군대나 군함의 배치 형태나 기동 연습 상황을 말한다. 이 군사 용어적 의미 때문에 토비 삼촌이 갑자기 끼어든 것이다. 아버지는 'revolutions'로 얼른 말을 바꾼다.

439 **세르비우스 술피키우스** Servius Sulpicius Rufus(d. BC 43). 로마의 정치가.

440 **방랑하는 유대인** 중세 기독교 설화에 나오는 인물로, 형장에 끌려가는 예수를 조롱한 죄로 세상을 떠돌아다니도록 저주받은 인물.

442 **죽음을 맞았다네** 이들은 모두 로마의 황제였다. 베스파시아누스(9~79)는 요강 위에서 "내가 이제 신이 되어 가고 있는 것 같다"고 말했고, 갈바(BC 5~AD 69)는 자객을 향해, "로마의 백성들을 위한 일이라면 그것을 내리쳐라"라고 말했으며, 세베루스는 "내가 더 처리해야 할 일이 있으면 서두르게"라고 말했다고 한다. 티베리우스는 죽어 가면서도 건강한 척하며 방탕한 생활을 계속했고, 아우구스투스는 아내의 팔에 안겨 숨을 거두며 "잘 있어요, 리비아, 잘 살고 우리가 함께했던 날들을 잊지 말아요"라고 말했다고 한다.

443 **엿듣는 노예** 피렌체의 우피치 미술관에 있는 조각상, 아로티노 (Arrotino)를 염두에 둔 말로 보인다.

**다루었던 식으로** 프랑스의 역사 학자 라팽(Paul de Rapin, 1661~ 1725)은 『영국사』에서 각 권의 마지막 부분에 그 기간 동안 일어난 교회사를 다루고 있다.

446 **서술할 만도 했다** 존 로크는 『인간 오성론』(III, 9)에서 이 주제를 다루고 있다.

448 **일곱 가지 감각** 제6감각은 이해력이고 제7감각은 언어 능력이다.

**수염 기른 분들** 철학자들.

451 **장일 뿐입니다** 속어 사전에 의하면 초록색 가운을 준다는 말은 여자를 잔디에 뒹굴게 하다, 즉 성적 유희를 한다는 뜻이 있고, 낡은 모자는 여성의 음부를 말하는 속어다.

456 **진흙으로 빚어서** 고대인들은 나일 강의 진흙에 생명을 생성하는 힘이 있는 것으로 믿었다.

458 **끝나는 법이 없고** transmigration(윤회), annihilation(소멸)을 우리말로 번역하면 아주 짧은 단어가 되기 때문에 원음을 그대로 썼음.

**요세푸스** Flavius Josephus(37~95년경). 유대의 역사가, 장군. 괄호 속의 라틴어는 그가 저술한 『유대인의 전쟁』을 뜻한다.

462 **연주하는 게 낫겠습니다** 칼리오페(Calliope)는 영웅 서사시를 관장하는 뮤즈 여신이고, 카프리치오(caprichio)는 가볍고 자유로운 음악 형식을 말한다. 즉 스턴은 아홉 뮤즈 중 가장 위엄 있고 심각한 칼리오페와 가장 가벼운 음악을 대조하고 있다.

**크레모나** 명기 스트라디바리 바이올린을 생산한 이탈리아의 롬바르디에 있는 도시.

463 **크세노폰** 고대 그리스의 철학자, 역사 학자로 페르시아 왕국의 창시자 사이러스의 교육을 논한 『키로파에디아』를 저술했음.

**타르탈리아** 제2권 제3장 주 7번을 참조.

464 **존 드 라 카스** Giovanni Della Cassa(1503~1556). 이탈리아 베네벤토의 대주교이며 시인으로, 르네상스 시대의 유명한 품행 지침서 『갈

라테아(*Galatea*)』(1558)를 유작으로 남겼다.

**되지 않았다**『갈라테아』(약 100페이지)와『라이더 연감』(약 20페이지)이 모두 얇은 책이긴 하지만 실제로는『갈라테아』가『라이더 연감』보다 네댓 배 더 두껍다.

**므두셀라** 노아의 홍수 이전 시대에 969세까지 살았다는 유대 족장.

465  **글쓰기** 여기서 글쓰기는 composition을 번역한 말로서, 스턴은 이 단어가 작문이란 뜻과 법률 용어로서 화해, 타협이라는 의미를 함께 갖는 것을 이용하여 말장난을 하고 있다.

470  **스틴커크 전투** 1692년에 있었던 프랑스와 연합군의 전투로, 네덜란드 백작 솜즈의 지휘하에 연합군이 패했다.

471  **말뚝 처벌** 기마병의 처벌 방법으로 한 손은 높이 매달고 반대편 발은 뾰족한 말뚝 위에 올라서 있게 함으로써, 죄수가 발을 바꿀 수도, 편하게 매달릴 수도 없게 만들었다.

472  **잘려 나갔답니다** 솜즈 백작은 7천 명의 연합군 목숨을 앗아 간 이 전투에서 다리에 포탄을 맞았고 나중에 그 부상 때문에 사망했다.

477  **Section-de sede vel, subjecto circumisionis**「할례의 근거 또는 주제에 대하여」는 바로 다음에 나오는 17세기 영국 성직자, 존 스펜서가 쓴 저서,『유대인의 의식에 관한 법(*De Legibus Hebrœorum Ritualibus*)』의 한 섹션이다.

478  **마이모니데스** Maimonides(1135~1204). 중세의 위대한 유대 학자, 철학자, 과학자로 할례의 이유를 설명하는 책『방황하는 자들을 위한 안내서 (*Moreh Nebuchim*)』를 썼다.

**그것을 행했고** 모두 고대 국가. 카파도키아는 시리아 북서쪽, 현재의 터키 지역이고, 콜키스는 흑해 동해안에 있는 나라로 그리스 신화에 나오는 황금 양털의 나라이며, 트로글로다이트는 홍해 주변에 살던 혈거인,

479  **별자리들이** 두 가지 다 좋은 기운을 주는 별자리 위치를 말한다.

**여자들의 말은 어때요** 이 그리스어 주는 요릭이 세 가지 다른 관점에서 할례 또는 포경 수술이 갖는 장점을 언급한 내용을 설명하고 있

다. 즉 치료하기도 어렵고 매우 고통스러운 탄저병으로부터 해방될 수 있다는 약제사의 관점, 할례를 시행하는 나라들은 인구도 많고 다산성도 높다는 정치적 관점, 그리고 청결에 도움이 된다는 빨래하는 사람의 관점을 설명한다.

480 **세상 사람의 절반** 여성을 의미한다.

**일루스** 일루스는 스스로 할례를 받고 동맹국에도 할례를 강요했다.

481 **전투 이야기에 나옵니다** 제29장에 자세히 나오는 짐나스트와 트리펫 대위 이야기는 라블레의 『가르강튀아』(1534)에서 거의 그대로 옮겨 온 부분이다. 이 이야기는 논쟁적 신학자들이 얼마나 복잡 미묘하고 기이한 논리를 펼치는지를 효과적으로 풍자한다.

484 **폴리치아노** Angelo Poliziano(1454~1594). 이탈리아의 메디치 가문에서 가정 교사를 지낸 시인이자 학자.

**수소** Ox. 거세한 수소. 생식력이 있는 황소(bull)와 구분된다.

490 **베룰럼 경** 베이컨 경(Francis Bacon, 1561~1626). 영국의 뛰어난 철학자, 정치가, 수필가. 특히 신기술, 과학 발전을 통한 생활 개선에 관심이 많았다. 그는 베룰럼 남작(Baron of Verulam)이라고 불리기도 한다.

**Ars longa, Vita brevis** "예술은 길고 인생은 짧다", 히포크라테스의 『경구들』의 첫 구절.

**기술은 더디다니** art라는 말이 갖는 예술과 기술이란 두 가지 뜻을 활용한 장난.

491 **만들고 만다** 베이컨의 『삶과 죽음의 역사(*Historia Vitaeet Mortis*)』(1623).

492 **반 헬몬트** Van Helmont(1579~1644). 벨기에 태생의 네덜란드 화학자이자 의사.

493 **Quod Omne animal post coitum est triste** 모든 동물은 성교 후에 풀 죽은 상태가 된다.

**예리고 공략** 구약 성서 「여호수아」 5장 13절~6장 27절에 나오는 이스라엘인들이 가나안을 정복하는 과정에서 예리고에서 치른 전투.

**494  리머릭 공략**  윌리엄 3세는 1690년 아일랜드의 리머릭 전투에서 폭우 때문에 공격을 중단했다.

**495  20투아즈**  프랑스의 옛 길이 단위로 약 38미터.

**499  보존되지요**  베이컨의『삶과 죽음의 역사』에 나오는 단어들.

**말라기서**  구약 성서의 마지막 편.

**500  ΤΥΠΙω**  씨름하기.

**유예와 부정을 단련할 것이다**  논리학 공부.

**스칼리게르**  율리우스 스칼리게르(Julius Scaliger, 1484~1558). 이탈리아의 저명한 인문학자, 철학자, 과학자.

**페테르 다미아누스**  성 피에트로 다미아니(St. Pietro Damiani, 1007~1072). 이탈리아의 추기경이며 개혁가.

**발두스**  발두스(Baldus, 1327?~1400). 이탈리아의 법학자이며 페루자 대학의 법학 교수.

**놀라운 일은 아니다**  플루타르코스의『스파르타의 격언(*Morali*)』에 나오는 이야기. 유다미다스는 기원전 4세기 스파르타의 왕. 크세노크라테스(Xenocrates, BC 396~314)는 그리스의 철학자로 플라톤이 아테네에 세운 아카데미의 장(長)이었다.

**북서 항로**  아메리카 대륙의 북쪽 해안을 따라 대서양과 태평양을 연결하는 지름길의 항로가 있을 수 있다고 상정해 왔음.

**501  베르길리우스의 뱀**  베르길리우스의 서사시『아이네이스』제2권에 나오는 표현. 그리스인 안드로게오스가 트로이 사람들에게 둘러싸인 상태에서 농부가 숲 속에서 무심코 뱀을 밟았을 때처럼 놀랐다는 비유적 표현.

**룰리우스나 펠레그리니**  룰리우스는 13세기 스페인의 신학자. 선교사를 위한 어학 학교 설립을 주장했다. 펠레그리니는 문장의 술부에 대한 이론을 만든 17세기 인문 학자.

**502  보조 지원군**  여기서 조동사로 번역된 원어 'auxiliary'는 군사 용어로 쓰일 때는 지원군, 외국인 보조 부대라는 뜻을 갖기 때문에 트림의 오해가 야기된다.

**507  수탕나귀**  'Jack ass'는 수탕나귀라는 뜻과 바보 얼간이라는 뜻을 함께 갖고 있다. 스턴은 특히 『신사 트리스트럼 섄디의 인생과 생각 이야기』 제3, 4권에 대해 부정적 비평을 쓴 비평가들을 'Jack ass'라 불렀다.

**노려보고 하던지요**  스턴은 '보고 또 보다'란 말을 'viewed and reviewed'라고 써서 서평을 떠올리게 했다.

**509  빈센트 키리노**  Vincent Quirino(Vincenzo Quirino, 1479~1514). 르네상스 이탈리아의 인문학자, 철학자, 외교관.

**벰보 추기경**  Bembo(Pietro Bembo, 1470~1547). 이탈리아의 인문주의자, 역사 학자, 시인.

**열 가지 범주**  아리스토텔레스가 제시한 모든 지식의 열 가지 속성 범주. 즉 물질(substance), 질량(quantity), 질(quality), 관계(relation), 장소(place), 시간(time), 위치(position), 상태(condition), 능동성(activity), 수동성(passivity).

**510  아무것도 아니란 말일세**  이들은 모두 어린 시절부터 놀라운 학문적 업적을 이룩한 15~16세기 유럽의 학자들. 그로티우스(Grotius, 1583~1645)는 네덜란드 법학자, 정치가. 스키오피우스(Scioppius, Caspar Schoppe, 1576~1649)는 독일 학자. 헤인시우스(Heinsius, Daniel Heisius, 1580~1655)는 네덜란드의 학자. 파스칼(Pascal, 1623~1662)은 프랑스의 철학자, 수학자. 스칼리제르(Scaliger, 1540~1609)는 프랑스의 고전학자. 코르도바(Cordova, 1422~c. 1480)는 스페인의 신학자, 의사.

**본질적 형태**  연구를 17세기 철학자들의 공격 대상이 되었던 스콜라 학파의 형이상학적 이론. 열 가지 범주처럼 아리스토텔레스에서 유래한다.

**적그리스도**  Antichrist. 그리스도의 주적으로서 말세에 세상에 나타날 것으로 예상된 인물.

**그는 태어난 날에 작품을 썼다**  스턴의 주는 립시우스가 탄생한 첫날 작품을 썼다는 말을 실제 탄생일이 아니라, 이성을 사용하기 시작한 첫날, 즉 그가 시를 썼던 아홉 살 때로 이해해야 한다는 바예의 글을 인용하고 이 해석이 매우 독창적이라는 논평을 달았다.

**더 이상 언급하지 말았어야지요** 'composed a work'라는 표현을 통해 작품을 썼다는 의미와 함께, 변을 보았다는 의미를 함축하고 있다.

511 **당신 속을 내가 알지** 상대방의 몸을 안다는 의미, 즉 잠자리를 함께 했다는 의미로도 쓰인다.

512 **정말 그래** 슬롭은 자기가 트리스트럼의 코를 망가뜨린 것을 빈정거리는 수잔나를 향해 성병 때문에 코가 망가질 수도 있다는 가능성을 시사하며 공격하고 있다.

513 **해고했다더군** 로마의 현군으로 알려진 마르쿠스 아우렐리우스 안토니누스(121~180)는 아들 교육에 많은 노력을 기울였으나 코모두스는 폭군이 되었다.

514 **바보스러워도 안 되고** 제5권 제42장에 나오는 펠레그리니를 참조하라는 말.

516 **함락했던 바로 그해** 1706년.

520 **수염벌레 소리** 서양에선 'death-watch(經夜)'라는 이름으로 불리는 이 벌레는 나무를 파먹으며 내는 소리가 시계의 재깍거리는 소리 같은데, 그 소리가 나는 집에선 사람이 죽는다는 통설이 있다.

526 **자연법과 실정법** 자연법은 인간의 이성에서 나오는 것이고, 실정법은 신성의 현시에 따르는 것이다.

531 **WATER-LANDISH** 스턴의 조어로, 대니얼 워터랜드(Daniel Waterland, 1683~1740)란 현학적 성직자를 빈정거리는 의미가 있으면서, 또한 'outlandish'란 단어의 '황당할 정도로 기이한'이란 의미를 떠올리게 하는 말이다.

**모조리 허접한 비평가적** 여기서도 스턴은 조어를 썼다. 'tritical'은 평범하고 진부하다는 'trite'와 비평적이라는 'critical'을 합쳐서 만든 말이다.

**훔친 내용이니까** 당시의 설교 쓰기 관행에서는 표절이 보편화되어 있었다.

**페다구네스 박사** 페다구네스(Paidagunes)는 'pedagogue', 즉 학자 연하는 사람이란 단어의 여성형으로 스턴이 만든 말.

532 **쓰여 있다는 사실이다** lentamente는 '천천히', tenutè는 '음을 지속 시켜', grave는 '장중하게', adagio는 '천천히', a l'octava alta는 '높은 옥타브로', Con strepito는 '활기차게', Sicilliana는 '느리고 전원적인 시칠리아 춤처럼', Alla capella는 '무반주로', Con l'arco 는 '바이올린 연주에서 활을 사용하여', Senza l'arco는 '활 없이 손 가락으로 퉁겨서'.

533 **풍기고 있다** 스턴은 『트리스트럼 샌디』 제3, 4권에 대해 부정적 비평 을 실었던 『비평적 서평(Critical Review)』지를 풍자했다. 이 잡지의 표지는 푸른색이었고, 편집자 스몰렛(Tobias Smollett)은 유명한 소 설가이자 의사였는데, 스턴은 여기서 그를 말을 다루는 수의사처럼 빈정거렸다.

534 **민히어 반데르 블로네데르돈데르괴덴스트론케** 민히어(Mynheer)는 네덜란드 말로 미스터에 해당하고, 나머지는 스턴이 네덜란드인 비 평가를 패러디하며 만들어 낸 이름.

535 **터키와 싸우기 위해** 이 전쟁(1716~1718)은 일종의 십자군 전쟁으 로 평가되면서 유럽 각지로부터 많은 지원병을 끌어들였다. 유진 공 은 동맹군 관계에 있던 말버러 공작과 함께 당시의 가장 뛰어난 장군 으로 알려져 있다.

539 **바지를 입힐 생각이야** 당시에는 아이들이 대여섯 살이 될 때까지 성 별에 상관없이 내리닫이로 된 긴 튜닉 같은 옷을 입었다. 월터는 트 리스트럼에게 무릎까지 오는 반바지를 입힘으로써 그 사고가 소문처 럼 치명적이 아니었다는 것을 보여 주려 한다.

540 **침상 재판** 'beds of justice'는 'lit de justice', 즉 프랑스 왕이 의회 에 출석할 때 앉는 좌석을 일컫는 말이다.

**클루베리우스** Phillip Cluwer(1580~1623). 독일의 지리 학자.

545 **디미티 천** 퍼스티언 천은 두꺼운 코르덴이나 면 벨벳 같은 섬유인 데 비해 디미티 천은 얇고 결이 고운 섬유다.

546 **알베르투스 루베니우스** Albert Rubens(1614~1657). 유명한 화가 루벤스의 아들로, 작가이며 고고학자.
**De re Vestiaria Veterum** 루벤스의 책 제목, 『고대인의 복식에 대하여』.

547 **Trabea** Toga는 로마의 기본 의상으로 소매 없는 긴 겉옷. Chlamys 는 짧은 모직의 소매 없는 외투, 주로 고위 군인의 겉옷. Ephod는 유대 제의(祭衣). Synthesis는 헐거운 가운으로 식사 때나 축제 때 입는다. Pænula는 비 올 때나 여행할 때 입는 모직이나 가죽으로 된 긴 코트. Lacerna, with its Cucullus는 두건 달린 군용 망토. Paludamentum은 군용 외투. Prætexta는 시장이나 복점관이 입었던 자주색 테를 두른 가운형 겉옷. Trabea는 토가보다 조금 짧고 자주색, 흰색, 그리고 후기에 가면 황금색의 줄무늬가 있는 일종의 토가, 고위층의 공식 복장.
**가벼운 신발** the soc. 코미디 배우들이 신는 신.
**유베날리스** Juvenal(60~127). 고대 로마 최고의 풍자 시인.

549 **Latus Clavus** 로마의 집정관들이 입는 토가 중앙에 세로로 들어가는 넓은 자주색 줄무늬.
**조제프 스칼리제르** 열거한 이들은 모두 르네상스 시대 학자나 역사가다.

550 **1루드** 1루드(rood)는 4분의 1에이커, 약 3백 평에 해당한다.

551 **말버러 공작** The Duke of Marlborough(1650~1722). 존 처칠(John Churchill). 윌리엄 3세 치하에서 영국군 총사령관을 지냈다.

554 **리에주와 루르몽드** 이 두 도시는 1702년에 함락되었다.

556 **프로테우스** 어떤 모습으로든 즉각 변신할 수 있는 바다의 신.

557 **라일이 포위되었던 해** 1708년.

558 **몬테로 모자** 스페인의 사냥용 모자로, 펴서 내릴 수 있는 귀덮개가 달려 있다.

559 **라말리 가발** 이 가발은 1706년 말버러 공작이 벨기에의 라말리에서 프랑스군을 격퇴하고 대승을 거둔 기념으로 그런 이름을 얻었으며,

길게 땋아서 검은 리본으로 묶은 것이다.

562 **로즈메리** 관에 던져 넣는 이 허브는 추모의 의미를 갖는다.

564 **아버지에게는 천만다행한 일이었다** 그날 작성했다면 트림에게 다 남겼을 수도 있다는 의미.

566 **개릭 씨** 데이비드 개릭(David Garrick, 1717~1779). 당시의 가장 뛰어난 배우이자 제작자, 극장 운영자였다.

**삼촌의 간** 전통적으로 간은 성적 감정에 가장 민감하게 반응하는 것으로 알려져 있다.

567 **위트레흐트 평화 조약** 토비가 그렇게 오랫동안 몰두해 있던 스페인 왕위 계승 전쟁(1701~1713)을 종결시킨 조약. 1713년 5월에 체결됨.

568 **가슴에 남긴 상처도** 영국의 메리 여왕은 1558년 사망 당시, 바로 그해에 칼레를 프랑스에 잃은 것이 깊은 상처가 되어 가슴에 그 이름이 새겨져 있으니, 죽은 뒤 해부해 보면 나타날 것이라고 말한 것으로 전해진다.

569 **테르툴리아누스** Tertullianus(160~240)를 말하는 것으로 보인다. 그는 기독교를 옹호하고 변호하는 웅변을 담고 있는 『호교서 (*Apologeticus*)』의 저자다.

572 **영국의 대전사 일곱 명의 이야기** 학생들이 즐겨 읽는 모험 소설의 주인공이나 전설적으로 유명했던 실존 인물들을 나열했다.

**트로이로 돌아왔을 때** 호메로스의 『일리아스』에 나오는 인물들. 헬레나는 스파르타의 왕 메넬라오스의 아내로, 그녀가 트로이의 왕자 파리스에게 유괴되면서 트로이 전쟁이 시작됨. 헥토르는 트로이의 영웅으로 아킬레스에게 죽음을 당했고, 프리아모스는 트로이의 왕으로 아들 헥토르의 시신을 수습하고 싶어 했으나 거절당했다.

574 **Quanto id diligentius in liberis procreandis cavendum** 그러니 우리가 아이를 잉태할 때 얼마나 더 많은 신경을 써야만 하겠는가.

575 **영국 여왕** 앤(Anne) 여왕.

578 **류트** 14~17세기에 사용된 기타 비슷한 현악기.

플로티노스 Plotinos. 3세기 그리스의 신플라톤주의자.

**579** **피키누스** Marsilio Ficino. 15세기 이탈리아의 철학자, 의사로 플라톤에 대한 논평을 썼다.

**베이너드 박사** Edward Baynard. 18세기 초 영국의 의사. 『냉수욕의 역사(*History of Cold Bathing*)』의 저자.

**가뢰 벌레** 가뢰(cantharides)는 말려서 가루로 만들어 발포제 또는 최음제로 쓰이는 곤충. 여기서는 최음제라는 뜻으로 사용됨.

**ὅτι φιλοσοφεῖς ἐν Πάθεσι** 나지안주스의 성 그레고리우스가 친구 필라그리우스에게 보낸 편지에 나오는 문구로서, 그대로 번역하면 "브라보! 고통 속에서도 철학적 논거를 만들고 있다니"가 된다.

**580** **연수정 반지도 활용했지요** 모두 열정을 식히고 정숙함을 증진시키는 것으로 알려진 약재들. 연수정 반지도 그런 효험이 있는 것으로 알려져 있다.

**고르도니우스** Bernard de Gordon. 13세기 프랑스 의사.

**장뇌** 장뇌는 욕정의 억제 효과가 있다고 알려졌다.

**589** **작품 자체다** Non enim excursus hic ejus, sed opus ipsum est. 소(少)플리니우스(Pliny, the Young)의 서한집에서 인용.

**593** **가론 강가** 가론 강은 프랑스의 서남쪽에서 서북쪽으로 흐르는 강이다. 베수비오 산은 이탈리아 나폴리 만에 있는 산.

**요파** 고대 이스라엘의 항구 도시.

**Allons!** '갑시다'라는 의미의 프랑스어.

**도버** 프랑스 칼레로 가는 배가 떠나는 영국의 항구.

**594** **토머스 오베케트** 캔터베리 성당 안에는 피살당한 성 토머스 베켓의 성소가 있다.

**휘발성 소금** 의식을 잃은 사람의 코에 쐬어 정신을 차리게 할 때 사용함.

**596** **가도 되는 길이다** 보베를 거치는 길이 가장 단거리다.

**달리면서 쓰다 보니** 조지프 애디슨(Joseph Addison)은 이탈리아 여행을 하며 고대 작가들이 그곳에 대해 쓴 글과 자기가 본 것을 비교하는 것을 즐겼다고 쓰고 있다. *Remarks on Several Parts of Italy* (1705).

**597** **데모크리토스** Democritus(기원전 460년경~375년경). 압데라 출신의 고대 그리스 철학자. 해학이 뛰어나 웃는 철학자라 불린다.

**에페소스의 마을   서기** 헤라클레이토스(Heraclitus, 기원전 540년경 ~475년경). 철학자가 되기 위해 에페소스의 시장직을 포기한 고대 그리스 철학자. 데모크리토스와 대비되어 우는 철학자라 불리기도 한다.

**칼라티움, 칼루시움, 칼레시움** 칼레의 라틴어 명칭들.

**basse ville** '아랫마을'을 뜻하는 프랑스어.

**599** **그들의 식습관** 해산물이 정력에 좋다는 속설에 빗댄 것이다.

**La Tour de Guet** 망루 탑.

**600** **생 피에르** 칼레 시민의 학살을 막기 위해 1346년 영국의 에드워드 3세에게 항복하고 나온 여섯 명의 유지 중 한 명. 이들은 모두 필리파 왕비의 도움으로 목숨을 구했다.

**라팽 자신의 말** Paul de Rapin(1661~1725)의 『영국사*L' Histoires d' Anglterre*』

**601** **가장 낮은 패인데요** 주사위에서 6이 나오는 경우와 1이 나오는 경우를 말한다.

**ma chere fille!** '아름다운 아가씨'를 뜻하는 프랑스어.

**602** **자연의 여신에게 진 빚** 자연에게 진 가장 큰 빚은 죽음이다.

**605** **조각상의 엄지손가락** 이상적 조각상에 대한 고전적 개념에는 코의 길이와 엄지의 길이가 같아야 한다는 것이 포함된다. 여기서는 그녀의 신체가 아주 균형이 잘 잡혔다는 의미.

**606** **힘으로 당기는 일** 그림을 그리다라는 의미의 'draw'라는 단어는 끌어당기다는 의미도 갖기 때문에 스턴은 여기서 말장난을 하고 있다.

**607** **경건한 신앙인** 스턴은 『감상 여행』에서 프랑스 여성의 삶을 교태 부리는 시기, 이신론에 몰두하는 시기, 종교에 몰두하는 시기의 세 시기로 나누고 있다. 앞의 두 단계는 남성의 관심을 끄는 데 몰두하는 시기이고, 세 번째 단계는 비교적 초연해지는 시기임을 시사한다.

**유리하다는 말입니다** 스턴은 여기서 피켓이라는 카드 게임의 용어를 쓰고 있다. 7, 8, 9의 카드를 가진 패로서 별로 크게 유리하지 못한 패를 말한다.

**poste et demi** 한 구간 반. 역마차 한 구간은 약 6마일에 해당한다. 즉 몽트뢰유에서 낭퐁까지 약 9마일.

609 **성 주네비에브** 파리의 수호 성인.

**만들어 주소서** 구약 성서 「시편」 83편 13절. 적들을 바람에 굴러 가는 엉겅퀴처럼 퇴치해 달라는 다윗의 기도를 담고 있다.

610 **익시온** 제우스의 미움을 사 영원히 불타는 바퀴에 묶여 있었다.

611 **레시우스** Leonardus Lessius(1554~1623). 르네상스 시대의 예수회 신학자.

**네덜란드식 1마일** 영국식으로 약 4.4마일.

**프린시스코 리베라** Francisco Ribera(1537~1591). 르네상스 시내 예수회 신학자.

**이탈리아식 2백 마일** 이탈리아식 1마일은 영국식 0.9마일에 해당함.

612 **프리아포스** 그리스 신화에서 남근으로 상징되는 다산성의 신.

615 **샹티이의 마구간** 부르봉 공작이 건축한 이 마구간은 천 마리의 말을 수용할 수 있는 규모다.

**거긴 보물이 풍성하다고** 상 드니의 베네딕트 수도원에는 보물이 많은 것으로 알려져 있으며, 특히 유다가 예수를 배반하던 날 사용했다는 잔과 등잔이 유명하다.

616 **양보하지 않는구먼** 길이 질척거리고 가운데 하수구가 있기 때문에 벽에 가까운 쪽을 양보하는 것이 예의로 생각되었다. 스턴은 여기서 벽 역시 지저분하다고 말하고 있다.

**그럼 샐러드 시간이 되겠군** 원문은 "'tis the time of sallads"라고 되어 있는데, 'salad days'란 표현은 관용적으로 경험이 없고 다소 무모하며 열정과 이상주의가 가득한 젊은 시절을 의미한다.

618 **릴리에게서 인용한 것이다** 윌리엄 릴리(William Lily)와 존 콜렛(John Colet)이 저술한 *A Short Introduction of Grammar*(1549)에 나오는 명사에 대한 정의에서 인용한 구절.

620 **데리, 데리, 다운** 특별한 의미 없이 노래의 후렴에 주로 나오는 말.

622 **퐁텐블로** 파리 중심부에서 55킬로미터 동남쪽에 있는 지역으로, 프랑스 왕의 거처인 거대한 성이 있다.

**consideratis, considerandis** 모든 것을 고려해 볼 때.

623 **앙두예트** 작은 소시지라는 의미의 프랑스어.

**리스트라 사람**「사도행전」14장 8절에 나오는, 태어나면서부터 앉은뱅이였던 리스트라 사람. 사도 바울이 자신의 설교를 듣고 있는 그의 믿음을 보고 일어나 똑바로 서 보시오라고 말하자 일어나 걷게 되었다는 일화.

624 **칼레슈 마차** 뚜껑이 접히는 낮고 가벼운 사륜마차.

626 **담쟁이덩굴 한 다발** 옛날 선술집 앞에는 술을 판다는 표시로 담쟁이덩굴 다발을 걸어 두었다.

627 **허연 부기** white swelling. 붉은 기운 없이 부어오른 증세를 말하지만, 속어로는 임신을 뜻하기도 한다.

**상태이다 보니** 노새는 생식력이 없다는 사실에 빗대었다.

631 **말을 받으면 되지 않겠어** 여기서 나오는 'bouger'와 'fouter'는 각각 프랑스어에서 성교를 뜻하는 'bougre'와 'foutre'를 상기시키는 단어들이다. 파, 솔, 라, 레, 미, 위트는 6음계 체계의 각 음 이름.

636 **세귀에 씨** 오세르의 주교 도미니크 세귀에(Dominique Séguier, 1593~1659)를 말하는 것으로 보인다. 그는 수도원에 있는 성인들의 시신 상태를 조사했다.

637 **라벤나** 이탈리아 동북부의 도시. 밑에 나오는 막시무스는 막시마란 이름의 남성형.

638 **성 오프타트** 오프타트(Optat)는 라틴어로 원하거나 선택한다는 뜻이 있다.

639 **프링겔로** 앤터니는 이 작품에서 유지니어스로 등장하는 스턴의 친구 존 홀 스티븐슨을 말한다. 그는 가까운 친구들 사이에서는 앤터니라 불렸다. 그의 이야기책은 *Crazy Tales*를 말하고, 그중에는 돈 프링겔로의 것으로 밝혀진 이야기가 들어 있다.

640 **코트 로티** 특히 포도밭으로 유명한 지역.

642 **유장** 우유가 치즈로 응고될 때 생기는 액체. 염소의 우유와 함께 정력에 좋은 것으로 여겼다.

645 **아만두스/아만다** '사랑을 받아야만 하는 사람'이란 의미의 라틴어 남성형과 여성형.

647 **산타 카사** 이탈리아의 로레토에 있는, 성모 마리아의 집이 있는 성지로서, 신비롭게도 천사들이 그 집을 나자렛에서 이곳으로 옮겨다 놓았다고 전해진다.

**당나귀** 당나귀, 즉 'ass'는 영어에서 엉덩이나 성적 욕구를 나타내기 때문에 스턴은 그 이중적 의미를 상기시키며 이 부분을 썼다.

649 **마카롱** 달걀흰자, 설탕, 아몬드 등을 섞어 만든 과자.

652 **Pardonnez moi** 프랑스어로 '실례지만'.

653 **나도 그 정도는 안다** 프랑스에는 소금에 대한 세금이 있었다.

654 **요구하는 이가 있습니다** 트리스트럼은 여기서 신부가 죽음을 앞둔 환자에게 기름(성유)으로 종부 성사를 해 준다는 의미로 신부에게 이 말을 하고 있다.

655 **PAR LE ROY** '왕의 명에 의하여'.

**평화 조약이 체결되었다** 7년 전쟁을 종결지은 파리 평화 조약은 실제로 1763년에 체결되었다.

657 **소리치지는 않았다** 『돈키호테』 I, iii, 9. 참조.

**루이 금화** 영국 돈 약 1기니에 해당한다.

**도즐리 씨나 베켓 씨** 『신사 트리스트럼 샌디의 인생과 생각 이야기』 제1, 2권은 처음 자비 출판했으나 도즐리의 출판사가 제1, 2권의 제2판과 제3, 4권을 출판했고, 베켓의 출판사는 제5권부터 제9권까지 출판했다. 즉 스턴은 1761년 12월에 출판사를 도즐리에서 베켓의 출판사로 바꿨다.

659 **j'en suis bien mortifiée** '대단히 굴욕스러운데요'.

661 **그런 증세는 본 적이 없다고 할 정도였다** 1762년부터 프랑스 정부가 예수회를 전복적 기구로 여겨 탄압하면서, 예수회 학교 문을 닫고,

재산을 몰수했던 것을 지칭한다. 담즙은 심통이나 화를 일으키는 것으로 알려져 있다.

**662 볼거리가 없고** 아비뇽에서는 14~15세기에 교황들이 거주했던 교황궁이 유명한 관광지지만, 스턴은 이 명소를 무시하고 오르몬드 공작의 유배 거처를 언급하고 있다. 제2대 오르몬드 공작의 이름은 트림의 본명과 같은 제임스 버틀러(1665~1745)였고, 그는 1712년 말버러 공작의 뒤를 이어 총사령관이 되었는데, 토비 삼촌의 이야기에서 중요한 역할을 하는 위트레흐트 평화 조약을 1713년에 체결한 사람이다.

**663 속담** "바람 많은 아비뇽, 바람이 없을 때는 질병에 시달리고, 바람이 있을 때는 바람에 시달린다"는 의미의 속담이 있다.

**666 무화과를 받았으니 말이다** 스턴은 여기서 무화과(fig)라는 말에 하찮고 시시한 것이라는 영어의 의미를 담아 장난치고 있다고 볼 수 있다.

**평원** 'plain'이라는 단어가 명사로는 '평원'이란 뜻이지만 형용사로는 '간단하고 평이하다'는 의미이기 때문에 이 책의 제목은 '평원 이야기' 또는 '꾸밈없는 심심한 이야기'라는 이중적 의미를 담고 있다.

**667 펠멜 거리나 세인트 제임스 거리** 런던의 번화가들.

**668 성 부거** Saint Boogar. 앙두예트 수녀원장 일화에 나왔던 'bouger'란 단어의 음을 따서 만든 이름.

**670 페드릴로** 프링겔로를 잘못 적은 것으로 보인다. 제7권 28장, 스턴의 주 참조. 이 지명들은 님므에서 툴루즈까지 가는 약 2백 마일의 여정 중에 있는 곳들이고 스턴이 1762년 유럽 여행 중에 실제로 지나간 곳들을 말한다.

**673 일직선으로 똑바로 가는 선** 이 번역본에서는 587쪽 제6권 40장 그림.

**675 초상화** 18세기 영국의 뛰어난 시인 알렉산더 포프(Alexander Pope, 1688~1744)가 위를 올려다보며 뮤즈나 고대의 위대한 작가로부터 영감을 얻고 있는 모습의 동판화 초상화가 여럿 있다.

**676 타르튀프** 제5권 제1장 참조. 종교적 위선자의 대명사.

**677 야바위꾼** 트리스트럼 자신을 말한다고 볼 수 있다.

**679  무력한 자들의 얼굴을 짓찧어 놓고**  구약 성서 「이사야서」 3장 15절, 야훼께서 오만한 시온의 장로들과 우두머리들을 재판하면서, "어찌하여 너희는 내 백성을 짓밟느냐? 어찌하여 가난한 자의 얼굴을 짓찧느냐?"는 구절이 나온다.

**롱기누스를 읽었다는 것을 알 수 있다**  고대 그리스의 철학자 롱기누스는 『숭고함에 대하여』에서 알렉산드로스 대제가 자신의 자문관 파르메니오와 대화하는 중에, 내가 알렉산드로스였다면 적이 제시한 그 평화 조약의 조건을 받아들였을 것이라는 파르메니오에게, 내가 파르메니오였다면 나도 그랬을 것이라고 말했다는 일화를 소개했다.

**681  열 대의 수레 가득 있고**  『신사 트리스트럼 샌디의 인생과 생각 이야기』 제5, 6권은 총 4천 부가 출판되었으나, 15개월이 지난 당시 1천 부의 재고가 남아 있었다.

**682  쿼트**  1쿼트는 4분의 1갤런 또는 약 1.14리터에 해당한다.

**684  엘**  ell. 1엘은 약 27인치에 해당한다.

**686  위로 젖히기**  낡은 모자(old hat)는 여성의 음부를, 위로 젖히기(cock)는 남성의 성 기관을 말하는 속어.

**687  티에라델푸오고**  남아메리카 남단에 있는 다도해. 직역하면 불의 땅이 된다.

**688  악마의 똥**  일종의 고무나무 수지로 냄새가 고약한 약제이며, 인도 요리의 재료로 널리 쓰인다.

**689  Handy-dandyish**  어느 손에 물건이 있는지 맞히는 어린아이들의 놀이.

**691  불을 댕길 수 있다는 것이 분명하다**  속담적 표현으로, 양쪽 끝에서 촛불을 붙인다는 것은 방탕한 생활을 한다는 뜻이 있다.

**692  맹장**  여기서는 맹장을 'blind gut'이라 부름으로써 사랑이 맹목적인 단계까지 간다는 의미를 함축한다.

**아버지가 말했다**  맹장을 말하는 blind gut가 한쪽이 막힌 통 모양의 통로라는 의미가 있기 때문에 월터가 이런 말을 한다.

**694  단에서 베르셰바까지**  성서에 나오는 표현으로, 가나안 땅의 양 끝의

이름이면서 세상 끝에서 끝까지라는 의미로 쓰인다.

**696  부생** Bouchain. 북프랑스 지역의 도시로 1711년 말버러 공작이 그 곳을 함락하며 큰 승리를 거둔 곳이다.

**성 라다군다** 제4권 제6장 참조. 그녀는 특히 스스로 몸에 고통을 많이 가한 것으로 알려져 있다.

**698  세르비우스 술피키우스** 제5권 제3장 주 참조.

**706  베이컨 수사** 로저 베이컨(Roger Bacon, 1214~1294). 영국 철학자이며 성 프란체스코 수도회 수사.

**710  랜든 전투** 제5권 제21장 주 37 참조.

**712  cæteris paribus** 다른 여건이 대등할 경우.

**720  고텀** 민담에 의하면, 노팅엄에 있는 고텀의 주민들은 존 왕이 그곳에 정착하는 것을 막기 위해 모두 바보인 척했다고 한다. 따라서 그들은 현명한 바보로 알려져 있다.

**721  트라키아의 로도페** 트라키아의 로도페는 아무도 거역할 수 없는 매혹의 힘을 가진 여자여서, 그녀가 누군가를 일단 쳐다보면, 그 사람은 그녀의 눈에 완벽히 끌려들게 되므로, 그녀를 만난 사람이 그녀의 포로가 되지 않는 것은 불가능한 일이었다. 로도페는 기원전 6세기 그리스의 고급 매춘부였고, 스턴은 이 부분을 로버트 버턴에게서 빌리고 있다. 원전은 기원전 3세기에 나온 그리스 로맨스 소설 『에티오피아 역사』이며, 저자는 헬리오도로스다.

**724  넘볼 수 없을 정도로구나** 이 구절은 버턴의 『우울증의 해부』에서 인용된 것으로 로버트 토프트의 글로 밝혀져 있음.

**731  구더기와 나비** 영어에서는 구더기와 나비가 변덕이라는 뜻이 있음. 제1권 7장 참조.

**타지 말라고요** 스턴은 영어에서 부정어가 끝에 들어가는 구문 형식에 기대어 첫 세 번 반복된 'mount him'이 결국 네 번째의 'mount him not'과 연결되어 별 무리 없이 그 네 번이 모두 타지 말라는 말이 되면서 동시에 처음 읽을 때는 타라는 말로 오해되는 이중성을 활용하고 있다.

732 **당나귀** 당나귀(ass)는 영어에서 엉덩이라는 뜻과 욕정이란 뜻을 갖고 있어서, 아버지는 욕정의 의미로 삼촌은 엉덩이의 의미로 이 단어를 쓰고 있다.

734 **nolens, volens** '원하든 원치 않든'.

736 **황금 사슬** 호메로스에서 밀턴에 이르기까지 황금 사슬은 하늘에서 땅으로 뻗어 내려온 사랑과 화합, 조화의 이미지로 사용되고 있다.

741 **스카롱** Paul Scarron(1619~1660). 프랑스의 희극적인 소설, 희곡을 쓰는 작가.

742 **아비센나** Avicenna(980~1037). 아라비아의 의사이자 철학자.
**헬레보어** 고대인들이 광기 치료에 효과가 있다고 믿었던 약초.
**엘리아누스** 클라우디우스 아일리아누스(Claudius Aclianus). 3세기경의 로마의 저술가. 이 내용은 『동물의 본성에 대해(*De Natura Animalis*)』에 나옴.

745 **생각하지는 말아 주십시오** 버턴이 『우울증의 해부』에서 인용하고 있는 글로, 율리우스 스칼리게르가 카르단에게 보낸 편지에 나오는 구절임.

747 **헌사** 이 제9권의 헌사는 1760년 제1, 2권의 헌사를 바쳤던 윌리엄 피트에게 바친 것이다. 1761년부터 1766년까지 관직을 떠나 있던 피트는 제9권이 출판되기 1년 전, 즉 1766년 수상 직에 오르면서 채텀(Chatham) 백작의 작위를 받았다.
**타당하게 되었군요** 'a priori'는 '선험적으로', 'a posteriori'는 '후천적, 귀납적으로'라는 뜻을 가지나, 여기서는 본래 처음에는 피트 씨께 헌사를 쓸 생각이었으나 뒤에 와서 보니 채텀 경께 바쳐야 되게 생겼다는 뜻으로 쓰고 있음.

748 **함께 가리라** 이 시는 알렉산더 포프의 시 「인간론(An Essay on Man)」의 한 구절을 스턴이 다소 변형한 것임.

753 **갑옷을 입고** 콘돔을 사용한다는 의미의 18세기 표현.

763 **통 이야기나 모세의 신탁** 『통 이야기(*A Tale of a Tub*)』(1704)는 조너선 스위프트의 종교에 대한 풍자 작품이고, 『모세의 신탁(*The Divine Legation of Moses Demonstrated on the principles of a*

*Regligious Deist)*』(1737~1741)은 워버턴 주교의 진지한 신학 저술이다.

**767** **퀴베트** 'cuvette'는 마른 외호 중앙에 파 놓은 참호나 도랑이란 의미도 있지만 일종의 실내용 변기를 뜻하기도 한다.

**768** **성찬식 일요일** 성찬식 행사는 매달 첫 일요일에 거행되는 관례가 있었으므로, 월터는 그날이 일요일이고 그달의 첫 일요일, 즉 자신이 아내와의 잠자리 등 가정사를 처리하는 날임을 확인한 셈이 된다.

**771** **연수정** 연수정은 열정과 감정을 가라앉혀 주는 효과가 있는 것으로 알려져 있다. 제6권 36장 주 참조.

**772** **루도비쿠스 소르보넨시스** 소르본을 염두에 둔 스턴의 합성어로 보인다.

**773** **테르시테스** 호메로스의 『일리아스』에 등장하는 못생긴 군인으로, 호전적이며, 말을 함부로 하는 인물.

**774** **자주색 바지를 입은 상태** 그의 성직에 따른 옷 색깔을 말한다.

**776** **루소** 프랑스의 계몽 철학을 이끈 철학가이자 작가인 장 자크 루소(Jean Jacques Rousseau, 1712~1778)는 자연으로 돌아가서 보다 단순하고 소박한 삶을 살 것을 강조했다.

**말라깽이 처녀 한 명** 화로의 여신 베스타 신전의 처녀는 불을 관리하는 일을 한다. 트리스트럼은 여기서 부엌 하녀 한 사람만 두고 있다는 말을 하고 있다.

**785** **텐-에이스** 휘스트(whist) 카드 게임에서 상대방이 가진 카드보다 하나 높은 카드와 하나 낮은 카드를 가지고 있어 어떤 식으로든 승률이 높은 패를 가진 상태를 말한다.

**787** **잘라 가 버렸답니다** 스턴이 1765년 11월부터 1766년 5월까지 실제로 이탈리아를 여행하는 중에 일어난 에피소드. 임신 중인 세탁부가 아기 모자를 만들기 위해 셔츠 앞자락을 잘라 냈다고 함.

**파올로** paolo 이탈리아의 동전.

**그렇게 나쁜 것만은 아니라고 생각합니다** 이 부분에서 스턴과 동시대 소설가이자 의사인 토비아스 스몰렛(Tobias Smollet, 1721~1771)의 기행문 『프랑스와 이탈리아 여행기』를 패러디하여 스몰렛의 부정적 시각을 풍자하고 있다.

792 **제욱시스의 말** 플리니우스는 화가 프로토게네스(BC 4세기경)가 스펀지를 던져서 개의 입에 있는 거품을 그렸다는 일화와 또 다른 그리스의 화가 네알세스(BC 3세기경) 역시 같은 방법으로 말의 거품을 표현했다고 전하고 있다. 스턴이 4세기경의 그리스 화가 제욱시스를 언급하고 있는 이유는 확인되지 않고 있다.

793 **스페인 속담** 사랑을 표현하는 데는 여러 말이 필요하지 않다는 속담.

794 **기도서에 보면 답이 있지요** 기도서에는 결혼의 이유가 다음과 같이 제시되고 있다. 부부간에 함께 지내면서 서로 도움과 위안을 주고, 죄악이나 간음을 피하면서 자손을 생산하기 위해서다.

795 **깽깽이 활 같은 말씀** 'fiddlestick.' 바이올린 활을 뜻하기도 하는 이 말은 흔히 시시한 것, 부질없는 것이라는 관용적 의미로 쓰인다.

796 **흐라프** 네덜란드 의사인 라이니어 데 흐라프(Reinier de Graff, 1641 ~1673)는 사실 뼈와 근육에 대해서만이 아니라 생식기에 관한 책도 쓴 사람이다.

799 **고용 비평가** 출판사에서 고용한 비평가, 즉 몇 푼 받고 원하는 글을 써 주는 글쟁이를 말한다.

808 **예변법** 반론을 예상하여 미리 반박하는 수사법.

810 **에우로페** 그리스 신화에서 황소로 변신한 제우스 신이 납치했던 페니키아의 공주.

**민법 재판소** Doctors Commons. 런던의 세인트 존 성당 근처에 민법 박사와 변호사들의 사무실 건물이 모여 있던 지역을 일컫는데, 결혼 허가증, 유언장, 이혼 소송 등을 취급했고 그곳에서 종교 및 민간 소송이 진행되기도 했다.

**수탉과 황소 이야기지요** 부질없고 황당한 이야기라는 숙어적 의미가 있으면서 또한 남성성을 대변하는 두 동물을 통해, 성에 대한 당시의 편견을 풍자하는 이야기라는 의미를 함축한다 할 수 있다.

# 불완전한 인간, 그 신비와 불확정성의 유희 속에서 웃는다

김정희

## 1. 가장 자유로운 정신을 가진 작가

영국 요크 지방의 한적한 시골 마을의 목사였던 로렌스 스턴 (Laurence Sterne, 1713~1768)은 1759년 12월 요크의 한 출판사를 통해 자비로 『신사 트리스트럼 샌디의 인생과 생각 이야기 (*The Life and Opinions of Tristram Shandy, Gentleman*)』(이하 『트리스트럼 샌디』) 1, 2권을 세상에 내놓았다. 이 작품이 런던에 소개되면서 스턴은 무명의 시골 목사에서 런던의 유명 인사들이 가장 만나고 싶어 하는 명사로 삶의 전환점을 맞게 되었다. 그 후 1767년까지 총 5회에 걸쳐 9권까지 출판된 이 작품은 유럽에서 커다란 파장을 일으켰다. 1762년 스턴이 요양차 나선 유럽 여행 길에 파리를 찾았을 때는 그곳 지식인, 상류층 인사들 역시 앞다투어 그를 초대하고 만나고 싶어 했다. 이 작품의 특징 중의 하나는 독자들이 스턴과 트리스트럼을 동일시하면서, 자신의 약점을 과장적으로 노출시키는 트리스트럼에 대한 호감을 작가에 대한 친밀감 있는 호기심으로 직결시켰다는 사실이다. 어떤 틀에 끼워 맞춰지지 않는 인간, 가변성으로 특징지어지는 인간, 트리스트럼

/스턴에 대한 이끌림 또는 호의는 이 작품의 화자가 내뿜는 자유로운 솔직성에 대한 매혹이라 할 수 있다.

이 작품의 제목에 나오는 '신사'라는 말은 누구나 흔히 갖고 싶어 하는 호칭이지만, 진정성 있는 인간의 본모습, 그 복합성을 추적하는 이 작품의 문맥에서는 날것의 인간 본성의 어떤 면을 감추거나 억압하는 사람이란 의미가 될 수도 있다. 한 인간으로서는 필수적이지 않은 것들이 신사가 되려면 꼭 필요한 것이 되고, 신사와 보통 사람의 경계선에 서 있는 사람은 신사가 되기 위해 수많은 가상의 결핍을 경험할 수밖에 없다.

스턴의 두 번째 작품인 『감성 여행(A Sentimental Journey Through France and Italy)』(1768)은 유럽 여행의 경험이 없는 화자 요릭이 프랑스에 대한 이야기를 하다가 "프랑스에 가 본 적이 있느냐"고 승리감에 차서 물어보는 자기 하인의 질문을 받고는 홧김에 서둘러 유럽 여행길에 나서는 장면에서 시작한다. 즉 신사 대접을 받고 싶은 사람에게는 유럽 여행을 해 보지 않았다는 사실이 중요한 결핍이 되는 것이다. 스턴을 안티페미니스트로 규정하는 여성 비평가 중에는 트리스트럼의 어머니 엘리자베스가 가족의 유럽 그랜드 투어에 동참하지 않고 샌디홀을 지킨 사실을 여성 배제적 차별이라고 비판하기도 하지만, 트리스트럼은 그랜드 투어가 "해외에 나가 봤다는 사실을 모자에 달린 깃털처럼 과시하고 즐기는 자격"을 얻는 일이라고 규정한다(제4권 31장). 엘리자베스는 그런 자격에 대해 지극히 무관심한 인물이고, 그 자격의 부재가 전혀 결핍으로 느껴지지 않는 시각을 대변한다. 『감성 여행』 출발점의 요릭이 신사가 되고 싶은 인물이고, 엘리자베스가 그 호칭에 관심이 없는 인물이라면, 트리스트럼은 작품 속에서 신사라는 틀에서 해방되는 작업을 펼치는 인물이다.

사실상 스턴은 출생에서부터 신사의 주변부에 속하는 계층이었고, 열 살 이후부터는 훨씬 더 탄탄하게 신사 계층에 속하는 친척들 사이에서 경계에 서 있는 자신의 입장을 더욱 실감하며 성장했다. 스턴의 아버지 로저 스턴은 할아버지가 요크의 대주교를 지낸 당당한 집안 출신이었지만, 그 자신은 영국 보병 연대의 기수인 하급 장교였다. 그는 1711년 9월 25일 플랑드르에서 어느 장교의 젊은 미망인이었던 아그네스와 결혼했는데, 그녀는 군부대에서 매점을 하던 너틀의 의붓딸이었고, 로저는 그에게 부채가 있는 가난한 장교였다. 그녀는 1713년 임신한 몸으로 한 살짜리 딸 메리를 데리고 됭케르크를 떠나 남편이 있는 아일랜드의 클론멜로 옮겨 왔고, 도착한 며칠 뒤인 11월 24일에 장남 로렌스 스턴을 출산했다.

스턴은 자신의 생일이 아버지에게 상서롭지 못한 날이었다고 기억한다. 아버지의 연대가 그날 공식적으로 해산되는 불운을 겪었기 때문이다. 일자리를 잃은 로저 스턴은 아내와 두 아이를 데리고 영국으로 건너가 요크 근처 엘빙턴에 사는 어머니의 집에서 약 10개월간 머문 뒤 그의 연대가 복구되면서 더블린으로 돌아갔다. 그 이후 스턴이 열 살이 되어 요크로 돌아갈 때까지 그의 유년기는 군부대가 이동하는데 따라 영국과 아일랜드의 이곳저곳으로 옮겨 다니며 때로는 병영에서, 때로는 친척집에서, 때로는 아버지가 얻어 준 집에서 지내는 불안정한 기간이었다.

스턴이 후일 딸을 위해 쓴 간단한 회고록에는 이 시기의 흥미로운 일화가 하나 들어 있다. 스턴이 예닐곱 살 되던 해 이 가족은 아일랜드의 위클로 인근에 있는 어머니 친척의 목사관에 반년 정도 머물었는데, 스턴은 물레방아가 돌아가고 있는 상태에서 물방아의 도랑에 빠졌지만 아무 상처도 입지 않고 무사히 구출되었다고 한다. 트리스트럼이 다섯 살 때 창문틀에 성기를 다쳤지만 무사했던 사고를 연상시키는 이 일화에서 스턴은 수백 명의 사람들이 자신을 구경하러 왔던 기억을 떠올렸다. 이 시기의 또 하나의 특징은 스턴의 아래로 동생들이 아들 둘, 딸 셋 이렇게 다섯이나 태어났지만, 막내 동생 캐서린을 제외하고는 모두 먼 길을 이동하는 여정 중에 또는 병영에서 서너 살도 채 되기 전에 세상을 떠났다는 사실이다. 스턴은 새로운 동생의 탄생을 이야기하면서 떠나간 동생의 자리를 그 아이가 채웠다는 식의 표현으로 삶과 죽음의 어떤 연속성을 주목했다. 죽음은 이때부터 이미 스턴에게 친숙한 것이었던 것 같다.

1723년 스턴이 열 살이 되던 해에 로저 스턴은 연대장으로부터 휴가 허락을 받아 스턴을 형 리처드가 사는 요크셔로 데리고 가서 핼리팩스 인근에 있는 히퍼홀름 학교에 입학시키고 아일랜드로 돌아갔는데, 이후 1731년 7월 31일 자메이카에서 풍토병으로 사망할 때까지 스턴을 만날 기회가 없었고 남겨 준 유산도 없었다. 1733년 스턴이 스턴 가문의 남자들이 대대로 다녔던 학교인 케임브리지 대학교 지저스 칼리지에 입학할 때도 백부 리처드가 사망했기 때문에 그의 아들인 사촌의 도움을 받았고, 증조부 이름으로 된 장학금을 받아 학업을 마칠 수 있었다. 1737년 대학을 졸업하고 그 이듬해 사제 서품을 받았지만, 곧이어 서튼 온 더 포리스트의 교구를 맡게 된 것도 요크의 부주교 등 주요 성직을 맡고 있던 삼촌 자크 스턴 박사의 도움을 받아 이루어진 일이다. 이렇듯 스턴이 자립할 때까지의 여정에는 가난한 그의 부모가 아니라 유복한 친척들의 지원과 후원이 함께했다. 2년간의 구애 끝에 1741년 좋은 집안 출신에 지참금도 어느 정도 있는 엘리자베스 럼리와 결혼하면서 안정적인 가정을 이루었고 슬하에 딸 하나를 두었지만,

몸과 정신이 다 병약하고 예민했던 아내와의 결혼 생활은 행복하지 못했던 것으로 알려져 있다.

이후 1759년 『트리스트럼 샌디』를 쓰기까지의 그의 삶을 간단히 정리하자면, 그는 서튼 교구와 1743년 아내 지인의 도움으로 성직록을 얻게 된 스틸링턴 교구까지 두 교구를 담당하는 목사로서, 요크 대성당에서 때때로 인상적 설교를 했던 명예 참사회원으로서, 이런저런 농사일을 시도한 농부로서, 틈틈이 바이올린을 연주하거나 그림을 그리기도 하는 아마추어 화가와 연주가로서, 다정한 아버지로서, 대학 시절 만나 평생을 절친한 친구로 지냈던 홀 스티븐슨(『트리스트럼 샌디』에서 유지니어스로 등장함)이 소유한 요크셔의 스켈턴 성에서 문학과 고전, 라블레 등을 논하기도 하고 사냥과 낚시를 하며 어울렸던 '귀신 들린 사람들(Demoniacs)'이란 사교 집단의 멤버로서, 그리고 바람둥이 기질이 있는 남자로서, 그런대로 평범하고 약간은 괴짜스러운 삶을 살았던 것으로 전해지고 있다. 그의 문필 활동은 설교문을 쓰는 일과 정치적 야망이 강했던 휘그당파의 삼촌 자크 스턴의 요청으로 정치적 저널리즘의 글을 쓰는 일에 국한되었던 것으로 보인다. 자크와 스턴은 1740년대 초에는 좋은 관계를 유지하고 있었고, 결혼하던 해에는 이 삼촌이 스턴에게 요크 대성당의 참사회원 자리를 마련해 주기도 했다. 그러나 그 후에 사이가 나빠진 정황을 스턴은 이렇게 묘사했다. "내가 신문에 글을 쓰는 것을 거부했기 때문에 그와 말다툼을 하게 되었다. 그는 정당파 사람이었지만 나는 아니었고, 그런 저급하고 지저분한 일을 혐오했다. 이때부터 그는 나의 철천지 원수가 되었다." 이는 스턴의 반정치적 성향을 보여 주는 일화로서 흥미롭다.

스턴은 1747년과 1750년에 각각 한 편씩 설교문을 출판한 적은 있지만, 작가로서의 능력을 제대로 실험해 본 최초의 작품은『정치적 로맨스(*A Political Romance*)』다. 그는 요크 교회 내에서 일어난 대주교의 특별 재판권을 둘러싼 정치적 분쟁을 풍자하는 이 팸플릿을 1759년 1월 약 500부 출판했는데, 당황한 교회의 요청으로 모두 수거하여 소각해야 했고, 겨우 여섯 부 정도가 살아남았다. 그러나 이 쓰라린 좌절의 경험은 스턴이 작가의 길로 들어서는 동인이 되었다. 그는 자신에게 글을 쓰는 재능이 있다는 것을 확인하게 되었고, 이제 방향을 바꿔 실제 인물을 풍자하는 것이 아니라, 자아 패러디의 양식으로 인간의 보편적 문제섬을 유머러스하게 탐색하는 작품『트리스트럼 섄디』를 쓰기 시작했다. 이 작품을 쓰던 무렵 스턴의 아내는 신경쇠약으로 정신 이상 징후를 보였고, 그 또한 종교계와의 갈등으로 고민하는 등 안팎으로 여러 가지 어려움을 겪어야 했다. 이 작품은 어쩌면 그런 내적 고민을 희석하는 통로였다고 볼 수도 있을 것이다.

『트리스트럼 섄디』의 1, 2권이 세상에 등장하고 나서 250여 년의 세월이 흘렀고, 그에 대한 평가 역시 다양한 방향으로 흘러오고 있지만, 이 책이 런던에 소개된 직후인 1760년 2월『런던 매거진』에 실린 익명의 서평은 이 작품의 핵심적 특성을 가장 섄디적으로 표현한 글이 아닐까 싶다.

오, 희한한 트리스트럼 섄디여!—참으로 분별력 있고—유머러스하고—애잔하고—인간미 넘치고—뭐라 설명할 수 없는 그대!—그대를 뭐라 불러야 할까?—라블레, 세르반테스, 또는 뭐라 해야 하지?—우리가 그대의 인생을 살펴보는 동안 그대가 얼마나 많은 진정한 즐거움을 제공해 주었는지—하긴 그대의 인생이라 부를 수도 없겠지, 그대의 어머니는 아직도 진통 중에 있으니 말이오—그대가 제공한 여홍에 대해 고마운 마음을 표현해야 할 것 같소. 그대의 삼촌 토비—그대의 요릭—그대의 아버지—닥터 슬롭—트림 상병, 이 모든 인물들을 그대는 뛰어나게 그려 내었고, 그대의 의견들 역시 따뜻하고 정감 어린 것이구려! 그대가 앞으로 이런 식으로 50권까지 출판한다 하더라도, 그게 모두 이 작품처럼 유익하고 즐거운 것으로 풍성하다면, 감히 말하건대, 그대는 계속 읽히고 칭송받을 것이외다.—칭송받는다고? 누구에 의해? 글쎄요, 혹시 가장 수가 많은 인간 집단이 아니라면, 적어도 가장 좋은 사람들이 그리할 겁니다.

스턴은 물론 50권까지 쓰지는 못했다. 그는 1767년 제9권을 출판한 뒤 『트리스트럼 샌디』를 중단하고 새로운 작품 『감성 여행』을 집필했으며, 4권까지 집필 계획을 세웠던 이 작품의 1, 2권을 출판한 한 달 뒤인 1768년 3월 세상을 떠났다. 그리고 그에 대한 칭송 역시 수적으로 가장 많은 사람들이라기보다는 그의 수수께끼 같은 혼종성을 이해하고 즐기는 사람들로 제한되었던 것으로 보인다.

이 서평이 지적했던 분별력과 유머, 페이소스, 인간에 대한 사랑, 라블레와 세르반테스적 희극성에다 외설성까지 현저하게 가미된 이 작품에 대한 반응이 다양했던 것은 어쩌면 당연한 일인지도 모르겠다. 독자의 도덕관, 인간관, 사회관에 따라, 또는 독자가 인간 속에 혼재하는 복합적 요소를 그대로 수용하는가, 또는 어떤 요소는 억압하고 어떤 요소는 장려하고 싶어 하는가에 따라, 괴테나 니체처럼 가장 자유로운 정신을 가진 작가라고 칭송하는 사람이 있는가 하면, 새뮤얼 존슨이나 호러스 월폴처럼 그저 기이하거나 시시한 일을 나열했다고 폄하한 사람들도 있고, 작품의 외설성, 부도덕성을 불쾌하게 생각하여 성직자답지 못하다고 심각하게 혹평한 사람들도 많다. 『트리스트럼 샌디』의 성공에 힘입어 1760년 5월 설교집을 출간하면서 샌디가의 교구 목사로 등장하는 인물의 이름을 빌려 『요릭 씨의 설교집』이라는 제목을 사용했을 때도 『햄릿』에 나오는 해골 임자이자 궁정 광대를 저자로 제시한 부적절성이 비판의 대상이 되기도 했다. 트리스트럼 역시 작품 속에서 방울 달린 광대의 모자를 자주 쓰고 나오고, 화자의 직업이 언급된 적은 없지만 제7권에서 "창백한 얼굴에 검은 옷을 입은 남자"가 파리에 입성한다는 표현이 나오는 것을 보면 그 역시 작가 스턴처럼 성직자라고 유추해 볼 수 있다. 이 작품을 쓰는 동안 스턴이 때로 자신의 이름 대신 트리스트럼이나 요릭이란 이름으로 편지에 서명을 한 경우가 자주 있다는 사실도 스턴이 이 작중 인물들과 자신을 동일시하는 느낌이 강했음을 말해 준다. 즉 스턴은 알록달록한 광대 옷을 입은 목사라는 일견 모순되고 우스꽝스런 정체성을 내세워 작품을 쓰고 있고 목사와 광대, 이 두 직업이 전혀 충돌하지 않고 어우러지는 인간관이 가능한 독자라면 이 작품을 즐기고 칭송하는 것이 가능할 것이다.

20세기 후반 들어 널리 퍼지기 시작한 해체주의, 포스트모더니즘의 정신에 공감하는 비평 기류가 확산되면서 『트리스트럼 샌디』는 흔히 200년 앞서 세상에 나온 포스트모더니즘 작품이라는 평가를 받는다. 기존의 가치 체계를 해체하여 그 체계가 함축하는 위계질서의 인위성을 노정하는 작업에 관심 있는 독자들이 스턴의 광대놀음이 하나의 진지한 작업임을 알아보는 것이다. 그의 장난기가 담보하는 의미를 살펴보면서, '난해한 수수께끼'라는 꼬리표가 달린 이 작품을 읽는 몇 가지 접근법을 제시해 볼까 한다.

## 2. 계몽주의 시대정신과 거리 두기

이성의 시대, 계몽주의 시대라는 명칭은 유럽의 18세기를 지칭하는 여러 이름 중에서도 가장 보편성을 띠는 이름이다. 계몽주의란 영어에서는 'Enlightenment', 즉 빛을 통한 깨우침을 제공한다는 의미를 갖는다. 빛과 어둠이라는 이항 대립에서 빛을 이성, 지식, 선(善), 생명 등 인간에게 유용한 것의 상징으로, 어둠을 본능, 무지, 악, 죽음 등 인간이 지양해야 할 것의 상징으로 보는 문명 지향적 시각을 차용할 때, 계몽주의는 어둠을 밀쳐내고 빛이 지배하는 사회를 추구한다고 할 수 있을 것이다. 크게 보아 스턴의 작업은 빛에 편향된 지식인에게 어둠이 설 자리도 함께 인정하도록 유혹하는 의도를 담고 있다. 이항 대립이 빛과 어둠 중 한 가지를 선택할 것을 요구하는 심각한 틀이라면, 광대 스턴은 어둠이 없는 빛, 빛이 없는 어둠이 존재하지 않는다는 천리를 상기시킨다. 스턴은 『트리스트럼 섄디』의 수호자로 어둠 속에서만 빛을 발하는 달을 지목한다. 그는 제1권 9장에서 헌사를 경매에 붙이는 중에 "달님은 내가 생각해 낼 수 있는 어떤 후견인이나 후견녀보다 더욱 강력한 힘을 발휘하여 내 책이 앞으로 나아가도록 밀어 주고, 또한 온 세상이 내 책에 반해서 미친 듯이 쫓아다니게 만들어 줄 여신"이라고 선언한다.

트리스트럼은 특히 달의 가변성을 인간의 비논리적 변덕과 결부시켜, "달님의 모습이 변해 가는 데 따라, 가끔씩은 내 변덕이 발동하는 대로, 깽깽이를 켜기도 하고 그림을 그리기도 하니"라고 말한다(제1권 8장). 이처럼 달의 영향에 자신을 맡기는 성향은 『감성 여행』에서 화자로 나선 요릭에게서도 중요한 특징으로 부각된다. 요릭은 작품의 첫머리에서 외국 땅에 처음으로 발을 디딘 여행객이 낯선 나라에 대해 갖는 경계심으로 편협해졌던 심사를 와인을 마시며 어느 정도 풀어 준 뒤, 지갑을 풀어 공중에서 흔들어 대며, 세상 아무하고라도 그 내용물을 나누어 가질 수 있는 기분이라고 말한다. 그러나 마치 자신의 자비심을 시험하기라도 하듯 바로 그 순간 프란체스코 수사가 동냥을 청하며 그의 방으로 들어서자, 그는 한 푼도 주고 싶지 않은 기분이 된다. 요릭은 이 엉뚱한 변덕을 설명하면서 우리의 기분에도 썰물이나 밀물이 있지만 그 원인을 논리적으로 설명할 방법은 없고, 조류에 영향을 주는 원인, 즉 달님의 영향을 받기 때문일 것 같다고 변명한다. 요릭은 나아가 자신이 달님과 연애를 했기 때문이라면(이 말은 미쳤다는 의미를 갖는다) 그런 변덕이 죄가 되거나 부끄러운 일이 될 수 없을 것이라고 주장한다. 스턴은 여기서 달이 일으키는 가변성을 피할 수 없는 인간 본성의 한 측면으로 복구시키고 있다고 볼 수 있다.

트리스트럼이 자신의 아버지 월터를 "극단적 규칙성의 노예"였다고 특징짓고, 바로 그 특징 때문에 어머니가 자신을 잉태하던 순간에 엉뚱한 연상을 하게 되고, 또 그 연상 때문에 아버지의 생동적 기가 혼비백산하게 되면서 자신이 불운한 삶을 살도록 운명 지어졌다고 불평한 일을 떠올린다면, 또한 요릭을 "한없이 가변적이고 승화된 물질의 조합으로 만들어졌고 — 행동 역시 변칙적이어서 정형에서 벗어나거나 예외적인 경우가 허다"한 인물로 묘사하고 있다는 점을 떠올린다면(제1권 11장), 이 작품에서 달의 가변성, 즉 인간의 변칙성이 어떤 자리를 차지하는지 짐작해 볼 수 있다. 자연의 신비를 과학적으로 설명해 낸 뉴턴의 성과에 자극받은 존 로크를 위시한 17, 18세기 지식인들이 인간에 대한 탐구에서도 규칙성, 수학적 정확성, 일관성 등에 가치를 부여하고,

이런 점을 통해 인류의 미래에 대한 긍정적 예측 가능성을 확대하려 노력했던 정황에 비추어 보면, 스턴의 작업은 바로 그 같은 장밋빛 낙관주의에 제동을 걸면서 계몽주의가 억압하거나 어둠 속에 가두어 버리고 싶어 했던 인간의 비이성적 측면의 건강한 잠재력을 재조명한다는 의미를 갖는다.

『감성 여행』제2권에서 요릭은 인간의 본성이 어두운 골목길에서 제 모습을 온전히 발효한다는 점을 지적했다.

어두운 길로 걸어 들어가는 일을 두려워하거나 부끄러운 일로 생각하는 사람은 뛰어나게 좋은 사람이고 수많은 일에 적합한 사람일지도 모르겠다. 그러나 그런 사람은 훌륭한 감성 여행가의 재목은 될 수 없다. 나는 환한 대낮에 대로상에서 일어나는 일은 별로 중요하게 생각하지 않는다. — 인간 본성은 수줍어하기 때문에, 구경꾼들 앞에서 활동하는 걸 싫어한다. 그러나 아무도 보지 않는 어느 모퉁이에서라면 인간 본성이 짧은 시간에 만들어 내는 단 한 가지 장면에서도 열두 편의 프랑스 연극이 함께 조합해 놓은 것만큼이나 수많은, 온갖 감성의 작용을 목도할 수 있다.

요릭은 환한 대낮에 대로상에서 남들에게 보여 주는 나와, 아무도 없는 어두운 골목길 모퉁이에서 표출되는 나 사이의 차이를 강조하면서, 설교문을 쓸 때는 후자를 소재로 삼는 경우가 많다고 이야기한다. 그의 설교가 어둠 속에 가려진 인간의 내면을 보다 정직하게 보여 주는 후자의 사례를 통해 교구민의 자기 성찰을 유도하듯이, 그의 소설 역시 가식을 버린 진솔한 인간의 모습을 그리는 데 초점이 맞춰져 있다.

신사 트리스트럼이 신사들의 본모습을 그리기 위해 선택하는 방법 중 하나는 그들의 죽마(Hobby-horse)를 통해 접근하는 것이다. 사실 트리스트럼이 지적하듯이 우리의 정신은 몸 밖에서 보이지 않는다. 그것은 "수정으로 변하지 않은 살과 피의 어두운 덮개" 속에 싸여 있고 인간의 가슴에는 그리스 신화의 조롱과 비판의 신 모모스가 요구했던 유리 창문도 달려 있지 않다(제1권 23장). 트리스트럼은 그런 인간의 내면을 정확히 그려 내야 하는 작가의 고충을 호소하면서 인간의 본성을 찾아내는 여러 가지 황당한 방법을 나열한 뒤, 자신은 죽마를 통해 그 일을 하겠다고 선언한다. 철없는 어린 시절 아이들이 가지고 노는 죽마는 스턴에게 있어 욕망을 감추거나 억압해야 하는 당위성이 지배하는 사회에서 인간이 찾는 비교적 순수한 욕망의 분출 통로다. 작품 속에 등장하는 가장 주요한 죽마는 물론 토비 삼촌이 잔디 볼링장에서 벌이는 모의 전쟁놀이다. 그러나 가장 우스꽝스런 죽마는 "저 위대한 의사 쿠나스트로키우스 선생"의 죽마다. 이 의사는 "한가한 때 당나귀 꼬리털을 빗질하는 데서 이루 말할 수 없는 즐거움을 느끼는" 사람이고, 호주머니에 족집게가 있는데도 죽은 털을 이빨로 뽑아 주는 사람이다. 적나라한 성적 암시가 담긴 합성어로 이름을 부여받은 이 의사는 이 작품에서 성적 욕망과 동의어로 쓰이는 당나귀를 데리고 노는 일을 죽마로 삼고 있다.

그러나 스턴은 죽마를 찾아야 하는 인간을 비판하기 위해 이런 이야기를 하고 있는 것은 아니다. 그는 "누군가 대로 상에서 자기의 **죽마**를 조용히 그리고 평화롭게 타고 가면서, 당신이나 나한테 뒤에 타라고 강요하지만 않는다면, —— 선생, 그 일이 도대체 우리랑 무슨 상관이 있겠습니까?"라는 질문을 던진 뒤 "죽마에 대해서는 반론을 펼칠 수 없는 법"이라고 단언한다. 흥미롭게도 이 작품에서 죽마는 본능을 통제하도록 요구받는 신사들에게만 필요한 것이다. 죽마란 그 일이 사회나 개인에게 얼마나 유용한가, 얼마나 정당한가, 얼마나 자랑스러운가, 등과 같은 평가법이 적용될 수 없는 영역이지만, 바로 그 때문에 즐거움을 비도덕적인 것으로 거부해야 사람들에게는 꼭 필요한 생명력의 원천이 된다. 스턴의 관점에서는 죽마란 고달프고 실패와 좌절로 점철된 삶에서 활기와 순수한 기쁨을 담보받을 수 있는 중요한 통로다. 앞만 보면서 목적지까지 최단거리가 되는 직선으로 인생을 운용할 것을 요구하는, 큰 가발을 쓰고 수염을 달고 있는, 당대의 엄숙하고 심각한 어른들을 향해, 스턴은 그들도 때로는 이런 일탈의 구불구불한 길로 가는 죽마를 필요로 하지 않느냐고 묻는다. 스턴은 제6권 마지막 장에서 그동안 자신의 이야기가 걸어온 서사의 발자취를 그림으로 제시한다. 스턴은 수많은 일탈의 곡선으로 장식된 그의 서사의 궤적을 그린 뒤, 습자 선생님의 자를 빌려 직선을 그려 놓고 세상이 그 직선을 선호하는 현상을 주목한다.

　　이 *직선은*, ― 기독교도가 걸어가야 할 길! 성직자들이 하는 말이다.
　　―― 도덕적 청렴성의 상징!이라고 키케로는 말하고 있고 ――
　　―― *최상의 선이지*!라고 양배추를 심는 사람들이 말한다. ――
아르키메데스는 두 점 사이의 가장 짧은 거리의 선이라고 말한다. ――――

공리주의나 청교도 노동 윤리관, 또는 이성 중심주의의 시각에서는 이런 직선의 삶이, 직선의 서사가 궁극적 선이 될 수도 있을 것이고, 삶이 삶 자체로서 가치가 있는 것이 아니라 어떤 목적을 위한 수단이 된다면 직선의 삶이야말로 최상의 삶이 될 수도 있다.

인간이나 사회가 완벽해질 수 있는 가능성(perfectibility)은 18세기의 또 다른 주요 화두 중의 하나다. 그런 비전을 갖고 세상사를 꾸리기 위해서는 직선이야말로 가장 낭비 없는 삶의 궤적이 된다는 가설 앞에서 스턴은 완벽의 정점이 과연 우리의 지향점이 될 필요가 있느냐고 묻는다. 트리스트럼은 최근 7년간에 일어나고 있는 현상을 볼 때 모든 학문이 완벽의 정점에 도달할 날이 멀지 않아 보인다고 예견하면서, 만약 그런 날이 올 경우 모든 글쓰기의 필요성이 사라질 것이고, 글쓰기가 사라지면 글읽기 또한 사라질 것이고, 지식 역시 사라지면서 우리는 모든 것을 다시 시작해야 하는, 바로 처음 출발할 때 서 있었던 그 지점에 서 있게 될 가능성을 제시한다(제1권 21장). 즉 스턴은 인간의 역사가 최저점에서 최고의 정점을 향해 가는 상향적 진화의 과정을 걸어가는 것처럼 보인다 하더라도 그 정점은 출발점과 연결되어 있기 때문에 종국에는 역사의 궤적이 원의 모양이 되어 버리는 가능성을 제시하는 것이다. 그렇다면 굳이 직선을 택해 서둘러 정점을 향해 달리는 발전 지상주의에 함몰되어 삶이 주는 작은 변칙과 일탈의 즐거움을 외면할 필요가 있을까?

『트리스트럼 샌디』의 등장인물 중에서 이런 면모를 비교적 두드러지게 보여 주는 인물은 월터 샌디다. 그는 아들을 위대한 트리스메지터스처럼 뛰어난 인물로 키워 내는 일을 필생의 사업으로 삼는 사람이다. 그리고 그의 이런 노력에는 당연히 이론이나 가설 세우기, 체계 만들기, 그리고 일단 만들어진 가설이나 체계를 열정적으로 수호하기 등의 작업이 주종을 이룬다. 그는 "모든 체계적 논리가 그렇듯이, 그는 자신의 가설을 지지하기 위해서라면 하늘과 땅도 움직이고, 자연 속의 모든 것을 비틀고 고문하는 사람"이다(제1권 19장). 하지만 그의 체계적 노력은 언제나 우연성의 제물이 되어 좌절당한다. 트리스트럼이란 이름 역시 트리스메지스터스라는 아버지가 의도한 세례명을 "새는 항아리" 같은 기억력을 가진 하녀가 부목사에게 제대로 전달하지 못해 그의 이름으로 낙착되었다. 난산의 후유증으로 죽어 가는 엄마가 아들의 이름을 트리스트럼이라고 짓도록 청했다는 이야기가 전해지고 있고, 이 이름은 슬픔 속에 태어난 아이라는 의미를 가진 만큼 아버지가 세상에서 가장 싫어하는 이름인데 말이다. 출산 시 태아의 뇌에 가해지는 압박을 최소화하는 과학적 방법에 대해 노심초사하던 월터는 결국 자신이 특히 중요하게 생각하던 아이의 코가 겸자라는 과학적 도구에 의해 찌그러져 버린 불행을 맞기도 한다.

트리스트럼이 어떤 법칙도 따르지 않겠다고 누누이 선언하고 있고, 첫 문장은 내가 쓰고 그 다음 문장은 하느님께 맡긴다는 식으로, 순간의 충동에 따라 서사적 선택을 한다는 사실을 굳이 상기하지 않더라도 트리스트럼의 주요 특징은 바로 규칙성, 체계, 이론, 법칙, 획일성, 일관성 등을 거부하는 변칙적 인물, 유연성과 탄력성을 활력의 원천으로 삼는 인물이라는 데 있다. 아버지가 "자연 속의 모든 것을 비틀고 고문"해서라도 가설을 지키는 "진지한" 체계적 논리가라면, 트리스트럼은 광대의 옷을 입고 자신을 웃음거리로 삼으면서 모든 가설을 해체하여 유연성의 공간을 확대하고, 자연의 순리를 먼저 존중하는 반(反)체계적 익살꾼이다.


3. 스턴이 전수하고 구현하는 웃음의 미학과 희극 정신

스턴을 200년 앞서 세상에 나온 포스트모던 작가라고 부를 때

우리가 흔히 간과하기 쉬운 사실은, 스턴이 계승하고 있는 희극 정신이 매우 긴 역사를 갖고 있다는 사실이다. 스턴이 에픽테토스의 말을 인용하여 제1권과 제2권의 표제어로 제시한 말, 즉 "사람을 괴롭히는 것은 사물 자체가 아니라 사물에 대한 사람들의 생각이다"라는 말은 그의 작품을 관통하는 주요 주제를 매우 압축적으로 표현한 것이다. 서기 1~2세기의 그리스 스토아학파 철학자 에픽테토스는 죽음 자체가 아니라 죽음에 대해 우리가 갖고 있는 생각 때문에 고통을 겪는다는 맥락에서 이런 말을 했다. 그는 철학이 이론적 지식이 아니라 살아가는 방법을 가르치는 학문이라고 생각했고, 고통은 통제할 수 없는 영역의 일을 통제하려 할 때 또는 통제할 수 있는 영역의 일을 게을리 할 때 생기는 것이라고 가르친다. 월터가 아들의 삶을 자신이 원하는 방향으로 통제하기 위해 몰두해 있는 한편, 기름 한 방울과 붓, 망치 하나만 있으면 고칠 수 있는 고장 난 경첩을 10년이나 방치함으로써 거실 문이 열릴 때마다 삐걱거려 낮잠 한 번 제대로 즐기지 못하고 고통 받는 모습은 바로 에픽테토스가 염려하는 그런 인간의 모습이다. 트리스트럼은 이런 아버지에 대해 한탄을 쏟아 낸다.

　　—— 모순투성이 인간의 영혼이여! — 얼마든지 치유할 수 있는 상처들 때문에 그토록 괴로움을 겪다니! — 그의 인생 전체가 그의 지식과 모순을 이루면서! — 하느님이 주신 소중한 선물인 그의 이성은, — (기름 한 방울을 붓는 대신에) 그의 감수성을 날카롭게 만드는 데만 쓰이고 있고, —— 그래서 그의 고통을 증식시키고, 더욱 우울하게 만들고, 더욱 불편하게 만들기만 하는구나! — 불쌍하고 불행한 존재여, 그렇게 살아야만 하다니! —— 현실 속에 있는 불행의 필연적 원인들이 부족하다는 듯, 그렇게 자발적으로 슬픔의 창고를 채워 줘야

하는가. ― 피할 수 없는 재난에는 맞서 싸우면서, 그것이 초래하는 불편의 10분의 1만 수고해도 영원히 제거할 수 있는 그런 재난에는 이렇듯 굴복하고 살아야 한단 말인가?

― 제3권 21장

트리스트럼은 흔히 사소한 일을 단초로 하여 인간의 보편적 어리석음을 지목하는데, 여기서는 아버지를 통해 인간이 "스스로 고통을 증식시키고" "자발적으로 슬픔의 창고를 채우는" 현상을 희화화했다.

여기서 주목할 것은 월터가 스스로 만들어 내는 고통이 계몽주의 정신과 마찬가지로 후손을 위대하게 만들겠다는 강박관념, 즉 에픽테토스가 말하는 '의견'에서 나온다는 사실이다. 스턴의 희극 정신은 바로 이 인간의 우열을 재는 '의견'을 해체하는 데서 출발한다. 스턴은 1, 2권의 헌사에서부터 위대한 사람과 좋은 사람의 우열 관계를 허물었다. 그는 당시에 "위대한 평민"으로 불리던 윌리엄 피트 국무장관에게 바친 헌사에서 피트를 "위대하신 선생님"이라고 불렀다가 "(귀하게 더욱 명예로운 호칭을 쓰자면)"이라는 전제하에 "좋은 분이신 선생님"이라고 고쳐 부른다. 그리고 마지막 제9권을 다시 한 번 피트에게 헌정할 때도 이제 국무총리에다 채텀 백작이 된 피트 경이 평민이던 피트보다 나을 것도 못할 것도 없다는 점을 강조한다. 지위나 귀족 칭호 같은 명예는 "동전에 새긴 그림과 같아서, 보잘것없는 금속 조각에 그 지역에서 통용"되기 때문이다. 즉 피트의 가치는 직위가 아니라 그 사람 자신에게 있다는 것이다.

그의 희극 정신을 고대 그리스의 희극 작가 아리스토파네스까지 거슬러 가서 그 연속성을 고려해 볼 수도 있겠지만, 가장 직접적인 영향을 끼친 선구자로는 라블레와 세르반테스를 들 수 있다. 프랑스의 뛰어난 희극 작가이자 르네상스 휴머니스트인 라블레 (1494~1553)는 특히 스턴이 소설가의 길로 들어서는 길목에서 중요한 역할을 했다. 『정치적 로맨스』를 소각 처분하는 쓰라린 경험을 했던 스턴은 그 직후에 「라블레풍의 조각글(A Fragment in the Manner of Rabelais)」이란 짧은 글을 쓴 것으로 보인다. 이 글은 매우 유쾌하고 자신감 넘치는 라블레적 스타일로 표절이란 개념을 해체하면서, 고상한 것, 영적인 것, 위대한 것, 그리고 개체의 총체성 같은 가치를 땅으로 끌어내린다. 『트리스트럼 샌디』 속에 수많은 인용과 말 빌리기, 표절이 자리하고 있다는 사실을 기억할 때, 스턴은 작품을 시작하기 위해 작가나 작가의 권위 (author, author-ity)에 대한 자의식으로부터 벗어나는 일종의 씻김굿을 필요로 했고, 이 글을 통해 그 작업을 한 것 같다.

조지프 애디슨의 에세이에 등장하는 가공의 인물 로저 드 코블리가 자신의 영지의 교구 목사에게 유명한 성직자의 검증된 설교문만을 사용하도록 지시하는 데서 보듯이, 당시 종교계에서 목사가 남의 설교문을 표절하는 일은 흔히 통용되는 관례였던 것 같다. 「라블레풍의 조각글」의 두 번째 장은 호메나스(Homenas, 설교문 쓰는 사람이란 의미)가 다음 일요일 예배에 쓰기 위해 새뮤얼 클라크의 설교문을 열심히 베껴 쓰는 모습을 묘사한다. 그러나 이 부분은 제1장에 소개된 다섯 명의 라블레적 인물들의 황당한 대화를 배경으로 읽어야 한다. 그들이 나누는 대화의 주제는 케루코페디아(Kerukopaedia), 즉 "신학적, 주일적, 설교단적, 지루함적, 또는 귀하가 부르고 싶은 어떠한 적이든 간에 온갖 적인 것을 만드는 예술"에 대한 것이다. 스턴은 설교문을 쓰는 기술이라는 말을 현학적 허풍으로 장식함으로써 그 작업의 고상한 진지성을 잠식하고 있다. 이 대화의 주요 화자인 라블레이쿠스는 "서구 세계의 가장 위대한 비평가 중의 한사람이며 지금까지 오줌을 싸 본 어느 누구 못지않게 라블레적인 친구"라고 소개되고 있다. 즉 위대성과 보편적 저속성이 한 묶음이 된 인물이다. 라블레의 작품에서 자주 나오는 인간의 하부 구조의 기능과 상관된 어휘들, 점잖은 자리에서 흔히 기피되는 어휘들이 직간접적으로 점철된 이 대화의 골자는 바로 케루코페디아에 관한 여기저기 흩어져 있는 규칙들을 모조리 한데 모아서 하나의 코드를 만들고, 전체를 깨끗이 소화해서 하나의 제도적 기구로 만든 다음, 영국과 아일랜드 전역의 모든 면허 있는 목사들 손에 나누어 주자는 것이다. 라블레이쿠스의 논리에서는 누가 썼느냐보다는 무엇을 어떻게 설교하느냐가 우선이고, 그가 제시하는 제도는 원전이나 독창성을 둘러싼 싸움이나 우열을 결정짓기 위한 경쟁도 없애 줄 것이다. 즉 작가의 자의식적 불안증을 원천 봉쇄하는 제도다.

스턴이 『트리스트럼 섄디』에서 원전을 밝히지 않고 빌려 쓴 글 중에서 가장 큰 비중을 차지하는 것은 로버트 버튼의 『우울증의 해부(The Anatomy of Melancholy)』(1621)일 것이다. 예를 들어 제5권 1장은 서재의 열쇠를 우물 깊이 던져 넣어 버리고 다시는 남의 글을 빌려 쓰지 않겠다고 맹세하는 장면을 그리는데, 바로 이 대목에서도 새로운 글을 쓰는 독창성이 가능하지 않다는 점을 재미있게 서술하는 버튼의 표현을 빌려 썼다. 고전에 대한 백과사전적 지식을 가진 버튼은 『우울증의 해부』 서문에서 세상에 새로운 생각은 없고, 자신이 남의 글을 훔치는 도둑이지만, 자신은 거인의 어깨에 올라 앉아 있는 난쟁이이기 때문에 더 잘 볼 수 있다고 주장한다. 그는 또 어떤 명제에 대해서든 비슷한 주장을 펼친 수많은 사람들, 현대의 독자에게는 낯설기만 한 이름들을 나열하는데, 버튼의 이런 작업은 수없이 많은 선대 사람들과의 연속성을 강조하면서, 표절을 판정하는 객관성의 권위를 허물어뜨리고 있다. 스턴이 표절하고 싶은 욕구를 거부하는 중에 버튼을 표절하는 것은 표절이란 개념 자체를 희극화하는 제스처라 할 수 있다.

표절이 범죄가 되는 것은 객관적 평가를 통해 각 개인에게 부여될 인정의 등급을 정하고 그에게 부여될 정신적 물질적 보상에 공정을 기하겠다는 정신을 위반하기 때문이다. 그러나 스턴의 희극 정신은 이런 개체화의 필요성에 선행해 존재의 연속성을 경축하는 가능성을 추구하고 있다. 바흐친은 라블레의 카니발 정신을 논하면서 미완의 그리고 파편적 인간들의 끝없이 다양한 존재 양태가 모두 유쾌하게 수용되는 "막강한 전체성(mighty whole)"의 축제란 개념을 도입했다. 이 막강한 전체성 속에서 존재의 연속성을 경축하는 라블레적 글쓰기를 바흐친은 그로테스크 장르라고 명명하는데, 라블레의 축제에서는 땅에 발을 붙이고 사는 인간의 그로테스크한 측면이 모두 수용되고 유쾌한 웃음의 소재가 되기 때문이다. 라블레의 문학은 그로테스크한 측면을 "비자연적이고 뒤틀린" 것으로 규정하는 공식 문화의 힘에 정면으로 맞서는 르네상스 농경 사회의 민중 문화에 뿌리를 두고 있다. 그로테스크가 인간의 자연스런 모습으로서 경축되는 라블레의 희극이 만들어 내는 웃음은 어떤 특정 개인을 비판하거나 조롱하는 웃음이 아니라, 인간의 보편적 조건이 함축하는 희극성에 대해 함께 깔깔거리며 터뜨리는 홍소(哄笑)다. 바흐친은 이 유쾌한 민중적 그로테스크 장르가 17세기 이후 개인의 확정적 개체성에 대한 낭만주의적 욕구가 확산되면서 그 힘을 잃게 되고, 웃음 역시 개인을 향한 것으로 바뀌는 현상을 주목하면서, 이런 변화를 반영하는 로맨틱 그로테스크 장르의 창시자로 스턴을 지목했다. 바흐친에 의하면, 19세기 낭만주의와 르네상스 그로테스크 희극 장르를 접목하는 로맨틱 그로테스크 장르란 주관적 세계관을 표출하면서도 그로테스크 장르의 막강한 전체성의 축제에 대한 기억과 흔적을 담지하는 문학이고, 특히 스턴과 호프만에게서 이 기억이 생생하게, 강력하게, 깊이 있게, 그리고 유쾌하게 드러난다고 했다. 위에서 「라블레풍의 조각글」이 일종의 자의식의 씻김굿이라고 지적한 것은 스턴이 자아의 확고성, 실재성, 우월성을 인정받고 싶은 낭만주의적 욕구로부터 자유롭지 못했던 사람이라고 생각하기 때문이다. 『트리스트럼 샌디』는 막강한 전체성의 축제를 기억하면서 그런 축제가 사라져 가는 사회로부터 거리를 두며 자신의 서재에서 사적 카니발을 열고 있는 화자의 행보를 기록하고 있다.

『트리스트럼 샌디』에 나타나는 로맨틱 요소와 그로테스크 요소의 조우는 그 두 가지가 서로 상반된 힘이기만 한 것이 아니라 상호 보완하는 방향으로 작용할 수 있다는 것을 보여 준다. 사실상 스턴의 그로테스크 성향은 그의 로맨틱 욕구를 실체화해 주는 동시에 또한 통제하고 조정하는 기능을 한다. 트리스트럼은 자의식적 욕구를 그로테스크의 거울에 비춰 보고 거기에 투사된 자신의 희극적 모습을 독자에게 묘사하는 과정에서 독자와 함께 웃음을 터뜨린다. 이 과정은 기이하게도 자아의 정체성을 확립하려는 로맨틱 욕구의 보편성을 확인해 주고 또 그 욕구를 타자와의 상호 인정의 틀 속에서 어떻게 조정할 수 있는지를 가르쳐준다. 즉 파편적, 유동적, 비확정적인 자아의 속성과 물질로 구성된 인간의 한계가 그 거울 속에서 부상하는 순간, 영웅과 반영웅의 근원적 동질성이 확인되는 것이다. 트리스트럼이 독자에게 보내는 밀접한 친교로의 초대는 자신의 내면에서 진행되는 작은 카니발로의 초대다. 우열을 확정짓는 수직적 관계에서 생성되는 일방적 인정이 그 인정을 열등한 자의 것으로 격하시킨다면, 친교의 관계에서는 나와 남의 차이가 관계의 즐거움을 풍성하게 해 줄 뿐만 아니라 차이에 대한 수평적 상호 인정도 용이하게 해 준다. 월터와 토비의 기질적 차이, 취향의 차이, 그리고 토비와 그의 하인 트림의 계층적 차이는 갈등의 요인이 아니라 그들의 친교를 흥미롭고 맛깔스럽게 만들어 준다. 스턴의 로맨틱 그로테스크 글쓰기는 유한한 삶을 사는 인간 간의 필연적 상호 의존성을 즐겁게 수용할 때, 그리고 과거에 살았고 지금도 살고 있고 미래에도 살게 될 인간이 더불어 공유하는 불완전성의 연결 고리를 기꺼워할 때 오히려 자아의 자유가 가능하다는 역설을 제시한다.

스턴은 제임스 조이스나 버지니아 울프, 사뮈엘 베케트, 살만 루슈디, 토머스 핀천, 토마스 만 등 수많은 20세기 작가들에게 크게 영향을 미친 작가로 인정되고 있지만, 이런 작가들이 스턴에게서 물려받지 않은 중요한 요소 중의 하나가 스턴의 웃음과 희극 정신이다. 몇 겹으로 공존하는 시간 현상, 끝없이 실험적인 저작 기법, 인간의 실체를 정직하게 환상 없이 관찰하는 예리한 시각, 체계화된 이론이나 사회 제도의 효과에 대한 회의 등, 스턴에게서 목격하는 많은 특징이 후대의 작가들에게 영감을 주었다고 할 수 있지만 그가 라블레적 그로테스크를 통해 생생히 기억하고 재현하고자 했던 막강한 전체성 속에서 홍소를 터뜨리는 희극성은 그 힘을 거의 잃고 있다고 할 수 있다. 카프카나 포크너, 그리고 더 가까이는 보르헤스 같은 작가들이 그로테스크라는 수식어가 어울리는 파편적 자아를 다루는 작품들을 쓰고 있지만, 이들에게서는 농경 사회의 민중 문화를 바탕 삼아 그 파편적 자아를 즐기는 유쾌함이 사라져 버리고 없다.

크리스토퍼 릭스는 『트리스트럼 샌디』의 펭귄판 서문에서 "사뮈엘 베케트가 '고통의 과학 속에 있는 시간의 독성 가득한 독창성'이라 부른 속성을 스턴은 아마도 유희의 과학 속에 있는 시간의 맛깔스런 독창성이라고 생각했을 것"이라는 의견을 제기했다. 20세기의 아방가르드 작가가 침통하고 우울한 시각으로 인식한 시간의 힘이 18세기의 아방가르드 희극 작가의 눈에는 신비와 수수께끼를 창조하는 힘, 통제되지는 않지만 더불어 존중하며 살아야 되는 타자로 비쳤다고 할 수 있을 것이다. 토비 삼촌이 담배 파이프를 터는 중에 시간을 멈춰 두고 한참 동안 일탈을 했다 돌아온다거나, 이미 제1권에서 사망한 요릭을 살려 내서 작품의 끝까지 데리고 간다거나, 유럽 여행 중에 과거의 또 다른 여행을 되살려 내고 그것을 기록하면서 실타래처럼 엉킨 삼중의 시간을 보여 준다거나, 스턴이 시간과 유희를 하는 예는 작품에서 수없이 찾아볼 수 있다. 그러나 제9권에서는 무명의 상태에서 썼던 작품의 전반부와는 달리 이미 유명세를 타는 작가로서의 자의식이 크게 작용하고 있는 모습, 즉 베케트에 근접하는 시간 인식을 보여 준다. 스턴은 "이 책이 『통 이야기』나 『모세의 신탁』 같은 작품보다 뭐가 못해서 그들과 함께 시간의 도랑을 따라 흘러가지 못하겠습니까?"라고 소리친 뒤, 시간 앞에 무력한 인간을 아프게 묘사한다.

이런 일을 가지고 논쟁을 벌일 생각은 없다. 시간이 너무나 빠른 속도로 흘러가고 있고, 내가 쓰는 글자 하나하나가 삶이 얼마나 맹렬한 속력으로 내 펜을 쫓아오고 있는지 말해 주고 있다. 그 삶의 하루하루, 한 시간 한 시간이, 아, 사랑하는 제니! 그대 목에 걸려 있는 루비 목걸이보다 소중하건만, 마치 바람 부는 날의 가벼운 구름처럼 내 머리 위로 날아가 버려, 다시는 돌아오지 않겠지 —— 모든 것이 길을 재촉하고 있소 —— 그대가 머리카락을 비틀고 있는 이 순간에도

—— 봐요! 머리카락이 회색으로 변하고 있지요. 그대의 손에 작별 키스를 하는 그 순간들, 그리고 그 뒤를 따라오는 헤어져 있는 시간들, 그것은 모두 우리가 곧 맞이하게 될 영원한 별리의 전주곡이 아니겠소. ——

—— 하늘이시여, 저희 둘 모두에게 자비를 베푸소서!

- 제9권 8장

스턴의 로맨틱 특성이 진하게 배어 있는 이 인용문에서 주목할 점은 통제할 수 없는 시간의 절대적 힘에 대해 적대감을 보이는 것이 아니라, 바로 그 때문에 "하루하루, 한 시간 한 시간"이 소중히다는 겸허한 종교적 인식으로 나아간다는 사실이다. 오지 않는 고도를 끝없이 기다리며 시간을 흘려보내는 베케트의 인물, 블라디미르와 에스트라곤과는 달리 트리스트럼은 가벼운 구름처럼 날아가 버린 시간이 다시는 돌아오지 않는다는 진실 앞에서 슬픔을 느끼지만, 그 슬픔마저도 삶의 일부로서 소중히 여기는, 생명에 대한 사랑을 보인다. 그리고 이어지는 이 책에서 가장 짧은 제9장은 "이 외침에 대해 세상이 무슨 생각을 하든 —— 나는 눈곱만큼도 개의치 않을 것이다"라는 그로테스크적 호기를 뿜어 내는 한 문장으로 구성되어 있다.

스턴의 희극 정신, 즉 샌디이즘은 인생이 불완전하고 통제 불가능하기 때문에, 트리스트럼의 말을 빌리자면, 인간의 삶이 언제나 "이런 슬픔에서 저런 슬픔으로" 자리 바꾸기를 하며 "한 가지 괴로움의 원천을 봉쇄하면! —— 또 다른 괴로움의 문이 열리는" 그런 속성이 있기 때문에 더욱 더 호소력을 갖는다(제4권 31장). 스턴은 부조리 앞에서 웃을 줄 아는 능력을 가르치는 이 작품의 특성을 샌디이즘이라 부르고 그 효능을 이렇게 정의 내린다.

진정한 *샌디즘*은, 당신이 어떤 반대 의견을 갖고 있든 간에, 심장과 폐를 활짝 열어 주고, 그 특성에 가담하는 모든 호의적 감정과 마찬가지로, 인체의 혈류와 그 외 생명에 필수적인 체액들이 원활히 흐르도록 힘을 불어넣어 주고, 생명의 바퀴가 오랫동안 기분 좋게 돌아가도록 만들어 준다.

— 제4권 32장

스턴은 자신의 작품이 무언가에 적대적이라면 그 대상은 다른 어떤 것도 아니라 울화증(spleen)이라고 강변하고 있는데, 트리스트럼의 말을 빌리자면, 이런 울화증, 즉 "성마르고 음울한 감정은 혈류와 체액에 이상을 일으키며, 자연이 준 사람의 몸뿐 아니라 정치적 몸에도 나쁜 영향을 미치게 마련"이다. 엄청나게 발전한 문명의 혜택 속에 살면서도 여전히 이상적 사회, 정의로운 사회를 추구한다는 명분 아래, 갈등과 대립, 증오와 독선이 곳곳에서 발호하는 21세기의 세상을 마주하면서, 샌디이즘의 치유법이 절실해질 때가 있다. 생태계의 위기를 걱정할 만큼 빛이 지배하는 시대를 살고 있기에 샌디이즘이 제시하는 치유법을 이제 생명 중심주의의 관점에서 한번 살펴보려 한다.


4. 황소와 수탉 이야기 : 스턴의 생태/생명 중심주의

대학 시절 시트가 흥건히 젖도록 각혈을 한 이래로 평생을 폐질환으로 고생하면서 죽음의 그림자를 친구 삼아 살아야 했던 스턴이 "생명의 바퀴가 오랫동안 기분 좋게 돌아가게 만드는" 샌디이즘의 창시자라면, 그는 또한 누구보다 불완전한 삶과 유한한 생명

을 사랑했던 사람이다. 『트리스트럼 샌디』의 첫 장면은 생명이 잉태되는 순간을 그리고 있고, 마지막 장면은 생식력이 의심되는 황소 이야기를 다룬다. 그리고 이 작품을 마무리하는 마지막 말은 이 이야기가 "황소와 수탉 이야기", 그중에서도 가장 훌륭한 이야기 중 하나라는 요릭의 논평이다. 황소와 수탉 이야기라는 말이 스턴의 생명 사랑, 생명력을 잃어 가는 인류에 대한 우려와 어떤 연관성이 있는지를 알아보기 위해서는 이 말이 당대 지식인, 특히 스턴에게 어떤 연상을 일으키는지를 알아볼 필요가 있다.

영어에서 황당하고 터무니없는 이야기라는 의미를 갖는 이 말은(2006년 제작된 영화 「트리스트럼 샌디」는 "황소와 수탉 이야기"라는 부제를 달고 있다), 1756년에 나온 크리스토퍼 스마트의 우화시의 제목이기도 하고, 마크 라브릿지가 밝혀 낸 바에 의하면 스턴과 홀 스티븐슨 사이에서 늘 주고받는 농담이었을 가능성이 높다. 생식을 위해 거세하지 않은 황소를 말하는 'bull'과 남성의 성기를 말하기도 하는 수탉 'cock'은 성적인 비유로 자주 사용되는 동물이지만, 스마트가 펼치는 이야기는 그 말의 속담적 의미와는 달리 사뭇 진지하다. 이 시에는 나이 들어 생식력이 떨어진 황소가 내일이면 장터에 끌려가 도살당하게 생긴 자신의 운명을 탄식하며 비탄에 빠져 있을 때, 시계이자 경비원으로 인간에게 봉사하는 수탉이 일을 마치고 지친 몸을 이끌고 돌아왔다가 고뇌에 빠진 동료 피조물을 보고는 자신의 상처는 아랑곳하지 않고 온 힘을 다해 격려와 위로의 외침을 쏟아 내는 장면이 나온다. 이 장면은 특히 다른 피조물이 그들의 압제자 인간을 보는 시각을 그리고 있어 흥미롭다.

떨치고 일어나게, 이웃이여, 그 수심에 찬 마음을,

고약한 인간의 배은망덕을 증언해 주는 용감한 그대여,
잔인하게 이성을 남용하는 그 괴물을
우리 함께 갈퀴와 뿔로 조롱해 주세...
"모든 게 차차 나아질 것이다"
라는 말씀이 하늘에서 들려오는 듯하네.
피를 즐기고, 비열하고, 타락한 인간,
조물주의 계획에서 이탈하는 인간,
자연과 자연의 창조물을 학대하는 이 인간이.
동료 하인을 이처럼 이용해 먹다가는
언젠가 그들이 베풀기를 거절했던 그 자비를
스스로 간절히 원하는 때가 오리라.
그의 가슴이, 그의 양심이 정화되는 날.
그는 그가 저주했던 그 짐승이 되기를 소망하게 되리라.

인간을 동료 피조물로 보는 수탉의 눈에는 이성을 잣대로 인간의 우월성을 과신하는 인간이 자연의 섭리를 거스르는 잔인한 파괴자다.

『트리스트럼 샌디』 제9권에서는 유난히 인간과 동물의 동질성을 주목하는 대목이 눈에 띈다. 작가로서의 불안증에 시달리며 펜이 천근만근 무거워진 트리스트럼은 18, 19장을 텅 빈 백지로 남겨 두기도 하고, 그가 사랑하는 세르반테스의 유연한 펜을 이끌어 주었던 "달콤한 유머의 영령"을 불러내는 초혼굿을 하기도 한다. 24장에 나오는 이 초혼굿에서 트리스트럼이 기억 속에서 불러낸 사람은 프랑스 여행 중에 만난 마리아다. 사랑의 배신을 경험하고 정신을 놓은 마리아는 피리를 불며 염소를 친구 삼아 떠돌아다니는 아름다운 처녀다. 마리아가 염소와 트리스트럼을 번갈아 쳐다

보는 동작을 반복하자, 트리스트럼은 "무슨 닮은 점을 찾은 거지요?"라고 마리아에게 묻고 나서, "인간이 결국 짐승일 뿐이라는 가장 겸허한 신념"에서 이런 질문을 던졌다는 것을 믿어 달라고 독자에게 청한다. 염소와 인간의 모습을 섞어 놓은 그리스 신화의 숲의 신 사티로스는 피리 불기를 즐기는 신이고, 포도와 술의 신 디오니소스의 동반자다. 그리고 사티로스가 함께하는 디오니소스의 축제는 생명체 간의 경계가 무너지고 모두가 하나 되는 경험을 허락하는 현장이다. 트리스트럼이 인간도 하나의 짐승일 뿐이라는 인식을 한다는 사실에서 우리는 이성을 잃고 미친 마리아, 그녀의 피리와 염소가 디오니소스의 축제를 연상시키는 장치로 등장한다고 해석할 수 있다. 그리고 이 초혼의 장은 "아, 물랭의 그여관은 얼마나 훌륭한 곳이었던가!"라는 수수께끼 같은 말로 끝나는데, 제7권 12장에서 트리스트럼이 자신의 집이 아니라 낯선 사람들만 있는 여관에서 죽음을 맞고 싶다고 말한 다음, 온 세상에 다른 여관이 하나도 없더라도 아브빌의 이 여관은 그런 곳이될 수 없다고 선언했던 사실을 배경으로 이 수수께끼를 풀어 보면, 트리스트럼의 초혼굿이 결국 죽음까지 겸허히 받아들이는 상태에서 끝난다고 볼 수 있다. 이어지는 25장은 당연히 호기와 기백을 회복한 트리스트럼이 세상의 의견에 대해 초연해져서, 백지로 비어 두었던 18장과 19장을 다시 쓸 자신감을 분출하는 모습을 그린다. 이 부분은 로맨틱 그로테스크 논의에서 언급했던 겸허한 자아 인식을 통한 자아의 자유 회복의 과정을 축소해서 잘 보여 주는 대목이다.

그러나 인간을 동물의 범주에서 벗어난 우월한 종으로 규정하고 싶은 사람에게 가장 큰 장애물은 인간의 섹슈얼리티다. 아내와의 잠자리를 매달 첫 일요일 밤에만 치르는 집안일의 하나로 축소해서 실천하는 월터는 바로 그런 사람의 전형이다. 그는 인간의 사랑을 이성적 사랑과 자연적 사랑으로 구분할 뿐만 아니라 후자를 경멸한다. 그는 자신의 황소가 마을의 암소들과 성적 데이트를 할 때 "엄숙한 얼굴"로 그 일에 임하기 때문에 황소를 매우 높이 평가하는 사람이기도 하다. 토비 삼촌이 과부 워드먼 부인과 맺어지지 못한 것도 성을 죄악시하는 월터가 워드먼 부인의 성적 관심을 욕정으로 매도하고, "아담의 타락에서 삼촌의 경우까지 (포함하여) 이 세상에 존재하는 어떤 종류나 성격의 재앙이건 무질서건 모두 바로 그 제어할 수 없는 욕망과 어떤 식으로든 연루되어 있다"고 강변한 것과 무관하지 않다. 이 작품의 마지막 장에서 월터가 뱉어 내는 탄식은 "인간처럼 그렇게 위대하고 고귀하며, 신을 닮은 존재들도 종(種)을 보존하려면 어떤 방책이 필요하다는 사실"을 인정한다 하더라도, 왜 하필 "우리가 인간이기보다는 네 발 달린 짐승이나 사티로스처럼 동굴이나 은신처에서 기어 나오게" 만들어 놓았는지 도무지 이해할 수 없다는 것이다.

그러나 외설적 작품을 쓴 목사라는 비판에 수없이 노출되었던 작가 스턴은 섹슈얼리티와 자애로운 마음이 한 뿌리에서 나온다는, 당시로서는 매우 획기적인 주장을 펼친 사람이다. 스턴은 그의 설교집이 세상에 나오기 13년 전인 1747년에 자신의 설교 하나를 최초로 인쇄하여 발표한 적이 있는데, "자선에 대한 설교(A Charity Sermon)"라는 부제가 붙은 이 설교문 『엘리야와 사르밧의 과부 이야기』에는 바로 이 동물적 사랑에 도덕적 의미를 부여하는 대목이 나온다. 그는 "선을 행하는 걸 내켜하지 않거나 뒷걸음질 치는 경향은 이성적 측면은 물론 동물적 측면에도 문제가 있는 사람에게서 나타나는 경우가 많다"고 주장하면서, "불행한 사람에게 끊임없이 자비를 베풀고 싶어 하는 크고 선한 영혼"을 가진 사람은 "생명을 유지시키는 바로 그 물리적 운동"을 보다 자유롭고 활발하게 행해야 하는 반면, "왜소하고 쪼그라든 가슴이 누구의 고통 앞에서도 녹는 법이 없고, 자신의 관심사에 너무나 몰두해서 자아를 넘어 선 어떤 것도 보거나 느낄 수 없는 사람, 자신을 넘어선 어떤 것도 즐길 수 없는 사람"은 이 성(性)이라는 동물적 활동도 별로 필요하지 않은 사람이라 말한다. 이 설교는 또한 "성직자들이 정신에 대해 말하는 것(즉 연민)을 생물학자들은 몸에서 주목해 왔는데, 즉 몸에게는 사랑보다 더 자연스런 열정이 없다는 것이다. 그리고 이 사랑이란 선을 행하는 원칙이다"라고 주장한다. 다시 말해 정신적 사랑만이 아니라 몸으로 하는 사랑 역시 선을 행하는 원칙이라는 것이다. 성적 욕구와 몸을 죄악시하는 종교적 담론이 지배적이었던 18세기의 스턴은 20세기의 에마뉘엘 레비나스 같은 철학자가 논의하는 에로스와 윤리의 상관관계를 이미 주목하고 있고, 이에 대해 교회에서 설교를 했을 뿐만 아니라, 에로스에 대한 편견에 휩싸인 월터와 같은 지식인들을 집중적으로 놀리는 소설도 썼다. 에로스가 자아를 넘어선 다른 생명체에 대한 사랑과 연민을 활성화하는 데 도움을 준다는 스턴의 생각은 사랑을 이성적 사랑과 자연적 사랑으로 나눌 필요가 없고, 세상에는 한 가지 사랑이면 충분하다는 입장을 피는 토비와 요릭, 엘리자베스를 통해 작품에서 표현되고 있다(제8권 33장). 남녀 간의 사랑이나 어려운 이웃에 대한 사랑이 같은 사랑이고, 똑같이 자연에 의해 또는 신에 의해 우리에게 부여된 능력, 타자와 더불어 사는 능력이 된다는 것이다.

그렇다면 이 작품을 마무리 짓는 "황소와 수탉 이야기"란 말을 그 일반적 의미, 황당무계한 이야기로 해석할 때는 월터가 바로 위에서 펼치는 반에로스적 담론을 지칭한다고 볼 수도 있을 것이다. 그러나 이 말을 스마트의 시 제목으로 해석할 때는 이 작품 전체가 수탉의 관점을 대변한다는 함축적 의미로 받아들일 수 있다. 다시 말해 수탉이 비판하는 이성에 기대 한없이 오만해진 인간, 자연의 섭리를 어기고, 몸과 본능, 그리고 다른 생명체를 억압하고 학대하는 인간, 성을 죄악시하거나 엄숙한 의무로 변질시키면서 생명력을 잃고 성 불능의 제물이 되어 가는 인간, 불완전한 인간을 완전성의 잣대로 매도하는 인간, 그런 인간들에게 자비와 사랑, 포용과 동료 의식을 촉구하는 수탉의 외침으로 이 작품을 해석할 수도 있을 것이다. 이 작품에서 성 불능을 의심받는 대상은 황소만이 아니다. 8개월 만에 태어난 트리스트럼이 월터의 아들이 아닐지도 모른다는 의심을 유도하는 대목이 작품 곳곳에 등장하고 있고, 어린 시절 성기에 부상을 입은 트리스트럼 자신도 성관계에서 실패하는 장면이 나오고, 샅에 부상을 입은 토비는 신체적 성 불능은 아니지만 성 불능으로 오해받고 여성을 모른 채 인생을 마감하는 인물이다. 따라서 샌디 가문은 이제 자손이 끊기는 위기를 맞고 있다. 그러나 스턴이 이 위기를 바라보며 제시하는 치유책인 샌디이즘은 타자를 적대시하는 "성마르고 음울한" 기질에서 벗어나 소통을 원활히 하고 차이를 호의적으로 즐기는 정신이다.

독자가 이 작품의 거의 모든 등장인물에 대해 호감을 갖는다는 것은 우연이 아니다. 스턴이 비판하고자 하는 측면을 대변하는 월터마저도 우리는 애정을 갖고 바라볼 수 있다. 월터가 관대하고 자신의 잘못을 쉬 인정하는 사람이라는 점을 자주 강조함으로써, 스턴은 월터가 아니라 그의 편견을 문제 삼고, 그의 거듭되는 실패와 좌절에 연민을 느끼도록 유도하고 있다. 스턴에게서 중요한 소통의 통로는 머리나 로고스, 즉 언어가 아니라 가슴이다. 관심사가 다른 월터와 토비 사이에는 언어가 가진 다의성 때문에 오해가 발생하는 일이 허다하다. 그러나 두 사람이 향유하는 상호 신뢰의 틀 안에서는 그 오해가 재미와 활기의 원천이 된다. "느릿하고 나지막한 갈증 나는 대화, 자연 음보다 5음계 정도 낮은 대화의 아른거리며 영롱한 동공성(瞳孔性)"이라는 슬로켄베르기우스의 기이한 표현을 접한 트리스트럼은 그 의미를 머리는 알아듣지 못하지만 자신의 가슴에 생긴 현악기의 울림을 통해 알아듣는다고 말한다. 요릭은 자신이 쓴 설교를 찢어 불쏘시개로 쓰게 나눠 주면서 그게 가슴이 아니라 머리에서 나온 것이어서 부끄럽다고 말한다. 스턴이 독자와 가슴으로 소통하기 위해 사용하는 장치는 다양하다. 요릭의 죽음을 애도하는 검정 페이지, "내 작품의 알록달록한 상징"이라고 내어 놓은 대리석 문양 페이지, 매력적인 워드먼 부인을 묘사하는 대신 각자 취향대로 그려 보라고 제공하는 빈 페이지, 또는 주목하라는 말을 강조하는 '☞', 트림이 독신 생활의 자유를 지팡이를 휘둘러 묘사한 긴 나선형 그림, 서사의 여정을 보여 주는 직선과 곡선의 조합 등등 시각적 기재도 다양하지만, 난처하고 민망한 상황이 생기면 언어가 아닌 소리의 기표로서 국경이 없는 음악 소리를 흉내 내기도 한다. 대리석 문양 페이지를 제공하며 그 상징의 교훈을 추정해 보라는 트리스트럼의 도전을 받아들여, 스턴과 가슴으로 소통하고 싶은 독자로서 그 수수께끼에 답을 제시해 본다. 특히 스턴이 3, 4권의 초판을 출판할 때 이 페이지를 일일이 손으로 프린트해서 그 무늬가 책마다 다르게 만들었다는 사실에 근거해 추정할 때, 이 추상화 같은 페이지는 개개인의 삶의 무정형성과 독창성을 상징하면서 각각 다르게 운명 지어진 우리 모두의 생명을 경축하고 싶은 스턴의 마음을 담고 있다고 생각한다. 대량 생산의 혜택을 받는 우리는 그 페이지의 아름다운 색깔을 볼 수도 없고, 내 책에만 있는 그림을 책과 함께 얻을 수도 없어 아쉽다. 그러나 "누구든 자기 이야기는 자기 식으로 쓰도록 내버려 두라"라는 스턴이 천명한 이 책의 교훈을 새기면서 보다 많은 독자가 남의 욕구를 흉내 내는 일을 멈추고 각자의 고유한 삶을 존중하는 그의 지혜를 배운다면, 소비를 통한 우월주의, 경쟁과 승리 지상주의, 또는 발전 지향적 이상주의, 획일적 전체주의에 빠져 지구와 생명을 병들게 하는 속도가 어쩌면 조금은 늦추어지지 않을까 기대해 본다.

이 해설은 가치의 혼란을 겪고 있는 현대 독자의 관점에서 스턴의 인간관을 중심으로 쓴 글이다. 따라서 제한된 지면 때문에 코믹 서사 기법의 백과사전이라 불리기도 하는 스턴의 기법상의 무궁무진한 실험에 대해 제대로 논할 기회가 없었음을 아쉽게 생각한다.

## 판본 소개

현대의 독자는 총 9권으로 된 『신사 트리스트럼 섄디의 인생과 생각 이야기』를 한 권의 육중한 책으로 만나지만, 이 작품은 본래 2권씩 한 권으로 총 8년에 걸쳐 출판되었다. 따라서 책의 크기도 8절판에 200페이지가 채 되지 않는 소형 책자였고, 18세기 의상에 달려 있는 큰 호주머니에 넣고 다니며 읽을 수 있을 만큼 접근성이 높은 책이었다. 각 권의 초판의 출판 연보는 아래와 같다.

제1, 2권: 1759년 12월, 요크, 앤 워드의 출판사
제3, 4권: 1761년 1월, 런던, 도즐리의 출판사
제5, 6권: 1762년 1월, 런던, 베켓과 드 혼트의 출판사
제7, 8권: 1765년 1월, 런던, 베켓과 드 혼트의 출판사
제9권: 1767년 1월, 런던, 베켓과 드 혼트의 출판사

그러나 제1, 2권은 1760년 4월 도즐리에 의해 재판이 출간되면서 피트에게 바치는 헌사가 첨가되고 그 밖에도 약간의 수정이 가해졌다. 제3권과 제5권 역시 재판에서 약간의 수정이 있기 때문에 현재 대영박물관에 소장되어 있는 제2판이 스턴이 작업한 최종본

으로 인정되고 있다.

각 권을 한데 묶은 전집은 스턴의 사후 11년이 지난 1779년 더블린에서 처음으로 발간되었고, 런던에서는 1780년에 처음으로 발간되었다. 그러나 존 카우퍼 파우이스가 1949년 맥도널드 클래식스 판본을 편집하면서 검토한 바에 의하면, 이 런던판에는 수많은 오류가 발견되고 있다고 한다. 더욱 안타까운 점은 이 이후부터 19세기까지의 기간에 나온 대부분의 판본이 이 런던판을 토대로 하고 있다는 사실이다. 이 1780년 런던판에는 제3권 24장에 나오는 알렉산드로스 대제의 티레 공략을 트로이 공략이라고 인쇄함으로써 스턴의 고전 지식에 먹칠을 하는 등 수많은 중요한 오류가 있는데도 불구하고, 조지 샌츠베리가 편집한 1894판이나 1903년에 나온 옥스퍼드판, 1928년의 보들리 헤드 에디션 등도 이 런던판의 오류를 그대로 싣고 있다고 한다. 파우이스는 1926년에 나온 바질 블랙웰판이 비교적 정확한 판본이라고 인정한다.

20세기 독자가 널리 읽은 판본은 1940년 제임스 A. 워크가 편집하여 뉴욕에서 출판한 판본이다. 지금은 절판되었지만 약 40년 동안 독자의 사랑을 받은 이 판본에는 특히 매우 신뢰할 만한 집중적 주석이 첨가되어 독자의 이해를 돕고 있다는 장점이 있다. 현재 『신사 트리스트럼 샌디의 인생과 생각 이야기』의 결정판으로 인정받고 있는 판본은 멜빈 뉴와 조앤 뉴 부부가 편집한 플로리다판이다. 뉴 부부는 1978년 이 작품의 본문을 스턴의 생전에 나온 판본들을 비교 검토하여 1, 2권으로 출판한 뒤, 1984년에는 방대한 주석만으로 이루어져 있는 제3권을 출판함으로써 스턴 연구에 획기적 도움을 제공했다.

멜빈 뉴는 플로리다 판본을 토대로 하되, 일반 독자의 필요에 맞춰 주석을 대폭 축소하여 펭귄 클래식스 판본을 1997년에 출판했다. 그는 이 펭귄판을 출판하면서 플로리다 에디션에 두 가지 오류가 있었음을 인정했다. 스턴의 친필 원고가 없던 이 작품의 르 피버 에피소드 부분의 친필 원고가 1990년 대영박물관에서 발견되면서 그 오류를 확인하게 된 멜빈 뉴는 완벽한 판본이 불가능하다는 교훈을 얻고 겸허해지는 경험을 했다고 밝혔다. 본 번역은 멜빈 뉴의 플로리다판과 펭귄판을 대본으로 사용했다. 다만 원본에서는 고유명사를 이탤릭으로 쓴 경우가 많지만, 본 번역에서는 원본에서 강조를 위해 사용한 이탤릭만을 따랐다.

## 로렌스 스턴 연보

1713     11월 24일, 아일랜드의 클론멜에서 출생. 요크 대주교를 지낸 리처드 스턴의 손자이자 영국군 보병의 하급 장교 기수였던 로저 스턴 (1692~1731)과 종군 매점 상인의 딸 아그네스 너틀(1759년 5월 사망) 부부의 둘째 아이로 태어남.

1713     1723년까지 군부대를 따라 가족이 영국과 아일랜드 일대를 옮겨 다니며 생활함.

1723     아버지가 군복무 중 휴가를 받아 스턴을 영국에 데리고 가서 자신의 형 리처드 스턴이 살고 있는 요크셔의 핼리팩스 인근에 있는 히퍼홀름 학교에 입학시킴.

1731     아버지가 종군 중에 자메이카의 안토니오 항에서 풍토병으로 사망함.

1733     케임브리지 대학교 지저스 칼리지에 입학. 증조부 이름으로 된 장학금을 받음.

1737     학사 학위 취득. 석사 학위는 1740년에 취득.

1738     사제 서품을 받고, 삼촌 자크의 도움으로 요크에서 북쪽으로 8마일 떨어진 서튼 온 더 포리스트 마을의 교구 목사가 됨. 이후 22년 동안 이 목사관에서 거주함.

**1741**   3월 30일, 엘리자베스 럼리(1714~1773)와 결혼. 스턴이 결혼 전 교제 중에 폐질환으로 와병 중인 엘리자베스의 병문안을 갔을 때, 자신이 죽을 것으로 생각한 엘리자베스가 자신의 재산을 모두 스턴에게 남긴 유언장을 보여 주어 스턴을 감동시켰다는 일화가 스턴의 회고록에 나온다. 한편 이 해에 요트 대성당의 명예 참사회원이 됨.

**1743**   아내 지인의 도움으로 서튼 온 더 포리스트 인근에 있는 스틸링턴의 교구 목사를 추가로 맡게 됨. 이 지인은 엘리자베스가 요크 지역의 성직자와 결혼하면 이 교구를 그녀의 남편에게 주겠다고 약속했다고 한다.

**1747**   12월 1일, 딸 리디아 출생. 설교문 『엘리야와 사르밧의 과부 이야기』를 출판함.

**1750**   설교문 『양심의 오용』 출판. 이 설교는 『신사 트리스트럼 샌디의 인생과 생각 이야기』 제2권에서 트림이 월터와 토비, 닥터 슬롭 앞에서 낭독하는 식으로 소개되었다.

**1758**   요크 교회의 대주교 특별 재판권을 둘러싼 분쟁을 풍자하는 『정치적 로맨스(A Political Romance)』를 써서 1759년 1월 출판했지만, 교회의 요청으로 수거하여 소각함. 단 여섯 부만 살아남음.

**1759**   5월에 런던의 출판업자 로버트 도즐리에게 『신사 트리스트럼 샌디의 인생과 생각 이야기』 제1, 2권의 원고를 보냈지만 출판 거절을 당하고 12월에 요크에서 자비로 출판함. 이 책을 런던으로 보내서 큰 성공을 거둠.

**1760**   4월, 도즐리가 스턴에게서 판권을 사서 『신사 트리스트럼 샌디의 인생과 생각 이야기』 제1, 2권의 재판을 발간함. 이 재판에는 윌리엄 호가스의 삽화와 윌리엄 피트에게 바치는 헌사가 첨가됨. 5월, 『요릭 씨의 설교집』 1, 2권이 조슈아 레이놀즈 경이 그린 스턴 초상

화와 함께 도즐리에 의해 출판됨. 스턴의 작품을 좋아했던 포컨버그 경이 콕스월드의 성직록을 선물함. 이후 스턴은 요크 북쪽 2마일 거리에 위치한 이 마을의 목사관에서 살았고, 현재 영국의 내셔널 트러스트 소유가 된 이 건물은 '샌디홀'이란 이름으로 관광객에게 공개되고 있고 스턴과 관련된 행사가 열리고 있다.

**1761** 1월, 『신사 트리스트럼 샌디의 인생과 생각 이야기』 제3, 4권이 도즐리에 의해 출판됨. 여기에도 호가스의 삽화가 포함됨. 스턴을 모방한 작품들이 대거 출몰하기 시작함.

**1762** 1월, 『신사 트리스트럼 샌디의 인생과 생각 이야기』 제5, 6권이 베켓의 출판사에서 출판됨. 스턴은 모작과 차별화하기 위해 제5권 첫 페이지에 일일이 서명을 했음. 출판 2주 후 악화된 폐질환 때문에 요양차 아내와 딸을 데리고 남부 프랑스로 여행을 떠남. 2월에서 5월 사이 파리의 살롱을 방문하며, 디드로, 돌바크, 흄, 월크스 등 지식인들과 교류함.

**1764** 아내와 딸을 프랑스에 남겨 두고 홀로 귀국함.

**1765** 1월, 『신사 트리스트럼 샌디의 인생과 생각 이야기』 제7, 8권 출판. 10월, 『요릭 씨의 설교집』 제3, 4권 출판. 출판 후 다시 유럽 여행을 떠나 프랑스에 있는 가족과 합류하기 전에 이탈리아 지역을 여행함.

**1766** 6월, 다시 가족은 남겨 두고 홀로 귀국함.

**1767** 1월, 『신사 트리스트럼 샌디의 인생과 생각 이야기』 제9권 출판. 이무렵 인도에서 살다가 건강 때문에 영국을 방문한 22세의 유부녀 엘리자 드레이퍼(1744~1778)를 만나 감상적 사랑에 빠짐. 그녀가 4월에 18세 연상의 남편이 있는 인도로 돌아가고 나서 넉 달 동안 스턴이 쓴 일기 형식의 사랑 편지가 19세기 중반 한 소년에 의해 다락방에서 발견되었고, 20세기 들어 주로 『감성 여행』과 함께 『엘

리자에게 보낸 일지(*The Journal to Eliza*)』라는 제목으로 출판되
고 있다.

**1768**  2월, 『감성 여행(*A Sentimental Journey Through France and Italy*)』 제1, 2권 출판. 3월 18일, 런던의 한 하숙집에서 사망.

**1769**  딸 리디아가 스턴의 설교집 제5, 6, 7권을 출판함.

**1775**  그의 서한집 *Letters of the Late Rev. Mr. Laurence Sterne, to His Most Intimate Friends*이 리디아에 의해 출판됨. 이 서한집에는 스턴이 리디아를 위해 쓴 짤막한 회고록과 「라블레풍의 조각글(The Fragment in the Manner of Rabelais)」도 포함되어 있다.

# 새롭게 을유세계문학전집을 펴내며

을유문화사는 이미 지난 1959년부터 국내 최초로 세계문학전집을 출간한 바 있습니다. 이번에 을유세계문학전집을 완전히 새롭게 마련하게 된 것은 우리가 직면한 문화적 상황에 적극적으로 대응하기 위해서입니다. 새로운 을유세계문학전집은 세계문학의 역할이 그 어느 때보다 중요해졌다는 인식에서 출발했습니다. 오늘날 세계에서 타자에 대한 이해는 우리의 안전과 행복에 직결되고 있습니다. 세계문학은 지구상의 다양한 문화들이 평등하게 소통하고, 이질적인 구성원들이 평화롭게 공존할 수 있는 문화적인 힘을 길러 줍니다.

을유세계문학전집은 세계문학을 통해 우리가 이런 힘을 길러 나가야 한다는 믿음으로 만들어졌습니다. 지난 5년간 이를 준비하기 위해 많은 노력을 기울였습니다. 세계 각국의 다양한 삶의 방식과 문화적 성취가 살아 있는 작품들, 새로운 번역이 필요한 고전들과 새롭게 소개해야 할 우리 시대의 작품들을 선정했습니다. 우리나라 최고의 역자들이 이들 작품 속 한 문장 한 문장의 숨결을 생생히 전하기 위해 심혈을 기울였습니다. 또한 역자들은 단순히 번역만 한 것이 아니라 다른 작품의 번역을 꼼꼼히 검토해 주었습니다. 을유세계문학전집은 번역된 작품 하나하나가 정본(定本)으로 인정받고 대우받을 수 있도록 최선을 다했습니다. 세계문학이 여러 경계를 넘어 우리 사회 안에서 주어진 소임을 하게 되기를 바라며 을유세계문학전집을 내놓습니다.

**을유세계문학전집 편집위원단**(가나다 순)
김월회(서울대 중문과 교수)
김헌(서울대 인문학연구원 교수)
박종소(서울대 노문과 교수)
손영주(서울대 영문과 교수)
신정환(한국외대 스페인어통번역학과 교수)
정지용(성균관대 프랑스어문학과 교수)
최윤영(서울대 독문과 교수)

# 을유세계문학전집

을유세계문학전집은 계속 출간됩니다.

# 을유세계문학전집 연표